张健宇 著

冬日的火花

上

陕西新华出版传媒集团
陕西人民出版社

图书在版编目（CIP）数据

冬日的火花 / 张健宇著. —西安：陕西人民出版社，2021.7
ISBN 978-7-224-14177-1

Ⅰ.①冬… Ⅱ.①张… Ⅲ.①长篇小说—中国—当代 Ⅳ.①I247.5

中国版本图书馆 CIP 数据核字（2021）第 107984 号

策划编辑：张孔明
特约编辑：杨乾坤
责任编辑：姜一慧
封面设计：隆　霞
版式设计：王　姣

冬日的火花（全两册）

DONGRI DE HUOHUA

作　　者	张健宇
出版发行	陕西新华出版传媒集团　陕西人民出版社
	（西安市北大街 147 号　邮编：710003）
印　　刷	西安市建明工贸有限责任公司
开　　本	880mm×1092mm　16 开
印　　张	62.25
插　　页	4
字　　数	860 千字
版　　次	2021 年 7 月第 1 版
印　　次	2021 年 7 月第 1 次印刷
书　　号	ISBN 978-7-224-14177-1
定　　价	168.00 元

谨以此书
献给我们一起走过的青春岁月！

序言

　　不知从什么时候开始，在我的内心深处转变了对爱情的看法。以至于现在偶尔提起，总感觉那已是一个遥远得无法追忆的梦了！然而在这梦的背后，那些让我心生余悸的忧伤和失落感却是无法挥去的。一天，两天，岁月迁延，就这样堆积成一种让人颓废、懒散的情绪，长时间折磨着我的灵魂。但生活总得继续，和这个时代大多数的人一样，在时代的浪潮中我貌似勇敢地奔跑着，却又不由自主地纠结着、追悔着，如此转眼间又是很多年。

　　时间从来都是一种奇妙的东西，总在不经意间改变着一切现实的存在和认知。能让过往的炽热退为平淡，让无奈的焦灼趋于平静，甚至所有原委因果也会变得模糊不清。但总有一些东西任岁月消磨却依然真切，似乎从发生的时候就伫立在那里，定格于记忆。因此再回头看时，眷恋也罢，怀念也罢，都让人觉得那些遥远的过往好像本该如此，那曾经走过的或许就叫作宿命！

　　怀念也能给人一些新的启迪，在怀念中我开始明白到底哪些是真实的！是的，爱是真实的、热烈的，但生存是严峻的、艰难的。人只有从沉静中抬起头去追寻一个坚强、独立的自我，才是人生最重要的！倘若寻找托词借口，貌似心安理得地陷入那些浅薄而幼稚的痛苦当中都是可怜又可悲的。更何况生在这样一个伟大时代，我们的国家、民族在经历了无数坎坷之后终于明白了该走的去向，任何人都没有理由沉湎在各自狭隘的世界里！有人可能会说，你一个身份卑微的个体说这样的大话岂不可笑？可是我想说的是："活着不能只为穿衣吃饭，也不是财富地位决定一个人的高贵，唯有灵魂纯洁方能内心安宁，如果在这样一个阳光灿烂的时代，活得贪得无厌庸俗肮脏，那才是人生最大的悲哀！"

很长一段时间我都陷入一种纠结！一方面我觉得高调的说教会让人觉得虚伪，同时也固执地认为这芸芸众生当中真正能理解所谓情怀的人应该是凤毛麟角，因此即便你摇旗呐喊可能多数人都会当成笑话；另一方面在这大市场工业化的时代，经济飞速发展带来的精神撕裂已经让人生活得焦虑而疲惫，又何必再强求生命应当怎样！因此，我如果能够通过笔下的文字比较准确地记录一个时代一群人的跋涉就已万分荣幸，至于读者会如何去解读，我想这是我无法左右的事情。既如此，就让我放下所有牵绊和畏惧，以一个记录者的情感裹挟自由的笔锋狂妄一回。

可当我真正提起笔来，记忆中的往事一幕一幕涌上心头。数十年岁月的沉淀让我的手甚至有些颤抖，眼泪竟不自觉地模糊了视线。从前那些哀伤和痛苦，追求的迷茫和坎坷都如教鞭般让我清醒，让我回过头来审视我们走过的道路。在这饱含激情的岁月里，无数的人和事让我产生出这样一句自以为是的言语："家国的命运或有偶然，而个体的命运却是必然。"也许这样的话不能广为认同，但我觉得用它作为我以下文字的注释却是再合适不过的。

一开始连书的命名都颇费周折，庆幸的是我比较快地进入了角色。当展开一段文字后，我发现自己原来是比较容易满足的！尽管笔下提起的这所有过往悲伤不少，但我还是觉得生活在这样一个时代真是幸运。我们这一代人只是略微经历了幼年的清苦，少年时代虽生活贫简，但衣食无忧阳光灿烂；成年以后有过追求的彷徨迷茫，但希望一直清晰，所以今天我们似乎理所当然地能拥有更多的幸福感！为此我想写下的这些文字应该可以作为一代人的成长记忆，然而这个大时代深刻的社会变迁精彩非凡！我又不是一个职业写手，也没有任何师承，我该如何驾驭这个宏大的主题？

所庆幸的是写字并不是我谋生的手段，也许因此我才能够写些更纯粹的文字，而且数十年现实挣扎的生活体验也足以让我蔑视那些无病呻吟，甚至可以在精神上去踩踏那些奢华铺陈的所谓上流生活和扭捏作态的怏怏贵族。我无法欣赏魔幻主义光怪陆离虚虚实实的春秋笔法，也不赞成为了感染力刻意在个体上累积悲剧让人窒息。我想写作更多的应该是披露真正的现实，赞美劳动者的追求与奋斗，歌颂灿烂的青春，由此让读书的人收获一些真实的感动和启迪。况且身处这样一个励精图治的时代，我们更应该有一种自觉投身民族复兴大业的使命感，并在这个大背景下找到自己合适的位置，而不是因为个人得失谩骂、怨恨或者郁郁寡欢。因此请原谅我的浅薄和天真，让我随心而动，写下一些不诉哀伤也没有虚妄的文字。

在这个开头我想说，希望笔下的故事能够比较准确地描述我们这一代人共有的经历和体验，因为我和你曾一起走过。故事也许不够深刻，但我想它一定是逼真的、鲜活的！如果说有些过往的伤痕因为怀念而隐隐作痛，我想我们都不必为此难过，因为如有怀念或感动，正因为你未曾虚度，也从未甘于平凡。尽管青春终将逝去，但透过回忆，让我们一起回望那生养我们的美丽土地，那山川河流仍有旧时音符娓娓传唱。

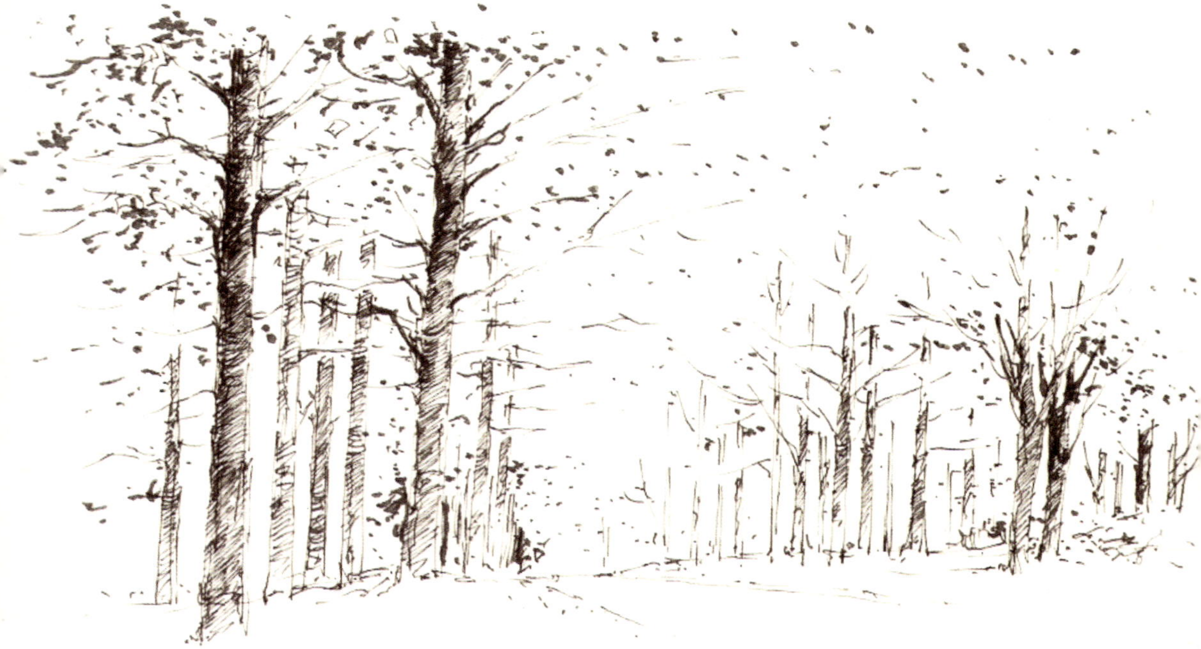

目录 CONTENTS

第一章　那片杨树林……………………01
第二章　我记得你过去的样子……………15
第三章　我们的先生………………………32
第四章　关西中学的春天…………………45
第五章　一个好姑娘………………………56
第六章　那条小路…………………………66
第七章　只是一场梦………………………77
第八章　五四的演出………………………87
第九章　新来的插班生……………………100
第十章　再见了杨树林……………………112

第十一章	小抉择与小别离	124
第十二章	革命不是请客吃饭	136
第十三章	与你同行	149
第十四章	走着走着就散了	162
第十五章	冬日的怀念	181
第十六章	那年夏天	196
第十七章	这不是我的大学	211
第十八章	迷失在城市的灯火里	228
第十九章	就当我从未来过吧	247
第二十章	我们都需要勇气	261
第二十一章	在雪花飘落的日子	276
第二十二章	总会有些代价	295
第二十三章	当我离开的时候	315
第二十四章	那个小镇的冬天	329
第二十五章	一转眼也许就是永远	345
第二十六章	相识在桃花盛开的季节	363
第二十七章	一个人的行程	377
第二十八章	有一种信仰	392
第二十九章	我们向哪里去	405
第三十章	这已不是我的世界	422
第三十一章	我们不一样	440
第三十二章	说好不分手	455
第三十三章	又一个转折点上	469
第三十四章	又能怎样	485
第三十五章	那年你我的约定	501
第三十六章	那扇朝西的窗	521
第三十七章	在都市的丛林里	540
第三十八章	没人能拯救你	560

第三十九章	也许一切是天意	582
第四十章	最后我们无话可说	602
第四十一章	从秋天到冬天	622
第四十二章	小巷里的麻将馆	637
第四十三章	难过说不出口	655
第四十四章	塞外的风雪里	669
第四十五章	静看云起云落	685
第四十六章	又逢人间四月天	701
第四十七章	这是一条大路	717
第四十八章	她并不是公主	733
第四十九章	相见不如怀念	754
第五十章	黯然离去时	772
第五十一章	这世间从此之后	795
第五十二章	抹不去的伤痕	809
第五十三章	英雄的风骨	824
第五十四章	伪装在丛林里	839
第五十五章	三个大老板	860
第五十六章	很多事说不清	881
第五十七章	看不见的较量	896
第五十八章	那一年的人和事	915
第五十九章	没来得及说再见	934
第六十章	三十年来家国	952
后　　记		974

第一章 那片杨树林

  1992年春节刚过，早春的料峭寒风轻拂着北方广袤大地，唯有云岭山头依稀的雪线和水堤田畔边几绺瑟瑟枯黄似乎仍挽留着几分冬天的气息，而马路边平凡的白杨像卫兵一样凛然挺立着它线条清晰的枝干，显然它们已经眺望到了春天的身影。

  多年以后，每当人们回首往事，无论内心灿烂明艳还是落寞酸楚，很多人都会想起这个春天。思想者甚至会联起这个春天来临之前，在遥远地伏尔加河畔，克林姆林宫缓缓落下的苏联国旗和隆冬时节莫斯科街头抢购生活物资时那些迷茫焦灼的面影。有人就会不禁叩问，这一切究竟是历史必然还是多重因素交织变奏的偶然？反正那个曾经让我们爱恨交织辉煌宏大的社会主义苏联不复存在了。之后经年，如若梨花再次开满了天涯，河面依然飘着柔曼轻纱，喀秋莎站在峻峭的岸上，她会不会为被野蛮推到的列宁雕像流下悲伤的泪水，也或者即便有泪也只是因为那贵得出奇且严重短缺的牛奶面包。

  然而此时的中国，大江南北正沸腾着冬去春来的喜悦，就连北京胡同里的海棠和玉兰也早已厌倦了冬日的灰色沉闷，它们迎风摇曳着那即将焕发新绿的枝条显露出一身飒爽。就在那个院子，就在那棵海棠树下，一位老人伫立沉思，双腿微微颤栗眼角有些湿润。这浓郁的情绪究

冬日的火花

竟是怀念还是忧虑没人能说清，然而那一刻他内心已做出了决定。这决定有老夫聊发少年狂的雄心，亦有千骑卷平冈的豪迈，只是他所在意的并非这些，而是内心深处对家国命运的长远考量。他无法再平静安享新春的意趣，当即安排工作人员打点行装，之后在万家团聚中开启了他的南巡之旅。尽管媒体的报道里并没强调这旅程具有什么特殊意义，但由此之后中国历史开启了一段波澜壮阔且影响深远的剧烈变革。但那个时候，没有几个人能够在老人的精深论述和坚定语气中预知未来。尤其对那些还在校园里的新青年来说，所谓世界不过是墙上挂的地图，社会也仅仅只是周围的家长里短，就连新闻联播里报道的海湾停战、苏联解体也不过是课堂上的小小插曲。因此谁又能想到从这一年开始，历史的洪流宛如惊涛拍岸般扑面而来，亦如大浪淘沙般涤荡着每个人的内心，改变着每个人的生存状态。而这种改变是先前无法想象的！这全新的时代会颠覆很多固有认知，也将打破诸多原有秩序，甚至连山川河流都将因此而改变了模样！

这一年荣健上高二，虽然来年的高考于他而言还有些时日，但随着寒假补课的开始，荣健心里已经燃起了无限的热情。五点四十分，黎明前的黑暗还笼罩着小镇。从家里出来，跺跺脚，做个深呼吸，然后一手扶着单车坐垫一手端在腰间跑步到学校，这是荣健上高中以来自认为很酷的姿势。今天起得有些偏早，路上还没有几个人，回力球鞋敲击路面的声音虽然不够响亮，但那轻快的节奏洋溢着一种幸福喜悦的气息。在这样的气息当中荣健感觉轻松而振奋，他相信自己坚定的步伐如同单手就可操控的车子一样会自如顺畅地走下去。

天慢慢有些亮色，远处透过黑暗露出的点点灯火已变得隐约。路上的同学多了起来，有一个人狂奔的，有三两个追逐的，有拿着广播悠然慢行的。这个时间在学校周边所有的道路上，学生的身影无疑是晨曦里最活跃的符号。

教室里还没有几个人，荣健和同学们相互问好后坐到自己的座位上。他惯性般从书包里掏出语文课本翻了翻，拿出笔在扉页上写道："青春注定要去追寻幼时许下的宏愿，而这追寻往往是孤独的。"荣健

第一章　那片杨树林

写完这句话，又暗暗对自己说，努力！努力！

　　每每翻开新书，荣健总会先浏览一下鲁迅的作品，然后再到诗歌单元品味一下那些上天入地、震荡灵魂的古典诗词。自信飘逸的盛唐律诗，经常让他不由自主地神往想象那繁花似锦白衣飘飘的辉煌时代；而那些苍凉、厚重的边塞词句里，诗人浓浓的家国情怀又让他生出无限悲悯和感叹。在这样的潜移默化和一知半解中，他似乎逐渐地学会了思考和关注家国天下，虽然大多的见解还显稚嫩，但这种意识的建立却让他觉得自己已与一般人划开了界限。

　　鲁迅对荣健的影响是深刻的，除了教材上摘录的那些著名篇章烂熟于心之外，他几乎拜读了鲁迅所有重要作品。在荣健心里鲁迅是近代文坛无人可及的巨人，他总能站在时代的制高点发出振聋发聩的声音，他总能在凡人习以为常中洞察深入骨髓的弊病，他的那些追问无疑将是永恒的！而一个民族要强大，在任何时候都需要民众挺直自己的脊梁，都需要英雄去树立自信和品格。叮铃铃……预备铃声打断了荣健的思绪，随着铃声三三两两的男女同学说笑着走进教室。

　　其实起初荣健并不喜欢鲁迅那些看似晦涩读来拗口的文章，然而自从偶然通读了那篇名叫《伤逝》的小说认识却大为改变。他太喜欢开篇那样的表达，也感叹女主人公子君凄惨的结局，继而愤恨涓生的无能和懦弱。那条瘦弱忠诚的小狗阿随也给他留下了极深的印象，由此鲁迅在他心中变成一个有血有肉的人，他逐渐喜欢上了这位作家和他所有的文章。除了鲁迅之外，毛主席的诗词文章也是高中课本极为重要的内容。一句本应婉约的"寂寞嫦娥舒广袖"，接上"万里长空且为忠魂舞"瞬间把伤感变得悲壮而豪迈。试问如此包揽宇宙的胸怀这世间几人可以？也或者因此他可以"背负青天朝下看"让天地翻覆！如果说语文教材是一本文学精选集，那么鲁迅和毛主席就是这当中让人仰望的高山圣殿。而在我们年轻懵懂的时候，如果能够依稀找到心底里值得朝觐的圣殿，那么即使这一生没有太大的建树，想来也不会太过迷茫。

　　"荣健，荣健！"号称高二二班"三剑客"的高扬、李飞越、赵海一进门就操着高音喇叭似的嗓门冲荣健喊，那感觉好似几辈子没见了一

冬日的火花

样。荣健先是腼腆地笑笑以示欢迎，可一抬头看见赵海的平头，想起年前和高扬、飞越因为看他的中分别扭，硬是使坏给赵海的头发粘上嚼过的泡泡糖，迫使他无奈地剪成了小平头，赵海为此一直耿耿于怀。荣健走上前摸了摸赵海的头，朝高扬、飞越挤挤眼，赵海察觉到了他们的神色，一反手拧住荣健的耳朵说："手感很好是不？他们的账都算过了，就剩你了，咋办？"荣健痛得龇牙咧嘴，连忙叫高扬他们解围，可还没等大家动手，赵海已松了手窜到教室后边去了。荣健也不再计较，和高扬、飞越相视一笑就各自坐到自己的座位上，这时候赵海在后排和其他几个同学正兴高采烈地扯着闲话，一会儿骂戈尔巴乔夫愚蠢，一会又是美国总统换届和海湾战争……

三三两两的女生从微寒的清晨走来，尽管身上还带着些许冰冷的气息，但节日的盛装让她们显得俏丽而热情。刚才通往教学区的路上她们还相互嬉笑着、打闹着，但走进教室的一刹那她们完全收敛了兴奋，也许因为每个人都想在男生心目中留下一个美好的淑女形象。想来十六七岁的年纪，所有人心理已经开始变得复杂。明明都知道谁喜欢谁，互相却都刻意躲避着众人的目光。那些私下里信来信往，甚至平日里在学校角落偷着约会的一对对即便假期望断秋水，见了面却也不敢流露丝毫。虽说已经是高二年级，但是男女生之间似乎还是不善于彼此问候，见了面大多只是低头闪过。这一点荣健也不例外，但凡与女生打个照面都觉得羞怯，若是碰见个别活泼开朗的，一个笑脸或一个玩笑荣健都觉得有些无力招架，但尽管如此，他依然自认为是个堂堂的男子汉，心底里充满英雄的气概和梦想。

荣健自上学以来，算得上是个品学兼优的好学生。入学起步时父母远在外地，他与奶奶在农村相依为命，奶奶那些源自戏文的朴素教诲，在他心里树立了某种方向。他不敢背叛奶奶送他入学时的目光，奶奶那一头银发，一双小脚，蹒跚的脚步，佝偻的身躯一直刻在荣健心底。高中以来，那幼时的梦想，少年的憧憬都已变成一种理智的人生信念。而这一切的一切集中为一点，就是全力以赴冲进大学的殿堂，在更高的层次上去学习探究，以求能够像古往今来的圣贤人物一样为国家为社会贡

第一章　那片杨树林

献最大的光热，所以他丝毫不敢懈怠。自打进入金城中学开始，他意识到初中阶段还算不错的成绩在这里几乎不值一提，能考到这里来的都是精英，而自己原本没有资格来这里，是父亲的熟人关系加上高费才挤进来的，如此自己又有什么理由不发奋图强呢！

学业上的压力和青春期的敏感，也或者是和奶奶在乡下孤苦度日的经历，一段时间荣健对观察同学们的穿戴打扮发生了兴趣，还乐于由此推测对方的家世背景，几番尝试之后居然颇有些心得。比如那些父母都在农村的同学大多衣着简朴四肢粗糙，他们言谈谨慎、淳朴低调，或者就故作潇洒不拘小节；而工厂子弟则大多拉帮结派嚣张自满，甚至厂子的效益都显示在他们脸上；相反干部子女则看起来要斯文安静一些，以至于你很难判断他们的显贵程度。最有意思的是那些衣着光鲜前卫、言语高调者，但凡这一类的同学家里要么是暴发户，要么就是海外有大款级的亲戚。荣健不觉得自己有以貌取人的倾向，但总是有意无意地和身边人做着比较，自然有时自惭形秽，有时又心得意满。

荣健没有暴发户级的朋友，也没有被他称为邋遢恓惶的农村朋友，唯一来自农村算得上朋友的是班里的团支书兼文体委员孙群力，可他不一样。这小子一表人才成绩不错，说话办事也机灵，就是有时掼的那点世故姿态让人不舒服。不过话又说回来，自己也一身的臭毛病，能有这样的朋友还有啥不满足呢！每当想到这些，荣健就会觉得幸福而温暖，那种自以为是的满足感总能让他心里踏实且振奋。甚至很多年后，他一直坚持认为如果一个读书人不能通过求知由内而外地脱胎换骨，那么终其一生也不过是个蠢货。但他从来也没有意识到，自己的挑剔或者说那种与生俱来的所谓清高在一些同学眼里到底有多么的让人憎恶。学校墙上的培根画像下面写着："缺乏真正的朋友乃是最纯粹最可怜的孤独。"显然这个时候的荣健被友谊包裹，有雄心壮志，校园生活于他来说美好而轻松。

窗外已经大亮了，远处鲜红的朝阳爬上了山的肩膀。春日的朝阳是羞涩的，它并不那么灿烂却显得楚楚动人，它轻柔地、温和地把暖意洒向大地，送给那一粒粒将要发芽的种子。而田野里沉睡了一个冬天的麦

冬日的火花

苗在晨光中伸着懒腰正奋力刺破霜雪的蒙蔽，它们翠绿的叶子轻颤着，以翩翩的舞姿装饰着这美丽的春天。

六点半晨读的铃声响了，教室里的喧哗声渐渐停了下来，那潮水般中英文混合的诵读声一刹那间响彻了校园。然而每到这个时候总会有些不和谐的声音，个别家境好的或是学业完全没什么指望的人根本不会停下他们的高谈阔论，甚至以嬉笑打闹去干扰这动人的时刻。也许是他们不懂读书的快乐，也许他们只有这样才能掩饰内心的失落和无奈，或者这正是青春期迷离彷徨的一种具体表现。

然而当高中课程进入后半段，无论你有多高的天分，高考选拔所要求的深度和广度都足以让你绞尽脑汁。尽管最近几年大学录取率有所提升，但即就作为全省重点的金城中学平均录取率也不过百分之十左右，而应届毕业班的录取比例更是低得可怜。这意味着在班里进不了前十名，全年级进不了前一百名，高考就压根不会有什么可能。因此很多人到了高二就基本放弃了不切实际的想法，稀里糊涂得过且过地混日子等毕业。

荣健拿了语文书走出了教室，像往常一样径直来到教学楼后的那片杨树林，树林里已零散有些人声。荣健翻开书先仔细看了看第一课的注释，然后就放声读了起来。他很快就进入角色，一边读一边来回踱着步子。林间漫步，诵读晨光，这美好的感觉让他如痴如醉。林子里不知何时飞来几只调皮的麻雀，叽叽喳喳地叫个不停，兴奋得从这个枝头跃上那个枝头，随即就会有残叶和细小枯枝零散落下。荣健预习完第一课，又信手翻出了舒婷的《致橡树》，读到"根紧握在地下，叶相触在云里"，他下意识地仰了仰头，树还没发芽呢！看到的只是白杨树那清瘦的枝干直插蓝空，被朝阳染红的云儿在高高的树梢上悠然流动。而每当仰头看天的时候，荣健总会从脑海中蹦出"高远"这个词来，总觉得高高的云端似乎载着无数的梦想，无奈它总是遥远而缥缈。他低下头环顾四周一个个埋头苦读的身影，闭上眼周围的读书声不绝于耳。虽然他已经学会了正确对待，可今天当他站在高大的白杨树下，以一种平静的心态面对竞争时，他也羡慕那高枝上快活自在的鸟儿，心里想，什么时候

第一章　那片杨树林

才能像它们那样自在地生活呢？大学，上了大学，给梦一个结果的时候一定比它们还要欣喜！现在呢？现在还是看书吧！荣健想到这才醒过神来，有些抱怨自己的走神，茫然发呆这么久，被人看见还以为自己犯了傻病呢！荣健自我解嘲地暗暗笑了。这当口忽然感觉有一团黑影从远处的树梢向这边窜来，猛抬头是只鸽子般的大鸟，靛黑色的羽毛泛着五彩光芒，长长的尾巴飘逸如带，脖子上还有一道暗红色的项圈，尖尖的嘴上衔着一条绿色毛毛虫，那只大鸟飞得很急，经过前边那棵树的时候在一个树枝上停了下来，东张西望一会，又猛地蹬飞跃上高空，霎时间不见了踪影。就在这当口，鸟儿蹬断的干枝掉了下来，荣健的目光跟随坠落的树枝向下，很快他意识到树枝要打到前面一个同学的头上了，紧接着听到"啊"的一声，那声音带着娇气，悠长悠长的，也许因为感觉有些熟悉，荣健心头微微地一颤，目光最后凝滞在那张娇俏的脸庞上。

那同学穿着一件大红色长款羽绒服，留着雀尾辫，一张乖巧的瓜子脸上蛾眉弯弯眼睛细长。发现有人看她时脸唰地红了，那闪亮的目光在抬头的瞬间犹如一道光芒转送过来。荣健认出了她，她叫林芳欣，小学五年级的同班同学。自从自己初中转学以后，五年了，五年没见真的不敢认了。荣健能感觉到对方也认出自己了，但还是没有勇气上前打招呼，反而在她那炽热的目光中紧张起来，就这样相互默默地注视了片刻。一阵铃声，那女孩一甩头夹起书走了。鲜红明艳的身影闪动着渐渐远了，荣健落魄地收回目光，心里却有一种说不出的喜悦让他久久不能平静。

转身往回走，赵海他们已经拿着碗筷出了教室。赵海敲着碗直嚷："刚过年就让我洗碗，一个个装得跟大爷似的，信不信我把碗都听了响声，你们吃屎去。"高扬听了这话指着赵海："你是话比屁多，人比猪懒，年前轮你洗碗，你说和荣健换班，现在又咋呼，我看你是皮松了。"赵海并不理会高扬的话，看见荣健又来了精神，表情一本正经，嘴上却唠叨着："扎球用功势呢！眼神迷茫得像是丢了魂，给你菜盆，今天是麻辣豆腐，赶紧！"荣健接了菜盆，把书往怀里一揣，像往常一样飞快地朝买菜的窗口奔去。

冬日的火花

"三剑客"加上荣健有一阵被称为饭场上的"四大金刚",而这个称谓还是教导主任安伟仁起的。原因是那天安主任现场当值,看孙群力抱着小山般的一堆馒头从窗口出来颇为惊讶,之后又看到他们四个每人手抓三两个一边吃一边谝得欢实。于是煞有兴致地走近后调侃他们说:"吃个饭你们谝得个美,神旺得很么!啥国家大事把你们四个金刚激动的?"他们自是无言以对,都老实得不再说话。而主任双手背后,稍挺肚子歪着嘴带着三分揶揄说:"咥馍咥得美,成绩可要对得起白馍哦!"其他人都没说话,而赵海却有些大言不惭地回应说:"安主任,俗话说能吃就能干嘛!不是我吹牛,哪个大学把我们四个招去都算是哪个学校的造化。"他这话立即招致周围一群同学的鄙夷起哄,有认识赵海的说:"你还不吹牛?!给二两火药你狗日的就能放火箭!哈哈哈!"

至于考大学到底行不行暂且不说,反正他们四个吃饭确实符合金刚标准,每顿饭最低要消耗八个四两馒头,两大盆菜。吃饭时还总是边吃边聊,经常因为各持己见争得面红耳赤,为此成了饭堂前有名的闹腾饭摊。但是他们有一点引以为荣的作风,那就是从来不剩饭菜,常常念叨着"一粥一饭当思来之不易,半丝半缕恒念物力维艰"而吃得肚胀。哥几个人感情很好,即就有人实在吃不下,总有兄弟替他解决。每当这个时候赵海都会说这是文明人的基本素质,要知道老少边地区和遥远的非洲还有很多人为温饱发愁。

可能是因为刚过完年,大家肚里的油水还厚,今天几个人都举着馒头吃得慢条斯理。此刻荣健是缄默的,他的心仍在那片杨树林,那双眼睛,总觉得那女孩就在眼前,还像刚才那样注视着自己。荣健搞不清到底怎么了,一向自负的自己怎么会因为这偶然的一面弄得魂不守舍?他强迫着不去想她,想用狼吞虎咽的吃法来驱赶她。可当他端起碗刚喝了一口粥,目光所及之处,天哪!她——林芳欣,那个穿着大红羽绒服的女孩拿着饭盆正快步向饭堂走来。就在那一刹那,荣健又一次神奇地捕捉到了林芳欣的眼神,那柔情的目光分明有几分愉悦,似乎是在说"你好"。林芳欣没有停下脚步,只是微微一笑便轻松地走向取餐口。荣健反而慌张地低下了头,忙乱地在菜盆里夹了一下,刻意做出专心吃饭的

第一章　那片杨树林

样子。结果当他发现筷子上什么也没有夹到时，看了看空了的菜盆，再看其他三人，他们都用诧异的眼光盯着自己，见荣健回过神来，连平常不爱多说话的李飞越都对荣健的异常表示兴趣："你犯啥神经呢？"荣健忙说："没事，没事，我去买菜。"

连续两次惊艳的相遇在荣健心中泛起了波澜，那曾经相识却颇不相同的目光中似乎有一种亮晶晶的东西，那感觉从未有过却可侵入骨髓搅乱思维，以至于整个上午荣健都是在慌张中度过的。尽管班主任涂老师的英语课他本就不喜欢听，可是这一次他游离的神情遭到了班主任的点名批评。涂老师操着醋熘普通话高声说道："荣健，你想谁呢？"荣健应声慌张地站起来准备回答问题，看到他的窘相，全班哄堂大笑。荣健一下子想找个地缝钻进去，即使后来勉强上完课，但是他的心始终迷乱不安。

课间大休息时，学生会主席叶松林突然来找荣健。闲扯几句之后，这位身材细高、架着黑框近视镜，有点少年老成却不显奸佞的主席说明来意。说新年刚过，为了活跃气氛，校领导希望学生会组织一次篮球赛，最好就在今天下午举行。荣健是学生会所谓的秘书长，篮球爱好者，一听这话马上来了激情，稍一思量，就对叶松林说："咱就叫新春篮球对抗赛，我组织比赛、划场地。你负责写宣传海报，代理裁判和后勤服务，咱们马上行动。"叶松林一口答应："宣传很简单，服务嘛！开水灶有的是水。"荣健对叶松林的爽快一向抱有好感，所以在学生会的活动中总是积极协作。平常叶松林也是个球迷，虽然摔坏了几副眼镜仍痴心不改，只不过有正式比赛，总轮不到他上场，后来也就心甘情愿地混个裁判当当。日子长了还真有些专业的味道。说真的，叶松林的裁判水平大家是赞赏的！

叶松林走后，荣健把孙群力、高扬、李飞越、赵海叫到教室外边。赵海一听有比赛，喊叫着："太好了，我去联人。"说着兴奋地冲了出去。荣健和高扬、李飞越大概计划了一下比赛的事情，还没说几句话，赵海就飞奔着又回来了。他人还在教室的那头，就先冲荣健他们打着响指，荣健明白只等下午打球了。进了教室，团支书兼文体委员孙群力把

冬日的火花

球赛的事向全班做了通知，结结巴巴说了些欢迎同学们届时捧场的话，一瞬间教室里变得躁动雀跃。

中午荣健是回家吃饭的，骑车到家顶多十几分钟。因为下午有球赛，也没顾得等同路的同学，出了校门荣健的26凤凰车飞也似的插入车流。这辆车是荣健进入重点高中后妈妈的鼓励，服役仅一年多，车身看起来还是明光崭亮的，车圈却因为他的急脾气已经磨得有些发红了。此刻荣健蹬着自己的得意坐骑飞奔，即使在人群穿梭也不减速，忽左忽右，车铃按得猛响。用荣健的话来说，"车入人群，勇者过"。刚钻出人群，车头向左一打准备加速。对面一辆50拖拉机呼啸着奔驰而来，荣健朝拖拉机吐了口唾沫，顺手把车头往右一打。这时发现近前两个女生骑车并行，路本就不宽，这两人却间隔一米多，荣健没顾得多想就从两人中间穿了过去。冲到前面之后荣健猛然意识到那个自己挨着衣服擦过去的女孩可能是林芳欣，不过眼下急着回家也顾不上看了，其实荣健并不敢回头。这时却听到那个熟悉的声音在说："哼，敢超我！"还是那种淘气的语气，荣健有些出汗了，车速也不敢那么嚣张了！后面的车子顺势追了上来，转头一看，林芳欣正冲自己得意地笑着，脸红扑扑的，连同她红色的羽绒服简直就像一团火。那火焰般的笑容让荣健浑身燥热，转过头条件反射似的猛蹬了几下，是与她竞赛还是逃离，荣健自己也搞不清楚。"王琪，你快点！"林芳欣在后边大声叫着她的同伴，这声音让荣健又有些舍不得这么快离开，干脆就慢了下来。林芳欣她们追上来了，还在荣健身旁把车铃打得猛响，林芳欣仰着头冲荣健神气地"哼"了一声。这举动把王琪逗得前俯后仰，之后两人在一阵银铃般的笑声中飞驰而去。荣健没有再追，到了回家的桥头一拐下了公路，再回头看那远去的背影时，他呆在了车上，恍惚间觉得那轻柔的风里仍有她芬芳香甜的气息。

顺着河堤向南百八十米，再左拐家就在眼前了。这是一年前才建的新房，三间两层上面戴个大屋架，屋顶是深蓝色的手工瓦，屋脊两端有翘起的脊兽，房子正面是白色的细条瓷砖，搭配朱红色的门窗，整体看起来和谐宁静，墙面瓷砖和窗户玻璃在中午明亮的阳光下闪耀着熠熠光

第一章 那片杨树林

彩。对于这片的原住村民来说，荣健一家是外来户。荣健七岁以来，长长的记忆中搬过无数次的家。以前每次都是从这边的小房子搬到那边的小房子。一家五口挤在十五六平米的单间里，卧室厨房都在里面解决，冬天还好一点，每到夏天房子里犹如火炉，有时夜里热得要不断地往地上泼水才能勉强入睡！自从搬进这个新家，"苦"日子终于结束了，荣健有了冬暖夏凉且独立自主的房间。

荣健急匆匆推开家门，爸爸在院中看报纸，见荣健进门，黑着脸说："怎么老是慌里慌张的！"荣健应了一句"我赶时间"就一头进了里屋。荣健记得在家里什么地方见过那张小学毕业照，可是翻箱倒柜找了半天就是找不到，直到妈妈喊吃饭还是没有着落。荣健从厨房端了碗饭出来坐在院子中边吃边想。对了，会不会在桌子上那块玻璃板下面。荣健又重新回到房里，挪开玻璃板上杂乱的书本，那张照片的确平静地躺在那里。第一排左数第三个，那个小不点就是林芳欣，白皙的脸上还露着伶俐的笑容！荣健回忆起那时林芳欣就坐在自己前面，她是唯一看过自己所有小人书的女生，也是自己写纸条气哭过的女生，他自言自语道："你我算是故人！"

放下碗没再逗留，在院子高声给妈妈打了声招呼就匆匆出了家门。一路上哼着"嗨！就是你幸运的女孩/一天一个微笑给我/拿出爱/让我们调个色彩/打扮青春美丽的年代……"伴着歌声，单车轻快地穿行在返校的路上，有一种神奇的力量让荣健忽然间觉得学校是一个天堂般温暖的地方，那里春光明媚生机盎然。

到车棚放下车子，荣健迈着高昂的步伐向教室走去。教室外高扬他们正商量着下午的比赛，孙群力、吴文运是铁定的双后卫，高扬和李飞越经常一左一右打突前，虽然高扬、李飞越加上赵海号称"三剑客"，但荣健经常坚持要司职中场，硬让技术全面、体力充沛的赵海充当超级替补，为此每到比赛赵海总要嘟囔："奶奶的！主力中场坐板凳，你上你上，扑得跟乌鸡一样！知道不？哥让着你的。"而后在场边装得跟专家一样指手画脚，他嗓门大，理论多，语言也诙谐，所以大家也乐于享受他嬉笑怒骂的场外解读，而此刻赵海正喷得起劲。

冬日的火花

其实也没什么可说的，几个人打了这一年多，互相形成的默契在场上一刹那就能组织起合适的队形。所以在一起商量多半是凑热闹聊天，荣健一加入就更热闹了。说着说着，李飞越冲着荣健说："嗨，诗人同学，最近是不是有点维特之烦恼啊？"赵海听了也跟着起哄："哈哈，过了个年这娃长大了，伙计们可得多费心。"此话一出口，大家跟着问东问西。荣健也不计较赵海嘴上占自己便宜，只是矢口否认，但是众人不依不饶，硬是要荣健说说详情，荣健有些发急，直接爆了粗口："锤子，八字还没一撇呢！瞎起什么哄。""那就是说你还想着那一撇呢？"孙群力接道："对对对。"大家齐声附和。"哪一班的，我去给你捎个信把个关。"赵海毛遂自荐。"歇着吧你，要去也是我自己去。"荣健一边说着一边露出不屑的神色。"就你那屁胆，别的事还凑合，掐马子追女生，你……"赵海一副蔑视的神态。"叫啥名字？"高扬也发言了。你一言，我一语，把荣健搅和得脸红成了猪肝色。"秘密！就不告诉你们，说比赛，说比赛。"荣健硬岔开了话题。最后大家约定四点钟去布置场地，孙群力和吴文运组织人抬两副桌凳，荣健带高扬、赵海、李飞越去找白灰去划场地。随后的交流无非是些痛宰敌人的大话，借此互相鼓足了干劲，似乎一定要在下午的比赛中扬名立万。

直到坐到座位上，荣健的脸还是发烫的，经大家这么一煽呼，好像自己和林芳欣真的有了某种密切的关系。上课了，梁老师严肃的面孔在眼前一闪，荣健赶紧调整了一下自己的情绪，他知道在地理课上走神等于自找羞辱。梁老师会根据学生出身的不同用相应的话语来损你，比如问："你家是不是开了'绿色银行'？你爸是不是县长？"梁老师还有一句传为经典的话："你爸沟渠子里水翻浪，你把学校当庙会，一天睁着眼睛没方向，提着裤子找不见腰，献媚拿着菊花，拜神走错了庙门，光剩下丢人现眼！"因为这句话，梁老师挨了一砖，学校本要开除肇事的学生，但梁老师说自己也情绪失控，伤了学生自尊。后来这个学生考取了西南地区著名的政法大学，据传该生拿到录取通知书时给梁老师磕了头，说发奋读书本来是为了和老师赌口气，现在知道错了，当日抱着老师哭得稀里哗啦。他爸后来还给梁老师送了一车南瓜，老师坚决不

第一章　那片杨树林

收，老汉坚决要送，无奈之下一车南瓜最后都捐给了学生灶。然而自此之后梁老师威名远扬，几乎年年被市、县两级教育局评为先进。

地理课下来是一节历史课，高中的历史老师多半都有些洞破世事的清高，讲课的时候经常有意无意地夹杂许多个人观点。那节课上历史老师说中华上下五千年无断代历史在世界范围内并不被认可，在他看来这完全是西方社会的傲慢与偏见。这个问题上赵海举手发了言，他说老外凭什么对中国历史品头论足，况且我们也无须任何外国人承认，尽管目前考古尚未发现殷商之前中华文明存在的直接证据，但从现存的资料以及民间传说中基本可以勾勒出早前文明的轮廓，就像中医能治病却缺乏现代科学理论支撑一样，难道因为所谓原理缺失我们就能说中医是伪科学吗？相信随着科学技术的发展，总有一天人体经络、阴阳平衡等问题我们都能搞清楚。赵海的发言自然得到了老师的赞许，也赢得了同学们的掌声。杨夏全说："赵海这货牙尖嘴利能得很！"荣健说赵海之才都能到联合国去当秘书长，而后整个课堂在老师的默许下进入了热烈的争论当中，思辨的激情让大家陶醉在天空大地，也沉醉在上下五千年文明的荣耀当中。

下午两节课后是自由活动时间，尽管球赛还没开始，但操场上早已聚满了人。比赛用的场地也很快围起了一圈矩形人墙。料峭春风吹得大家缩着脖子，筒着手。记分栏的号码布被风吹得1、2、3、4、5地乱翻，记分栏下裁判席坐着体育部的一班人马，体育老师和学生不分大小地说笑着，不时有人把裁判用的哨子吹得猛响。正聊得热闹，突然凭空飞来一只篮球砸在桌子上打翻了水壶和旁边的搪瓷碗，叮叮咣咣搅得桌边人乱成一团。接着相邻场地就有同学赔着笑脸过来要球，也没人计较什么。大家都是球迷嘛，谁还不磕碰谁了！

一声哨响，比赛开始了。随即场外的人呼啦着拥了过来，而那些在其他场地正打得入迷的同学则毫不理会，他们才不管你什么精英，心里想，哼，我才是精英呢！想看球的看球，想打球的打球，操场上人声鼎沸尘土飞扬，颇似一片万马欢腾的狂热景象。

荣健领队，赵海替补，对手还是号称"老鹰"队的一、三、四、五

冬日的火花

班联队。领队的叫王鹏，那家伙身材高大魁梧，擅长突破和立定跳投，绝对的中锋人才。而在赵海看来，这伙计的魁梧就等于粗糙和野蛮，还多次戏称说王鹏那身板不拉大车都有些亏。高扬则说这狗日的敦实得像树桩，在场上根本撞不过。另外其他几名队员也都是荣健他们的老朋友，虽说场上寸步不让嬉笑怒骂，下了场却都是可以称兄道弟的交情。

比赛一开始，对方仗着替补人多全线出击，进攻非常凶猛，五分钟就有近十次投篮，四次命中。打出了8：2的小高潮。荣健和队友们并不急，互相提醒注意联防，叫喊着全力封死内线。李飞越不愧被称为"大飞"，接连两个漂亮的盖帽，大大削减了对方的锐气。此时王鹏又接到队友传球，带球直逼中路，荣健在中线出击，王鹏及时分球后快步插到篮下，已有队友明白他的意图拿球佯装上篮，左首高扬上前阻挡，就在这一刹那球已传出，孙群力跳起但球没抓到，球已到王鹏手中，王鹏晃过吴文运转身跳投，真可惜！球在篮筐转了两圈又出来了。李飞越高高跳起用手一拨，孙群力眼疾手快抢到球，荣健已扭身准备进攻，孙群力一个单臂回环，球如炮弹般划了一个大弧线飞了过来，荣健快步将球抓到，拼着命往篮下冲去。对方后卫回防得特别快，霎时间卡住了荣健进攻的线路。但此刻荣健已和球融为一体，一个右前倾的假动作晃过对手，闪电般地从左侧带球起三步，高高跃起大臂灌篮，动作压腕到位，球狠狠地砸在篮板上再回弹到篮环上，发出干脆的咣当声，球进了，荣健潇洒地转身回撤。一回头，看到球场南边高台上站着那个穿大红羽绒服的姑娘。她背后是教工灶挂满黑色粉尘的墙壁和高耸的烟囱，身旁老柳树干枯的枝条轻轻地摆动，而她那么静，荣健有些目眩了。

第二章　我记得你过去的样子

　　林芳欣一直看到比赛结束,一直为荣健他们捏着把汗,上半场他们比分落后,可是他们赢了,53∶49险胜。当她看到荣健被对手撞倒后,顺地把球拨给了队友,再从地上飞速爬起来冲到篮下,接队友的传球小角度擦板进了制胜一球后,她心里禁不住为他叫好。

　　林芳欣放心地回到教室,王琪正四处找她。原来刚才教务处通知,因为停电,今晚的自习就不考勤了。王琪叫她一起回家。往常她巴不得晚自习都取消,而今天她说不上来为啥,却不想这么快回去。王琪见她不回,自己也不想一个人走,就叫她一块出去买蜡烛,俩人手挽手说着话向楼下走去。

　　林芳欣是上学期末转来金城中学的。这是县里唯一的省级重点中学,坐落在县城东郊,汉凤公路南侧。朴实庄重的校门两侧挂着一副古色古香的楹联。上联：挹云岭秀气春树芳林云蒸霞蔚。下联：育金城英才钟灵毓秀雁翥鹰飞。校门两边呈喇叭形的白墙上写着鲜红的八个大字"培德育才,振兴中华"。进了门是标准的四百米田径场。左半边规划成一个小型的足球场地,右半边是三个篮球场地,空下来的西北角栽着两副双杠,整个场地简单有序。不管你喜不喜欢运动,只要你到了这里

冬日的火花

　　就会让你感到一种秩序。从校门口直穿田径场的大路是通往教学区的。整个教学区比田径场高出三米多，所以在这里专门设计了一个倒人字形慢坡，分岔处包裹着花坛，林芳欣记得来的时候花坛里美人蕉开得正艳，花坛中央高耸的旗杆上五星红旗迎风飘扬。花坛后百十米的地方是新建的中心教学楼，看起来即将竣工，米黄色水刷石外墙质朴大气，草绿色的门窗雅致而肃穆。中心楼将教学区分为东西两区，东区由北向南依次是学生灶、学生公寓、文理科补习区。西区依次是教工灶、教工单身楼和两排实验室。应届班全部集中在东西区最南边的三排教室。整个校园严整而有序，加上师生们栽花种草的雕饰，让初到时的林芳欣感觉像是踏上了一片纯净的圣土。最让她激动的，是从教学楼后一直延伸到学校南围墙的那一大片杨树林，风吹树叶哗啦的声音像是无数双弹琴的手，漫步林间有超凡的清静和舒畅。尽管新建的中心教学楼还没有投入使用，不过看起来应该不会等待得太久。她插到高二六班，同桌叫王琪。一切都感觉不错且充满期待，这是林芳欣来到金城中学最初的印象。

　　林芳欣和王琪勾着手臂走到坡口，就看见荣健哥几个嘻嘻哈哈迎面走来。他们外套胡乱搭在肩上，裤腰歪斜裤脚参差，汗水打湿的头发蓬乱如杂草，走起路来自由散漫的样子俨然就是一群二流子。荣健看见了林芳欣和王琪，和林芳欣目光交融的一刹那荣健感觉似春风温暖了每寸肌肤。荣健羞涩的注目瞬即引来了其他几双热情的眼睛，盯得林芳欣和王琪有些招架不了，林芳欣不敢再看他们，装作淡漠地往下走去，以平静接受了他们的注目礼。走出坡口，林芳欣感觉自己出汗了。王琪忍不住转过去看他们走远了没有，转过头却发现他们还在原地盯着她俩，王琪吓得赶快转过身不敢再看，这时听到身后传来嬉笑的歌声："我曾经问个不休，你何时跟我走？可你却总是笑我一无所有！我要给你我的追求，还有我的自由……"

　　林芳欣仔细地听着这歌声，王琪跟她说话也没顾得回答。她想起早晨的那一幕，当时她一眼就认出对面的男生是荣健，就是五年前的那个坏小子。怎么变腼腆了！那我也不主动和他说话，女孩子嘛，应该庄重

第二章　我记得你过去的样子

一点的！想到这，林芳欣心里暖暖的。王琪看她没和自己说话，也就不再吭声。等到林芳欣回过神来才打趣地问了一句："怎么了你，教工灶待了一下午，魂都丢了！有啥小秘密给我说说。"林芳欣笑了笑说："别瞎猜，走，我请你吃汾煌雪梅。"

学校门口的小卖部设在一个废旧的客车车厢里，老板是对面村子一对年轻夫妇。男的叫王大勇，女的叫田春燕。两口子人利索又是热心肠，平时同学在这寄存东西或借个十块八块的，他们也从来不伤同学面子。时间长了，大家都哥哥嫂子地称呼。林芳欣和王琪去的时候，老板娘正抱着她的小儿子给另一位同学找钱。小儿含乳睡着了，老板娘颤悠悠的硕大乳房贴着孩子娇嫩的脸蛋，在闪动的烛光中散发着母性温柔的光辉。

王琪看到前面的同学拿了钱离开，就叫了声嫂子，女的应声道："你们也下来买蜡烛吧？"王琪说："不忙不忙，你先把孩子放在床上睡吧，瞧这小家伙睡得甜的。"那女的笑着转身去安顿孩子。站在一边的林芳欣此刻却被同伴老练的应酬给震动了，她忽然觉得这位扎着羊角辫的大眼睛的朋友很高大。也的确，换了林芳欣她是做不到的。在林芳欣的心目中总觉得和这些人"哥哥嫂嫂"很别扭，平常来买个东西，她没有多余话，只是掏钱买货，从来也没想拉什么家常，说老实话自己也根本不会。而今天王琪的话是那么自然，让她感觉到一种平淡生活的人情温暖，她开始怀疑自己平素的冷漠了，她一边掏钱一边想是不是该改变改变。买两袋雪梅零钱不够，就又拿了一张五角的饭票递到窗口。在这附近金城中学的饭票是"合法"流通的票证，吃饭、看病、打桌球全部畅通无阻。今天当然也不例外了，她们拿了东西边走边聊轻松地向教室走去。

学校里已经烛光闪闪了，东边的补习区是安静的，而西边应届班的教室里一片喧闹。林芳欣和王琪走进教室时，同学们正三个一堆五个一团地围着烛光聊得起劲。根本没人在意有人进来，她们借火点燃了蜡烛，拿出书本放在桌面上。王琪似乎一路还没说够，遇见这种气氛更兴奋了，也许嫌后面的男生太过吵闹，她转过身"嗓"地把后面一堆男生

冬日的火花

的蜡烛给吹灭了，自己迅即转过身来装作没事地大嚼大咽。她没事，林芳欣却被她的举动和神态逗得趴在桌子上笑得要死。接着就听到那群男生到处找肇事者，发现是王琪后一把抢了她手上的"雪梅"拿过去共享。王琪急得大声嚷嚷。就这样大家笑着闹着，不知是谁先提到期中考试后要文理分科。一下子整个教室都围绕这个话题讨论开了，有的坚定地说学"理"，有的貌似早有打算地说学"文"。心中犹豫茫然的则渐渐变得沉默，林芳欣就是这其中的一个，她理化成绩较好却并不喜欢，文史学得差却从心里萌动着兴趣。要想上大学，学理无疑相对容易。而自己却已开始对那些枯燥的公式产生了疏远的念头，她的理想是北京外国语学院。怎么办呢？如果期中按成绩分科肯定要学"理"了。学理就学理吧，只要能上大学。不，不喜欢还不如不上呢！王琪在一旁看着她拿着笔在本子上若有所思地乱画着，就没打断她，因为她此刻心情是平静的。她已经不准备再读下去，也许到不了期中，也许要到这学期末，总之她准备回去上班了。这学校她早已厌烦，提起读书更让她头疼。两年前家里就给她办了待业证，让她上高中并不指望她考大学，而是觉得她年龄还小，应该在学校里待着。上学期休学两个月参加了县人劳局的培训，现在就等家里联系好单位就去报到。林芳欣想了半天也没个结果，"雪梅"早就吃光了，就找王琪说话，王琪却不知从哪儿扯来一本杂志在专注地看着，林芳欣无聊地拿了英语书划拉起单词来。

没有老师监督的自习似乎给了学生更多的快乐，高二二班教室里赵海他们刚才还在议论着球赛，个个把自己吹得能上天。直到吹得没词了，又想起上来时遇到的那两个漂亮女生，当然说到这个话题声音就小多了。荣健没有参与他们的议论，自己一个人陷入了沉思，而沉思对荣健来说像是一个深渊。

他心中的波澜如飓风，似海啸。让他六神无主，坐立不安。与林芳欣的相逢，让他感觉自己像流浪的乞丐在暗夜里看见灯火，像雪地里黯然独行时抬眼遇见明艳梅花。荣健心里隐约有些胆怯，担心这涌动的情感乱了自己坚定的内心，会不会因此牵绊了梦想，会不会由此迷失了方向。而他克制不住自己的神经，忘不掉她迷人笑颜。尤其是下午球场外

第二章　我记得你过去的样子

那深情伫立的画面，那一瞬间荣健觉得自己整个人都已融化在她的目光里，灵魂也丢在了那里。他内心纠结不安，如此慌乱地、黯然地挨到了九点。

　　下了自习，大家蜂拥着，喧闹着挤出教室，外面是星疏月朗的天空，清凉的风微微吹着，荣健深深地吸了几口，暂时平缓了烦乱的心情，和大家一起向车棚走去。

　　当荣健躺在床上的时候已经十点多了，回想这精彩的一天他辗转难眠。闭上眼白杨林相逢的一幕不断在眼前闪现，荣健有些后悔自己怎么不主动和她打招呼。她肯定认出我了。唉！她会笑我没出息的！我该怎么办呢？不过我已经很大胆了，平常见别的女生就脸红，而我看她却为何目不转睛？不过还应该主动点，唉！真是没出息。不过她应该不会笑我的，要不然她肯定不会来看我打球了，得出这样的结论让荣健舒心了不少。就这样荣健猜想着，构思着，忽然有了想写诗的冲动。

《白杨树》

　　白杨树还没长出嫩绿的叶子，
　　那泛着绿晕的树干睁着千百双大大的眼睛，
　　看着，
　　我和你相逢了。
　　长长的岁月的幕墙，
　　我以为在我的灵魂里早已把你丢了。

　　当年的孩童只知道游戏的快乐，
　　却不小心把一个名字深深地记在了心坎里，
　　终于，
　　我和你相逢了。
　　漫漫的未来的旅途，
　　我希望和你一起听着风的歌声前行。

冬日的火花

午夜的县城是宁静的，大街上隔三岔五亮着的路灯像往常一样放射着微弱的橘黄色光芒。赶夜路的机动车拖起街面的尘土犹如腾云驾雾般仓皇而去，偶尔有骑自行车夜归的路人和着旧车咯吱吱的声音纵情高唱着秦腔，那曲调悠扬悲壮能传得很远。

一如往昔闪烁着的万家灯火这个时候已不断有窗口在明灭间融进夜的黑暗，而其中一扇亮灯的窗下是那位满心欢喜的姑娘林芳欣。她正趴在床头，手里拿着小学毕业时的集体照，内心甜蜜的注视着照片中荣健那憨憨的模样，这泛黄的黑白照片让她想起了五年前的那个课间。坐在自己后面的荣健拿出一大堆小人书，周围的男生都抢着要看，女生也投去羡慕的目光但没人敢去要，因为平日里荣健从不搭理女生。林芳欣忍不住回头瞅了瞅，有一本《再生缘》之《比箭夺婚》摆在最上面。封面上画了一个身披铠甲，手挽满弓的威武少年，林芳欣目光停在那本书上。当荣健要把书往桌斗里收的时候，她禁不住"哎"了一声。荣健抬起头看她时那清澈的眼睛和善而友好，于是她有勇气借了那本书，而且看完了全集。后来同学们就开始传言说她和荣健好上了，以至于荣健见了自己就脸红。记得有一天男生们呼呼着把荣健往她的座位上推，推得荣健发了小脾气。"好就好，关你们屁事！"说着坐在了自己板凳边上，大家闹了个干瞪眼。当时荣健离她很近，脸通红通红的，瞅着是要说话，结果一句话都没有说出来，最后傻傻一笑走开了。但是从这以后，荣健似乎胆子变大了一点，经常偷偷地给自己写小纸条。记得那时候每天最重要的一件事就是看荣健给自己带来了什么书，而荣健关心的是自己给他带没带糖果。交换中互相变得亲密起来，荣健也慢慢地坏了起来，后来竟然还敢捉弄自己，有一次气得自己三天都没理他。

那一年很快过去了，也很快地就把那些事情淡忘了。如果不是今天的重逢，记忆中的那些点滴也肯定都将慢慢消失得无影无踪。但是现在相逢了，忽然之间似乎如同打开了一个定期的情感存折，收尽了从前不经意日积月累的情愫。那么美好，那么值得回味，是缘分吗？如果不是为什么自己那么想靠近他，简单的一面竟然有一种温暖喜悦的亲切。如果是，该是什么样的开始？

第二章 我记得你过去的样子

　　五年了，荣健已经不是那个憨憨的小男孩了，他已经是个纵横球场的大小伙子了，而自己也不是那个莽撞的小姑娘了。清晨那一幕又浮现在眼前，从荣健的目光中她相信荣健认出了自己，这个小伙子还像从前一样地害羞，而自己又不能主动，最后谁也没有叫出对方的名字。想起中午回家时疯疯癫癫和他赛车，当时他那像见了外星人一样惊诧的眼神中充满疑惑，可惜他还是没有和自己打招呼，哎，真是个木头！

　　拉了灯，林芳欣伸手打开桌边的小窗。窗外月光如水，带着凉意的风捎来清新的气息。林芳欣慵懒地躺在床上看星星，脑海里忽然想起那"金风玉露一相逢，便胜却人间无数"的诗句。她多么希望有流星飞过，这样就能许下心愿。小时候奶奶说过，要是你想要什么，等流星来的时候就祈祷，那流星就会将你的心愿捎给天使，只要是美好的心愿最后都一定会实现。

　　可是这个季节怎么会有流星呢！她只能在心里想象流星雨爆发的情景，痴痴地仰着头喃喃数语后，美滋滋地躺进了被窝。也不知什么时候进入了梦乡，反正起床的时候感觉完全没有睡醒。

　　每天早起上学对林芳欣来说是一件发愁的事情，尤其在冬春两季天亮得晚，出了家门四五百米黑漆漆的巷道阴冷清幽，两边是东关村办企业高高的围墙，每当走到这里的时候林芳欣总会想起警匪片中流氓杀人越货的恐怖情形，以致吓得自己望而却步。

　　林芳欣在家里是绝对的千金宝贝，虽说还有个妹妹，但是她在姥姥家长到十岁才回来的，受宠的程度自然没法和林芳欣比。爸爸是林芳欣的保护神，每天早早起来打好洗脸水才叫她起床，然后一直护送她到大路上，而后自己再跑步回来。在林芳欣心中爸爸的形象是高大的，她无法理解妈妈对爸爸的态度，想不明白她为何总没事找事挑起口角，有时甚至升级到以离婚相逼，每每想起这些事林芳欣就伤感痛苦。单独和爸爸相处的时候也曾问过为何如此，可爸爸总是说："傻孩子，谁家还没个矛盾了，别管这些，好好把书念好。"

　　今天穿好衣服下来时爸妈屋里的灯已经亮了，听到林芳欣的脚步声爸爸走出了房门，林芳欣不经意朝爸妈的屋里看了看，林芳欣发现爸爸

冬日的火花

　　昨晚好像睡在沙发上的，这让她心里咯噔一下，但是爸爸送她的时候还是像往常一样笑眯眯的，一路上不断鼓励她多用功，林芳欣在前面骑着车子，爸爸跟在后面跑着，父女俩边说边走地到了胡同口，爸爸在她的屁股上一拍说："快马加鞭，走。"林芳欣回头看爸爸时，黑暗中看不清他的面孔，但可以看见他站在路口冲自己招着手。

　　天色变得愈发明亮，路上学生越来越多了，迎着晨风林芳欣轻快地蹬着车子，那一刻她也怀着一腔热忱和无限的信心，也暗自发誓要取得优异成绩青春无悔，对她来说最重要的是要证明父亲有她这个女儿和有儿子是一样的！

　　中午的时候林芳欣收到一封信，又是那个无聊的于浩。自从林芳欣来到金城中学的第三天开始，这个该死的家伙就无处不在没完没了地纠缠。起初林芳欣还勉强跟他说过几次话，而这个笨蛋一开口就是他爸如何如何的厉害，他穿的鞋子衣服是什么什么名牌，说是家里早就给他联系好了自费大学，还问林芳欣愿不愿意一起去。这些话听得林芳欣不胜其烦，以至于见了他就避之不及。而这个不自量力的家伙今天居然还敢写信妄想说一起去看元宵灯会，呸！

　　其实论长相于浩算得上一表人才，一米七三左右的个子，身材匀称俊朗，浓眉大眼肤色白净，梳着青春偶像郭富城的招牌发型，着装又很讲究，要论形象在金城中学是数得上的斯文帅哥。但是我们的林芳欣小姐就是讨厌他，在林芳欣眼里于浩说话结结巴巴，娘娘腔，又胸无点墨几乎就是草包一个。林芳欣毫不稀罕地撕了信，随手扔进桌斗里。不远处的于浩偷偷地看着林芳欣的举动，而后神情沮丧地低下了头。

　　于浩是家里的独子，父亲是高楼镇有名的农民企业家，从八十年代初开始经营电器开关厂，十年下来已经有了上百万的资产。于浩从小要风得风要雨得雨，而现在这个小伙子过得并不开心。有两件事一直压得他抬不起头来：一是成绩糟糕得几乎没有一门能找到头绪，上学期写的作文还被老师拿到课堂上当反面教材宣读，当场遭到全班同学的嘲笑；另一件就是对林芳欣的好感不被接受。其实于浩并没有太多的想法，只是希望能和林芳欣交个朋，没事的时候聊聊天，结果林芳欣对自己冷若

第二章　我记得你过去的样子

冰霜，这件事更被一些旁观者当作笑柄。哎！于浩深深地叹了口气，觉得自己活得真够失败，怎么办呢？无聊的高中时光还要一年多才能到头，到时候就算是爸爸联系好了学校，可这糟糕的成绩怎么交代呢！爸爸没多少文化，就希望自己能够学有所成，将来无论是继承爸爸的事业，还是开创自己的天地，总不能给爸爸丢脸吧！爸爸那么好强，如果知道自己这样的没用……于浩陷入了无法自拔的苦闷当中！

浑浑噩噩地熬完了上午四节课，于浩和大家一起走出教室，看着林芳欣和王琪说说笑笑扬长而去，于浩心里酸酸的。这时候同村的好友冯亮来了，于浩强打起精神招呼了一声，像往常一样一起去校外吃饭。冯亮已经上高三了，将近一米九的个头处处显示出强悍，来金城中学以后因为性格豪横在学校颇有威名。冯亮虽然有些不守纪律，但学习上并不含糊，并且立志报考西北体育学院。于浩和他一起长大，上高中以来更是大被同眠的铁杆兄弟。

冯亮是毕业班唯一一个在校外吃住但经济窘迫的孩子，因为和于浩近乎兄弟关系，长期以来于浩承担了十有六七的费用，其余的花销也是其他同学想取得冯亮的庇护而给的好处。在于浩眼里冯亮胆子大门道多，上学期竟然勾引上四季饭店的服务员马小兰，两人经常到房子厮混，床单被他们弄得污渍斑斑，对此于浩很是不满，但碍于和冯亮的交情也只能睁只眼闭只眼了。自从认识马小兰，冯亮关于两性的话题多了，这对于浩的影响是巨大的，感情和学习上的不如意本身就让他苦恼，现在再加上性的渴望和幻想，于浩感觉自己几乎到了崩溃的边缘，他开始有了手淫的习惯。

马小兰第一次见冯亮的时候，冯亮和一群同学前呼后拥着走进四季饭店，那天他们点了很多菜，冯亮一副大哥的派头，一边吃一边讲着自己富有传奇色彩的故事，那语气干练豪爽，听得一堆同学瞪大了眼睛。当天那顿饭吃了很长时间，马小兰则一直注意着这个小伙子。在马小兰看来冯亮有一身的侠气，眼角眉梢那种逼人的威严让人自然地产生一种仰慕。吃饭总共花了三十六块钱，收钱的时候马小兰特意送了他们一盒红豆牌香烟，而这烟自然被冯亮笑纳。后来马小兰才发现烟盒上有一首

冬日的火花

诗："红豆生南国，春来发几枝。愿君多采撷，此物最相思。"那一刻她忽然感觉这是上天的安排，所以之后冯亮来吃饭的时候，他的饭总会比其他人的实惠，冯亮也乐于接受这样的善意，一来二去两人之间也能说上几句话。就这样慢慢地变得熟悉，玩笑也就有了。马小兰大冯亮一岁，老让冯亮叫姐，而冯亮嘴巴硬，说是你又不给我洗衣服，叫你姐那我多吃亏。马小兰说洗衣服是多大个事，只要你叫姐，我给你洗衣服。后来冯亮的姐一直没有叫出口，但是衣服全是马小兰洗的。

那是去年9月的一个星期天，午后酷热的秋老虎让秋蝉发出憋闷的嘶鸣。跟往常一样，这个时候饭店里是冷清的，只有沾满油烟的吊扇忽悠忽悠地转着，但却无法带来丝毫的凉意。马小兰跟老板说想上县城买点东西，出了门转身来到冯亮他们的住处。这是附近的农民在公路边自留地里建的二层小楼，门窗还没有油漆就开始出租给学生当宿舍。这个院子也许因为新房太潮湿，只有他们租了楼上的一间。于浩当时并不愿意，但是冯亮说这里清静。

马小兰推开院门的时候，院子静悄悄的。上了楼才看见冯亮一个人光着膀子穿着短裤在练哑铃，弄得大汗淋漓像涂了一身的橄榄油。马小兰也没多说话，随手帮他收拾了一下脏衣服，就端到楼下去洗。冯亮又练了一会儿，休息时点了根烟趴在二楼的水泥栏杆上。马小兰蹲在水池旁一边搓衣服一边诉说老板的刻薄。冯亮第一次认真地审视面前这位姑娘。她穿着一件白底红花的短袖，头发随意地扎在脑后，白净的脸庞因为天热泛着红晕，紧身的文胸勒捆着丰满的躯体，那背带透过衣服清晰地印在外面，冯亮忽然觉得她很美，心底有种拥抱的冲动，但是想起马小兰对自己的好又觉得这想法很是罪恶，何况她跟自己一样也是个苦孩子。

对于马小兰来说，给冯亮洗衣服是一种幸福。在她看来他们可是一群令人艳羡的读书人，前程远大而美好，而自己这样没有什么文化的山里姑娘能跟他们做朋友已经很幸运了。她很专注地干着活，领口的扣子开了也没有觉察。而冯亮看见了，在这个位置可以清晰地看到那惊心动魄的颤动，那是两个白白的、圆润饱满的乳房在晃动，一滴汗水正缓缓

第二章 我记得你过去的样子

地从脖颈流到深邃的乳沟，这画面让冯亮体内的热血开始无法抑制地沸腾。

马小兰晾了衣服，抹着汗微笑着走上楼来。"走，趴那儿热不热呀！"冯亮扔了烟头跟着马小兰进了屋，走进房门的那一刻他一把抱住马小兰并蹬上了房门。马小兰显然有些惊慌失措，她想挣扎却忽然间没有了力气，当她那还带着冰凉的手触摸到冯亮结实而温热的后背，当冯亮几近疯狂地侵犯她的身体，她一时间不知道是害怕还是兴奋，那种迷乱的情绪冲乱了全部神经，她大脑一片空白。而此刻的冯亮已经完全失去了思想，只是想撕开这美玉的每一寸包裹，领略那全部的毫无遮掩的风景。他粗暴地解开马小兰的短袖，急躁中几乎扯断那纤细的文胸，那饱满的乳房"砰"地蹦出来撞在他的胸膛上，那股排山倒海的力量让他全身为之震颤，他左手紧紧地揽住马小兰的腰身，右手一把抓住那多少次梦中渴望的山峰。而这一抓也让马小兰最后的清醒彻底崩溃，只想紧紧地抱住眼前这个疯狂的男孩，任凭他肆虐和疯狂！直到冯亮把他那平常只有在厕所里才能炫耀的伟大武器挺进自己的身体，那感觉宛如淬火的铁棒插进了冰山，而后冰雪融化泛滥奔腾着淹没了荒原。两个青春亢奋的年轻人盲目不顾后果地一次又一次做着他们想做的事情，直到筋疲力尽，直到外边的天空渲染出血红色的云彩，谁也没有说话，冯亮趴在床上感觉天要塌了！

这件事情让冯亮精神恍惚地过了很多日子，总是疑神疑鬼地感觉背后有无数指指点点的目光，但是一切是平静的。马小兰还是以往的表情，只是眼光中增添了更多的温柔。时间慢慢地过着，他们秘密地来往着，冯亮成了马小兰的依靠，而他也从马小兰那里得到感情和物质补给。这些都让冯亮在高中的后半程感到温暖和踏实，后来每当想起全县停电的那个冬夜，冯亮口袋的几毛钱除了吃饭已经不够买蜡，只好蜷曲在冰冷的木板床上，想起家里的拮据和自己经常暴露于同学面前的寒酸，那种刻骨的悲哀和无奈让冯亮伤感。这个时候他也会想起"天将降大任于斯人也，必先苦其心志"的句子，但是年轻而脆弱的情怀还是常常无法排遣郁闷和自卑。然而那个黑夜她来了，带来了蜡烛和在饭店里

冬日的火花

偷来的一小块腊牛肉以及二两太白酒。他们没有点亮蜡烛，冯亮一缕一缕撕着牛肉，抿着香气四溢的白酒。两人说着各自小时候的故事，一直说到遥远的将来。冯亮说等自己功成名就后会给马小兰买很多的漂亮衣服，还要配备一辆红色的木兰摩托车……就是这样一个寒冷的夜晚，两个背景相似的年轻人簇拥在一起感受到了幸福，尤其紧紧拥抱着裹进冰冷的被窝时，那种踏实的温暖让冯亮想起了"长相厮守"四个字，但是顷刻间就被自己否定，他有些痛恨自己的自私和虚伪，但是他怎么也不愿意承认自己在有意无意间玩弄着马小兰，因为她是那么的善良……

房间里唯一的电器是于浩的单放机，有一阵子每到晚上，他俩回来也不大说话，脱衣上床后一个躺着看天花板，一个趴在床，就这样静静地一遍一遍听着"黑豹乐队"的《靠近我》，心里哼唱着："眼中含着眼泪，虔诚的忏悔，镜中好忧郁的我，像是真的犯了错，我也不愿去体会，那种苦涩滋味，又有谁能告诉我，该怎样去做？时常感到疲惫，辛酸和劳累，镜中变消瘦的我，忍受不平的折磨，我也不愿去体会，那种苦涩滋味。又有谁能告诉我，该怎样去做？不愿去过平常的生活，放弃一切才是我的错，何时得到轻松和快乐？何时驱散身边的寂寞？靠近我，靠近我！安慰我！理解我！"

马小兰来自金城县南部云岭山区的雪岭乡。

她和许多从山里出来谋生的女孩子一样，最初只是想着能够逃离生活的窘迫并改变在家庭不被重视的境遇。这个可怜的女孩子没有过公主般高傲的幸福，也没有得到父母慈祥的怜爱和呵护，不是因为她不够漂亮，不够可爱，只是因为贫穷。山区交通不便收成不稳，生活的百般无奈让父母亲熬白了头发，熬坏了性情。父亲说识点字就可以了，况且学校太远女娃娃来回跑也不安全，于是勉强读了两年初中就只好回家劳动。其实有什么不安全的？不就是那次放学回来时在山道上遇见一头野猪，当时那家伙估计是饿昏头了，硬是往她们几个女生跟前冲，幸亏她们腿脚麻利才没被撞上，而胆大的男生还捡起石头砸了猪的屁股。小兰跑得慌了点，绊倒后还就地滚了几个骨碌，谁承想就把新裤子膝盖蹭烂了。为此回去母亲唉声叹气，说她是个讨债的。再加上当年期末考试成

第二章　我记得你过去的样子

绩不理想，父亲一失望就彻底念不成了。而这样一双稚嫩的双手在土地上又能创造多少价值？不创造价值又要吃要穿似乎成了让父母烦燥的事情，无端的诅咒和谩骂几乎成了家常便饭。小兰受了委屈常常会跑进山坳里痛哭一场，每次哭过以后她又会理解父母，她知道这小山村里家家都一样，爹娘终年劳苦灰头土脸，弟弟妹妹还小，这熬煎的日子恐怕还长着呢！

　　可即就如此，多年以后马小兰依然怀念这段日子。那时家里有鸡有猫，太阳暖和的时候她经常坐在院中的树墩上看山，老猫见了就要跳上她的膝盖卧在她怀里，而那只羽毛鲜艳靓丽的大公鸡总是骄傲地来回踱着步子，走路的姿态也很有趣，经常一只爪子着地，另一只爪子悬停片刻再划个半圆落下，走着走着不时扇动它那火红华丽的翅膀昂首鸣叫，也或者一高兴就骑到那个母鸡身上去撒个欢子。而那几只母鸡则老实得多，总是抱团结队地四处觅食，到了点就像排了班一样先后到柴堆里去下蛋，出来后都会兴奋得咯咯嗒叫一阵。每当这个时候，小兰知道这是母鸡向她表功，于是就会回屋里抓一把玉米以示犒劳。只要玉米一落地，那看似骄傲的公鸡就会瞬间变成赖皮脸，每次跑得最欢还霸道地挤兑母鸡。小兰不喜欢它那丧眼的样子，就抬脚踢它，可这家伙很蛮横，根本就不怕她，好几次都红了冠子竖起颈毛摆出一副拼命的架势。小兰想过拿棍子赶它，可转念又觉得它也不过为了一口吃食，后来就干脆随它任性了。

　　但从那时起她开始想自己的出路，想自己也得有一口吃食。想来想去，也只能别无选择地像周围姐妹们一样进城务工。通过远房表亲的介绍，她到县城一个干部家庭当了保姆。那男主人三十出头，据说他父亲是县里的实权人物，高中还没毕业就进了银行系统工作，十几年下来也混得相当牛气，现在好像是什么信贷科科长，反正很多人都求着他。人家的媳妇不用说肯定是人漂亮、工作好，在县城一所中学教英语。前两年小两口就在县城南边盖了三间两层小洋楼，那房子从头到脚都贴的瓷片，窗户也一层玻璃一层纱网，而家里的摆设也非常讲究。想来这样的有钱人就是在县城恐怕也不多，这是马小兰第一次走进雇主家时的

冬日的火花

判断。

她的工作主要是带孩子，大的五岁，小的也快两岁了，加上洗衣做饭打扫卫生一个月五十块钱。这对小兰来说那真是喜出望外，她在这个家里干得很卖力、很小心。这工作吃住不花钱，因此她每月可以给家里四十块钱，如此不但可以证明自己不是父母的负担，相反还是一个有心的好孩子！

可要干好这个工作还真不简单，刚来时不会做饭，收拾卫生也干不到点子上，为此经常被女主人责骂。但无论怎样城里的生活让小兰感觉到了幸福，家常饭菜并不困难，没多久她已经很有自信了。如此一日三餐可享丰盛，而且女主人退给小兰的衣服也让小兰的形象变得体面。她本身就是一个漂亮的姑娘，营养的改善、卫生意识的提高让小姑娘焕发了青春，变得活泼而开朗。

让她没想到的是，这样的富裕家庭居然也有矛盾。女主人心情好时会和她像姐妹一样聊天，那时马小兰才知道这女主人娘家经济并不宽裕，她中专毕业后屈从父母压力和心上人分了手，而走进这个家在她看来完全是一时糊涂。也曾想过离婚甚至出走，但是生活让她慢慢没了激情，尤其是第二个孩子出生后，她打消了这样的想法。小兰问她既然不想过，为何还要生二胎，她说女人有些事身不由己。但感情是无法掩饰的，老公本身就心有不满，而她又时常暗地里支持娘家的日子，所以大小的激战、冷战是不断的！

小兰在这中间自是无辜，却时常难免成为发泄的对象，这让她尤为烦恼。不过想起原来在家里的委屈，也只能暂时忍耐并坚持下去。加上男主人暗地里对她不错，偶尔还顺带给她买些小礼物，或是买菜时多给几块钱。有了他的关心小兰的心理基本是平衡的。女主人好像并不关心男主人每天干些什么，只管带好孩子和自己的工作，所以不吵架时环境还是很宽松的。主人上班走了，自己抱着老二把老大送到幼儿园，回来顺路买好菜。她在家里也能照照镜子，学着女主人擦粉抹脸，偷偷地穿上女主人的新衣服臭美一回。暂时安逸的生活，让小兰有时间想想自己的事情。她羡慕女主人衣食无忧的生活，而且男主人又是那么能干，她

第二章　我记得你过去的样子

有些不明白女主人为什么就不珍惜。想着自己什么时候能找到这样一个会挣钱的男人，不像现在只能当个逆来顺受的小保姆，一个月几十块钱，又能帮家里多少！以后该怎么办呢？真是没指望了，小兰有些抱怨命运不公。

日子就这样一天一天地过着，而那个夏天发生的事情让马小兰终生难忘！

炎热的天气里人们睡觉都大开着窗户，似乎唯恐耽误哪怕一丝的凉风。而在这样的夜里主人房里常常传来莫名的哼唧声。每当听到这种奇怪的声音，小兰就感觉浑身上下有种难以抑制的躁动，以至她经常抚摸着自己丰满光滑的身体久久难以入睡。而且那些天男主人在家里也就只穿个大裤头，档里那东西晃晃悠悠看着就别扭。好几次他睡在沙发上，裤腿里露出像叫驴棒槌一样的东西。每当这个时候小兰除了好奇还心跳得厉害，但她想不出要提什么意见也根本说不出口。况且这个男人对自己挺好的，这又是他的家，又哪能轮上自己说什么？这个淳朴的姑娘根本没有意识到危险的来临，终于有一天在她洗澡的时候，那男主人赤裸裸地冲了进来，小兰在惊慌恐惧中丢掉了处子之身。又几乎在昏厥中被那个男人抱回她的小床，清醒后一边哭得稀里糊涂一边听了一大堆美好的许愿，再之后男主人塞给她两张崭新的百元大钞，而那一年小兰才十七岁！

那个下午小兰是在恐惧和愤怒中度过的，看着攥在手里的两百块钱，看着看着她想把它撕个粉碎，但刚撕成两半又有些舍不得。想跑出去大声喊叫，让人们惩罚这个坏蛋，却畏惧街坊邻居恶毒狰狞的讥笑。想来想去无可奈何，可怜的小兰找来胶水粘好撕烂的钞票呆在了床上，这个时候她想起了妈妈，想回家。

当她把这个想法告诉了男主人，没想到主人竟然答应找辆车送她回家，只是一再叮嘱她保守秘密，否则就叫她从县城消失。差不多过了一个星期，小兰终于回到了家。

到家的时候母亲正坐在树墩上给一只下蛋鸡治伤，她双膝夹着鸡身，似要拿针线缝合鸡脖子上的伤口。那母鸡眼神凄迷，伤口还流着

冬日的火花

血，舌头居然从伤口掉了出来，真有些惨不忍睹。母亲说这只鸡昨夜遭黄鼠狼袭击差点断了脖子，缝上伤口兴许还能活。而弟弟妹妹都去了学校，父亲和大伯到山上经管木耳去了。母亲问小兰怎么回来的，这时男主人才转上前打了招呼，笑眯眯地说顺路送小兰回来看看。母亲听了唯唯诺诺地一再感谢，还说小兰有什么不对的地方让他多指教。这些话让小兰心如刀割般难受！母亲说上次下大雨，这老房子漏得厉害，一边后檐头还倒了，那边和大伯一起过的奶奶也病得起不了床了。小兰问公鸡和猫咋不见了，母亲说公鸡早卖了，猫前些日子也死了。这些话让她彻底失去了求助的底气，她把这半年零碎攒下的两百块钱和那裹着少女屈辱的两百块钱都留给了母亲。随即在主人的催促下离开了家，临走她要求去看看奶奶。

婶娘在院子里整理着柴火，见小兰来了热情地问："额娃啥时回来的，你先进去。娘就来了。"奶奶在冷冷清清的炕上睡着了，小兰把刚要来的五十块钱塞在奶奶手中，头也不回地快步出了门，身后隐约传来奶奶的声音："得是兰兰，快叫娃回来。"小兰眼泪唰地流了下来，从奶奶的呼唤中，小兰知道奶奶想着自己这个大孙女！但是她想逃离，她几乎奔跑着向山下走去。婶娘大声地呼喊："兰兰，哎！这娃，咋刚来就走了？"但小兰并没有听见，她只顾一边奔跑一边抹着奔流而下的泪水。

回到县城一切都归于平静。女主人还是像从前一样冷淡，而男主人的态度变得更好了，有机会就找小兰说话，逗她开心，还说要帮她在县城找个好婆家，以后小兰就不会为生活熬煎了。听了这些话，小兰感觉自己真的有了依靠。慢慢地小兰几乎完全忘记了仇恨，反而和男主人的关系更加地亲密，甚至觉得他压在她身上的时候心里特别的踏实。男主人经常上班时间跑回来，还带些乱七八糟的录像，两个人偷偷摸摸在这个家里的每一个角落发泄着情欲。而马小兰也几乎习惯了，有时候因为女主人在家，如果连续几天没有机会，她甚至会从心底产生一种恶毒的怨恨。

这种频繁而热烈的性生活让这个小姑娘的身体明显发生着变化，焕

第二章　我记得你过去的样子

发的青春魅力平添了一丝女人味。然而这样的鬼祟生活怎么能够长久呢？被女主人发现的结果就是，男人被抽了两个响亮的耳光，小兰被抓烂了大腿，而且生生揪下私处一撮耻毛。很久以后男女主人的对骂还常常回响于耳：

"一家没一个好东西，要搞女人你他妈的到外边搞去，在家里搞这个土包子贱货，羞你八辈祖宗！"

"你以为你是什么好东西，破鞋一个有啥资格教训我？有机会就往省城跑，你以为我不知道？送上门还不要钱的贱人！"

"你个文盲、流氓、贪污犯，迟早遭报应！"

接着就是对打，一塌糊涂！女人撕心裂肺，孩子放开嗓门啼哭，小兰狼狈屈辱地逃离。

第三章　我们的先生

中午上完第一节课，荣健像惯常一样跑步到大门口的传达室领取班上的报纸。焦老师也早就把报纸分拣停当放在窗口，荣健拿过报纸签完字转身要走。扭头看到焦老师拎了暖瓶出来，荣健主动上前接过暖瓶和焦老师一起往职工灶走去。

焦老师七十多岁了，当年可是金城县闻名遐迩的高级语文教师。退休后割舍不下对学校和学生的感情，就义务在学校门房承担起分发信件报刊的工作。几乎每天到了晚自习大家都能看见他肩上斜挎一个加长手电筒，手里拿着一叠班级不详的信件挨班查询。而他在这当口常常会给学生强调一下纪律，或是即兴讲一些文史知识和人生哲理。时间长了，同学们如果几天不见他，就会有人惦记焦老师为什么没有来。

荣健同样是受益者，他从焦老师那具体地知道了"竹林七贤"，知道了什么是"温良恭俭让，仁智礼义信"，知道了鲁迅和梁实秋的历史对骂。尤其是焦老师在黑板上写的"天行健，君子以自强不息"深深印在了他的脑海里，甚至感觉那话是给他说的。所以尽管面前的先生颤颤悠悠，荣健却觉得这老头挺神奇的，慈祥得像个老神仙。有时候老神仙也打听八卦的问题，甚至发牢骚，比如问哪个老师讲课讲得怎么样？有没有板书？甚至会说年轻的某某老师一天不务正业，居然整天去泡舞

第三章　我们的先生

厅，腰里挂个BP机，装得跟个老板似的，并下定论说这样的人不适合在学校工作。如果有同学说您老人家都退休了，何必操那闲心！他一定会瞪着眼睛说："教书育人岂可儿戏？老师不学好，怎能教好学生。"而那几年学校生源暴涨，新调来的老师也急剧增加，因此焦老师一时间几乎成了编外监督员，经常性地跑到校长办公室去提意见。比如老师上课不许带BP机的规定就是焦老师的建议，这个规定出台后他还到每个教室去宣讲这个规定的合理性，当然每次讲完都会赢得雷鸣般的掌声。他甚至高调地宣布，下一步他还要建议学校出台任何老师都不得搞兼职的规定，而这个建议后来似乎遭到了很多人的抵制，一时间再无下文。

　　焦老师一边走，一边嘴里唠唠叨叨。荣健听惯了，也听得懂他在说："你们现在环境好了，一定要好好学习，要知道珍惜时间。将来不说报效国家最起码图个安身立命吧！我老了，老了没用了，真羡慕你们年轻人，什么都敢想，什么都能干！"荣健看着这位风烛残年的老人，想象他年轻时的样子，可是他已经老得几乎让人无法构思。打了开水，荣健把老人送下慢坡，上课的铃声响了，跑了几步有些不放心，回头看时，老人从容的背影在温暖的阳光里缓慢挪动，宛如童年乡村路上晚归的老牛一般悠闲而从容。

　　课间的时候大家都会来抢报纸看，《中国青年报》和《汉都晚报》是最受欢迎的报纸，虽然荣健领报纸，但是每次也只能等到大家看完才轮到自己。唯有县办的《金城周报》总会优先留给他，去年报纸征订时，学校作为政治任务下达到各班，对此当时同学们就强烈表示不满。可毕竟胳膊拧不过大腿，但看不看就是大家的自由了。荣健看报时常想，如果《金城周报》的编辑知道还有自己这样一期不落的读者会不会很感动。但是他打心底蔑视这种办报风格，每期都是些空泛乏味的蓝图设想和一大堆漫无边际的高谈阔论，而那些看似人模狗样背后却被群众骂得祖坟冒烟的领导就更让人厌恶，但这丝毫不会影响他们频繁地洋洋自得地登上报纸头版。更让人倒胃口的是那些主要版面上身份不凡者那披红挂绿的文章，也不知这些人都是什么样的语文老师所教，可谓千篇一律地感情泛滥矫情做作。不过话又说回来，县报上一些弥补空缺的豆

冬日的火花

腐块文章倒很值得一看。这些作品大多来源于本县中小学师生，李江水老师那些近乎调侃谩骂的杂文也常见诸报端。不过这期没看到有什么熟人的作品，荣健简单翻了翻就收了报纸，下来是语文课。

李江水先生是一个充满活力的人，他能背出无数的古典诗词、文章，他可以不拿讲义有声有色地讲解高中教材任意一篇课文，甚至连每一页下面的注释都能记得一字不落。他还能够把一件看似平淡无奇的事情说得趣味无穷。而对荣健来说，记忆犹新的是高一时的那个晚自习，班主任辅导完作业离放学还有二十多分钟，老师刚走，荣健和高扬他们就收拾了东西匆匆逃跑，走到实验室门口正好撞见先生，想躲已躲不及了。但没想到，先生看到他们时在路灯暖黄的光亮中居然露出友好的笑容，然后举起手像首长阅兵一样说："嗨，革命的小逃兵们，你们跑得够快哦！"当场让他们有些无地自容！

一套藏蓝的中山装是先生固定的装束，纽扣从来都是齐整的，领钩也挂得严实。他瘦脸削鬓花白短发，戴副镜片厚如瓶底的黑红色塑框眼镜，虽然年近六旬，走起路来却总是昂首阔步虎虎生风。今天他像往常一样笑呵呵走上讲台，却挠着头有些没来由地说道："有人说当个教师，不如吊死，我看这话值得商榷。"话没落音大家被逗得哄堂大笑。

讲评了上次的作文后，先生念了几位获得优秀打分的同学名字，荣健也在其中。而今天给出的作文题目是《故乡》，先生大概说了一点指导性意见，就让大家自由发挥，老规矩，两节课完成。写作文对荣健来说是一件快乐的事情，稍加思索就洋洋洒洒地奋笔疾书，笔下流淌着的文字，一点一滴都流露着荣健对这片土地的深情。在他的心中这片土地像无数先人赞颂的那样，地处大禹河平原腹地，物华天宝，人杰地灵，素有金城之美誉。在他年轻的思想里还意识不到正是这金子般的土地，因为富饶也滋生了懒散，由于丰实而养成了傲慢，如今却已慢慢地落在了时代的后面。整个县城国有的、集体的十数家企业无一例外地挣扎在死亡线上，刚刚发展起来的一些民营实体又沉湎于小富即安和偷奸耍滑，加上传统落后靠天吃饭的农业产值更是低得可怜，政府几乎月月为发工资而头疼，这就是美丽家乡真实且具体的现状！

第三章　我们的先生

荣健写作的时候很投入，他陶醉在云岭积雪的美景中，沉浸在普缘古寺白乐天的《长恨歌》里，神游于翠微峰的青青翠竹和太清观那袅袅的青烟。所有这些曾经让无数的文人墨客不吝笔墨地赞美，也让这片土地上的儿女们祖祖辈辈为之自豪。当荣健把这些自豪的快意写成文字的时候，他也油然生出幸福的骄傲来。看看自己短短十几分钟写出的三四百字有些情不自禁的得意，环顾了一下四周，同学们都正埋头疾书，李先生则双手抱胸在讲台上踱着步子。

第二节课的时候，先生不知从哪儿搬来一把长条凳子，在讲台上跷着二郎腿坐了下来。他一会儿摇头晃脑，一会儿自言自语，忽然又抬起头来问道："你们写得怎么样了？"大家都说没写完呢！他的目光在荣健以及几个平常作文比较优秀的同学身上扫过，"好，就你们几个，把本子拿上来。"先生指着荣健他们说。先生看完几个人的作文说话了："大家都停一停，今天我出这个题目不想看到你们还像小学生写作文那样，一味只会赞美这山水土地。我希望你们用一个知识青年应有的理性去审视脚下的土地以及这个时代所发生的变革，你们的思想要敢于刺入时代的皮下，从内心感受和面对现实的苦痛及弊病，从而对于发展有独立的思考和见解。同学们，美好的未来要靠你们去创造，老是陶醉在那些固有的荣耀当中是没有前途的。你们必须学会思考，任何事物都要辩证地看待，如果读完高中只会写赞美诗式的文章，那你们的学就白上了！"

那一节课荣健很受刺激，他第一次在语文课堂上迷茫了，第一次感觉到一种从未有过的失落，虽然作文迷迷糊糊地交了上去，但是这节课让他的情绪低沉了好几天。然而年轻人总是能够快速地忘记一些不开心的事情，一段日子后荣健几乎已经不记得作文课上的插曲，却因为一件事情让他重新想起李老师的话，也让他在思想上超越了以前的世界。

实际上到了高二年级，所有课程的学习已远远超越课本涉猎的范围，物理课讲着讲着能联系到"两弹一星"，化学课能联系到有机农业，政治课那可是全球范围地审视和述评，地理老师甚至能预测世界末日。更别提生物、历史，那课堂上更是精彩纷呈，有关于人类从哪里来要到哪里去，可全在这两门学科中。

冬日的火花

　　不过说到讲课最潇洒的那还得算数学陈，数学陈戴副黑框眼镜目光如炬，乌黑的自来卷头发宛如洗碗用的一团钢丝球，他一年四季西装革履红领带，天天打扮得像新郎官。他走进教室时总是双手背后慢慢悠悠，可一旦踏上讲台那就完全像变了一个人似的。板书风驰电掣，讲课眉飞色舞，经常列出一道题的若干种解法，然后告诉你其实不必这么麻烦，再给出一种最直接有效的简单方式。但他总在强调你必须有上述几种方式的思维，只有整理了上述思维你才会有简单解法的灵感。数学陈神奇的还有他的时间感，经常下课铃响的最后一秒他会说完最后一个字然后甩手离开。那个时候很多同学都在预测老校长退休之后恐怕数学陈会成为下一任校长，他可是老校长的得意门生。

　　课堂之内上天入地，课堂之外海阔天空。不同出身的同学之间并无多大差别，自由、平等、友爱、互助的氛围给了那个时代年轻人更多的幸福感。荣健去同学家义务割过麦子，也吃过不少同学带来的水果和地瓜。孙群力出身农村，在农村来的同学里算是荣健最好的哥们。那天他们几个一起下去打球，到最后就剩下荣健和孙群力。实在有些累了就找了一块草皮厚的地方坐下来休息。孙群力从屁股后面摸出皱皱巴巴的香烟给荣健发了一支，两个小伙子看着晚霞吹着烟圈，聊着学校里的新鲜事。半根烟过后孙群力有些难为情地对荣健说："想求你爸帮个忙，相信对你爸来说也就一句话的事。"荣健说："别扯了，你以为我爸是县委书记呀！啥事嘛？"孙群力说："最近县上号召我们镇一家至少栽一亩猕猴桃，提出'一家一亩园，园园连成片'的口号。"荣健说："好事呀，猕猴桃园可是绿色银行呀。""好个屁！最近几年行情一直不好，前几年刚有些盼头，结果出了个'大果灵'，蘸了'大果灵'的果子不耐储存口感也不好，连续几年把好些贩果子的人赔得倾家荡产，因此行情一直起不来，现在谁还愿意干呀。孙群力无奈地说。荣健说："那你不栽不就行了。"孙群力说："说得轻巧，政府强制的，必须栽！谁家不栽给谁家想办法！看你爸能不能给说说。"

　　晚上荣健向父亲提起这个事情，荣勤民叹着气说："就能折腾老实人！这帮官老爷刚下轿子就胡说八道。邓小平搞改革还要先试点再推

第三章　我们的先生

行，这群混账一拍脑袋就让老百姓服从指挥，真把自己当皇帝了。不管能不能栽都让栽，有人还大言不惭地说不赚钱再挖！这就是他们理解的摸着石头过河，纯粹瞎折腾！"从父亲那荣健知道了这是新县长上任放的头把火。荣健有些茫然了，也完全弄不懂都九十年代了，政府为何还要强势地干涉农民自主经营！这到底是农民欠缺眼光，还是长官意志太任性？

孙群力的家属于县城东片第一大镇东平镇辖区，汉凤公路贯穿城镇中心。数年前东平镇以西还是一望无际的青青稻田，春夏时节田间水流纵横，庄稼翠绿欲滴，吸引着众多野生的水鸟田间觅食。那体态修长、舞姿翩翩、娇如天使的白鹭常引得孩童们成群结队地追逐。每逢夏夜，借着月光青蛙尽情地歌唱，偶尔有惊起的野鸭扑棱棱窜来窜去，搅了青蛙雅兴之后的宁静诗意盎然，你会发现无数月亮皎洁的影子在田间闪烁，宛如一幅南国水乡的美丽画卷。到了枯水的季节，田间种上了麦子，水渠像玉带一样把田地分成整齐的方块，潺潺的细流泛着轻雾在绿苗间轻轻流淌，无论谁走到这里，总有一种留恋会让你放慢脚步。

今天同样是夜晚，孙群力骑车走在回家的路上，却再也看不到那水中的月亮。几年来持续的干旱加上几支水源因为污染被迫改道，这里基本上全成了旱田了，如今很多外地商贩开始在这一带倒腾"换大米"的生意。孙群力是水田里泡大的，所以他经过这里的感受是复杂的。尤其是沿路零星栽种的猕猴桃园让他内心彷徨又气愤，他心里记挂着家里建厂的事情不由加快了脚步。

回到家已经八点了，吃了饭群力问父亲酿造厂的事。才知道工程又停了，镇上派工作组下来开群众大会，要求尽快执行建园计划，而孙家建在自留地上的酿造厂显然已经成了抵制建园行动的标志。虽说上次通过荣健他爸的关系抵挡了一阵子，可现在镇上工作组下来，还是要求暂停建厂尽快地栽植果树。现在孙家的建厂工程是停了，但村里植苗建园还是没多大动静。村民自有自己的主意，任凭工作组干部说得天花乱坠，就是没人行动。要么说没钱买树苗，要么说最近家里劳力病着没人干活。别人能以各种理由拖着，而孙家的酿造厂半拉子工程丢在那儿，

/37/

冬日的火花

每天晚上还得有人看管。本来就是从信用社贷来的钱，拖一天就是一天的利息，直把孙群力的父亲急得熬煎上火，这事也成了全家人的精神负担。

群力躺在炕上翻来覆去难以入睡，他心里清楚对于自己这个没什么积蓄的家庭，钱太重要了！赚得起赔不起。看着父亲焦急无奈的神情，看着母亲忙前忙后终日里熬煎憔悴的样子，群力心里难过极了！想着什么时候自己才能出人头地？什么时候才能彻底地摆脱这种尴尬的境况？什么时候才能让父母亲过上悠闲轻松的生活？

父亲坐在炕头抽着旱烟，烟丝滋滋的燃烧声清晰可闻。群力说了声："爸，你晚上少抽点烟。我再找找我同学，总会有办法的！"父亲把烟灭了，说："群，你不用操心，好好念你的书。家里的事情有我呢！大不了咱那厂子不弄了，活人还能叫尿憋死不成！你早点睡吧，我去工地了。"父亲临出门叫他妈悄悄说了几句话就走了，他妈叮嘱着关上了前门。

孙群力没有跟母亲说什么，她是个沉默的人。这个家的事一直都是父亲安排，母亲只负责孩子们的生活和财务支出。家里三个孩子，老二和老三也都去了镇上上初中，平常也只是星期天才回来拿点生活费。父亲刚才出门的时候就是安排母亲给群力准备好钱，说今天不是周末，娃晚上回来肯定是没钱了。

村子离县城还有四十里路程，孙群力早上四点半就起床了，匆匆吃了几口母亲热好的饭，临出门时母亲递给群力十五块钱，群力拿出五元塞给母亲，说："给我十块就够了，五块钱给弟弟和妹妹留着吧，我走了。"说着转身骑上车子飞快地出了院子。外面的风凉凉的，道路两旁的田地里还泛着轻雾，只有眼前的路清晰地向前延伸。而这种感觉孙群力早已熟悉，每当这个时刻他浑身都充满了力量，因为他知道背后母亲殷切地看着他，而这条路也是他唯一的理想之路，只可胜不可败的！

早晨五点五十分孙群力赶到了学校，来得早的同学已经开始早读了。孙群力扫了一眼荣健的空座位掏出书本开始了功课，不一会儿大堆的同学涌进了教室，顿时教室里的读书声大了起来。荣健也来了，他还是老习惯掏出书夹在腋下出了教室。孙群力看荣健出了教室也跟了出

第三章　我们的先生

来，叫住荣健一块往小树林走去。两个人各自分开进行自己的早读计划，这中间孙群力没有找到机会给荣健说家里的事情，直到下课的铃声响了两个人才说起事情来。荣健说昨天看了《金城周报》，报纸上说县上十九个乡镇党政一把手全部要调整了，也许孙群力家的事情会有变化。他再跟爸爸说一下，争取让镇上的干部不要再难为孙家。孙群力听到这个消息高兴极了，同时荣健又愿意继续让他爸去做工作，这下应该不会再有问题了。两个人高兴地朝教室走去，准备碗筷去完成消灭八个馒头的任务。

到了吃早饭的时候，微风吹来已没有冰凉的气息，白杨树的外衣也越来越莹润。荣健看到的新闻正是新县长烧起的第二把火，这把火足以让整个金城县的春天变得不平凡。东平镇的栽树建园工作仍是星星之火尚无燎原之势，新县长的乡镇领导班子调整工作又暴风骤雨般地推进了。

陆平国做梦也没有想到，上任西凌乡乡长的第三个年头刚开始却突然被莫名其妙地停了职。起先还以为自己犯了什么重大错误，后来才知道新县长要对全县十九个乡镇领导班子进行大换血，他和其他十几个乡镇的书记、乡长同时被空挂起来。据说他们这些人要通过招聘调回县城各大部局。进入不惑之年的陆平国有些吃惊，命令式的一次性停职这么多基层一把手是史无前例的！这种严重违反人事任免原则的行为难道就是新任领导的开拓精神？按照组织程序，选拔并经过人代会选举任命也抵不过县常委们一次会议的决定，谁给了他们这么大的权力？陆平国心里一时气血翻涌真想上县去大闹一场，回过头又一思量，能闹吗？这么一闹把领导都得罪了，以后还怎么工作，想到这些陆平国真是百感交集，郁闷不已。

两年前，也就是1990年。这是陆平国从青海内调回乡的第八个年头，八年间从东凌乡的企业办主任干到乡党委副书记。八年中陆平国用忠诚和良知经营着自己的人生，尽管办企业对他这个军转干部来说是个挑战，但他不盲从不贪功，总是多方面调查论证，争取把每一分钱花得值得。在乡企业办的五年当中，东凌乡乡办企业最少，贷款最少，但从投入产出的效益来说是喜人的。在陆平国看来，国家大力发展乡镇企业

冬日的火花

的方针没有错，但前提是必须遵从科学的原则，要认真办好每一个企业，要在创办之前考虑到能不能良性的发展，更重要的是不能让一些空凭胆量而缺乏智慧的人，肆意地折腾国家信贷资金。本来这样的指导思想是无可厚非的，但是在风风火火大干快上的环境下，陆平国却落了个上下不讨好。对下他严格审查资金用途，面对贷款者贷十万送他一万的诱惑他无动于衷，甚至不顾情面地斥责别人，为此闹得一片怨恨。组织上甚至认为陆平国这样的干部缺乏开拓精神，根本不适合管经济。而那些毫不顾虑国家资金安全，盲目不切实际地办工厂，几十万几百万弄下一些没名堂的土作坊，一年产出还不够国家利息的所谓"企业家"，反而成了时代骄子，改革的弄潮儿。支持他们的乡镇领导自然功德无量。然而当这些领导干部凭借他们的丰功伟绩升迁时，那些"机器一转，亏损上万"的企业留给乡镇政府的是一大堆永远也还不清的担保贷款。

陆平国的心里自然是不平衡的，但他坚信自己是正确的，所做的事对得起良心。组织提拔也好不提拔也好，自己的本职工作不能含糊。回想这些年来经历的林林总总，陆平国确也感慨万千！

1988年陆平国意外地被提拔为东凌乡党委副书记，分管政法和教育，当时东凌中学的拆迁成了一个首当其冲的问题。协调选址和筹集资金让陆平国带着同志们足足忙碌了半年，每个村子的群众和干部都希望把新学校建在自己村子附近，而且还都希望给予较多的土地补偿。这可是让人伤透了脑筋，一次次的群众大会却难以让任何人做出让步。最后经过再三权衡，通过五个村子的土地调整，才将校址选在一个能让大多数势力接受但客观上并不理想的位置。位置选好后，一盘算资金的缺口依然很大。但在教育的投入上陆平国并没有瞻前顾后，集资、贷款，甚至于追加摊派，乡政府几乎动用了一切力量，终于新学校破土动工了。陆平国明白在校舍的建设上丝毫马虎不得，严把材料关是工程质量和成本节约的关键。他领着同志们亲自选材料，近乎严苛地压低材料价格，面对着供应商、包工头丰厚的红包毫不妥协。在工程队的选择上他也提出了明确的要求，决不允许资质不合格的包工队参与项目建设。但是就在他想尽办法节约经费保证质量的同时，乡政府以及学校内部有些人却

第三章　我们的先生

借建校之机内外勾结大发其财。有的拉工程队回去给自家盖房子，有的在半路上把建校材料截运到自己家，甚至于凭空捏造名目打白条入账。以致这边校舍没盖几间，那边私人的小洋楼却闪电般地竣工了。

陆平国发现这些问题时怒不可遏，但他知道一切都需要证据，可盘算来盘算去手下没人能指望得上，随便安排下去则无异于打草惊蛇。为此他甚至不惜乔装打扮的骑自行车去跟踪车队，没曾想那天傍晚却被运材料的拖拉机故意挤进了臭水沟。等他在一片昏黑中拖着伤腿提着近乎散架的自行车爬上路沿，那周身的伤痛才让他意识到问题远比他想的严重。

痛定思痛之后他决定召开阶段总结会议清理账目，提出整顿建校工作队伍，要求对发生的违纪行为一查到底。然后后来陆平国才认识到自己的天真！那时候他作为一个高原内调干部，根本没有见识过地方政治歪风邪气的严重和帮派势力的强悍。他不但没能肃清建校队伍中的蛀虫，反而被以工作调整为名挤出建校工作组。那一段时间陆平国几乎有些顶不住了，他成了众矢之的，很多人盼着他出门就被汽车撞死！

每每想起这些事情，陆平国就会心酸得不能自已！当年因偷工减料建成的教学楼建成后就成了危楼，当年那些公饱私囊的人却还照样有滋有味地在干部队伍里喊着为人民服务，而自己所做的一切似乎也看不出正确在哪里！他开始对自己产生怀疑，也曾经不顾个人安危到县委反映问题，而组织最终给予的交代居然是提拔他到西凌乡出任乡长，这对陆平国来说实在是个啼笑皆非的结果。

再回想到上任西凌乡的两年，足迹遍布全乡二十几个自然村，许多蓝图刚刚展开，而现在自己却成了一个闲人！陆平国神情失落地坐在沙发上，抬头看着对面墙上的字幅："海纳百川有容乃大，壁立千仞无欲则刚。"这幅字是县上知名书法家朋友傅山先生在他上任的时候送的，他一直很喜欢。而今天他觉得这话有些滑稽。手上的烟快要燃尽了，烧到手指的时候他用力一搓，硬是把火星在指尖搓灭了，而这瞬间剧烈的疼痛也许能让他放松悲愤的神经。他顺手端起茶几上的水杯，水早凉了，当这股凉水顺着食道流过胸腔，像是浇在炽热的炉火上，陆平国心

冬日的火花

里说不出的难过，他愤怒地将茶杯砸向了那扎眼的字幅，水花爆炸般地洒在字上，和着黑墨顺着墙壁蜿蜒下流，爬出很多曲曲弯弯的黑印。

窗外麻雀在水杉树上飞蹿着，叫着。这种普通的鸟儿总是那么快乐，它们似乎没有什么烦恼，只要吃饱就可以尽情地鸣叫。而人是不同的，生活总是会给你带来很多考验，不管你能否承受得了你也必须没有选择地承受，只要你还活着！

也许是上天怜悯凡人活着的苦，所以缔造了爱情与婚姻，让结成伴侣的人互相搀扶着去走这布满荆棘的生命之旅。婚姻也许不再有饱含激情的情感表达，但平凡生活中没有诗歌也没有鲜花的荣辱与共往往更让人感动。那些艰苦的年月里，人们对家庭婚姻的观念似乎远比今天坚定而勇敢，不谈物质也不谈利益，没有算计也没有多少所谓自我价值的追求，但面对挫折却坚如磐石，这看似平凡的状态显然更具温情。而今天那些天价彩礼、婚纱钻戒、豪华场面构筑的浪漫，却有多少一转眼间曲罢人散！物质更加丰富，人性更加自由，而你我却更加孤独，这是为什么呢？

陆平国是幸运的，传统的婚姻给他送来一个相濡以沫的妻子。当年三百块钱加两个床单和一对木箱把她娶进清贫如洗的家，二十几年来她毫无怨言，只是默默地与自己携手改变这个家庭的命运。陆平国清晰地记得新婚之夜妻子说："毛主席说我们不但能打破一个旧世界，我们还将善于建立一个新世界。"

李玉秀骑着自行车进了西陵乡政府的大门。圆脸庞、过耳剪发，目光中露着威严，她穿着一件黑色雪花呢翻领大衣，看起来干净利落。她是西凌中学的语文老师，风格严肃认真，因为有用黑板擦砸学生的绝技，所以管教得学生服服帖帖年年拿先进。她已经知道县上干部调整的事情，所以回来看看老陆。每次回来她都会抬头看一眼儿子在门口水杉树上钉的鸽子窝，在她心里那可真是个艺术品。五合板制作的别墅造型，为防水特意刷了几遍油漆，白色的墙面深蓝的屋顶，架在距地四五米的树干上甚是好看。尽管之前买的一对鸽子早就跟别处的鸽群飞走了，如今里面住着一对野生的黄鹂鸟，每天早上叽叽喳喳热闹非常。

第三章 我们的先生

回到家看到陆平国颓废的样子她没有说话，先是麻利地把家里收拾了一番。接着和面揉面，面团揉好了要醒一会儿，这才一边择菜一边说："有啥大不了的，整天吃力不讨好不当最好！有时间把你儿女管一下比啥都强。"陆平国长叹一声说道："哎，这莫名其妙的任免咋能让人不生气呢！啥怪事都出在金城了。"夫妻俩你一言我一语地把金城官场的龌龊事骂了个遍，但是最后选择了静观时变。说话间乡政府办公室主任忽然走到了门口，神色有些诡异地说道："陆乡长，你儿挂在树上的鸽子窝怕是得拆了，每天早上鸟叫得叽叽喳喳影响书记休息。"李玉秀一听这话，心里知道这肯定是书记安排来侦察看笑话的。没等陆平国说话，她起身笑着说道："书记不是也歇下了吗？估计以后也影响不到他了，先挂着吧！我觉得还挺好看的。"那办公室主任蔫蔫地一笑又说："嫂子，这机关大院挂个鸟窝总不太严肃吧！"李玉秀回答说："保护动物与严肃不严肃有啥关系？你一天净胡联系。那上面可住着国家保护动物，你要拆你就去拆吧！亏你们办公室一天想得出来！"如此一说，那办公室主任显得有些无奈，只好笑着打圆场说："那是保护动物，这我还不知道！留着吧，留着吧！"说完悻悻地离开了。那人刚走，李玉秀抱怨地说道："你这单位实在烂透了，书记睡完妇联主任睡干事，一个办公室主任哼哼哈哈跟个奴才一样，你在这咋干呢？能走赶紧走！"陆平国听这话接着说："哼哼！那货一天胡搞是有报应的，家里三个娃都是坐门墩的材料，老大更瓜得可怜。"李玉秀一边扯着面条一边回应道："行了行了，再别说人家了，你得赶紧给你儿送一袋面去。"

说起儿子陆平国瞬间心情变得平静，儿子是他在人前引以为傲的资本。尤其调任西凌乡的这几年，在飞扬跋扈道德败坏的书记面前之所以腰板挺直，其实很大程度上是一双儿女给他的力量。单位正直的人都说陆乡长是善有善报，因此尽管书记不断地出各种难题他还是在这里站稳了脚。每当遭遇书记组织喽啰刁难打击的时候，他心里总是会想，任你们这些跳梁小丑极尽表演，天道正义总是站在正直善良一边。尤其那次他大会点名批评武装干事组织抗旱不力，结果会后那家伙仗着书记撑腰

冬日的火花

和膀大腰圆居然跑到房间门口兴师问罪，当他戳穿对方抗旱期间躲在村干部家打麻将时，那货恼羞成怒居然摆出动手的姿态，没想到儿子在他身后提起菜刀指着对方喊道："你敢动我爸一下我要你的命！"那货才摔下一句"走着瞧"转身离开。这事一时间在机关大院里传得沸沸扬扬，多数人都说陆乡长有个虎子，并用此对比书记的三个智障孩子，私下里嘲笑书记的悲惨。但从那个时候起，陆平国开始意识到自己这个性如烈火桀骜不驯的孩子可得好好管教，否则以后在外边不知会惹出什么事来。当时没考上重点高中自己狠狠骂了他，甚至故意让他到关西中学受点苦，但是他心里也知道其实儿子学习还是挺不错的！这下子暂时成了闲人，与其在家怨天尤人还不如趁这个时间把儿子转学的事给办了。想到这时一碗热腾腾的油泼扯面已经送到手上，他有滋有味地吃了起来。

第四章　关西中学的春天

　　陆锋是高二一班的活跃分子，一米七六的个头，浓眉虎眼高鼻梁，加上一头乌黑的短发，看起来极有英气。同桌王妮称得上是一个漂亮姑娘，脸上总是挂着甜甜的笑容，家就在关西镇，但她并不常回家，有事没事总是喜欢待在学校和同学谈天说地。同桌的关系让她和陆锋有了更多的交流，她欣赏这个小伙子颇有见地的谈吐，而陆锋也称她是自己的红颜知己，一直以来两人保持着亲密的关系，这种美好的同窗之谊让两个人在学习和生活上都受益良多。刚才上课时两人正为毛泽东和鲁迅见没见过面而争论，下课铃一响，没等老师走陆锋的声音就变大了，这时听到窗外有人叫，一看是爸爸，吓得陆锋对王妮吐了吐舌头，赶快跑了出去。

　　陆锋见爸爸给自己送面，心里非常温暖。他推过车子，父子俩径直朝学生灶走去。陆平国问儿子最近的学习情况，陆锋说还没考过试，但自我感觉还行。陆平国反复叮嘱儿子要努力学习，之外说了些为人处世的道理，他没有追问刚才上课的事情，想着毕竟还是孩子，让他们事事都循规蹈矩也不可能，讲讲道理，给孩子足够的信任也许是最有效的。闲谈中，陆锋说了转学到金城中学的想法，陆平国没有一口答应，但心

冬日的火花

里也觉得这个学校条件的确太差，一个堂堂的高级中学竟然没有一间像样的教室。这些六七十年代的房屋基本上都已是老牛破车，因为房子低光线不好，大多数的学生都戴上了眼镜，教室有些窗户甚至连玻璃都不齐全，去年冬天糊上去的白纸被风吹成碎片。他下定决心趁着这一阵工作待定，抓紧把儿子转到重点中学去，临走他对陆锋说下次回家不用回西凌乡，直接回县城家里。

送走了父亲，陆锋心里念叨着父亲刚才关于转学的答复："可以考虑。"这就是说有希望！对，赶紧把这事对王妮说说，这可是他们这学期以来最重要的话题。

金城中学几乎是全县所有学生心目中的天堂。环境好，老师好，灶上伙食也好，不像这里一、三、五水煮萝卜，二、四、六水煮白菜，把人吃得天天上课肚子饥。最重要的还不在于此，而是金城中学每年高考让人咂舌的升学率，以至于在金城县家里有孩子在金城中学上学都是一种荣耀，在人们心目中走进金城中学就等于一只脚已经踏进了大学校门。陆锋一直为前年几分之差没考进金城中学而耿耿于怀，为此他在关西中学的一年多学习是扎实刻苦的，他知道要转学即使爸爸托关系也得自己有不错的成绩。

在陆锋的心里，大学是理想的基础，大学有着报效祖国、出人头地、建功立业的诸多光环，这让他在学习上有着不竭的动力。学习之外，陆锋也喜欢篮球，在球场上被称为"拼命三郎"，但是每次打完球他总觉得身体虚得厉害，想美美吃一顿吧，灶上的饭一直清汤寡水，校外有的是私人食堂，可他又舍不得把有限的生活费花在吃饭上，他得挤出钱来订钟爱的《读者文摘》和《辽宁青年》两本杂志。想着如果转了学，金城中学离家近，每天回家吃饭好吃又省钱，这样就会有更多的资金买课外书。想到这些好处，陆锋心里喜洋洋的。

这一节是数学课，马上就要结束函数部分的学习了，老师做了一个回顾性总结。这样的课陆锋从来是不敢大意的，他认真地按老师的列表把学习过的知识在脑子里整理了一遍，并按照自己的心得在课本上做了详细的注解。此时窗外的天空逐渐变得阴沉，一阵凉风吹来，让陆锋想

第四章 关西中学的春天

起刚刚离开的爸爸，爸爸来的时候没带伞，他心里盼着爸爸骑快点，千万不要被雨淋了！

雨还是下大了，此刻陆平国正走在回家的路上。冰凉的风夹着雨点扑落在他身上，也许是这几天心情烦躁，他不觉得雨水阴冷，反而有一种说不出的舒坦。没下雨之前他一直骑得很快，现在雨下大了，想着无论怎样总免不了要冒雨回去了，他干脆放慢下来享受着淋漓的春雨。一路上回想与儿子的谈话，他很欣慰。儿子长大了，懂事了，而且很出色，不管自己现在的事业怎么样，他相信儿子将来一定比自己强，因为儿子身上那种锐气和刚毅已经显露出男子汉的锋芒。只要儿子有前途，自己的荣辱得失又算得了什么！况且现在停职也并不意味着灾难嘛，正好用这时间多关心一下家庭。四十五岁了，一直没顾上为这个家创造什么，跟自己一样的很多干部都在县城买了地盖了小洋楼，而自己仍住五十平方米的筒子楼里，政府集资建房看来还遥遥无期，孩子都大了，总不能老这样下去。西凌乡的工作已经丢手了，愿不愿意现在也应该信任同志们的能力，况且组织也不会让自己这么早就休息了吧！他一路走一路想，心里开朗了许多，衣服已经快湿透了，冰冷得让他打战，还好已经能看见县城了，他加快了速度，这时天空响起了滚滚春雷。

陆锋端着一大碗汤面站在教室的屋檐下，漂着鲜红辣子油的面汤泛着腾腾热气，扑鼻的酸辣味让陆锋感觉到搜肠刮腹的食欲。雨天校园吃饭的场景是极为热闹的，同学们三三两两地占据着教室的窗台，抱着碗哧溜哧溜吸面条的声音和熙熙攘攘的说话声很有生活气息，更有那被油泼辣子辣得不住吐舌头的神态颇为有趣。陆锋向来吃饭很贪，呱嗒呱嗒地也顾不上跟同学说话，一转眼一碗面就被解决了。看着其他同学还没吃完，他没急着去洗碗，悠闲地拿着碗接房上滴下的雨水，一滴两滴三滴，溅得碗里的残汤胡乱开花。

无聊中抬眼看了看最里边空荡荡的窗台，他想起了许芹。猜想着她在四中伶仃的日子，怕她被日子熬怕，一时糊涂地卷铺盖放弃了学业。他一直觉得许芹应该有个好前途，如果因为家庭原因而湮没了这样一个出色的女孩子，那将是怎样的一种悲哀呢！饭前就拿到的信他一直没有

冬日的火花

看，况且许芹写的信他一惯要坐下来慢慢品味的，那种感觉就像许芹在眼前闪动着眼睛轻轻地诉说。

初见许芹时，她穿件褪色的绿军装，一条洗得有些发白的蓝裤子，鞋子是新做的花布鞋，手里拎着装碗的丝网袋子。她梳一条甩在胸前的麻花辫子，肤色不怎么白，但是一双黑亮的丹凤眼和两行整齐洁白的牙齿会让人过目不忘。陆锋和许芹的座位很近，许芹不是那种话多的女孩子，但是说起话来很好听。她学习刻苦而且成绩名列前茅，可她也一直很忧郁。和陆锋熟悉后，陆锋了解到许芹的学业竟是那么艰难。她有三个哥哥，大哥成家分开过了，两年前家里硬撑着盖了房，现在还欠人家几千元的债务。二哥、三哥年龄相差一岁，因为家里条件不好，都二十四五了还没找到对象。父亲早就不想供她上学了，想着她能找个婆家换点彩礼好给哥哥定亲。之所以能来上学，这是她几次寻死觅活争取来的。所以她一定要争气，要跳过高考这道龙门！

上学期关西中学的学费猛增了一倍，那天许芹攥着手里的钱哭了。在操场的栏杆下她那么伤心，陆锋怎么劝也劝不下。陆锋把自己办灶的一百元拿给她，她没有要，她说她只希望陆锋送送她。初秋的下午依然燥热，陆锋帮许芹推着28的加重自行车，两个人走了很远。一路上没说多少话，只记得许芹红润着双眼提着碗筷默默地跟在后面。在田间一个土坡上，他们坐了下来，两个苦闷的年轻人沉默着听那风吹玉米苗哗哗的响声。很久很久，许芹捡起一个土块扔了出去，砸在十几米外的树干上。她拍了拍手，高兴地对陆锋说："我跟命运赌了一回，如果打中了就选择坚持，决不放弃。"她从书包里掏出笔记本撕下一张来，上面写着一首诗。陆锋也像卸下了重担，拿过来高兴地放声读了起来，读得许芹脸红了。

《伴我闯荡》

我的心随季节一起流浪，
　沿途刮过风下过雨，

第四章 关西中学的春天

就这样有风有雨地闯荡着岁月。
清晨捧一缕朝晖献给那高楼上的殿堂,
那殿堂高挂一脸秋霜,
不露出一丝微笑,
只是打开了那扇望穿秋水的窗。
黄昏挽起云雾分割那将去的灵光,
那撕碎的黄金像是我的真诚。
于是,夜里我对着天空悲伤,
星光在闪烁中飞移,
冷月在云雾里穿梭,
只把影子留在我脸上晶莹的泪花中。
我才知道,
石头也有哭泣的时候。

  读完了全文,陆锋才发现许芹的眼泪哗哗地流着。陆锋真想抱抱这个可怜可亲的姑娘,但是他没有。他说:"我们一起努力吧,明年,伟大的1993年我们一定会胜出的!"许芹说:"陆锋,我不是石头!你对我好,没有你的鼓励这学期我都不会来了。其实说句心里话,我喜欢跟你说话,也喜欢……你,我多么想和你一起努力,可是现在我得走了,我去四中,咱们竞赛吧!"陆锋再也忍不住冲动,他紧紧地抱住了许芹,拥抱中他们约定要常常通信。

  就这样许芹转学了,转到全县条件最差的第四中学。她常来信谈自己在四中的生活以及读的新书,还有一项最重要的内容就是传递一些重要的知识点。也就是这些信使陆锋觉得她就在身边,还像以前那样亲切,这份情谊也让陆锋倍增了学习动力。

  雨停了,房檐上还有水珠落下,刚才热热闹闹的场面也很快地散去了。陆锋收了碗去洗,刚好王妮也在。陆锋把碗往她前面一递,王妮仰起头露出不满的表情,嘴里嘟囔着:"厚脸皮,就会剥削人,亏了我好说话。"陆锋也不争,等她洗完了就一起回了教室。

冬日的火花

　　桌子上摊开的是许芹的来信。

陆锋：
　　请原谅年后一直没给你写信，你好吗？
　　这学期课开得又多进度又快，我有些受不了了！再也没有以前那种从容不迫的感觉，只觉得每天像老牛一样被鞭子赶着沉重的脚步，我真担心哪一天坚持不住了离开这耕耘的地方。但是你放心，我现在不会，我总不相信自己会不堪重负。更何况还有你和妮妮做伴，如果我做了逃兵那就没脸见人了！
　　期中考试以后就分科了，我决定选报理工。没什么理由，也没什么根据，也许是初中第一节化学课铁丝在氧气中燃烧的光芒在我心里留下了太深的印象，也许是牛顿睡在苹果树下的样子太过迷人，总之我决定了。你决定了吗？你一直是一个会想问题的人，我很想知道你的打算。
　　开学快两个月了，四中看上去并没有多少春天的气息。我每天早上五点半起床。先到操场跑一圈，再回来刷牙洗脸，之后呢，就是找个没人的角落读外语。一天忙忙碌碌到黑，没交什么朋友，不跟任何人说话。虽说有时感觉挺孤独的，但是我似乎也慢慢地习惯了这种简单的方式。
　　家里情况还是那样，我无能为力也就尽量不去想，我能做的就是珍惜在学校的每时每刻。有时候我问自己是不是有些自私，是不是应该放弃学业回家劳动。可是如果真让我离开，我想我一辈子都不甘心，我神往大学的殿堂，我想有一天我走进它我会和别人一样地出色。我不敢说报效祖国的大话，但是我相信国家最需要的是我们努力在科学的大道上，而不是让我们接过父辈的锄头继续"锄禾日当午"。正因为我找到了这样的理由，所以我能心安理得地坐在教室里。陆锋同学你同意我的话吗？
　　前几天，我收到班里一个男生的信，说是想和我交个朋友。我给他的回答是："坐在一个教室里我们有着共同的理想，读书的路上我们志同道合，是朋友就会携手共进，不是朋友总会分手。"我回答得怎么样，是不是有些神经兮兮！你和妮妮最近处得怎么样，代我向她问好。

第四章 关西中学的春天

东拉西扯，也不知说了些什么，就先到这吧！

祝：身体健康

学习进步

许芹

1992年3月21日

陆锋看完信长舒一口气，同时觉得自己也长了很多精神。这封信让他兴奋了好长时间，一直到晚上睡觉还念念不忘。那夜他梦见了许芹，许芹甜蜜地笑着，那笑容如春天柔和的朝阳一样美好迷人。

几场春雨之后，老柳树洗净了冬天的灰尘一摇身长出鹅黄翠绿的叶片，冬青树也忽然之间有了精神油绿的可爱，转瞬间整个校园呈现出一片勃勃生机。

王妮这两天有些情绪低落，今天放晴的天气也没能让她高兴起来。王妮忽然觉得自己很傻，这么长时间竟然没有发现陆锋喜欢许芹，她怎么也弄不明白这是为什么？尤其是前天放学后自己叫陆锋陪她去买发卡，叫了陆锋几遍，陆锋竟说："去去去，自己买去，我要写信。"当时气得王妮七窍生烟，一赌气好几天都不理陆锋。结果这家伙竟写纸条说自己是个小气鬼！其实赌了几天的气，王妮也有些后悔，开始抱怨自己捕风捉影，没事找事。细想想就是陆锋喜欢许芹，自己也不能这样呀！算了，今天去和他打和吧，可怎么个打和法呢？总不能主动跟他说我们打和吧，多难为情呀！王妮心里琢磨着走进了教室。

一进教室，一眼看见陆锋头上缠着绷带，脸色有些焦黄。而他看到王妮时却是微笑的，王妮的心像是被什么东西撞了一下，报之以惊讶的神情。面前这个受伤的男生可是我王妮喜欢的人呀！是谁伤害了他，是意外吗？王妮一下子想了很多可能的理由，连忙关切地走到座位上，几天前画的三八线就这样消失于无形。

昨天晚自习后，回到宿舍洗漱一毕陆锋毫无睡意。想起王妮这几天忽然对自己像有仇似的不理不睬，心里有些不是滋味。陆锋拿了本书走出宿舍，找了个亮点的路灯一边排解心情，一边顺带预习一下课程。刚

冬日的火花

下过雨的室外空气清新，路灯下看看书倒是分外的惬意，这让他不再去想那些小别扭，慢慢地进入了学习状态。默诵中陆锋拿着书走入了黑暗，在黑暗中背诵课文或是思考问题于他来说是最自由的状态，不知不觉中走到了校区边缘，猛抬头却发现不远处墙上有人翻了进来。起初他以为是晚归的同学抄近路，后来发现这人竟鬼鬼祟祟向教学区溜去，陆锋顾不了许多，连忙收起书跟了过去。他没敢跟得太近，结果那人几个躲闪竟不见了踪影。陆锋一下子紧张起来，自己也不敢动。他静静潜在黑处，仔细地听着周围的动静。约莫十来分钟，只见那人背着一个大包急匆匆窜了过来，陆锋没有犹豫，径直冲上去大声喊道："干啥的？"那人一慌转身就跑，陆锋紧追不舍。他已经肯定这家伙是个贼，想起去年到现在学校的实验设备、大会用的布帐、喇叭等物品屡次被盗。想必今天这狗日的又来发洋财了，我岂能饶了你！他紧追几步一把抓下小偷肩上的布包，再飞起一脚把那人踏了个"狗吃屎"，那贼反应也快，在泥地里一滚爬起来转而往学校后面跑。陆锋把包一扔大步追了上去，那贼见跑不利索，一回头扔过来一个东西，陆锋闪躲不及，砸在额头上，一刹那血流了下来，鲜血的腥味也刺激了陆锋疯狂的斗志，他捡起扔过来的东西，心中暗喜："嘿嘿！是个手电筒，太好了，这下你往哪里逃。"

学校后面是大操场，本就地势偏低，之前多日的雨水集中到这形成一片泽国。那贼跟跟跄跄，一个趔趄滑倒了。陆锋冲上去，一把将贼按住。两个人在泥地里缠斗起来，陆锋连打带踢很快占了上风，对方则狼狈地在泥地里乱爬。仅仅几个回合蟊贼气喘吁吁，陆锋觉得实在可笑，蔑视对方这样的本领也敢出来捣乱。随手打开手电筒一照，对面的蟊贼跟自己差不多年龄，眉目也还清秀。陆锋开始有些可怜他，抓他到保卫处肯定会被那伙校警打个半死。正在犹豫时，那贼开口说话了："你想咋？"陆锋没有回答，因为他心里确实没想好怎样处理。贼又说话了："你他妈的狗拿耗子，我饶不了你。"陆锋听了又恼火又好笑，冲上又戳了几拳，指着蟊贼说："你听好了，我能来就不会怕。把你送到保卫科你可就惨了；也许你是迫不得已，听着，现在马上滚。不过我还是要提醒你，做贼早晚不得好死。"说完陆锋把手电筒还给他，大义凛然地

第四章　关西中学的春天

向保卫科走去。

　　他把赃物提到保卫科的时候，值班的大个子校警睡得正香。校警看陆锋弄得满身是泥地进来，很不耐烦地说："什么事？"陆锋把抓贼的经过一说，校警马上紧张起来了，叫了校值班领导跟着陆锋把整个现场查看了一遍，回来做了笔录，在笔录里陆锋说自己没追上小偷，为此招来校警的连声抱怨。

　　这件事使陆锋成为关西中学的名人，王妮心中的英雄。王妮把陆锋当重病号来照顾，回家拿了鸡蛋、白糖，还有她妈烙的千层芝麻饼一股脑地全塞给陆锋，在灶上吃饭也要去给陆锋买好。同学们都当着陆锋的面说王妮像他的小媳妇，而陆锋却说这叫同窗深情，有人打趣说成"同床情深"！而此话被陆锋骂作"肮脏，下流"。

　　转眼一周过去了，陆锋头上的伤也完全好了，原来还担心会留下疤痕，现在已经可以完全放心了。伤的地方在发际线以上，现在长成一条细小的白印，不仔细看根本看不出来，为此陆锋庆幸不已。享用了一周王妮带来的细粮，陆锋的气色明显好多了。周六下午上完课陆锋收拾了东西准备回家，背着包刚出宿舍，王妮来了，说是也要上县里去。陆锋笑着说："你开什么玩笑，现在都五点了！你跑县上干啥去？"王妮说她要去县上看她爸，本来准备明天坐班车去，现在有顺车她想搭上。陆锋把包给了王妮，两个人边说边笑着出了校门。陆锋骑上车，王妮在后面猛地一推侧身坐上了后座，陆锋把车铃打得猛响，王妮在后面高兴嬉笑着他们出发了，车轮伴着笑声铃声飞快地滚动着向县城驶去。

　　春日的黄昏来得很快，夕阳已经穿上美丽的霞衣，那柔美的霞光把白杨树打扮得分外妖娆，摇曳的树叶在霞光中宛如大海中的浪花。王妮双手紧抓着陆锋的腰和陆锋拉着话，在轻松的笑谈中陆锋驮着王妮似乎也不觉得吃力，反而觉得两人同行的路程充满了诗情画意。

　　出关西镇五六里，路上行人稀了，来往的机动车辆都开足了马力匆匆而过。陆锋也加快了车速，数着路旁的路碑，快到一个岔路口时，猛抬头发现前面有三个人围在一堆说话。当时他也没在意，可当他的车子驶到那三个人近前的时候，那三个人往路上一横挡住了去路。陆锋这才

冬日的火花

感觉到情势不妙，他赶紧让王妮下来，自己推着车子迎了过去。王妮还不明白什么事，她拉了拉陆锋，陆锋没理会。她看着陆锋无畏的样子，自己也丢掉了胆怯。陆锋盯着那些人说："你们想干啥？"结果那三个人二话不说同时扑了上来，挥拳直奔陆锋面门，陆锋连忙躲避还是挨了一拳，嘴角流出血来。王妮急忙上来拦架，结果被人一耳光打得发蒙。那些人似乎并不罢休，一个直接推了陆锋的车子往岔路上跑，王妮去追车子，陆锋也拼命冲了过去。后面那两个人随后紧追而来，跑在前面的一脚踢在陆锋后腰，陆锋结结实实地趴在了地上，王妮看陆锋摔倒了，急得卸下身上的包向推车的砸了过去，那人被砸得扑倒在车子上。王妮护着陆锋站了起来，摔倒的那个家伙也过来了。眼看着要扯住王妮，陆锋大叫一声："你们别动她，有种冲我来！"此时陆锋也豁出去了，一对三毫不畏惧地混战在一起。此时王妮开始在一边大声喊叫，公路上有人搭了声，那三个人这才无心恋战，其中一个招呼了一下自己的兄弟，冲着陆锋说："你娃有种，这次饶了你，以后少管闲事。"陆锋毫不示弱，叫着："你们不要走，来来来。"互相对骂着三人还是匆匆地溜走了。望着三人远去，陆锋心里明白，这肯定是那夜的小偷前来寻仇。哎！自己吃点亏没啥，只是连累了王妮。

陆锋回头看王妮时，王妮一脸惊讶，片刻又破涕为笑，自己也说不上为什么也笑了。两个人赶紧收拾东西，刚才用作武器的挎包已面目全非了。王妮给爸爸拿的两瓶自己做的西红柿酱全打了。挂面、烙饼都被糊得肮脏不堪。王妮倒也干脆，包一提全都倒了。陆锋打趣地说："这下孝顺女儿可做不成了，将来你爸木器厂滚成大公司你可没份了！"王妮才不听他胡扯，催促他说："赶快把车子整好，天快黑了！我的大侠同志！"

车子被摔得掉了链子歪了头，挡泥板也变了形，稍微收拾一下倒也能骑，就是四处都有响声。陆锋要调头把王妮送回镇上，王妮不依，说："世上哪有半路撤退的患难之交，今天就是走也要走到县城去。岂能让那些王八蛋搅乱了行程，再跑回家诉说不幸那多没劲！"陆锋听了这话心里暖暖的，他又打响了车铃向县城驶去。

第四章　关西中学的春天

夜色重了，周围村庄的炊烟和雾气混在一起，村庄逐渐变得朦胧起来。陆锋和王妮说起刚才紧张的一幕，王妮使劲抓着陆锋的腰说："你刚才太厉害了，真是个拼命三郎，你一点都不怕吗？"陆锋说："怕，可我……可我更怕他们把你给打伤了！"王妮听了这话，把头贴在了陆锋的背上，刚才被打的扫兴现在已经完全没有了，甚至从陆锋的无畏中感觉到一种幸福。陆锋夸她说她也蛮胆大的，倒不像平日里那样矫情。王妮脸红了，说："还不是因为你，小心骑车！"

车子跑得不快声音却很大，就这样陆锋骑得一头大汗，到县城已七点多了，肚子也开始咕咕作响。陆锋想着回到家估计也没有现成的饭，加上两人聊得正起劲，决定先不回家了，一起在外面吃顿饭。

他摸摸口袋还有十来块钱，王妮也掏出十块钱，说是压压惊一顿吃完。找了个饭馆坐下，两人点了四菜一汤外加一瓶啤酒。菜还没好，就坐着喝茶，这时候互相的眼神都有些怪了。陆锋看着王妮微微肿起的脸颊，不由用手摸了摸。王妮看了看他，两个人眼神融在了一起，灯光下王妮脸红到了耳根。

整顿饭吃了个把小时，王妮也喝了半瓶酒。外面的街灯都亮了，陆锋说他是第一次和女生喝酒。行走间已能看到王妮家的木器厂了，陆锋问王妮还认不认得家门，王妮说她没醉。要分手了，陆锋说王妮的车没搭好，王妮说："只要有你，去死我都不后悔。"说着回头朝木器厂走去，走出十几步大声问陆锋："明天下午你几点走？""四点！""我等你！"

陆锋一边答应着一边飞身上了车，双手撒把后挥舞着，似要展翅高飞般地骑行在橘黄色的灯光里。

第五章　一个好姑娘

周末如果没有其他事情，周敏喜欢一个人背着画夹找个清静的地方陶醉于风景。今天出来她忽然有些感慨，感觉这两年县城的规模像洪水泛滥似的扩张，先前清静的城郊被一幢幢私建的居民小洋楼排挤得越来越远，以至于常常为了找风景就忘了远近。每当这个时候，周敏心中似乎就会升起一种无法阻挡的执着牵引着她不断向前。她太爱田野里的绿色和宁静，每当面对那无边无际的绿浪，仰望那高远深邃的蓝空以及夹在蓝空和田野之间那青黛色的远山，她都无法抑制内心的激动。多少次没人的时候，她大声喊过："云岭——我是周敏！"周敏去年刚考进金城中学，理想是中央美术学院，她梦想着用画笔去书写心中那长长的诗篇。

如果天气不理想，周敏会去县图书馆一直坐到下班。今天吃完早饭，周敏和往常一样骑上自己的小车子出了家门。天色有些发灰，湿度很大。比起晴朗的天气，街上安静了许多。周敏轻轻地哼着刚刚学会的歌，品味着歌词："寂寞的鸵鸟总是一个人奔跑/孤独的飞鹰总是越飞越高/年轻的心中什么事都难不倒/拿出勇气努力做到最好。"周敏想做一只飞鹰，而且她也一直为此而努力着。

第五章　一个好姑娘

　　有时候人生的际遇是注定的，正如多年以后赵海想起与周敏戏剧般的相识一样，总是说这是上天的安排。

　　赵海拿着古龙小说《多情剑客无情剑》第一册，怀着急切的心情在阅览室门前等待还书人的出现。抬眼间面前走来一个宛如童话里花仙子般的美丽姑娘，那种端庄、安静的神情，那一双灵秀清澈的眼睛，当赵海碰到了她的眼神，忽然间凝固了所有的思想，萎缩了全部的精神。而周敏手里拿着的正是他等待的那本第二册，他跟着她进了阅览室。很简单，他拿到了第二册，而周敏换到了第一册。周敏看到他时微笑着表示友好，他则有些生硬地也用微笑做了回答。

　　周敏在阅览室柜台又借了一本《读者文摘》找了个座位坐了下来。这是一本出自甘肃的杂志，印象中那地方荒凉偏远，但是这杂志在全国范围内却是少有的精品，有着很高的发行量。

　　周敏看到这样一首诗，名字叫《我希望》："我希望/我希望她和我一样/心头有伤/眼中有泪……"

　　她觉得这诗语言平实而热烈，有些想抄下来的冲动。偏偏手里的圆珠笔罢了工，怎么办呢？环顾了四周，刚才的那个大男孩还在。他就是我们的赵海，他在干什么呢？他没有走，因为他看见了周敏，于是装模作样地也借了一本《读者文摘》坐了下来，本来想坐在周敏对面，却感觉有些明目张胆，就隔了一排，这个位置只要周敏抬头就能看见他。他平时也喜欢看这本杂志，但是今天完全看不进去。内心正设计着无数种认识周敏的方式，但是最后都被他——否定了，如此越想思维越有些混乱。这个时候他无奈地抬起头来看眼前这位姑娘，却发现她在左顾右盼，瞬即眼光又落在自己身上，偏偏这个时候忽然停电了。按常规杂志可以拿出去在院子里看的，有几个人退了，有几个和周敏、赵海一样拿着书出了阅览室。

　　县图书馆是个公园式的深宅大院，聚集着文化局、书协、作协等官方机构，每年县上的元宵灯会、书画比赛都会在这里举办。通往阅览室的路是一条搭有水泥廊架且葡萄藤蔓缠绕其上的幽径，路两边设有专供读者歇息的木排椅，那些椅子都刷着绿色的油漆喷着白色编号，看起来

冬日的火花

　　干净整齐。周敏感觉这是金城县最适合读书的地方,这里没有吵闹,也没有街头那些不务正业的闲人。此时葡萄树刚刚绽出榆钱般的绿色叶片,这叶片在黝黑蔓藤的衬托下嫩绿的感觉让人无限怜爱,也正因为叶子还小,因此即便在这样阴郁的天气也丝毫不影响廊下的光线。

　　周敏和赵海几乎同时出了阅览室,但赵海仍然没有描绘好与周敏结识的美丽画面。当他看着周敏径直走进右首边的花园,他只能像做贼似的跟在后面,他已经完全没有了构思,身体机械地驱动着不能停下的脚步。周敏走到花园的凉亭下把书放在石凳上,优雅地伸了伸懒腰。在她的背影里一株玉兰树花开得正艳,这情景映衬在灰色的天空下像一道光芒射向赵海的眼睑。赵海没能控住内心的惊叹,干咳了一声,周敏回头看到了他。这是青春时代终生难忘的一次对视,这一秒钟让赵海的心灵颤动,也瞬间刻进了他的记忆即成永恒。

　　周敏看到赵海时没有厌恶的表情也并不惊讶,反而是羞怯中带着一丝愉快的神情,这也许就是这个女孩子讨人喜欢的原因之一吧!而且还是周敏率先打破了僵局,她说:"咱们刚才见过,学长,你是九三级的吧?"就这么简单的一句话,他们认识了,至于后来交流的内容赵海自己也记不清了,反正在图书馆相识的几个月后,赵海和周敏的关系已经超越了普通的男女同学,但并不是恋人,至少周敏不认为是。

　　经常在早读的时候,赵海和周敏会不约而同到白杨林西侧的墙角处相见。有时候两个人一句话也不说,只是各自完成自己的早读任务,更多的时候会沟通一下自己最近的学习生活情况。尤其是学校运动会前的那个雨天,赵海见到周敏后兴致勃勃地跟她说自己报名参加万米长跑了,周敏听了惊讶地说:"啊!不会吧?一万米那需要专业训练的,没见你练过呀。"赵海告诉她说,其实自己早早就查询了学校历届万米纪录,因此每天早晚都是跑步回家,从家到学校的距离六公里左右,因此挑战一下万米纪录应该不是问题,更何况自己在初中的时候就是学校5000米纪录保持者。这辉煌的历史更是让周敏佩服不已。赵海给周敏提了一个要求,他希望运动会那天周敏穿上最漂亮的衣服站在终点给他加油,周敏愉快地答应了。

第五章 一个好姑娘

校运会的时候，赵海已经做好了一切准备！周敏更是校运会上红得发紫的人物，作为校运会首席广播员，周敏字正腔圆的普通话和甜美而富有激情的声音让多少男生为之痴迷，仅仅第一天上午就收到了十几封私信。下午运动会休赛后周敏拿着这些信在泸河边征求赵海意见的时候，其实赵海心里有说不出的郁闷，或者是因为感受到了某种巨大的压力，他掩饰着自己的不安，没有正面回答周敏的问题，转而对周敏说："本届运动会如果以后能够在金城中学的记忆中留下什么的话，我估计有三件：第一是教导主任的开幕式讲话；第二就是广播员周敏的风采；第三你猜是什么？"周敏愣了一下，笑着说："你啥时候成半仙啦？呵呵，我可猜不出来！"赵海郑重其事地看着周敏，那光亮的眼睛里似乎燃烧着火焰，那一刻周敏被灼热的目光打动了，因为那个男孩子认真地说："第三件就是我将打破校运会万米纪录而夺冠。"听到这一席话，周敏惊讶得下巴都要掉下来了，眨着她那一对清澈的大眼睛对赵海说："好呀！你若夺冠，我就为你疯一次！"不等赵海问她怎么疯，她直截了当地对赵海说："我会给你意想不到的惊喜。"

泸河是金城县最美的河流之一，水源来自云岭高山融雪，最后汇入芒水。每年春暖花开的时候水流最为丰盛，自南而北缓缓流过，河床清浅，卵石圆润。那天赵海和周敏把骑来的单车平放在河滩上，随意坐在青黄夹杂的河滩草地上说了很久的话。从普希金到海明威，从席慕蓉到汪国真，甚至说起了凡高和塞尚，在这不知不觉的交流当中，两个青年人的背影融进了河畔春色的画面中。那夕阳西下的余晖照亮了河边孤零零的几棵白杨树，那树影倒映在银亮的水面上，远处是依稀的云岭山脉和炊烟萦绕的乡村，近处是草地上清晰的新绿和各种星星点点的野花。他们就这样一直坐着，直到明月高挂时，赵海才拉起周敏的小手叫她回家，而那时周敏靠着赵海的肩居然要睡着了。

为期三天的运动会已接近尾声，周敏的激情却丝毫没有衰减。当她拿到万米比赛出场名单的时候，各班的通讯稿也纷至沓来。而她选择了播送自己早已准备好的稿件："致万米运动员：没有比人更高的山，没有比脚更长的路。一万米只是你今日的征程，一万米只是人生的一小

冬日的火花

步。当你站上赛道，当你许下承诺，就没有任何风雨可以阻挡，向前、向前、向前！""啪"的一声发令枪响了，赵海在第五道，披挂十三号布标。

第十圈以前赵海并没有注意去看主席台上热情播报的周敏，耳边也听不到同学们的欢呼和加油。二十圈的时候看到周敏拿着稿子朝他挥手大喊加油加油，而那时他几乎眼前发黑。二十二圈的时候感觉完全到了生理极限，迈步愈发地吃力，这时候周敏一手拿着稿子一手拿着一个花环跑到主席台边上朝他挥舞，他还看到周敏被团委任书记拉了回去。稍有分神的一瞬间有两个同学从他身边超了上去，赵海心里几乎要有妥协的念头。这时主席台上喇叭的音量忽然就大了起来，里面是周敏声嘶力竭的呐喊："十三号同学加油、加油，还有最后的八百米，你是沙漠的鸵鸟，你是草原的雄鹿，你是风的影子，向前冲！向前冲！"这一声呐喊确实是一支兴奋剂，赵海几乎在一瞬间像武林高手打通任督二脉一样亢奋起来，他发疯般地冲刺了！没有人能够解释爱情到底可以带来多大能量，而在这一刻赵海相信这是爱的魔力！最后一百米的时候，周敏挥舞着花环伴跑，赛道两边同学们在起哄，赵海不管不顾地埋头狂奔冲线，纪录被打破了！周敏编的花环套在了赵海脖子上，颁奖典礼的时候这成了金城中学最大的花边新闻，赵海成了金城中学的知名人物。

运动会结束了，日子又回到了往常。四大金刚吃饭的时候，赵海自然成了大家揶揄的焦点，夺了冠军，走了桃花运，兄弟们艳羡得就不行。赵海低调地说："不要胡说，那是我妹妹。"此言一出迅即遭到大家的唾弃，一致认为他不够意思还遮遮掩掩。赵海也不争辩，反正也辩不明白，最主要的是赵海越来越感觉到一种无形的压力，这压力是什么他也说不清。看到赵海这样一种态度，大家也不再相逼。荣健几乎没说一句话，因为他一直有些嫉妒赵海和周敏关系升温的速度，而他苦苦牵挂着的林芳欣同学从开学至今就没见几面，又何谈交情，这种等待的苦也只有他自己知道。

李飞越主动转移了话题，提起了文理分科和高考预选的事情，然而大家顿时变得沉默，显然谁也没想好，谁也没把握。最后还是李飞越先

第五章 一个好姑娘

开了口,说他选择报文科,到时万一通不过预选自己就认命,回去接父亲的班到铁路上去工作。孙群力戏谑道:"人比人气死人呀!我可没有你那么好的命,我准备报理科,如果预选通不过恐怕就只能先去当兵啦。""你能好好说话不?"李飞越说着脸上露出了愠色。荣健接过话头说:"不行,我们都必须参加高考,十几年努力不能就这样不明不白地算了。"赵海跟着连声附和:"对,必须参加高考。兄弟们都别泄气,就是个考试嘛,有什么大不了的!是骡子是马也得遛一下才知道。"李飞越接着说道:"你装什么大尾巴狼,成绩进不了班级前十根本就没戏,既就参加了高考也是瞎耽误工夫。"高扬应声道:"就是,我估计连预选都通不过,就得打道回家了。"赵海则不以为然地说:"别这么悲观,这不是还有几个月时间吗!努力一下,不参加高考我就觉得亏得慌!"顿了片刻,荣健又说:"就是,必须参加高考,即使过不了预选咱们也要想办法参加高考。我觉得这是对自己一辈子的交代,上了十几年学别到终了连个正式考场都没进,岂不是太丢人了!"赵海充满激情地附和说:"大飞你别整天惦记着接班接班的,铁路上的工作我觉得也没什么意思,如果我们能考出去,到外边的大世界去看看该多好。"高扬接道:"你说的都是废话!谁不想呀!你也不想想每年一个班能考上的也就那仨瓜俩枣,能轮上咱吗?咱几个除了荣健还有点希望,你就别痴心妄想啦!整天哥哥妹妹还考个屁!"这话说完惹得大家哈哈大笑,结果又是一番唇枪舌剑的争论,但是最终大家还是基本统一了意见,那就是好好学习,争取来年参加高考。

虽然讨论结束了,但是这个话题让每个人心中都有了起伏。再次在约定的地方见到周敏的时候,这个小姑娘一眼就看穿了赵海抑郁低沉的心情,她灿烂地问赵海:"怎么了老赵?"就是这简单的一句话,赵海似乎一下子扫掉了心里的阴霾,眯着眼回答周敏:"什么老赵老赵的,我有多老,就比你大了那么一点点。"周敏并不示弱:"大一点也是大,本姑娘尊老爱幼。更别说您老人家还高一级,那更是师哥了!叫个老赵你不吃亏吧?"赵海呵呵一笑:"你就是个疯女子!"周敏瞥了他一眼,轻蔑地说道:"呵呵,没叫你大灰狼都不错啦。不正经地整天勾

冬日的火花

引本小姑娘,走吧别废话了!"说着双手卡住赵海的腰跳上了自行车后座,两个人边说边笑地朝南山走去。

早前赵海说一起去逛普缘寺,今天一大早周敏跟家里说学校补课就跑出来了。在赵海心里周敏绝对是一个有内涵的文艺小青年,聊起普缘寺周敏掌握的信息并不比他少,两个人聊着聊着就一起背诵起白居易的《长恨歌》,而普缘寺据说正是白居易写出《长恨歌》的地方。虽然这里距县城也就十七八公里,但是平常来一次还真不容易,上了高中后除了周日偶尔能休息一下,其他时间天天都在学校关着。所以周敏一听赵海的提议就很兴奋,今天终于要实现逛普缘寺的愿望了,那高兴劲自是不必多说。

一路上温暖的春风拂面而来,春天原野里欢快的麦田犹如绿毯柔和舒展一望无际,阡陌间鲜艳的田旋花、太阳花、苦苣菜开得正艳,偶有几块金黄耀眼的油菜花镶嵌在深绿中,耀眼如战士胸前勋章一样醒目。赵海卖力地蹬着自行车,周敏侧坐在后座上神采飞扬,双手不经意间扶住赵海的腰,就在这双手触腰的瞬间赵海就如加足马力的电机,巨大的能量使他几乎觉得可以将车子蹬上云岭顶峰。说话间到县城南边的白沙河桥上,那底下河床开阔卵石铺地,石缝间夹杂的各色青草、花朵茂盛鲜活,河床中间的不过数米的水面清澈明亮。周敏喊着要下去看看有没有地软,赵海自是有求必应,尽管他知道地软只会在雨后出现。赵海推着车子,周敏拉着车尾,两个人就这样下到了河底,自然没找到什么地软,即使看见水里游动的小鱼也不忍心去抓。赵海采了几朵野花要给周敏插在头上,周敏却一溜烟又跑上了河岸。赵海一手拿着花一手提着自行车从河堤缓坡处上来,累得满脸通红说不出话来,周敏掏出自己的小手绢替赵海擦了擦汗,接过了赵海手中的花束,自己选了一朵粉色的小花插在鬓角上问赵海好不好看,赵海抒情地说道:"美极了,花仙子估计也就这样了!"周敏回应说:"胡说啥!花仙子可是黄头发的,咱们赶紧走吧。"赵海看周敏正高兴,就得寸进尺地说:"这次你坐前面吧,咱们说话方便。"周敏丝毫没有推辞,反而高兴地说:"那太好啦!小时候我老在我爸车前面坐。"说话间从赵海的右手边钻进,赵海

第五章 一个好姑娘

自然双手握把迎接周敏跳上横梁，车子又一次向南山行进了。

周敏的发香和花香一样沁人心脾，赵海精神抖擞，一路上说东说西，半晌的时间很快就过去了，他们终于到了通往普缘寺的山口。通往寺院的路在河道的一边，不但狭窄而且弯曲起伏，看来自行车根本无法通过。赵海只好将车子寄放在附近的人家，然后两个人沿着山路缓缓向寺庙走去。走进山口几十米，阳光被山峰遮挡，瞬间光线暗了很多，河道的风也明显比山外凉爽，周敏不自觉拉住了赵海的手。这山路还留有上次大雨的痕迹，很多地方能看到山上顺水流下来的砖红色泥土，再往山谷里面看，淡蓝色的雾气萦绕在河道里，呼喊一声回音长久不绝，这神秘感让两个人兴奋又心悸。当然赵海这个时候认为自己必须是个顶天立地的男子汉，他不时故意吓唬一下周敏，周敏自然会更加抱紧他的胳膊。走过一个弯道，河谷又变得开阔，水面也大了很多，俨然就是一汪钻石般的湖泊。原来这就是芒水河上游，高山积雪融水汇流下来在这里转了一个大弯，长年累月这里的河床就旋成一个扇面，水在这里也就蓄积成一个中转型的河湾，看起来至少有十米以上的深度，水面清澈黝黑。周敏捡起一块石头扔了下去，几乎没听见什么声音。再向前走河床更开阔但是水面又变窄了，些许阳光洒在河床上温暖耀眼的感觉让人舒服，周敏也不再紧张。他们注意看路边山崖上很多孔洞都有香火供奉的痕迹，有的孔洞还放有佛像，当然对于他们来说根本说不清那都是些什么神仙，在他们眼里不过是工艺拙劣的泥像而已！赵海觉得这些供奉无聊得不可思议，弄不懂究竟什么样的人才会有如此可笑的信仰，弄个泥人烧炷香又能护佑什么呢？

周敏忽然神秘地叫住赵海，向他指望对面的山崖。顺着她纤细的手指望去，对面山崖一处凹陷的地方居然搭着一个窝棚，窝棚边还有一个道士聚精打坐。赵海示意周敏安静，说不要随便打扰人家清修。周敏知趣地收住惊叹继续朝前走，尽管她知道普缘寺历史悠久，很多文人墨客留下赞美之词，但是她并不知道普缘寺，甚至云岭山自古以来就是很多世外之人修行之地，因此在这里见到隐居者或僧道实属平常，就连传说中的萧史弄玉也是在这里的玉女洞得道乘龙而去的。

冬日的火花

这个山谷每逢午后，斜阳西照，南面列岫崔嵬，森壁争霞，东面翠柏掩映郁郁葱葱，西面在阳光的扫射下显得祥和宁静，那缓缓流淌的芒河水清光潋滟，闪烁不定。而以一座佛塔为制高点的普缘寺，处在青山围拢的深坳里，光线掩映错落，那飞檐挑角的正殿似乎总是笼罩在一片金色之中！这种静谧庄严与山外的喧嚣浮躁迥然不同，能使人生出一种神圣的温暖。因此这个山谷还有一个形象的名字叫"金盆子"。

赵海和周敏终于走完了崎岖的山路，到了金盆下方的开阔地带，普缘寺就在眼前。寺门只是一个茅草搭顶的简陋柴门，左右有几间厢房，中间一个正殿，正殿也没有想象中宏伟，看起来还有些破旧，只有厢房门口一个照壁还能提起人的兴趣，上面铭刻着臧克家先生仿毛体书写的《长恨歌》全文。周敏问赵海最喜欢哪一句，赵海仓促间不知该如何回答，尽管那句"在天愿作比翼鸟，在地愿为连理枝"在他心中已经烂熟，但是在此他还没有勇气讲出来，只有回答说每一句都喜欢。而周敏却说她并不是很喜欢这首诗，因为她觉得这诗太悲伤，尤其是"马嵬坡下泥土中，不见玉颜空死处"这句听着都凄惨，杨贵妃其实很无辜。赵海并没有争论，因为他欣赏着眼前的姑娘，她的容颜、思想都那么让人喜欢，恨不得马上将她拥入怀中彼此融化在这青山绿水中间。

寺院的右前方是那座灰白色的佛塔，据说是隋朝修建的，还藏有佛骨舍利子，那佛塔坐落在山崖之上，崖下碧水缓缓东流，崖上阳光穿过山峰照耀在塔身泛出金色光芒，这金光与碧草绿荫辉映成一幅绝美的山水画卷，静谧深沉让人留恋不舍。他们牵着手走向水边，抓螃蟹，捉小鱼，嬉闹了好一阵子，也许了很多愿望，周敏说如果咱们考上大学就再来一次，给神仙多烧点香。赵海说："一定会的，如果考不上我就来这里出家，到时你来看我也好找。"周敏嬉笑着说："那你还出啥家呀？老想姑娘来看，岂不是花和尚，哈哈……"周敏百灵鸟般的笑声响彻了山谷，赵海也笑了。

沿着河床继续往山里走，山谷清幽山花烂漫，山坡上树丛中根本叫不出名字的各类花朵招摇鲜艳，一串串白的黄的，一簇簇粉的紫的，还有那些绿草间洒落的如星星般的点状的花瓣，这些都足以让两个整日封

第五章　一个好姑娘

闭在城里的青年人兴奋。尤其陡峭山坡或悬崖边上突兀长出的三五棵造型奇特的松树更是异常精神，有些像课本里的迎客松，有些像双手舞动的巨人，微风拂来带着山中的清凉和树木花草芬芳的味道，更传递着树叶舞动簌簌的声音，两个年轻人提着鞋子走在水边，些许汗水沁出额头，幸福的笑脸在水面反射的光影中出奇地灿烂。

　　直到夕阳西下，他们才依依不舍地离开，手里提满了收获的成果。有在山上挖的小树苗，有好看的鹅卵石，更多的是这一次结游收获的深深情谊。一路都是下坡，车子骑起来很轻松。路过一个村口的时候，路边居然跑出一只小奶狗来，浑身乌黑油亮的毛皮，肚子和四个爪子却是白色，甚是好看。周敏忍不住朝狗狗拍了拍手叫它过来，结果狗狗居然真的一路跟着车子跑，足足跑出村子半里路，渐渐地有些跑不动了。赵海停下车子走近小狗，狗狗并没有害怕，只是顺从地趴在地上，就这么简单的他们又收获了一只小狗。赵海别出心裁地让狗狗趴在后座上径直朝县城驶去，两人一瞬间就成了狗爸爸和狗妈妈，又多了很多欢笑。分别的时候狗狗归赵海抚养，花草由周敏栽植。彼此约定都要好好地呵护，并经常通报长势和开花的情况。一堆石头分了半天，几乎大半都归周敏。看着周敏手里拿着花草，背着鼓鼓囊囊的石头走进巷口，赵海感觉幸福极了。

第六章　那条小路

中午如果不想骑车子，荣健会选择从学校西侧的小路回家，这也是梁艳每天会走的路线。荣健和梁艳在班上没有说过话，仅有的交集不过是前一阵班主任让梁艳教大家唱了一首台湾歌手孟庭苇的歌，她坐在第一排，居然只是站起来背对着大家教唱，她站立的姿势和羞怯的回眸让所有男生嘻哈起哄，当时就有人私底下色眯眯地说这妞身材不错，然后一群人享受满足的窃喜。

不管是放学回家还是吃完午饭后返校，他们常常一前一后走在村边的小路上。而往往是梁艳走在前面，荣健跟在后面。荣健腼腆，梁艳也羞于主动，就这样很长一段日子谁也没找谁说一句话。荣健更多的是欣赏，而梁艳心里常常有说不出的苦恼。她多么希望走在后面的男生有一天主动地叫住自己，然而她总是这样默默地一路希望却又一次次失望地走进校门。她哪里知道荣健的心在几个月以前都早已飞到外班的女生身上，所以这样的等待几乎是徒劳的。

梁艳是个漂亮的姑娘，鸭蛋脸圆眼睛，肤色粉白目光温润柔和，唯独一张樱桃般红润的嘴唇隐约闪动着如火的热情。去年体检时身高一米六七，这个高度足足让班上多数女生艳羡不已，尤其是她那丰满匀称的

第六章 那条小路

身材更是让一些早熟的男生为之着迷。

最先发起进攻的居然是班长杨夏全，杨夏全长着一张超级大方脸，可即就在这样的大脸庞上，他那眼睛鼻子嘴巴似乎仍大了一号，最为特别的是杨夏全那超大号的三棱锥鼻子无论春夏秋冬总冒着汗珠，常常不经意间用衣袖一抹，那种脏兮兮的感觉让看到的人都会记忆深刻。杨夏全当上班长并不是因为德智体美堪称楷模，而是因为作为班主任的英语老师实在拿他没有办法，最后被迫想出这样一个"以贼制贼"的策略。

杨夏全没当班长之前是班上顽劣学生的代表，刚走上工作岗位的班主任严重缺乏与学生沟通的经验，无论是观点分享还是安排班务工作经常被顶撞得面红耳赤，而在这所有辩论当中班主任老师居然常常处于下风，每当大家为杨夏全所代表的反对派鼓掌时，班主任老师时常尴尬得遁地无门。但是自从杨夏全当上班长以后行为的确收敛了不少，班主任自然也就少了很多烦恼。

梁艳实在不喜欢杨夏全那一身自以为是的流氓习气，认为他长得难看还整天收拾个不伦不类的中分发型，一说话张着大嘴瞪着色目，无论形象和神态都让人感到恶心。但是杨班长的进攻开始了，写的纸条梁艳看都没看就撕了，送礼物则一概拒收，最后逼得杨班长只好在村边小路上堵住她直接摊牌。

记得那天这条小路两边的麦田还残留着积雪消融的湿痕，路边的野草刚冒出青翠的新芽，行走间听到后面有人叫她。那天杨夏全穿着一款流行的藏蓝色夹克衫，里面白衬衣是刚换的，中分的头发打着油亮的摩丝香气四溢。走到梁艳面前的时候杨班长的脸也泛起了潮红，他真诚地对梁艳说："我知道你不待见我！"梁艳本能地解释道："班长你误会了，我没有那意思。"杨夏全单刀直入地说："如果这样那太好了，我一直想对你说我喜欢你。"这句话一出口梁艳的脸刷地一下涨得通红，心跳也瞬间加速。她完全没想到杨夏全如此老练直接，没等她反应过来，杨夏全接着说道："你看咱们一个村，互相也都比较了解，虽然我们家弟兄多，但是我几个哥也早都成了家，咱们很快就要毕业了，以后不管怎么样，如果我们能够在一起，我觉得是个不错的选择。我一定会

冬日的火花

对你好，一辈子对你好。你可能还不完全了解我，但我希望你能给我个机会。"杨夏全一股笼统把自己的想法说了出来，梁艳慢慢地平复了一下心情，也不像开始那么羞涩了。她顿了顿说："班长，我对你确实不太了解，但是我觉得我们有很多的不同，所以现在我只能拒绝你，如果以后感觉变了我们再说。另外分科考试马上开始了，咱们还是先全力以赴准备考试吧！你说是吧？"杨夏全从梁艳言语当中读出了无望，心里像掉进了冰窟窿，一向自信的他原以为自己精心准备的说辞能够打动梁艳，最起码给他一个留待观察的机会，但是梁艳冷漠的表情已然说明自己没有任何机会，只好自己打圆场说："就是就是，先考试再说，先考试再说。"

另外一个向梁艳发起进攻的是李飞越。那天下了晚自习他鼓起勇气塞纸条约梁艳到大操场西北角双杠场地见面，他们靠着双杠聊了很久。而梁艳之所以会欣然赴约，某种程度上因为李飞越与荣健是亲密的朋友，梁艳想着从李飞越那里能得到一些有关荣健的消息。李飞越发起进攻的语言是委婉的，他和梁艳聊学校的趣闻、班级的各种秘密，还聊了很多以后的想法，唯独没好意思提起自己对她的情感，结果等到梁艳离开心里又万分的懊悔。

李飞越的父亲在几百公里外兰州铁路局工作，每年只能回来一两次，这些年妈妈在农村带着自己和弟弟，还要照顾年迈的爷爷奶奶，李飞越作为长子自然是家里的顶门杠子。

若要论起咱们的李飞越同学，那绝对算得上英俊潇洒，个子足足有一米八〇，浓眉大眼目光坚毅，高挺的鼻梁下嘴唇棱角分明，小麦色的皮肤健康耐看，猛一瞧很有些照片中周恩来总理黄埔军校时的风采。而这样一个帅气的小伙子，谈起对象来却只会绕弯弯。对梁艳来说，听了他一晚上婆婆妈妈的唠叨，甚至觉得一点价值都没有。她的心一直在荣健身上，哪有心思关心李飞越家里的那些琐碎事情，而李飞越并没有给她带来任何有价值的信息，至于荣健似乎喜欢六班林芳欣的事她也早就知道，但她倔强地认为这只是个传闻，根本不怎么靠谱！

不过她和李飞越的这次约会很快被杨夏全知道了，告密的是自行车

第六章　那条小路

棚的老板。学校的车棚原本雇佣附近的农民夫妻进行管理，结果时常出现车辆丢失的现象。今年后勤上实行了承包责任制，如此那夫妻俩的责任心明显增强了，无论谁去取车子都会查问清楚。杨夏全虽然没有自行车，却是车库的常客。他经常借用同学的自行车而来车棚取车，老板核对身份时杨夏全总要解释一番。每当这个时候，杨夏全会给老板递上一根烟寒暄几句，一来二去居然跟老板成为朋友。那天晚上梁艳和李飞越靠着双杠聊天的时候车库老板从他们身旁走过，李飞越经常存取车子老板自然认得，而学校漂亮的女生这老板似乎也格外在意。和杨夏全扯闲话时老板无意提到梁艳和李飞越约会的事，杨夏全心里瞬间腾起妒火，发誓要给李飞越点颜色看看。

　　冲突在杨夏全确定了情敌的第二天就爆发了。当李飞越走向座位时，杨夏全伸长腿挡住了过道并用挑衅的目光盯着李飞越。李飞越并不知道这中间的缘故，稍稍提了一下嗓门说道："让一下。"杨夏全似乎很不满李飞越的大声，质问道："你那么大声干啥！吓唬谁呢？"李飞越瞬间意识到杨夏全是故意找碴，于是很不客气地一把揪住杨夏全的领子准备开打，旁边的同学看到赶紧过来劝阻。架没有打起来，杨夏全气势汹汹地叫嚣要收拾李飞越，李飞越回声呛道："不想活了你就吭声！"这一场较量杨夏全没占到什么便宜，之后很长时间总是冤家路窄。教室门口、过道都是互不相让的地方，双方横眉冷对加撞肩膀，或者在班级活动中互相拆台喝倒彩。两个人都酝酿着一场大的较量，但是分科考试临近了，学业的压力面前，大家心里都充满了彷徨。随着时间的推移，敌对的情绪有所缓解，毕竟朦胧的感情并不是高中生活的全部，但是这两个青年由此而起的矛盾却终生都没有化解！

　　有一段时间梁艳绝对是高二二班的焦点，音乐课教大家唱歌，因为教会大家一首《冬季到台北来看雨》而成了文艺委员。梁艳站在讲台上唱歌的时候，那粉红的笑脸柔情的双眸让李飞越陶醉，让杨夏全痴迷，当时到底有多少暗恋的目光谁也无法说清。尽管在荣健的眼中，梁艳是一位漂亮的姑娘，但是他更希望看到的是另一位姑娘。那个时候梁艳的目光经常会从荣健脸上闪过，荣健感觉到了什么，但他没有在意。

冬日的火花

梁艳主持了好几次音乐课的活动，活动其实很简单，就是让大家自告奋勇上台唱歌。荣健被叫上台的时候惶恐不已！梁艳跟同学们说他会唱《耶利亚女郎》，荣健在掌声和起哄声中走上了讲台，也没有任何介绍和过渡，一嗓子飙上了高音："很远的地方有个女郎名字叫作耶利亚，有人在传说她的眼睛看了使你更年轻，如果你得到她的拥抱你就永远不会老，为了这个神奇的传说我要努力去寻找……"结果自然是唱不上去了，说了句"唱不上去"就尴尬跑下讲台，台下发出了哄堂大笑。杨夏全有了表现的机会，大声帮梁艳维持秩序。同学们兴趣正浓，又开始喊："班长来一个，班长来一个。"杨夏全自然愿意在这个时候露一手，他从容地走上讲台，略带沙哑的嗓音唱起黄安那首《初恋的故事》时充满深情，唱着唱着就成了全班大合唱，音乐课在热烈气氛中结束了，杨夏全的歌声赢得了荣耀，那句"你说功课退步对不起父母"让很多人印象深刻。然而梁艳并没觉得有什么特别，只是埋怨荣健这家伙不够认真。

荣健还是经常会走那条小路，也常常会遇见梁艳。夏天快来了，梁艳换上了漂亮的单衣。无论是可爱的连衣裙还是修身的套装，细致的裁剪和精良的面料都能看出梁艳妈妈对女儿的用心。我们的梁艳已经是大姑娘了，无论什么衣服都已无法遮掩丰满的身材。荣健每每看到前面这美丽的倩影都禁不住有些陶醉，但两个人依然木讷腼腆。可是有一阵遇见的次数忽然就多了，由此也能有一句没一句地聊上一段。梁艳不是很健谈，或者是紧张羞怯的原因，往往没说几句话总会红了脸，荣健看着梁艳娇羞的样子也常常感觉难为情，因此他俩似乎有了某种交流障碍。这种情形过后梁艳总会为自己的表现心生懊恼，但是好赖他们也算成了朋友。毕竟除了梁艳，荣健与班上其他女同学几乎没有说过话！

荣健总是把与梁艳聊天了解到的一些信息说给李飞越，他希望李飞越能够追到梁艳，李飞越不只是好兄弟，还因为在荣健心底杨夏全根本就是不入流的庸俗货色，梁艳这样一朵鲜花又岂能插在牛粪上呢？本来李飞越感觉到梁艳对荣健的意思后心里还有些嫉妒，暗暗拿定主意要和荣健竞争。但是看到荣健这个态度后他彻底释然了，也更加坚决地要赢

第六章 那条小路

得梁艳的青睐。

然而无论李飞越的内心有多么坚决，态度有多么积极，所有这些似乎都像浓雾中的巨轮看见冰山一样让他日夜不安，甚至憋闷得常常从梦中沮丧地醒来。因为梁艳会躲过他炽热的目光，会拒绝他的礼物，他甚至担心下一次约会可能都会遭到拒绝。李飞越郁闷极了，内心生出连绵不断的悲伤无处排解。他开始无边无际地猜想这当中的原因，到底是因为自己家远离县城？还是因为自己只是出身工人家庭？或者是自己的功课并不出色？可是和班上绝大多数同学相比，他觉得自己也并不逊色。可为什么梁艳就是不能和自己的距离更近一点呢？他百思不得其解！这个时候他收到了关西中学故友的来信。

写信的人是陆锋，他来信咨询金城中学的情况。算起来他们有一年多没有见过面了。自打从县西的西凌初级中学毕业后，前年在县城的西瓜摊上碰见过一回，原本约好一块上金城中学的，结果这个家伙居然去了关西中学，这一点李飞越一直都不大理解。想当初与陆锋的相识也称得上一见如故，在所有朋友里陆锋的胆识他打心底里佩服，起初只认为陆锋的优秀是源于他那老师妈妈的严厉管教，熟识了之后才发现，陆锋博览群书的习惯和善于思考似乎是一种与生俱来的禀赋。这两个年轻人因为互相的认同友谊快速发展，如果不是陆锋反感磕头拜把子的形式，两个人肯定早就结成异性兄弟。没有结拜胜似结拜，这是陆锋毕业时在留言册上对二人友情的描述。李飞越至今仍然记得陆锋写留言时潇洒不羁的神情，他似乎总比大多数的同学显得冷静。

因为结识了这样一位朋友，李飞越在西凌初级中学的三年充实而温暖。尤其是每天放学后和陆锋一起打篮球，浇凉水澡，晚上一起睡在学校分给李老师的房间里。这当中一起偷看李老师给同学们的作文评语是他俩最快乐的事情，而李老师挖苦讽刺后点评同学的语言也让他们受益良多，这些话不自觉地用到与人论战的场合，一旦讲出可以说是无往而不胜。李飞越由此更加对于李老师充满崇敬，同样也为能结识陆锋这样一位好朋友而庆幸。那些日子前途是他们生活中绕不过的话题，那时候他们心中的圣地就是金城中学，认为所有的努力都是为了踏进那个校

冬日的火花

门，所以李飞越很难理解为什么陆锋会去了关西中学。

当年中考对于陆锋来说只是随便一考，他根本没想到随便一考是那么的尴尬，成绩下来时都不好意思提金城中学四个字，他才认识到什么是重点中学的标准，而那个标准比一般中学足足高了两百多分，到这个时候之前的自以为是在分数线面前屁都不是了！恰恰那个时候父亲工作刚刚调动，根本顾不上去金城中学申请照顾乡镇干部子女的指标。等到要入学时高一所有班级都已挤不进一张桌子。为此咱们的李老师和陆乡长足足吵了半个月的架，这些肯定是李飞越无法了解的。

而对陆锋来说没能进金城中学除了起初的一点遗憾外，关西中学的一切并不是那么失望。一年多来又认识了很多新朋友，因为实验室被盗时的见义勇为使他成为学校的知名人物，上学期还夺得了全校演讲比赛的冠军，参加了希望文学社。从感觉上来说理想在路上，朋友遍天下，小小的成就感和王妮带给他的甜蜜友谊让陆锋并没有急于离开。但是金城中学毕竟是他心底里一直以来的梦，所以陆锋还是写了信问这边的情况。

李飞越在回信里极尽所能地将金城中学描绘成梦想天堂，还有声有色地描述了金城中学几个知名教师的风采。比如从不拿讲义却能口若悬河的李江水老师，一道题可以贯通八种解法的数学陈，说话刻薄犀利的地理梁老师，甚至特别提说了那位有着模特身材天使容颜的英语章老师。当然也说了自己最近的苦恼，希望陆锋能帮他想想办法。他在信里说了如何对梁艳一见钟情，梁艳是如何优雅的一个女生。也说了高二以来学业变得异常吃力，对考大学已经完全灰心。按照家里人的计划，明年安排自己去接父亲的班。如果离校之前不能和梁艳确立关系，那么这将是非常大的遗憾，李飞越特意将这种遗憾上升到"终生"的高度。

陆锋自然不敢怠慢，在回信里鼓励李飞越不要灰心，并用"精诚所至，金石为开"鼓励他。提示他一定要尽量地创造机会多接触，再三强调只有多接触才有机会。还建议他尝试着写信给梁艳，这样表达起来比遮遮掩掩的沟通更有效。同时也表达了自己决定尽快转学过来的想法，相约着到时候一起并肩奋斗。陆锋的回信豪情万丈，可是此时对于李飞越来说所有的奋斗似乎都集中在攻克梁艳这座高山上！尽管陆锋给了他

第六章　那条小路

建议，但是他内心的焦躁却是无法排解的。

因为担心在学校里约见会被拒绝，后来有一段日子里，李飞越口袋里藏着写给梁艳的情书几乎天天中午在梁艳返校的小路上守望，可是很多次梁艳要么跟同村的女生同行，要么就是荣健慢悠悠地跟在后面。每当这个时候李飞越都要像个窃贼一样躲进田边废弃的看守窝棚里，李飞越不想让任何人知道他这种迫切到卑微的心情，每次看到梁艳她们走上公路拐向学校才从窝棚里出来。就这样一次次失望地看着路的尽头，一次次拍净身上的尘土和蛛网，再走捷径偷偷翻过学校的围墙返回教室。所以无论梁艳还是荣健谁也不知道李飞越在那条路上的等待。

机会还是来了！那天上午最后一节课是体育课，老师简单地教授了一下足球的基本技法就分组活动了，荣健在A组，李飞越分到了B组，争抢的过程中荣健撕烂了李飞越的短袖，为了表达歉意，放学后荣健邀请李飞越到家里去吃饭，顺便缝补一下衣服。本来就是好兄弟，两个人快乐地肩并肩一起向荣健家走去，当然这路上也看到了梁艳。大家只是客套地问候了一下就各走各路。

荣健亲自做扯面招待了李飞越，早上荣健的妈妈已经揉好面团炒好了菜，荣健回家后只需要烧水扯面就行。李飞越看着荣健俨然大厨一样拉得面条上下翻滚，并不时在案板上摔得砰砰响。这样娴熟的动作一看就是经常做饭的架势，他才知道其实荣健每天中午回家并不一定有现成的饭吃，这种情况下荣健就必须自己解决。有时候是下挂面，或者自己用高压锅做米饭，最现成的就是他妈妈早上揉好面自己回来撕扯面，荣健已经适应并且很享受这种生活方式，他的扯面技术早已练得炉火纯青了，调味也自认为很有一套。两个小伙子各吃了两大碗，李飞越对荣健的扯面赞不绝口，要求以后有机会还要来吃。吃饭过程中荣健问李飞越最近追求梁艳的情况，李飞越装着满不在乎地说："没什么进展，聊了两回啥也没说。"荣健鼓励他说："你要再积极一点，否则就是自己折磨自己。"李飞越听到这话心里难受极了，真想说荣健是个烦人的电灯泡，可是这话自是说不出口，只能说："无所谓，听天由命啦！"荣健不同意他的说法，反诘他说："你嘴硬很，多少人都在打她的主意，错

冬日的火花

过了你到时要悔青肠子。"李飞越没有再说话,那时候他却也无话可说了!饭后荣健拿了自己的衣服给李飞越让他穿着先走,自己则拿着撕破的衣服到隔壁找王阿姨帮忙缝补。李飞越得到了一个自己返校邂逅梁艳的机会,为此他兴奋极了。

出了荣健家向西穿过村子,村东头的南北路宽阔而笔直,梁艳每天上课前二十分钟会从南头拐出来。李飞越走出村子的时候向南张望,梁艳还没有过来,李飞越掐着时间等待,一分,两分,三分,等待的心情紧张而迫切,心里祈祷着今天最好梁艳一个人走着。

马上要立夏了,尽管麦田青青微风习习,气温还是让人感觉到了燥热,我们的"大飞"等待着心上人,焦急中一头汗水。终于梁艳从南头出现了,走路的姿态那么优雅,远远的那娇俏的身姿和粉红的脸庞在青青麦田的背景里清晰而明艳。李飞越整理了一下衣服,站在丁字路口等待着梁艳走过来。

梁艳若有所思地走过路口,李飞越叫住了她。梁艳有些惊愕,问李飞越怎么会在这里。到了这个时候,我们的"大飞"还是很有勇气的。他直截了当地告诉梁艳,他在这里就是为了等她,想跟她说说心里话。在学校里约见怕梁艳拒绝,所以只好选择在这里截道。梁艳否认了她会拒绝李飞越约见的说法。从心底里来说,尽管梁艳对荣健有些一往情深,但是梁艳也并不厌烦李飞越,只是心里没有生出那种感情,自然表面上不会有太多的温暖成分,不随便收男生礼物只是平素家庭教养的反应。因此李飞越所联想的高傲冷漠大多只是自己诚惶诚恐的猜测。

因为时间的关系,他们边走边聊,李飞越一分一秒地计算着时间和距离,这眼看着快要到学校了,李飞越不想错失这次表白的机会。心底里有个声音不断呐喊,经历脑海中千万次的纠结之后,那声呐喊终于冲破了胆怯,他对梁艳说出了隐藏心底许久的那句"我真心地喜欢你"。梁艳听到这句话的时候,一丝羞怯映上脸庞,一股幸福的甘泉流淌心里。

现在想想,当我们年轻的时候,尤其是十六七岁的年纪,那时候感觉自己长大了,实际心理幼稚且脆弱,因为心里有些秘密所以经常会觉得孤独。根本不懂什么是爱情,却常常因为某种单纯的喜欢就觉得这是

第六章 那条小路

爱了，尤其是被人喜欢那是多么让人高兴的事情。所以对梁艳来说尽管那句话不是她喜欢的那个男孩子说的，但是眼前的这个男孩子火热的爱恋她感受到了。她收了李飞越的信，回答说先从朋友开始。从朋友开始这话对于李飞越来说完全可以接受，并且她已经收下了信件，也许她看完信就会被感动，此刻李飞越开始对这段感情有了信心。

杨夏全看到李飞越和梁艳急匆匆走进教室时心里真是五味杂陈。几乎用勒令的口气喊道："大飞，把黑板一擦。"李飞越看了一眼杨夏全，冷笑了一下擦了黑板，然后很潇洒地把黑板擦扔到讲桌上回到座位，坐下时不忘对杨夏全说道："擦个黑板你嚎叫个锤子！"杨夏全也毫不示弱地回击道："轮你擦黑板，你皮干啥呢！"未等李飞越回答，荣健冲进了教室，接着班主任老师走上了讲台，教室瞬间安静下来。

不知何故，今天班主任涂老师噘着嘴板着脸，像是谁欠他钱似的。想当初涂老师走进金城中学的时候那真是意气风发，英语水平呱呱叫不说，人也称得上风流倜傥，除了有些娘娘腔之外一切感觉尚好。可是后来大家发现涂老师特别偏爱女生，辅导女生的时候那个仔细温柔程度让男生大为不爽，于是乎男生整天莫名其妙地搞出一些事情让涂老师头疼，尽管涂老师选出了杨夏全这样的二流子来压制班里挑事的男生，但是实际上效果也很有限。

当然对于一个刚走上工作岗位的老师来说，高中生的班主任可不是一件轻松的工作。这不但需要足够的学识还要足够的智慧，否则根本无法顺心地开展起工作。涂老师一心想让班上各项工作名列前茅，为此却也煞费苦心。比如把原来同性同桌改成异性同桌来拟制上课窃窃私语，把迟到罚站改为迟到座位后调等等一系列措施，然而收效甚微。自习课熙熙攘攘的情况还是经常被学校通报，各科老师投诉班里不按时交作业的意见越来越多，平常个别同学迟到早退也时有发生。这些都还算是正常的问题，最为可怕的是个别男生有拿代课老师开涮的情况，这让他大为光火。因此决定以后任何时候都要给学生严肃的面孔，必须用严厉的姿态震慑那些敢于挑战老师权威的顽劣学生。因此今天尽管西装革履，但是走进教室时一脸杀气，想必已经准备好了，如有哪个坏分子敢于出

冬日的火花

头就拿他开刀。

简单的开场之后正式上课,因为今天班主任表情严肃,这种情况下谁也不想被以儆效尤,教室里鸦雀无声,涂老师背过身去用粉笔在黑板上书写的声音变得非常清楚,同学们认真地做着笔记。这个时候不知是谁,大概因为早上大灶的玉米粥喝多了,居然不合时宜地放出了一个诡异的响屁。即便如此同学们还是保持了安静,只是好奇地寻找响声的来源。还没找见那个想象中满脸通红的声源,涂老师手中的粉笔可能因为那声响屁的影响掉在了地上,他弯下腰随手去捡,这档口响屁的始作俑者没憋住又是一声,而这个时候涂老师的窄版西裤居然配合似的"嘣"的一声开了线且露出红色的内裤。一下子所有人都按捺不住喜悦的情绪哄堂大笑,而这持久的像山洪暴发般的笑声搅乱了整个课堂。

多年以后众人依稀记得,最后一个不修边幅的女生为此事背了黑锅,并且因此得到一个只有她自己不知道的绰号"蜻蜓"。这个绰号是强调频频抬屁股的动作还是象征所受的关注,估计也没人能说得清楚。

第七章　只是一场梦

永盛哥再次来家的时候肩上斜挂着一个老旧的军用挎包,推着一辆旧飞鸽牌28加重自行车,车后夹着一卷老旧粗布面料的铺盖。也许因为心情落魄,他脸上的胡子看来已经有些日子没有打理,猛一抬头荣健几乎有些认不出来了。

荣健清晰记着去年永盛哥来时踌躇满志的样子!尽管之前在东平镇补习一年还是落了榜,但这似乎对他考学的信念完全没有影响,转到金城中学来时那感觉已是志在必得!但是谁也没想到在这里他会遇到袁瑛姐,这到底是一段美好的人生际遇,还是一段在劫难逃的厄运,可能最后用尽一生去思考也不一定能说得清楚。如今再次落榜再次来投靠亲戚,对于永盛来说自是相当的尴尬。

荣健和高永盛的兄弟关系是因为两家干亲的渊源。当年荣健满月的时候,按照乡里的风俗母亲黎明时分起来抱着他出家门,碰见的第一个人无论富贵贫贱只要是儿女双全对方愿意就拜为干爸。永盛的爸爸是村里的兽医,为不影响下地干活必须起早给村里牲口看病,这样一来永盛的爸爸就成了荣健的干爸。

冬日的火花

荣健的奶奶曾说这是天意，有了这个干爹的庇佑荣健一定大富大贵。因为这个干爸与荣健的父亲当年在东平中学就是同班同学，因此提出拜干亲的时候他丝毫没有推辞，并且作为干爸第一次抱起荣健时荣健不但不哭闹，相反还高兴得笑出了声，按风俗来说那是非同寻常的顺心吉利，或者说这确也是前世修来的福缘。

干爸排行老二，大姑嫁到邻村，有个小爸当时还未结婚。家里只有三间简陋的瓦房，干爹一家五口住东屋，干婆和小爸住另外的两间。这个条件就是在当年的农村也是尤为熬煎的状况，干爸还面临着给弟弟娶亲、赡养老人、抚养一堆孩子的生活压力。可即就是这样艰难的境况，干爸时常一副乐观开朗样子，也从没有因为荣健家的情况稍好，就寻求什么支持提携，那种独立坚强的性格多年以后荣健仍然从内心由衷地敬佩。

尽管干爸家经济拮据负担沉重，但是干爸一家人对荣健可以说视如瑰宝颇为优待。因为干爸的手艺，家里经常养着鸡鸭鹅、兔子羊等家禽家畜，每次荣健从村东头的家里到村西头的干爸家来，干婆总会用一个黝黑的铁勺炒上个鹅蛋或者鸭蛋。每当麦秸秆的烟火燃起，蹲在干婆身边看勺油嗞啦蛋花冒泡都是最幸福的时刻，那菜油炒蛋的香味在荣健心里数十年之后依然清晰。更甚的是每每走的时候荣健还要任性地再逮只看上的兔子或鸭子，而永盛哥和霞霞姐从来都没有表现过不悦，这种慷慨在八十年代初物质匮乏的年月真是不多见的！

荣健还记得五岁多时父母远在西藏工作，父亲北京出差时顺路回家探亲，由于不忍老母亲的孤苦，一狠心就把荣健留在家里与奶奶为伴。那时候农村生活是现在想象不到的清苦，一日三餐基本上见不到荤腥。荣健在西藏随父母生活的几年，天天牛羊肉管饱，一下子见不到荤腥很快就出现了营养不良的症状。每当下雨过后，闻到泥土的味道就流口水，那一阵子荣健经常抠墙上的土嚼食，甚至于喜欢闻油漆、汽油等各种刺鼻的味道。加上农村卫生条件差，换水土的过程中拉肚子、发烧成了家常便饭。到后来又患上了中耳炎，折腾得奶奶可是费劲心力。尽管非常地疼爱，还是会经常发出"小冤家害死人"的埋怨。奶奶治病的办法很新奇，比如到庙里去捏香灰回来冲水给荣健喝；再就是在清水碗里

第七章　只是一场梦

立把筷子，再烧上黄表；最神奇的就是满院子找鸡拉的稀屎给荣健抹耳朵；林林总总的办法没见什么神奇的效果，但是最后他居然不发烧也不拉肚子了，唯独耳朵流水的响声更严重了。等到干爸从村西过来看到时，心疼地责备说奶奶胡折腾，把娃的耳朵都要搞聋了。

干爸把荣健领回家，每天用药水清洗耳道，还把长得像长毛贼的头发给理成了小平头。加上干婆每天一个鸭蛋的特殊照顾，半个月后回到奶奶身边时格外地精神洋气。奶奶表扬干爸说："还是识文家会经管娃娃。"

荣健在村里的小学上学时，永盛哥和霞霞姐都已去了新村中学。因此上学的过程其实没有多少相处的机会。之后一年多父母从西藏内调到金城县，荣健也就告别了农村。除了逢年过节走亲戚，一年却也见不了几次。

也许是出于感恩童年时在干爸家受到的优待，或者说是对永盛哥一家人品质的崇敬，永盛哥到家里来借宿，对荣健来说可是喜出望外。如此上学路上不但多了一个陪伴的大哥，同时更是一个身边的老师和朋友。永盛哥学习很刻苦，常常告诫荣健大学梦不是潇洒轻松的旅行，也不是高朋满座的宴席，而是一场和命运的较量，唯有真正的强者才能杀出一条血路！荣健每每听到这些话都觉得似乎有些危言耸听，自信地认为无论什么艰难险阻也阻挡不了自己走向大学的脚步。

有一阵子弟兄俩的学习生活相当规律，每天早上五点半起床，五点四十分从家里出来，直到晚上九点半再回到家里。永盛哥会熬夜再做一份当天测验的卷子，而荣健会看点杂书。那个时候新房刚盖好不久，爸爸妈妈带着妹妹还住在厂里，所以每到晚上学习、聊天基本上就是生活的全部。直到有一天晚上，隔壁的袁瑛姐送来几个洗干净的黄瓜，荣健才知道永盛哥居然秘密地有了女朋友。

那天袁瑛姐敲开院子大门时，荣健惊讶极了。尽管袁瑛的爸爸也在县财政局工作而且老家又都是东平镇的，上初中那阵荣健在爸爸单位住，可每次遇见也只是礼貌地问候，根本没什么交流。那时候在荣健看来袁瑛姐俨然是个大人了，而自己这个小屁孩跟人家能有啥说的。而今

/79/

冬日的火花

　　天袁瑛姐意外地来串门，并且带了礼物，一进门就直接递给荣健一个黄瓜："这是姐在院子种的，新鲜得很，我已经洗过了。"荣健也不客气，拿起就吃。袁瑛问了声："你永盛哥在吗？"永盛哥已经从房子里出来，两人相见时互相露出了甜蜜的微笑。

　　原来为了上学方便，袁瑛姐刚租住到这里来。租住的那个院子离荣健家也就一二百米，那房子是去年新盖的，房主和袁瑛姐的父亲是朋友，说是租住可能压根就不会收什么房租。那院子还住着好几个乡下来的女生，算是一个纯女生宿舍了。

　　三个人在屋子里聊得分外开心，吃着黄瓜聊着黄瓜。袁瑛说："在院子里种了十几株黄瓜，个个长得非常好。只要浇点水，晚上都能听到黄瓜咯咯生长的声音。"荣健一边迎合着说话，一边注视着袁瑛姐那标致的脸庞。这姐姐明眸皓齿，脸上的肌肤像刚剥开的鸡蛋一样嫩白，那精致的鼻头微微上翘，红润的嘴唇泛着一丝亮光，笑起来调皮的样子真是让人陶醉。更让人不可思议的是，袁瑛姐特别会说笑话！

　　记得第一个故事说的是某女生问男生："今早灶上啥饭？"男生拖着长音回答："食无求饱，稀饭甚好！"女对答："稀不耐饥，考试没力。"说完袁瑛姐自己先笑得前俯后仰上气不接下气，荣健和永盛哥没被笑话逗笑，倒是被袁瑛自娱自乐的样子逗得哈哈大笑。

　　第二个笑话说的是某老师早上走上讲台，见讲台上水洒太多，居然蹦过水迹大声说道："谁给讲台上搞这么多水？还想日弄先生！"袁瑛说着笑话，居然还演示着老师跳过水迹的动作，她穿着宽松睡裙和松糕拖鞋滑稽的一跃可把永盛哥和荣健给乐坏了。荣健坐在袁瑛的正前方，袁瑛跳过来时那睡衣呼啦的香风简直要把人要迷倒了，尤其是含胸弯腰的那一瞬，领口一低那胸前微微隆起的雪白的乳房和粉红的乳头居然在眼前一闪，那感觉像一股热浪从荣健脸上刷过，荣健的心脏爆发出从未有过的悸动。这悸动让荣健觉得自己庸俗不堪，还好随着表演的结束，三个人的哄堂大笑掩饰了荣健不自然的神情。

　　第三个笑话说的是某领导到农村视察，中午在村里吃饭，老乡端上来一盆清炖甲鱼汤，领导喝了后觉得味道美极了。旁边一秘书夸道：

第七章 只是一场梦

"领导不愧是领导,王八天生就是喝汤的!"当时荣健还没有反应过来,永盛哥和袁瑛姐已经笑得前仰后合。等到他明白过来,说了句:"哦,王八就是领导。"结果这句话一出三个人笑得更是不可开交。终于归于平静的时候,永盛哥送袁瑛姐回住处,那一晚他到很晚才回来。

后来他们关系如何发展的荣健并不清楚,只是知道过程中某个周末永盛哥和袁瑛姐一起回过东平镇,经过峪河时还一起下河围堰抓过鱼。那种抓鱼的方式荣健小时候在舅家村边的小河里玩耍过很多次,当时的小伙伴当中就有一个漂亮的小姑娘,荣健还记得为了小姑娘开心自己卖力的情形,联想起来永盛哥带袁瑛姐抓鱼那真是一件非常浪漫的事情。只是当时荣健没有太多在意,因为他有了一个叫叶子的笔友,那阵子他时常为构思回信花费心思。

直到去年春天干爸来家里哭诉,荣健才知道问题已经有多么的严重。干爸说起三个孩子时老泪纵横,那悲伤的情景荣健一辈子也忘不了。说到永盛哥和袁瑛姐的事情,干爸悲愤难当。他固执地认为永盛哥太不懂事,骡子跟着马跑,根本不知道自己几斤几两。人家是干部家庭,考不上大学自有她爸给安排工作,咱是个农民家庭,家境贫寒弟、妹们多,他考不上大学就辜负了一家人的期望,就断送了整个家庭的未来。这一段感情在干爸眼里混账至极甚至十恶不赦,对此荣健当时觉得干爸言过其实。但看他老泪纵横,荣健还是安静地听着。

霞霞姐也出了问题!因为同村社会青年的勾引,霞霞姐最近居然玩起了失踪。霞霞姐留下的信中写道:"高考的压力越来越大,每一次测验考试对我来说都是煎熬,只要考得不好就感觉是罪过,为此经常彻夜难眠。况且即使幸运考上了,那么高的学费又该怎么办?父亲慢慢老了,弟弟还小,哥哥是最有希望的,因此我想放弃了。与其痛苦地坚持一种没有多大把握的努力,还不如早点收摊给家里减轻负担。"干爸对于这样的言论恼火非常,坚持认为霞霞姐根本就是找借口,他无论吃多少苦都要供孩子们上学,更何况还有一年就高考了,不试一下怎么就知道不行呢?如果现在放弃那还不如当年早早就收摊!他几乎哀号着说两个孩子都不成器,自己白活了这几十年!

冬日的火花

当日荣健的爸妈听了这话顿觉事态严重，荣健记得爸爸当场严厉地谴责永盛哥不争气，说他必须立即悬崖勒马！却劝干爸说霞霞姐的事不要强求。为此还和干爸起了激烈的争吵，干爸认为爸爸根本没有设身处地地想问题，霞霞姐学得也不错，现在整天跟个混混跑有啥前途。爸爸却坚持认为女大不中留，留来留去留成仇。而妈妈并不同意爸爸的观点，认为这个时候应该和孩子们谈一谈，永盛哥的事如果两个人有情有义就可以确定这门亲事，确定了孩子们也能踏实读书。霞霞姐的事虽不能太过于强求，但还是要把她找回来问清楚再说了。如果霞霞姐只是觉得家里经济压力大，考上了咱们这些亲戚一起想办法。最后达成共识的也基本就是这个意见，但是事情的发展却并不美好。

先是妈妈找人向袁瑛姐的爸爸挑明了这个事情，起初老袁同志的态度不置可否。后来袁瑛姐拉着永盛哥一起到家里去了一趟，老袁同志只说了句："你们先好好念书，其他的事情考完试再说。"本来郎才女貌的浪漫故事完全能够设想在某个大学圆梦，但是生活的剧本却完全偏离了所有人的想象。

故事是从老袁同志的木兰摩托开始的。这个小摩托是老袁同志去年获得县政府财税系统先进个人的奖励，袁瑛作为掌上明珠偶尔骑一下再自然不过了。但是因为技术生疏，第一次骑到县城里就撞了人。被撞的小伙子姓刘，被撞后大腿磕到路边的水泥隔离墩上疼得龇牙咧嘴，起来后却没有过分计较，一边蹦蹦跳跳一边还安慰袁瑛别担心，说自己不会有太大问题。住院期间袁瑛自然要常去看望，一来二去就相当的熟悉了。

这个小伙子大名叫刘智，高中毕业后跟人学了五年摩托修理后另立了门户，一边搞修理一边兼做新车销售，因为在他店里买车能够得到比较好的售后服务，所以生意发展得很不错。袁瑛骑的木兰摩托就是县财政局在他店里采购的，说起来还是被自己的车撞的，估计两个人当日说到这里都会笑出来！刘智的店名叫木兰车行，他应该是金城县第一批做摩托车销售的创业者。那个时期的摩托车销售可以用疯狂来形容，只要新车到店顾客就会蜂拥而至。而他唯一的问题就是周转的本钱太有限，每次订货数量太少，加上重庆那边厂子产能饱和，所以每次订货都要排

第七章　只是一场梦

队,算上运输的时间,资金周转一次需要两个多月。这些对袁瑛来说一听就懂,加上刘智社会阅历丰富,很快两个人就成了无所不谈的朋友,以至于刘智出院时居然要抢着自付住院费,这让袁瑛大为感动,那可不是个小数字,可这对于刘智来说似乎不值一提。估计刘智就这样在一个女学生面前显示了成熟男人的魅力,他的这种状态和那些趴在补习班里的男生相比显然要潇洒得多。

起初高永盛知道他们两人来往的时候并没有在意,直到发现自己的女朋友居然频繁接受另一个男人礼物时永盛哥愤怒不已。也许是贫寒与富足的碰撞让他产生了极大的不自信,也许是书生仅存的清高意气难以自抑。总之他们之间发生了激烈的争吵,以至于两个人都无力担承这种折磨,感情几乎到了崩溃的边缘。谁也不会清楚地知道永盛哥在那段时间里承受了多大的压力与不满,更没有谁知道此时袁瑛心里是什么样的盘算。

据说袁瑛姐去过永盛哥家一次,那对干妈来说可是贵客临门,必是一边责怪永盛哥没有提前打招呼,一边忙前忙后地杀鸡款待。干爸后来表达过自己那天矛盾的心情,说人家女娃来家里他按理应该高兴,但是一想这肯定会影响永盛的学业,因此不知道该如何表达自己的态度。当时他心里极其难怅,所以说了几句话就转了出去,直到很晚才回来。荣健认为自己完全可以推演当日的场景,因为永盛哥家里的情况他太清楚不过了。

尽管前几年干爸凑合盖了三间新房从老屋搬了出来,但是这新房因为材料不富裕,前后进深短。一边是锅灶连着的大炕,余下的地方放满了农具;另一边后檐隔出一个小房子支着几块木板算是有张床,前檐放着水泥粮食柜,柜上面供着去世不久的干婆遗像。干部家庭出身的袁瑛姐到家中即使不被这种艰苦的环境吓倒,那么晚上也必须赶回东平镇家里。因为永盛哥家里根本没有留宿的条件。而谢村距离镇上还有六七里路程,想必晚上肯定是永盛哥骑自行车送袁瑛姐回去。如果袁瑛姐此次来家并不在乎这艰苦状态,那么这一段路程甜蜜浪漫;如果这次来家影响了袁瑛姐的信心,那么这一段路程必然会静谧沉重。我们且不去猜

冬日的火花

测这段路留下的是幸福还是酸涩，只是故事却也越来越让人讲不下去！

那个时代在高三补习班奋斗过的人都应该知道，越是临近高考各科测验考试就没完没了地进行，尤其要命的是每次成绩出来都会排个名次，似乎不断在强调即便补习班也只有冲进前二十名才有希望的信息。永盛哥说那段时间袁瑛姐的成绩下滑得非常厉害，现在想来必是袁瑛姐心情极为烦乱所致。

车行老板刘智已经可以拄着拐杖到处转悠，居然抱着病体把面粉送到金城中学并换成饭票塞给袁瑛，并且怎么忽悠着还和袁瑛一起去财政局拜访了老袁同志，不知道老袁是赏识人才还是别的什么原因，在老袁的大力帮助下刘老板获得了县财政局二十万元贴息贷款。这二十万对于木兰车行来说那可是天降祥瑞呀！很快门面从两间扩展到六间，销售的品牌种类也成为全县最全的。一时间木兰车行名声大噪，每天看车的顾客有山呼海啸之势。

当永盛和袁瑛暂且放下不愉快全力冲刺高考的时候，刘智每天数钱数到手软。当永盛学习之余想起和袁瑛挫折的感情心绪难宁时，刘智踌躇满志地规划着经营与发展，而这当中一定计划有袁瑛的存在。仅仅在取得贷款半年之后刘智居然买下了袁瑛租住的那院房子，并且花六千多元安装了固定电话，这笔高达六七万元的开支就是干部家庭攒数十年都不一定能拿出，而这个年仅二十八岁的小伙子现在做到了。

高考成绩出来的时候，高永盛和袁瑛已经欲哭无泪。估计两个人的心情就像草原经历暴风雪一样，白茫茫一片把生机几乎扫灭得干干净净，相对无语唯有泪千行的感觉恐怕也不过如此！尽管高永盛提起精神鼓励袁瑛振作起来明年再来，可是糟糕的成绩击溃了袁瑛所有的信心，前途黑暗渺茫谁还有心情再提所谓的爱情！惨然地分别各自回家，先整理整理烦乱失落的心情也就成了唯一的选择。

这个暑假对于高永盛来说几乎是人生炼狱！自己高考失败不说，最亲爱的妹妹人是回来了，心却不知道丢在了哪里，整天在家里一声不吭。最可气的是她居然把自己的书包扔进了灶膛，为此气得父亲晕倒在地。本来还想发火，可是想想自己这一年犯下的罪孽，又有什么资格来

第七章　只是一场梦

批评妹妹呢？此时于他来说唯一的信念就是自己不能倒下，如果自己丧失了勇气灰了心，那么父亲和这个家该怎么办？当他跪着把饭端给父亲，承诺着排除一切干扰考取功名时，他内心已经做出了选择。但是选择归选择，人在年轻时无奈割舍的刻骨苦痛不会因为理性会有丝毫慰藉，或许还会因为这理性撕裂得更为悲伤。

当永盛哥再次见到袁瑛姐的时候，本来设想的是互相鼓励从头再来，但是得到的却是从此分手各奔前程的回答。永盛哥问为什么，袁瑛姐说："不为什么！如果一定要找原因，那我告诉你是因为成绩让我彻底丧失了信心，我想我永远也走不进那道门了。而你不能被我耽误，你再考不上你爸会受不了的！"尽管永盛哥一再强调自己考虑得很清楚了，咱们考上之前绝不再提感情的事，只要全力以赴明年肯定没问题的。而且听说明年有一定幅度的扩招，这样一来就相对容易一些，你可不能半途而废！但是袁瑛姐对这些话已经无动于衷，如此永盛哥当天黯然地离开了县城。

刘智拄着拐杖指挥人往那个院子搬了很多花，并安慰袁瑛打起精神安心学习。袁瑛也不愿意回家面对父母，又考砸了让她在两个弟弟面前非常尴尬。尽管老袁一再安慰她说想考了继续考，不想考了就回来给她安排工作。而袁瑛自己一直没有想明白，说声放弃不甘心，继续努力没信心。那段日子袁瑛几乎天天一个人窝在刘智买下的院子大门不出，而刘智忙完生意就会找机会过来。殷勤得又是送饭送菜送衣服，甚至提出给房子安个空调。

新学期开始的时候，袁瑛怀上了刘智的孩子，烧掉了所有课本，袁瑛告诉永盛这一切的时候，可怜的永盛哥感觉像是被人在大庭广众之下扇了一记耳光，脑袋忽然之间几乎要炸裂，除了想哭唯剩眼前昏黑。一切似乎都过去了，刘智能给袁瑛的自己一样也比不了，自己就是农村出来的一个落魄瘪三，除了做梦一无所有。但是永盛死都不相信自己会永远这样，他质问袁瑛："这是为什么？为什么你忽然之间宁愿许身一个瘸子而放弃你我的约定？为什么你忽然之间甘心一辈子守在县城让十数年努力付之东流？"袁瑛没办法回答他！因为很长时间她并不知道刘智

/85/

冬日的火花

先天一条腿短，但现在这一切说起来有什么用呢！就是这个残疾的男人在她最脆弱的时候安慰她照顾她，许给她一生看得见的幸福。这份真诚难道不是爱情，更何况以受伤掩饰残疾还不是因为爱她！可能这就是自己的宿命吧。她能对永盛说的就是："忘了我，祝你早日功成！"

在那一刻，永盛认识到人世间所有的浪漫承诺在富足无忧的生活面前大多不堪一击。什么是志同道合比翼齐飞？什么是真爱永恒理解支持？曾经天真的以为这苍茫人世间她理解我，支持我，温暖我，谁曾想一转眼间竟如此难堪的曲终人散。唉！他苦笑着，心里如万箭穿心般疼痛，亦有百般酸楚在周身剧烈涌动。理解又怎样？辜负又怎样？真正的强者唯有在孤独中挺进，谁又见过一路鲜花簇拥裹满天使关怀的神？只有弱者才满心期待，可即便给你春风十里，你又能开出什么样的花朵？难道我是墙角里朽烂了的那截木头吗？

他需要一段时间修复伤口，因此开学先在东平镇中学报了名，按照高考成绩补习班给他免了全部学费。到了第二学期，为了成绩能有更大的提升，永盛还是硬着头皮来到金城中学，继续投宿在荣健家里。而每天出门不可避免地要向东走，不可避免地要路过袁瑛居住的院子，没人知道那时高永盛心里会不会想起"去年今日此门中，人面桃花相映红……"那凄婉伤感的诗句？

第八章　五四的演出

如果没有杨树林那瞬间的凝视，荣健在学校的生活自然一如往常。但是他和她相逢了，从那一刻起荣健的内心变得彷徨，每天都希望看见她又害怕看见她，矛盾的心情让他承受着一种莫名的折磨。而这种奇怪的感觉让他开始有些不甘于平凡，总是希望能有什么机会一下子声名鹊起。

前几天在学校组织的读书报告会上他算是出足了风头，语文教研室主任说他的发言思想深刻、逻辑清楚、文采飞扬、激情四射。就连学生会主席、文学社社长叶松林也没能得到这样的赞誉，可惜的是那天在人群里搜寻了半天，也没看见林芳欣的身影。为此上台领奖的时候心里都没了兴奋，反而感觉愈加的失落！

当校园的广播里再次响起热情豪迈的《共青团之歌》，一年一度的"五四"青年节就要来临了。正如歌里唱的那样，"我们是五月的花海，用青春拥抱时代。我们是初升的太阳，用生命点燃未来……"和所有人一样，荣健从未怀疑自己已步入一个伟大时代，可他希望未来的路上有她相伴！

冬日的火花

"五四"文艺会演历来是校园里最为重要的年度活动之一,而对高中阶段的三个年级来说,高一年级太嫩,毕业班太忙,因此高二年级历来都是文艺演出的主力军。在荣健看来这是选择和别离的时刻,"五四"之后马上就会迎来分科考试,就会离开高二二班这个集体,离开这个集体里那些选择理工方向的同学。因此这个"五四"有着里程碑意义:既是无忧青春的怀念,也是新里程的开始,如果在这个当口有一场精彩的演出就完美无憾了!他决定要上台出彩留下怀念,可心里并没有什么把握,思来想去既找不出自己有什么能拿得出手的文艺才能,却又不甘心放弃这全校露脸的机会,只好一边积极谋划,一边羞羞答答地掩饰着自己的想法。

晚自习铃响了好一阵了,教室里依然熙熙攘攘,团支书孙群力正式宣布了校团委关于"五四"文艺演出的通知,通知里要求每个班出三个节目。大家立刻就此议论开来,这时候班长杨夏全装模作样地站起来维持秩序。底下不知是谁喊了一声"杨班长来个独唱",此声一出教室顿时沸腾,有喊"来一个"的,有的起哄笑道:"羊除了咩咩叫,咋还能唱歌的?特色!"这话气得杨班长怒目圆睁,对着起哄的同学没好气地说:"谁皮干我就给谁报节目,让你狗日的在全校出洋相。"这话还真管用,当下不再有人打杂起哄,有想法的人开始了比较认真的沟通。

赵海第一个站起来报名参加,节目是独唱《星星点灯》。荣健这才想起最近这货天天曲不离口,闹了半天早有预谋呀!真他妈不够意思,居然对兄弟们守口如瓶。赵海的报名让荣健开始有些心急,他用胳膊碰了一下侧座的吴文运试探性说:"喂,你还不露一手了,平常你的霹雳舞看着有模有样呀!"谁知吴文运翻了翻眼睛,说道:"你想上就上去,我才不去现眼呢!"荣健没好气地回敬道:"哎,我当你是个夜明珠,闹了半天是个萤火虫!"这时前桌的罗云转过来对荣健和吴文运说:"你俩歌唱得挺好呀,咱们再凑几个人来个小合唱咋样?"吴文运连连推托,看这情况荣健自是有些无奈,罗云也就转过身去不再吱声了。

时间到了4月27日,离"五四"演出仅剩六天,班里的节目依然没有报齐。课间看到其他班同学三个一组、五个一堆地紧张演练,荣健心里

第八章　五四的演出

总觉得不是滋味。心想着这可是难得的全校大聚会，如果上台表演林芳欣肯定会看到，当然这样的小秘密自是没法跟别人讲。他心里一边无端地埋怨吴文运不配合，一边思量着罗云昨晚的神情，忽然意识到这应该是个机会，于是琢磨一番写了小纸条给她，说下课到杨树林有要事相商。

　　荣健跟罗云讲："我们这个班当年都是因为分数差了一点，家里托了人情交了高费才进来的，本来很多老师同学就看不起我们，如果我们成绩不如人，文艺也不如人，那么你想想，我们这高中时代该是多么的失败！我们能不能争口气，也让那些所谓火箭班的人不敢小看。"他的这一段说辞罗云当场表示极为认同，说以前没看出荣健还挺有想法，这次她会全力以赴地配合促成这件大事。

　　到了下午最后一节自习，不知道大家都在想些什么，教室里闹哄哄的。罗云转过身来再次召集合唱的人，荣健自然配合着痛快地答应了。吴文运在罗云的鼓动下显得很为难，说自己一贯怯场。荣健鼓励他说："怕个鸟，怯场更说明你这方面需要历练。"罗云不管他怎样推托，死缠烂打地缠着他勉强地说了"行"。

　　罗云活动能力还真是厉害的，很快又拉来两个女闺蜜一个男闺蜜加盟，就这样设想的小合唱总算凑够了六个人。大家约好晚自习开始排练，走出教学区的时候，天还没完全黑，夕阳散射的金黄色光芒洒在空旷的操场上，暖风吹来，青草野花轻快地摇曳。

　　六个人来到乒乓球场地开始了排练。罗云又是分歌词，又是安排轮唱。大家也都很用心，虽然夜幕逐渐地深沉，但大家的兴致正浓。陈洁不愧是罗云的密友，说县交通局她爸爸的办公室宽敞明亮又没有蚊子，晚上排练节目再合适不过。这个提议大家自然积极响应，说话间几个人骑上车直奔交通局。

　　那间办公室是个套房，有三十多个平方米。外间是办公接待的区域，里间是卧室，陈洁一直住在这里。几个人抢着坐沙发挤成一团，也许由于短暂的深度接触，气氛逐渐活跃起来了。你一句，我一句，又是讨论轮唱顺序，又是讨论如何配上比较炫酷的动作。

　　讨论后做出了这样的安排：白宇的声线比较细，领唱第一句，魏慧

冬日的火花

慧唱第二句，陈洁唱第三句，吴文运、罗云、荣健则依次轮唱。逐渐歌声优美和谐起来，大家的笑声也多了起来。最后一群人哄闹着骑上车子回家时，只觉得神清气爽，那夜满天繁星，月光皎洁。

转眼又是晨明，当荣健和大家兴冲冲地准备去操场排练时，吴文运却拿起书不声不响地要出去早读。荣健追出去叫了半天也没说服他，大家因为他的退缩无奈地取消了排练。这一整天荣健过得异常烦躁，眼看着刚搭起的队伍快要散了心里自是非常焦急。他再次试图说服吴文运，可现在这家伙不但连连推托，说话还变得阴阳怪气。荣健哪里知道，吴文运是怀着窃贼般的心情参与排演节目的。他一直对陈洁情有独钟，却总底气不足，排演过程中几次想和陈洁套近乎都被白宇破坏了，终于鼓足勇气把写着"我喜欢你"的纸条给了陈洁，可陈洁一看随手揉成团笑着扔过来砸他，说："开什么玩笑！好好排节目。"这把吴文运打击坏了，加上白宇动不动和陈洁窃窃私语，这让他心里既难过又恼火。想着眼不见心不乱，干脆决定退出排演。由此心态也发生了变化，私下对人调侃说荣健一伙对编排节目一窍不通，纯粹就是凑热闹瞎折腾！荣健听到吴文运这样评价极为恼火，暗暗赌气从此和他势不两立。即便这一开始就遇到挫折，但在荣健看来只要大家凝心聚力就没有解决不了的问题，也不相信没有专业人士的指导就无法走上金城中学的舞台。吴文运佯装明智的那副德行不过是狭隘愚昧的小聪明，临阵退缩更是无耻行径。私下他和罗云一再鼓励大家不可灰心，并强调说没有了吴文运我们更要把节目编排得足够精彩。

到了下午自由活动时间，五个人无精打采愤愤不平地来到操场角落的乒乓球场地，排演无法进行，讨论中却你一言我一语地起了争执。争论没有结果，其间这个靠着球台，那个坐上球桌，那状态大有就此一拍两散的架势。烦人的晚风吹来各种蚊虫，寻觅着没完没了地在人脸上来回碰撞飞舞。就这样众人沉默了半天，终于有人开了口：

"五个人算了，离了他那个红萝卜，还不过腊八啦。"
"再去叫一遍吧。"

第八章 五四的演出

"唉,再叫十遍他也不会来,你是不是有必要学一学心理学。"

"昨晚还好好的,咋今天就变了呢?"

陈洁始终没有说话,看着这毫无意义的争论有些无可奈何,正在一筹莫展之际,幸亏罗云脑子转得快,她对荣健说:"你和帅哥高扬不是整天泡在一起,你把他叫来不就行了。"其实一开始荣健就想叫高扬,但是因为关系太好,反而怕高扬揭穿他组织节目的初衷是为了引起林芳欣关注。他认为这个秘密现在无论如何都不能暴露给大家的,所以高扬早上问起节目的事情他嘴里打了呜啦。这个时候罗云提出去叫高扬,说实话还真是个好办法。

罗云拉上荣健一起回教室叫高扬。罗云说:"救场如救火,就当支持你伙计,咋样?"荣健也用眼神默认了这个说法。高扬面对邀请丝毫没有犹豫,只是说了句"你们这是赶鸭子上架"。那日荣健看出罗云与高扬似乎挺亲近,不禁有些感慨这家伙伪装得够深。

经过这一番折腾,晚自习的铃声响了,虽然人员问题得到了解决,但节目依然没有成型,大家心里自是有些烦乱。临走时再三约定明天下午开始排演,并强调任何人不得缺席,如若谁再临阵退却以后就绝交。

4月29日的午后烈日炎炎,大家来到学校东侧的小河边。虽说还没到盛夏,但温度足以让人感到煎熬。没练几遍大家都已大汗淋漓。一会儿这个喊累,一会儿那个说乏。有抱怨天太热的,有嘲笑队友跑调的,甚至互相指责态度和动作。不和谐的气氛迅速蔓延,一通牢骚感慨后现场变得混乱颓废。罗云急得满头大汗,竟然和高扬言语起了争执。她转过脸去,委屈的眼泪在眼眶里打转,沉默中仰天无语。高扬也毫不妥协,居然站在那儿微露怒容地盯着罗云,看来有时越亲密越容易误伤,这冲突不过因为罗云严肃地说了句:"闭嘴,闭嘴,就你话多。"

为了打破僵局荣健提出了服装的问题,大家也暂时收住了情绪。罗云说穿运动服活泼帅气,高扬说穿西装精神干练。荣健建议穿衬衫西裤:"你看电视了吗?'千锤百炼,富绅精品'多神气。"其他三个人犹豫不定,魏慧慧开玩笑说:"谁想穿衬衫,就给咱们提供六件富绅衬

/91/

冬日的火花

衣。"这话让荣健瞬间尴尬,自是不再言语。白宇支持罗云的主意,并且说:"穿运动服,我给咱借六身。"高扬还是坚持穿西装,认为西装和节目的风格更搭配一些,大家的意见始终难以统一,以至于发展到各说各话互相攻击的地步。一个下午就这样在争论消磨当中过去了,到了晚上所有人憋着闷气回了家。

回家的路上,荣健心情压抑。想着明天下午就要验收节目,到现在节目没有成型,服装也意见不一,该怎么办呢?!一晚上荣健都在琢磨如何解决问题,如果明天再说不到一起,也只有民主表决这一个办法了。

还好,尽管昨晚争执激烈,但是大家的心没有散,匆匆地在灶上吃完早饭,就一起来到操场上继续排练。正练得带劲的时候,教导主任站在饭堂后面高声怒斥:"上课时间干啥呢?马上回教室上课去!"看来学校不能容身了,在教导主任的视线下,大家上了教学区,但只是转了一圈就借机溜出了校门。高扬提议说:"泸河边草长水清河滩空旷,而且那里还凉快,去那里排练节目再好不过。"这个意见得到大家一致响应,三辆自行车载着六个人出发了。高扬驮着魏慧慧一马当先,陈洁带着白宇英姿飒爽,荣健驮着罗云笑声不断。多年以后,每当荣健想起当日这个组合方式心里依然感到格外的温暖,如不是高扬和罗云闹了别扭,估计罗云也不会坐自己车子。

但罗云似乎没有在自行车后座坐过,荣健稍一扭车头她就惊恐地叫喊,这个时候更是激发了荣健灵魂深处的男子汉气概,他一再地宽慰罗云让她放心,调侃她说:"能坐自己的车那可不是一般的待遇,去年小姨让他带个朋友家的女生回家,自己居然害羞到没法接受,最后让人家姑娘站在那儿眼泪流得哗哗,今天驮你算是够有出息了,结果你还这么不给面子。"说着说着罗云也不再害怕了,她问荣健个子多高,荣健说一米七六。罗云惊呼说你和我哥一样高呀!荣健顺茬接道:"那你就把我叫哥吧!"罗云再没作声。

高扬把车子蹬得飞快,魏慧慧长长的辫子随风飘扬。公路两侧一望无际的麦田绿浪起伏,微风带着淡淡野花香味扑面而来。六个人笑声爽朗激情四溢,很快就到了泸河滩涂。这真是个纵情放歌的好地方,野草

第八章 五四的演出

繁盛,溪流淙淙,天高地远,空旷宁静。丢下自行车高扬就脱掉鞋子双脚踏进了溪流,魏慧慧在一旁捡起石子溅他一身水迹。"当家的""掌柜的",魏慧慧和陈洁互相喊叫着,转眼间手上已经攥满了各色鲜艳的野花。荣健与罗云似乎更喜欢石头,他们像发现新大陆似的找寻着各种好看的顽石。

开始排节目了,大家很快严肃起来,一板一眼地按照之前安排进入了角色。排了好几遍效果并不怎么理想,反而越来越觉得齐声加轮唱的方式太过单调,节目的观赏性很有问题。尤其是轮换时不唱的人傻傻地站着既别扭又尴尬,但是时间已经来不及了。草草练了几遍就必须赶回学校,校团委的验收在晚上进行。

晚饭后节目预演在教工饭堂开始了,看着其他班严整的阵容统一的着装,罗云冲荣健吐了吐舌头,那个瞬间一种强烈的直觉告诉荣健,今天恐怕是凶多吉少。轮到他们上场了,罗云提醒大家说只有一个麦克风,大家唱的时候声音一定要大些。

荣健是在浑浑噩噩的状态中走上舞台的,第一句"你走来,他走来,大家走到一起来"怎么唱出的都没有记忆,现场熙熙攘攘的声音几乎压过了他们的歌声。更要命的是场外传来一句又一句蔑视嘲笑的风凉话,若没有团委任书记维持秩序,演出几乎没法完成。他们六个人头碰头对着唯一的麦克风卯足劲地唱,唱到高音处喇叭却发出尖利的电流声,和台下的起哄声一起打断了表演,荣健的心像刀扎般的难受,最难堪的是他看见林芳欣坐在饭堂的侧窗上看着这边,四目相遇时那眼神似有惋惜也或许是同情,这情形让他想找个地缝钻进去。

后面节目验收的情况他们几个不得而知,反正走出大饭堂的时候都灰溜溜的。魏慧慧一屁股坐在饭堂外面的台阶上哭了,罗云悲伤地说:"今天的人丢大了,我们还能演吗?"陈洁倒是不服气,说道:"都怪那音响,效果太差,而且只有一个麦克风,根本没法唱嘛!"高扬颇为沮丧,低声说道:"估计我们被淘汰了,想演都没机会了!"白宇眼睛红红的,一直没有说话。荣健自然不想就此承认失败,心里一直盘算着怎么找回面子。倒是罗云干脆,她对大家说:"我们不能就这样认输!

/93/

冬日的火花

咱们得找任书记争取一下，节目咱们可以重排，更何况今天还有音响的问题。"这个建议得到大家一致认可，于是决定提前在任书记房间门口等，无论如何都要争取到正式上台的机会。

几个人见到任书记的时候已经晚上十点，三个女生围着任书记除了音响问题还说了一大堆理由，并且承诺必将奉献一场精彩的演出。吹嘘说已经请到了专业的指导老师，正式演出时还要拿到名次，只有这样才对得起任书记的破例豁免。可能是因为大家的一片赤诚，也或者是因为其他班的节目也并不惊艳，反正在女生的包围和恳求下，年轻的任书记羞涩无奈的松了口，他们赢得了一个复活的机会，为此六个人走出校门时显得异常坚定。

没有路灯的路上月黑风高，远处几棵葱茏的高大林木在黑暗中无奈地摇曳。再次走进陈洁爸爸的办公室，三个女生却忽然都哭了。高扬、白宇什么也不说坐在一边。荣健开始了他的动员，荣健说："都别哭了，现在哭一点用都没有，我们现在需要的是搞出一个像样的节目，只有这样我们才能把脸面找回来。所以我们应该赶紧讨论一下怎么办，留给我们的时间真的不多了！"

白宇的批判很有道理，他说选择的这首《让世界充满爱》第三部分确也是适合合唱的曲目，但是六个人的组合唱这歌显得单薄，加上没有伴舞观赏性自然好不了。这样一来等于直接颠覆了之前的所有努力，大家必须从头来过。高扬不但支持这个观点，还强调说必须请专业的人来指点一二，只有这样才能在最短的时间里拿出一个有质量的节目。最后大家约定明天去高扬家训练，他父母是国营县造纸厂的领导，借助他爸妈的面子在厂里找个指导老师应该不是难事。

第二天一大早大家准时赶到造纸厂篮球场地，指导老师也来了。关于节目内容大家争论了半天，关键时候还是白宇做出了贡献。他对指导老师说"红孩儿乐队"最近有一首歌特别火，他带了磁带是否可以先听听。结果当那首《我们更精彩》只唱到一半时，六个人几乎异口同声地说："太好听了，就这首歌了。"可能是六个人都背负着对任书记的承诺，而这首歌的歌词唱道："握一握拳头勾一勾手/有一场胜利等你和我

第八章 五四的演出

去奋斗/不管是烈阳还是寒风/许下的承诺拼命去做/向前走不要回头……"

专业的指导老师真有办法，最终确定了个歌伴舞的形式，而且一个上午就编排好了一套合拍的现代舞动作，大家放着音乐一遍又一遍地排演，直到大家基本熟悉后指导老师才离开。

又一次来到交通局"训练基地"时已经晚上八点，从早上到现在大家丝毫不敢懈怠。偶尔的几声话语，也是互相指正的声音。每个人脸上的神采背上的汗水似乎都涌动着某种激情。可他们实在太累了！呵，这里还有"康乐棋"，高扬首先发现了"新大陆"。"拿出来玩玩吧。"荣健说着便走上前去一起摆开。罗云第一个站出来阻拦，陈洁更是露出一脸不满，魏慧慧嘴里不断地督促。算了，不打了，两个人归队大家又拉开架势。

最后的三天可是苦了三位女生，平时在家里也算是娇柔的小公主，而这几天责任让她们变得坚强，都说脚疼腿疼，可一旦乐曲响起，舞动起来的动作绝对有板有眼。几个男生更是使出了洪荒之力，汗水浸湿的衣服上汗渍勾勒出了明显的图案。但扎实有效的练习让他们内心逐渐有了自信，没人怀疑这将是一次惊艳的演出。白宇借来的高档运动服也都很合身，最耀眼的是每人脚上东拼西凑来的运动鞋居然还是一个牌子，到此他们已经完全准备好了。

1992年5月4日上午九点，金城中学"五四"演出正式开始了。

赵海上台的时候西装革履小领结，衣着像个绅士，却不知听信谁的主意居然涂了个红脸蛋。这不伦不类的妆容一上台就引发了全场的爆笑，赵海可能还以为自己备受关注，热情洋溢地说："人生从来不需要星星点灯，但我们内心永远要有明亮的星光。一首《星星点灯》献给大家，让我们一起记住这属于我们的青春岁月。"这段话倒是赢得了一片掌声，随之音乐响起，赵海一边引吭高歌，一边随着节奏挥动着右手。没有人知道他唱歌时眼里其实只有一个人，也没有人注意在某一个角落里周敏挥舞着双手。

荣健他们的节目一登场就获得了掌声，富有激情的音乐加上酷炫的

冬日的火花

　　动作瞬间就征服了观众，当歌声唱到"向前走不要回头，如果还有你为我加油"时，配合的左腿弓步前屈右拳砸地左拳后挥上扬的动作最是潇洒，高扬为了这个动作拳头触地蹭破了皮，整体的力度加激情让现场瞬间爆棚。在六个人的劲舞中全场开始跟唱，此情此景自然获奖没了悬念，当任书记宣布"高二二班《让我们更精彩》第一名"时，六个人都流下了幸福的泪水。这个时候荣健迫切地希望能看到林芳欣的眼睛，但是仔细搜寻了一圈又没看到林芳欣的踪影。

　　高扬很是激动，他兴致高涨地赞美大家舞台上默契的配合。罗云的白得像雪的脸上飞起霞红妩媚动人，平日里有些胭脂味的白宇也乐得露出了两排白牙，陈洁更是一脸骄傲地拉着魏慧慧还要比画刚才的动作。那天的后半晌是在泸河滩度过的，私聊的私聊，戏水的戏水，抓鱼捉虾折腾到很晚才回家，显然经过这一段节目排演的亲密相处，他们六个人的友谊开启了全新篇章。

　　几乎所有的人都开始相信荣健和罗云、高扬和魏慧慧、白宇和陈洁是恋人关系，甚至发生了肉体接触。当有人将这样的话说给荣健时，荣健郁闷极了，他不明白为什么有些家伙总是愿意相信龌龊的流言却不愿坚守良知看待他们的友谊。其中最可恨的就是吴文运，他自己中途退出不说，演出成功了却是一肚子酸水，背地里一会说荣健名利双收，一会说荣健处心积虑；当着面也是整天夹枪带棒地讽刺荣健会弄事。荣健没搞明白这个人到底是怎么了，也只能避免麻烦尽量不去搭理他。

　　罗云有一天上课扔纸条给荣健时被班主任逮个正着，涂老师严厉地说道："罗云你干啥呢？你跟荣健一天有多少话要说？"罗云当时窘迫得无地自容，从那日起荣健和罗云可真是不敢再轻易说话。5月最后一个周末，高扬提议大家一起去太清观游玩，顺便商量一下分科选择的事情。荣健自是一百个愿意，于是两个人分头去通知，约好明天早上在罗云家门口集合。

　　罗云家住在物探队，这个机构在金城县是个很神秘的单位。大多数人不知道这个单位具体干些什么，但是所有人都知道物探队的人工资高，属于金城县的富裕人群。看来我们的罗云小姐还出身富贵家庭，这

第八章 五四的演出

是当时荣健知道罗云父母单位时的看法。到了约定的时间只有高扬、陈洁准时前来，白宇和魏慧慧后来解释说家里临时有事。荣健和高扬、陈洁在物探队门口等了足足一个小时罗云才出来，却红着眼流着泪说她妈不让去，陈洁很是不满，说："我和你一起去跟你妈说吧！"罗云连连摇头，说她妈很固执，去了也是白去。看着大家一片诚意，罗云最后还是决定再去说服她妈。就这样罗云扭头回去做思想工作，荣健他们三人在门口苦等。又是个把小时过去才等到罗云出来，结果还是让人失望。陈洁对罗云说："你直接跟我们走，你妈回来还能把你吃了？"罗云听到这个主意瞪大了眼睛，显然她没有挑战家长权威的胆量。陈洁终于无法容忍罗云的磨叽，抛下一句："你们在这继续商量，我回家了。"说罢骑上车子扬长而去。没想到过了几分钟高扬居然也借故离开了，只剩荣健没放弃幻想，来回和罗云沟通想办法，东拉西扯地不知说了多久。正说得起劲罗云惊呼一声，让荣健赶快躲起来，原来罗云的妈妈提着菜篮子出来了。荣健骑着车子钻进巷子躲避，远远看着罗云跟妈妈说了几句，她妈就向东走去。荣健向罗云招手示意她过来，只见那胖乎乎的丫头小跑着过来，走到荣健跟前一边用手掌拍着胸脯，一边说："吓死我了。"看来这罗云在家还真是个乖宝宝，荣健很是替她打抱不平。他对罗云说："你妈真是个法西斯，都高中了还把你管得这么严，一点自由都没有，你一天郁闷不？"罗云并不同意荣健的看法，辩护说她妈不是大家想的那样。只是邻居家的孩子死于去年太清观断桥事故，因此妈妈才坚决反对去太清观。刚才妈妈说了，咱们可以在县城周围转转。

那一天他们聊了很久，中午一起在街边的摊子上吃了凉皮，饭后是罗云买的单，说这是对荣健耐心苦等的补偿。那时候的县城也没什么去处，转着转着荣健只有邀请罗云去家里坐坐。当日家里没人，两个年轻人泡了壶糖茶水天南海北地聊着。聊到马上到来的分科考试，罗云心里很是纠结，说自己想学医，但是物理化学成绩又比较头疼，学文科吧真不知道将来能干啥。荣健其实也一样困惑，因为大学对他来说只是一个笼统的理想，根本还没仔细想过将来到底要干什么。这可能是那个时代高中生共同的困惑，考上大学后多数人把职业问题交给了命运！没考上

冬日的火花

大学的农村户口只能自谋出路，城镇户口的家里会想方法设法安排到企事业单位，而少数领导干部的子女则能直接进入党政机关。

荣健的困惑在于父亲不是那种善于社交的人，尽管在财政局也算是个领导，但他多次流露出给荣健安排工作并没多大把握。荣健心底里虽一直不屑于这种安排却又希望这是最后的保障，况且父亲经常鼓励说要靠自己努力，留在金城县也没什么前途。而离开金城县的唯一途径就是考大学，至于考上大学后将来干什么那似乎是遥远的事情。

罗云说自己没有想那么多，面对马上到来的分科考试就已经很纠结了，到底学文还是学理希望荣健给些建议。荣健已经抱定了学文的决心，自然是大力宣扬学文的好处，说这是改造社会的事业。而当罗云问学理改造什么时，荣健回答的是改造自然，最主要的问题是我们应该扬长避短，既然物理化学基础不行，那又何必自寻烦恼，况且文科方向也是海阔天空。这牛皮吹得顺理成章，两个人四目相对脸上都露出了会心的微笑。

而后又聊到班里的男女关系，不知怎的居然扯出了班主任的罗曼史。罗云再三表示自己绝对不是因为班主任点了她的名而随意乱说，因为这个消息来源于魏慧慧。魏慧慧就住在学校里，爸爸是高一年级的物理老师。那天她在爸爸的房间里向外张望，亲眼看到班主任抢着给新来的章莹老师提暖水瓶，那女老师个头一米七以上，身材标致得像模特，平素着装也时尚得像大明星。班主任在人家面前一副猥琐样，那屁颠屁颠的神态没有贼心才怪呢？说到这荣健恍然大悟："哦，是不是每天早上出早操时最耀眼的那个女老师？""对对对。"罗云随声肯定了他的猜测。荣健质疑道："咱班主任根本配不上人家的，简直是白日做梦。"罗云却说："都是英语老师呀！人家说不定有共同语言呢！"荣健却固执地说道："就凭选杨夏全这样的二货当班长这水平，咱那班主任估计没什么戏。全校甚至全县不知有多少人注视着章老师，哪能轮得上咱那个娘娘腔。"罗云说荣健这话说得太狠了，荣健说这是他的判断，不信的话咱们就拭目以待。

说着说着罗云居然打起了瞌睡，荣健也不再说话，罗云就靠在沙发

第八章 五四的演出

上睡着了。荣健仔细端详着眼前的这个睡美人,那雪白的肤色从脸到脖颈没有一丝斑点,略带棕黄的刘海自然挂在眼前,鼻梁挺直嘴巴红润,今天罗云穿的一件左胸有绣花的长款白底衬衣,领口敞开两粒扣子,一个半月形的银色吊坠挂在那白得耀眼并且饱满的胸脯上熠熠生辉。也许是坐着的缘故,肚子还是有些突出,不过这胖乎乎的感觉非常亲切,可惜没有相机能留下这温馨的画面。荣健随手找来一条毛巾被给她盖上,静静地看着她香甜的微笑。

临近黄昏的时候罗云从梦中醒来,看到荣健坐在近前一下羞红了脸,下意识看了一下她的小手表说要回家了。骑车送罗云回去的路上两个人默默无语,罗云侧坐在后座,头轻轻地靠在荣健腰上,晚霞满天暖风轻拂,荣健轻声唱起:"Hi,就是你,幸运的女孩。一天一个微笑给我,交出爱,让我们调个色彩,打扮青春缤纷的年代。"这温馨的画面之后很多年,荣健经常会想起。而他此时并不知道不久之后,这个和他一起吟唱的姑娘就会从他的世界里消失得无影无踪,剩下的只是这些记忆的零碎片段。

第九章　新来的插班生

　　自从收到大飞的来信，陆锋转学的念头变得迫切。尽管这一年多在关西中学结识了不少朋友，虽然他从未认为这所有的友谊存在什么牵绊。可真正决定要走的时候，他忽然没有勇气直截了当地告诉王妮。另外爸爸说转学的事情估计不太好办，因为当下金城中学每个班都超编，学校连一张多余的桌子都没有。

　　当马春雨热烈追求王妮的时候，陆锋尽管心里非常不爽，但是又没有任何理由去阻挡，更何况自己马上要离开这里。他有时候也会想，自己离开后有亲近的人照顾王妮不是挺好的事情，为何自己却会因为马春雨的出现而烦恼呢？难道仅仅因为自己不喜欢他磨磨叽叽的样子，还是担心马春雨的出现会冲淡自己和王妮的友谊？但是他很快又否定自己，不，自己和王妮的关系坚不可摧，这一点应该不容任何置疑！陆锋写信告诉许芹自己转学的事情时，顺带将自己这种矛盾的心态也做了表达。许芹回信建议他不必为此纠结，有些事情根本就说不清楚，关键的关键是你自己要知道往哪里去。

第九章　新来的插班生

　　走进金城中学的情景陆锋终生难忘。爸爸推着自行车走在前面，他斜挎着书包一个手扶着后座上的三斗办公桌，一只手提着椅子。那是个课间休息时间，通往教学区的路上来来往往的学生不少，人们都向他父子投来好奇的目光，毕竟现如今带着桌椅来上学已是比较新鲜的事情。陆锋机械地跟在爸爸后面，怀着忐忑的心情见到了那位久负盛名的教导主任安伟仁。安主任挺着肚子先是热情地与父亲握手打招呼，回过头来又赞扬他个子远超父亲看起来像是一员虎将，接着话锋一转直接批评他背书包的姿势像个二流子，还一再强调进入重点中学以后必须对自己高标准严要求。这个下马威让陆锋唯唯诺诺地表示接受，并诚恳地说自己绝不会给学校丢脸。再后来就是杨夏全班长带着几个同学来帮忙将桌子搬进了教室，自然是最后一排，因为桌子大的缘故，那座位颇有些VIP专座的味道。

　　这个VIP专座很显眼，开始的几节课都受到了提问，还好因为准备得充分从而顺利过关。一时间陆锋同学成为高二二班的新闻，很多同学都猜测这个神人来自哪里，好像学习还有些模样。陆锋认识的第一位同学自然是班长杨夏全，但是很快因为杨夏全那喜欢摆谱的做派而反感。之后因为荣健在他上课回答问题后给他伸出大拇指而感觉亲近，尽管沟通不多，但是他已经预感到了一份必然到来的友谊。

　　坐进高二二班教室的第五天，王妮的信就来了。信封里装着一张用鲜血画着狰狞面孔并且打了叉叉的白纸，又写上"仇人"字样。附的信没有称呼，劈头盖脸痛快淋漓地骂了一通，一会儿把陆锋说成臭狗屎，一会儿说陆锋花心大萝卜脚踩N只船，这封信几乎发泄了她所有的不满。不满陆锋转学跟她说得轻描淡写，却一转眼不见踪影。不满作为朋友陆锋只考虑自己，也不事先商量，质问他难道不能一起转学？难道干部的孩子就可以走后门进重点而平民百姓就不行吗？看完这封信后陆锋火冒三丈，直接把信撕得粉碎，以至于冷静下来想重新粘接起来已不可能。经过慎重思考，陆锋还是决定周末专程去趟王妮家解释清楚。

　　令人郁闷的是去王妮家并没有见到王妮，王妮的父亲接待了他。但王妮父亲的态度实在让人愤懑，显然她父亲认为王妮想转学是因为受了

冬日的火花

陆锋的蛊惑。本来想好好沟通一下，结果事情发展到大人参与进来，这让陆锋始料未及。结果回到学校后，又收到王妮发来声讨的书信，其中言辞比上一封更加激烈，对此陆锋思前想后给王妮回了封长信。

阿妮：

近好！今天给你写信，内心深感不安。

未入正题之前，说些闲话。这封信不是一次写成的，可能前文不搭后语，甚至词不达意，而且稍微有些长，你看的时候不但颇费时间，还可能不太好理解。

你我相识一场，患难与共，本应亲如兄妹，你又为何如此恶毒地攻击、毁谤、诅咒、恨我入骨，认为我是你不共戴天、势不两立的仇人呢？

想必你最近也有些于心难安吧？恨别人毕竟不是一件好事，尤其是在误解别人的时候。可能你认为你恨得合情合理，理所当然，天经地义。而同一个问题，每个人的看法都不尽相同，我也从不把自己的想法强加于人，对于你的恨，我不想妄下结论。

就好像写驳论文一样，首先反驳对方"错误"的观点，然后提出自己的看法，我也想采用这种方式对你的质问作答，此种不太高明的破玩意儿可能有辱尊目。

先谈转学的事，那天下午跟你说起，因为我不想搞得像生离死别，所以没说太多，更何况能不能转成当时也没把握。至于你说的轻描淡写我真不知道怎样才算郑重，上周去你家把这边的一些情况告诉你父亲，你可以对此不屑一顾，但你不能曲解我的动机，说我"假惺惺"。要知道，那天下午话说到那种地步，我已没有理由在你父母面前献殷勤，也许你认为我企图阻止你转学，虽然我不十分赞成你转过来，但决不会阻止你。听说你要转学，我除了告诉你父母一些必要情况外，几乎每天都在盼望你能早日过来，少耽误些课。这边课程进度很快，尤其是英语很快就要结束了，并希望你能转入我班，因为六班不太好。结果很遗憾，没见人来，却又收到一封倒霉透顶的"感谢，质问，侮辱"的信。

如果在你的父母面前说错了什么话的话，请原谅。不错，对你父亲

第九章 新来的插班生

说的话的确有些过分，甚至有些放肆。但我是无辜的，平时说话亦是如此，以至于积习难改，也许你对"我想您应该理解"这句话特别反感，可是难道我能对你父亲说："六班的男孩子专门勾引女孩子吗？"

"干部"的孩子有什么了不起！不错，我是对你父亲说过"我对您的女儿没有什么非分之想"的话，难道我能对你父亲说："我和你女儿的关系非同寻常！"如果这样，他怎样看你，又怎样看我，我这样说，只想说明你是我的朋友，不让你的父母往别处想。你没有理由这样尖刻地嘲讽我，也没有这样做的必要。

何况，正如你所说，人人都有自卑感，我从来都认为我这样工薪家庭的人似乎不配跟你这样的富家小姐交往，这也是你我每次吵架之后，都是我低三下四地向你解释的原因，我这个人很不要脸，是不是？

……

带引号的龙我不喜欢，的确，也许我永远也成不了龙，但用不着你来讥笑。如果有人当你的面说你成不了凤，只是一只山鸡的话，想必你的自尊也不能容忍，说真话，你比以前刻薄多了。

你又一定在轻蔑地冷笑了，可惜，我已不在乎。

你那封我拜读了几遍的信，那鲜红的，触目惊心的"仇人"和那一串只对阶级敌人和穷凶极恶的人才使用的贬义词称呼，不禁使我心惊胆寒，原来我陆锋居然是用这些定语修饰的人！难道你不觉得你太过分，甚至太疯狂了吗？

想必在你写这封信的时候，一定是双目噙泪，咬牙切齿，满腔恼火，带着永生不忘，刻骨铭心，若干年后一定还记忆犹新的愤怒。并为此咬破了手指头，那时无限仇恨已麻痹了你的感觉神经，怎么会疼痛呢？

鲜血代表仇恨，这，我当然懂得，所以，我必须重视！仇恨，不但要使对方的肉体得到摧残，最好的办法是给他套上精神枷锁。想必你想到这结果以后一定长笑纵跳，欣喜若狂。是的，你如愿了，如愿了！现在，我背上了心灵的十字架，现在将来，乃至永远，都要为自己犯下的滔天罪行而悔恨，每天我都记着，我是王妮的仇人，莫名其妙的仇人！

"对我真诚的捉弄"，好漂亮的一句话，哼！告诉你，这句话该由

冬日的火花

我来说才对，请你别辱没了"真诚"二字。回想过去，自从你知道我和许芹书信来往以后，哪一次和我说话，你不是摆出一副漫不经心的，毫不在意的口气？远的不说，就说五月五日那次，我想向你敞开心扉，诉说一切的时候，你带着那种令人捉摸不定的笑容，左一句"过去的事我不想再说"右一句"我们确实只是同学"，连我提议彼此做个普通朋友都不肯，我一想起我当时那种摇尾乞怜式的，哀求的，讨好的神态，就不禁可怜、鄙视自己。更不可思议的是你的母亲也视我为洪水猛兽，我恨自己，为什么当时那么令人讨厌，为什么还不早点滚开！所有这些就是你所说的真诚？或者说是对我的真诚吗？

再说去年，也就是九月九日忆山东兄弟那天，我精心修饰了一番，准备去你家好好地谈一谈，以叙假期的别离之苦，共谋读书大计。可你，一副爱搭不理的模样，好像跟我谈话耽误了你宝贵的时间。难道你在你妈面前就必须装出这副"高贵"的德行，你不觉得可笑吗？更为可悲的是，我把你一句玩笑话"两年后拿着录取通知在这儿见"的话居然当作圣旨一般，欢天喜地地回来。陆锋，我为你感到无穷的悲哀！

"你转学为什么要告诉我？"哈，说得棒极了！陆锋，你太高估自己了，你有什么了不起？你自认为是人家的知己，是人家的好朋友？其实你连一个普通同学都不如！你这个傻瓜！不过很谢谢你，你使我再一次认识到自己究竟是什么东西！一个自作多情的，不折不扣的十足的大傻瓜！

"她知道他喜欢马拉松式地追女孩子，并且一个接一个，毫无诚心地去追，她知道他现在一定又是追上了哪位女孩，这与她没有关系……"

刻薄，庸俗，无知，残忍，浅陋可笑的小女孩(比起你形容我卑鄙，肮脏，龌龊，阴险，缺德，禽兽要客气多了)，你没有宽容、高雅、涵养，没了善良、深刻、可爱！难道你不为自己悲哀吗？我却深深地感到这一点。

自以为是的小女孩，不客气地告诉你，你在胡说八道，你以为我就那么轻易地喜欢一个女孩子吗？说话要负责任！"毫无诚心"这个问题

第九章　新来的插班生

暂且不说，一会儿我要跟你好好聊聊这个问题，现在你先回答我，"一个接一个"，我都追过谁？说话要有根据，你可列举几个让我看看自己到底什么德行。

至于我是否真诚，我只想讲一个并不古老也并不遥远的故事，它能说明一切问题。我讲这个故事的目的有且仅有一个，即说明我陆锋是否是一个感情骗子，绝无其他目的，我以某些人出口真诚，闭口真诚的"真诚"二字保证。（由于时间关系，某些细节略去不写）

故事发生在公元1990年9月19日上午第一节课代数课，一个男生进入关西中学高一一班，从那天起，高一一班南排第一个桌子，便是他最为注意的地方。经过几周的时间，他终于忍不住，写了一封真诚的交友信，满怀信心地寄给她。他相信她一定不会拒绝，因为他相信自己的眼睛，事情果真很顺利，接着他们居然又通过抓阄成了同桌，他更是理所当然地认为这是天意。

后面的事情实在太多，我也没有办法一一叙述。最近由于一系列的误会，他与她分分合合彼此都不很愉快，又在猜疑不快中度过了几个月。某一日，她告诉他，她将来要嫁给某个人，他没有说什么，只是衷心地祝福她……

我不知道我是否真诚，真的，不知道。我只知道为了送她一张漂亮的贺卡而精心挑选了几家书店，我只知道那张贺卡写满了我的祝福，而由于负气烧掉最终于心不忍从火中抢了出来，至今还留着；我只知道为了接近她我特地很早来校和我不愿意玩的同学打球；我只知道偶尔几天早晨在操场跑步，有个女孩注视过我而为此每天都锻炼；我只知道，某一天晚上，无意碰见她和某男生散步而怒火烧胸，却表面上装出一副不在意的模样；我只知道，临放假的时候，那女孩约我去玩，我负气没去，而在大雪纷飞的新年第一天她和别人尽情欢乐，他却在床上昏昏沉沉地躺了一天。在得知太清观闻仙桥事故后，怕她出事而跑遍了县城的三家医院，第二天又让表姐去她家，而这件事却被她当作笑料；我只知道在高一第二学期为了碰见她，每个星期六下午，骑着车子在木器厂门口的公路上转悠，然而每次扫兴而归；我只知道最伟大的感情也莫过于

冬日的火花

与她一起经历危难，她临危不惧颇有巾帼风范，那一刻我为有她这样的知己而觉得荣耀。

我不知道，这些算不算真诚？

终于，你认清了，我，六个形容词修饰的阴险的家伙，一个欺负女孩子的卑鄙的家伙，一个妨碍他人的讨厌的家伙，一个虚伪的玩弄伎俩的家伙……

你一定很高兴，你的血海仇人——陆锋，却并不愉快。

王阿妮，别再以为我会向你道歉，我所做过的事，从不后悔，我不明白，究竟什么地方得罪了你，让你如此报复？

这番话，我本不想说，到现在我已别无选择。现在要讲的基本讲完了，和你的感觉一样，我也很轻松，一种从未有过的，飘然的感觉涌满了整个心中。

青春很短暂，我们最初交往的目的不是为了成为仇人吧！我们为什么不能像我和许芹那样友好相处呢？你累不累？我很累。

我不在乎别的女孩子对我的热情，却在乎你的脸上的"天气预报"，因为我一直都把你当作知心朋友，终于知心朋友赠给我六个形容词，这是不是莫大的讽刺？

狂风吹光了我们彼此的真诚，带来了你无尽的仇恨，你要恨到什么时候？

如果你还善良的话，如果你还记得，一个男孩曾经讨好过你的话，那么，别那么仇恨那个人，行吗？

一年多的时间，我们彼此都做了些什么？带给彼此的又是些什么？

我们的开始是高高兴兴的，为什么不愉愉快快地结束呢？

为了我们彼此的安宁，让我们潇洒地结束这场闹剧加悲剧吧！

你看这样行不行？

双方确定日子，在某一天，带上彼此的信，交给对方。把这些东西从各自的生活中请出去，然后，再真诚地说再见，然后，彼此少了一个仇人，多了一个陌路人，你说好不好？

我不知道，你烧掉了多少，反正，请你诚信地拿上我所有的信件，

第九章　新来的插班生

还有那些讨厌的东西，当然，你给我的，我会一件不少地交出。

快点来信，不要说多余的话，告诉我在哪一天、什么时候就行了，这一点又将是难忘的日子！

祝一切好！

当你在看这封信的时候，我也在看你写给我的每一封信，只因很快这些珍贵的东西便物归原主了。

命运真会开玩笑，去年早些时候，我正在想法与你为友，而现在，却要彼此告别了。去年，我有了一个知己一个妹妹，今年，知己反目成仇，妹妹也不存在了。我觉得很可怜，当然不是可怜自己。

把你的信还给你，把你的一切还给你，闲暇时，看看它，想想它，相信每次都是不同的感觉！把我的信还给我，我也想看看自己那卑微的过往！

在你接到这封信的时候，也快放假了，好好想一想，一年之中，你得到了什么，又失去了什么！

难忘的日子，在哪一天？快告诉我，希望那天相见时，我们都能真诚地说声："再见！祝你好运！"

陆锋
1992年5月21日

断断续续写完这封长信几乎用了半个月时间，陆锋心里矛盾极了，要发出这封信吗？他反复地问自己。王妮看到这封信该是一个什么样的反应，非得把一段美好的情谊搞成这样吗？可如果不发出去，自己又该如何化解这隔阂？又如何去平复这一阵子所有的裂痕？打开回忆，半年来所有的事情在眼前重演。这次转学之所以没跟王妮深入商量，还有一个说不出口的原因，那就是王妮期中考试成绩实在有些糟糕。他担心这个成绩到了重点中学只有垫底的份，而以王妮要强却脆弱的性格会不会由此彻底放弃！可是他这些想法王妮显然并不理解，反而为此异常的愤怒，以至于现在到了水火不容的境地！他不禁暗自追问，到底怎样做才能妥善地收场？

冬日的火花

可转念一想起那天王妮和马春雨在操场散步卿卿我我的样子，再想起王妮亲口对他说准备将来就嫁给马春雨，陆锋一时间妒火中烧愤愤不平，尤其是王妮那满不在乎洋洋自得的表情更是让人要发疯！最后他决定发出这封信。

很长一段时间并没收到王妮的来信，陆锋在期待中一天比一天煎熬。煎熬的原因并不是担心从此王妮不再理他，而是越来越后悔自己发出这样一封婆婆妈妈的书信。他责怪自己小气的同时开始反省那些过往，越想越觉得王妮的激烈情绪自己负有责任，要不是当初黏黏糊糊又怎么会闹到这样的地步。王妮发些牢骚难道不应该吗？而自己一个男子汉，却斤斤计较睚眦必报地写信声讨，甚至要求断交。王妮怎么回这封信，如果她真的回信答应断交，难道真要和她就此了断吗？！能这样做吗？陆锋惆怅极了！

陆平国自从被停职后一直郁郁寡欢，虽然听说按照县委、县政府的部署，他们这一批干部会被安排到城区的各大部局，但原则上由各部局的一把手择优选聘。这种自由组阁的方式看起来有利于班子团结，可如此一来岂不是给拉帮结派开了方便之门。据他所知很多人早已四处活动，而他没有门路也拿不出走门路的财物，也只有缩在家里听天由命。

那个周末陆锋一脸阴沉地回到家里，陆平国问他是否因为跟不上重点中学的节奏而苦恼，陆锋说爸爸是门缝里看人，他哪会差到那个份上！两人聊了没几句，陆平国想着很久跟孩子们没在一起吃饭了，今天李老师不在又没人做饭，干脆带上他们去北河县吃顿烧鸡。一听这话陆锋赶紧去里屋拉起睡懒觉的妹妹，三个人几乎一路小跑地走到西关，很快就搭上一辆改装的机动三轮朝北河县驶去。

下了车陆平国一边走一边说："北河县这几年经济发展很快，好几家造锅炉的工厂声名远扬！还有一家大型空军修理厂，光工人就有上万人。再加上北河县有火车站，货运、客运都比金城县方便，弄不好要不了几年可就把咱县甩到后面了！"

陆平国不过随口说说，而陆锋听到北河县居然有空军修理厂时，兴奋地问："那这厂里有飞机吗？""当然有，这里还驻着一个空军师

第九章　新来的插班生

呢！""那咱能去看看飞机不？""那可不是想看就能看的！咱们先吃饭。"

北河县城所在的上元镇有道著名的吃食叫上元烧鸡，那在十里八乡可绝对称得上家喻户晓！据说配方源自乾隆年间一位宫廷御厨，那烧鸡出锅后色泽金黄油亮，入口酥烂无渣、醇香爽口。再配上店家特制的酽茶和油酥饼、小菜那感觉别提有多么舒坦，当然也有好酒者一手持鸡腿，一手辅之以陈年老酒，那种面带满足嘴角流油的状态颇有些旧时地主老财的豪横。这家老店尽管每天人气旺盛，但店家却始终低调谦和，店里店外常年是那种烟熏火燎甚至有些破旧简陋的形象，当然也许因为如此，那烧鸡的价格长期保持着一种亲民姿态。而这种传统的经营思维也导致很长一段时间这美味只是在周边有些名气，但自从上元镇通了火车就大为不同，因为携带方便不易变质，这烧鸡的名气就随着火车迅速传遍四方，现如今已经成为北河县响当当的老字号。

一只整鸡上来还真不够打牙祭的，陆锋和妹妹三两下就解决掉了。陆平国看着两个孩子馋狼饿虎的吃样心里舒坦极了，慷慨地又叫了一只，外加两瓶汽水。陆婷说："这美味必须给妈妈打包一只。"陆平国笑着说："呵呵，还是姑娘细心，你哥只顾自己吃了。"陆锋听了这话，不服气地说："我也没忘，只不过被陆婷抢了先。"

吃饱喝足后，陆锋和妹妹都缠着要去看飞机。提到这陆平国想起当年转业时有个战友好像分到了那家军工厂，当即决定带着两个孩子去碰碰运气。和所有大型国企一样，这个厂也分生产区和生活区，只不过作为军工单位门禁更严格一些。走到门房一打听，没想到这十几年过去老战友已经当上了副厂长。一听是领导的朋友那门卫自然不敢怠慢，赶紧打内线电话联系。

陆平国见到了久违的战友，而陆锋和妹妹在开阔的军用机场第一次看到了成排的歼击机，虽然也没太搞清楚这些飞机的型号，但那些喷涂着"八一"标志的银色战鹰在蓝天下威武耀眼，几十架战机整齐地停在那里，即使纹丝不动也有一种逼人的气势。此情此景让陆锋想起小时候姥爷常念叨的话："我们打仗那会如果飞机再多一点，美国人肯定不会

冬日的火花

那么嚣张。整天在我们头上转呀转，有一阵子听到飞机声音就犯头疼，疼得眼珠子都要爆出来似的。"而姥爷说这些话的时候他的耳朵已经几乎听不到声音，到生命的最后几年只要刮大风，他就会不断地念叨："飞机来了，飞机来了。"以至于村里人都认为他老了痴了。一瞬间闪现的这些记忆让陆锋心情更为激动，他真想爬上近在咫尺的飞机，体验一下坐进驾舱的感觉。然而军事重地又岂能久留，跟着那位叔叔匆匆转了一圈就依依不舍地往出走。这时三个飞行员腋下夹着头盔迎面而来，他们步调一致、气宇轩昂，那一瞬间飞行员的威武雄姿让陆锋生出了无限仰慕，忽然异想天开地觉得自己就应该成为那样的人。

李江水老师在课堂上还是爱讲故事，他说秦时亭长刘邦到咸阳出差，偶遇秦始皇出巡时发出"嗟乎，大丈夫当如此也！"的感叹，后来他就成了汉高祖。陆锋自机场回来也似乎一下找到了人生方向，心底有个声音不断在呐喊："鹰击长空，我要飞翔！"

早就听说过空军招飞的事情，之前只是觉得如能招飞肯定风光荣耀。而现在招飞在他心里变得迫切而重要，甚至觉得自己这些年过得有些稀里糊涂，而现在如同发现了一个光明的出口，那光明让他兴奋到热血沸腾。他觉得自己从现在开始就要时刻准备着，为此找来很多有关航空航天的杂志资料，越看越喜欢，越看越觉得自己似乎生而为此。由此他对招飞的各项要求、程序也有了较为详细的了解，开始提醒自己锻炼身体保护视力，同时文化课也绝不能松懈。另外得知招飞对平衡性要求很高，而且很多人都在这个环节被淘汰，为此他开始紧张起来，并自己制定了锻炼计划。至于一只手拉着篮球杆正反跑圈或者在单杠上连续十几个卷体上，然后再强迫自己站稳，这完全是他自创的锻炼方式。究竟有没有用不知道，反正一段时间过去，他原地转几十圈也头不晕眼不花。

自从有了明确的目标，陆锋不再纠结任何与此不相干的事情，或者说他已没有心思去想这些，而分科考试后报理工科也就成了必然。他给许芹写信说自己即使开不了飞机，也要考进与航空有关的大学。还说志愿军当年在朝鲜就是吃了没有制空权的亏，如果将来国家要实现统一，空军绝对是不可或缺的角色，也许自己还能赶得上。许芹说陆锋心里想

第九章 新来的插班生

的恐怕不只是解放台湾，甚至旧中国丢失的那些土地也想弄回来。但是她支持他的想法，还强调说如果陆锋去开飞机，那么她希望自己能去造飞机，她肯定能做到一丝不苟、分毫不差。至于祖国统一最好还是和平方式为好，她可不希望到时候陆锋去冲锋陷阵。陆锋说许芹不是一般的女子，虽然内心柔软但每句话都说到他心坎上。许芹说陆锋有铁血精神，是典型的"二杆子"。

至于王妮为何一直没有来信，陆锋现在心里也变得坦然。他坚信王妮会和自己一样珍惜友谊，只不过暂时耍点脾气，他计划着放了暑假再找她沟通，大不了再一次赔礼道歉。如果那时她还想转学过来，自己也绝不阻拦。

于王妮来说，尽管之前大有杀人放火的冲动，尽管咬破手指写下"仇人"二字以泄愤恨，但接到陆锋劈头盖脸的质问之后她反而平静了。陆锋清晰到年月日的记忆让她欣喜，也让她根据这些线索能不断梳理那些温暖的过往。她意识到一个问题，那就是无论现在陆锋和许芹走得远近，但陆锋曾经在某个瞬间毫无疑问地钟情过自己。她开始后悔当初那些任性的言语，后悔自己内心惶恐却强作骄傲。自问这样愚蠢的做法岂不是硬将陆锋推给许芹。想到这时不禁叹息："世上哪有我这样的笨蛋！"这种状态下她自是无法写出回信，而满心的纠结和彷徨也让她完全乱了阵脚。既没有心思搭理马春雨，也无法平心静气钻研学业。这样的日子越过越感觉枯燥乏味，而她在这枯燥乏味中苦苦思索击败许芹的办法。

第十章　再见了杨树林

分科考试在即，学校却忽然启动了一项声势浩大的工程，莫名其妙地要伐除新教学楼后面那片白杨林。毕业班马上要参加7月的高考，高一、高二自然充当了义务劳动的主力。伐树是专业工人的事情，学生们负责将锯下的树枝进行清理，再刨出树根当柴火。高一、高二年级全体出动，砍树枝、刨树根、转土方、平道路，近千人的大会战一时间热火朝天。

对很多人来说，这片白杨林是金城中学最值得怀念的地方。这当中自然包括荣健，多少个晨昏靠着白杨树诵读沉思，眺望南山。然而自此以后这种美好不会再有，一夜之间所有的树干都惨烈地横倒在地，残枝落叶四处散落。没有人知道学校为什么要伐除这些树，但是把残枝、树根送到学生灶当柴烧确实是个过日子的好主意，毕竟能省不少煤钱。

似乎没有人为失去这片树林而伤感，或者大家都觉得感时伤怀已没有意义，踏实完成劳动任务成了当日主题。然而在这个过程中，章莹老师所带的班级罢工了，因为干活时班上一个同学意外跌落树坑划伤了大腿，大家把鲜血直流的同学送到校医务处，却半天找不见值班的卫生员。章老师为此发了火，抱怨学校没有任何保障措施而兴师动众，根本

第十章　再见了杨树林

就是拿学生的安全开玩笑。尤其这没名堂的义务劳动，到底是给谁劳动？学生是来学习的，不是学校的苦力。这种观点与学校"劳动改造世界观"的指导精神直接冲突，因此章老师建议让学生停止劳动返回课堂的意见没有被学校采纳，为此她与主管副校长大吵一架，并直接带学生回了教室。

已经拉开阵势的会战自然不会这样结束，老校长亲自召集高一、高二年级班主任讨论这件事情，既肯定了副校长扎实执行校委会决定的工作作风，也肯定了章老师爱护学生的园丁精神，并一再说明伐除白杨林建设猕猴桃示范园是发展校园经济的重大举措，希望大家能通力配合把这件事情做好。会后又通知学生灶改善伙食，那天晚饭买到的馒头都夹有肉片，香味足能传几里地。当然，伙食的改善也就让第二天的劳动成为必然。但是章莹老师给学生留下了深刻的印象，不但人长得漂亮而且敢于仗义执言。那个时候荣健开始羡慕五班、六班能有这样的英语老师，如果自己能遇到这样的英语老师，也不至于非得标新立异地自学日语。

白杨林顺利伐除了，校园生活又恢复了往日的平静。猕猴桃桩子也已经栽好，幼苗还没有移栽过来。那水泥浇筑的T形桩子像一个个十字架整齐地插在地里，这情景俨然像一个西方墓地。语文老师李江水首先对学校这项举措进行了严厉的批判，认为校领导钻进了钱眼，把猕猴桃园搞进校园简直是扯淡，而那些"十字架"就是对金城中学人文情怀的哀悼。但政治老师却在课堂上发表了完全不同的看法，他认为搞示范园创收也挺好，况且示范园还为劳动课提供了一个便利的实践基地，这种两全其美的事情何乐而不为呢？苏联的解体说明了什么？说明牛奶面包永远比飞机大炮更有战斗力！而历史老师的话有些让人摸不着头脑，他说整个国家处在一个大变革时期，很多东西正确与否尚需要时间的检验，但是他个人反对校园过度商业化。尤其是最近政府倡导的第二职业纯属乱弹琴，可悲的是我们很多老师居然已经蠢蠢欲动。如果没有人用理想信念坚守讲台，那对于整个国家民族来说都将是个悲剧！相对来说荣健更赞同数学老师的观点，因为数学老师用数据说明这两年来物价涨得离谱，工资却不见涨，非常担心这样下去怎么得了。这与荣健和同学们产

冬日的火花

生了共鸣，因为这学期开学以来伙食费连续上涨，很多农村的同学都感觉到了压力。面对这个问题，荣健也不得不经常用罐头瓶子装上油泼辣子酱来缓解生活费用紧张的问题。这个办法还是从永盛哥那学来的，自己动手好吃实惠，只不过这辣子酱吃多了，上厕所时会比较痛苦。

所有这些不过只是校园生活的插曲，很快以政治课为先导印发了邓小平南行讲话学习纲要。老师们一再强调吃透小平同志讲话精神，领会中央意志是未来一段时间非常重要的内容。语文、政治、历史考试中都可能涉及。从那个时候起，改革这个词语根深蒂固地进入荣健的脑海，尤其是小平同志关于计划与市场只是手段的论述给了荣健内心很大的震动。而这个震动远不止在学生中间，听说那位年近六旬的语文教研室主任居然为此开始研究《资本论》。和那位老师只是在读书报告会上有过短暂交流，不可否认那是一个极具才华的学者，不但课讲得好，书法更是一绝。最近几年还在修炼气功，如今又研究马列，听起来多少让人觉得有些神奇。

那段时间所有这些信息在荣健的大脑里翻腾不休，与之关联的还有妈妈承包县印刷厂门市部的事情。3月份工厂办公室发来通知，说是依照上级指示精神，商店要收回集体统一经营。而按照原合同规定还有两年的承包期，这个时候收回对于整个家庭来说自然无法接受。如果没有这个商店，父母单凭工资养活两个孩子就已经够紧张了，更别提能盖起这院新房。当然也是因为这院新房在厂子里引起了很大的"民愤"，很多职工认为工厂把商店承包出去是坑了集体肥了个人，厂领导慷集体之慨肯定有利益交换。一时间谣言四起，怄得妈妈天天焦躁不安。而实际上当初妈妈从装订车间出来承包商店，当时不知有多少人在等着看笑话！那时三间门面的商店年年亏损，靠店里发工资的三个正式工月月都拿不满工资。妈妈是在这样的情况下赌上全部积蓄接手商店，这几年吃了多少苦才有了现在的局面，忽然说要收回简直岂有此理！

荣健对商店有着很深的感情！这两年每逢暑假在商店门口摆摊卖饮料，不但学了本领还攒了零花钱。书柜里那些书基本上就是卖饮料赚来的，而那些书可让他在同学朋友面前赚足了面子。更何况这几年妈妈的

第十章　再见了杨树林

艰辛他历历在目，平日为了进到物美价廉的商品四处奔走，每逢年关从外省发回的货物都要亲自去省城西站接货。去年底和爸妈去接拉萨、兰州来货就称得上惊心动魄！

记得那天黎明时分从县城出发，到了省城就直奔西郊货场，而后妈妈拿着单子跑各个窗口办提货手续，等办完各种手续就到了下午四点多。然后再从不同的仓库把货物提出来，因为根本不懂手续怎么办，荣健和爸爸干着急也帮不上什么忙。能起的作用就是看护货物，等到把货物全部提完还得找三轮车搬运。结果看护整理货物的时候游荡在西货站的城市闲人就想浑水摸鱼，那时候部分货物因包装破裂散落一地，那伙人围过来一会拿这个问价钱，一会拿那个看质量。货站又不是卖货的地方，这些人明摆着就是找机会生事。而爸爸整日在机关工作哪看得懂这些玄机，一句话没答好或者是有些不耐烦，那些人就吼叫着摆出打人的架势。当日那个时间天已昏黑，一群闲人言辞嚣张不可一世，扬言要收拾了这乡巴佬父子。气氛瞬间变得紧张，周围聚过来的人只跟着看热闹，任由几个闲人摆出一副杀人越货的架势。这是荣健成年后第一次接触城市的记忆，在一群贪婪凶恶的流氓面前他们父子显得格外弱小，也从未敢将这种场面与文明的省城相联系。

也许是母亲走南闯北经验丰富，或者母亲天生就有英雄气魄。她及时赶来一声大喝："干啥呢？有事跟我说！我一年发几十万的货啥没见过！"最富戏剧性的是母亲居然抬出一个姓马的站长说事，最后给每人发根烟说笑着终结了他们的哄闹。回来的路上父亲问起母亲才说她根本不认识马站长，只是办理手续的过程中听当班的人叫了一声马站长，当时一心急就胡乱拉出来吓人。那一刻荣健为母亲的智慧而赞叹，也由衷体会到母亲的不易。母亲仅仅上了几天扫盲夜校，而经营商店从进货、算账、盘点、管理哪一样不需要识文断字，实在想不明白她究竟是怎么做到的！

母亲后来说她之所以从车间出来，就是因为那几年县印刷厂已经在走下坡路。省城大厂因为设备先进规模大，产品质优价廉自然竞争力强。而县印刷厂在城乡夹缝中生存，只能接到一些工艺要求低利润微薄

冬日的火花

的活,并且还要面对一些民办小作坊的挤压,所以厂子经营只会越来越艰难。出于这样的判断当初才押上全部家当接了商店,因此无论如何现在也不能将商店交回去。

自从厂里发了通知后母亲就和他们打起了游击,厂办来人找了两次后居然不再来了。因为有合同,厂子自然也没法强行做出任何动作,也或者工厂压根就没想这样做,反正最后也没人再提。到了6月份厂子组织开会又说原合同有效,让母亲好好干。这件事情到底与小平同志南方讲话后的政治风向有无关系谁也说不清,但对荣健来说意味着暑假仍可按原计划勤工俭学了。

很意外的是姑伯和大表哥忽然从老家来访。来的时候用一个20升的大塑料壶提了满满一壶白醋,这是他们自己醋坊的产品。虽然纯粮食酿造,但荣健总觉得这种醋酸味太过,如和山西老陈醋相比口感既不醇厚也毫无香味可言。而且内心偏执地认为亲戚的东西一般好吃难消化,说不定哪天支付的代价能买一车。姑伯那天一来就扑倒在炕头痛哭流涕,大表哥则站在一旁呆若木鸡。荣健看到这幕情景时马上意识到麻烦又来了,因为自己家这些亲戚从来都是无事不登门的。果然大表哥这几年在外边疯狂赌博,如今输得债台高筑债主堵门才前来求助。

姑伯是一个勤劳精明的庄稼人,农闲时间在东平镇牲口市场做经纪颇有些声望。前些年又在家里办起了醋坊,攒下的家财在谢村绝对算得上殷实。姑伯有四个子女,三男一女,分别叫国社、党社、民社、梅花。表姐梅花出嫁时是荣健带的嫁妆钥匙,那时他六七岁的样子。当日为了二毛钱的红包和几个抱嫁妆的小伙伴守在雪地里和新郎家较劲,等了几个钟头才极不情愿地被迎进村。早已不记得那个村叫什么名字,只知道那村子离山很近。大表哥早些年从部队复员回来,说是在部队马上要提干,结果赶上了百万大裁军,因此精神上颇受打击。回来几年既不甘心终生务农,暂时又没有其他路子可走。无可奈何的情况下结了婚,那三媒六证取回来的媳妇虽然性情还算温和,但总是一副病恹恹的样子,且不说田间劳动出不上力,就连家务也胡乱凑合。为此姑妈说起媳妇恨得咬牙切齿,却又无可奈何。大表哥回来后弟兄三个就分了家,姑

第十章 再见了杨树林

伯姑妈跟大表哥过。如今大表哥弄出这天大的烂子，可如何收场呢？

爸妈听完姑伯的哭诉显得很无奈，尽管这几年经营商店效益还不错，但是新盖房子还欠有外债，一时间确实拿不出钱去拯救他们的危难，更何况这是不务正业搞出来的麻烦！姑伯的求助是恳切的，甚至为当年伐树的事情向荣健的妈妈诚恳道歉，说那件事在他心里也搅和了很多年，当时确实做得很不该，希望妈妈不要再记恨。现在娃一时糊涂犯了大错，舅舅、舅母不管谁管！姑伯哭得老泪纵横，表哥咕咚跪倒在几个长辈面前。爸爸看到这情景不停地抱怨说："这可咋办？这可咋办？"妈妈喝止了这样毫无意义的抱怨："说那样话有啥意义？人死了就说咋埋，你那样说咱哥还活不活？"

表哥捅出的窟窿实在是太大了，债务连本带利高达四五万，荣健听到这个数字不禁连连咋舌。想着前年家里盖了这么大一院房花费也不过三万出头，这家伙一下子就输了这么多钱，也不知怎么想的！但是事情已经发生了，作为长辈也只有尽力挽救，并希望浪子就此回头。经过商议，爸妈答应先凑出五千元应急，然后姑伯去省城求荣健的二伯也就是表哥的二舅给想点办法。这样亲戚朋友凑一点，姑伯再回去将家里的牲口和醋坊库存的粮食全卖了，债主里关系好的给人家说说好话，让人家缓一缓。

偿债方案确定后，姑伯和大表哥心情沉重地离开了，之后姑伯带着大表哥三表哥一起去了省城向二伯求助。据说那天下午上班时间二伯在办公室接待了他们，后来二伯先回家做二娘的工作，姑伯和两个表哥在小区门房里等消息。那狭小的门房热得像蒸笼又没有水喝，父子三人因事灼心中午都没有吃饭，焦急等候中直饿得眼冒金星嗓子冒烟，受此待遇时想起他家当年对二伯的恩惠自是一肚子怨气。进二伯家门的时候二娘骂骂咧咧，抱怨荣家这"驴群马队"的亲戚没完没了，二伯一脸尴尬地招呼姑伯进门，说先吃完饭再说。进门二伯给他们倒了水就去厨房做饭，二娘拉长了脸质问姑伯："你们做啥来了？咋看着鬼鬼祟祟的！"三表哥脾气本就火爆，刚才听到"驴群马队"就已出离愤怒，现在又听这话情绪瞬间难以抑制，直接回敬道："二妗子，你这是撵我们

冬日的火花

走呢！当年我二舅不要你，你跑到我家磕头下跪的事都忘了！"这话一出口姑父当即骂道："民社你得是放屁呢？那话是你说的！"几乎同时二娘暴跳如雷，冲过来就要打三表哥，并怒吼着："你给我滚出去，你个没大没小的狗东西。"等二伯从厨房出来劝阻时，姑伯已经把三表哥推出了门。二婶娘情绪激动连哭带闹，骂二伯没本事，如今谁都敢骑在她头上拉屎拉尿。这种状况让姑伯和表哥颜面扫地无处立足，只好无奈地离开。父子三人从毛纺厂生活区走到大街上才找到一家面馆，姑伯端上面碗时百感交集，想着自己这一辈子好强爱面子，到了六十多岁却丢人现眼如此！想到这，面都吃不下去。三表哥更是一肚子不满，嘲笑二伯活得可怜，自然从此也恨透了这个神经病舅母。

二伯家的态度让三个外甥同仇敌忾，发誓从此老死不相往来。家里能卖的都卖了，老二、老三东凑西借拿来一万多元，表姐梅花把多年卖豆腐、压挂面攒的两万元也都拿来了。窟窿暂时堵上了，姑伯看到几个孩子关键时候能同心协力略感宽怀，但是想着烂包的光景忧心不已，没多久就病倒了，而大姑也在这个时候落下了说话嘴哆嗦的毛病。

荣健认为二伯二娘就是一对奇葩！即使不帮忙也不至于如此待人，亲戚大老远来连顿饭都不让人吃实属薄情寡义。但是因为给表哥凑了五千元还债，店里流动资金一下子变得紧张，为此妈妈又开始东倒西借。每次妈妈提出让爸爸想办法，爸爸都显得无能为力。一方面顾及所谓领导的面子不好给人开口，另一方面对于经济问题爸爸似乎天生没有概念，即使给人开口估计也借不来钱。那段时间多亏因为换季，店里生意非常好，资金周转得快，妈妈几乎天天要去省城进货。有一次店里人手实在抽不开，第二天又正逢周末。荣健自告奋勇要替妈妈去进货，而那次进货似乎对荣健一生都产生了影响。之所以自告奋勇前去，一方面是想闯荡一下大城市，另一方面荣健觉得自己有超过母亲的眼光。天知道他对从未做过的事情哪来的自信，但我们这个小伙子从容地出发了。

带着进城的兴奋荣健起了个大早，因为只是补货，随手拿着的编织袋就是他所有行李，于是利索地上车寻了座位坐下，而后踏实地看着窗外匆匆赶来的各色商贩。那时周围依旧漆黑一片，唯有车站大门口两个

第十章　再见了杨树林

门柱上的圆球灯在无边黑暗中散发着微弱而孤单的光亮。这个时候进城的大多是周围做百货生意的小老板，他们有跑单帮的，也有三五个搭伙的，所带行李都比较简单。而那些往城里贩农副产品的商贩则辎重甚多，他们要么有三轮车送来，要么肩扛手提大筐小筐。做百货的明显衣裳整洁看起来也斯文一些，贩运农副产品的则完全不修边幅。他们吆喝着把整筐的货物或是整扇的猪肉搬上车顶，而后再一身轻松地上车买票。即便车上灯光微弱，也能清楚地看见他们衣衫似乎多年未洗污秽且油亮，伸出来的手也粗糙得像老树枝丫般粗糙乌黑。靠前的座位已经坐满，这些人只好鱼贯而行走往后排，走道边的人都尽量侧着身子以免沾染他们身上的污浊甚至气息。这个过程紧张而短暂，很快班车启动疾速前进。车上有人趁机打盹，也有人聊着各种物品的行市。

　　摇摇晃晃两个多小时的班车到达省城东郊复兴路批发市场，但是进货可不仅仅是拿钱买货那么简单。荣健踏进这个享誉全西北的批发市场时，一下子有些眼花缭乱不知所向。这市场里里外外早已人头攒动，街面本身不宽，两边有门面的商户都在门口支着大大小小的摊子，没有门面的则挤在街心临时划出的一绺临时摊位上。每家除了摊位上摆得满满当当，竖起的三面网格架也挂满货物。展示可谓三位一体琳琅满目，每个摊位都是如同是一个戏台子，布景道具齐全，而老板、店员就是这舞台上的本色演员。这个点来的顾客多是批发进货的经营户，因此大多在摊点前显得腰挺气硬，而摊位里的老板们则眉眼和善言语热情。除了门面外的摊点，那些门面里面更是乾坤广大。进去之后居然店中有店，交通虽然曲里拐弯却能四通八达，让人感觉就像进了一个黄金满地五彩斑斓的藏宝迷宫，而进进出出的人携着大包小包摩肩接踵，其间各种咨询问价吆喝招呼的声音不绝于耳。

　　来的时候妈妈交代进些牛仔服牛仔裤，再进些女性的夏装。这个命题看起来简单，可是到了市场光牛仔裤的品牌款式颜色就多不胜数。女士夏装更是有职业套装、套裙、连衣裙，天哪，这该如何选择？转了一家又一家，比较了又比较，品牌、质地、款式多得让人迷离难辨，一时间他有些不知所措了。

冬日的火花

　　经营者其实常常按照自己的喜好选择货品，尤其对毫无经验的荣健来说也不可能有其他的考量。他仔细一琢磨，心想穿牛仔服的多数是年轻人，那么价格就一定要实惠，另外在县城销售款式要新颖还不能太另类。因此各种他认为怪异的都先排除掉，下来就是看价格。女式夏装也应该选稳重大方的，因此比较有职业范儿的应该首选。至于品牌、质地他觉得并不那么重要，只要看起来顺眼也就不再挑剔。确定了这些思路后荣健里里外外地转了几个小时，比较了十几家供货商的价格，才确定了款式数量，算下来一共两千多块。那时候前来消费购物的顾客也多了起来，整个市场人山人海，提着货物要走出来那真是不容易，如同在千军万马间寻找出路般碰碰撞撞地挤出来时可是一身臭汗。为了赶车出了市场他丝毫没敢停歇就急忙奔向车站，在冷饮摊买了一个冰激凌算是对自己的犒劳，这种冰激淋县城可没有卖的，第一次尝到这种高级的香草味那感觉实在好极了！已经到了午饭时间，想着回去吃还能省顿饭钱，于是拎了货物直接上了车。回到店里的时候已经快四点，这才感到有些腰酸背疼，心想自己还是个小伙，而妈妈人已中年还时常犯双腿浮肿的毛病，那一刻他再次体会到了母亲奔波的不易。

　　到了店里荣健赶紧招呼姐姐们挂了样品，焦急期待着自己货物的第一单生意。而那天直到打烊也没有顾客购买，不过后来几天牛仔系列销售得很好，价格也卖得不错。但是风格严肃色泽沉闷的女装似乎铁定要成为积压，因为荣健犯了个错误，他忽略了县城里即使在企事业单位上班也都是自由着装，到了夏季女性更愿意打扮得活泼妩媚，多数人觉得正式严肃的职业装有些太过做作！因此最后牛仔服销售的利润就沉淀成这批女装长期积压，这教训对荣健来说记忆相当深刻。

　　白杨林改造成猕猴桃示范园，表哥赌博输破产，接触商店经营，连续不断的经济问题冲击着荣健的身心，从那时候开始钱这个俗物进入了他的思维。可是对于一个高中二年级的小伙子来说，实际上也就仅仅是个大孩子。可即便是大人，那时候又有几个人能认识到邓小平南方讲话之后划时代的变革已翻开新的一页？而这个变革对于每一个个体所产生的影响也必将重大而深远。大概从那时起，几乎过几天就会有一些炙热

第十章　再见了杨树林

的新词出现，比如市场经济、市场主体、资源配置、股份制改造等等，而这些词汇对学生来说大多都成了必考的知识点，把意思搞明白，背熟核心的内容成了最基本的要求。

复习备考之余，荣健问妈妈姑伯所说的伐树一事背后有什么恩怨。原来十五年前，那时爸爸还在西藏，妈妈怀着弟弟带着他和奶奶在农村生活。因为老的老小的小，即使母亲再能干，每年不但分不到多少粮食，还常常亏欠集体。那年春天荣健忽然发烧四十多度，母亲心急如焚却没有钱带他去镇上看病，只好求助同村的大姑伯。当时母亲看姑伯有些犹豫，就许下用院子两棵大白杨树做担保的承诺，说如果到时还不了大姑伯可以把树伐走。那阵子不知道怎么搞的荣健老是生病，隔三岔五母亲就得用架子车拉着他往返一次镇上的医院，借的钱很快就花光了。父亲寄来的钱又都被奶奶领走，奶奶觉得母亲在荣健病上小题大做，为此不给母亲一分钱，而抠下的钱奶奶暗地里都支援给二姑家度了饥荒。

那阵子母亲不但艰难而且生气，等盼来父亲回家探亲的消息时大姑伯家的账也到期了。母亲为了信守承诺又不愿意让大姑伯伐走院子的大树，就挺着肚子用架子车拉着荣健去舅家借钱。三舅费了很大的力气凑够了钱送母亲回来，结果看到的却是大姑伯连夜伐倒了树，树叶树枝散落一地，树干已经被拉走了，那场景让母亲当时掉了泪，而后怒气冲冲地去找大姑伯，非常坚决地说："你已经把树伐了，剩下的树枝树叶你今天也都弄走，我们烧不起你的柴。"大姑伯当然不会再来拉柴，母亲赌气将树枝树叶拉过去倒了大姑家的院子。

爷爷三十多年前亲手栽下的五棵白杨树，被伐走的两棵长得最俊朗，枝大叶密，树干笔直。母亲一直计划着重新盖房时用作大梁，为此每年秋收挂玉米串都舍不得挂在这两棵树上。现在树没了，很快将变成了大姑父家新房的大梁，母亲质问奶奶为什么不阻止，奶奶说："咱们借人家的钱没按时还，说出的话咋能反悔？"说这话时奶奶也流泪了，手心手背的区别，奶奶在那一刻认识到了不同，可是除了把大姑叫来责骂了一顿外又能怎样！

这个故事当然会让荣健认为大姑伯就是趁火打劫，同时又结合这些

冬日的火花

年发生的所有事情愈发憎恨二姑家！这倒霉贫困的一家人就像是死皮赖脸的扫帚星，跟她家来往就没什么好事。五年前的暑假，二姑家的大表哥来找爸爸帮忙找工作。那天爸爸妈妈请了一堆人吃饭张罗盖这院房子，吃完饭让大表哥带着自己和弟弟先回爸爸单位，当日确实是荣健提出去芒水河游泳，因为之前自己带着弟弟去过很多次，也从没发生过危险。他们每次去的时候都拿着一个吹满气的氧气袋，两个人只要抓着氧气袋多深的水也不会有危险。况且往常夏季的芒水河水并不大，河床上有很多大小不一的水塘，荣健和弟弟自知水性不行，因此也不敢到主河道里去游泳，他们每次找一个大点的水塘扑腾一阵就相当满足。可当日荣健带着表哥来到自己常来的水塘边时，那个二货看不上清浅的水洼，说这点水根本学不会游泳的。于是就带着荣健和弟弟沿着主河道继续往水面宽的下游走，一直走到筑有水坝的一处开阔水面。荣健一时兴奋就抱着氧气袋跳进水里，那天水面之下水温异常冰冷，估计是云岭山中刚下过暴雨。他伸脚感觉不对赶紧回头提醒说："哥，水深得很，你们小心点。"谁承想表哥在他之后居然抱着弟弟也下了水，就在那一瞬间，荣健看着他身子一沉，貌似脚下踩空，随即慌乱地丢掉弟弟自顾划水游向岸边，而弟弟挣扎几下便沉进了冰冷的水里。荣健心头一紧下意识地高呼救命，并拼命划向岸边，终于抵近大坝并攀着坝上的铁丝网上了岸。而那个时候愚蠢的表哥却呆若木鸡似的站在岸上，荣健顾不了许多，一边大声向周围的人求助，一边叫表哥给前来搭救的热心人指示弟弟落水的位置。情急之中荣健想着回县城给爸妈报信，叫表哥在现场组织救援。结果等到大队人马到来，再费尽周折把弟弟打捞上来已为时太晚。荣健始终固执地认为是表哥这个蠢货葬送了弟弟的性命，他如果再尽力一些，弟弟应该不会死。

这件事成为一家人的锥心之痛，弟弟那年十岁，聪明伶俐成绩颇好，妈妈当年受此打击几乎要疯了，而每每提起这件事，荣健内心对母亲有深深的愧疚，如果不是自己提议去游泳，母亲又怎么会失去这个儿子。二姑当日说是荣健要去游泳，可是母亲说荣健只有十二岁，你的孩子十九岁了，是个大人了，你咋能这样说话！加上几十年来对二姑家只

第十章　再见了杨树林

有贴补，最终却没有换来福报，母亲由此发誓与二姑家不再往来，而荣健心中的怨恨自然更大。

伐树的往事和痛失弟弟的伤痛让荣健心里对于所谓的亲戚感情极为复杂，同时也更加坚定地要用成绩来回报母亲。其实这样的想法自高中以来越来越强烈，而现在距离分科考试已经很近了。荣健告诫自己必须心无旁骛地去备考，加上永盛哥的刻苦也时常给他激励，那一阵子弟兄二人挑灯夜战的画面即使多年后也常会想起。

第十一章　小抉择与小别离

荣健晚上做了个奇怪的梦，先是忽然间从天空急速地下坠，瞬间失重的感觉让他心跳剧烈。他拼命地挥动双手，希望能像有翅膀一样飞起来，挥着挥着居然真的飞起来了。越来越自如了，飞过山川河流，飞到湛蓝海面，脚踩着白云，任凭清风从耳旁刷过，雨滴洒在胸前，他感觉到了从未有过的爽快。正当追云逐日时忽然又像飞机失去了动力，这一次从云端陡然坠落，咣当！荣健从床上掉到了水泥地板上，爬起来时屁股生疼。

据说梦见从高处坠落是要长个子的预兆，也有人说这是压力太大希望自由的心理暗示。但无论怎么说，荣健长个子了，似乎就在一夜之间，忽然发现腿上的裤子短了一截。找尺子一量，真是让人兴奋，高一的时候个子才169厘米，前一阵176厘米，现在居然178厘米了，这可是一个买新衣服的好理由！

荣健拿着妈妈特批的一百元钱在县城商业街转了几个来回，还是买了早前就看过的一套运动服，虽然八十元的价格贵了点，但是款式质量都很满意。那段时间荣健经常穿着这身新衣服，心情还是不错的。

好多事情揣测起来让人紧张，而实际经历时平淡无奇。当初各科老师都把分科考试强调得无比重要，感觉似乎有决定生死的作用！现在看

第十一章　小抉择与小别离

来也不过就是一场比较盛大的考试而已，对于已经决定选择文科的荣健来说也变得释然。想着考试以后说不定就能与林芳欣会师于文科班，他心底有说不出的喜悦，并假设了无数种相见的方式。

那些日子因为陆锋的到来，荣健又多了一个志趣相投的朋友。考试那天他俩是前后桌，虽然设想的互助在监考老师严厉的目光中没能得逞，但是下来沟通时俩人基本上做对了同样的题，也犯了同样的错误。当天他们为同样的错误而高兴，甚至都认为这也是志同道合者另外一种默契的方式。

对陆锋来说荣健是他在金城中学交的第一个朋友，荣健热情大方性格率真，而且也是一个喜欢读书的人。他们一起讨论席慕蓉、琼瑶、三毛，也争论金庸、古龙、梁羽生到底谁是武侠至尊；有时还会说到美式民主与新中国的人民民主专政，为此争论起祖国统一的方式以及志愿军在朝鲜的浴血奋战。在这些话题的争论大多难分高下，而有关抗美援朝战争陆锋则如数家珍，因为他的姥爷作为汽车兵在朝鲜立下殊勋。尽管那场战争让姥爷伤痕累累还失去了左臂，但每每说起往事，姥爷总说当年血糊双眼单臂掌控车辆冲锋是他一辈子最为荣耀的时刻。美国人的飞机扫射和密集轰炸又能怎么样，在他眼里不过是一片火红，而他就是那只不死鸟，冲过去就如同凤凰涅槃。但是这些显然都不是他们的主题。现在的核心是考大学，之后去远方找未来。为此也有很多的设想，但这所有的设想都必须臣服于挤过高考独木桥。分科考试成绩还没公布的那几天，每个人心里都有过摇摆，一会觉得理工好，一会觉得文史好。对陆锋来说只是稍微有些纠结，尽管他对文史兴趣浓厚，但各科成绩还算均衡，而即将到来的空军招飞似乎理科生更受欢迎，这一点上他有些吃不准。就在他内心犹豫的时候，王妮写来一封短信。

锋哥：

　　近来学习怎样？身体还好吧！

　　你的一顿痛骂让我心头滴血，我虽无力辩驳可我明白你我之间很多事也许永远说不清楚。宣泄式的讨伐带来的是你愤怒的挖苦讽刺，可你

冬日的火花

一走我确实无法做到无动于衷。细想起来我们如此互相伤害互相诋毁又有什么意思呢！我没有勇气和你做个了断，这次算我认输。我想咱们以后过往不提，一切随缘可好？

请原谅现在才给你回信，上周心情烦乱在家待了四天，在校又逃课三天，一周很快就消磨完了，我们分科考试成绩出来了：数学45分，语文63分，英语56分，物理38分，化学32分，政治62分，历史38分，地理37分。谁料这么恐怖的成绩居然名列班级第22名，我真的不知道应该崩溃还是应该庆祝。

我已从昨天早晨开始准备坚持跑步了，我知道自己意志很薄弱，长跑可以磨炼人的意志，我想我会坚持下去的。

不知咋搞的，最近心情一直非常苦闷，像此时一样，莫名其妙地悲伤，语文老师枯燥的讲课声和喜欢制造噪音的同学都成了我的眼中钉，恨不得把他们都赶走，陆锋哥(多少有些别扭)你那边若有什么快乐事，多告诉我些，也让我高兴高兴。

你们学校的卷子能寄过来就再好不过了，我们的考卷我也会替你留一份，就谈这些吧，身体不太舒服，心情愈加烦闷，不得不止笔。

阿妮
1992年6月29日

陆锋看完这封信后彻底释怀了！向来骄傲的王妮说出认输该需要多大的勇气？越想越觉得当时处理得太鲁莽，那封信一定让她情绪不稳，否则也不至于考得一塌糊涂。可他哪里会真正地知道王妮这段时间心情悲凉伤感的状态，虽然写信讨伐了陆锋，但是自己心里的伤痛岂是一封信可以表达的。陆锋的转学对她影响非常大，原本美好的校园生活一下子变得了无生趣。原来没有感觉到陆锋在自己生活里竟然如此之重要，尽管有个痴情的马春雨死缠烂打，可是这又怎么能代替陆锋呢！与马春雨的来往本身就是想气气陆锋，没想到到头来最受伤的是自己。一方面是马春雨的莽撞和异想天开让她烦恼，而另一方面她甚至怀疑因为马春雨陆锋可能连内疚都不会再有。这件事情上王妮无限后悔，她内心隐约

第十一章 小抉择与小别离

觉得这段感情也许就此被自己毁得不可收拾。

陆锋自然还是牵挂王妮的，也一直计划着见个面好好聊聊。陆锋这样的心理对这个年纪青年男女来说谁没有过呢？没法承诺未来，又不愿轻易放弃，由此带来的烦恼可能就是青春期最为揪心的成长吧！不过陆锋还是有主意的，一闪念决定叫上王妮、荣健，再组织几个要好的朋友一起去太清观游玩一趟，一方面大家放松放松，另一方面也能增进感情。

陆锋的这个想法荣健自然积极响应，在他心里盘算着分科以后能约上林芳欣那就最为完美。结果并没有他想的那样顺利，分科考试成绩出来了，大家都填写了自己的意愿。最终班主任宣布分科名单的时候几乎没什么意外，在荣健的小圈子里孙群力、梁艳、陈洁比较坚决地报了理工科，唯一让荣健略感遗憾的是陆锋最后也选择了理工科。一班到四班为理科班，五班、六班为文科班。原一班到四班选择学文科的集中到五班，二班学文科的调整到六班，同时六班学理科的全部调整到二班。这样一来实际上进一步明确了一、三、四、五班所谓火箭班的地位，二班、六班仅仅是内部交换。当然这都不重要了，因为荣健、赵海、李飞越、高扬、白宇、魏慧慧、罗云在六班会师了。

换教室那天荣健如愿见到了林芳欣，尽管为了此刻他曾设计了无数种方式。但那天原六班的同学到了教室都忙着抢占成色好的桌凳，并自己组合同桌。因为不清楚新过来同学的高矮胖瘦，班主任自然也没法提前排定座位。如此一来教室里闹闹哄哄，二班过来的因为环境不熟悉对此有些无动于衷，老六班人来回折腾也让荣健觉得他们有些无聊乏味。而班主任点完名后就安排打扫卫生，进进出出的过程中荣健和林芳欣仅仅打了一个照面，那一面没有什么特别的地方，只是林芳欣的眼中似乎隐约闪动着一丝惊喜。

陆锋之前的提议没有因分班而取消，毕业班走进高考考场的时候，高一、高二年级放假四天。假期的第一天游玩计划就成行了，荣健自然没能邀请到林芳欣，但是他并不孤单。这次罗云破天荒地对家里说了谎，打着补课的幌子一起出行了。队伍还是挺庞大的，李飞越叫上了梁艳，赵海叫上了周敏，高扬叫上了魏慧慧。虽然谈不上都是互相钟情，但

冬日的火花

最起码是互相欣赏，这样的一群人只要在一起，其实去哪游玩已经变得不重要。

　　一行人骑着自行车向目的地进发，男生各自驮着约来的女孩心情喜悦。荣健心里尽管略有遗憾，但和罗云一起出行也轻松愉悦。那次活动中荣健第一次见到了王妮，她落落大方衣着新潮，鹅黄色的连衣裙显得格外明艳。梁艳也不甘示弱，穿着短袖短裤，双腿修长白似莲藕；魏慧慧穿了件白底红色横纹的短袖和一条水洗发白的牛仔裤，感觉如同港台影片中的学生妹；罗云同学还是长款白色衬衣和牛仔裤，这打扮很有都市的味道。周敏作为低年级的小妹妹，绿T恤搭浅色牛仔背带裤，配白色运动鞋，这身打扮活泼文艺。相比之下几个男生的衣着有点土得掉渣，尤其是李飞越的黄军装加蓝色大裆裤和白底板鞋，那感觉就像街头穷扎势的闲人，但没有人关注这些。正所谓机会难得，谁不想跟亲密的女生多说说话呢！

　　荣健非常自信，他穿着新买的那身运动服。这身新衣服前两天永盛哥还借去照了高考报名的照片，想来一定感觉不错。天气有些热，外套搭在肩上露出里面的运动背心，他认为这是一个很帅的姿势。罗云对此却不以为然，认为外套搭在肩上像个二流子，直接扯下来拿在手中，表情夸张地说："衣服都酸了，你多久没洗呀？"荣健对此还有些怀疑："酸了吗？不可能呀！我咋闻不见呢？""你是人在酸中不知酸！哈哈。"

　　看到荣健和罗云聊得热火，梁艳满肚子的酸水。可是现在又有什么办法呢？心里想着如果有机会，一定要暗示一下他，否则这个瓜怂一点感觉都没有。大飞老实地蹬着车子，能驮着梁艳出来玩于他来说绝对是一件开心的事情。荣健对他说起的时候他还没有信心，现在梁艳实实在在地坐在身后，这一切愉快得甚至让他感觉有些不真实。赵海和周敏则略显得沉闷，主要是最近周敏遭到了家里严厉的批评，说她自甘堕落不可理喻。周敏自然感觉冤枉，因为她心里一直把赵海当一个知己大哥看待，也并没有因此影响学业。可是赵海最近的说话、书信越来越放肆，有些步步紧逼的意味。对此她极为不满！如何沟通这个问题是她今天的

第十一章　小抉择与小别离

主要任务。刚才说到与赵海交往遭到家里人反对时，没想到赵海居然教她撒谎，这让她愈发生气了。高扬和魏慧慧没有任何压力，聊得比谁都高兴，魏慧慧还当众惩罚高扬口无遮拦，在他背上狠狠地捶了几下，接着两个人没来由地哈哈大笑。

到山下的时候刚刚中午，找农户寄存好自行车，他们徒步向太清观国家森林公园走去。太清观是森林公园最大的宫殿群，据说乾隆皇帝曾御笔钦赐"天下第一福地"。

太清观的前景区称为紫云台，传说最早为道家望气观星之地，后经历代建设，繁盛时有多进建筑群落，而如今建筑早已损毁殆尽，唯有散落的十几棵千年古柏依稀诉说着历史沧桑。那些古柏造型奇特，有的像蘑菇，有的像老鹰，还有几棵虽然已经枯死，但那树冠的枯爪蜷曲凌厉，在天际中矗立着一种鬼魅的姿态。

走过紫云台就进入山门里的竹海，风吹竹林唰唰作响，偶尔有鸟儿飞过鸣声清越。尽管几对同学关系亲密，但是没有人敢拉上女伴的手。只是一个前面欢声雀跃，一个后面微笑跟随。梁艳还是找到了机会和荣健说话，问荣健怎么选择学了文科，并说文科就业不太乐观！荣健对此并不认同，梁艳搬出爸爸在人事局的背景来佐证她的顾虑。荣健回答说："报理工科的人也多呀！估计竞争也不会小。而且考上大学国家包分配，咱们不用想那么多。"梁艳也就不再说话，只是默默地跟着队伍继续向前。前面赵海和李飞越正在比试谁能徒手登上一个几乎垂直的土坎，这个环节李飞越轻松取胜了，只几步就跃上三米多高的坡顶，又在上面摘下几朵野花一跃而下，那身手足可比拟武林高手。他拿着花走向梁艳的时候，梁艳正问荣健追罗云的事，得到只是朋友关系的答案后梁艳心里非常高兴，就差说："你咋不追我呢？"顺手接过李飞越送来的花，喜悦之情让她红了脸。

男孩子少年时，往往都希望在女孩子面前展示自己的强悍，似乎唯有力量才是男子汉的特质。所以四个男生带女生出游，激情几乎澎湃到泛滥，没有人对于游览道观体验文化有多少兴趣，蜻蜓点水地经过了几个大殿，甚至没顾上看里面都供着什么神仙就匆匆上了山。

冬日的火花

　　出太清观向上走第一个山峰名曰翠薇峰，第二个山峰称为紫薇峰，第三个山峰名叫紫霞峰。太清观坐落于翠薇峰山腰位置，这个海拔上植被有竹子、杂木、松柏，再向上走就是清一色的松树了，这松树一旦成林气质与其他树种完全不同，树干自然排列很有秩序，树冠以下疏密适当可以看得很远，林间气味清香松针铺地颇有些仙境之感。

　　大多数人游览顶多爬上翠薇峰，因为传说中太上老君炼丹炉设在这里。上山的路径起初还有人工铺设的青石台阶，越往上走台阶损坏得越严重，快到山顶就基本都是土台了。几乎是一口气爬上山顶，俯视山下沃野千里心旷神怡。几个女生也都兴奋不已，这个时节几乎没有什么游人，他们在山顶高声呼喊，声音在山谷回荡经久不息。天气正值炎热之时，尽管没人喊累，但也都已汗流浃背。亏得几个女生带了水和干粮，几个人在大树下席地而坐加餐休息。还是王妮的干粮给力，煮鸡蛋、葱花饼，陆锋吃了两个鸡蛋一块饼打了饱嗝。罗云的饼干也很好吃，魏慧慧的豆沙包子虽然好吃，但容易噎着。带的水没经住喝就瓶底朝天了，荣健说向前走就有山泉。于是乎大队伍又出发了，他们准备征服第二座山峰。

　　到谷底目测也就二百米左右的高差，但是坡势陡峭，这可能也是游客到此止步的原因。但这难不住青春正盛的小伙子，各人照看着自己的女伴向下行进，估计这时候最幸福的事莫过于女伴下坡时没刹住直接扑进男生怀里。其他人有没有抱过女伴不知道，荣健是切切实实把第一次拥抱给了罗云，况且脸也挨上了，一瞬间两个人脸上露出火辣辣的羞怯。梁艳下这个坡的时候李飞越伸出了有力的手，冲下来的瞬间李飞越用手揽住了她的腰，那柔软的腰身让李飞越久久神往。下坡时王妮的喊声最大，周敏的小碎步下坡倒很灵活，赵海想拉都没拉住她就冲在了前面，还用自鸣得意的眼神挑衅赵海，似乎在说本姑娘巾帼不让须眉。魏慧慧走得最小心，居然还捡到了一个木棍当拐杖，有了它下坡轻松了许多。几个人边说边笑鱼贯前行，谷底长满苔藓的侧壁下泉水涌动，那泉眼口是人工修砌，口上压着八卦形青石，青石上隐约可见字迹。有泉水不断漫出沿口形成小溪流向山下，流水周围青草翠绿山花烂漫。近看那

第十一章　小抉择与小别离

泉水黝黑明亮如玉石般晶莹滑润，灌进瓶子也几乎看不到任何杂质。小伙子们用手掬起就喝，并大赞水质甘甜冽口，女孩子们只是小口尝了尝滋味，随后大家又都洗漱一番，顿时觉得神清气爽。

荣健上一次走到这里已经是四年前的事情，那是个大雪天，跟一群小伙伴疯到这里时泉水冒着热气，那时还感叹过山泉的神奇呢！招呼大家把所有的瓶子都装满了水，就互相鼓励着继续攀登。行走间只是惊动了一窝野蜂稍感紧张，不过并无真正的险情出现。登顶紫薇峰时日过正午，松涛阵阵热浪滚滚，山顶上的七月骄阳还真是炙热火辣，要和刚才谷底的凉爽相比就像从雪地里走到火炉边，热得让人有些没法停留，于是几乎没做休整又向第二个山谷进发了。这个下坡倒也舒缓，罗云提议大家唱歌前行，不知谁起了头，大家跟着唱起来：

苦涩的沙/吹痛脸庞的感觉/像父亲的责骂/母亲的哭泣/永远难忘记/年少的我/喜欢一个人在海边/卷起裤管光着脚丫踩在沙滩上/总是幻想海洋的尽头有另一个世界/总是以为勇敢的水手是真正的男儿/总是一副弱不禁风孬种的样子/在受人欺负的时候总是听见水手说/他说风雨中这点痛算什么/擦干泪不要怕/至少我们还有梦/他说风雨中这点痛算什么/擦干泪不要问/为什么？

正唱得带劲，高扬忽然大声说道："梁艳把你的裤腿卷起来。"大家全都停下看梁艳的腿，瞬间都哈哈大笑。梁艳窘迫得脸红到脖根，魏慧慧跟着说道："呀！梁艳你腿白得很！"这句话一出口大家更是笑疯了，罗云对着魏慧慧说："老魏你色感好得很。"大家又是一阵大笑。正笑得起劲，忽然有人唱号："无量天尊，贫道稽首了。"众人皆是一惊，这山谷难道有异士隐居？

谷底右侧的开阔地走来一位道长，四十上下的年纪，黑发长须面容和蔼，蓝色布袍白色裹腿颇为整洁，一看就不是观中普通的邋遢道人。那道长近前说道："贫道昨夜卜得一卦，卦象显示今日当有贵人临门。"这话语颇像走街串巷的骗子口吻，众人皆有躲避之意。那道长显

冬日的火花

然洞穿了众人心思,说道:"施主莫要误会,贫道隐居此地十数年,无欲无求请施主莫要误会。"陆锋率先与道长问好后,众人皆说:"幸会幸会。"道长又说:"诸位都是求取功名之人,个个福缘深厚,如蒙不弃,请到茅屋一叙。"说着回身指向了身后的小院。所指方向十米开外有一座土房子,院子用篱笆围着,那柴门上挂着"一念茅屋"的木板。

一行人跟着道长进了院门,那院子除了一处菜园之外就是老树下那块未经任何雕琢的大石桌,石桌旁边放着几个木头桩算是座凳。茅屋甚是简陋,两扇木门又低又窄也没有油漆,门内中堂挂着一张古旧发黄的画像,看得出画中人应该是明代大医药学家李时珍。中堂左侧是木板搭起来的置物架,上面放着很多瓶瓶罐罐,另一侧则是简单的床铺,由此看来这个道长应该在研习中医。道长提了开水壶招呼大家到门外的石桌喝茶,出乎意料地居然备有一次性的塑料杯子,这让女生们瞬间放心不少。道长招呼几个男生坐下,因为没有那么多木桩女生只能站在周围。道长先是说陆锋精气神饱满,又提醒说荣健看起来有些脾胃虚弱。就几句话让荣健多少有些信服,去年暑假看守新房时吃饭不规律,又不忌生冷,最近辣子酱又吃得太多,想来脾胃要提意见。于是向旁边的罗云递了个眼色,罗云似乎读懂了认同冲他点了点头。就此聊天的话题就敞开了,道长说他祖籍湖北,幼年时母亲因病早亡因此立志学医,可惜到了高中数理化成绩差距太大,以至于高考一败涂地。本来还准备复读,父亲却因工程事故客死他乡,孤苦无助之下他上了武当山。后来又从武当来此隐居,算来也有十多年了。适才搭话截住他们就是想了解一下今年高考的情况,想来他也是心有不甘吧!说到此道长言语戚戚,又自言自语道:"罢了罢了,红尘一念了,乾坤心中留。"

众人也不知道该怎么安慰他,还是女生们打破了沉闷,询问道长关于中医的一些问题。无外乎是些失眠、头疼该如何治的问题,道长也耐心地做了解答。在陆锋、荣健看来,道长也算是个落魄的同路人,至于他钻研的医学至少他和荣健没有多少兴趣。李飞越全程没说一句话,拿着几片大树叶站在梁艳身边给她遮太阳。赵海和周敏高傲地站在人群最后面,没想到临走道长却忽然叫住赵海,至于说了什么大家不得而知。

第十一章　小抉择与小别离

后来赵海告诉荣健说当日道长说的是"一赌万事休，莫负有情人"，可自己压根就不赌博，也不好色，因此判定道长是故弄玄虚而已。

见到传说中的云岭隐士让大家颇感神奇，道长神情谈吐颇有些仙风道骨，这感觉让偶遇变得愉快，由此继续征服紫霞峰更有了动力。紫霞峰比紫薇峰又高出许多，毕竟这半天的跋涉让大家还是有些疲惫。但是谁也没有就此退回的想法，就这样大家互相鼓励着向峰顶冲刺了。

再次爬上峰顶时日已西斜，不甘落幕的夕阳将万丈金光洒向层层松涛，远眺群山白云围顶连绵不绝，俯瞰山下座座村落严整有形，那刚收割完的金色麦茬直通天边。兴奋之余忽然发现远处隐约有人盘坐在一处峭壁之上，那姿态俨然就是传说中武林高手打坐修炼的架势。大家不愿打扰隐士修行，于是不再喧哗。观赏片刻后依依不舍地下山返回，临行之时赵海回望隐士修行的地方，阳光在那峭壁上居然形成一道弧形金光，恰似佛光显现。对此赵海虽然颇感神奇但自知没法深究，于是回过头跟随众人下山而去。

那天最后自是各回各家，陆锋解决了与王妮之间的误会，彼此同意由此修好并兄妹相称，等到学业有成时再说其他。赵海也答应周敏考上大学之前不再提"爱"。梁艳让荣健感觉到了她的意思，而李飞越则认为梁艳开始慢慢喜欢上了自己。高扬和魏慧慧成了堪称知音的朋友，但他们都明确说对方不是自己的选择。

第二天高永盛再一次走进了考场，虽然还有一丝忐忑但他已没了惶恐，他已经完全准备好了。这个时候荣健还在床上睡觉，昨天近乎疯狂的远征实在是太累了。而赵海躺在床上郁闷坏了，昨天违心地答应周敏保持友情耐心等待。然而他心里实在不愿接受这个结果，他多么希望周敏能接受他的感情，然后就此发展下去。那么他也能安静下来好好学习，而现在为了她能安心自己却备受煎熬。想说的话不能说，甚至由此见了面都会因为约定的鸿沟而尴尬。到底该怎么办呢？他实在想不明白该如何是好！陆锋因为和王妮修复了友谊心情大好，他继续执行自己的健身计划以迎接招飞体检。王妮理解了陆锋的想法，现在基本能安静下来专心学习。罗云、高扬、魏慧慧没有感情的牵绊，该干啥干啥暂且不说。

冬日的火花

　　而这个时候的林芳欣一边旁观着父母的冷战，一边思索着与荣健的相遇。偶尔猜测起荣健与罗云的关系，心里甚至有些莫名的不满。私下比较罗云的条件林芳欣开始有些小自卑，罗云五官标致肤白个高，男生看了一定都会喜欢的。可是她转念又一想，罗云看起来腰长腿短没有自己匀称又感觉有些释怀。再想到父母整天战争不断，如果这样将来找个男人有什么意思？为此她又开始纠结是否准备开始一段感情？为此经常思前想后，心里也极为烦乱。

　　1992年的高考结束了，高永盛带着满满的信心收拾了铺盖准备返回谢村家里。心想着尽早回去帮家里干点活，毕竟父亲仍然没有从妹妹罢学的阴影中走出来。临行时与荣健简单地道了别，告诫他唯有心无旁骛地努力最终方能无悔。他让荣健见着袁瑛时代问好，并告诉她自己已经返回谢村家里。说完这些永盛决然地推上车子出了门，荣健一直送到公路上。永盛飞身上车时回头："回去吧！哥走了。"那时候日已偏西，橙黄色的霞光照着永盛哥东去的背影，白杨树闪闪发亮的叶子似乎洋溢着喜悦，炙烤了一天的黝黑柏油路笔直地伸向远方，荣健目送着永盛哥直到完全不见踪影。

　　笔友叶子的来信还扔在桌子上，那信在荣健看来尽是些鸡毛蒜皮的小事。一会儿说她的爸爸妈妈偏心只对弟弟好，一会儿说她家哪个亲戚借钱不还，又说她妈准备让她考技校。信里还捎来一张照片，那是一张在照相馆照的新潮写真，肩膀全露颇是性感。荣健拿着照片看着看着就笑了，想着这小姑娘还挺有意思。静下心来时他写了回信，一方面开导叶子无须关注那些小事，另一方面鼓励她最好上高中继而考大学，不管现在成绩咋样，毕竟还有时间。

　　再次走进高二六班教室时，第一眼居然找见了那个目光，而这次与上次完全不同。对，就是林芳欣那双略显细长的眼睛，它明亮炫目，似乎闪动着无数道绵延不断的温暖柔波，一瞬间让他心甘情愿地融化在那光影里。荣健又一次感受到某种灼热，让他浑身愉悦心灵悸动。即使坐在座位上这种感觉仍能经久不息，他问自己真的感应到了吗？那种无须话语就能产生信息交换的感觉完全超乎想象。而更让他没有想到的是，

第十一章　小抉择与小别离

自此开始每天只要走到教室门口,这种感觉就会迅即暖遍全身,一遍一遍地洗礼着他每一个细胞。

可教室里每天众目睽睽,又有什么办法能够单独接触呢?好几次想塞纸条又鼓不起勇气,这让他的心情每天在约与不约的纠结中焦躁难安,在肯定与否定中起起落落,这种难耐的煎熬终于让他完全混乱了生活学习的节奏。

最糟糕的是暑假又近了,荣健心里急切却束手无策。天天捧着汪国真的诗集寻找灵感,可是诗人说的"认识你真好"要变成实践却不那么容易!既怕同学非议,又无法平静等待,他心里像有只猴子昼夜闹腾。罗云第一个发现了他的反常,几次写纸条问他缘由,甚至用了精神分裂可怜兮兮这样的词语。可这个秘密当然不能对罗云说,因为罗云前几天说过林芳欣的眼睛像狐狸,说不定就是狐狸精转世的话。这样的话荣健自然难以认同,说罗云戴着有色眼镜。为此他在课间哼唱小虎队的《青苹果乐园》时罗云报复性地评价说:"超难听,太矫情。"可是不管怎样,这些日子交流最多的还是罗云,她几乎天天都带着小说,荣健跟在后面看了不少闲书。

就这样浑浑噩噩地参加了期末考试,成绩怎么样荣健根本顾不上关注。可是即便如此又能怎么样呢?等到想起像陆锋那样写信交流时放假了,荣健为此追悔不已!

放假了,荣健计划着还像往年一样开始他的勤工俭学。很快妈妈商店门口的饮料摊就摆起来了,不知道是因为心神不宁还是货不对路,连续几天生意格外冷清。卖的还没有自己喝掉的多,如果这样下去今年可要赔本了。

第十二章　革命不是请客吃饭

曾宪瑞到金城县上任时一路低声吟唱着《国际歌》："满腔的热血已经沸腾，要为真理而斗争……"高中时的恩师如今出任汉都市委副书记，在他的提携下自己才有了这一展宏图的机会。为此他系统研读了《国富论》《政治经济学》《毛泽东选集》等一系列经典著作，在这具有明确目的的学习中，他总结出几条自认为精辟的结论：1.资本掌握在国家手中虽然没有了反动性，但容易丧失活力，这也是事物的两面性；2.在中国这样的人口大国如不大力发展经济，吃饭、就业的压力会对社会稳定构成巨大威胁；3.县域经济的核心是"三农"问题，所有工作都必须立足这个根本点。他把这三条结论记在随身携带的小本子上，就任县长后就立即付诸实践。

首先在县委常委会上围绕提振农村经济提出了"一家一亩园"的方略，这个议案基本上没有人反对，但付诸实施时却一波三折。阶段性总结时才发现这高屋建瓴的设想还是有些问题，一方面是因操之过急没有深度调研域内各板块土地条件的差异。因此落实的过程中一些地方的群众积极性不高，由此造成了对整个决策的质疑之声此起彼伏；另一方面

第十二章　革命不是请客吃饭

干部队伍的执行力也存在严重问题，从机关到基层百分之七十以上都是工农干部，多数只有初中文化程度。他们方式简单方法粗暴，在宣传政策的过程中命令多说理少，而且很多人内心也不认为这是发展经济的良方，毕竟国内猕猴桃消费市场仍不太成熟。围绕这些问题，他责成农业局等有关部门进行深度调研，最后划出示范区域、重点区域、选择性区域三个等级，如此一来政策的合理性得到加强。同时出台了示范区干部蹲点限期建园；重点区域采取干部驻村督导建园；选择性区域采取政府引导农民自愿建园的配套工作方法。可是即就如此，推行过程中干部阳奉阴违的问题依然严重，为此他谋划了第二个重大举措！

顶着专制、独裁、违宪的压力，曾宪瑞在常委会上提出一次性免去所有乡镇一把手职务另行任命的方案，老书记虽认为动静太大不利于安定团结，但是在曾宪瑞大换血推动大发展理论的鼓动下没有反对。如此一来这个方案也得以顺利实施，近二十个乡镇四十多名正科级一把手挂职另聘，组织部重新拟定了各乡镇的班子报请县委县政府批准。那一阵子曾县长家的门槛都要被踏破了，各种方式的人事协调应接不暇。于是乎有关县长借调整干部大肆敛财的议论传得沸沸扬扬，尽管有些通过上级领导打招呼送礼上门的没法拒绝，但曾宪瑞还是最大限度地坚守了自己的底线。选任上来的乡镇正职教育程度高、年龄轻、干劲大，这对于推进县委县政府工作部署的确更为得力。但是曾宪瑞很快发现这批年轻的干部也有问题，履历上的教育程度确实高了一些，但是整个文化水平却很有问题。显然这个年龄层是受"文革"影响尤为严重的一代，一旦权力在手简直有些如狼似虎的感觉，如此最终也直接影响了工作的整体成效。基于此他又怜惜起那批被免职的干部，这些人尽管无故被免但基本上都以大局为重，心里再委屈也没有找县委县政府多少麻烦。因此很有必要对他们的前程做出妥善安排，无论怎样自己还是应该对同志们的政治生命负责！

一年多的正处级管理实践让他认识到领导好一个县何其不易！任何一项政策都关系到人民生活的方方面面，哪怕有一点点失误，那么这个失误汇集到数十万人身上结果都将十分严重。上任之初两项重大举措最

冬日的火花

为显著的成果就是上林乡的猕猴桃示范基地顺利建成了。为了表彰上林乡的成果，县上专门开了现场会，并破格提拔了基地所在村的女支书出任上林乡乡长。这个举措就是要告诉所有干部，只有拼命实干的人才有前途，谁要偷懒耍滑都将为体制所不容。

1992年春天，小平同志南方谈话给了曾宪瑞更大的动力，他预感到将改革推向新的纵深将成为党和国家领导人下一阶段最为重要的工作。从那时起他开始思考金城县工业企业的问题，长期以来固有的体制模式导致企业发展停滞不前，加上这些企业负担重、设备老化、管理落后，全县几乎所有的国有、集体企业都挣扎在死亡线上。有人形象地说一个在岗职工开着老牛破车养活几个老不死，如此下去不过是抱着铁饭碗迎风喝稀饭。如果彻底打破这种格局，采用承包方式引入竞争机制是否就能够改变这种境况呢？但这个想法在常委会上听到了很多反对的声音，而且说的也不无道理。首先承包人资格如何设定？承包人把工厂搞倒闭了谁来收摊？国有资产如何监管？富了个人亏了国家坑了职工怎么办？除非承包人拿钱入股，可是随便一个企业几千万的资产谁拿得出这个钱？那么就必须进行招商引资，到时国家股份收益用于养活老职工，私人股份收益归个人，可是从哪引进资金呢？这些问题在那一段时间争论得非常激烈，最后谁也没有想出更稳妥的方案，这项改革也只能暂时搁置。

发展沿山杂果林带是上一届领导班子确定的经济策略，可是现在看来实在就是个笑话。沿山浅山的群众吃饭问题才刚刚解决，根本没有过多的财力和山地用于杂果林建设。尤其具体到杂果到底是些什么东西时，显然这个问题也不够明确，如此又该如何落实呢？曾宪瑞多次指示农业局、林业局调研有关项目，提出论证：桑葚、五味子、核桃、柿子、苹果、梨等经济作物的可能性，但是得出的结论却不乐观。桑葚、五味子鲜果无法储藏且销路有限，核桃、柿子适合栽植但市场价格并不理想，苹果、梨受云岭北麓日照、温度条件制约也不太合适。依照农业局、林业局的报告来看，这项决策在当前根本没有可行性。但是曾宪瑞认为，桑葚、五味子是冷门，未来可以发展深加工，而且这两种果子都有一定的药用价值，随着人民生活水平的提高，保健品方向也是一个大

第十二章 革命不是请客吃饭

有可为的方向。后续还可以开发功能性饮料，喝起来岂不比色素兑的汽水好！前些年县酒厂生产的五味子果酒、猕猴桃罐头被授予省轻工厅优质旅游产品奖就很好地说明了这个问题。顺着这个思路，曾宪瑞想着桑园还能养蚕，把养蚕缫丝和关西刺绣结合起来应该是很好的产业链呀！想到这他有些脑洞大开了，可是这都不是能够立竿见影的项目，并且需要大量的资金投入，该从哪里入手呢？

更为头疼的是金城的政治风气糟糕透顶，基层干部实在干事的少投机钻营的多，痴迷于拉帮结派选边站队。甚至越是有能力的干部越是利用权力营私舞弊，建校、放贷、批宅基、计划生育等等权力都成为个别人中饱私囊的工具。如果深究其因，这恐怕与金城县的整体民风也有着直接的关系。

金城县地处大禹河平原腹地，山川秀美土地肥沃，自古就有"苏杭虽好只中看，云川八百数金城"之说。几千年来这种天然富足自给充裕的小农经济养成了自私自利狭隘偏执的地方性格。而隋唐以后的民族融合又让这里的民众拥有很高的智商和强壮的体魄。狭隘偏执的性格加上强壮的体魄就注定了生冷狡黠，而这一切走到另一个极端就是投机加暴力。一方面连续几年恶性暴力事件接二连三，先是信贷员被用铁锤残忍杀害，接着又出现公安局局长女儿被害家中；另一方面黑恶势力网络社会闲散人员组织形成多个帮派，民间传闻的"十三鹰""草鞋帮""镰刀客"恶行不断。尽管经过几轮严打，但是要从根本上改变除了大力发展经济创造就业别无他途，可是这又不是一朝一夕能够奏效的。再说民风一旦失去淳朴，政府在推动所有事情时都格外费力，不单纯是委蛇拖延，更可气的是各种莫名其妙的上访，为一些鸡毛蒜皮的事情都能上访到中央一级，甚至有人为养鸡写信向总理借钱，这林林总总的杂事搞得县政府狼狈不堪。

每当想到这些问题，曾宪瑞常常辗转难眠。组织上将这么大一个县交到自己手中，如果不能带领人民取得社会事业的更大进步，那么不单是辜负组织的信任，更是有愧于时代有罪于历史。何况自己曾在恩师面前夸下海口，一定要在金城县干出成绩。如今将近两年过去了，整体工

冬日的火花

作差强人意，这让他心里如何能不着急呢？

每年到了汛期，大禹河、芒水河都面临着防汛考验，稍有懈怠两岸的数万亩庄稼都将不保，而这对于温饱线上的老百姓来说更是不堪其扰。聊以自慰的是在与天灾的斗争中，基层干部群众具有强大的战斗力。各级组织的领导干部也能身先士卒不惧劳苦，不但敢于作战而且善于作战。曾宪瑞在视察抗洪现场时的感受就是，如果金城的干部群众上了战场都是以一当十的好战士。曾宪瑞当然会有这样的体会，想当年金城人与邻县争夺大禹河滩地那可是全民皆兵，棍棒刀叉甚至猎枪齐上手，一时间打得昏天黑地省市震动。金城人的战斗力是不容怀疑的，关键要看用在哪里了！如今芒水引水工程已经启动，再有数年建设，芒水河水患必将彻底解决。大禹河的综合治理也在统筹规划当中，未来水患不但能得到解决，而且还将沿河建设起数百公里的景观长廊。

从入主金城到认识金城，曾宪瑞经历了一个跌宕起伏的过程，也由此开始与金城的干部群众产生了感情。将陆平国调进直属机关党委虽是常委副书记范江的提议，但曾宪瑞详细审阅了该名同志的简历，认为他有长期组织工作经验也有主政乡镇的经历，应该说是个不错的人选。因此他亲自约见了陆平国，寄希望他能够把党建工作实实在在地抓起来，并叮嘱他现在党的干部队伍到了必须加强理想信念教育的时候，不抓好干部队伍的思想建设，所有工作可能都是空谈。

由此陆平国与荣勤民在县委机关大院里会师了，两个同年入伍又先后转业到地方任职的老战友见面格外亲热。尽管不是一个部队，但青海西藏都属高原地区，很多相同的经历和体验让他们有了更多的话语。尤其聊到两个孩子都在金城中学上学更是相当的投机，各自都对自己的儿子充满信心，并约定两家人一定要抽时间搞个聚会，从此世代交好。

荣勤民也获得了组织提拔，出任金城县统计局局长。然而两个正科级干部坐在一起的时候却不是踌躇满志的状态，因为知识和视野的局限让他们很难在被视为清水衙门的岗位上有所成就！直属机关党委是管党员的，除了发展党员几乎无事可干。加上改革开放以来理论建设上的薄弱，很多新问题缺少了基本的理论指导，这让党建工作有时相当尴尬。

第十二章 革命不是请客吃饭

让一部分人先富起来似乎和共产党革命的初衷不一致，计划经济的疲态开始让人怀疑社会主义的先进性，市场的不断放开实质上也进一步削弱政府的权力。一些老党员练气功甚至迷信宗教等问题也相当严重，可这些问题机关党委似乎也无可奈何。既没有上峰明确的授意，也没有具体的约束办法，这让陆平国感觉有些一筹莫展。而对荣勤民来说统计局的工作简直就是瞎忽悠的数字游戏，无论实际是否完成指标但统计报告必须漂亮。而这个漂亮的标准就是，完成了的是努力工作的结果，没完成的有客观原因。这种带有"粉饰太平"成分的工作让他很不习惯，他甚至不理解这些缥缈的数字都是从哪蹦出来的，又有什么用处？那些有关投资、消费、收入的具体数据又是如何从星罗棋布的村镇里收集整理的？他怀疑大多都是出于基层干部的掐指估算，但这事他想不出解决的办法，也知道无法说透揭穿。因此他认为这完全脱离了实事求是的原则，因此每年总结时他都会在心底里骂娘，但该怎样还得怎样！反正在这个年龄上职务基本也到顶了，于此他几乎完全丧失了斗志，感觉工作的乐趣还不如坐在麻将桌上搓两局来得痛快。

李志勇在县城老街道上办了个油漆门市部，与荣勤民爱人的商店距离不远。碰见荣勤民的时候他穿着崭新的深蓝色中山装，头发梳得油亮，手里提着一个黑亮的人造革公文包，看见荣勤民就冲过来紧紧地握住了手，摇了半天似乎激动得要掉泪了。这是两个人从部队分手后第一次见面，这家伙看起来混得不错。原来李志勇复员回家后就学了油漆的手艺，这些年到处搞门窗、家具油漆业务倒也红火，现在又开了油漆商店，光本钱就投了两万多。战友相见自然话题很多，一来二去李志勇就成了商店的常客，与荣健的妈妈杜英娥也经常交流一些经商的心得体会。那一阶段两家的生意都不错，互相临时倒点资金也很是方便。

荣健第一次见到这个李叔叔的时候就很不感冒，觉得这个人虽然看起来光鲜但是大话连连，尤其一激动就用手抹鼻涕的动作看着就让人恶心。可是爸、妈却把这人奉为上宾，说人家路子广来钱快，咱刚开始做生意还要多向人家学习。那一段时间老李来得很频繁，说是有一个特好的机会能赚大钱。于是乎为了这个生意妈妈四处筹钱，不惜高利凑够了

/141/

冬日的火花

两万元本钱，将商店每天收钱记账的事安排给荣健，并叮嘱老荣同志少打牌多照看店里，一切安排好了就与老李一起出发，说是一个月就能回来。

这个暑假可真是充实，荣健每天除了到店里帮忙卖货，打烊前还得对清当日货款并记好账，如需要补货还得早间抹黑起来搭班车去省城。多亏了有过一次经验，因此起初这当家作主的感觉还不错。可是到了临近收假妈妈仍没有音信，焦急等待的心情让他开始感到烦乱。那天早上吃了几个烂桃又喝几口凉茶，中午的时候忽然肚子剧烈地疼痛并且呕吐不止，那感觉如同肠子胃拧在了一起。想上厕所却拉不出来，爸爸送他到医院时他疼得脸色煞白冷汗直流，为此最后不得不住院治疗。老荣同志要照顾两个孩子还要操心生意，正常上班也不能耽误，这时他才深切感受到家里离不开女人。可是娃他妈走的时候只是说去甘肃庆阳地区，既没有地址也没有电话可咋联系呢！

等待的日子让一家人感到漫长又煎熬，即使报到上学以后荣健心里仍惴惴不安。每天要跑去店里记账，基本每个星期天都要补货换货，荣健从最初的饶有兴趣到了不胜其烦。好在店里的生意还不错，手里的那点本钱居然倒腾得翻了一倍，这让他稍微还有些得意的快感。可除此之外一切的计划安排都已乱了套，收到永盛哥从上海发来的信才知道他已经到上海铁道大学报了到，尽管信中的语气已经从金榜题名的喜悦转变成对高昂生活成本的抱怨，但是老哥十数年寒窗学有所成。荣健一方面为他高兴，一方面忧虑自己目前这个状态哪有时间和心思抓学习！他迫切盼望着妈妈早点回来，从这一刻起他内心的惆怅和担忧与日俱增，而这种负担足以让他慌乱到不知所措。

春蕾姐是谢村老家爸妈故友的姑娘，两年前初中毕业就来妈妈商店帮忙，一直住在印刷厂宿舍里。这些天实在没办法，爸爸叫春蕾姐暂时住在家里，方便早晚帮忙做饭。春蕾比荣健大一岁，出落得标致高挑，最近又烫了最时髦的大波浪发型，看起来真是明星一般。有了春蕾姐的搭档，家里的事情倒也缓解不少。一起做饭、算账、点货也还能支撑，可是即便这样又怎能消除对妈妈的挂念和担心呢？！

直到有人找到荣勤民的单位，老荣才意识到问题的严重性。那个称

第十二章　革命不是请客吃饭

作老梁的猥琐男人痛心疾首地说自己上当受骗被人拐走了老婆，而拐走他老婆的人去年就与李志勇在甘肃庆阳地区倒腾原油，他现在要去把老婆找回来，叫荣勤民跟他一起去。又说那地方荒凉无比，根本赚不了什么大钱，你不趁早把娃他妈叫回来，以后还能不能见上人都是问题。荣勤民听到这话心头一紧，不过他对爱人还是有信心的。可是这一走几个月音信全无怎能不让人担忧，现在有了老梁这个向导自然要赶紧去找。想到这他安排了单位的事情请了假，又回到家里安顿好几个孩子，第二天一大早跟着老梁出发了。

一路辗转倒了好几回车，加上道路崎岖颠簸难走，班车走到西峰市地界天已经完全黑了，又开了大概个把小时，约莫晚上十点多停进一个县城车站。时令进入10月，陇东入夜气温不足十度。出了车站冷风吹得人抬不起头，出门时虽说带了厚衣服，却还是被这寒气冻得瑟瑟发抖。荣勤民和老梁又冷又饿，可这边天气冷，这个时间饭店早已关了门，实在没办法只好先找个住的地方再说。荣勤民出来时带着足够的路费，还把家里仅有的几千元货款都带在身上以备不时之需。可他为了省钱放着正规招待所不住，却跟老梁合计去找偏僻的小旅馆。

走进一个灯光微弱的巷子没几步，前后过来两个人分别用刀顶住了他和老梁，那老梁张嘴结舌哆嗦得说不出话，憋了半天蹦出几个字："咋咋咋了嘛？"来人冷冷地说道："少废话，把钱拿出来！"老梁哆嗦着说："额莫钱。"那人又把刀使劲顶了顶，"废话咋这多的，没钱给你捅个窟窿。"老梁立时颤抖着掏钱，掏了半天掏出二百多块钱，又央求来人把零钱留给他。荣勤民尽管剿匪上过战场，但那已经是几十年前的事情了，更何况上战场手里有枪，而现在刀顶在后腰，看来只有破财消灾了。等到来人问他时，他主动地掏出上衣口袋装的三百多块钱，也恳求人家把零钱留给他吃饭。"出门就拿了这一点钱？我看你俩是不想活了，把钱掏出来！"话音未落一个大嘴巴就招呼了过来，这一巴掌打得荣勤民眼前发黑。那边老梁也被踢了一脚，嘴里直叫："好汉饶命，我是出来找活的。"这当口巷口一辆警车拉着警笛驶过，来人显然有些慌张，各自抓过钱朝着巷子里快步离去。

/143/

冬日的火花

荣勤民和老梁赶紧从巷子出来走上大街，谁也没说话，径直朝着灯火最亮的地方快步走去。冷风吹起的尘土扑面而来，刷在脸上和着冷汗糊得脸皮没了知觉。终于看到一个招待所的招牌，走进去登记了一个双人间，荣勤民从内裤里抽出一张五十元付了房费，又要了两桶方便面，老梁在值班室提了壶开水，谁也没有说话就上楼进了房间。各自洗了脸吃了面，点了支烟靠床蹲在地上长吁短叹，后悔当初不该贪便宜走进背街小巷，如今盘缠被抢实在不划算。老梁倒还想得开，说："哎，破财消灾，我把钱装了好几个地方，只要咱人没事比啥都好。"说到这荣勤民也开始庆幸，毕竟劫匪没有搜身，内裤里的大钱分文不少。尽管如此，两个人毕竟受了点惊吓，一晚上辗转反侧久久难以入睡。

第二天一大早翻身起来腰酸背疼，肚子也饿得慌。洗了脸荣勤民心情稍微平复了一点，想着阵脚还是不能乱，办正事要紧。出了门路边羊杂碎摊子一锅热汤烧得蒸气四溢，两个人美美吃了一顿，临走又买了两块钱的油糕提在手里。谁也不再提昨晚的窝囊事，按着老梁说的路线上车直奔目的地。

坐了一程中巴车，又挡了辆顺路的机动三轮，那车刚拉过生猪，一车的猪粪污渍，可又有什么办法呢！就这样一路颠簸向前行进，约莫又走了个把钟头，老梁说快到了。就此下了车徒步前进，又走了不知多久，终于赶到荣健他妈所在的地方，看到那个场景时，荣勤民瞬间眼泪掉了下来。

这地方前不着村后不挨店，荒凉得看不到一棵树，地上零散的杂草已经枯黄，完全一片萧瑟的戈壁景象。靠着一道山梁有几孔窑洞，远远地能看见油田的采油机。想着爱人为了创家业，居然只身跑到如此荒凉的地方不由心生余悸。

荣健妈就是这样一个天不怕地不怕的女中豪杰，少时就颇有胆略，年轻时当过几天民兵排长，如今孤身一人到这荒凉之地数月也未有丝毫胆怯。毕竟来这里淘金还是有所收获的，即使苦点也值得！她心里一直想着儿女都大了，不积攒些家业以后可咋办！而且儿子很优秀，未来一定是个有出息的娃娃。这些年走南闯北每每想起儿女她心里都充满幸福

第十二章 革命不是请客吃饭

和力量。然而杜英娥没想到，这次庆阳"淘金"成了她人生又一次命运的转折。

见到老杜的时候，荣勤民心里五味杂陈。既心疼自己的爱人，又恼她固执任性。看着老杜那张风吹日晒黑红粗糙的脸他几乎说不出话来，再看这窑洞里几张破板支的床和简单的灶具却也就没法再埋怨。问了情况才知道李志勇在另外一个地方负责联系人来拉油，而窑洞能看到的大池子就是老杜买下的油窝子。每到晚上就有人从国有油田输油管道上偷油后低价卖到这里，然后老杜再加点钱卖给一些私人炼油厂。荣勤民一听这根本上就是一个违法勾当不由头皮发麻，埋怨老杜咋胆大得干上了犯法的事。老杜对此却不以为然，说靠山吃山靠水吃水，在这一带偷油贩油再正常不过了，咱不偷又不抢的犯啥法呢！荣勤民强调说这属于销赃，而老杜却说法院的人都在倒卖，咱咋就弄不成呢！国家政策都放开了，临近的黄原那边有些私人都在打油井，一天的产出就是天文数字！你一天坐在家里，哪知道现在外边多大的变化？（注：实际上1992年12月11日最高人民法院和最高人民检察院才针对收购赃物这一行为出台了司法解释；1997年刑法才明确了收购赃物罪。因此在那个时期，很多人并不认为这种行为违法，国家机关也没有对此行为进行强有力的约束。）

持续的争吵解决不了任何问题，到天黑的时候卖油拉油的车又不断地开来。在这自然要帮忙应付买卖的事情，半晚上折腾过去账面上看又赚了近两千块钱，可这钱只是让油窝子里的存油更多了一点。闲下来的时候，荣勤民对老杜说了路遇抢劫的事，说这荒郊野外风险极大，就是赚了钱能不能平安地拿走都是问题。再者两个孩子正在上学，家里实在离不开老杜。又说了这些天家里的情况，详细描述了荣健生病住院的过程。最后强调说家里日子虽然比上不足，但是稳稳当当才是幸福。最终老杜还是架不住对孩子的牵挂，答应把李志勇叫来商量一下就回去。

眼看着能赚钱的事，李志勇巴不得老杜把生意留给他，自然乐意让老杜回去，说老杜摊在油窝子里的钱算他借的，钱的利息他认，最多两个月就把钱给老杜拿回来。如此两人签订了借款协议，老杜拿着仅有的

冬日的火花

三千元现金与荣勤民一起回了家。

一到家里,借给老杜钱的朋友就迫不及待地上门了。原本这些钱就是挪用的公款,临时借用给老杜无非是想赚几个利息,老杜走了几个月可是让人家担惊受怕。现在人回来了,自然要赶紧给公家把钱还上。可是听到老杜还要用两个月当下就有些急眼,经过商量老杜把带回来的钱和商店的周转资金都拿出来让人家去应付查账。如此一来商店的周转就成了问题。那一段时间老杜整天忙于东挪西凑,折腾来折腾去两万元的债务基本没变,支付利息却折腾了几千元。老杜开始后悔把油窝子一下子交给人,可现在也只能坐等李志勇衣锦还乡了。

可她哪里知道,李志勇这个看似精明的蠢货根本没有斡旋经营的能力,平常靠吹嘘卖嘴联系个拉油车还行,一旦自己负责经营可完全不是那回事。老杜经营的时候,来卖油的一般都会多给人家算一点,来买油的看情况额外给多抽一点。一来二去地都熟了,这次多了下次就少点,其实整体上并不吃亏。更何况与人打交道的过程中拉拢厚道人,吹捧刁钻人,加上老杜与人沟通滴水不漏,因此时间不长就赢得了尊重。北方人大多又羞于为难女人,这样一来几个月倒也相安无事。然而这些窍门李志勇全然不会,买卖过程中斤斤计较不说,居然为了卖高价开始赊账卖油。不但搞得口碑极差,三个月下来欠账一大堆,搞得没钱再买油。等他拿着欠条找车主要钱时,发现车还是那个车,车牌子却与写在欠条上的号不一样,更可笑的是签的名字也不对,按的手印明显转了几圈。想找人来证明却找不到一个人替他说话,如此想要回钱就得打官司做笔迹鉴定,可老李连吃饭的钱都快没有了,并且到了晚上还有人往窑洞里扔大炮仗,那剧烈的爆炸声加刺眼的火光在漆黑的荒郊野外似地狱开了扇门,大小的妖魔鬼怪身着烈焰蜂拥着、吼叫着冲出,那晚老李当场吓得大小便失禁。

临近过年时老李千辛万苦回到了金城县,他已经俨然是个叫花子了。见到老战友一家时他瞬间痛哭流涕,诉说他被当地人坑骗的过程悲愤交加。当日荣健也在现场,看着眼前的李老板鼻涕糊了一脸、磕头下跪的怂样又气又笑。老李信誓旦旦说再怎么都不会坑老战友,他准备把

第十二章　革命不是请客吃饭

油漆店转让了还上老杜的钱。老杜心里自然是叫苦不迭，但是现实已在眼前，除此之外又能怎么样呢！

而县长曾宪瑞最近身心愉悦激情澎湃，党的十四大在京胜利闭幕，明确了建立社会主义市场经济体制的改革目标，并且将原定的国民生产总值年均增长目标由百分之六调整为百分之八至九，小平同志中国特色社会主义理论被写进了党章。这一切都意味着，扎实推进改革紧抓经济建设的干部有了更大的发挥空间。曾宪瑞相信只要政策不束缚手脚，自己就一定能为金城人民谋取更大的幸福。依照惯例县委县政府立即组织党政企事业单位系统学习十四大报告，深入贯彻中央精神。下一步召开经济工作会议研究1993年经济发展目标，发展速度必须提上去，大致不应低于百分之九的中央要求，绝不能在自己手里拖了全市后腿，他认为这是必须完成也是一定能完成的工作和任务。

曾宪瑞筹划着召开一次各大部局、企事业单位正职参加的专门会议落实明年的工作目标，甚至考虑着能否实施目标责任制的管理模式。下一步还要深入到全县经贸系统的企业厂矿去摸一下底，看看到底有多大潜力可以挖。

之后经过实际调研，曾宪瑞发现其实这些企业的潜力还是相当巨大的，大多数企业在销售端并没有太大的压力，最核心的问题还是在于生产环节的管理，而要改变这种状况管理体制的改革是首当其冲。只有机制合理管控得当，才有可能逐步完成技术和设备的更新换代，否则即使有了新设备那也是旧瓶子装新酒糟蹋好东西，更何况更新技术设备所需要的资金也是个大的问题。与此同时他发现造纸厂、橡胶厂、淀粉厂等几个效益稍好的企业造成的污染问题实在触目惊心，县城边上白沙河上游清澈见底，流经城区后的水面天天翻腾着焦黑的工业废水，还漂浮着发黄的泡沫让人作呕，每个清晨、黄昏造纸厂工业烧碱散发出来的刺鼻气味就会弥漫整个县城。而按照国务院有关指示精神，金城县也已经将环保办升格为环保局，下一步对企业的环保要求也会越来越严，这势必对企业的生存又是一个重大挑战。但是尽管看到了这样那样的问题，可对曾宪瑞来说最重要的是看到了希望。那就是只要盘活金城县这十几家

冬日的火花

国有的工矿和商贸企业,那么实现每年百分之十以上的增长都不成问题!想到这,他信心百倍,思路也变得更加清晰明确,那就是先把经贸领域的各级干部职工动员起来,集中力量打一次企业增产增效的攻坚战。

  从大历史的角度来看,十四大无疑是党和国家历史上一次具有里程碑意义的会议,是中国共产党领导中国人民开启改革新纪元的又一个起点。从那时起有关国有企业改革进入了实质性推进阶段,更多的领导者开始深入思考国有企业的未来。尤其是县级城市那些中小公有制企业底子薄积弊多,市场化搞不好将会让它们尸横遍野绝不是虚言!

第十三章　与你同行

当"荷兰三剑客"横扫欧洲的时候，荣健因为在操场上随意踢了一脚滚到脚下的足球差点被一群人暴打。带头冲过来的人就是冯亮，咋咋呼呼地指着荣健呵斥道："得是想死咧！"荣健一听这话马上胸膛的气血翻涌，面部毫无表情地站在那盯着冯亮。等冯亮近前了，他厉声回敬道："你再说一遍！"这情形马上就要开战了，结果体育老师正巧路过，大喝了一声："你几个，得是吃饱撑的！"瞬间双方都收敛了许多，在老师目光中互相怒视着极不情愿地散开了。荣健那天运气算是比较好的，冯亮可是专程带着几个体育大学的同学来收拾他的。

尽管冲突未起，但这个插曲让荣健相当郁闷，当着那么多人被人呵斥实在气愤难平，当时就想冲上去跟狗日的干一架。可转念又一想，哎，干一架又有什么价值呢！最近真是多事之秋，家里一堆麻烦事，追林芳欣没有任何进展，成绩还滑坡得厉害，想起这些荣健心里既迷茫又惆怅。

这个时候是晚饭前的自由活动时间，学校里熙熙攘攘。荣健一个人出了校门，沿着学校东侧的围墙走进田间小路，地里已经长出了青翠的麦苗，土地在夕阳下泛着亮光。这样的踽踽独行是荣健进入高三阶段后

冬日的火花

一种思考放松的方式，似乎只有这样灵魂才能释放，才能找到一点希望的亮光。那片麦田里有一座废弃的土窑，如今上面荒草丛生像一个高大的墓冢，他爬上去背着夕阳坐下，呆呆地看着东方。远处村庄已升起袅袅炊烟，脚下的野草挂着露珠，那一刻小伙子有种灵魂出窍的感觉。恍惚间也忘记了时间，等荣健回过神来晚自习早就上了，他也没有心思再去学校，就绕了一个大圈走回了家。就是这个思考抑郁的过程，让他逃过了一次足以让他颜面扫地的挑衅，因为冯亮带着他的哥们一直在学校大门口等着放学时修理他。

尽管荣健分到高三六班后和林芳欣话都还没说上，于浩却不知从哪知道了荣健对林芳欣有意思。由此就引出了冯亮在球场上借机发作欲替于浩出头那一幕，架虽然没打起来，但是两人对立的势头已经确立了。林芳欣自然对此毫不知情，只是分科前于浩找她聊过一次，说选择学理科是家里的意思，他心里实际极不情愿。其实学什么他都无所谓，可是要离开高三六班实在有些舍不得。林芳欣本身对于浩就没多少好感，来赴约不过是为了告诉于浩以后不要再让人捎信，因此只是敷衍说："其实学什么都差不多，在哪个班也还不都一样。"实际的意思是于浩成绩那么差，考大学根本没门，那还不是学什么都差不多。当时还暗自得意自己话说得巧妙，她哪里知道于浩说的不舍是对她的不舍，或者说她压根就没想理会于浩的真实情感。于浩也不是傻子，自然听得出林芳欣的敷衍，因此将原因都归罪于情敌荣健。

于浩的离开对于林芳欣来说是一件开心的事情，她早已烦透了于浩的纠缠。最可恨的还有那个冯亮，一副流氓的样子，跟饭店服务员的恶心事传得沸沸扬扬。与于浩见面那天这个"色狼"居然以成功者的姿态规劝自己与于浩相好，那情景想着就来气。考了个体育大学有什么了不起的，不过就是四肢发达而已，装什么"大尾巴狼"！那天本来要当面拒绝于浩的，但是那一刻看到于浩因为离开六班还挺伤感，想想分班后就会很少见面，毕竟大家同学一场，现在也就没必要把话说得过狠。就这样一个保持了矜持，一个保留了幻想，在高中最后的岁月里维持了一段虚妄的情愫。

第十三章 与你同行

冯亮的离开让于浩变得孤独，在学校没有了依靠也让他感觉失落。分班之后也很少能看见林芳欣，于是乎这高中最后的时间对他来说真的了无滋味。想静下心来学习，可是各门功课都不给力，只要一考试成绩就让人有无尽的沮丧。如此的状况让他每天憋闷烦恼，一段时间县城的录像厅就成了他慰藉空虚的地方。偶尔会收到冯亮的来信，信里无外乎说些大学里生活的状态，也鼓励于浩能够振作起来好好念书，不要因为谈恋爱的事情影响学业。还说外边的世界很大，优秀的姑娘很多，千万不要做在一棵树上吊死的傻子。另外还提到马小兰，说马小兰就在离他学校不远的饭店打工，现在因为学习紧张很少能见上面。尤其特意强调说如果荣健还骚情，有机会他再带人回来替于浩出头。

而实际上马小兰到省城后没多久就不去饭店打工了，因为即便是大城市在饭店当服务员也赚不了多少钱，何况家里弟弟妹妹上学的开销越来越大。来省城的时候因为奶奶过世回了趟家，父亲的风湿病也愈发严重，看着家里的境况她心情坏极了，临走的时候去奶奶坟头烧了几张纸，心里暗暗发誓要混出点名堂，只有这样才能让弟弟妹妹有出头之日。当初到省城自然是追随冯亮而来，但是没几天她发现冯亮是靠不住的。尽管自己几乎把所有的爱都给了他，但也只是睡在一起的时候才能感觉到瞬间的拥有，只要他提起裤子自己的孤单感就会无边延伸。冯亮报完名那天领着她去学校转了一圈，之后就不允许她去学校找他。为此她曾和冯亮大吵了一架，而吵架之后冯亮似乎就离她越来越远，无论她如何祈求或威胁。

那次吵架的原因很简单，因为马小兰终于无法忍受无名无分又看不到出头之日的生活。马小兰说自己即便只是一棵野草也要活在阳光下，冯亮必须清楚回答和自己的关系！至少也要有一个承诺，而不是像现在这样让她不明不白地等下去，到时候如果冯亮负了她，她除了跳护城河还能怎样？冯亮的内心也是煎熬的，他知道马小兰真心爱着他，连上学的学费还有马小兰凑的份子。这一年来马小兰给了他全部的真心，无论是肉体还是关怀，想起要辜负她就觉得自己卑鄙无耻。可是真要接受这样一个姑娘共度一生他没有勇气去想。因此马小兰骂他的时候他无话可

冬日的火花

说，然而马小兰不依不饶的质问是躲不掉的!

刚刚开始的大学生活对他来说没觉得有什么快乐，起初那一点金榜题名的兴奋很快就被现实所击碎。大学不光伙食费高，自己寒酸的衣着和各方面的装备与大多数同学相比都有差距。原来所想象的衣锦还乡现在看来仍路漫漫其修远，现在面临的现实问题是一身上档次的运动服自己也买不起。他很羡慕那些家境好的同学穿着带帽子的运动装，踩着名牌运动鞋，耳朵插着随身听耳机漫步校园的样子。而这套装备没有七八百是实现不了的，这个数字几乎是一年的学费了。为此冯亮想着利用节假日出去打工，这样既能减轻家里的负担又能改善一下自己的生活。真正找工作时他才发现体育生的兼职真不好找，给高中生当家教吧，自己的文化课实在一般，餐厅当服务员吧，个子太高没有人要。找来找去他接到的第一份工作居然是帮人去打架，因为身手敏捷之后居然颇受欢迎。也由此结识了一群兄弟，有校内的，也有校外的。后来就不断地有些替人出头的机会，大多数时间都是领一群人壮个声势吓唬人，但是酬劳不少拿而且还有好吃好喝招呼。可是马小兰对此不屑一顾，说他不务正业，一个大学生整天跟一群流氓混混搞在一起是丢先人的脸。冯亮哪能忍受这样的评价，一个巴掌就把马小兰打了个趔趄，随后扔下两千元扬长而去。

之所以这么潇洒地离开，因为此时的冯亮已经看上了本系一个漂亮的女生。经过激烈的思想斗争，他还是决定与马小兰一刀两断，那两千块钱大半是借来的，之所以要这么做因为他不想欠马小兰什么，这笔钱算是个补偿吧。马小兰在大雁村出租的民房里睡了两天，起来后又在街道上漫无目的地瞎转，转到护城河时真想纵身跳下去一了百了。可是死在这污浊的护城河真是有些不甘心，她站在护城河边寻思良久，眼泪唰唰地流下，心里知道一切都难以挽回了，这结果从爱上冯亮那天起她就预感到了，可是她总希望有奇迹。现在看来冯亮的一跃龙门实际和自己划下了一个不可逾越的鸿沟，自己还是那棵山间的野草，这命运也许永远难以改变。现在只身飘零在这陌生城市，有什么前途可言？更何况自己所干的工作提起来都让人羞愧。她有些想回家，也念想起家门口那漫

第十三章　与你同行

山遍野的花草树木，自然还有院落里的鸡群和那只老猫。可老猫早死了，那只骄傲的公鸡也被父亲绑了双腿拎出去卖了，估计早就被人割断脖子拔光羽毛最后端上餐桌。唉，真是恍然如梦，我不就是那只被黄鼠狼咬破脖子的母鸡，即便缝上了伤口却再也不会鸣叫歌唱，我能有什么办法呢！

马小兰工作的地方是那种亮着粉红灯光的温州发廊，那天她落寞地走进发廊想修一下头发。老板娘很热情地招呼了她，简单修剪了一下也没收费。因为老板娘的热情所以多聊了几句，后来就常去。之所以不在餐厅干了就是这个老板娘鼓动她来店里干洗头按摩，说现在这一行最赚钱，而那时候她和冯亮都为钱着急。的确以马小兰的姿色干按摩那绝对是店里的王牌，尽管她还有着自己的原则。那就是除了按摩之外顾客别想乱摸，为此很多顾客不惜多出钱，但一段时间她还是坚守了这个底线，因为她认为自己有男人。可现在马小兰想起自己的行为就觉得可笑，试想有谁珍惜过自己的坚守？想着如今分道扬镳也好，从此各奔前程各安天命吧！

那天从护城河回来之后她彻底放下了牵绊，她要做一朵怒放的野花了。无论什么样的顾客一概来者不拒，只要给钱干什么都可以，马小兰的日子开始过得红火。人世间还有什么事情比一个漂亮姑娘无所顾忌混生活更为容易的？那姣好的脸蛋丰满的身材就是摇钱树，可是谁又能真的体会到马小兰的辛酸，她除了每月给家里汇钱时有些微不足道的快乐，除此之外她在这个城市活成了一个空皮囊。

冯亮奔向了他的新生活，马小兰不顾一切地赚钱养家，这些我们暂且不说。荣健自从那天从土窑上回来就决定要勇敢地向林芳欣发起进攻了，他一再告诫自己不能因为懦弱而留下遗憾。尽管他从未认为自己是一个懦弱的人，但是最近家里的情况让他感觉有些无能为力。为今之计还不如不去想这些，况且现在机会来了。

新学期一开始应届班就搬进了渴望已久的新教学楼。大楼里水磨石地面，乳胶漆墙面和顶面，墙面下半部分绿色油漆刷成的墙裙格外醒目养眼。所有的桌凳都是全新的，橘黄色的木纹油漆锃亮夺目。就连黑板

冬日的火花

也换成了墨绿色的玻璃钢材料，照明的日光灯管还带着精致的铝合金底座。这一切的变化让人感觉一下子从乡村到了城市，从地上到了天上，那一刻荣健不禁叹服学校领导思虑得周全。原来这些桌凳的材料几乎全是上学期小树林伐倒的白杨树，而道路两边的法桐也截掉顶部枝干做了补充。这样就地取材无疑省了很多经费，否则在财政困难的金城县要配上这样档次的桌凳几乎是不可能的。

搬进新教室后，班主任对原来自行组织的座位进行了调整。林芳欣居然坐到了荣健前面，这个变化让荣健认为这是上天的眷顾。心想在自己正准备全力出击的时候，班主任居然把意中人送到了眼前，他有些打心底里感激老师的英明。

从此之后每天那激情燃烧的对视变得频繁，从此想说什么一个纸条就可以倾诉衷肠。然而恋爱却并不那么简单，借个东西说一两句话又如何能让爱火燃烧起来呢！起初林芳欣上课打盹的时候，荣健会伸脚碰碰她的凳子让她惊醒。再后来故意拿走她正看的小说等到下了晚自习再还给她，她情绪低落的时候又写励志的纸条给她。每一次林芳欣看了他写的东西都会回头给他一个认可的眼神，那神情就会让他舒服一整天。那些日子里，尽管家中事事揪心，但是只要走进教室看到她，荣健心里是甜蜜的。这种感觉在那些彷徨的日子里慰藉了他的内心，让他在那年格外寒冷的冬天也不再感觉孤独。

1992年冬天里一个明月高挂的晚上，两个人情感到了需要倾诉的火候。下了晚自习互相一个暗示，荣健在前林芳欣在后，两个人骑着自行车一路向东，一直走到了泸河边。顺着河床西侧的滩涂向北，开阔的河滩上伏地的枯草结着白霜。河边零零散散的芦苇随着清风摇摆，那黑亮的河水在月光下泛着淡淡轻雾，尽管是萧瑟西风，但这北国美好的冬夜画面深邃而迷人。荣健心头火热，脑海里翻腾着一堆想要倾诉的话语，却在朦胧月光下不知从何说起。

"叫我来干啥？"反而是林芳欣打破了沉默。荣健哼哈着说道："想跟你聊聊，很久了！""聊什么？"林芳欣反问道。

"你还是这么厉害呀！"

第十三章　与你同行

"我哪儿厉害了？"

"当年上小学时你跟同学打架，把人家脸都抓烂了，你忘了吗？"

荣健故意把另一个女同学的英勇事迹栽给林芳欣，林芳欣自然不会承认的，说道："你胡说啥呢？打架的人是云诗曼，不是我，你连这都搞错了，今天是不是想约别人却约成了我，我回去呀。""不是你不是你，跟你开玩笑呢！你没有那么暴力。"荣健赶紧解释，看着荣健志忑的样子林芳欣开心地笑了。

那天林芳欣还穿着那件大红色长款羽绒服，扎着雀尾辫，白皙的瓜子脸在月光下格外的耀眼。微风吹动她额前几丝刘海，那黑亮的双眸像星星一样璀璨。荣健在记忆里锁定了林芳欣站在河边的样子，背景是黑蓝深邃的夜空和远处隐约的村庄，这幅绝美的图画里小河静静的清流倒映着一弯皎洁的明月。荣健掏出口琴吹奏起那个熟悉的旋律，林芳欣随声吟唱着："小河静静流微微翻波浪，水面映着银色月光，一阵轻风，一阵歌声，多么幽静的晚上……"

两个人偎依坐在小河边，尽管荣健感觉到双脚已变得冰凉，但是心里的热乎让这冰凉已变得无所谓。静坐无言的时候，荣健能听到手表指针走动的声音。多想抱抱身边的姑娘，然而心里难为情提不起勇气，这可能是那个时代恋爱中很多人遗憾的事情。但后来荣健还是鼓起勇气说："我想跟你好，天长地久绝不变心，我也相信未来也不会比任何人差，我会给你幸福的！"林芳欣回答说："你还想得挺远的，我现在都不知道毕业了咋办！考大学现在看来很难呀！"荣健说："咱们一起努力吧！还有时间，只要我们抓紧点，一年不行就两年，我相信我们一定能考上的。"林芳欣没有再说话，只是静静地看着河水。荣健双脚冻得生疼，起身活动了下筋骨，他伸手拉起林芳欣准备启程回家。那天的这次拉手，让荣健确认自己正式恋爱了，这种新奇而亢奋的美妙感觉完全超乎了他想象！

回到家的时妈妈抱怨他一天到处乱跑让人担心，荣健自然顾不上这些唠叨。打了盆热水准备暖暖脚，脱了鞋才发现本来就已经冻伤的脚后跟肿得更严重了，脚趾头也冻出了疙瘩。这时自然不敢将脚直接放进热

冬日的火花

水，只好一边用手蘸水慢慢地把脚搓热，一边随口问妈妈今天店里的生意咋样。他心里盘算着如果生意好，就想申请买双皮鞋。脚上的帆布回力运动鞋实在不够保暖，而干妈手工做的棉窝窝又太丑，他忽然觉得从现在起有必要穿得帅气一些。可是店里的生意并不怎么样！最主要的原因还是资金短缺新货太少，妈妈这几天一直在筹钱备货，可筹钱的事也不太顺利。

老杜的商店受资金拖累几乎难以为继，之前的债务每月都有近千元的利息，商店又因为不能及时补货严重影响了销售，如此的恶性循环弄得老杜焦头烂额。想找老李要点账回来，可是老李人不见踪影油漆店大门紧锁，无奈之下也只能另想办法了。

老杜哪里知道，李志勇的油漆店已经被他那不成器的大儿子搬空卖空了。这个家伙自从他爸走了之后就在县城跟一伙闲人瞎混，起初还老老实实地经营商店，但是口袋装两个钱就有点不知道姓啥！一段时间热衷于和各式各样的人攀兄道弟，为了在众人眼前显摆他有黑白两道的能力，玩着吸食哥们孝敬的白粉，结果没几天就上了瘾。可这个不知死活的家伙却不以为然，认为花几个小钱也无所谓。如此吃喝赌博没多久就将存货殷实的油漆店抽了个底朝天，老李看到精神萎靡的儿子时傻了眼。连夜叫了人把儿子捆绑着押了回去，留下儿媳妇照看油漆店。岂不知儿媳妇也已染毒上身，没几天就廉耻丧尽，靠着陪各种人睡觉混生活，很快在这一带被男人称为"营长"。据说连十字口那个又矮又挫的补鞋匠王麻子攒够三十块钱就去找舒坦，一出来干活都变得曲不离口和颜悦色。

老李把大儿子弄回家后那家伙就犯了瘾，尽管被绑起来仍狂躁如疯癫，即便老李泪眼汪汪大倒苦水也无法让他安静下来。无奈之下老李又到处托人去买儿子想要的小纸包，关键时让他抽几口才能安静下来。那货神志清醒后他跟父亲说自己太无知，现在确也后悔了。老李把自己赔钱欠债的事前前后后跟儿子学说了一遍，儿子听着听着就沉默了，最后伤感地说了一句："爸，我对不起你！"从那天起这儿子决心戒毒，让父亲买来一箱廉价的白酒，稍一清醒就喝酒找醉。那天直接喝了两瓶倒

第十三章　与你同行

在床上昏睡，第二天下午老李感觉屋子里气味不对，喊他起床，却发现儿子不知何时已断了气，而电褥子开着高温以至于把尸体都烤出了臭味。

儿媳妇把油漆店搞得声名远扬，四里八乡形形色色需要女人的男人都能曲里拐弯找到这里。"营长"则来者不拒，传言一晚上能接待几十人次，而这话是王麻子说的。有人问王麻子最近搞了几回，王麻子说现在瓜皮才去搞呢！那女人身底下比他几个月没洗的脚还臭。王麻子没说假话，"营长"确实病了而且还挺严重，可是她根本顾不上看病，毒瘾早已把她左右了。老李安葬儿子托人叫"营长"回去时已经找不见人了，是死是活没人知道，总之这个人忽然消失了。

惊闻老李的油漆店烂包又死了儿子之后，荣勤民没有立刻去找他，尽管因为这笔账家里几乎被掏空，还逼得老杜到处给人下话借钱。一家人忽然就从宽裕掉入困顿，几乎天天为钱发愁，明面上又顾及身份面子不能失信于人，可这频繁拆东墙补西墙的办法毕竟不是长久之计！直到年关也没等到老李还来一分钱，只好找朋友帮忙再次从信用社贷款暂度饥荒。

好不容易从信用社拿到了贷款，老杜忙活着给店里备足年货，毕竟一年一度的黄金旺季可不能错失，年集眼看着就要开始了。每每想到一时不慎导致债台高筑老杜内心就有针扎般的疼痛，但生活总要继续，她也绝不能就此倒下，而要走出当前困境全得指望这个商店。儿子一直想买双皮鞋，前一阵因为钱太紧张舍不得买，现在稍微缓过来了，过几天就给儿子一买，就当是新年的礼物吧！

人生有些时候倒霉的事会接二连三，但越是这个时候越要淡定从容，否则可能因为上一件坏事自然地引发下一件坏事，若如此就更难走出厄运！老杜最近心事重重，常常想几十年积善修德谨小慎微，生意刚顺风顺水咋就遇上李志勇这个灾星。现在举步维艰处处被动，而李志勇又迟迟不见现身，贩油时借的账眼看就到了必须归还本金的日子，从哪儿弄这笔钱？没有这笔钱又给人家说什么？怎么办呢？除此之外另一件烦心的事也让人窝火，那就是女儿的学习很成问题。最近两年实在太忙，基本上没有时间关心她的功课，没想到最近几天这孩子每天居然去

冬日的火花

学校门口转一圈后就满县城胡逛荡。要不是凑巧老师来商店买东西自己还一无所知，这样下去可怎么得了！想到这些真是烦恼透了，计划着回去一定要严肃地跟姑娘谈一谈，必须让她保证以后不再旷课。

那天店里生意还不错，杜英娥早早收拾了营业款装进手里的小包包就出了店门。斜对面就是二牛鞋店，前几天儿子在那看了双皮鞋，干脆今天给一买。她推了自行车到对面的店门口停下，让老板拿了41码的鞋夹在后座上顺便递上手里准备好的八十块钱，之后就骑车回家。走到半路忽然想起装钱的小包包，这才发现包包也没在车头上挂，赶紧下来找。后座只有皮鞋盒子哪有什么包包，她心里顿时一惊，赶紧调转车头沿路去找寻。回到二牛鞋店问有没有见到她的包包，那老板说当时就没见什么包包，她是手上拿的钱付了款。于是她又到店里找寻，店里的人都说看着她拿包出的店门。她有些慌了，这时候对面摆鞋摊的刘四殷勤地问她找啥呢？老杜那时急得头上冒汗，看到刘四关心的询问，直说就问刘四有没有看到她的包，刘四听了这话稍有迟疑，之后言辞闪烁地说他没看到，那一刻老杜从刘四的神态当中断定是他捡到了包包。她几乎恳求着说："刘师你得是捡到了，还给我，我把你好好感谢一下。"刘四狡黠地笑着问道："那你包包装的啥呀？"老杜心想可不能告诉他里面装着五千多元货款，否则刘四一定不会归还的，于是扯谎说里面装着给孩子刚买的字典，希望刘四能还回包包。刘四这个时候急忙摆脱关系，说自己就是随便问一下，真的没看到老杜的包。如此几个回合之后老杜毫无办法，又在周围找寻了一圈，天要黑了，她无可奈何地骑车往回走，当时眼睛一酸眼泪流了下来。

荣勤民回到家时，老杜坐在院子的厦房炕上心情凝重，店里的几个姑娘都闻声赶来安慰老杜，高春蕾已在伙房准备晚饭了。大家把整个过程说了一遍，几乎所有的人从事发的各种细节和迹象上都认为是刘四捡了包包，因此必须想办法让他还回来。可是如果报警刘四肯定会来个死不认账，到时还是没有办法拿回包包。想来想去只有请一个有威望的人去刘四家协商，利用这个人的社会影响逼迫他还回来。做出如此安排后的第二天上午荣勤民带人去了刘四家，刘四两口子有些猝不及防的慌

第十三章 与你同行

张,但是双方谈判并没有什么结果,那两口子一口否认自己捡到了包包,并一再辩解说刘四当天问老杜完全是出于好心,可不能因此冤枉他。请来的两人都是荣勤民多年至交,在金城县黑白两道很有些影响,尤其善于处理各种复杂问题。但这次几个人好说歹说也没有结果,最后只好先回家再做打算。然而事已至此还能有什么打算呢?钱肯定是拿不回来了,在这个当口可真是雪上霜!本来信用社贷来的五千元刚刚周转不到半个月,还没赚几个钱,现在钱没了周转又成了问题。为今之计也只有再想办法贷款,否则这个旺季肯定要错过了。

荣健穿着这双"价值不菲"的皮鞋心情沉重,他知道妈妈丢的那五千多元对家里来说有多重要!因此穿上皮鞋的兴奋被丢钱的事情搅得荡然无存,尽管这是他成年以来穿的第一双皮鞋。妈妈这两天就像生了一场大病一样,来学校的时候荣健劝妈妈不要太难过,钱丢了就丢了!有你儿子在,以后一定让你过上好生活。老杜听到这话的时候心里非常安慰,看着儿子一表人才心里也多少有些喜悦。她意识到这孩子忽然之间已长大了,能说出这样有担当的话想来必定会有出息。

林芳欣看到荣健穿了新皮鞋,特意提醒他注意不要把冻伤的脚后跟磨烂,否则会非常疼。荣健告诉她自己在脚后跟垫了棉花应该没什么问题,她这才放下心,随后又扔给荣健一本小说,那书名叫《失火的天堂》。

一直以来,荣健不喜欢看琼瑶阿姨的书,总觉得她的小说太过于矫情,书里的人物大多都是些玻璃心。那些人物在爱情受挫折时总是一副哭天抢地昏天暗地的姿态,而他立志要做一个顶天立地的英雄好汉。然而几次看到林芳欣被琼瑶小说感动得热泪盈眶后,他忽然觉得自己也应该看看,也许这样才会有更多的共同语言。

自从调整了座位,罗云几乎没有机会与荣健说话。她父母工作关系已调回河北,眼看着自己也要离开金城县回河北参加高考。想到这些罗云心中不禁生出酸楚,十几年生于斯长于斯,忽然间要面对这即刻离开的现实她心情复杂。可是比这更烦心的是近来荣健的表现,他像着了魔一样贴着林芳欣,对自己几乎不理不睬。哪能这样呢?上学期还热乎得

冬日的火花

借机聊天侃地，现在居然变得视若不见。实在太可恨了，可又能怎么样呢？自己也要离开了！要不要把这个消息告诉他呢？他会为此难过吗？为什么要告诉他？她心里矛盾极了！

立冬没几天，林芳欣的同桌王琪退学了。说是家里已安排好工作她必须去报到，而且她也一直期待着这个日子，终于能够离开乏味的课堂于她而言自是无限欢喜。临走的时候她给荣健写了一个小纸条，祝福他和林芳欣前程似锦，并且留下了详细的家庭地址，这算是一个比较正式的告别，荣健对此感动不已。王琪走了，荣健第一时间抢占了那个座位，和林芳欣成为同桌这是他梦寐以求的事情，也是他早已谋划好的结果。

做了同桌自然交流更便利了，一起看小说，一起被感动，当然更多的时间能够一起探讨学习。记不清有多少次，两个人同时面对一道难题，又在同一时间得到答案去考对方时才发现，两个人的思路居然都完全一致，那种心有灵犀的感觉，瞬间让两个人体会到了一种无须言语的幸福。荣健也因此疑惑李商隐为什么要在"身无彩凤双飞翼，心有灵犀一点通"后面还要写上"此情可待成追忆，只是当时已惘然"。所以他写给林芳欣的小卡片也只写了"胸无彩凤双飞翼，心有灵犀一点通"，至于后一句他听都不想听。

恋爱中的男女有说不完的话，每天下了晚自习一起取自行车，一起回家，然而每次走在那熟悉的路上却都有不同的感觉。甚至有几次荣健非得一起到县城看林芳欣进了家门自己再骑车折返回来，即便有些麻烦他亦觉得幸福无比。那时候正值严冬，1992年的冬天又格外寒冷，可是什么样的寒冷能挡住青春的火热和冲动呢！

热恋的幸福让荣健像换了个人似的，脸上每天洋溢着幸福和满足。可是当两个消息传来，他的内心忽然之间又难以平静。同去参加招飞体检的陆锋收到了体检合格的通知，而自己因为种牛痘发炎留下的疤痕被宣告淘汰；另外叶松林因为在《中国青年报》和几个知名刊物上连续发表文章，南京大学中文系有意破格录取他。这两件事让荣健的身心忽然间被一种前所未有的失落感吞噬，感觉自己似乎糊里糊涂掉进了某个无底深渊。他无数次在内心追问，当别人潇洒前行时，自己难道真的就这

第十三章　与你同行

样陷入温柔乡不思进取？不会的，不会的，他不断否定不断反问，可是目前的实际状态就是成绩没有起色，高考前途渺茫。那一阵小伙子被内心的纠结折磨得神情游离。除了看到林芳欣温柔双眸时还有悸动，别的一切对他来说都提不起兴趣。就在这个时候，罗云忽然约他见个面。

那个周末他和罗云顺着县城边上的白沙河堤一路向北，河床上依旧是黑褐色的臭水横流和那泛黄的泡沫呼呼啦啦，河边枝丫横斜的几棵龙钟老柳树装饰着周遭荒凉的风景。罗云表示了对荣健的担心，说他这样下去就是自取灭亡。这样的话让荣健的自尊心受到了严重的刺激，条件反射般地认为罗云是杞人忧天。当罗云说到他和林芳欣根本就不是一路人时，荣健更是不以为然。但他没有直接反驳罗云，心想这毕竟是朋友的忠告。他只有把话题引向别处，由此才知道罗云原来竟是满族人，有很多传统讲究跟金城县不一样。他忽然又来了精神，凭借着乱七八糟书上看来的那些信息，把清王朝嘲讽得一钱不值，调侃罗云说是她的祖宗们把中国祸害得落后挨打割地赔款。罗云也不甘示弱，说最终祸害国家的大都是汉人，反问像李鸿章、袁世凯、翁同龢之流不都是汉族？争来争去谁也说不服谁，最终还是握手言和在河滩点起了篝火。罗云说她要跟父母回张家口了，虽然现在还没确定时间，但是估计不会太久。如果离开了，以后可能真的没机会再见面了，那时候罗云眼睛沁出了泪花。荣健听此消息尽管有些惊讶，但是他并没有一丝伤感，感觉不过是朋友远行而已，因此又如何能理解罗云心底深深的眷恋。

想来我们年轻时面对分离大多轻率无畏，也或者根本不懂什么叫依依惜别，以至日久年深，有些事恐怕连怀念都变得苍白！

第十四章　　走着走着就散了

快放寒假的时候，白宇说想搬到荣健家来住，为此还给提来一袋苹果。荣健说白宇此举把同学关系搞得太过庸俗，反正自己一个人住，他来了多个伴求之不得。

白宇平素就是个干净勤快的小伙子，自从和荣健一起住后就主动承担了打扫房间的任务，有时还顺手帮荣健洗洗衣服。这让荣健甚为感动，觉得自己也不能懒得太过分，慢慢地也开始主动收拾房间，并尽量在第一时间洗掉自己的脏衣服。两个人相处得还算融洽，白天相伴上学，晚上在一张床上大被同眠聊东聊西。可是没有多久，当白宇确认荣健与林芳欣的感情升级到恋人状态时，他居然有了戏剧性的反应。

林芳欣告诉荣健说白宇几次与她在楼道相遇都目露凶光，像跟她有什么深仇大恨似的，最可气的是往往人走过去了嘴上还骂骂咧咧，说她是"狐狸精""害人精"等等。对此荣健觉得不可思议，反而认为是林芳欣神经过敏。"也许人家是自言自语，你不看他不就完了。再说白宇完全没有骂你的理由呀！"林芳欣听这话也觉得有道理，因此也不再深究，只是淡淡地提醒荣健说："反正我觉得这事怪怪的！"

林芳欣还是没完没了地沉醉在席慕蓉和琼瑶阿姨的世界，荣健则是

第十四章　走着走着就散了

从赵海那里借来各种武侠小说聊以慰藉，直到那天在老教室后面遇见陆锋。陆锋手里拿着英语复习资料和一本中英文对照版小说《钢铁是怎样炼成的》，两个人随口聊起了小说。陆锋说这样看小说能促进英语学习，而且还能拓宽视野，建议荣健也可以看看。其实这本书荣健早就看过，只不过时间久了，除了奥斯特洛夫斯基那句名言之外就几乎再没什么印象。为了不让陆锋低看自己，他随口背诵了那句名言："人最宝贵的是生命，生命对人来说只有一次。人的一生应该怎样度过：当他回首往事不因碌碌无为虚度年华而悔恨，也不会因为人卑劣生活庸俗而愧疚。这样，在临死的时候他就能够说：'我的整个生命和全部精力，都献给世界上最壮丽的事业——为人类的解放而斗争。'"接着他自我调侃地说："现在我连我自己都解放不了，说这样的话有啥用。"陆锋笑着问他："你一贯看起来自信满满，咋忽然能这么消极？"荣健也不掩饰自己的忧虑，说："你通过了招飞，锦绣前程就在眼前。可我现在对高考真的没多少信心，咋能不焦虑呢！"陆锋说招飞的事他一直没跟家里说，到时家里让不让去都是问题。然后说到上次郊游的事，荣健开玩笑说陆锋找了个富家千金，陆锋说没那回事，他和王妮只是要好的朋友，况且这时候谈女朋友岂不是祸害人？接着就调侃荣健说他居然长了一双"势利眼"，怎么见了一次就知道王妮是富家千金？荣健自然不会承认自己那以貌取人的癖好，强调说让陆锋别忘了自己家可是开商店的，因此从王妮的穿衣打扮就能看出她家道殷实，况且那天她提说过她爸开厂子。陆锋说这些于他都没什么意义了，与其黏黏糊糊最后搞得两个人哭，还不如先在考场上争口气！

当然实际的情况远非陆锋所说的那样轻松！那日从太清观回来他送王妮回家，王妮说所有的事都是他一步一步计划好的，并说他这个人看起来火热直率，其实内心冷酷如铁。陆锋没有辩解，只是一再说他和王妮做朋友从来都是真诚、认真的，但他不想一辈子固守在小县城，他要走向外边的世界，可是要走出去除了高考他想不出第二条路。现在之所以不能给王妮任何承诺，就是因为自己没有能力承诺什么！试问一个连自己往哪里去都不知道的人谈何承诺，又如何兑现承诺呢？因此希望王

冬日的火花

妮能够理解，并且希望王妮放下羁绊去努力冲刺。王妮虽然觉得陆锋说的有道理，但是内心还是难以接受将两人关系明确为朋友的事实，她不再说话，算是默认了陆锋的解释。陆锋走后她一个人迈着沉重的脚步走进小巷，从此那个昏黑的夏夜总让她耿耿于怀。

陆锋的果决让荣健叹服，他自认怎么也做不到如此洒脱！况且和林芳欣的感情从开始到现在也不过几个月的时间，他多次试图说服林芳欣一起努力。但是高考对林芳欣来说似乎已无足轻重，否则她现在所有的表现都无法解释。

至于以后怎么办，她的态度永远是走到哪说哪的话。这一点荣健虽然完全不赞成，但是每次跟她说起并肩努力时，林芳欣似乎提不起半点兴趣。而对荣健来说自己这样的成绩跟人说努力考大学也心虚得要紧，如此这般他被理想与现实折磨得心力交瘁。

和他一样心力交瘁的还有赵海，周敏已经警告他不可再提情爱的话，否则兄妹的关系也要作罢。周敏态度的转变让赵海非常痛苦，回到家经常威胁那只和周敏一起抱回来的小狗说："如果你妈对我不好，我就掐死你。"可这样没头没脑的话又有什么用，他经常一个人躺在床上思绪万千，最后却只能无奈地看着天花板发呆。

其实周敏一直希望和赵海保持纯洁的友谊，至于爱情那是考上大学以后的事，否则又怎么对得起父母的期望。而且她的理想很清晰，似乎中央美术学院就在那里等她，至少她是这样认为的。赵海努力地说服自己，既然周敏有这样的理想，那么自己也不能丢人。因此他做了两手准备，那就是在参加普通高考的同时又挂名父亲单位参加成人高考，这样一来无论如何总有个学上。思来想去恐怕也只有这样才能勉强跟上周敏的脚步，毕竟周敏的成绩相当优秀，专业课也出色，大学对她来说应该只是时间问题。如果自己提前一年考上到时先毕业，这样安排起结婚的事情也有些基础。想到自己这堪称完美的计划，赵海又开始充满信心，甚至开始幻想未来甜蜜生活的种种场景。

一起郁闷焦灼的人自然还有大飞，他和梁艳的感情始终没有着落。这让他暗自猜测是否因为人家是干部家庭，而自己出身农村。又会不会

第十四章　走着走着就散了

因为这个障碍，即便梁艳答应了，她父母也未必同意。可是出身是没法选择的，恐怕唯有自己更努力一些才能弥补这"先天的缺陷"。接父亲班的事已基本落实，至于啥时离校只等单位通知了。得知梁艳即使考不上也要自费上大学的消息后，大飞心里非常不安，开始担心由此会彻底地失去她。于是周末的时候他邀请梁艳去家里玩，毕竟家里新盖的大瓦房还是很长面子的。

那天梁艳见到了大飞的母亲，还拉了一会儿家常，大飞的母亲认为梁艳会是一个贤妻良母，因此极力鼓励大飞去争取。可是回到学校以后还是老样子，梁艳心里对荣健怀有的希冀并未泯灭，又怎么可能在这个时候给大飞一个承诺！她觉得自己和荣健两家离得近不说，而且家庭的情况也极为相似，最主要的是父母亲提到荣健总是赞不绝口。因此尽管大飞告诉她荣健已经有了相好，可是在她心里除了对林芳欣有些愤恨之外，并没有因此改变原有的想法。

但毕业班课程的进度不会顾及任何人的情绪，那些浩如烟海的复习资料看着都会让人头疼。几次模拟考试的成绩很不理想，这让荣健感觉到了某种如同魔咒般的压力。他认为自己在不断努力，可成绩为何总不见提高。恐怕这也是很多学生大考前的困惑，而这样的困惑经常会让人陷入迷茫。之所以如此，那是因为试卷上答出的成绩标志着对知识掌握的广度、深度和准确性，当这两个度以及准确性没有积累到一定水平，就必然考不出理想成绩。如果认识不到这个量变到质变的规律，就必然会陷入迷茫彷徨甚至悲观失望。往往平常所说的差不多其实差很多，看起来头头是道，实际上浅尝辄止。就像我们所有人或许从小就知道共产党，可究竟有几个人知道什么是共产党，更没几个人认真读过《共产党宣言》，因此所谓的知道也仅仅就是听过见过而已！

世界史的学习让荣健了解了源自欧洲的工人运动史，也曾在课堂上为巴黎公社的失败而叹息；为柏林墙的倒塌而遗憾；课外读到马克思那句："如果我们选择了最能为人类谋福利的职业，那么，我们就不会被任何重负所压倒，因为这是为全人类所做的牺牲。那时，我们感到的将不是一点点自私而可怜的欢乐，我们的幸福将属于千百万人。我们的事

冬日的火花

业并不显赫一时，但将永远存在，面对我们的骨灰，那些高尚的人们将洒下滚烫的热泪。"那一刻，他为马克思主义境界之崇高而感动，从那一刻起他觉得有必要读一下《共产党宣言》，也就在那个时候他学会了唱《国际歌》。

然而所有这些，林芳欣同学毫无兴趣。包括旧中国何以积贫积弱主权沦丧，中国版图造型又如何从海棠叶逐步变成雄鸡模样。而这样的问题即便是男生，也只有陆锋、赵海可以深入讨论，高扬、李飞越根本无心扯这些咸淡，而孙群力心中他家的酿造厂显然更重要一些。由此荣健忽然意识到，不是所有人都会关注历史政治，更多的人只在乎眼前的实际，所有那些远离生活的问题要么仅作谈资，要么毫不理会。而关注这些问题的无外乎两种人：一种是既有天才的头脑又有英雄的情怀；一种是有英雄的情怀却只是平常的天赋。荣健认为陆锋属于第一种，而自己说不清属于哪一类，但却切实感觉到了一种心灵的孤独和沉重。

在林芳欣看来，荣健学习一般理想却貌似远大。自从确定了恋爱关系，他表面看起来幸福喜悦，但似乎总有一种说不出的沉闷。而她此刻更希望拥有轻松的甜蜜，如此这份感情在她心里慢慢变得有些无法琢磨了。

家里父母的混战让林芳欣内心疲惫厌倦，她迫切希望能早点毕业去寻找属于自己的世界，而这个愿望里那一刻并没有荣健。她从来没对荣健提起过计划自费上大学的事，当然这也因为那时候她心里确也没有把握。这一阵子在学校犹如众星捧月的生活让她自我感觉极好，虽然和荣健暂时确立了关系，但这并没有挡住其他爱慕者的追求。

其中一位追求者也是同班的，那个男生经常穿一身蓝色运动装，身材瘦小精干，啥时候看起来都是一副能量饱满的状态。几乎每天都能听到他在楼道、教室里高分贝的声音，体育课上那矫捷的身影似乎还有些武术的功底。一次课间休息的时候，这家伙在一群同学得的呼声中居然纵身把脚印踩在近乎三米高的白墙上，尽管这污染墙面的行为极不文明，但是众人皆为此热烈喝彩。收到他送来的约会纸条时本想告诉荣健，可那天荣健看起来心不在焉。林芳欣觉得直接拒绝太伤同学颜面，于是在荣健回家吃中午饭的当口去老教室后面聊了一会儿。不可否认的

第十四章 走着走着就散了

是，这个小个子的家伙很善于聊天，逗得林芳欣几十分钟时间里心情颇为舒畅。这次愉快的沟通让林芳欣开始更多地关注他，尽管转学过来时他就在，可是直到这次聊天才算是真正认识了，他叫李铭，是个十足的乐天派。他父亲在县变压器厂工作，母亲在家务农，家就在离学校不远的庙店村。自小因为身材矮怕受欺负苦练过武术，他说毕业后想去当警察。现在和吴文运坐同桌，两个人对学习都没多大兴趣也不抱任何幻想，因此每天谈笑风生逍遥快活。

林芳欣和李铭私聊后并没有其他往来，因此她没觉得自己移情别恋。而李铭心里却已焕发了击败对手的斗志，通过聊天他发现林芳欣是个善解人意的姑娘，也值得他为此努力。尽管与荣健还有些许交情，可他觉得这个时候自该当仁不让。而荣健对这威胁的来临完全没有警觉，他觉得自己和林芳欣会天经地义地好下去，或者说他压根就没有想过恋爱也会有挑战。

1993年春节就要来了，母亲东奔西跑借钱还上了银行贷款，也给商店补足了应付年集的货物。那些日子母亲每天早出晚归，奔波劳累到嘴唇裂口灰头土脸，原本小腿浮肿的毛病也越发严重，偶尔有机会荣健会坐在母亲身边给她揉揉腿。老杜为此感动不已，常说荣健是个孝顺的儿子，自己没有白疼。

永盛哥来信了，说他们马上要放假了，询问荣健学习情况，提醒他一定要认真仔细起来，不放过每一个重要的知识点。看到母亲的不易又比照永盛哥的成功，荣健暂时搁下所有与高考无关的书籍，决定扎实学习认真备考。此后几天课堂上绝对做到了全神贯注，可是林芳欣正痴迷地看着琼瑶的《窗外》。荣健几次提醒她先放一放，可是她压根听不进去。尤其是林芳欣拉着他上课聊小说的时候，荣健发了小脾气，用胳膊肘怼回了她示意说话的手。这让林芳欣感到委屈，觉得荣健纯属装腔作势不可理喻，于是耍起了小性子，两个人由此开始冷战。结果到了晚上荣健就有些后悔，他完全受不了林芳欣的冷遇，更不忍心因此破坏这原本美好的情感，心里琢磨着放学回家路上和林芳欣道个歉。谁知下了晚自习林芳欣根本没有等他的意思，急匆匆收拾东西出了教室。荣健赶紧

冬日的火花

追了出去，可林芳欣瞥了他一眼，装作视而不见地跟吴文运边走边聊。荣健瞬间觉得受了奇耻大辱，于是赌着气快步从她俩身边走过，在车棚取了自行车气冲冲骑出了校门。没走多远又有些不甘心，于是放慢了速度等林芳欣过来。

在拥挤的人流车流中，昏黄微弱的路灯下林芳欣和吴文运骑车并行着从荣健身边驶过。荣健跟在后面内心激烈斗争，犹豫再三还是鼓起勇气追上去跟吴文运说了句"你先走，我俩说点事"。吴文运和女同学聊得正欢，听了这话心里相当恼火，心想你有屁事还得我让开！但看着荣健一副盛气凌人的架势，又觉得没必要和他正面冲突，于是不屑地骑车走开。荣健和林芳欣并行着却不知该说什么，闷了半天还是质问了林芳欣："你为啥不等我，啥意思？"林芳欣回答："没什么意思。"这种小情人赌气的沟通模式自然不会有什么太好结果，于是乎到了分别的路口，荣健淡淡提醒林芳欣注意安全，就独自拐下了岔路。

回到家里荣健的心情更加郁闷，反复咀嚼着内心的淡淡苦涩。没有人能开解小伙子这时候的苦恼，他觉得自己把爱人捧在手心里，可她却总是骄傲任性不够体谅，然而实际上他需要林芳欣体谅什么呢？估计他自己也说不清楚。难道可以期望一个女孩子这个时候就百依百顺！这可能吗？难道人家跟你好就不能与别的同学交流吗？你也太自私霸道了吧！荣健内心肯定否定不停翻转，以至于在床上久久不能入眠。

因为荣健每天晚上与林芳欣同行，白宇只能自己从小路走着回来。荣健平常就喜形于色，今天的烦躁不安也毫无掩饰。白宇洗漱完毕看荣健裹着被子两眼发呆，关切地问他："怎么了？一副苦瓜脸。"荣健回答说："没啥。"白宇一边上床一边说："哎，我看你是被狐狸精勾了魂，你妈还指望你考大学呢！"这话让荣健更为不爽！想起妈妈肿胀的双腿和说话时的殷切眼神，一瞬间他内心的伤感迅速蔓延。爸妈在前面厦房炕上早已安睡，他心里多么希望像小时候一样无忧无虑地睡在妈妈怀里，可现在不能了，难道这么一点小小的挫折就垂头丧气悲观失望吗？不，绝不能！明天必须继续斗志昂扬地去上学，去改变。

想着想着他睡着了，朦胧中有只手伸到了他的胸膛，轻柔温热的抚

第十四章 走着走着就散了

摸让他有点清醒，他意识到这是白宇的手，恐怕他是睡糊涂了。然而这胸膛除了自己还从没有另一只手以这样的方式接触过，这让他有点不适应。于是几乎条件反射般地将白宇的手推开，而后继续入睡。也不知睡了多久，荣健梦见自己漂浮在大海上，温暖的浪花轻轻涌过胸膛，温热的海水包裹着身体让人舒坦无比。不知怎的海水忽然间又变成了绿油油的麦田，似乎麦子都已结出了麦穗，睡在倒伏的厚厚的麦秆上惬意极了。对了，童年时和小伙伴就是这样在麦田里间嬉戏，踩倒了麦子当床铺，最后被麦田主人训斥时还委屈地哭过。现在心里一样有很多委屈，不过春蕾姐在并抱着他，春蕾姐那如山峦般起伏的胸脯柔软丝滑，轻轻贴上他胸膛的一刻，心里瞬间像着了火，不由用力绷直了腿，还用力挺着腰把什么东西往春蕾姐身上一个神秘的地方探进，而那里舒服温热，接触的感觉像电流一样直通后脑。春蕾姐的身体不停扭动着，那柔软光滑的饱满山丘在自己胸膛蹭呀蹭，如同鸽子的羽毛一样刷得人痒痒难忍，忽然就有一股温热的液体从两腿间泛滥般地奔涌而出。

早上醒来荣健下意识看了一下裤头，结果裤头上并没有过去遗精画的地图。这让他很是吃惊，纳闷昨晚的梦难道是记错了。成年以后经常有这样的梦境，不管内容多么荒诞不经但是裤头上都会有痕迹，今天这样的情况还是第一次，也许这也很正常吧！他的经验已经解释不了这个问题，和白宇出门的时候家里人都还没起床，也没法看春蕾姐一眼。不过这都不重要了，今天的任务是修复和林芳欣的关系。出门前特意把抽屉里舍不得吃的四粒大白兔奶糖带着，林芳欣说过她也喜欢吃。

林芳欣似乎也放下了架子，早上见面时对荣健羞怯地一笑。这一笑对荣健来说宛如一瞬间得到了整个春天，所有的阴霾转眼间烟消云散。早读的时候他问林芳欣是否看完了《窗外》，由此两个人又讨论起主人公江雁容和康南师生恋的问题。荣健认为作为老师就不应该对学生有非分之想，更不该让学生有这样的念头。因此悲惨结局从一开始就已经注定，而且女主人公也有些神经质。林芳欣却不这么看，说真爱就应该被尊重，江家人太可恨，江雁容执着追求爱情的精神非常可贵。往往这种认识的分歧在我们年轻的时候越讨论就会越激烈，而且谁也不会轻易妥

冬日的火花

协。果然最终林芳欣觉得荣健固执得不可理喻，而荣健认为林芳欣太过天真。这种气氛让荣健装在口袋的奶糖掏出来时，被林芳欣直接决绝。荣健赌气自己一把全塞进嘴里，林芳欣生气地"哼"了一声不再看他。为此荣健又开始后悔自己的较真，想着刚刚缓和的气氛为此搞砸完全不值得，于是心里开始七上八下地检讨自己处理事情的能力，发现自己现在总是患得患失，最后发出悲悲戚戚岂是大丈夫所为的感慨！

年集上来的时候，姑伯家的大表哥带着五千元前来给妈妈帮忙。耍赖说这钱先不还借款算作搭伙的本钱，年底多少分些红利就好。店里正是缺钱缺人的时候，妈妈当然很是高兴。那一阵子大表哥每天晚上护送着妈妈一起回来，两个人算完账再把第二天进货的事情一安排，差不多天天都要搞到九十点。荣健下了晚自习后偶尔也会参与一下，但他多数时间更关心店里有没有进回新鲜的小玩意。身上穿的小西服还是前些天从大表哥身上脱下来的，口袋里装的折叠水果刀也是大表哥进货时带的。大表哥在商店的表现超乎妈妈的估计，尤其在销售接待时还形成了自己独特的风格，居然经常在嬉笑怒骂中间能把商品高价卖给顾客，这本领让店里其他人还真是有些望尘莫及！从那时起荣健认识到大表哥是个聪明人，可是他很难理解这样一个聪明人怎会沉湎赌博搞得倾家荡产！

日子就这样快速地流逝着，荣健与林芳欣的感情时好时坏，好的时候想着天长地久，坏的时候觉得万劫不复。放假的时候约定正月里一起去文化馆看灯展，去舞厅跳舞唱歌。只可惜毕业班的假期实在太短，正月初七就收假补课。学校还专门编印了一厚本复习资料，每本需要缴费二十六元。好多觉得高考无望或者经济拮据的同学直接放弃了购买。荣健和林芳欣自然不会为这区区二十六元仔细掂量，都交了钱。这种系统性的复习资料确实管用，加上老师的串讲原来不够清楚的知识点一下子就变得清晰起来，假期补课的那几天因为充实感觉能量满满。还没到正月十五，荣健就迫不及待地约了陆锋、赵海、白宇他们一起逃晚自习去文化馆看灯展，路上大家都埋怨学校太没人性，过年也不给多放几天假，最不行晚上也应该取消晚自习。

先几天刚下了一场大雪，有了银装素裹的装点文化馆里火树银花格

第十四章　走着走着就散了

外灿烂，各式造型的花灯让人应接不暇，还有本县知名的书法家现场挥毫义务为游客写字。猜灯谜、唱卡拉OK、地方民乐、戏曲小舞台等等内容相当丰富，十里八乡的乡亲们拖家带口簇拥而来，文化馆的院子里人流如织摩肩接踵。人群之中荣健鼓起勇气拉了林芳欣的手，尽管当时她的手有些冰凉，但是拉上手的那一刻荣健心里温暖极了。正当两人你一口我一口分享一个苹果时，白宇朝他们狠狠地瞟了一眼，顿时他俩都有些难为情了。

猜灯谜可是荣健的强项，一口气猜对了好几个，领来的小奖品把林芳欣的手都占满了。趁着兴头他又自告奋勇地奔上卡拉OK舞台，对着林芳欣深情地唱起了林志颖的新歌："千言万语抵不过一句话，反反复复握不住一粒砂，我的眼神和别人不一样，如果你懂请你别走，大街上大海中我都跟从，怎么笑怎么疯一起感受，要多爱要多宠全部接受……"唱着唱着他的眼睛湿润了，其实眼眶湿润的还有一个人，那就是赵海，他想叫上周敏，可是周敏最近刻意与他保持距离。想着那些过往听着荣健唱的歌词，那一刻赵海心里涌出无限酸涩。白宇鼓掌最为卖力，像是自己在演唱一样兴奋。林芳欣专注地看着台上的"黑马王子"，心里洋溢着被宠的小幸福。

陆锋早和王妮不知钻到哪里去了，这对冤家朋友的沟通方式很是特别，每次较量都是陆锋把王妮说得理屈词穷，或者说王妮基本上都会顺从陆锋的意思，这可能就是陆锋的过人之处吧！

唱完歌后他们又到书法家的摊点上围观，金城县著名书法家傅山一眼就认出荣健来，这个傅伯伯是爸爸的好朋友，每年家里的春联都出于傅伯伯的手笔。有这样的机会当然不能错过，荣健给大家每人求了一个四尺斗方，自己要的那幅内容是"天行健，君子以自强不息"！可拿到字念了一遍时，荣健心里却有一种说不出的滋味，不禁发问现在的自己究竟哪一点能算上自强不息？

那天李飞越在教室里一直生着闷气，埋怨自己没有提前约到梁艳，以至于她不知何故居然没有来校，他自然也就没什么心情跟大家出去。就因为他那天没有去，他看见吴文运在荣健座位上晃荡过，第二天荣健

冬日的火花

发现刚买的复习资料丢了。这件事让李飞越很为难，虽然看见吴文运在荣健座位上晃荡，可没看见他翻桌斗。如果给荣健说是吴文运偷走了那么下来如何要回呢？万一不是吴文运拿的，那么自己这样的指控岂不是冤枉人！于是只有暂时默不作声看事态发展。荣健发现资料书丢了后愤怒不已，一想到这个集体居然还有偷鸡摸狗之辈就觉得愤怒和羞耻。可是又能怎么样呢？难道骂大街不成，他还没有庸俗到这个地步。想补买一本吧，一问才知道这资料是按照登记人数印的，根本就没有多余的。

其实这件事情很简单！自从那天晚上被荣健理直气壮地支走，吴文运就一直琢磨着怎么灭一下荣健的威风。刚好一班那边同村的发小没有资料，想着反正荣健一天只顾谈情说爱，拿他的资料给朋友用也许更有价值，不管怎么说发小的成绩要好很多。因此在他看来这是物尽其用，心里甚至觉得自己干了一件大好事。这事同桌的李铭也说没问题，况且拿得神不知鬼不觉，荣健根本不知道该去哪找。李铭当然会这么说，他早看荣健不顺眼了，尤其每天看着他跟林芳欣进进出出就满肚子的火气。而那次和林芳欣谈心自己也不争气，说了半天啥实质内容都没有，到现在关系没有任何变化。这些都让李铭心里产生了无尽的羡慕嫉妒，甚至恨不得荣健马上从地球上消失。有了这样的心理，自然什么事情对荣健不利他越会觉得是好事，至于原来跟荣健那一点点小交情，如今在他心里早已一文不值了。这种心态在课间的聊天中也体现得淋漓尽致，任何话题李铭都要占领话题制高点，当然大多数时候是声音大，他不断用这样的方式吸引林芳欣注意。这种孔雀开屏的模式时间久了他自己都觉得无聊，进而盘算着找更好的办法扭转这个局面。

荣健依旧像往常一样纠结于爱情和前程。过了年家里的情况稍好一些，商店生意好资金周转快，加上现在有了大表哥帮忙，妈妈相对也轻松一些。爸爸筹划着等天气暖和了就组织一帮人去找李志勇要账，这次无论如何也得让他还点钱回来，否则贷款到期时就会更麻烦的。这些日子妈妈每天中午可以回家给荣健做饭，也许因为春天就要来了，荣健这阵子饭量好极了，妈妈做的扯面通常要吃两大碗。妈妈说这是要长个子的征兆，要荣健多运动，争取长到一米八。

第十四章　走着走着就散了

　　那天吃完饭匆匆返校时在校门口碰见了杨夏全，杨夏全拦住荣健要借自行车一用。荣健本来对这货就没多少好感，他提到借车心里自是一百个不愿意，也想不通关系如此普通，他凭啥觍着大脸来借自己的车子。可经不住杨夏全软缠硬泡还是纠结着借出了车子，说好两节课后他必须还回来。可直到下晚自习杨夏全也没来还车，和林芳欣骑着一辆车子回家时荣健满肚子怨气，林芳欣说："有些人压根就不值得信任，这下你还得找他去要车子。"

　　第二天荣健到二班找杨夏全要车子，杨夏全一脸满不在乎的态度让荣健极为恼火。他质问道："你咋是个这人呢？车子借去不还连个屁都不放，赶紧把车子给我。"杨夏全这才略有愧色地说："车子丢了。"说昨天骑到县城去理发，就在路边放了一会儿，还一直留心看着，结果出来就不见了。现在只有想办法给荣健另弄一辆，这另弄一辆的意思荣健知道。早听说校外专门有偷自行车卖给学生的流氓混混，杨夏全说的弄一辆八成就是找这些人。而自己又怎么能骑偷来的贼赃货呢！于是他跟杨夏全说："我不要来历不明的东西，你给我赔！"杨夏全看荣健难说话一脸的不高兴，问："怎么赔？"荣健说要原样的。杨夏全说荣健的车子都骑了快三年了，要原样的不可能，况且他也没钱买新的。如此一来两个人谈了个不欢而散，荣健晚上只好暂时搭林芳欣的小坤车。每次走在路上想起杨夏全就气不打一处来，恨不得在那不争气的猪脸上扇一百个耳光，可这赖皮货一点脸面都不要，说他什么好呢！

　　过了几天，杨夏全骑来一辆破旧不堪的杂牌26自行车，嘴里却说这车跟荣健那个差不多，想将就着就此了事。荣健自然不答应，毕竟他那辆凤凰车成色要比这辆车好得太多。但杨夏全摆出一副无赖的架势来，意思不要这车他就没有办法了。几个回合的交涉，杨夏全最后像割肉一样开出再补偿荣健二十块钱的条件，可怜吧唧地说这是他这个月全部的生活费。话说到这荣健实在没有办法再拒绝了，他知道杨夏全家弟兄们多，父母都年龄大了，经济也不怎么宽裕。于是违心地答应了这个条件，收下了车子。林芳欣看到这辆车后讽刺荣健说："你简直是个败家子！"荣健惭愧极了，说自己懂得君子愈让小人愈妄的道理，但不想跟

冬日的火花

赖皮再纠缠下去吃亏就当买个教训,以后再不跟这种没品的人打交道了。可是林芳欣觉得荣健这事办得窝囊,更想不明白平常看起来挺精明的他怎么会如此软弱无能!

林芳欣有这样的看法可能与她母亲的指教有很大关系。她妈总是跟林芳欣说,将来找对象一定要找一个能干的,千万别找像她爸那样没出息的,啥事弄不了就能害人。这种抱怨从林芳欣记事时就喋喋不休,主要原因都是因为家庭经济上的不给力。林芳欣的爸爸一直在金城县体委工作,提拔到领导岗位也好些年了,但一直只是个副职,对此她妈多有不满。前些年看到别的局级领导都纷纷盖了小洋楼,而自己家长期挤在单位的一间宿舍里心里极为不平衡。在她妈的鼓动下,家里硬撑着也盖了房子。可凑合盖的房子档次自然一般,但即就如此他爸因为挪用公款差点背上处分。林芳欣妈妈把这样的结局都归罪于老林的无能,说人家那些有本事的人贪污得肚满肠肥照样风光,而老林挪用那么一点钱就搞得狼狈不堪,简直可耻可笑。老林解释说自己单位就是个清水衙门,况且他也不屑于搞那些偷鸡摸狗的事情。而林芳欣的妈妈肯定地说不是老林不想,而是老林根本就没那个本事。每次这样的争吵都让林芳欣觉得父母的感情庸俗可怜,但她认同了女人必须找个有本事对象的观点。

传说中那个有本事的人与林芳欣妈妈的关系亲密,多年来老林一直被蒙在鼓里。可即就知道了又能怎样!她妈也并不承认与那人的关系超出过朋友范畴。老林多次提出让她妈与那人断绝来往,可是她妈理直气壮地训斥老林是神经病,于是这个家庭常年处于一个奇怪的对抗状态。老林外出打个麻将,时间晚了就不能进门。而即就进了门,夫妻俩睡在一个床上的时间也很少。老林想要上床必须洗澡,这不仅因为林芳欣她妈爱干净,另外还取决于她妈心情的好坏,如此这般的生活让老林经常垂头丧气。林芳欣问过爸爸为啥不离婚,老林却总说:"离婚哪有那么简单?"他认为这个年龄离了婚在县城会成为笑话,况且离了婚两个孩子也不好安排。再说即就自己提出离婚她妈也不一定会同意,反正也都一把年纪,干脆就这样打着哑谜凑合着过吧,至于以后怎么办,还是等孩子们上了大学再说吧!

第十四章　走着走着就散了

　　天气越来越暖和了,夜里荣健还是经常会梦见那些奇奇怪怪的场景。那些如花容颜和丰乳肥臀无一例外地会导致一个早已习惯的结果。可能是春暖花开的缘故,这些日子愈发频繁地会进入那些陆离的梦境,以至于感觉身体都有些亏空,操场上打球每逢关键时候总觉得气虚。为此他专门买了脑心舒口服液调理,那天林芳欣还问他最近是不是没休息好,咋看着还有了黑眼圈。荣健自是无法解释,可精神状态差,功课压力大,他平生第一次感觉到什么叫力不从心。高考预选已经迫在眉睫,如果通不过学校的预选,就意味着连高考资格都没取得就要滚蛋回家,难道十几年的寒窗苦熬就这样尴尬结束吗?荣健发誓不能落入如此不堪境况,因此那些日子倒也花了不少心思刻苦攻读。

　　那天晚自习做了两套试卷,核对了答案以后还小有成就感。对出来的成绩跟林芳欣差不多,两个人双目对视时会心地笑了,而后在幸福的包裹中一起骑自行车回家。看林芳欣过了桥,自己拐下桥东熟悉的小路,尽管这路上没有路灯可是荣健从未觉得恐惧,而今天闪下桥头时分明有个人鬼祟地靠在不远处的墙角,到底是个干什么的?没容得他多想车子已瞬间闪过,紧接着就感觉到有人快步跟了上来,荣健下意识地用力蹬了一下踏板想加快速度,可是后面抡起的棍子已经砸他自行车后座上,随着"咣"的一声,即刻车子就要失去平衡。就在这当口,大表哥忽然在前面喊道:"荣健,快跑,后面有人打你。"他手里操着一个粗长的木棍大喊着冲将过来,后面偷袭的人看荣健来了帮手,迅速地提着棍子转身往公路上跑去。那背影和侧身的轮廓在路灯下有些熟悉,可荣健完全想不起他是谁。

　　回到家,爸妈、表哥问荣健最近干啥得罪了人,荣健一脸茫然,根本想不起与谁有如此深仇大恨,以至于对方要派人暗中下手。妈妈说她今天回来一直感觉心神不宁,所以让表哥去接一下荣健,这一接还真是让荣健避免了意外的伤害。那个时候荣健开始相信妈妈所说的母子连心,否则又该如何解释这紧要当口妈妈让表哥及时出现?白宇也回来了,他是真的心疼荣健,关切地问他有没有受伤,又帮他分析是谁搞的事,可是说来说去并没有一个很清晰的结论。想来在自行车的事情上尽

冬日的火花

管沟通得不愉快，但杨夏全占了便宜，因此应该不会是他。而吴文运也不至于因为一点点不愉快就这样报复。那时荣健并不知道有人暗地里与他竞争林芳欣，因此根本想不到会是李铭主使。而那个人熟悉的影子非常像与李铭同村的李宏，这个外号叫"大个"的人初中那会儿荣健去庙店村支援同学家秋收时见过，那次活动李铭也是参与者，过去与李铭的交情也源起于此。这个李宏去年高中毕了业，一天没什么正经事可干，经常能看到他和一群闲人在学校门口晃悠。如果李铭有什么动机，那么叫李宏帮他出头自是合情合理。可荣健始终没有想明白因果，自然也就解不开这谜题。

一想到最近丢书，丢自行车，被人偷袭等一系列倒霉的事情，荣健心里烦乱极了。就这样恍恍惚惚似睡非睡地进入了梦乡。也不知睡了多久，朦朦胧胧中，又察觉到有只手小心翼翼地伸入了他的内裤，那只手轻盈温柔地摸索揉捏，让他感觉一阵酥麻却又有种说不出的糟心与厌恶。这伸手的人除了白宇还能是谁？荣健越想越觉得龌龊，于是翻了个身他换了个体位摆脱了骚扰，以近乎防卫的姿态蜷曲着继续入睡，但心里忽然而起的愤懑让他久久无法安眠。想着叫白宇起来，又觉得实在有些难为情，如果现在直面白宇的变态以后还怎么相处。不说吧又觉得天天和这样一个家伙同床共枕还真他妈的别扭，如果一旦传出去还不丢死人！何况这也许只是一个偶然，说不定白宇做了和自己一样的梦。荣健在纠结中又睡着了，毕竟白天繁重的功课和篮球场上的剧烈运动消耗了小伙子大量的精力。这春天的夜晚睡眠可是一种最惬意的享受，无论白天经历了什么，但是对于小伙子们来说一旦入睡那必然睡得香甜且深沉。

不知睡了多久，朦胧中荣健感觉两股间那家伙似被人含在了嘴里，那种温润的感觉简直让人浑身酸软，可是由于最近身体亏空得有些厉害，那种嘴唇和舌头扫过马眼的剧烈刺激让他有些无法招架，但那话儿却挺立得像个勇士，似乎随时准备着爆发。然而仓里的弹药实在有限，荣健一方面感觉精神上贪恋这种酥麻的快感，一方面又感觉体内空虚腰身酸软。想睁开眼睛可是眼皮沉重得厉害，就这样硬挺着又一次到达了

第十四章　走着走着就散了

冲刺的高点，瞬忽间让人要发晕的爽快冲破了头顶，那热流禁不住从尿道喷射而出。快感的刺激让荣健微微睁开了昏沉的眼睛，朦胧中看见白宇居然赤身蹲在床边，嘴还含着自己的那话儿。那家伙一边抽搓着自己的下身一边贪婪地吸吮着自己射出的液体，嘴边分明还残留着颗粒状亮晶晶的东西。荣健意识到原来这些天所有梦境里射出的液体可能都被白宇吞食，看来这家伙平常的娘娘腔与此有莫大的关系。可是他依然没有面对这尴尬场景的勇气，但是到此他与白宇的决裂只是时间问题了！

荣健心里一直坚定地认为自己是个堂堂正正的男子汉，既然是男子汉岂能容忍如此苟且的行为继续。晚上遭人追打加上撞破白宇的猥琐，这让荣健开始深入思考如何面对眼下这纷乱的生活。晚自习后他约了林芳欣再一次来到泸河边，一边听着河水淙淙，一边说着自己对未来的想法。可林芳欣此时根本没有与他憧憬未来的心思，因为最近荣健的表现太让她失望了。

眼前的这个小伙子看来并没什么过人之处，自己到底喜欢他什么呢？是他上进的精神，还是那登不了台面的才气。论长相比不上于浩秀气，论表达远没有李铭幽默。只是他对自己一片真心，也常常心有灵犀。这种怀疑纠结的心情让她在此刻没有想好该如何面对这份感情，如此哪里还会有心思畅想什么天长地久！

而李铭一张贫嘴也许更靠不住，那人远没有荣健率直真诚。而自己到底要什么？她自己也说不明白！这高中最后的时光，到底能留下些什么她不知道，她只知道以自己目前的成绩根本逾越不了高考的龙门，因此心里已经完全没有荣健那些不切实际的想法。

弯月当空星光闪烁，那微弱的清辉洒向大地时已照不亮沉静的原野，河边老树远远地在风中摇曳，那高大的黑影看起来鬼魅而阴郁。林芳欣思绪沉沉不知该说什么，荣健在一旁滔滔不绝地描绘着愿望。他说他希望能和林芳欣一起努力，即使今年考不上也不要紧，毕竟我们才十七岁，补习一两年也没关系。最重要的是我们不能放弃理想。我们不能一辈子守在小县城，外面的世界多么宽广美好，宏伟的事业等着我们去开辟。我们再不能沉迷于那些不食人间烟火的武侠和爱情小说，我们更

冬日的火花

应该脚踏实地地去努力，无论前面有多大的困难，只要我们够执着够努力，就一定能到达胜利的彼岸。如果有一天我们手挽着手走在繁华都市的街道，出入在一所声名显赫的大学，那将会是多么幸福的事情。若如此我们的爱情不会被辜负，若如此我们的青春不虚度。那一刻林芳欣再次被荣健一番慷慨陈词所感动，她今天看到了这个小伙子身上可贵的理想主义，尽管她当时并不清楚这种不甘平庸的精神是一切成就的基础，但是理想主义的魅力吸引了她。所以她暂时忘却了一切的不满，答应和荣健手牵手肩并肩去努力。那个时候荣健有拥抱林芳欣的冲动，这个聪慧的姑娘每一句话听起来都那样舒服。可是他没有行动，他害羞了。以至于后来总为此而遗憾，直到多年以后想起仍懊悔不已。

世间很多事就是这样，美好往往只是那些一晃而过的瞬间，而大部分过程和结果都让人唏嘘！就在那次深入沟通后没有几天，林芳欣的父母矛盾升了级，起因是她母亲所谓的朋友居然在她家里待了一个下午，直到她爸爸从单位回来。老林走进门看到那个人当下变了脸，尽管以前只是传闻，但这货跑到家里来他实在无法容忍。而林芳欣她妈一脸堆笑的样子更让他恼火，他狠狠地一摔门走了，之后在办公室一住就是三四天。后来回到家里冰冷的对抗就开始了，夫妻俩谁也不搭理谁，互相看着都感觉厌烦。

如此氛围下林芳欣彻底失去了信心，每天和妹妹睡在床上都会祈祷父母能够和好。她常常彻夜难眠，每天苦苦思索着等待着如何快速地逃离。加上每天面对各科没完没了的复习串讲，不但让她心情烦躁，体力也开始有些难以招架。而上课打盹时荣健会碰醒她，看小说的时候荣健会伸手合上她的书。她烦透了，想逃避却找不到逃避的出路！

那本《海鸥飞处》的小说她拿了很久，一直没有时间看。她甚至觉得自己就是小说中的海鸥，这生活雨雾昏黄，三分无奈，四分凄凉，更兼百斛愁肠。我情如此，我梦如斯，去去去向何方？可每次翻看被荣健发现都会伸手干预，这让她真的有些出离愤怒了。可荣健也没错呀，他所希望的是自己振作起来迎接挑战，而不是沉迷小说自暴自弃。可她更希望荣健分担她的苦恼，然而家庭矛盾羞于启齿，他又如何能体会到她

第十四章　走着走着就散了

的煎熬呢？

这当然是个无解的闷局，林芳欣却一直想找个出口。荣健再一次要合上她书的时候，她抑制不住自己的情绪了，说了句："你烦不烦呀！"荣健也忍耐到了极点，一句"死猪不怕开水烫"脱口而出，林芳欣哪受得了这样的言语，趴在桌子上哭了。看到这情形，荣健本想安慰一下，可是林芳欣拒绝说和。一连几天两个人没再说话，林芳欣似乎故意与沈悦、金萍喋喋不休地讨论各种没有边际的话题，荣健既插不上嘴也做不到无动于衷。

那是一个纷繁的晚自习，为了加大黑板容量，学习委员的字越写越小，荣健的眼睛已不再像先前那样好使。抄题的吃力和林芳欣刻意的冷漠忽然让荣健有了搬离这个座位的想法。其实这个想法早前闹别捏的时候就萌生过，只是他开不了口也舍不得。今天这样的夜里，也不知怎的这个念头忽然就脱口而出了："芳，你别这样好不好，你再这样，我就不在这儿坐了。"这句话彻底激怒了林芳欣，她先是趴在桌上嘤嘤哭泣，过了一会儿她站起来一脸冷酷地直接出了教室。这样的结果荣健当然很后悔，后悔自己口无遮拦，用粗暴的言语伤害了林芳欣，最不该的就是说了倒座位这样的话伤害她的自尊，为此一个晚上他内心充满懊悔。心想着明天一定认真给林芳欣道个歉，保证以后绝不会说这样莫名其妙的话，可是他没有道歉的机会了。

一大早当荣健赶到教室时，林芳欣和吴文运换了座位，她的新同桌是李铭。由此荣健联想到太多的问题，尤其是那天被偷袭后李铭的种种行为如今忽然就有了解释。

自从被袭后荣健每天在背上暗绑着一把长刀，想着那次敌人没有得逞，如果再敢来必当让他血溅七步。结果接连几天李铭不知是啥原因忽然关心起了荣健，说是听白宇说荣健被人袭击，还说如果需要他帮忙对付谁荣健尽管开口。当时荣健隐约觉得这事有些不对，吴文运和李铭两个人最近碰面时的神情都不太正常，可是他并没有什么根据。现在林芳欣忽然与吴文运换了座位，班上那么多座位为啥偏偏与李铭坐了同桌，这中间一定不简单。而李铭表现出来的那种无辜就更让人憎恨，荣健恨

冬日的火花

不得一刀砍了他。可是这只能是想象，荣健还没有发疯，尽管他已经气得快要疯了！

他的自尊心受到了极大的伤害，客观上林芳欣抛弃了他，抛弃了这段感情。还有什么事情比一个男子汉被人抛弃更丢脸的事情呢？一时间荣健觉得似乎全世界都背叛了他，甚至没办法平静地面对身边的亲人、朋友，常常感觉压抑闷得无法呼吸，那天夜里他沿着白沙河河堤狂奔怒吼，可是四周旷野悄悄无声，一河污水散发着臭味，仅此而已！

荣健不太理会搬过来的吴文运，一方面确也没什么心情，另一方面无奈地觉得吴文运这个蠢货净干些没名堂的事情。难道他不知道自己和林芳欣的关系吗？他哪里知道李铭给吴文运做过工作，吴文运并不想这样直接地开罪荣健，毕竟都是同班同学，这样做面子实在有些挂不住。可李铭告诉他只需装作什么都不知道，何况密谋袭击荣健时吴文运可是起到了推波助澜的作用，并且他还偷走了荣健的资料书，所以这个时候他只能选择和李铭站在一起了。

那些日子荣健心里苦闷极了，一种悲戚的屈辱感不断累积，几乎压得他无法抬头。他情绪起伏很大，终于在白宇又一次给他帮忙洗衣服时发作了，他几乎怒吼着说："放那儿，我又不是没有手，谁叫你给我帮这个忙。"白宇当场就气哭了，回敬荣健道："你得是疯了？"荣健的妈妈听到荣健这样说话，狠狠训斥他不知好歹，而荣健当时执拗地怼母亲说："你别管，我凭啥要人家给我洗衣服！"还好母亲当时看到荣健闹情绪，也没有深究。

第二天白宇就搬走了，具体去哪住了，荣健根本没心情过问。至此直到毕业离校荣健和白宇没有再说一句话，白宇也从荣健的拥趸者逐渐变成了对立面，无论何时何地似乎总在有意无意地看他笑话。

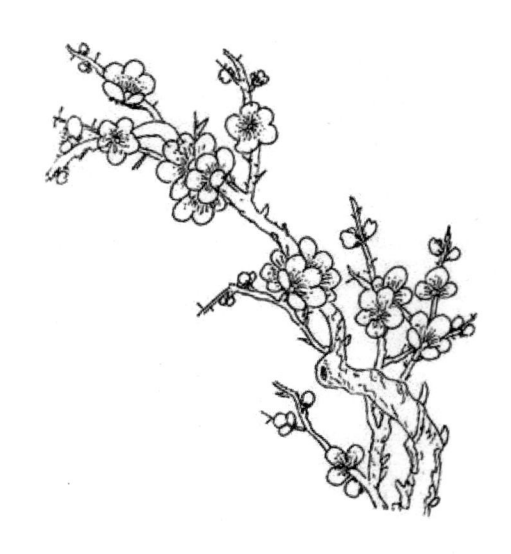

第十五章　冬日的怀念

　　失恋的情绪发泄起来就泛滥得不可收拾，荣健变得沉默寡言，常常发呆，常常一个人坐在学校东边的土窑上张望远方。尽管这些时候手上都拿着书，可是他哪里看得进去。
　　预选考试如期进行了，一场大考下来，大部分人原形毕露。文科语文、数学、英语、政治、历史、地理六门课总计700分的卷子，设定预选分数线为300分，结果全班大半的人没能过线。这当中包括荣健、林芳欣、赵海、李飞越、高扬、孙群力、罗云、白宇、吴文运，关系近的只有魏慧慧顺利过线了。荣健考了285分，而这个成绩还是这一圈人中最高的。荣健拿到分数条的时候苦笑不已，感觉自己每天都做着白日梦，心中那些不现实的想法简直可笑得不可理喻。怪不得林芳欣不愿意与自己一起努力，人家那是不愿意与自己一起做梦而已，自己不过是一个自不量力的小丑而已。从前一切对大学的憧憬如今看来遥不可及，连预选都通不过还谈什么高考。可是他转念又一想，毕竟离高考还有五个月，死也应该死在真正的战场上。于是他低着头向爸爸求助，希望通过拉关系说情弄到豁免名额，而爸爸最后居然拿到了两张批条，荣健当时就想着

冬日的火花

把多出的名额给林芳欣，可是林芳欣的爸爸也搞到了批条，为此他再一次感到了失落。原本设想着通过援助她，这样一方面不算自己低头同时又能与她重修旧好。可是现在看来人家根本就不需要，如此他觉得自己又一次自作多情了！

吴文运正为不能参加高考急得团团转，当初上金城中学时是表叔说的人情，可想起当初信誓旦旦奋发图强的承诺，他实在没脸给表叔说自己连预选都没通过，可现在如果弄不到名额那也只能提前回家了。尽管他心里已不抱任何希望，可读书十几年连最后的考场都上不了自然也有些不甘心。当他知道荣健有两张批条时就想着让荣健把那个名额给他，可是他心里愧疚，这话一时说不出口，琢磨再三最后他还是想到了办法。

吴文运弄来一本复习资料，对荣健说："尽管有些旧了但内容完整，你用得上。"这对荣健来说无疑如同雪中送炭，当时心里真有些小感动。他哪里知道只是吴文运有目的的补偿而已。手里多余的名额不用也就作废了，反正孙群力已经准备去当兵了。看着吴文运急得团团转，荣健当即痛快地把批条给了他。如此一来两个人的关系有了缓和，不管心里怎么想，但在剩下的日子里避免了过分的别扭。

然而荣健内心深处的失落就像一个魔咒般的如影随形，高考迫在眉睫成绩依然没有起色，心爱的姑娘又形同陌路。荣健的精气神像被抽干了一样，日子充满了灰色印记，他心里苦闷郁郁寡欢。从来不写日记的他在本子写下了很多充满忏悔与难过的散乱文字：

暗夜的灯光和着暗夜的风，灯孤独风冷清。入夜这沉静让凄凉心境里的我又一次哭了。1993年的到来，也许是我告别校园的时刻了。十几年的求学生活，到今天才体会到什么叫苦涩。当你强迫自己拿起书，却怎么也看不下去。当你想着在命运的交接口自己却失去勇气的时候，你的叹息不只是眼泪，更多的应该是愧疚和悔恨。

记得入学那年，爸爸妈妈远在外地。是奶奶您蹒跚的脚步领我进了学堂。年幼的我常常只顾玩耍遗忘了学业。是您的谆谆教导，是您满头银发和那一脸的沧桑慈祥给我鼓励，是您大雨天给我送雨鞋摔倒的瞬间

第十五章 冬日的怀念

让我感动。那时候您的孙子是个好孩子，获得的诸多荣誉就成了您脸上连绵的微笑。

那些与您相依为命的日子，是您抱我看戏让我艳羡金榜题名红袍加身，是您引导我正直诚实，勤奋上进。从入学到初中，曾经理想之灯总是那么的明亮。而现在我竟然看不到了。虽然说人生的路不是唯一，但是在这条本该成功的路上我竟然走错了。

我欺骗着父母，欺骗着所有关心我的人。直到现在他们还以为我这个才子大有希望。可我辜负了你们的期许，我真该死！我现在颓丧着写下这一段落寞的文字，可我又能开脱什么？

那些日子荣健伤感的情绪几乎无处不在，以至于坐在荣健前排的沈悦叹息着给荣健写了几次小纸条。第一张纸条上写着一句"曾经沧海难为水，除却巫山不是云"，并问荣健这句话是什么意思。当时荣健对这句话并不完全理解，就不懂装懂心不在焉地胡乱解释了一通。尽管后来这成为一个笑话让他汗颜，可是理解了沈悦的关心后荣健感觉很温暖，沈悦想劝解荣健放下包袱奔前程，于是就有了后面两次深入的文字交流。

在给沈悦的文字里，荣健这样解释了自己的心情。那段文字标题叫《26日夜胡言乱语记》

又是一个难熬的夜晚，莫名的惆怅，无端的失落，让我郁郁难安。不知怎么，近来我常常如此，是未来的追寻过于迷茫，还是今天的生活太过阴郁。是否我该把自己归于平凡，不要抱太多的幻想？是否不要祈求幸福，任由生活随意地摆布？是否蜷曲于黑暗，不要妄想拨云见日！相信命运，甘于沉默，也或者干脆就不要想，不要干任何事情！

心烦意乱，彷徨失落，痛感伤神，华发没有生，然而却是如此颓丧！我真想离开人群，去一个没有人烟的荒境默默终老。

我不知道什么是所谓的坚强，也不知道什么是执着！如今唯有那些破碎的幸福记忆让我悲伤难过。面对蓝天，脚踏赤土，顶天立地。多么响亮的词语，多么高远的志气，然而属于我的峥嵘又在哪儿？

冬日的火花

　　没有前途，没有希望，难道这就是命运所赋予我的定义？难道这就是生活给予我的颜色？我当仰天长笑，还是痛哭流涕？我的人生，我的命运，我生存的意义又在哪里？难不成母亲生我只是这世间匆匆的庸碌过客？难不成读过的哲理、仰慕的人物只是传说和神话？那我又何必来此一回？到终了化为泥土无声无息吗？

　　沈悦仔细看了荣健的文字，第二天还给了荣健，只不过那张纸上写了这样的留言：

　　如果你依然如故，如果你依然在碌碌无为中度过，如果你失去了往日的豪情壮志，那么你将会写出比此更伤感的文字！你一定要学会洒脱一点随意一点，我也曾有过与你一样的心情。也曾对自己千万遍说过做个随意的人，可我当初也没有做到。这就是所谓的"当局者迷"吧。可当一切事过境迁，才明白自己当时真傻。是自己的，终会是自己的，不是自己的，即使暂时拥有也终将会失去。

　　虽然我知道，如今的你，没法做到随意。可如果你不愿看到五个月后，别人背负起鼓鼓的行囊踏上征程，而独留下你一个人在角落里孤独地叹息，那么尽快地把自己从一个迷乱的氛围中解脱出来。不要在乎结局，既然你曾经拥有过美丽。

　　我知道，即使你找回自己迷失的心，你也不会再是从前的你。从来失去的大多都称作美好，只要真正拥有过就应无悔，因此你不应陷入消沉彷徨中去！

　　这些只是写了我的一点点感受，也许是给你无限眷恋的心头泼了一盆冰冷冰冷的凉水。可作为你的朋友，我不愿看到你如此颓废，只希望你能清醒。

　　希望你好好珍惜自己！

　　这些话绝对不是一盆冰冷的水，荣健知道这是同学之间最纯真的情谊。尽管沈悦前段时间因为李铭帮她买了一辆便宜的贼赃自行车而不再

第十五章　冬日的怀念

替自己说话，但荣健依然相信这些文字充满了友爱！可是安慰也仅仅是安慰，根本无法抹平荣健内心的悲伤和失落。每当课间看到林芳欣和李铭谈笑风生的样子时他的心就在滴血，就无法不怀念那些甜蜜的过往。他心里有太多的不甘和委屈，同时也不愿相信这段感情从此就宣告结束！他既想走出这沉重的阴霾，又不愿忘却那曾经炽热的目光。如今每次与林芳欣照面，她总是孤傲地避过他的目光，每当这个时刻荣健心里的悲伤就难以抑制。他强迫自己认真读书，强迫自己去做习题，强迫自己在众人面前装得随意。而实际上他根本控制不了自己的情绪，每当一个人走在路上，睡在床上的时候，他心里就难过憋闷得不能呼吸。

偏偏这些日子爸爸的麻将瘾越来越大，几个月见不到他一分钱的工资不说，甚至有些人找上门叫还赌账。这样一来本就紧张的家庭经济更是雪上加霜，父母由此争执不断。妈妈在荣健面前说起这些不由掉了眼泪，可是他拿爸爸能怎么样？这个家该向哪里去？自己又向哪里去？荣健开始有了沉重的心事。

赵海和周敏表面上友好地协商了他们的感情，赵海再次保证不提情爱，周敏也答应愉快地相处，并且周末去赵海家看了那只叫"豆豆"的小狗。可说实话赵海心里极不情愿，一种说不出的彷徨让他难以释怀。不过值得高兴的是家里的小洋楼落成了，崭新的电视机、冰箱、洗衣机等家电一应俱全。并且父亲主管的环保办也升格为环保局，这可不是普通的荣升，这意味着从国家层面将环保工作提到新的历史高度。前一阵爸爸出访新加坡，不光学习经验还给自己带回来了几件超级时髦的衣服。那些衣服一穿上身，同学们艳羡的目光可是让赵海感觉到了荣光。那一瞬间他忽然就觉得钱真他妈是个好东西，而如今自己口袋里的零花钱也变得宽裕。

自从腰包富足之后，赵海也不知怎的就喜欢上赌博，起初是小打小闹赌饭票，到后来所有值钱的东西都可以折价下注。赵海私下里跟着二班的杨夏全整天装着两个骰子到处约场子，热心的程度一时间到了痴狂的状态。荣健自然顾不上关注赵海一天进进出出干什么，只听说赵海和杨夏全为了索要赌账，居然把班上的胡长乐同学逼得到北河县血站去卖

冬日的火花

血。知道这件事后荣健与赵海有了一次沟通，而赵海那个时候对荣健的话根本不以为然！

赵海觉得荣健这阵子像吃错了药，出借自行车被坑，被打找不着人，恋爱被挖墙脚。甚至跟其他几个伙计聊这些事的时候对荣健的定义就是一个"瓜怂"，他说荣健对杨夏全这样的人就不该妥协，有些人占人一分钱便宜都会觉得过意不去，而杨夏全这种人坑了人会认为自己有本事。这话后来他也跟荣健说了，可荣健说吃点亏无所谓，占人小便宜的人没啥大出息。赵海说荣健表面装大度，其实心里球日锣，办事情让他失望至极。尤其和林芳欣感情的事情就更让人别扭，在他看来荣健应该马上去和李铭摊牌，双方决出一个胜负来，而不是一天失魂落魄可怜兮兮。因此这个时候荣健说让他远离赌博，他很是不以为然，只淡淡回应说自己心里有数。如此荣健反而有些尴尬，甚至还觉得他们要个小钱自己真有点莫名其妙。

陆锋全神贯注地进入了冲刺状态，年后还与许芹在县城见了一面。那时候的许芹状态也很不错，各科成绩在四中都名列前茅。荣健是在妈妈的商店里碰见他俩的，当时心里还嘀咕陆锋这家伙相好真不少。陆锋倒是很大方，主动介绍说这是他关西中学的老同学。也不知什么原因，荣健第一次看到许芹就有一种亲切感。当时陆锋指着柜台里的折叠剪刀要买来送给许芹，荣健哪好意思收钱，当即慷慨地送了他们一人一把。三个人简单聊了几句，陆锋和许芹就离开了，妈妈随意说了句你那女同学眉眼漂亮得很！什么样的眉眼荣健并不清晰，只是记得许芹穿着一件黄军装上衣，梳着两个麻花辫，笑起来牙齿很白，反倒是妈妈这句话让他记忆深刻。

日子流水般地过着，夏天即将来临的时候气温忽冷忽热。那天夜里邻居家忽然传来悲痛的哭声，想来隔壁的王阿姨还是走了。她家两个孩子，老大任雪瑶只比荣健小一岁，那小儿子还在上小学。王阿姨前一阵说是得了重感冒在家休息，结果后来住进医院被确诊为出血热。前前后后地折腾耽误了最佳治疗时间，几天前从医院接回来时人就不行了，现在终于还是走了。听到这哭声荣健开始担心任雪瑶姐弟俩未来的生活，

第十五章 冬日的怀念

他爸爸可是个有名的甩手掌柜。本来雪瑶也能上金城中学,可他爸爸说考不上出高费去了也是白扔钱,于是雪瑶去了县城西边的第一中学。这一年多虽说来往碰面很少,但是前年冬天一起踏雪的情景仍历历在目。

那场雪纷纷扬扬地下了一整夜,清晨起来一开门,雪花扑面而来如同散落一地梨花。荣健饶有兴致地走上二楼趴在栏杆上看雪,那远山、村庄在大雪天只是一点模糊的影子,远处黝黑的老树苍劲的树干也长出了白色的须发显得龙钟而安静,忽而一只雀儿掠来搅了宁静,那积雪便簌簌落下。荣健正沉浸在这绝好的飞鸟惊雪图当中,忽然有人在楼下喊他,没想到会是任雪瑶。那天她留头短发,红夹克衫,牛仔裤,穿着一双很时髦的黑色雪地靴,仰着粉红的笑脸邀请他一起去看雪!

沿着那条熟悉的河堤他们走了很远。走累了就躺在雪地里回忆小时候的故事,想起没做作业挨打的情景,都有些怀念曾经狠心的老师,说到现在不争气的功课都不禁有些唉声叹气。可是任雪瑶说她不灰心,从这个年头开始她要努力争取一个美好未来。她说一切都还来得及,她说她要上大学,要成为三毛那样的作家……

而现在,这一切都要改变了。那纯洁美好如雪天风景一样的憧憬,那有着飞扬神采面容里的幸福,一转眼或将都如云烟消散,想到这儿荣健心底一种深沉的伤感幽然而生。可再一想自己如今这怂样,都几乎要万劫不复了,又有什么心思去忧虑别人的处境呢!如此即刻没有了睡意,披衣坐起翻开了手边的复习资料。

再次见到任雪瑶是几天后的事情,她胳膊上戴着黑纱,神情漠然眼睛红肿。看到荣健时她回避了目光转进了自己的家门,也许这个时候她不想听任何人的安慰,尤其是同龄人。荣健本已下了车子,看她径直进了家门也只好无奈地走开。当然这件事在荣健的生活里只是一个小小的插曲,如何度过金城中学这最后的几个月才是他全部的主题。

自预选考试以后,开始三天两头地有同学离开。李飞越带着遗憾赶去父亲单位接班,孙群力没能去参军,而是直接卷了铺盖回去和父亲一起经营酿造厂。反而是大家认为有些娘娘腔的白宇居然参了军,穿上军装理了平头的样子忽然像换了个人似的。罗云走的时候看了荣健一眼,

冬日的火花

荣健连忙跟出去送她。两个人沉默着走到操场，直到走出校门临分别时都不知要说什么，终于四目相对互相说了句"珍重"。就这样荣健目送着罗云骑上自行车渐行渐远，他并没想到也没留意这一别可能就是一辈子。

还有一些交往不多的同学也不知都去了哪里，教室后面足足空出来两排座位。这个原本严重超编的班级现在基本算是个标准编制了，几乎每个人都准备了纪念册让同学写毕业留言。最后一个在荣健纪念册上留言的人是林芳欣，荣健看到她写的那段话时热泪盈眶。之后他写了封长信要给林芳欣，可是一直到毕业分别都没有勇气送出去。最后他把这封信和春节时林芳欣送的贺卡珍藏在一起，每当怀念的时候都会拿出来品读。只是年复一年，不知道从什么时候起，那种刻骨铭心的心酸已不复存在，代替的却是一种对岁月无奈的叹息。我们权且把这封名叫《冬日怀念》的信件不做任何修改收录于此吧！

    沉静的月夜，柔和的月光。晶亮的河水泛着轻雾，这一片西风肃杀后空旷苍凉的石滩上平铺着纱衣般的淡淡霜露。月下你梳着雀尾小辫，穿着件厚厚的羽绒服，白皙的脸上一双迷人的眼睛和那张不用语言已诉万万千千的樱桃小口，隐约呈现给我你千千万万温柔甜蜜的期许。

    终于，我能鼓起勇气叫你到那边坐会儿。今晚的月光真好！我说，你看了看天，又看了看我。沉默了好一阵子后，你问，我和你坐同桌有两个星期吧！是啊，两个星期足以使两个陌生人熟知，共守如是的月光中。然而，那句重复几百几千遍的话语却难以出口。夜愈加的静，手表清晰的走动声和着心跳激荡着，一股燥热冲上额头，汗涔涔的。芳，其实我叫你出来，就是想对你说，我很喜欢你，我们做个朋友。你什么也没说，只是眼睛流露着喜悦，亮晶晶的。照得这夜也明亮起来，记不起这以后都说了些什么，只觉得我拉你起来时，你没戴手套。

    难忘的冬日，美丽的新年。收到你送的贺卡和那首动人的诗文。我们又一次走进月光里，迎着十一月郊外瑟瑟的晚风，一首《真爱是谁》深深地刻进你我的记忆。

第十五章 冬日的怀念

一样的天空/一样的云彩/才会有同样的故事/送一份给你珍藏/明天，今后/从前的日子总是迷茫/困顿中难有失意/靠近了你/天空也更为明亮/会柔情万种/有风意切切/问我真爱是谁/不会沉默的分手/不会莫名地走开/将来，永远

好清爽的夜风，月光和着薄雾更添几分朦胧，身边潺潺的荒野清流却好似高山流水般地耐人寻味。多少个挑灯独坐的长夜，多少次风雨飘摇入梦。希望今夜的月光不要忘记这个美丽的冬日。

时间过得真快，转眼间已是阳春三月花红柳绿的醉人时节，近来功课十分紧。三天小考，周周大考，一沓沓试卷压得人难以喘息，你却丝毫不显得紧张，整上午抱着琼瑶那本得意之作品说长道短，这一节是代数课，铃刚响那老头就进来了，还是老规矩，丝毫不打折扣，干净利落地拿起粉笔就画起图来。我碰了碰你的手臂，示意你不要再看了，你却调皮地瞪我一眼，又回敬了我两下。老师开始讲课了，因为平素里就数这老头厉害，所以他的课学生们总是恭恭敬敬的，你又碰了碰我，"嗨，你说爱情的力量真的可以让人放弃富贵，而心甘情愿地啃冷面包吗？嗨，你说话呀！"啪！只见老头把讲义往桌上一扔，厉声大骂起来："太不像话了，把教室当什么地方，不想听就出去。"本来大家已经司空见惯了，还是恭恭敬敬地坐着，谁也不敢出声。可没想到这一次老头竟动了真火，夹起讲义走了。你一声不吭，可我看得出你眼睛红红的，我真有些后悔，如果我早答应你，也许就不会闹成这个样子。

夜黑漆漆的，不知什么时候下起雨来，前面你夹着雨衣懒懒地走着。我赶紧打伞过去，满怀歉意地对你说："都怪我，要不然……""怎么能怪你呢，是我打搅了你。"

窗外雨依旧下着，躺在床上怎么也睡不着，回想起你泪光盈盈的眼睛，今夜真的要失眠了。

记得你我刚分到一个班的时候，你和你的同桌王琪极好，你们两人的世界似乎不容侵犯。我就坐在你后面，可在那段并不算很短的日子里，我们一直很陌生。那时候，你的日子过得好平静好自在。偶尔与你狭路相逢，也只能彼此腼腆地走过。你温暖的目光和我异常的心跳就成

冬日的火花

了最深的记忆。我几乎不敢相信有一天竟和你坐了同桌，而且有了那个冬日里刻骨铭心的记忆。

也许男孩和女孩真不该靠近，起初我难以相信这么容易就走近了你，可你生气时那盈盈的泪光给了我所有纯洁与真诚。我还知道这不能算爱，因为十七岁的季节还不懂爱的凝重。然而就因为你填补了我彷徨迷离的日子，就因为你改变了我忧郁晦暗的天空。骄傲的我从此知道什么叫提是提得起，放却放不下。多少个面对夕阳独步私语的黄昏，多少个彻夜难眠的寂寞长夜，才知道风雨飘摇入梦远比铁马与冰河更煎熬。谁承想在那个风也瑟瑟，雨也萧萧的黑夜，却又一次让我陷入无穷无尽的苦闷里。黎明的来临总是难以抗拒的。一夜的风雨随着曙光仓皇散去，霞光满天，一个很好的早晨，你捧本书漫步在操场的草地上。我大胆地走了过去，谢天谢地真的雨过天晴了，你天使般柔和的笑容给了我一个好温馨的早晨。你答应和我并肩努力，一起迎接七月的挑战。

那时候总是觉得日子过得仓促，整日里对着没个结束的习题发慌。为了加大黑板容量，学习委员的字越写越小，而我的眼睛已不再像先前那样好使。又是一个纷繁的晚自习，抄题的吃力和你喋喋不休的话语又勾起我倒座位的念头。我一直想说，却觉得实在无法开口。的确，我非常留恋和你在一起那快乐的日子，可我每时每刻也抛不掉对大学的渴望。曾经多少次试图用这份真挚的情感托起你我奋飞的双翼。可你却常常退却，眼看着七月的临近。我不敢想象名落孙山后的悲惨，一种紧迫压上心头。

"芳，你别这样，你再这样，我就不在这坐了！"我说着又顿了顿，你惊讶地看着我，一种疑惑的眼神刺入我脆弱的情怀，似乎就有一种悲伤涌了出来。可我已经说了出来，你听得很仔细，这一次你真的哭了，你伏在桌上嘤嘤哭泣声惊动了四周。以致沈悦和金萍都转过身来表示抗议，我真有些后悔。我又开始安慰你，可我使出浑身解数也没能使你高兴起来。那晚你走得很早，留下我一个人在黑夜的孤独里悔恨不已。

一大早，当我匆忙地赶到教室时，整个世界都变了，你倒了座位，我自然什么也说不出口，只觉得心里酸溜溜的。

第十五章 冬日的怀念

我握着书徘徊在那条熟悉的大道上，昏暗的天空，四周死一样的寂静。抬起头再也没有你美丽的身影。连日来你的冷淡在眼前不停地闪动，一种从未有过的仇恨感从心中升起。恨你，恨你的同桌，恨这个世界上所有的人，迷茫，失落，痛感神伤。我想起那句"多情应笑我，早生华发"。华发没有生，却实在有些沮丧。有时候真想到那没有人迹的地方去忘记一切，没想到曾经为了追寻美丽失去了那么多珍贵的日子，到头来却是落花流水。

真恨不能斩断情网，可一旦坠入便再不似往日般骄傲，不知已有多少次欲罢还休，才知道留在心底的遗憾和爱总比恨要长。我不知该如何拂去这不绝如缕的眷恋，尽管人生告别只是一件寻常事尔。但真告别时却难说再见，咱们美丽的相约，悲切的离散。那个永恒的冬日，那段温馨的回忆。我抛不掉，我忘不了。

又是一个寂静的夜晚，打发完烦人的功课，已是夜里十二点了，闭上眼你梳着雀尾小辫向我走来，还是那双迷人的眼睛，还是那张白皙的笑脸。我翻身起来，决心再一次努力挽回那段纯真的日子。

芳欣：

当我写完最后一个单词，已过午夜零点。洗了脸之后，倦意也爬上了眼睑，可熄了灯却怎么也睡不着。回想起白天里走过的一幕一幕，想起这些天来牵强的笑容和故作的随意。一股少有的怆然之感涌上心头，我知道我最担心最可怕的事终于发生了——找又找不到，忘也忘不掉。是不是这悲哀将陪伴我有生的日子，是不是曾经对自己的承诺都成了梦中飘散的泡影。虽然我不愿放弃我的向往，虽然我仍可以为了学业熬到深夜。然而，当我看到别人欢笑的时候，当我逃避你面孔的时候，当我听见你声音的时候。我就不由得想起你的温柔，想起你的冷漠和淡然。我真不知道该如何去做！也不知道该对你说些什么，如果说我们的相识只能是这样的结尾，我真怨我们这不该的相见！更不该走在一起！我没有想到会很快和你坐了同桌，也没想到会和默念着的她走在一起。然而就是在这有幸与不幸之间，却真的给一个并不算懦弱的男孩子戴上了一副也许永远都取不掉的枷锁。

冬日的火花

如果不曾走过，也许她在我心中永远只是梦境。如果不曾相识，也许我永远都不敢去摘那朵傲洁的百合。可是她让我捧起，让我执迷，让我挂念。却忽然间又让我忘记，我还以为自己提得起放得下，我还以为失去了她，我仍可以随意地活着。却没想到，今天的随意却完全装饰不了我的颓废。我问自己究竟是怎样失落了微笑。我没有答案！因为她曾经原谅了我的冲动，因为她的确不是个轻佻的女孩子。从从容容地靠近，平平淡淡地走回，如果我是她，她是我，她会轻松地遗忘吗？

分别后的日子，本来想既然你已把我忘怀，我又何必再一往情深呢？然而这些天来的日日夜夜，我才知道我是难以忘记的。我不想再打扰你，然而一种悲怆却时刻围绕着我。我不知道该怎样对你说，我不知道我到底还要傻多久。有时候我真想痛哭一场，然而这都是无济于事的。如果我在你心中，我的一切你都会在意，如果你遗忘了我，即便我死了又与你何干呢？

我真想当面对你说别走得太远，我真不想这样惨然地分手。还记不记得我们一起读过的那首诗，想不到今夜竟成了我唯一的思想。

"我还以为初恋的纯情早已消逝/我便可以打点行装去重新探求爱的归巢/我还以为/第一次凝视迸出的火花已经熄灭/我便可以忘记去欺骗灵魂/试图从别的弥漫中找到爱心/我还以为/微笑已淹没在时间的海洋里/我就可以用冷漠与淡然去装饰与她重聚的欢喜/我还以为春之梦已埋入岁月的坟墓/我便可以无视它的永恒/用冬日的怀念去祭奠它的亡灵/当这崎岖的山路只回荡我孤独的足音/我那痛苦犹如这花，这草漫山遍野地延伸/弥漫我的整个山谷/我才顿悟有多少岁月/都在欺骗自己装出一副不屑的神情/把思念的煎熬化作一丝无谓去慰藉失落的爱意/我才明白我刻意要忘却的都将与生共存/那便有一天心也变得萧条/可那一掬微笑/一朵蔷薇一束传递浓情的注视/都将让我滴出春的翠绿/感受到春的缠绵/我才知道纵然世界可以忘掉/可那最初的纯洁与真诚将犹日月/时刻追逐我的灵魂"

仓促间我们期待又惧怕的高考已经迫在眉睫，而昔日里我熟悉的那张面孔竟变得如此陌生。尽管偶尔会看到你满含幽怨的眼睛，可我没有勇气走到你面前，还好后来你给我一封信，并且说你一定会参加高考。

第十五章 冬日的怀念

那一瞬间难以名状的喜悦涌上了我的脸庞。

我怀着喜悦打开信,这信却没有称呼:

岁月尔尔,眼看着分别的序幕将要拉开。我也不知道怎么对你说,纵有千言万语也只能以这寥寥数笔为你写下饯行的祝福。

从前的岁月总是仓促,蓦然回首我想对你说。我们现在还很小很小,无力改变这个世界,我们的肩膀还好稚嫩好稚嫩。承受不起太重太重的责任,一切的一切也许都是我的不对,但我宁愿现在选择错的,也不愿在欺骗自己感觉的同时欺骗你,所以我选择了离去。

我无力再重提昔日,只是想等我们都有了自己的生活能力时再去分析,再去回忆。请你不要再这样痛苦下去,不要让我有更深更沉的内疚。希望你抓紧高考前的一分一秒,为你的前途和事业加倍努力,不要想得太多太多!

以后的事情,谁也无法预料,但我相信,长大后的我们会处理得很好很好!

你送我一首诗,希望我读得懂,但我此时此刻却已无力再回到从前。我附上一首诗给你,希望你能够理解,能够明白:

生活仿佛总在抄袭/当秋风从远处走来/零落便成了落叶的踪迹/秋风或许可以/觅到一个美丽的归宿/然而秋叶总是不如/秋风的随意/应该打破的是梦/不是真实的自己

秋叶总是不如秋风的如意,生活仿佛总是在抄袭。在那个飘落的日子里。才知道十七岁雨季永永远远都是如此的凄凉。夜里,我做了个梦。梦里一个十七岁的男孩哭泣,眼泪染红了梦境,渐渐地却又像字迹。

——在我十七岁的时候,一个人孤零零无依无靠。突然有一天,一个女孩子对我说,她愿意做我的朋友。那些日子我高兴得不知说什么好。然而她又要远去了,带着我无限的眷恋和愁怨——真的是风雨飘摇,落花流水。

——在我十七岁的时候,曾经说失去了她我依然是我,失去了她我不会悲伤。然而,记忆却时刻萦绕心间——寸断肝肠!

——在我十七岁的时候,有幸和她结识,虽不能说是一次美满的际

冬日的火花

遇，她却给了我一段飘逸的岁月。

——在我十七岁的时候，我认识了她。我没想到我们共同走过的竟会是一段冬日的怀念。也许，就因为她给了我枫林，我却要她整个秋天！

——在我十七岁的时候，还不懂得什么叫爱，却曾经为一个女孩失落了自己！当悲伤的泪水蒙住眼睛的时候，当我从迷茫中找到自己的时候，才知道只有"无可奈何花落去"，却不会再有"似曾相识燕归来"。

高三剩下的那些日子荣健不清楚自己是怎样度过的，只记得大概五六月的时候家里来了一位自诩能运作大学录取的表舅，那天妈妈在家里盛宴款待了这位大神。原来这位表舅真的有个亲戚在省招办工作，据说还是一位掌握招生实权的领导。荣健的母亲当然希望能通过这个关系帮荣健走入大学，荣健虽然心里不大相信，但是看到表舅那蛮有把握的神情，心里还是产生了一些幻想。

高考前三舅也来了，还捎来两只肥壮的大公鸡给荣健增加营养。进入7月后天气炎热得厉害，荣健已经鼓足全部勇气去穿越这七月流火。但7、8、9号三天一科一科考下来，荣健的心里就越发冰凉，平常所有的虚幻在考场里彻底被击得粉碎，这一败自然是惨烈异常。不光荣健考得惨烈，整个高三六班都很惨烈。冷酷的分数线让全军覆没，也就谈不上填报志愿了，如此不管你愿不愿意反正都要打道回家了。

那天大家聚集在班主任宿舍边上神情尴尬，三个一团五个一堆或是聊着各自打算，或是故作随意地扯着各种闲话。荣健不知道自己之后要走向何方，只是被动地听着一群人各色姿态的议论，那议题是汉都飞鸽二台热播的台湾版《新白娘子传奇》。几乎所有人都对赵雅芝扮演的白娘子交口称赞，而荣健更关注的是白娘子对许仙一往情深。在他看来一个蛇精尚且如此情深义重，而自己却没能遇见一个死心塌地的姑娘，这让他心里失落又酸楚。尽管林芳欣就在不远的地方，可是这个时候他没有心情和勇气去面对。就这样在消磨等待中最后大家每人领到一张毕业

第十五章　冬日的怀念

合影和一本大红色塑料皮的毕业证，随之黯然道别三三两两四散而去。

九三级一群人的高中时代就这样结束了，在那个夏日闷热的午后。不知道学校哪位有心的老师在广播里放了音乐，很多人清晰地记得那歌里唱着："凤凰花吐露着艳红，在祝福你我的梦，当我们飞向那海阔天空，不要彷徨也不要停留……"

第十六章　那年夏天

　　其实离开学校后林芳欣和沈悦找过荣健一次。那天荣健和妈妈准备去找表舅想办法，刚出前门看到林芳欣和沈悦到了家门口，匆忙中没顾上说几句话就各自离开，在前途的阴影下，这匆匆一面没有惊喜也没有多少价值。

　　当日路过东平镇谢村老家的时候，妈妈叫上了村里一个故旧老友的女儿。那姑娘叫高春妮，一听名字和姓氏就知道与春蕾姐是族亲。春妮姐补习了两年了，今年成绩刚过录取线，为了能稳妥一点也是四处托人情找关系。

　　那天表舅满口答应了荣健和春妮的事情，也毫不客气地收下了礼物和办事的费用。说是让荣健回家稍微等一等，春妮姐的事得抓紧办，争取能录得好一点。又让春妮姐回家准备一下大后天和他一起去省城，如此这般三个人千恩万谢地离开了表舅家。

　　左等右等没有什么消息，等到的却是春妮姐带着她妈来家里告表舅的状。春妮姐说那天跟表舅去省城的路上表舅手脚就不老实，晚上还多次敲她的房门。屡屡受挫后表舅就威胁说不给春妮姐办事了，春妮姐委

第十六章　那年夏天

屈害怕又不愿妥协，但后来还是被表舅哄骗着强行摸了奶。说到这春妮姐哭成了泪人，看到这一幕荣健感觉就像自己干了什么丑事一样尴尬，看来母亲在这件事上丢人丢大了。可是表舅远在上林乡那边，母亲暂时也无可奈何，只能先安慰春妮妈和春妮，一再保证说上学的事自己会竭尽全力，并且绝不轻饶那个流氓表舅。

母亲决定自己去找表舅提说的那个远房亲戚，虽然费了很多周折还是见到了人。这个亲戚尽管已经是省教育厅的大领导，但提起当年农村的经历以及和舅家人的感情时仍然激动不已。得知母亲来意后他立即打电话询问春妮姐录取的情况，而招办回复说春妮姐已经被山南一个师范学院录取，只是通知书还没有发出。至于荣健因为成绩差得太远，根本就不可能提档，母亲这才知道分数过线的铁律在高考招生中是完全没有余地的！春妮姐被顺利录取是这场闹剧最为庆幸的事情，毕竟没有因为表舅的龌龊行为闹出太大的风波。没想到数日之后表舅居然还跑来邀功，结果一见面母亲就暴跳如雷，当场指着表舅的鼻子把他骂得狗屁不如。后来才知道这个表舅不但流氓还是个骗子，省城的亲戚根本就不待见他。当日他去省城只是在人家单位外面转了一圈，现在居然还敢贪天之功，母亲骂他他自是无话可说，不把他送进监狱恐怕已经够便宜了！

一场闹剧收场了，而荣健何去何从成了问题。听说班里很多同学都选择去上自费，原本计划补习的他也动摇了。这个时候李铭意外地来家里找他，说话的字里行间既没明说是他叫人袭击了荣健，但又处处表现出愧疚的意味。荣健瞬间似乎什么都明白了，不过说这些有什么用呢？前程茫茫已经让他没有任何心情去想那些争风吃醋的事情。隔阂暂且放下，两个人还是聊聊以后的打算。李铭说家里让他去变压器厂接班，他现在也有些犹豫不定，因此来看看荣健有什么打算。荣健对他说，据了解高扬、陈洁、魏慧慧都准备上自费了，赵海被建大成教院录取了。他没有提陆锋，领毕业证那天也没看到，可是他分明在学校张贴的金榜上看到了陆锋的名字，尽管录取院校一栏只写着招飞二字。荣健心里非常想见到陆锋，可成绩下来后他忽然就觉得从此与陆锋成了两个世界的人。人家未来是天之骄子，而自己只是个无足轻重的白丁。最终他没有

/197/

冬日的火花

勇气去找陆锋，陆锋也没有来。其实那个时候的陆锋正忙着参加空军的各项审查，根本不可能有时间拜会同学朋友。

那个假期荣健每天无所事事，哪里也不想去什么也不想做，心里焦躁不安魂不守舍。无聊之余捞起多年不用的毛笔临摹了几张毛体书法，写得得意了就挂在墙上自己欣赏。家里还是老样子，父母知道他心情烦乱，也没有给他安排任何事情。

要说家里最近发生的大事，那就是找李志勇讨债。陆锋的爸爸提供了很大帮助，借助以前在东凌乡政府的关系调动联防队员帮荣勤民追账，中间费了很大周折才把李志勇找到了。可是这个人已经彻底完了，与荣勤民见面后始终不说话，像个傻子一样坐在门墩上流鼻涕打瞌睡，那颓废的样子气得荣勤民动了手，可几个巴掌打下去对方毫无反应，这让荣勤民有些进退两难了。本打算看看他家里还有什么可以抵债的东西能拉回来，可那家里除了三间旧房和一堆破旧家当找不出任何有价值的东西。况且李志勇年近八旬的老父亲已做出一副拼命的架势，他不管不顾的样子让荣勤民极为难堪。心想如若继续纠缠下去闹不好老头真要死在众人面前，于是匆忙收了场。一群人无可奈何地从那个叫大庄的村子走出来时，荣勤民心凉透了，他意识到这笔钱没什么指望了！

折腾了一圈花了不少费用，结果一分钱没要回来这让一家人都很沮丧。可生活还得继续，尤其儿子上学的事必须无条件支持，无论家里有多困难。这是荣健向家里说起自费上大学时，妈妈的态度。而爸爸跟妈妈说现在家里欠了这么多债务，自费上大学一年至少要花一万多，咱们真的负担不起了。可是妈妈态度是坚决的，说即使砸锅卖铁也要供儿子上学。那一刻荣健心里难过极了，为自己的不争气，也为家里那沉重的债务。加上又听说沈悦、金萍和林芳欣都已决定去省城自费上学时，他乱了方寸。人家都走了，难不成自己一个人留下来补习！当然这也不是不可以，可林芳欣去上学的消息让他心里激荡着一种说不清的期望。

按照高扬提供的信息，荣健拉着爸妈到省城考察学校。这是荣健第一次全景式地认识这个城市，之前虽然来过多次，但都是匆匆而来匆匆又去。那天爸妈先带着他先去了东郊的二伯家里，也就是大表哥一家受

第十六章　那年夏天

辱的地方。基于这个背景荣健对二伯家充满了好奇，他知道爸妈如果不是因为自己上学的事情，估计也不会来这里。一是两家人做事的方式互不认同，再者几十年的恩恩怨怨让两家人都心存怨气。尽管从血缘上来说，二伯绝对属于至亲，可现在的关系还真是有些别扭。不过这次来也不是求他，二伯是老牌大学生，爸妈只是想听听他对自费上大学的看法而已。

二伯这个知识分子的语言永远超乎亲人们的想象，当日他直接对爸妈说："让娃上自费，你们真有钱！有钱了想干啥都行。"爸妈还以为人家不主张上自费，一再追问下二伯又说："这事没什么好坏，不想补习了就上呗！现在有钱啥都能干。"这样的沟通自然没有任何价值，爸妈想听的建议没有听到，甚至觉得冒昧来此就是个错误。不过二妈那天的态度还不错，问爸妈想吃啥，说上午要好好把爸妈招待一下。在人家家里，这样的客气话爸妈自然只是应付一下，于荣健来说上学的事情没有着落，吃什么也没心情。但时间已快到中午了，二妈已经开始收拾做饭，这个时候离开显然不太合适。荣健说自己不想吃饭就想出去转转，之后向二伯借了自行车。出门时爸妈担心荣健对省城不熟悉，再三提醒他不要乱跑，荣健连声说着"知道了，知道了"就兴奋地跑下了楼。

骑车驶上城市宽阔的大马路，荣健感觉自己像池鱼入了大海，兴致盎然地留心观察这个城市的道路、建筑、店铺、行人以及阳光下的一草一木。

这个被称为省城的城市有个响亮的名字——汉都市，它有着上千年的辉煌历史，也是中国北方重要的工业基地。一大批代表前沿尖端科技的院所都设立于此，还有很多带有神秘色彩的军工单位，据说新中国成立时差一点就被设为首都。尽管这一切对荣健来说没有多大实际意义，可他却因此对这个城市开始产生了浓厚兴趣。

这条东西走向的长街叫昌乐路，向西走没多久荣健看到了那绵延的古城墙。一打听才知道北方大学就在西南城角，只需顺着环城路走就能找到。于是骑车兜了近乎一圈，终于看到了北方大学醒目的群楼。走到门口时端详了很久，心里对出入学校的人充满艳羡之情。尽管那高大门

冬日的火花

楼只能称得上庄重朴素，尽管这大门并不比金城中学的校门气派多少。但是校门左边立柱上赫然挂着北方大学的牌子，那白底黑字的牌子醒目耀眼严肃高贵。是否真的如此，反正这是他第一眼看到北方大学时的感受！

　　一进门是让人豁然开朗的大广场，广场中间是圆形的喷泉池，烈日下喷泉跃动溅射的水雾中闪烁着一道绚丽的彩虹。绕过中间的喷泉，顺着中间的道路往前走，两边是绿树掩映的苏式楼群，也许是因为到了假期，显得学校大得有些空荡。逍遥地走在林荫里，高等学府那种神秘深邃的气息让荣健有些心潮澎湃，没费多少工夫就找到了高扬所说的博文学院，那门口赫然摆着两张招生的桌子。

　　看似学生的工作人员热情地向荣健介绍了学校情况，说起北方大学近乎百年的荣耀历史荣健怦然心动，并且博文学院所开的市场营销专业也够新颖，招生的人还着重强调说销售是世界上最伟大的职业，香港首富李嘉诚就是做销售起家的。伟大、首富，这样的字眼让荣健对未来满怀憧憬，当即索要了简章准备回去向爸妈申请。那简章上写着每学期学费三千五百元，住宿费六百元，加起来全年就得八千多，这可真不是一笔小数目！荣健心里有些踌躇，不知回去该怎么开口。

　　离开的时候走过一座小花园，那花园中央竖着一尊鲁迅雕像，底座上铭刻着"鲁迅1924年在此讲学"。再往前走就是宏伟的校图书馆，雄伟的楼体上"逸夫楼"三个金字闪动着熠熠光辉，馆前是一片开阔的如茵草坪，自动喷水装置有节奏地散射着水雾给人带来阵阵清凉。荣健暗自寻思如此宏大的图书馆也不知藏了多少书，那些书也不知滋养了多少学子！再联想起鲁迅先生画像里冷峻的眼神，想到邵逸夫先生的慷慨，并由此幻想起草坪上一群男女学生愉快的嬉戏场景。也许就是这些看似毫无关联的元素注定了荣健将会走进北方大学，多年以后，荣健才把当时这三种念想解释为追求真理，成为名人，拥有浪漫。

　　中午时分天气正热得紧，只有把车子蹬得飞快才能感到一丝凉意。回到二伯家时他们早已吃过午饭，荣健并没有拿出那张招生简章，只是说自己出去转了一圈，这大城市就是繁华等等。吃完二妈留下的饭菜，

第十六章　那年夏天

荣健就悄悄鼓动爸妈离开。道别之后荣健就带着爸妈赶往北方大学，可是到了车站公交车却迟迟不来。那时站牌下已经聚拢了一堆人，看情景上车可有得挤了。043路车终于来了，车还没停稳，一群人就蜂拥着冲向车门，然而荣健一只脚刚踩上去就被前面一个威猛的壮汉用肘子顶了下来，而那个壮汉紧贴一个女孩背后，手把着门框腰部使劲地往里顶，那野蛮的情形犹如牲口交配！这一幕以后许多年让荣健对挤公交都心有余悸。爸妈更是晚了几步，还没走到车边车就开走了。好在下一趟车来得挺快，没怎么折腾就上了车，于是心情愉悦地带着父母去看北方大学。

那天返回金城县的路上，荣健在心里一直期望着能够得到爸妈的许可。他知道爸妈要做这个决定相当不易，心想如果当初自己争点气又何至如此，那时候无限的愧疚让他心里隐隐作痛。

叶松林被南京大学中文系特招成为金城县最劲爆的新闻，陆锋的去向仍不明确。从省城回来后荣健又找了高扬一次，那时候高扬已经在县造纸厂正式上班，说到开学时办个停薪留职即可。对此荣健心里多少有些羡慕，人家一个暑假都在赚钱，而自己待在家里无所事事，从那时候起他意识到离开学校其实人和人的起点是有区别的。高扬在单位正忙着，简单聊了几句只好离开。转身又没地方可去，忽而想起李铭那天来家时也提过自费上学的事，现在不妨去看看他怎么打算。

从县城到庙店村也没多远，骑上车不一会儿就进了村，可好些年不来，这村子几乎完全变了样，转了几圈竟然找不见记忆中李铭的家。七拐八拐一路打问才走到李铭家门口，停了车子准备敲门，却从窗户里传出了训斥的声音。荣健停住了手侧耳静听，那声音分明是李铭父母的埋怨和训责：

"上自费上自费，骡子跟着马跑。看看你那成绩，不是白扔钱吗？"

"我同学成绩也不咋样，人家都去上，为啥我不能去？变压器厂都快倒闭了，我接那班有啥前途？"

"人家能去是人家的事，咱屋的情况你又不是不知道，哪来的钱供你？你念书又不行，跑去干啥？"

冬日的火花

听到这话荣健跺着脚转身离开，回来的路上心情愈发沉重，自己家的情况自己最清楚，他有一百个理由担心这一幕会在自己身上重演！为此他心情一瞬间差到了极点。

这个夏天心情差到极点的人还有许芹，本来信心满满，结果高考那几天赶上生理期阵痛，咬着牙冒着汗考完试，成绩出来时她难过极了。想着十数年努力终究还是归了零，父母亲开始到处撒话帮她找婆家，这让她心里愤怒却又无话可说。那些天她吃完早饭就会拿个馒头怀揣课本走出门，之后一整天钻进村边土坡上的树林子直到太阳落山。然而那天下午村里一个光棍转悠到树林里解手，本来她已知趣地走开，谁知那家伙居然冲着她喊道："女子，来看这有个啥？"她一愣神回了头，结果看到的是那货摇动着裆里的玩意冲他淫笑，那一幕简直气得她崩溃，恨不得手里有把刀径直冲过去剁了他。她当然没有那个勇气也没有那个能力，只能又气又羞地落荒而逃。本来还想着让哥哥去收拾那货，又一想这有什么意义呢！如果让村里人知道了反而成为扯是非的谈资，算了，大不了以后不去就是了。那个时候她多么希望能见到陆锋，可是自从上次在县城分手就一直没有消息，也不知道他现在在哪里？招飞的事情怎么样了？由此她想到去找王妮，寻思着说不定王妮能有陆锋的消息。这时她已顾不得往日王妮对她的成见，毕竟这是她有可能获得陆锋信息的唯一方式。

王妮的这个夏天挺滋润，每天睡到自然醒，然后和妹妹出去逛个街，连续买了几件新衣服，打扮起来已经是一个明艳动人的大姑娘了。许芹见到她时明显觉得她是白天鹅，自己是丑小鸭。人家一袭丝质碎花连衣裙，脚上蹬着白色的高跟皮鞋，娇艳得就像一位公主。而自己农贸市场买来的花短袖看起来可真是土得掉渣，尤其是脚上的花布鞋更没法跟王妮比。但这些都不重要了，重要的是现在见到了王妮，说不定能了解一些陆锋的消息。而实际上王妮也不知道陆锋在干什么，自从上次和陆锋在巷口分手，至今没有任何音信。平日装作无所谓，只是一提起陆锋王妮心里就五味杂陈，那种说不出的滋味时不时就会让她烦躁不安。本来还想去找许芹打听，可是如果去找许芹岂不是意味着自己向许芹认

第十六章　那年夏天

输，这绝不是她的性格。想自己去找陆锋吧！一想到自己要面对他的父母心里有些胆怯，万一他父母不喜欢自己那可就糟了！如今许芹来了，正好有理由去找他。

于是那天两个姑娘，不对！是三个姑娘，王妮的妹妹王莹说，她很想看看让姐姐魂牵梦萦的男生到底长什么样。

可以说在县委后面的家属院住的基本都是县委县政府干部中的"破落户"，而混得好的大多都在县城买地盖了私宅。这单元楼每户大概六七十平方米，搬到这里来的时候陆锋一下子有了城里人的感觉，毕竟自己也有了独立的房间，虽说那房间小得进了门就上床，但比起以前一大家挤在爸爸那间办公室里可是好得太多了。

三个姑娘打听了半天才找到陆锋家，可家里没有人。这让她们极为失望，然而正要走出家属院门口的时候，看见一个中年妇女领着女儿提着菜篮迎面而来，还是王妮眼尖，看着有点像就直接上前问道："阿姨您好，您是陆锋的妈妈吧！"那中年妇女正是陆锋的妈妈李玉秀老师。李老师看到陆锋的同学到来，很热情地邀请她们到家里坐坐。聊天的过程中才知道陆锋在省城参加空军的各项审查还没有回来。提起陆锋招飞的事情李老师心情纠结，说她就这一个儿子，陆锋当了空军以后又是聚少离多，抱怨说陆锋个性倔强，总喜欢逞能冒险。女生们自然听得懂李老师的顾虑，安慰说这是李阿姨的荣耀，如果陆锋被录取那可是金城中学近三年唯一的飞行员，使命光荣待遇又好，未来前途远大，所有的同学对此都很羡慕！

但是自始至终，李老师脸上没有那种自豪的喜悦，她总念叨说陆锋应该本本分分考个大学，毕业后能干的职业多得很。可她又说这招飞的机会难得，如能选上也是儿子的荣耀。也许很多父母送孩子当飞行员时都是这样矛盾的心理，可李老师哪里知道，在她的严厉教导下，她儿子心中那振兴中华统一祖国的宏图大志早已跃跃欲试！

王妮、许芹分别给陆锋留了纸条就离开了，几个人在街上随便吃了点饭。之后又商量去找荣健，她们到来的时候荣健一个人在家里睡得昏昏沉沉。王妮、许芹的来访让他喜出望外，赶忙烫了糖茶招呼。几个人

冬日的火花

搬了小板凳围坐在一起聊起了往后的打算，尽管她们来的目的多半是打听陆锋的消息，但是毕竟大家都有过交集也都有着共同的困惑。得知荣健准备去北方大学上自费，王妮说家里早已安排她上汉都财经学院，她可不想补习了。许芹说她除了补习别无选择，而且她心里反对大家去上自费，在她心里总觉得真刀真枪拼出来的和用钱垒起来的肯定不一样。可是这个话她没说出口，她担心这话会让王妮觉得自己吃不上葡萄就说葡萄酸。后来荣健和王妮约定，到时报了名大家都要到对方的学校去一下。当然他俩也和许芹约定好，一定要保持联系。

许芹的成绩足够进金城中学补习班，因此大家都鼓励许芹到金城中学去补习，荣健说许芹可以住在自己家里，绝对安全又不收房租。那天的谈话让荣健认识到了一个果决坚定的许芹，同时也感受到了王妮姊妹俩那种无处不在的优越感，但王妮开朗的性格也让荣健印象深刻。至于小姑娘王莹尽管几乎没说话，但她聪慧狡黠的神态让人过目不忘。那一刻荣健有些嫉妒陆锋的魅力，居然有两个姑娘都死心塌地地喜欢他，对他有那么高的评价，显然这些自己都比不了。再想到自己与林芳欣短命的爱情，一阵酸楚瞬间涌上心头。

送走了三个姑娘后，荣健双手抱胸在院子里走来走去，从前闪亮的理想在此刻更感觉暗淡无光。这个小伙子愁绪满怀，一时间迷失在自己纷乱陆离的思绪中。他把所有能知道的同学去向在大脑中检索了一遍，想起了孙群力，不知道这家伙回去后那酿造厂干得怎么样？有了这个念头，他连忙给爸妈留了纸条，决定立即出发去找孙群力。

时间已近黄昏，柏油马路吸收了一天的热量正开始释放，来来往往的各色车辆扬起的滚滚灰尘几乎遮天蔽日。路边庄稼地里玉米苗差不多有二尺高了，那原本青翠的叶子因为沾满灰尘在太阳余晖里显得有气无力。孙群力家荣健去过，那是高一时到他家支援夏收。记得当日去的时候人人意气风发，可是到了地头抡起镰刀才知道收获的艰辛。那麦芒会刺得人手腕火辣，镰刀把几个回合就能在手上磨出水泡，一晌下来累得挺个腰几乎眼前发黑，而最毒辣的莫过于那毫无遮挡的烈日简直有把人烤熟的温度。也许经历过这样劳动的人才真正会明白什么叫"一粥一

第十六章 那年夏天

饭，当思来之不易；半丝半缕，恒念物力维艰"。虽然从那以后荣健他们再也不敢应承此类支援的活计，但却由此养成了绝不剩饭的习惯。

几十里的路程不算太远，但是这个时候蹬自行车还是感觉到了辛苦，不大一会他就汗流浃背了。日光暗淡下来时，这自由的旅程让他放声歌唱。然而一开口却尽是伤感的旋律，一会儿是"爱到尽头，覆水难收"，一会儿是"蓝天依然那么宽，黑夜依然那么深"，就这样东拉西扯地经过一个个村镇，个把小时后终于看见孙群力家的酿造厂了。以前虽没来过厂里，但孙群力说过这个路口独此一家，并且远远的他已经闻见醋渣的浓烈酸味。

厂门口停着一辆半旧的机动三轮，据说这东西号称"赛东风"，难不成这是孙群力新置办的运输设备。带着猜测荣健走进了厂门，刚一踏入大门铁链拴着的狼狗就发出了震人魂魄的咆哮。还好看到那狗被拴得结实，他才没有露出逃跑的窘相。这时孙群力光着膀子，趿着拖鞋出来了。看到荣健露出热情的笑容，打趣道："我的天，荣局长来啦，欢迎欢迎。"这一称呼霎时让荣健很不舒服，直接开口骂道："你几天不见，装得跟个锤子一样，还局长呢，咋不叫市长呢？"孙群力挨了骂也不计较，搓着手就给荣健掏烟，看来孙群力角色转变得很快，没几天俨然一副混社会的模样了。

孙群力饶有兴致地带着荣健参观他的酿造厂，介绍生产的酱油、醋和好几种酱菜。走进那石棉瓦搭建的简易厂房，荣健看到的是一幅混乱肮脏的景象和几个赤着脚干活的邋遢工人，厂房里苍蝇乱飞不说，那水泥箍起来的酱菜池子里不知浸泡的什么东西，那池子边缘肮脏，里面的黑色液体散发着无法辨识的怪味，顺着池子边往前走，目光随意扫过，却发现那池子里分明泡着一只死老鼠，那肚子像是吹了气，胀得似要爆裂。看到这一幕荣健差点恶心得要吐出来，他叫住孙群力，孙群力则顺手拿起旁边的铁锹捞了出来，笑着说这没办法，时不时就有老鼠掉进去。荣健问道："就你这卫生条件能卖出去吗？"孙群力笑着说："嘿嘿，没问题，加了这特殊调料菜吃着才香哩！"接着又强调说："现在城里对酱菜的需求很大，一直都是供不应求的。"荣健漠然地说："你

/205/

冬日的火花

这卖出去不是祸害人！"听荣健说这话，孙群力显得有些尴尬，但他满不在乎地说道："管球他，家家酿造厂都一样。"荣健加重语气强调道："你刚开始创业，卫生质量可不能这样瞎糊弄，出了事可就是大事。"孙群力极力地解释道："哎，现在也没办法，等赚了钱肯定要改善生产条件的。"而荣健执拗地说："你现在就应该改善生产条件，给厂房加上纱窗，想办法隔离老鼠，不符合卫生要求的产品不能拿出去卖，这样伤天害理，即使赚到钱你心里不愧疚吗？"这话让孙群力很不爽，但他仍不以为然，嘴上说："知道知道，我尽快想办法。"心里却嘀咕："你懂个屁，不赚钱拿什么改善条件，一天站着说话不腰疼！"聊到这个地步，由于两个人观念上的差异，实际已经没法再继续下去。荣健也感觉没了意思，在他看来孙群力已经是一个黑心愚昧的投机商人，刚出校门就见利忘义实在没劲得很。孙群力觉得荣健说的想的幼稚可笑，还装得一本正经，他哪知道农民干个生意的难处。好在自己已经趟出了路子，产品卖得也很不错，否则光剩下和父亲一起修理地球了。

　　从学校回来后，孙群力就全身心地投入了厂子的经营。在他看来父亲年龄大了，弟弟妹妹上学正是花钱的时候，分担父亲的重担是自己义不容辞的责任。起初他跟着村里贩菜的人每天凌晨起床，把自己家种的蔬菜运到省城西郊的市场批发。在这过程中他有了向那些固定摊位推销产品的机会，厂里生产的酱油、醋和酱菜因为价格便宜口感好，逐渐有了几家固定的用户。如此一来生产销售完成了衔接，产量有富余的时候，就用车拉上在周边走街串巷去卖，几个月下来效益还不错，门口停的那辆二手三轮就是最近赚来的。有了这家伙每天跑一趟省城就会有上百元的收入，到年底换辆新车绝对不成问题。当然这中间付出的辛劳荣健是感受不到的，而孙群力已快速地转换了角色，他要以这个简陋的作坊实现他光耀门庭的理想。至于过程中那些疏漏，孙群力这个时候根本顾及不到。荣健却固执地认为孙群力的做法属于良心不端，给人吃的东西这样日鬼糊弄，又怎么能够长久。他哪里知道孙群力的生意里不仅卫生不合格，为了摊薄成本，孙群力给醋里过量地加水，然后再用色素染色、醋精调味，这一套本领孙群力早已经娴熟地掌握。当然以他

第十六章　那年夏天

高中毕业的知识功底搞这些还不是小菜一碟，这也成了他快速致富的秘诀之一。

因为话不投机，荣健失去了滞留的兴趣。借口天黑转身就要离开，孙群力也没挽留。关键这里也实在没有荣健睡觉的地方，于是顺手提起一塑料壶醋送给荣健，荣健问醋壶上为啥要用红油漆画个圈圈，孙群力说那是优质的标志，其实那只是表示没有勾兑。他用绳子绑了挂在自行车头上，送荣健出了厂门。荣健骑上车行走不远，看着那醋壶想起酱菜池子里的死老鼠，越想越觉得恶心，于是提起来顺手扔下了公路。从那天离开，在荣健心里与孙群力高中时代的友谊结束了，所谓"道不同不相为谋"大致也就是这个意思。而几天之后孙群力经过这里时，居然一眼看到那个画着红圈的醋壶，他又捡了回来，想来当时心情一定极为复杂。如此就是将来再有机会相见，要想完全修复这伤痕估计也不大可能了！

当荣健和陆锋再次见面的时候，陆锋并没有流露出丝毫成功者的喜悦。这个时候陆锋心里一方面是以身许国的荣耀和惶恐，另一方面是对父母小妹的不舍。已经拿到北方航空学院通知书的他不日将北上报到，那是一所有着数十年光荣历史的军事院校，所在地是吉林长春。打点好行囊后他来找荣健，荣健自然跟他说起王妮、许芹去找他的事情，并且说看得出这两个姑娘都喜欢他，并问陆锋到底钟情于谁。陆锋说自己其实也说不清，况且大家即将各奔东西，将来天南海北的说这个已经毫无意义！说到这里陆锋忽然显得很是伤感，至于他为何如此，那个时候荣健自然无法理解。

后来他们聊了很多，陆锋说父亲是军人出身，爷爷是国民党军队溃逃时因为受伤流落到金城县的，伤愈后对过往完全失忆，就连祖籍哪里都不清楚或者是不愿讲说。因为勤快肯干，就在养伤的村子落了户成了家。而姥爷上过朝鲜战场，属于那种百死无悔的英雄。过去姥爷与爷爷见面总是嘲笑爷爷怂不顶，爷爷总说姥爷是愣娃二百五。父亲在青海当了十几年兵，后来转业到金城的，那时候金城还属于秦都市管辖。说到这两人再次感觉如逢知音，荣健说他爷爷当年差点被国民党抓了壮丁，

冬日的火花

逃回来后精神恍惚了好几年，后来一看见穿军装的就打战尿裤子，而父亲则是在西藏当兵后转业的。这一刻两个年轻人找到了更多的共同点，近似的家庭出身让他们显得格外亲切。

陆锋说到时去省城上学荣健要多关照王妮。至于许芹，他说她个性倔强，不考上大学她应该不会罢休！荣健说他很羡慕陆锋，尤其几年后陆锋就能驾机翱翔蓝天，那该是多么荣耀的事情！陆锋说他最近才了解到国家这些年一心发展经济，军事装备与发达国家相比其实差距相当大，海空军则更为明显。如果他此去能为空军发展做点贡献，关键时刻即使付出生命也在所不惜。荣健责怪他不该说这样的话，说和平年代没什么需要献身的地方，国家更需要每个有价值的人活着。就这样两个人坐而论道，激动处笑得气喘吁吁眼角湿润。

荣健深切感受到了陆锋身上以身报国的决心和意志，相形之下自己显得矮小，尤其那猪栏式的赚钱理想更加庸俗不堪，可是目前也只能如此。灰暗也罢不甘也罢，出去上学最起码是一个寻找立足点的方式。那天两个人足足喝光了两电壶的开水陆锋才离开，自那以后好长时间陆锋又像人间蒸发一样杳无音信。尽管当日他留下了学校的地址和信箱，荣健也写了好几封信，可从没收到过回信。

那个假期荣健听到最狗血的消息就是吴文运到文化局上班了，至于怎么去的不得而知。之所以荣健觉得狗血，因为他太知道吴文运的功课水平了，那家伙完全属于一毛不拔的类型，况且那个德行！这样的人却能进入文化系统工作难道还不可笑吗？再看看自己手里的待业证，越来越觉得这种靠关系安排工作的人事制度极端扯淡，从这点上来说，当前中央提出"自费上学、自主择业"的方向恐怕才是真正的康庄大道。而他已没有心思再去琢磨这些，他为自己的去向揪心得要紧。

母亲这几天与父亲发生了激烈的冲突，总埋怨他啥心都不操。说人家孩子拿着待业证都能安排工作，而自家孩子拿的待业证简直就是一张废纸。现在娃要去省城上学也不想办法筹备学费，眼看着就要报名了也不着急，这样的男人跟死人有啥区别！面对抱怨荣勤民无话可说无计可施，毕竟这几个月沉迷麻将输了不少钱，借下的窟窿也不敢让妻子知

第十六章　那年夏天

道。如此这般还能去哪里借钱呢？荣健自然对父亲深为不满，想着没有钱，上学的事岂不泡汤，他埋怨了父亲几句，结果父亲大怒着扔来了板凳。板凳自然砸不到他，他像接篮球一样顺势一把抓住，而后使劲摔在地上后摔门而去。

那天他找到了赵海，赵海又叫来高扬，他们在县城招待所门口的饭店里喝了很多酒，直到很晚荣健才醉醺醺骑车回家，一到家就吐得一塌糊涂并且醉话连篇，闹腾到天快亮才睡着，那是荣健第一次喝酒。

因为喝醉了酒，荣健说了很多自卑的话，也说了很多伤心话。自然会有很多对家庭的埋怨，父母听了心里相当不是滋味。第二天父母跟他谈了话，基本上都是母亲在说。母亲说家的情况比上不足比下有余，虽然有些欠账但这都不会成为荣健的负担，上学的钱已经准备好了，让荣健只管放心，随后一再叮嘱去了必须好好学。爸爸坐在一旁不停地抽烟，不时肯定着妈妈的话，并强调说荣健将来一定要对妈妈好，说："你妈这些年撑这个家实在不容易！"听到这些话，那天荣健眼眶湿润了，从这当中他能感觉到妈妈为凑这学费所付出的努力。但那时候他说不出感激的话，他早已经习惯了母亲的付出，但是他深深地记着母亲的恩泽，暗暗发誓要让母亲过上体面无忧的生活。可这所有的誓言说起来容易，要做到远不是设想的那么简单！

荣健并不知道上学的这笔钱实际上是转让商店股份得来的，为此母亲好几个晚上彻夜难眠。这个商店她倾注了太多心血，也寄托着她所有的家庭梦想，她从来没有想过再加入别的股东，而现在除此之外别无办法！前一阵荣健的大姑伯因为生气郁闷最终不治，他死后大表哥卖了夏粮和养了一年的猪、牛凑来几千块钱。去年年底就因为资金紧张妈妈没有给人家分红，现在人家又追加投入，如此一来大表哥在商店占的股份也差不多有了四成。但这对荣健来说都不是他关注的事情，毕竟现在可以去省城上学了，为此他精神振奋信心满满。

即将要去省城报名的时候，梁艳意外地来找荣健。原来梁艳家里也为她选好了自费的学校，那是汉都医学院与社会力量联办的临床专业。而梁艳对于学医根本没有心理准备，可是自己又不知该学什么。这个时

冬日的火花

候在她心里其实更关心荣健的选择，几次经过荣健家门口都没有勇气进来，现在马上就要上学了，她唯有大着胆子找来。荣健说他能够理解梁艳父母的想法，毕竟学医是一个比较稳妥的就业方向。可是在他看来梁艳并不是一个喜欢钻研的人，似乎真不太适合学医。她温婉的气质和出众的外貌也许从事行政文秘方面的工作更为合适，于是梁艳问他意见的时候，荣健向她推荐了北方大学的文秘专业。梁艳闻此喜出望外，当即决定回去跟父母争取。这当中恐怕多半的原因是因为这样就能和荣健在一起，至于专业适不适合估计这姑娘根本就没怎么考虑。然而她没能说服家里，她来跟荣健说这个结果的时候难过得直流眼泪，荣健只好安慰她说学什么都一样，还不是都是为个文凭，况且当医生救死扶伤事业崇高，据说收入也很不错。梁艳听了也只好认命，她说她们的学校在一个叫双府庄的地方，到省城后荣健一定要来看她。说这话的时候梁艳眼睛红红的，始终痴痴地看着荣健，她生怕荣健会拒绝，而荣健爽快地答应了，并且还提醒她说："以后无论什么事自己一定要有主意，绝不能什么都听家长的！"

从那一刻开始梁艳期待着到省城后与荣健的重聚，也从那时起她开始憧憬与荣健在一起的未来，她相信总有一天荣健会明白她的心意，而现在这个傻子对感情的忽视只是一时糊涂而已！想到这她脸上露出了幸福的笑容，荣健问她为啥高兴时，她回答说："高兴就是高兴，不为啥！"

第十七章　这不是我的大学

荣健和爸爸抬着红色木头箱子走在前面，妈妈在后面夹着被褥。送孩子上学的时候父母总有说不完的话，荣健边听边应，如此三个人顺着河堤向公路边走去。今天造纸厂有货车去省城，借高扬的光搭了便车，要不拿上这些行李坐班车还真是够累赘。尽管搭乘的是货车，但两个人在车厢里坐着被褥靠着箱子的感觉相当不错。挥手与父母告别时，荣健忽然想起毛主席那句"孩儿立志出乡关"的诗句，此情此景让他生出无限的雄心壮志。

高扬在造纸厂上了将近两个月班，每月二百八十块钱的工资，结算下来有近五百元。这作为零花钱装在自己包里，之外父母还给了他充足的生活费。相对于荣健口袋的钱数来说自是优越了不少，荣健虽然没有自惭形秽，但相对高扬的轻松愉悦，他心里除了雄心壮志还有一份沉甸甸的忧虑。

赵海临行之前在金城广场的草地上约见了周敏，那天周敏看起来心

冬日的火花

情不错，两个人高兴地互换了礼物。赵海送给周敏的是一个画板，而周敏送给赵海的是分上、中、下三部的小说《平凡的世界》。周敏说路遥在小说里写道："爱情应该真正建立在现实生活坚实的基础上，否则，它就是在活生生的生活之树上盛开的一朵不结果实的花。"她祝赵海此去学业有成鹏程万里，并约定等两个人学业有成时再讨论感情的事情。

这缺少激情的告别让赵海心里非常失落，他无法理解这个小女孩在感情面前为什么会如此的冷静，也不认为什么狗屁前程比儿女情长重要。可他知道再说什么也是徒劳，原本设想的拥抱甚至吻别完全没有可能，那种无可奈何的憋闷只有身在其中才感受得到。话又说回来，我们年轻时有几个人能认识到前程远比儿女情长重要，又有几个人能懂得十六七岁女孩子的情感可能会因一句话而改变。所以赵海当时面对这样一个女孩子几乎无可奈何，后来两个人坐在草坪上聊了些无关紧要的闲话，逗了逗在身边打转的小狗点点。唯一能扯近感情的无外乎赵海说自己是"狗爸爸"，周敏是"狗妈妈"。

一群人在不同的地点不同的时间上了车，在1993年9月的第一个星期奔赴各自的学校报到了。荣健和高扬一起踏进了北方大学的校门，走进了那个堪称庞大的班集体。当时荣健还以为所谓大学，就是班级大人数多。当天市场营销专业入学有二百多人，大家被编成了一个班，这样庞大的集体坐进阶梯教室里显得格外热闹。而住宿被安排在水司车站旁一个倒闭的饭店里，那门头还挂着太宗饭店的破旧招牌，虽说距离北方大学正门也不过五百米远近，但是从那一刻荣健感觉到了不同。

开始上课后才知道，所谓北方大学市场营销专业其实只是北方大学博文学院与外边私人培训机构联办的培训班，这个培训班的作用就是把大家组织起来参加自学考试。这性质当然与荣健理解的大学相去甚远，他无法接受与北方大学几乎没有实质关系的现实。可是已经来了，如今又能怎样呢？想来也只有先好好学，争取按院方的安排两年内拿到自考文凭才是唯一出路。

好在从金城来的同学还真不少，除了高扬之外还有陈洁的堂弟陈志军，以及另外三个来自金城一中的老乡。而他们六个人都喜欢打篮球，

第十七章 这不是我的大学

这下子随时就能组织个半场球赛。那些日子除了上课就是打球，到了周末就四处去联络老乡同学。当然联络的大多数都是和彼此一样身份的自费生，公费和自费的学生几乎完全生活在两个世界，公费的信心满满等毕业国家分配，而自费的似乎大多迷茫彷徨混学历。没有人考虑未来从事什么职业，更没有人知道明天会去哪里。老师只是说未来人才可以在市场上自由流动，可老师没讲怎样流动，职业化到底是什么。现在回头去看，估计那时候老师们对此也没有多少明确的认识。中国经济体制改革的序幕刚刚拉开，没有几个人能意识到经济体制的转变将影响到每一个人，也无法预知到底能产生多大影响，而实际上没过几年中国社会的整体氛围都因此而改变！

联络的第一站是去建大找赵海。建大也是国内著名高校，土木工程专业和建筑设计专业在全国具有相当大的影响力。那天荣健、高扬、陈志军怀着朝圣般的心理走进了这所大学，校舍大多是红顶的苏式建筑，看起来古朴庄重很有些历史感，路边的法桐树直径也粗过水桶，那茂密的树冠枝叶交错遮天蔽日，形成的绿色长廊显得悠长而恬静。他们几个游走校园一边欣赏参观一边打听成教院的所在。然而在这占地七百余亩的校园找个人还真不容易，转悠了很久才在运动场边上一排简陋的平房里找到了赵海。

那几排平房是成教院的学生宿舍，外边看起来也还整洁，可一走进房间那景象简直让人无语。一大间房子里约莫放着四五张架子床，有的铺上挂着蚊帐显得神秘，有的铺盖、衣服一并胡乱拥在床上，而地上到处都是鞋子、袜子、纸屑、水渍。关键一进门就能闻见成分复杂的怪味，而其中略显浓烈的臭脚味最是让人受不了，高扬说他估计这味主要归功于赵海。当时赵海正懒散地坐在床边看着桌上的图纸发呆，看到他们三人到来当时激动得几乎要跳起来。

这些日子赵海过得并不怎么舒心，抱怨说这成教院基本上都是些上班后回炉进修的中年人，他与班里同学最起码有十岁左右的年龄差距，跟这些老皮几乎没啥共同语言，唯一能聊的也就剩下女人了。门背后悬挂的那张艳星裸照也许很能说明这个问题，而那画上居然有人用打火机

冬日的火花

在人体私密位置烧出一个黑洞，那黑洞配上赤裸丰满的胴体看起来实在有些龌龊。赵海却说这画是宿舍几个老男人自慰时的道具，他也试过。当时这话就遭到荣健哥几个的一致唾弃，说赵海待在淫窝里除了学当流氓估计不会有啥名堂。为此赵海大倒苦水，说他的专业是室内设计，可自己一点绘画基础都没有，学这个专业简直就是老虎吃天！每天枯燥无聊的绘图已经搞得他快要崩溃了，如果再没人来看他，说不定哪天他就跳了护城河了此残生。弟兄几个在宿舍外面胡乱聊了一会又一起去了篮球场，而记忆深刻的莫过于赵海在建大学生灶请大家吃的丰盛晚餐。相比之下那饭菜的味道似乎比北方大学要好很多，不过这都不重要了，最开心的是哥几个由此又取得了联系。

除了联络同学，还有一项最重要的日程就是泡舞厅。基本上各个大学到了晚上都把学生食堂开辟成了交谊舞场地，门票也只需一块钱。那地方能看见很多俊男靓女不说，关键跳交谊舞也是当下最时尚的娱乐活动，因此又有几个人能安心地窝在宿舍里呢？荣健他们一伙仗着人多，经常能够在中场组织起集体迪斯科，在他们的带动下常常出现数十人幅度夸张协调一致的青春舞步。一段时间大家乐此不疲，几乎场场必到。

当然这样的积极性主要还在于有机会结识漂亮的女生，找个漂亮的女朋友估计是所有男生梦寐以求的现实愿望！可要认识美女，就必须有请美女跳舞的勇气。而这种勇气可不是每个人都有，相对而言高扬显然更为自信，看着他经常搂着女生跳舞，一圈人充满了说不出的羡慕嫉妒。

荣健自失恋以后在漂亮女生面前似乎没什么信心，常常起了贼心却又迟疑徘徊，一旦被别人捷足先登自己又懊悔不已。这样的挫折多了，慢慢地也就变得颓废。多数情况下他变成热闹氛围的旁观者，一边看着舞池里搂抱的男女一边怀念着过往爱情甜蜜的篇章，有时也对当下的学业与前程产生忧虑。他常常呆呆地坐在边上没有了思维，也说不上是迷恋舞厅的氛围还是等待什么机会，如此也消磨了很多时日。

那天他和高扬提前占了边上的座位，两人正默看着舞场出神。忽而旁边一个漂亮女生为了逃避某个男生邀请不断移动位置，最后移步到了他们身边。但那个男生并未放弃，紧跟着又尾随而来，固执地伸出手要

第十七章　这不是我的大学

拉女孩跳舞。那女孩双手背在了背后，那男生则步步紧逼。女孩无意识地扫了荣健一眼，荣健迅即站起来让了座位，那男生看到女孩有人招呼扫兴地转身离开。女孩由此坐在了高扬的旁边，而高扬没放过这个机会，几曲之后，女孩成了高扬的舞伴，他们一走进舞池就和谐得如同情侣。

这个漂亮的女生叫邱雪，山南汉江市人。柳叶眉大眼睛俏鼻梁，一双机灵的大眼睛，特别的是那黑眼珠居然泛着一种深邃的湛蓝色光芒，加上身材凹凸有型，随便穿条裙子都有一种飘逸的感觉。当然如一定要说有什么缺点，那就是皮肤黑了一点。跟高扬嫩白的肤色相比反差还挺大，不过高扬并不觉得黑有什么不好。私下曾说黑皮肤更光滑手感更好，听到这句话荣健猜测到高扬和邱雪的关系发展到了亲密的地步。

那些日子除了北方大学的舞厅，对面北方工业大学的舞厅他们也是常客。但是像荣健这样背负着太多怀念和顾虑的人在舞厅自然不会有什么收获，不但没收获可能还会产生更多的迷茫与痛苦。因此当高扬和其他同学开启大学的浪漫生活时，荣健却陷入了一种旷日持久的自我审判当中。

日子总是要过的，课总是要上的。到了11月公布首次考试结果的时候，荣健报考的四门全部通过，这意味着十六门必修课已完成了四分之一，这样的收获确也让人愉快。荣健决定休整几天，由此萌生了去图书馆看看闲书的想法。可没想到的是，管理员说他所持的学生证不能借阅图书，荣健瞬间觉得被现实打了脸。他又借来一位中文系老乡的学生证，结果还是被拒绝，这次的理由是借阅图书必须持本人证件。荣健彻底对自考生的身份失去了信心，开始清醒地意识到北方大学并不是自己的大学，于这个学校来说他们这些人也许不过是群无足轻重的房客而已！作为寄人篱下的自考生只能到学校里的私人书吧借书，自己到这里来完全就是自取其辱！不过那一段时间系统性的小说阅读还是让他获益良多，以前就知道高尔基说过"书籍是人类进步的阶梯"，而那一年荣健才真正地理解了这句话，那些经典名著也让他在这个城市不再心灵孤独。

那是一个周末的午后，荣健转悠到云雀大街，在糖果厂那个院子见到了林芳欣。不难看出林芳欣上的学也是联合办学的产物，教室和宿舍

冬日的火花

都是糖果厂办公楼改造的。林芳欣的宿舍临着云雀大街，没事的时候她常常坐在窗台上对着窗外来来往往的车流出神，很长时间里这是她唯一的放松方式。那个周末室友都回了家，荣健的到来林芳欣虽有些意外，但是打心底来说是高兴的。她请荣健在对面的回民馆子里吃牛肉水饺，并执意付了饭钱。

几个月的城市生活并没有让林芳欣有多大变化，她还穿着高中时的衣服扎着雀尾小辫，这装扮和邱雪时尚靓丽的装扮相比逊色了很多，也许这就是城市人与县城人的现实差别！毕竟邱雪是在汉水市长大的，那种气质可不是一天两天就能培养出来的。吃完饭林芳欣买了一点瓜子拎回宿舍，两个人搬了小板凳坐在宿舍里聊天。林芳欣说她们这个宿舍特别好，每天正午阳光都会从窗户照进来，照得整个屋子温暖明亮，那种感觉特好。

林芳欣没有过多谈论学校的情况，只是说自己出来上学就是为了逃离家里的纷乱纠葛。荣健："你说这话感觉跟林黛玉一样，可是你住在自己家呀？"林芳欣说："你不会明白的！反正那个家我一天也不想待，现在出来随便混个文凭，将来好找工作就行。"荣健自然不会理解林芳欣的处境，反而觉得林芳欣有些言过其实。因为自己的爸妈也有吵架冷战的时候，可他哪里知道林家的情况和自己家的问题根本没有可比性。自己的爸妈争吵只是具体问题的分歧，而林家的纷争岂止是分歧？

林芳欣妈妈经常托朋友给她送生活费，而那个所谓的朋友就是妈妈传说中的相好，她自然从内心极为反感，但麻烦人家跑路又岂能不理不睬！可这个看似道貌岸然的叔叔总是一副色眯眯的嘴脸，还经常找各种借口动手动脚。而妈妈那边却总说他这好那好，过去也曾说过让妈妈不要再跟这人来往，可她哪里听得进去，还说自己小孩子不懂事，一天少操大人的心！现在这种情况，如果跟妈妈说，她又会是一种什么样的态度呢？若跟爸爸说只会导致家里战火又起，况且这么多年爸爸也没能挡住妈妈与那人的往来，即使说了又有什么意义呢！

有时候林芳欣也希望自己能理解妈妈，也许妈妈一直觉得嫁给爸爸这样的老实人太过委屈。可是她内心又认为，爸爸娶了妈妈这样一个女

第十七章 这不是我的大学

人那才叫可怜。不知冷知热也就罢了，她几十年和那个人不明不白到底算什么事？

自懂事以后，林芳欣就在父母争斗的漩涡中挣扎，时常扮演着居中调和的角色，而这个角色她早已厌倦。无论怎样现在总算离开了，终于不用整天面对两个人的战争。虽然有时候也会感觉孤独，但她似乎越来越喜欢这种平静。经常坐在宿舍窗口看楼下车水马龙，那时候她感觉世界似乎是静止的。温暖的阳光照在身上，慵懒安逸地小憩一会是她最为幸福惬意的事情！

两个人聊了很长时间，荣健大发牢骚说他觉得此次到北方大学上学完全就是上了当，因为自己和所有同学与北方大学实质上没有任何关系，大家只是在北方大学的教室里上课而已。和学校那些考上的精英相比，我们这些自考生简直就是一群丢人现眼的流浪汉。大学就好比一个大花园，而我们只是花园角落里不起眼的杂草。以后恐怕也是花和花争香斗艳，草和草比谁卑贱。

林芳欣说优秀生和落后生本就是两个世界，咱们原来成绩本就不怎么样，还不是照样看不起那些一毛不拔的。现在沦落为自考生，也就别指望和别人一样的待遇。咱们与那些考上的同学走了不同的路，估计以后也不会有多少交集。既然来了也就别再纠结上的什么学校，最重要的是学到知识拿到文凭，在哪里上课其实都无所谓。

荣健说他不服气也不甘心，而林芳欣显然已经接受了这身份和现实。她没有一丝想以学校为荣的心理，而荣健对此却耿耿于怀。内心想起小时候跟奶奶看戏，看到金榜题名锦袍加身的情节时，那种风光荣耀的感觉曾经让他痴迷神往。也可能因为这个原因，高考落榜的阴霾一直萦绕在他心头挥之不去。现在虽然见到了林芳欣，可是她的神情早已不是当初热恋时的感觉，她似乎已经忘了两个人的曾经，从现在眉目之间的平静来看，只不过是一个比较熟悉的女同学而已，对此荣健心里又怎能不伤感？可这一切是说不口的！他认为这世上只有傻子才会质问曾经的恋人对自己的爱哪里去了？况且就是问了，又能怎么样呢？算了，还是慢慢来吧！只要能见到就还有机会，那时候他相信爱情也能"精诚所

冬日的火花

至，金石为开"。

周末的时候北方大学经常放映露天电影，中午贴出的海报上说今晚上映武侠大片《黄飞鸿之王者之风》。荣健来时就计划着邀请林芳欣一起去看，他跟林芳欣说金城县来的同学很多，晚上大家一起去会很热闹，林芳欣没有拒绝。

露天电影已经成了大学校园一种特别的文化符号，多少男男女女的爱情在银幕前后得到发展。热恋的人大多躲在银幕后面看镜像画面，而荣健和林芳欣的状态肯定只适合挤入正面的人群。他和林芳欣没有去找高扬他们会合，林芳欣说不是不想见，而是见了同学不知道该说什么，尤其是一大堆人在一起她会觉得无所适从。于是两个人安静地挤在一个角落，直至终场也没说几句话。

送林芳欣回学校的路上，荣健跟林芳欣说他写了一封长信想给她，却一直没有机会也没有勇气。林芳欣听到这个话的时候很平静，只是淡淡地说："那我把寄信地址给你，回头你给我寄来。"荣健回答说好的，并在心里记下了具体的地址和门牌号。从北方大学北大门出来顺环城南路一直向东，经过三两个红绿灯就到林芳欣的学校。那天荣健觉得路程真近，没走几步居然就到了。他留恋这同行的时光，虽然冬天的街道冷冷清清，过往车辆扬起灰尘在路灯的光影里翻动着，像是街面升起的淡淡轻雾。林芳欣的平静让荣健已经没有了牵手的冲动，反而从内心涌动出一种难以言表的伤感起起伏伏。缓缓走到糖果厂楼下，互相道了别就各自转身离开，再回望林芳欣慢慢走进大楼，荣健心里极为失落，酸楚之情随之蔓延，那时候他不确定以后还有没有勇气再来。

这次相见没有原本期望的惊喜，也没有冰冷的失望，但是这感觉与想象的场景差十万八千里，可是他回答不了为什么会这样。走回宿舍的路上，荣健边唱边走，无限的烦恼忧伤像浪潮一样奔涌过来，他开始奔跑，他不想被这浪潮吞噬。

建大那边赵海的日子也过得也不怎么好，功课的负担几乎让他崩溃。经济问题成了影响他心情的一个重要因素，想买的东西很多，可是总感觉囊中羞涩，加上饭量又大，家里汇的生活费每月都要透支几十

第十七章 这不是我的大学

块。想给周敏写信吧，又怕违背了约定周敏不再理他。这个小伙子每天在各种不爽中度过，强颜欢笑地应付着周围那一圈他认为无聊的老男人和老女人，这种生活逐渐让他有了逃离的想法。可是在没有得到家里同意之前，书还是要继续念下去的，否则父母那里实在没法交代。口袋已经没什么钱了，连续几天去银行查汇款，钱却一直没有到。于是决定写信给家里催款，他郑重地铺开信纸写了这封信。之所以郑重，因为他知道父母看到这封信心情必然会受影响，为此他也很内疚。

尊敬的父母大人：

　　近来身体安康否？家里一切都好吗？我非常想念你们。也没什么重要的事，随便聊聊。

　　上个月所带资金，给同学还过后，买了些画笔、水彩纸等就已所剩无几，加之20号我又感染风寒，卧床三日才略有好转。今寒冬将至，凉菜已无法入口，何况我乃贪吃之人，22号已弹尽粮绝。截至25号仍不见汇款，下午去找小姨，想借些钱以解燃眉之急，折腾一下午也没有找到。只好去找同学借了些，11月份仍超支二十多块。

　　城市不比咱县城，啥东西都贵，毕竟生活在城市，花钱自然多一些，且除吃饭买学习材料外，要花钱的地方不少，望母亲见谅！12月份估计很难维持，边走边看吧！

　　到月底我非常想回家，一个人在外，没有亲人，确实不习惯。同学们到月底都往家跑，尽管心里非常难受，但您老不让回，也只有忍着。其实并非一定有事才回家，回家一趟心里便能踏实许多。

　　妈，怎么跟您说呢，如果说我在这儿很好，你可能很高兴，但我怎能忍心欺骗我的母亲呢？

　　我不能不说，当初选择建筑装饰专业是个历史性的错误，但这也不能全怪您，因为咱们都不知道这个专业会有这么多要求。而且，最后是我自己坚持要来上的。我真的不适合这个专业。都怪我当初虚荣心作祟，否则安安分分让我爸找个工作好好干，现在也不致如此，以前总认为自己如何如何，现在觉得自己真的不怎么样，平凡得很。

冬日的火花

　　让我跟您实说吧，所开六门课，一半几乎我都学不懂，画法几何已经结业，勉强通过。我们班五个人不及格，美术期中考试，只得二分自然不及格，建筑力学根本没门。咋学都学不进去，有时候半天做不出一道题，真想大哭一场，至于其他几门课倒还马马虎虎。

　　冬季征兵工作恐怕结束了，其实我宁愿去军队上受苦，也不愿在这里花父母的血汗钱，却眼睁睁地学不到东西干着急，我都二十一了，还让家里养着，实在不是滋味。

　　现在，我现实多了，凭自己的本事根本没办法在外面混，招聘，抛开其他条件不说，能力根本就达不到。

　　如果一定要我念完三年，那毕业后我只有回到咱县上，可能的话开个小装饰门市，能糊口就行了。

　　不过，在没有得到家里明确指示以前，我还是会尽全力去学的，然屡战屡败，进步不大，心里非常急。

　　元旦放假，我一定要回来，我实在忍不住了，说了这么多不愉快的事，请父母大人不要难过，为你这个不争气的儿子。

　　祝：二老身体健康，事事顺心！

儿：海
1993.12.9晚

　　赵海把这封信发了特快，因为没钱的日子实在熬不下去了。没过几天钱也到了信也到了，信是母亲写的。先是安慰他说年后会考虑给他适当增加生活费，但是前提是必须用功克服困难把成绩搞上去，最起码要顺利毕业。否则以后任何要求都不要再向家里提，因为她们不会供养一个懦弱无能的懒汉。母亲说她和父亲都相信自己的儿子有完成学业的能力，并再三强调所有事情都是开头难，只要赵海咬紧牙关坚持下去一定会有好的结果。不要总是把困难想得那么可怕，再难的专业课也都是人脑可以驾驭的范畴，不是什么天书。现在打退堂鼓就是妥协就是懦弱。母亲这样一说赵海也觉得有道理，因此暗下决心还是要坚持学下去，如果半途而废真的无颜见江东父老了。

第十七章　这不是我的大学

放假前金城来的乡党搞了一次规模盛大的串联，那天一群人从北方大学出发连续走访了好几个学校。师大、财院、审计学院、外事学院、政法干校等等，最后在政法干校女生宿舍楼下集合起来的男男女女足有二十多人。王妮见到荣健时显得格外开心，还特意给他介绍了一个新朋友，开口就郑重地说："这位是金城矿业矿长家的千金韩丽颖。"这介绍惹得那女孩咯咯发笑，然后大方地伸出手，说："我是韩丽颖，别听她胡扯。"韩丽颖那天轻饰淡妆看起来秀丽端庄，耳朵上的金灿灿的梅花耳坠显得高贵而别致，她举止落落大方，说话语速极快，给荣健留下了极为深刻的印象。

这样的聚会赵海自然也在其中，而他插科打诨的能量不多会就和所有人混了个脸熟。他见到王妮和韩丽颖时调侃说："企业家的千金就是与众不同！"王妮诡笑着问他有何不同，他说王妮戴上黑框眼镜怎么看都像个教授，而韩丽颖的珠光宝气颇有上流名媛的气质。王妮说他骂人不吐脏字，赵海说你要正面理解。韩丽颖则咯咯一笑，说名媛什么样她不知道，但如果能有王妮那么润白的肤色那指定担得起"气质"二字。说着她伸手轻轻捏了一下王妮的脸蛋，色眯眯地说："妞，给爷笑一个。"而后自己乐得前俯后仰，王妮则毫不留情地在她腰上拧了一把，直让她疼得叫出了声。赵海说她俩进城没几天俨然已是汉都市的两朵金花，王妮说赵海这嘴哄女孩子肯定管用。

闲聊的过程中韩丽颖悄悄问荣健传说中的陆锋到底是一个什么样的人，为什么王妮每次提起他都兴奋非常。荣健说这个问题他不好回答，恐怕王妮才更了解他。韩丽颖说真正的爱情应该与身份、家庭、距离无关，想来大概是陆锋有了新欢才疏远王妮！这个见解荣健心里自是认同，因为他知道还有另一个女孩子叫许芹，而陆锋与许芹颇有些志同道合的味道。但这个话他不能说明，一方面自己并不肯定，另外说出来恐怕也只是徒增是非。但是从说话中间看得出韩丽颖是一个很有锋芒的女子，这一点他记忆深刻。

尽管整个过程足够热闹，但荣健感觉自己只是被气氛裹挟，他心里对这样的聚会实际并没有多大兴趣。也或者因为搞串联时去找林芳欣，

冬日的火花

结果门卫告诉他学校已经搬走了。之前寄给她的信自是早已退回，而她们学校搬了地方却没写信告知又说明了什么？因此这消息让他的内心郁闷又惆怅。

一大群人从政法干校出来漫无目的游荡，街上走了一会儿都觉得不是个办法。高扬出主意说干脆回太宗饭店那边的宿舍，那里地方大还没人管，而且隔壁巷子有家米皮味道特别好。于是乎大家又乘车来到太宗饭店，之后又一起去吃了凉皮和小米稀饭，饭量大的同学每人外加一个菜夹饼。那顿饭吃得团结友好气氛热烈，尽管馆子的条件非常简陋，包间里墙壁裱糊的报纸上挂满了粉尘蛛丝，可重要的是包间里有一个装有几十斤黄桂稠酒的大塑料桶。不知是谁第一个打开了盖子，反正到临走时几乎喝得见了底，扬长而去时大家都为占了这个小便宜而感到愉快。吃完饭相好对近的三三两两地分了组，在高扬宿舍里聚集了荣健、陈洁、陈志军、赵海、王妮、韩丽颖、郑明明、李新宇等九个人。聊天的过程中大家都对所在的学校牢骚满腹，赵海戏谑地称自考的同学叫"高自考、荣自考"，参加自考的则反唇相讥称他为"赵成教"，为此大家哄堂大笑。王妮和赵海的交情大概就是从那个时候开始的，王妮很欣赏赵海的口才，说他是让人快乐的"小话王"。

糊里糊涂1993年就这样过去了，春节准备回家时，荣健收获的是四张自考成绩单。要论这个成绩他是一群人当中的佼佼者，一次过四门实属不易。然而荣健对此并没什么感觉，在他心里这点成绩与光宗耀祖的理想相比简直不值一提。家里也没什么大的变化，只是妈妈计划把商店盘给大表哥打理，然后用转让的钱在县城东门口开一家专营农机配件的门市部。不过这要到过了年再说，毕竟最旺的年集不能错过。

放假的日子倒也清闲，荣健白天出去会友，晚上拉上隔壁的任雪瑶一起去广场的露天舞厅跳舞。第一次到底是谁叫的谁荣健早已记不清，反正那段时间他感觉到了任雪瑶的热情，有什么好吃的总会叫他，新买的专辑磁带也会让给他先听。荣健知道雪瑶现时过得并不容易，她父亲没能解决她的工作问题，暂时给邻居家帮忙养鸡算是有个事干。说是帮忙其实就是打零工，每天给鸡上料、扫粪、收鸡蛋，这样的粗重活计对

第十七章 这不是我的大学

一个姑娘来说可不轻松。一天上上下下几十趟的端料铲粪，累得腰酸背疼不说，还弄得一身鸡屎味。荣健能够理解她的艰辛，因为跳舞的时候握着的那双手远不如林芳欣和邱雪那样柔软光滑，但是他自知无能为力，也只能闭口不提。但是他和任雪瑶的亲密很快引起了邻居们的关注，毕竟他们正是敏感的年龄。邻居一个阿姨告诉荣健的妈妈，说她跟雪瑶说："你别对人家荣健抱有幻想，人家是大学生，家里又这一个男孩，他妈不会同意你们在一起的。"妈妈把这话说给荣健的时候，荣健心里五味杂陈不知悲喜，只是觉得这话有些冰冷刺耳，雪瑶又如何接受这样的意见，那一刻她的心里该有多么悲凉。也许邻居阿姨真说了这样的话，反正忽然间任雪瑶很少再来找他。

寒假里的露天舞场显得格外热闹，那些9月份刚刚走进大学的各类学生几乎都出现在了舞场上。他们个个脸上挂着荣归故里勇立潮头的神气，他们身着时装成双成对地秀着甜蜜和浪漫，他们在舞场展示着各式新潮的舞蹈动作，而对那些依然单身的青年男女来说，舞厅无疑是一个结识异性体面且方便的场所。

林芳欣始终没有出现在舞场上，荣健还去她家里找过一回，但林芳欣的妈妈态度冷漠拒人千里，本来还准备把那封信给林芳欣，但既没见到人又遭受冷遇，随后也只好打消这念头继续珍藏。心想着干脆把这不死不活的感情暂时放下，与同学们尽情畅享这难得的自由时光。现在又没有作业功课的压力，况且明年春天的专业考试他也信心十足！

一段时间他与赵海、高扬三个人几乎天天晚上在舞厅会面，没想到这期间邂逅了当年小学时抓烂同学脸的那个泼辣姑娘。她就是云诗曼，化着淡妆，衣着成熟性感，身边还带着一位同样妖娆的闺蜜。高扬说云诗曼的闺蜜是自己的初中同学，上学那会经常流着两筒黄鼻涕，没想到现在出落得这么漂亮。几个人轮番请她俩跳了舞，而荣健与云诗曼跳舞的时候忽然有些想入非非。云诗曼身材高挑肤色白皙，五官精致得能比拟明星，一袭露肩的宝石蓝晚礼长裙格外优雅。赵海说云诗曼白花花的胸脯让人眼馋得流口水，荣健嘲讽说赵海个子低刚能够上吃奶，心里却想着自己就应该有一个云诗曼这样的高贵女友。林芳欣与云诗曼相比个

冬日的火花

头矮了一截，也远不如这姑娘开朗明艳，更何况对自己一点都不好。可是一转念又觉得与云诗曼的雍容华贵相比自己又何尝不是一个卑微寒酸的角色！云诗曼再好又与咱有啥关系？请人家跳个舞马马虎虎，有其他的想法还不是痴人说梦。但与云诗曼的邂逅让荣健忽然看见了自己内心的苟且，感觉自己如同一头迷茫的驴子不知道要到哪里去吃草，一见美女就动心思岂不猥琐？可林芳欣也不想搭理自己，难道非得在她那一棵树上吊死？这样的问题自然一时没有答案，甚至往后很多年他也一直回答不了自己，只是偶尔会觉得对于所谓的爱情自己内心似乎远没有想象的那样坚定。

今年的年集没有去年热闹，店里生意也远没有去年好。腊月三十打烊后，杜英娥拿着营业款赶紧去信贷员家还了部分贷款清了当年利息。剩下的钱除了儿子来年的学费和过年必要的花销基本上刚能转开，屈指算来这一年只偿还了一点点债务，想起明年杜英娥满怀忧思。这样下去可不是办法，开春必须把农机配件的事情搞起来，否则这债要背到啥时候？孩子眼看大了，找工作娶媳妇哪一样能不花钱呢！

也许因为家里经济紧张，荣勤民上年集买东西样样跟人计较。荣健看不惯爸爸这抠门作风，因此总离得远远的。以至于爸爸搞了半天价没优惠几块钱，反而在讨价还价的过程中被小偷顺走了外衣口袋的百元大钞。荣勤民自然恼火不已，埋怨荣健一点心都操不上，荣健却说："还不是你婆婆妈妈地给了小偷机会。"父子俩一肚子火地回了家，谁也不想理谁。到了后半晌父亲喊荣健打扫卫生，荣健才从房间出来，扫了院子，擦了前院的大铁门。这时候才发现铁门上的油漆已经氧化褪色，用水一擦陈旧破败的感觉就更加明显。父亲并不觉得有什么不好，荣健却坚持要买油漆刷新大门。他记得红色的防锈漆一桶不过五块钱，因此也不再跟父亲嚼舌，自己骑车子出门去买油漆。刷完大门已经是大年三十午后，父子俩张罗着贴对联，挂灯笼，干完所有这些活计算是正式进入过年模式。

母亲带着妹妹回来了，妹妹手里提着过年的新衣服表情愉悦。一家人祭了祖，围坐火炉看春晚守岁，之后放鞭炮、吃年夜饭，年年除夕这

第十七章　这不是我的大学

样的程序几乎已成习惯。可今年当荣健跪在供奉祖先牌位的供桌前时，听着爸妈一边烧着纸钱一边说："列祖列宗，请你们回来一起过年，今年家里啥都好，儿子很争气，已经上了大学，女儿也上了初中，你们不用操心，给你们送了钱，有集就去逛集，有会就去上会……"爸妈的这些话忽然让他心里内疚眼睛湿润，那一刻他分明感觉到奶奶从供桌上的相片里走了出来，拿着拐杖质问："健娃子，你咋上的学，你不是说你长大也要考状元吗？"于此磕头时荣健羞愧难当。

过了初一终于迎来入冬的第一场大雪，县城被装点得银装素裹，空气也变得异常清新。睡到半上午起来，睡眼惺忪地推开院门，门前的街道上没几个人，倒是家家户户张贴的春联悬挂的灯笼在雪地的映衬下红得耀眼。正踟蹰着不知干什么去，远远地看着王妮从路那头闪将出来。她带来一个好消息，说中午陆锋请大家在东关饭店吃饭。

那可是金城县最高档的酒楼，荣健只是家里新房竣工答谢时在那里吃过一次，而那已经是好几年前的事情了。陆锋这小子不出现则已，一出现就在那里请客，难道是发财了吗？

当然不是！陆锋自从到了飞行学院训练学习任务太紧，走出校门的机会也极少，学校发的津贴根本没有花的时间和机会，因此半年下来略有些积蓄。同学们寄来的信都收到了，但其中一大半尚未打开，更别说回信了，之所以选在这里请客，就是为了表达对同学们真诚的歉意。

大家见到陆锋的时候，小伙子一身崭新的军装，皮鞋擦得锃亮，只是肤色略黑了一点，但很明显体格又结实了不少。个子也似乎长了一些，差不多快一米八了。威武的军装匹配这身高，还有那浓眉虎目高挺鼻梁，看起来实在英气逼人。在场的女生都连连赞叹，不知别的男生心里怎样想，反正那一刻陆锋的荣光让荣健艳羡。他如今可是中国人民解放军空军的一员，以他的才华未来必是军中精英。如此这般，人的一生才有意义！相比之下自己这尴尬的境遇，与他的差距简直是十万八千里。想来昨天还坐在一个教室，今天高下已然显现，未来还能不能平等地对话？于此荣健想到了很多。

陆锋前来敬酒的时候，王妮跟在后面。赵海打趣地说王妮就像陆锋

冬日的火花

的小媳妇，王妮脸上泛着一丝羞涩，却丝毫不妥协地说道："就是小媳妇咋了？我们可是同桌的老伙计。"陆锋跟荣健喝完，又捧起一杯酒说："希望大家在省城多照顾王妮，拜托兄弟们了。"说完话与大家一一碰了杯，又顺势在荣健身边坐下。陆锋一手抱着荣健又举起了杯，借着酒劲在荣健耳边说："你写的信我都看了，你这个人啥都好，就是有时婆婆妈妈的，做任何事都不能顾虑太多，否则最后啥也得不到！"荣健明白陆锋说他在感情的事情上不坚决，陆锋过去就说过要么跟林芳欣摊牌，要么选择忘记，不要总是不死不活地折磨自己。可当时自己没有勇气，去省城后又觉得再说什么都意义不大。可是自己总是怀念过去的那种感觉，总不相信那段感情已经不复存在，总是觉得林芳欣似乎有什么苦衷。如此这般若即若离似是而非的状态一直到现在。而陆锋过去就主张直接找林芳欣去说："我给你五分钟思考，要么你跟我好，要么我就此走人绝不纠缠。"可是自己没有这样痛快摊牌的勇气，为此也常常恨自己。他和陆锋连续喝了几杯，王妮开始劝陆锋不要再喝。陆锋又拿着酒去敬别的同学，那天的聚会搞到很晚，但始终没有见到许芹，为此荣健很是不解。几次想问又碍于王妮一直在旁边，心想着王妮一定不希望听到这样的问题，于是话到嘴边又咽了回去。离开的时候即使晕晕乎乎，但是那天的场景很多年后仍历历在目，因为从那天起陆锋成为一个传奇，那身足以让所有人艳羡的军装让他与众不同，人们都说他是金城飞出去的一只大鹏鸟。与陆锋的光彩相比荣健自惭形秽，有些落寞地回到家倒头就睡，醒来时已经是第二天下午。

后来的几天荣健和父母回东平镇走了一圈亲戚，之后春蕾姐在正月十五前也来了。走亲戚的时候爸妈和春蕾姐的父母见了面，春蕾姐家里旧事重提，那就是把春蕾许配给荣健，过去说时荣健爸妈总说孩子小，现在春蕾姐的父母说荣健也上大学了，这门亲事如能确定下来他们也就不再为此操心。对荣健爸妈来说这是个现实的难题！一方面开过年经营农机配件需要春蕾这样一个有力的助手；另一方面婚嫁的事情又不想违背荣健的意愿。况且从心里来说做母亲的当然希望儿子有更好的选择，春蕾毕竟读书少，又是农村户口。但是春蕾这孩子长相出众又聪明能

第十七章 这不是我的大学

干,她打心底里喜欢,觉得能娶到这样一个儿媳妇也是不错的选择。杜英娥心里矛盾极了,只能先应付着说回家和孩子谈谈。

母亲和荣健说起这件事情的时候,荣健心里也有些迷茫。春蕾姐是个好姑娘,年龄比自己大一岁,这几年的相处自己已经完全把她当姐姐看待,现在说要自己娶她真的不知如何面对,虽说当初春蕾姐来的时候他就知道有这层意思。可当这个问题提明叫响地摆出来,他还是觉得有些猝不及防。他嘴上说这事怎么可能,可心里却有说不清的眷恋。母亲说让他先别急决定,指不定找来找去也不一定能找个比春蕾更好的姑娘,我看春蕾就比你那姓林的同学强,最起码个子都比她高,因此好好想想再说。母亲一句话说得荣健心里极为伤感,也让他想起林芳欣的种种无情而顿觉冰冷。

从那天起荣健和春蕾的相处就变得不太自然,但春蕾是个聪明的姑娘,她对这个特殊的小弟似乎挺上心,平日里给了他更多的怜爱和支持。给他洗衣服、做好吃的,每次见到他都喜笑颜开,好多次荣健都觉得春蕾姐给予的温暖那么像妈妈,回家见不到她就觉得家里似乎少了什么,这种感觉一直持续到那年她彻底离开。

第十八章　迷失在城市的灯火里

春节里赵海与父母的沟通是有效的，家里同意他转到师大学习经济管理。其实这个转学也很简单，那就是放弃建大成教学籍，直接到师大与民办机构联办的自考班报名，这种学只要愿意掏钱不会有任何障碍。而对赵海来说，他从内心里感激父母的宽宏大量，多次恳求得来的机会他自然倍加珍惜，发誓为了这份理解与支持，这次无论如何都要拿到文凭。

安定下来之后，赵海立即给家里写了信。

爸爸妈妈：

你们好！家里一切都好吗？

来这儿快一个月了，情况基本稳定下来了，下面我就把有关情况简要说一下。

到目前为止，我们班大约九十人，原来招生的负责人说要分班，似乎现在不大可能了，大多数时间每天上二至四节课，其余时间都是自学。《法学概念》老师讲得还可以，《秘书实务》可就有些差劲了，所

第十八章 迷失在城市的灯火里

以按时上课的人也不多。我们现在没有固定教室，上课都是临时通知，所谓的班主任几天也见不上一次，都是班长每天通知在哪儿上课。情况似乎不尽如人意，但也称不上上当受骗。

刚来的时候住集体宿舍，因靠公路，太吵，而且隔壁俱乐部每晚都折腾到凌晨才罢休，所以我们几个人在师大对面的村子里租了一间房，基本上是上午上课，下午和晚上自习，吃饭的时候顺便打开水，日子过得平凡又单调乏味。许多同学都忙于四处游荡或者找女朋友点缀自己的生活。我呢？既没有也不想，因为来这儿上学，对我来说机会不易，何况我跟别人是不同的，父母给我的太多太多，我想我未来面临的不仅仅是能够养活自己，更重要的是要报答父母的养育之恩。我承认我以前不够听话，不够孝顺，懒惰，懦弱，但是我想一切都会好起来的。我会按照自己的想法做下去，将来混好混背，我都不会忘记父母给我的机会。

这大城市实在不同于县城，花费自然大一些，何况现在什么都涨价，学校里稀饭两角，馒头两角，菜一元，我贪吃且饭量不小，况且其他开销也是必不可少的，我不是太爱慕虚荣的人，但有时为了尊严也出手较为大方一点，但是，我不会乱花钱的，我知道咱家的情况。但是，我又不是能节俭的人，怎么办呢，就请爸爸妈妈迁就一点，哪个父母不希望自己的孩子在别人面前体体面面的呢？不过钱我不会白花的，我会用尽全力学好功课。事实上，目前对我来说，几乎没有什么事情比学好功课更为重要的了，好的成绩不仅使我有成就感，重要的是，我并没有浪费父母的血汗，没有辜负家人的厚望，不是吗？

刚来学校我也没有什么朋友，所以有时候总觉得有点孤独，别人都怎么过的我想知道。但我更看重自己怎样度过这求学的时光。是不是还和从前一样骄傲自负，任性无理，贪吃懒惰……每次沉思，每次反省，都有感触，或者是收获吧！其实，我很喜欢和父母谈心的，但我的坏脾气往往不能控制自己，以后爸爸妈妈要多多指教，使我在自我反省的基础上，日趋成熟和完美起来！

就不多说了，代我向哥嫂问好！祝弟学习进步！天气乍暖还寒，望

冬日的火花

爸爸妈妈保重身体！

儿：小海
1994年3月3日

其实当初之所以转到师大，一方面感觉师大的招牌更响一些，更重要的是九三·六班两个故旧老友王长征、宋胜利也在这边。上次串联过后赵海往师大跑了几次，觉得这边各方面条件还比较满意。于是过了年就直接去报了名，并且与两个老同学住进了一个宿舍。说是宿舍其实就是学校对面村子里的民房而已，不过那个院子租住的全是学生，已经完全是个民办学生公寓了。整个院子除了经管还有文秘、外贸专业的同学，美女不少是赵海住进这个院子的第一感受。因为已经是第二学期，所以同学之间的交往变得频繁。王长征同学对人素来热心率直，又能干换灯泡、换保险丝、维修热得快的零活，这些技能解决了很多女生的实际问题，因此一时间备受班里女同学喜欢，也很快被选为新任班长。尽管这个班长有些粗糙，连普通话都说不好，但丝毫不影响他在同学中树立威望。

开春没多久王班长就有了相好，气质温婉的燕子同学走进大家的视线。而宋胜利也不甘示弱，不久也领回了身材高挑容貌出众的女友小白。每每看到他们成双成对出入，赵海一肚子的羡慕嫉妒，经常以调侃王长征的口音发泄自己的不满。那天早上起床，王长征用普通话的音调说了句"把灯坠着"，赵海直接回了句"把你的舌头捋直"。这句对话让准备起床的宋胜利一扫睡意，哈哈大笑，接着大家一起哄堂大笑，王长征则尴尬得红了脸。可是即就如此长征与燕子的爱情却发展迅猛，每天如影随形不说，有时候还和衣睡在一张床上。偶尔宋胜利的女友也来凑热闹，每当这个时候赵海都会冲着他们几个高喊："还要不要人活了！"自然没人理会他的不满，反而经常众口同声地修理他。说他不讲卫生，衣服鞋子乱扔，床铺邋遢得和猪窝一样，以后谁嫁给他那可是倒了八辈子的大霉。诸如此类的谴责其实赵海一点也不在乎，只是在夜深人静的时候就更加地思念周敏，常常幻想着如果周敏能躺在自己怀里那

第十八章　迷失在城市的灯火里

该多好！可是现在写封信都不敢敞开心扉，净写些无关痛痒的文字有什么意思。每当这个时候他就会怀念过往那些幸福的片段，想着自行车驮周敏兜风时的甜蜜，游历普缘寺的浪漫，还有那日运动场上周敏让他荣耀的疯狂。可是现在这些似乎都越来越远，他有理由担心有一天这一切都真的会变成不可重来的过去。

更让赵海受不了的是他和宋胜利逗王长征粗枝大叶不懂爱情时，王长征居然骄傲地说他已经摸了燕子绵软的胸部，赞叹燕子的胸部傲挺且洁白如雪，就连乳头也粉嫩得耀眼，王长征说的时候唾沫星乱飞。那一瞬赵海内心严重失衡，身体也冲动得厉害。而宋胜利却说那都不算啥，小白的奶也不小，屁股浑圆，尺八的小蛮腰手感非常好。不知道他们说这些是不是故意刺激赵海，反正那些日子赵海感受到了实实在在的煎熬。

一天晚自习时赵海因为心烦意乱就收拾东西回宿舍，结果走到宿舍门口听见里面有动静，下意识地踮着脚透过门缝瞭望，只见宋同学正撅着白花花的屁股忽闪得起劲，白丽丽玉体横陈腿脚乱蹬迷醉呻吟，天哪！这就是传说中的那个啥！如今就这样在他眼前赤裸裸地上演了，赵海心里顿时无法淡定，五脏六腑仿佛燃起烈焰，一种难以抑制的冲动让他有抓住老二揉搓的冲动。同学的好事自是不能打搅，当下快快地踮着脚转身离开。那天晚上王长征回来后，他郑重地提出宿舍必须制订制度，否则大家没法再一起住下去了。赵海说："你们不能饱汉不知饿汉饥，你们整天爽翻天，我一个单身实在受不了！以后谁都不能在宿舍里乱搞，要搞外面搞去。"结果其他两个人跟商量好了一样，异口同声地说："你放心，不会的，我们正在找房子，找到房子马上就搬走。"

没过几天王长征和宋胜利搬走了，人家都和自己的女友过起了恩爱浪漫的小日子，这下赵海的生活变得像孤魂野鬼一样，总是一个人游走在学校和宿舍之间，这种境况让他始料未及。

工商管理专业的课程并不复杂，学起来也还轻松。可是赵海既不屑于交往新朋友，又无法淡定地独处，加上对周敏的思念时常让他煎熬苦闷，在班里他成了一个神秘沉默孤傲颓废的怪人。他陷在自己营造的孤

/231/

冬日的火花

独寂寞当中难以自拔，也不知自己要走向哪里，学习似乎只是每日必须完成的任务而已，这样的状态自然是学不好的。这种难以排解的寂寞感最终让他还是提起笔给周敏写了信，可是连续两封信寄出去都如泥牛入海。那天他一个人游走在学校的花园里，鹅黄色的迎春花开得正艳，随手折下一枝拿在手里，看着看着莫名的泪水涌出眼帘。他写下这样一首诗："春暖花开的时候我想你，拈朵微笑的花儿送给你；酷暑难耐的时候我想你，化作一阵清风问候你；秋叶飘零的时候我想你，恨不能落叶成蝶飞向你；大雪纷飞的日子我想你，与你炉火前取暖看着你。"于此他迫不及待地在花园的石凳上又写了第三封信给周敏，这次他很快收到了回信。

小海哥：

　　（也许这是最后一次如此称呼你）——我也不愿意结果是这样，可你！

　　我的心在变？实话告诉你，我的心从来都未变，因为我从来都没想过有一个男友——是你！也一直只把你看作是一个关心我的好大哥，可是你——什么"心中只有我""我是王牌"，我讨厌听这些，我还不需要这些，我恨你！写过这封信我会忘记你！

　　是你鲁莽地闯进我的生活，带给我的是无名的烦恼，我一再地向你声明，我和你只有友情，可你总要把这本可维持的友情一刀斩断，这一切的后果你应去慢慢品尝。我是一个学生！一个还知道上进的学生。我有我的理想，虽然你每次写信都声称不打扰我，可为什么你每次来信都是爱呀，想呀的(你的思想我当然不可以干涉)，可你的的确确扰乱了我的学习生活。

　　明确地告诉你，我不需要你，不需要什么男友，不要你为一个还不懂人情冷暖无知的女孩去排斥别的女子！请你别再让我讨厌你！

　　自重！

周敏
1994年3月22日

第十八章　迷失在城市的灯火里

收到这封信的时间是1994年3月27日，那天赵海在七号教学楼的教室小心翼翼地摊开来信。读着读着他觉得自己一步一步滑进了无底深渊，头皮发麻脊背发凉。那一刻周围所有的一切似乎都在瞬间褪去了颜色，而他这卑微的生命也已没有任何存在下去的意义。他丢了魂似的拿着信走上楼顶，他想跳下楼去结束自己这乏味的生活。站在楼顶押长脖子朝下看了一眼，感觉有些眩晕，又自觉缩了回来，楼下开阔的水泥路面平整光洁，只需纵身一跳就能脑浆飞溅血肉模糊地死掉，到时鲜血会在地面上肆意横流迅即引来一群苍蝇，那场面想来都惨烈悲壮。收尸的人看到自己手里拿的信，一定会将这个殉情故事演绎得足够精彩，而自己正是这个传奇的缔造者！可这又能怎么样呢？父母那必然是悲痛欲绝，既伤心又愤恨自己这个不成器的儿子。想起临行时母亲的叮咛嘱咐，赵海求死的心打了退堂鼓。他把周敏的信撕得粉碎随风抛撒，那些纸屑翻转着、起伏着飘向大地，最后他落寞地走下楼去收拾了书本。那一刻他眼中充满李寻欢的忧郁，却遗憾没有小李飞刀那例无虚发的本领。

之后的日子赵海再没心思去上课，他几乎从课堂上消失了。经常早上蒙头大睡，晚上整宿地泡在村里的录像厅。这些做学生生意的录像厅大多环境简陋空气污浊，可是赵海只有躲进录像厅的黑暗之中才能暂时忘却内心的苦痛，在港片血腥的江湖杀戮中反而能获得某种心灵的慰藉。周末的时候荣健和北方大学的一伙同学过来联络，说是南郊十公里外的安平县俱乐部录像厅夜场放的片子更刺激，听到这个一群人都产生了猎奇的兴趣，于是当晚十几个人在安平一块、一块的呼叫声中坐上了南去的中巴车。

那录像厅可比这边城中村的大多了，来的观众大多是市区里各个高校的学生，也有个别衣着前卫的社会情侣。开场后先是播了几部枪战片，还没到凌晨就有人迫不及待地喊："老板换带。"老板自然明白这换带的意思，片刻之间正在播放的片子停了，正餐登场。午夜播放的那些限制级影片极尽丰乳肥臀的欲望诱惑，观影的过程几乎可以称为学生们的性教育课堂。但是这些影片不光传授男女缠绵性交，更多的是各种变态的欲望释放，把人类兽性的一面充分暴露，现场可以听到很多人咽

冬日的火花

口水的声音，还有一些胆大的情侣直接在卡座里就互相释放，一夜下来录像厅充满烟草、臭脚等等的混合气味，早上出来时同学们个个似乎开了窍，从此彻底成年。赵海就是从那个时候知道过去做梦时想进入的神秘地方是个什么样子，同时也更加羡慕有女朋友的同学每天快活的日子，而他除了手淫还能怎么样！

那天看完录像后和荣健、高扬他们聊了一阵，知道他们一伙最近都忙活着找兼职的工作。于是在他们走后没几天，赵海想着自己反正无心上课，还不如干脆一边工作一边自学，反正离十月的考试还早。而那时候荣健和高扬的确每天上完课就到处寻找兼职的机会，当日刚出太宗饭店大门碰到了来访的赵海，三人一拍即合就骑着两辆自行车顺着环城路漫无目的地转悠。考虑到白天要上课，荣健、高扬希望能找到兼职的晚班工作，而赵海对工作时间根本没有什么设想，他找工作的目的完全是打发时间而已。大家一路上留心扫描着各家门店墙上的招聘启事，还咨询了一些职业介绍所，可听到职业介绍所要先收钱才给信息，几个人都觉得不太靠谱。也看到几个招工人的信息，但是大家觉得条件实在有些苛刻，也不屑于下工厂被人当苦力用。寻觅着搜索着走到环城东路的时候在一个舞厅门口停了下来，那招聘启事上写着急招服务生若干名，待遇从优。简单和招聘负责人聊了一下，居然三个人都被录用了，并且当晚就能上班。这让三个人喜出望外，当场表示愿意留下来好好干。

工作其实很简单，就是负责向顾客推销各种饮料、酒水并清理桌台清洗水杯。约定的底薪每晚五块钱，一杯冷饮提成五毛，热饮提成一块。三个小伙子就这样激情澎湃地上班了，对荣健和赵海来说这是平生第一份工作。因为之前有在露天舞场跳舞的经验，所以对这样的环境也并不感到十分陌生。几个人先清洗了所有的水杯，又按老板要求给舞场喷了玫瑰香味的空气清新剂，一切准备停当就等顾客到来。

夜幕降临华灯初上的时候顾客三三两两地进场了，音乐舒缓霓虹闪烁的舞场充满魅惑气息。三个小伙子开始给有座位的客人推荐饮品，高扬毕竟有一点工作经验，推销起来似乎并不费劲。而荣健和赵海就显得

第十八章 迷失在城市的灯火里

有些稚嫩了。先是有些怯场根本走不到客人面前去，好不容易走到面前又不知该说什么。赵海跟在荣健后面始终开不了口，荣健紧张得满头冒汗才推销出去一杯热牛奶。这时候有个大姐看到赵海也拿着酒水单，就问道："兄弟，有没有椰汁？"赵海连忙答道："有有有，您要几杯？"看到那女士一个人又连忙改口说："马上来。"于是屁颠屁颠地去端椰汁。让赵海没想到的是，端来椰汁的时候那大姐直接甩给他一张五十元的大钞，并说不找了，一会有空陪姐说说话就好。那一刻赵海被这种豪气震撼到了，想着一杯饮料售价不过十元，这女人如此花钱恐怕是疯了。荣健转了一圈卖了五杯饮料一盒烟，盘算着今天肯定能赚十几块，心里暗暗觉得这事还真不错。再次巡场时看到赵海和那女人坐在一起也没多想，就自顾自地继续工作。稍有休息的间隙，他留心看那舞池当中的男女，有自信大方秀舞技的，有紧紧拥抱耳鬓厮磨的，有猥琐淫荡调情的，这一幕幕画面似有某种东西不断冲击着他灵魂深处，那种感觉无以名状也并不愉悦。

"伙计，发怂瓷呢！给哥再弄杯奶去！"即使在高分贝的音乐声中，这蔑视训斥的声音也听得清楚，更何况显然还有一只脚戳了一下他的屁股。荣健明白自己作为服务生即便面对这种不客气的驱使，他也不能怠慢，赶紧满脸堆笑地收了杯子去打牛奶，只是在清洗水杯的时候用棍子戳起卫生间地面污水中的破布刷洗，那布子骚臭肮脏让他感觉足以报复刚才受到的羞辱，荣健心里满足极了。送上牛奶的时候，荣健礼仪性地说了声："奶来了！"结果那汉子瞪着眼说道："悄悄的！你哪儿有奶？朝这看，这妹子的奶吓死你！"说着把怀里浓妆艳抹的女子本就够低的衣领往开一拉，追光灯恰巧射在那一对肥圆的大奶上反射出刺眼的光芒。那女子显然没有准备，慌忙做出抱胸的动作，男子自鸣得意地发出阵阵淫笑，荣健慌忙转身逃窜。

稀里糊涂地熬到舞厅散场，临走却找不到赵海。荣健和高扬只好先回宿舍，一路上说着舞厅里各种淫荡肮脏的事情有种第三只眼看世界的感觉，并为此互相鼓励说一切看在钱的面子上坚持干下去。二半夜的时候赵海回来了，那神情看起来相当兴奋，摇醒荣健非得讲他今天的奇

/235/

冬日的火花

遇，说一杯饮料赚了四十元都是小儿科，更刺激的情节还在后面。说着忽然又故作伤感，说自己今天被人破了身，从此不纯洁了。那表情看似做作，又似乎煞有其事，说着说着高扬、陈志军也醒来了，大家趴在床上听赵海讲故事。

原来赵海卖出饮料后就坐下来和那少妇聊天，那女人说她家庭生活不幸福心情郁闷，赵海则说自己失恋难过得想死，一瞬间颇有同为天涯沦落人的感觉，于是聊得投机又热烈。后来那女人说想出去走走，就挽着赵海的手出了舞厅。时令已进入初夏，外面的气温冷暖适宜，走着走着就转进了环城公园。那公园外侧是宽阔的护城河，内侧是高大的明城墙，赵海说他记不清是哪一段城墙，反正走到城墙转角僻静处的时候那女人说想让赵海抱抱她。那时间风清月朗四下无人，女人身上魅惑的香水味让他心情荡漾，加上这胖姐姐让人爱怜的语气，他根本没有抗拒的能力，甚至有些迫不及待。于是模仿着录像里的动作假装成熟地伸出双臂把她紧紧地拥抱在怀里。尽管那女人身材浑圆抱得吃力，可那身体软和得像棉花。赵海从未有过这样的体验，感觉自己像寒冷的冬天泡进温泉一样惬意舒坦。当那女人把嘴唇贴上来时，那深情的凝望和短促香甜的气息让一切变得顺理成章。胖姐接吻很有技巧，绵软的舌头几乎要伸进他的喉咙，并且还能够在他口腔油滑地搅动，一瞬间那种兴奋刺激让他头顶发麻。此情此景让他不再羞羞答答，他放开了手去抚摸去体验，从外面摸到里面，直到那女人娇喘不已。最可怕的是那女人的手已经自然地伸进了他的裤裆，握住了他那直挺挺的家伙，径直要引导它通往极乐之门。糊里糊涂插进那个地方的时候感觉就像篮球场上投进了空心篮一样兴奋，结果没几下就缴了械。而那女人还没有尽兴，不管不顾地再次寻找起来。当两人经历了几番起落沉浮之后才双双得以满足。临了那女人说："兄弟你把姐弄得受活得很，以后有啥困难就到舞厅来找姐。"此时的赵海兴奋之后真的感觉有些累了，于是和那女人坐在一块长条石头上，那女人抱着赵海，赵海含着女人的乳头，那种舒服满足的感觉让他久久不舍得松口离开。

第十八章　迷失在城市的灯火里

你得佩服赵海叙述故事的能力，尤其是把这样一次肮脏的媾和居然叙述得情节细腻激情四射！这样的故事当然会让全宿舍的人惊叹不已，甚至都觉得赵海空虚寂寞瞎编艳遇，可是赵海拿出临行时女人给的一百块钱让大家闻上面的香水味时，大家都开始相信这不是个传说了。有的开始羡慕赵海的艳福，有的嘲讽赵海啥女人都上简直不是人。高扬调侃说："你一天胡搞，周敏要你欻呀！""周敏已经不要我了！"赵海应声道。高扬不再说什么，荣健始终没有说话，但是他心里已经决定明天不再去舞厅上班了，他忽然觉得那种声色犬马的场所可能会是个泥潭。虽然心里也有寻找艳遇搞点刺激的幻想，可是每当这个时候父母临行时的嘱咐总在耳边回响。再细细思量一下自己的真实感受：歌舞厅里那些粗俗的酒鬼嫖客让他有揍死人的冲动，那些妖艳媚俗的女人似乎就应该被扒得精光蹂躏到求饶，甚至舞厅里那污秽骚腥气味都充满罪恶。这些想法说给大家的时候，结果宿舍的人都说他心理变态，唯有赵海用了"有洁癖"三个字。

第二天荣健和高扬都没有再去舞厅上班，赵海的爽劲过了心里也有些失落，后悔这人生的第一次居然被一个老婆娘给搞了。他把这话说给荣健、高扬的时候表情很是落寞。而荣健和高扬一致认为他占了便宜装清纯是彻底的流氓思维，只是提醒他不要上了瘾。再后来就拉着他一起去北方大学上课，就这样赵海又逛荡了几天，每天跟着荣健、高扬他们一起吃饭、上课、打球，日子倒也自在。可毕竟这是别人的课堂，几天下来他觉得这样下去自己的学业就彻底玩完了！于是又回到了师大。王长征转来一封信给他，没想到这是王妮写来的。

赵海你好：

昨天去了趟师大，从王长征口中得知你的一些近况，心中甚为不安，又到太宗饭店去找你也没找见，本想再去北方大学，可时间已是下午五点五十分加之我和妹妹一块来，她还有其他事情，我便只好作罢。心情沉重而来，加之沉重而归。赵海，对你我本不想多说，说得再多也是白搭。可我又怎能忍心眼看着友人消沉下去？何况，当你将自己整个

冬日的火花

儿置于痛苦的麻木中时,最需要的是朋友的帮助。赵海,你不觉得是这样吗?我理解你的所做,只是想发泄一番而已,失恋往往就会自己折磨自己。永远也不愿从自己制造的苦痛中走出来,这种体会就叫"享受痛苦"!赵海,我已不是从前那个只会教训人的王阿妮了,诸多的事实也使我学会了理解他人所做的错事,然后再想办法,帮他改正。赵海,其实近一年来的我心境和你差不多,只不过最近又新添了一种致命的苦痛罢了。可以这样说:为了爱情,我不必要的牺牲太多了。我用我的生命浇灌爱情之花,只可惜它因我过分的任性而早早夭折了。原因是:我付出的太多,爱情变成了负担压得他喘不过气。我没有怨他,相反的,更加全心全意地爱他。暂时得不到的东西,只有不再去打扰他。因为我忽然间明白我加给他的负担有多重!但我不会轻易放过我曾经已经得到的东西。当然,不是苦苦地哀求,只是从自我做起,做到自尊,自爱,自立,自强,我相信,总有一天他还会属于我。两年来,我除了让他负重外,似乎没有给他带来什么快乐,我知道,这是我的错。

可我怎甘心?我是用生命在爱他呀。那些日子我曾经准备出去流浪,可我又不愿再做伤害父母的事,我告诉母亲,我想换个环境,让自己能安宁下来。赵海,我的母亲是伟大的,她在我最为痛苦的时候给了我生存的勇气,她理解我的心情,替我难过,为我伤心,晚上她几次往楼上跑,生怕我想不开,心灵上的打击,使我的精神几乎完全崩溃,我真有点怕自己承受不住。我可怜的母亲指挥着父亲为我倒水,她替我用砂轮划药瓶,找吸管,然后在两双眼睛的监护下,我乖乖地喝着补药。赵海,那是药吗?那是山高水深的亲情呀。赵海,我以前真傻,为了另一种感情,而忽视了伟大的亲情,关键时刻,才感觉出父母的伟大来,为了报答我的他们,我也该振作起来,做一个不甘平凡的人!

今年10月底的自学考试,先报上三门,高数、基础会计学、成本会计学。事业上,我不会,也不愿输给我们93级任何同学,我打算到2000年正月初一,将我高三的所有同学邀请到家做客,到时候,我绝不输给任何人。妹妹说我是个理想的巨人,行动的矮子,她对我不负责任的夸夸其谈有点反感,可她哪知我心比天高,只可惜暂时命比纸薄罢了。

第十八章　迷失在城市的灯火里

　　赵海，对你讲这些，一方面是诉诉我的苦闷；另一方面也希望你能够平静下来，踏实学些本事，也不枉此一生，我比你受的打击大得多，都打算振作起来，准备活得带劲些。作为男子汉，难道你愿意永远在发泄中挥霍自己的青春吗？赵海，是该觉醒了，同一起跑线上的同学都要胜过你我了，难道我们会自甘承认自己是懦夫吗？
　　祝愿你：早日走出迷宫，大踏步去追赶太阳！

友：阿妮

1994年5月11日

　　看到这封温暖的信件，赵海心底感受到了一种别样的幸福。因为这是来自一个自己颇为欣赏的女性朋友的问候，是那个骄傲的、自以为是的王大小姐。除了老乡联谊会上的相遇，后来只是通过几封信而已，如今王妮能写信来，说明她还是很看重这份崭新的情谊。只可惜赵海当时只读懂了这层意思，并没有明白王妮真正的心思。

　　那时候的王妮正处在与陆锋诀别后的情感低谷，她多么需要一个人疼她爱她，可是赵海并没有理解这个意思，也或者赵海根本没顾得去想下一任女友的问题。王妮对陆锋的伤心绝望是在寒假聚会之后，聚会的时候她觉得自己不可替代，而聚会之后她问陆锋为啥许芹没来。而陆峰的回答太让她崩溃了，陆锋说："不好通知，我回头去找她。"好一个不好通知回头去找，那一刻王妮忽然觉得自己只是陆锋的泛泛之交，而许芹才是他心中的唯一，她感觉自己被骗了。于是再一次要求陆锋明确两个人的关系性质，陆锋说："你千万别给我负担，我也负担不起。你也千万别误解，许芹也只是普通朋友。""什么叫也只是普通朋友？我和你是普通朋友，好吧！让这个普通朋友的称号趁早见鬼去吧！你开你的飞机，我拉我的大锯！"说罢负气离开。陆锋没有追她，尽管她特别希望陆锋追过来，可是陆锋只是站立片刻就转身离开了。这样一次任性让王妮后悔不已，感觉从此与陆锋无缘了，如此才有了后来她在信中说的崩溃和绝望。

　　没有人知道陆锋后来如何去找的许芹，也没有人知道他们说了什

冬日的火花

么。陆锋一走杳无音信，似乎又从大家的生活中消失了。

收到这样一封信多少让赵海苍凉的心境感觉到了一点温暖，他也曾下决心忘记过去重新开始，最起码得对得起父母的宽容和付出，争取把学历拿到手。可是每当黑夜来临，那胖女人丰满的乳房光滑的肌肤就在他脑海里浮现，尤其是那苟且的快感让他像中了毒瘾般渴望。理想和欲望之间的挣扎其实每个人年轻的时候都有，追求理想尽管不是苦行僧般的修行，但不节制欲望一切理想都是奢望。这件事情上荣健很坚持自己的看法，一次和高扬、赵海聊天时曾这样断言道：别说咱们是平凡人，即就再优秀卓越，一旦沉迷于丰乳肥臀，什么宏图伟业都得完蛋。这个观点赵海是认可的，可是他依然不能控制自己，每一次开小差都发誓是最后一次，就像那天又去舞厅找胖姐一样。

每次去胖姐姐都没有让他失望，在宾馆里轻松畅快的媾和自然更加舒坦，胖姐姐教给他很多技巧，他甚至有些崇拜那女人的技术，吹捧说她有杨贵妃般的魅力。胖姐听了这话感觉自己找到了知音，从而更加叹息自己明珠暗投的命运，裸身照着镜子埋怨老公不给力糟蹋了她的青春。赵海在这里暂时得到了肉体的满足，但是并没有让他平静下来，相反内心愈加彷徨不安。于是每次提上裤子就后悔自己的不坚持不检点，每次为自己的不纯洁而对与周敏的感情充满内疚，可是想着想着又开始怨恨周敏对自己的辜负。这样的矛盾交织彻底搅乱了他的生活，他在师大除了王长征和宋胜利之外没有任何可以交流的朋友。男生觉得他猥琐，女生觉得他阴暗，赵海在师大的校园里把自己彻底给弄丢了。那一两个月频繁地与胖女人约会媾和算是赵海课余最重要的娱乐活动，而每次去找胖女人都可能是因为一个偶然因素的刺激。比如那天在院子看到宋胜利同学和女友小白在屋顶玩摄影，那甜蜜浪漫的画面又让他不能平衡。

夏天的晚霞灿烂明艳，夕阳的余晖落到人字形屋脊以下的时候，屋顶就有了明暗两面。站在暗面背靠霞光和灰黑色的青瓦屋面，小白用一条红色格子床单裹着身体，赤裸肩膀伸长双臂似要飞翔，晚风吹起床单边角似飘逸的礼服裙裾，裙裾之下是那修长白皙的小腿和踮起的

第十八章　迷失在城市的灯火里

脚丫，她一头乌发像瀑布般遮住大半的脸颊，这画面宛如嫦娥奔月又似倩女幽魂。一旁宋胜利不断调整着拍摄的姿势，小白在屋顶按要求摆着各种动作。赵海陶醉在这浪漫画面中，也窒息在这该死的男欢女爱当中。

那一夜他又一次彻夜不归，又一次与他的胖姐姐多次冲上"性福"的潮头。而之后胖姐告诉他一个消息让他如同篮球砸到了脸上般尴尬，那就是胖姐怀孕了，无疑这是赵海播下的种子，可是对胖姐来说是幸福的。毕竟这是结婚十几年第一次怀孕，而让他怀孕的还是一个受着高等教育的小伙子，这小伙子的样貌算得上威武体面。而赵海那一刻惶恐不已，他实在难以接受这样一个女人生下他的孩子，可是他没法提出让胖姐做掉孩子，因为他知道即使提出也不会有结果。他从胖姐嘴里得知这个孩子可能给胖姐带来一笔不小的财富，为了这一天她已经期待了很多年。可是对自己来说这到底是哪一出呀！自己是一只配种的公猪还是为人民服务的志愿者？这个孩子的出生岂不是让自己一生都成为一个下三烂的角色？可是事已至此除了逃离还有什么办法？想来想去只有自己从此消失在茫茫人海，反正他觉得自己已无法面对这个难堪的事实了。

胡长乐的出现多少让赵海有些意外，因为高三的时候他和杨夏全曾因催还赌债逼得胡长乐去卖血。而这样的过节胡长乐竟没往心里去，现在居然寻亲访友般地来找他，如此岂有拒人千里的道理！他在学生灶上比较排场地招待了胡长乐，然后带胡长乐在学校里美美地转了一圈。这过程中了解到，原来胡长乐也是去年来省城上的自费，只不过那个教学点设在省城最南边的安平县城，相对来说进城一次不太容易。况且胡长乐与串联聚会的同学基本上都没什么交情，因此也没人关注他的动向。而实际上因为胡长乐出身金城县的边远农村，家境不好成绩又烂，身材虽高大却看着猥琐油腻，平常在班里也比较孤僻。因而大家提起他时能想起的大多是他曾经说的一个笑话："大意是说自己的哥哥之所以成为侏儒，那是因为小时候误喝了除草剂，除草剂可以让野草枯萎，因此也让他哥本该高大的身材枯萎了。而自己长的高大多半是因为喝过一口獴

冬日的火花

猴桃用的膨大剂，那东西足可以让猕猴桃增大好几倍，所以长高也就很自然了。"当年这个笑话被大家广为传播，一时间胡长乐被戏称为胡家基因突变的结果。现在这个高大威猛的同学前来投奔，对赵海来说可是有了伴，因此让他倍感亲切。

胡长乐之所以来找赵海，原来又在学校那边输光了生活费，并借下一摊烂账，来此实为避难求助。而赵海的生活费也不宽裕，虽然他素来慷慨，可是一个人的经费哪能经得住两个人的消耗，更何况胡长乐的饭量比他还好。没过几天两个人就弹尽粮绝，几乎要把嘴挂起来了。那天晚上两个人躺在床上为生活费熬煎，琢磨来琢磨去胡长乐想出了一个惊人的主意，那就是佯装瞎子在师大旁边那条人流最多的胡同摆摊算命。这个主意着实惊呆了赵海，可是胡长乐说一切有他，赵海只需在旁边望风，有人的时候帮个腔就好。想来也没有其他的办法，赵海只能硬着头皮应允。胡长乐从包里翻出了一副墨镜，又找了张白纸用毛笔写上"算命"二字，如此这门生意就算筹备好了。

第二天一觉醒来快十二点，仅有的一块钱买了两个烤饼填了一下肚子就出发了。胡长乐胡子拉碴穿着一件略微发黄的白衬衣一条褪色的蓝裤子，脚上的回力运动鞋也早已污秽不堪，再挂上一副墨镜看起来还真有些落魄江湖神游半仙的气质。赵海的装扮还是老样子，只是今天例外地把皮鞋擦了个明光锃亮。

两个人的算命摊子靠着师大的围墙摆下，可是等了一下午都没人光顾。赵海觉得无聊透了，强烈要求撤退。胡长乐却坚定地说这事需要坚持，否则晚饭都没法解决，那姿态颇有些姜太公稳坐钓鱼台的味道。没想到黄昏时候机会还真的来了，一个土洋结合打扮的壮实女子羞羞答答上来问话。先是问："算命多钱？准不准？"胡长乐的回应很有艺术性，他答道："钱不是问题，准了看着给。"其实胡长乐心里想着只要够吃一顿饭就行，低调沉稳的姿态也是无可奈何。那姑娘大概说了她的心事，说是自己结婚不到一年，老公经常发酒疯打她折磨她，她在家待不住才跑出来的，就想问问以后的宿命安排。胡长乐沉默一会掐指一算，淡淡地说该女子的丈夫是天煞星命不长久，她命里注定要有二婚，

第十八章 迷失在城市的灯火里

建议不要耍性子在外面瞎转，回去熬一熬她丈夫必死，到那时候她就自由了。就这几句话却宛如大仙指路一样让那女子困顿的心变得明亮，仿佛瞬间卸下包袱一样生出喜悦的情绪。就这样她和胡长乐聊上了，看到有人上钩赵海也上来帮腔。聊着聊着居然对那女子心生同情，于是又大方地要请女子吃饭。那女子也慷慨，说一码归一码，算命的钱她不能短，大方地掏出二十块钱给了胡长乐。如此囊中羞涩的兄弟俩有了请人吃饭的钞票，那晚在学校的食堂热情招待了这个女性客户。吃完饭天色已晚，那女子似乎也没有要走的意思，稍微客气一下就和哥俩回了租住的民房。

半仙毕竟是半仙，还很会体贴人。到了宿舍给那女人又是打水洗脸，又是让她热水泡脚，甚至还拿上毛巾给女人擦了脚。那女人被一连串的关心感动得几乎要落泪，直到被半仙一下搂进怀里。然而那女子并不惊慌，反而戏谑地说："色狼就色狼么，还戴个墨镜装瞎子。"胡长乐语气沉重地答道："你这么好的女人，身上滑溜还要啥有啥，谁虐待你谁才是瞎子！"说着极尽温柔地抚摸着她的身体。想来那女人因长期被虐太缺温暖，而这个男生给了她尊重和爱护，她把他抱得更紧了。赵海在一边几乎有些佩服胡长乐的轻贱，对此虽不以为然，但看到胡长乐吃人豆腐也心里发痒。再仔细一看那女子虽然装扮俗气，但毕竟属于青春正盛的年纪，那隐藏在单衣之下的躯体倒也肉感十足。有了这样的念头自然为胡长乐的行为推波助澜，经不住两个人的纠缠厮磨，一会那女子的衣服被脱得精光……赵海后来说起这件事用了天昏地暗来形容，嘲笑胡长乐像没有见过女人的饿狼一样饥渴难耐，犁起地来跟疯牛一样不知疲倦。当王长征问赵海一晚上干了几次，赵海说他不记得了，反正他和胡长乐早上走路都感觉眼冒金星。而最搞笑的是，第二天早餐那个女人在师大食堂一口气吃了四五个大包子，这足以证明她晚上也亏空得厉害。

荣健一直看不惯胡长乐那一副媚俗的嘴脸，虽然这个看法他自己有时也觉得没有道理。赵海给他说起这件事的时候荣健说了很重的话，说赵海现在堕落成一堆臭肉，看起来纯真善良实际上就是衣冠禽兽。说赵

冬日的火花

海衣冠禽兽的时候赵海忽然间流下了眼泪，说他实在接受不了与周敏的决裂。而荣健说他不配用对周敏的一往情深做借口，质问说现在到这个份上再提周敏不觉得羞耻吗？赶紧想想学业怎么办？前途怎么办？赵海说荣健是他真正的朋友，说的每一句话都像刀子扎在他的心上，他需要忏悔，需要反省。没有人怀疑这是赵海的真实想法，也不难理解赵海这个时候对自己品行的认识已经出现了分裂，而这种分裂发生在谁身上都会带来苦痛，任何对堕落的自我检讨都不会是满足和自鸣得意。何况那天王长征也毫不客气地批判了赵海的恶习，说他经常早上睡懒觉不上课，也不会计划自己的生活，花钱大手大脚，借兄弟们的钱迟迟不还，等等。尤其是收留胡长乐这样的垃圾简直不可思议，如果这样下去迟早完蛋，最后恐怕只剩上吊一条路。宋胜利说得很委婉，但也并不客气。他说赵海是文艺青年的思想，流氓懒汉的身体。到底是思想左右身体，还是身体左右思想，这恐怕是个大问题。而王长征说，宋胜利这话是一句精屁！

　　第二天赵海送走了胡长乐，劝胡长乐回去也好好念书，说自己从此要立地成佛。但他答应想办法问家里要点钱，先匀给胡长乐一百元先凑合生活，至于下来的事情再慢慢想办法。赵海的仁义让胡长乐很感动，他也没有继续滞留的理由了，于是转身告别。这样的结果荣健很是欣喜，毕竟赵海良心未泯，尤其落泪的那一刻满脸真诚。

　　高扬在云雀大街的海滨饭店找了个服务生的兼职，同时去应聘的荣健因为生就一副看起来傲慢冰冷的面孔而被拒绝。这次打击也让个性执拗的他对找工作有些心灰意冷，因此经常一个人在宿舍看些杂书。临近放假的时候，班里同学介绍说有一个发传单的工作不用面试还每天结薪，于是荣健与宿舍其他几个同学欣然前往。这工作更简单，就是走街串巷给一种保健口服液派发宣传资料。

　　领头的经理穿着前卫，每天发型周正摩丝油亮，手里时常拿着高档的希尔顿香烟和印着裸体美女的打火机，见了同学们倒很客气。提出的唯一要求就是要每个人把分配的区域全覆盖，如发现有偷懒漏发的，一律不给工资。这样的扫街工作荣健干了两天，第三天走进一个巷子时被

第十八章　迷失在城市的灯火里

一条牛犊大的狼狗追得四处逃窜，结果裤子也挂烂了，当天的十五块钱自然也没赚到手。坐在巷口不敢再进去时仔细看了看手里的传单，上面宣传的是一种名为"挺立一号"口服液，介绍的文字说该口服液具有调节胃肠、降低血脂、预防肿瘤、滋阴壮阳、延缓衰老五大功能。修饰的文字陈述的案例更是神乎其神，仔细看了这些宣传，荣健觉得这几乎称得上神药的东西十有八九不怎么靠谱，而自己干的这工作完全就是服务于江湖骗子，那一刻他心底里流出些许伤感难以名状。想着自己好赖算是个大学生，难道就干这样坑蒙拐骗不入流的活计？苦可以受，但是读书人应该做些堂堂正正的事情。想到这里他把领来的几捆传单转手卖给收破烂的大爷，由此结束了这份工作。

　　手里拿着卖废品换来的三块钱舍不得花，想着时间尚早不如溜达着回宿舍。结果七拐八拐不知走了多久，城市华灯初上的时候走进了一条霓虹闪烁的街道。那街道两边似乎都是卖乐器的店铺，可是更多的是亮着粉红色灯光的发廊，很多衣着暴露的妖艳女子就坐在门口，荣健经过的时候不停有人招呼：嗨，帅哥，进来玩一下嘛！那骚情劲吓得荣健不由加快了脚步，那闪烁的霓虹和暧昧的灯光更让他心里生出一种莫名的惶恐！快步走出那条窄长的街道时，荣健压抑的情绪才稍有放松。一边游走一边回味着这多半年的城市生活，越想越觉得自己似乎就是这个城市角落里的一只老鼠，一不小心可能就会踩上一副能让他血肉模糊粉身碎骨的夹子。由此又想到自考生这个身份，在北方大学的档案里永远不会有自己的名字，自己和这群同学只是某种陪衬的过客而已。最终的宿命就是悄悄地来悄悄地走，挥不挥衣袖都不会带走任何东西。未来在哪里？他根本不知道！唯有取得文凭似乎成了最现实的目标，那么将来呢？到哪里去找工作赖以谋生呢？他心底里没有概念，或者说他没有与正规院校毕业生同台竞争的信心。这种自卑也许是源于根深蒂固的体制认识，也许是高考失败的阴影无法抹去。

　　黑夜里一个人的行程自由而散漫，但对于心情落寞的人来说无疑会有些悲凉。这让他想起两句伤感的歌词独自吟唱："一个人走向长长的街，一个人走向冷冷的夜，一个人在追寻什么？……"唱着歌的那一刻

冬日的火花

他自己清楚地知道，这内心近似于绝望的伤感不仅仅是因为那飘忽的爱情，他不想迷失在城市的灯火里，而现在他找不见理想的出口，也不满这无奈的现实，可他又能怎样呢？

第十九章　就当我从未来过吧

汉都市去年开工建设的二环路还在推土阶段，每次从师大回北方大学都会经过尘土漫天的建设工地。课堂上多位老师抨击市政府因财政紧张删减了规划中的多处立交桥，并抱怨工程缩了水居然还是修修停停，简直就是千年古都的笑话！

有专家强调说：城市基础工程在规划设计方案时都应立足于百年大计争取尽善尽美，但凡经过论证后的方案轻易不可修改，任何凑合、将就的想法往往都会导致未来高昂的重建成本！

政治经济学老师点评此事的时候有些义愤填膺，可实际上这样的问题对那时候的同学们来说没什么感觉，多数人对于城市两眼抹黑。相对而言那些出身城市的孩子们眼界显然要高很多，他们会更多地关注新闻事件。就是在那些时事讨论的课堂上荣健和金城来的同学们认识到了新闻的价值，由此《汉都晚报》成了他们认识社会的重要窗口，荣健每天买报纸的习惯也从那个时候养成了。

1994年6月媒体上的重大新闻似乎特别多！6月6日西北航空公司2303号航班在城郊三十公里处坠毁，机上一百六十人全部遇难。6月8日国务院批转国家体改委《关于1994年经济体制改革实施要点》，提出：一是转换国有企业经营机制，积极探索建立现代企业制度的有效途径；

冬日的火花

二是加快财税、金融、外贸、外汇体制改革，初步确立新型宏观调控体系的基本构架。6月15日至21日，江泽民总书记在广东考察，就经济特区的发展问题指出，要始终不渝地坚持邓小平同志建设有中国特色社会主义理论和党的基本路线为指导，解放思想，实事求是，胆子要大，步子要稳，理论与实际相结合，借鉴与独创相统一，努力形成和发展经济特区的中国特色、中国风格、中国气派。6月17日至7月17日第15届世界杯将在美国举行。

这些看似与学生生活毫不相干的内容，却在课余时间成为学生们交流的主题：飞机失事让荣健和高扬想起了陆锋；总书记广东考察勾起了大家对金城县企业改革的关注；而世界杯没有中国队更是成为所有人心头的痛，看着比赛大骂足协昏庸无能，诅咒那个据说为中国足球掉光头发的F国骗子；议论这些话题谈不上指点江山激扬文字，但是这些过程却毫无疑问地培养了一群人的综合素养和家国情怀。那一年大家最深的记忆莫过于世界杯决赛时意大利人罗伯特·巴乔踢飞点球那一刻的忧郁眼神，同时把赞叹送给胜利者巴西人罗马里奥。

世界杯比赛的那些日子，太宗饭店的宿舍热闹非常。这里几乎是一个没有任何管制的自由天堂，通宵赌博、熬夜看球、撩妹调情成了常态的表现。一些走读的城里同学也过来凑热闹，他们带来的是整段整段的黄色笑话，有人说那一段时间太宗饭店群魔乱舞。而这样的热闹哪能少得了赵海，后来胡长乐、杨夏全居然都嗅到信息赶了过来。杨夏全来的时候，荣健戏谑地说道："你狗日的咋还活着？"杨夏全反唇相讥道："羞你先人，你都没死你爷我当然活着。"几句话不对铆两个人扭打在一起，结果角了半天力谁也制服不了谁，最后松了劲在怒目敌视中分开。

郑明明同学不知从哪儿领回来一个颇有书香气息的女生，大家看见后都甚为诧异。可能因为郑明明平日里总会讲些不着调的故事，那些故事几乎都是吹牛上天的品位。他曾经给班里的女生讲道："我们金城县大熊猫多得很，上高中那阵没事他就和同学拿上麻袋去芒水河边抓熊猫。当然先要藏起来，等熊猫到河边喝水时悄悄过去用麻袋从头上一套。"有同学问："那你抓熊猫能干啥？"他说："一个熊猫能卖很多

第十九章　就当我从未来过吧

钱，我上学的学费就是抓熊猫换的。"这期间大多数人都认为他胡说，然而不可思议的是，即便如此扯淡的故事居然还是有人会相信，并称赞说郑明明神勇无敌。因为这些轶事的缘故，多数认识郑明明的人都觉得他完全不靠谱。现在这样一个不靠谱的人居然领回来一个漂亮女生，大家除了惊讶就是叹息。

郑明明哪有时间与这些人废话，回来就与那女生一头钻进宿舍谁也不理，出去则幸福地手拉手。他和这个女生一进宿舍其他人就会借故闪出来，一方面是避免尴尬；另一方面也是顾及同学的面子给人便利。据说那个女生马上就要毕业了，我们就姑且称她为大四吧！郑明明和大四相处了约莫个把月，那天他满脸愁云心急火燎地来找高扬借钱，借钱的原因是那女生怀孕了，急需钱做人流。只因借的数目比较大，高扬并没有痛快地答应。他有些怀疑大四的怀孕并非郑明明所为，因为自从认识了邱雪他恶补了不少生理知识。恶补的原因是第一次想和邱雪亲热时毛糙得找不着北，最后勉强成事却各种不和谐。为此他天天收听午夜广播，最终才弄明白一方面因为他自己的家伙比较大，再者是邱雪有些过度紧张。为了改善这种情况可是经过了很多次的磨合。怀孕的问题他和邱雪也担心过，并且还认真研究了有关避孕的知识。有了这些经验，他判断郑明明与大四相处一个月左右女方就发现怀孕有些不大正常。郑明明听到这话才恍然大悟，闹了半天自己险些替人背锅，可是现在完全不管又有些于心不忍，最终还是凑了几百元给大四算是了结了这段孽缘。后来大四去哪里做了人流，离校后又去了何方，郑明明一概不知。因为大四叫郑明明陪她去诊所时他连连推脱，大四骂他除了那个球用没有，并说男人亲热时跑得比兔子欢，有事时比狗逃得快。郑明明说自己不去的原因是不想做冤大头，大四说没人叫你当冤大头，只是看在朋友一场的份上帮个忙而已！郑明明没有帮这个忙，此后大四默默消失在茫茫人海，郑明明一直挂念大四是否安好，也总为自己的懦弱而后悔。他说大四是个敢爱敢恨的女子，而自己和前任都是缩头乌龟。荣健从这件事情中得出一个结论，那就是：世间很多容貌姣好的女子看起来高高在上，其实头脑简单爱慕虚荣，她们更容易欣赏那些口若悬河的废物，却对平

冬日的火花

凡扎实的努力视而不见,也许这就是红颜薄命的根本原因!

宿舍里的赌博活动以掷骰子押单双的方式进行,荣健看到赵海、高扬赢钱时自己心里也痒痒。就大着胆子押了几次,没想到居然全部押中了,口袋的几十块钱瞬间变成了一百多元,忽然就有了阔绰的感觉。几个来自黄原地区的同学尽管输光了口袋的生活费却并不服气,当下大家约定等他们第二天到银行取了钱继续战斗。外出吃饭的时候赵海说他有办法能确保只赢不输,并说黄原地区这几年煤炭、石油、天然气产业兴旺,宿舍里住的这些黄原同学那可都富得流油,想办法弄他们的钱也算杀富济贫天经地义,而现在只需要一块磁铁就能解决问题。高扬、陈志军、郑明明都说短时间根本没办法弄到磁铁,可这事难不住荣健。他自小就爱捣鼓各种修理,舅舅家的钟表、自己家的电唱机都成为他手中的牺牲品,可这些经历让他知道在家电维修部买个废喇叭砸开就能得到磁铁,而周围这些巷子找个家电维修部应该不难。后来荣健不但弄到了磁铁,还把磁铁订到了桌面底下。果然像赵海预见的那样,第二天开战后的局面完全一边倒。金城县来的同学大获丰收,而其他所有的参与者都输得惨烈。在赢钱的同学当中,荣健赢得最少,因为他从没孤注一掷。赵海笑他像个小脚女人。后来的几场荣健没有再参与,一群人嘲讽他小富即安是个守财奴。而真实的情况是杨夏全带来了一个社会青年来,那伙计活像个大烟鬼。荣健厌恶杨夏全,也不愿接近烟鬼,那个时候他的"洁癖"又犯了。输钱的同学也在不断总结,先是说荣健他们的宿舍风水不适合他们,后来又有人要求要自己坐庄。如此换了场地反而遂了荣健的心,那晚好些一直不参加赌博的同学都聚过来扯闲话,一堆人喝着小酒聊天倒也安然自得。有两个来自汉都市北边高平县城的堂兄弟,其中一个说着说着就开始抱怨自考的生活,抱怨这宿舍混乱得像赌场妓院,说他真心后悔走这条路,咒骂说这上的是个鸟大学,早知如此还不如去补习。

荣健把这样的大学生活总结为六个字,那就是自费、自理、自学。自费不用解释,自理是自己管理自己,自学是因为除了上课时间天知道老师在哪里?几乎所有老师都是雇来的兼职,有时一门课还没结业就换

第十九章　就当我从未来过吧

了老师，因此也就不像正规学校那样会有多少师生交流的时间，至于教学的效果自然大多要靠学生自己的努力。在这个问题上大家取得了高度共识，越说越激动，有同学说话间骂着娘，一激动提起空啤酒瓶子甩出了窗外。

楼下灯火通明，临街摆着烧烤摊和几张台球桌，酒瓶子虽然没砸到人，但估计把楼下的人吓得够呛。几个人探头往下看时，底下有人大声吼道："操，谁扔瓶子？看老子弄不死你！"几个人赶紧缩了回来，收拾了摊子紧急疏散。不一会儿一群人连带门口的保安操着家伙寻上楼来，那些人踢开每一间宿舍寻找肇事者，自然没有人敢承认，而这群人的野蛮行为却让同学们有些义愤填膺，几乎就在一刹那，所有的同学全部聚到楼道里。不知谁喊了一声"滚出去"，大家异口同声地喊了起来。呐喊声在狭长的楼道里异常响亮，保安想制止哄闹把橡胶棍在门上使劲地敲，但没有人理会他，也没有人后退，大家都意识到当下几十个小伙子对阵七八个野蛮人必然胜券在握。

"兄弟们上，把这群流氓打出去，打呀！"杨夏全带来的烟鬼大喊一声操起了折叠凳，人群往前冲的那一瞬间，保安和那几个寻事的壮汉仓皇逃窜，大家追下去时保安已经锁上了楼梯口的栅栏门。尽管一场群殴暂时避免了，但对骂开始了。保安用橡胶棍指着人群怒斥道："你们都是些什么大学生，再屄干把你们都抓起来。我们已经报警了，谁有种扔瓶子就应该有种承认，你们老师马上就到。"马上就有同学反击道："有事说事，你别嘴里不干不净，我们也不是吓大的！"双方互不妥协，保安盛怒之中又用橡胶棍使劲地敲击铁栅栏，在拥挤的楼道里那声音震得人耳朵发聩，而与此同时好几个啤酒瓶像炮弹一样从一群人头顶飞过，精准地穿过栅栏门的空隙砸向大厅地面并炸裂得粉碎，局面已经完全失控。几个刚才叫嚣寻事的壮汉站在门口叽叽歪歪的时候，老师带着警察来了。老师劝大家先冷静下来，说有啥委屈学校和公安一定会替大家做主，让大家都各回宿舍。

栅栏门一直锁着，老师和民警一个宿舍一个宿舍查问原因。不知道有没有查问清楚这次冲突的来龙去脉，反正校方要求第二天下午两点以

冬日的火花

前所有人都必须离开，宿舍就此关闭。本来早该离校了，世界杯也已经结束两天了，谁还有理由再待下去呢？！第二天到点人去楼空，荣健并不知道自此他与太宗饭店这个地方彻底告别了。

虽然之前已经给家里打了电话，可是回到家时家里大门紧锁，荣健只好提着行李又去县城东门口妈妈新开的农机配件商店。远远就看到春蕾姐坐在门口织毛衣，那天春蕾姐穿了一身粉红色的清凉夏装，刚烫了新的卷毛发型，这发型娇俏显得脖颈细长，脖子上挂的珍珠项链还闪着璀璨的亮光，她那娇艳面容加上这身打扮在夕阳的余晖里颇是靓丽。春蕾看到荣健的时候笑容灿烂露出整齐洁白的牙齿，接住行李时既像是温柔的姐姐又像是贤惠的爱人，那一刻荣健心里有个声音在追问，这样的媳妇不好吗？你不过是个落魄流浪的学生而已！

都是一家人自然也不用客套，妈妈出去了，他们俩就坐在门口聊天。荣健了解到最近店里生意还不错，可是总是莫名其妙地丢东西，为此妈妈气得不行。自开店以后一直是爸爸负责晚上看店，结果他总是为打麻将而演空城计，春蕾推断丢货可能大多因此而发生。爸爸靠不住，这可是个大的问题！可这问题由来已久，荣健虽然愤怒却感觉有些无可奈何。他知道自己的父亲固执又好面子，那种家长的尊严绝不允许儿子冒犯。记忆中说过一句你不是一个称职的爸爸，当时父亲恼怒之下扬起了大耳光子，并且以"我不是你爸"来回应指责。这样的对话有什么价值呢？！最终只能闹个不欢而散，父亲还是父亲，儿子还是儿子，问题还是问题。想到这些荣健心里为母亲叫苦，家里的经济负担这么重，父亲人靠不住工资靠不住，妈妈的压力可想而知，那一刻他的心忽然就似刀扎一样疼，既为母亲的处境揪心也对自己前途充满忧虑。太阳快要落山的时候，妈妈骑着自行车匆匆忙忙地回来了，看到荣健原本绷着的面容立即平添了喜悦之情。

母亲脸上有着明显的倦容，原本就稀疏的头发也没有了光泽。坐下来喝水时，荣健看到妈妈露出的小腿浮肿得厉害，尽管这毛病早些年就有，可是今天看到时他忽然觉得格外揪心。前些年整天在家司空见惯，这离家一段时间内心反而变得柔软，那一瞬间他心里有说不出的酸涩滋

第十九章　就当我从未来过吧

味。春蕾姐麻利地收拾东西关了店门，三个人说着话往回走。

妈妈说晚上给荣健做扯面，为此几天前就准备好了肉臊子。顺带又说妹妹是个瓜娃，走个亲戚就不知道回来。这一点荣健自小和妹妹就不太相同，荣健每次走亲戚都是吃完饭就急着回家，谁家也留不住的。而妹妹却经常会在亲戚家玩耍几天才回来，毕竟在亲戚家看得起自由多，在家里总认为父母重男轻女对自己苛刻。而母亲常说她不会偏心，偏荣健是因为荣健成绩好，并以此激励妹妹好好学习。想来这也是一个合理的理由，可是荣健知道实际上母亲对自己更为看重却也是个事实。

那晚的扯面柔软筋道，吃起来真是攒劲，毫无疑问揉面的时候妈妈下足了功夫，作为儿子又怎么会感受不到这样的用心呢！吃完饭父亲也回来了，荣健拿出给父亲买的电动剃须刀，父亲自然很是高兴。一家人坐在屋里聊天，荣健顺手给妈妈打了洗脚水，妈妈泡脚的时候高兴得几乎合不拢嘴。春蕾姐洗锅刷碗的当口，妈妈再一次提说春蕾姐家里催着定亲的事情。妈妈说："春蕾姐来家里三年多了，无论从哪方面来说都是个好媳妇，咱也不能老没个准话。妈想替你应下这门亲，这样无论你将来走到哪里我们老两口都有人照顾。可是妈知道你脾气偏有想法，所以还是要你自己拿主意。你不愿意的话，人家就回去另做打算。"荣健知道春蕾姐比自己还大一岁，这个年纪在农村正是谈婚论嫁的时间。可是这些年姐弟一样的相处，让他既不舍得她走也无法转换到恋人的关系，那种纠结荣健一时间根本理不清。他只好对妈妈讲："我现在还在上学，出来还不知道干什么，现在真的没法考虑这个事情。"听到这回答妈妈也无可奈何，问爸爸这事咋办？爸爸打着哈哈，说他也不知道该咋办，又抱怨妈妈啥事都顺着儿子，看你以后咋收场？妈妈则质问爸爸说："当时人家说这话的时候你也在场，你现在啥态度没有？"这话题没法再聊下去，爸爸起身说去店里看门，妈妈再次嘱咐他晚上不要离开。

荣健坐在床边给妈妈揉了一会儿腿，又关心起店里的事情，东问西问地打听妈妈下来的计划，得知妈妈已经在放话转让配件门店，下一步准备在商业街弄个小店改卖衣服，这种店本钱小还省事，赚点钱够供荣健上学就行。春蕾看到荣健给妈妈揉腿时连连称赞他孝顺，说妈妈是个

冬日的火花

　　有福之人。春蕾一边给手上擦着油，一边顺手把房子的凳子摆放整齐。那时间她已经换上了宽松的棉质短袖短裤，走起路来呼呼啦啦。身上淡淡花露水的香味亲切自然，她似乎特别怕蚊子，小腿上蚊子叮咬留下的印记清晰可见。那一刻荣健也曾动摇，想着和春蕾姐在一起孝敬父母终老也是幸福的事情，可那只是一转念间的想法，他远没有规划好未来，自然也无法决定什么。

　　回到家的先几天荣健把家里楼上楼下清扫了一遍，每天空下来的时候就会临摹一会毛体书法，墙上随意张贴的一幅幅习作让屋内充满墨香气息。那天习字后提了垃圾桶到河堤去倒，走到河堤上时远远看见高扬正站在一辆小面包车前捣腾。走过去才知道高扬学着开车，开到河堤上居然开了锅。正准备拿着纯净水往水箱倒，结果刚一倒水，那水箱扑哧扑哧地向外喷射，把凑到跟前的他着实吓了一大跳。那喷溅的水烫得两个人"啊啊"直叫，这有关汽车的第一课就这样领教了。他们这才知道汽车开锅后需要降温才能加水的道理，当然很快还是又发动着了。高扬就是开着这样一辆随时开锅的破面包送来了赵海的最新消息，又拉着荣健在周围转了一圈，说赵海从师大回来的路上又有艳遇，那故事的经过更为神奇，于是两人商定晚上去找赵海，到时让他详细说说。

　　妈妈进货明天才回，爸爸要去看店，自己一走家里只有春蕾姐一个人。所以走的时候荣健说自己会早点回来，让春蕾姐挂上前院铁门看会儿电视晚点睡。在体育场门口见到赵海的时候那家伙穿着件墨绿色短袖胸前印着一个草帽，看起来倒是活泼清爽。可就是说话时总耷拉着脑袋，而这个毛病似乎最近半年才开始有的。高扬迫不及待地让赵海讲他的艳遇，似乎这内容远比见面重要。赵海起初还推托说没什么可讲，但最终还是得意地讲述了艳遇的过程。

　　他在班车上遇见的女子就是马小兰，源于在水司车站上车时他伸手帮马小兰提了行李，所以上车也就坐在了一起。马小兰说他有个朋友也是金城中学毕业的，自己在金城中学外面的饭店打过工。如此一来赵海看马小兰眼熟就变得顺理成章，想来过去一定有过很多照面，只是现如今马小兰的装束与从前大不一样。一袭红色的短款连衣裙包裹着甚为傲

第十九章　就当我从未来过吧

人的曲线，两条腿虽然算不上修长，但圆润笔直。加上涂脂抹粉烈焰红唇，看起来还真有些光芒四射。赵海说起初他对马小兰并没有非分之想，只是下车后马小兰让他帮忙提行李。这样一来就一起进了招待所。那时候他才知道马小兰的家在几十公里外的云岭乡，去那的班车只有早上才有。后来两个人又聊起了在金城中学时的一些事情，说着说着马小兰提起了冯亮，骂冯亮是个无耻的伪君子，数落冯亮这些年无数的忘恩负义。对于这些指责赵海完全支持马小兰的看法，并说这样狼心狗肺的人不会有什么好下场。语重心长地劝马小兰以后不要那么傻，世上一往情深的男人很多，别再为那样的小人浪费感情。一来二去两个人聊得很是投机，尤其在爱情的问题上感觉有些同病相怜的味道。而赵海自从有了几次男欢女爱的经历之后，这样的情景手脚自然不会老实，几个回合下来，半推半就的马小兰又被赵海按在了床上。马小兰这一年来本身就在发廊干着暧昧的营生，对身体的纯洁还会有多少坚守？成全赵海不过是两个孤独的灵魂互相温暖，哪里会预见这样的相识大多不会是什么福缘。

马小兰说他和赵海一做爱就会想起冯亮那个混蛋，总是想快活的时候才来找她，每次提上裤子就借故逃走，去年冬天她曾故意堵上煤炉的烟囱，想着拉上冯亮一起被煤气毒死，结果那炉子不争气，居然半夜灭了。赵海说他和马小兰做爱爽得超乎想象，那女子身体多情温润，让他实在上瘾。黎明起来还加班做了一次，招待所当时静悄悄的，马小兰叫床声音大得让他担心有人冲进来把他们捉奸在床，可越是紧张越是迟迟释放不了。黎明时分原本还感觉有些清冷，结果搞得两个人都大汗淋漓才罢休。那时候他才知道一日夫妻百日恩是怎么来的，反正他答应收假后一定去看马小兰。

赵海在与女人打交道上似乎成了三个人的导师，高扬和荣健有时赞叹他搞女人的能力，有时又鄙视嘲讽他恶心无耻。尤其对没沾过荤腥的荣健来说，荷尔蒙的作用让他对男女那些事充满了希冀。三个人说着笑着又一起走进了露天舞场，那天舞场人挺多的，能看出很多都是放假回来的各色大学生。不过基本上都是各自抱团娱乐，似乎都没有与外人打

冬日的火花

交道的想法。因此荣健他们也没有起身邀请的冲动，当然也可能是没看到心仪的目标。这时一个奇葩出现了，她穿着一款超大宽松的白色衬衣配牛仔短裤，脖子上挂着一串夸张的贝壳项链。那货跳起舞来撅着屁股，腿抡得贼欢，转身的动作就像触电一样。尤其在中场迪斯科的时候，她一个人跳得甚是陶醉，不知在哪里学来的骚浪动作，让人感觉既是荡妇又是怨妇。赵海说看那女子跳舞有冲上去把她按倒蹂躏一顿的冲动，荣健和高扬赶紧煽活说"去去去"，一把把他推进了舞池。赵海原本就不会跳中场迪斯科，自然耷拉着脑袋悻悻地又退出来。几个人折腾了一会儿也就各自回家了。

荣健回到家叫了半天门，春蕾姐看来是睡着了。他只有试着摇门，摇了几下还真就摇开了。东边房子的灯和电视都还开着，荣健轻声推门进去，结果看到的是春蕾姐玉体横陈侧身睡在床上，居然只穿了细带的文胸和三角裤头，肚子上搭着毛巾被的一角。那细腰肥臀慵懒安详的睡姿让他想起缱绻的欧洲油画，之前女性裸露的身体他也只是在录像的画面中看过，如此真实的画面可真是第一次，他完全被震撼到了。一瞬间血脉偾张让他有扑上去拥她入眠的冲动，可是理智告诉他如果这样，那么这就是一辈子的选择。他心里矛盾极了，犹豫片刻蹑手蹑脚地退了出来，慢慢地走进西边自己的房子。坐在房间里他久久不能平静，脑子里总是浮现春蕾姐那诱人的身躯，想着只要现在进去就能幸福地抱着她入睡。这邪恶的念头让他有再一次推门进去的冲动，之所以说这念头邪恶，因为这一瞬间他觉得自己这样的想法对不起林芳欣那纯真的笑脸，虽然这一年来仅仅见过两面，可是毕竟她才是自己爱的人，尽管这段感情现在变得有些飘忽不定，但回忆里那些幸福的时刻真真切切。而自己现在居然又想着和另外一个女人亲热，这算不算背叛？其实他自己也搞不明白！

这注定是一个难眠之夜，对于一个青春正盛的男孩子来说，隔壁房间充满诱惑的躯体像一个巨大的磁场始终裹挟着他的思想。那些录像的画面、赵海一系列的艳情故事让这个小伙子欲望翻腾良知挣扎，夜深人静而他焦躁难眠，双眼瞪着天花板思想陷入迷乱的思维空洞。这个时间

第十九章　就当我从未来过吧

窗外的蛐蛐也早已不再鼓噪，夜静得让人窒息，荣健憋闷得想捶墙。可是他理性地知道不能这样，于是又起来在房间来回踱步。不知过了多久，忽然隐约听到春蕾姐说话的声音，他停下步子侧耳细听。那声音分明是梦话，于是穿过中厅走到房门口。"小荣，小荣，抱着姐，姐害怕。"春蕾姐梦里呼唤着荣健的小名，这显然是春蕾姐内心的想法，难道她早已决定留在这个家，完全不计较贫贱富贵？现在家已经远不是过去的殷实状况，而所有的债务压力春蕾姐是知道的。想到这有一种感动让他心头发酸，有进去和春蕾姐谈谈的想法，可他始终还是没有推开那扇门。

那一夜荣健想了很多，把前途爱情琢磨了一遍又一遍，就这样在纠结矛盾中睡着了。第二天早上睡得迷迷糊糊的时候，听到春蕾姐在院子大声叫他，荣健匆忙跑出来一看，我的天！厨房被人偷了，厨房里的油壶、高压锅、米袋子，但凡稍微值点钱的东西都被一扫而光，最可恨的是贼居然消停地吃光了昨天买的几斤西红柿，把柿子屁股随便扔在厨房的地上。从现场的痕迹来看很明显是两个人作案的，一个翻墙进来，一个在墙外接应。可是再怎么分析，东西已经丢了，没有了锅具早饭都没法做。只有等爸爸回来再说了，两个人尴尬地收拾了现场，等着面对爸爸的训斥。荣健抱歉地对春蕾姐说都怪自己睡得太死，春蕾则说也不知咋的，自己昨晚也睡得跟死人一样。两个大活人在家，居然被贼偷了。你爸你妈回来可怎么交代？荣健宽慰她说："这村子有好几个烟民，估计是这帮垃圾干的。反正损失也没多大，没事的。"

爸爸回来并没有训斥谁！在这一点上荣健还是挺佩服爸爸的涵养，本来已经准备了挨训，现在看来小看了爸爸的格局。爸爸给了钱，荣健骑上自行车驮着春蕾去买东西，这完全是一对小夫妻置办家当的架势，可是命运注定这不过是一段温暖的经历而已。尽管看起来般配实际上也合拍，可是相遇在难以产生爱情的时间，那么所有的一切都是假象。那些日子荣健和春蕾相处得极为亲密，有时春蕾做饭的时候荣健就在一旁帮忙。很多次他在春蕾弯腰时从领口偷窥那丰满的乳房，或者是从背后欣赏她诱人的身材，春蕾秀美的脸庞迷人的微笑都让他着迷，可是他就

冬日的火花

是没有勇气接受这唾手可得的幸福。

　　那段时间妈妈的奔波很多时候都是因为资金腾挪的需要，拆东墙补西墙成了一种常态。店里有限的利润根本无法支撑全家的开支和贷款资金的利息，如此一来老账没还又借新账。这种情况下荣健自然不好意思向父母伸手要更多的钱，整个暑假他经常口袋揣着几块钱和高扬、赵海他们四处转悠。好在县城的消费也低，除了舞厅要一块钱门票，倒也没有什么花钱的地方。加上赵海又比较豪爽，经常主动买单，所以整个假期的生活还是很丰富的。而赵海之所以有钱，一方面是因为家里条件随着父亲职位的升迁不断改善；另一方面源于赵海在舞厅跳舞居然会有人给他钱花，无疑给钱的都是女人。

　　那个给赵海钱的女人荣健只见过一回，据赵海说只跳了几次舞他就把那个女人领到一片早玉米地里办事。当日随便拔了几株野草铺在女人身下，而他跪在地上搞得相当辛苦。从这之后就成了熟人，还去那个女的家几回。那女的把他当弟弟看，时不时主动给他塞零花钱。而这个阔绰的女人什么来路荣健后来才知道，她居然就是消失了好几年的"营长"，而她实际上有一个好听的名字叫柳红。

　　柳红当年贫病交加离开金城县，曾经跑到北河县的火车站想趴了铁轨一了百了，可是一个好心的扳道工救了她。后来她混上火车到处飘荡，饿了在车厢里捡剩饭吃，冷了随手拎走别人的衣服。这当中自然拉过肚子挨过打，可是饥寒交迫中居然戒除了毒瘾。老怪把她捡回来主要是她不太引起人的注意，好多次利用她把毒品带回金城县。直到她重新洗干净脸，老怪一看干脆收为自己的女人，而柳红在县城本身就没有什么容身之处，这样的结果好过她的想象。其实老怪从身体上来说根本不需要女人，早些年公安的一次扫毒行动让当时趴在女人身上的老怪瞬间疲软，并从此一蹶不振。

　　老怪在金城县是著名的破落户，年轻时抽大烟气死父母败了家，后来以贩养吸小打小闹，看守所不知进了多少次，可就是屡教不改。可笑的是这样一个屡教不改的毒贩子居然每次都能毫发无损地从看守所出来，看来这老家伙确实有些混社会的本事。现如今虽然仍要东躲西藏，

第十九章　就当我从未来过吧

可是这几年运进金城县的毒品似乎从未中断过。老怪捡回柳红也许还有一个原因，那就是前几年在火车站还捡了一个弃婴，如今也已经三四岁了，一直寄养在亲戚家里。如今有了柳红算是有一个完整的家了，可是这个家门他从来没有进过。每次与柳红见面都是约在别的地方。老怪对柳红非常好，起初仅给柳红看病就花了不少钱，柳红说她很感激老怪，愿意一辈子伺候他。结果老怪倒很大度，说自己不知道哪天就会死在外面，或者被政府拉去枪毙，柳红还年轻，他只希望柳红照顾好孩子就行。这样的安排是不是老怪的精神救赎我们不得而知，反正县城里多了一个打扮时尚深居简出的女人，而赵海与这个神秘女人打上了交道。

平凡生活中我们都不是圣人，多数人对于亲人朋友的小恶往往视而不见，也或者还有意无意地以此为乐。那个时候荣健和高扬对赵海的作为似乎已经习以为常，有时甚至还羡慕他这种特殊的能力。最先对赵海有看法的是荣健的妈妈，妈妈说赵海怎么现在看起来有些贼头贼脑，让荣健最好少跟赵海瞎混，一天要想些正事。起初荣健对母亲这样的说法不以为然，然而当赵海忽然消失十数天，再次出现后一脸愁容要死要活时，荣健才忽然觉得母亲的话很有预见性。

谁也不会想到消失的那些天赵海会在赌场上输掉数万元，债主天天威胁不还钱就断他一条腿。赵海实在没辙了，想着让荣健和高扬的爸爸联合去家里说情，让父母帮他处理这些债务。为此他在荣健家里赌咒发誓要痛改前非，荣勤民总觉得要给年轻人一个机会，当下表示自己愿意出面说这个情，但要和高扬的爸爸商量一下，毕竟这个数字不是一般家庭能够承担的。高扬的爸爸是个学究型的管理者，在县造纸厂任总工，业余喜欢养花种草，平常总是一副乐呵呵的样子。但这样一个乐呵慈祥的人听了赵海的所作所为却震怒非常！当场愤怒地说依赵海的状态看他并没有深刻反省，如果今天两个老家伙去说情解决了债务问题，那就是对赵海最大地纵容。他不但拒绝前去，并且毫不留情地把赵海臭骂一通，说他看起来自命不凡，其实就是一摊烂泥，又斥责他不求上进不知羞耻。最终赵海一个人灰溜溜地先行离开了高扬家，那时候他是名副其实的丧家犬模样。而高扬爸爸与荣勤民最终商量的结果就是当面给赵海

冬日的火花

一点教训，然后背过赵海去他家里为他说情。赵海的父母热情地接待了儿子两位同学的爸爸，也感谢他们对赵海的规劝，说自己教子无方也只能先想办法给他还债。赵海家的经济情况虽然好一些，但是盖了新房也没几年，父母最终东借西凑地给他还了赌债，为此他跪着再一次承诺努力读书，绝不再犯！

  那个暑假的生活杂乱而颓废，几乎没有什么能打起精神的事情。任雪瑶也像换了个人似的，没有再主动来邀请荣健去跳舞，即使见面也只是简单打个招呼。反倒是荣健去她家找她聊了几次天，向她抱怨隔壁养鸡搞得院子整天臭气熏天，家里白白的墙面也弄得全都是苍蝇粪便。唠叨说他家致富邻居受害这是哪门子道理？任雪瑶说这也是没办法的事情，今年行情不好还养得少了，因此现在她稍微能轻松一点。说到了秋天她弟弟就要当兵去了，到那时她一个人日子真不知该怎么过！荣健说自己现在也很是迷茫，完全不知道上完学要去干什么。他没好意思说学校的情况，只是说学校的生活也枯燥乏味。自己以前很多想法都不切实际，未来到底在哪里真是一件让人惶恐的事情。任雪瑶说你还有未来，而她自己的前途基本清清楚楚，不过就是找个人嫁了。也不知道会找一个什么样的人，自己又没个正式工作，对象恐怕都不好找。这样的对话只能让彼此增添更多的忧虑，而对现实没有任何实际作用。

  眼看着又要收假了，那些天在县城的街道上经常会碰见去年补习的同学，考上的人意气风发，落榜的垂头丧气。每当听到有同学收到录取通知书的消息，荣健心里就有一种酸酸的感觉。他不止一次萌发过回来补习的想法，可是终究还是没有勇气走回头路。不过遇见的几个同学让他产生了去金城中学看看今年高考榜单的念头，于是那天他骑上车子回了母校，站在那张大红榜单下端详了很久。那上面自然都是今年各大院校录取的信息，当"许芹——南方航空航天大学"的信息赫然映入眼帘，荣健的心里掀起了剧烈波澜。

第二十章　我们都需要勇气

再次返校报到的时候，大家都觉得既然参加的是自学考试，又何必将父母的辛苦钱交给学校。况且学校安排的宿舍疏于管理，已经到了群魔乱舞地步，倒不如大家合租一间民房来得自在。如此大家一合计，干脆今后一边打工一边自学。

很快找了一间民房安顿下来，白天的主要活动就是找工作和串联学友，晚上则各自搬个小凳子趴在床边学习，有不懂的问题就互相商量讨论，这样比较规律的节奏一直坚持到了十月考试前。

要说这个阶段也挺有意思，到了学习时间宿舍里就会鸦雀无声。只不过有些人看小说的时间比看课本的时间多，有些人看着课本想着如何约女同学游玩。更滑稽的是郑明明同学家里为了保证他精力充沛地备考，专门托人送来一种叫"中华鳖精"的保健品。可这伙计天天喝着鳖精补气，却仍然一拿上书不到十分钟就会鼾声如雷，最终因为补充多消耗少，内火旺得鼻血长淌。大家都说他这火急需找个女生消耗消耗，于是他开始有事没事邀请班上女生来宿舍串门。一段时间他对此非常热衷，以至于大家都戏称他有当妇女主任的潜质，并调侃说他把妇女工作当爱好实属不易！之所以把他的热情说成爱好，主要源于他邀请的那些个女生长相实在困难。其中一个被荣健刻薄地概括为："肤白不貌美，奶大胀破衣，包子嘴耗子眼满脸雀斑加黄毛。"其他的也是各有各的难看，高扬说起这话题时用了望而却步的词语。大家甚至认为和这样层次

/261/

冬日的火花

的女生说话都不大好意思，因此无法理解郑明明如何能与她们调情搂抱玩得热闹。最不可思议的是郑明明居然还和李新宇带着这几个丑女逛了一趟金城县。众人都说这简直是丢人丢到家了，因此挖苦郑明明时可是一番夹枪带棒的攻击。但无论众人如何不屑，郑明明依旧热衷于此无心读书，以至于到最后虽然喝了不少中华鳖精，考试仍然一门没过。李新宇说这是过量服用的恶果，荣健更是常常以此为笑柄取笑他。整个宿舍的通过率也让人沮丧，李新宇过了两门，高扬过了一门，陈志军一门没过，荣健虽然算是当中考得最好的，但这次也只过了三门，而他原本想着四门全过的，现在这结果让他虽有成就感却并不觉得欢喜。

考完试大家都放松了，虽说一个宿舍，可大家各自都已建立起了自己的小圈子，各人有各人的活动空间和内容。高扬一边打工一边与邱雪恋爱，陈志军沉醉于打篮球，郑明明继续拉着李新宇和一群女生打情骂俏到处胡混闲转，荣健除了偶尔和陈志军打打篮球之外，大多数时候一个人待在宿舍里，也许因为如此他更觉得内心孤独。

人越是孤独就越容易想起过往！尽管一直没有林芳欣的消息，但他清楚地记得再过几天就是她的生日。于是连忙赶去书店，精心挑选了一帧漂亮的贺卡。等晚上宿舍里其他的人都睡了，他把贺卡在床头摊开，本想心情平静地写些问候的话语，可一想起根本无法寄给她时心情变得复杂。很久很久，他才让自己平静下来，想着即便她收不到，可自己仍然要说：

很久很久，当我阔别那熟悉的校园，走过又一个孤独的冬日。那段刻骨铭心的记忆又重新翻起。是温馨是悲哀我也说不清，回想起那个冻伤脚踝的冬夜，回想起那个捶我脊梁的小女孩。回想起当初熬夜起草生日贺词的迫切，想起明天又是那个女孩的生日。

贺卡写得很满，还特意用彩笔写上几个特大的生日快乐。却不知道该怎样寄给你，我想还是让我读给你听吧！

芳欣：

当我们无法完成写给友人的诗篇，我们是否会像诗里说的那样，我

第二十章 我们都需要勇气

们将在河边相聚。显然，在这个年头里，我已经无数次遗弃了我的牵挂。又无数次地将它捡回，当我们共同走入喧嚣的人群，想起那个美国诗人的著名诗句，独独把明天忘在身后。甚至，我们没有勇气在分手的时候互相提醒："我们曾愉快地走过。"我的友人，在这个回忆之夜，我们是否会相聚在河边。放下了手中沮丧的诗句，我们是否将重在河边相聚……

我们是否还将在河边相聚，纵然我们已经对昨日的温情失去了信心。纵然我们在这副怀念美丽女孩的油画前成为仇人，我还想找到你捉摸不定的笑容，把诗歌扔掉吧！你说。而我熄灭了你我之间的全部蜡烛。在暗中你我相对无言，把我们之间的友情熄灭吧！你说。你冰冷的笑容和那个时刻一样永恒。

也曾经历过失落的痛楚，但我们都应不会把悔恨的旧梦重拾，既然秋天的落叶已融入我们生活的大地，已化作滋养生命的甘乳。我们就该告别过去，珍惜现在和未来，当我们把所有的痛苦与悲哀埋进昨天，我们便真正拥有了一个崭新的今天。

同窗两年，偶然相识。使你我能结伴度过一段彼此彷徨的日子。今夕何夕，那共有的漫天彩霞，盛寒沉寂的月夜同归，谁也不能否定它的永恒。但它同时也永远只属于十七岁，当十八岁的烛光燃起，十八岁所选择的除了浪漫情怀，还有很多很多，那曾经憧憬，曾经渴望的都将在脚下获得。十八岁蓦然回首，当我们的梦在悠悠的岁月中迷离一段旅程时，你再回过头来看看我——在孤独的日子里，在静谧的月夜里，你在读我的那首诗吗？

这一束花朵，在雪花纷纷飘落时你可感到春天的魅力，在樱花缤纷的日子，你会想起那个送花的人吗？我想我们将会微笑地拥有明天。

一个人孤独地守着自己的秘密，想念着那个骄傲的女孩子，日子就这样糊里糊涂地过着。然而大家并没有忘记他，当有人得知林芳欣的消息时第一时间告诉了他，并且簇拥着他一起去找。这份真挚的感情让荣健当时信心满满，尽管费了很多周折，终于在那天晚上辗转找到了林芳

冬日的火花

欣新校址的宿舍。然而当荣健鼓起勇气敲开房门时，见面的那一瞬间荣健相当崩溃。

推开房门时耀眼的日光灯瞬间照得他眼前白茫茫一片，而那耀眼的白光中林芳欣穿着一袭白裙端着一个绿色塑料盆子，照面的那一刻她脸上满是羞涩惊慌的神情，丝毫没有老友重聚的惊喜，少顷只是淡淡地说了一句："哦，你来了，我准备去洗澡了，咱们改天再联系。"一群人像是被当头泼了一盆冷水，尴尬地退了出来。林芳欣并没有出门相送，而是对宿舍的人在说明这些老乡的来历。那天荣健觉得自己颜面扫地，羞愧得无法形容，只好强颜欢笑着和大家又转了回来。没有人在荣健面前抱怨什么，只有高扬说林芳欣有点不够意思。可这在荣健看来不仅仅是够不够意思的问题，他感觉林芳欣似乎并不愿意在众人面前接近他们这一群俗人。

林芳欣的冷淡让荣健心里悲伤失望不断累积，那时候他感觉到自己心里那些可怜的牵挂实际已毫无价值。也许因为赌气他终于想起了与梁艳的约定，并决定第二天起身去看她。那天正好是周末，梁艳迎接他到来的时候满面春风，并且表示要好好地招待他。荣健今天口袋有钱，他自然不会接受梁艳的招待，他主动掏钱和梁艳在校外下了馆子，后来又一起溜了几条大街到师大找赵海他们。赵海还是老样子，不过宋胜利与小白最近显然不大好。也许是相处久了原形毕露，小白暴虐的性格让宋胜利痛苦不已。那天两人闹矛盾的时候，小白居然操着菜刀摆出一副你死我活的架势，即使宋胜利隐忍着躲进房间，小白还是不依不饶，大骂着用菜刀砸向房门的亮窗玻璃，瞬间玻璃爆裂房间内传出咣啷啷的声响。荣健和梁艳刚好赶上这惊险的一幕，梁艳吓得直吐舌头。荣健和王长征、赵海一边规劝小白，一边走向房门问候宋胜利的情况。小白不愿意与大家说话，一甩头气势汹汹地走了。男女间的矛盾谁也说不清楚，宋胜利也不愿多说，只是说小白现在变得不可理喻。后来燕子来了，说小白最近与她一个所谓的表哥关系很是暧昧。关键是她的那个表哥最起码有四十岁上下了，这很不正常。他劝宋胜利快刀斩乱麻赶紧结束与小白的关系，可宋胜利说小白与他表哥之间没有啥，这个他清楚。现在要

第二十章　我们都需要勇气

与小白分手，他还没有想好。其实这个情况当时大家都很理解，小白是宋胜利的初恋，而那时候没人能够明白所谓初恋大多只是用来怀念的！

吃饭时赵海和梁艳开玩笑说："你咋移情别恋了，李飞越对你可是一往情深呀！"梁艳赶忙制止说："你一天胡说啥呢！"那时候从梁艳的眼神里就能看出她担心这话让荣健不高兴，其实荣健没那么狭隘，或者因为荣健那时候并不在乎梁艳到底喜欢谁。王长征的发言最为经典，他说宋胜利和小白在一起不务正业，整天就知道吃喝玩乐，考了两次试两个人一门都没通过，如此糟糕的成绩还不如找个树杈吊死算了。对此宋胜利丝毫没有反驳，毕竟成绩不如人有啥好说的。而赵海则不以为然，说王长征农民意识，考过了几门就狂得不知道姓啥！表示自己只要用心学王长征四条腿都撵不上。燕子在一旁自然听不得赵海贬低王长征，讽刺赵海说他除了吹牛有一套，啥时候认真过。

那天是赵海第一个提出来想回去补习的，荣健附和了他的想法，并强调说大家现在年龄其实都不算大。荣健刚满十八岁当然可以这样讲，提到年龄赵海有些伤感，他比荣健大两岁，总觉得补习的事对自己来说有些晚了。由此又说实在不行他就南下深圳打工，听说那边现在工资很高。就这个想法他煽呼宋胜利，说老宋念书没啥前途，不如趁早和他一起去深圳赚钱。宋胜利说可以考虑，而王长征嘲讽赵海说："你能干啥？没文凭怕出力，到深圳能把你饿死！"赵海说他服了王长征这样的损友，实在是狗嘴里吐不出象牙。而王长征则说赵海不改掉耍嘴的毛病迟早都要肇祸，凡事要从实际出发。最后赵海只有不理王长征的质疑，而是和荣健约好下次回去一起考察一下补习的学校，考察的原因是因为如果回金城中学补习，那里熟人太多感觉很丢人。听到这儿王长征直接接话说："你到哪都会很丢人，来跟哥喝一个。"赵海没好气地说："跟你喝个锤子！"几个人唇枪舌剑地斗了半晚上，喝了很多啤酒。最后安排宋胜利和赵海睡，把房子腾出来给荣健和梁艳过夜。

酒劲上来的时候荣健已经和梁艳睡在了床上，稀里糊涂地都脱了外衣钻进被窝。第一次这么近接触到女性身体的时候，那种冲动根本难以抑制。睡着睡着荣健就手脚不老实地到处抚摸，最后伸进梁艳的内衣抓

冬日的火花

住了她娇嫩的乳房,那一刻梁艳身体轻微战栗脸泛潮红。转过身来面对着荣健,两个人嘴唇紧紧贴在了一起。可两个人都没有亲吻的经验,而且荣健心里以前从来没有与梁艳男欢女爱的准备,因此即便在这样的氛围下,他也没有深入下去的勇气。就这样纠结着摸索着摸索着纠结着,最后两人拥抱着入眠。这样的一次相处到底是属于私订终身,还是感情开端,其实那个时候两个人的心理状态完全不同。荣健是真正的意乱情迷,而对梁艳来说这是一个美好的开始。那天分手的时候,梁艳说如果荣健回去考察学校一定要叫上她,这样荣健补习的时候她就能找见地方。梁艳说这句话的时候面如桃花,那温柔的眼神里充满了爱和关怀,这份深情让荣健没有理由拒绝。

当荣健与梁艳柔情蜜意的时候,他哪会知道那天他的母亲为了找他几乎走遍了北方大学的每一个角落,而那可是一个占地近千亩的校园。走遍校园都没能找到儿子,杜英娥走出校门的时候焦急得哭了。自从儿子收假返校后,杜英娥把农机门市部盘点了一下,从账面来看是小有盈余,但是旁边几家修理部不知什么原因相继关了张,如果再干下去估计就要赔钱了,为此她不得不考虑下一步的出路。思虑再三还是决定关了门,把剩下的货交给县城一家大户代销。毕竟这些配件都是些钢铁东西,时间再长也不会有什么折损。那家的老板也比较爽快,最后按进货价一次性付了款。拿到这笔钱后杜英娥立即按之前的计划到县城商业街看门面,然而商业街的门面价格比预想的高了很多,算来算去最少还差一万多。为了这笔钱杜英娥可是犯了难。筹钱的过程中听说新疆摘棉花挺赚钱的,因此她立即决定去趟新疆,想着如能尽快地赚到一笔钱,那么年前就可以开个新店。就这样她打点了行装奔赴新疆,她凭着年轻时干庄稼活的豪气准备在棉田里大干一场。

为了节约开支只能买硬座票,车厢里拥挤得让人窒息,但丝毫也没影响老杜采棉赚钱的激情。慢悠悠的绿皮车一路摇摇晃晃,沿途经过无数城市和村庄,也经过了草原、戈壁、沙漠,摇了近三天才到站。几天下来尽管坐得浑身酸疼,但是车一到站根本来不及吃喝就被采棉大军裹挟着冲向目的地。那时候正值农场大量用工之际,一群人很快就谈好

第二十章　我们都需要勇气

价钱下了田。起初还感觉秋高气爽眼界开阔，可是一天下来真有些吃不消。那棉田一望无际，棉花白得像云朵一样从头到脚挂在枝干上，摘棉的人低头弯腰几乎不停地要做九十度摆动，个把小时过去就感觉腰疼得快要断了。然而这还不是最痛苦的，到了下午蚊子的出现才是考验，一般的蚊子只要人一动就会飞走，而棉田的蚊子几乎追着人叮咬，第一天下来老杜浑身到处都是挠痒抓烂的伤痕。可这一切的艰辛对于老杜来说没有妥协的理由，她记得老人说过"钱在黄柏树上不苦不得来"，因此无论多苦也要坚持下去。可她已不是当年在生产队时的年龄，又有小腿浮肿的毛病，因此几天下来腿肿得更加厉害，有时恨不得在腿上划个口子放放血。就这样她咬牙坚持着，到最后自己都有些不敢相信，居然平均每天都能采摘八十公斤以上，结算的时候拿到了近五千元的酬劳。虽然没有预想的那样多，但是这钱顶得上内地半年多的工资了，因此她很知足。

　　回来下火车的时候，杜英娥有一种胜利者的喜悦。尽管晒黑了脸干裂了嘴，可她想着带回来的哈密瓜儿子一定喜欢。于是那天从火车站直奔北方大学，然而到处打听却找不到儿子。因为学校里没有几个人知道博文学院还有什么市场营销专业，而经济管理学院压根就不会有他儿子的名字。这样一来她只能在学校里大海捞针般地寻找，操场上、宿舍楼、学校的食堂，她走遍了学校的每一个角落。直到天色昏黑，找得她心急上火饥肠辘辘依然没有任何结果，她心底里抱怨这个冤家怎么不见踪影，妈妈给你带了哈密瓜你也吃不到了，想着想着就流下了眼泪。说不清这眼泪是失望还是生气，最后也只有到水司车站搭乘末班车回家。

　　荣健再一次回家时看到的情景甚是伤感！妈妈生病在家休养，每天大碗大碗喝着汤药。说起那天找他的事情，荣健心里内疚极了。编外生的身份再一次让他羞愧难当，联想到母亲棉田里的辛劳和自己在城市无所作为的生活更是觉得无颜以对。这原本在县城还算富足体面的干部家庭，现在母亲居然悄悄外出干苦力，此情此景荣健心里难过且忧郁！尽管这一切与母亲的投资不慎有关，但是作为儿子有什么理由责备母亲的打拼，唯一的选择应该是尽早接替母亲肩上的担子。而自己现在迷茫的

冬日的火花

境况安身立命尚感无力，还别说接过家庭的重担，为此他发出深深的叹息！

另外一件事情也让他心灵深处充满酸楚，那就是妈妈告诉他关店之后春蕾姐的离开，妈妈说春蕾姐来家四年多，本是要找个归宿，结果现在只能没有结果地走了。原本想给她一笔钱，可是现在实在拿不出，也只好作罢。尽管这些年在工资上也没有亏待她，可是很明显母亲心里有愧疚和遗憾。荣健对此自然能够理解，并且原本还想在春蕾姐走之前和她好好谈谈，现在看来也做不到了。这些年他已经把春蕾姐当成一个家庭成员，忽然这样的离开让他内心非常不安。不过已经这样了，也只能以后有机会再做补偿。当前只有先让妈妈安心养病，劝她要爱惜身体，今后无论干什么事情都要量力而行，如果她累垮了这个家可就麻烦了。妈妈听了荣健一席话很是高兴，说这几个月他一下子长大了，并宽慰他不用担心家里的经济情况，欠下的那些债务不是问题，等她好了再张罗起生意很快就能还完。而且最近他爸爸的表现也不错，自从她病了工资按月都能拿回来。只要一家人齐心协力，就没有什么困难克服不了。那天他和妈妈说了很多话，他从心里开始钦佩母亲的勇气和雄心，尽管母亲没念过几天书，可说话做事的思维和魄力不由得让人敬重，仔细想来如果不是碰上李志勇这个蠢货，母亲的创富事业可能完全是另外一番景象。想到自己目前的状况不正需要母亲那样的决断力吗？而自己的性格似乎优柔寡断、纠缠不清、瞻前顾后都占全了，现在的情况如果是陆锋，估计人家早已做出了选择。思来想去虽然心里还是纠结，但是考察学校的心情变得迫切。

赵海这个人虽然这几年称得上劣迹斑斑，但是对于朋友间的约定还是像从前一样毫不马虎，因此有时候似乎难以用好坏去界定他，那天到了约定的时间他和赵海、梁艳三个人骑着车子出发了。

出了县城一路向西再向北，先后看了关西中学、第四中学，对于这几个从金城中学毕业的学生来说，这两个学校的条件实在有些寒酸。以前只是听说升学率还不错，而现在看到的简陋校舍却让他们无法直面这艰苦的环境。因此随即放弃了继续考察三中、五中的想法，往回走的时

第二十章　我们都需要勇气

候路过李飞越家所在的村子，赵海提议去碰碰运气说不定能碰到他。赵海和梁艳以前都来过，因此没费什么力气就找到了那熟悉的院门，只是里面的房子已翻新为二层小洋楼。但推门进去的时候这个院子显得有些萧瑟，李飞越的妈妈听到有人迎了出来，看到他们时眼泪瞬间掉了下来。这一幕让几个人惊愕不已，他们哪知道面前的这位母亲刚刚经历的丧子之痛。

李飞越是自杀的，原因是尴尬的身世和工作的挫折。当天李飞越的母亲并没有过多地说什么，只是说李飞越一时想不开走了，就埋在村子南头的公墓里。他们本想安慰老人一番，结果一说话那母亲就泪如雨下，几个人没敢过多停留，就出了门走向了村里的公墓，他们要去看看这位同窗好友，学校一别谁承想转眼间竟成隔世，那一瞬间几个年轻的心灵都为此难过不已。

时令已值中秋，尽管那坟茔上还插着花圈，可秋风秋雨已经剥落了花圈上的全部纸花，留下的只是竹篾编制的造型和残留的一丝半缕，而那坟茔的土堆上已经野草丛生。那一刻梁艳忽然间心如针扎，抽泣着泪流满面，想起当初李飞越的一往情深，梁艳又如何能不动容，可是学校一别谁又能想到他竟是今天这样的结局。那时候荣健的心也被深深地刺痛，去年暑假李飞越还拿着相机来县城找过他，两个人在白沙河的小桥上照了几张耍酷的照片。尽管那时候他知道李飞越是来找梁艳的，结果梁艳那天没在家，因此才有了那些合影。可是他现在走了，他才十九岁呀！虽然不是兔死狐悲，可是访友的这结果让荣健有了生命的概念。活着只是一个过程，有长有短。有些人的生命璀璨如流星，划过天际留下夺目的光芒；有些人的生命宛如野草或烛火，一阵风过也许就湮灭于无形；而我的生命难道要像受潮的火柴，擦来擦去最后也只是像一股青烟那样悄然飘散？

其实赵海一直与李飞越有书信往来，直到后来赵海远走深圳时将那些信交由荣健保管，从那些来信和当日李飞越母亲简单的陈述中荣健基本理清了李飞越赌气离世的原因。

李飞越接班时填在登记表上的血型引发了他父母激烈的矛盾，他父

冬日的火花

亲因为长期在外工作，母亲一个人留守农村孝敬老人。没人知道是情愿还是不情愿，反正李飞越不是他父亲的亲生儿子。因此当李飞越第一次发工资给父亲买了新衣服兴冲冲地让他试的时候，父亲当时没好气地直接扔在了地上。李飞越对此当然难以接受，当场数落了父亲几句，结果他父亲上纲上线说自己养虎为患。父子俩激烈地吵了一架后李飞越就回到了单位，回单位之前去找了梁艳，结果没能见到人，这才有了与荣健的合影。后来回到单位又急于证明自己，在家里翻盖新房过程中一时糊涂挪用大额公款被人举报。好在单位领导照顾他只是让他返还回去并停职反省，而他因此却耿耿于怀。回家休假的时候看到父母紧张的关系，又深感处分之后前途的渺茫。当再一次与父亲冲突的时候，他一怒之下喝了农药。等到肚子疼时后悔了，大喊救命却为时已晚。当夜在万分痛苦中死在了医院，好在已经成年，否则尸骨都难以进村。

大家都替李飞越的生命感到惋惜，可是逝者已矣！活着的人还要前行，而如何前行是赵海和荣健回到学校后最大的命题。在荣健他们的宿舍里，陈志军第一个支持了赵海南下深圳的想法，两个人为此一拍即合。赵海说他回师大就退房子卖东西，然后过来和陈志军汇合，争取十日内就动身。而荣健既不想草率南下，也没想好回去补习该如何面对周围人的眼光，更何况他也没有做好面对失败的准备，毕竟高考不是那么容易的事情，尤其离开学校这么久，功课早已生疏遗忘得没有多少，在做出选择前他胆怯了。也正是因为胆怯所以更加纠结迷茫，而自学考试的路与理想相去甚远，继续走下去吗？回答也是否定的！其实多年以后回头看时，考大学对于荣健来说圆梦更重于实际，只要好好学自考也能拿到文凭，作为敲门砖本质上与正规大学也没有太大区别。可是人年轻的时候为梦想而努力的信念是无可厚非的，因为这信念的价值本身就大于结果。一个人敢于坚持信念实现理想的过程本就是成长，而这种成长对于人的一生都是一种取之不尽的财富。只是当时荣健并没有参透，他想着要通过努力找到一种路径去实现某种抱负，只是那时候连自己的抱负到底是什么都不太具体。但好在那些日子里，他从没停止过思考。

除了与林芳欣刚分手的那段日子，荣健已经很久没写过日记，可是

第二十章　我们都需要勇气

1994年11月20日、23日的两篇日记他写得很用心：

11月20日

整整一个星期又过去了，而我在这一个周内又干了些什么，有什么收获呢？我无法回答，因为我的的确确是一无所获。跳了几次舞，本来想解脱一下，也好把掩藏在内心深处的无奈和忧伤暂时抛落，然而事实却只能是徒增更多的痛楚。每当舞会散场午夜归来，我失魂落魄地走在凄清的街道，那无边的压力使我难以平静，转而思绪万千。想着十八岁的我今天怎么会消沉到如此地步，我向往叱咤风云的生活，我留恋大城市灯红酒绿的日子，而这一切对于今天的我显然是奢侈的。当初一时冲动来到这里，踏上自学考试的道路。从前多少次应该反悔的时候，我欺骗自己说我无悔，而今天当我能够正视我的处境，正视我的未来时，已经流逝了许多珍贵的日子，我为我逝去的年华叹息，为我当初的无知叹息。而今天我却无法把自己狂野的心收藏起来，我仍然不甘心，我正考虑是不是走一段回头路，寻找真正属于我的道路，这一思考足足三个多月，我天天失眠，天天感慨万千。因为回头的压力对于我来说不是千斤而是万斤，我怀疑我自己是否承受得了，若再次失败我会不会疯！然而回头似乎已成必然，因为我明白自己是一个好面子的人，如果继续现在压抑的日子，也许永远都心有不甘，永远都为错误的选择而怨天尤人。

有时候安静下来，我也羡慕别人无忧无虑的日子，我问自己为什么就不能轻松起来，这世界生存的方式很多，为什么我非得自寻烦恼？可我学不会，做不到！而我今天这样的状态，前途在哪里？荣耀在哪里？那么这十八年以来我又在追寻什么呢？我依然无法回答自己！我该如何选择明天的路呢？我不能老是在叹息中生活下去，我不敢想！

11月23日

没有什么特别重要的事要我提起笔来写些东西，因为我的日子我始终感到无聊和压抑，我常常睡不着，辗转反侧把未来想了又想，把现在计划了再计划，却始终找不出一条很明了的路让我坦然地走下去。夜晚

冬日的火花

总不想睡，老怕今天在睡梦中又悄悄地溜走，如此我的青春又消失了一截。想啊想啊，希冀我的爱情，反思我的处境。每每这样的夜里总是让我感到痛苦和悲哀，同时又庆幸自己在这痛苦和悲哀中思考生活。可是当我在这样的夜明白一些问题，我就越是感到目前生活的枯燥和乏味。想累了，想倦了，不自觉地就沉浸到梦里去，梦中有很多我期待的东西。

记得两年以前，也是这个季节，一个阴雨的日子，我结识了那个美丽的女孩。那段时间应该是我十八岁以前绝无仅有的快乐日子，因为我得到了她真心的爱，使我第一次活出了男子汉的滋味。她爱哭爱闹，爱说爱笑。我非常珍惜她，像捧着一颗明珠，怕我任何一个不小心伤害她。至今回想起来，仍然觉得那时的我们真诚可爱。可是不久以后这段感情就不可思议地破裂了，以致今天回想两年来七零八落的心情仍然会涌起无限的伤感。

也许不知道她的地址，我仍然就这样平静地过着。但是现在的问题是我知道了，也见到了，可是她似乎并不想理我了。我可以放下尊严收起面子面对她的冷漠，我却无法接受她平静如水的表情。难道我还没有死心，难道是我心胸不够开阔。可我左右不了她，也改变不了自己，唉，我心情糟透了！

眼看着冬天又要来了，走在古城的街上，萧瑟西风吹拂着法桐，一丝半点的细雨时有时无。走到北方大学门口的时候，有小贩热情地兜售着各种盗版图书，算来这个月还有些余钱，不如买几本书看看。报纸上说最近几年西北作家大作频出，有一种现象叫文化东进。书摊上自然少不了这些作品，荣健一口气买了四本，拿着这几本沉甸甸的小说回了宿舍。一直到下雪的时候，荣健读完了其中的三本，先是没搞明白《废都》作者省去大段文字的用意，后又觉得那本白鹿的故事有些沉重，再读完匈奴史诗不由掩卷叹息。而那本书名叫《平凡的世界》的小说因为上、中、下三册太厚，名字也太普通，好几次拿起来又放下，总觉得读起来有些艰巨。

第二十章　我们都需要勇气

赵海与陈志军的南下计划依然没有成行，原因是赵海还有一个承诺没有兑现，那就是在小旅馆里和马小兰重聚的约定。尽管这不是什么大事，但对赵海来说总归是个牵挂。他还是决定先兑现这个承诺，再收拾出发。

按照马小兰之前描述的地址，他在一家亮着粉红灯光的发廊里找到了她，他并没感到意外或者说他根本不在乎马小兰干什么。即使现在知道了马小兰就是被政府称为失足妇女中的一员，可这又怎么样？他并没觉得马小兰低贱，这让马小兰很是感动。而对马小兰来说她并没奢望赵海真的会来，因此对发廊重聚的尴尬她毫无准备。当日她跟赵海说的可是理发店，可谁都知道这种没有理发工具的发廊和理发店有着本质的区别。但是赵海并没有任何轻慢的情绪，而是满怀着老友相聚的热情，于此马小兰也没有了解释的必要。

她的生活还是老样子，冯亮偶尔会来，有时候她想着权当他是个弟弟算了，可有时候愤怒让她不可抑制。冯亮其实也很痛苦，新交的女友可没有马小兰这样温顺，吵架时颐指气使的讥讽时常让他脆弱的自尊难以招架，每当这个时候他就会想起马小兰的好。于是与新女友吵架斗气的时候他就会回来找马小兰，可是气消了他又会消失很久。赵海明确地告诉马小兰说再不能这样一味地迁就，如此下去必将不会有任何好的结果。可马小兰说她不知道什么是好的结果，在这个城市里她感觉冯亮是她的亲人，尽管他让她伤透了心，可她仍然下不了决心掐断与他的联系。她说还是等冯亮毕业了再说吧！而赵海坚定地告诉她说："白眼狼就是白眼狼，毕业了就会变成绵羊吗？"

那一夜赵海与马小兰说了很多话，本来只是兑现一个约定，结果没承想跟这个不相干的人说了很多未来的计划和打算，也说了更多失恋的伤心和痛苦。这些平常别处无法诉说的话找到了出口，而马小兰是他忠实的听众。那晚他们相拥相依互相温暖，在这个被窝里赵海释放了所有离家远行前的胆怯和伤感，因为这个女人赞许他那些在别人面前不屑一顾的想法。做爱也许算是他们临别前的抒情演出，一个晚上不知折腾了多少次，临走的时候两个人都有些依依不舍。马小兰忽然问赵海："你

冬日的火花

会不会也是白眼狼？"赵海无言以对。说话间快要走出大雁村村口的时候，恰巧冯亮迎面走来，看到马小兰挽着赵海的手臂，冯亮心中的怒火让他一瞬间两眼发红，他径直走过来堵住赵海和马小兰的去路，那一刻马小兰很是惊慌，她松开了挽赵海的手。低声对赵海说："这就是冯亮。"赵海当时也估计到了，但他没有丝毫的紧张，他说有他在，马小兰不用害怕。冯亮恶狠狠地盯着赵海，赵海也用眼睛瞟着他。赵海很是淡定，他觉得自己根本没有必要畏惧什么，冯亮算什么东西，他有什么资格阻拦自己与马小兰的交往。看到这种僵持，马小兰主动提出让赵海先走，说自己来处理就好。可赵海偏偏是个犟脾气，他拒绝离开。显然这对冯亮来说是个挑衅，他想冲上去好好修理一下这个不知天高地厚的家伙。也许因为赵海的淡定，也许是冯亮自己的心虚，最终两个男人并没有冲突。冯亮厉声说要马小兰给他解释清楚，可是马小兰一句话怼得冯亮说不出话来："你是我什么人？我要给你解释什么？"最后冯亮撂下一句"你会后悔的"悻悻离去。

　　与马小兰告别后赵海又去找了胖姐，结果在舞厅等了两个晚上也没有见胖姐出现。于是又去胖姐家的那条巷口等。11月的天气实在有些冷了，赵海没坚持下来，最终也就没见成胖姐。怅然若失地回到了师大，又倒在床上昏睡了一天。起来才看见荣健从门底下塞进来的纸条，那纸条上的意思是劝他先拿到文凭再南下，可这个时候赵海南下的决心已不可动摇。他开始收拾房间的东西，将能变卖的变卖，能送人的送人。反正这些对他来说都已经不重要了，他发誓要出去闯一番事业，几年后衣锦还乡。

　　其实那天荣健去找林芳欣时候，她刚刚经历了一幕想起来就让人恶心的事情，这件事让她在那一刻看见任何男人都厌烦。当天妈妈又托她的相好来送生活费，她当时一个人穿着白色长裙在宿舍自我欣赏。尽管心里已经对这个人厌恶至极，可还是倒了水招呼人家坐下。起初的嘘寒问暖还算正常，那叔叔说看到林芳欣出落得楚楚动人心里很是高兴，让林方欣坐在他身边来。林芳欣有些害羞不愿意，可那叔叔直接伸手把她拉到身边。说他没有女儿，以后就把林芳欣当自己的女儿看待，就这样

第二十章　我们都需要勇气

他顺势就把林芳欣搂在怀里。林芳欣像个受惊吓的小鸟一样缩着身体不敢动，结果那人一边说着话就把脸凑了上来，接着就更加用力地抱住她，最后竟不管不顾地开始在她身上乱摸。这个时候林芳欣才惊醒，她看清了这个中山狼的面目。于是她使劲挣扎，并厉声要求对方松开，否则她就喊人了。那大叔看林芳欣反应激烈不甘心地松了手，哄劝她说："叔就是喜欢你，你这么激动干啥呀！"林芳欣不再客气，她回答说："我不需要你喜欢，我也不想再看见你，你马上走。"撵走了心怀鬼胎的大叔，林芳欣趴在床上哭得昏天黑地，想着生活真是跟她开了个玩笑。这个流氓跟母亲的关系不清不楚也就算了，现在居然还打起了自己的主意。这事实在让她想不通，她想着要将这事告诉妈妈，可妈妈如果知道了这个人的本性该有多伤心。妈妈像个傻子一样整天说这个人这好那好的，没承想她所欣赏的男人其实也不过是个卑鄙无耻的货色，况且没有证据谁又能把这事说清楚呢！说了恐怕也不过又扯出一堆是非而已。于是她决定还是先不说了，自己以后多加小心就是。林芳欣做出了一个违心的选择，却因此用烦躁和不耐烦打发了之后来访的荣健。后来冷静下来心里有些许的不安，直到荣健来信相约，她才觉得有必要聊一聊。

古城的第一场雪从午后就纷纷扬扬飘洒着，因为停电舍友们都出去游玩，房间里就剩下荣健一个人显得有些格外冷清。这样的环境下除了读书没有更合适的事情，他摊开了床头那本搁置很久的小说——《平凡的世界》：

"一九七五年二三月间，一个平平常常的日子，细蒙蒙的雨丝夹着一星半点的雪花，正纷纷淋林地向大地飘洒着……"

这不算华丽的开头与室外的天气颇有些应景，荣健在安静孤寂的空间里进入了文字中的世界。直到光线昏黑点起蜡烛，直到腰酸背疼却无法释卷，总之那是一个不眠之夜，是一个因故事荡气回肠而心潮难平的夜晚。

第二十一章　在雪花飘落的日子

如果说奥斯特洛夫斯基的那句名言是富有激情的理想主义人生状态，那么路遥写下的才是现实主义青春警示："不要等老了之后，回忆起自己的青春岁月，唯一可以夸耀的只是年轻时的饭量和力气。"荣健合上书默念着这句话走出了房门。

雪依然下着，整个城市早已是银装素裹的世界。只是这村中人车熙攘，早已将路面踩踏得泥泞不堪。踮着脚从巷子走出来，计划着去学校吃饭然后去班里参加表彰会。那是学校对10月份自考成绩的总结，虽然荣健本学期实际上已经脱班，但是因为一次考过了三门还是被列为嘉奖对象。想着好赖校方对自己还有关注，尽管没实际意义还是参加一下为好。顺着雪花飘落的方向前行，不远处就是环城南路边上的学校北门，而门前隔路相望就是碧水绕城的雄伟明城墙。也许是平日里没怎么注意，反而在这雪天让人感觉有些惊艳。那青黑色的连绵城墙在飞舞的雪花中庄严而雄伟，吸引着荣健的目光不断走近，心想还有些时间，不如趁此到城墙上去转转。

那天是荣健第一次登上城墙，之后有些感时伤怀地写道：

很早就想体会登临城墙的滋味。谁知一晃来城里一年多，也并非没

第二十一章　在雪花飘落的日子

有闲暇的时候，只不过离得近了愿望就远不及先前迫切。今天，一个雪花纷飞的日子，喧闹的都市安静了许多。登上城墙，整齐的垛口，宽阔的兵道，我一个人走在城上，看雪花安然地飘落，那么静，那么的清晰。前无行人，后无来者。我一个人站在雪中，回望脚印被雪花慢慢地淹没。我仰仰头，听见风依旧刮着，雪儿飞进我的眼中，融了，化了。看着那雪花被风裹挟得仓皇飘落，它们原本想停靠在城的脊梁，却无奈地飘入红尘，落在冰冷的水里沟里，无声无息。我忘了要想些什么，冰冷的手也不知该放在何处，我不想动，不想一个个足迹一个个被淹没。风刮在我的脸上，刺进我的心里。我闭上眼，却想起塞外的风雪和八百里号角连营。清角吹寒，壮士横戈，凄冷的夜里那点点篝火，我愿一个人穿梭在风雪里，守在边城中，却不愿一个人睡着，梦着。

风打着号了，搅得雪花翻江倒海般地飞舞。地面的积雪被风掀起，打散，吹落在角落里。前面依稀的城楼似在云里在雾中。昔日横刀穿卫的将军早已走远，留下的城楼空荡而孤寂。风呜呜的声音回荡在空楼里，飞檐上的铃铛悠悠地回响，似乎还掺杂着金戈击碎的声音。我真想重返那个时代，铁甲横戈，抖起万丈雄风。可这城墙忧郁而沉重，让我无尽地忧伤难以抛落。

那天晚上，和所有受表彰的人一样，荣健领到了一本红绒面的荣誉证书，也收获了老师们的热情鼓励。但这一切于他来说似乎只是一个过场，轮到他发言时他平静地说："感谢老师们的栽培，感谢同学们给我的温暖，我只想说希望我们都青春无悔！谢谢！"

按照信里约定的时间，荣健找到了林芳欣。他没有再提起那封长信的事情，因为他今天与林芳欣要说的是一件更为重要的事情，那就是他已经决定回金城中学去补习，而且此次来的主要目的就是动员林芳欣一起回去。

那个时候他仍固执地认为林芳欣和他一样并不满意这样的大学生活，他还对曾经的爱恋怀着希冀和幻想，但是青春的爱情大多是短命且不可靠的！他所期望的比翼双飞几乎是异想天开，此时的林芳欣永远也

冬日的火花

不可能再回到从前的状态，她看他的眼神里也早就没有了那亮晶晶的少女情怀。尽管她觉得荣健的分析挺有道理，但她知道自己没有勇气也没有机会再回头了。这样的两种心态聊天，最后也只能是对彼此选择表示支持。荣健看着林芳欣忧郁的样子实在有些放心不下，但他清楚自己已无力挽救日渐冰凉的情感，纵使心里有万千说不出的难过，如今也唯有选择一切随缘！

那次相会最温暖的感觉来自林芳欣宿舍那台电炉子，两人围坐在炉火前，温暖的火光照在林芳欣白皙的脸上，让她本就妩媚柔弱的神态焕发出嫣红的色彩，她一只手撑着脸若有所思的样子仿佛图画里感时伤怀的仕女。荣健看得入神，可是他不会赞美人，包括面前这位他深爱的姑娘。不说话的时候两个人就安静地坐着，守望着这温暖的时光，似乎希望记忆能更深刻一些。荣健心里清楚，这一别也不知道何时才能重聚，不管她爱还是不爱，她都是自己这几年来精神世界的寄托，因此分别于他来说异常沉重。想着从此以后就要走上各自命运的天涯孤旅，而我们唯有互相祝福了！

第二天一大早荣健从林芳欣宿舍匆匆离开，没有温情的送别，只是彼此说了声"珍重"。于此荣健完成了临行前的所有安排，他要按着自己的计划去走属于自己的道路了。回到宿舍卷了铺盖行李，高扬帮他弄到车站，那时候一圈同学都无法理解他的行为，甚至有人觉得他精神上出了问题，可这一切对荣健来说已经不重要了。

回家后的第三天荣健坐进了补习班的教室，那是1994年11月27日。这当然还是仰仗父亲在学校的关系，否则要进金城中学的补习班那也得用成绩说话。

那天他在日记里说：

今天是我回家的第二天，我打算再次参加高考。父母没有反对，但明显有很多顾虑，因为我自己一直有些让人失望，我个性固执又敏感脆弱，且惰性很深，一直以来实际上是个只会瞎想不善实干的人。谁又能相信一年后的我能克服这些足以扼杀所有理想的毛病，甚至我自己都不

第二十一章　在雪花飘落的日子

能确信！

一年来我心里的压抑和痛楚永生难忘，为了那个女孩的爱，为了心底的大学梦，这三百多个昼夜哪一天坦然地睡过，又是怎样一天天熬过这迷离的日子。一年了，我又长大了一岁，可除此之外又得到了什么？感情上一无所获，前途依旧迷茫，如此这般下去岂不形同醉生梦死？人的生命是短暂的，十八九岁的年龄更是珍贵。我不愿就这样平淡地活着，既然来到这个世界我就要痛痛快快、风风光光地走上一回。错了就改，死路就要回头，无论今天要付出多大的代价，能换回希望那都是值得的！

两年来爱情让我铭心苦痛！然而实际上这缥缈纠结的感情误我最深。有时候真后悔，后悔当初不应太认真，太在乎，以至于回忆无边无际地折磨着我的内心！而今重新回头去完成昨日的梦想，所付出的不只是时间。我难以想象只身奋斗会有多寂寞多困难，如果有一天我成功了，我对所有的人，包括我自己都有个交代。可是如果我再一次失败了呢？如果这个世界真的有神灵，我希望神能告诉我这冥冥之中的安排！

走进那个号称北大园的文科补习区，所有的一切既熟悉又陌生。但坐进那个教室后他开始变得心安，因为这里没有九三·六班那样的喧闹浮躁，所有的人都在埋头苦读，那种认真的状态会带着你前进。而这氛围让他忽然意识到曾经的年少轻狂是多么的可笑，想起当年一起入学的优等生人家早已走进高等学府他心里就隐隐作痛。而自己和赵海他们当初却嘲笑人家迂腐蠢笨，现在看来人家目标明确而自己稀里糊涂。好在清醒得不算晚，即便有些代价那也是必需的。

因此尽管这过程辛苦又单调，但每一天他都觉得充实。然而单纯的充实并不能带来心安理得，更带不来快乐，第一次测验那糟糕的成绩就让他的心情再次滑到了深渊。除了语文、历史勉强及格，数学二十九分，外语十七分，总分倒数第一的耻辱让他彻夜难眠。思来想去除了选择坚强无路可走，于是他给自己制定了周密的学习计划。从早上五点起床到晚上十二点睡觉，每一个小时都有具体的学习任务。他几乎成了一

冬日的火花

个机器，可机器也有罢工检修的时候，而他变得不知疲倦。

　　早上六点开始早读的时候，荣健正奔跑在路上。昨晚完成模拟试卷有些吃力，睡晚了也就耽误了早上的起床，可在补习班迟到是没什么理由可讲的。班主任梁老师已经早早站在了教室门口，等荣健气喘吁吁地跑过来时挡了他，厉声训斥道："你羞你先人呢！也不看看几点了，滚回去继续睡，不要来了。"梁老师的威名人尽皆知，荣健那一刻脸上发烧心里流血，可是他根本不恨老师的无情，而是愤恨自己的不争气。他夹着书心情落寞地走下教学区，悲凉地坐在操场边的枯草上直流眼泪。这是从未有过的训斥，那些话在荣健耳边不断回响，就像大耳光子左右扇脸，哎！真是不该。可是时间是不能耽误的，于是他拿起书赶紧完成早上的背诵任务。正背书的时候另外一个迟到的同学走了过来，也是和他一样被梁老师臭骂一顿赶了出来。这个同学叫安宁，今年落榜补习的。共同的遭遇让他俩瞬间亲近，安宁说梁老师其实是刀子嘴豆腐心，一会上课咱就回去他绝对不会说啥的。这个消息对荣健来说可是喜出望外，正发愁怎么进教室呢！就这样荣健给自己聊到了一个学友，没有几天安宁就搬到荣健家里一起住了。

　　迟到挨骂只是一个小小的插曲，其实补习生活最关键的是成绩如何进步。荣健自从被骂以后，每天早上到点就会像弹簧一样从床上蹦起来，快速地完成刷牙洗脸然后飞奔到学校。即使休息日的时候，他也会早早起来拿着书沿着河堤走到空旷处大声朗读、背诵必要的篇章。每天的学习计划从不荒废，安宁也是一个最佳的伙伴，两个人面对面在一张桌子上做各类习题，互相分享心得，因此那一段时间成绩提高得很快。到了第三个月他已经在补习班站住了脚跟，并且对未来踌躇满志了。

　　赵海先后来了几封信，荣健因为情绪低落迟迟没有回。那天测验考试之后心情不错，他又一次打开了这些信，准备仔细地回信给赵海。

　　赵海的第一封来信：

亲爱的荣健：

　　你好！

第二十一章 在雪花飘落的日子

当你收到这封信的时候，我已到达了一个陌生的城市，临走我有许许多多的话要说。

谈谈我这次出走的动机，你知道，自从离开建大，我跟家里的关系其实一直不太好，以至于我羞于言表，耻于见人。后来到师大情况怎样，你也知道，因此待下去实在没有必要。就像你回家补习一样，这次出走，我也是经过再三考虑，并与长征和胜利反复讨论协商，才决定的。今年以来，长期不写字，以至于拿起笔来，竟不怎么自如。课自然没上几节，整天游逛，跳舞，多少有点自尊的我，无论在什么环境都会感到自卑。自考生，说实话从哪一方面都难以唤起我的自信。而且，整天无所事事，得过且过的日子，实在令人难以忍受。更何况，还有许多其他因素，尽管有人会替我包揽，但我还是决定要走。

上次回去其实我回了一趟母校，那感觉仿佛又回到了高中时代，教室，操场，一草一木都让我想起了我度过的时光，特别是我站在九五级六班教室门口看到我的生命——周敏埋头苦读的神态，心底竟涌起一股浓浓的悲哀，试问，我在做什么，我的生命之树依然在茁壮成长，难道我竟然甘心枯萎。不错，1994年的我的确混得很背，承受着非常人所能及的压力。3月27日以来，我一直过着变质非人的日子，来自四面八方的嘲笑，辱骂，我都忍了。但我却不愿就此安于现状，也许我不适合念书(仅仅是也许而已)，也许我更适合流浪(仅仅是也许而已)，不管是怎样的一种生活，我都不会在风雨中低头。虽然看得起我赵海的人屈指可数，甚至寥寥无几。但是，我从来没有忽视自己，请相信，不怎么样的赵海虽然不是被埋没的夜明珠，但也绝不是被众人所认为的废物。实话说，许许多多的人我还看不起呢！

成长，也许要付出一点代价，但绝不是以牺牲自己的初恋作为筹码。周敏，我是不会忘记也不会放弃的。如果说这个世界上有什么能真正击倒我的话，那就是她。具体地说就是我亲爱的妹妹(当然金钱也能令我屈服)，至于王妮，对我来说算不了什么，我这个人演戏早已习惯了，只是没有达到我的目的，至少有点遗憾！不过那个小女子也很聪明，否则能逃脱我赵某人的魔爪？

冬日的火花

　　我不愿再欠别人的人情！卖掉了山地车，如果不出意外，短期内我不打算回来！不过三至五年之后我想还是会回来的，当然不会再欠别人账！

　　纯真的我，也许会被污染，甚至堕落，但请为现在深情依然纯真依然的一代风流才子赵海干一杯！

　　时间很紧，不能再写了，到了以后再联系你。另外，那一百块钱快速寄来，长征和胜利他们的日子和我一样也过得不爽！

　　老弟，认真地说到现在我很不爽！

赵海
1994.12.8

赵海的第二封来信：

阿健同学：

　　你的日子，是否也像这三月的春光一样明媚？现在，我倒霉透顶，很想找个人聊聊，来深圳的日子这是我第一次铺开信纸。

　　之前你留给我的便条我看到了，很感人，但是我仍然坚持南下，也可能别无选择。短短一年半，我做出了许多错误的决定，干了许多蠢事，也经历了同龄人难以承受的沧桑……

　　也许我更适合流浪，只有在远方在他乡的日子，才能使我淡忘昨日的不幸和刻骨的创伤。我想你是了解我的，我并不想证明什么，或许，逃避困境恐怕也是离开故土的因素之一。

　　没有一丝背井离乡的酸楚，没有一点牵肠挂肚的思念。怀着年少轻狂的心，和微不足道的盘缠，我义无反顾地搭上了南下的列车，奔向想象中的乐土。

　　南方并非想象中的天堂，深圳也并非遍地黄金，请听令人寒心的经历。

　　第一次上当受骗的耻辱，露宿火车站的心酸，啃方便面度日的落魄；检查站外焦虑的等待，提心吊胆乘车的惊慌，四处找工作的奔忙，

第二十一章　在雪花飘落的日子

有失自尊的委曲求全，四处碰壁的无奈……

不必多说，无须再说，不坚强的眼泪会使我丧失写下去的勇气。

一个人越是不幸，越能引起对昨日深深的眷恋，在深圳，失意的日子太多太多。我没有阿Q自欺欺人的潇洒，更没有百折不挠的坚持，我是脆弱的，加上不幸，就是浓浓的悲伤了。

黄昏的时候，一个人坐在大海边，有浪花欢跃听海风吹拂，潮湿的心情便一扫而光，往事一幕幕浮在脑海，在金中，在建院，在师大，在得意与失意风光与坠落中，述写着赵海的青春悲歌。

怎么又是那个娇俏的身影？怎么又是那张无邪的笑脸？怎么又是那双醉人的眸子？那一段风花雪月的往事，那一场情伤心碎的悲歌，那一个有缘无分的结局，那一段隐隐约约的回忆……

阿健，你我互为知音，我却没有你那种一怒拔剑、情断义绝的决心，我不知道这种近乎愚蠢的执着还要多久。到现在，我自己都难以清楚地认识自己，我想我本人就和自己的名声一样糟糕。

现在是3月7日。目前尚未有上班的迹象，在这儿，除了自信和朋友的关怀，我一无所有。我的朋友绝对够义气，这也是我能在这儿久待的原因。

这次决定我一点不后悔，如果有什么遗憾的话，就是和志军一块来，我郁闷得要死！关于他，我不想多说，影响心情。

阿健，你最近怎么样？众所周知，你很有潜力，努力学，必有好结果，我们在走不同的路，并不意味着志不同道不合。好朋友不分距离身份，对不？

这次写得不少了，等我工作以后再联系，怎样？

赵海
1995.3.7

赵海的第三封来信：

冬日的火花

阿健：

　　别来无恙？怎么不见回信？

　　今天，我终于找到了一份工作，其间所经历的风风雨雨，容我慢慢道来。

　　8号以后，我和志军又跑了几个工业区。没有什么情况。上周六日，连续往南头(南山区)跑了三次仍一无所获，花掉无数银子。

　　上周五，志军又一次坚持要回家，我怎么劝也劝不住，最后商定到下星期六走。礼拜天到银行取了钱，当时只有四百，我给志军了两百五十元，留一百五下自己用。恰好那天劳务所(我们交钱的那个)说有建筑小工的信息，于是我俩抱着一线希望，结果又说要等到礼拜一。礼拜天下午四点，志军说他不回沙头角了，说在南头住一夜，让我第二天十一点来，他等我。我知道他要走，又不好说破。

　　星期天晚上，我心情十分不爽，没兴趣看录像，也没兴趣跳舞，一个人居然在台阶上失意地坐了四个小时。那时，唱了许多歌，《烟火》《一路顺风》等等，是那样的忧伤。志军——我见不得也离不得的朋友，终于走了，我心里不难过是假的。

　　临走的时候，他也曾分析过我俩的关系，谁不服谁，宜小聚不宜长待，见不得离不得。

　　来的时候，我俩怀着共同的理想，想不到，结果是他一个人黯然离去，我明白他的处境却无能为力，我也是靠借朋友钱度日，想帮他我又能帮他什么？现在，想必他已经回到故土了吧！但愿他一路顺风，平安到达。

　　礼拜一到南头，见到的是给赵海的一封信，写得很感人也令我感动(这封信我会保存的)，他说回到家之后马上先寄五百元，剩下的三百元到10月底还清，绝不会令我为难。我相信他，也不至于言而无信吧？

　　现在经过托人又托人，我找到了一份并不怎么样的工作，具体情况下次再说吧！(给人家二百四十元辛苦费)

　　到目前，共借世峰两千二百五十元，其中包括志军的八百和我的一千四百五十元，加上我来时身上带的五百，一共花去了两千元。

第二十一章 在雪花飘落的日子

在这儿，我不会久待的，我有个想法。过一年清苦的日子，还掉所欠的账，到明年4月再攒一千元回师大，学点东西再来深圳，在这儿，没文凭和技术跟白痴没什么两样！

高中毕业后，我一直过着胡游浪荡自我放纵破罐子破摔式的懒散日子，从今也开始，我要换一个活法！

这不，从现在开始，我已经开始修行了，你说会不会有修成正果的那一天？

就不再啰唆了，望你一切好，有空的话，来这指导指导我这个浪子，不胜感激！

赵海
1995.3.20

一口气看完这些信，荣健心里已经抑制不住回信的冲动，于是摊开纸笔写信给赵海。

赵海：

来信都收到了，非常抱歉没能及时回信给你！的确是因为这补习的生活远比预想的艰难，跟不上节奏成绩糟糕都是影响心情的因素。现在总算有些眉目了，才能比较平静地写信给你。

我的日子并不像这个季节一样明媚，但比起去年天昏地暗的日子好多了。因为我从这里看到了我的前途，更重要的是我觉得我彻底复活了，我能在消沉一年后又重新找到从前昂扬的斗志，我已心满意足了。因为我知道，仅仅这一点就能拯救我，就能挽回我即将失去的所有幸福。虽然摆在我面前的现实仍很严峻，虽然未来的一切还是未知数，但是这毕竟是一个新的开端，我相信是有希望的，你说对不！

现在的我也越来越懒，过年后给谁也没写过信，虽然我们的同学朋友不少，可我觉得很难找到一个有话可说的人了。常常回想从前，常常想起我们一起度过的日子。那一段岁月有着多少内涵我们无法把它说清，因为那里边有太多的酸楚和凄凉实在不堪回首。1993年，我因为一场

冬日的火花

无知的游戏，中断了从前千遍万遍重复的理想去了省城。我多么想跳出那份困扰，理智地痛快地追求林芳欣，可我根本无法卸去心头的执念，无法埋藏心中燃烧的火焰。我怀着落魄、压抑、彷徨，以至于干什么事都那么的心虚，那么的无力和苍白。而结果呢？我要的什么也没有得到，反而使那张天使的面孔变得更加陌生和冰冷，我所承受的伤害又有谁能完全地体会得到呢！我为此付出了两年的青春时光又有谁会为我可惜呢！可我最终还是醒了，彻底地大彻大悟了，因为即使全世界的人都对不起我，但我要对自己负责。即便所有的人都不欣赏我，我却不能也无法放弃自己。我回来了，回到两年前的地方继续我痴心追求的道路。

你说你忘不了从前，事实上更准确地说是你舍不得丢弃你曾经付出的东西，包括你的真情和青春。因为如果不是这一场事，也许你也能安静地坐在高三教室里郑重描绘你的未来，也许你会有更好的选择。可事实上这只是假设，现实是你现在一个人落魄地流浪在所谓的天堂。你所面临的已不是一个纯情少年面临的一切，而是一个谋生者的拼搏和挣扎。你一定很累，有很多伤心的时候，那里没有几个亲人，身上没有供你逍遥的银子。你过得狼狈、沉重。你能坐在海边听大海的歌声，看轻狂的浪花，你却失去了激动轻松的心情。你在想着明天的日子是否还过得下去。所以从前的一切你都理所应当地忘记了，不要让它存在你的心中是因为你不能再以此为由消沉下去了，你必须正视你的路了！你要为你创造些什么出来，起码是有个藏身的地方，起码能把肚子填饱，有包烟抽。你说对不？

你不是一个没用的人，所以我们成了知心的朋友。我从你的身上看到了许多一般人没有的东西，包括高尚的灵魂和别具天赋的善良本质，你不是一个纯粹而上进的人，因为你也有很多别人没有的缺点。你很容易就垮了，很容易就消沉了。但是你要知道你还没有像一个真正的男人干出一件漂亮的事情，所以你现在必须努力了。

过了这个年我二十岁，你二十二了，这意味着我们都不经意地长大了。你还记得学校门口的小卖部吗？王大勇和田春燕两口子就靠废旧车厢里的小生意已经在学校对面盖起了两层小洋楼，听说下一步准备到市

第二十一章 在雪花飘落的日子

里去开超市。看看人家想想咱们，显然仅靠热情和想象是不行的，我们都必须扎扎实实去努力了！

我们再也不能像小孩子一样说声没意思就可以随便地放弃，再也不能只靠空想去憧憬明天，我们别无选择地要经受艰难坎坷的磨砺；再也不能找这样那样的理由逃避这严酷世界赋予我们的一切苦难了，而是必须从这味如嚼蜡的日子里找点幸福回来，加把劲吧！

你走了，我回来了。我们短暂的携手告一段落了，我们分别走自己的路，没有了风花雪月的传说，没有了醉人的爱情。日子平淡得出奇，有时候也纳闷活着到底是为什么，究竟有多大的价值和意义，究竟什么是值得留恋的，什么才叫幸福？我们有说有笑地去跳舞，我们不觉得是幸福；我们穿着体面的衣服招摇过市，我们不认为是幸福；似乎这个世界上根本没有幸福，似乎我们根本与幸福无缘，我们注定了要这样疲惫地生活。你，我，我们大家几乎都过得一塌糊涂！我们认为大飞活得很轻松，结果他忽然间死了，默默地，留给我们的是兔死狐悲的伤感。我们拼命地追求，努力地寻找属于自己的天地，可当我们抬头张望，我们又拥有什么？我们的青春在流逝，我们的激情在消退。也许再也不会爱得死去活来，就连过去所认为的幸福感觉都将一去不回。那我们过去苦苦的追求，那些付出的汗水和心血到底换回了什么？谁也无法回答，因为这本身就没有答案。也许我们只是为了活着的感觉，活着就必须努力地争取，事实上在这争取的过程中我们已经品味过幸福了。哭也是乐，乐也是哭，世界原本就没有绝对的幸福！当我们心中不屈的激情洒在脚下的土地，我们就应该高兴，因为只要努力了，就可以说青春无悔！

我很激动，因为好久没有写过信了，语无伦次地写了这么多，也不知能否带给你一点欣喜和力量。但我相信起码能给你一点安慰。因为老朋友的话听起来总是顺耳的。

4月份的自学考试我报了两门，我也把档案从传播学院提出来了，考试的课程我已基本学完了，如果运气好，这两门应该就过了。现在离高考时间也不多了，我不想说这几个月我是怎么过来的，前两天我换了副眼镜，200度，心里很不是滋味，因为不久以前还1.5的眼睛却到了如此地

冬日的火花

步，无疑是个损失！对于高考我不想想太多，但我真的全力以赴了。我只希望命运不要再捉弄我，因为我几乎有些受不了了。

我写这样几句诗送给你，也算我们共勉！

立看水落，坐看云起，千里鹰飞，四野苍茫，远来风急，念关山万里多艰，谁悲失路之人！

梦里落花，风尘无路，沟水相逢，尽是飘零之客，热血未冷，多情自来有遗恨，放眼万里江山，扬眉剑出鞘！

荣健
1995年3月29日

寄出这封信的时候距离4月的自学考试已经没有几天时间，荣健每天除了补习班的学习任务还要挤出时间准备自学考试。这样的学习强度称得上负重前行，但也许这样他心里才感觉踏实。到省城参加完考试，他又赶到医学院与梁艳见了一面，因为过年的时候梁艳特意强调考完试要去看她。那个时候梁艳即将开始实习，功课的压力小了很多，因而更多地开始考虑毕业之后的出路和终身大事。

那天从学校出来，梁艳安静地挽着荣健的手臂，两个人谁都不说话，也都不知要走向哪里。结果还是像上次一样溜达到师大。王长征和燕子对考试结果信心满满，而宋胜利显然对此已经不抱什么希望，早前他就开始到处打些零工。大家聊了一会儿，也说了赵海现在的情况，都批判陈志军临阵脱逃的懦夫行径，并为赵海一个人的闯荡而担心。那时候大家显然有意促成荣健与梁艳的姻缘，因此常常将话题引到他俩身上，后来宋胜利又主动把房子让给荣健和梁艳，他自己则去村里的录像厅过夜。但从出了考场荣健就已归心似箭，然而要兑现与梁艳的约定就一定赶不上回家的末班车，如此这般也只好明早再走了。

当他再一次和梁艳睡在一张床上，荣健的心里翻江倒海。从事实来看自己与林芳欣的关系早已终结，之前自己所有的热情似乎都是一厢情愿。因此与梁艳的开始并不算背叛，可是梁艳年底即将毕业，谈婚论嫁提上日程的她显然需要一个承诺，而自己现在前途未卜，如何能轻易答

第二十一章 在雪花飘落的日子

应。如果只是为了一时的男欢女爱而答应什么，那么自己与骗子有何区别。可是对人家没有任何承诺，如今拥抱着她温暖柔软的身体他也心有愧疚。不喜欢不爱不想吗？都不是，关键是如何去爱拿什么去爱？这让那个时候的荣健很是纠结！他对梁艳说自己的梦想在远方，自己不想终老在金城县这个小地方。而梁艳说她不会影响他，你考你的大学，毕业以后再结婚呀。可荣健说现在还没考上，谁知道以后怎么样！以后会在哪儿？我现在答应你也许就会耽误你！梁艳说我相信你言而有信，我也不怕耽误，并紧紧地搂住了荣健的脖子深情地一吻。时令正值春夏交替，他们正值青春芳华，有几个人能抗拒这似水的柔情和原始的亢奋。当梁艳的粉嫩的乳房贴上荣健的胸膛，当他揽住梁艳的细腰，抚摸那丰满的翘臀和修长细滑的大腿，每一个触点都有销魂的魅力。可又能怎么样呢？他逾越不了心里的障碍。他清楚地知道如果现在做了，从此行程里就要记挂上梁艳，而他已经够沉重了，负担不起这么多的牵挂。

终于还是没有越过所谓的底线，因为荣健不希望自己最终辜负梁艳，并且在县城这样的小地方，女孩子是否纯洁可能会决定幸福，还是留更多的可能给她吧！尽管一转身这样的想法自己都觉得荒谬可笑。第二天一早他起身回家，梁艳送他到车站时依依不舍，那眼睛里分明泛着晶莹泪光。

距离1995年的高考还有两个月，荣健开始了最后的冲刺。任何与高考无关的事情都不再理会，背诵、练习、讨论成了生活的全部，每天往返学校与家的路上可能是最为轻松的时刻。就这样紧绷着坚持着，一直挺到7月高考结束。我们也许可以描写一个补习生日常的生活，但是我们永远也不可能准确地描述那种状态下他们的内心。荣健作为这其中的一员，那个时候会经常听台湾歌手郑智化演唱的那首《补习街》，其中的一句歌词他记忆很深："你在别人的眼里，不被承认的样子，仿佛毫不在意用你的方式固执地存在。"

荣健确也以自己的方式在坚持，也不自觉地反复审视在补习班度过的日子，不断追问自己是否为梦想付出了全部努力？告诫自己不能再犯错，再走弯路。1995年4月27日，又一场测评下来，他感觉到了某种真

冬日的火花

实，为自己没有忘记当初的誓言而感动。五个月勤奋的耕耘让他暂时抛却了初恋伤痛，逐渐恢复了往日豪情。他说辗转两年之后他终于找到了迷失的自己，他说他已经彻底复活了。

然而考前的焦躁总是难免的，一如1995年6月9日午夜忽然从睡梦中醒来。他转头看了看睡得正香的安宁，又看了看床头的日历。想起前年的这个时候，去年的这个时候，也想起了林芳欣，忽然就有些百感交集。他自是牵挂着她，想知道她在哪里，过得好不好？而他只能喃喃自语："我心爱的女孩，你知道吗？又到了我与命运争锋的时候了，这是我全部的赌注，为了这场梦我选择了两年，两年我才想明白我要往哪里去。记得你曾对我说，人只有找到自己的路才会活出光彩。我为了我们没有任何基础的感情荒废了许久，其间我情结千千。为你的离开难过，为我的梦而纠结！而你还是走了，你虽笑着却忧郁。也许你有你难以诉说的苦衷，而我虽是你的朋友，可我太稚嫩，不能为你做任何事情，哪怕知道你为何哭为何笑也好。看着你悲观叹气，我不知该说些什么，因为我也很矛盾。当我们彼此伤心，彼此承受不了的时候，我们的情意也就散了。什么也没有，淡淡的，各走各路。可我总觉得遗憾太多心有不甘，内心的负疚压得我几乎绝望，好在我还是挣扎着从阴影中走出来，我用一个男人应有的勇气和魄力开始走我的路了。我不会回头，我也无法回头，如果死，就让我坦然地去死吧！"

1995年7月6日，荣健在日历上画上红圈的时候内心激动而振奋。他为之努力，为之涕泪、欢笑的时刻——1995年高考就要来了。上午结束了紧张的复习，荣健骑车去书店买了份《杂文报》，继而又准备到商业街转转。刚走到商业街街口，忽然远远看到林芳欣挽着父亲的胳膊迎面走来，他神情一怔。然而林芳欣只是漠然地看了他一眼，瞬即低下头挽着父亲转了身，走了几步又回了回头。虽然不够清晰，但荣健确信那那眼神流露着陌生和疑问，那一刻他不知该如何面对，也不知能说些什么，唯有低头仓皇逃离！

回来的路上他反复回味这匆匆的照面，思想起去年冬天归来时的情形。显然当时的离开意味着放弃感情为前途打算，可他知道自己始终不

第二十一章　在雪花飘落的日子

能彻底将她忘记。现在他说不清自己心里的真实状态，还有爱吗？他不知道！难道所有记忆只是对曾经的伤害耿耿于怀？他否定了自己，觉得不应该是这样，也不会是这样。可那美丽的姑娘，那曾经浪漫的风花雪月，如今除了可怜的回忆之外，现实苍白得让人心酸，我又拿什么去续写与她的故事？我想我只有逃离。两年，经过了一段漫长的选择，他开始认真思考一个人到底应该怎样去走生活的路。他曾经对着田野呼喊，曾经在这小城徘徊，曾经领略了城市喧嚣，曾经说过无数大话。他总在内心追问：可我能让乡村不再艰辛吗？能让这小城不再落寞吗？能为城市锦上添花吗？想到这些他的心就一刻也不能平静，他不认为这是自命不凡，也不认为是痴心妄想，他觉得每一个青年都应该有这样的志气，因此他不能纠缠于儿女情长不思进取！

如此一路走一路思索着，课本里许多章节又开始在他心头浮现回旋。那其中有抛物线有不等式，有历史也有世界。圣人说温故而知新，那些烂熟的公式、定理以及能够随口诵读的章节让他自信振奋。他忽然有些高远的感悟，意识到这国家和民族正走在复兴的路上，而历史的机遇和挑战需要千千万万个青年去努力担承。他已急切地要参与到这伟大使命中去，并且激情澎湃地准备为之终生奋斗！那一刻他开始期待着考试的到来，想着明天就要穿越这七月流火完成幼时宏愿，他觉得胜利即将来临，他几乎要为这振奋人心的时刻欢呼！

兴奋几乎让他泪眼蒙眬，而他并不知道他刚刚在街口遇见的却是林芳欣的妹妹，尽管她俩长得很像，但他看到的只会是冷漠，而他的仓皇落寞不过是他的伤感和自卑。但文化课的学习本身就是一个思想改造和寻求自信的过程，比如一旦深入了解了中国历史就一定会有荣耀和叹息，如果能理论联系实际就必然会发现问题。所以从那时候开始，荣健逐渐不再是仅仅因为喜欢那旋律而吟唱《国际歌》的荣健了！他开始认为《国际歌》所表达的思想其实有两个境界：首先我们每个人要有追求自我价值的精神，况且除了青春赋予我们的能量我们本身一无所有。其次我们要想实现为人类创造幸福的理想，那么我们首先要解放自己。所以如果我们不想被命运驱使，不做臣服于现实生活的奴隶，我们就必须

冬日的火花

用满腔热血把自己狭隘的旧世界打得落花流水，从而不再受迷茫彷徨的苦。就像歌里唱的那样，这世界从来没有什么救世主，要创造幸福唯有靠我们自己的努力。只有当我们实现了自我解放，那么我们才有可能为国家、民族乃至人类创造幸福。这个思考让他内心自此高扬起理想主义旗帜，有了自觉奋斗的强大动力，同时内心也拥有了区别于一般人的广阔世界。

但理想的追寻从来不是一帆风顺的，既就是在大半年的时间里呕心沥血钻研苦读，成绩也得以飞速提高，但他并没有超凡的能力，1995年他再次落榜了。如果说这个结果有什么能够自我安慰的话，那就是他考出的成绩与安宁相比高出近一百分。而安宁没离开过学校，绝谈不上什么荒废。也许就是因为这个原因，荣健并未灰心。

原本以为那个暑假注定是落寞的基调，赵海远在他乡，梁艳外出实习，高扬在省城打工。荣健最贴心的朋友几乎都不在身边，如此一来他只能一个人度过这孤寂的夏天了。然而生活戏剧性的一面出现了，先是高扬心情郁闷地来找荣健，原因是两年学制已经结业，所以去邱雪家见了对方父母。没想到邱雪爸爸根本不同意他们交往，理由是家里已经安排邱雪回汉江市工作，到时两地分居不现实，因此几乎不容商量地要求他们分手。而高扬感觉到的原因是邱雪的干部爸爸压根就看不起他工人家庭的出身，加上人家好赖是城里人自然感觉高人一等。这样的猜想在后来与邱雪的沟通中得到证实，而那个时候最让人气愤的是邱雪内心也出现了动摇。于是他一赌气就放弃了努力，决心由此终结这段感情。可说是要分手，毕竟两年的感情哪会轻易地放下，他心里的悲伤失望无以言表。

最搞笑的是没过几天赵海居然也出现了，那个说是要在外闯出点名堂的家伙当了现实的逃兵。快放暑假的时候回到师大，与王长征一起接下了本专业在金城县招生的任务。学校不出工资，收入全靠招生的学费提成，于是回来后就装模作样在广场门口摆起了摊。那段时间赵海的招生点成了一个交流的平台，先是王妮和她的妹妹加入了进来，后来又有几个漂亮的姑娘成为常客。其中的一位还是金城县著名企业家的千金崔

第二十一章 在雪花飘落的日子

洁，而她是高扬家里通过媒人给他介绍的对象。那姑娘个头比邱雪高许多，身材样貌也更加出众。从看到那个女孩的第一眼开始，荣健几乎可以看到高扬与邱雪的结局，因为这女孩明眸善睐的眼睛昭示着内心的精明，这种精明与邱雪的聪慧相比完全不同，但是可能因此她更善于把握爱情。

尽管王妮总是觉得自己能够改变赵海，但荣健清楚她在赵海面前救世主的姿态完全是自我陶醉。没想到的是，她去年居然也回了关西中学补习，但考的成绩非常一般，也搞不清她哪来的自信要去改变赵海呢？只不过王妮总能带来一些有关陆锋的信息，因此荣健才不至于太多地打击她。而实际上王妮到陆锋家里除了获知陆锋学习训练很忙很苦之外，并没有什么新的消息。通信的地址也没有变，只不过大家都没有收到过回信。那时候大家都有些怀疑这家伙一步登天，可能早已忘了故旧。

赵海做什么事情总是有头无尾，招生宣传的摊子摆了十来天没招来一个人，他一时烦躁就收了摊子，干脆与大家尽情玩乐。当然更多的时候热衷于拉来一帮女生做伴，由此又产生出多段没有结果的感情。而且总是把与不同女人厮混的过程作为谈资在荣健和高扬面前有意无意地炫耀。这当中自是少不了独居的女人柳红，并经常在她那儿获得一些零花钱。那阵子他的日子似乎如鱼得水，要钱有钱，要女人有女人。后来又在赌场认识了一堆兄弟，手气好的时候前呼后拥一堆人跟着他吃喝。荣健多次提醒他这样下去很危险，可是赵海对此越来越不以为然。

由此荣健忽然看透一个问题，那就是一个人年轻时候身边漂亮姑娘的多少与家庭出身和财富有着必然联系，而酒肉朋友的多少就更是如此。可当时赵海出入赌场顺风顺水，一段时间斩获甚多，颇有些少年英雄小罗成的感觉，这种情况下谁能拦得住他的狂热！而自从暑假的后半段赵海再次掉进赌场，相见的机会也就少了，清静下来时荣健开始计划自己的事情。那时候梁艳也结束了实习，来看过他，可是这段感情对荣健来说总觉得没法继续。梁艳说这半年上门提亲的人很多，家里一直催着要她明确与荣健的关系。越是这样荣健的心里就越是纠结，眼看着新的学期就要开始了，他既不想带着牵挂上路，也不知该如何处理这

冬日的火花

关系。

他在日记本里写下了这样一段话：

1995年8月21日

暑假就要结束了，这平淡的日子没有什么精彩可言，我想像写诗一样去体味生活，可是说句实在话，真的无味极了。去跳了几次舞，尽管那中间有很多漂亮的舞伴，可我没有多大兴趣，我变得很懒，常睡到很晚才起来，其实我也不想整天赖个床板，活得像个冬眠的动物。可我心中的失落和苦闷如影随形，我不知道这样的日子还要过多久，也不知道明天将走向何方。没有人能帮我，没有人能安慰我，我孤孤单单，心里累极了。

她在我失意懒散的时候走近了我，她美丽纯真感情热烈，可我心底里没了那激情，因为我爱不起，承担不起。可我怎么跟她说呢？我舍不得放弃这温暖？还是舍不得她那诱惑的身体？可如果这样算不算是无耻的流氓行径？我不爱她吗？不是，我喜欢她的纯洁善良！喜欢她的美丽！可我想去远方，而她要一个承诺。我明知承诺不可靠又怎能讲出口，我不知道明天在哪里，难道要许给她虚妄的幸福。我想我不能这样做，可我应该怎么做？

第二十二章　总会有些代价

一个风骚性感的女人抱着她洁白如雪的哈巴狗住进了金城大酒店，据说她是一家香港企业的谈判代表。消息一出瞬即引起周遭群众的极大关注，让很多人疑惑的是，现如今商务谈判居然还可以携狗前来，看来富豪的行为方式还真是让常人难以理解。

金城县的国企改革就这样开始了，没有人知道为什么拥有三千多万净资产的金城变压器厂只需投入一千万资金就可以取得控股资格，资方取得控制权后立即改组了领导班子。李铭那个时候强烈感觉自己有些生不逢时，因为他清楚地知道，仅库房的原材料和外面的欠款两项合计就接近两千万，投资一千万就控股企业完全和白捡一样。如果自己有钱也会毫不犹豫做这样的投资，可是现在他和数百名职工一样，要面对的可能只有被买断工龄一条路了。因为从新资方的运作模式来看，除了卖空企业之外并没有什么高明之处。之前所说的全新管理模式、升级技术、更新设备等等宏伟计划连影子也没看到，因此工会牵头的抗议行动开始了，然而政府除了答应确保工人的基本生存保障之外并没有叫停新资方的做法。由此一轮又一轮的上访和各种民间传说的版本盛极一时。

有人说当时招商谈判的时候，某位副县长应邀与港方美女代表共进晚餐。烛光中那妖艳的女子酥胸半露，推杯换盏中与县长兄妹相称。服

冬日的火花

务员当天上菜时看到县长脸泛潮红，眼睛直勾勾瞅着那女人的胸脯甚是陶醉。因此所有的人都相信那位领导最终臣服在风骚女人的石榴裙下，也由此推断招商引资中间必然有着不可告人的勾当。

那个时候曾宪瑞因为治吏有功已荣升为金城县委书记，他在主持经济工作会议的时候一方面强调维稳；另一方面力主排除万难推进金城县国有和集体所有制企业的市场化改革。尽管领导班子里有不同的声音，但是他更相信唯有市场化才能挽救企业。因此当变压器厂的问题汇报上来时，他认为完全是职工思想僵化所致，投资方作为大股东有权决定企业的经营模式，对此政府不应过多地干预。当有人提出应拿出切实方案防止国有资产流失时，曾宪瑞认为只要能以企业现有资产解决职工生存问题对政府来说已经阿弥陀佛。按照这样的思路，造纸厂的改革也开始了。原本造纸厂提出贷款五千万扩充一条复印纸生产线并且配套环保设备，但是此项计划没有得到批准。首先工业局认为继续追加投资没有什么前途，更何况造纸厂之前的两千万贷款回收都是问题。此事经过县委办公会议研究，最后决定造纸厂干脆破产清算。于是这样一个享誉西北的造纸企业应声倒下，高扬连同父母都在一夜之间下岗了。

李铭拿到买断工龄的五千元时感觉自己忽然间像一条丧家之犬，惶惶然不知该走向何方。家里刚介绍了一个行政单位的对象，本来女方家里对他工人的身份就不是很满意，可毕竟还算有个正式工作。现在忽然间失了业，这下子闹不好连婚事都要黄了。那一瞬间李铭对资方的做法充满了仇恨，琢磨着和其他工友团结在一起跟政府闹腾一番。可他又想起师父多次嘱咐过不要跟那帮傻瓜瞎搅和，想到这他觉得还是要先和师父商量一下再说。这些年师父带着他走南闯北地做销售，教会了他不少做人处事的门道，说不定在师父那里能找出一条明路来。这些天师父因为与资方在追账提成问题上有分歧，因此一直在家休病假，想来这个时候他正坐在院子品着茶听着秦腔，于是他转到街上备了几样礼品直奔师父家里。

见到师父的时候他正在院子捣腾那一堆花草，李铭二话不说加入了劳动，这一堆花草大半还是李铭送来的，因此干起活来完全没有陌生

第二十二章　总会有些代价

感。师父干脆洗了手去泡茶，等李铭弄完花草扫了院子，两个人才坐下来拉话。李铭恭维师父养的花都能办展会了，师父笑着说他还真有发展花卉产业的打算。这些年在外面跑销售，发现城市对于花卉苗木的需求逐年攀升，他判断未来这将是很大一个产业。他老家在关西镇还有几亩地，到时再承包几亩，反正现在承包费又没多少钱，算算账这还真是个财路。说话中间师父问李铭下一步准备咋办？李铭说："现在失业了，估计娶媳妇都成了问题，真不知该咋办！厂里的很多人在搞串联，准备问政府要个说法。"师父说："我还是那句话，别与那伙人瞎搅和，现在厂子这样，对咱们销售上的人来说机会大得很。"李铭一时间并不明白师父所说的机会是什么？只能洗耳恭听。师父说："资方那些蠢货就知道把厂子卖空，根本无心抓生产，咱们厂的产品可一直是供不应求，这些情况你是知道的呀！"李铭说："知道是知道，可是原来卖得好也赔钱呀！""为啥赔钱？还不是因为大锅饭效率低，管理漏洞太大，你看看咱厂家家户户的晾衣架你就知道了。甚至咱厂职工亲戚家的晾衣架都是铜丝做的，再加上那么多退休职工要养活，这么个干法没有不赔钱的。现在又弄了这伙蛀虫进来，实在是没救了！"师父说着说着也流露出气愤的情绪，又抱怨说："现在让出去催欠账，还不发工资，所有费用都包在提成里。他妈的想得个美，一毛不拔坐收渔利，哪有这样的好事。"师父说到这李铭才明白为啥师父一直休病假，看来资方的手还真是够黑。那些欠账本身就不好收，现在还要垫着费用去要，这样的事情谁会去干？除非提成的比例够大，能包住方方面面的打点费用才行，在资方没有给出更好的条件之前，估计师父和销售上几个暂时留下的人都不会有什么行动的。不过师父有一句话提醒了他，那就是很多客户资源都在自己手上，能不能自己组织生产变压器去销售，如果走得通也许是一条好的路子。当他把这个想法跟师父说的时候，师父笑着说："呵呵，你终于开窍了。现在想想你还要不要去跟政府要说法？那些客户资源可都是厂子白送给你的，值多少钱敢算吗？"

　　从师父家里出来的时候，李铭心里已经有一个宏伟的计划。他东凑西借弄到两万多元的本钱，经过师父的运作以废品价格收购了厂里剩下

冬日的火花

的几十个变压器壳子,可惜的是用于生产的铜丝早被卖光了,现在只能采购新的。随后又找来厂里几个技术好的工人,给人家开出半年之后工资翻番的条件,如此一来李铭的均利电气维修部就正式成立了,自是以变压器销售、维修为主要业务。

高扬似乎对下岗早有准备,纸厂宣布停产没几天经营纸张销售的飞雪纸业就在纸厂门口开业了。而高扬的父亲作为高级工程师自然不用担心出路,很快就被邻近省市的多家造纸企业聘为技术顾问,收入比在厂子上班时翻了好几倍。在这个当口,荣健妈所在的县印刷厂也开始了破产清算,厂子把原来在商店的投资作为买断老杜工龄的补偿一次清算。而当年接手商店时为了配合厂里做账,旧排椅、旧货架都以市场价入的账,而这些东西实际上都等同于废品长期堆在库房,现在以账面价值作为补偿杜英娥自然不能同意,可是老厂长一年前退休了,这事如今没人认账。与厂子沟通追加补偿的事自然不会有任何结果,杜英娥郁闷极了,可是她也没办法改变这结果,最后与办公室的人大吵一架后在协议上签了字。杜英娥那天从厂子回来气得吃不下饭,想着这些年也为厂子创造了不少利润,到最后自己却落了个一分钱补偿没有的下场,那些知道内情本应主持公道的人关键时候一句话不说,让她看透了厂部机关那一伙势利小人的丑恶嘴脸。可是仔细想想,厂子要不是这一伙害人精主持,好好个企业估计也不会导致今天这样的结果。凡事因果循环,也没法过分计较了。反正现在商店早已转给外甥经营,自己在商业街盘下的新店也开业了,生活还要继续,一切向前看吧!

当同学们纷纷开始创业的时候,荣健开始了新学期的奋斗。为此全心全意投入高考补习,他暂时放弃参加当年的自学考试。每天像摆钟一样两点一线,那一段时间荣健已经似乎进入了一种决斗的状态,因为他清楚地知道,这是自己走进大学的最后机会。而那个时候的赵海正沉浮在金城县各类赌场里,输输赢赢起起落落。谁都知道命运永远不会眷顾一个嗜赌如命的人,那天晚上赵海从赌场出来时又一次债台高筑,已经没人再借给他赌资翻本,而是给了他最后的还款期限和严厉的违约警告。

赵海心情沉重地走在大街上,往日熟悉的街道变得陌生。因为已经

第二十二章　总会有些代价

有好些日子他根本顾不上留意周遭的一切，心中有的只是在赌场里赢点资本的梦想。而现在这个梦黄了，接下来的局面可能会非常残酷。他心里的悔恨和不服犹如黑夜一样连绵不绝，悔恨顺风顺水时不知道收手，也痛恨自己在输光本钱之后仍不知死活地去借高利贷。为什么总是这样的冲动，为什么总是这样欲壑难平，赢了还想赢，输了还想捞。到底是上天不眷顾，还是自己自寻死路，那个时间他回答不了这些问题，总觉得自己运气差了点。夜幕下他哼唱着："我想为你赢个未来，却一不小心输了现在……"他心里难过极了。唱着唱着他想起了荣健，想起这个时间新学期已经开学近一个月了，他现在怎么样？

如此他慢慢悠悠地走到了荣健家门口，门没有锁，他轻轻走到楼上亮灯的房子，荣健和安宁正面对面坐在台灯下研读。看到赵海幽灵般地进来，荣健并没有多少惊讶！荣健说："我还以为你死了呢，咋今天又冒出来了？"赵海回答说："就快死了，可我死了对你有啥好处？"两个人斗了几句嘴后归入正题，荣健说最近感觉很不错，明年高考一定不负众望。赵海平静地祝福他前程似锦，也没提自己输钱的事情，扯了几句闲话他就借故离开，临走他在荣健的书本下悄悄地压了十块钱。荣健虽然能感觉到他心情落寞，但并没顾上多想，看到那十块钱时荣健感觉到了友谊的温暖。

那天赵海回到家里叫了半天门没人开，最后还是嫂子应的声。他隐约听到父亲在说谁都不许给他开门，整天不着家，现在黑天半夜回来肯定没干啥好事。进了门没人理会他，只好自己回了房子窝在床上睡觉。等到第二天在母亲的呵斥下起来，他才发现，全家人已经做好了审判他的准备。这对他来说其实求之不得，无论怎样总比自己单独找父亲谈要好得多。可当他再一次装出可怜样，把参与赌博并输得很惨的事情交代一遍时，全家人都脸色铁青。沉默半天后，父亲问他输了多少。当他说出十几万的数字时，父亲几乎是从椅子上弹射起来的，应该是要破口大骂，可是刚一张嘴身子摇晃了几下倒在了椅子上。全家人赶紧扑上去呼叫，最后父亲只是说了句"你个败家子"就咽了气，这位一辈子风风光光的赵书记就这样闭了眼，那天赵海彻底蒙了。他知道家里的支柱倒

冬日的火花

了，这下子自己惨了！

安葬父亲之后，赵海在金城县臭名远扬。人们都知道这个逆子气死了父亲，更多的人面对他时只有冷嘲热讽，他在金城县显然已经没有了立足的地方。尽管组织上念及他父亲的贡献，答应给赵海安排工作，可是没等到通知赵海就急于逃离。母亲在痛哭流涕中答应卖掉为他结婚准备的单元房还债，并苦口婆心地规劝他永远不要再沾赌博，说父亲在还能为你遮风挡雨，父亲走了这往后啥事都要靠你自己！赵海再次信誓旦旦地说自己从此洗心革面，出门先去找个工作，如果混好了就不回来了，混不好到时就回来上班。暂时也没有更好的办法，又担心他在家无事生非，母亲最终还是同意了他出外打工的想法。

赵海再一次回到省城还是选择了投靠王长征和宋胜利，那时候虽然两年的集中教学已经结束，但是王长征还有一门专业课没有通过，而宋胜利已经放弃考取文凭正式和一帮同学开始了打工生活，因此他们暂时还住在师大对面。赵海的到来对大家来说毕竟多了一个伙伴，因此也没有人排斥他。安定下来之后，赵海第一时间给荣健写了信。

亲爱的荣健：

不想客套地问候你，我知道你的日子不好过。

首先，我最关心的是，自费通知下来了没有，尽管它已经没有多少意义，但它是你七个月的果实，虽非你我心中所想，但至少给你我些许安慰。和梁艳的感情暂告一段落了吗？不，应该说是结束了吧！我相信你有剑逝情丝的魄力(我就没有)。这样她可能会痛苦一阵子，你的负疚感也是难免的，权衡得失，相信你比我明白得多，你会从中解脱出来，全心投入学习中的，前几天看了张贤亮的小说《早安！朋友》，其中一段道白，让我感触颇深。"你经济独立了吗？没有独立的经济，哪有独立的人格？连独立的人格都没有，你哪有资格谈情说爱？"不错，我们不能拿着父母的血汗钱，卿卿我我，逍遥自在，我们应该为自己创造和奋斗，哪怕这种奋斗和创造不能如你我所愿。

第二十二章　总会有些代价

东莞没有去成，那些劳务信息，想来不可靠，一拖再拖，我没有耐心等在家里。闲得无聊，闷得发慌，上班近期也无望，你和高扬不在，在舞厅也是兴味索然，何况我又好赌，物探队门前恰好是天然赌场，无奈为逃避，我又来到了汉都，你也知道，在家里待下去，需要超人的勇气和忍耐力，而这些恰恰又是我所缺乏的。

当然，到这儿日子也好不到哪里去，还清杨家巷八十元房租，又在吴家庄以八十元月租租了一间，所剩银子连糊口都成问题，前些日子在劳务所谋得业务员一职，尚可勉强度日，但非长久之计，东奔西跑一天只能带回来几条信息，而且不一定都有用。今天，我又应聘一家食品公司做专职营销人员，几分钟谈罢，老板颇赏识，当下就签了一年合同，10月2日正式上班，第一个月任务八千元，第二、三个月一万五千元，以后每月两万元。批发食品对咱来说是首次接触，我自己到底能否胜任心里毫无把握，干不成就拉倒，另找别的，不过我会尽最大努力的，想人家郑明明、李新宇都能在营销行业混下去，我为什么不能？尽管此辈学过两年营销又如何？

情况大概就这样，不多写了，你的时间宝贵！回信是寄给王长征收转，他知名度高，如果写给我，可能给退回来，咱现在是黑人黑户。

赵海
1995.9.29晚

赵海写这封信的时候心中有说不尽的伤感，背负气死父亲的罪名让他万分委屈。家里人都知道父亲的冠心病由来已久，他事业心重，这几年又一直带病工作，经常说自己很可能哪天出去就回不来了，让家里人做好思想准备。可没承想最终却倒在了家里，而自己竟成了罪魁祸首，想到这他觉得自己实在不走运。另外一件让他难过的事情他对谁也没有讲，那就是暑假的时候在街头碰见周敏，而周敏与另外一个男生走在一起。他们有说有笑，脸上洋溢着轻松和甜蜜。而周敏看见自己时显然有一丝羞怯，虽然最终还是单独说了几句话，可赵海心底愤怒不可抑制，但他那时真切地感觉到自己已经无力回天了！因为那天周敏叫他赵哥，

冬日的火花

并向他汇报说自己已经被北方纺织大学服装设计专业录取，虽一再解释旁边的男生只是同学关系而已，自己毕业前不会谈男女朋友。所有这些赵海没有兴趣听下去，因为那张录取通知书似乎已经在他和周敏之间竖起了一道无形的墙，从此墙里墙外再无纠葛，他有些死心了。至于周敏说的欢迎他去学校玩，他认为那只是虚伪的客套话而已，自己一个无名瘪三到人家大学里干什么？自取其辱吗？也就是那天之后他一头扎入了赌场，也就有了后来的债台高筑，代价太大了，后悔吗？后悔了！可是现在说后悔有什么用呢？自己能忘记周敏吗？自己也不知道。

  荣健没有给赵海回信，一方面是这个时候他不知道该说些什么！另一方面自从高扬跟他说了赵海那些作为后他气愤不已。而这个时候另外一个友人来信了，看了他的信想着他的生活，荣健的内心波涛涌动。那是陆锋的来信，信中先是表达了久未通信问候的歉意，然后是对荣健补习的支持和肯定，最后说了自己学习生活的情况。说自己已经圆满完成了第一阶段的理论学习，开始登上初教机。他天天都期盼着能尽快登上新引进的苏27战机，在祖国领空巡航值班。前一阵学校组织到抗美援朝烈士陵园祭拜学习，目的就是要让大家铭记军人使命同时深刻认识制空权的重要性。陆锋说他立志要成为新时代空军的标兵，在祖国需要的时候去冲锋陷阵，这是他的理想，能为此活着才不枉这一生。荣健拿着信非常感动，因为陆锋在信里说现在已经找不到几个能共话理想的人，很多人一门心思向钱看。显然陆锋把自己当成可以共话理想的人，那么自己的理想又是什么？当他想象着陆锋驾驶着战机直冲云霄的镜头，再审视自己这有些猥琐的现状，荣健心里久久不能平静。想着唯有冲破一切的艰难险阻，踏入理想大学的校门，内心所有的想法才有价值，否则说出来都会成为笑话。陆锋可以为理想而战，自己当然也可以无畏，难不成这辈子注定要输给他！荣健心里暗暗与陆锋较上了劲。想来人生关键的时候身边榜样的力量尤为重要！尽管有时候我们对这样的榜样难免感情复杂，甚至羡慕嫉妒恨，可也正因为这种不服才会有更多的努力，何况在通往理想的路上若没有了竞争，我们拿什么来回忆那激情燃烧的青春岁月！

第二十二章　总会有些代价

再一次与梁艳见面的时候河堤上老柳树叶子已经发黄，河堤下的杂草也已枯萎。荣健拒绝了梁艳让家长见面确定关系的提议，梁艳也拒绝了他临别的拥抱，眼睛里含着泪花说："你总是一副自以为是的样子，你会后悔的。我今天从这走了，明天就找个有钱人家嫁了！"荣健无奈地看着梁艳负气离开，他一个人傻傻地坐在河边，看着呜咽的河水和那摇曳的枯草没有了想法。天已昏黑，河堤上的老树在天幕下似乎在挥手送别，他才想起两年前就是在这个地方与罗云话别的，如今天各一方也不知道她现在怎么样了？如今梁艳也走了，想起那些温暖的过往，荣健忍不住号啕大哭。

那天他在河边坐了很久，梁艳离开时的神情不断在他眼前闪现。他甚至期盼着梁艳再次转身回来，尽管他知道这已经是妄想，自己深深地伤害了她，虽然这结局他心里一万个不愿意，可是现在恐怕也只能这样了。想起来也是滑稽，林芳欣对自己冰冷绝情，可自己念念不忘。梁艳如此一往情深，而到头来却是被辜负。荣健心里烦乱极了，可他心里清楚当下只有背负着深深的内疚前行了，能挺过这漫长的冬日才会有明媚春天。那天夜里他随手在作业本上写道：

在这个冬天，我常想为你写首歌，写首唱给青春的歌。青春多么美好，多么让人激动的词语，你的青春在哪里呢？你的青春在清晨的脚步里，在朗朗的读书声中，在隆冬的哆嗦中，在夏日的汗滴里。你的青春是一首低沉清丽的诗，读着苦涩却不能不读；你的青春是一首难以写出的梦幻之歌，不是谁都能唱谁都能懂；你的青春是山野里傲然的小花，你开你的，孤芳自赏，伶仃也凄凉，孤独也坦然；你的青春是一条叮咚的小溪，激扬着活力，天真烂漫地要奔向大海，哭过笑过，也只有你自己知道；你的青春是一只关在笼中的鸟儿，跳跃也罢，沉默也罢，笼外阳光明媚，你怎么也忘不了；你的青春，你的青春写也写不完。

你的青春也许只是一颗流星，拼出最大的光热却无法改变陨落；你的青春，也许只是一颗待价而沽的明珠，等了几千年也没人开启尘封的盖子；你的青春也许最多只是屋顶上叽叽喳喳的麻雀，喊哑了嗓子却没

冬日的火花

人倾听；你的青春，你的青春你自己也无法认清它的真面目，因为你只知从哪里来并不知到哪里去。

你的青春，你的青春，它是一湾秋日湖水，冷清却有深蕴，你的青春更像沙漠里的驼铃，在荒凉中激荡着生命的声音，青春啊，青春，你为何总是这样迷离而悲伤！

没进过补习班的人永远也不会知道，坐在补习班教室里的那种无以复加的紧迫感。做不完的习题听不完的串讲，同学之间除了同桌还能说上几句话，而其他人顶多只知道名字而已。在这里同学和同学谈不上什么交情，似乎相互之间只有竞争。成绩好的坐前排成绩差的坐后排，进入前三排就意味着进入年度种子选手队伍，而后面的则还需要努力。

荣健经过这一年的努力，论成绩可以坐到第二排，可毕竟他个子太高了，因此班主任安排他坐在第三排。安宁坐在第五排，在班上也属于可以培养的类型。那时候荣健以他的阅历和口才已经赢得了班主任的欣赏，因此很多时候习题的答案会安排荣健站在讲台上宣讲。那天晚自习宣讲历史试卷的时候，坐在最后一排的几个人起哄说声音太小听不见，而这当中就有李宏。这个家伙在社会上浪荡了两年，居然突发奇想也来补习，偏不偏还和荣健坐进了一个教室。在荣健眼里李宏的补习纯粹是对补习生的侮辱！门门功课一毛不拔，居然癞蛤蟆想吃天鹅肉地来凑热闹。就凭他数学每次个位数的得分，就凭他满篇大白话的作文，再努力十年恐怕也没戏。现在自己宣讲他在后面瞎吵吵，这完全就是故意捣乱。因此当以李宏为首的一群人再次喊叫嫌他声音小的时候，荣健没好气地回答道："把耳朵撕长。"就因为这句话李宏站起来指责荣健，叫荣健往出走。荣健一时间新仇旧恨涌上心头，摔了卷子指着李宏吼道："你嚣张啥呢？一个卑鄙无耻的小人有啥资格在这儿咋呼，往出走就往出走。"后排的人自恃李宏高大威猛等着看好戏，前排的人都是些怕事的好学生几乎没人阻拦荣健，只有中间的几个同学站出来劝阻，这中间就有安宁。而这个时候荣健像一头发怒的狮子，谁又能拦住他的冲动。没人知道当年李宏对荣健的突袭让他心里有多受伤，因此也没人知道他

第二十二章 总会有些代价

哪来那么大的火气。冲出教室后门的时候李宏一把扭住荣健的领口，而荣健一拳砸向了李宏的面门。尽管李宏的个头在一米八以上，而稍低一点的荣健显然斗志更盛。如此一场激烈的搏斗在教室后门外的空地上展开了，安宁站在一边战战兢兢不知道该咋办，只好让身边的同学赶紧去叫班主任。

班主任来的时候几句话就骂散了看热闹的同学，双手抱胸坐在花坛边上看着两个人扭在一起，沉默半天才说了一句："打，有劲了继续打。"两个人这个时候也筋疲力尽了，李宏鼻血满脸，荣健嘴角挂彩，二人怒目相视，看来都打不动了。就这样又僵持了一会，班主任忽然脸色一变厉声训斥道："还不松开？"顿时两个人都松了手，悻悻地站着。那天班主任最后说的话是："有本事把力气用到考场上，别在这羞先人。"这是荣健在补习班打的第一架，那天打完架虽然受了点伤但是心情反而舒畅。压抑了好几年的怨气在那一瞬间似乎都发泄了，而且当日在气势上、战斗力上都没有输给对手，并且他相信未来在考场上一定可以击败他，因此打了一架反而心情愉悦。当安宁批评他不值的时候，他不以为然。

第二次与人打架的事情非常偶然。那天晚上他和安宁复习到很晚，两个人一起出了门到河堤上活动活动筋骨松口气。结果碰到一户果农家的孩子在地里巡夜，后来据说是因为最近地里的果子被偷得厉害。与荣健他们遭遇的时候随手用手电照在他们脸上，这个不礼貌的举动让荣健很是恼火。当那个小伙高声质问"干啥的"时，荣健也提高嗓门没好气地回答道："你管我干啥的！"这话一出口那小伙暴横地回道："我看你活腻了！"说话间居然把手里的一截树枝甩将过来，荣健下意识地一闪，那树枝擦着脸颊而过，当时并没有感觉流血，可是怒火被瞬间点燃，他冲了过去，两个人扭打在一起。

本来如果安宁够胆量，二对一很快就能结束战斗，可安宁婆婆妈妈战战兢兢地站在一旁只是劝解，根本就不敢出手。没几个来回荣健已经把那小伙揍得毫无还手之力，只是死死地抓住荣健的衣服把他往村里拽。而这个方向也是荣健回家的方向，因此荣健也没有太担心。然而那

冬日的火花

小伙的父亲这个时候闻声赶来，看到两个人扭打，上来一把就卡住了荣健的喉咙让他无法呼吸。而荣健并没有停止挣扎，想用尽全力去反击。可这农民大伯的手实在太有劲了，怎么都无法挣脱。这个时候已经扭打到荣健家门口，安宁也叫出了荣健的父母。那天荣健清楚地看到父母临危时不同的表现。那就是父亲出来没有立即动手解救他，只是急切地喊着："老五老五，这是咱娃！"而母亲则直接举起铁锨高喊着"把手松开"，那架势大有不松手就要往老五头上招呼，显然这种方式更有效，老五松开了手。

闹了半天这是个误会，老五认识荣勤民，平常见面还是挺客气的。这个时候任雪瑶的父亲也被惊动，出来后看到这个局面直接批评了老五的野蛮。在看到两个孩子都没有什么大伤，于是从中说和两家罢手言和。那天打架之后荣健对两个人很是失望，一个是自己的父亲，觉得在自己面临危险的时候作为父亲太过懦弱，远没有母亲那样挺身护犊的勇气；另一个就是安宁，觉得这货一点血性都没有，关键时候毫无义气可言。当他埋怨安宁不帮忙时，安宁委屈极了，他说自己出来补习实在不想惹事，说荣健火气太大，为点小事根本不值得跟人大动干戈。而荣健则讽刺他胆小如鼠，战争年代八成都要变成汉奸，这句话深深地刺痛了安宁。那时候安宁眼里的荣健是一个自恃才高目空一切的人，尤其在他成绩突飞猛进之后，很多时候都显示出一种咄咄逼人的气势。

经过两场战争换了一副眼镜，脸上还落下一个小伤疤。这也许都是压力太大所导致的结果，反正这两场架之后荣健反而变得平静，每天和颜悦色心情舒畅，因为这个时候他心里感觉大学已经为他敞开了大门。无论湖北黄冈的试题还是北京海淀的考卷，每一份试卷拿到手，他都可以在规定的时间高质量地完成。一年多扎实的努力，让他脑洞大开，原来渺茫的未来现在变得越来越清晰，他甚至希望明天就高考，他已经迫不及待了。

平静下来的时候他常常会想，原来早前的迷茫都是因为自身的虚弱，当一个人自身变得强大，信念变得坚定，那么所有的困难都会如春日冰雪般慢慢消散。那段时间荣健穿着旧式绿的卡军装上衣，蓄着很长

第二十二章 总会有些代价

的头发，嘴唇上悄然长起的小胡子也顾不上打理，那形象已经完全融进了补习班朴实的氛围。可即就是这样一副模样，荣健却常常感觉跨步高远，每逢走出教室大门都有"仰天大笑出门去，我辈岂是蓬蒿人"的感觉。

1995年的冬天还没感觉到寒冷眼看着就要过去了，过年的时候荣健哪里也不愿意去。父母理解他的心情，因此连以往走亲戚的任务都免了。当然学校也没放几天假，因为中央有关高等教育"自费上学，自主择业"的方针已经明确，这意味着1996年高考将成为统招统分的最后机会。显然这对于已经习惯了国家包办前程的师生来说，无疑将会更加地重视。

春暖花开的时候听闻梁艳订了婚，对象是县公安局某领导的公子，据说那家人财力雄厚，为订梁艳出了很重的彩礼。也有人说梁艳的爸爸犯糊涂，一时贪财把孩子许配给一个不学无术的蠢货。荣健没有心力去分辨这些传闻的真伪，只是有时因为梁艳有了归宿反而会更加思念林芳欣。想着自从学校一别再无音信，也不知她毕业去了哪里。尽管春节的时候高扬专程给他送来了林芳欣家的电话号码，可是那个时候家里没有电话，即就有电话那时真不知怎么打这个电话。高扬送电话号码的时候说他并没有见到林芳欣，只是林芳欣家离他家不远，那个片区住户节前在集中安装电话，林家的电话号码是他根据邻居的电话推算出来的，并且还冒充电信局回访打过去进行了验证，因此绝对没问题。荣健保存着这个号码，保存着一份牵挂，他计划着梦想成真的那天再去拨通。

脱去了沉重的冬装，理发刮了胡子，穿上妈妈特意给他置办的那身藏蓝色的西装，如此一转眼似乎就从一个邋遢的落魄书生变成了精神焕发的有志青年。电信节前家里申请的电话也安装到位了，虽然这部电话足足花去了爸爸几个月的工资，可妈妈说有了电话以后荣健上大学也好联系。无论怎样电话的安装让全家人感觉宛如进入了一种全新的生活状态，那种喜悦不亚于盛大节日给人的兴奋。因为自此远隔千山万水也能互相问好，联系朋友再也不用东奔西跑。甚至刚装上电话的那些天，电话铃声响起都是一件让人感觉幸福且喜悦的事情。

家里有了电话，荣健又萌生了与林芳欣联系的想法。思虑再三终于

冬日的火花

拨通了那个电话号码，可林芳欣的妈妈说她去年毕业后就去了南方，刚过去时写回一封信报了平安，之后既不打电话也不写信，因此暂时还没有音信。荣健怀疑是她妈不愿意自己与林芳欣取得联系，当下更有些心灰意冷，可他已经不再为此悲伤，反而让他能够心无旁骛地投入复习当中。

那天荣健正在教室自习，忽然临窗位置的同学示意外面有人找，他走出教室后门时眼前那惊艳的一幕永生难忘。那姑娘一袭淡绿色轻纱长裙，裙裾上是白色的雪花图案，她细长的脖颈上挂着耀眼的水晶项链，甜甜的笑容里还有一丝羞涩，而那一双明亮的眼睛正含情脉脉地注视着自己。正午明艳的阳光从茂密的枝叶当中洒落下来，这一汪光影的背景是写着北大园的圆月拱门，而那姑娘刚刚走过拱门，走进了这光影里。这如梦如幻的感觉让荣健不知所措，还好那姑娘说："我是叶子。"

这是荣健第一次与笔友叶子见面，书信交往五年，互相都寄了照片。因此到了相逢的时刻并不陌生，只是叶子之前那张性感的照片不时浮现在荣健脑海里，让他有些想入非非。那天下午荣健没有上课，带着叶子也没地方去，最后又想起了以前去过多次的泸河滩。那里四野空旷，河水清澈，还有小树林，绝对是约会最佳的场所。叶子没有什么意见，坐在自行车后座上像鹌鹑一样靠在荣健背上，那个时候荣健分明感觉到了幸福。

叶子刚满十六岁，即将初中毕业。说是前几天刚刚参加完秦都市电力技校的招生考试，给家里说要到金城县来看姨妈，就趁机来找了荣健。叶子说她这一年多就像得了抑郁症，什么事都打不起精神，一门心思就想要来找荣健。这话让荣健听起来觉得有些不可思议，可是这实实在在是从眼前这位姑娘嘴里说出来的！再看眼前的姑娘虽然只有十六岁，可个头绝对超过一米七，那凹凸有型的身材即使穿着长裙依然能感觉到。尤其那饱满的胸脯可是林芳欣、梁艳根本无法比拟的，想到这一丝淫邪的念头闪过荣健的心头。可他转念又一想，这样一个纯真的姑娘瞒着家里来找自己，自己却有这样的想法岂不是很可耻！他调整了一下情绪，从四下田地边找来几捆麦草，两个人就坐在水边说东说西。太阳落山的时候，叶子居然靠在荣健的肩膀上睡着了。荣健没有叫醒她，而

第二十二章 总会有些代价

是爱惜地把她抱在怀里,静静地看着她安静甜美的面容。

荣健知道自己并不是柳下惠,根本没有坐怀不乱的定力。因为刚才抱叶子时她那柔软的身体让自己内心悸动,可现在这样一个睡美人除了欣赏别的都是野蛮行径,而他一直认为自己不是野蛮人。太阳快要落山了,荣健的腿都被压得有些发麻,可他不愿惊醒怀里的姑娘。那姑娘呼吸如兰让他陶醉,刚才他还偷偷吻了一下她的嘴唇。凉凉的,麻麻的,感觉有些触电的感觉。其实他吻她的时候她就醒了,只是害羞得不敢睁开眼。叶子不知道男女亲吻原来是这样的感觉,她心里的小鹿跳得扑通扑通。当他再一次低下头亲吻她的时候,她紧紧地抱住了荣健的腰。可在这荒郊野外,除了拥抱缠绵还能怎么样,荣健大脑里一片空白。就这样两个人也不怎么说话,相拥亲吻抚摸直到月亮升起,叶子说:"哥,咱们不会在这待一晚上吧!"这时候荣健才想到要回家,毕竟这个时候两个人都饿了。

叶子说早先只知道自己是爸爸跑长途货运捡回来的孩子,在家里根本不受待见。后来她才知道爸爸是亲爸爸,只不过自己是爸爸在长途线路上与外地女人生的野孩子,后来因为父亲更换了线路,那女人要嫁人,所以爸爸才把她接了回来。为这事家里好一阵子鸡犬不宁,家里的妈妈自然不会怎么喜欢她。爸爸买的这件裙子她在家也不敢穿,否则一定会被后妈骂为妖精。她觉得自己就是现实版的白雪公主,而荣健就是她的白马王子。多少情窦初开的少女都会做这样的梦,还好荣健不算是一个坏小子。

没想到晚饭居然是饺子,那是妈妈专门给荣健包的,为的是给他加把油,距离高考已经没有几天了,妈妈希望他吃得开心一点。结果晚上荣健领回来一个姑娘,老杜当时的心态相当复杂。想着儿子大了有姑娘到家应该是好事,可是在这个节骨眼上可不能分心。可她当面什么也没说,只是热情地招呼了叶子。为此叶子感觉荣健的妈妈比自己的妈妈还要亲切,顿时对这个家产生了某种喜欢的感情。

那天夜里安宁在楼上的房子学习,荣健和叶子偎依在一楼西边房子的沙发上说了很多话。就像是一对相爱多年的情人,谁能相信他们在一

冬日的火花

起的时间还没有超过十个小时。叶子闭上眼睛，把自己毫无防备地交给了荣健，任他亲吻抚摸。可他没有深入的勇气，有些无奈地趴在叶子的胸口上，心里难过极了。虽然说有花堪折直须折，莫待无花空折枝。可现在到底是堪折还是不堪折，他回答不了自己。最后他给叶子拿了被子，而自己回到了楼上。因为他知道父母绝对不会允许他和叶子在楼下过夜，适才妈妈冷峻的眼神已说明了一切。

第二天一早起来，他原本准备去叫醒叶子。而那时候叶子早已整理好衣服，看来她昨晚睡了个好觉。他抱着叶子说了很多话，主题是让叶子等着他金榜题名，欢迎暑假的时候叶子再来。叶子很乖地听着，说她一定会来的。那天他把叶子送到了车站，塞给她十块钱，然后匆匆返回了学校。叶子走后他才知道，叶子那诱惑的身体魔力有多大，好几次想起在一起的情形，裤裆里的玩意就冲动得不能控制，非得手淫到彻底释放才能安宁下来。看来没有干成那事真的值得庆幸，否则怎么能安心学习。高考越来越近了，他意识到自己的心思必须全部回到课堂，从那天起最后的冲刺开始了。

赵海又来信了，这一次他回了信。

阿健：

最近的功课怎样？身体是否安好？

这一段日子依然很疲惫，就算是礼拜六去舞厅跳舞，心情也沉重如铁。我快要坚持不下去了，真的，我担心过不了多久，我会倒下去，再也不起来！这绝非危言耸听，我心情越来越坏，很难说一怒之下，含恨自尽捐躯于悠悠汉城。

我的压力很大，来自家庭的，社会的，自身的，都使得我无法轻松。资金的贫乏，使我欠了很多人情，一直无颜见人，犯过的错误使我在家人面前说不起话，抬不起头。

当然这怨不得别人，只能怪自己自毁前程，要不是当时冲动，我想再坚持一年，我就能拿到建大的毕业证了，可现在什么都没有！哎，算了不说我了，进入正题吧！

第二十二章　总会有些代价

值此高考进入倒计时的非常时期，希望我的这封信能带给你力量和信心！

写这封信之际，我想了很多很多，那些并不遥远的从前，自然又回到了我的记忆。

1993年暑气未消，堪称风华正茂的我们，怀着远大的抱负，揣着父母的血汗和期望来到城市，来圆上大学的梦。最初的日子，着实令我兴奋了一阵子，当上大学的感觉被现实一点点冲淡，当自费和公费的反差使我们开始有了失落感，当考试的结果让我们逐渐心灰意冷的时候，甚至当我们认识到，拿到毕业文凭是相当遥远，有点可望不可及的时候，往日的新鲜兴奋一扫而光，我们不得不反省，我们最初的选择，真的无怨无悔？

于是乎，辍学半途而废者有之，转学调整换专业者有之，混日子得过且过者有之，当然，不甘沉沦不安于现状者亦有之，但是，我们不得不承认，九三·六的精英们，似乎没了往日的风光和自信，大多灰溜溜无奈度日。试问毕业之际拿上文凭的又有几个人？估计屈指可数不足为人道矣！

惜乎，悲乎？这是体制的悲哀，还是我等自身的不幸，我看兼而有之。

两年一晃而过成败已见分晓，所以，前几月刘长河说他即将毕业，竟让我感动不已。

你选择的道路无疑是适合你的，正确性不容置疑。然而，结局对你的影响事关重大，是笑傲江湖的风光，还是贻笑大方的耻辱，你知我知众所周知。所以，相信随着高考的日益临近，你的压力会越来越大，你在乎成败，我也同样关注。

不要让阴影太长地笼罩我们，早一天拨云见日，扬眉吐气，是我们共同的愿望。因为这一天，我们期望得太久了。

在没有成功之前，让我们不要谈论失败。把压力和屈辱装进口袋，轻轻松松迎接挑战，成功之日，你我一醉方休。

赵海
1996年6月9日

冬日的火花

阿海：

　　见信如晤！

　　现在是6月11日凌晨一点十分，日益迫近的高考使我不得不继续在灯下寻找开启智慧之门的金钥匙，以图让自己真的聪明起来去穿越黑色的7月。而此时此刻疲倦的我拿着书欲罢不能，欲读不专。不是疲倦让我产生了厌倦，而是脑海中偶然翻起了从前的一幕幕故事，让我的情绪骤然生出许多哀伤。而此刻无人可说，无人想听！我不知道此时此刻你是"奋战"在赌场上，还是陶醉在梦里？可我觉得写信给你，与你聊一聊是再合适不过。这其中的缘由我想我不说你也再明白不过了！

　　刚才，也就是在我来决定写信之前，我信手翻那些过往的信件。时至今日我仍然认为只有两封信值得读，一封是你于1995年3月7日写于深圳的，一封是林芳欣于1993年11月发给我的唯一的那一封信。我也说不清为什么，每当我拿着这两封信总能读出许多味道，总能给我以信心和勇气，能让我沉重的脚步生出一丝活力来。而今夜我拿着信心潮澎湃，似乎更多的是些莫可名状的伤感，伤感中那些破碎的记忆，流逝的岁月让我陷入无穷无尽的沉思中去。回想高中毕业后的这几年，想来想去我只觉得太空太惨淡，唯一能提起的就是一些成长的伤痕和聊聊几位寒酸的朋友，而这正是我今天之所以能坚持奋斗的支柱。人常说人生得一知己足矣！而我俩之间兄弟般的感情，互相透明般的了解使我常为此感到幸福和骄傲，也使我非常珍惜和看重。我总希望我们在彼此的支持下能做些有名堂的事情，我总希望这可贵的感情成为我们披荆斩棘的坚强后盾。所以我不断地督促自己也一直地劝诫你从异想天开中拔出身来，能静心来做份本愿中想做的事情。虽然至今你一无所成，但我相信总会有拨云见日的时候，我也相信我们谁也不会背叛年轻的誓言和友人的期许。

　　也许是我的心理上的年轻，对于友情我如此的看重，它成了我生命的一部分。失落的时候，颓废的时候，我用它来平衡情绪，抹去忧伤。失望的时候，迷茫的时候我用它寻回勇气，找到开端。这也许正是我读信时激动的原因！一位是知己的朋友，一位是初恋的情人。说老实话，时至今日也只有你们两人真正地了解我，而林芳欣也许因为了解我，才

第二十二章　总会有些代价

沉重地打击了我，使我无论怎样也摆脱不了她所带来的曾经拥有的幸福和一生无尽的阴影，使我在落魄的今日再也无法用完全的真诚去面对任何一个女孩。我总忘不了她，总想靠自己的努力追回曾经失去的一切。我读着她的信，越读越使我更像一个男人，更像一个能经住风吹雨打的钢铁战士。尽管我时常怀念过去，但我明白必须在追求中成长而不应沉睡于昨日的黄昏。

老朋友，在这个回忆之夜，我想起我们冒着雨流浪在汉城之夜，我们囊中羞涩地徘徊在舞厅门前，我们忍受不住性的骚动而潜入肮脏的录像厅，我们年轻的激情在篮球场上挥洒，我们奔波东西寻找工作，我们团聚在偏僻的餐馆之中，我们为了钱赌得天昏地暗，我们面对面看着失败无奈而无奈。多少事，多少时光伴随着青春流逝了。今天的你我也不再是当年的娃娃，已屈指可数30岁的脚步声，怎么办呢？哪里去呢？怎么活呢？

我的命运自不必说，这条路是我唯一的出路，我不敢想象失败后的耻辱和伤痛，我只知道必须坚定地走下去。

今夜我提起笔给你写信，写了很多的废话，其实我最关心的是你现在怎样在打发自己的日子，你是否放弃了一切的一切，是否纠缠在琐事之中糊里糊涂，老实说今天的你迈一步很难得，睡一觉很容易。工作好坏总是有，工资多少总不至于没有舞票，加上长辈的努力有着可观的家产，又有很多女孩还想成为你的妻子，所以你就更容易躺在温床上平静地睡去。要战胜惰性，要坚持昂扬的斗志不是随便一个普通人所能做到的。而我也一直认为你不应是个很普通的人，你应该有些作为，为这个社会，或者说为个人做些有现实意义的工作，而不是让放纵害了自己，使自己老是追悔，老是不堪回首，进而使自己变得更脆弱更难提精神。

阿海，现在已是凌晨3点20分，这封信我写了两个多小时，连仅剩的几张稿纸也用完了，不得不将两个半张拼起来再用，因为我愈写愈觉得永无止境，愈写愈无法收敛感情的闸栏，窗外夜色凝重，灯下我双眉紧锁，一年多的补习留下了憔悴的痕迹，这种沉重的日子不是谁都能体会到酸楚到底多深多浓。尽管做了不懈的努力，可是一再失败的我又怎敢

冬日的火花

轻言胜利。尽管时至今日现实的成绩已与一年前无法相提并论，尽管现在说自己应该考上已无丝毫的愧疚之意。总之一切的一切都应该让我在今年的高考中穿越迷雾，而在这场生死攸关的决战之前，我仍难以轻松，我还得给自己以压力从内心深处呼唤自己的名字，对自己说你一定要坚持下去，一定要把最大限度的光和热都发挥出来。

阿海，一年以前你们送我回来，希望我给大家个惊喜，今日今时我仍没忘你们的信任和鼓励，我将为此而负重而前行！不想写了，就在此草草停顿，再次问候你。

荣健
1996年6月11日

给赵海的信发出没几天，永盛哥的信也来了。在信中他再三告诫荣健戒骄戒躁，必须沉稳细心。并且对之后填报志愿也给出了明确的建议，在这个关键的时刻，永盛哥的提醒显然很是必要。荣健也把这些话记在了心里，可所有的真理道理与每一个人的性格结合时，也许往往并不是最理想的结果。也或者说即便我们明白了世间所有的道理，也不一定从此就不再犯错。但正如荣健自己说的那样："如果你真实努力过，你就能明白地活着，也自是青春无悔。"他确也真实努力了，所以结果一定不会太差！

多年以后荣健依然清晰地记着那年高考的情形和最后取得的成绩，录取分数线六百一十七分，他考出了六百六十六分的吉利数字，被录取已是必然。

第二十三章　当我离开的时候

赵海还是没能在省城站住脚，8月初的时候又灰溜溜地回到金城县。好在家里多方努力，借着当年组织对老赵的承诺，赵海的工作落实到了县房管所。那是一份足以让普通人艳羡的工作，隶属于县建设局，享受财政全额拨款。尽管那个时候小县城房地产市场并不怎么景气，可是金城县干部职工买地建房蔚然成风，因此仅房产证办理的业务也足以让房管所门庭若市。

刘三虎是赵海在房管所结识的第一个同事，因为共用一个办公室所以交流得也最多。在赵海眼里刘三虎是个庸俗的土鳖，除了荷尔蒙旺盛可以说一无所长。这家伙只要一提到女人，他的眼睛就放绿光。最近刚谈了个女朋友，一天几乎所有心思都用在做爱上。那女子也骚情得要紧，经常中午休息时间到单位来慰问，每当这个时候赵海就要从办公室出来给人家腾地方。在赵海眼里刘三虎的女朋友那可真是太丑了，低矮胖圆不说，整天还做作地画个血盆大口，一想起刘三虎跟这样的女人那个，赵海就有想吐的感觉。他一直很难理解刘虎哪来那么大的动力，为此有很长一段时间他对刘虎非常鄙视。可虽然内心鄙视，赵海毕竟也算是有点阅历的人，每次看着刘三虎心满意足的样子，总是虚伪地伸出大

冬日的火花

拇指赞叹他超强的战斗力，还说家里有上好的壮阳酒，回头给他带来。平素里赵海花钱上本就比较大方，而刘三虎又属于啥便宜都占的细抠，只要能跟着混吃混喝骂他先人他都会笑脸相迎，一个吊儿郎当，一个稀里糊涂，这俩绝配凑在一起一段时间倒也和谐。

房管所的工作比较单纯，那个年代基本上就是产权登记和抵押登记两大类的工作。工作轻松工资又有保证，对大多数人来说相当满足。而赵海觉得这种日子乏味得让人想死！在他眼里单位只有两种人，一种是巴结领导投机钻营，一种是自命清高混吃等死。而这又能怪谁呢？还不是自己没球本事，外面混不下去了才回来的。想着自己屡次因赌博连累父母哥嫂，他也追悔莫及，如今因声名狼藉在单位遭受白眼也算是罪有应得。除了夹着尾巴做人还能怎样呢！他从荣健那拿回了那一堆之前托管的信件，工作之余翻看成了他重要的精神寄托。尤其周敏的那些信他不知看了多少遍，可总也看不够。想来周敏大一的生活都已结束，这样一个聪慧美丽的姑娘经过大都市一年的熏陶必是更加洋气迷人。然而此时的他早已没有再见周敏的勇气，也唯有品读这些信件以祭奠逝去的美好时光。

周敏在一封来信中曾写过这样的句子："我常常一个人蹬上自行车，背上画夹骑得好远，我自己也不知道我处于何处；常常一个人沉醉于田野中，面对无际的绿浪，面对高远的蓝空，面对青黛色的远方，我的心就无比激动，只因我和自然在一起；当然有时还会一个人坐在图书馆直到人家下班……"

她确也就是这样一个有些"孤僻"的女子，清高，孤芳自赏。她曾经还说过："大哥，小妹要的是一个积极向上，勇于攀高的男子汉，不是一个自甘堕落的懦夫！振作起来，为了一个光明的、充满欢乐的明天。答应我，别再感慨夕阳的短暂，明天还会有新的，更美的朝阳会升起在东方。让我们携起手共同去迎接那美丽绚烂的曙光。"

她还说过："认识你我很幸运，特别是你对我那么好，我很感激，但是小海哥，我却不能接受你的那份深情，为了学业请原谅小妹的自私。小海哥，这样的结局我很难过，也很内疚，情即是缘，缘即是情，

第二十三章　当我离开的时候

一切随缘，如果生命中注定我无法和你走在一起，如果命中注定我要辜负你，那么，以后的岁月里，我都会铭记，你对我的真心，在我一生中，你都是关心我爱护我的好大哥，并且，永永远远祝你幸福！这一辈子，我都不会忘记你！"

可是这所有炽热的话语仅仅两三年间已变得毫无意义，赵海开始承认从1994年的3月27日开始，他生活在自己虚设的梦境里，最终导致堕落失败，甚至众叛亲离……如今回到这熟悉的县城，工作枯燥乏味，周边的人没有多少共同语言，赵海的苦闷无处诉说。可赵海似乎从未想过，实干比怀念和空想更能让人平静。因此他的那些彷徨无药可解，吊儿郎当的状态也必将持续。他没有想过靠扎实工作在单位获得提升，反而在心里根本看不上这平凡的职业和那微薄的工资。

以后的很多年荣健也没搞明白，为什么赵海这样一个破落户却很受女生欢迎。有段时间大家见面的时候王妮姐妹俩总是跟在赵海的身边，尽管因为板式家具的流行，王妮家的木器厂生意已远不如前。可毕竟家道殷实，王家姐妹出门的装扮总是时尚明艳。那个时候王妮也满怀信心地等着录取通知书，虽然不如荣健考得好，但是录取个正规的自费院校应该没有太大问题。王妮一直没有说破自己对赵海的好感，现在又将金榜题名，心底里或多或少的优越感已经让她觉得与赵海之间得保持距离。而那个时候妹妹王莹高中刚毕业，她对读书压根没什么兴趣，不念书了就应早早结婚，这是父母明确的意愿。显然赵海和高扬的家庭在县城算得上是好人家，互相又都比较了解，因此大家在一起时她总是有意无意地将妹妹推在前面，在她看来妹妹选择任何一个都是金玉良缘。

然而在荣健看来王妮就是一个思维怪异的奇葩，她自己不再对赵海有兴趣也就罢了！居然能想出让妹妹顶替她的角色与赵海和高扬交往，这种莫名其妙的想法荣健一直都没想明白。有时想是不是因为自己被忽视所以才会对此不满，可是仔细一想自己也没想参与呀！反正由此他对王妮的眼光产生了严重的质疑，总觉得她把妹妹推给赵海和高扬都非明智之举，这两个一个是破落户，一个见异思迁。况且赵海还对她动过歪主意，那高扬屁股后面一堆女生，这些难道她一点都没有察觉吗？

冬日的火花

　　几场舞下来，赵海、高扬又发展了好几个漂亮的舞伴。肤白胸大的叫莫文娟，时尚洋气的叫舒畅，婉约秀气的叫蒋馨。有了这三个美女的加入，大家在一起玩耍却也增添了很多快乐。郊游、聚餐成了那段时间的主题，就在那个过程中赵海不经意间又迷上了蒋馨，高扬与舒畅关系格外亲密，而莫文娟似乎更愿意与荣健亲近，但荣健心里清楚和她只能是朋友。主要的原因倒不是荣健心里装着别人，只是莫文娟招待所服务员的身份让他觉得不够有面子。有时候荣健也觉得自己这样的想法庸俗势利，可这并没影响友谊的发展。但在莫文娟看来，荣健的高傲拒人千里，况且人家很快就要出去上学，因此保持普通的朋友关系可能更为现实。

　　所有这些深入的交往都在私下里进行，王妮姐妹俩并没觉得被冷落，因此那些日子大家倒也一团和气。高扬经常带着舒畅来找荣健，三个人出去游玩的时候，荣健大多数时候在扮演摄影师的角色。那阵子留下了很多值得回忆的青春倩影，照片中舒畅带着酒窝的甜美笑容纯真动人。然而她和高扬并没有走下去，尽管她美丽大方家庭富有，又是县水泥厂的正式工，单凭这些条件在外人看来很般配。可是这段感情的失败却是因为两个人亲热时高扬的感觉出了问题，这难免就让人有些啼笑皆非。高扬说跟舒畅亲热时摸了人家的奶，舒畅的乳房丰满坚挺，可是硬得像两个肉疙瘩，手感实在不好。为此荣健还开玩笑说，你多揉揉不就软了，可高扬不知哪根筋出了问题，对这段感情迅即打起了退堂鼓。

　　这样的结果与崔洁态度的转变应当有很大关系！都知道崔洁的爸爸是金城县的风云人物，人称崔百万的他在十里八乡算得上声名远播，早年创办的食品厂曾盛极一时。而刚刚自费大学毕业的崔洁身材高挑不说，那一双会说话的眼睛宛如新月电力十足。当中间人把崔洁介绍给高扬的时候，估计高扬的心理天平那一瞬间就倾斜了。可毕竟那时候高扬与邱雪刚刚分手，偏偏那天崔洁到高扬家去玩，坐在沙发上的时候电话响了。崔洁因为离得近也就随手一接，没想到电话那头随即一顿盘问，听崔洁说她是高扬的朋友后，电话那头直接自报家门说她是高扬的女朋友，并提醒崔洁让她不要"胡骚情"。这话可把崔洁气坏了，当场和邱

第二十三章　当我离开的时候

雪在电话里吵了起来，最后生了一肚子气扭身就回了家。之后无论高扬怎么解释，反正崔洁余怒难消，很长时间都不搭理他。

可当崔洁冷静之后，她忽然觉得自己不能就这样败给一个陌生人，况且自己近水楼台。于是在高扬打了几次电话后她转变了态度，并且很快升温到形影不离。崔洁的回心转意让什么邱雪、舒畅均成过眼烟云，高扬几乎一夜之间投入了新的恋情，没多久他们就到了谈婚论嫁的程度。当崔洁第二次接起邱雪的电话时，她很干脆地说自己是高扬的未婚妻，为此两个人在电话里又吵了起来。电话那头邱雪也毫不示弱，说高扬爱的是她，崔洁是痴心妄想。两个女人那一场较量搞得高扬很头疼，两头解释道歉不说，还担心邱雪盛怒之下杀将过来，到时候这场面可怎么收拾。好在高扬两头抚慰得不错，邱雪那时也足够自信，她并没有前来闹事。但实际上以当日情形看高扬与邱雪的缘分算是到了尽头，只不过邱雪骄傲的梦仍未醒来。她没意识到曾经所谓的天长地久其实很脆弱！曾经那热火朝天的爱情也许一瞬间就会烟消云散，试问这世间又有多少爱情经得起对比和距离！

赵海对蒋馨的进攻并不顺利，蒋馨虽然承认了自己对赵海的好感，可是她斩钉截铁地说他们两个绝无可能。到底是什么原因，很长时间蒋馨讳莫如深。即使两个人躺在一张床上缠绵翻滚，但是蒋馨始终守着最后的防线，好几次哭着对赵海说这样不可以。这样的情况对于赵海来说平生未遇，急得他使出浑身解数迫使蒋馨就范，但是他始终没能如愿。

在县城最厉害的一招莫过于托媒人上门提亲，可是蒋馨对这样的提议极力反对。万分无奈之下才说出隐情：原来蒋馨的父母结婚好几年没有孩子，无奈之下就抱养了朋友一个男孩。但是有了这个孩子之后不到两年，蒋馨的母亲居然神奇地怀孕了，接连生下了蒋馨和妹妹。朋友看到这个情况就希望要回孩子，可蒋馨的妈妈实在太喜欢这个养子，就承诺将蒋馨许配给养子并继承家业。有了这个承诺，蒋馨懂事以后就知道哥哥就是将来的丈夫，尽管因为太熟悉实在难为情，况且真没什么感觉，可是父母人前的承诺怎么能违背呢！而且这哥哥对自己很好，人又能干，这个问题自蒋馨懂事后就一直在纠结。那些日子一见面赵海就跟

冬日的火花

蒋馨谈婚姻自由的问题，说这种拉郎配的婚姻不会幸福。可蒋馨显然更在乎父母的感受，一再强调只做朋友，为此两个人多次吵得不可开交。吵着吵着就没劲了，如今的赵海再也不是当年一往情深的赵海，与周敏诀别之后他自己都不相信还会对谁死心塌地，与蒋馨的纠缠很大程度上也许只是为了肉体上的征服而已，反正荣健是这么看的。因为赵海每次与蒋馨不欢而散都会去找柳红，然后第二天跟他和高扬炫耀说柳红有多温柔。

高扬与崔洁很快就订婚了，订婚之后高扬才知道那传说中财力雄厚的老丈人其实早已债台高筑。新开办的饮料厂因为技术缺陷连续出问题，生产的瓶装野刺梨汽水经常因玻璃瓶爆裂而导致索赔，产品也被大量退货，随之市场份额急剧萎缩。当初为筹建新厂投入了全部老本不说，还有大量的银行贷款和私人借款，这样的局面让老崔始料未及。女儿订婚后，本不想让经济因素影响孩子们关系，但是危急时分还是向亲家开了口。一笔五万元的借款因为没能按时归还，以致高扬的爸爸深度怀疑崔家结亲的动机，因此高扬与崔洁闹了别扭。一个抱怨对方的爸爸不地道，一个说对方的爸爸抠门小心眼。他们吵架赌气开始谁也不理谁，那一阵高扬心情郁闷，如此反而每天踏实地守在纸店里打理生意，那个当口赵海常来诉说自己对蒋馨求之不得的痛苦。有意无意间赵海又把王莹给高扬推荐，说王莹长相靓丽不输崔洁，人也干练精明，将来生意上还能给高扬出上力。赵海的忽悠能力还确实非同一般，加上高扬那时郁闷空虚，一时间居然又动了心。

赶巧那天王莹跟姐姐吵了嘴，赌气从家里出来就想到去找赵海。一见面王莹就跟赵海大倒苦水。说她姐现在纯粹是个神经病，早前对陆锋一往情深，后来看和陆锋无多大可能，转而又跟马春雨亲近，并在马春雨蛊惑下回来补习，结果自己考了个自费，马春雨又落榜了。现在又整天琢磨着能跟陆锋再续前缘，写的那信肉麻得看不成，自己说了几句还不乐意。据她了解，这两年多陆锋只给她姐回过一封信，总说很忙，现在又不打仗，不知道一天忙些啥！说这话肯定是托词，她姐一天不知进退傻不啦叽的，也不知图啥呢！两个人说着说着最后窜到运输公司王莹

第二十三章　当我离开的时候

姨妈的宿舍，那里有吃有喝有床铺，加之赵海本就因与蒋馨感情烦恼不已，现在王莹自己送上门岂不是羊入虎口！赵海把自己装得像个过来人，一边以理解肯定的态度耐心倾听王莹的诉说；一边上下打量王莹魅惑的身体。而那个年龄的姑娘有几个人会明白，很多时候小伙子与姑娘相处的态度由下半身决定。到了晚上赵海也没准备离开，硬是厚着脸皮缠在那睡了一夜。还好正死皮赖脸动手动脚的时候，赵海想起他提说过撮合高扬和王莹的事，如果自己现在把人家姑娘睡了，这算哪门子事情！

王莹那几天一直住在运输公司，而赵海第二天上班之后就没了人影。接着高扬就来了，说是找赵海，其实是赵海安排他和王莹见面。本就不是很陌生，赵海临走交代说高扬比自己更适合王莹，为此王莹骂赵海装模作样，对把自己当礼物让给朋友很是不满，因此见高扬时情绪低落。而高扬起初并不知道王莹的心思，倒是认真地表达了与王莹交往的意愿。两个人本就不陌生，一来二去倒也聊得很是投机，赵海又不见人影，高扬倾慕王莹的姿色，在那个小屋也混了几个晚上。这件事被荣健知道后痛骂两个人不要脸，都占了人家姑娘便宜，却一个推一个没人愿意负责。

高扬说他感觉王莹喜欢赵海，所以自己没法掺和。荣健问那你为啥占人家便宜，高扬辩解说摸了之后才知道的，已经摸了也没办法了。赵海对这事满不在乎，说他跟王莹没多大可能，这姑娘太厉害他受不了。可嘴上虽然这么说，后来又经常和王莹在一起，那种若即若离的情形看得出他也很纠结，应该不是因为王莹被高扬占了便宜，具体是什么原因没人搞得清。但就是因为他这种黏糊的态度，王莹却动了真情，并且坚持不懈地在家里争取爸妈的同意。因为在小县城，只要稍做打听要把姑娘许给赵海自是需要很大的勇气。

然而在王莹看来，赵海迟早要来求她。她甚至认为从一开始赵海就对她情有独钟，只是不愿放下高傲的姿态。直到她跟姨妈做通工作，并计划好让家里支持她和赵海一起经营长途客车的事情。尽管之前赵海也曾与王莹设想过致富计划，但是那个时候王莹总刻意地打击赵海，说他一天除了吃喝玩乐耍贫嘴别无所长。这话打击得赵海相当恼怒，可实际

冬日的火花

上王莹是想激起赵海干事业的斗志。当一切都按计划安排好之后，王莹和父母摊了牌，父母没有拗过这样一个有主见的姑娘，尽管心里极不情愿但最终还是妥协了。那天王莹欣喜若狂地要去给赵海说这个好消息，可是她找遍全城也没见赵海的影子。只好写了信让刘三虎转交，然后沮丧地回了家。

赵海：

  我不喜欢写信，但今天我却不得不用书信的方式表白自己的心思了。

  从我们认识的那天起，我就有意无意地在我家人面前为你铺路(也和我自己的思想作斗争)，因为我知道你向我表白自己的感情，那是早晚的事，直觉告诉我，你见我的第一面就已喜欢上我，而我却是很早以前就已经很了解你。我知道要让赵海走上正路，王莹是一个很合适的人选，所以我愿意放弃我的虚荣，收起我过多的自尊，去找回一个真正的赵海。可是我的力量有限，我不敢过早地告诉你我的想法和打算。因为我怕我自己打通不了家里这一关，到时落一场空，这样对你对我都是伤害。所以我很矛盾，我很想留住你，却又怕把你留住，我很想和你一块设想未来，却又很怕你提出要设想未来。这样，我怀着矛盾的心情，做出了从常理上讲很矛盾的事情，伤害了我极不愿伤害的，你的自尊。然而我想说抱歉，可我却没有说出抱歉，因为矛盾的内心让我开不了口，直至伤你很重。这样却给了我和家里作斗争的勇气。因为我心痛了，看着你生气的样子我真想说"我不是故意的"。从而也下定决心，我一定要让你知道我这样做一切都是为了你。我想当你明白这一切时一定会原谅我的，我受点委屈也是应该的。皇天不负有心人，今天我终于说动了我姨妈和大爸回去做我妈的工作，成功了，我成功了，我们成功了。我妈同意我和你谈了。噢，我要死了，我太高兴了，我很想把这消息快点告诉你，我来找你，打电话到你家，可你家人却说你回了老家。不，我不能等了，我要马上告诉你，怎么才能找到你呢？去接，对，去接你，我找到西关，一趟、两趟、车一趟趟过去了，可就是找不到你的鬼影

第二十三章 当我离开的时候

子，我要气死了，忽然看到有辆车上有个人很像你，我一直追到东站，没有见"你"下车，我低着脑袋回来了。我真恨自己为什么要这样伤害你，我真想大哭一场，如果你能理解我那有多好！

王莹
1996年8月21日

赵海拿着这张纸条，读得出这一气呵成的真情告白。他心里矛盾极了，说不清是幸福还是苦恼。一直追求炙热的爱情，但是在爱情来临时他却选择了暂时的回避，谁也搞不懂他到底要什么！人年轻的时候往往就是这样，经常对求之不得的爱情穷追不舍，又常常在爱情敲门时退避三舍。尤其在女孩子比较主动时往往不知所措，或者不懂珍惜！多少值得赞美的爱情就是在这样猫和老鼠的游戏中夭折，而最终成为遗憾。

当赵海为感情迷茫的时候，荣健因为迟迟没能等到录取通知书而慌了神。那些日子荣勤民为此到处托人打探消息，最终通过招生办的老同学查到了荣健的档案。原来荣健在填报志愿的时候，因为心性高傲所填志愿都有些理想化。他根本没有接受永盛哥信里提出的高低结合的策略，偏偏命运也没有给他过多的眷顾，所有第一志愿在集中录取时都没能被提档。得知这个情况后，荣勤民多方托关系找路子，寄希望在补录时能够有比较理想的结果。因为在外面到处求人情，受了一肚子气后回来对儿子一顿臭骂。骂他好高骛远不知深浅，干啥事都不切实际地空想。那个时候荣健心在滴血难过惶恐，整日里不知所措六神无主。赵海来谈心的时候，两个人相约一起去太清观抽签问个前程。荣健过去一直对求仙问卜不屑一顾，现在却欣然前往。因为赵海跟他说，当年那个道士跟他说过几句话，现在看来简直称得上神预测，所以一起去一下很有必要！

没承想在山下偶遇一个求医归来者，寥寥攀谈中得知，沿着岐黄庙后面的山涧一直走就能绕过山梁直达"一念茅屋"。这消息让二人喜出望外，并感觉冥冥中似有天意。再次走到那座"一念茅屋"门口的时候已日过正午，道长没多大变化，那院子也整饬得更加精致了。这些年道

冬日的火花

长给人诊病已经小有名声，每天中午前来求医问药的人不在少数。而下午是道长的清修时间，一般情况下拒绝接待任何人，能与荣健和赵海见面自是看在先前的缘分。道长虽在祖师爷的香案前做了祈祷上了香，但是并没有说什么指点迷津的话。说心病难治，自己只是略懂一点医理，能医些身体的病却救不了心，要求仙问卜就去道观里问吧！

那天在道观里抽了两枝签，荣健抽的中平签上面写着"虎落深坑"，而赵海抽到了一枝下下签，上面写着"郭华买胭脂"。按解签道长的说法："虎落深坑"是说抽到这枝签的人会有暂时的困境，但最终虎能一跃而上。而"郭华买胭脂"是说抽签的人只追求浮容，又多沉迷于女色。这些话在当时看来却也神奇，赵海追着解签的道长让他看在李道长面子上能够指点迷津，那道长唠叨着说李道长偷奸耍滑，明明自己能掐会算偏偏推荐人来找他。他怕泄露天机难不成我就不怕！他一边用小拇指的长指甲挖着耳屎，一边神秘地说今年中秋前后赵海要多警惕，如在年底前不出大的变故，一切当不会太差。这话如同在赵海心里丢进了一块石头，似乎随时厄运就会到来，因此他必须高度谨慎。其实那道长给赵海的解释与签文的含义有很大出入，只是他们很多年后才知道。

几番周折，荣健终于拿到了录取通知书。尽管只是一张北方轻工业大学会计专业的通知书，尽管这只是一个坐落在三线城市声名并不显赫的大学，但他知道这张通知书实在来之不易。且不说这是一年多来卧薪尝胆的结果，而且向来不肯求人的父亲为了这张纸到处求人，除了没给人磕头下跪可是费尽心力，为此虽然心情有些失落但心中仍对父亲充满感激。报到前的那些天在家里打扫了里里外外的卫生，也用心地给妹妹辅导了几天功课，并一再告诫她要刻苦读书出人头地。这些表现妈妈看在眼里高兴在心里，多次赞扬说荣健长大了懂事了。每当这个时候，荣健都会拿自己的努力和母亲相比较，在他看来自己远没有母亲那么坚强！因为她似乎任何时候都对生活充满信心，每天忙里忙外几乎不知疲倦，而她那经常浮肿的小腿更是让荣健忧心忡忡。偶尔给妈妈捏捏肩揉揉腿是那些日子最温馨的画面，多年以后想起总觉得还是对妈妈关心得太少了。

第二十三章　当我离开的时候

其实王妮在拿到录取通知书后就去找了马春雨，她并没有因马春雨落榜而嫌弃他，而是真诚地鼓励他再接再厉。然而那时候的马春雨似乎将自己落榜归咎于受了王妮影响。在马春雨看来自己成绩远好于王妮，落榜毫无道理！他并不明白自己每次临场战战兢兢的状态才是考试大忌。而王妮怎么也想不通曾经热情积极的马春雨会变得如此小气和神经质，终于话不投机不欢而散。走的时候马春雨默不作声，她自己因为难过也不敢回头，马春雨那落寞沮丧的眼神成为她临行最深刻的记忆。也正因为如此，她才写信给陆锋，回想起陆锋一贯的坚强和自信，尤其是陆锋身上那种任何时候毫无畏惧的状态，言语之间自是流露出更多的倾慕，而王莹则认为她的话太过肉麻，这种移情别恋的做法属于过河拆桥，她自然不认可妹妹的说法，激动之下大吵一架。想着自己这些年感情一无所获，往往付出了热情却收获了冷遇。自己到底哪里错了？她没有答案。越想越伤心气愤，于是收拾了行李匆匆离开了。

去学校报到之前，赵海热情地组织大家给荣健饯行。而那个时候王妮早已起身前去报到，据说她被陇东财经学院录取，学习经济管理专业。而王莹跟赵海闹着别扭，因此也没有来。那天高扬居然叫来了久未谋面的魏慧慧，原来当初离校后她没能上成自费，而是被家里安排到汉都市郊一个街道办上了班，那天见面时她说她就要结婚了，希望大家祝她幸福。

高扬说荣健应该叫上梁艳一起吃个饭，而他哪里知道荣健自从那日和梁艳在河边诀别之后，再见面时居然是梁艳从刚刚结束的订婚酒宴上回来。当日她骑着崭新的红色木兰小摩托，穿着一身喜庆的大红色中式套裙，高高盘起的头发上插着隆重的头饰。两个曾经的恋人在街头这样碰面能说些什么呢？自是相对无言，内心的伤感可想而知。梁艳虽说找了一个富足人家，但是见面时内心的惆怅根本无法掩饰，而荣健望着那一身艳红礼服和她盘起的长发心中百感交集。他早已知晓梁艳找的对象只是有些家庭背景的光环，事实上初中都没毕业，虽说家里准备安排到公安局工作，但一直没办成，目前在金城酒店临时干保安。想来此人也不会多出色，梁艳好赖也算是上过大学，为什么会同意嫁这样的人实在

冬日的火花

难以理解。他那时自然不会知道，梁艳赌气与他分手后，对于爱情相当地灰心，就任凭父母安排了一切。当日两个人没说几句话就各自离开，如今荣健心里觉得无论怎样如今她已有了归宿，叫上她有什么意义？因此赵海提起时荣健一笑而过，又开起了高扬和魏慧慧的玩笑。舒畅、蒋馨、莫文娟稍晚一会儿也来了，只是这个时候大家聚在一起似乎已经不那么愉悦了。

很明显只有赵海由衷地替荣健高兴，似乎荣健的成功就是他的成功。而高扬似乎根本没什么感觉，他一直觉得荣健的复读没什么实际意义，同样是拿文凭，又何必浪费几年时间。不过现在既然考上了，当然是一件高兴的事情，因此大家频频举杯预祝荣健学业有成。几个女生走后，兄弟三人喝了很多酒。荣健借着酒劲对赵海的所作所为破口大骂，说他自甘堕落不务正业，这样下去只有死路一条。高扬也对赵海多有指责，但态度和话语都比较委婉。为此荣健直接说他虚伪抹稀泥，一天就会当和事佬。赵海说他不是不想脚踏实地，可是单位的人事环境尔虞我诈污秽不堪，所有的人整天就知道寻球钻眼地弄钱实在无趣。而荣健质问他为啥不在外面坚持，完全靠自己真本事去打拼出一片天地，现在假装清高说这样的屁话有啥意思？赵海无言以对，也承认自己有问题，说很多事现在看都是因为自己不够有耐心。高扬说赵海的事基本上都坏在女人手里，走到哪都是一堆女朋友，哪有心思和时间干事情。又整天做梦一夜暴富，进了赌场更是不知死活。不过说到最后，赵海承诺不再进赌场，等荣健过年回来一定会看到一个全新的他，为此还发了重誓。荣健又对高扬说他看得出崔洁真心喜欢他，他们俩无论哪个方面都挺合适，劝高扬不要错过。高扬说最近他也想通了，这娶媳妇确实不能计较太多。

一场酒喝下来，临了荣健和赵海抱头痛哭，高扬在一边劝慰，说他俩犯神经。犯神经的结果就是一会儿哭一会儿笑，其间又是唱又是跳，酒店的几副碗碟也遭了殃，赵海一出门抱着树呕吐不止，荣健走路也已经摇摇晃晃。最后高扬买了单，又挡了三轮车送他们回家。

王莹炽热的感情仍然没能收住赵海的心，她从家里借出钱买了面包

第二十三章 当我离开的时候

车并办好线路时，赵海却再一次不见踪影，只好托姨妈找来司机先干起来。万事开头难，那些天王莹天天忙得焦头烂额，自己卖票算账并补办各种手续。借着姨妈的面子，生意倒也顺利。而这个时候的赵海正忙着帮柳红处理老怪暴亡的事情，他是柳红在金城唯一可信赖的人，这事自是不可推卸。

老怪为躲避打击东躲西藏，那日他将一包钱给了柳红之后就被警方眼线盯上，本想当晚就离开金城县，然而警方穷追不舍，乘坐的三轮摩托在大禹河桥被拦停后他慌不择路跑入河滩，可两个缉毒刑警围追堵截，一时间他上天无路遁地无门，心急上火胸口憋闷，慌乱中捡起河滩的石头做困兽之斗，然而几块石头扔出去之后枪响了。新闻播报说他因暴力拒捕被当场击毙，但传言说子弹并没有击中他，他是被枪声吓死的。后来派出所到村上联系老怪的亲戚前来收尸，可无论与老怪有无血缘关系都力求与老怪划清界限，最后柳红以朋友身份办了尸体认领手续。

赵海在这件事的处理上很是给力，与柳红拿着派出所出具的证明直接将老怪拉到火葬场火化，又建议将骨灰直接扔进大禹河一了百了。而柳红觉得这样太过残忍，念及老怪这些年的好，她还是在殡仪馆租了格子暂时寄放。想着现在老怪一走，她母女俩的日子没了着落，一瞬间却也伤心难过。而赵海说以后有他，保证让柳红母女生活得更好，许下这个承诺后赵海心里也觉得沉甸甸的，毕竟自己目前混得也不怎么样。可他觉得是个男人，在这个时候就应该这样做，难不成让柳红母女去沿街乞讨。那孩子刚刚入了学，穿上校服亭亭玉立，赵海也很是喜欢。赵海的鼎力相助让柳红感到了温暖，她依偎在赵海怀里的时候温柔得像一只小猫，她亲吻他抚摸他，甚至激动的时候咬了他。

好些日子赵海没有去找王莹，一方面确实不太方便，另外的原因就是他一直对是否接受王莹没想明白。按说王莹确实是一个纯洁勇敢的姑娘，爱恨分明又有想法。可是反观自己现在迷乱的状态，在王莹面前感觉总是被她摆布，而这也是他最难忍受的。他不希望活在任何人的阴影下，何况被一个乳臭未干的小丫头整天指指点点算什么？相反柳红让他活得像个男人，她怜爱他尊重他，让他想成为她的男人。

冬日的火花

　　王莹终于还是逮住了他，对他一顿指责后又苦口婆心地劝说他好好过日子。王莹真挚的感情加上本就迷人的身躯赵海投降了，那些日子还成了生意上的掌柜，虽然他不料理任何事情，可赚来的钱却由他保管。金钱美人的投怀送抱有几个人可以抵抗，赵海生活变得阔绰潇洒。这让三虎羡慕得直流口水，也由此更加崇拜赵海的能力。那些日子王莹也过得幸福充实，每天奔忙在金城到汉都市的长途线路上，虽说一天下来口干舌燥腰酸背疼，可是回到住处只要有赵海的温暖怀抱和几句贴心的话语她就很满足，她却也要求不多，只是想过简单真实生活而已。

　　然而赵海并不是这样的想法，他觉得和王莹在一起并不是什么体面的生活，自从跑起长途车，王莹的手都变得粗糙。亲热还没有柳红投入，经常草草了事呼呼大睡，这让他越来越觉得寡淡无味。尤其是在王莹所有亲戚朋友看来，自己完全是个吃软饭的下家，即便衣着光鲜又有什么用呢！

第二十四章　那个小镇的冬天

荣健走进北方轻工业大学的时候，并没有因为被安排住进一个大杂院而荣健走进北方轻工业大学的时候，并没有因为被安排住进一个大杂院而沮丧。那天县委办派出一辆桑塔纳轿车送他上学，而这样的安排是母亲的主意，说是跟着爸爸几十年从未沾公家的光，这一次必须让娃体面一回。其实那时候根本没有人会关注你坐什么车来学校，多数人瞩目的是学校里来来往往的靓丽女生。那迎接新生的队伍也没有想象中光鲜靓丽，然而走进编号为六公寓的大杂院时，一股清新的气息却扑面而来。

那是工商管理系一群时尚朝气的姑娘，每天的进出都似模特走秀。荣健在一群姑娘的瞩目当中一手提着大挎包一手和同学抬着那个木箱子走进了六公寓的铁栅门。管理员是一位和蔼的老太太，进门的时候只是问了一下哪个系的，就放了行，荣健住进了混着三个系新生的一号房。

刚进门空出的一块地方算是中厅，围着中厅密密麻麻挤着十张架子床，除了留下两个床位放行李，其余位置满员可住十八个人，给他留下

冬日的火花

的位置正对着房门。估计大家都觉得这个位置没什么隐私可言，而荣健反倒觉得对着门视野开阔非常理想，他愉快地铺了床安顿下来，就此大学生活开始了。

那日进门的时候，有一个女生在人群中不是最耀眼的，但是那眼睛顾盼流萤，她总是不经意地撩人一眼就低头做娇羞状，而那瞬间红白相间的脸庞让荣健下意识检查了一下自己的装束，确认一切正常后才从容地走向宿舍。当时并不知道她的名字，等到同宿舍的葛新同学宣布将她确定为进攻的目标时，才知道这个被大家称作Arche（雅倩）的姑娘叫阮诗咏。

葛新同学经常穿着一件深红色的单西外套，腿上是一条垂挺的浅蓝色牛仔裤，脚蹬锃亮的尖头皮鞋。从这身时尚洋气的装束就能看出，他是来自城市的孩子。那些天葛新苦于没有一件特别的礼品送阮诗咏，让大家出主意时荣健给了他一个建议，那就是自己制作一个花园别墅的平面模型，借此向她表达将来一起生活的意愿。在荣健的指导下礼品很快就制作好了，最传神的就是别墅外弯弯曲曲两边还布满野花的小路，而那路的尽头是两个手拉手的小人。据说阮诗咏拿到这个礼品时大为赞叹，加上那封由葛新口述，荣健操刀的情书，两个人的亲密关系就这样开始建立了。

荣健没有太多关注女生的心思，他正热衷于出席学校各类社团举办的迎新活动。加上10月份的自学考试又迫在眉睫了，准备考试也是一项紧迫的任务。每天早出晚归忙得不亦乐乎，而这种状态对荣健来说，感觉这才是真正意义上的大学生活，因此他过得心安理得。

当然也有不太愉快的事情，那就是计算机课。第一次接触到那些个被称作286电脑的时候，荣健有些手忙脚乱，初次上机迷茫得连电源开关都找不到，更别说那一堆记不住搞不懂的英文操作命令着实让人头疼。而这些对于城里来的孩子似乎是小菜一碟，于是班里自然地形成了若干个互助小组，每个组都由一个城里孩子牵头做启蒙。等到第二学期更新为386电脑的时候，大家基本上已能跟上教学节奏了。而电脑知识的学习无疑对大多数人的知识体系是个重要补充，甚至连思维方式也受到了启

第二十四章 那个小镇的冬天

发。这一点对于以后的工作到底能有多大作用不好说，但却为后来热火朝天的网络聊天奠定了扎实的基础。

大学的体育课也富有挑战性，仅仅单双杠上几个简单动作就考住了很多人。一开始有人像死猪一样吊在单杠上下不能，有人双杠支撑摆动直接摔在垫子上，看着别人出丑的时候荣健也会紧张，因为这些内容对他而言也是全新的玩法。高中时单双杠不过是玩引体向上而已，而现在要求的组合套路确实有一定难度。好在他身体素质不错，篮球运动也让他保持了较好的灵活性，因此单双杠项目上倒也没丢人。当然也有轻松自豪的项目，那就是太极拳的学习。凭着小时候练过几天武术的底子，学习太极拳时明显领悟得快，动作也更为舒展流畅，因此被老师列为标兵，有机会领着大家练习套路，这种露脸的事情让荣健感觉到了无限荣光。

当然三大球的学习才是重点，尽管一直酷爱篮球、足球，可所有的技术动作都是自学成才，正所谓积习难改，在体育课上被指正时还有些不服。即便由此有了改变的意识，可真正一上场经常会旧病复发，为此最后落选系队可是让他窝了一肚子火。很长时间他都认为这是南方同学抱团排挤的结果，因此系队的比赛一概不看。等到第二次系队招人的时候，他自己却因为其他原因再次错失了机会，这些对于喜爱篮球的荣健来说应该是大学阶段记忆里一个最深的遗憾！

国庆节的时候高扬带着崔洁来了秦都市，他们住在国棉二厂的招待所里。当日他们二人容光焕发甜蜜和谐，高兴地通知荣健说他们准备结婚了。而这次陪崔洁来秦都市主要为了考察饮料市场，顺带帮着解决之前的一些售后遗留问题。三个人一起吃了顿饭，聊了各自的近况。提到赵海时高扬说，赵海最近因为柳红的事情和家里闹得比较激烈。他实在想不明白也不知道赵海哪根筋出了问题非要和柳红结婚！这当然是个够爆炸的消息，柳红比赵海大好多岁不说，关键这个神秘的女人恐怕也不是个省油的灯。逢场作戏玩玩也就算了，而赵海这瓜货现在居然认了真！那个时候荣健并没有把柳红和那个油漆店的女人对上号，只是觉得赵海要和来路不明的女人结婚简直匪夷所思，于是大家又为赵海的不争

/331/

冬日的火花

气而大发感触。崔洁也说赵海放弃王莹没有道理，人家姑娘长得漂亮不说，还很会过日子。赵海这选择太伤人了，这一弄搞得王莹都有些怀疑人生，好些天车都不跟了，整天到赵海单位去堵他。结果赵海三天两头玩失踪，他又能说会道单位领导也拿他没办法。惊讶归惊讶，大家也只能发几句牢骚，谁又能去左右赵海的想法呢！那个时候荣健心里真替赵海惋惜，并琢磨着见了面一定要再劝劝他。

相比较荣健更关注的是高扬的生活，如花美眷相伴、生意顺风顺水，来了之后豪爽地请吃请喝甚是潇洒。反观自己仍是穷学生一个，口袋里掏不出几张毛票，传说的神仙眷侣更无从谈起。虽说杜鹃啼血般的补习生活让他脱胎换骨信念坚定，可是在道尽祝福之后，高扬和崔洁的携手不由让他开始思考一个问题，数年之后自己和高扬之间经济上的差距岂不是越来越大，难不成每次见面都让人家请客买单？而这个现实的问题现在已经不可回避地摆在了面前。

秦都市离省城汉都市本就不远，59路车总是准时地在老地方停靠。这次去省城参加十月份的自考荣健信心十足，入学以来挤出不少时间进行了系统复习。如不出意外明年底就能拿到自学考试的学历，毕业时可就有了双学历的优势，想到这他心头多了几分欢喜。两天的住宿问题之前写信也跟王长征落实了，这样一来白天考试晚上和故友小聚倒也轻松快乐。就这样荣健怀着喜悦一觉睡到站，下了大巴再倒乘公交直奔师大而去。

这一年来，王长征和燕子一边打工一边忙着攻克最后一门专业课，宋胜利早已放弃学历心无旁骛地闯荡赚钱了，每每提及宋胜利的选择王长征都抱以鄙视！认为他鼠目寸光，一天钻进娱乐行业就图混个肚子圆，是典型的没追求没理想没出息！荣健也觉得宋胜利不应该放弃学历，这样岂不是让家里白花了两年冤枉钱。王长征说宋胜利一般要到后半夜才回来，也有可能不回来，打开宋胜利的房间后他就离开了。荣健赶紧拿出书继续温习，其他的话考完试再说吧！

第二天考完试，四个人一起吃了饭。王长征说准备明年初和燕子结婚，家里计划安排他回金城县工作，他已经准备报名参加公务员考试

第二十四章　那个小镇的冬天

了。而燕子就留在汉都市发展，反正现在交通也方便。宋胜利说他除了在汉都市继续打工没有别的选择，弟弟今年刚上了自费，妹妹又拗着家里要到一所民办艺术学校去学表演。自己是长子，现在必须替父母分忧，况且兜里没钱咋能静下心来学习，赚钱已成了他的当务之急。说到这又提起了陈洁，说陈洁没毕业的时候就整天倒腾各种生意，现在在西郊一个城中村开了干洗店，据说生意还不错。她一边干着生意，一边等着警官学校的对象毕业，据说那对象马上就要分到公安防暴大队上班了。

提起陈洁荣健来了精神，自上次串联后差不多有三年没见了，当下提出明天大家一起去陈洁店里看看。王长征听了这话开玩笑说："咋！你还贼心不死，当心警察收拾你。"荣健回敬道："呵呵，胡说啥呢，我对陈洁可从来就没那意思！咱好多同学都说陈洁漂亮很，我咋就一直没注意呢？"燕子插话说："啥，你没注意！那说明你没眼光，我见过照片，很漂亮呀。"宋胜利接着话茬说："都争论啥呢？！明天一起去看看不就清楚了。"王长征说他明天要早早返回金城县，燕子自然也就不会去了。

第二天荣健和宋胜利去找了陈洁，见面的时候陈洁已经俨然是个生意人，聊天中时不时地说她的生意经，还略带神秘地向宋胜利和荣健透露说马上有个超级投资项目会启动。而宋胜利和荣健囊中羞涩，因此对投资的事压根没什么感觉。陈洁说了半天觉得有些像对牛弹琴，无奈地说道："哎，你俩咋还这么单纯的，对生活一点想法都没有！"宋胜利回答得很简单："有想法，没钱。"荣健则说："我还得上几年学，赚钱的事等毕业以后再说吧！"陈洁听荣健这么一说，面露惋惜地说道："你真是个死脑筋，好好的学不上跑回去补习不知咋想的！考上了又能咋，现在又不分配，不是白耽误几年时间。"荣健回答说："统招的还包分配的，就是不知到时候能分到哪里！"

荣健自然不会同意陈洁的观点，反而认为陈洁庸俗得满脑子都是钱，一天这投资那投资的，总觉得她说的事情不够真实。尤其她否定补习的话荣健完全不能接受，但他也已不在意别人这样的理解。他认为自

冬日的火花

已清楚补习获得了什么！毕竟很久不见，三个人聊东聊西，陈洁说她年底结婚，他俩一定要来参加，而且指定荣健当证婚人，还要他现场发言。荣健推托自己不善于讲话，没等陈洁接话，宋胜利开玩笑说如果吴文运知道陈洁结婚，估计非得哭个半死。陈洁呵呵一笑，说："我咋不知道还有这一出，人家现在是文人骚客，一天舞文弄墨的，咱俗人一个。"荣健听了这话笑着说："这货骚是够骚，还文人呢，文个屁！哈哈。"三个人都笑了，之后陈洁郑重地说："你现在算是名副其实的大学生文化人嘛，你都不会讲谁会讲？"话说到这荣健壮着胆子接受了任务，就这样匆匆一面，中午时分大家又分了手。宋胜利赶去上班，荣健返回学校，回学校的路上有关赚钱的问题开始在心里翻腾。

　　从车站出来走北门回学校是惯常的路线，往常走了那么多次也没觉得有什么特别。而今天他走到北门的时候忽然感觉学校的北大门原已陈旧，这种陈旧与对面陶瓷厂破败的景象似乎较量着沧桑和沉重。这个倒霉工厂在秦都市几乎是个笑话，据说1994年厂里的几个主要领导因航班失事而集体遇难，自此之后工厂的经营就急转直下，隔三岔五围墙上就会挂出"要生存、要吃饭、要公平"的横幅，现在看来已经是彻底倒闭了。班里来自秦都市的同学每每说起这件事都甚为惋惜，说当初这个厂相当繁荣，感觉核心领导班子亡故是工厂倒闭的直接原因。荣健联想起当时报纸上那则航班坠毁的消息，以及坊间有关坠毁现场现金满天飞、金银财宝一地的传言，想来这原本毫不相干的一则旧闻现如今却似乎由此窥到了事件背后，那时候他自然愿意相信同学们的观点。当然这工厂倒闭与他的生活几乎毫无关系，可生活在这个城市，他自是希望这个城市兴旺发达。然而秦都市这几年叫得上名的老牌企业几乎都挣扎在生死线上。深井泵厂成了神经病，铸字机厂肚子饥，陶瓷厂发了瓷。据说占据全市工业产值半壁江山的毛纺厂、棉纺厂也都半死不活，去年从新疆调回来的大堂哥和堂嫂就在第一毛纺厂，堂哥一直没班上在外面打零工，堂嫂所在的服装车间工资也低得可怜。厂里无房可分，他们一家三口只好在外边租了一间农民房暂且容身，看得出那生活也相当不易。据说就连国内最大的显像管生产企业丽影厂要不是非洲兄弟托底低端电

第二十四章　那个小镇的冬天

视，估计也早关门了，而那可是关乎几万职工生存的大企业。当然也有效益比较好的，那就是前几年刚成立的偏转集团，据说公司股票即将上市了。另外还有几家声名远播的制药和保健品企业，诸如神医、神针、神刀、神脉、神袋一时间蜚声全球，而最著名的莫过于内病外治的神功真元袋，据说神功袋火爆的时候苞谷秆和麦草都成了紧缺物资，媒体上各种报道更是神乎其神，秦都市也因此被美誉称为神城。到底是水深火热犯神经的神，还是神奇养生的神，也或者兼而有之，反正神城成了这个城市的别名。就这样一路胡思乱想瞎琢磨地回了宿舍，门口大妈叫住了他，说前天有个女生等了他一下午，走时留下一张纸条。荣健接过纸条，看那上面写着："来秦都市电力技校三号宿舍楼找我——叶子。"

收到纸条的那一刻荣健心情激动，他无法得知叶子是怎么找到学校来的，但是他明白这过程肯定周折不少。也想着尽快去找她，可是那阵子学校的生活太过烦乱，去找叶子的计划只好一拖再拖。

先是系里的邢老师找到他，说是希望荣健能给她孩子带家教，毕竟荣健是班里为数不多的几个统招生，高中的功底肯定要好一些。带家教有收入又是邢老师亲自来请，行不行也得先去试试。于是晚上以及周末的业余时间都被占用，而老师家的那孩子还真不好教。马上初中毕业，吃得严重肥胖不说，关键心思完全不在学习上。荣健每次去他都拿着游戏机玩得痴迷，见了荣健也爱搭不理。为此荣健琢磨了一番只好自己先学习打游戏，然后从打游戏开始沟通，有了共同语言之后工作才得以开展。但是那孩子玩心太重，学习时总心不在焉，逼得荣健不断翻新花样哄他用功。一个月下来那孩子天天放学就来找荣健，跟着荣健去打球，连大饭堂的舞会也要跟着去。每次去了一堆同学都开玩笑说荣健如带坏小青年，以后邢老师可得找你算账。然而到了期末考试的时候，这小子成绩提高了不少，为此邢老师特意做了一桌子菜犒劳荣健，又额外给了荣健两百元算是奖励。起先荣健推辞不要，但邢老师盛情难却，最后收了钱回赠了小胖子一个足球算是一点心意。

世上但凡你付出真心花了心思的事情结果都不会太差，这是荣健做几个月家教后的结论。因为之前认为教不会的小胖子成绩不断在进步，

冬日的火花

而且喜欢上运动之后长了个子体重也下降了。最重要的是如此一来邢老师和孩子都成了亲人，在那些日子里给了他很多温暖。值得怀念的是那日小胖子到六公寓来玩，和大家在院子踢球的时候，卢伟那货暴躁地一脚把球踢进一间开着门的女生宿舍。卢伟过去要球时，刚走到门口人家"砰"的一声关了门。最后只好忽悠小胖子去要球，当日那情景很多年后大家依然觉得充满温情。那家伙走到门口压着嗓子呼喊道："姐姐们，漂亮的姐姐们，那个哥哥想找女朋友。你们谁抢到球他就是谁的男朋友。"话音没落门开了，皮球滚了出来，只听宿舍里齐声高呼："想得美。"

卢伟确实想着美事，他的心上人也的确在那个宿舍，据说是九五级国贸专业的。国贸专业和荣健学的会计专业都属工商系，而卢伟是机械系的理工男。他总是向荣健打听工商系的消息，起先得知那个叫洋子的女生有一个北京籍的男友之后很是失落。而荣健告诉他北京籍没啥优势，洋子是咱本地人，近水楼台先得月。听了这话卢伟又变得信心满满，并缠着荣健帮他弄份情书，许诺事成之后请吃大餐。荣健也不推辞，况且这种事干了又不是一次两次，显摆自己作为文科生的文采也是他的痼疾。没过几天一封热情洋溢的情书诞生了，这信只需写清收信人姓名放在门房，阿姨自会准确送达。到了约会的时候，卢伟特意打扮一番，把玫瑰裹在衣服里走出公寓大门。那天回来的时候小伙子意气风发，将整个过程在宿舍里炫耀了一番。尤其说到路遇洋子前男友时更是嚣张自满，说当时那小子见到他和洋子同行，狠狠地瞅了他一眼，结果他一个更凶狠的眼神就秒杀了对方，那伙计只把洋子叫到一边说了几句话就怏怏地离开了。说归说，被横刀夺爱对方岂能善罢甘休！好几次遭遇两人都几乎动手，有一次在饭堂背后遇见洋子挽着卢伟时，那小子终于爆发了，眼睛冒火气势汹汹地堵住两人去路。而卢伟很是淡定，互相面对面瞅在一起。洋子那时起了灭火作用，及时地把那小伙拉开。后来那小子又纠集了一伙人准备背过洋子收拾卢伟，可卢伟身后是一号房强大的男生阵容，那伙人始终没敢动手。当然最关键的还是卢伟追求爱情无畏的勇气和平常待人接物的义气，因此一号房的男同学大多支持他的

第二十四章　那个小镇的冬天

竞争。

卢伟没有食言,在和洋子正式好上,或者准确地说是接过吻之后请大家吃了饭。当天六公寓几个最亲密的伙计聚在了一起,卢伟、葛新、谭浩宇、李银国、钱坤加上荣健一共六个人,每人都吃了三个饼的羊肉泡馍,又喝了十几瓶啤酒,酒足饭饱聊起来更是带劲。先是卢伟端酒感谢了大家的支持;过程中谭浩宇嘲笑钱坤胃口太差,三个馍都吃不彻底,讥讽他有高干子弟的富贵病。最后荣健说:"咱们应该感谢学校的安排,让咱伙计们相识。"李银国连声附和道:"就是就是,你看卢伟是机械系,荣健、浩宇是工商系,我是自控系,钱坤还是材料系。不是六公寓这个大杂院咱们不可能认识!"说到这大家都随声附和,连连为天赐的友谊干杯。

而那时候葛新的爱情还是没有正式开始,虽说自从向阮诗咏表白之后两人就变得亲近,但关系一直没有实质性的进展。那个时候追求阮诗咏的人还挺多,为此葛新整日焦灼难安。与阮诗咏约会也是时而拒绝时而应允,每次约完会也是喜忧参半。回来之后他就会向卢伟请教经验,而卢伟常常讲上一堆办法之后葛新只是个摇头,这样的沟通最后大多都以卢伟骂一句"你能欸"而中止。这个时候大嗓门的谭浩宇也会跟着批判葛新的无能,而葛新则会回敬说:"你不懂,少掺和。"每每看到葛新这态度时谭浩宇都会哈哈大笑,然后说句:"唉,我没吃过猪肉还没见过猪跑吗?"一旦谭浩宇发声这样的对话常常会扯到很晚。李银国往往会在半梦半醒间冷不丁地哀叹一句:"唉唉唉,女人女人,把人都能祸害死!"他这样的发言能让宿舍没睡着的人笑到抽筋,以致最后总会有人不耐烦地大喊:"睡觉,睡觉,睡觉。"而卢伟则会回复一句:"睡个锤子,睡不着。哎,葛新,你不行就手淫。"李银国就会又重复:"阮诗咏奶大得很,屁股也肥得很。"接着就会有人淫笑,那种声音经常不知从哪个被窝里传出。而荣健这个时候不太说话,总是会沉浸在过往的情感经历当中,这中间会想起林芳欣、梁艳、叶子,偶尔也会想起罗云、云诗曼甚至春蕾姐。

那是一个初冬阴郁的午后,因为是周末,荣健睡过了饭点才起来。

冬日的火花

从公寓门口老太太的窗口打来一碗烩面边走边吃，看到门口谭浩宇从家里骑来的自行车忽然想起去找叶子。谭浩宇不但借了车子，还脱下身上的薄款的军大衣给他。谭浩宇本就是秦都市人，又热心给他说清了电力技校的路线。方向清楚装备得力，荣健出发了。

出了城按照谭浩宇的描述，驶上那条尚未完全竣工的大路前行。路上几乎没什么车辆和行人，气温清冷四野寂静，但那个时候荣健心里火热又有大衣包裹，满心期冀着相逢的喜悦，因此将车子蹬得飞快。骑了约莫四十分钟，远远能看见大路旁数百米处一所孤零零的学校，门口的国旗分外显眼，而那楼顶分明竖着秦都市电力技校几个殷红大字。走进学校没费什么劲就找到了叶子宿舍楼下，这里没有看管宿舍的大妈，可是即便上楼也不知道是哪个房间。想来也只有在楼下呼喊了，但想大声呼喊时忽然心情激动得喊不出声，那一刻他想起了最落寞时叶子来访的美丽画面和她给予的温暖。

终于还是喊出了声，接连几声喊开了好几个宿舍的窗户，有几个女生带着鄙夷的神情向下张望，但是没有看见叶子。还准备喊时，叶子从门洞里走了出来，害羞得脸庞发红，连忙制止了他的大喊大叫。两个人就这样再次相聚了，叶子说专门去了他家才知道他来秦都市上学，可惜那天去还没碰见人，回来时又被人偷了钱包，狼狈得很。这些话没有一句不让荣健感动，刚出校门就一把将叶子揽入怀中，为此差一点让自行车倒在地上。而叶子赶紧挣脱她的怀抱，满脸羞怯地说："别这样，小心学校的人看见。"

按照预先的计划，荣健邀请叶子到市里过周末。叶子自然也没什么意见，于是走上大路之后叶子坐上了自行车前梁，缩进荣健怀里裹上军大衣，只伸出一只手抓住车头而头则贴在荣健胸前。想来这军大衣和自行车真是绝配，宽大的衣襟裹进前座的姑娘如此的合适妥帖，两个人既互相温暖又能亲密热聊。叶子说她们学校的后面就是大禹河，刚来学校的时候和大家经常去河边玩，追野鸭子捡鸭蛋，还有野兔，可兔子跑得太快基本撵不上的。荣健只知道按路线走，并不知道这条路的走向基本就是顺着大禹河流向设计的，最近的地方离大禹河堤岸不过百十米。听叶子这么

第二十四章 那个小镇的冬天

一说陡然也有了去河边溜一圈的兴趣,于是动员叶子一起去转转。

叶子指引着荣健朝河边进发。原已是初冬的时节,河边衰败的灌木枯萎的杂草显得萧瑟,水面也萎缩到不过二三十米的宽度,像一条银亮的带子静静地躺在土黄色的沙滩上。旷野寂静天空阴郁,诗人所说的"野旷天低树"应该就是这种情景。荣健放倒了自行车,和叶子拉手走在河滩上,一片枯黄的杂草丛显然有被人踩踏过的痕迹,拨开外面的芦苇进去一看,那中间压得平整还铺着厚厚的软草,想来肯定有人在里面停留过。这私密安静的所在岂不是约会的天然港湾,于是乎拉着叶子坐了下来。这里面几乎没有一丝风,各种虫子也都进入蛰伏的季节,坐在里面荣健忽然感觉有些像洞房,而美丽的新娘就在旁边。因此又想到,如今天地为证从此地老天荒永不分离。

叶子有个亲切的大名叫高小红,可她总说自己的名字太土,所以一直以来都让荣健叫她叶子。荣健也曾开玩笑说那你干脆改名叫高红叶,叶子连连摇头说这名字更土。其实从知道叶子大名以后改名字是个经常性的话题,荣健总是和叶子开玩笑,一会说改成高美丽,一会说改成高艳丽,气得叶子咬牙切齿拳头乱舞,而最后总会被荣健抱在怀里。今天没有说改名字,只是那一刻那忽然都不说话,就那样安静地互相看着,荣健目不转睛,叶子被看得有些害羞,终于紧紧拥抱深情相吻。一别半年的思念之苦都在其中,而对荣健来说只有今天他才能平静仔细地欣赏叶子的美丽。托翁曾说:"女人不是因为美丽才可爱,而是因为可爱才美丽。"像叶子这般美丽可爱的姑娘简直就是天上掉下来的天使,而自己如此幸运地拥有她。那个时候他的内心无比地踏实淡定,他觉得这世上没有比抱着心爱的女孩更为安心幸福的事情。

那天在芦苇丛里居然发现了三个野鸭蛋,在河滩上找罐头瓶子的时候荣健居然意外地捡到一块九成新的女式手表,上面赫然的浪琴标识让他知道这块表应该价格不菲,想来肯定是来此游玩的情侣不慎遗落的。这旷野茫茫就是想做好人好事估计也无法找到失主,也许天意要送给叶子礼物吧!反正那时他就是这么想的,用衣服擦了擦默不作声地装进口袋,再把找来的罐头瓶子交给叶子后,自己又去收拾柴火。

冬日的火花

叶子在河里盛来了水，按照荣健交代把鸭蛋放进去之后又掏个小坑把瓶子埋进去，然后找来一块扁石头盖在上面，接着就在上面点起篝火。这当中荣健已经搞来一大堆柴，篝火的蓝烟袅袅升起，也不知烧了多久，反正天黑下来的时候一大堆红红的灰烬，那亮光足可在寒夜里照亮两个人的脸庞。荣健掏出那捡来的礼物，夜色中那表盘的荧光甚是耀眼，当他把表戴上叶子的手腕，然后让她睁开眼睛时，叶子惊讶得张大了嘴巴。荣健告诉叶子这是捡来的，叶子说："怎么可能，这么新！"荣健说："真的是捡的，我可买不起这么贵的礼物。"两个人讨论的过程就像两个穷鬼捡到了金子一样惶恐兴奋。这荒郊野外自是没有人会干扰他们的分享，而这礼物显然让叶子感受到了爱和幸福。那个时候谁能舍得破坏这美好的氛围，只是时间渐晚却也到了该离开的时候。于是扒开火堆取出鸭蛋，拿在手里左右倒腾。一人吃了一个，剩下的一个叶子装在口袋里说是可以当夜宵。再一次骑上车子驶上大路的时候，习习夜风吹拂带来阵阵凉意，叶子干脆转过身抱着荣健的腰，整个人都缩进了大衣里，荣健则像袋鼠一样蹬着自行车驶往学校的方向。

可这个时候回到学校又能去哪呢？晚上带女生回宿舍可是学校明令禁止的行为。那一刻荣健犯了难，他不敢奢想带叶子去住宾馆，且不说房费很贵，据说只要没有结婚证被公安抓住后果相当严重。想来想去，也只有找录像厅凑合一晚了，现在最关键的是找地方吃饭。俩人在街边摊子上吃了点饭，之后把车子和大衣送回宿舍，又一起从北校区转到南校区。南校区是完全的教学区，这个时候空旷安静，黑暗中荣健拉住叶子的手，拉着她走到足球场的看台上坐下。他似乎还有一肚子话想说，在给叶子戴上手表的时候想说，在相偎相亲的路上想说，到了这个时候他才终于说出口。"小红，我还记得你到金城中学找我时的情景，那天你漂亮极了。虽然那是我们第一次见面，可我一点都不觉得陌生。你的到来给了我很大鼓舞，我得谢谢你。"那个时候叶子低头靠着荣健的肩不言不语，荣健一个用力的拥抱她抬起了头瞪着亮晶晶的眼睛，荣健深情地吻了她的脸庞，而后两个人不知疲倦地亲吻。也不知亲热了多久，叶子喃喃地说："哼，又占人家便宜。"这话让荣健红了脸，但他没放

第二十四章　那个小镇的冬天

开抱她的手，看着她表情认真地说道："我要占你一辈子便宜，给我当媳妇吧！"叶子眼睛似乎闪过一道亮光，害羞地说："谁要给你当媳妇，想得美！"荣健当然知道这是否定的肯定，当下在她身上乱挠，嘴里说着："人都是我的了还嘴硬。"叶子撒着腿跑开，边跑边说："别闹，我怕痒，再挠我喊啦！"叶子的"抓流氓"还没喊出口又被荣健抓住，又一次安静了，在这个没有星星月亮的晚上，在那个空旷的球场看台上，他们相互温暖。

那一夜最后是在校外的录像厅度过的，叶子把头枕在荣健的腿上居然很快睡着了，荧幕的光照在她脸上，看得出她睡得香甜。荣健则一阵清醒一阵昏沉，一大早从录像厅出来时，两个人都冻得瑟瑟发抖。好在早点摊已经开张，各自吸溜了一碗热气腾腾的豆腐脑才得以缓解。可是这个点再没地方去了，想着白天带女生回宿舍也不算违纪，于是荣健带着叶子悄悄地潜回宿舍，这时候大多数的同学还没起床，两人脱了外衣悄悄地钻进被窝。等到中午卢伟起床大声吵吵叫大家一起去吃饭时，荣健才翻身起来，不过这下子露了馅。卢伟看着荣健瞪大了眼睛而后拿着饭盆独自出了门，叶子则裹着被子害羞得不敢露头，起床吃饭的几个人都走了叶子才出来和荣健一起去打饭。这事一下子让一号房炸了锅，都说荣健平常不动声色，现在居然一步到位就把美女领到了床上，多数人惊呼自己被生活欺骗。

大家打回饭聚在荣健床边的桌子前，葛新居然开始称呼叶子为荣嫂，叶子笑而不答，只是和荣健挤得紧紧只顾吃饭。卢伟不同意葛新的叫法，说："人家明明是小妹妹，你非得把人往老的叫。"李银国说得最搞笑，他眯着眼睛说："妹子的小辫个性得很，跟健哥坐一起简直就是神雕侠侣。"荣健知道他说的是叶子鬓角梳的那三根小辫，上面还扎着几道绿色的皮筋。昨天都没仔细看，李银国一说仔细端详了一下，却也清新动感。那顿饭之后大家都知道荣健有了一个漂亮的女朋友，为此更是会经常请教他如何进攻女生，他们哪里知道荣健自己都觉得在这方面笨得要死，哪有什么秘诀可言。叶子完全是运气和缘分，反正他那时认为这是缘分。那天到了很晚才恋恋不舍地送叶子回了学校，两人相约

冬日的火花

要常见面。

　　这个学期开的八门课程除了英语和高数都要结业，荣健的英语听力很是问题，原来的哑巴英语本就不怎么样，现在想要通过学校的听力测验顿感压力山大。又是一节听力课，洋气的英文老师总是喜欢讲东西方的差别，在荣健的印象里这算是英文老师的通病。而这个洋娃娃一样的女老师显然对秦都市的现状相当不满，在讲到Town这个词时特意强调，秦都虽说是个地级市，但大家有没有感觉其实就是一个Town，或者是一个稍微大点的Town。小镇，荣健觉得老师描述得相当准确，这里就是一个小镇，一个总给人灰色印象的小镇。联想起那些挣扎在生死线的企业，这城市的未来却也让人忧心。老师说这城市的落寞与当政者的保守思维有关，就像我们学校的发展一样，奇葩的老校长让出了大片的土地，而让出土地就是让出了发展空间，一个人满为患的大学还有什么氛围！加上与省会距离太近不但没有共享发展反而被不断挤压，以至于从原来的部属重点院校沦落到三流学校，从这几年的生源情况就能看得清楚。尽管那节课跑题的时间多了点，但是荣健反而认为这样的思考比单纯的上课更有意思。

　　还没考完试的时候，荣健忽然被兼任会计专业辅导员的系主任提名为班长人选，原来的代理班长作为候选人之一参加竞选。系里的这个决定让荣健觉得很突然，他原本对此毫无准备，可如今被提名哪有推辞的道理！在决定参加竞选的那一刻，他开始分析这个集体的具体情况。

　　本专业共五十三人，分成两个班，一班二十六人，二班二十七人。他和谭浩宇属于补录来的，因此他们两个住在六公寓，而班里其他的男生住四公寓，女生住五公寓。这样一来除了上课其实和班里同学交往的机会很少，现在要竞选就必须争取同学们的支持。而关系最亲密的谭浩宇又属于一班，难不成这次竞选自己竟成了赤膊上阵！代理班长李明华虽说散漫不羁但有着好几个老乡的支持，原来的文体委员施立群又雄心勃勃，如何打胜这一仗真是个问题。

　　但荣健开始从另一个角度考虑这个问题，那就是全班二十七人可以分为两类，一类是城市来的，另一类是农村孩子。而自己来自城乡夹层

第二十四章　那个小镇的冬天

地带更容易与大家沟通；另外这二十七人有十五个女生，如能争取到大多数女生支持岂不是稳操胜券，毕竟自己在班里与男生都相处得不错。因此当代理班长李明华整天忙着请关系要好的同学吃饭时，文体委员自命不凡到处吹嘘时，荣健选择了一对一的沟通。他提出"未来让学校以我为荣"的想法开始了最初的说教，这个想法的出发点自然是他自己心态调整的体验，因为他从拿到录取通知书其实就有着很大的失落感，一直觉得以自己的分数本该被更有名气的学校录取，来到这里完全就是明珠暗投。也许是六公寓的美女和一号房的兄弟，也许是叶子给他的温暖，反正他现在不再抱怨，反而斗志旺盛。那句"未来让学校以我为荣"的口号在心里念叨了无数次，如今拿出来自然说得头头是道。一轮下来几乎所有的女生都赞成他治理班级的想法，大家对他拟定的一系列集体活动表示期待。可以说荣健的竞选有纲领、有内容，当他完成竞选演说后，除了有人说他的普通话听着别扭之外，结果已经没了悬念。

那时候荣健自信心爆棚，他哪里知道他的竞选成功与副班长郦薇倾力相助密不可分。竞选之前的那次对话是他和郦薇第一次深谈，可是他那神情和想法触动了郦薇的内心。这个被女生亲切称为薇子的姑娘圆脸，学生头，明眸皓齿，唇如日仰月，脸上似乎总是挂着灿烂的笑容。那天在五公寓楼下见面时她裹着棉袄湿着头发，刚见面就指着荣健凌乱的头发说事，批评他不洗头，肩膀上都是头皮屑。荣健争辩时她伸手就去拍荣健肩上的头屑，手一松棉袄的衣襟开了，里面穿的小吊带露着白皙丰满的胸脯，荣健扫了一眼，她马上反应过来瞪着荣健说道："看什么看，没见过天生丽质吗！"荣健回答说："你用词不准确，应该是圆润饱满。"郦薇不甘示弱回怼道："圆你个大头鬼，我吐你一脸雪花膏。"这样开始的对话轻松而愉快，郦薇表示她支持荣健是因为她讨厌李明华那猥琐的德行，天知道李明华怎么就伤害了她，反正从那一刻起郦薇和荣健形成了统一战线，回到宿舍后就在女生中间说荣健的各种好，以至于女生都认为她喜欢上了荣健。其实到底喜欢不喜欢她自己也说不清，她只是说荣健看起来更顺眼一些。

这个冬天全是些幸福的事情，灿烂的日子让荣健觉得神清气爽。最

冬日的火花

不可思议的是洋子的闺蜜夏青同学居然关注起了荣健，也许是因为杨洋与卢伟的交往为她传递了某种信息。洋子过生日时夏青被分工和荣健一起去买东西，从那之后夏青隔三岔五就要叫上荣健陪她去校外吃饭。每次来的时候她都会精心打扮一番，卢伟说夏青对荣健动了心，荣健起初觉得这完全不可能，并在宿舍里说有一次和夏青跳舞时摸过她的腰，那腰板生硬生硬的，自己实在无福消受。

夏青的身高足有一米七五，和一米七八的荣健站在一起时感觉几乎不相上下，加上骨架也大，对这样高大结实的女生荣健从一开始就完全没感觉。更何况与叶子的重逢本已心满意得，哪还会去关注别的女孩。即使没有爱慕但并不影响友谊，荣健和夏青从那时候开始成了无话不说的朋友。荣健常常口无遮拦地在一群男生面前戏称夏青水桶腰大象腿，走路撇腿姿势难看。被夏青知道后气得好些天不理他，再见面时骂他狗嘴里吐不出象牙。后来荣健才知道走路撇腿，是因为大腿粗走路时腿根常会磨烂的原因。夏青立志减肥，发誓要塑造出迷人的大长腿让荣健艳羡。也许因为这个缘故，好些回吃饭都是夏青买的单，夏青说她饭量小生活费宽裕，因此出来吃饭不让荣健掏钱。荣健过意不去特地买了一双红色的真皮手套给她，夏青说这是她第一次收到男生礼物，那个冬天她几乎天天戴着。

其实夏青长得并不难看，肤色白皙健康，鸭蛋脸柳叶眉，况且家庭背景极好。据说她父亲还是山西某个地区国家安全单位的领导，夏青说过毕业之后肯定也会安排进这个系统。这一点荣健当时听起来就有些神往，可是他又觉得男子汉如果为了前途去附会感情是极端无耻的行径！更何况此时的他自信心爆棚，他跟夏青讲自己的理想是考取公务员，未来出任汉都市市长，说这话时语气坚定无比！

这是荣健年轻时吹过的最大牛皮，多年以后觉得那时候说话实在是不知天高地厚或者自不量力。后来也常常回想嘲弄夏青的那些话，仔细一掂量其实也很不应该。但是人年轻的时候往往无知又冲动，一些轻狂的话在特定时刻可能无所谓，但一转身也许就是很深的伤害。

第二十五章　一转眼也许就是永远

荣健一早起来就觉得恶心想吐，下腹持续疼痛，下床喝了点热水依旧无济于事。想来是昨晚灶上那夹生的米饭生了祸害，估计要拉肚子了。可是一个中午跑了几趟厕所也没能拉出来，腹痛却愈来愈烈，看来必须去医院了。

校医院的大夫大致问了一下认为是消化不良，当即开了几样药让回去服用。然而服药后除了勉强解了次大手，但腹痛丝毫未见缓解。荣健受不了了，连忙叫上谭浩宇赶往学校南区隔壁的省中医医院。那医院刚建成的大楼看起来恢宏大气，走进专家门诊时主任医师正一边给病人做检查，一边给身边的实习生传授经验。看到荣健痛苦的样子指着检查床让他躺下，并立刻带着几个实习生过来接诊。按了按荣建的肚子并详细问了饮食和之前诊疗的情况，然后自信地对他的学生说腹痛腹胀脐下不疼，这是典型的消化不良症状，然后迅即开了处方让他回去服了药好好休息。

荣健躺在床上辗转反侧难以入睡，肚子一直隐隐作痛，时重时轻搞得他迷迷糊糊。到了晚饭时间卢伟给他打了点稀饭，结果喝了两口又全

冬日的火花

吐了出来。就这样折腾了一阵药物似乎产生了疗效，他迷迷糊糊睡着了。约莫到了凌晨一阵剧痛让他从睡梦中忽然醒来，腹内剧烈的痉挛让他喊出了声。第一个听见的是卢伟，而后谭浩宇、李银国、葛新都赶紧起来一看究竟。看到荣健脸色蜡黄二话不说赶紧收拾送他去医院。几个人又是背又是扛地把他从架子床上弄下来，出了门李银国说他来背，结果原本不过一百二十斤的体重加上厚实棉衣现在变得沉重无比，一下子把李明国压趴在地上，卢伟一边骂李明国能欸一边自告奋勇来背荣健，背了一段大喊着说自己的屎都要挣出来了。又换了谭浩宇，谭浩宇虽然人高俊朗，但是身板略显单薄，跟跟跄跄背了一小段也差点趴在地上。情急之中卢伟发了狠，硬撑着背了最远的距离。就这样轮换着把荣健送进秦都市人民医院急诊室，那个时候荣健已经开始意识模糊，只记得医生说心率每分钟一百九十次，之后就不省人事。

　　病情耽误的时间太长了，阑尾穿孔腹腔感染必须马上手术。谭浩宇负责回去告知学校领导，卢伟负责跟荣健家里联系。系主任匆匆赶到医院的时候荣健已经躺上了手术台，他毫不犹豫地签了字，并且强调这是个优秀的学生，医院一定要全力抢救。这位姓赵的主任当然会重视对荣健的救治，原因只是听过学校记者站社团活动时荣健的发言，当日荣健在发言时说道："国家复兴的标志是摆脱半殖民地并完成统一，理论上到1999年收回澳门我们才算是完全结束被殖民的历史，收复台湾才是复兴的开始。"他赞同这个说法也因此欣赏这个有想法的学生，之后才在提名二班班长人选的时候想起了他。而那个老师在面对自己欣赏的学生时没有情感上的偏向？想来这也是他毫不犹豫签字的原因。

　　卢伟没有立即给荣健家里打电话，而是把自己的顾虑与赵主任进行了沟通，他说荣健是家里独子，深更半夜打电话怕他父母太过紧张，况且现在也没有班车过来，是不是可以明天早上再打电话？主任征询了一下医生的意见，同意再等等。拉开腹腔的时候脓液喷射而出，主刀医生不敢犹豫，传出话来让学校立刻通知家属前来，看来那个时候荣健真的已经命悬一线了。

　　杜英娥那天夜里莫名地心烦意乱坐卧不宁，接到电话的那一刻反而

第二十五章 一转眼也许就是永远

松了口气。打了一圈电话终于叫来一辆小车，走在路上越走心越急，荣勤民不断地安慰她。说现在医疗技术发达，孩子已经到了医院就不会有事的。那天到了医院时，杜英娥心惊胆战腿都有些挪动不了了。手术室外的等待对于一个母亲来说也许是世界上最煎熬的事情，如果时间再长一点杜英娥的头发估计都要白了。看着大夫走出手术室时轻松的神态，杜英娥稍微舒缓了一些，看来孩子没事了。

手术很成功，但是荣健依旧在昏迷当中，杜英娥和荣勤民分坐在病床两边殷切期待着儿子醒来。那时候荣健感觉到了灵魂出窍，那灵魂飘过山川大地回到了童年生活的土地，灿烂的阳光和广阔的田野让人心旷神怡，幼时玩伴的笑声响彻乡间小路，那些本该熟悉的面影好多都变得模糊不清。飘着飘着似乎又到了小时候上学的路上，湿滑的路面上走着可爱的弟弟，可是转眼间看到的又是当年弟弟溺水时的浩渺河水，回水坝边上的水深邃冰冷，看着就让人感觉脊背发凉。再后来又似乎回到谢村老屋，那门口冰冷的木板上是弟弟冰凉的身体，往日里活泼开朗的他再也不能说话，手脚都已发青。耳边传来的是母亲撕心裂肺的哭声，那一刻荣健心里针扎般地疼痛，忽然意识到自己不能死，现在死了爸妈怎么活呢？尤其妈妈爱子深切，她会受不了的。他想起幼时乡村弥漫炊烟里母亲悠长的呼唤，想起母亲拿着他得了满分的卷子那满足的笑容，随之眼泪忍不住如线珠般滑落。

看着昏睡的儿子忽然间泪水滑落，夫妇俩惊恐万分赶紧去叫医生，听到医生说这是孩子有了意识，看来问题不大了她才安心。荣健足足昏睡了三十多个小时才醒来，夫妻俩这才松了口气。中午学校领导来过了，说费用的事家里不用操心，荣健是统招生，费用学校全额报销。本来走得匆忙带钱不多，现在有了学校做后盾两个人心里更有底了。

就这样荣健在即将放假的时候稀里糊涂地躺进了医院，其间要好的同学轮流前来帮忙照顾，宿舍的几个铁杆除了上课几乎都守在医院，郦薇、夏青更是来了多次，父母亲看到儿子有这么多朋友也是由衷地高兴，夏青的关心更是让杜英娥印象深刻。

然而这个手术让荣健元气大伤，每到后半夜腰背疼痛得难以忍受，

冬日的火花

不断要求升床降床，并为此常常报怨母亲手脚太慢，每个晚上来来回回地折腾直到天亮才能入睡。那些天杜英娥几乎彻夜不眠，到了白天还要鼓励荣健起床走动，短短十几天老两口劳累得看起来像老了十岁。等熬到出院的时候，伟大的1997年来了。

　　我们当然应该记住这一年！7月1日的香港回顾已进入倒计时，中间虽历尽曲折，但是我们有定海神针，一切暗流波涛都无法阻挡香港回归祖国的步伐！为了这一天中国人努力了一百年，那屈辱沉重的历史是多少人心头的隐痛，其间多少仁人志士付出了不懈努力，现在终于能拨云见日扬眉吐气，又怎能不叫人欢欣鼓舞呢！

　　想起香港，我们更应该铭记那位老人，因为他的雄才大略收回香港才没有遗憾。荣健深切地记得他年轻时说过的那句话："我是中国人民的儿子，我深情地爱着我的祖国和人民。"每当想起这句话他都会被这其中深厚的家国情怀所感动，并想着香港回归时他如亲临心里会是何等的幸福与荣耀！

　　虽然未能参加期末考试，回了家也只能躺在床上，但荣健心情很是愉悦。一场大病让他看到了同学之间金子般的赤诚情谊，也感受到了学校、老师的关怀和爱护，这些都让他觉得自己是个有价值的人，想来任何人觉得自己有价值被重视的时候心情都不会太差。那些天他躺在床上看电视或者随手翻翻爸爸拿回来的《汉城晚报》，赵海、高扬、舒畅、蒋馨、莫文娟都先后前来探望，而王妮、王莹没有来。大家好久不见，见面自是相谈甚欢。赵海考虑到荣健去诊所打针不方便，于是亲自去找了梁艳，让她来家里给荣健打肌肉针，而那个时候梁艳马上就要结婚了。

　　梁艳和赵海一起来了，给荣健打完针三个人聊了几句。赵海跟梁艳说："我实在忍不住了，你找的那是个啥对象呀！那小伙就是一个瓷怂，咱一朵鲜花咋能往牛粪上插？你要不是咱同学，我才不给你说呢！你得慎重考虑，那个人真不行。"梁艳听完很是不解，就问："你听谁说的，那人有啥问题？"赵海说："你对象姓甚名谁我都很清楚，那小伙初中都没上完家里日鬼去当了个兵，本来先是在派出所干协警，后来因为太差劲才被弄到招待所当保安。你说他能有啥出息？你好赖是上过

第二十五章 一转眼也许就是永远

大学的人，真不知你咋想的！"赵海的一席话说得梁艳瞬间不淡定，又问荣健赵海说的是真是假。荣健回答说："我一点都不了解，但是赵海应该不会胡说。当然最终还是要你自己慎重选择，一定要把人看准，真嫁错了就来不及了！"梁艳说她回去考虑一下，就神情恍惚地走了。

赵海对荣健说："我也死过一次了，你信不信？"荣健说："你死猪不怕开水烫，你还舍得死？"赵海回答说："我贪色好赌，害人无数，一事无成，这样活着还不如一条狗。"荣健说："你要死赶紧去死，别整天耷拉个头，看着就让人来气。"赵海低着脑袋叹了口气说："哦，那我走了！"荣健看他真的要走，赶紧喊："哎、哎、哎，你还没跟我讲你惊世骇俗的故事呢！咋能走呢？可别让我下去拉你，伤口弄开了你给我缝。"赵海回头看了他一眼，虽然朝着他竖起了中指，但还是坐了下来。

赵海承认王莹是个好姑娘，可是他受不了这姑娘与生俱来的支配欲。就拿到单位门口堵他的事来说，只要一见面马上就是劈头盖脸地质问，然后就是小妈般的教导，或者给安排一堆事情让他去干。赵海说他实在受不了这样的摆布，更受不了她除了吃饭睡觉就琢磨赚钱的状态。说这种日子他过不了，尽管他很需要钱。而柳红则更像个女人，和她在一起自己感觉轻松。包括柳红的那个孩子他也很喜欢，他觉得他更适合这种与世无争的恬淡生活。荣健听他这么一说也觉得有道理，但是告诫赵海应该顾及家人的感受，毕竟他家也是体面家庭，建议这种情况下是否可以考虑全部放弃重新再找。赵海无奈地说："哎，除了放弃还有什么办法！反正现在没法再提，我也不想整天弄得鸡飞狗跳。"荣健又问："那你这半年没输钱吧？千万不敢再去赌了，再赌你妈咋受得了呢！"赵海半天没吱声，闷了半天说："再甭提了，输烂散了！人背喝凉水都塞牙。"听到这话，荣健有些无可奈何了，唠叨道："看你咋办呀？早就跟你说过这样下去死路一条，你就是不听。"赵海没有回答，说了声："你先养病，我走了。"话音没落已经出了房门，荣健也没有再叫他。

冬日的火花

　　这半年赵海确实过得相当迷乱，确也想过和王莹厮守一生。也曾沉醉在运输公司的温柔乡里，也曾在某个瞬间感恩上天让他遇上王莹。然而事情的发展却不尽如人意，先是王莹家里处处想方设法地为难他。王莹虽然态度坚决，但似乎总有一种恩赐于他的感觉。加上车辆经营的压力，整天唠唠叨叨，这让他实在受不了。偏偏那段日子手气又比较差，王莹交给他保管的钱也输了个精光。为此好几次被王莹堵在单位门口不依不饶，这让他在单位同事面前颜面扫地。为了平息这件事情，赵海只好向柳红开口，拆东墙补西墙才算得以安宁。而王莹居然把这件事又告诉了王妮，很快王妮的声讨信就来了，在信里再一次把他骂得狗血淋头。他哪能受得了这样的羞辱，拿着信与王莹大吵一架。而王莹认为自己完全没有错，只是在跟姐姐发了发牢骚而已，况且都是自己人，赵海这样的反应纯属做贼心虚。吵得不可开交时，赵海又要摔门而去，最后还是王莹服了软，苦口婆心地劝赵海好好上班，至于自己经营车辆的事能帮多少算多少。毕竟现在生意也不好做，没有人协调外部事务，自己一个人根本顾不过来。等手头上有点钱再找人去做家里工作也就好说了，只要她爸一点头马上就结婚。王莹一边流着泪一边说着她的设想，那如梨花带雨般的娇柔让赵海心疼，自然也就没了火气。

　　可是赵海总想捞回自己输掉的钱，其间输输赢赢很不如意。每次王莹只要知道他又去赌钱，反应就一次比一次激动，责骂辱骂似乎已经不解恨。而赵海却由此学会了忍耐，无论王莹怎样发飙他都保持沉默，直到王莹发泄完毕，再抱着王莹死皮赖脸地认错，认真地听王莹那些金玉良言。有时候心里也会愧疚，但是他总是不服，认为自己不应该那么背运，总有一天能赢个扬眉吐气。他知道王莹是个刀子嘴豆腐心的人，如果王莹说得太狠，他就会在做爱的时候更使劲，本来是发泄不满，结果越这样王莹反而越痴迷，要求得越频繁。有一阵子王莹简直就离不开他，因此多少也有些纵容。而他欠着柳红的钱又怎能不去理会她，都是青春正盛的年纪，赵海身体上的疲惫可想而知。晚上不陪王莹的时候就说要回家或者找朋友谋划生意，可是他与柳红的苟且还是被王莹察觉了。

第二十五章 一转眼也许就是永远

当王莹听说赵海与一个婊子有染的时候瞬间气血涌动，那一刻有拿刀剁了赵海的想法。可是想来也不能因为一句传言就去杀人放火，于是强压怒火择机取证。这个信息本就是她雇来的司机小贾说的，小贾表示会全力支持王莹的想法。那一阵子每天晚上收工以后，小贾就会骑摩托车带上乔装打扮的王莹跟踪赵海，王莹手里则时常拿着傻瓜相机。两个人完全成了一对神出鬼没的侦探，频繁出入于那几条熟悉的街道和小巷。而这样的行程贾斌乐此不疲，虽然时令已进入冬季，两人都裹着严实的冬衣，可王莹贴着他的脊背他就觉得幸福无限。赵海虽然平常也很警惕，但是哪里经得住这样的跟踪，没多久他的秘密就彻底暴露了。

当王莹看着赵海午夜时分走进柳红住的院子，她没有力气再去按动相机的快门，伤心的泪水哗哗地滑落。那一刻她觉得自己就是天底下第一号傻瓜，为了这个破落户几乎和家里闹翻，赚来的钱也大多都被他糟蹋，一时间她恨得牙都要咬碎了。小贾没有多说话，把王莹送回运输公司的房子后却迟迟没有离去。王莹跟小贾说她想喝酒，于是小贾又到夜市买了啤酒和小菜回来，王莹拒绝吃菜，只是一杯又一杯地干喝，她不哭不笑不发牢骚，那神情恐怖得让小贾头皮发麻。可当贾斌提出送王莹回家去时，王莹破口大骂："滚，赶紧滚，我不要你管！我有啥脸回家？"贾斌连忙道歉说："我错了，我错了，不回去就不回去，我就在这陪着你，咱喝酒。"王莹平日本就不怎么喝酒，一会工夫就喝得迷迷糊糊，耷拉着脑袋斜靠在破沙发上，那红红的脸庞挂着泪珠，让人看着无限怜爱。平日里她是贾斌的雇主，贾斌哪里敢这样目不转睛地看着她。可此时此刻贾斌注视着眼前的这位姑娘，他打心底里心疼她。如果她说一声要收拾赵海，他绝对义无反顾地把那个蠢货打得满地找牙。可是现在他不知如何是好，只能默默地看着她，等她清醒。他有些后悔自己的告密，否则她也不会这么痛苦。

可他清楚自己是故意的！因为从见到她时就迷上了她，即使她给的工资低费用抠得细自己也愿意。这些日子每天只要能看见她就是自己最大的幸福，如果自己出身稍微好一点，他会毫不犹豫地去追求她。更何况她已经有了对象，尽管那个对象在他看来实在不怎么样。自己心里不

冬日的火花

知多少次咒骂上天不公，好白菜都被猪拱了。而自己从农村出来，初中毕业当了几年兵，复原回来除了开车一无所长，想来也怪自己不争气，在部队也没干出个名堂，否则回来也能分配个正式工作，而现在这样的情况王妮自然是看不上眼的。她人长得美家道殷实，又喜欢跟文化人打交道，自己肚子这些墨水实在有些不堪。美人在侧，贾斌陷入了各种纠结的思考。

夜深了，总不能让她就这样睡一晚上吧！他想把她抱到床上去，结果碰到她时她极力反抗，嘴里还不停说着："别动我，你个狗日的杂种。"贾斌还以为王莹在骂自己，一生气想甩手不管。可是听着听着他才明白，王莹骂的不是他。可是仔细听时她又不骂了，忽而又像是哀求地说："赵海，赵海，你不能这样对我！我哪里比不上那个婊子？"接着又不停地啼哭，那情景贾斌看得心似刀割。他恨赵海的薄情也恨王莹的痴情，但他还是弄了热毛巾给王莹擦了脸。擦着擦着她又吐了，扶着她吐的时候她抱住了他的脖子。这一抱贾斌一时间周身沸腾，忍不住在她脸上亲了一口，而她却不撒手抱住他送上了满是酒气的嘴唇。这个时候贾斌已无法顾及任何事情，这是他梦寐以求的东西。贾斌还是第一次与女性如此亲密，他慌乱得不知所措，有些按捺不住地胡乱剥光了王莹的衣服，并紧紧抱住那柔软的身体，裤裆的东西早已威武雄壮，于是又把她压在床上找了半天地方，最后还是王莹用手指帮他扶了进去。那一刻他心里有一个声音呼喊："我的妈呀！这不是做梦吧！"还没动几下一股热流就从下体喷射而出，那一刻有魂灵穿入云霄的感觉。而王莹嘴里却不停地嘟囔："老公不行不行，我要把你吸干，不准你出去骚情。"贾斌哪里受得了这样的刺激，一会又振作了起来，那一晚他把几十年的存货都交代了，随后死沉沉地睡着了。

赵海开门进来看到这一幕先是呆若木鸡，很快他清醒过来冲上去一把拉开了被子。贾斌被惊醒，看到赵海时战战兢兢地说："赵哥，赵哥，你别冲动，你听我解释。"赵海哪容他解释，大骂道："你解释啥？我弄死你狗日的。"说着操起了一个啤酒瓶子就要朝贾斌的脑袋上招呼，王莹睁开眼惊慌失措地一边拉被子裹上自己一边推开了贾斌，瞬

第二十五章 一转眼也许就是永远

间泪崩哭泣不止。而贾斌连滚带爬地下了床躲在墙角急忙穿裤子，赵海手中的酒瓶子已脱了手，飞到贾斌身边的墙壁上炸裂得粉碎。房间瞬间安静了，还是赵海先开口："王莹你啥意思？"王莹闷了半天没吭气，最后回答道："我没啥意思，你还知道回来，跟婊子继续睡嘛！"赵海一听这话有点底气不足地反问道："你说这话啥意思？我听不懂！"王莹自是不依不饶，她说出了柳红家的位置和赵海进门的时间。赵海知道事情败露了，他有些气急败坏，厉声说道："你还跟踪我？好吧！你爱咋想咋想，以后咱各走各的。"王莹听了这话怒吼着说："滚，你赶紧滚。"说完放声大哭，赵海摔门而去。贾斌这个时候才松了口气，看到王莹悲伤啼哭一下子跪倒在她面前，动情地说："姐，你别难过了，我知道你心高气傲看不上我，但是我会一辈子对你好。"王莹看着贾斌一肚子的怨气无处发泄，一巴掌抽了过去。贾斌顿时脸上火辣辣的，但是他很平静，嘴里说着："姐，你使劲打，只要你解气。"王莹没有再打他，轻声说了句："你也滚！"贾斌看到这情况也不再纠缠，当下灰溜溜走出了房门。

王莹越想越生气，想到自己对赵海的付出，想着对赵海的迁就，到头来自己竟然还不如一个婊子，她越想越咽不下这口气，于是决定到赵海家里去告状，毕竟赵海的妈妈是认可自己和赵海交往的。简单地收拾了一下就出门去赵海家，一出门就看见贾斌在不远的地方抽闷烟。她知道贾斌是不放心她，心里多少有些安慰，于是就对贾斌说："不要守到这了，赶紧去出车，我死不了的。"贾斌这才离开赶去车场，心里想着这几天尽力把车运营好才是对王莹最大的帮助。

一路上王莹没有踟蹰，她心里坚信赵海的妈妈会站在自己一边。赵海妈听到这个消息的时候简直七窍生烟，如果别的孩子出这样的事情可能还需考证，她太清楚自己孩子的德行，这个冤孽什么离经叛道的事情都做得出来，于是赶紧给赵海哥哥单位打电话，叫他中午回来商量处理这件事。王莹没有停留过多时间，临走赵海的妈妈一再跟她说做她的后盾，有啥困难随时来家里。但是王莹知道自己与赵海很难重圆了，想到这她伤心极了，茫然地走在街上不知该走向哪里。人总是在最脆弱的时

冬日的火花

候会想到家,王莹在这个时候感觉到了家的重要,开始为自己的自以为是而后悔,可是如此狼狈不堪自己又有何颜面回家去诉委屈!因此即便回家这事也绝不能提。她拿定了主意买了水果,装着一副轻松的样子朝着家的方向走去。

很快赵海就被哥哥从单位拽了回去,一家人围坐一起轮番批判他的无耻行径。而赵海仍觉委屈,说王莹与司机的关系应该很早前就不正常,现在被他发现才反咬一口。相反柳红才是真心待他,你们所了解的那些背景都是市井谣言。柳红没有什么朋友,多少打她主意的人因为怨恨才到处造谣。一家人将信将疑,只能一再告诫赵海处事要谨慎,不要自己惹火烧身,并劝说赵海还是应该和王莹结婚。

然而撞破奸情的那一幕已经撕裂了所有美好,赵海自己心里也已经无法再接受王莹。那天从家里出来心情坏极了,不自觉又去找了柳红,并且提出了要和柳红结婚的想法。柳红很是吃惊,因为她从没指望过这个小男人。可他现在说了出来,虽然太多的挫折让她几乎对未来失去信心,想起过去,如今能这样平静地终老已算是幸运。但是哪一个女人不想有个归宿,赵海的提议忽然间点燃了她内心的希望,有个家体面地活着,从此摆脱牢狱般的生活,想来那该是多么幸福的事情。赵海得到柳红的确切态度以后就回家告诉母亲自己的决定,结果自然又被臭骂一顿,当时他妈就说:"你爱去哪结就去哪结,我丢不起那人!"并且没过几天他嫂子就带着几个妇女去柳红家讨伐,还警告说如果以后柳红再勾引赵海就让她在金城待不下去。赵海知道这件事后回家大闹一场,见到柳红时再三解释,并表示他绝不会屈服。家里不同意就两人自己办婚礼,凭自己的人缘办几桌酒席也很简单。

本来两个人已商量好一切,但当赵海的母亲出现时柳红退缩了,赵海母亲说自己的家庭在县城是体面人家,柳红也是个母亲应该能够理解她的心情。她说柳红是个善良的人,也给了赵海很多帮助,赵海做事从来都轻率浮躁,因此他的想法基本都不怎么可靠。柳红应该找个稳重的男人生活,切不可一时冲动做出不合适的选择。又说赵海无论欠柳红多少钱家里都会想办法还,条件就是柳红以后不能再与赵海有牵连。赵海

第二十五章 一转眼也许就是永远

母亲说的每一句话都入情入理，说话时一脸无奈老泪横流，柳红又岂能无动于衷，犹豫再三她还是答应了。这样的一次会面，在柳红千疮百孔的心上生生割了一刀，现实让她认识到自己年长又带孩子多数父母都不会接受。更何况自己那些不堪回首的过往，如果再坚持下去，底细一旦被赵海家人得知岂不是更丢脸？想到这她不由一阵后怕，洗心革面又怎样？正常家庭不可能容忍地！她不禁感叹道：那叫作命运和世俗的东西早就剥夺了我正常生活的权利，呵呵，这或许就叫咎由自取！

一段时间柳红刻意要中断和赵海的联系，以至于他每天下班都不知道要去哪里。王莹来找过他一次，可是两个人没说几句就吵得不可开交。王莹最后说的话是："哪里黄土不埋人，我下个月就和贾斌结婚。"感情失败工作乏味，赵海浑浑噩噩地又泡进了赌场，没多久又是一屁股债，隔三岔五被债主拉到野地里逼迫羞辱恐吓。赵海感觉自己活不下去了，那天躺在野河滩想了半天，想起和周敏那些甜蜜的过往以及这几年惨淡悲催的人生，赵海想结束自己的生命了。他骑上自行车，循着第一次与周敏进山游历的路径，在那个阴冷的黄昏他走到了金盆河湾的边上，连续抽了几支烟，想起当初在教学楼顶想跳楼时的胆怯，想着如今死在这深水里最起码不至于那么疼，然而他还是忍不住放声大哭，转而一闭眼在心中默念着："别了，我的亲人。"一跃跳进了深邃静幽的水潭里，可是落水的那一刹那他就后悔了，这河水刺骨的冰冷瞬间醍醐灌顶般地让他清醒，他又下意识地开始挣扎，可是原本水性不好的他已经游不出这地狱了，扑腾着出了水面就感觉力不从心，想呼喊一张嘴就只能大口地喝水，这时他知道一切都晚了，深邃的冰潭快速消化着他的能量，很快他就失去了挣扎的力气，迷迷糊糊中感觉就要沉入水底了。

这时只见崖壁上人影一闪，一个青衣道士跃身而下，入水点掌握得很是准确，他从后背一把抓住了赵海的衣领，然后划着水把他扯到了水潭另一边的崖壁边上，而后左手把他身体一夹，右手拉住崖壁垂下的粗绳向上攀登，一蹬一点就像壁虎一样轻巧地上到崖壁中间的山洞口。洞口前是人工开凿出的数米见方平地，那道士上了平地快速地把赵海抱进

冬日的火花

洞里，放在迎面树枝杂草铺垫的床铺上，又替他脱掉湿透的衣服盖上棉被。那时间洞里壁炉火烧得正旺，火光照在赵海煞白的脸上，那样子却也可怜。只见那道人俯身查看赵海的情况，双手在赵海胸口按压了一会，又捏了几下耳朵后表情轻松地起身。先是脱掉身上湿透的衣服，又比划了几下活动筋骨的动作就坐在炉火前烘烤衣服。那壁炉倒也特色，只不过是在洞壁上开凿出的一个较为规则的洞口，那洞口上面有岩石夹缝形成的自然烟道直通山体外面，因此炉火旺盛但洞里几无烟尘。

赵海恍惚间醒来还以为到了另外一个世界，扭头看到道长悠闲地坐在炉火旁，这不就是一念茅屋的那位李道长吗？怎么又会出现在这里，想来自己被他救了。一时间不知道该起来还是继续装睡，但是肚子饿得叽里咕噜。正在纠结的时候，道长说话了："想起来就起来吧！过来吃红薯。"说着用木棍从炉火下拨出几个红薯来，掰开一个吃将起来。那香甜的味道瞬时传到赵海的鼻腔，一时间感觉到了搜肠刮腹的饥饿。道长扔过来烤干的衣服尚有余温，于是穿了衣服坐到炉火前。安静地吃完一个红薯，才缓过神来，嘴里说着千恩万谢的话语，脸上露着惭愧的表情，即将跪倒在李道长面前时，却被他用烧火棍挡住了，李道长平静地说道："一念生，一念死，命对你都无所谓了，就省了这俗套吧！"这样的拒绝让赵海有些不知所措，只有沉默不语。本想聆听教诲，道长却再不作声，于是两个人都沉默着坐着，那时候赵海大脑一片空白，肚子的酸水搅得他很是难受。

沉默良久李道长终开口问道："你那朋友考上学了吧？而你浪荡社会一无所成是不？"赵海回答说："是的。"李道长又问："你还记得上次观里求签道长跟你说的话吗？"赵海这才想起那个道长说过中秋前后多加小心的话，现在看来自己还是没逃出劫难。他把那位道长的话复述了一遍，并强调自己确实中秋以后很倒霉。而李道长却说："咱们第一次见面我就提醒过你，看来你根本就没听进去。我平素从不与人推算吉凶，人的运气都是自己造孽的结果。那日之所以敢肯定你朋友的情况，那是因为我看得出他性格坚韧，而那时候的你眼神迷离肾阳不足，岂能有所作为？"这一席话让赵海感觉自己像遇见了神仙，禁不住又

第二十五章　一转眼也许就是永远

问："道长，你能掐会算帮我指点一下，我以后该咋办？"道长淡淡地回答说："该说的我早已说过，未来只有问你自己，关键是你自己想的能不能做到。今天一面也是缘分，可是我只会治病，救不了人。天一亮你就走吧！我有功课要做，今晚床归你，早点睡。"听了这话赵海不好再多说什么，只有客气地说："道长，还是你睡床吧！我在这坐着就行。"而道长也不理会他，径直走出洞口盘坐在外面一个草蒲团上，那时候洞外月黑星稀轻雾弥漫，道长打坐在那里像一尊塑像纹丝不动。

赵海听说过道士练习吐纳气功的事情，但是李道长说的功课是什么他自是无从知晓。只是大致听说晚上修炼气功，打坐位置应该与星辰方位有关系，想问又不好开口，只好自己裹紧衣服靠墙坐着发呆。想着这几年荒唐的过往心里生出无限惆怅，然而越想心里越迷茫，真不知天一亮该如何面对这一堆的麻烦。心里没有办法也看不到希望，神情恍恍惚惚，炉内火焰闪动他五内俱焦，就这样迷迷糊糊又进入梦乡，等到醒来时天已大亮。道长早已不知所踪，他只好起身离开，想着一念之间本已丢了性命，现在毕竟还活着。由此内心多少有些庆幸，计划着回家向母亲忏悔，让家里想一切办法还清赌债，自己从此一定洗心革面。生活中有多少人总是在走投无路的时候才知道忏悔，他们忏悔的时候也的确信誓旦旦。对赵海来说这些年更是错误连连，每次跌入困局都想着痛改前非，而后却总是抱着侥幸再一次铤而走险。这一次差点付出生命的代价，也许真的能大彻大悟了！临走他不忘掏出口袋仅有的几十块钱压在道长被褥下面略表心意，翻开褥子时看见一张纸条，那是道观里最常见的黄表纸，上面写着这样一段话："浊其源而望其流，曲其形而欲其直，不可得也。"显然这既不是谶语也不是说教，这是一个长者的期许而已。这一场遭遇不是遇仙记，他遇到的是一个有情有义的隐士而已，后来他才知道跳河那天恰逢李道长修炼出关，在"一念茅屋"那边悬壶济世才是他平素的生活。

世间没有一个母亲舍得放弃自己的孩子，赵海的妈妈看到赵海蓬头垢面痛哭流涕时还是心软了，又给他哥施加压力，最终家里再一次千方百计地筹钱给他还了赌债。但条件是与柳红必须一刀两断并好好上班，

冬日的火花

赵海信誓旦旦答应了，却依旧与柳红纠缠不清。

那天他带着柳红急匆匆来找荣健，一看到荣健就大骂梁艳是个猪脑子，抱怨梁艳把他说的话都说给了订婚的对象，以至于那个二货现在拿着菜刀到处找他，之所以来找荣健，就是等梁艳来打针时要说说这个事。梁艳准时来了，说她根本没有跟对象提赵海，赵海纯粹是神经过敏。赵海说他不会冤枉梁艳，说着拿出怀里准备的菜刀证明自己的话不是空穴来风。梁艳闹了个大红脸，荣健劝慰她说："你还是要谨慎，赵海都是为你好，你好好考虑一下。"梁艳点了点头红着脸走了。赵海连声叹息说："可惜了，梁艳绝对改变不了他爸的主意。"听了这话荣健没有发表意见，只是暗地里替梁艳担心，可是他知道事情至此恐怕大家都已无能为力了。柳红只说了一句话："女怕嫁错郎，你同学太软弱了。"赵海依旧很亢奋，激动地说道："锤子，她对象敢来找事看我敢不敢收拾他。"说着挥舞着菜刀，做出搏杀的动作。荣健看到这姿势说道："对咧对咧，把你的刀赶紧收起来，看把你吓的！"赵海收拾了菜刀，坐下来聊天。柳红不太说话，不时地看表，赵海看出她的心思，说让她赶紧去接娃，她跟荣健打了招呼面露羞涩地离开了。走出院子大门的时候，刚好碰到荣健妈回来，杜英娥看到柳红的一瞬间脸色变得阴沉，说道："你咋跑我家来了？"柳红一脸惊诧没有回答，而是扭头匆匆离去。

杜英娥进了屋看赵海坐在床边，顿时明白柳红肯定是赵海带来的，于是直接责问赵海："赵海你咋把啥人都往姨家领？"这一问把赵海问得摸不着头脑，一想才明白杜英娥说的是柳红，就反问道："姨，你咋认识柳红呢？"杜英娥这才把自己与柳红公爹合伙做生意，李志勇破产，他儿子抽大烟，柳红吸毒卖淫的过往说给了赵海。起初赵海认为杜阿姨认错了人，而杜英娥说自己绝不会认错，当年油漆店就在自己商店斜对面，柳红化成灰她也认得，并一再告诫赵海不要跟柳红来往，那女人臭名远扬。这一席话让赵海像掉进了冰窖，过去那些传言他无动于衷，可是现在荣健妈妈证实柳红是个很烂的烂货，他心里一瞬间觉得颜面扫地，这个人真是丢大了。赵海低着头离开了荣健家，荣健说赵海都

第二十五章　一转眼也许就是永远

打算跟柳红结婚了，抱怨妈妈不应该说得这么直白。而老杜义正词严地说："赵海是个啥货嘛！把他爸他妈的人都丢光了，你以后不要跟他来往了。"荣健一时语塞，想来妈妈说的也不无道理。他换了个姿势躺着，眼睛瞪着天花板不再说话。

整个假期荣健基本上都是在家里养病，眼看着就要收假的时候大堂哥从秦都市回来。去年入冬时堂哥委托荣健妈代销一批皮衣，这次回来就是清算这个货款来的。那批货刚来的时候荣健一眼看中了一件黑色猎装，当时就穿在身上舍不得脱，到了学校可是荣耀了一阵子。养病的这些日子这件皮衣一直都压在被子上，晚上非常暖和。然而算清账时妈妈拿不出钱买下这件衣服，只好跟堂哥说能不能先欠着。堂哥说厂家催款催得紧，他必须把衣服带走。荣健把衣服从身上脱下来的时候，感觉比剥皮还难受，老杜也为此落了泪。那是荣健第一次感受到没钱的尴尬和丢脸，尽管他嘴里一再安慰妈妈说无所谓，但是心里还是对堂哥的不近人情耿耿于怀！也因此当爸妈说上学时先去省城给二伯拜个年时，他心里极不情愿去走这个过场。很大原因因为堂哥名义上是二伯的孩子，每年都在他家过年，而荣健现在不想与他们见面。硬着头皮走进了那个家门，没想到这次二伯居然破天荒地发了五百元的大红包，说是生了大病必须要好好补补身体，这个红包拿在手里还是感到了某种温暖。因为这个红包他对堂哥的气愤也少了许多，口袋有了宽裕的钱，路过复兴路批发市场的时候买了一台迷你收录机，他兴高采烈地奔赴学校了。

1997年的初春，几乎所有的城市都竖起了香港回归倒计时的日历牌，所有的学校都洋溢着热烈喜悦的气息。年轻的学生们对香港回归更是抱着极大的热情，荣健当然也是其中的积极分子，这时候党组织又向他发出了信息，于是这个曾经热衷于吟唱《国际歌》的小伙子开始自然地向组织靠拢了。因为他内心有一个认定：那就是这一百年来，能够让萎靡的旧中国焕发生机的唯有共产党。而邓公当年在香港主权问题上的表态更是铁骨铮铮，就是那个小个子的老人，面对携着马岛胜利余威的英国首相亮出"主权问题不容谈判"的强硬底牌，这是何等的勇气和担当。遥想晚清、北洋、民国时期，又有哪一位当权者面对洋人有此魄

冬日的火花

力！那个时候荣健理解了邓公年轻时说过的那句话，他是中国人民的儿子，这是何等的情怀和抱负。如今香港回归已进入倒计时，到时他老人家踏上香港土地，也一定会感到幸福与荣耀！然而现实生活总是难以完美，返校的当天广播里传来邓公逝世的消息，虽然没有草木为之含悲，山河为之色变的感觉，但是所有人都为这一转眼的永远而惋惜。

这新学期对荣健来说愉悦而充实，一场大病似乎让他成熟了不少，在班里一时间简直成了花见花开的人物。加上开学不久老同学的书信也雪片般地飞来，各种关心问候让他幸福而满足。唯一遗憾的是这当中一直没有陆锋的来信，这让他非常挂念。他哪里知道陆锋同学正驾驶着新型战机一次次地挑战着生死时速。那正是从俄国高价引进的SU-27战机，这款机型有着炫酷的外形和超强的机动性能，看一眼就能让人热血沸腾，能驾驶上第一批次的高级货对陆锋来说自是莫大荣耀，那些日子每一次提起头盔都是意气风发的英雄姿态。

四年来心无旁骛的努力，陆锋已经成长为一名优秀的飞行学员，毕业授衔之后也将正式入列中国空军。一路走来，他的自我鞭策和勤奋经受住了各项严苛的考察，每一次坐进机舱他都是一种如履薄冰的态度，每一次拉升俯冲他都有融化于蓝天的感觉。他太爱飞机和蓝天了，每当驾机飞上蓝天冲破云海，心底里的自豪和喜悦都让他兴奋。他有一个愿望，那就是有一天能够驾乘自主研发生产的三代战机翱翔天际，而听学校的教官讲，距离实现这个愿望不会太久。业余时间他最大的爱好就是素描各种战机的造型，这样的铅笔画足足有好几个本子，其中一幅还在学院组织的比赛中获了奖。他把这张作品用挂号信寄给了许芹，得到的评价是理念先进、思维大胆。这也是他与许芹沟通的一种方式，往往一封信没有几句话，但是他们彼此都明白对方想说的内容。那是一种能够跨越空间距离的心灵对话，比如陆锋在信里写道："我将入列登机，立志报效国家，必不负重托。"而许芹回信会说："我可洗衣折被，不求显赫功名，做好后勤。"每当二人各自拿着对方的来信，总是会在一个安静的角落热泪盈眶，总会想起高中时一起读过的诗句，总会想起未曾热烈拥抱过的遗憾。然而这一切已经不重要了，重要的是现时今日他们

第二十五章　一转眼也许就是永远

可以一起规划未来。

那是一个风和日丽的日子，陆锋坐上战机执行训练任务。塔台发出57201起飞的指令，战机瞬时加速腾空而起，像一把利剑一样直插长空。陆锋扫了一眼远处山坡上绿白分明的白桦林和草地牛羊，将战机拉升到指定高度调整好姿势，俯冲翻滚一系列的规定动作完成得潇洒漂亮，空中又兜了一个大圈准备返航，然而春归的鸟群来了，当战机不可逆转地撞向鸟群的时候，陆锋瞬时一脸冷汗，舷窗被撞裂，鸟头夹在玻璃里仍在嘶鸣，仪表盘报警，发动机因为剧烈撞击忽然停止。飞机瞬间失衡疾速坠落，陆锋大脑中闪电般地检索着教官多次提及的所有临危措施，那一刻他根本顾不上想合适高度跳伞求生的问题。飞回去是他的信念，在他的人生词典里似乎从没有"妥协"二字。他迅速汇报塔台尝试再次启动的想法，塔台传来不成功便跳伞的指令。短暂的十几秒，尝试了多种办法发动机依然悄无声息，飞机已经下降到千米高度，重力作用下坠落的速度不断加快，好在姿势还算正常。他一颗心紧揪着，全神贯注地思考着，不自觉地浑身鼓足了力气。如此忽然间似乎到了另一种境界，那种可能称为灵魂的东西在他入静的瞬间迅速膨胀，脑海中忽而疾速闪过很多过往的瞬间，依稀有和许芹走过的庄稼地，有初次看见战机的停机坪，有母亲那张严厉的面孔，有父亲无奈的叹息，而这些画面如同发动机引擎的叶片高速旋转着，以致燃起熊熊烈火。与此同时他闭上眼睛，下意识地再一次按下启动键，战机在强烈的震颤中指示灯亮了。他长呼一口气呼叫塔台要求返航，得到指令后按步骤下降高度迅速返回，却发现起落架已不能完全放下，只好再次拉升重新迫降。起落架着地的瞬间忽然再次折进，机身擦到地面飞溅出火花，还好减速伞已经打开，飞机直挺挺在跑道上滑进，终了滑出跑道又折断了一侧机翼才停下来，驾驶舱严重变形，鲜血染红了头盔，身体似乎散了架。地面救援队伍车辆响着警报急速驶来，他被抬上了救护车。

从病床上醒来了时候陆锋甚是伤感，他根本顾不上为伤痛难过，而是为能不能复飞陷入巨大的恐惧当中，如果离开飞机那还不如当时就死在现场，这是他那一刻的想法。尽管他知道作为飞行员，这种事故也是

冬日的火花

常有的事情，但他仍然不能接受这个小概率事件现实地发生在自己身上，尽管战机勉强飞了回来，但这不是他要的完美结果。他没有把受伤的事情告诉任何人，却在情绪低迷的时候给许芹写信引用了："身已许国，难再许卿！"这句话，许芹接到信很是诧异，但她太了解陆锋了，她推断一定是陆锋陷入某种危险的境地，写这话只是不愿连累她而已。于是她郑重回信说："你不娶我不嫁。"而她那时候已经基本知道未来分配的去向，回汉都市某军工企业新战机生产线是大概率事件。当然如陆锋入列空军，按规定婚后她是可以随军的。况且这些年心里除了陆锋也再无别人，这个执着的姑娘也从没想过放弃。陆锋收到信时一阵心酸，想着这些年难得见上一面，而她在南方那座城市过得怎么样，自己也基本顾不上过问，如今许芹如此明确坚定地表达了意愿，如果自己还畏缩那还谈什么情谊，于是他打起精神进行恢复训练，心里唯有一个信念就是争取复飞。毫无疑问从那时候开始他感觉到了某种责任，不辜负就需要努力。

第二十六章　　相识在桃花盛开的季节

以迎接香港回归为主题的演讲比赛上，荣健作为发起者组织者第一个发了言，那是一篇充满民族主义情绪的讲稿。他说："19世纪以来，中国人给洋人的印象就是一群留着小辫裹着臭脚衣衫褴褛的下等人，即使到了今天西方世界依然满怀偏见，我们收复香港只是祖国统一的第一步，未来收复台湾才是真正的挑战。日本、美国一定不甘寂寞，势必在东海对我们形成军事压迫，而我们唯有发展经济、增强国力，最终建设一支强大的海军才能突出第一岛链拒敌于国门之外。因此我反对有些人立志留学最终移民的想法，我们可以留学但绝不能背离祖国，离开了这片土地你永远只是一叶浮萍，异国他乡你无论怎样努力也不会融入主流。那些洋鬼子的优越感与生俱来，没有几代人的努力根本改变不了不被平视的现状。他们诋毁我们、嘲笑我们、限制我们，说我们不守秩序不懂规则，说我们管理不了香港。我想所有这一切都是源于旧有的傲慢，而我们必将让他们刮目相看。数十年前人民军队可以在长江口炮击英舰，可以在没有制空权的条件下在朝鲜击败联军；我们的科学家可以不依赖任何援助完成两弹一星，潜艇下海；今天我们伟大的国家已经拥有完整的工业体系，二十年之后我们必将成为制造业强国。"这只是荣

冬日的火花

健演讲中的一段，尽管赢得了掌声，但是因此荣健被班里很多人定义为愤青，而他自己却坚决不接受这样的定义，并反击这些人说他们骨子里的卑微根深蒂固。

另外一个女生的发言引起了荣健的关注，那个女孩的演说中蕴含了大量新鲜的信息，涉及民主选举、金融管理、制造业工艺、互联网等一系列重大且深刻的问题，很明显她的视角更为广泛，关注的点也更为具体。同时她字正腔圆的普通话听起来也极为舒服，相比之下自己生硬的普通话显得粗鄙。她是会计一班的走读生黄莺，平常上课没怎么关注过，而今天她站在台上身着一袭蓝色坎肩长裙，头发上插着一支暗红色发卡，脸色润白凤眼长眉，那晶亮的眼珠说起话来有不可阻挡的光芒。更让人无法忽略的是她那一双傲雪的长臂和细长圆润的手指，拿着演讲稿的样子也极为优雅。那一刻荣健像是一个叫花子遇见官宦人家的小姐，顿时被黄莺的知性惊艳到了。他忽然有了一个认识，那就是有文化的女学生真的不敢收拾，她们只要稍微一打扮就会光彩照人。

演讲比赛举办得很圆满，通过比赛加深了同学之间的了解，最重要的是让整个班集体的气氛变得活跃。这春暖花开的时节，大家又希望班里能组织一次集体旅游。这样的需求对荣健来说毫无挑战，他马上想到了去过多次的太清观。天下第一福地的美誉，竹林翠柏巍峨群山，所有这些都足以说服大家选择这个目的地。按照荣健的部署，班委们分头行动，到周五一切都准备停当。尽管个别同学对频繁收缴班费有意见，但是大多数人热情支持组织集体活动，因此有意见的少数也只好妥协，于面子而言他们即使生活费再紧一点也要跟上集体的步伐。

那个周六一大早，大家乘坐着包来的中巴车出发了。凉风习习，车上歌声阵阵。出了市区就能看见田野随处盛开的各色花朵，这时候尤其桃花开得灿烂。车行到环山公路的时候，忽然有数百亩桃花扑面而来，在连绵青山的背影里，那花海绚烂明艳，香气四溢。那田垄上一绺一绺的青色麦田正拔着云雾般的穗子，夹杂其中的各色经济作物呈现着一种景然的秩序。这无边美景让车上来自南方的男女同学尖叫不已，他们不是为这遍地花草尖叫，而是被雄伟高大、连绵起伏的云岭山脉所震撼。

第二十六章　相识在桃花盛开的季节

这样巍峨雄浑的山峦之前他们从未亲眼见过，而如今已经走在了近前，那时候一群人的豪迈之情荡胸而生，脸上极尽喜悦和兴奋。北方的同学对此虽然司空见惯，但因为同学们的兴奋也顿感满心自豪。

按照先前制订的参观流程，先在紫云台赏古柏，再穿行竹海去拜谒岐黄庙，之后上山去道观。一圈下来女生们气喘吁吁，高呼着累、强调着饿。而道观外的广场上，周围的农家摆着不少小吃摊子，最主要的两种吃食当然是凉皮和凉粉。不一会儿基本人手一份，有的同学还配上昨晚在学生灶买的茶叶蛋，尽管是在室外，可是南方同学吃凉皮吸溜吸溜的声音仍夸张至此伏彼起，那自然是油泼辣子特有的功能。二班生活委员是来自桂林的小女生凌兵兵，听这名字就知道尽管她是小女生可她并不是婉约派。她在两个班的同学中来回穿梭，关心着大家的各种需求，并且给一些想要就此下山的女生打气，鼓动说出来玩就要尽兴。一班的班长顾学楷来自南宁，跟凌兵兵算是半个老乡。顾学楷颇显忧虑地对凌兵兵说班上有两个女生体力跟不上，这样拉着她们跑一旦出了事可不得了，凌兵兵当即拉来荣健一起商量。荣健知道这两个女生平素因为家里经济拮据生活非常简朴，加上学校的补助每月也只有一百多块钱生活费。想来肯定是长期营养跟不上，活动量一大体能就有问题。过去上体育课她们也经常找理由逃避，现在跑了一上午出现症状也能理解。想到这他赶紧找正吃饭的同学问谁还带有鸡蛋、巧克力，黄莺第一时间响应了他的问话并拿来了巧克力，学习委员秦向茹又贡献出了两个鸡蛋。荣健把筹来的东西给了凌兵兵，让她悄悄地给那两个女生。等大家都吃饱了肚子，缓足了力气才组织再次出发。而一些兴致高、精神足的同学早已提前上山了，一班班长前面领队，荣健在后面负责提醒大家不要掉队注意安全。

黄莺因为体力问题也落在了后面，她不知从哪弄来一根木棍助力，即就这样脸上仍然大汗淋漓。荣健调侃她虚弱得像不出闺房的千金小姐，黄莺则笑着赞叹荣健有一副足够野蛮的体魄。荣健听得出黄莺所说的野蛮体魄可是毛主席青年时期名言，这样的褒奖让荣健听起来很是舒服。他回应说："你上次的演讲我可是记忆犹新，那天你的风采把所有

冬日的火花

男生都震撼到了。"黄莺说："一般一般，哪有你说的那样夸张！倒是你铿锵有力的开场很给力。"荣健嘿嘿一笑，自嘲地说道："我普通话都说不标准，没出丑就不错了。"就这样两个人走在最后聊得火热，凌兵兵在前面回头时看他俩聊得正欢，随即拿起胸前的相机摆好了姿势，当他俩走到合适的距离，她按下了快门，并冲他俩说道："你俩看起来好般配哦！"黄莺笑着反问说："是不是呀！那你可要拍得够水准。"凌兵兵说道："那必须的，我可是专业的！"那张照片确实拍得非常好！当日黄莺穿着一件橙红色的针织外套，配水洗白牛仔裤，脚上配一双黑色的登山鞋。这套休闲干练的装扮在青松掩映的光影里清新迷人，加上运动后白里透红的脸色和那双会说话的大眼睛放射出夺目的魅力。而在那张照片里，仔细看荣健显得有些不自然，尽管谈不上自卑，但是那个时候在荣健的认识里，自己一个从小县城出来的人与这样一位城市姑娘难以画上等号，这想法庸俗也罢，他认为这中间有着难以逾越的鸿沟。到底是什么其实他也说不清，也许从走进这个学校开始他从来没想过要去追求谁，自从和叶子确定了关系他一直心无旁骛。可是尽管如此，自从那天之后，班上所有的人都认为荣健对黄莺有想法。而荣健因为一路拉着黄莺上山，自此关系亲近了不少，之后两个人也有了更广泛的交流。

  叶子来时已经换上了夏天的短裙，那清晰的S形曲线在行走间处处涌动着魅惑，而修长的双腿套上丝袜后的观感太能刺激荷尔蒙的分泌。小情人再次相见时长久拥抱，互诉思念之苦。漫步在学校樱花铺地的路上，席坐在花园灌木丛后如茵绿草上，也或者去学校边上的秦都市场闲转，只要出了校门，荣健就敢搂着叶子的细腰甜蜜徜徉。所有的情侣都应当喜欢初夏的黄昏，温度适宜又没有多少蚊虫，因此随便一个安静的角落都是温情的港湾。那日他们坐在教学楼一侧的旋转楼梯上，看着太阳落下树梢，听着校园转入沉静，在昏暗的光线里他们四目相对深情相拥。这个时候已无须任何言语，他们迫切地贪婪地亲吻着抚摸着，似乎如此才能达到那种互相需要的情感交融。荣健的手也越来越不老实，他有些迫不及待地想要探索掌握叶子身上柔软而神秘的所在。叶子低着头

第二十六章 相识在桃花盛开的季节

害羞地说道："你坏得很！"荣健接着说："别紧张，这里没人来。"话没说完，却听到有人上楼的脚步声。荣健嘴里说着不紧张，听到人声却噌地站起来，拉上叶子赶紧往楼上走，而后从教室中间的通道匆匆离开。

那天的晚饭两人都胃口大开，一人吃了一碗牛肉米粉还夹了饼子，荣健惊讶地说："女子，你挺能吃呀！"叶子则说："咋咧，你养活不起是不？"荣健自是不服地说："吃吃吃，随便吃，老板再来一个菜夹饼。"叶子赶忙阻拦说："不要了，不要了。"

吃完饭荣健很是纠结，他自然想在学校隔壁二厂的招待所开间房子，既就是房价高昂只要能与叶子在一起也值了。尽管他已经想到如果开了房，下半个月只能吃馍夹咸菜过日子。可真正让他感到压力的是万一被警察逮住岂不颜面扫地，甚至还要背上违反校规校纪严重的处分。想到这只有隐忍了那温存的欲望，拉着叶子的手又一次游逛到学校边上的录像厅，那时候他心里对学校不合情理的规定充满怨恨。

离别的时候荣健有些依依不舍，因为叶子说她很快要毕业了。按照家里的安排必然是回热电厂工作，到时候可就离得远了。而且家里从今年开始张罗给她介绍对象，她问荣健怎么办时，荣健一时语塞。想着自己还有两年多才毕业，现在如果去叶子家里明确两人关系，叶子的父母会不会一口拒绝，琢磨半天才跟叶子说："你要对我有信心，我不会辜负你。可是现在去你家，我真没有太大把握！"叶子说道："我跟我爸提过你，我爸不同意我嫁到外县，但是他说他不会强迫我。"荣健听了这话心里稍有安慰，他说："那你跟你爸再做做工作，到时我跟你去你家。"叶子看荣健很坚定，笑着说："那到时要看你表现了。"荣健说："我肯定满怀诚意，多出聘礼。"叶子俏皮地说："态度还不错！"荣健一把抱住她，贴着耳朵说："考虑个屁，你是我的人了，我会一辈子对你好。"叶子没再说话，瞬间眼睛红润了。

自那天分别之后，荣健一直在想叶子说过的话。他心里开始有了一种顾虑，一是叶子家里是否能同意叶子等自己两年？二是两年之后如何兑现迎娶人家的诺言？未来在哪里安身尚且不知，说到时兑现承诺岂不

/367/

冬日的火花

是有些自欺欺人？这事在他内心成了一个很重的忧虑，可现在他想不出开解的办法。反而由此勾起很多深沉的怀念，想起曾经对林芳欣一往情深让他心里隐隐作痛，再想到梁艳的一片痴心又觉得自己心有亏欠，而春蕾姐的黯然离开自己也有些冷漠，唯有与罗云之间那短暂而朦胧的情愫仍有余温。然而所有这些过往无一不让他心里觉得迷茫，甚至一时间不知道什么才是所谓的爱情，而自己到底应该如何去把握？又拿什么去把握？荣健心里的迷茫让他如同黑夜里迷了路一样愤懑。他想不出这所有的悲欢离合到底应该怪谁！怪当初林芳欣的辜负，还是怪自己对梁艳的无情？对春蕾姐自己又能承担什么？即便如今决定与心爱的姑娘相守，可未来仍然像迷雾一样。哎，算了吧！我又何必考虑得那么遥远？可我如失去叶子，这世间又到哪里去找像她一样真心对我的姑娘！荣健在纠结中思前想后，最后他告诫自己不可怠慢，无论面临多大的困难自己都要去努力，这次如若辜负，那必是一件终生遗憾的事情，可他内心清楚地知道，自己并没有什么把握。因此从那个时候开始，他忽然意识到在这风起云涌的大时代，我们从县城走到城市，将来再从这个城市到另一个未知的城市，或者更远的地方，走得越远，越会遇到更多的人，到底选择什么样的人或者能选择什么样的人陪我们走过这一生，这确也是一个现实的难题。

　　那段日子荣健过得有些沉闷，但是内心另外一种意识反而愈加的强烈，那就是他认为无论爱情还是前途唯有自强不息才有出路。当日在参加老乡会的活动上，他重复了曾经在课本上写下的那句话："青春注定要去追寻幼时许下的宏愿，而这寻找往往是孤独的。"从那时候起也许他已经有了接受失败的准备。而那一阵子一堆熟悉的人都步入了婚姻殿堂，这当中包括梁艳、高扬与崔洁、王莹与贾斌，另外还有蒋馨。其他人的结婚本在意料当中，而王莹与贾斌的结合多少有些意外和遗憾。这遗憾当然是为赵海，王莹的离开说明她彻底地放弃，那个曾经满怀信心要拯救赵海的人看来失望了，如此她离开的时候该有多伤心。想到这荣健心里咒骂赵海的愚蠢，失去周敏或可理解，放弃蒋馨也不遗憾，然而热情似火的王莹也许是赵海光明生活的最后希望，可他没有珍惜，现在

第二十六章　相识在桃花盛开的季节

是否还在与柳红纠缠自是不得而知。这一切的结果是命运还是性格？想来也让人甚为伤感。县城的那个活跃的小圈子现在基本上算是散了，除了舒畅、莫文娟未见消息，其他人都拥有了自己安定的小日子。他有个打算，那就是暑假回去找找她们，朋友一场知道她们在哪里落脚总是必要的。

除了感情上有些彷徨，其实学业还算不错的。本学年要结业的课程对荣健来说毫无压力，但是所有的专业课于他而言其实毫无乐趣。反倒是几门公共课他上心得要紧，比如"中国近现代史"和"政治经济学"，每次上课他都坐在第一排，当他把历史和现实结合起来时，他开始坚定地认为建立在公有制基础上的政权才能不被任何利益集团所左右，才能真正地代表人民的利益。因此生产资料的公有制远比私有制更能普惠现实中的大多数，任何时候把民众幸福寄托于资本家的乐善好施都是愚昧的空想，所以我们必须警惕现实中那些攻击公有制的言论，那些自作聪明的既得利益代言者和不明事理的西方体制崇拜者同样可憎，苏联的卖光分光也未见得就焕发了活力，而当下的中国正稳步迈向富强。有了这样的认识，荣健向党组织递交了热情洋溢的入党申请。

和其他人的申请不同，荣健在申请里表达了一个观点，那是一个有关共产主义理想的宏大命题。荣健认为共产党人必须树立共产主义理想，尽管因为人类与生俱来的劣根性导致这个理想犹如数学上的无穷大概念一样只能无限接近却永远不能达到。但是如果用辩证法的观点来看，任何事物都不是绝对的非此即彼。那么也就意味着基本实现了共同富裕，富人可以很富但穷人不是太穷，那么是否就可以认为这就是共产主义的现实存在？这个观点虽然遭到了系党委书记的严厉批评，但是书记认为这样的认识通过党课教育是可以改正的，因此荣健和班里的六七名同学被核准为第一批预备党员。

两个班的班委自然都是第一批发展的对象，党课的教育让一群年轻人有机会在一起纵论天下大事。然而文体委员施立群认为唯有多党制才是中国民主的出路，而荣健认为轮流坐庄只会带来扯皮和内斗，从来没有哪个政党能像共产党这样敢于自我革命。美国的两党制只是不同利益

冬日的火花

集团的代言者，而他们代表的绝不是最广泛人民群众的利益。所以说无产阶级性质的共产党执政是不可替代的，施同学的看法是只知其一不知其二。施立群对他说话的口气很是不满，反唇相讥说："你是中毒太深！"荣健毫不示弱，回敬道："那你来上党课是搞投机还是想中毒？"一句话把施立群怼得哑口无言。文体委员看这局面赶紧接过话茬说："这问题咱们说不清，反正与咱老百姓也没多大关系。"郦薇则说："就是就是，咸吃萝卜淡操心。"凌兵兵瞪着眼睛看他们争论，满不在乎地说："振兴中华靠你们了，我们要吃饭。"此话一出大家都笑了，于是中断辩论就此散了场。可是自此荣健和施立群似乎就结下了梁子，不久以后郦薇告诉荣健，施立群准备在下学期班委选举中搞掉荣健自己当班长，并且一直在下面做工作。

　　这个消息着实让荣健心吃一惊，想来当上班长也没多长时间，这样被人搞下去岂不是很丢脸。为此他开始变得警惕，每天都留意观察周围的人和事，琢磨着下一次选举选票的走向。班委里面只有劳动委员会摇摆，他与施立群宿舍离得近，最近经常一起出入。不过想来也不用太担心，自从这学期搬入四公寓，最起码自己宿舍的几个兄弟一定会支持自己。对面宿舍自己也经常过去闲聊，感情维系得不错，想来也不会有太大的偏差。况且施立群在女生中毫无威信，而郦薇又能替自己做女生工作，这么一想感觉自己地位还是稳固的。可是第一场结业考试过后，荣健变得不那么自信。

　　荣健向来不屑于考场上的任何投机行为，总觉得那是掩耳盗铃般的自我欺骗。但是他发现这一次考试很多同学远不像上学期那样严肃认真，各种夹带、抄袭简直目不忍睹。他还是想做些事情的，因此当日考完试开了班会。在班会上他严肃地说道："我们要杜绝任何形式的考试作弊，不及格的按规定补考，谁也不许背地里去做老师工作。"他还强调如果谁私下去做老师工作，被他发现了就一定会向系里举报。如此一来他立刻站到了很多同学的对立面，而这显然对下学期的班长选举极其不利。当郦薇跟他说这利害时，荣健说他想到了，但是他无法容忍那一干人的醉生梦死。考试严格了可能多少还能学点东西，如果放任下去对

第二十六章　相识在桃花盛开的季节

大家来说等于自杀。郦薇听了这话尽管觉得有些道理，但她认为荣健太过理想主义。

　　反正说已经说了，也顾不了什么利害得失只有先执行下去。这下子班上一下炸了锅，很多人在宿舍里讥讽荣健是个愣种。荣健没有妥协，反而在考试后刻意跟每个代课老师讲不能打感情分，该补考的就让补考，否则到了下学期肯定没人好好上课。这样的要求没有哪个老师会拒绝，结果一群人因为荣健的作为挂了科，恰恰施立群、李明华也被传出"管理学"可能不及格。虽然这对荣健来说是个好消息，因为他们一旦挂科就失去竞选班长的资格。而对施立群来说原本信心满满的要取而代之，现在这情况让他非常的尴尬，只好背地里带着礼物去求代课老师修改成绩，毕竟成绩还没有正式公布。当他找到管理学老师时老师提起荣健跟各科老师打招呼的事情，并说所有老师都认为这个学生太自以为是。况且现在已经这样，如果改了成绩不知那个二货会做出什么样的举动，真捅到系主任那里可就不好办了！说到这施立群知道不可挽回了，就此他心里可是恨透了荣健，认为荣健老谋深算黑了他。当他把心底怨恨的情绪发泄到日常班务工作当中时自然难得愉快。可这能怪谁呢？荣健也觉得导致如此的刻骨仇恨很是不值，但事已至此也没法解释，后来的几年李明华与施立群抱团取暖，连同他们宿舍的人都成了荣健的对立面，这件事成了荣健心里很深的遗憾。自然这遗憾当中还有对管理学老师强烈的不满，他固执地认为这个老师水平太差，不加思考挑起这么大的仇恨简直罪恶深重。可又有什么办法呢？除了在心里鄙视外加诅咒他评不上职称还得老实上课，否则难保他不会反过来针对自己，从那一刻起他又认识到一个问题，那就是并不是所有老师都比学生更具智慧！

　　本打算看完香港回归仪式直播的第二天去找叶子，结果一觉醒来拿到了叶子的来信。信中说她已经下工厂实习了，到10月份才返校递交实习报告。得知这个消息后让放假前剩下的时间变得实在无聊，也不知是谁组织的赌博游戏开始了。这事先是让谭浩宇躁动不已，回来就拉上荣健前去掺和。到后来连整日沉迷武侠小说的邱雨生也参与其中，接着李银国也凑了进去。赌博的方式是扑克牌炸金花，本地人都叫飘三叶。因

冬日的火花

此每次联络场子时都揶揄地说成"飘一哈"。不知情的人还以为要去集体嫖娼，况且也没有人相信他们有嫖娼的胆量，只当他们过过嘴瘾。那一阵赌博活动开展得如火如荼，五公寓李银国的宿舍成了一个主要窝点，而钱坤则是一个每场必到的铁腿子。场子上几乎每天都能聚集十几个人，一毛钱打底战得不亦乐乎。赌博这东西除了运气技巧也很强，钱坤显然技高一筹因此经常赢钱。谭浩宇属于见好就收能知进退的选手往往输赢不大，而荣健变得和卢伟一样自信，居然经常意气用事志在必得，也因此往往会产生大的输赢。有了输赢大家就都自觉地想各种制胜的招数，卢伟经常与同宿舍的魏俊同学共同进退分享成果，而钱坤则善于用语言挑逗对方并寻找较弱的对手。谭浩宇和荣健对这样耍心眼的行为很是不以为然，却仍然坚持不结盟不合伙的经营。最搞笑的事情莫过于钱坤自视高明却经常栽在技术一般的李银国手里，卢伟与魏俊配合着诱敌深入却一再导致自己损失惨重。唯一一次诱敌成功却因杀敌太狠，导致很多年与纪嘉义同学不相往来。这样的赌博游戏在放假前简直玩得不亦乐乎，甚至宿舍熄灯后点着蜡烛通宵奋战。大家为了十几块钱的输赢赤裸着上身，说着各种脏话，那情景想来也很值得回味。人们都说酒场见性情，实际上赌博场上也许更为真实。在真金白银面前人性的贪婪、凶狠，也或者是仁义、厚道才会完全地暴露。能在这里找出有肝胆之人也许是荣健最大的收获，而当年形成的那种认识几十年以后回看竟毫无偏差。而这样的场合居然也成了一个社交的场合，在那个场子上经常活动的同学也自然成了日后交情较深的一群。

昏天黑地地玩了几天，随手翻了翻美国人玛格丽特·米切尔的《飘》，大学的第一个学年就这样结束了。第二天荣健打点了行装回到家，一切还是老样子。只是很明显妹妹这半年一下子长高了，开学即将上初中。可她学习的情况真是不太乐观，这让爸妈非常忧心。荣健宽慰母亲说初中开始努力也来得及，并拿自己补习时才发力作为例证，说从现在开始抓紧点问题应该不大。妹妹也说自己上了初中一定努力，这个话题也就轻松地过去了。白天荣健偶尔在妈妈的店里帮个手，到了晚上无事可干还是会游荡着走进露天舞场。

第二十六章　相识在桃花盛开的季节

高扬结婚后已不能再随意出来瞎混，赵海自从捡回一条命后还算本分，似乎和柳红也少有往来，下了班还经常能陪着荣健去找莫文娟和舒畅出来玩。结果那天在舞厅又遇见了数年不见的云诗曼，比起上次相见她出落得更加性感迷人。她身着一款蕾丝花边的酒红色长裙，挽着高高的发髻，细长的脖颈看起来白璧无瑕，闪着耀眼光芒的宝石项链为她增添了几分让人仰望的高贵。而要命的是那只璀璨的心形项链坠子正好压在乳沟之上，那光芒让本已无须强调的胸部更加魅惑迷人。

每次云诗曼和她的铁杆闺蜜踏进舞厅都会成为焦点，舞厅的各色男人无不趋之若鹜，就连一些大爷级的绅士也跃跃欲试。荣健忽然一改往日的犹豫徘徊，竟然一连数曲跑去邀请云诗曼。当日莫文娟看此情景借故离开了舞场，后来荣健也就不好意思再叫人家。不久以后莫文娟回老家订了婚，之后又辞去招待所的工作离开了县城。有时候人的选择就是这样残忍，等到莫文娟离开，荣健才觉得当时忽略她的感受并不妥当。可这种遗憾往往没法弥补，朋友一场却是这样的别离，想来心里也有些尴尬和酸涩。

舒畅倒是支持荣健的行动，因为舒畅和云诗曼初中时同班过两年，故友相认后也很是高兴。可后来高扬给荣健的热情泼了冷水，说云诗曼和她闺蜜在长沙著名的夜总会当三陪，那身衣服和红色的高跟鞋就是夜总会的工服。可荣健并没有因为高扬的话对云诗曼产生看法，他打内心不相信这样高贵气质的女孩子会是夜总会的小姐，并一再强调自己对人家没有非分之想，只是觉得跟美女跳舞比较愉快而已。可谁会相信他的鬼话，大家都认为荣健看上了云诗曼却没有胆量。但那个时候荣健确实除了惊艳之外并没有其他想法，跟叶子的约定在他心底依然坚如磐石。

高扬说云诗曼的闺蜜是他初中同班同学，只是记忆中对这个叫不上名字的同学印象非常差。私下再次跟荣健和赵海说当年她常常挂着两筒黄鼻涕，没想到现在居然出落得如此妩媚。最不可思议的是那天高扬和他过去的领导来到舞场，那老哥说当年他被厂里派驻长沙，为了业务经常出入夜总会，并远远指着云诗曼和她闺蜜说铁定见过她俩。高扬的领

冬日的火花

导这么一说让云诗曼在荣健心里的形象打了折扣,可他始终难以相信这么漂亮的姑娘会堕落到风月场所。赵海随即对他的认识嗤之以鼻,说道:"哥啥时带你到KTV见识一下美女,只要你有钱啥货色都有,啥服务都行!"而荣健依然坚持自己的看法,说道:"那地方肯定都是些庸脂俗粉,人的高贵气质靠打扮是没法改变的。"高扬也不认同他的观点,笑着说道:"你是走火入魔了,肤白胸大就是有气质,我们没觉得!"听了这话赵海在一旁扑哧一声笑了出来,高扬也跟着笑了,荣健一边说着"庸俗庸俗",却也笑出了声。

三兄弟聚会之后连续下了几天雨,舞没得跳了假期也变得乏味。荣健没事又提起毛笔练习书法,写了两天觉得没啥长进再一次弃之一边。安静下来的时候想起叶子,开始琢磨着怎样跟父母提订婚的事情。可是到了晚上爸妈回来时看起来气色不好,他只好又把这想法咽了回去。订婚就需要钱,最近信用社和银行都在催还贷款和利息,爸妈已经很为难了,自己再给他们增加负担于心何忍。自己的爱情和家里的光景让荣健心里变得烦躁,他恨不得明天就毕业赚钱,尽快摆脱这拮据的窘境成了他心头大事。可这显然不现实,为此他常常在夜里辗转反侧。

妈妈终于倒借到一笔钱清偿了贷款利息,刚打发走银行的人三舅又捎话来说姥姥病重。想着毕竟县城的医疗条件要好一些,她自己在身边也能尽些孝心,妈妈又把姥姥接到了家里。

荣健已经好几年没有见过姥姥,再见面时看到的却是姥姥行将就木骨瘦如柴的模样,想起她当年的慈爱荣健心里一阵酸楚。他主动承担了白天照顾姥姥的责任,每天抱姥姥大小便,给她喂饭喂水,挂上吊瓶的时候还要守在身边负责换药瓶。尽管来了之后妈妈已经给姥姥洗了澡,可她身上的味道足以让人窒息,尤其是拉屎拉尿时屎尿和药物综合的气味实在让人作呕。在家里治疗了大约半个月,大夫下了定论,说姥姥时日不多要赶紧准备后事。按照乡里的旧俗姥姥不能在女儿家下世,于是又找了车送回舅家。知道姥姥时日不多,那些日子妈妈骑着自行车经常往返于舅家和县城,这中间几十公里的路妈妈两三天就要走一遍。看店、进货加上探视姥姥,妈妈的辛苦荣健看着都心疼,可是除了偶尔看

第二十六章　相识在桃花盛开的季节

个店或是去省城补点货，也确实帮不了多少忙。看着妈妈每天拖着浮肿的双腿来回不知疲倦地奔波，荣健心疼母亲却又无能为力。想起十一年前奶奶病重时妈妈也是这样忙前忙后，那时一家人还挤在印刷厂的宿舍楼上，妈妈管着三个孩子不说，还要一边上班一边伺候奶奶，尽管医院就在隔壁，可是每隔几天就要背奶奶过去做各种化验，爸爸那时还在乡政府工作，经常下乡极少顾及家里。当时自己还小没有什么感觉，现如今想起来妈妈可真不容易！小时候还觉得她苛刻严厉，现在想来如不是这样一个厉害的母亲，这个家还真不知是个什么样子。

晚上又和赵海去了几次舞场，偏偏再没看到云诗曼。赵海有时还带着刘三虎一起出来，可自从第一面起荣健就非常不喜欢这个人。这伙计从来不主动买门票，进了舞厅又一副色眯眯的样子。他总能找到那些风骚淫荡的女人到黑灯瞎火的地方胡骚情，而那些女人往往又都是些长相丑陋打扮奇怪的货色。刘三虎的没品让荣健觉得恶心，因此去了几次以后实在丧失了兴趣。他是赵海的朋友，自己也不好说让赵海不要叫他，况且那些日子赵海整天跟那货在一起。于是后来他宁肯在家里划啦几笔毛笔字，也不愿和他们掺和到一起。眼看着暑假也要结束了，回到学校就能去找叶子，想起来荣健心里变得甜蜜。

临近收假的时候爸爸拿回来一套崭新的西服，这是他参加市局统计工作年会的福利。爸爸按照荣健的身材报了尺寸，算是送给他的生日礼物。荣健穿上这身西装自恋得偷偷照了好几遍镜子，计划着如果去叶子家，穿上这身肯定胜算要大很多。大学一年似乎还长了一点个子，体育课时测量身高居然179厘米，体重59公斤，这样身材穿上西装却也潇洒帅气，看着镜子里的自己荣健有些沾沾自喜，可是有关去叶子家提亲的话却始终没能说出口。

返校时顺路下车到舅家看了一下姥姥。那时候姥姥已时而清醒时而糊涂，即使睁着眼睛听着荣健的呼唤也做不出任何回答。原想叮嘱几句保重的话，可此时他已说不出口。想起童年时在舅家与邻居的孩子打架，姥姥一把扯过他夹在臂弯打屁股的情景不由潸然泪下。感觉似乎一转眼的工夫，她就老了，马上要死了，这一别就成永远吗？真是叫人难

冬日的火花

以置信!

　　三舅送他出村口的时候说:"你舅婆年龄大了,生老病死谁也逃不过。你不要太操心,你要给咱好好念书,家里的情况你知道,你妈就指望你出人头地了!"荣健回答了一句"我知道了"就没有再说话,坐上公交车回望三舅离去的时候,背影里三舅却也老了,那曾经坚硬挺直的脊背已经明显驼了下去,童年时不知多少次骑在他背上看戏,如今却被这生活压弯了。想到此时禁不住鼻子一酸,眼眶瞬间闪动出泪光。

第二十七章　一个人的行程

明知道叶子要到10月才会返校，可是到9月底荣健实在按捺不住见她的心情，于是带着碰运气的心理去学校找叶子。那日魏俊正好也闲暇无事，很是乐意陪荣健一起去探亲。魏俊与叶子是一个县的，开玩笑说荣健将来还是他银邑县的女婿，他可是娘家人，因此必须是荣健骑车子驮他。不就是骑车坐车的事情，这时候的荣健哪会吝惜这点力气，于是两个人愉快地出发了，一路上豪迈地放歌而行。

两个人几乎把Beyond乐队的经典作品唱了个遍，从《喜欢你》到《冷雨夜》，从《海阔天空》到《谁伴我闯荡》。一路上颇是轻松快乐，可是到叶子学校打听了一圈也没找见她。那个时候叶子班上已经有个别同学返校了，而她没有回来，这让荣健心里有了压力。难道她不想快点见到自己？难道她实习的单位有强制要求？一时间荣健心里生出很多问号。

他哪里知道那个时候叶子面对着什么样的境遇！

叶子回去实习的时候热电厂正在火热推进减员增效的改革，而像这

冬日的火花

样的大型国企具体到减掉哪些人就是一个很有技术的问题。也许叶子不回厂里实习，可能一切事情都不会发生。巧合的是厂长的儿子部队复员回来也进了工厂，在车间里第一次遇见叶子就非比寻常地热情。这自然是因为叶子在实习的女生里面显得光彩照人，那惹火的身材和漂亮的脸蛋让多少男性背地里直咽口水。她第一天出现在厂里，一群男工友就打着响亮的口哨起哄，叶子当时却也吃了一惊，还以为衣服没穿好哪里走了光，甚是紧张了半天。等熟悉了环境才知道在工厂里男人女人都是工人，开玩笑胡说八道几乎是家常便饭。甚至有些不庄重的随手去捏人家女工的屁股，而这些女工顶多骂一句："你个驴日的手贱得很！"过后也没人太过计较，而相对来讲大家对实习生还是很文明的。师傅又是妈妈的朋友，因此周边的人对叶子还算照顾。既是师傅又是熟悉的阿姨，因此两个人无话不说。没几天师傅就跟叶子提起厂长儿子对她的上心，并且提示叶子说这可是一门再好不过的婚姻。而叶子显然对此不以为然，这一点让师傅感觉有些无可奈何，于是又专门跑到叶子家里跟她爸妈说起这件事。说叶子瓜得很，厂长家就这么一个儿子，人家家里可有花不完的钱，并肯定地说这瓜娃如果错过了这门亲事恐怕会后悔一辈子。况且即就不愿意也该给人家一点面子，人家三番五次请吃饭叶子都拒绝了，这样可不好！

  可叶子实在对这个叫安庆华的人不感兴趣，且不说年龄要大六七岁，看起来又一副野蛮浪荡的样子。整天在车间就知道秀肌肉拼力气，在叶子眼里这些表现几乎与粗俗一个层次。这家伙最近不知从哪儿搞了一台日本原装的野狼摩托，每天下班戴上头盔轰足油门一骑绝尘的样子嚣张得能上天。好几次在上班路上堵住自己，又是请吃饭又是约钓鱼的。无论她怎样冷漠地拒绝，这家伙始终一副玩世不恭的态度无休止地死缠烂打，叶子疲于应付，天天想着实习早点结束好逃离这是非之地。直到师傅正式作为安家的媒人前来提亲时，叶子才意识到事情远不是她想的那么简单。按照师傅的表达，如果家里不配合成全这门亲事，那么意味着妈妈会被下岗，自己毕业回厂工作也是妄想。当妈妈把这话说给叶子的时候，叶子气愤极了，可一时间真不知如何是好！荣健又不在身

第二十七章 一个人的行程

边,这样的话却也没法说给外人,无论结果怎样如果传出去以后在厂里可怎么活?想到这一种无边的寒意笼上心头,这让她感觉到了恐惧和无助。尤其看着爸妈为此惶恐怯懦的样子,叶子有些怨恨他们的无能。

那天晚饭的时候爸爸满脸堆笑地说让她好好考虑一下,又说安庆华在厂里人缘不错,看得出是个能干事的人。平日里虽说有些张扬,可是人家有张扬的资本呀!小伙子一表人才,他爸又是厂里的一把手,那在厂里还不是要风得风要雨得雨?叶子听了忍不住说道:"他爸又不是皇帝,有啥不可一世的!这人没文化轻浮得很,咋看咋不顺眼!"叶子妈一直没有说话,听到叶子这样的回答本就少见的笑容瞬间凝固,瞅了一眼叶子说:"就你顺眼,真以为自己是天仙!看你回不了厂可咋办?"叶子这时有点执拗了,毫不客气地说道:"你是担心你下岗吧?如果我是你亲生的你会让我嫁给那个王八蛋?"这话一说出口她就后悔了,这么多年很多次她都想这样质问,可是她知道这话一说出来和后妈之间的鸿沟可就大了,但是今天她再也憋不住了。果不其然叶子妈听了这话瞬间爆发了,指着叶子厉声说道:"你爱嫁不嫁,好心当成驴肝肺,难不成我还亏待你了?你今天把话给我说清楚!"叶子爸坐不住了,他知道在这件事上错在自己,这些年妻子还算包容。可这个时候他也无法过度地斥责叶子,只是严厉地说道:"咋跟你妈说话呢?越大越不像话!你妈都是为你好,没工作你以后喝西北风呀?你好好想想吧!"一边是女儿泪流满面,一边是妻子怨恨交加,叶子爸爸无奈地叹了口气走到阳台去抽烟,家里瞬间变得安静。弟弟一直只顾吃饭,并没有参与这场争论。这时候他放下碗筷,给妈妈和姐姐都递了一块毛巾擦眼泪,然后不紧不慢地说道:"爸妈,现在都讲婚姻自由,你们何必这么逼我姐呢?大不了全家下岗咱们摆地摊去。我们同学他爸下岗后到省城卖凉皮都发大财了,咱们还在这计较这些。"叶子爸听见儿子掺和,手里夹着烟骂道:"你懂个屁!悄悄的。"叶子看了一眼弟弟,弟弟也朝他挤眼,那眼神分明在说:"姐,我支持你。"这一点让她着实没想到,忽然之间那个整天就知道拉着手要糖吃的弟弟就长大了,一个六年级学生说起话来倒是满腔豪气。也就在那一刻,叶子想着这个事情还得妥善处理,她

冬日的火花

决定单独找安庆华说清楚。

当安庆华再次堵住她的时候她坐上了那辆摩托车，这风驰电掣的感觉是比自行车好，但是如果不是怕掉下去她绝不会与这个人贴这么近。坐上车随着安庆华一阵狂奔，下车的地方是一段河谷，尽管正是丰水期，可是河床里的水面也并不宽。两个人在河边的石头上坐下来，安庆华注视着叶子但没有说话。沉默半天还是叶子开了口，她问安庆华叫自己出来干啥。安庆华回答道："没啥事，就是想和你在一起。"叶子说："我觉得咱俩不合适，以后你不要再这样，搞得全厂都知道，对你有啥好处？"安庆华说："我是真心喜欢你，你为啥总拒人千里。"叶子说："你喜欢我啥？喜欢我还会借你爸的权势威胁人，你不知道强扭的瓜不甜？""我威胁谁了？你别听别人胡说。"安庆华听到这话明显有些急眼，随后又解释说："你师傅说那话是吓唬你的，你别当真，谁敢让你妈下岗我就收拾谁！"叶子听了这话，追问道："你敢保证这不是你爸的意思？"安庆华自信地回答说："绝对不是，这事我爸听我的。"听到这样的回答，叶子多少放下了戒心，觉得安庆华也不是平日里那个二愣子，说起话来也挺讲道理的，于是就想与他约定做朋友。

安庆华听到她有男朋友时表情有些伤感，沮丧得连声说道："没缘分，没缘分。"叶子安慰他说："以你的条件，还不是满银邑县挑，好女孩多的是。"安庆华则神情复杂地自嘲道："挑到你还不是被拒绝！做人太失败了。"叶子也不好再说什么，想着如能这样不伤和气地解决就再好不过了，毕竟以后在一个厂低头不见抬头见。坐了一会她借口蚊子太多提出想回去，并说晚上请安庆华吃烤肉。安庆华显然不想走，天越来越黑，催了几次他终于抬了屁股起了身。可就在叶子扭身准备和他一起走向摩托车的时候，安庆华忽然就抱住了她，嘴里不停说着："小红，小红，我爱你得很。"叶子像个无助的小鸟一样惊恐万分，尤其当安庆华把嘴凑上来乱亲一气。她气愤得想抽他一巴掌，可是两只手被安庆华抱得死死的挣脱不开。这里四野寂静空无人迹，她心里想着这下坏了。她越挣扎安庆华越疯狂，竟然开始在自己身上乱摸，她恨不得咬他一口，可是她还是被这野蛮人吓到了。那家伙一只手居然隔着衣服抓着

第二十七章 一个人的行程

她的胸脯使劲揉搓,口水还弄湿了她的脖子,这被玷污的感觉让她恶心得要发狂。她伸手使劲地挡住他的嘴,可那家伙的手居然一下子伸进了自己的裤腰。她上下失守终于大声骂了出来:"安庆华你个流氓王八蛋,你想进监狱你就随便。"叶子忽然放弃了反抗,任由安庆华摆布。这样一个反应反而让安庆华不再肆意妄为,似乎忽然清醒过来连声道歉。叶子看清了他的面目,也不需要他的道歉,只是冷冷地说:"我要回家。"

一路上安庆华再三道歉,说自己因为对叶子朝思暮想才会一时冲动。他愿意以任何方式补偿叶子,可叶子对此人已经无话可说。车子刚一进城她就要求下车,安庆华拗不过她只好放她下来,然后自己也推着摩托车跟在她后面。安庆华自是担心叶子把他告到派出所,而叶子此时心情极为复杂。她是想让警察收拾了这个流氓,但是这样一来自己名声扫地。她心里矛盾极了,心里暗暗埋怨荣健离得太远,现在自己被人欺负一点忙都帮不上。就这样纠结着一路,最终还是选择先回家。看着叶子走进生活区,安庆华才悻悻地离开。让叶子万万没想到的是,自那日以后厂里人看她的眼神都不太一样,最要命的是听到有人说安庆华跟人讲她已经是他的人了。那一刻她的耻辱和恼怒让她顿感眩晕,可是她又能怎么办呢!最后她搞清楚了这话确实是安庆华说的,但那是他喝醉时哭着闹着说出来的。可是这厂里实在待不下去了,她跟师傅说赶紧把实习鉴定给她,她要回学校了。而师傅却说实习时间还没到,这个鉴定她不能出。为此她又去厂办说,厂办却说必须师傅签字才能盖章。叶子终于明白这一群人明里不说,其实都看着安庆华脸色,看来这事还真不那么简单。于是她决定不要什么破鉴定了,难不成学校会为此不给毕业证。本来准备混完最后一天就返校,可烦乱的心情让她在车间干活难以专注,居然失手打翻了车床上的一个法兰盘,那法兰盘瞬间重重地砸在了她的脚面上,她疼得差点昏死过去。叶子倒在了地上,工友们应声都聚了过来,也不知是谁居然第一时间叫来了隔壁车间的安庆华,毫无疑问他成了抱叶子去医院的不二人选。在县医院简单处理一下后,医生建议转往省城红会医院手术治疗。安庆华从厂里叫来一辆轿车,拉上叶子

冬日的火花

和她爸妈紧急奔赴省城。手术后安庆华坐在床前安慰叶子，说无论她变成什么样子他都会陪在她身边。这个时候的叶子昏昏沉沉，脑子一片混乱，虽不想听这甜言蜜语可也无力驱赶这无赖！她选择了不言不语昏昏大睡，安庆华则平静地陪在她身边伺候饮食，表现得百般殷勤温柔。而她爸妈看到这情况交代了几句就回家了，那意图已再明显不过了。

父母的安排让叶子心痛难当，她心底里怨恨父母如何能这样残忍地离开，也难以理解他们怎能放心地把自己托付给这个人，想起这无赖当日的非礼她心中怒火熊熊燃烧。可现在因为脚伤一条腿都不怎么听使唤，上个厕所都要别人帮扶。内心烦躁的叶子把所有不满都发泄在安庆华头上，可是无论她怎么刻薄地斥责羞辱，安庆华却毫不在意，还经常跑去很远的地方给她买来知名的小吃讨好她，那种奴颜婢膝的样子可怜又可笑。精神好的时候看着他可恨，换药疼痛的时候又觉得有人照看总比没有好。再怎么说人家也算是义务劳动，还是不能太过分了吧！自从有了这个念头，叶子变得理智。安庆华讲的笑话她也愿意笑出声，开始接受坐在轮椅上让安庆华推着她到楼下的花园转悠。

那天黄昏金色的夕阳洒落在花园里，几只悠闲的麻雀在葡萄树上来回跳跃。安庆华推着叶子走在廊架下，边走边跟她说自己当年在部队时的辉煌事迹。说自己很怀念手握钢枪背负行囊拉练的日子，那时候每天过得充实快乐。开会吃饭排着队唱着歌，感觉每天有用不完的力气。如不是因为学历太低，当时在部队可能就考军校了，也不至于现在回来每天看机器搞修理，这种日子实在无聊得要紧。本来已打算辞职不干的，结果遇到了叶子。从第一次见面就让他魂牵梦绕，这些天能和叶子在一起真的很幸福。这一段话说得真诚质朴，让叶子忽然觉得对面这人似乎不是她认识的安庆华。安庆华又说之前那些夸张的表现只是为了吸引叶子注意，现在这样才是他真实的状态。叶子说："没想到你也会说人话哦！"安庆华则嬉皮笑脸地说："我是见人说人话，见鬼说鬼话。"有了这些轻松的对话，安庆华开始跟叶子讲电厂的光明未来，所谓"谁掌握能源谁就掌握未来"，这句话给叶子的记忆相当深刻。从那时起叶子转变了对眼前这个男人的看法，他其实也不是个无赖，也或许是个有想

第二十七章 一个人的行程

法的无赖而已。

在医院住了二十多天，叶子急着想出院。而安庆华却认为应该多住一段时间，这样才能确保不留下后遗症。其实安庆华担心出了院就会失去叶子，这段时间的相处才刚刚变得融洽，他很享受这过程。原来晚上只能趴在床边睡觉，现在到了后半夜已经可以挤到床上盖一条被子。就在昨晚他偷偷挤上床抱住了叶子，本就是炎热的季节，叶子穿着宽松的病号服，他的手摸摸索索却也很容易地再一次触摸到并一把抓住了那让人膨胀窒息的乳房，那滑润饱满的感觉就如同一瞬间掌控了未来一样让他亢奋。叶子被惊醒使劲想扳开他的手，可是顾及影响简直有些无可奈何，只能狠狠地咬了他的手臂，可是安庆华任由她咬硬是一声不吭。就这么被强行拥抱着半梦半醒地过了一夜，第二天起来叶子就闹着要出院。安庆华叫来的大夫却说应该再住几天，这下叶子没辙了，只能另想办法。

叶子心里纠结得厉害，想起荣健时她心里一阵阵地刺痛。本来这冰清玉洁的身体只属于爱情，而现在不纯洁了，想到这叶子常常背过身流下了眼泪。而眼前这个人一时又难以摆脱，更何况毕业之后如不回厂又该去哪里呢？叶子此时心里一片迷茫！爸妈把自己交给安庆华后就再没有来过，他们心里的想法叶子再清楚不过。如今自己行动不便身无分文又能怎么样呢？每每想到这些都让她郁闷得胸口疼痛，只能吃了睡睡了吃。而安庆华一刻也不放弃这天赐良机，继续给她无微不至的关怀，并跟她讲嫁给自己会有多幸福。不光衣食无忧，在厂子里也会活得很有面子。叶子的内心慢慢垮了，想起遥远的没有任何用处的荣健，显然安庆华能给她安定的幸福。而那个傻小子自己毕业后还不知道去哪！他又如何能给自己安排出路呢？况且家里的弟弟还在上学，他那么懂事对自己又好。如果跟安家闹翻真让妈妈下了岗，到时爸妈拿什么来供养弟弟？可是如果接受安庆华岂不是意味着背叛，曾经的海誓山盟该如何解释？荣健该有多么伤心？丢下他一个人他会怎么样？他可是个感情深重的人，过去本就受过很深的伤害，我是跟他开了一个玩笑吗？一大堆的问题在叶子心中翻腾，一种说不出的憋闷让她神情恍惚。

冬日的火花

　　终于还是到了出院的时候，离开医院安庆华带着叶子打了辆出租车直接奔向钟楼。那里有好几个大的百货商场，他一直念叨着要好好给叶子买几身衣服。长这么大叶子还是第一次坐出租车，这感觉比起挤公交坐自行车不知好了多少倍，一步路都不用多走，车里凉爽舒服，不一会儿就到了钟楼边上一个气势宏伟的商场门口，下车的时候叶子感觉到了一种叫尊贵的东西，抬头看到那门头上挂着醒目的鎏金招牌"尚元百货商城"。挪步走进商场，里面琳琅满目的商品真是让人眼花缭乱，记忆中这么大的商场还是第一次进来。走过的每一个档口营业员都笑脸相迎，连声说着"欢迎光临"，并不断推销着她们认为适合的款式。这种热情反倒让叶子有些紧张，而安庆华告诉她可以随便选随便试，那种很有底气的派头赢得了售货员的连连赞许，都说叶子找了一个好对象。叶子的脚本身还不太方便，一只手拄着拐杖在货架前慢慢挪着步，一时间不知该选不该选，也不知道要选什么样的，只好犹豫地看着默不作声。最后还是安庆华拿来几件鼓动着叶子试穿，糊里糊涂地选了两件试了试。本就身材出众，最近在医院又养白了不少，新衣服穿起来自是靓丽迷人。看着镜子里的自己叶子很是满意，只是后面欣赏着的人不是荣健让她稍觉遗憾。因为脚伤的缘故，最后选择了两条连衣裙就离开了。安庆华本还想带叶子到对面的几个商场逛逛，无奈看到叶子走路还是比较吃力也只好作罢。出了商场有小贩兜售钟楼小奶糕，随手买了两个又挡了辆出租车，这一次的目的地是银邑热电厂。

　　之前已打过电话，家里早已准备好西瓜迎接叶子回来。父母对安庆华的态度简直有些卑微，一再感谢他对叶子的照顾，劝他多吃西瓜。这样的殷勤让叶子觉得很没面子，想着他们明知安庆华的用心还这样捧着他简直迂腐昏庸！本以为回了家就能远离安庆华自己清静一下，看这情形估计就难了。最要命的是说了一会话，父母赶着去上班瞬间都离开了。这下子叶子想要清静的想法彻底没了指望，很快安庆华就借扶着她上床休息又来纠缠。他扶叶子刚走到床边就迫不及待地又搂住她的腰，在她身上上下摸索，这样的骚扰这些天已经让叶子不胜其烦。可她又能怎么样呢？而安庆华似乎像受到了什么鼓励似的变得极其大胆，干脆一

第二十七章 一个人的行程

只手撩起她裙子的下摆一只手从大腿一直抚摸到后背，接着又把她按在床上。这种被粗暴强迫的感觉让叶子烦躁羞愧又紧张，一时间不知如何是好。可是等到安庆华掏出他那黑乎乎的家伙时，叶子瞬间清醒，一把抓住那家伙使劲扯了一下，安庆华疼得叫起来了，这一叫那黑家伙瞬间蔫了。叶子不记得那天是如何结束的，安庆华又是如何离开的，反正她躺在床上瞪着天花板发呆直到夜幕降临。

叶子返校办理毕业手续的时候心情沉重，因为那个时候家里已经收下了安家的彩礼，看来自己注定无法逃脱了。唯一能争取的就是自己一个人返校，而回校的主题也许只有"告别"两个字了，一路她的眼睛满含泪水，心酸惆怅地凝望着车窗外的田野和庄稼。在她心里急于见到荣健又怕见到他，这种纠结的心情让她一阵阵迷惘。

1997年10月31日，戚务生率领号称超黄金一代的国家男子足球队征战世预赛亚洲区十强赛。当日国家队坐镇大连金州迎战卡塔尔，赛前所有人都坚信中国队必将进军1998法兰西世界杯。然而在开局一比零领先的大好形势下，中国队患得患失的旧病再次弥漫，以至于之后的形势急转直下。当具有悲情色彩的温州一家人失望地离开球场，当数万球迷堵住球场大门时，荣健和同学们在饭堂的电视机前愤怒地掀翻了全部座椅板凳。两天后的晚上，谭浩宇不知从哪弄来一份《南方周末》在宿舍里跟大家读《金州不相信眼泪》的文章时，宿舍里气氛沉闷，所有人热泪盈眶。那种情绪和去年台海危机之后的感受相比，一群青年人有些近乎绝望的伤感。陈水扁再怎么蹦跶，美国人再怎么嚣张，但是没有人怀疑人民解放军的勇气和能力。关于这一点荣健是这样阐述的："志愿军爬冰卧雪吃炒面照样打得美国人满地找牙，更别说几十年之后我们飞机、导弹一应俱全。而国家队的失败不一样！实力占优主场作战，主帅麾下人才济济，定海神针的范大将军、神勇无敌的亚洲第一前锋郝海东，快刀浪子高峰，这样的实力还讲什么狗屁战术，只要有不留余地击溃对手的勇气也不至于失利。"那天荣健的观点陈述得铿锵有力，可是更遗憾的事情又发生了。11月6日范志毅在利雅得踢飞了一个价值连城的点球，中国队就此铩羽而归。

冬日的火花

　　这一阵一连串的失望失落感觉实在不怎么美妙！而那段时间谭浩宇、葛新两个人的爱情也以各种扫兴的方式告终，这当中他看到的不是爱情的美好，更多的却是无奈和感伤。他自然没有像别的同学那样有幸灾乐祸的心情，因为他自己的感情也像断线的风筝一样悬在空里。也许因为如此，他一想起谭浩宇、葛新他们的感情经历内心居然会隐隐作痛。

　　谭浩宇从入学开始蓄起的头发已经到了垂肩的长度，整个夏天都是白T恤衫加牛仔裤的装扮，常常背着吉他躲到学校安静的角落里苦练。这样的行头看起来却也有几分摇滚青年的味道，而实际上他所有的准备只是为了在心爱的姑娘窗前为她唱首歌。那姑娘是之前六公寓时认识的一个带有神秘色彩的美丽女子，住在洋子隔壁的宿舍，大名叫乐然。洋子自从跟卢伟好上之后，自然经常会给谭浩宇传递回一些有关乐然的消息。那阵子在女生中间盛传乐然在夜总会当陪酒小姐，而这话在谭浩宇看来都是小女生的嫉妒心作祟。原因很简单，那就是洋子被称为系花，而乐然则是全校男生的梦想，是独一无二多才多艺的校花。曾经代表学校参加轻工业部演出并获得最高名次，这样的女子岂会是庸俗的三陪小姐。有了这样的判断，谭浩宇开始了他的行动，亲自到乐然的宿舍送了玫瑰花和在铁道边约会的小纸条，之后精心打扮赴了那次约会。

　　乐然很准时地出现了，当她穿着绿色的高腰连衣裙配着高帮的白色皮凉鞋迎面走来时，谭浩宇的内心激动两眼放光，最让他幸福的是乐然手里拿着他送的那束玫瑰花，而且花朵已然绽开娇艳夺目。沿着那条幽静的铁道两个人走了很久，聊东聊西自然会聊到未来。乐然说她明年就毕业了，应该会回南宁市文体系统就业，到时欢迎谭浩宇到南宁去旅游。谭浩宇听出了乐然的意思，看来她毕业回南宁是早就确定的方向。这个消息让他一时语塞，倒是乐然大方地说："我们能相遇就是最美好的缘分，如果有一天你出现在南宁街头，我会用最隆重的方式接待你。"而谭浩宇要的不是一个遥遥无期的接待，他希望与乐然开启一段浪漫的感情，乐然却这样温柔地回绝了，这让他很是失落。

　　谭浩宇不是一个轻易认输的家伙，他计算着时间，筹划着最浪漫的

第二十七章 一个人的行程

求爱方式，终于就有了那一次勇敢的表演。那是一个周末的晚上，当餐厅里的舞会散场，女生们陆续走回五公寓。她们在楼下看见一个长发飘飘的青年抱着吉他在树下唱歌，居然还配着一个用来扩大音量的音箱。听歌的人渐渐围成一个圆圈，唱歌的人激情越来越高。

"青春的花开花谢让我疲惫却不后悔，四季的雨飞雪飞让我心醉却不堪憔悴，轻轻的风轻轻的梦轻轻的晨晨昏昏，淡淡的云淡淡的泪淡淡的年年岁岁……在那悠远的春色里我遇到了盛开的她，洋溢着炫目的光华像一个美丽童话，允许我为你高歌吧以后夜夜我不能入睡，允许我为你哭泣吧在眼泪里我能自由地飞……"

唱歌的人唱得动情，听歌的人听得陶醉。然而乐然并没有出现，出现的只是凌空浇下的一盆冷水。这水浇灭了歌声，让听歌的人群一片尖叫。谭浩宇并不在意众人看他如何收场的眼光，平静地收拾了行头，抬起头朝楼上大喊了一声："乐然你听到了吗？我不会放弃的！"说完提着音箱一甩头发大踏步离去。至于谁倒下的冷水他根本不关心，按他的逻辑推断，一定是那些没有人追的幽怨女子倒下的，因此是谁并不重要。

不久之后的一个晚上，四公寓闯进一个气焰嚣张的小伙，一边自报家门一边自称在机械系无人不知。那伙计提名叫响地要找葛新，连续用脚踢开了几个宿舍的房门，在403歪打正着地找到了葛新。那时候葛新正坐在床上与魏俊聊着感情的事情，说是有人正疯狂地追求阮诗咏，自己感觉压力巨大。说话间那个叫郑爽的竞争者站在了宿舍门口，看到葛新怒目相向，厉声说道："我是郑爽，你就是葛新吧！"葛新愣了一下答道："我就是，咋回事？"郑爽毫不客气地说道："是你就好，你给老子记住了，以后不要骚扰阮诗咏。"葛新听了这话没好气地回答道："与你有啥关系？"话音没落郑爽一个直拳直奔葛新面门，葛新没来得及反应就只剩下抱头躲避。这其间魏俊赶紧上前阻止，而郑爽不管不顾拳头像雨点一样落在葛新的身上。那时间荣健恰巧路过，看到这一幕大喊一声："干啥呢？"快步走进403的房门，郑爽停下了拳头带着不屑回头瞥了荣健一眼。那时候荣健等着葛新的反击，而葛新却怯生生地说了

冬日的火花

句："没事没事！"这句话让荣健和魏俊攥着的拳头力道一松，有些拿捏不准是否应该出手。这当口郑爽撂下一句"长点记性"就要出门，荣健挡在门口两人四目相对都是杀气腾腾。郑爽冷冷地说道："让一下。"荣健回敬道："你不能走！"这时葛新捂着鼻子说道："行了行了，让他走让他走。"郑爽又向前走了一步，荣健稍稍挪了挪脚，那伙计顺势挤出了房门急速下楼离去。等葛新洗干净脸，荣健才搞清楚原来是情敌上门。这时卢伟也回来了，几个人开始抱怨葛新的软弱。荣健和魏俊都说当时如果葛新动了手，弟兄们绝对不会让他吃亏，并且建议现在就杀回去找郑爽。而葛新却说冤冤相报何时了，这样打来打去有什么意思！？此话一出所有人都斥责葛新的懦弱，可是当事人这样的态度谁又会因此强出头，大家不再说话各自料理自己的事情，荣健出门时看到葛新耷拉着脑袋坐在床边，嘴里骂了一声"操"怏怏而去！

  这两件事情让荣健意识到一个问题，那就是恋爱其实也很现实，没有实力一切可能都是水中月镜中花，还好自己与叶子纯洁爱情依然美好。可是由此让他更加思念叶子，天天盼着她能再次出现。也由此憧憬着各种再次重逢的场景，想着叶子来时会梳一个什么样的发型？穿什么样的衣服？就这样想着念着，时令已进入深秋，夜幕降临的时候晚风已经有了凉意。

  那天晚饭后从食堂出来，外面的公告栏挤满了人，大家都在看公告栏里张贴的一封感谢信。仔细一看原来前些天学生会号召捐款救助的学长还是离开了，这个因肝癌病逝的学长其实从未正式见过面。之前的捐款某种程度上只是看在美丽大方的学生会主席郝冰雁面上，她是他的女朋友。想来他这一死，郝冰雁该有多么悲伤。荣健从感谢信里看出了这种悲伤，因为自从那个学长病倒，学校就把他的母亲接到学校，专门腾出一间房子让她暂时居住。那段时间郝冰雁经常过去看望老太太，这个过程中郝冰雁贤妻良母的光辉形象已然树立，很多人对此生出羡慕嫉妒恨。现在学长走了，能拟出这样一封感谢信的人除了郝冰雁应该没有第二个人。那信中有这样一段话："感谢学校领导和同学们对我们孤儿寡母的优待和照顾，儿子的离去让我悲痛万分，我遵从丈夫的遗愿将孩子

第二十七章 一个人的行程

抚养成人教导成才，本希望他能光耀门庭报效国家，可是天有不测风云，如今白发人送黑发人。我的儿子走了，老家院中一棵老树也在夏天就要结束的时候忽然死了。那是儿子小时候经常爬上爬下的老树，算来也有近百年的岁数，本来好好的，可是现在它居然死了，看来树木也是有情的。想到这些我本已万念俱灰，可是这些天在学校里儿子的同学朋友不断安慰我，希望我能坚强活着，他们一再强调毕竟我还有一个姑娘刚上大学，她需要我活着。"这段话让荣健很是感动，他断定这封饱含深情真诚质朴的感谢信是郝冰雁写的，这文字既是感谢也是怀念。后来回到宿舍，同学们的议论更是印证了他的推断。据卢伟从洋子那听来的消息：当时在医院里郝冰雁哭得悲痛欲绝，在场的人无不为之动容，都说她是个有情有义的姑娘。从那时候起，荣健对这个学长充满了敬意，同时也对这现实生活的残酷生出些许不满。

叶子在一场秋雨之后终于来了，荣健冲出公寓大门时她就在楼前的梧桐树下站着，面露浅浅的微笑。这久别的重逢两个人内心都无比的高兴，荣健拉起她的手直奔秦都市场，他已经计划好要买件礼物给她，并且请她吃一次优质的红烧牛肉面，以前可吃的都是普通的！想来这样的盛情招待叶子必然会很高兴。可是买礼物的时候叶子硬说她什么都不要，吃面的时候也不如以前那样兴奋快乐，荣健看出问题却想不出理由。就这样到了夜幕降临，住宿又是一个难解的问题，礼物没买干脆奢侈一回去招待所给叶子开间房，大不了自己一会儿回学校。

国棉二厂的招待所高扬和崔洁来时就住在那里，白色的床铺清新整洁。荣健心里一直想着叶子来时能和她在那里住上一晚，如今这个愿望很快就要实现了。以前担心这担心那，现在看来其实学校、警察管得并不那么严。卢伟和洋子就经常在外边开酒店，这么长时间也没什么问题。想到这他壮着胆子拿出身份证走到前台开了房子，顺利拿到房间钥匙的时候如释重负，看来这事很简单呀！前台只是简单地做个登记，根本没有问住几个人，什么关系，等等以前已经想好答案的问题。刚进房间荣健就像一个饿了很久的馋猫看见咸鱼，迫不及待地要和叶子亲热，叶子也同样热情地逢迎，可是那感觉却完全不同。叶子心事重重，手脚

冬日的火花

冰凉。本是箭在弦上不得不发的态势，叶子却忽然说："我要回去结婚了，你会难过吗？"这话就像庄稼地里落下的冰雹，一瞬间那种肆虐的冰凉撕扯让秧苗无力招架。荣健本来抓着乳房的手不由得松了下来，翻身躺在床上纠结疑惑。叶子说她除了回电厂上班别无选择，荣健说毕业之后就找人去叶子家里提亲。叶子说家里人介绍了对象并收了彩礼，具体的原因让荣健不要问，反正今天她把全部都给他。荣健一时间气血翻涌，质问叶子为什么不抗争？家里人为什么要答应？难道今天算是最后的告别演出？我不要你的告别演出，我要你一辈子跟着我。叶子无言以对，只有趴在床上痛哭流涕。荣健看着不忍，又把她抱在怀里。在荣健的怀里，叶子把原委细说了一遍，荣健才知道事情远比他想的严重，那个时候他心情失望绝望，对金钱和权力充满痛恨。可是他知道自己无能为力，叶子的选择直接关系这个家庭的生存，想到此他的心在滴血。一个念头让他一转身又将叶子压在身下，她应该是我的女人，好了这么久最起码不能便宜了那个孙子。叶子嘴里嘟囔着："哥，我要你，快！"但说这话的时候，她的眼角挂着泪花。而荣健看到这泪花心里不由得难过，想着今天占有了她，会不会因此毁了她的幸福？这样的念头让他忽然觉得软弱无奈，他一声叹息后像泄了气的皮球重新蜷缩回叶子身旁，静静地抱着她，觉得珍惜享有这最后的幸福也许就是自己的宿命。他向叶子说了自己退却的理由，并真心祝愿叶子过得幸福美满，临别时两个人深深拥吻依依难舍。

　　荣健不想让叶子看到他的脆弱，更担心在她离开的时候自己会忍不住大哭，因此当天夜里说完话就离开了招待所。他没有回学校，漫无目标地在学校周边游荡，走着走着就走到郊外常去的那条铁道边，正好一列货车呼啸着通过，那喘气的声音铿锵有力，排出的蒸汽弥漫在夜幕里久久不能散去。随着列车远去，绵延的铁轨映射着冰凉的光辉，走在铁轨上他心乱如麻。真恨不得趴在铁轨上被车碾死，可是趴了半天也没有来车的迹象，只是这种冰冷让人无法承受，于是爬起来继续沿着铁轨慢慢前行。不知走了多久，猛然发现前面似乎有个人影越来越近，荣健自知子然也无所谓碰见好人坏人，可是走近时才发现这个人居然是谭浩

第二十七章　一个人的行程

宇。这个特殊的相遇两个人都非常意外，都认为对方是犯了神经病。知道荣健失恋的事情时谭浩宇脱口而出地说："爱情倒是个锤子！"之后又全盘托出自己出现在这里的原因，先是因为下午再次被乐然拒绝，然后就是晚上跟踪发现乐然进了夜总会，出来时居然被一个中年男人搂着腰。那时候他的信仰崩塌了，先前所有的美丽印象现在看来全是一场演出，现在观众看到了演员卸妆后的丑陋，可是他难掩的伤感依然强烈。

两个傻小子在人生的低迷处相遇，互相诉说着苦痛和对人世的迷离，直到黎明时分霜花挂上头发。实在有些冷得要紧，于是他们开始在铁道上较着劲地狂奔，谁也不知他们要奔向何方！

第二十八章　有一种信仰

没有想过马列原理其实还是一种很好的疗伤工具，尤其是毛主席将否定之否定规律表达为"事物的发展总是波浪式前进螺旋式上升"。荣健把这句话套用在自己身上，那就是叶子的离开标志着自己的情感又一次坠入谷底，但是对此完全没有必要绝望。尽管这样可以安慰自己，可他常常会想起与叶子的过往，也经常陷入一种无奈的思考。

在这思考当中，他有时觉得叶子其实就是《悲惨世界》里的柯赛特，而他的父母简直就是贪婪的泰纳迪埃。可惜自己却没有冉·阿让那样的能力，不但拯救不了她，却可笑无奈地祝她幸福。有时他也会想，叶子的离开也许于她而言真的是一种幸福，最起码不会为未来的生计而担忧，比起跟着前途未卜的自己可能更现实更可靠。但是他内心无法因此而释怀，他无比嫉妒憎恨那个横刀夺爱的野蛮人，甚至诅咒他遭遇意外横死街头。可这一切显然只是幼稚的想象，他也知道在这无聊的想象中这段爱情永远地丢了，剩下的只是心灵深处无边的寂寞感和那绵延不绝的怀念。

1997年的冬天早已来了，但是一直没有下雪。那天黄昏在自习楼做

第二十八章 有一种信仰

完作业，凝望着窗外灰蒙蒙的天空，荣健随手在本子上画着，画出一首诗，名字就叫《无雪的冬天》：

到了该下雪的时候，
人们过着灰蒙蒙的日子，
你说我们的缘已走到了尽头，
各人都该去寻找自己的归宿了！

这年头环境污染得严重，
麻雀都变成了乌鸦的颜色！
它们守候在寒冷的冬天，
眷恋着雪花纷飞的风景。
那个雪天，
一颗潮湿的麦粒都是最浓最浓的怀念，
而你我之间有什么可怀念的呢？

是你凝固的笑容，
还是冰冷的双唇？
是你忧郁的眼神
还是临行深情的回眸？

到了该下雪的时候，
曙光来得很晚，
黎明时常有流星划过。
我想我是该走了，
没有什么不舍，
只是你的牵挂成了我的悲哀！

冬日的火花

> 回头再看你时已不见你，
> 天空开始飘起了白雪，
> 慢慢地掩去我来时的足迹，
> 也把我埋葬在这茫茫的天地间。

这首随意写的诗在郝冰雁的鼓励下，登上了校报上，一时间荣健被视为工商系新锐才子，这对他来说多少算是鼓励了。加上本就被组织发展为预备党员，所有的这一切看起来都有些预示前途无量的意思，因此他在学校的生活积极而努力。

1997年结束的时候他收获了优秀团干的荣誉，又拿到了一等奖学金，可以说这是收获的一年，可是他并不快乐。临近放假的时候，学校各个社团都在组织迎新活动。在郝冰雁的动员下，荣健和谭浩宇都参与了歌咏比赛。尽管都在首轮被淘汰，不过整个参与的过程倒是喜感不断。总有些装腔作势的家伙出来搞怪，穿着女佣装、白丝袜出来的小女生，那情景让很多男生联想到日本AV里的女优，有好事者居然用日语起哄，听懂的男生发出不怀好意的嘘声。接着又冒出来一个打着背包挂着拐杖流浪汉装扮的，一曲《流浪歌》很有些苍凉气息。可这歌在荣健他们看来俗不可耐、无病呻吟，尤其这哥们胡子拉碴一副猥琐样更是大煞风景，于是起哄、口哨搅和起来。不知几时黄莺挽着一个姑娘就站在他俩旁边，看到他俩起哄连忙吆喝道："嗨嗨嗨，你们存心捣乱不是！"他俩一扭头看见黄莺只有嘿嘿傻笑，黄莺那调皮的神情和明亮的眼睛让他俩收敛了放肆的举动，毕竟在两个美女面前还要有些绅士的样子。几个人都没坚持到散场就离开了，出了门黄莺却对节目海选发出了"装神弄鬼"的评价，显然这话与荣健他们看法甚是吻合，四个人聊了一程径自散去。

回到宿舍，谭浩宇高度评价了黄莺身边那位姑娘的姿色，又忽然说荣健其实应该追黄莺，所谓肥水不流外人田，荣健要抓住时机。宿舍里几个在场的同学都认同这个观点，有人还用了激将法，说荣健根本入不了黄莺的法眼，人家可是城里姑娘，气质在那儿放着。这话荣健听着特

第二十八章 有一种信仰

别刺耳，躺在床上久久不能平静，无心睡眠的时候随手拿起枕边新买的《林清玄散文》翻了翻，看到了那句"爱过方知情重，醉后才知酒浓，生命中很多事错过一小时也就错过一生了"。这句话就像鞭子一样整晚抽打着他心中某种东西，他辗转反侧难以入睡，内心无数遍追问反思之后他做了一个决定。

第二天晚饭后，荣健出现在黄莺家楼下，徘徊挣扎了很久，终于还是上楼敲开了房门。开门的那一刻黄莺相当地惊讶，荣健略带羞涩地笑着问："没想到吧？"黄莺在一瞬间转换了表情，喜笑颜开地说："是没想到，赶紧进来吧！"荣健进了门才发现真是天赐良机，黄莺的爸妈到邻居家串门去了。黄莺的家是一个两室一厅，大约有六七十平米。家里的陈设虽然很简单，但所有物件不染灰尘摆放得很有秩序。屋里的暖气相当给力，进门的那一刻他感受到了轰然的温度。

看来黄莺家也不过是个普通的工薪阶层，洞察到这一点让荣健似乎卸下了不少压力，于是大方地挂了棉外套走进了黄莺的闺房。房间并不大，从左到右依次置放着床、书桌、衣柜，书桌紧挨着床正对着窗户，此时窗户玻璃上挂满了凝结的水珠。因为空间有限，只是在右侧保留了一点衣柜开门的空间。黄莺从桌下抽出椅子让荣健坐下，自己则自然地坐在床边，说话间时而胳膊肘放在桌上用手托着脸庞，那神情专注又端庄。

荣健掏出怀里揣着的那本《林清玄散文》说送给黄莺，还特意打开封面让她看自己写在扉页的赠言，可是没想到黄莺拒绝了。荣健说："不过是一本书而已，你何必那么认真呢？"而黄莺回答说："我爸妈不让随便接受别人的礼物，更何况现在没有接受的理由。"荣健看黄莺语气坚决，只好暂时作罢。为了掩饰尴尬，他很快转移了话题。随口问黄莺平常喜欢看什么书，黄莺说其实她也没什么明确的倾向，乱七八糟的书都读一点。多数书看过去也就忘了，记忆最深的要算美国人玛格丽特·米切尔写的《乱世佳人》，电影她也看过，并说那部电影绝对是好莱坞历史上的骄傲，上映当年囊括了奥斯卡九项大奖。荣健没看过电影，但是小说看得很仔细，他订正黄莺有关小说名字的说法，并强调直译的意思是随风飘逝，并且说自己很喜欢小说中斯嘉丽的性格，觉得她

冬日的火花

就是中国小说中所说的侠女。对于这个连接黄莺微笑着不断点头表示认可，由此两个人开始了天南海北地畅聊。从评论同学、老师到对学校建设的不满，从党课心得到民主建设，话匣子一打开，两个人有了很多的认同。临走荣健再一次请求黄莺收下他的礼物，黄莺笑着说咱不必搞得这么庸俗，不收礼物你随时来我也欢迎！

拒绝礼物这意味着什么呢？回来的路上他一直琢磨，终于认定黄莺是借此表达只做普通朋友的意思。如此荣健再一次品味到了挫败，感觉自己的一腔热情似被西风横扫。脸面尽失的感觉让他决定对这次行动守口如瓶，否则到时还不被宿舍里那些家伙笑掉大牙。其实黄莺并不是这样的想法，她只是觉得第一次单独交往就收礼物显得不够庄重，对荣健这个人她本就印象不错，每次和他聊天都很受启发，况且从他身上很多特质来看这是一个有思想有野心的家伙。不过听说他和郦薇关系不一般，现在又主动找过来，这究竟演的哪一出呀？那几天这事让黄莺变得相当敏感，可是一转眼放假了。

这几年每到年关对杜英娥来说都是个坎！拆东墙补西墙的结果是债务越来越多，而今年冬天因为丈夫的不配合情况变得更糟。荣勤民本想在麻将桌上赢点钱缓解一下家里的危机，然而不承想又搭进去了半年的工资。又想着在单位借点钱拿回家先补上窟窿，却因为一个不够意思的朋友上门索要二百元的欠账，一下子把问题都抖搂出来，妻子先是训斥了来人的蛮横再还了账，然后等他回来不依不饶地找他算账。这一算着实吓了他一跳，他知道输这么多钱对自己这个家无疑是雪上加霜，无论对孩子老婆都没法交代的。因此不管杜英娥如何的暴跳如雷，他只能忍气吞声了，心里也发誓再不涉足牌场，那也不是自己能干的事情。然而这事没那么容易过去，银行、债主不停地上门而自己束手无策，妻子更是每天板着铁青的脸横眉冷对。最难接受的是儿子回来之后，妻子将这一切全盘托出，这下他成了家里的罪人。

荣健回到家一眼看出妈妈愁绪满怀，于是不停地追问原因。得知父亲的作为后气愤非常，不可阻挡地要和父亲理论一场，就这样激烈的争吵开始了。他质问父亲道："你倒算个啥父亲？你还嫌这日子烂包得不

第二十八章　有一种信仰

够？日子都过成怂了，还有心情打麻将？"这样的话从儿子口中说出来让荣勤民愤怒难抑，又操起身边小板凳砸将过来。毕竟父亲打儿子自然出手偏软，而儿子正当青春。看着板凳飞过来，荣健也不再躲闪，一把接住并使劲地摔在地上，随着巨响板凳瞬间散了架。荣勤民怒喝道："你还翻天了不成？日子过得烂是我责任？"荣健毫不退让地回敬道："你是父亲，不是你的责任是谁的责任？羞先人呢！"这话一出口荣勤民气得无话可说了，只能仰坐在椅子上长吁短叹。杜英娥原本因荣勤民软硬不吃，无奈之下才跟儿子说了丈夫的表现。本想着让儿子规劝规劝老子，结果现在父子俩杠上了，看着儿子越说越离谱，她坐不住了，反过来训斥儿子说话没大没小不知深浅。母亲一发话荣健也觉得自己过分了，长叹一声坐在一边不再说话。最后还是母亲拉走了荣健，让他到厨房帮忙做饭。在厨房里她对荣健说："你个瓜娃，咋能这样跟你爸说话呢？你爸是个好人，心眼小，这下被你气得够呛。你得给他回话，不然他想不通的！"荣健说："我也想不通呢！家里日子咋能过成这个样子？整天有人来要账。"杜英娥看出儿子的忧虑，装着轻松地跟他说："你不用操心，好好上你的学，世上这过日子做生意就是这，有顺风时就有背运时，话又说回来，真正风顺了又能扬几锨？"荣健听得出这是妈妈在安慰自己，但是他还是愿意相信家里的光景会好起来。于是又跟妈妈聊起店里的生意，说起生意杜英娥心里很清楚。今年不知什么原因店里的生意比往年差了很多，殊不知亚洲金融危机的爆发直接导致了出口受阻，这样一来国内市场供给大于需求，各行各业生意都受到了影响。

荣健也只是在课堂上听了一点有关金融危机的信息，可他根本不会想到这危机其实影响的是方方面面。加上金融市场的整顿，银根紧缩这些都会对他这个承担着银行债务的家庭产生影响。但应该说这都不是主要的，问题在于现在一家人必须同心同德地渡过难关。于是荣健在妈妈的劝说下给父亲端了饭，但是道歉的话他没说出口，也许因为这个原因，荣勤民当晚没有吃饭，一个人坐在沙发上抽了大半夜的闷烟。

假期的生活在这样的气氛中开始了，那几天荣健白天到妈妈的服装

冬日的火花

　　店里帮忙应付年集，晚上回来也没有多少心情出去溜达。高扬逛街的时候看到了荣健，两个人都很高兴。荣健想起舒畅在信里提到高扬"五一"奉子成婚的事情，顺势就问起高扬孩子是男是女，是不是该请客啦。高扬说崔洁给他生了个儿子，马上就满月了，到时荣健一定要来，大家一起热闹热闹。荣健说："那不行！咱们这关系你得先请吃一顿再说。兄弟几个里，现在就你老婆孩子热炕头，我们还都在闹饥荒呢！"随后问到赵海，高扬说："最近赵海火得很，整天屁股后面跟一堆人，不知一天都弄啥呢？你回来了，我去找他，咱们晚上聚一下。"说完这话看荣健忙着招呼顾客高扬就走了，荣健本还想着等天黑忙完再去找他们，结果还没等到店里关门高扬和赵海就来了。那个点已经没有多少顾客，给妈妈打了招呼就和他们离开了。

　　赵海的状态很是轻松！说到他最近的生活显得自信满满。高扬和荣健都说他放弃王莹是个错误，而他并不以为然，并说最大的错误只是错看了柳红，自己付出众叛亲离的代价计划要和她结婚，最后她却跟一个包工头走了，现在想起来真他妈是个笑话！对于赵海这样的说法，高扬并不认同。他说："柳红的出走还不是因为你妈和你嫂子闹的？你挡不住家里人，现在却抱怨人家。"赵海却说："我妈我嫂子要闹我有啥办法！她自己挺住了她们又能把她怎么样？"这话让荣健想起小说《茶花女》阿尔芒的父亲规劝玛格丽特的桥段，不由得有些怜悯柳红的遭遇，想着她带着女儿出走必是情非得已！可这对于局外人来说顶多就是一声叹息，又能怎么样呢！他和高扬又数落了赵海几句，赵海显然不愿再纠缠于此。他总结性地说道："行了行了，不扯这些了，兄弟们难得一聚，今天我做东让你们见见世面。"高扬听到这话连声说好，荣健却茫然地问要去见啥世面，赵海则略显神秘地说道："让你去开个荤，呵呵！"

　　要去的地方是一个叫红楼的KTV，到楼下才知道原来的药材公司办公楼居然改成了歌厅，门庭的红色霓虹灯亮得刺眼，大堂里灯火辉煌。然而上了楼灯光却开始变得魅惑，当值的女经理小跑着过来迎接，看到赵海显得很是亲热，连声说："赵哥你来了，也不提前打个招呼！我给您都安排好啦，包您满意。"说话间挽着赵海的胳膊领着他们进了包

第二十八章　有一种信仰

间，又给他们都发了烟，还亲自给赵海点上火，又贴着赵海的耳朵嘀咕了几句就出去了，不一会领来一群姑娘。荣健在瞬间明白了，这些貌美如花的姑娘就是传说中的三陪小姐！赵海说他有老相好，让他俩先选，荣健还有些羞涩，高扬鼓励他说："出来了就放开耍，一回生二回熟，别犹豫今天来的妹子还不错！"荣健也不再推托，从内心来说尽管是第一次来这种场合，可是说老实话那些妹子的活色生香也让他有些心猿意马了。仔细扫描了一圈，选了那个一进门就让他注目的女子。那姑娘一袭白色的公主裙，身材高挑目光清纯，听到荣健的点招带着三分羞涩近前坐到了他身边。高扬很快也选定了姑娘，赵海让经理将剩下的人带走了。荣健正要问赵海为啥不选，一个身着黑纱裙酥胸半露的姑娘推门进来，一见赵海撒娇地叫道："赵哥，我可想死你了！"说着坐到了赵海腿上，双手环抱着赵海的头风骚的样子甚是撩人。高扬已放起了音乐，接着又让他的姑娘调暗了灯光，号召大家都端起了酒杯，一场欢畅风流的夜宴开始了。

那一夜大家唱了很多怀念的歌曲，高潮的时候赵海和高扬都抱着自己的姑娘厮磨缠绵，直到先后在包间的隔断后面酣畅淋漓地折腾。黑暗处女人的呻吟声加上煽情的音乐，荣健第一次感受到了声色犬马的刺激。赵海和高扬好几次撺掇着他与那姑娘深入的接触，可他虽然心情荡漾却难掩羞怯，只是和那姑娘有一句没一句地聊着天。谈话间知道那姑娘叫江月，来自东北。父母亲都在国企改革中下了岗，自己去年高中毕业，弟弟还在上学，实在是迫于无奈才走进夜场，说话间神情伤感目光温婉。本来乍一听名字他就想起"江畔何年初见月？江月何年初照人？"的句子，如此忽然就心生惆怅，觉得一个弱女子落魄江湖，自己若再有轻薄岂不是衣冠禽兽了。于是他语重心长地劝说她能尽快远离这样的场所，如果时间久了也许一生都会葬送于此，那姑娘带着几分伤感连连点头。这样的聊天让荣健觉得很舒服，或者某种意义上来说让他觉得自己相比较一般人站在了道德的制高点上，显得高尚且与众不同。可是等到散场出来的时候，赵海和高扬都嘲笑他的表现，说劝婊子从良是当今第一傻！真还以为穿白裙子的就是白雪公主，那女子耍起来也浪得很。

冬日的火花

赵海说上次他一个兄弟来耍的时候，那女子为多挣一百块钱，当众裸露上身，把乳房摇得跟拨浪鼓一样，她那表演可不是清纯女子能学来的。并一再强调说："现在这年代讲情怀都他妈的是扯淡，你要不相信你在这楼下等着，一会就有人骑着自行车来接老婆下班。这些人每天按时接送老婆，人家这都是有分工的。"荣健为此愕然，他说他不相信有人会把老婆送进风月场，这样的男人就应该去死。赵海说他不跟荣健抬杠，略带轻蔑地说："你小伙太年轻！"高扬似乎认可了赵海的说法，说荣健还是个学生，外面复杂着呢！你以后慢慢体会。荣健并不服气他们所谓的老道，而是颇为忧虑地对赵海说："你再别一天装得跟个大尾巴狼一样，整天赌钱耍女人，这样堕落下去以后怎么办？"听荣健这么说，高扬也接着话音说道："就是，咱们耍归耍，你整天钻到赌场里迟早肇祸，不能总是好了伤疤忘了疼！"听伙计们这么一说，赵海开始默不作声，顿默了稍顷说道："你以为我想这样，傻子才愿意这样。可这日子乏味得实在无聊，不耍钱还能干啥？"高扬回答说："找个对象踏实过日子么，放着好好的工作不老实上班，你还想弄啥嘛？"赵海听了这话，眯了眯眼睛脸上泛起不以为然的笑容，戏谑着说："哎，你们是白天不懂夜的黑。"荣健看他这表情，有点无可奈何地说："哎，你完蛋了，没救了！"赵海猛抽了一口烟，朝荣健吐去，笑着说："你好好弄，哪天我倒霉了去投奔你。"看着他嬉皮笑脸的样子，荣健冷笑着哼了两声。之后哥几个又闲扯了一通就此各自回家，那一路上荣健心情复杂，他仍不相信江月的清纯只是一副伪装，他检索着过往的几任女友，怀念和她们在一起的日子，也为黄莺的清高难以释怀。

回到家里时已过午夜，爸妈房间的灯仍亮着。走进去一看原来是大表哥来了，这个时间没走是不是又出什么事了？听他们说话间才知道姑妈前一阵迷上了一种据说能够拯救人类的宇宙大法，整天跟村子里几个妇女到处发宣传册、碟片，还私下搞各种集体修行活动，妄求炼就内丹无病无灾。起初家里人都没当回事，权当是和奶奶当年拜庙烧香听经念佛一样求个心安。结果最近人居然失踪了，好几天找不见才来和爸爸商量办法。爸爸埋怨姑伯去世之后大表哥对姑妈关心太少，她如今一个人

第二十八章 有一种信仰

孤苦伶仃容易受人蛊惑。爸爸说如今这所谓的"宇宙大法"已经成了祸害，就连政府机关企业学校都有人深陷其中，有些人最后走火入魔搞得自焚、剖腹，政府早该出手取缔了。但现在国家治理强调民主法治，未得中央指示，地方上一时间拿这些人还真没办法！

荣健在学校里就听说过这所谓的神功，当时还感慨林子大了什么鸟都有，什么样的屁话都有人相信！过些年就出一个救世主般的现世大仙，仅仅为了一己之私妖言惑众。所谓济世救民充其量只是个别人为了私利以邪恶方式谋求咸鱼翻身的折腾。这些年又频繁蹦出来各种形形色色的大师，抚摸治驼背、发功去癌症、开光发大财等等，哎！真不知多少人又会被坑得家破人亡。

那天大表哥走得很晚，商量的结果就是再等一天，如果再不回来就报警寻找。和爸爸聊起这件事时荣健说："看来革命还是不够彻底，最好把那些神神鬼鬼的庙都拆了才好。"这时妈妈发话了，说荣健讲这样的浑话就该打嘴。荣健也不再和母亲争执，她知道母亲初一、十五都要供奉各路神仙，自己说这样的话她自然不会认可。其实他心底对神庙教堂也并非厌恶，只是觉得那些装神弄鬼的大师们作孽太甚。当人在他的内心早已对上天和神灵失去信赖，认为如若上天真的有灵，而奶奶、母亲又那么虔诚，上天为何不庇佑弟弟免遭厄运？为何能让李志勇这灾星莫名其妙出现？况且这世界早已是科学、民主、法治的时代，为何还有装神弄鬼者的土壤？为何这些骗子到处荼毒害人却仍然逍遥法外？

带着这样的思考他躺到了床上，胡思乱想了很多，想起自己作为青年学生居然混去声色犬马的场所，这难道不是对理想信念的背叛？可转瞬间他又原谅了自己，甚至觉得这风月青楼自古就有，多少风流才子在青楼留下佳话，而现在自由平等的民主社会，为啥就一定要将此定义为违法呢？然而他说服不了自己，因为他清楚地知道，如果容许这样的场所存在岂不意味着允许出卖肉体和灵魂，而这种交换从本质上来说也是人对人的压迫。那么我所信仰的自由平等到底是什么？如果有信仰却不去坚守，明知利害却自我欺骗，这似乎也不是我的选择！然而他心底另一种说不出的需要又不断地鼓噪，这风月场上的丰乳肥臀何其诱惑，那

冬日的火花

嫣然姑娘的微笑却也甜如饴蜜让人陶醉,哎!她真是可惜,每天任由各种粗俗男人的亵渎。只可惜自己不名一文根本无力挽救她,想到此他不由暗自神伤,躺在床上辗转反侧,很多事一时间确也找不到答案,最后只能带着各种矛盾纠结昏昏睡去。

春节在鞭炮声中到来了,新的一年开始了。全家人期盼着他学业有成,他则关心着家里什么时候能摆脱债务的枷锁,父母能过上几天舒心的生活。按照妈妈的计划,只要爸爸不再瞎折腾,一家人艰苦奋斗几年,等自己和妹妹都出了学校这日子就一定会好起来的。母亲说得入情入理,到时自己和妹妹都有了收入,那这日子还会有什么问题?想到这荣健心底的惆怅也大为缓解,愉快的春节就这样开始了。尽管这两年保持来往的同学已经不多,可是有一个人的家里他还是想去看看。

荣健提着几样礼品走进了陆锋家的院子,他想去看看陆锋的妈妈,也想碰个巧与陆锋见上一面。陆锋家里没有多大变化,只是客厅挂上了一张陆锋与SU-27战机的合影,那照片里的陆锋英姿勃发目光坚毅,看到照片的那一刻,荣健羡慕极了,幻想如果那人是自己该有多么光彩。等到陆锋的妹妹让他吃苹果他才回过神来,这姑娘已经亭亭玉立,说是明年就要高考了。李玉秀老师见到荣健很热情,问了他的学习情况,并鼓励他再接再厉将来能读个硕士出来。提起陆锋说他的选择不如荣健,部队的生活严肃紧张又有很多纪律约束,这几年训练任务重几乎没回过家。荣健说李老师为国家培养了一个栋梁之材,自己和同学们都很羡慕他。李老师说:"哎,这些都是面子上的事情,我和你叔就他一个儿子,你们现在不会理解的!"荣健说他能理解作为父母的牵挂,说自己去年生了一场大病,着实把爸妈吓得不轻。不过现在是和平时期,等陆锋级别高了,到时叔叔阿姨就能跟他去享福了。荣健和李老师的对话赢得了陆书记的赞赏,陆平国起先只是在一旁抽烟看报,后来显然因为赏识荣健才放下报纸,问到荣健未来的打算时给他建议,说无论如何都不要回金城县,这地方政治气候太差,年轻人难有作为。荣健的爸爸其实也给他灌输了这样的看法,可荣健却认为如果有机会自己也许能够改变这一切。只是人家陆叔叔这样说了,他觉得还是表面顺从大人的意思更

第二十八章 有一种信仰

好，路在自己脚下，去哪里还不是最终要自己选择。又聊了一会荣健从陆锋家出来，尽管没见上陆锋，但是这个心愿了了，他感觉一身轻松。

坐在家里的时候荣健心里有一种感觉，那就是这春节已远不像前几年那般热闹！几个国有大企业改革的失败让整个县城蒙上了凋敝的阴影，反映在市场上就是购买力明显下降；反映在节日的活动上，那就是以前早早开始张罗的耍龙灯、踩高跷、跑竹马等活动似乎寥寥无几，连城内几个前些年非常隆重的庙会据说都准备取消唱大戏了。父子俩在家议论这些事情的时候，荣勤民说新书记的三把火把金城县败光了。乡镇部局一把手的调整是打破了原来的宗派体系，但最终的人事安排却任人唯亲搞得乌烟瘴气。推行的国企股份制改革纯粹是卖光送完，大有前途的几个企业折腾得全部停摆。一家一亩园的昏招在群众的消极对抗中也基本流产，唯有猕猴桃产业现在发展得还算不错。金城县已经完全沦落为一个农业县，这样下去这个号称"金城"的地方弄不好就要戴上贫困县的帽子。而据说政府里很多领导干部打心底里希望能早日加入贫困县的行列，这样国家就会给予政策倾斜和资金支持。听到父亲这样一说，荣健心里有些蔑视机关里那些无知自私的蠢货。

但就国企改革一项来说，好端端的几个大厂改得停业倒闭难道就没有人为此承担责任？这么折腾砸烂了多少家庭的饭碗！这绝对不是中央砸三铁的本意，改革是寻找新的出路，而不是简单地卖光败光，改革需要打破旧有的大锅饭体制，建立责权清晰明确的现代企业制度，而不是甩手给私人老板任由他们胡折腾，这么简单的道理他们不明白吗？听到荣健这么说父亲笑了，回答道："呵呵，看来你书还没白念。我想不是完全不明白，关键是参与的人恐怕只惦记着给自己口袋装一点，有几个人真正关心企业能不能活！"听到这话荣健心情激动，几乎义愤填膺地说："狗日的这帮蠢货真是祸国殃民，一点底线良心都没有！"荣勤民无奈地说："哎，有良心可就好了，现在新上来的一些人才叫可怕呢！这群人大多是"文革"期间教育断代的那一伙，那真是胆大包天利欲熏心。最近听说县上准备投资近两千万办一个炼钢厂，而且已经立项了。我就闹不明白，就金城这地方要铁路没铁路，要矿山没矿山，这炼钢厂

冬日的火花

咋就能立项呢！估计到时又是财政窟窿一大堆，个别人肚满肠肥又升官。反正金城这地方难言，你毕业了不要想着回来。"荣健回答道："我7月份就是正式党员了，毕业了我要考公务员，至于去哪里看组织决定了。我要从了政绝不做亏心的事情，为群众办点好事的理想还是有的。"荣勤民听了心里很是自豪，他鼓励儿子道："把书念好，别说空话就行。"父子这次对话其实对荣健影响很大，这让他想起了主席那句"粪土当年万户侯"的诗句，由此心底里居然正式燃起了从政的豪情。

那些天除了和爸妈走了几天亲戚之外也没有更多的事情可做。父亲的一席话让他对金城这个地方更加失望厌倦，他再没有心思等着看什么元宵的社火，于是打点了行李起身返校。临行前他跟妈妈说不用为债务的事情太着急，自己很快就毕业了，到时一定能帮家里扫清债务。他又满脸堆笑地跟爸爸讲，让他尽量不要再打牌了，就紧张这几年，等自己和妹妹都毕业了，家里的债务还完了，那时他想怎么玩就怎么玩。

荣勤民和杜英娥目送着荣健上了班车缓缓离去，他们心里很是宽慰，很明显这小子更加成熟了。去年还总是一副心得意满的状态，今年看起来稳重多了，最关键心中有了责任。荣勤民心里打定主意远离麻将，计划攒点钱到时也把女儿送出去上学。杜英娥听到他这个想法时很是开心，毕竟荣局长的工资对这个家太重要了，只要他不再当冤大头，所有一切都不是问题。

第二十九章 我们向哪里去

1998年的春天和往年没什么不同,返校没多久校园的樱花已含苞待放。那天在通往图书馆的路上,荣健看到有人牵着黄莺的手慢步走在前面。从背影看那小伙个头不算太高,但服饰打扮显得时尚帅气。虽然没看到正面,但在那一刻荣健忽然想哭,他似乎明白了黄莺在自己面前坚持原则的本因。人家早已名花有主,而自己注定继续流浪。这突如其来的打击对他来说是深沉的,以至于他瞬即放弃了去图书馆的计划,扭头索然地走回宿舍。

仔细思量了一下与黄莺交往的过程,荣健发现其实黄莺没有给自己过任何机会,这让他可怜的自尊一时无处安放。他甚至不理解,自己哪方面又比那个小伙差,他无外乎就是穿了身洋气的衣服,这有什么了不起!想来想去他不愿承认这个失败,琢磨着还是要想办法和黄莺好好沟通一次。但是这偶遇让他心情失落、郁闷,回到宿舍懒散地倒在床上,之后裹紧被子呼呼大睡。

谭浩宇大呼小叫着从外面回来,嘴里吆喝着:"我贼,出大事了,武汉长江大桥上发生爆炸案,造成几十人伤亡。"荣健刚睡着被这叫喊声惊醒很是恼怒,直接翻身坐起瞪着谭浩宇嚷道:"叫唤啥叫,还让人

冬日的火花

睡不？"谭浩宇也不示弱，瞪着牛眼恶狠狠地回答说："睡睡睡！啥时间还睡觉呢？得是女人又跟人跑了。"说完哈哈大笑，这一笑似乎直接击穿了荣健的伪装，他又没法辩解与此毫无关系，烦躁地回敬道："羞你先人，关女人屁事！你跟个叫驴一样，把人能吵死。"谭浩宇听了这话嘴里说着："你娃嚣张很，欠收拾得是？"然后冲上来按住荣健的双肩使劲摇晃，摇得荣健睡意全无，想站起来又不能够，只好一把抓住谭浩宇的大腿肉使劲一捏，如此两个人都使上劲虐待对方，在宿舍里半真半假地较起了劲，直到两个人都累得一头汗才停了下来，互相干瞪眼半天嘿嘿一笑就此了结。这时才说起爆炸案的详细情况，并拿起碗筷一起赶奔食堂去看新闻联播。

第二天系里组织安全教育，通报了"二·一四爆炸案"的有关情况，系书记一再强调大家留意周围的坏分子，如有特别情况一定要给系里报告。国贸班的小慢成了这次安全教育的受害者，因为他整日缩在宿舍抱着游戏机不去上课。偶尔出门就会一头扎在游戏厅玩得昏天黑地。这伙计平日里几乎不和同学交流，说话行动都慢慢腾腾，所以大家干脆叫他"小慢"，时间久了全名似乎都没几个人知道。据说他已经留了两次级，今年升学估计仍然无望。小慢不爱洗澡，很少换洗衣服。舍友提意见他总说大男人不用老在意这些细节，时间久了也没人爱搭理他。可闲得没事的时候大家总是拿他开心，这个摸着他的头说"小慢"昨晚叫了某个女生的名字，那个就起哄说"小慢"跑马一点都不慢。每当这个时候"小慢"都是脸上挂着腼腆的笑容，目光斜视，冷不防慢吞吞说出一句："鸡巴，笑个屁！小心晚上把你们都骟了。"有人把"小慢"这样的表现反映到系里，认为"小慢"是个潜在的危险分子，为此系里专门给他安排了心理辅导老师，每天跟他劝勉谈话一小时。那些天"小慢"郁闷坏了，每天谈话回来都会站在宿舍门口带着南方口音骂一句："操操操，一群坏蛋，早晚被汽车撞死。"其实像"小慢"这样特立独行的人在学校里还有很多，荣健一个宿舍的卓耀凡应该也算一个。这伙计每天回到宿舍就会像个哲学家一样坐在床头深思，或者就是把自己的袜子或者裤头翻来覆去地洗。荣健跟他开玩笑说这样干净下去女人都受

第二十九章　我们向哪里去

不了，结果卓耀凡回答说："要女人有个毛用，懒得哄她们。"最受不了的是有一天卓耀凡居然把眉毛给剃了，说这样就能让眉毛增粗增黑。荣健看着他的怪样子嘲讽道："你干脆把那家伙也割了，看能不能长个更粗更长的出来。"卓耀凡听言很是恼火，直接怼道："你懂个屁，净瞎起哄。"荣健对他这样的态度极为不满，认为和他开个玩笑这货太过较真，于是直接上前一手卡住他的脖子说道："你简直不知好歹，说你还不是为你好。"结果这当口谭浩宇又嘻嘻哈哈地走进宿舍，看到这一幕居然高声喊道："干啥呢？干啥呢？小心老卓晚上起来尿你一脸。"听到谭浩宇这么一说，荣健差点笑了，当下手上松了劲，想着跟这货较量也没球意思，于是松了手退回到对面床上坐下。可卓耀凡怒气未消，仍用眼睛瞪着荣健，两个人用眼神拼杀了好一阵才各自收兵。

邱雨生说荣健和谭浩宇的狂躁病主要是荷尔蒙憋的，那天晚上他躺在上铺慢条斯理地说荣健欺负人家卓耀凡是不对的，人家爱怎么样就怎么样关荣健啥事，纯属闲得蛋疼。邱雨生说话向来这样，他老成持重的样子就像一个饱经沧桑的大叔，任何事情在他看来都无足轻重，入学以来还没有人看到过他的情绪起伏。有时候大家晚上躺在床上聊天，都说谁将来跟邱雨生过日子会憋出病，这个地震来了都不下床的家伙一点生活激情都没有。而邱雨生则说："难不成都像你们一样整天想女人就是有激情，有些事瞎着急不行！"章彬睡在邱雨生的下铺，通常情况下一言不发，偶尔说句话必是话王。比如他说谭浩宇和荣健就像茅房里的两只红眼苍蝇，到处惹腥到处碰壁，到死都不知道咋死的！大家问他为什么这样说时，他又故作神秘拒绝回答。这样的话自然让荣健和谭浩宇心里郁闷又不以为然，回过头来讥讽章彬就会放闷屁。来自江苏的小伙子孙皓大家都叫他耗子，他除了关心足球就是抱着随身听自我陶醉，还是小魔女范晓萱的超级粉丝，常常边听边唱什么"脖子扭扭屁股扭扭……咱们来做运动"。在大家眼里他还是一个没长大的孩子，所以只要哪天他跟女生说了句话，大家都会在晚上揪住开他的玩笑。说他跟女生凑那么近难不成是想吃奶，然后众人满足地哈哈大笑。这个时候孙皓必是面红耳赤，瞪着清澈的眼睛结结巴巴地说："你们，你们，你们放屁！"

/407/

冬日的火花

　　这五个人的标配从搬进七公寓到毕业再没有变动过，于是这样的晚会成了经常性的生活内容。而真正的学业在大家看来不过是混够时间毕业走人，不是没有人奢望再进一步，而是三年制专科要想考研还得先完成升本，于是绝大多数人都选择了先就业再做打算的路线。这样一来学业相对轻松，稍微用点心拿到毕业证不是问题。而对荣健来说，最苦恼的是对于会计专业的账务处理毫无感觉，只要那一堆数字、表格放在面前他就烦躁得要紧。尽管静下心完成作业或者测试都没有问题，可是从那时候开始他有些为未来担忧。他实在无法想象将来每天面对一堆凭证和账务，这样的工作一想就让他烦躁到近于崩溃。之前想过考公务员从政，可这个路到底怎么走他毫无方向。如果万一从不了政，那么自己又去干什么？这个问题在他心里有千万次的追问，可那个时候他根本回答不了自己。

　　终于有机会和黄莺做了一次深谈，那是一次党课之后。看见黄莺独自走出南校区大门，荣健一路小跑追了上去。沿着防洪渠一直走到大禹河边，两个人沐浴在初夏的晚风中谈笑甚欢。此时的大禹河水位已经上涨，黄莺说受去年厄尔尼诺现象影响，今年的汛期估计要提前。荣健说："你挺适合当新闻主播，刚才说话的感觉绝对是中央台主持人的风采。"黄莺扭过头冲荣健眨了眨她明亮的眼睛，面带微笑说道："是不是呀？不过你这么说我爱听。"说完呵呵大笑，荣健也报以微笑。他注视着黄莺喜悦的样子，那笑容很是迷人。那白皙的面影和自来棕黄的头发在暮色中显得大气而温婉，额头两道淡淡横眉修长有型，眼睛圆亮而有神，她鼻子不算大，但鼻梁笔挺，鼻头圆润，笑的时候鼻翼微微翘动显得还有些调皮。和叶子相比她自是一个很有书卷气的女生，况且她又是城里长大，身上处处散发着某种可谓高贵的气质。这种感觉让荣健不觉有些景仰，藏在心底的话终于按捺不住说了出来。他问黄莺："你是不是有男朋友了？前几天我在学校看见你和他在一起，我嫉妒得要死。"黄莺回答道："这都被你发现了！不过那不是男朋友，他是我的初中同学，我们两家算是世交。"荣健听了这话长出一口气，忽然心底又有了勇气，他接着说："如果他不是，你可不可以给我个机会？呵

第二十九章 我们向哪里去

呵！"黄莺听到荣健单刀直入的逼问瞪大了眼睛，她笑着说："我没拒绝你呀！不过我这人心眼小，不想谈没有结果的恋爱。"荣健急切地补充道："怎么会没有结果，我们可都是本地人。谁还能上天不成？"黄莺看到荣健认真而急切忽然就沉默了，她低下头显然在思考如何回答他。荣健又说道："上一次你给的软钉子让我很灰心，不明白你为何非得拒我千里，我在你眼里真的就一无是处？"黄莺连忙澄清自己没有那个意思，自己只是希望保持正常的朋友关系，也希望大家都好好地度过这剩下的大学时光，以后谁知道会怎样，因此将来的事最好将来再说。荣健又问道："那你的意思是不是我还有机会？"而黄莺回答说："这个我不能告诉你，你自己感觉呗！"说完这话她笑了，说我们到河边吹吹风去。她说着蹦跳着走向水边，荣健缓了几步后又追了上去。那日河水汹涌，落日如炬，水面散发的阵阵凉意让人清醒。

自从那日之后，在荣健心底他与黄莺的感情自是与一般同学不同了。可是有什么不同他说不上，下一步怎么走他陷入了迷茫。当他在食堂看到郦薇和男友成双出入的时候，心里忽然有些酸楚。前些日子郦薇来找过他，说有个老乡追她，而她心里实在没有主意。那天荣健像个专家一样跟郦薇说找个老乡挺好的，最起码不会劳燕分飞。那小伙人也挺精神的，顺从自己的内心应该就是最好的选择。然而现在看到郦薇与他成双成对时，荣健内心却无法淡定，是嫉妒还是失落他自己也说不清楚，反正感觉非常不爽。尤其当他把这事说给邱雨生时，邱说荣健是个傻子。郦薇跟他说要不要和老乡搞对象其实是对荣健表白，而荣健的拱手相让郦薇应该会很伤心，与她老乡的相处会不会是赌气也很难说。邱雨生的话让荣健更加不爽，尽管他的目标是黄莺，可是他对郦薇的选择也牵肠挂肚。所有这些事情让他心情烦乱极了，有时他会问自己什么是爱情，所有这些过往的感情自己哪一段似乎也不够坚贞。是自己错了吗？还是自己根本就不知道爱为何物！那些怀念也罢，伤感也罢，难不成都不真实。那么真实到底是些什么？仅仅只是对丰乳肥臀的向往？而如今自己又爱黄莺什么？她的才华？她的气质？而这么快忘掉叶子就那么理所当然？自己真不喜欢郦薇吗？郦薇的感情唾手可得，而自己又非

冬日的火花

得期待黄莺的钟情？而这又是何苦呢？再想起不知所终的林芳欣，荣健的内心就更加彷徨！自汉都市一别又好几年，她又在哪儿呢？曾经的两情相悦就这样生死茫茫吗？这一连串的问题让他苦恼又无法回答，就这样他的情感世界陷入了无法排解的迷茫苦闷当中。

而那时候夏青也有了男朋友，好几次迎面相遇两人都有些无法掩饰的尴尬。如果处理得好，荣健与夏青也必是很好的朋友，而如今却几乎要形同陌路。眼看这个夏天她就要毕业，这个曾经对自己怀有美好感情的姑娘那么真诚善良，而自己却有意无意地伤害了她，为此他内心总有一种深深的愧疚。于是又找机会请夏青在旁边的秦都市场吃了次饭，他没有提起自己的错误，只是说感谢夏青当初的关怀，希望能永远做朋友。而夏青说那些玩笑的话她从来没有往心里去，只是当初荣健那没来由的高傲真是让人生气。她也没有谈男朋友，在一起的那个男生只是普通朋友而已。希望以后荣健有机会到山西玩，她一定会好好地招待。这是荣健和夏青的最后一次见面，之后她也像罗云当年一样消失得无影无踪。

《泰坦尼克号》一上映就成为一个话题，电影插曲也经常会在校园的各个角落响起。没有几个人能奢侈地去电影院观看，能挤在电脑前看盗版影碟已经算是相当前卫的享受了。如果再能挂上一对有源音箱，那效果别提让人有多振奋。电影的故事显然又是一个西方版的王宝钏与薛平贵，只是杰克为爱献出了生命。荣健觉得如果自己遇见这样的露丝自己也能做到，然而杰克常有而露丝不常有，所以自己依然苟延残喘地活着。当新闻播出《泰坦尼克号》囊括十一项奥斯卡金像奖的时候，另一则新闻也足够大家兴奋。那就是我国自主研发的歼-10战机首飞成功，这是名副其实的三代机，中国空军装备自此开启了新的时代。这条消息让荣健想起了陆锋，这个家伙已经很久没有音信了。

然而就在不久后的那个黄昏，一个身着笔挺军装的青年出现在了北方轻工业大学的校园里。没有人注意他的军装缺少军衔的标志，但那种威武飒爽之气也足以让人艳羡。他是来找谭浩宇的，目前就读于北方空军工程大学，虽在军校上学但并不是军校的正式编制。这在荣健看来是一件极其好玩的事情，现如今军校里面居然也开始有了水货。当然这话

第二十九章　我们向哪里去

可不能当着同学的面说，更何况这伙计正为此大倒苦水。说当年家里为了自己能上军校可是想尽了办法，没想到到头来只是一个编外生。就连军装也是自费购买，这事实在丢人得没法说。现在马上面临毕业，正式编制的人家都有分配，而自己这种编外生只能自谋生路了。对于同学这样的遭遇谭浩宇很是不解，同时他又对这样大是大非的问题甚为敏感。他惊叹道："军校这样的作为实在是自毁长城，招收自费学员属于赢利性质，这与中央有关军队不得从事经营活动的精神是违背的。关键是军校敛财具有先天优势，如此一来岂不是贻害无穷。"对于谭浩宇上纲上线的分析荣健深表认同，并强调军校不比地方院校，军校应该是培养职业军人的地方，如果唯利是图地办班那还得了！三个人在宿舍里可是一番激烈议论，但最终只能建议这个诉苦的同学调整心态，大家一起面对市场化的洗礼。

　　樱花盛开的时节阳光灿烂，尽管心里有这样那样的不如意。但是整体来说学校的生活还算愉快，不算太重的功课完全不是负担，课余时间打打篮球访访友。回来在水房一边洗衣服一边引吭高歌，偶尔再发个狂冲个凉水澡，或暗地里与同学们比个屌长毛短，这嬉笑狂放低级趣味也都是大学生活的真实情景。就在这阳光灿烂的季节，那个温暖的正午，另一个肩扛着一杠两星的青年军官也走进了北方轻工业大学的校园。他就是陆锋，一个绝对货真价实的军人。

　　荣健见到陆锋的时候差点惊掉下巴！面前这个让他惊为天人的军官威武非常，走路的姿势矫健端正，就像一阵风戛然停在他面前。他伸出了右手，而荣健直接一个冲拳迎接他。只见他稍一侧身径直拥抱了上来，就这样两人紧紧抱住瞬间几乎要热泪盈眶。少顷荣健问道："吃饭了吗？走，尝尝我们食堂的风味。"食堂里的聊天只是一种礼节性的问候，当他们并肩走出校园去街上漫步才是沟通的开始。那时已经夜幕降临，荣健抢过陆锋的大盖帽戴在自己头上，陆锋说这违反纪律，荣健说就带你个帽子谁还把咱咋。陆峰也不再说什么，干脆脱了上衣拎在手里。陆锋说："中国军队已经挺过了忍耐期，下一步装备将进入密集更新阶段。多批次的先进战机的研发都进入冲刺阶段，不用多久解放军将

冬日的火花

会成为世界上最强的军队之一。"荣健说："啥时候把这之一去掉那才是最强。"他问陆锋都飞过什么机型，座机编号是多少。这些具体的问题陆锋一个也没回答，一再说部队有纪律，很多事不能讲。荣健问部队现在是否也很腐败，陆锋则说害群之马总是有的，但是他对部队有信心。荣健给陆锋讲了个笑话："说某首长带二奶海边散步，指着远处的军舰说：我在你身上花的钱都能买艘军舰了吧？二奶答道：死鬼，你咋不说你在我身上放的炮都能解放台湾呢！"陆锋听完也是哈哈大笑，但是他说："别的部队怎么样我不知道，但是我们部队没有这些乱七八糟的事情。"荣健则说："你整天围着飞机转别太单纯，那一帮当官的坏着呢！听说现在好多事都是明码标价，这样下去咱们的钢铁长城可就成了烂泥城墙了。"陆锋说："你现在真够消极的！没有那么严重，最起码我觉得我们部队是公平的。我受了伤申请复飞都没有遇到太大障碍。"而荣健却说："那对着呢！玩命的事有谁会拦着你？"眼看着这天都没法聊下去了，荣健则话锋一转，笑着说道："你别当真，我也相信我们国家的军队不至于烂到这个地步。毕竟是党指挥枪，我们的党是无产阶级政党，不可能成为权贵们的卫队。更何况国家尚未统一，我相信新的历史阶段党和政府对军队的建设将会更加重视。"陆锋接着说："但说实在话，自1978年到现在，为了集中力量发展经济，军队已忍耐了整整二十年，我军的装备与发达国家相比确实差距拉大了。要不是1995年李登辉闹得厉害，我军的军事现代化步伐估计还要延缓。"荣健又问起陆锋1996年身在何处，有无具体的战备行动，陆锋又是遮遮掩掩没有正面回答，只是说当时美军航母在台海一转，我们就得拿出玩命的架势，但现在完全不同了。

　　秦都古渡总是友人叙谈的好去处，那日他们坐在水岸边上的大石头上畅谈到半夜。陆锋问起荣健毕业后的打算，荣健说现在能想到的归宿就是考公务员，具体能去哪儿现在没法说，但多半会落脚在省内。陆锋说落脚在省内也挺好，这样还能照顾上父母。说到这他明显有些伤感，顿了一下说这次回来看到父母明显老了，父亲心脏不好，母亲椎间盘也有问题，妹妹今年高中毕业，按现在的情况考上大学应该没什么问题。

第二十九章　我们向哪里去

因此到了下半年家里可就剩下父母两个老人了，怎能不让人牵肠挂肚呢！荣健宽慰他说自古忠孝难以两全，如果顾得过来他会常去看望的，这一点他尽管放心。在聊起往事时，荣健提起许芹，陆锋说许芹今年就毕业了，很有可能会分配到汉都市某军工企业参与战机制造。荣健和他开玩笑说："那到时候你们夫妻俩一个造飞机，一个开飞机，这确实是珠联璧合的伴侣呀！你们俩居然不动声色地就私订了终身，王妮知道了会恨死你的！"陆锋接过话头半开玩笑地说："王妮是个好姑娘，不行我把你俩撮合一下？"荣健回答道："你别一天装得跟人家家长一样，好像你就能定了人家姑娘的终身，况且那个大小姐我也伺候不了。"然后俩人哈哈大笑。陆锋叹了口气，怏怏地说道："说老实话我有些辜负人家，但是我绝不是故意的。我也从来没有承认过她是我女朋友，我一直当她是哥们的。可是这个误会看来是太深了，她写了几十封信骂我，我没法回复。"

　　说到此荣健感慨地说："人比人气死人，爱你的姑娘执迷不悔，我爱的姑娘都无影无踪。你现在扛着一杠两星，我还不知道饭碗在哪里。都是一个教室出来的，差别咋就这么大呢？呵呵！"陆锋回应说："你别说这些酸不拉几的话，你的牛脾气别人不知道我还不清楚了，你啥时服过人！过不了几年你也肯定是这长那长的，别变成肚满肠肥就好！"荣健自嘲地说道："哎，我前一阵不知脑子哪里抽了风，居然跟一个女生吹牛说我以后要当汉都市市长，现在想起来都有些汗颜。"陆锋神态坚定地说道："没什么不可能！你不是整天念叨什么'修身、齐家、治国、平天下'，咋现在还没出校门就蔫啦？"荣健听到这话哈哈大笑，说："我就喜欢和你在一起吹牛皮。"之后他站起来活动了一下筋骨，忽然诗兴大发地跟陆锋说："我要作诗，我一半你一半。"之后他脱口而出如下两句："泸水皎月未能忘，故知重聚古渡旁。依稀当年寒窗下，岂为锦衣把乡还？"陆锋也不示弱，紧跟着大声附和道："长河奔流三千里，男儿有志不彷徨。我自生有鲲鹏翼，不负凌云万里风。"两个激情澎湃的青年人站在大禹河边，一会儿豪情万丈，一会儿凄凄深情，一会又激烈争辩，一会却沉默凝望。这样的相聚他们很是珍惜，直

冬日的火花

到夜幕降临才离开。

荣健原本打算做东请陆锋在远近闻名的秦风楼吃顿泡馍，买单时陆锋却说自己现在已经有了津贴，因此必须由他来结账。荣健也没有再争，两人酒足饭饱地下得楼来。

街上行人稀了，车流也变得松散。两个人沿路溜达着，转过一处红灯就走到了防洪渠边上。走着走着俩人几乎同时有些尿急，看到路旁一处堆放大量废旧建材的场地就自然地转了进去。此时月光渐暗夜幕沉闷，杂乱的旧货场颇有些阴森的气息。自觉转进一处废旧木门窗货堆的背后，刚要解开腰带，却忽然听到一声低沉冰冷的呵斥："滚！"二人下意识朝声音来源处一看，隐约见三个壮汉围着一个少妇模样的女子，其中一个光头用手卡着少妇脖子把她抵在身后的墙上。就在那一刹那，陆锋似乎想也不想地大喊一声："干啥呢？警察来了！"与此同时一只手示意荣健往后退。而他自己只是迎着那伙人向后退了两步，荣健看他这架势瞬间明白了他的诱敌意图，当下在废材料里抽出一截细木料。陆锋见荣健武器在手，直接用挑衅的口气说道："嗨，伙计，劫财还是劫色呢？见面分一半么！"只听对方迅即回应道："分你妈，穿身制服就以为你是个人了，我看你是想死！"说话间两人呼啸着向陆锋奔来。荣健躲在垛子后面，见人影即将闪出，顺地使劲把木料猛地一伸，当即有人被绊得直挺挺摔在地上，另一个也一个趔趄站立不稳。就在此时陆锋飞起一脚直接招呼到那人下巴，顿时只听一声惨叫倒在一旁。前面被绊倒的还想站起来，结果荣健冲上去举起木料狠狠地砸在他的大腿和屁股上，也就只能趴在地上一阵哼唧。控制女子的汉子见同伙被打瘫，当下放了女子怒吼而来。谁承想还未到二人跟前，陆锋居然伸手指着他大喊一声："跪下！"那嗓门透着横刀立马的豪狠，只吓得那人明显一怔。这当口荣健挥起的木框朝他腰上招呼过去，那人几乎侧斜着倒在了地上。这时那女子跟着过来了，陆锋上手拉过她向场外跑去，荣健紧跟其后见无人追来才扔掉了手上的木框。到了正街陆锋伸手挡了一辆出租车，给女子说了声"赶紧走"，就把她塞上了车。那车飞速驶离，弟兄俩则向着相反方向狂奔而去。

第二十九章　我们向哪里去

直到躺在酒店床上，荣健才发现手被挂烂了皮。而陆锋似乎还不过瘾，说好久没动手了，这拳脚居然有些生疏。荣健说："你简直是打虎武松么，说出手就出手了，身手好得很么！"陆锋回答说："那有啥啰唆的，咱名副其实的正规军么！况且三个汉子围着一个女的，不管那女的啥身份，那伙人都肯定不是啥好鸟，不管三七二十一先揍了再说。"荣健笑着说："哈哈，那你跑啥？"陆锋说："咱穿着军装打人，到了派出所也免不得麻烦。你还说我呢，你下手重得跟打贼一样，估计那几个可得在床上躺几天。"荣健有些羞涩地说："嘿嘿，我害怕呀！就想一招制敌。反正今天咱算是见义勇为，这黑架打得舒服，爽！"此后俩人冲了澡躺在大床上继续聊东聊西，并推断那三人应该不会报警，况且即便报警想来也没多大后果，于是也不再去想。

那晚电视里播着印尼爆发反华暴乱以及法国世界杯即将开幕的消息。弟兄俩对反华暴乱的血腥义愤填膺，接着又对国足的不争气感慨万千。念叨着中国人啥时才能真正的扬眉吐气，在各个方面能够被人尊重。话题扯着扯着陆锋忽然提起1993年国际大专辩论会，说前一阵他刚看了《狮城舌战》那本书，有关当日辩论的文字实录非常精彩。那场决赛荣健记忆深刻，他强调说决赛复旦力压台大可不是一般的胜负，那是代表正统和分支的较量，大陆只有全面超越统一才会少点坎坷。并说他自此特别崇拜蒋昌建，感觉他就是现实的真英雄。后来自己在班里还组织了辩论赛，其中一个"酒香不怕巷子深"的辩题让他甚至有了当广告人的冲动。陆锋问："为啥一个辩题能让你有这样的想法？"他回答说："富兰克林·D·罗斯福总统说过'不做总统就做广告人'。这话听起来就很带劲，况且现在国家搞市场经济，未来恐怕酒香也怕巷子深！因此这个行业应该大有作为的。"陆锋很赞同他的看法，调侃道："你思路蛮开阔的，我提个狮城舌战你居然能联想到做广告人！看来不干广告都委屈你了。"荣健是有过做广告人的想法，但那只是一时兴起！而从政才是那时他最真实的理想，只不过现在从政感觉有些遥不可及。两个人天南海北地扯了半夜，称得上古今中外上天入地家国情怀，而那种胸怀天下的境界直到多年以后仍自我感觉良好。

冬日的火花

到了离别的时候，兄弟两人真有些难分难舍，最后居然都湿润了眼眶，在汽车站外他们紧紧拥抱在一起。陆锋在荣健耳旁低声说道："自此一别不知何日再见，多保重！"荣健也深情地说道："鹰击长空处处有风险，你一定要沉稳仔细平平安安。"陆锋一边捶着荣健的背一边说："放心吧！万无一失！如果有一天我真的捐躯了，父母和小妹就拜托你了。"然后转身向刚刚出站的班车走去，荣健看着他的背影高喊："保重，常回家看看，你家的事可别指望我！"陆锋上了车回过头时脸上挂着平静的微笑，不断挥动着手里的军帽直到车门关上。荣健在原地站了很久，目送着班车远去没了踪影才离开，回来时感觉心中空落落的。

6月份的校庆场面宏大而热闹，荣健、黄莺、谭浩宇应秦都市电台邀请代表学校做了一期访谈节目。从直播间出来时居然碰见黄莺的准男友来接她，这样的遭遇让荣健有些恼火，不屑地瞟了那小子一眼，如不是谭浩宇在一旁提醒，那一瞬他极有可能行为失礼。尽管未露声色，但是他心里对黄莺有一万分的不满，觉得这简直就是无声的羞辱，何必如此呢！他哪里知道本来电台邀请的人并没有他和谭浩宇，只是那两名毕业班的同学临时有事郝冰雁才叫他俩来顶班，这事黄莺知道时已经约好了朋友，否则黄莺应该也不会让那小子在此出现。然而这样的阴错阳差让荣健心里留下了阴影，从那时起他和黄莺之间有了一道无形的鸿沟。回宿舍的路上他满肚子怒火，似乎对全世界都感到不满。上楼梯时一个皮革系的山东小伙眼睛瞪了他一下，他不但恶狠狠地瞅了别人，居然直接爆了粗口，骂完还举起了拳头吓唬人，那小伙连忙躲闪着走开。

荣健和谭浩宇回宿舍拿了饭盆去食堂，没想到回来时宿舍挤满了人，舍友章彬居然被人打得浑身是血。一问原由才知道是上楼时那个山东小伙带人报复，问起荣健时章彬没好气地说了句："不知道。"自己惹下的事肯定得管，于是他和谭浩宇很快纠集了卢伟、魏俊、钱坤、李银国等人前去理论。荣健、谭浩宇、卢伟三个人手里拎着折叠椅，一脚踹开那几个山东同学的房门，宿舍却空无一人。卢伟用折叠凳狠狠地在桌子上拍打了几下，那响声震得整个楼道都在颤抖，荣健则一脚踢翻了门后的几个暖水瓶。之后一群人骂骂咧咧地在其他几个宿舍逐一找寻参

第二十九章 我们向哪里去

与打人的罪魁祸首，结果一无所获。钱坤出主意说就在楼下等着，那一伙肯定很快会回来。结果众人等了个把小时也没等到那伙肇事者，却等来了系书记和辅导员的一声怒吼："荣健、谭浩宇你们两个坏东西给我过来。"其他人看到这情况迅速散去，荣健和谭浩宇低着头被书记一顿臭骂。

可这事没算完，荣健和谭浩宇挨批回来就强拉着章彬住进了学校对面的核工业秦都医院，并派人要求山东同学立即拿医药费出来。那天来交住院费的是同级皮革专业的班长，那伙计衣着光鲜，手里拿着墨镜。一看这傲慢的姿态荣健就上火，更恼火的是那伙计不断炫耀他们山东经济如何如何好，花点钱没什么大不了。荣健严肃地说："我告诉你，不光是花点钱的事。你想得简单！谁打人谁得背处分，学校如果不严肃处理是绝对不行的！"听了这话那伙计无奈地摇摇头说："大家都是同学，一时冲动何必这么较真呢？况且章彬同学也没什么大伤，休养几天就没事了。"荣健说："没事，说得简单，你把你那伙计拉来让章彬打一顿咱们就扯平。住院的钱也不用你们出，行不？"皮革班长看这情况没法再沟通，于是交了住院费就离开了。系里听说章彬同学住了院，马上让辅导员想办法与章彬家里取得联系，第二天中午章彬的大伯来到了学校。

章彬大伯那身装束看不出是庄稼人还是在外边工作，反正到学校时真可谓风尘仆仆。脚上的皮鞋沾满泥土不说，腰里扎着一条地摊手工切割的超宽皮带，而裤腰还歪向一边。他坐在章彬病床上询问完病情就豁达地对荣健他们说："年轻人打个架挨个打没啥大不了，不要再计较了。我这个年纪的时候也挨过打，现在跟打我的同学关系还好得不行。"几句话给荣健和谭浩宇等一帮吵活着给章彬出气的人当头泼了凉水，想来人家家里这态度，看来这事也只能如此了结。可是系里把这笔账算在了荣健头上，开全系大会的时候，系书记点名说荣健不是个好东西，那一刻荣健满腔义愤，可又没法争辩。毕竟入党的最后审批权在书记手里，马上就到"七一"了，这个节骨眼跟书记作对岂不是自取灭亡！

荣健和一帮同学面对党旗宣誓的时候长江淮河流域爆发了严重的洪

冬日的火花

涝灾害，紧接着十数万军队开赴抗洪前线。新闻里每天都能看到解放军战士舍生忘死抵御洪水的画面。而此时法国世界杯赛程已经过半，每天晚饭后大家都早早地挤进饭堂抢占座位，先看新闻再看球赛。多数人手里备一瓶可乐，豪爽地弄几瓶啤酒干吹就算是冒尖的幸福生活了。尽管罗伯特·巴乔宝刀未老，但是齐达内、罗纳尔多、博格坎普、克鲁伊维特等新一代巨星的横空出世让他黯然失色。法国队在四分之一赛淘汰了意大利，从那一刻起预示着罗伯特·巴乔的时代结束了。然而决赛时最诡异的一幕出现了，一直状态神勇的罗纳尔多梦游般地出现在赛场上，那种状态如同瘟疫般在巴西队身上蔓延，而盘带大师齐达内却忽然上半身显灵，两次用头球洞穿了巴西队的大门。所有这一切让电视机前的人都感觉不太真实，最终巴西队稀里糊涂地输掉了比赛。1998年的世界杯就这样在一片骂娘声中结束了，从饭堂出来荣健义愤地说这明显是一场假球，实在太无耻了。但是谭浩宇和卢伟都说他想多了，这么严肃的比赛哪个国家也不可能让球。几个人争论了半天各自回宿舍，想着一觉醒来也就该收拾行李回家了。

  第二天醒来已到午饭时间，荣健和谭浩宇一起夹着饭盒去食堂。在饭堂门口碰见了一脸沮丧的郦薇，随意打招呼聊了几句。郦薇说几个月前一个老乡借了她三百元钱，结果要了好几次那家伙都说没钱，现在马上放假了，她还指望用那钱给妈妈买礼物！谭浩宇一听这话瞪着眼睛说："不要脸，这货就住在咱们以前住过的四公寓，一天装得跟大款一样，经常在小灶上啤酒小菜吃着，居然还能欠钱不还。"没等荣健说话，他当下就对郦薇说："没事，我俩今天就给你要去。"那时候两个人俨然像锄强扶弱的大侠，心里充满了见义勇为的激情。

  吃完饭他俩直奔郦薇老乡的宿舍，那宿舍的门虚掩着，敲了一下门听见里面有人应声就推门进去。郦薇老乡一个人穿着大裤头光着膀子躺在靠窗的上铺，有些不耐烦地问道："你们是干啥的？"谭浩宇走在前面，冷冷地说道："你欠郦薇的钱啥时还？"话音未落，那伙计坐了起来轻蔑地答道："关你啥事？"说话间那伙计从床铺里拿出一截钢管，举起钢管的同时咆哮着说："滚。"并凶狠地抡起钢管砸向对面床铺的

第二十九章 我们向哪里去

扶手上，立时发出"当"的一声巨响，震得整个房间"嗡"的一声。谭浩宇大喊一声："赶紧跑！"两人应声落荒而逃，一溜烟跑下楼见没人追来才消停下来。心想着那货必不会善罢甘休，据说他也有一帮不省事的哥们。于是当下一商量，准备去一公寓找卢伟、魏俊他们帮忙。那时候他俩一门心思想着纠集人回过头来大干一场，否则这回面子就丢大了。可是来到卢伟宿舍的时候只有魏俊和葛新在，魏俊说卢伟一大早就带着洋子上太乙山旅游去了，临走他们奢侈地置办了全套游泳装备，说是要好好地体验一下那里的温泉泳池。说到这的时候葛新似乎不满地唠叨："卢伟就是个败家子，就差把洋子当奶奶供着了。"魏俊则嬉笑着又发感慨说："抱着美女泡温泉，这货还挺会享受！"荣健自是没心情听这些，急切地说明了他俩的来意。没承想葛新却不紧不慢地说："你俩简直是没事找事，快放假了打啥架呢！"魏俊帮腔说："郦薇是荣健他班的副班长，这事肯定不能不管。可下午我哥要来接我，我必须得走。"听了这话谭浩宇满脸鄙视，直接扭头就往出走，荣健只好跟了出来。下了楼谭浩宇说："锤子，不靠他们了，走跟我去找我同学。"

真没想到谭浩宇说的老同学居然已经是一名刑警，两个人在渭滨派出所院子里见到了他。当时他刚拉开一辆越野警车的车门，谭浩宇大声叫了他的名字。他把迈上车的腿又放了下来，转身看了过来。一见是谭浩宇脸上顿时露出了灿烂的笑容，而且阔步迎了过来。那警官一身警服穿得甚为周正，虽然皮肤偏黑却很有光泽。他笑着说："啥风把大学生吹来了？"谭浩宇也不避讳，直接说是找他帮忙来的。那警官笑了，说："神了！我还准备找你呢。"谭浩宇问他啥事，他说："前一阵，三个闲人在你学校附近被人打成重伤，查了半天也没头绪，想找你看在学校里面能不能找点线索。"谭浩宇自是一头雾水，对此也毫无兴趣。而荣健听了此话内心一阵窃喜，他佯装不知地接话说："呵呵，这些闲人一天惹是生非活该挨揍。"警官说："人家现在是受害者，挨揍事小，关键医药费花了一大摊，既然报了案咱就得追查。"听了这话荣健不再作声，谭浩宇大概说明事情原委之后，三人就一块上了那辆警车。

冬日的火花

　　这事对职业警官来说显然不在话下，他直接把警车开到了四公寓楼下。安排谭浩宇和荣健到楼下传达室呼叫郦薇的老乡下来，那伙计带着另外三个帮手下来时看到谭浩宇和荣健站在警车前面，那警官只是打开驾驶座车门看了他们一眼，那几个伙计瞬间就怂了。谭浩宇丝毫没客气，直接问郦薇老乡："啥时给人家还钱？"那伙计连连说："你不管了，晚上我就送过去。"这时警官才发话了，居高临下地说道："这就对了，你们都是同学，听好了不许再生事，明白不？"那伙计表情虽有些不服，但是嘴上不再说啥。荣健跟着强调了一句："晚上就给人把钱还了，否则咱没完！"之后谭浩宇和荣健又上了警车，以胜利者的姿态潇洒离开了。荣健从后车窗看到那几个人低着头在原地嘀咕，估计心情必是非常郁闷。他俩坐着警车出了校门百十米就下了车，荣健对警官的帮忙连连感谢，而谭浩宇则平淡地说了句："回头请你吃饭。"而那警官爽朗地一笑，说："呵呵，咱俩这交情，说啥呢！你随时来，我请你。我还有任务，先走了。"话未落音一加油门扬长而去，看着他离去，谭浩宇嘴里唠叨道："这货念书不行，现在倒还捞了个好差事！走，咱回。"

　　讨账的事就这么过去了，郦薇的老乡没有想象的那么厉害，规规矩矩地还了钱，也没再生事。但郦薇在班上可是大力宣传了他俩的见义勇为，一时间两个人的形象变得无比高大，也让他们的虚荣心甚是满足。加上临近放假的日子又没几节课，课外除了打球就是睡觉，晚上到饭厅跳舞。而这阵子黄莺经常带着她那个上次歌咏比赛时一起出现的好友频繁出现在舞厅，荣健和谭浩宇也都分别跟她们跳了舞。熟悉后才知道那女孩在西北外国语大学上学，这姑娘言语高冷，对国内的种种弊端多有抨击，人家计划毕业就出国留学。而这样的人生规划荣健并不认同，也反对她全面否定国内环境和民众素质的言论，于是把话题引向别处。顺带打听起黄莺与那个世交男友的情况，这一打听得到的结果却让他更加寒心。

　　原来那男孩的父亲是凤鸣市工业局的领导，而黄莺之前提过毕业十有八九去凤鸣精密机床厂的事。这中间的联系就再简单不过了，不管黄

第二十九章　我们向哪里去

莺现在怎样想，但是据说两家家长撮合的意图非常明确。后来和黄莺跳舞时他又试探性地与黄莺相约毕业南下打拼，而黄莺总是笑着说这么宏伟的计划现在没法确定，只能到时再看啦。当他再提起黄莺去凤鸣精密机床厂的事时，黄莺只是淡淡地说家里有这样的安排，但现在八字还没一撇。那可是一家大型国有企业，据说很快就要上市了，想安排进去可不容易！荣健笑着调侃道："一毕业就进上市企业，那以后可真是高攀不起了！"黄莺则立即严肃地回应说："没你这么埋汰人的，再这样没法聊天了。"她说话时总是瞪着亮晶晶的大眼睛，那神情调皮又果决，而这种表情也是黄莺在荣健心里最有魅力的姿态。听到这话他只能再次扭转话题，否则自己都没法再说下去，况且他也无法抵挡黄莺那闪烁着愠色的笑容。面前心仪的人有着比较明确的方向，而自己的未来迷雾蒙蒙！如此的话题除了徒增伤感还能怎样？！那一刻他苍凉的内心对这喧嚣的舞会生出了厌倦，舞场上忽明忽暗的光影虽能掩盖脸上的失落，却抹不去他心头漫无边际的忧虑！

　　哲学家费希特说，大学的任务是"科学的探求以及个性与道德修养"，而荣健认为这是一句屁话！我们大多数人能探求到什么科学？又能修炼出一个什么样的道德？大学于我们不过是求知探寻生存之道，并思考寻找自己的人生坐标而已，除此之外真不知我们获得了什么？他认为大学最应该承担的义务是回答我们从哪里来要到哪里去。而这个问题事实上没有哪所大学能够回答，他自然也不会在此找到答案！

第三十章　这已不是我的世界

1998年的暑假对荣健来说注定是寂寞的，高扬整天东奔西跑忙活他的生意，赵海基本上找不见人。之前一起出去上自费的故旧朋友都已毕业各奔前程，而那些留在县城的同学自高中之后也基本上就断了联系。如今这偌大的县城对他来说越来越陌生，没有哪个朋友可访，没有什么地方可去。约了一次舒畅跳舞还赶上她要上夜班，最后只好自己一个人去舞厅转了一圈。而现在在舞厅活动的显然都是些新生代力量，那一刻他感觉到短短几年县城却已物是人非。

然而对高扬来说暑假是生意最好的季节。自从县印刷厂倒闭之后，各个学校印制作业本的业务被分散到十几家私人印刷厂。这些印刷厂大多只有一两台设备，也没有资本囤积纸张。高扬看到这个商机就制定了专门针对这些小印刷厂的供货政策，有时根据情况还赊账供纸。一年下来这些印刷厂的供纸业务基本上被他包揽了。再加上那些分散在学校周边的小商店也会提前囤积草稿纸、书写纸。原来总觉得量小没重视，可仔细一算才知道，这积少成多的数量也相当可观。即使每个商店一次购进一令纸，全县这数百家小商店完成一次铺货就能消化几十吨，而每吨纸就算赚一百元也会有数千元的进账。况且这种零售业务简单快捷，只

第三十章 这已不是我的世界

需把整令纸张裁成十六开捆好即可。他早已能熟练操作切纸机，也能毫不费力地把几十公斤纸一把抱上切纸台，看着切刀把纸切成一锭一锭的小方块，那感觉就像做工艺品。最关键他知道这些方块一下切纸台就会被络绎不绝的客户蚂蚁搬家般地运走，数钱的感觉让他干劲十足。

这些年高扬的父亲作为邻省好几个纸厂的高级技术顾问东奔西走，几年下来在西北五省区的造纸企业中颇有影响。借此人脉关系，他指引高扬与这些纸厂都建立了业务联系。随着金城纸厂的停产倒闭，高扬因为渠道广、产品全逐渐发展成了全县最大的纸张供应商。为了组织质优价廉的货源，他常常开着那辆昌河面包飞驰在通往晋、宁、甘三省的国道上，国道在两省交界的地方基本上天天车水马龙、黄土蔽日，那些长途拉煤、运货的车队前不见头后不见尾，偶尔有一辆抛锚趴窝的就会导致长时间的拥堵。好在他已有了经验，在车里时常备有足够的干粮和水，如此无论怎样也不至于在路上挨饿。起初没有经验时，每当堵车只能购买附近村民兜售的高价食品。而这些原本朴实的农民一旦做了生意良心就坏了，价格卖得死贵不说，还净弄些假冒伪劣。那方便面看起来与康师傅桶装面没有任何区别，可吃到嘴里味道完全不对路，再仔细一看，我的天！那商标居然是"康大帅"。再看看手上拿的可乐，"可口可乐"也变成了"可笑可乐"。这种吃喝上当都是小事，最可怕的是夜间省道上各种鸡鸣狗盗的碰瓷、劫道行为！明明看到前面只是横在路中的一截朽木，可一旦下车马上就会有人拥上来说你碾断了人家刚刚遗落在路上的檩木，不赔个一二百块钱根本别想走。最可恨的是这一路总有村民故意撒下三棱钉扎车胎，好几次在前不着村后不着店的地方瘪了胎。哼哧哼哧地换完备胎往往没多远又会被扎爆，开着瘪了胎的车歪歪扭扭走一段必有补胎小店，那收费自是没法谈，关键水平还很差，几乎每次回来还得重新补。反正诸如此类的当上多了也就有了经验，能走高速的尽量走高速，不能走高速的绝对不走夜路。任何时候开车上路土厚水深的地方不碾，最好保持距离一直跟着前车走。就这样他风里雨里地穿梭在各大纸厂间，心里充满了创业的激情。

其实如果仅是单纯订货的话，打个电话即可。但实际情况远不是那

冬日的火花

么简单。往往订了货打了款，人不去货就发不出来。只有亲自出马盯在厂里才能提到货，当然这还取决于与厂方供应部门的沟通。那时候搞关系的成本倒也不大，顶多请吃请喝再送些烟酒一切都没问题，到了淡季如果资金允许再帮他们完成任务囤点货那就更有交情了，而对高扬来说囤货绝不是什么坏事。尽管会占用大量资金场地，但是淡季和旺季供货会有较大价差，算下来其实非常合算。去年稀里糊涂地囤了点货，今年赶上纸价上涨可是大赚了一笔。他计划着今年再盘个小印刷厂，形成产供销一条龙服务，然后再想办法跟教育局合作把全县的作业本业务全揽过来。另一个计划就是换辆北斗星小轿车，那车可比昌河面包舒服多了，安全性也不错。但是眼前最要紧的还有一件事，那就是爸爸看好了一个独院，那房子位置不错，工业路一旦拓通那可是黄金地段。价格虽然说好了但如果不付钱人家就有可能随时反悔，现在得尽快腾出钱来。前几天碰见新任城建局局长安老师时他亲口说工业路动迁马上开始，这项工程他是总负责。

　　金城县工业路开工的时候锣鼓喧天鞭炮齐鸣，而这热闹场景背后可真是一言难尽。按照曾宪瑞的想法，他力主拓宽老街道、提升主街道、缓建新街道。老街道目前是人流量最大的街道，随着商业的繁荣，原本狭窄的街道经常出现拥堵现象。往后车辆人流还将增加，这种情况肯定会进一步加剧。但是另外一种声音认为，老街道可以保持原有民国以来的风貌，今后还要在城市规划中进一步强调，并对私人翻盖房屋时提出具体的设计要求。这样一来不但能强化这古老县城的历史韵味，同时也能避免强制性动迁搞得鸡飞狗跳。应该说这种观点也很有建设性。但是曾宪瑞认为近些年多数房屋都已翻新，档次很低风格迥异，已经完全丧失了古街原味。如果街道两边各拓宽三米重新规划建设，打造一个现代化的商业街区可能更为实在。他力排众议强推了这项工作，并为此破格提拔了金城中学原任政教主任的安伟仁出任城建局局长。拆迁动员会之前他特意找来安伟仁做了一次深谈，回忆起当年在银邑二中师生纵论天下大事的情景时曾宪瑞心情激动。他深情地对安伟仁说："我知道当年求学时你就满怀报国之志，后来又到东南大学深造，应该说见多识广。

第三十章 这已不是我的世界

如今金城进入大发展的历史机遇期，相信你一定能抓住时机一展抱负。"

安伟仁对老师的提拔重用自是感激涕零，他引用朱镕基总理的话说："老师您放心，无论前面是地雷阵还是万丈深渊，我都会一往无前。"这次会谈之后县委县政府力推的老街拓宽工作紧锣密鼓地开始了，县政府给各个职能单位发了专文，强调所有在老街道拥有店面、厂房的党政机关、事业单位、国有和集体企业都必须无条件配合此次动迁。同时城建局承头组织了专门的工作组挨家挨户向私有房主传达县委县政府的指示精神，并形成一对一工作机制。家里有人在单位上班而不配合拆迁的，单位给其放假回家做动员工作。家里有学生的如不配合拆迁学生休学直至家里同意拆迁。一时间舆论哗然群情激愤，各种问题蜂拥而至。有索要拆迁补偿的、有要求贷款的、有誓死不让寸地的，但是在强大的工作组面前所有问题最后都变成一群老头老太太围着工作组讲法治、讲政策。当工作组的报告呈报到县委县政府时，在会上演变成一场路线斗争。有人说这是共产党的天下土地国有，政府大的规划也是为了城市长远发展，如果个别人搞对抗就动用强制手段；可有人说现在是法治社会，一切行政行为必须在法律的轨道上行走，强拆民宅是严重的违宪行为，这样干下去领导班子的人都得进大牢。有人甚至含沙射影地说金城县不是独立王国，谁敢只手遮天就让谁知道什么叫天有不测风云！讲这句话的人正是副书记范江，此人是土生土长的金城人，他曾在各种场合公开地唱反调。因此在市委考察拟提名范江为金城新一届县长人选时曾宪瑞投了反对票，组织上出于团结的考虑，不久之后将范江调离并委派到安平县任县长。

曾宪瑞升任金城县委书记已经第三个年头，回头看这三年来围绕国企改革展开的各项工作，现在真可谓是一地鸡毛。造纸厂、变压器厂、橡胶厂、农机修配厂、印刷厂、酒厂、氮肥厂、印刷厂相继倒闭，仅存的水泥厂也是半死不活。虽说以个体为单位的非公经济增长迅猛，但是在自己任内国有企业的全面崩塌不能不说是一件很遗憾的事情。从整个改制过程来看，操之过急方法简单是最大的失误。过程中暴露的种种漏

冬日的火花

洞简直让人恐惧，可是这些事只能烂在心里已无法再提。到底是什么原因导致了这样的结果？他认为主要是干部素质问题，大量出身工农或者军转的干部队伍对新经济几乎一无所知，如此盲人骑瞎马焉能没有失误！为此他交代组织部从教育系统选拔学历层次高的干部充实到一些先锋岗位，由此才有了安局长的走马上任。然而他这种举贤方式在县委班子内部多有反对之声，任命安伟仁出任城建局局长自然是他乾纲独断的结果。

虽说自范江被调走后县委班子里再没有反对的声音，但是各项工作的开展仍然举步维艰。安伟仁却也才能突出，老街道的动迁的工作搞得声势浩大，眼看着大多数人已经签字同意，这个时候却接到市政府叫停的通知。原来有人组织了一大堆反对材料上访到市里，把县委县政府的工作形容为无法无天侵夺民产。听到这样的声音曾宪瑞心情悲凉到了极点，他无法理解这些群众的想法，并且料定如丧失这次改造机遇，县城发展中心被迫南移后，那么老街道的衰落必将难以幸免。可现在既然上级已经否决，那么如何收拾这个局面就成了当务之急。

安伟仁没有辜负老师的期望，拆迁工作的组织布置可以说是滴水不漏。一边利用县委县政府的文件强势施压，一边又要求工作组人员必须注意方式方法。尤其针对家里有学生的工作人员大多网开一面，很多人只要写了保证就让孩子先回校上课。一些家里有老人患病的，工作组联系好医院床位，并派人将老人接去住院。这样一来尽管拆迁声势不减，但是并没有造成激烈的对抗。当县委县政府决定执行上级指示放弃动迁的时候，城建局作为牵头单位倒也不是很被动。只是在传达精神的时候将放弃改为延后执行，这样一来那些原本支持改造的群众也没有太大意见。安伟仁特意交代工作组人员，用统一的说辞去执行这次任务。这个说辞大意是说按照中央改革精神，农村基层组织即将推行普选制度，到时群众选举出的村委领导班子肯定能够更好地代表村民意愿。到那时再拆迁也许就能找到一个群众都能接受的方案，然后在政府的牵头下一定能把老街改造项目做成一个样板工程。就这样声势浩大的老街改造项目下马了，尽管摊子收拾得干干净净高高兴兴，但是安伟仁根本高兴不起

第三十章 这已不是我的世界

来。

那个周末他把自己关在办公室一整天，思考了很多问题。但有关政府应该扮演领导的角色还是服务的角色，他始终都没想明白！很多大的问题到底应该寄希望于市场还是寄希望于民主，他心中一直有些疑问。市场机制如何引领城市发展，民主又如何能够高瞻远瞩？一个需要利益引导，一个取决于民众的觉悟。而城市发展如果没有政府集思广益后的决策引领，任何民主旗帜下的自说自话都必将难以圆满。就拿此次动迁来说，改造规划请来专家进行了科学论证，补偿办法也是充分调研并结合政府财力确定的。但是实施过程中一些群众自私自利漫天要价，其做派与市井流氓毫无区别，谁跟你讲道理？谁又会真的为将来着想？没想到努力半天却让一群标榜为民请命的搅局者搞得黯然收场，哎！真是让人沮丧。想来想去他无奈地在笔记本上写下了"我本将心向明月，奈何明月照沟渠"的句子，然后摔门离去。

有了老街改造动迁工作的历练，工业路的动迁显得得心应手。这条新规划的道路两边大多还是庄稼地，县政府用红头文件把沿路各村委会的干部召集来开了动员大会，新任县长下达了夏收之后立即动工的指示。政府承诺将按照设定的征地赔付标准一次性支付，并明确在边界放线之后财政局将现场办公开出支票。这样的支持力度一切自是水到渠成，到了开工的日子，安伟仁拿着扩音小喇叭站在挖掘机上发表了激情洋溢的讲话，发出了"大干九十天，开通致富路"号召。之后在震聋发聩的鞭炮声中十几台推土机点火启动，伴随着机器的轰鸣声柴油引擎排出的烟尘搅合履带扬起的尘土，那场面真是风烟滚滚热烈雄壮。而这条新路的拓开标志着县城发展中心正式南移，金城县自此形成东西四横南北五纵的交通格局。加上安伟仁计划中的碧水环绕，金城县大的城市格局自此形成。

工业路的顺利拓通可以说功德圆满，但是因为征地补偿挪用了大笔财政资金，金城县很快陷入了发不出工资的窘境。自从辖区内的国有、集体所有制工业企业陆续倒闭之后，县财政最大的一笔收入来源于汉都市每年支付的芒水河水资源补偿费，这笔费用自1994年芒水河引水工程

冬日的火花

竣工后汉都市开始按年支付，可是好几年过去了费用标准却从没变过。在曾宪瑞看来当时确定的费用标准本就太低，而自从把芒水河的水大量引入省城，芒水河全流域地下水位就逐年下降，已经对沿岸的农业生产造成了巨大影响。很多原来旱涝保收的水田全都变成旱田，即使雨水多的年份收成也大不如前，遇见干旱的年份很多沙土地甚至出现了绝收现象。目前县上财政窘迫，他与新任的龙县长虽心急如焚却有些一筹莫展。思来想去他决定向市里反映这个问题，希望市里能够酌情调整水资源补偿标准，那么紧张的财政状况最起码能有所缓解。可当他把这个想法向市里汇报以后，市上领导没人愿意正面回答这个问题，也自然不会作为一个议题上会讨论。可是他认定了"会哭的孩子有奶吃"这个真理，一而再地向市里打报告，甚至还给出了明确的价格建议。这让当值的市长很是头疼，最后给他的回答是市财政也紧张，水资源补偿费的问题市里需要慎重论证，至于工资发放困难的问题则由市里通过雁南区财政转移支付来解决。尽管水钱没要到，但是机关单位、学校教师的工资总算有了保证。但是由此他认定这件事必须要个公正结论，否则一个利国利民的工程岂不是成了对一方百姓的掠夺！他再次言辞恳切地向市委市政府打报告，可之后每次材料递上去都如泥牛入海，根本没有人再理会。当他忍无可忍准备越级反映这件事情的时候，市委的调令来了，在肯定工作的同时免去他县委书记职务由县长暂代，同时调他出任市环境保护局局长。能去省城工作自然是梦寐以求的事情，可是在这个节骨眼上被调走让他有些啼笑皆非。不知道自己走后金城的人民会怎样评价自己，上级文件里肯定的乡镇、部局干部招聘制和城市规划建设两项政绩实在让他有些忐忑不安，在收拾那些干部调整时收的一堆字画和古董时他心情有些沉甸甸的。

工业路建设工程如火如荼的时候，荣健正坐在长途车上奔赴枸杞之乡宁夏中宁县，这次远行是他主动争取来的历练机会。

当日爸爸的一个忘年交朋友到家里来做客，目的希望爸爸能资助一点钱给他做枸杞贩运生意。这生意其实也很简单，那就是到中宁当地收购枸杞，然后贩运到广州销售。那人说广州那边经济发达，人们注重养

第三十章 这已不是我的世界

生，因此中药店、菜市场的需求量都很大，最关键的是价格比收购成本高出好多倍。想来所需的本钱也不大，小伙子自己有六千多，想凑个一万块去干这个事情。说好投资的钱亏了算他的，赚的按比例分红。妈妈对这个小伙印象很好，眼看着他这些年从原来的烂包光景里翻了身，于是很痛快地表示支持。虽说家里的情况也不宽裕，但挤出几千块钱倒也不太困难，如不出意外一倒手能赚个千把块钱也就够荣健的学费了。看到妈妈大力支持，荣健主动问这个叫王祥的哥哥要不要帮手。王祥看荣健一副好身板又不要工钱自是乐意，于是他们次日就上路了。

长途车第一站直达平凉，刚上车还有出远门的兴奋。虽说外边天气炎热，但是大轿车飞驰当中车窗外吹来阵阵凉风确也舒畅。等到车子摇摇晃晃驶出百十公里，车上的人大多都进入了梦乡。沿途不知什么站点上来一对时尚男女，上车的时候荣健就迷迷糊糊看见他们搂抱着上的车。售票员让出车门口的位子自己坐到了司机旁的引擎盖子上，而那对男女自从坐下来就腻歪得不行，一会搂住亲吻，一会摸摸索索。那男人的手从女人裸露的腰上伸到衣服里面，直到搂住脖子，两个人亲吻不时发出吸吮的声音。那女人却也丰满妖娆，哼哼唧唧的声音肆意放荡，不时蹦出一句："呀！你弄疼我了。"这番行径让全车的人都投去不屑的目光，而邻座的大爷害臊得用草帽遮住了脸，旁边的一个灰头土脸的大娘显然被这荡妇做派气青了脸。荣健看这情景也在心里嘀咕，缺德货，要骚回去骚去，大庭广众之下猥猥琐琐简直不要一点脸面。可是心里骂归骂，他想着自己又能把人家怎么样？难不成冲上去扮演一个卫道士的角色臭骂狗日的一顿，可转而一想人家不要脸又关自己什么事呢！最后虽然心里骂了千百遍，但某种欲望居然让他有意无意地欣赏起这奸夫淫妇的激情表演。

那女人身材丰满，上身穿一件黑色低领吊带，外面浅灰色的透视外搭，卡其色的低腰裤时不时露出嫩白的肥腰，一头蓬松散乱的头发几乎遮住了脸庞。她与那男子如胶似漆，厮磨中显得衣服太短，不断地闪露着更大范围那耀眼的白细皮肉，从那曲线甚至可以想象出她肥圆的翘臀。荣健心里一边不屑地骂着她的放荡，一边却眯眼偷窥着暧昧春光。

冬日的火花

在摇摇晃晃中昏沉地睡着了。梦里他站在了春蕾姐的床前，爬上了春蕾姐那丰满的身躯，把头埋进了温暖柔软的山峦中间，如此最后居然得到了一种酣畅淋漓的释放感。等到一觉醒来裆里凉凉的，裤子外面能看见一大块湿润的印记，他赶紧用手捂住，心里却归罪于那两个狗男女的风骚浪荡。这时候那对男女似已折腾累了，正安静地依偎着打盹。等到班车在一个小站停稳，那两人起身下了车。没承想车辆刚一启动，一直草帽遮脸的大爷忽然站起来把头伸出车窗吼道："羞你先人呢！不要脸的怂德性，领个婊子还以为得能呢！"接着嘴里一口浓痰喷射而出，"呸，亏了人了！"车上所有人为之一惊，然后响起一阵笑声。那大爷得意地说道："我早想骂狗日的了。"旁边的大娘也搭了声："太恶心人了，这俩祸害丢人得很。"之后车上你一言我一语地讨论起社会风气，热烈的气氛让这段旅途变得不再枯燥。

一路上不睡觉的时候荣健就拉着王祥哥问广州的情况，从他那里大致了解了广州的繁荣。广州的港口车站、商场饭店林林总总的情形在王祥的描述中绝对是21世纪的样板，他说二十年的改革开放那边已经远远地领先内地。各色人种徜徉在和煦的东方阳光之下，整个城市仿佛是一个璀璨无比的黄金场，于是利用这次机会去趟广州就成了荣健下一步的打算。

平凉市的牛肉烩面片让人记忆深刻，荣健毫不客气地干完一大份又整了瓶汽水，那感觉真是幸福阔绰。抹完嘴和王祥哥住进招待所，随手打开电视收看新闻。此时新闻里正播放着解放军抗洪抢险的画面，荣健突发奇想地希望看见陆锋的影子。自然是看不到的，但是他看到一群群战士累卧江边，有的手里还拿着吃了一半的馒头。接着就有画面切换到战士们在水里拉起人墙抵御洪峰的场景，那喊着号子打桩、搬运沙袋的情景让人忧心。主持人说这百年一遇的大洪水正考验着中国人民的意志，考验着我们的钢铁战士。党和国家领导人非常关心一线官兵，希望他们不负重托不辱使命。朱镕基总理也到了九江防洪前线，毫不留情地痛斥防洪大堤是王八蛋工程。

黎明再出发时，车窗外的景致已大不同。植被明显越来越少，过了

第三十章 这已不是我的世界

六盘山后更是另一番景象。尤其临近中卫县时那土黄色的戈壁几乎看不见什么绿色，偶尔看到几棵绿树也毫无精神。遥想两千多年前秦国大将蒙恬取黄河南北之地，这里就收归了中央版图。但是截至今日民生之艰辛从那平顶的土房子就能洞察一二，虽说雨水少造房子也无须有造型的斜屋面，可这土屋看起来实在简陋，更难想象这里的人们如何在这貌似土疙瘩的屋里生活，如果再没有枸杞这样的经济作物真不知这地方如何发展！而王祥并不这么看，他跟荣健说："中卫这地方煤炭、石膏资源丰富，这几年发展非常快，据说有几项水利工程正在建设，到时能灌溉良田几十万亩，这里可就成了塞上小江南鱼米之乡了。"听王祥哥这么一说，荣健心里敞亮了不少，进入城区后县城的面貌也印证了王祥的话。单就汽车站来说就比金城车站建设得有气势，到站下车没做停留就登上了去中宁的班车，这大半天的长途摇下来还真有些腰酸屁股疼了。赶到了中宁县已是午后，两个人顾不上吃饭又连忙奔赴枸杞交易市场。

方圆十里八乡枸杞都会集中在这里出售，虽不算是什么正式的市场但产品很纯粹。每家摊子前摆着几个开着口的麻袋，不同级别的枸杞就装在里面。远看红彤彤一片，近看鲜红冒汁香味扑鼻。街道两边几乎所有的空地上都晾晒着颜色各异的枸杞，有的鲜红，有的深红。鲜红的应该是今年刚收的新果子，而深红的则大多往年的陈果。另外这颜色与雨水和炮制工艺都有关系，雨水足的年份果肉饱满色泽鲜亮，相反果子就比较干瘪色泽暗淡。这些年枸杞炮制工艺也有了变化，传统的办法是自然晒干，而现在果农先用碱水浸泡然后再晒，效率确也大大提高。虽说碱水浸泡后的枸杞颜色更鲜亮卖相好，但是到底对枸杞功效有没有影响则不得而知。

王祥自是做了一定的功课，因此感觉胸有成竹。但是在实际挑选的过程中才发现，这果子的差别实在太大了，乍看都差不多，细看均匀度、饱满度各不相同，价格也会有很大悬殊，这可让他为了难！到底全收好的还是搭配着收，如搭配着收比例怎么控制？尽管心里有了一本账，可是真正开始收的时候根本没法按计划来。这边刚一开始买进，马上一大群果农拎着袋子过来把两个人围在中间。众人七嘴八舌，有讨价

冬日的火花

还价的，有说好话央求的，也有嘲讽他们不识货的。荣健看到人多，实在担心一下子乱了程序。结完款的货他码放整齐之后就坐在上面，即就这样还是有人想趁乱捣鬼，好几次被他发现对方也只是觍着脸无所谓地说句："哦，弄错了。"一个多小时的光景，大小袋子购进了约莫十七八袋，包里的本钱也基本见底了。这时才发现有些袋子大得一个人根本扛不动，这样到时可没法弄上车，于是又去买小一点的编织袋，等倒装好了集市也快散了。王祥雇来两辆三轮车，之后一人押着一车货物转往长途车站，到了车站还不算完，两人费了九牛二虎之力才把货物搬上车顶的货架，好在货架上的绳子足够长，才能将这些零散的袋子捆绑结实。收拾好这一切时荣健感觉到了头昏眼花、两手打战，他知道这是自己低血糖的症状出现了。他早已饿得前胸贴后背了，可是看到王祥哥忙前忙后自己又怎么好意思提说吃饭！现在总算忙完了，终于要吃饭了，他心里还有些收获的喜悦，想来毕竟一切还算顺利。

　　吃完饭回来王祥洗了把脸就趴在床上呼呼大睡，荣健还有些兴奋根本睡不着，于是又打开了电视。新闻画面里反复播放抗洪官兵在洪水里奋战的场景：要么是战士顶着倾盆大雨打桩填沙袋，要么就是乘坐冲锋舟营救困水群众；除此之外倒也没什么重大的消息，看着看着他眼皮变得沉重。不知过了多久，他忽然从睡梦中惊醒，大喊一声："王祥哥，枸杞袋子没盖塑料布，晚上下雨了咋办？"王祥听到这话一个轱辘从床上爬起来，两个人撒腿就往出跑。一边跑一边说："走，赶紧去买塑料薄膜。"走了好一阵子才看到一家杂货店里亮着灯，费了半天口舌才叫开门。老板听明白来意倒也痛快，利索地卷了十几米塑料薄膜给他们，嘴里说着只多不少一边收了钱一边送他们出门。两个人又爬上车顶解开绳索包裹货物，而后再重新结结实实地捆绑好了才安心回去睡觉。

　　夜里什么时候下了雨两个人根本不知道，王祥一起来就表扬荣健说他能操上心，否则现在可真就惨了。多余的话不必再说，这次他们搭乘的班车终点是汉都市。到站后荣健先是在车站看管货物，直到王祥办完火车托运手续并送他上了车才算完成使命。原本还想和王祥哥一起去广州，可看到王祥哥为买卧铺还是坐票为难的样子他打消了这个念头，毕

第三十章 这已不是我的世界

竟一张车票就要一百多块，路上吃喝还得花钱，思来想去干脆自己回家免得他为难。这一趟六天的远行想来也收获不少，走了塞外见了戈壁，一路上平安顺利吃喝又备受优待，还有什么不满足的呢！因此他回到家的时候心情舒畅，加上带回来的一点枸杞足够爸妈泡几个月水喝，他心里颇有些得意扬扬。

生活又归于平淡，百无聊赖中他想到了一个人。抱着碰运气的心态去了城南的蚕桑研究所，依稀记得沈悦说她的父母都在这个单位工作，想来应该也不会有什么大的变化，那天他确也见到了沈悦。

当初沈悦和金萍都自费去了秦都市北方中医大学上学，两年制大专，等到荣健复读考入北方轻工业大学的时候沈悦她们已经毕业。自金城中学一别这一晃就是五年，两人的见面对双方来说都是惊喜。沈悦说毕业以后经过家人的努力，现在算是进了蚕桑所，但还不是正式编制，目前只是在医务室干些打杂的工作。而这医务室原来还处理些桑园工人的青红伤，现在桑园也承包出去了，因此基本上没什么事情。每天上班干坐下班闲转，实在无聊得很。她几乎都要坚持不下去了，要不是看在有进编制的可能，她早都出去闯荡了。荣健问起金萍的情况，沈悦似乎毫无兴趣，悻悻地说道："谁知道人家怎么样了，这样的人在哪儿都吃不了亏。"听这话很明显两个人有了矛盾，在荣健的追问下又聊起了两个人矛盾的起因。沈悦说金萍不地道地勾引了他的意向男友，而荣健说这种事人家两情相悦不存在谁勾引谁。可沈悦说过程很复杂，金萍为达目的不择手段。看到这矛盾暂时无法调和荣健也就不再多说，进而问起沈悦与林芳欣可有联系。沈悦瞪着眼睛说："我就知道你怎么会来找我，闹了半天又是来打听你家芳芳的。"荣健目的被拆穿只有呵呵傻笑，心底却希望沈悦能提供些有价值的消息。可是沈悦不无抱怨地说："林芳欣太没良心了，自从毕业和她一起去找你之后就再没见过，我给她家写信她也从来没见回，现在在哪儿我也不知道。上次在街道见过她妈，问起林芳欣她妈居然也说不知道。这就奇怪！我就不相信她不和家里联系。"说完这些沈悦又颇为伤感地说："哎，有时候我感觉这个时代我们都在流浪，我们会遇见很多人也会错过很多人。会记住很多人也

冬日的火花

会遗忘很多人，记住的不一定有价值，遗忘的也并非不重要。见与不见真的要看缘分！"听完这句话荣健赞叹道："哎呀！你在这个院子都快修炼成哲学家了，这话说得太好了！"沈悦叹了口气说："啥哲学家！我感觉我现在与世隔绝跟尼姑差不多，再这么下去估计都没人要了。"听了这话荣健问起她和邢超的情况，沈悦更是有些落寞，说："人家当兵去了，据说提了干，当年就不算谈过，估计现在早就把我忘了。"说到这荣健心底也流出了悲伤，他说："我当年对林芳欣算得上一片痴心，但是到后来她冷漠得让人心寒。"沈悦本想对荣健说当年林芳欣说过与荣健谈朋友完全是因为无聊，可是话到嘴边又咽了回去，她意识到这话不能讲，如真的说给荣健他该有多伤心！况且当日林芳欣说这句话是不是气话也不一定，还是让他继续抱有希望也许更好一些。于是她换了平静的口气说道："如果你真放不下，你为啥不去她家找她？"荣健坦诚地说："我想过，可是一直没有勇气。我以前见过她妈，她妈那脸色难看得很。况且这些年我们都有了很大改变，我也说不清应不应该再找她。只不过我心里真的一直放心不下，她看起来太柔弱了。"沈悦问他是不是谈了别的女朋友，荣健在这撒了谎。他回答说："没有没有，前途未卜谁会看上我呢！"沈悦则一再说："你别太灰心，你去找找林芳欣吧！我也挺想她的。"那天他们一直聊到沈悦下班才道了别，临走荣健对沈悦说："如果在这实在太无聊，干脆辞了这工作去城市闯荡。咱同学陈洁就很有魄力，在西郊开了干洗店，现在混得很不错。到时你也可以试试看能干个什么生意，最不济咱不是还有文凭，可以到处去应聘呀！"沈悦连连称是，说走着再看啦。

荣健选择了抄近路回家，那是一条沿着白沙河河堤蜿蜒曲折的小路。在这野草疯长的季节，一人高的茂密野蒿簇拥着曲曲弯弯神秘的小路，旁边的庄稼地里玉米也长到了齐腰的程度，而河堤上的老柳树繁盛的枝条几乎要垂进长满绿藻的水面。憋不住的蝉鸣映衬得这旷野冷清静谧，行走间偶尔有蚂蚱会蹦到他的肩头，抑或是几只交配的蜻蜓在眼前低飞。太阳已经落山，在这条黄昏的小路上。荣健心情有一种说不出的苍凉，他忽然想起一首歌暗自吟唱："一条小路曲曲弯弯细又长，一直

第三十章 这已不是我的世界

通向迷雾的远方。我要沿着这条细长的小路，跟着我的爱人上战场。……在那一片宽广银色的原野上，只有一条小路孤零零……"

人总是在前路迷茫的时候会怀念过去！或是出于留恋美好或是不够自信，也或者是希望从过往的经历中能找些规律出来。荣健走到林芳欣家门口的时候心情非常复杂，他既迫切地希望见到她，又担心自己这样唐突出现再遭冷遇。在他心里林芳欣总是那么琢磨不透，有时那么善解人意，有时又冷若冰霜。在她那里自己从来没有收获过百分之百的热情，过去林芳欣说过她学不了沈悦的热情。而自己那时把这样的性格理解为高傲，可就是在这种高傲面前自己屡屡受伤却又执迷不悔。如今已经走到她家门口，难道因为担心又折回去吗？这不是他的性格，他经常会瞻前顾后，但是他永远会选择向前，他下定决心敲开了门。

开门的是林芳欣的妈妈，看到荣健到来似乎也不惊讶，她没有让荣健进屋，只是似笑非笑地说道："芳芳没回来。"荣健接话问道："阿姨，那咋样才能联系上她？"那阿姨一脸晦涩地说："联系不上，这一年多都没回来。"荣健又问："那她现在去哪儿上班了？是去了南方还是在汉都市？"阿姨回答说："不知道，她给家不打电话也不写信。"听到这话荣健彻底死心了，他知道从她妈嘴里不会得到任何信息了，难道林芳欣真的这么心硬与家里断了联系。不至于吧！他带着疑惑告了别，转身出门离开。

荣健走得很利索，其实如果他走得慢一点，也或者偶发奇想在外面听个墙根今天也就不至于白来。荣健刚出院门林芳欣的爸爸就从里屋出来了，他问道："刚才来的是不是老荣家那小子，你咋能给人家娃那样说？"而林芳欣的妈回答道："你要我说啥！他俩联系上有啥好处，刚给你娃介绍的对象工作多好，你娃都不好好见。荣勤民那个老好人把日子过得烂得跟牛肉一样，他儿再跟着搅和，有啥好处你给我说！"老林无奈地说："他俩是同学，联系一下又咋了？就你一天想法多！"这些话荣健自然是听不到的，即就如此其实他内心也有些恼火了，他觉得林芳欣她妈就是个势利眼，那脸色、眼神咋看都不舒服，再加上满嘴的假话，简直是糊弄鬼呢！你女子在哪工作，怎么联系你咋可能一概不知，

冬日的火花

即使不知道也应该有些明显的线索，难道说你女子跟你断绝关系了不成！我们联系一下又能怎么样？难不成我能抢走你女子！简直不可理喻。可这些话只能在他肚子来回徘徊，他的不满又能到哪里去诉说，况且说给任何人于他来说都觉得丢脸。以后沈悦若问来没来，干脆就给她说自己没有去找，免得传出去丢人现眼。

在林芳欣家的遭遇让荣健郁闷了好几天，他越来越觉得这假期实在没意思。找了几次赵海都没见到人，高扬倒是经常在他的纸店里。可是去了几次高扬都在忙着卖纸，根本顾不上和他说几句话。那天他去了正赶上高扬要给客户送纸，赶上这需要人手的机会岂能袖手旁观！然而只有搬过纸张的人才会知道，那纸摞子沉得就像铁疙瘩，不一会儿就能累得人腰酸胳膊疼，而且纸张的边缘还很锋利。他一个不小心手上就划出条很长的口子顿时鲜血直流，崔洁赶紧给他递上一团卫生纸止血，笑着说："大学生干活不行呀！辛苦了辛苦了。"荣健不好意思地腼腆一笑，等血稍止就借故离开了。看书写字也排解不了这寂寞，干脆自告奋勇每天到妈妈的店里去帮忙。结果这大夏天生意也冷清得要紧，坐老半天也不一定有一个买主上门。他又是一个坐不住的性格，坚持了两天就泄了气。后来代替妈妈进城又去补了两次货，给妹妹辅导了几次作业，这也算是有些事情可做。可越是这样心里的寂寞感就越发泛滥，急得每天几乎要掐着指头计算收假的日子。

到了临近收假的时候王祥哥的信来了，信里说货运到广州后为了卖个好价钱，多压了几天，结果广州温度高潮气大，好些果子因为受热发了霉，还好处理得及时，总算卖完了。但是因为保管得不好利润远不如预期，借的本钱和分的红利一并电汇回来了。在信里他再三感谢，并称赞荣健是个有心娃，将来肯定有出息。紧接着爸爸就收到了五千元汇款，这当初借出了三千五，二十多天赚了一千五，这笔钱让全家可是高兴了一阵。有了这一千五，妈妈给妹妹买了新衣服。剩下的钱荣健新学期的学费住宿费都够了，而且还可以支撑一个多月的生活。这应该是荣健最开心轻松的一次返校，毕竟这一次拿钱心里没有什么负担。

眼看着就要返校的时候，那天爸妈回来得很晚，说是在街上碰见了

第三十章 这已不是我的世界

故旧老友。老友夫妻俩盛情邀请他们去家里一坐,结果这一去居然给荣健应下了一桩相亲的任务。既然父母已经答应,况且两家交情还有些渊源,相亲的对象小时候还一起玩耍,荣健很好奇那一起在水泥桌上玩泥巴的小姑娘现在会出落成什么模样?加上自己如今也算是名副其实的孤家寡人,认识个朋友又不是什么坏事。揣着这样的想法他愉快地应允了前去见面,心底里回忆起十数年前一起玩耍的情景。那时父母刚从西藏调回金城县,父亲作为干部身份工作很快得以落实,母亲因为是工人一时间还没找到愿意接收的单位。母亲就临时在一个私人承包的烟花爆竹厂找到了活计,而这还是父亲托朋友帮忙的结果。

那是一个设在大禹河边上的简陋作坊,三排房子围合而建,中间的场地上有一排水泥桌。春秋季节如果天气晴好,工人们就会从土房子里把活计搬到外面的桌子上来做。平常为了保持爆竹的干燥,有时也会把库房里的成品搬出来适当地晾晒。在水泥桌上作业的时候,为了安全会铺上一层破旧的棉布床单,这样就能避免火药与水泥板摩擦而产生危险。这是荣健在这个爆竹厂所学到的知识,而他记忆最深的是走进这院子时那堆成小山一样的鞭炮,燃放爆竹可是他过年时最喜欢的游戏项目。有机会在这里看到各式爆竹的生产过程,他觉得新奇又好玩。厂长家有三个孩子,老大跟自己同岁。荣健跟着妈妈到厂里的时候那女孩坐着小凳子趴在椅子上做作业,那个时候荣健已上三年级,而那姑娘居然刚上一年级。双方父母介绍孩子们认识之后就各自忙自己的事情,荣健和那姑娘同岁自然也能玩到一起。他们结伴到河堤上捉蟋蟀,拿着网子去捕蜻蜓、蝴蝶、知了。那河堤、沙滩可是天然的游乐场,初秋的时候开满各色的花朵,午后树上的知了不住地啼叫。他们会用狼尾巴草制作用于隐蔽的头圈,会收集很多花朵回家插在玻璃瓶里,每次回来将战利品分给弟弟妹妹时是他们最开心的时刻。如果阵雨之后天气转晴,他们几个人就会在水泥桌上玩泥巴比赛谁的手巧,荣健会捏孙悟空、猪八戒,那姑娘善于捏锅碗瓢盆,他们的成果足足摆了好几个窗台。直到离开的时候,荣健还交代那姑娘要好好看管,可谁知这一走会是很多年。

说是相亲实际上更像是串门,但是董婉的家显然不是一般的家庭。

冬日的火花

三间两层的小洋楼从外观到室内的格局都是最流行的式样。一楼有着开阔的客厅，陈列的柚木色家具款式新颖工艺考究。电视机、音响等设备一应俱全，仅那电视机的尺寸也不是一般家庭能够享有的。客厅后面用实木雕花屏风隔出一个方正的餐厅，置放着长条餐桌配有六把餐椅。荣健进了门在客厅的沙发上坐了片刻，几分钟后看到那姑娘从房间里走了出来，他礼貌地起身走近前去。那姑娘穿着一件暗红色的套裙，走路的样子明显有些拘谨。两人四目相对时她泯然一笑轻松而温暖，也或者是荣健自己感觉这样。反正他没有丝毫的陌生感，礼节性地起身与姑娘握了手，随后围着餐桌面对面坐了下来。谁也不用介绍自己，大家互知名姓。这个叫董婉的姑娘生有一双明亮的大眼睛，画着弯弯的眉毛，鼻梁不算高，鼻尖微微上翘。说话时让人感觉有些刻意的成熟和世故。可这些都不重要，说起同年一起玩耍的事情两个人不时哈哈大笑。

这是一次轻松的见面，尽管两人都明白这是父母促成的配对约会，但是谁也不会马上涉及情感问题。董婉说她卫校毕业之后在县妇幼保健院上了一阵子班，现在停薪留职到了在省城找了个销售化妆品的工作，现在先干着，以后想开一个美容院。荣健则表达了自己毕业想考公务员的想法，至于毕业到底干什么只有毕业以后看情况了。或许因为过往有些共同的故事，关于未来两个人都还有些想法，因此这聊天一直持续到午饭的时间。董婉妈妈似乎对眼前的小伙子还算满意，她热情地端上了臊子面招呼荣健，荣健也毫不客气连吃了三碗，一边吃着一边赞叹董婉妈妈的手艺好。吃完了才意识到这可是相亲，第一次在人家家里吃饭这么能吃可不好，可是饭已经吃了还能怎样呢！人家爱怎么看怎么看吧，反正自己是因为好奇才来的！他有了这样的想法也就不再为此纠结，吃完饭又坐了一会就起身离开。临行留下学校宿舍的电话算是表达保持联系的意愿，而董婉留下的是她传呼机的号码。从拿到这个号码的时候开始，他想要一部传呼机了。可是这小小的东西得上千块，想到这个价格他打消了念头。回到家爸妈问起见面的情况，荣健说："也没啥感觉，不过聊得倒挺开心。"爸妈提醒他说："如果觉得还可以，你们就先保持联系，都是熟人不要太傲慢，那样可不好！"荣健回答说："不会

第三十章　这已不是我的世界

的！"

　　这场相亲并没有在荣健心里产生什么波澜，如果拿董婉和黄莺相比，董婉打扮得时尚成熟一些，而黄莺身上的知性美才是他的追求。至于其他方面了解不深自是没法比，但显然董婉更好相处，说起话来要自然随和得多。况且自己还有一年才毕业，未来到底会去哪里？婚姻的问题该选择什么方向也无法确定，还是边走边看吧！

　　到了返校的时候，回想这一个假期的生活感觉心里空荡荡的。尤其当他踏上返校的班车时，他忽然确切地意识到自己每一次的离开都意味着与这县城增加了一分距离，这生于斯长于斯的土地似乎已不是自己的世界。尽管走之前赵海和高扬一起来找他，并且又一次聚在一起泡了舞厅吃了饭，可这又能怎么样呢？这里没有学校那么多志同道合的朋友，也没有色彩斑斓的梦想，不远的将来除了日渐衰老的父母恐怕再没有什么值得牵挂！这座小城曾经承载着我所有的快乐和记忆，可一转眼为何会渐觉陌生？

第三十一章　我们不一样

　　这些年火车连接着家乡和军营，每次一离开陆锋的心里都有无限牵挂。可是从来军令如山，再多的牵挂也挡不住返程的脚步。

　　这一次本该还能多待一些日子，可他提前返程了。之所以提前走源于一个突发奇想的愿望，那就是他想亲自到长江防洪大堤上去出一把力。他知道这样近乎疯狂的想法不能告诉任何人，亲人们不会同意自己只身犯险，部队知道了还会遭到严厉批评甚至处分。可是当看到电视里战士们在暴风雨里抗击洪水的画面，他心底的热血澎湃翻滚。勇士们用血肉之躯为祖国为人民在战斗，扛沙袋、打木桩呼喊着号子，虽不是枪林弹雨九死一生，但仍是无限荣光的任务。即使疲惫地躺在泥地里，想来那地上也散发着泥土和青草的芳香。

　　列车徐徐南下，在蜿蜒的山路上车轮发出的咣当声节奏轻快而富有诗意。想起假期里与许芹相见的情景，陆锋心里美滋滋的。就在村头那片树林里，他第一次吻了许芹。这深情的一吻代表的可是终生选择，这次来许芹家是正式拜见父母大人。虽说是自由恋爱，但是从心理上来说只有取得双方父母的肯定这感情才算是正式开场。许芹的父母见到英姿飒爽的陆锋高兴得合不拢嘴，加上陆锋还准备了壹万元的大红包，说是

第三十一章 我们不一样

添给三哥盖新房的一点心意。威武的身板和出手的豪爽都让这个家庭倍感荣耀，所有人自是无条件支持。许芹的爸爸拉着陆锋的手动情地说："我就芹芹这一个女儿，为上学这些年让她受了不少委屈，我老了，以后就把她托付给你了。"陆锋坚定地对老人说："您放心，我们一定会幸福的，一有空我们就会回来看您。"

那天在许芹家吃完午饭，他们一起到村边的树林漫步，许芹说这片树林对她来说可是个回忆之地，伤心之地。曾经在这里她想过吊死在树杈上，也想过长眠在沟渠里，那时候只希望死了之后身上盖满树叶和野花。可是后来又不想死了，因为被人裸露下身惊吓到了，也因此觉得这里并不干净和安全。陆锋问起那个光棍现在的情况，许芹叹了口气说："哎，其实也挺可怜的。那货一天到晚不务正业到处乱窜，或是敲留守妇女的门或是偷人家粮食，结果一天晚上失足掉进枯井里，那井里虽然没有水，但是挺深的，加上井口还盖着玉米秆，等到被人发现时尸体已经被老鼠啃得只剩下骨头，家人随便弄上来几根骨头就算是入土为安。"陆锋接着她的话说道："其实这世上很多人的生命都平凡如泥土，就像这遍地的野草野花，默默地开放默默地枯萎。我们都算是幸运者，未来可建大功业，轰轰烈烈地活过这一生。"许芹说她的分配已经明确了，尽管再三争取还是没能留在华东地区，而是分到了省城远航工业集团，据说这个公司为某新型战机提供全套的航电系统。许芹自是觉得这样的分配有些造化弄人，上学的时候一南一北，现在又是相距千里。而陆锋并不以为然，他说："距离不是问题，回部队就打结婚报告，明年五一就娶你过门，我在家都跟父母商量好了。"许芹瞪着眼睛笑着说："哼，我啥时答应嫁给你啦？"陆锋用狡黠的眼光看着她说："那可由不了你啦！你爸可是亲口把你许给我了，还不快快拜见相公老爷，哈哈……"陆锋一边笑着一边幸福地将许芹搂在怀里，看着许芹眼睛里含着泪花那娇羞的样子，陆锋心底也勾起了一丝长相厮守的念头。可在他的词典里还有一句"好男儿志在四方"的警句，那份建功立业的使命感让他在许芹留恋的眼神里转身离开。在许芹心里绝对不会怀疑他心中的使命，因为陆锋说过在这多数人为了金钱名利苟且活着的时代，

冬日的火花

他要做一个异类。

　　火车穿越云岭，那绝对是绕河沟、钻隧道、跨山涧，道路蜿蜒曲折，景色旖旎空气洁净。一路上车厢里忽明忽暗凉风习习，和衣倒在卧铺上是再舒服不过的事情。本该容纳六人的卧铺车厢出发时也就住了四个人，中途又下去两个。中铺的中年大姐一上车就蒙头大睡，因此这车厢显得异常安静。陆锋一边想着心事一边闭目养神，不知不觉也睡着了。也许因为上车时吃得够饱，闭上眼这幸福的一觉也不知睡了多久，再睁开眼时已是第二天中午时分。仔细看窗外的景物，沿途的建筑和一些广告招牌提示着已进入荆襄境内。随着列车的运行，车内开始有些躁动，很明显是因为窗外很多地方看似泽国。好在铁路的交通没受多大影响，陆锋顺利地在武汉下了车。就近找旅馆开了房子放下行李，换上一身摘去肩章帽徽的旧军装就出发赶往抗洪一线。

　　当日新闻里正播放着总理视察防汛工作的画面，7月2日长江上游出现第一次洪峰，17时宜昌洪峰流量五万三千五百立方米每秒。陆锋心里暗自庆幸来得还真是时候，可抗洪抢险的具体位置他并不清楚，他想从马路上一个执勤交警那里打听，结果得到的回答是："部队正在泥水里摔跤，你添什么乱，那里可没有工钱。"陆锋听了这话有些不满，毫不客气地说道："我是一名退伍老兵，就是想去出把力，知道的话告诉我，不知道就别废话。"那警察听了这话有些愣神，看到面前的小伙却也一身军装正气凛然，那架势似乎做了随时决斗的准备。想来自己刚才的话却也有些不尊重，于是又换上和颜悦色的神情说道："现在最危急的是龙王庙险段，那里正在加固河堤，离得也不是很远，你可以去看看。"陆锋再没说啥，只是习惯性地还了一个军礼就扭身离开。相信他这架势让那警察会在心里嘀咕："嗨，遇上一傻蛋！"

　　向来陆锋要做的事情从不会顾虑别人怎么想，他义无反顾地朝着龙王庙前进了。中途倒了几次车，下了车一边走一边打听，好不容易快到工地了，新的问题来了。防洪区域已全面戒严，没有出入证根本就进不去。他灵机一动站在路边等拉运物资的车辆过来，靠着一身周正的军装硬是混上一辆砂石车。一到工地马上机灵地跟在搬沙袋、扛钢管的队伍

第三十一章　我们不一样

后面，他的愿望实现了。等英雄团的某位班长注意到这个异类的时候，他已经与大家奋战了一个昼夜。从长满野草的泥地里被叫起来时，陆锋感觉到了浑身酸疼。这一觉根本没闻见什么泥土野草的香味，盒饭又不顶饱，一起来就觉得肚子饿得慌。他被班长带到连长面前时连长用异样的眼光审视了良久，这才开口问他的来路。陆锋把他现役的部队说成曾经服役的部队，一再强调一日从军终身是兵的思想，请求连长同志批准他参加抗洪的要求。工地正是用人之际，加上他那一身糊满泥巴的军装和对部队情况的熟悉，从那时起他正式编入了运输小分队。不但执行了搬运的任务，洪峰过境的时候他和战友们站在冰冷的江水里用激情和热血捍卫着身后的城市。几天下来肩背上的皮晒得起了毛边，来时穿的鞋早已开帮，裤子也撕烂了。多亏了连长又给发了一身新的作训服，这衣服穿上他和大家完全一个模样了。近几天伙食也有所改善，还特别增加了馒头咸菜的供应。最夸张的时候他一口气能吃掉六个，喝光两瓶矿泉水。一旦吃饱喝足，拎沙袋的时候他感觉自己就像觉远大师挑着铁桶飞奔，站在江水里呼着号子时他感觉这就是碧海潮声曲。而他确也像一个身怀绝世神功的大侠，不知疲倦地忙碌在大堤上。而这自然归功于他天生的一副好身板，有些吃饱喝足力气用之不尽的感觉。在陆锋看来这疲劳极限的挑战与他当初鬼门关进出的飞行训练相比，这活更单纯爽快。

离别的时候几个已经混熟的战友打趣地说他"挨不住就开溜"，他也不解释只是腼腆地笑了笑。最后向连长和班长打了招呼就悄悄地消失在暮色当中。回到市区理了发换了衣服，陆锋踏上了归途。回到部队照例执行了几次巡航训练任务，再就是政治学习。看到电视画面里千千万万奋战在抗洪一线的英雄，陆锋心底里为军队骄傲。他明白只有经历过的人才真正知道这其中的苦和累，那虽不是硝烟弥漫的战场，但对人意志的考验绝不亚于战场。尤其是董万瑞将军跳入洪水的那一刻，陆锋的眼睛里有挡不住的热泪滑落。紧接着就有噩耗传来，十几名战士牺牲在闸口抗洪一线，那天陆锋朝北而望，他心里有无限的哀思。

这个时候荣健也已返回学校，新学期的课程不算太多，就业成了一个最热的话题。一些有门路的同学基本确定了去向，而大多数的人开始

冬日的火花

陷入毕业前的彷徨。在宿舍聊天时大家无不顾虑这毕业可能意味着失业，而荣健总是强调现在经济形势一片大好，就业机会应该很多。

那个周末和谭浩宇、卢伟、魏俊、葛新、李银国几个聚到一公寓楼下喝酒，喝到高潮处荣健带着几分醉意自信地说道："就我们这些人，应该都算是北方轻大的一面旗帜，我们如果失业了，那估计很多人就要饿死啦！"卢伟被这句话所感染，举起酒杯对着荣健说道："虽然我觉得你这话有点自吹自擂，但我觉得提气，来咱干一个先。"这杯酒自是干了，而魏俊在旁边带着戏谑的神情说道："呵呵，我的神呀！一对舍我其谁的英雄。"尤其后面"英雄"两个字发出了河南口音，听得全场哈哈大笑。钱坤那神情却是不以为然，淡淡地说道："操，你们吹得能日天。"他祖籍河南，这句话用的是纯正河南腔调，听起来极尽轻蔑的意思。谭浩宇在旁笑着搭腔道："你爸就当个毛毛官么，你小伙牛啥哩，你能接人家那班吗？"钱坤听了很是不爽，可是他向来拿谭浩宇的直率没有办法。满脸通红地辩解道："这与我爸有啥关系！"谭浩宇得寸进尺地说道："你不就有你爸安排，要不你这么踏实，满嘴怪话。"钱坤的回答是："你说的净是些胡话，现在公务员都要考的，谁他妈有本事直接进机关。"葛新看他们有点红脸，拿着酒杯打圆场说："再别拌闲屁，整天这长那短的，喝酒，喝酒。"李银国也嬉笑着拿起酒杯，对着荣健说道："我觉得你说得带劲，为了咱们这一面旗帜干杯。"那天的酒喝得兴高采烈，阵仗喝得越来越大，章彬、姜朝阳、邱雨生、吴斌、纪嘉义、费诚、杨东亮他们也相继加入其中。一圈死党级的本土老乡基本上算是聚齐了，大家借着酒劲畅谈未来，也相互发泄着说不清的情绪。大家都说卢伟算是生活"楷模"，一天到晚校花相伴，游山玩水天天度假，感叹人家老爷子有钱生活就是不一样！杨东亮说了一句人比人气死人，立即遭到卢伟的反驳。卢伟说："你这货其实最不老实，你跟女生在外边租房要得不美？来为你的幸福生活干杯。"杨东亮尴尬地笑着说："见笑见笑。"李银国再补上一句"蔫驴踢死人"，瞬间引爆全场。那天的"豪华夜宴"最后是卢伟买的单，一群人吃喝尽兴，但是到了买单的时候还真没有几个人有能力独自承担费用，本来说的是AA

第三十一章 我们不一样

制，结果卢伟说"A个毛线"直接付了钱，那份豪爽让荣健记忆深刻。

晚上喝得太多，第二天荣健一觉睡到午后也没打算起来，迷迷糊糊当中楼管阿姨在呼叫器里喊他接电话。他这才睁开蒙眬的双眼踢踏着拖鞋下楼，电话里董婉说他已到学校北门口，这有些出乎荣健意料，但对他来说这意外显然愉悦更多一点，于是赶忙回宿舍洗漱一番下楼去迎接。

在学校门口那条宽阔的大道上，两边古老法桐那浓密枝叶交错着的绿荫长廊里。董婉手里拿着一瓶娃哈哈纯净水，脸上甜蜜的笑容像一个烂漫的孩子。一头板栗色波浪长发飘逸似云霞，洁白如雪的短袖胸前印着火焰般的图案，卡其色的九分裤搭配白色运动鞋显得时尚明快。那一刻荣健被惊艳到了，毕竟所有的女同学当中还没有谁如此精于打扮，更何况还化了妆。荣健把这老乡介绍给舍友的时候，整个宿舍都起了哄。谭浩宇说荣健这假期收获不小，这么快居然就把大美女骗到手了，尽管荣健一再解释只是老乡，大家还是嚷嚷着说他必须请客。

坐到学校礼堂门口的冷饮摊，请董婉喝瓶饮料算是尽了地主之谊。喝饮料的过程中路过的男生纷纷投来羡慕的目光，纪嘉义路过的时候朝荣健挤了挤眼，那神情诡异莫测。后来再见面时第一句话就说："你引的那女子胸美很。"荣健没好气地怼他说："你真是个流氓！"那天董婉在学校里没有逗留多长时间就离开了，来的时候荣健没有准备，走的时候荣健却有些不知所措，而最刺中他柔软内心的是董婉啥话也没说给他的裤兜塞进一百块钱，这其中有几个意思，他不得而知！他再三推辞，而董婉坚持让他拿着。他心里有些抗拒这种被同情的感觉，但是又觉得董婉一片好意，如果坚持拒绝似乎会伤人心，于是他勉强地接受了这个好意，而后愉快地送董婉离开。看着远去的59路车，他心里生出一种莫名其妙的失落。

其实和董婉的聊天都是些家长里短的小事，回忆起童年时的快乐时光，董婉大多都已没有什么印象。倒是荣健说起过去如数家珍，这让董婉对他的记忆力感到惊讶。但这所有的聊天当中，有一个内容很是沉重。那就是说起两个人的弟弟都意外夭折时深感命运多舛，但是两人对这悲剧的看法各不相同。荣健说弟弟的意外对父母的打击很大，之后家

冬日的火花

里很多事都与此有关，并认为这个变故间接导致了家里经济状况的衰落，为此他非常恨当年带自己和弟弟去游泳的无能表哥。董婉说："有些事阴错阳差没有办法，活着的人要向前看。厂里的女工带弟弟出去玩也是一片好心，结果一个不小心出了车祸。人死不能复生，再仇恨又有什么意义？"荣健说："如果不是那个蠢货，弟弟现在也该上大学了。我妈这辈子不容易，我一定要努力让她过上好日子。"

人总是会因为共同的经历而变得亲近，两个痛失弟弟的人自然对此感同身受。荣健说当日回城报信也许是他一生最错误的选择，如果自己不走或许弟弟能被救上来。靠那个傻瓜带来的是终生遗憾。芒水河离县城足足五公里，等爸妈带人来一切都晚了。晚上弟弟冰冷的尸体就被运回老家掩埋，母亲撕心裂肺的哭声他一辈子也忘不掉，细想起来自己也有罪，不该提议去游泳！弟弟的夭折对父母的打击很大，尤其是母亲。头两年她神情恍惚求仙问卜，再后来投资经营运气欠佳总是赔多赚少，以至于现在家里负债累累，经济拮据。而爸爸自从弟弟出了事似乎丧失了进取的斗志，这些年沉迷麻将非常消极。

董婉的话荣健不大认可，她是这样说的："你爸妈太脆弱了！我弟弟出事也是在夏天，那天晚饭后厂里的工人要出去转转。有女工好心地说带上弟弟去捉蝉猴，弟弟就跟着她们去了。八岁的弟弟自是有些淘气，出了门就有些收拢不住，在马路上乱跑，那时天又黑也没有路灯，平常路上车也很少，没想到那天一辆货车飞驰而过，弟弟当场就死了，那个女工受此惊吓差点要疯了。而爸妈虽然也悲伤难过，但责难埋怨又有什么用呢！稍微平静之后就一直想再生一个。但那时候妈妈早已按政策做了绝育手术，后来又多次到上海想重新接通输卵管，可是尽管百般折腾还是失败了。但父母并没有因此萎靡不振，一直尽心经营着炮厂，直到1996年才因为精力不济关了厂子。你不必为过去的事情太内疚，活在当下把握前途才是大事情。"这样的聊天其实内容相当丰富，只是那时荣健没有意识到。因为这其中说的话大多都是隐私，若是寻常朋友恐怕谁也不会讲出口。

董婉走了之后荣健没觉得会有什么牵挂，每天还是像往常一样继续

第三十一章　我们不一样

他的校园生活，周末的舞会上又认识了一个设计系的姑娘。那姑娘有一头乌黑的长发，皮肤润白腰身柔软。跳起舞来感觉非常和谐，说话时眼神总是顾盼留情羞怯含蓄。认识之后一个晚自习时间，荣健还特地到设计系的教室去找过她。凑巧还真就找到了，那天两个人一起散步走到篮球场，在篮球杆底下荣健写了首诗给她，那诗的名字叫《篮环中的月亮》：

月光洒在那个少年身上/赤裸的肩头滚落下一串串银亮的珍珠/在月亮的光辉里/宛如穿着一副透明的铠甲站在夜色里/那少年的眼睛闪动着星星的光芒/看着那个圆月一样的框/像是猎人盯着黄狼

月光洒在那个少年身上/他项上系着毛巾/面色凝固着一脸倔强/举过头顶的球遮住了月亮/投球落进篮框无声无息/少年拉下毛巾擦着汗/篮环下/他发现篮环很大/不只装着月亮还有满天星星

就是这样一首诗，那个叫杭晓的姑娘答应和他确定恋人的关系，而他说有空就会去找她。他是去找过杭晓一次，两人在学校遛弯的时候还撞上了她的前男友，当时杭晓的神情很不自然。荣健从那男生的眼神里读出了三分幽怨七分恼怒，但是他拒绝让杭晓过去解释，并且冷冷地盯着那个男生直到他扭头离去。荣健搞不清楚为什么总觉得杭晓对人家有亏欠，他多次问杭晓为何与对方分手，杭晓说那个男生性格怪僻，控制欲太强，整天疑神疑鬼。当然这可以解释为用情太深，但是这种感情让她感到非常压抑。并且提醒荣健要注意安全，小心那个人的报复。而荣健对此并不以为然，扬言任他放马过来。过后没有几天，荣健和谭浩宇在楼下的花坛边坐着聊天，那小子纠集了两三个人过来找碴。记得当日那小子走到荣健跟前说："你叫荣健？以后离……"话没说完荣健站起来直接呵斥道："操，装得跟猪八戒一样！"这一声怒喝惊得来人倒退了几步，荣健随机挥起了拳头，谭浩宇也高声喊道："捶这哈货！"他两个人本身就高大强健，来人看到如此状况居然做鸟兽散。荣健跟杭晓讲起那几个人的怂样时杭晓瞪大了眼睛，荣健得意地抱住杭晓在她脸上

冬日的火花

亲了一口，杭晓当时有些不知所措地靠在他的肩上，那甜蜜的小女人神态很是让人爱怜。

但是从那天之后荣健心里乱极了，陷入了一种无法排解的烦躁。他在篮球场上近乎疯狂地发泄，在自习教室写着各种莫名其妙的文字：

1. 小的时候做过许多梦，可现在连做梦都觉得很累，好像是爬山老爬不到头，回头没有归路，前进又举步维艰。这样的时候，我总希望她突然出现在眼前对我笑笑，哪怕是一瞬间也好！记忆中她很爱哭，就像我现在一样。突然有一天，世事的风烟吹断了青春的爱恋，当我孤孤单单为生存而努力的时候，我愈来愈觉得无边的寂寞和伤感……

2. 曾经一直以为在穿越沼泽和棘林之后，我心中阴郁的天空定会拨云见日。然而有一天，我走出棘林，天晴了，雨停了，可天地间渺渺茫茫，我的归宿又在哪儿呢？这个时候我总幻想自己是一个战神，只有战神挥动它那带有日月光芒的利剑，我才可以看到天堂！我不是战神，但我希望做一名未来的战士。

3. 抽完了这根烟，也许你就会离开了。每当我感到疲惫和沉重的时候，你总会出现在我眼前，在我脑海中翻起许多从前的故事。那时候我爱你，也爱读书。那时候读书是一副担子，爱你是一种寄托。从春到冬，我们的爱走过了横亘无垠的春风春雨，穿越在夏日里迷乱的星空。那个秋日，谁也没有理由，可谁也无法挽留对方，悲伤得无法互相唱一首别离的歌。

4. 明天！想起明天总让人产生无限的希望和憧憬。明天会春和日丽，阳光明媚。明天！明天灵巧的小鸟徜徉在春日的蓝天，鸟儿想变成白云，白云想变成小鸟。而那个时候，你一定想是一只雄鹰，盘旋在雄伟的长城上，一千年，一万年也不累。即使有一天你累了，死了，还可以停靠在长城上，掩埋在青山下。

他在烦躁什么呢？为前途还是为爱情？他自己也说不清楚！只是他有些拿不准下来该如何面对杭晓。一时冲动跟人家说了开始这段感情的

第三十一章 我们不一样

话，难道就此放弃对黄莺的希冀？我和董婉到底什么关系？我到底是一个什么人？见一个爱一个吗？他怀念那些与林芳欣的曾经，惆怅她过去的冷漠也埋怨她无影无踪地消失。他回忆起在那冰冷的冬天梁艳给予的温暖并为此深深感恩；当然也会想起悲伤离去的叶子，挂念她如今过得可好。他想起任雪瑶，想起春蕾姐，想起自己还给云诗曼写过信，所有这些都让他心乱如麻，他在心里追问，我到底爱谁？到底谁真心爱我？他迷茫了！他怀疑自己对爱情的态度，甚至觉得自己在感情面前毫无坚贞可言，甚至于怀疑自己是一个花心滥情的垃圾男人！

国庆节的时候回了趟家，妈妈拿出一个摩托罗拉精英型汉显传呼机给他，这让他喜出望外。原来父亲朋友的单位配发了传呼机，那人觉得自己没多大用处，而荣健即将毕业肯定用得上，于是价值一千多块的传呼机只要了五百元。荣健本来计划到过年的时候再提买传呼机的事，现在捡到这个便宜怎能不喜出望外。临走可是兴高采烈地与高扬、赵海交换了传呼号，而后志得意满地回到了学校。尽管那个时候卢伟早已挂上了传呼机，但是自己这汉显机肯定是第二批次里的佼佼者，腰里有了这个玩意那感觉踏实又荣耀。他清晰地记得，就在那个10月一圈要好的同学都配上了传呼机。因为他第一时间与黄莺交换了传呼号，并通过传呼台给她留了热烈滚烫的话语。他想做最后的努力，并且由此决定自己未来的选择。可是迟迟没有收到黄莺的回复。后来见到黄莺时问起她为何不回复，可黄莺瞪着眼睛说她没收到什么留言。对此荣健判断这只是黄莺的借口，她再次给了自己温柔一刀，这样推诿比直接拒绝更让他难过。但黄莺的表情并不像是撒谎，见了面她还是那样阳光灿烂。

董婉再次来的时候带了三样礼物，一张塑料桌布，一个玻璃烟灰缸，一件时尚的T恤衫。桌布是给他们宿舍桌子上买的，铺上很合适也很漂亮，烟灰缸放上去显得很有品质，T恤衫穿在荣健身上顿时阔气了不少。当谭浩宇说董婉是个有心的姑娘时，荣健脸上充满了自豪。可那天当他和董婉在学校转悠的时候，黄莺忽然迎面走来，并且打招呼说有事跟他说。于是他让董婉在一边等他一会，上前去和黄莺站在路边说话。黄莺说学校通知有一批到美国交换留学的名额，三好学生和优秀学生干

冬日的火花

部可以优先报名。荣健自是有这个资格，可是当他听说这留学每年需要缴纳五万八千元费用时沉默了。他心里清楚这个费用对于家里来说何止是困难，父母已经很不容易了！他当即就选择了放弃。黄莺问起他为何放弃，他回答说："咱又不搞飞机导弹，留学没啥用处！呵呵。"跟黄莺说了几分钟的话回来找董婉，结果董婉早不见踪影。想来她是生气了，于是赶紧往学校门口追去。董婉确实生气了，她看到荣健和黄莺有说有笑瞬间来火，荣健追上她时她已快到汽车站。荣健劝她不要那么小气，她甩下一句："我就这么小气，哪能跟你那知书达理的女同学相比。"然后气冲冲上了公交车，荣健羞于拉拉扯扯地挽留，只好悻悻地站在站牌下看着车子开走而无可奈何。那个时候他不知该如何解释，也不知道为什么董婉会有这么大的反应，只好郁闷地走回宿舍再做打算。

　　天气转凉的时候，杜英娥的身体终于无力支撑。这些年不知疲倦地东奔西跑让她的身体每况愈下，双腿浮肿不说，精力也大不如前，于是趁着换季时转让了服装店回家休息。她在家里跟荣勤民说："我这身体恐怕得歇一阵子，两个娃还都在上学，我要看病，以后全家可都指着你那点工资了。"荣勤民说："我知道，你是该好好歇歇啦！我也马上就要退二线了，到时我再找个事情干。咱小伙也很快就毕业了，我看儿子挺能干，你不用操心。"那时候荣勤民心里已经有了打算，前一阵跟原来几个西藏的老战友取得了联系，他们后来都调到了拉萨市，而且现在各方面都不错。从他们那得知拉萨现在发展得很快，工作机会多待遇也比内地高很多，当时开玩笑说退下来后去找他们混口饭吃，现在看来这还真是个出路。因此当他办完手续转为副巡视员身份的第二天，他在县城的老中医那给爱人杜英娥抓了三个疗程的中药，然后就收拾了行李前去拉萨打工。

　　当他踏上开往拉萨的列车，那一刻他感慨万千，想到从入伍起为国家服务的这四十年真是弹指一挥间。当年为了侍奉老娘强扭着回到内地，现在看来真不是一个明智的选择。昔日自治区领导亲自挽留的情景还历历在目，领导代表组织承诺如不内调可任选一个县去当县委书记。

第三十一章　我们不一样

可自己当时想着母亲年龄大了，干工作在哪儿都一样。而事实上回到金城县安置时连降两级使用不说，金城的政治环境可比西藏复杂得多。机关里团团伙伙钩心斗角，站不好队简直寸步难行。回来不到五年母亲病逝，再两年次子夭折，和一大堆农村穷亲戚因为各种帮衬不到的事情又搞得矛盾重重。现在爱人有病，家里背着一堆债务，对于这个结果他心里懊悔不已。想着如果当初不回来，现在最起码是厅级以上职务，当年几个不起眼的手下如今都是厅局级的一把手，而自己现在却要去投靠他们，想来都悒惶得要紧。可又能怎么样呢！儿子眼看着就毕业了，毕了业马上就面临安置和婚姻问题，哪一样不要花钱呢！女儿明年初中也就毕业了，那成绩即便上了高中估计也没什么前途，还不如让她上个幼师什么的，可这也还得花钱。钱钱钱，这个时候一辈子没为钱操心的荣勤民开始为赚钱而发愁了。

尽管这绿皮火车年轻时坐过不知多少次，但对于现在近六旬的荣勤民来说，他切实感受到了艰辛。火车到了格尔木换乘汽车更是让他不堪颠沛之苦，到站的时候浑身像散了架一样根本直不起腰。不过到了拉萨得到的礼遇还真错，几个老部下开着豪华的丰田霸道越野车来接他，并在税务局旁最高档的酒店为他接风洗尘。大家回忆起当年剿匪以及转业地方的倥偬岁月都流了泪，而说起这些年的情况大多数人心满意得，荣勤民略感失落地说了一下自己的状况，充分表达了希望大家给予关照的意愿。于是一场聚会下来，大家为他找到了一个机关单位看管门房的差事，每月一千五百块钱工资，关键还管吃管住。虽然不怎么体面，可在这个地方又没有几个人认识他，因此也就无所谓了。一个月下来，他从一个体面的机关干部形象变成了一个头发花白胡子拉碴的门房大爷，就连脸色也染成高原特有的焦红色。

实习前回了趟家荣健才知道父亲远赴拉萨的事情，他唯一能做的就是在家为妈妈熬了两顿汤药。看到家里的冷清荣健心情自是难以愉快，但是他安慰母亲说让她安心休养，自己一毕业肯定能给家里出上力。那些债务都不是问题，自己的婚姻也不用父母操心。等自己毕了业，到时妹妹的学费也由他来承担。从那个时候起，他觉得自己身上背负的责任

/451/

冬日的火花

愈发重大，而这一切都需要他扎扎实实地去努力。虽然有时心里也或多或少地不平衡，对比身边的很多同学朋友，显然很多人家庭条件比自己优越得多，而自己将来面对的不但是白手起家，还有一大堆的旧账要还，真是人比人气死人。可他又有什么办法呢？想来这或许就是老天安排给自己的宿命，也或者是天降大任于斯人，必先苦其心志，劳其筋骨！他只能这样理解自己的处境了。

　　和所有的毕业班一样，学校急急匆匆地结业了几门课后，全班奔赴早已联系好的实习单位参加实习。原本想着实习是一件快乐充实的事情，结果一到实习单位大家都傻了眼。这是一家位于省城东郊集体性质的小型机械厂，没有现代化的厂房，也没有什么看得过眼的机器，整个厂子灰头土脸死气沉沉。听厂里的工人说这企业倒闭也就这一半年的光景，那时候大家都难以理解学校联系这么一个濒临倒闭的企业实习，是让学生在这里学什么？不过这厂子虽小，但财务核算体系还算规范，财务科人手不少业务不多。这样一群人挤进财务科提问题看账目倒是有人回答，而荣健和谭浩宇只进去了一次就再也不愿踏进这个工厂半步，他们宁愿在宿舍里的通铺上和一群同学打牌下棋或者出门到处乱转，也不愿意和一堆同学挤着去问一个落魄企业的管理，在他们心里认为"在这儿能学个鸟毛灰"。

　　在汉都市街上游逛倒是能发现很多风景，尤其街上姑娘可要比秦都市的姑娘更加时尚。他们走过了很多街道，看到了很多漂亮的姑娘，也吹了很多一辈子记忆犹新的牛皮。谭浩宇说要在这城市买个大房子，再娶个如花似玉的姑娘，只有这样的人生才够精彩。荣健指着一个十字路口说："我将来要是能在这十字上盖一栋自己的办公大楼该多好？"而几天之后他在和郦薇聊天的时候却说："我要报考公务员，以后争取当上汉都市的市长，我一定能把这座东方古城建设成国际化大都市。"尽管说这话的时候，他和郦薇两个人手里拿着菜夹饼，刚才还为到底要不要加个鸡蛋而犹豫。郦薇说谈的那个男朋友估计靠不住了，人家计划考研。而自己已经丝毫没有继续读书的兴趣了，如此一毕业估计感情也就黄了。他们俩边吃边聊走到宿舍楼下，却发现黄莺正准备拉开一辆轿车

第三十一章 我们不一样

的车门。郦薇叫了一声黄莺，黄莺欣喜地转身打招呼。看到荣健也在的时候，她脸上闪过一丝尴尬的神色。荣健根本顾不上郦薇和黄莺说了什么，他看到的是一辆崭新的桑塔纳2000型轿车，而开车的人正是黄莺所谓的世交好友。黄莺跟他打招呼时他腼腆地笑了笑，而这笑已经掩饰不了他的心酸。在黄莺坐车离开之后，郦薇开玩笑地说："看来你不是黄莺的菜，别癞蛤蟆想吃天鹅肉啦！"那一刻荣健的自尊心再一次受到了极大的打击，但是他不能反应得太过强烈，否则岂不是不打自招。他只是淡淡地说了句："你别胡说，我啥时对黄莺有想法啦！对你倒是有想法，可是你家就你一个，我也不可能去山西，跟你发展没啥前途！"郦薇自是嘴上毫不客气，回敬道："好像我就能看上你似的，老孔雀开屏！"不过她又接着说："哎，其实我觉得你和黄莺挺合适的，都是本地人，看来你下的功夫不够，现在说什么都晚了。"她哪里知道自己说这些话的时候，荣健心里有多么难过，他固执地认为自己不是输在自己本身，而是输给了那辆轿车和那个家庭。

当荣健撞破黄莺的恋情后于他而言这实习的时间就成了垃圾段落，那些天感觉日子过得无聊透顶。他和谭浩宇一伙嘲笑那些整天按时到厂里点卯的同学循规蹈矩不顶球用！而那些同学也蔑视他们不求上进无耻堕落。从那时起实习军团彻底分裂为两个派别，会计班的两个班长确实带了很不好的头。荣健因为感情的挫折对集体事务已毫无激情，而一班班长顾学楷经常一整天看不到人影，后来才知道这家伙来省城第二天就在一家保险公司找了兼职，主要职责是协助销售经理组织各种推介会。后来荣健还跟着参与了几次，看着保险公司客户经理对着一群老头老太太侃侃而谈很是羡慕。那些经理个个西装革履斯文帅气，进场的时候都发型油亮，还提着时尚的公文包，那派头完全是成功人士模样。每当看到他们荣健心想，这应该就是传说中的白领。如果自己站在那个台子上，能不能有这样的风采？保险公司给每个参与的客户都准备了小礼物，而活动当天购买保险产品的人则能得到更为精美的馈赠。也许因为到场有礼，每天现场的人气都很旺，一场推介会下来保险公司就有十几万的进账。难怪顾学楷经常说以后毕业要去干保险，这家伙平常不显山

冬日的火花

露水，看来心里早有打算了。而自己还糊里糊涂，到现在也不知道未来到底要干什么？这岂不是相当危险！虽说早就计划报考公务员，可是迟迟也没看到招考的信息，他心里开始有些慌乱了。

第三十二章　说好不分手

这些天传呼机除了每天会准时收到天气预报之外一直保持着沉默，实习的日子沉闷乏味，有时候甚至会让人出现幻觉，总是时不时下意识地拿起传呼机翻看，期盼着能有意外的好消息传来。

董婉先后发来两条消息，一条是：你好吗？另一条是：你在哪里？收到第一条信息的时候，荣健不知该如何回答，觉得自己好不好与她有啥关系！他心里仍然对董婉当日的小气耿耿于怀。过了几天看到第二条信息时，他开始有些犹豫了。思来想去还是发了条留言，在信息里说："我们来汉都市实习了。"留言发出去不久，董婉回信问："你在哪里？我去找你。"

实际上董婉早前就给学校打过电话，楼管阿姨告诉她荣健所在班级去实习了。否则她一定会再次出现在校园里，因为那个看起来稍显黝黑的小伙子在她心里印象还是不错的。董婉出现在实习工厂门口的时候，正巧碰见在门口晃悠的邱雨生。小邱同学热情地将董婉领到实习生宿舍，当董婉出现在宿舍门口的时候，那一身装扮着实让大家眼前一亮。她穿着一条黑色的喇叭裤，一件设计简约的米黄色翻领外套，里面搭着带花边衣领的白色丝质衬衣，脖颈上配有蓝色钻石光彩的项坠，尤其高

冬日的火花

高盘起的头发使整个人看起来利索了不少，高挑了不少。再加上一双尖头的高跟皮鞋，那感觉有些像电视里五星级酒店的大堂经理。宿舍里没穿衣服的同学捂紧了被子，看小说的人放下了书本。在大家的惊讶目光中，荣健起身走到了门口。

和董婉的再次相见是愉快的！两个人顺着工厂门口的巷子一直走到城墙下。在环城公园的长凳上董婉说："我本来不想再见你，就是想来看看你跟你的校花女友发展得怎么样？"荣健淡淡地说："她从来都不是我的女友，谈不上什么发展。"董婉听了这话显然很开心，又问了荣健很多关于毕业去向的事情，她鼓励荣健报考公务员，只是对他将来出任汉都市市长的想法泼了冷水。董婉说："现在要当官可得有后台，就咱一般老百姓想都别想。"荣健却倔强地批判她太过世俗，说他相信人生只要努力一切皆有可能。正聊天的时候，荣健的传呼机响了，杭晓让他速回电话。董婉跟着荣健到街边的电话亭给杭晓回的电话，原来正值周末，杭晓回到汉都市想见荣健。没想到今天董婉却一反常态地大方，在一旁居然鼓动荣健邀请杭晓过来玩，荣健说："人家跟你又不熟悉有啥玩的！"董婉回答道："跟你熟悉就行，反正没啥事，把你的美女同学叫上咱们去跳舞。如果太丑就算了！"这话可让荣健有些不服气，心里想着叫来就叫来，杭晓可一点都不丑，就这样糊里糊涂地在电话里邀请了杭晓。

三个人在金翅鸟门口见面的时候，杭晓对荣健身边的董婉显然毫无思想准备，虽然打了招呼，但是脸上明显流露出极不自然的神情，那一刻荣健开始后悔自己不该抱着显摆的心理叫杭晓过来。这两个女生的见面岂不是让自己左右为难，如此给自己挖坑简直愚蠢。还好董婉那天表现得像个看客，几个人进了舞厅找了个空桌坐了下来。一个董婉叫乔姐的人送来几听啤酒就离开了，舞厅里放着舒缓的音乐，昏黑的灯光里倒也能遮掩相互的尴尬。荣健在董婉的鼓动下请杭晓下舞池跳舞，到了舞池当中杭晓第一句话就问："那个女的到底跟你啥关系？你叫我来什么意思？"荣健当场有些语塞，只好敷衍地说："她是我老乡，你别多想。"杭晓素来迁就荣健的任性，听荣健这么说也没再揪住不放。但似

第三十二章 说好不分手

乎对跳舞毫无心思，一曲结束就撒手回到了座位上。乐曲再次响起的时候荣健礼节性地拉董婉跳舞，在舞池里他埋怨董婉让他叫来杭晓，说董婉别有用心，而董婉说他是做贼心虚。荣健辩解说无论从哪个角度自己也不存在做贼心虚的嫌疑，都是朋友这么尴尬可不太好，并且要求自己送杭晓离开，董婉没有反对，说让他送完杭晓一定要回来找她。

荣健一身轻松地和杭晓从舞厅出来，两个人都没有说话，互相沉默着向杭晓回家的方向缓缓前行。约莫走了五六分钟荣健开口说："那你准备回家还是咋办？"杭晓情绪低落地说道："我不知道！"看这情形荣健觉得有必要坐下来和杭晓聊聊，否则这样送人家离开算什么？！前面是宏伟的市体育馆大楼，门口开阔的大台阶岂不是很好的座谈场地，于是拉着杭晓到那里坐了下来。荣健一边看着昌安路上来来往往的车流人流，一边思考着如何开口。沉默良久他说："我们马上就要毕业了，这一毕业真不知要到哪里去，我心里迷茫极了。我也不知道我们之间到底该如何发展，说老实话我矛盾得很。"杭晓问："你说这话的意思是要跟我分手吗？"荣健回答道："我们的感情似乎从来都没有开始，尽管当初你答应了我的请求，可是你觉得我们恋爱了吗？"杭晓回答说："我不知道你是怎么想的，反正我觉得是。"这回答让荣健心里犯了难，他不知道该如何回应杭晓所说的"是"。两个人就那样沉默地坐着，杭晓看荣健不再说话，坐了一会站起来说："那你好好考虑吧！我回去了。"说毕下了台阶快步走去，荣健落寞地看着她离开，直到她的身影消失在拐弯处。

他在台阶上坐了一会，起身后不由自主地转身朝着舞厅的方向走去。快到舞厅的时候远远看到董婉站在马路边，显然她是在等自己。当他走过去的时候，那个乔姐正好从舞厅出来，朝着荣健微微一笑，对董婉说："这就是你家的大学生呀！你们好好聊，我走了。"乔姐走了董婉介绍性地说道："乔是东北人，性格比较直，但是对人很好。"荣健回答说："能看出来是个爽快人。那咱们下来干啥去？"董婉说："你想吃啥？去我那做饭吃吧？"荣健没有拒绝，之后就一起上了公交车。

那是一个位于汉都市南郊的城中村，进村的门楼上刻着"吉庆村"

/457/

冬日的火花

三个字。这村子显然经济不错,每家都盖有三四层的楼房。走进村里窄巷就能感觉到这里的繁华,商店饭馆一家挨着一家,各种门店的招牌栉次鳞比红红绿绿。俩人走到巷子尽头的菜市场买了几样家常菜,而后往回走几十米就是董婉租住的地方。进了门经过一个漆黑的楼梯上了二楼,屋内明显精心地收拾过。这屋子算是两室一厅格局,客厅灯光暗淡放着一个布艺的长沙发和玻璃茶几,主卧室临街开着窗户看起来还算明亮,一张双人床带两个床头柜,床头柜上放着一个收录机,简易布艺衣柜上印着椰子树和魔鬼身材的金发女郎,而另一间狭小的次卧室则空荡无物。董婉从包里掏出一盒硬盒白沙烟,说让荣健等一会她去做饭。那一刻一种贴心的感觉在荣健心里升腾而起,看起来这个大大咧咧的女人还是个细心人。

那顿丰盛的晚餐吃得很开心,四菜一汤的待遇让这些天在街边小摊赖以维生的荣健放开肚皮饱餐一顿。董婉的紫菜蛋花汤做得味道极好,荣健喝了两大碗。吃完饭他自告奋勇地去洗碗,而董婉放响了床头柜上的录音机,梅艳芳深沉圆润的歌声从卧室传出,整个屋子充满了小日子的温情。洗完锅碗荣健点了一支烟,一屁股坐在沙发上时他清晰地感觉到了这种氛围的受用。这感觉让他神清气爽精神抖擞,一边抽着烟一边起身悠着步子想走进卧室。董婉发现他要进来大声制止了他,不一会儿穿着一身新衣服出了房门,让坐在沙发上的荣健看是否合适。一连换了几身衣服,非得要荣健提出比较意见。直到选定黑底豹纹的长袖T恤和一条黑色皮裙搭配才停止了折腾。其实荣健觉得那几身衣服实际都不错,充分肯定那身搭配也是因为架不住董婉的啰唆。不过老实说这套衣服加上黑丝袜长筒靴穿上不但妩媚动人,还有几分野性的美感。董婉选完衣服说起她化妆品推销的工作,抱怨厂家政策频繁变化,各种理由克扣她们的提成。又说同事之间尔虞我诈人心险恶,她实在有些坚持不下去了。对于这些工作上的问题荣健毫无感觉,凭着家里经营服装店的经验随口建议说:"你一天又爱臭美,那你还不如自己开个服装店。"董婉说其实她早有创业的想法,可一直没想好从何干起。荣健就把如何在复兴路选货进货,如何定价销售的事详细说了一遍。董婉听得津津有味,

第三十二章 说好不分手

还赞叹地说："没看出你没出校门居然还会做生意！"荣健则沾沾自喜地回答道："呵呵，你当一点点呢！"两个人就开店做生意的事聊得热火，荣健自是有些乐不思蜀。

收录机反复地播放着梅艳芳的卡带，一首《夕阳之歌》缱绻委婉让人沉醉。荣健不经意地说："你好像不太会跳舞？"董婉说："呵呵，我就是瞎跳，没去过几次，那你教我。"就在那灯光暗淡的客厅里，荣健搂着董婉不算太细的小腰跳起了舞。这不比香薰气味的舞厅，董婉淡淡的发香清晰迷人，说话的口气纯净如兰，跳着跳着荣健浑身燥热，看着董婉大大的眼睛艳红的嘴唇他大脑充满了幻想。他亲吻了她抱紧了她，挪动着脚步直到把她压在床上。当董婉丰满的身体毫无保留地呈现在他眼前，俨然就是欧洲油画丰乳肥臀的香艳场景。他已完全按捺不住身心的躁动，脱了衣服披上被子爬了上去，那一刻他像一个披着斗篷去战斗的侠客。董婉虽然闭上眼睛，但是身体温柔地配合着荣健的一举一动，几乎没费什么工夫他就直达了那个神秘的地方，董婉娇羞的叫声沉醉而痴迷。那亢奋让荣健感觉如在云端游走，又似童年与小伙伴拼命的追逐，缓慢时像风吹麦浪，疾速时则如引擎的暴力轰鸣，如此反复跃上几个高峰又坠入低谷，一泄如注时恰似风筝断了线一样瞬间飘零。

那一夜他们算是私订了终身。荣健早上醒来董婉已熬好了玉米粥，荣健跟董婉说："你还挺勤快的，看来会是个好老婆。"董婉说："看把你美的，你不睡了？"荣健嬉笑着说："呵呵，可把我累坏了，几十年的存货都被你没收了。"董婉红着脸说："不要脸，这可没人逼你！"说笑了一会荣健起身离开，走在路上他忽然想到一个问题。那就是为啥以前跟女生亲热总是紧张，而和董婉在一起却如此轻松，是董婉的成全还是其他原因。想来想去他也没有想明白，因为之前叶子也那么温顺。也许这就是缘分或者天意，他心里这样回答自己，脸上露出幸福的笑容。

实习的生活还是像往常一样，不同的是腰上的BP机会经常响起，而那肯定是董婉的呼叫。那些日子他熟悉了从东郊到南郊的43路车，频繁地往返于实习单位和吉庆村之间，他变成一个有牵挂的人。实习快结束

冬日的火花

的时候下了雪，就在那个雪天董婉送来一件时尚的棉衣，而他就是穿着那件帅气的衣服返校的。当一群人坐上了那辆熟悉的59路车，车快开的时候冲上了一个人，那货居然是卢伟。

荣健调侃卢伟说："卢老板居然还坐公交车，你不是有专车接送吗？"卢伟骂道："你快去球吧！什么老板，都快没饭吃了！"谭浩宇也跟着起哄说："卢老板回来省亲的吧？估计亏空得厉害！"卢伟回答说："你哈怂一天就不学好，会说人话不！"三个人的对话引得周围男生哄堂大笑，而女生则不满地看着他们觉得简直莫名其妙。

洋子7月份就毕业了，卢伟家里在一家私人企业给她找了份办公室文员的工作，而洋子也正式以未婚妻的身份住进了他家。因此卢伟每个周末都会回家看看，确实是探亲，也确实会很累。卢伟说这几年生意难做，父亲干不动了，有意让他毕业后接手家里的生意，但他完全没有信心。洋子算是暂时有个工作，但是那家企业情况也不怎么好，未来到底怎么样谁又能说清，只能走一步看一步啦！荣健心里很羡慕卢伟家里的条件，想着人家毕业了马上就会有个着落，而自己尚需去寻找。洋子找了他真是走运，一毕业马上就有班上，还不用租房子。

卢伟又说到阮诗咏和夏青，称赞阮诗咏追随爱情勇敢南下，目前在深圳一家企业上班，工资比内地高出好几倍。而夏青回到山西很快进了当地国安局，结果上班没几天竟然不可思议地与单位司机搞在了一起，为此差点被他爸打断腿。谭浩宇说："她爸这典型的势利眼么！"卢伟则不以为然地说："你站着说话不腰疼！人家家里辛辛苦苦供个大学生出来嫁给司机倒是弄球呢！他爸也是有身份的人，恐怕丢不起那人！"谭浩宇则振振有词地怼道："什么鸟身份，司机就不是人了！就没有谈对象的权利了！当官的咋了！我看好着呢，婚姻自由嘛！你小伙满脑子的封建余孽。"卢伟气得涨红了脸，没好气地回应道："你纯粹拌屁呢！你以后生个女子嫁个要饭的你可不要皮干！"荣健在一旁低声道："就是就是，你一天净胡说，司机有几个好怂！"谭浩宇见荣健一说话又来了精神，看着荣健说道："你小子装啥好人呢！还不是你把人家娃祸害的，整天说人家走路姿势像裆里夹了个棍，人家现在就愿意夹司机

第三十二章　说好不分手

那个棍。"说完自己哈哈大笑乐得不可自抑。这话一下子说到荣健痛处，想当初自己确也说过这样的话，而人家对自己那么好，现在她"自甘堕落"虽不是自己的错，但是他心里却无缘无故地不爽，回怼了一句"你就会胡说八道"而后把头歪向一边。看着窗外的风景他若有所失，想起曾经与夏青走过的安静街道，也想起她看着自己吃饭时深情的目光，不自觉地哼唱起："是谁遇见谁，是谁爱上谁？我们早已说不清。是谁离开谁，是谁想着谁？你曾经给我安慰……"

感觉这一年的冬天来得极快，回学校没几天足球场的草坪已全部枯黄，风吹在脸上能感到飕飕的冰凉，银杏林的金黄没绽放几天也瞬即飘落得无影无踪。荣健感觉在学校和汉都市之间没往返几个来回，眼看着一个学期又要结束了。这当中他和谭浩宇还回金城县批发了几十箱猕猴桃，之后用毛笔写了大大的销售海报还到处张贴。没承想不到一星期货就卖光了，为此两人都后悔当时胆子有些太小。可毕竟生意让他俩赚了几百块钱，对学生来说算是一笔不菲的收入。有了这笔钱两个人请要好的同学吃了饭喝了酒，一时间日子过得确也潇洒。

终于等到公务员招考通知发布，荣健第一时间报考了广东黄埔海关，尽管招考通知里明确写着招五人而且面向全国，而他那时候心里有着舍我其谁的勇气，立即到书店购买了有关的学习材料开始备考，那些天他没日没夜地抱着那些资料苦读。想着只要成绩过线，凭着自己三好学生、优秀团干等一系列的荣誉，被录取应该不是什么问题。当年的考试安排在汉都市进行，他提前一天到汉都和董婉一起看了考场。当董婉知道他报考黄埔海关时怅然地说了一句："你考上了岂不是要远走高飞！"而荣健回答说："即使远走高飞也会带上你，我们不分手！呵呵……"董婉听了这话才放下了包袱，并且为他安排好几天的伙食。前一天晚上为了预祝考试顺利他们喝了几杯红酒，几杯酒下肚董婉两颊绯红光彩迷人，两人又禁不住一番恩爱。完事后荣健忽然有些后悔，近乎抱怨地说："唉，今天应该养精蓄锐，这一折腾影响明天考试的。"董婉则说："你一兴奋说不定考得更好！"说着搂紧了荣健的脖子。那两个丰满的乳房顶到荣健的胸膛，那光滑温暖的感觉让人酥痒不已。荣健

/461/

冬日的火花

已经习惯和她这样相拥入眠，尤其在这寒冷的冬夜。

郦薇彻底与男友分手了，她看起来没有丝毫的伤感。每天到了教室依然活泼轻松，每每看到荣健时总是调皮地朝他翻个白眼。班里好些人都以找工作为名不来上课了，尤其是本市的几个走读生，据说她们都已正式上班。黄莺似乎也极少出现，荣健再没能和她说上话，这分离的气氛已越来越明显。荣健常常会陷入沉思，想着与董婉约定放假后去她家，这无疑意味着正式通告家长两人的关系。如不出意外下一步还要找正式的媒人前去商谈婚嫁的条件，在县城这约定俗成的套路想来也少不了。尽管他跟董婉说订婚的事要等爸爸回来再说，可是董婉提出放假后就去她们家的事已不能推辞。

去董婉家妈妈也是支持的，并且在家里搜罗了几样礼品，可荣健觉得只有两件能拿出手，于是就提着这两样东西准备上门。走到街道的时候董婉又打来传呼说要先在外面见个面，闹了半天董婉是怕荣健拿的东西太寒碜。为此荣健很不开心，他执拗地对董婉说："别要求得太过分，这礼品还是我特意在家选的。"而董婉并不以为然，她生气地说："你拿两样东西就不要去了，我丢不起那人。"荣健听了这话没好气地说："不去就不去了，有什么大不了。"说着扭身就要往回走，而董婉扯住他的衣服不让走。就这样谁也不妥协，谁也不说话地站在街道旁边。街上人来人往，荣健觉得极其丢脸，于是妥协地说："那你说还买啥？"董婉这时候却赌起了气，一脸不屑地说："你爱买不买！没有烟酒你就别去丢人。"荣健心里暗暗叫苦，她这岂不是说要买烟酒，那还不得一百多块，自己口袋顶多也就一百块左右。他只好沉默，想了半天还是决定到烟酒店看看再说，于是硬拉着董婉走到烟酒店，选了瓶西凤酒和一条红山茶烟，算下来一百一十块。但是他搜空了口袋居然只有八十多块钱，这时董婉递过来一张百元大钞。无奈之下只有先付了钱，出来跟董婉说这算借她的。董婉却说："钱不重要，关键看有没有心。"这话让荣健心里甚是压抑，可是他无可反驳，也不想反驳。

眼看又到年关，妈妈的身体虽有所起色，但是家里的经济仍然紧张。尽管爸爸进藏之后每月寄钱回来，可债务的压力丝毫没有减轻。清

第三十二章 说好不分手

完了贷款利息妈妈手头上已经没什么钱了,这一家三口的年怎么过可真是个愁人的问题,难道还要妈妈出去借钱!荣健想起董婉曾提过他家亲戚每年摆摊卖炮的事情,想来这是个不用摊本就能赚钱的路子。于是他找董婉商量了一番,当时董婉用异样的眼光看着他说:"吆,你能拉下你那面子呀!只要你想干,爆竹多得很。还有我舅家拉来的灯笼你也可以卖。"他当然很要面子,可是又一想这靠自己努力赚钱的事情又有什么丢人的,于是下定决心要大干一回,如果能赚个千儿八百的这年可就过得丰盛了,况且这一次意义非凡,爸爸不在家妈妈要养病,那么自己撑起这个家自是义不容辞。

从邻居借来一辆三轮车,再加上一副床板一条旧床单,这摆摊的家伙什就算准备停当了。他随即兴冲冲地登上三轮车出发了,原本想着这三轮车比自行车好骑,结果刚一出门就骑进了门口的沟里。好不容易把这一摊东西弄上来,再把车头从泥坑里拉出来,结果发现车梁歪了。幸好这狼狈的过程还没人看见,要是被邻居瞅见估计这车用不成了,还得给人家赔钱。出师不利让荣健心里极为郁闷,可是他并不想就此放弃,连忙把三轮车弄回自家院子,又在家里找来撬杠和扳手。凭着一身力气和耐心地钻研,敲打了半晌硬是把车头扳直了,重新骑上去感觉和先前差不多,这才收拾一番换了衣服出了门。

到董婉家时已近午饭时间,董婉还以为他睡懒觉才起来,嘲笑他这样做生意估计会赔得当裤子。他不服气地解释了半天,才跟叔叔阿姨说起自己想卖炮的想法。董婉早就打过招呼,因此赊货并没有遇到障碍,这可让荣健长出一口气。把各样爆竹礼花和灯笼配齐差不多货值一千五百元,按市价大致算一下顺利卖完也能赚这么多,这个数字让荣健很兴奋,于是没顾上吃饭就赶紧出发了。可是因为出来得太晚,集市最热闹的地方早就没有了位置,他只好骑着车子四处转悠,最后还是赵海在房管所门口给他找了块地方。赵海帮忙给他支起了摊子,又给他买来一碗面就急匆匆离开了。荣健守在炮摊上等待客户上门,结果一个下午过去根本无人问津。收了摊子回去时,他心里失落极了,一直搞不明白自己卖东西为啥就没有人问呢!难道自己和父亲一样,是个没财命的人!他

/463/

冬日的火花

　　脑海里开始翻滚往年那些炮摊上的情形，忽然意识到买炮换新钱应该是个必须的服务。于是乎晚上打传呼给高扬和赵海留言，让他们明天无论如何到银行给自己换几百元新钱来。他又找来红纸写好"买炮换新钱"的告示，这才安心地上床睡觉。

　　可是第二天的效果并不怎么好，一整天也就卖出三把鞭炮，这还是老同学象征性地照顾。最难堪的是当了城管的李宏带着一群喽啰在街面上耀武扬威，虽然看到他时倒也客气，可那显然是一种轻蔑或同情的客气。因为他在回答同事"你同学咋卖炮"的问题时说："没钱嘛！"说这话时尽管在几米开外，但这话让荣健有些无奈的心酸。可在他心里仍对这些人的神气嗤之以鼻，总觉得他们不过是一群世俗的浑人而已，那嚣张不过是无知浅薄的暴露，根本不值得搭理。自己没钱确也是事实，别人也没说错，但这一切都只是暂时的！值得安慰的是老同学王琪路过时很平和，她领着一大一小两个孩子逛街，看到荣健时热情地过来打招呼，并坐下聊了半天。王琪从学校回去的第二年就结了婚，如今姑娘已经五岁了，老二是个小子，也已经两岁多了。王琪还关心地问他和林芳欣后来的发展，荣健不愿多讲伤心的往事，只是说毕业后就失去了联系。并赞叹王琪有成就，孩子都这么大了，自嘲说自己只不过多念了几年书其实一无所有。

　　那几天李宏每天都会出现在街上，一会儿收没小贩的秤，一会儿掀了别人的摊子。荣健亲眼看着这群流氓任意找些理由扣押摊贩的东西，甚至不惜大打出手。站在老百姓的角度讲，任何管理也不能以收没罚款为目的，而他们显然手脚并不干净。因此每当他们出现的时候，背后都会是一片骂声。那天赵海站在房管所前调侃李宏说："国家等着你们去解放台湾。"李宏瞪着眼睛回答说："那不是吹的，我们去分分钟灭了他们！"说完两个人哈哈大笑。荣健自是见不得李宏那副嘴脸，可他也没有理由让赵海远离他，想来他们都属于在县城公务人员的圈子，而自己显然已经格格不入了。

　　董婉每天都会骑着自行车到摊子上来转一圈，看荣健的爆竹卖不动也很着急。第三天上午来的时候说她让亲戚在别处占了一个好位置，让

第三十二章　说好不分手

荣健赶紧搬过去。想着那边人多生意一定会好，于是他立即收拾了摊子前去。那是剧院前自发聚集的自由市场，各种蔬菜、肉类、鸡蛋、水果都是农民自产自销。卖爆竹和写春联的摊子穿插其中非常热闹，董婉家的亲戚用纸箱子占了一块地方，这地方太小，荣健只好把床板顺放在三轮车上，然后摆上爆竹。撑起一个灯笼挂在车头上，就这样凑合着开了张。这个地方确实好，正午的时候简直是人山人海，荣健生意也开始好了起来。一天过去就卖了五百多块，照这个速度到不了年三十就能卖完。好赖他也是会计专业的学生，算这样的小账自是不在话下，收钱给货相当麻利。有时一高兴零头就直接免了，这生意越做他越有感觉了。第二天一大早他就拉上妹妹一块来吆喝，多了帮手生意更加喜人，就连灯笼也开始卖得火热。不到四天时间拉来的货就全卖完了，留下几把鞭炮和十几个大爆竹给自家用，就此收拾了摊子。他和妹妹又给董婉家的亲戚帮了大半天的忙，算是还人家占地方的人情。搞了半天这可不是一般的亲戚，卖灯笼的两口子是董婉的大舅和妗子。这几天忙活都没顾上问，为此他连连向人家表示歉意，帮忙的时候也分外卖力。有了他和妹妹帮忙，董婉的大舅和妗子这一天也顺利地卖完全部的灯笼，收摊子时大舅说明天就回凤鸣县过年，并在董婉父母面前连连称赞荣健是个好小伙。

　　第二天已是大年二十九，荣健买了十几斤肉提在手上去董婉家算账，这肉自是表达对董婉父母鼎力支持的感谢。算了账才知道这短短的一个星期居然赚了近两千块钱，有了这笔钱不但给妈妈和妹妹都能买新衣服，并且家里能过个红火年，荣健心里满足极了。看得出董婉父母对荣健的表现也是满意的，当天热情留他吃饭就能说明一切。虽然荣健在剁饺子馅时累酸了腰，可是饺子吃在嘴里香味绵长幸福喜悦。董婉一家都对饺馅的味道赞不绝口，董婉的妈妈对着她爸说："你看你啥时弄的馅有人家这个味道，真是老不中用。"听到这些称赞，那一顿饭荣健感觉分外舒服。下午又拉着妈妈和妹妹一起逛了趟街，一家三口都买了新衣服，荣健还买了一桶防锈漆，每年刷新一次铁门似乎成了他固定的过年程序。

冬日的火花

　　过年的时候董婉到家里来了两次，杜英娥看到准儿媳光鲜靓丽也是满心欢喜。但她又隐约觉得有些问题，因此在董婉走后跟儿子讲："人家家里条件好，我担心以后我们家伺候不起！"荣健听母亲这样讲时并不以为然，他自信满满地说："没什么伺候不起的，她愿意嫁就必须认可这个家，必须孝敬你和我爸。"杜英娥又说："娇生惯养的娃能对你好就不错了，我和你爸都有退休工资，没指望人家孝敬。"这个问题对话并没怎么认真细究，但是荣健内心由此对董婉生出一些意见，他觉得董婉到家里不应该空手来，如果董婉有所表示，母亲一高兴也许就不会有那样的顾虑。董婉应该不会不明白，自己去她们家时礼物轻了她都不愿意，而她这样做岂不是明显的偏心。

　　虽然有点小意见，但是这个年过得还是比较愉快的。荣健与爸爸也通了电话，汇报了自己参加了公务员考试的情况，信心十足地说成绩不会太差。另外特意提到年前卖炮的事，并说因此家里的年过得还比较富足。父亲听了这些很是高兴，其他的话没有多说，只是叮嘱他与董婉好好处，他10月份就回来了。

　　这是跨世纪的新年，因此县城比往年热闹了不少。荣健陪妈妈走完亲戚后就基本上天天和董婉黏在一起，看花灯逛庙会，一有机会就和董婉挤在自己西屋的小床上亲热，小日子过得倒也浪漫舒坦。

　　到了收假的时候，妈妈特意交代，回学校后带上礼物去一下堂哥家，不要再为皮衣的事念念不忘。妈妈一提荣健才意识到，真的很久都没有去堂哥家了。想起当初刚到秦都市上学的时候，堂哥和大嫂对自己还是挺好的。皮衣的事堂哥也许真有自己的难处，毕竟是有血缘的亲人，事情已经过去又何必计较呢！因此他爽快地答应了母亲的交代。回校的时候董婉依依不舍，非得拿了行李和荣健一起走，说先送荣健到学校，她再回汉都市上班。

　　那天回宿舍放了行李，荣健带上董婉一起去了堂哥家。路上特意买了三样体面的礼品又挑选了一大把香蕉算是凑齐了四色礼，平辈往来如按风俗也就两样礼物。可想着长时间没来，因此礼物丰厚一点总是应该的。这几年堂哥的工作一直没有落实，好在凭着一张高级工程师证倒也

第三十二章　说好不分手

不至于无事可干，而大嫂所在的工厂效益依旧平淡，他们仍在外租着房子，看来经济上确也不宽裕。想到这些荣健特意提醒董婉说话一定要低调，免得惹得哥嫂多心。他们到的时候大嫂和小侄子在家，大嫂瞪着眼睛操着一口山东口音的普通话说："哪一阵风把你给吹来了，我还以为你毕业都走了呢！"荣健不好意思地说："呵呵，大嫂你别生我气，这阵子实习考试确实事情比较多，这不一忙完就来看你了。这是我女朋友董婉。"说完又赶紧示意董婉叫"嫂子"，而董婉那时不知是什么心态，居然只是腼腆地笑了一下，一声"嫂子"并没叫出口。董婉后来解释说大嫂的表情看起来高高在上又皮笑肉不笑，因此她叫不出来，为此荣健大为恼火。嫂子搬了小凳子招呼他们坐下，没几分钟大堂哥就回来了，一进门也没什么笑容，只是淡淡地说了声："你们来了。"荣健连忙起身满脸堆笑地给堂哥敬上一支烟，并比较正式地介绍了董婉，董婉比刚才表现得要好一点，微笑着说了声："哥，新年好！"堂哥回了"年好"两个字就再无下文。后来又简单聊了几句家里和老家亲戚的事，董婉就用手捅荣健的腰示意他离开，而荣健觉得屁股都没坐热就离开不大合适。又聊了一会，董婉说她下楼买东西就出了门。董婉一出门大堂哥忽然问道："你这女朋友是干啥的？我咋觉得不是啥正经女娃！"此话一出荣健很是诧异，连忙解释说董婉以前在县妇幼站工作，现在停薪留职在汉都打工，我们两家知根知底，应该不会有什么问题。而堂哥坚持认为董婉打扮妖艳不像良家妇女，态度坚决地说自己阅人无数，董婉肯定不是家养的东西，并强调他会把自己的意见向荣健爸妈反映。荣健说大堂哥应该解放观念，不能总用老观念度量人的好坏。女孩子好打扮本也是天性，更何况二十一世纪的今天。然而大堂哥显然不接受他这样的说法，一脸威严的并不接话。于此这个话题也就再没法说下去，荣健沉默一会，迟迟不见董婉上来，他也就顺势告辞了哥嫂转身离开。

　　这一趟亲戚走得实在不怎么开心，路上荣健第一次对董婉发了火。他说董婉缺少教养，家人面前太过傲慢。而董婉则说荣健的哥嫂自以为是，装得跟大干部似的，实际上他们自己也不撒泡尿照照，不过就是缩在城中村的下岗工人，装啥呢！这些话句句如刀似剑，深深地戳痛了荣

冬日的火花

健脆弱的自尊，他的怒火瞬间爆发，对着董婉怒吼道："我们就是这穷人穷亲戚，穷人就不需要尊重啦？你家不也是农民出身，手不沾泥才几天，有啥不得了的！下岗咋了？又不吃你的，你看不上理睬就赶紧滚！"董婉似乎也很委屈，目光狠狠地一转身朝巷口快速走去。荣健慢慢地跟在后面一脸无奈，看着她上了出租车负气离开，那时候他心中烦躁如火烧。

第三十三章　又一个转折点上

1999年春天黄土高原干旱少雨，大禹河平原更是一百多天没有有效降水。从省上到村民小组各级政府机关都已行动起来组织抗旱，而这个时候高树亭正为浇地追肥的事发着熬煎。

大儿子永盛毕业后在外面参加了工作，女儿执拗着自己凑合出了嫁，小儿子生性孱弱勉强能混个温饱，而如今自己早已力不从心。看着庄稼旱在地里自己只有干着急，毕竟浇地施肥都要花钱。女婿来了两次要求帮忙都被他骂走，他心里着实愤恨这祸害拐带了上进的女儿，早就发誓永不往来，因此无论如何他都不会接受这祸害的资助和帮衬。那阵子他天天都到村口张望，焦急地等着大儿子回来替他解决问题。

高永盛意气风发地走在铺满尘土的路上，放眼望去两边的庄稼地都糊上了厚厚的土灰，偶尔有几绺刚刚浇了水的田地绿得耀眼。看到这些他心情急迫却又自信淡定，自打走进北方车辆厂的第一天起他就坚信从此将摆脱贫困。前些天弟弟打电话说家里浇地和追肥的事情时，他就已经决定带足够的钱回来解决问题，自家的庄稼绝不能输给任何人。这是父亲的脸面也是自己这个长子的脸面，必须尽快地浇地施肥，可不能让村上人看笑话。

冬日的火花

　　看着儿子风尘仆仆地回来，高树亭算是放下了心。儿子拿回来两千元钱，浇地买肥料绰绰有余。于是他下午到队上联系浇地，让永盛到镇上去买肥料。永盛买肥料回来的时候特意在村口的肉摊上割了五斤肉，肉摊上一圈围观的人都交口称赞永盛是个有心的孩子，并连连赞叹高树亭有个大学生儿子就是不一样。晚上一家人围着桌子吃大烩菜，高树亭看着儿子买回来的复合肥心情极其舒坦。串门来的邻居开玩笑说这儿子一回来人和庄稼都吃上了细粮，咱队上还没有几家舍得全用复合肥的。高树亭笑着回应说："呵呵，娃们比咱有眼界，我真不知道这复合肥到底有啥好处，今年检验一下到底值不值。"说这话时他眼角眉梢都充满了自豪和幸福，永盛在一边也不多说话，但父亲的喜悦他深切地感受到了。邻居来人并不是单纯地来串门，而是来给弟弟永亮提亲的。牵线的几个女孩子有本村的也有外村的，并大概介绍了这几个姑娘家里的情况。之后一再提醒说要成亲事，这房子必须重盖。高树亭对来人说这都没问题，按他的计划到今年年底后院的两头猪就能出栏，养的肉鸽也能繁殖到一二百只，其他地方再凑一点，到明年开春就能动工。

　　自弟弟去年高中毕业后父亲就开始给他张罗媳妇，父亲之所以没有坚持让弟弟复读是因为弟弟少时发烧损伤了大脑，整个念书的过程成绩平平，父亲认为他在读书的路上没有什么前途。既然当了庄稼汉自然要计划早早成家的事情，而这说婚就会牵扯到礼金、房子，三间老房的重建已是当务之急。永盛心里明白，现在的农村非常现实，哪一家嫁女儿都会充分评估对方的经济情况，自己家这三间烂房不重建，弟弟的婚事就根本没有指望。晚上一家人围在炕上说到很晚，一致决定先盖一层平房加上屋架，把楼梯甩在后院，缓几年再把二层盖起来。楼上加了屋架就能养更多的肉鸽，到时收入也会增加。可是这三间平房和上面的屋架算下来也得一万多元，而两头猪加上几百只肉鸽恐怕也只能解决个小头，父亲说盖房的时候永盛得承担一万元，如果还不够他来想办法。永盛说读书的这些年自己把家里掏空了，这次盖房家里能拿多少拿多少，剩下的都由他承担。父亲又说起永盛的婚姻，并且强调永盛不结婚，老二的婚肯定还要往后压。这一切都要按规矩办，世上哪有老二先结婚的

第三十三章　又一个转折点上

道理！而提到这事永盛心里极其的悲凉，想起当初与袁瑛恋爱时的情景他心里有无限感慨。这些年求学路上他宁愿一个人孤独行走，也不敢再奢望什么爱情。现在提起婚姻还真是无从说起，但是他不能说没有，说了只会成为父亲心头的负担。于是他跟父亲说已经有了苗头，估计再努力一下就差不多了。就这样家庭的三件大事明确了时间，第二天在地里帮了多半天的忙就准备返回单位。临走他到村东头的妹妹家去了一趟，给妹妹买的毛衣和给小外甥的衣服一直在包里藏着，父亲不愿提起她，但是他作为哥哥不可能不认她。虽然她现在已经成为一个地道的农村妇女，可是在他心里她还是当年那个趴在自己背上问东问西的妹妹。

其实永盛跟父亲说的那个苗头不过是在火车上见过两次的姑娘，他已经不记得到底是哪一年返校的火车上邂逅了许芹。那次他帮许芹把行李放上了行李架，由此互相有了交流。许芹黑亮的眼睛和洁白的牙齿让他过目不忘，他们面对面坐在车窗旁一边欣赏沿途的风景，一边聊了很多金城中学的故事。这当中包括补习班混迹多年直到疯癫的白发青年，也当然会有义务送报纸信件的焦老师，甚至一起批判又爱又恨的学生灶。他们的青春有太多的相同轨迹，农村的成长、金城中学的苦读都是说不完的话题，并且那时他们都面临着一样的迷茫前路。说起那个被同学们戏称为老校长的疯癫青年时，许芹能描述出他花白头发胡子拉碴，穿着一双破烂肮脏的黄胶鞋，总是把收音机贴在耳朵上歪着头走路的情形，并由此感慨高考对人的折磨又庆幸自己能够冲破这7月魔障。永盛说："如果自己当年再落榜，估计今天也是那副胡子拉碴的落魄模样，生活在某种程度上对失败者来说毫无意义。一个人如果自己选择了一条路而命运非安排你走另一条，想来都是极其痛苦的事情。"许芹说："我感觉你心态挺沧桑的，改变不是谁的安排，首先是我们自己努力的结果。我一个朋友说过人只要活着就应该勇往直前，我觉得他这样的态度更积极一些！"这次美好的际遇给永盛留下了非常深刻的印象，那个时候他忽然有种冥冥之中注定相遇的感觉。分别的时候永盛问许芹要了联系方式，当时许芹虽然有些犹豫，但还是留下了通信地址。许芹最后一次来信还是去年四五月的事情，那时她即将毕业，来信了解远航工业

冬日的火花

集团的情况。按时间推算如确实分配到远航，她应该已经去单位报到了，但一直还没有消息。想来一定是刚到单位各方面还没安顿好，如果过一阵还没有消息，他就准备去远航集团打听一下。想到这高永盛心里虽有些沉重，但当下除了努力工作攒钱盖房之外，其他的事情也只能从长计议了。

和高永盛一样心情的还有荣健。自从那天与董婉不欢而散之后，他陷入一种难以开解的抑郁当中，不自觉中抽烟居然成为一种需要，而原来于他而言这不过是一种情调。公务员考试成绩公告之后，他的心情就更加烦乱。招录分数线确定为一百五十分，而他考了一百五十七分。这个成绩到底有多少竞争力无法知晓，是在学校死等招录的结果，还是应该有所行动，可如果行动又觉得无从下手。那几天他实在烦乱得要紧，于是又想到找永盛哥出出主意。况且自从永盛哥分配回来自己还没有去过他厂，于是他决定立即出发。

弟兄俩相见的时候正值周末，永盛请弟弟在厂里的食堂饱餐一顿，并决定晚上一起到礼堂去看电影。荣健第一次看到如此规模的工厂，分为生活区和生产区，两边加起来足有一个小镇的规模。这里面医院、学校、商店、礼堂、广场、公园应有尽有，俨然是一个完整的小社会。他跟永盛哥开玩笑说在这里除了没有火葬场该有的都有了，这国有企业就是不一样！永盛则略带自豪地说进了国企才知道什么是公有制为主体，国企各方面的实力一般民企根本比不了的。但是这种企业里资历大于能力，关系大于努力的体制弊端也很突出，对于他们这些刚分配进来又没有任何背景的人来说努力干活是唯一出路。荣健说自己毕业论文就是国企改革方向，希望永盛哥能给他一些意见。两个人边走边聊，直到走进电影院。

那晚礼堂放映的是一部印度电影，整个影片阴暗的光影加上贫民窟肮脏破败的场景让人感到压抑，主人公的老奶奶抱着罐子捏辣椒面充饥的场景说尽了贫民窟的苦难。但这兄弟俩的心思远没有达到同情印度人民苦难的境界，看了一半觉得索然无味就退了场。荣健主动出钱买了花生米和两瓶啤酒和永盛哥回了厂里的单身宿舍，周末这宿舍经常就剩永

第三十三章　又一个转折点上

盛一个人,这难得的清静时光往往是他最幸福的时候。兄弟俩将吃食摆上桌子倒上酒,就此开始了畅快的夜话。

永盛:印度真是神一般的国度!

荣健:贫民区那脏乱的环境就像黑暗的中世纪!不是所谓的民主社会吗?看起来比我们惨多了。

永盛:丘吉尔说得对,有时候民主也是恶魔。比如像今天农村基层的选举。

荣健:这选举不好吗?

永盛:这样的选举只会给流氓恶霸提供机会而已!拿咱村的选举来说,新当选的村主任谁不知道他是个啥人品,几桌饭下来就选上了。一上任就提出要在谢村桥搞什么特区,你看着,这又会是个笑话。

荣健:谢村桥搞特区!搞啥特区?依我看那些原本沿着公路私搭乱建的商店、饭店都应该拆了才对,看着都别扭。

永盛:那些便民店倒不是什么问题,但应该规范一下,不是谁想咋盖就咋盖。

荣健:是应该有个统一规划统一标准。

永盛:这些不捞钱的事是绝对没有人干的!

荣健:对着呢!如今人都朝钱看了。这市场经济没钱是寸步难行!

永盛:就拿给永亮说对象来说,没有"三金"和新房肯定没戏。

荣健:盖房子的事估计还得你出力,干爸年龄大了。

永盛:我最少得拿一万元出来,按现在这工资攒到明年开春也不一定能攒够。

荣健:那你谈下嫂子了没有?

永盛:没有呢!

荣健:你们厂女工应该也不少吧!

永盛:我们这分来的女大学生那真是狼多肉少,根本轮不上咱!即便在本厂找个对象也得混到房子才行。

荣健:那干几年才能分到房子?

永盛:这个还真不好说,看运气了。

冬日的火花

　　荣健：干一个，祝你早日分到房子！
　　永盛：我胃不好，只能喝这一杯了。
　　荣健：好的，你要注意身体，家里可全指望着你。
　　永盛：老毛病了，没事的。你在学校没谈个女朋友吗？
　　荣健：哎，没办法说！这些年谈了一箩筐，现在还孤家寡人一个。
　　永盛：你家条件好，可别挑花了眼。
　　荣健：红颜易得，知己难求，走哪歇哪吧！
　　永盛：对了，你们那一级有个叫许芹的你认识吗？
　　荣健：是不是考到南航的那个？
　　永盛：是的，就是上的南航。
　　荣健：你认识她吗？
　　永盛：火车上认识的。
　　荣健：哦，她挺优秀的，人也漂亮。不过……
　　永盛：不过什么？
　　荣健：咋说呢！她去年暑假才订了婚，对象是个空军中尉。
　　永盛：哦，是这样呀！

　　那一刻荣健看到了永盛哥的失望，他自是不再多讲关于陆锋的情况。永盛哥拿起酒杯提议再喝一个，而在这说话当中荣健已经把酒喝得所剩无几。他没有劝永盛哥不喝，想来这杯酒是他必须咽下的一段情结。于是又给自己添上，和他碰了杯。

　　后来的聊天主要围绕毕业论文和公务员招录的事情。永盛哥告诉他国企改革最重要的应该是管理模式和激励体制，管理主要在于监督和公平，以这个为前提才能做到真正的按劳分配，而这一切的核心应该是以人为本。他强调以人为本应当理解为以人才为本，一个没有强大人才团队的企业不可能做得好。至于公务员招考的事情他没有任何能够借鉴的经验，下一步怎么办想来也只能是顺其自然了。

　　荣健不愿在听天由命的等待中消磨，况且回到学校他也根本坐不住。忽而又想起那个贩枸杞的王祥哥不就在广州，与其在学校里死等还不如直接去黄埔海关碰碰运气。为此他找郦薇想借五百元路费，而他又

第三十三章　又一个转折点上

不愿说拿钱去干嘛。为此郦薇把钱递在他手里时很不开心，笑着骂了句"臭不要脸"。荣健回了一句："你死就死在你的嘴上！"荣健有时也觉得不可解释，为啥郦薇每次骂他自己心里完全无所谓，而自己怼郦薇也从来毫无压力，见到郦薇就像是亲人一般，总让他觉得温暖和喜悦。而董婉完全不是这样，与董婉的争吵至今他心里仍隐隐作痛。无论怎样，他现在顾不上这些了，他似乎已听见火车启程的汽笛声。

乘坐T84次新空调特快南下是一种愉快的体验，全新的电气化火车涂装成鲜艳的橙红色，一声长鸣后迅速启动，正常时速能达到一百二十公里左右，尽管买的坐票，但比起以往的绿皮火车可舒服多了。火车上打了几个盹干掉了几桶方便面就到了，出了火车站一回头就能看见车站楼顶"统一祖国，振兴中华"八个振奋人心的大字，而广场上花团锦簇红旗招展让人感觉充满活力和热情，再者那洪水般的汹涌人流恐怕也足以说明这个城市的繁荣。荣健忽然想起董婉提说过广州站外有个白马服装广场，汉都市很多服装店的货品都源于那里。反正时间尚早，荣健决定进去深入了解一下情况，说不定将来会有用处。

广州白马服装广场在全国甚至东南亚都是赫赫有名的市场，珠三角、浙江、福建的服装云集于此。虽然大多算不上是什么顶级名品，但对荣健来说就像进入了时尚的海洋。市场里拿货选货的人摩肩接踵，有些不讲究的人直接摆在走道里理货，搞得交通十分拥堵，加上犹如吵架的砍价问询显得熙攘非常。荣健倒不是想看什么衣服，而是装作客商询问了几家拿货的政策。显然如和汉都复兴路市场相比，这里的货品从款式、价格上都很有优势，他心底里忽然觉得这还真是个机会，想着如果在这里找到合适货源到汉都去开店肯定很有市场。董婉不是一直想自己开店，虽说是吵了架，可他心里总觉得这缘分不会就此结束。于是又琢磨着带个礼物给她，好赖也是出了远门。心里一边这么琢磨一边漫无目的地转着，一条黑色金丝绒公主裙映入眼帘。这是一件胸前袖口裙边装饰着金色雪纺花边的束腰连衣裙，即使穿在塑料洋模特身上也显得高贵华丽。他一眼认定这裙子很适合董婉，甚至能想象出她穿上时的感觉。至于她会不会觉得幸福荣健没有把握，但他还是下了狠心买了下来，毕

冬日的火花

竟这条裙子是一般裙子两倍的价格。等店主包装好之后，他心情舒畅地离开了市场。

　　找到王祥的时候他正在一个水果摊点前忙着招呼客户，从堆积如山的各色货物来看这生意已具相当规模，而除了这些显眼的货物之外他身边还有一个打扮艳丽的年轻女子，荣健走到摊点前时示意那女子先带他到摊位里坐下，不一会儿王祥打发走客户满脸堆笑地走了进来，开口就问："啥时来的？想吃啥？咱对面全是饭馆你随便挑！呵呵。"俩人寒暄了几句，王祥交代让那女子照看生意，就领着荣健进了市场对面的大排档。王祥叫了一桌子的海鲜又开了两瓶冰镇啤酒，荣健感激这盛情一口一个哥叫得亲切。王祥赞叹他是能闯江湖的胃口，酒量也不错。荣健则吹捧王祥会做生意，短短两年有了这么大的档口，看来是发了大财。王祥笑着说："哎，前两年胡乱打转转，现在总算是有些眉目了，不过这边机会还是多点！你来广州干啥呢？毕业了吗？"荣健这才说了自己来的目的，王祥有些兴奋地说："海关可是发大财的地方，你要能进去以后可有的赚。况且以你的条件应该没问题吧！"荣健回答道："关键现在一点消息都没有，我心里没底，所以过来看看。"两个人边吃边聊，王祥不但帮荣健规划了去黄埔海关的路线，还建议他收拾一下仪表，从饭店出来后在街边小摊还特意给荣健买了一件时尚的T恤衫。

　　第二天一早荣健出发去黄埔海关，当他站在海关宏伟的办公大楼前时忽然有些迷茫了。到哪里去问呢？如何问？这真是个问题！想来这些事情应该归办公室管，于是踟蹰了片刻硬着头皮往里闯了。可是在楼上楼下转了好几圈也没见哪个房间挂有办公室的牌子，最后在四楼找敲开了行政部的房门，一个约莫四十岁上下的女士身着制服表情严肃，看到荣健进来只是扭过头抬了抬眼皮，那意思分明是我看到你了。荣健拿出学生证并说明了自己的来意，那人依然毫无表情地说道："你咋找到这里来了！招考都是总署统一安排，我们哪里会知道！"荣健听了这话心里瞬时冰凉冰凉的，但他又不死心，接着问道："那我去哪里才能搞清楚？"那人问："你是哪儿的？"荣健据实回答，她听了之后接着又说："哦，汉都市的，本地名校的都挤不进来，还别说大西北了。再说

第三十三章　又一个转折点上

了，你那成绩也一般。"她这话里有两个字对荣健来说相当敏感，那就是"名校"二字。当初他为没能进入名校而遗憾，尽管说过"让学校以我为荣"的话，可现在面对现实的确是差了等级。广州这边的中山大学、华南理工大学哪个不是响当当的招牌，而自己既不是名校出身成绩也刚刚过线，想来这一趟来得真有些自不量力了。他神情落寞地从大楼里出来，坐在前广场的旗杆下面，茫然失落的情绪让他握紧了拳头，可他又能怎么样呢！这南国的天气说变就变，刚才还是艳阳高照，不一会儿天空又忽然飘洒起密集的雨滴，由温热到冰凉，他无心躲避自是被淋了个落汤鸡模样。

怎么上的返程火车在荣健脑海里几乎是空白记忆，而返程时的绿皮火车的嘈杂确也让人印象深刻，硬座车厢里就连走道也被短程旅客挤得满满当当。走了一程荣健烦躁得不行，走到车门处抽烟，一个腰里系着鳄鱼皮带穿着短夹克的小伙子主动和他拉起了话。那伙计手上夹着雪茄，手背文着青龙白虎，俨然一副小流氓形象，由此荣健瞬间提高了警惕。那小伙毫不避讳地跟他吹嘘在广州混社会的经验，并说他除了打些短工，最主要的收入就是下了班晚上揪链子。闹了半天荣健才搞明白，这货说的揪链子实际上就是抢劫。那伙计说他和他的同伙骑着摩托去揪女人挂在脖子上、耳朵上的首饰，天哪！把耳环从人家的耳朵上揪下来岂不是连耳朵都撕烂了。他没有抽对方递过来的雪茄，说自己刚学会抽烟，那东西会把自己抽晕。那伙计也不计较，仍得意说着他浪迹江湖的五马长枪，并夸下海口，说荣健下次到广州直接来找他，吃住都由他负责。为此还特意留下了他的传呼号，并说到时弟兄们一起发财。攒够了钱就搞正经投资，他的计划说来也够长远。两个人天南海北地吹着牛皮的时候乘警走了过来，那伙计居然没有买票，乘警让他补票的时候他就像换了一个人瞬间变得卑微，说自己现在身无分文一天都没吃饭，央求乘警放他一马。乘警自是不予理睬，说如果不补票下一站就撵他下车。他这才从腰里掏出钱补了车票，乘警一走他又神气起来。说自己实际从广州上的车，只补了长沙上车的票，还是省了不少。荣健越来越没兴趣听他这些江湖经验，认为这都是些下三烂的活法。站了一会儿就回到座

/477/

冬日的火花

位上睡觉，睡到半夜觉得座位底下有动静，伸脚往里面一蹬，却蹬出来一个乞丐模样的少年。这自是又一个逃票旅行的家伙，看来不过十三四岁，脸脏兮兮的，眼神却很狡黠。一出来满脸恼怒的神情，那悒惶的样子还真让荣健有些惭愧，连连表示自己不是故意的。那孩子也不客气，直接说："你把我踢了一脚，给我吃桶方便面就扯平。"荣健看着眼前的少年，心里觉得又好笑又可怜，于是送上方便面和一根火腿肠，由此换来一句"哥，你是个好人"的赞扬，那一刻荣健忽然还有些同是天涯沦落人的感觉。

这一趟远行荣健没有什么实际收获，却看到王祥背着家里的老婆又找了女人，领教了社会青年混迹世界的浪荡，还有那流浪少年的颠沛流离。想着自己如若走出这校门，到底会是哪一种活法，为此他常常忧虑得睡不着，甚至开始有些抱怨命运的安排，之前人家考上大学国家包分配，而现在体制改革让这过渡期的分配变得几乎没什么含金量。据说但凡分配去的大多都是些濒临倒闭的企业，去了就可能面临下岗。想来自己真够命苦，千辛万苦刚考上大学下一届高校就扩了招，分数线直降几十分。现在到了毕业却又面临着自主择业，当初说是赶上最后一届统招统分，可现在分配的事根本没什么动静。那个时候荣健觉得这日子难熬得要紧，爱情爱情没着落，工作工作没着落，十数载寒窗苦读却是这个结果难道不是命运捉弄？唯一的好消息就是他被评定为优秀毕业生，领到了一个绒面的荣誉证书和一盏陶瓷公道杯，可这破东西能有什么用呢？

生活中总有一些意想不到的转折和机会，每每出现就像漫漫黑夜忽然闪动的一丝光亮，往往并不那么耀眼却总给人希望。1999年国家机关面向基层招考公务员的信息就是如此，这消息来得相当突然，因为之前并没有听说过有这样的招考。这无疑对曾经吹牛说要当汉都市市长的荣健来说像看到了一根救命稻草，他觉得千载难逢的机会来了。

这次招考设定的条件相当苛刻，首先要求是应届优秀毕业生，并强调学生干部优先。按照这个要求，荣健身边的一群兄弟其实都没有机会，谭浩宇、魏俊也想报考，一个没当过学生干部，一个没有优秀毕业

第三十三章　又一个转折点上

生的本本，这样一来让荣健忽然之间又觉得天道酬勤四个字还真他妈有道理，这招考岂不是为自己量身定做的。尽管录取后要到基层挂职三年，但三年后优秀者按副科级分配职务，那可就是乡镇长级别了。于是他顾不上去想和董婉的纠葛，尽管丰乳肥臀和性生活的快感让人迷恋，但眼下他觉得这考试更像一剂春药，能让他每天亢奋地投入到考试准备当中。

当一个人用心去做一件事情，从来结果都不会太差。笔试、面试荣健一路过关斩将，尤其面试时面对汉都市组织部一群领导他也毫不紧张，有领导问："如若有一天你走上领导岗位，你的至亲求你办只需要你打声招呼的小事，你如何处理？"荣健大声回答道："古有明训'不以善小而不为，不以恶小而为之'！身为国家公务人员，违背原则的事无论大小皆不可为。更何况身为中共党员，我应该为人民服务而不是为亲人服务！"领导又说："你的亲人也是人民，如果情理之中的事你都不办，你会众叛亲离。"荣健回答说："您说得很对，我的亲人都遵纪守法，所以他们肯定属于人民的范畴，但我这里不为任何人开方便之门，即使是亲人也应该按程序、规定办事，而不是在我这走捷径。"这一席对答荣健取得了很高的评价，反应机敏形象威武，据后来县人事局的人透露，依靠面试的高分荣健在金城户籍应考的人当中拔了头筹。

当考试尘埃落定，荣健给董婉送去了裙子。那天见面的时候董婉打扮得很漂亮，穿着高跟鞋白色超短裙，上身橘红色的斜纹短袖，染成了酒红色的大波浪的发型看起来青春洋溢，看见荣健那一刻明亮的大眼睛流露出万千柔情。可转瞬间头一歪佯装不认识，那表情也居然一转眼就能变得傲慢冰冷，那时候荣健体会到什么是女人的心思难以琢磨。这时候还是礼物很起作用，当荣健说这是特意在广州给她买的时，董婉绽露了笑容。荣健把自己考上了公务员告诉了董婉，但董婉对他要分回到金城县工作颇有微词。她淡淡地说道："念了半天书又回去了，有啥意思！"荣健回答说自己也觉得折腾这些年又回了金城县有些心不甘，但是这毕竟是一条稳定的出路，好赖算是干部身份铁饭碗，走着看呗！

工作的事情有了着落，那些日子多数时间荣健和董婉过起了小日

冬日的火花

子。在一起的时间多了一个敏感的问题摆在了荣健面前，那就是他没收入，家里提供的那一点生活费哪够这小日子的吃喝拉撒。房东来收房租的时候董婉拿钱，换煤气的时候董婉拿钱，那天董婉买支口红的钱他也拿不出来，这些事都让他内心无法安宁。可又能怎样呢？他想先回学校，可董婉在他走时总会搂着他脖子问啥时再来。往往不许超过两天，甚至要求早上去学校点卯，放了学就回来。一边是爱情的柔情蜜意，一边是他心里的不安，最终他还是选择了在温柔乡里纠缠厮磨。

那是一个阳光灿烂的日子，荣健骑自行车驮着董婉去逛街。按计划董婉先到军区服务社买了爽肤水，接着到东郊复兴路市场给她家买些过夏的东西。董婉负责采买，荣健负责算账付款。这大半天逛下来可真是满载而归，本来东西买得顺利心情相当不错。可算账的时候怎么都对不上，居然足足差了八十五块钱。这个时候董婉不淡定了，埋怨荣健连个小账都管不好。两个人把购物前前后后的情景都回想了一遍，想来想去这差错最有可能是在买凉席的地方多付了钱。董婉的意思要荣健折返回去把钱要回来，而荣健说这来回要几十公里，干脆算了吧！董婉听他这么个态度瞬间爆发了，她怒斥荣健说道："不是你的钱你自然不心疼！亏你先人呢！还学会计的。"这话深深地刺痛了荣健，他也有些失去理智，火冒三丈地说道："羞你先人，不就是几十块钱嘛！至于吗？大不了我跑一趟。"于是赌着气骑上车子往复兴路飞奔，心里不断地咒骂董婉刻薄小气，恨不得钱要回来砸在她脸上。人在失去理智的时候往往就会把简单的问题上纲上线，那个时候荣健觉得董婉就是一个不通情理的悍妇，跟这样小家子气的人过日子简直没劲极了。他满脑子都是董婉羞辱他时的丑恶嘴脸，完全顾不上分析这差错到底出在哪里。他满腔愤怒一路狂飙，但毕竟从南郊到东郊足足几十公里，骑到复兴路市场的时候出了一身臭汗。可想到如果确实是人家老板多收了钱，不跟人家说一箩筐好话估计很难要出来。于是他平复了一下情绪，做好了给人赔笑脸的准备。然而还没走到凉席摊子时，他忽而想起军区服务社买的那瓶爽肤水就是八十五元，这个钱刚才算账时没算进去。想到这他心里一下子松了劲，跑了几十里冤枉路的疲惫变成了一腔无处发泄的怒火，开始埋怨

第三十三章 又一个转折点上

董婉混混脑子净折腾人。他从市场里出来，推上车子根本不想往回走，一屁股坐在路边点燃了香烟，越想越气却无可奈何。不一会儿腰上的BP机响了，他没心情理会。等他抽完一根烟，这BP机已连续响好几次。他这才稍微平静地翻看了一下，一条是董婉发来的留言，一条是谭浩宇发来的。董婉信息上说："账已对上，速回！"谭浩宇信息说："明天学校组织游行，速回！"

回到出租屋的时候董婉一脸歉意，而荣健怒火难消，放下自行车就收拾了东西，临走说了句："我回学校了。"董婉看荣健脸色铁青，也没有再说什么。回到学校他才知道昨天发生了大事，凌晨时分美国军队野蛮地轰炸了我国驻南联盟大使馆，造成建筑坍塌三名新华社记者牺牲。所有的人摩拳擦掌义愤填膺，群情激愤地批判美帝国主义霸权行径。

自3月份起美国人绕开联合国对南联盟狂轰滥炸，如今又欺负到我们头上，是可忍孰不可忍！学生会已经行动起来了，明天将全校出动游行示威。那时候大家恨不得飞奔到北京去，与北京人民一起拆了美国的大使馆。所有人都一致认为美国没什么可怕的，当年志愿军爬冰卧雪照样打得他们满地找牙，还别说现在我们飞机大炮坦克导弹一样也不少！

游行的前夜整个校园里充满了英雄主义情结，几乎所有人都坚信即使天亮就与美国开战我们也能打败他。而卓耀凡和小慢永远属于悲观的一派，小慢说了句："愤青，打美国我们差得远！"卓耀凡则主张以和平的方式斗争，说打打杀杀解决不了任何问题。于是卓耀凡和小慢被两个宿舍的人围攻训斥，说大炮一响他们俩就是跪地求饶的汉奸，并且叫嚷着明天游行不许他们两个败类参与。他俩看到主战派人多势众，争辩了几声只好裹上被子不再理睬一群人的叫嚣。

浩浩荡荡的游行队伍出发了，学生会干部走在前面高举国旗热血澎湃，一路上高呼"仁者无敌，正义必胜，反对霸权，打倒美帝"。队伍所到之处车辆让行民众鼓掌，有些商店老板还搬出整箱的纯净水发给学生。荣健自是声音响亮的一个，也许是过度的卖力，行进到北方中医大学门口的时候他已汗流浃背。身旁的郦薇嘲讽他像打了鸡血一样，她一边挥着手里的小红旗，一边揶揄地说道："老大，感觉像美国人偷了你

冬日的火花

家高压锅似的，你那个卖力呀！校长应该给你发个脸盆大的奖牌。"荣健回答道："少拌蒜，你还不抓住机会减减你的水桶腰。"郦薇气得直瞪眼，忽刚又抬手指向医学院的宿舍楼，其实刚才荣健就注意到了，那楼上很多人伸出头向游行队伍张望。这伙蠢材不出来壮大声威，躲在宿舍里当什么乌龟！不行，得羞辱他们一下才解恨。于是荣健高喊着"贼"并朝那个方向伸出了中指，接着就是一群人，一瞬间变成整个队伍对北方中医大学学生的声讨，直到把那伙人骂得都缩回宿舍关上窗户。那天的游行在秦都市掀起一股强烈爱国主义风潮，就连扫马路的大叔也跟着高呼打倒美帝，而谭浩宇和钱坤的行为显然有些过分，他们居然朝路边停靠的几辆无辜的轿车踢了几脚，就是因为那些车的标志是三个子弹或者F打头，理由是美国品牌看着就来气。连续几天各大媒体不断声讨美帝国主义的罪恶，全国人民群情激愤。学生会本还准备到各大院校甚至高中去串联，希望将游行示威的规模阵势继续扩大，这个时候学校开始干预了。校方并没有明说不让游行，而是要求恢复正常的上课秩序，并强调每节课代课老师都要点名，缺课三节一律给予挂科处理。这显然是风向转变的信息，此项举措一瞬间就让学校又恢复了往日平静。系书记还在支部会议上严厉地批评了游行中的破坏行为，按市委通报的说法，游行当日踢坏垃圾桶十几个，多辆私家车受损。强调以后此类游行活动必须制定严肃的纪律，对破坏公物的行为将严惩不贷。这个结果确实让荣健始料未及，市委的通报岂不是在说学生的游行属于添乱！这让他意识到大规模的群体活动若没有章法，原本伸张正义的行为可能就会变成一种群体性宣泄，而这种宣泄与趁火打劫本质上没什么区别。

临近毕业的时候，所有毕业班都变得松散。那些日子除了准备毕业论文有大把的闲散时间，吃饭聚会成了最好的沟通方式。连续几天荣健和谭浩宇都在各种聚餐活动中喝得大醉，接着回到宿舍各种发疯般地宣泄。荣健甚至站在楼道里痛骂几年来在班级活动中不够配合的同学，高声嘲讽他们的蝇营狗苟。谭浩宇不骂人却对着宿舍的门、桌子、架子床发狠，有人胆敢不满，他就会瞪着发红的眼睛咆哮。他们的这种宣泄既是对大学时代的眷恋也有对前途的彷徨，也或者是对各种不如意的情绪

第三十三章　又一个转折点上

报复。反正要滚蛋了，谁能把老子怎么样！还是学校的领导有经验，在这个时候组织了毕业班的篮球联赛。一场场火力全开的比赛既是友谊的传递加深，也是青春价值的明证。所有人都竭尽全力为自己所在的班级争光，而打到最后一场比赛的时候，荣健的表现大失水准。好几个形成单刀的传球在三步上篮时却投偏了，这能怨谁呢！荣健自己心里清楚，先一天晚上与董婉亲热消耗太大，上篮的时候根本力不从心。面对失败的时候他懊悔极了，看来这女色还真是害人不浅！

张健宇 著

冬日的火花

下

陕西新华出版传媒集团
陕西人民出版社

第三十四章　又能怎样

各式各样的招聘会在毕业季开幕了，荣健统招生的身份原本有机会进入汉都市一家国有企业，可是一圈打听下来失望至极。这家称作冶金机械厂的企业已经是垂死挣扎，虽然能够取得一个汉都市的户口，可是一旦进厂也许很快就会下岗。既然如此还不如去当公务员，最起码努力几年还能混个副科级的待遇，弄不好再有个一官半职也算光耀门庭了。

早先就有这样的考虑，等到拿到毕业证他别无选择地要踏上归程了，况且这毕业原也没有什么轰轰烈烈的仪式，似乎一转眼就如鸟兽散。荣健作为本地人又是班干部，那些天不断地到火车站送行。在站台上同学们拥抱流泪，彼此一遍一遍地说着珍重。郦薇走的那天下着大雨，他们在一把伞下说了半晌的话。尽管不是情人，但是谁都知道这几年来灵魂深处他们互相温暖，甚至他们都坚信即使全世界背叛，对方也与自己心心相印。这种超越男欢女爱的感情似乎一直如影随形，于荣健而言他喜欢郦薇的调皮尖酸，而郦薇也习惯了他的粗枝大叶。因此这分别依依不舍，似乎像一对无奈分手的小情侣，告别那一刻两人紧紧相拥泪水奔流。随后当列车鸣起长笛在雨幕中呼啸而去，荣健的心似乎被揪下一块，他难过极了。可又能怎样呢？这天下哪有不散的宴席，各自都要奔向新的里程了。

谭浩宇说是要南下去深圳一家保险公司上班，卢伟和魏俊应聘了一

冬日的火花

家民营的医药企业，钱坤进了某知名电梯销售公司，而荣健自是要回金城县上班了。随身的衣物和那一箱子书是他的全部财产，那箱子和来的时候相比重量却也增加了不少。这几年省吃俭用攒下不少大部头的小说，在荣健看来每部小说都是一个独立的世界，而他曾经都进入过，这其中的收获让他觉得自己可以看透这世间任何的冷暖，因此每当看到这些书的时候，他都觉得自己是个富有的人。可即就有如此自信，那天他走进县政府大院推开人事局办公室门的时候还是有些紧张，他担心这次推门遭遇和广州一样的尴尬。还好！办公室一个年龄可称呼阿姨的人热情接待了他，并且按照局里的安排让他见了干部科科长和分管的副局长。那科长约莫四十岁出头，斜坐在椅子上看报纸，看见荣健进门并没有放下报纸，也没有让座，只是淡淡地问了荣健几句而后说道："好了，你跟办公室联系，最近安排体检。"这家伙的态度着实让荣健有些恼怒，可他却也没有勇气发作，毕竟现在命运掌握在这个人手里，他咬了咬牙退了出来。主管的副局长已是临近退休的年龄，那状态完全是父辈们的慈祥模样。他手里拿着荣健简历，连连称赞荣健在学校的表现，并鼓励他走上工作岗位要有担当，要为金城县的未来努力工作。见了领导就算是报了到，然后填写了一堆表格，办公室的人说下来安排体检，体检合格之后就分派岗位。而体检的时间还没确定，让他先回家等通知。家里有电话腰上有传呼，想来也不会有什么差错的。

任何消息在小县城的传播都有惊人的速度，街坊邻居很快得知了荣健考上公务员的消息。之后几乎每天都有邻居来道贺，人们交口称赞杜英娥培养了一个出色的儿子。荣健工作有了着落，杜英娥心里的石头算是落了地，精神状态也好多了。加上荣勤民打来电话说他很快就回来，这两个好消息让一家人沉浸在幸福之中。荣健领着妹妹把家里里里外外打扫了一遍，又把自己的房间收拾得井井有条。心想着体检只是例行性的手续，平素身体健康的他对此毫无压力，他计划着放松几天，访访旧友适应环境，毕竟未来要在此长久立足了。

高扬还是一如既往地忙店里生意，偶有闲暇就会聚一堆人在纸店打个小麻将。赵海看不上这样的场子，整日里神龙见首不见尾，据说现在

第三十四章 又能怎样

混得还不错。最让荣健惊讶的是李铭,他这几年生意做得风生水起,已经开上了最顶配的长安小面,据传在所有同学当中他实力最强。他为人豪爽对朋友多有恩惠,由此好几个同学把他拜成孩子的干爹,一时间在同学圈中成了绝对的偶像级人物。

生意场上的磨炼让本就精明的李铭变得更加善于与人相处,他去找任何一个同学都不会空手前往,没孩子的他会买些水果,有孩子的他会带上一些儿童玩具。想来这样的贵客没有谁会拒绝,而他又能说会道,往往几句话就能哄得一群人开怀大笑。有人说李铭的那几个干儿子本就是他播的种,为此有同学还和老婆闹起了离婚。但这些闲言碎语自然传不到李铭耳朵,在同学离婚的时候他还主动地去劝说双方。心想着这几个小媳妇如果真离了婚,这往后还不都是自己的麻烦。现在自己也结了婚,如果一旦被黏上那还不乱了套。因此该买衣服的买衣服,该给钱的时候多给点钱,并且约定以后在金城县范围内保持正常关系,即便要约会也得离得远一点。

很长一段时间李铭外出时副驾驶都会拉上一个女伴,路上一边聊天一边动手动脚,晚上做爱的时候还会不停地问对方自己是否比她老公厉害,每当这个时候被他压在身下的小女人都会迷离着双眼说:"哥,你使劲,你最厉害!"那时候李铭一边揉着奶子一边自我陶醉,感觉这样的生活才开始有些滋味。不过在金城县活动的时候,相对活动空间就少了,他哪能受得了这样的寂寞。在他看来KTV里都是些庸脂俗粉,那种完全以快感为目的的交易更是极为无聊。于是乎几年不去的舞厅又成为他的乐土,功夫不负有心人,在那里他认识了一位胸部超级霸道的女人。李铭戏称那女人是波霸中的波霸,并说在金城县恐怕已经买不到合她规格的胸罩。每当这个时候那女人都是笑而不答,只是任由李铭抚摸。那女人的丈夫常年在外务工,没几下就被撩拨得恨不得立刻马上被他按倒折腾一番,而这个男人却总是不开窍。当然李铭最后还是开窍了,经常跑到那女人的小商店厮混,一段时间搞得他身体亏空欲罢不能。而那女人却变得容光焕发白里透红,那亮白浑圆的屁股和奶子一样让人迷恋。李铭累的时候就躺那女人的臂弯里抱着乳房入睡,后来那女人

冬日的火花

生产后抱着还能吸吮她的乳汁，这足球般的奶子有一次让他喝胀了肚子。

李铭鸳鸯蝴蝶的生活美不胜收，那时候荣健虽不觉得羡慕，但是与李铭的阔绰相比他却也寒酸得要紧。高扬他们打的小麻将自己不敢参与，总觉得自己囊中羞涩又何必自取其辱。在县城不到一个星期的活动让他觉得如今与所有同学其实都有了距离，人家大多成家立业，而自己无所事事没有一毛钱收入，实在跟人家玩不到一起了。他开始冷静下来宁可在屋里干坐也不愿再出去逢迎，偶尔练练毛笔字也算是有个做拿。

体检的通知终于来了，说是明早八点在县医院集合。可那天他赶到县医院的时候却没见一个人，他有些慌了，又打电话回去问妈妈当时通知是怎么说的。妈妈说通知的人说得急急乎乎，她就听了个县医院。他只好又到化验室进一步求证，得到的答案却是今天没有任何集体性的体检安排。于是又给人事局打电话，可对方总是占线，一番折腾终于落实了地点，如此耽误了很多时间。

原来县人事科为了避免人情干扰，这几年都把体检安排在北河县医院。两个县相距三十多公里，现在骑车过去估计人家就结束了。他只好找地方寄存了车子，打了一辆出租车前往。等他匆忙赶到那家医院时，科长背着手拿着一沓资料在走廊里踱着方步，见他姗姗来迟眼皮一翻怒斥道："都啥时间了，你回去吧！"那表情俨然如恶霸训斥长工，联想起当初在他办公室受到的轻蔑，荣健瞬间怒火难抑。他仰起下巴怒目圆睁说道："回就回，有什么大不了的！"那科长显然没想到这还碰上个二愣子，一时语塞。还好有工作人员过来要了科长手里的表格给荣健使眼色，荣健这才歪了歪头跟着去体检。他哪里知道大凡跟领导顶嘴都不会有啥好果子吃，一起体检的十七个人大多已经上班的时候，荣健还在家苦等通知。

荣勤民回来的第一件事就是带上重礼去拜访人事科长，虽说是小字辈的干部，可如今人家大权在握。他毕恭毕敬地献上从西藏带回的藏红花说是一点心意，那科长也不客气，只是轻描淡写地说现在编制紧张，没有编制他也没办法，并抱怨市上乱弹琴，金城县明明财政紧张人浮于事，现有的干部都经常发不出工资，今年又一下子招进这么多学生，哪

第三十四章　又能怎样

来的岗位安排！现在的情况让他左右为难。当然如果荣书记自己能活动到编制，那他第一时间安排荣健上班。一席话说得荣勤民有些无可奈何，也只好再三请求科长给予关照。回到家里把这情况一说，家里人一下子都发了熬煎。荣健被这情况气得七窍生烟，他说人事科长简直是胡扯淡，没有编制为啥这次招考的人大部分都上了班。那些成绩不如自己且形象猥琐的又为何还能占了先机？这其中一定有不可告人的勾当，那干部科科长一看就不是什么好东西。据说他一边当着干部，一边在温泉开色情洗浴大发其财，这样的人能干什么好事？估计要上班不进贡是不行的！荣勤民劝荣健先不要胡说，公务员招录又不是干部科说了算，具体情况自己这两天再去政府里面打听打听。而在荣健看来，人事局对自己这一批人的态度也大有问题。即就不是八抬大轿的迎接，最起码也应该体现出对人才的礼遇才对，谁承想干部科科长居然摆出一副大爷的面孔，且说出一番可笑的理由。

　　他哪里知道，这几年金城县财政一直非常紧张。当前在编的干部工资都经常性地拖欠，这次招录在金城地方人事部门看来本就没有必要，原本一个萝卜一个坑，现在这些人的安排可是让他们费了心思。其结果必然是面子大关系硬的先行照顾，像荣健这样不知天高地厚自以为是的愣头青坐冷板凳那是太自然不过的事情。等待的那些日子他感觉像又一次走入了无尽黑夜，想着所有的梦想仍在路上，而在这残酷的现实面前自己却又陷入无奈的挣扎！回想这求学路上的颇多坎坷，曾经迷茫彷徨悲伤失望，可就算历经千辛万苦熬到今天，等来的却是如同囚徒期待判决一样的结局，他有一万个不满不服，可又能怎样呢！

　　荣健思来想去，一方面他不愿再被动等待无法预料的结果；另一方面他最近经过了解，基层公务员的工资简直低得可怜；加上那干部科科长丑恶的嘴脸，这让他忽然就对从政失去了信心。想着即使如今托关系走门子上了班又能怎样，将来会有多大前途？最关键的是无论如何也不能让母亲再为自己的前程忧虑，她会受不了的。所有这些问题在他脑海里翻江倒海地来回打转，让他一筹莫展。

　　杜英娥和荣勤民商量的结果就是想办法托到打硬关系，即就砸锅卖

冬日的火花

铁也必须争取让孩子尽快上班。就在四处托人的过程中,又有人得知荣健考取公务员的消息后给他介绍对象,碍于朋友的面子,明知荣健跟董婉仍在黏糊的情况下还是安排了相亲。想来毕竟孩子还没有订婚,这么做也不算违背民风良俗。荣健对此自是提不起任何心情,可是看到爸妈一天为自己忙活,拒绝见面于长辈们的面子难以交代,于是他勉强答应了。

那个姑娘出现的时候荣健甚为吃惊,随后又感慨这世事还真是有些说不清的奇妙。那姑娘竟是韩丽颖,当初在北方大学的舞厅里还一起跳过舞。几年不见她更加成熟干练,穿一身大红色的职业套装,头上系着紫红色的蝴蝶结,手腕上的金镯子亮得扎眼,看来真不愧是金矿矿长的女儿。老朋友见面还是比较愉快的,韩丽颖跟荣健说了县城很多新闻,尤其强调回县城没啥意思,她一直准备出去闯一闯,只是家里老是逼婚。这次来相亲也是被逼得没办法,想不到见到的是荣健。介绍人当时说的是荣健小名,这才不期而遇。韩丽颖说她在企业局上班,一个月扣下来就五百多块钱,县上的国有和集体企业又基本都倒闭了,一天除了造各种无聊的报表,基本上就是混日子等死。又说她上学时谈了个对象,可她爸嫌人家是外地的,家里条件又不好,初次上门时他爸就让人家断了念头,说自己不会把闺女嫁到外地。所以这几年她一直在跟家里斗争,摆出一副谁也看不上的样子等家里妥协。荣健听了这话连连称赞她有主见,并且强调追求爱情理当如此!两个人聊了大半天,最后自然没有任何结果,反倒是进一步鼓励支持了荣健离开金城县的想法。

董婉也回来了,一见面就向荣健传递了她家里对荣健爸妈不满的情绪。董婉妈妈认为两个孩子谈了这么久,荣健家里早应托人提亲了,现在装得跟没事人一样,如此做事简直不可理喻。荣健对此却不以为然,他解释说爸爸刚回来,况且这一阵整天为自己工作的事情奔忙,工作都没确定哪顾得上说婚。这样的解释显然十分合理,董婉也不再计较,还拉着荣健去了她家,说到公务员录取的事情时,董婉爸认为必须尽力争取去上班,那可是铁饭碗,怎么能说丢就丢呢!即使现在花点钱也是值得的,这可是一辈子的大事。

所有的这些信息和观点搅得荣健心乱如麻,他一会儿觉得托关系走

第三十四章 又能怎样

门子，为一己之私破坏规矩不够光明磊落，一会儿又觉得科长那样的人都混在干部队伍，为啥自己就不行？但最关键的是如果这次招录失败，那么母亲那如何交代，她该有多么失望和难过！现在一旦走出这家门，从此就意味着自谋生路，前路茫茫又到何处去安身立命？虽然在学校的时候也常常思考这些问题，总想着人一生不能平淡地度过，即使像流星一样只有瞬间辉煌也算不枉在这世间走一遭！可如今到了命运的十字路口，他考虑的不单单是自己去向的问题，母亲大半辈子含辛茹苦望子成龙，如今她身体又不好，无论如何也不该再让她为自己的处境忧虑或悲叹。最起码得让她对老有所养有信心，这是自己无可推卸的责任！况且人活一世草木一秋，虽然这和平年月多数人注定在平凡中老去，而我不能如此苟延残喘地活着！

两天之后荣健做了一个决定，他伸手向家里要了五百块钱，并郑重地对父母说："我不想让你们再去看别人的脸色，让我自己出去闯荡吧！从今天起我不再要你们养活，如今国家正在快速发展，我相信凭我自己的能力一定能干出一番事业。金城县这地方庙小妖风大，即使削尖脑袋挤进去，以我这性格估计也没啥前途。如今这社会物欲横流，一些当政的官员完全掉进了钱眼，咱要干上去不跑不送就根本没可能。我爸一辈子勤勤恳恳，还不是吃力不讨好。我好坏也算是共产党员，让我按自己的理想信念活一回。"听着儿子这一番慷慨陈词，其实杜英娥和荣勤民心里都很高兴，显然这是一个有想法的孩子，因此他们虽不情愿，但最后还是同意了荣健的选择。

荣健的选择对董婉来说自然是个好消息，她本身就不想再回到金城县混日子。现在有这么一个可靠的男人守在身边岂不是一件幸福的事情，于是那间出租屋成了他们梦开始的地方。荣健跟董婉说自己现在虽然没钱，但是从下个月开始房租由他承担，他可不想落个吃软饭的名声。有人分担房租对董婉来说自然不会拒绝，她满怀喜悦地躺在荣健的怀里，开始规划未来与这小子的生活，两个人甚至说到要生几个孩子。

夹着报纸拿着简历四处求职的人是那个时代城市里最鲜活的身影，而异军突起的民营媒体《华融报》几乎是求职者的必备。据说这份报纸

冬日的火花

每日发行量高达十几万份，日常所需的各种资讯应有尽有，每周日出刊的招聘专版对于打工的人来说如指路明灯。当然除此之外有关政治经济的内容可读性也很高，荣健手里拿的报纸上有篇文章就很让人兴奋。该文中提到1998年中国GDP成功突破一万亿美元，而美国GDP首次突破一万亿美元大关是在1969年，尽管中国这个数字比美国晚了二十九年，但是以快速增长的趋势站上万亿级平台已让全世界刮目相看，甚至有人预测二十年之内中国将赶超美国。这样的信息对于求职的人来说如同一支兴奋剂，谁都知道只有经济快速发展才会有更多的就业岗位，荣健由此开始对未来充满信心。很快他也收到一家广告公司的复试邀请，对于一向自信满满又早有准备的荣健来说复试不是问题，他被通知上班了。那个时候他口袋里只剩下几十块钱，如再找不到工作生存都会是问题，他为此暗自庆幸。

卢伟和魏俊就职的医药企业这几年声名显赫，老板演讲时说要以炎黄的名义把中医药推向世界，要把炎黄的旗帜插到英国的巴黎，法国的伦敦。当然这只是老板一时的口误，但由此可以看出该企业的雄心壮志。卢伟和魏俊还没正式上岗，而是一直在集中培训。老板也常常现身培训的会场，每次出现时后面靓丽的秘书团队让卢伟艳羡不已。也因此嘴里常常骂老板是欺世盗名的土皇帝，发掘女人倒别具慧眼，天天前呼后拥香风阵阵，日子真他妈的爽。魏俊则关心公司的利润，为一瓶成本几毛钱的银龙片能卖上百块而咋舌。每当下班之后他们都会呼叫荣健，偶尔也会叫上钱坤。荣健和董婉居住的吉庆村有家叫歌迷乐的练歌房很是不错，啤酒平价销售，K歌一块钱一首，一般几十块钱就够弟兄几个狂欢一个晚上。那段时间董婉立志要实现蜂腰肥臀的形体理想，每天下班之后都约上乔姐去运动会所跳健美操。由此这个当口也就成了荣健哥几个聚会的黄金时间，那时候三五旧友几杯水酒谈天说地甚是快乐。

有时候聚会一直会持续到午夜，从歌迷乐出来哥几个簇拥着走在小巷里，仲夏的燥热已经退去，吹着凉爽的夜风肆无忌惮地吼几句经典摇滚算是极好的释放。每个人心里都对不确定的未来充满忧虑，也同时为自己空空的口袋而尴尬。进了城才知道城市的生活每走一步都需要钱，

第三十四章　又能怎样

就连这村里肮脏不堪的公厕不知从什么时候也不再免费。荣健对伙计们说是自己主动放弃了公务员的工作，由此大家一致赞叹他的魄力。他也乐于接受这样的吹捧，并多次强调大家都是北方轻大的一面旗帜，并为此频频举杯。当然说老实话，在歌迷乐的消费多由卢伟买单，为此大家常感不安。

荣健再一次与董婉发生了激烈的矛盾，导火索源于董婉冲洗出的一沓照片。那其中有一张是站在一辆黑色奥迪轿车旁照的，为此荣健嘲笑董婉土狗扎个狼狗势，董婉讥讽荣健是叫花子心理，典型的羡慕嫉妒恨。又说到另一张奥迪车主献花给董婉的照片，荣健说一看那人就是鸡鸣狗盗之辈，董婉则反击说荣健冒充知识分子，本事不大还看不起这个看不起那个。荣健只好不再言语，但心里犹如吃了苍蝇般的恶心，以至于好几天不太搭理董婉。那天晚上荣健还在单位加班的时候，董婉找到了楼下，她原本是想给荣健一个惊喜，因为明天是他的生日。她特意送来的生日礼物是一条金利来皮带，而荣健看到这价值不菲的皮带时却想起那个奥迪车主腰里露出的也是这个牌子，他忽然无名之火喷薄而出。冷冷地对董婉说："我系不起这么高档的东西！"董婉一脸疑惑地说："我送你的，叫你系上你就系上。"荣健面无表情地说了句"我不要"就准备转身回单位，他这油盐不进的态度一下子让董婉也发了脾气，骂荣健是茅坑的石头又臭又硬，说话间把礼物摔在地上扬长而去。荣健看着她离开迟疑了半天，极不情愿地又从地上捡起礼物回了单位。下班之后本想回去说清楚，结果走到半路卢伟传呼留言说在歌迷乐一聚。本来心情烦躁正无处宣泄，现在有一群兄弟做伴，他想也没想就直奔歌迷乐。

能看出来当日卢伟也心情郁闷，一聊才知道他最近与洋子的关系也亮起了红灯。他先是抱怨洋子的爸爸贪得无厌，总是隔三岔五地索要礼物。洋子收入又不高，到头来这些东西还得自己从家里拿钱孝敬。拿不出钱的时候洋子就不开心，摆出一副对不起父亲的样子佯装可怜。每当看到这情形的时候，卢伟就满肚子的恼怒和怨气。之后又说最近洋子的领导又不断地献殷勤，每天车接车送热火得不行。卢伟问荣健这事该如

冬日的火花

何处理？荣健给出的答案是尽快结婚为好，否则这么多年的付出将付之东流！那天钱坤没来，荣健、卢伟、魏俊三个人合唱Beyond乐队《谁伴我闯荡》时，唱到"前面是哪方，谁伴我闯荡"时三个人都流了泪。

几个人酣唱正欢的时候，从门外闪进一位身着白纱裙的姑娘，那姑娘长发飘飘容颜如玉，在闪烁的灯光里，那龛动着的烈焰红唇和珍珠般明亮的眼睛涌动出万千妩媚。卢伟已经喝得有些上头，他色眯眯地盯着那姑娘心里打起了歪主意，于是鼓动魏俊去问老板这姑娘能不能陪酒。还真被他猜中了，老板介绍说那姑娘叫白雪，陪酒收费一百。卢伟还犹豫着要不要招呼过来时，结果邻桌有人抢先一步，原来人家早有预约。被人截了和卢伟甚是丧气，发出了好白菜总被猪拱的叹息。看着那个粗糙似民工的人拉着白雪进了小包间，更可恨的是他那猥琐不堪的伙计居然也跟着挤了进去。卢伟使劲地拍打着座椅扶手心情烦躁，魏俊却在一旁挖苦他吃屎都赶不上热的，而后发出诡异的坏笑。这期间荣健从厕所出来，经过包间门口听到里面叽叽歪歪的声音，他透过门缝向里张望。那姑娘被人压在一个长条沙发上连连大叫，嘴里似乎在嘟囔着两个人收费翻倍。白雪的裙子已经被解开拥到腰间，她双臂抱着一对丰满的乳房做着无力的抵抗。这时候另一个家伙从背后搂住白雪并掰开她的双手，那一对乳房像两只白兔子一样蹦跶出来，一时间感觉包厢里似乎都亮堂了不少。两个人上下其手抚摸揉搓着白雪的奶子，那粗暴的举动让人血脉偾张。紧接着的画面更是不堪入目，一瞬间让荣健头皮发麻热血涌动，那似野狗般的交配场景一瞬间让所有的道德情操碎烂一地，而这也让荣健生出一种强烈的罪恶感，他扭头轻着脚步走向座位。他怜悯这可怜的姑娘，想那洁白如雪的身体犹如娇艳的雪莲，那每一寸肌肤都应该用爱呵护！可如今为了生活堕落这纷乱的风月场，尊严在昏暗中被野蛮人肆意践踏。那放荡的呻吟是身心的爽快吗？不，绝不是！而这粗鄙肮脏的翻云覆雨岂不是另外一种堕落与绝望？单纯被荷尔蒙驱动的行为用可耻已不足以形容！而我们这些道貌岸然跃跃欲试的看客又有何资格伪装纯洁！受过高等教育又如何？还不是一样的庸俗卑鄙！是我们堕落了，还是我们内心深处有无奈的挣扎？也许我们都会问，我们曾经痴心

第三十四章 又能怎样

追求的纯洁爱情和清白善良的姑娘又在哪里呢？如今谁又能拥有不被金钱利益左右的感情？谁又比我们纯洁多少？

那天消费白雪的两个汉子让卢伟和荣健愤恨不已，之后每逢想起还常常为她那洁白如雪的胴体和丰满傲娇的乳房而叹息，甚至臆想她那小鸟依人般的迷人样子。可是那天之后他和魏俊被派往浙江市场，由此兄弟几个的小聚暂告一个段落，他自然也没有机会再见到白雪。

荣健既没有钱也没有胆量一个人去找白雪，况且那个时候广告公司的工作已经够他头疼。

受"不做总统就做广告人"那句鬼话影响，他投身广告行业，原本应聘的业务岗位，一干才知道联系业务可真不是件简单的事情。即使熟记了刊例报价及折扣，可还是经常被客户有关投资回报的问题问得心里发虚。投多少广告？在哪些媒体投？大概会有什么样的产出效果？这是大多数客户经常会问的几个问题，如果不深入研究有关的行业和产品就根本没法回答。往往这些都要交由公司的策划撰写方案来回答，可真正要把问题讲明白又谈何容易！

他联系了一个经销白酒的企业，老板要求提供一份年度媒体投放计划。而公司策划手头上事太多根本顾不上，为了应急当天晚上荣健自己对照媒体刊例颇为认真地做了一份方案，在他的方案里核算下来年度广告投放额需要九百多万元。初试身手原本还有些自鸣得意，结果第二天一上会就被总经理骂了个狗血淋头。总经理质问说该企业上年度销售额只有不到三百万元，请问你九百万元的预算他拿什么去投？即使能拿出这笔钱，那么市场需要增长多少倍才划得来？最后的结论是荣健整个一个猪脑子！最后经过开会研究，公司拿出的媒体投放计划总额约九十万元，看到这个数字荣健才意识到瞎琢磨和真正的专业水准差距何止十万八千里。然而即就是这样一个充分评估的投放计划，在洽谈的过程中依然困难重重，最终签约时的金额仅为四十万出头。因为对方老板认为，他可以通过人力拓展达到一定的宣传目的，最重要的是人力拓展还具有一举两得效果，一方面广泛地宣传了产品，另一方面还主动性地拓展了销售渠道。

冬日的火花

　　领到第一笔业务提成那天他非常高兴，特意买了几斤肉回家改善伙食。然而董婉那天并不想做饭，于是两个人一起在楼下大排档聚了餐算是庆祝。想着第二天是周末，荣健跟董婉说了自己想回趟家的想法，买的那几斤肉也不能久放，拿回去也算是孝敬父母了。而董婉原本计划让荣健陪她逛街，听到他要回家一百个不愿意。一个要回一个不让回，谁也不想妥协。第二天睡觉起来就一再拉扯，直到都生气上火，董婉说了句"好像你妈没吃过肉似的"彻底激怒了荣健，荣健盛怒之下将肉砸了过去，两个人开始厮打。一个骂一个缺德少教，一个骂一个土匪流氓。近来原本就修修补补的感情，这一打彻底搞得乌烟瘴气不欢而散。荣健坚决认为董婉少教刻薄，董婉认为荣健蛮不讲理，最后荣健收拾了自己的衣物离开了吉庆村，打算就此永不回头。

　　卢伟和魏俊在杭州市开始了银龙片的销售工作。几十人的团队分为若干个小组，每个小组配一辆宣传车走街串巷。事先公司已经在当地平面媒体和电视台投放了巨量广告，经过策划团队的包装，银龙片能有效治疗各种慢性肝病，镜头里报纸上还配有大量患者现身说法的画面不由让人不相信。一时间银龙片成为慢性肝病患者的救星，宣传车所到之处瞬间就能聚集大量人流，有时候不得不调配人力维持秩序。在群众狂热的拥趸中银龙片销售量得以井喷式的提升，一段时间仅杭州市场就称得上日进斗金。可对深知幕后炒作手法的卢伟和魏俊来说，产品卖得越好他们越觉得这世界没有天理。公司把采购来的消炎利胆片换个包装就号称专治乙肝的银龙片，而配套的乙肝清毒散其实就是改为瓶装的板蓝根冲剂。这普通的中成药改名换包装之后价格翻了十几倍不说，最不可思议的是有些患者服用后还声称效果不错。听到这样的肯定时他们有些哭笑不得，当然这所有的想法与他们心理的不平衡有很大关系！他们认为老板赚钱太容易，而自己冲锋陷阵坑蒙拐骗却拿不了几个子。跟同行业的人一了解才知道，像这种以广告铺路的产品，销售员的工作相对单纯，因此不可能拿到很高待遇。最后两人一商量，一致认为干这样昧着良心的活又赚不到几个钱，那还不如回家另谋出路。

　　再见面时卢伟和魏俊把那家黑心企业骂了个底朝天，并抖搂老板卖

第三十四章 又能怎样

大力丸发家的故事。这样的人如今过着声名显赫天上人间般的生活，哀叹这世道简直没有天理，居然能让一群骗子登堂入室，而善良的人却无用武之地。而荣健却说："你们难道不知道从来资本积累的背后都是血淋淋的！在监管机制不成熟的市场，一定会滋生大量投机者，这应该就是自由经济的天然劣根性。你们老板能够把红糖和土豆泥搓成丸当灵丹妙药卖，而且大发其财，这人肯定具有过人的口才和策划能力。他的成功除了产品是假的，营销动作可都是真枪实弹。这世界本就太多的肮脏无耻！很多事情如果用道德去审判，我敢说百分之九十以上的老板都是王八蛋。"这一席话说得卢伟和魏俊目瞪口呆，都说荣健在广告公司混了没几天，这嘴上拌屁的功夫还真是望尘莫及。荣健跟他们说最近自己换了家单位，并且与董婉分手了，现在自己一个人搬到了昌安路上的草场村。

那天魏俊也无处可去，于是和荣健一起回草场村。一路上魏俊问荣健为啥分手，并说以他的眼光来看，荣健不应该轻易做出这样的选择。结果走到村口的大坡时董婉出现了，她没有理会魏俊，而是一味怒目圆睁地看着荣健。这情景让魏俊很是尴尬，只好满脸堆笑地与董婉打了声招呼，并看了一眼荣健说："千万别吵，咱们有话好好说。"荣健自是早已下了决心，觉得没什么好说的。而董婉既然堵住了他，自有她的理由。然而也许一时间不知如何开口，也或者因为魏俊在场，她只是执拗地挡住荣健不让走，而荣健又执意不理她，众目睽睽之下一堵一拉让荣健觉得很没面子，心里想着自己又不是欠了人钱何致如此！他恼火地低声说道："滚，赶紧滚。"而董婉的回答是："就不滚。""你咋跟猪一样呢！要脸不？"荣健冷冷地说道。董婉回敬道："你才跟猪一样，你才不要脸！"如此的对骂让魏俊在一边无所适从，只好自己点燃一根烟看着他们。而荣健与董婉的拉扯一会凝固一会又变得激烈，董婉开始不停地数落荣健没良心、不要脸，荣健越听越恼火，顺势仰起手中的文件袋说道："你再胡搅蛮缠我抽死你！"而董婉哪里是甘于示弱的性格，立即回敬道："你就那点打人的本事，有本事你就打，打不死你就不是你妈生的！"这话一出口激得荣健恼羞上火，仰起的文件袋重重地

冬日的火花

砸在董婉头上。魏俊看荣健真的动了手,立即上来阻止,拉开了荣健并责备他说:"你得是疯了,咋能动手呢!"然后又过去劝慰董婉让她先走,董婉不依不饶,但还是被魏俊拉扯着哭哭啼啼走下了坡,被送上一辆出租车伤心离去。董婉之所以离去,是魏俊担保说他会带荣健去跟她道歉,到时他们再好好谈谈。

魏俊还是食言了,他没能说服荣健。虽然在他看来荣健应该珍惜董婉的感情,但是荣健说他曾经很珍惜,但是董婉这个人太自以为是,又庸俗势利傲慢无礼,除了过日子赚钱再没什么共同语言。而在魏俊看来董婉对荣健有着深厚的感情,荣健的自以为是才是不治之症。他们谁也说服不了谁,几天后卢伟接手了老爷子的汽修设备生意,魏俊成了他的得力助手。而荣健对于广告业务越来越有心得,在新的公司转到策划岗位,又承接了畅想集团西北总部十五周年的庆典活动,那一阵子虽然忙得焦头烂额,但是工作被认可的幸福让他激情万丈。

对任何一家广告公司来说,能接到畅想这样著名企业的庆典业务都是一次巨大的胜利。荣健拟写的庆典对联以及活动核心创意是这次敲定合作的关键,那对联写道:"十五年岁月流淌风雨兼程;九万里市场纵横宇内驰名。"而核心的创意则是三十名美女天使手托信鸽唱《畅想之歌》,并在音乐高潮时伸手放飞。

签订合同后公司安排荣健组织落实全部的推广和活动筹备,而那时候在全市居然找不到一家专业搭建户外舞台的合作单位。唯有一家专门承办大型演唱会的公司可以提供活动舞台,但是那费用高得根本没法接受。这下还真麻烦了,没有户外舞台这活动指定得完蛋,到时如何给甲方交代。那天晚上荣健彻夜难眠,思前想后也只有在劳务市场找木工用木板搭建,到时木板他们再拆回去,这样的话也就花不了多钱。想到这个办法他又有些自鸣得意,美美地睡了一觉就直奔劳务市场。

那木工中等身材衣着还算齐整,说自己当过几年兵,木匠的手艺也是在部队学的。这个背景让荣健觉得还比较靠谱,觉得他受过部队教育应该是个守规矩有信誉的人。这事关系重大,可千万不敢找个飞马子拿了定钱玩消失。因此他强调要亲自去看一下材料,其实最重要的是想知

第三十四章　又能怎样

道对方家住何方。

荣健夹着文明包跟着那人上了长途车，车子沿着昌安路一直向南出了城，之后又向东拐去，约莫走了一个多小时，沿途过了好几个沟坎到了一个看起来有些萧条的小村子。那木工的家也只是三间破旧的土房，院子倒也开敞，零散地堆放着一些木材，看起来有些从事这个行当的感觉。可即使如此当时荣健仍感觉有些上当，指着那些破木头说："这就是你说的材料吗？"那人连忙解释说："不是不是，这些材料肯定不行。现成的木板都在屋里摞着。"荣健这才跟他进了屋，那屋里肮脏不堪，到处散发着牲畜粪便的味道。后院的几条细狗看起来倒是精神，一阵狂吠吓得荣健有些腿软。硬着头皮跟在那人后面走到后院，那后屋檐下却也堆放着一摞板材，一走近还能闻见油松的味道。那汉子有些羞涩的解释说这是给家里两个老人准备的寿材板，厚度强度都绝无问题。可荣健一想这用棺材板做舞台岂不是有些晦气，不过这板材确实不错，算的价格又合适，自己不说谁又能知道这是棺材板。于是只是嘴上说这不太合适，其实心里并没打算放弃。那人连忙解释说："你看你看，我就不会说话，我不说这是寿材你也不会有这顾虑。嘿嘿！没问题，你放心。"看着他憨憨的神态荣健也有些释怀，想着以他的条件能给老人准备这样的寿材，应当是个有孝心的人，这样的人难道还不值得信赖？于是当场表示就这么定了，然后大方地给了对方五百元定金。临走那汉子再三感谢支持，还热情地拎着一条活着的野兔要送给他，荣健推辞说这活蹦乱跳的东西没法带，一听这话那汉子转身抡起兔子往门口水泥电杆上使劲一摔，刚才还蹬腿的兔子瞬间口鼻渗血一命呜呼，荣健提着这带着诚意的兔子心惊肉跳上了车，又不禁回头望着那穷山恶水的莽原，心里忽而有一种说不出的滋味。

一切都准备停当后甲方的想法却发生了变化，甲方总部认为户外活动还是有风险。天气到时是不是支持还不一定，放鸽子时鸽子如果拉屎也比较麻烦，最后决定追加费用选择一个五星级酒店来举行。这样一来活动执行难度大大降低，酒店里面设施齐备，就连开场前助兴的三角钢琴也是名牌货。

冬日的火花

　　那是荣健第一次参加名流云集的活动，他西装革履俨然一个白领模样，于当前的职业来说他找到了某种感觉。这场活动在公司上下的大力协助下操办得很成功，最终甲方也满意地付了款。荣健顺利拿到了六千多元奖金，那木工又白得一千元补偿，他再次送来一只野兔表示感谢。而那天荣健兜里揣着一沓现金手里提着死兔回到住处，这兔子自是没条件做，钱放在哪里都觉得不够踏实，一时间在那个九平方米的小屋中他无所适从。

　　出租屋北墙高高地开着一个通风的小窗，窗户外的格局无从知晓。因为即使站着也完全够不着，荣健自住进来也从没有想着朝那窗外看过。但透过这窗口能听到隔墙房间细小的说话声，自从上一个租客走了之后，搬进来的是一对青年情侣。听说话可以断定男的是老外，女的是同胞。他们平时说英文，有时也说中文。虽然只闻其声，但是通过蹩脚的中文和不知何方口音的英语，荣健判断那男子肯定是个黑家伙。由此他认定那女子又是一个愚蠢的贱货，甚至想不明白她何以委身这样粗糙的舶来货色，凭他们的智慧还是勤奋？凭他们的文明还是传承？也或者是那油腻的敦实的观感？难不成是因为这个品种的男性拥有傲人尺寸的下身！反正除此之外实在找不到什么合理的解释。他们啪啪的频率很高，几乎每天晚上十二点左右中英文混杂的叫床声都会传来，也许是那野蛮人超强战斗力的缘故，那女子的声音有时近似于鬼哭狼嚎。实在不堪骚扰的时候，荣健会使劲砸墙，或者戴上随身听的耳机强迫自己平静。每当这个时候他会想起那些相好过的女友，而这其中最挂念的却是董婉，可他不想回头，不回头就要面对这孤寂的生活，否则他又能怎样呢！

　　那天是个特殊的日子，收音机里转播着澳门回归仪式的实况。当雄壮的国歌响起，"起来不愿做奴隶的人们"的歌声既让人振奋也让他心酸，现实生活的落寞杂乱与心底里宏大的报国梦想相遇时，这躲进小楼的渺小与卑微残酷地摆在面前。当年求学报国兼济天下的梦想似乎越来越遥远，以至于他在被窝里闭着眼睛潸然泪下。

第三十五章　那年你我的约定

1999年的国庆大阅兵规模宏大，共和国很多新式武器惊艳亮相，主持人在解说当中强调说："这是一支爬过雪山走过草地的队伍，这是一支从胜利走向新的胜利的队伍，如今他们正以昂扬的姿态走过天安门广场接受祖国和人民的检阅。"那威武的阵列雄健的步伐以及雄壮的进行曲让每一个中国人热血沸腾，然而那天陆锋没能实现驾驶战机飞过天安门广场的愿望，他也没能兑现迎娶许芹的承诺。

那些等待的日子许芹心里七上八下，她常常一个人走在街心公园的绿色长廊里。静静仰望雪松那伟岸身姿，或是踩着松针铺地的小路徘徊，每当侧耳听着小广场上那熟悉的鼓板旋律，她常会想起戏曲"玉堂春"中那凄婉唱词："我情愿为他守节立志，既就是赴汤蹈火粉身碎骨我死也不嫁人，我死也不嫁人。"有时听着听着会无奈地苦笑起来，心里暗自思量自己却也不是旧时代的小女子，于是又会不由得哼唱起：田野小河边，红莓花儿开。我与少年初见云影共徘徊，一丛红莓花儿悠然独自开，青春的时光一切诚可待！……由此自然也会一遍一遍重温着与陆锋那些甜蜜而短暂的浪漫片段。

可这大半年来他忽然就像蒸发了一样无有声息，来信说结婚的申请已经提交，可为何这么久没有结果？每次回家父母亲都会问啥时结婚，可许芹没法回答，也不敢说自己与陆锋的联系也时有时无。这些年柏拉图式的恋爱虽然也让她几乎习惯了这寂寞，可当那个叫高永盛的学长找

冬日的火花

上门来，许芹的心里平添了一丝惆怅。她不想辜负曾经的海誓山盟，可这漫长无休止的期盼与等待让她身心疲惫。她再也顾不了许多，当下决定国庆假期的时候去部队找陆锋让他给个准信。

心想着直接坐火车到福州，然后再转往宁德。可这一趟下来她才真正体会到这大中国真是够大，换车再换车，步行再步行，对她这很少出远门的人来说那种折磨简直让人到了泪崩的边缘。好不容易到了宁德一打听，这里离部队驻地居然还有一百多公里的路程，而且只有中巴车能够通达。南方本就多丘陵壑沟，一路上翻山越岭车子摇得人想吐，到达霞浦县城的时候许芹终于忍不住哭了，忽然想起陆锋说过他们基地属于军事管制区，任何人也不能随便出入。于是她放弃了给陆锋惊喜的想法，犹豫再三拨通了连队电话。对陆锋来说这确实是个惊喜，尽管没能参加国庆阅兵，但这阵子几个架次的值班巡逻也足够荣耀，现在许芹又千里探亲，那一刻心中的幸福和喜悦让他兴奋非常，他以最快的速度办了外出手续赶到霞浦县。

这故乡千里之外的相逢充满了诗情画意，一个撑着红雨伞的北方女子站在旅馆门前焦急张望，那一端一位年轻帅气的军官顶着蒙蒙细雨大步流星奔向约定的地点。终于他们相见了，走在一把伞下的那一刻，许芹泪水奔流，连声说着："我还以为找不到你了！你看我的鞋都走破了，你得赔我。"陆锋笑着说："赔赔赔，我赔最好的鞋子给你。"

在县城最大的商场买了旅游鞋牛仔裙外加一件白色长袖T恤，这一身穿戴起来让许芹的长腿优势一下子凸显出来，整个人忽然间变得时尚俏丽。她那双迷人的眼睛放射宝石般的光芒，长长的睫毛闪动着孩童般的纯真，尤其解开辫子后她轻轻一拢，那一头密实如柳丝的乌发顿时翻动着海浪般的柔波，陆锋几乎有些痴迷，就连商场服务员都发出啧啧称赞。

霞浦县建城1700余年，是闽东最古老的县城，也是福建最早开放的对台贸易口岸，素有"闽浙要冲""鱼米之乡""海滨邹鲁"的美誉，是"中国海带之乡""中国紫菜之乡"。县境西南有霞浦江，东流入海；又有霞浦山，海中有青、黑、元、黄四屿，日出照映，江水潋滟如霞彩；县城是以江山为名，美曰"霞浦"。域内地形北高南低呈三阶梯

第三十五章 那年你我的约定

状，西北峰峦耸峙，最高峰"目海尖"海拔1192.4米；中部丘陵连绵，低山、平原、盆谷交错；东南港湾众多，七都溪、罗汉溪、杯溪、三河、长溪等五大河流呈树枝状南流入海，海岸线绵延曲折，大港口水深面阔。在这里无论渔场滩涂观赏海天一色，还是牵手寻访妈祖神庙，也或者漫游街市品尝各种美食都别有趣味。

那天他们坐在海边看夕阳西下渔船晚归，当金色霞光铺满水面，远处山岛竦峙，云如漫天花朵灿烂而招摇。许芹说海滨的晨明是蓝色梦幻般的水墨画，而黄昏则是艳丽缱绻的油彩画。陆锋说这里距台湾基隆港也就一百多公里，如若驾上战机瞬息即到。许芹说此情此景她特别能理解"江山如此多娇，引无数英雄竞折腰"的诗句，陆锋说当年初登战机有迫不及待的冲动，而现在他真心希望台湾能和平回归，无论怎么说都是中国人，动用武力就有流血牺牲，这对国家、民族都是损失。最可恨的是美国人，这几年他们在东海耀武扬威，数次挑衅我们只能一再克制，说到底还是实力不济呀！许芹说咱们一直在努力，相信要不了多久在这个区域我们就能具备绝对控制力，到那时谁也阻挡不了统一的步伐。等统一了陆锋就转业去民航，她也想过几天长相厮守的日子。

霞浦的老街风光旖旎，霞浦的美食也堪称天下闻名。民居色彩和造型颇有古徽州的韵味，但墙体垒砌的材料及方式则要粗放一些，加高的基座多用石头砌成，基座之上的青砖部分似乎刻意以砖的大面朝外，如此反而显得浑厚而结实。青砖墙和屋顶的黛瓦受水汽侵蚀，颜色特别深重古朴，再对比白色的勾缝和勾缝里的绿苔就更有诗意。同时这一带的民居为抵御台风屋脊、屋檐则更加简洁，房屋高度也相对低矮一些，如此也就有了更好的亲近度。走进这样的街市看着参差的店铺招牌和四处飘动的悬幡，很有些水村山郭酒旗风的感觉。当然最诱人的还是店铺里漂浮而出的阵阵香味，比如焖苦螺、醉泥螺、龙头鱼、辣炒杂螺等地方菜味鲜肉滑，清汤面、炒米粉、地瓜杯、乌米饭这些主食色香味别具特色，而小肠汤、土丁冻、霞浦糊汤则清淡素雅，即便是北方人初次品尝也觉舒畅且回味无穷。走一程吃一程，而且一连几天吃的都不重样。许芹开玩笑说这地方山美水美吃的更美，她干脆在安家落户算了。陆锋说

冬日的火花

许芹是个小馋猫,这么吃下去要不了多久想走也走不动了。

这话陆锋说得一点都不夸张!那几天他陪着许芹到处游历吃逛采买,几乎给了她女王般的待遇,每一餐许芹都只需安静地坐着,他会把饭菜亲自端到她面前。而他这样的表现反而让许芹有些惶恐,她太了解他了,这个原本有些大男子主义的人忽然变得殷勤恐怕不是什么好事情!可她不想破坏这难得的幸福场景,直到临近分别才问他为何如此?陆锋说他已接到通知,部队调他去北方航空航天大学深造,未来很有可能承担国产战机研制的试飞任务。许芹自然知道试飞新型战机是一项风险极大的工作,她埋怨陆锋不该什么时候都自告奋勇,老大不小了还要亲人们担惊受怕。但陆锋说他是军人,军人又怎么能在任务面前瞻前顾后!他真诚地跟许芹道歉说:"我知道对不起你,今年结婚的约定我食言了。"许芹没有说话,沉默了半天陆锋表情凝重地说:"说真的!现在我几乎没法计划咱们结婚的事情,如果,如果你不再等我,我也绝不怪你!我知道对你来说这没有尽头的等待会很辛苦,我又何尝不是呢!可人这一辈子总得干些事情,而我也不愿辜负你!"许芹有些失望地说:"辜负又怎样?不辜负又怎样?这些年我们在一起的时间加起来恐怕都不到三个月。哎!我的意中人是个盖世英雄,有一天他会驾着七彩祥云来娶我。"许芹想起了电影《大话西游》结尾时的凄婉台词,对未来她开始有了一种深深的恐惧,眼前这个天不怕地不怕的男人有着执着的英雄梦,可自己能否像他一样坚定坚强?

临行的恍惚让许芹几乎不知道自己是怎样上的车,只记得火车走了很远她起身探出车窗向后看,依然能看见陆锋在那里矗立得像一尊雕像。这一趟远行许芹似乎被掏空了,一回来就感冒发烧,折腾了半个月才基本恢复。打起精神上了一阵子班,那天在车间忽然感觉到恶心想吐,之后又几次反复,她意识到担心的事情可能真发生了。

下了班偷偷买了试纸一测,那结果分明显示她怀孕了。面对这结果许芹心里既幸福又慌乱了,怎么办?要不要告诉他?可告诉他又能怎样呢?让他担心挂念有什么意义呢?他的工作不能允许任何的心神不宁。我们情到深处一时大意有了结晶,也许这都是天意!可这个时候怀了他

第三十五章 那年你我的约定

的骨血如何是好呢？委婉地告诉他还是暂时保密？矛盾无助的她陷入了长久的纠结，一转眼个把月又过去了。许芹想过去医院去做流产，可她内心深处却有一万个舍不得！怎么办？怎么办？难不成没结婚挺个大肚子招摇过市，到时厂里的人会怎么看？父母亲朋那又如何去解释？

高永盛再一次站在了许芹面前，他说他想了很久才鼓起勇气来找她！毕竟许芹还没有结婚，那就意味着他理论上还有机会，可即便只是理论上的机会他也要做百分之百的努力！他说："我们注定会长久在一个城市生活，因此我能给你平凡安稳的幸福。曾经我们都憧憬浪漫热烈的爱情，可真正到了这个年龄，我想我们都应该面对现实，况且你我都出身农家，你也知道我们从来不单纯是活自己，父母年龄大了，除了完美爱情让他们心安也是咱要考虑的问题。"

话说到了这个份上，许芹毫不避讳地说自己怀上了陆锋的孩子，希望他就此放弃不切实际的想法。而高永盛说只要许芹嫁给他，他心甘情愿接受许芹的一切，包括她肚子里没出世的孩子，也许他做得比亲爹还要好。许芹说："双职工只让生一个孩子，你是不是傻了？"高永盛说："我不是傻！我爱你的真诚善良，情深意重，除此之外我觉得其它一切都不重要。眼前虽说政策规定只能生一个，但想生总是有办法的。反正我的态度就是你愿意生就生，不愿意生也没关系。况且人流严重伤害身体，我不想你经受任何风险。"这一轮对话让许芹有些动摇了，跟高永盛结婚不但能保住这个孩子，并且眼前这个人是个朴素可靠有胸怀的男人。苦等那个心目中的盖世英雄也不知要等到何年何月，关键现在已没法再等下去！

偏偏打了几次电话也没能联系到陆锋，那些日子许芹陷入一种极度的孤独当中。她能理解作为国家的人，陆锋每时每刻都负有使命，虽说守望已是这些年情感的常态，可如今现实面前她变得脆弱。她想过继续等待，也不必在乎任何人的眼光。她也从未担心陆锋会辜负她，但一想到未来即使走进婚姻，是否真的要放弃工作去随军，她现在有些纠结了。没进工厂前她觉得放弃原本也是无足轻重的事情，但如今工作已经上手，整条生产线上面临很多需要攻关的技术课题，而这些岂不正是当

冬日的火花

年求学时梦寐以求的东西！我若只为追寻爱情而去，那会是我所要的全部生活吗？我是可以为了爱情活得渺小，可是在国家任务面前选择退缩这也不是当年立志求学的初心。我的爱人驰骋蓝天，满腔报国之志，也曾九死一生，我难道不应该多给他一些温暖？所有这些问题让原本坚定的许芹心里左右摇摆烦躁不安，她常常端详着一个零件出神，或者坐在电脑前对着图纸陷入沉思。可当越来越多的资料图纸打上机密字样的时候，她意识到自己承担的责任正与日俱增。她在心里默默调侃："一个够神秘的人，一个有秘密的人，想来也甚是有趣。"可这有趣也让她清晰又无奈地看到，这人生路上也许由此他与爱人的轨迹会越来越远。

结束了演习、集训的任务，陆锋打点了行囊急速北上，他即将成为北方航空航天大学一个肩负特殊使命新集体当中的一员。紧张的节奏安排让他几乎没有喘息的时间，临行前拨通了许芹所在单位的电话，然而当日因许芹外出未能取得联系。这样的阴错阳差让他略感遗憾，本来还想跟他分享一下深造、晋升的喜悦。这样的遗憾促使他下定决心，到了学校马上买个移动电话，以后再也不受这断绝音信的痛苦，他一次买了两部手机。而许芹收到电话后第一时间办好了电话卡，可是第一次兴奋地拨通时听到的却是电话关机的提示。那时候她开始明确地意识到，像陆锋这样肩负特殊使命的人即使有平凡人的儿女情长，大多数时候恐怕也只能是镜中花水中月。

等到再一次听到手机铃声响起，听到的却是哥哥报来父亲意外骨折的消息。回家安排父亲住进县医院，又在医院守了三天。尽管父亲只是随口问了一下啥时结婚，但许芹知道那是父亲不想给她压力。可她那时心理已非常脆弱，这一问居然让她忍不住泪流满面。她自己也搞不清一向自认坚强的那个自己，现在触碰到这个话题竟会如此脆弱。她自是回答不了父亲的问题，只能淡淡地说了句："他今年太忙，等一阵子再说。"

终于通上电话的时候，许芹再也忍不住心里的埋怨，而电话那头陆锋除了一再的抱歉，最后说的话更让许芹崩溃。陆锋说："我知道这些年你很委屈，可是我们的这些委屈和一个国家的委屈相比又算得了什

第三十五章 那年你我的约定

么！未来可能好几年我们只能这样相处，甚至我不能保证我能活着、健全地回来，所以如果你疲惫了厌倦了，你都可以选择放弃。任何时候我都不会怪你。如果你选择嫁给别人，那么给你寄去的钱就算是我的一点心意。"陆锋说这一席话的时候语气平静，简直像是后事的安排，许芹生气了，她撂下一句："全中国就你伟大无私，明天我就找个人把自己嫁了！"说完挂了电话趴在床上抓狂地拍打。

许芹自然知道陆锋所说的国家委屈是指台海危机、银河号事件、大使馆被炸等一系列堪称屈辱的事情。大使馆被炸后，组织上经常开会说国家军事实力不济和美国人的嚣张跋扈。许芹也大致猜得出陆锋他们的神秘使命，但既然是国家秘密，她自是不会多问，这是纪律。陆锋发来了道歉的信息，许芹也有些后悔自己的情绪，他刀尖上跳舞的职业哪容得情绪的起伏。深思之后她回了这样一条信息："我能理解你的不易，可现实的生活也许经不起等待，如果我选择离开一定有不得已的苦衷，希望你能理解！"

2000年的春节是高永盛人生中一个最喜悦的日子，他和许芹在朋友们的祝福中结婚了，尽管新娘子一直泪流满面。但所有人都认为这是源于新娘子对父母感情深重，因为大多离门嫁人的女子都会有幸福当中的伤感。在所有祝福的亲友当中荣健是特殊的一个，他怎么也没有想到许芹最终会戏剧性地成为自己的嫂子。他也不知道到底应该高兴还是叹息，一个是与自己亲为同胞的哥哥，一个是自己的灵魂知己，而许芹又是那样一个他曾经认为坚定高洁的女子。可现实生活就是开了这么一个玩笑，这让他心里有一种说不出的滋味。可不管怎样如今他们走入了婚姻殿堂，从此有了一个温暖的小家庭。而自己依然像孤魂野鬼一样飘荡在这看似繁华却冰冷异常的城市，每天为了生存疲于奔命。

春节回家的时候他特意去了一趟银邑县玉霞镇，那是他唯一知道的有关叶子的信息。那时候他深深地为自己当年的粗心而后悔，相处几年居然没搞清楚她家在哪里，如今想找岂不是大海捞针！大概知道她家在银邑热电厂附近，可是这电厂规模庞大，方圆几公里可如何去找？他先是到电厂打问，结果问了若干个人也没人认识高小红。后来又根据记忆

冬日的火花

中高小红的爸爸在电厂车队的信息去车队打听，还是没有结果。他哪里知道高小红回厂上班因为种种原因随了母亲姓，并取了一个新名字叫徐丽。这样一来除了找到叶子当初实习的车间，恐怕没几个人会知道电厂有个叫高小红的姑娘。他找了一天也毫无结果，天黑时无奈找了家旅社住下，在他心里来说这也算是一种怀念吧！反正他自己这么认为的。

　　第二天一觉起来收拾回家，外面纷纷扬扬下起了雪。去车站的路上一行迎亲的车队拥堵了道路，看来结婚的人家家境不错，嫁妆车上全套的电器堆得满满当当，最亮眼的是一台漂亮的女式摩托。打头的礼乐车上身着制服的乐队吹吹打打声响震天，崭新的1999款奥迪A6型轿车领头整个迎亲的车队，后面是清一色的奥迪200型。那时候荣健心里想，未来有一天自己的婚礼也要这个排场才好，可是新娘在哪里呢！他无心再多看这场面，踩着地上发黑的泥水，带着遗憾和失落快步离开。他尽管心情落寞但步伐凛然，在他心里似乎彻底放下了某种挂念，因为他自认尽力了。然而在他眼神忧地的扫过头车前挡风玻璃的时候，车里的新娘看见了他。那新娘几乎浑身颤抖着猛地想要站起来，以致头撞了车顶又坐回原位。那一瞬间新娘手脚变得僵硬，脸颊微微抽搐着，泪水如雨滴般从眼帘里滚落出来，瞬即在大红的礼服上印出一片不断扩散的殷红色。司机和新郎都关切地问她怎么了，她说：没事，就是忽然觉得难过。那新娘就是叶子，然而荣健看不透那反光的玻璃，做梦也不会想到。叶子看见荣健的那一刹那感觉恍若隔世，甚至说不清内心是酸楚还是喜悦，她意识到自己没有选择甚至不能出声，只能茫然地看着荣健那萧瑟背影慢慢消失在人群里。

　　过去的半年，最大收获就是交到母亲手里的两千块钱，想来赚的也不算少，可如今口袋已经没有几张大票子了。当初第一笔提成拿到手先还了卢伟三千多的债务，然后交房租买棉衣，一来二去花得精光。下来的几个业务利润低提成少，拿回家两千块钱已是极限，并且收了假怎么过活还都是问题，唉！大不了到时再借呗！心想混得再不行也比王鹏好多了，当年在一起打球的伙计，如今他在县城干起了人力三轮拉客的活

第三十五章 那年你我的约定

计。想当初他成绩比我还好，他也曾发誓要考大学出人头地，没想到父亲却意外身亡，最后不得不回去蹬三轮卖蒸馍维持生计。春节时在街上看见他正想打招呼，没想到他竟然头一扭加速蹬着车子离开，气得当时还在心里怒骂："狗日的那身板就适合蹬三轮。"可转念又一想，他能干这样不算体面的活计还不是为了生活。他早上卖蒸馍，之后拉人送货，等于一个人干两份活，实属不易呀！而靠自己辛苦赚钱光明磊落，我又有什么资格低看他？自己不就是有个文凭，除此之外又有什么值得沾沾自喜？

　　生活是需要计划的，尤其口袋没几个钱的时候！揣着仅有的几十块钱要扛到月底还真不是件容易的事情，每一餐绝不能超过计划。往常有时还买包烟抽，现在看来烟必须暂时戒了。公司楼下的饭太贵，于是到了中午荣健骑上车子回草场村吃碗油泼面，然后放下碗再赶回公司，因为稍有延误就有可能因为迟到而被罚款。眼看着就到月底了，可千算万算谁又能算得出意外。

　　那天他吃完午饭急急匆匆赶回公司，一路上那车子蹬得飞快。谁承想前面一个学生模样的小子忽然车头向里一拐，紧躲慢躲还是挂倒了他。荣健赶紧下来扶起那孩子查看要不要紧，被他那么快的速度挂倒岂有不受伤的可能！那孩子倒地时用手撑了一把，左手掌蹭破了，左边的衣袖也蹭烂了，还好没伤筋动骨。他顾不上想口袋有没有钱，在连连表示歉意的同时问孩子要不要到医院处理一下。那孩子气质文雅个头瘦小，根本看不出已是高中生，他淡定地从口袋掏出卫生纸擦了一下手上的血，有些腼腆地说："不用了，我们下午要考试，哥，你走吧！"这声哥几乎让荣健要热泪盈眶了，一句"你走吧！"简直赶得上皇帝特赦，刚才送孩子去医院的话一出口，荣健就意识到自己口袋不足十元的家底到了医院是要出丑的。而如今遇见这么大度的孩子那真是运气好，不用赔钱那真算得上恩惠了。他赶紧帮那孩子把车头扭端正，殷勤地帮他拍打干净身上的尘土，之后目送着他远去，这才又蹬上车子奔向公司。

　　原想着这月能领到近三千块钱，结果老板居然耍起了无赖。以年度

冬日的火花

媒体返点下降为由，将几单业务的提成压缩了近一半，这样一来整整少发了一千块，可公司的理由冠冕堂皇，作为员工又有什么办法，即使去和老板理论恐怕也没有多大实际意义，谁不知道在民营企业老板的决定那就是圣旨！

公司这样的做法让荣健产生了换东家的想法，他觉得跟这样没信用的老板混不会有什么前途。可是往哪里去呢？那些天这个问题一直困扰着他。就当前汉都市广告业的情势来看，以平面媒体为主要平台的公司形成了三足鼎立的形势，中元、白象、鼎顺三家大公司的业务量几乎占据了平面媒体过半份额。如果还要在这个行业发展，那么去另外的两家肯定是首选。而据说鼎顺这家公司与《华融报》报社有很深的渊源，想到这荣健把下一个目标锁定在了鼎顺广告。

年初正是各类公司招聘的黄金时间，鼎顺广告发出招聘启事的当天荣健带着简历前去了。得益于之前达成的几个著名企业的出色业绩，荣健比较轻松地获得了一个策划经理的岗位。能在毕业九个月之后顺利走上经理岗位让他对前途充满自信，最关键底薪的增长让他底气十足。心里想如果运气再好一点，那么下半年妹妹自费上学时自己就能为父母减轻一些压力。

新公司新岗位荣健自是加倍用心和努力，他注意到一个问题，那就是平面媒体上有关房产的广告越来越多。从有关资料上来看，房地产业历来都是发展中国家的支柱性产业，加上周遭朋友同事谈论买房的热情，他推断未来一个时期房地产领域的份额一定会快速上升。李嘉诚那句"地段地段还是地段"的论述被他视为至理名言，由此他开始更多地思考有关房地产推广的方式和方法。给公司提出组建房地产事业部的建议很快也被采纳，之后招聘团队的工作在半个月内基本完成，而他作为事业部的经理在这个新的领域开始了大力的拓展。

从宏观层面来看，汉都市发展的提速得益于中央西部大开发战略的推动。1999年11月，中共中央经济工作会议敲定对西部进行大开发的战略决策。中央认为实施西部大开发战略直接关系到扩大内需，促进经济增长，有利民族团结。并要求自上到下要从大局、从战略的高度充分认

第三十五章 那年你我的约定

识实施西部大开发的重大意义，要作为党和国家一项重要的战略任务，摆在更加突出的位置。之后，在12月份举行的全国计划工作会议上，国家发展计划委员会主任曾培炎再次强调："要像当年搞特区那样，加快西部地区大开发。"

国家层面战略性的布局拉开了古都新一轮的发展，基础设施的建设和房地产开发一时间遍地开花，整个城市似乎一夜间变成了一个巨大的工地。不分昼夜旋转的塔吊，到处可见的工地围挡，各种楼盘的广告铺天盖地。什么"一城荣耀、书香门第、城市之心"等等主题喷薄而出，也就在这个时候钻石世家、槐树林山庄、信美大厦的资料摆上了荣健的案头。住宅、别墅、写字楼三种不同性质的房产推广足够他们的团队思考研究，毕竟这个班底也不过是看过几本叶茂中的书就搞了策划，而房地产推广远不是几句广告词和归纳核心卖点的事。

常规状态下，房地产项目的整合推广先按甲方要求撰写大篇幅的软性文章在《华融报》刊发，而后才是感性硬广的跟进。而要撰写言之凿凿的软文广告，就必须研究地段文化传承、项目开发思想、产品功能优势、园林景观风格、物业管理水准等等问题，一方面不能天上地下没有根据地胡吹，另一方面也不能平铺直叙地介绍。可无论撰写的质量好坏，只有得到甲方负责人认可才是终结。往往这个时候，甲方大多工程出身的领导由于认识的不同，就会提出一些让人哭笑不得的意见。接着就是没完没了的修改，经常都是第二天要见报，头一天才定稿。这个过程唯一的好处可能就是让荣健他们学会了一件事情的N种表达，先不说算不算作家，反正各种风格的尝试大大地增强了大家文字表达的功力却也是事实。

一天忙得焦头烂额只是工作的一部分，还有没完没了的接待应酬也是很大的体力负担。走出校园大半年之后，荣健早已没有了刚参加工作时馋狼饿虎般的胃口，加上各式各样的饭局酒风热烈。他当然知道不是所有人都有他这样的机遇，能坐上经理的位置与努力有关也与运气有关。这觥筹交错当中有朋友有利益有机会，为此他经常喝得头昏脑胀回家，只是在人面前他总告诫自己切不可倒下，也绝不能出丑。而回家之

冬日的火花

　　后或者一个人在黑暗的角落才敢呕吐包括丑态百出，曾经一个人抱着巷口的行道树担心天地翻覆而被路人视为小丑。如此这般人前容光焕发，人后百般洋相的生活成了一种常态，日子也如水般向前。

　　杭晓马上毕业了，她来找过一次荣健。说是家里给安排了工作，并且介绍了对象。可她对那个人毫无感觉，父母却非常坚持，这让她左右为难。如果荣健愿意，希望能跟她去见见她的父母。

　　那是个周末的午后，杭晓坐上了荣健那张小床，而荣健坐在床前新买的转椅上。听着随身听外挂小音箱播放着陈淑桦演唱的《滚滚红尘》，荣健说这歌写的旋律流畅词意深刻，杭晓说她更喜欢听罗大佑的版本，每次听到"本应属于你的心，它依然护紧我胸口，"她就会想起当初在学校两个人的约定。她说荣健是个骗子，并强调上一次金翅鸟的事荣健应该向她道歉。荣健嘴硬没有道歉，却厚着脸皮爬上床希望亲热缠绵，杭晓流着泪说荣健总是欺负她。她那委屈的神色和语气让荣健顿感自己有些肮脏，之后尽管柔情蜜意，但两人终了还是没有逾越男女的底线，随后在村子里一起吃了顿饭，送走杭晓后心里又有些追悔莫及。他只能自己跟自己解释，看来和杭晓之间缺乏某种感觉，否则干柴烈火岂能这样结束。躺在床上想起当初第一面依然清晰，月光下那额头的一吻多么甜美。可如今再见心里却飘忽得不可捉摸。这时隔壁又传来噢噢啊啊的叫床声，一会又夹进come on, oh my god!荣健不堪其扰，怒吼了一声fuck you，而后大被蒙头躲进黑暗里。

　　无论卢伟和魏俊多么努力，他们接手的汽车修配机械生意每况愈下。大多数厂方成立了自己的销售队伍，开始直接向大城市的修理厂、汽车4S店推售设备，现在剩给他们的只有偏远的县城、乡镇市场，但是这个级别的市场需求量小价格承受能力也弱，任何一单生意只要稍有拖欠就会亏本。并且因为距离的因素导致售后成本越来越高，没有售后就没法销售，提供售后多半就会赔钱。荣健稍有闲暇也会游荡到他们店里一聚，那个时候整个修配机械市场已经呈现出萧条迹象，但是一部分转型较早干了汽车装潢生意的确很是红火。

　　那间狭小封闭的办公室一度成了他们吹牛扯淡的基地，卢伟那个号

第三十五章 那年你我的约定

称大刀的发小也参与了进来。这伙计之前就读北方中医大学，上学那会就经常来轻大，所以见了面不生疏。他模样清秀整天笑眯眯的，五官还酷似张信哲，因为说话时经常手舞足蹈颇像耍大刀的艺人，起初荣健戏称他为"大刀信哥"，后来逐渐演化成"刀哥"。这刀哥虽然混得也不怎么样，但是每天西装革履、衬衣领带、发型新潮显得一丝不苟，让人记忆深刻的是，从认识他起，这伙计似乎总是喷了香水搽上护肤霜才出门。他常说"人倒势不倒，借钱抽万宝"，而每当说这话的时候必然笑眯眯拿出烟发给大家，而后才开始他的高谈阔论。按照刀哥的见解，卢伟应该尽快将店里的业务向汽车装潢方面过渡，他认为随着汽车进入家庭，这个行业的份额肯定会越来越大。而卢伟认为汽车装潢就卖个套套、垫垫能赚几个钱，他已经习惯一单几万几十万的生意，对零售加手工的生意完全没有兴趣。魏俊也拿贴膜举例说道："一般高档车都在4S店做了贴膜，能到这个市场来贴的都是些中低档车，除非我们俩自己上手贴，如果专门雇工人真就赚不了几个钱。"

说着说着刀哥提起一桩卖壮阳药的生意，说他朋友的爸爸拥有一个健字号壮阳药的专利，可以辟出给一个市场让兄弟们去做，但是前期投资估计最少也得二十万。卢伟和魏俊刚卖完假药回来，一听壮阳药的生意，条件反射地认为又是一个大力丸级别的东西。半开玩笑地说让刀哥先弄些来大家试用，如果好了再说代理的事。说话间卢伟一边说着："我最近也有些力不从心！"一边装出房事过度肾虚腰疼的样子，逗得大家哄堂大笑。荣健说："你一天神旺得像头骡子，一见到洋子老二都能乍到天上，刀再快也得节制着用，否则虚是自然的。"听到这些话，大家又是一阵狂笑。

之后不知是谁又把话题引到了足球上，魏俊说今年足协花了血本，神奇教练米卢的到来一定能够带领国家队冲出亚洲。而卢伟说所谓的黄金一代全是些银样蜡杆头，他们真的需要吃些壮阳药，现在要出线除非抽到上上签。荣健借机旧事重提，说去年法国免除了巴西三亿美金国债充分说明国际足坛也不干净，要出线还得另外想办法。并一再强调自己当年在学校的断言是多么正确，可是没有人愿意认可他的英明，卢伟说

/513/

冬日的火花

他不过凑巧吞在屎尖上而已。这样的讨论经常会持续很久，饿了就在外面的小摊上一人一个菜夹饼配一碗清汤混沌，几个人面对面吸溜起来那个带劲自不用说。

潘星星在鼎顺广告公司是一个神奇的存在，业绩相当好。尤其房地产行业的业务他一个人占了八成以上，这样一来事实上他和荣健成了一对黄金搭档。几单业务下来就称兄道弟，甚至同吃同睡。这伙计的老家在云岭南部山区，家里兄弟姐妹也多，他只要拿到提成就会到银行给家里汇款，因此在荣健眼里他是个纯爷们。不过这伙计上班多年却一直单身，他自己认为是因为个头矮小，而在荣健看来根源在于他心态消极。混在一起的时候荣健却发现潘星星并非不好女色，还有一个特别的嗜好，因为无论走到哪里只要有粉红灯光的发廊他一定会进去转转。然后出来就会跟荣健评价里面的货色，如果货色正点他就会拉着荣健进去消费，至于买单不用说由当月工资高的人承担。荣健每次进去顶多就是做个按摩，或者跟按摩女胡扯一阵打发时间。而潘星星每次出来都会神采飞扬，甚至跟荣健讲他如何突破按摩女的防线，诸如哪个女人风骚水多花样新，他又怎样揉了摸了，每每说起这些他总是不亦乐乎。尤其说起这些地方另外加钱就能得到特殊服务时让荣健顿觉脑洞大开，可一想起潘星星手扣发廊女下体他就有些恶心发冷。而潘星星似乎乐此不疲，并说单位里没对象的小伙们都是这些小店的常客，谁谁谁要得更开放，谁谁谁整天泡在KTV，身边妹子一大把。唯一得到他称赞的是公司的媒体专员，因为他女朋友在公司干行政，小两口子每天一起骑着摩托上下班，是公司绝对的样板情侣。

荣健跟潘星星打听业务部新来的那个美艳小女生时，潘星星说："你小子眼够贼的，现在惦记她的人可多得数不清！估计你没啥戏，那姑娘实际得不得了。你没看她每天一套衣服，包包都是名牌新款，咱们可养不起！"荣健有些义愤填膺地批评潘星星瞎说，并认为人家小姑娘能出来跑业务就不可能是那种钓凯子的人。让他别一天吃不到葡萄就说葡萄酸，有种就进攻一下看看。潘星星则反问荣健为啥自己不上？荣健解释说自己有女朋友，况且那女生虽然美艳但不是自己想要的款型，并

第三十五章 那年你我的约定

强调如果潘星星把那女生追到手,那绝对是奸夫淫妇相当般配。他们就这样在嬉笑谩骂当中成为好友,都制订了到年底攒够一万元的奋斗目标,之后为此确也投入了百分之百的努力。

那天下班的时候董婉打来几个传呼荣健都没有回,紧接着又看到她连续发来多条信息。最后一条信息说她生了病,希望见荣健最后一面。荣健知道这是在矫情,但也由此推测到她的病情应该比较严重。到底管还是不管他陷入了纠结,坐在公交车上一路都在想该如何处理。下了公交车他坐在草场村村口心情极为矛盾,看着传呼机不断闪烁的信号他烦乱极了。想起那些怄气的情景他心痛难平,但是那些温暖的过往也让他心生怀念。思来想去还是觉得去一趟也无所谓,就当是助人为乐。再次走进那间出租屋时,屋子里昏暗冷清。董婉猫着腰蓬头垢面地开完门又蜷曲到了床上,荣健进了门她也不理不睬,床头柜上一堆药物散乱地摆在那里,看来她真的病了。

荣健二话不说收拾了东西就背她下楼,董婉装死般趴在荣健背上直到坐上出租车,挂号、看病、化验、取药可是一阵忙活,董婉挂上吊瓶他才得以到室外抽烟松口气。这董婉原本身体就没什么大的毛病,不过是胡乱吃东西引起的急性肠胃痉挛,挂上针不一会症状就缓解了,她看着荣健守在身边表情平静,眨了眨眼什么话也没说,不一会儿居然踏实地睡着了。凌晨时分终于挂完了针,董婉睡了一觉显得精神了不少,一醒来就嘟囔说她饿了,两个人又打车回住的村子找地方吃饭。吃完饭送上楼荣健就准备离开,而董婉拉着他的手说:"我不准你走。"僵持了半天荣健说:"你让我走吧!咱们处不到一起。"而董婉说:"咋处不到一起,以后我不惹你生气了。"说话间抱住荣健把头埋在他胸前,刚才吃饭显然出了汗,那汗味满是盘尼西林的味道。看着她温顺的样子,荣健却也不忍再发火或说出任何冰冷的话语,于是黏黏糊糊又被拗进了卧室,并且一起倒在了床上。时间虽然已是午夜,但8月的天气仍燥热非常。一对老情人薄衣单衫相拥而眠,后半夜半梦半醒之间都脱光了衣服好一阵迷醉的缠绵。人们常说夫妻床头吵架床尾和恐怕就是这个道理!几天之后荣健退掉了自己租住的屋子,和董婉在吉庆村找了一间新建的

/515/

冬日的火花

单元式公寓。两个人精心布置了一番，决心一起好好过日子。

那天晚上荣健坐在窗前，拿出很久都没有拨弄过的吉他，信手弹响了沈庆的那首《青春》，随着音乐声的响起，回想起过去的一年心里感受良多，忽然觉得曾经认为悠然漫长的岁月现在变得仓促而飞快。年初时构思的一首名为《我的一九九九》的诗作忽然间顺畅地从脑海中流出：

>我抱着一把红棉琴，
>在小窗前拨弄着，
>拨弄着。
>让对面楼上的灯火也伴着琴音闪动着喜悦的心情。
>每到这个时候，
>总有一种超越尘世的冲动，
>似乎我已是这纷乱陆离生活中的一个强者。
>点燃一根烟，
>坐在小窗前。
>这扇窗已不是几月前那扇看得见宁静星光的窗。
>能听见楼下夜市上猜拳斗酒的声音
>还有烤羊肉串焦糊的呛味。
>我心爱的红棉琴，
>它经常安静地挂在墙壁，
>无人问津，
>一身尘埃。
>总是觉得，
>这吵闹的都市似乎没有弹琴的地方，
>也或者是我没有弹琴的心情。
>我的1999，
>它在我人生里是一段转折性的篇章。
>是一篇雅致细腻的散文，

第三十五章 那年你我的约定

还是一篇豪迈激奋的赞美诗?
我乱了思维,
想不出它的文体。
1999,
我站在繁华都市的街口,
看西风凋了碧树,
想爬上最高处遥望那翩翩走来的惊喜。
1999,
失眠比安眠的日子要多,
枕旁高堆如山的案卷压在我的心头,
如一堆解不开的谜题。
想仔细听听耳边依稀还响着的
先生的教诲,
为那打瞌睡的课堂追悔不及。
而今我似一个师承多家的孩子,
却总想试着自己成为一个传道者。
1999,
走过的是一段平凡的路程。
我曾一不小心差点被石砾绊得头破血流,
我曾有许多次冒失地走在薄冰上,
回头望时惊得一身冷汗。
而我现在早已把它抛在了身后,
伸手勉强抓住了希望的稻草,
才不至于全盘将自己落在昨天。
我的1999,
我几乎把那个世纪丢在了窗外,
打开灯,
屋内明亮而温暖,
我、钢笔、纸,

冬日的火花

洋洋洒洒的感觉流淌在2000年。

2000年8月11日

卢伟和洋子的感情出了大的问题，洋子已经两个月没有回家了。卢伟一想起这几年的付出就怒不可遏，他收拾了洋子的东西外加一盒子两个人看过的色情碟片找到了她。见面时并没有激烈争吵，卢伟只说了一句："把技术学好，把你领导伺候舒服。"

那天他开着店里的破烂五菱面包来找荣健，在吉庆村的烧烤摊上两个人聊得很晚。提起这几年的感情他感慨万千，说这年月什么事都必须看钱的面子。他认为洋子的离开百分之百是因为自己现在变得落魄，因为他刚关停了家里的生意，现在去哪里干啥都正在迷茫当中。洋子一定是因为看不到前景才离开，这女人真他妈的势利！并说荣健有福，遇见一个实在不贪财的女人。荣健却说："哎，女人都一样，适当的时候得画画饼哄一哄，况且我就不相信咱们会一直穷下去。我不是跟你说过，咱们怎么说也都是轻大的一面旗帜。"卢伟落寞地说："呵呵，旗帜，光剩下饿死上吊了。"荣健自嘲地说："你娃家道那么殷实都要上吊，那么我们这些人早就不用活了。"两个人聊东聊西，卢伟下意识地挠了一下头，手里却抓下一把头发来。传说中的鬼剃头让他头顶露出铜钱大一片亮皮，那一刻荣健深深感觉到了卢伟对洋子的深情。他一再鼓励卢伟，说了"所谓大丈夫何患无妻"的豪言，但他知道洋子是卢伟的初恋，况且这段感情持续多年。想起自己当年初恋失败时的心境，卢伟的痛苦自是更深更痛，必然短时间没法排解。

然而事情的发展总是出乎意料，卢伟第二次开着那辆五菱面包来的时候，车里却坐着洋子。似乎他们又和好了，不知什么原因他们不方便一起回家，只好来找荣健这里寄宿一夜。那天董婉正好回了老家，于是把床让给他们，自己睡在了沙发上。卧室和沙发只隔了一道石膏板墙，夜深人静的时候卢伟和洋子在被窝的对话活动如同眼前。洋子抽泣地说她想卢伟，而卢伟责怪她狠心地离开。之后说了很多浓情蜜意的话，那语言就像诗歌一样美好。接着他们显然开始了呼云唤雨，那时长和动静

第三十五章 那年你我的约定

宣泄着两个人火山般的激情，直到都累得气喘吁吁才安静入眠。第二天早上洋子容光焕发，卢伟精神抖擞，俩人手挽手地从吉庆村离开。

那天荣健印证了一件事，那就是有情人之间再大的伤害，只要睡在一起瞬间即可化解，看来这天下也没有几个人能出了这俗套。但瞬间的化解并不代表可以抹去所有的问题，卢伟必须找到新的出路。也许是自小家庭环境优越的缘故，他很不善于出去应聘，或者一身傲气根本不屑于跟一般单位招聘的人扯淡。可时下民企用人已经开始形成了市场化的招聘机制，跨不过面试关即就有天大本事也没人用你。最后又是通过父亲朋友的介绍进入了一家外贸企业，这算是他正式打工生活的开始。可这企业效益一般，一个月六百多元工资远低于市场行情，这样的收入又如何支撑他和洋子高调阔绰的生活，想来这中间的问题一定不少。

荣健和董婉商量，既然好好过日子那就必须搞个长久的营生。自己上班目前来看前景还不错，董婉既然想自己做生意，那就应该立即行动。离吉庆村不远就是以军区服务社为标志的大寨路商圈，台湾来的好又多超市也在那里开了新店，如果要开服装店超市周围应该是不错的选择。有了这个想法他们利用周末时间转遍了整个商圈，搜罗了一大堆的店铺出租信息。而这所有的信息里面，好又多超市出入口南侧的那间三十平方米商铺最为满意。房东是市经贸学院，和国有单位打交道最起码不用担心上当受骗。荣健立即打了电话过去，一了解房租每平方米每月一百元，交六押一。算下来半年光房租和押金就要两万多，加上装修投资，再算上进货周转的资金，把这个店开起来怎么也得六万元。可两个人加起来积蓄也不过五千多，董婉说只要荣健感觉可以干她就回去问父母借钱。好赖以前帮母亲进过货，也在商店帮过忙，荣健说："每月三千元房租加上人员工资、水电费顶多六千元费用，意味着每天两百元利润就能保本，这个地方人流量每天过万人，就按百分之三十毛利算只要单日销售额过千就能赚钱。即就是以后不干了，转让费也能赚一笔。机不可失时不再来，你赶紧回去筹钱。"两个人走在街上就确定了这项投资计划，荣健说董婉只要回去借来钱，后续一切都不用她操心，并吹嘘自己过去到复兴路进货眼光如何如何好，现在搞这个小店自是不在话

冬日的火花

下。他瞬间灵感爆发，说店名就叫"水木清华精品服饰"，主要经营各类时尚服装，再配上一些精选的皮具、皮鞋、女包等，这周围学校多，学生、老师消费能力也强，只要价格不要定得太高，周转快一点利润自然少不了。听他说得句句在理，加上取的店名也洋气有档次，董婉当时信心大增，表示明天就回家筹钱。

之后又说到如果坐公车进货来回就得大半天的时间，这样有些太耽误工夫，两个人计划着还得买辆踏板摩托。如此每天六点一起去进货，回来也不影响荣健去上班。荣健一听董婉这么说，连连叫苦地说："我的天！那我每天就得五点多起床拉你去进货，我这工作经常加班加点，早上哪能起得来！"董婉说："白天进了货你就把摩托骑走，不是也方便你上班。想赚钱还要睡懒觉哪有这样的好事？"荣健回答道："给你开店反而给我找个事，我这是何苦呢！"董婉说："好了好了，赚钱了给你发工资，你矫情得很！"荣健连连解释说："不是我矫情，你又不是不知道，我早上起床有多困难！我没有要工资的意思，咱俩都一起过日子了，你赚的就是我赚的。我尽力吧！暂时先这样定了，等你经营顺了你自己进货。我先买个手机，这样平常有啥事也好联系。"

当日两个人手挽手边说边走，先到通信市场给荣健买了手机，又坐公交车到东郊摩托市场购置了一辆吉利牌的125踏板摩托。这两个大件的置办让荣健忽然感觉自己像个有钱人，尤其当他把诺基亚3210手机拿在手中，第一次用手机拨通家里的电话时，荣健心里有一种从未有过的喜悦感。这一天之间交通、通讯都上了档次，骑摩托带上董婉一路风驰电掣俨然是贵族的感觉，甚至觉得一路上都有艳羡的目光，那天他第一次体验到金钱带来的幸福荣耀竟如此之真切！

第三十六章　那扇朝西的窗

　　尽管在都市里漂浮，可北方的四季依然鲜明。那个秋日的清晨，陆锋出了校门四处游走，巷子里、马路上人们都开始缩手缩脚。他要去看过城市之外的原野，他知道这样的早晨如果在乡下，那瑟瑟的黄叶和那湿润的原野最是让人激动。这个时候金城县的郊外冬小麦应该早已出苗，那一望无际的绿色田野是我幼时的乐园。我曾经带着妹妹和小伙伴烧过田鼠洞，用罐头瓶子泡上馍渣钓过鱼，还在稻田里掏过田螺。那时候谁又能预知那个野小子今天会穿上军装走进北方这座英雄的城市，如仔细推想这一切竟然会是父亲带去北河县看飞机的结果，是机缘巧合还是天意安排？谁又能说得清呢！恍惚间已过多年，在祖国这炽热的土地上我也算转战南北，也曾无数次凌空俯瞰华夏的壮丽河山，这大江南北江河湖海每一寸都是我挚爱的家园。每当这个时候他都觉得精神上与诗人艾青发生了强烈的共鸣，他嘴里时常默念着："为什么我的眼中常含泪水，因为我对这土地爱得深沉。"而脑海里不断浮现出的却总是秋日原野的绚丽画面，这情感交织的思绪里自然写满了如诗如歌般的怀念：

　　当那宁静的蓝天深处飘来几朵洁净的轻云，当那跳跃在天空的小鸟箭也似的离去，当那远方的风撩起你的长发，吹动了你的脚步，所有的离愁别绪都成为风中凄婉的歌声。

冬日的火花

当秋日的猎猎北风染红每一片叶子，那伟岸银杏仰起一树的灿烂。那河水会泛着白雾，有三两只快活的野鸭，扑棱棱地从这边的草丛窜入那边的草丛，那碧水寒烟，风清气爽的景色空旷又孤寂。

当一叶勇敢的小舟，扯一张清暂的白帆穿越在天与海的尽头，那浪潮也有了个性，或当亘越一个低谷，跃上一个浪头，起落之间就像是穿越在云里。

当那一串串蹄印深深地印在草原，当那雄壮的嘶叫回响在天空里，忙碌的脚步从丰硕的草垛边悠闲下来，一个季节里所有的故事都记载到了快乐的马蹄声中。

当肆虐的风卷起遮天蔽日的黄沙，那大漠安静得除了风还是风，那万里黄沙随意的卧式里有着许多旷古奇异的传说，大漠的沙，大漠的风不知道有四季，唯有天那头一串清脆的铃声响起，那风就卷起那沙仰首眺望远方走来的惊喜。

在这所有的画面当中，陆锋最怀念的自然还是故乡的小河，也怀念高中时代那些幸福的瞬间。如今同学朋友大多不知身在何方，曾经的爱人也已嫁人。而他只身漂泊在这英雄的城市，为幼时许下的宏愿在苦苦追寻。可这满腔的悲伤失落能去哪里诉说？想来他自是没有辜负国家和军队的培养，可他辜负了最不该辜负的人，以后再见面时他心爱的姑娘已为人母。想到这些他内心犹如毒蚁咬噬般的一阵剧痛，他真心有些后悔当初不知轻重的慷慨。认为那时候的态度不是大度而是愚蠢！那么轻易地放手，现在看来可能是这辈子最遗憾的决定！然而现在覆水难收，那一瞬间他有种哭天抢地的悲伤。

近来他时常会走到郊外这片白桦林，漫无目的地在这林中走来走去。那棵刻着两个人名字的树是他的故友，他经常站在树下凝望，伴着风声哀伤。曾经刻下名字的时候想着总有一天会长相厮守，如今却只能在这里低声吟唱："静静的村庄飘着白的雪，阴霾的天空下鸽子飞翔，白桦树刻着那两个名字，他们发誓相爱用尽这一生……"低沉的歌声飘荡在林间，偶有树叶落下悄无声息，这寂静徒增几分伤感与无奈。他又一次走进树林一侧那片英雄长眠的陵园，走过那些刻满陌生名字的墓碑

第三十六章 那扇朝西的窗

他才会得到一丝解脱。他有时也会对自己说谁的人生没有遗憾，幸运的是我还活着！

许芹发来信息说生了男孩，算来现在已过百天。本来说孩子要起名高怀锋，而陆锋说这名字不好，我还活着不要怀念。建议孩子应取名高翔，并说自己愿意当孩子的干爸。他不知道许芹为什么在电话里失声痛哭，只是一味地安慰说我们当年立志求学报国，现在都是国家需要的人，我们不应因为自己个人的得失而痛苦。我们都曾不止一遍地看过保尔·柯察金的故事，在这个名利浮动的年代，我们能坚持理想应该感到满足！

荣健打来电话抱怨陆锋的冷血，可他也能理解身为军人的无奈。他经常打听军队的情况和新式战机的研制，可这些都是秘密，陆锋只告诉他十年之内必有大成，甚至航空母舰下水也为时不远。而那个时候创律集团花两千万美元购买的瓦格良号还被土耳其人阻挡在博斯普鲁斯海峡，没有人知道它什么时候可以拖回，也没有人能够设想它未来的用途，所有能够捕获的信息都让人们认为那不过是个作为观赏娱乐的玩物而已。而陆锋所说的航母下水也不过是自己凭空臆断，说给荣健应该也只是满足两个人内心的某种期许。

与老朋友通上电话，并且得知他已晋升上尉军衔，荣健打心底里为他高兴。提到许芹时说自己只是在婚礼上见了一面，并主动说出许芹嫁的人是自己的干哥。他一再强调他们的认识与自己毫无关系，但干哥是自己尊重的人，也是一个值得托付的人。现在木已成舟还是应该祝福他们，陆锋说自己不是小气的人，但是许芹做出这样的选择他还是有些难以接受。荣健安慰他说过去的事情就让它过去，我们都往前看吧！对于大多数人来说长相厮守远比志同道合重要，过去我们被那些神话般的爱情小说毒害得太深！走进现实生活才知道，究竟有多少海誓山盟能经得起风吹雨打？我们更应该相信是男人就该志存高远，所有的一切都应当为理想事业让路。陆锋赞许他现在还依然保持着昂扬斗志，并说自己虽然难过但绝不后悔。并提醒荣健有机会见了许芹不要说自己仍然眷恋，最好让她忘了自己。或许只有那样她才能好好地生活，毕竟我们都希望

冬日的火花

她幸福。他又说如果许芹遇到什么困难荣健务必第一时间告诉他，只要他能做到他绝对竭尽全力。

那天通完电话，荣健心里似乎平添了一股力量。他有时候会想为什么和陆锋的沟通会如此开心？他隐约地感觉陆锋所走的道路似乎就是自己理想中应该走的路，而陆锋这个朋友似乎就是自己想要成为的那种人。他现在所在的城市也有一座故宫，虽然没有北京的紫禁城气势宏大，但是满族人从那里起步，并最终灭亡了大明王朝。解放战争的序幕也是从那里拉开的，经过几十年建设也应该非常的繁华现代，在他的想象中那是一个极具传奇色彩的英雄城市。而陆锋进修的学校在航空航天领域更是声名显赫，在那样的城市生活，上那样的学校，扛着上尉军衔，想来都让人艳羡激动。而现在生活却把自己推进了柴米油盐，曾经说着乘万里风破千重浪，如今不过是东奔西跑谋生糊口。曾经想的诗意田园，现实却是逃不出灯红酒绿花花草草的各种纠结。

董婉回家借钱并不顺利，父亲说她马大哈的性格根本不适合自己创业。董婉说荣健现在干的工作就是商业策划，有关投资的账他算得很清楚。而董婉的母亲听说是荣健出的主意，马上反应道："他说得轻巧，一毛钱不出跟着狗混油葫芦。"董婉说荣健是帮她，况且他家现在也拿不出钱，如果能拿出人家肯定会出钱的，你们哪来这么多心思？她话没说完就气得直哭，摆出一副不给钱决不罢休的样子。父母看这情况也不再说话，私下商量了两天才从银行取了钱交给她。钱到手董婉眼睛放光喜形于色，她父亲慈祥地讽刺她说："瓜女子，这钱你可要还的！"

装修、做门头同步启动了，可立交桥下面叫来的几个农民工实在不可靠。照明线路走得乱如蜘蛛网，水平吊顶也起伏如波浪，浪费的材料到处乱扔，最讨厌的是原本说活干完付钱，而现在他们边干活边要工钱，各种意想不到的理由层出不穷。一会儿家里人生病，一会儿自己没钱吃饭。终于气得荣健在店里与他们大吵一架，撂下活不干好一分钱不给的狠话。董婉走进店里也被气得抓狂，不断抱怨荣健眼瞎干的糊涂事。工人们赌气坐在门口，荣健站在一边抽烟。思来想去一时间不知道这事该咋收场，现在拖一天就是一天的费用，况且跟这些人闹翻他们也

第三十六章 那扇朝西的窗

不会善罢甘休。他开始反省自己处理事情的方式，想着自己一进门就把人家全面否定，并且直接责骂人家干的不是人活，这样的话也确实让人面子挂不住。思量半天他决定做出妥协，于是上前给领头的工人发了支烟，工头也没推托。他接了烟就意味着事情可以沟通。于是他顺势说："师傅，吵归吵，这活咱还得干。大家都不容易，你给我把活干好，兄弟不会欠你一分钱。"那工头似乎也意识到自己理亏，当下解释说昨天光线不好，赶时间也没顾上拉灯，所以顶吊得不是很平，今天他调整一下肯定没问题。说到走线的问题，工头说稍微梳理一下就行，本来电路就不复杂。就这样两个人在和颜悦色中达成协议，工头一声令下工人们继续开干。两天后装修竣工，虽然从工艺上来说不尽人意，但总体上效果还不错。通过这一轮装修荣健认识到沟通方式的重要性，但同时也对本地游击队式的农民工队伍打心底深恶痛绝。认为这群没觉悟不守规矩不学无术的人简直既可怜又可憎，和见过的那些南方工人相比他们干活不动脑却长于投机取巧，总是强调自己下苦人的身份博取同情，这样下去恐怕永远只会赚最低的工钱且得不到尊重。

新店开业的前一天晚上，荣健下了班早早赶来。董婉已叫来妹妹董晴和她男友，三个人正干得热火朝天，荣健进了门二话不说也参与了进来。打扫卫生很简单，但是挂样品可有着很多学问。几个人都没什么实际的经验，完全靠着模仿和自己感觉拼凑。本就是各类服饰的大杂烩，因此搭配起来很费神力。挂上去取下来，来来回回地折腾，光门口的一个塑料模特就换了四五回的装扮。几个人的审美又不尽一致，经常为了一套衣服的搭配、摆放的位置争论不休。一直折腾到快十二点才差不多有个眉目，看起来效果还不错。董婉累了就坐在桌子前一边核对进货的账款，一边指挥着荣健对部分看着别扭的样品进行调整。荣健上上下下忙得有些不耐烦了，一急躁在起身的时候头顶碰到了一个横出的挂衣杆，那不锈钢管头坚硬锋利，直疼得他咬牙。本身还以为不怎么要紧，结果一会儿头顶的血流到了前额。董婉也许是因为累了的缘故，只是淡淡地说了一句："没事吧？也不操心！"就又只顾对她的账目。荣健有些郁闷了，自己为店里帮忙挂了彩，她居然跟没事人一样。于是自己找

冬日的火花

餐巾纸擦了擦血,又按在伤口上直接坐下来彻底休工。直到布置完所有货品,又对清楚账几个人才锁门离开。回到住的地方时两个人都没有说话,那时候互相其实都有说不出的不满。

刚开始营业的那几天,每天董婉都要打几次电话给荣健。每个电话都是同样的内容:"来的顾客都是闲转的,半天就卖了一件衣服,这样下去可怎么办?"荣健被董婉浮躁的心态搞得很烦,一再跟她说要有耐心,卖东西还要注意技巧。结果无论他怎么说,到了晚上还是要被董婉抱怨,甚至开始埋怨他不该出这个馊主意,这样下去把本钱赔光了可怎么交代。这样的话天天说,说得荣健近乎抓狂,那些日子除了开导她要有耐心,生意需要坚持,还要建议她勤进货,争取每天店里都有些新感觉。有时董婉也会认真地听从,有时又瞻前顾后怕货物大量积压。约莫个把月的时间生意开始有了起色,货卖得快进货的频率自然高了。那天早上董婉早早起来收拾停当叫荣健起床,而荣健昨晚加班写方案搞到三点多才睡下。这刚睡了两个多小时又要起来,被叫醒时极其不满,蜷缩在被窝里想撒懒,就迷糊着说让董婉自己搭公交车去进货。董婉自是不答应,看他缩着不起来就不停地嘟囔起来,再一会看嘟囔没用直接吼叫着拉他起床。于是乎荣健无奈地挣扎着起来,嘴里愤愤地说:"我迷迷糊糊的,你都不怕我把你送到汽车底下去!一步路你都懒得走,摩托也不会骑,你说你跟猪有啥区别!"董婉嘴上也不饶他,回怼道:"你说话就跟放屁一样,当初买摩托时说好一起进货,现在你懒得不起来。你骑摩托扎势时咋不说让我骑?"荣健一边洗脸一边回应说:"一个烂摩托有啥扎势的,我一天给你当着司机还要自己加油,你店里给我报过一毛钱没有?"两个人你一言我一语争争吵吵地出发了,一路上都憋了一肚子的火。

在团队的努力下房地产板块的业务量迅速得到提升,因此策划部的工作越来越忙。但是公司认为业务量的提升主要是老板争取到报社更大支持起的作用,而策划服务本身没有任何收益,加上策划部人员薪水高还拉低了公司利润。主管副总传递出这样的信息自然让荣健倍受打击,但仔细想想公司希望策划本身能够创收的意愿也没有错。只是如何让客

第三十六章 那扇朝西的窗

户承认策划的价值，并且愿意额外付费真是一件困难的事情。当下几乎所有的客户都认为，委托哪家公司发布广告，哪家公司提供策划支持是顺理成章的事，而且该给的折扣还绝不能缩水。就房地产行业的策划来说，除非专门的代理公司也许能收到顾问费用，最起码当前市场上还没有一家广告公司的策划方案能直接卖出钱来。工作当然还需要努力，但是公司领导如果是这样的看法，这么下去说不定哪一天策划部就会被解散。那些日子荣健陷入一种新的迷茫，心里有些惴惴不安。

周末难得没有早起进货，荣健睡了个好觉。起来后骑上摩托到了店里，在门口就看见店里人头攒动，看来今天生意不错。看到董婉和董晴忙得团团转，荣健像往常一样也开始帮忙招呼顾客。一茬接一茬的顾客从店里满载而归，几个人尽管累得腰酸背疼，可互相配合得还算融洽。忙了大半天谁也顾不上吃饭，到了半下午荣健实在饿得发慌，加上平素血糖就低，这一饿手又有些发抖。于是准备去超市随便买些吃的，但问她们两个吃啥她们又都说不想吃，于是自己趁人少走进了门口的地下超市。不一会儿拿着一个烤鸡腿上来，一边吃着一边走进店里。董婉看见他拿着鸡腿进来时一脸的不高兴，眼睛里还流露出鄙视的神情，但她什么话也没说。等到快要收摊打烊的时候，荣健催她快点收拾一起去吃饭。结果董婉瞬间发了无名火，怒目圆睁地对着荣健说："吃吃吃，一天就知道吃，我们都没吃饭，你一个人明晃晃拿个鸡腿要脸不？"荣健觉得她这话简直莫名其妙，而且这个态度让他觉得在董晴面前很没面子，于是没好气地说道："我吃鸡腿关你啥事，我又不是你的长工。"董婉也似吃错药了，本来斗个嘴就算了，也许她觉得荣健在妹妹面前这样说话自己也没面子，于是直接质问道："你说这话啥意思？谁让你拉长工了？你亏心不亏心！"荣健也上了火，他瞪着眼睛说："你开店我里里外外地忙活，头碰烂了你屁都不放一个。饿得手发抖吃个鸡腿你就唠叨个没完，我是欠你的？亏心不亏心你自己知道。"董晴眼看战争升了级，赶紧上来规劝他们都少说两句，但这个时候她已经拦不住两个人的怒火。董婉不断地数落荣健说话不算数，如何自私自利，也不关心店里生意好坏，啥本事没有就只顾自己合适。而荣健认为她完全胡说八

/527/

冬日的火花

道，尤其董婉说到他赚不了几个钱，连房租都交不起时他情绪失控了。他厉声说道："上月我提成没发，说好房租算我借你的，况且这么长时间我让你出过一毛钱房租没？你还好意思说这话！"董婉满脸不屑地回答说："我有啥不好意思！你是你妈生的能豆豆，除了会借还能干啥！"荣健听了这话瞬间热血上涌，随手拿起桌上的一卷卫生纸砸向董婉，顺口骂了一句："你羞你先人！"董婉见荣健用纸砸她更是不依不饶，一边哭一边骂："你先人亏了人了，说不过就动手。"荣健说："我动啥手了？"董婉情绪激动地说："这还不叫动手，你想干啥？"董晴一旁拉一边劝说："你俩有没有意思？"董婉一把掀开她说："你别管！"荣健悻悻地看着她，毫不妥协地讥笑着说："操心把人别湿塌了！"这表情这话让董婉愤怒地捞起了墙角的笤帚，做出要冲上去打荣健的姿势。结果刚到跟前就被荣健一把抓抢过来直接折断扔在地上，她还要上前拉扯也被荣健毫不客气地大力挡开，纠缠中她撕烂了荣健的衣服口袋。就这还不算完，她又哭又骂，荣健自感心理崩溃心酸得无以复加。他掏出摩托钥匙扔在地上，留下一句"我也没啥本事，咱们各走各路"负气而去。

连续几天董婉都没有回来，荣健也心痛难平想着这几年争争吵吵，他实在厌倦这乏味庸俗的生活了。可是工作还得继续，于是每天循规蹈矩地上班下班。不去管店里的事情却也清闲了不少，一个人在房间里的时候他可以静静思考这分分合合的原因。有时觉得这是董婉文化程度的问题，她经常急了就口吐脏话，连自己也受到了影响。有时又觉得这是她家庭环境的原因，譬如他父母对子女并不是无条件地支持，而是用商人的思维在考量。反正他觉得自己每一件事都对得起天地良心，帮她也竭尽全力了。现在自己虽然说了绝情的话，可如果现在真选择搬走，他又有些犹豫。到底有什么值得留恋，他自己也说不清。第七天他拨通了董婉的电话希望能谈谈，但是董婉没有接电话。第九天再次打电话时董婉直接问他是谁，这一问让他觉得自尊受伤，他发誓不再给她打电话。

尽管没有店里杂事的干扰，可是感情上的挫败还是让他有些颓废，而这个时候单位几个业务精英突然辞职后自立门户给了他很大触动。那

第三十六章　那扇朝西的窗

几个人成立了一家叫光辉顶点的广告公司，直接拉走了公司近三成的业务，为此总经理在办公会上激动得几乎失态。而私下里业务员议论时却都认为这会是自己未来的一种选择，说在民营企业谁倒愿意为老板卖一辈子命！况且老板也不会让你干一辈子，只要你干不动了就会毫不留情地让你走人。这还真是一个严肃的问题，只是自己以前从未认真想过。

潘星星拉着荣健去过光辉顶点公司几次，那几个年轻人打造的新团队斗志正盛。而潘星星之所以频繁往来是因为他把自己一些业务放在这里执行，行内叫作倒私单也称倒鸡毛。走私单根本原因是这家公司给的提成会高一些，而这种严重违反公司规定的行为在行业内早已见怪不怪。荣健没有在业务一线，自然还是了解得少一点。实际上很多业务员在自己公司拿着底薪，又把大量业务倒出去以获取更多报酬的事情让各个公司都很头疼，可所有公司又对倒私单双手欢迎。这样一来实际上天下乌鸦一般黑，谁也别埋怨谁不讲规矩。

光辉顶点的张老板见到荣健时热情地邀请他加盟，并许愿说随着他们公司业务发展荣健的待遇短期内肯定翻番。当天晚上张老板带着几个股东外加潘星星、荣健一起去滚石娱乐广场看演艺，漂亮的公主和丰富的酒水让荣健再次开了眼界，尤其是音乐响起舞台灯光灿烂夺目，主持人热情洋溢地介绍晚场的节目内容。介绍完毕灯光忽暗，满场只见卡座上跳动的点点烛光，再一瞬间灯光又起，各种伴着重金属打击音乐闪动的特效光影让人目不暇接。紧接着闪光灯下火爆的性感兔女郎香艳登场，炫酷的面具霸气的短靴，腰上闪亮布条的短裙摆动中那丰满的美臀若隐若现，尤其那不合尺寸的胸罩完全起不到遮挡的效果，强光下雪白的爆乳炫目刺眼。兔女郎也由开始的一个很快发展为一群，伴随着火爆的音乐各种妖媚姿势让全场瞬间高潮，而各个酒桌上频繁的推杯换盏就更为热闹。不一会儿就有人开始给演员献花，甚至在主持人的煽动下竞相发小费显示豪气。张老板显然是个不甘落后的人，直接买下最大的花束送上舞台，由此他获得了与女郎们共舞的机会。那一晚张老板一掷千金的霸气全场叫好，而在荣健看来这家伙有些像农民领袖。由此他打消了跟张总闯荡的念头，想着自己最好还是另外再去寻找机会，毕竟在不

/529/

冬日的火花

认可策划价值的公司里要长久发展恐怕也只是一厢情愿。

  临近过年的时候他做了两个决定，一个是从吉庆村搬走，再就是找一个能够体现策划价值的新工作。他不再去想与董婉感情的美好，总是尽量回忆那晚她在店里轻慢刻薄的神情，可即就如此他依然有一种说不出的眷恋，可现在他已没有再去争取的气力。于是在神情落寞中写下一首诗权作告别的宣言。

《挽歌》

你常埋怨我，
没有为你写只字的诗文。
而我总说，
平实的生活不需要什么修饰，
况且我也非昨日感时伤怀的少年。
今夜月光如水，
我思潮如水。
回顾一年来风风雨雨的日子，
我有一腔沉甸甸的伤悲。
当我提起笔来，
也许写下的都成了你我爱情的挽歌。

1

你从那个夏天走来，
一脸灿烂的笑容宛如阳光中招摇的
法桐的翠绿。
你捧着瓶"娃哈哈"纯水，
烂漫得像个孩子。
像是有许多甜蜜，
要送给那黑脸的青年。

第三十六章 那扇朝西的窗

于是,
那个校园成了你的牵挂,
你穿梭于两个城市之间,
编织着心中那美丽的玫瑰梦想。

2

夜晚总是美好的。
一块绿地,
一张石凳,
一首情歌,
就能打开你我的心扉,
我为你唱的那首校园民谣,
至今仍在我的心里流淌:
是谁遇见谁,
是谁爱上谁,
我们早已说不清——

3

你说你喜欢,
我给你买的那对廉价的耳坠。
你说你感觉到了幸福,
你说要与我相守这一生。
那些日子你常常陪我走在那条,
悠长悠长的大街,
在那条大街上我们徜徉,
徜徉着心情,
感受着幸福,
你温暖的目光让我心里涌动着热情,
感觉我们是这苍凉人世里幸福的一对。

冬日的火花

4

那条欧版的灰裤我依然喜欢，
却无法改变发胖的现实。
正像我不想我们之间有战争，
而战争却让你我伤痕累累。
记忆里抹不去你哭泣的神情，
那泪水湮没了你我之间许多珍贵的东西！
我笑着说：
你哭的样子是"一枝梨花春带雨"。
你说你永远恨我！
然而，
恨并没有让我们产生距离，
于是就有了我们那个温暖的小家。
那扇朝西的窗，
能看见很远的风景。

5

不知什么样的分离，
是潇洒的分离。
总想问爱情有多深，
有多重。
是否能穿越人生所有灰色的日子，
是否能陪伴我到白发苍苍。
这两天，
我常常坐在小窗前，
黯然地思索着我们的故事。
愈来愈让我感觉到一种，
缥缥缈缈的失落，
我希望黑夜永驻，

第三十六章 那扇朝西的窗

让我隐藏在这无边的黑暗里。

6

哭泣吧,
你应该有一些凄凄的伤悲。
叹息吧,
你应该有一些深深的感触。
我总相信冬天过去,
春天一定温暖。
我不想把那些哀怨锁在记忆里。
挥挥手,
告别昨日的伤与痛,
我却无法说:不带走一片云彩。

7

这些散乱的字,
在我的笔下感觉有说不出的酸涩。
此时办公室的女孩子说着
置办嫁妆的喜悦。
我在像一只昏鸦一样颓废。
哭泣吧,
我是个男人。
随缘吧,
我心里有伤。
我惧怕那风如丧钟,雾似飞网!

8

青春啊,
你为何总是有伤有恨。
岁月啊,
为什么有这许多风语传言。

冬日的火花

爱情啊，
为什么当风雨来时会是这样狼狈。
写下这些感伤的文字，
我愿有一天，
你能听到这歌声里深沉的声音。
长歌当哭，
你能坦然此生吗？

对于找工作荣健总是充满自信，他始终认为如果自己和卢伟这一圈号称轻大旗帜的人都失了业，那么估计很多人都会饿死。他觉得自己有着清晰的思路满腹的才华，因此每次应聘总是从容不迫。也还真没费什么周折，他如愿以偿找到了一家以影视媒体为主业的综合性广告公司，并且得到了策划总监的职位，只是暂时手下并没有什么人手，主要职责实际是配合设计部工作，但待遇相当不错。这家叫海润广告的公司老板顾总为人随和，公司刚搬到新买的办公室。除了设计部全是男生外，行政部、业务部、媒体部有一堆青春靓丽的女孩子，女孩子多的地方自是热闹。她们每天到了公司不是讨论服饰就是议论绯闻，或者拿公司没有女朋友的男同事开涮。业务部新招的经理是个奇葩，形象倒也高大俊朗，可是说话却完全不把门，整天口气很大胡吹乱侃，但业绩却非常一般。没几天全公司人都知道这个叫万磊的家伙就是一个嘴子客，可是老板认为这个人比较单纯，对公司也比较忠诚，还是坚持给他机会。

业务部一个叫萧珊珊的姑娘跟荣健倒是投缘，没事就凑近荣健爆料她们经理的囧事。说有一次和他一起去拜访一个女客户，万磊拍马屁说人家丰满性感，结果人家直接递给她一张餐巾纸让他擦口水。还有一次在人家客户面前吹牛说自己一个月做上千万的业务，并说谁谁谁都是他的朋友。没承想他说的人就在人家老板旁边坐着，那人直接说我是某某某，我怎么不认识你？万磊当时就蒙了，狡辩说他朋友与那人同名同姓。聊得多了自然关系要近一些，萧珊珊和前台小姑娘关系很铁，于是荣健跟着沾光，每天早上的签到享受了很多照顾。

第三十六章 那扇朝西的窗

业务部除了与萧珊珊相处融洽之外，与荣健一起进公司的段建设也是一个不能被忽略的角色。段建设高高瘦瘦的身材，挂一副黑框眼镜，每天把镜片擦得一尘不染。和这个天天西装革履的家伙相比荣健显得过分随意，段建设自己擦眼镜的时候只要荣健在场，肯定主动要过他的眼镜一并擦好，通常一边擦还一边戏说荣健戴着一副毛玻璃眼镜。可即就段建设经常这样提醒他，荣健依然没有养成保持镜片明亮的习惯，而段建设那种不知疲倦的勤奋也让荣健望尘莫及。他在地图上把整个城市画成若干区域，每个区域都制订了详细的客户拜访计划。每天拜访两个客户是他雷打不动的计划，半年之后他在这个行业成为知名人物，尽管业务上还没有明显的爆发迹象，可他坚信天道酬勤。因此无论业务部开会时万磊怎么说，他依然坚持自己的业务主张。段建设和荣健聊天时说："我从来不认为我是在为老板打工，我们所有人都是为自己打工，努力就一定会有结果，只是早晚的事情。"

设计部经理董均是一个很有才华的小伙子，虽然只是中专毕业，但是绘画上的天赋让他主导设计工作时，无论平面还是动画都保持了较高的水准。往常荣健用文字描述的电视脚本，他总能配上传神的手绘插图，这样的合作伙伴在荣健看来简直如同知音。因此很快也和这个小伙子打得火热，当然一方面是良好的合作，另一方面内心似乎也在一较高下。

一段时间荣健在公司如鱼得水，公司承办的房地产专题栏目"今日楼市"在他的策划下，从画面到内容都有明显提升。随着收视率提高业务量也迅速增长，很多客户称赞说荣健写出来的文案重点突出、逻辑清楚，有了这样的肯定，荣健虽说一人兼着策划和文案两个角色，但他还是觉得干得开心而充实。

春节即将到来的时候萧珊珊联系到一单业务，台湾著名女博士创办的NB白丽美为了扩大品牌影响力并推广NB白丽美终端加盟业务，计划在汉都市举办爱心妈妈和亲善大使选拔活动。听到这个消息荣健一阵兴奋，心想如能独家承办这样的活动，无论广告发布还是活动执行都将是大手笔的运作。且不说能赚多少钱，最起码能在业界产生一定轰动。

冬日的火花

　　萧珊珊怕万磊搅黄了业务，于是就没有给业务部报备，而是直接约上荣健前去拜访白丽美汉都公司的总经理。似乎靓丽的女孩子拜访总裁总是顺利一些，第一次去就见到了威武的郭总。荣健先是大体介绍了公司情况，又重点强调了公司的媒体优势和整合执行能力。这其中当然有很多夸大和理想化的成分，但是郭总整体还是比较认可，并约定近期抽时间到公司实地考察一下，希望到时能够与顾老板直接沟通一下合作。业务能做到两个老板见面，一般情况下就有了九成的把握，在这一点荣健对顾总很有信心。

　　当两个老板敲定合作的时候，万磊有些气急败坏了。开会的时候指责萧珊珊不守规矩，为此两个人在办公室直接干了架。萧珊珊吵架时说话刁钻毒辣，万磊根本不是对手，只好又去顾总那投诉。而顾总劝他说你要大家服气就必须自身业务素质过硬，干出成绩最重要，现在计较这些细节毫无必要。他又说荣健对业务部的支持出工不出力，只有与自己关系好的业务员才用心做方案。可顾总提醒他说："没有根据不利于团结的话尽量少说！"到此万磊和荣健彻底结下了梁子，荣健对此却不以为然，认为这样的蠢货只能扮演跳梁小丑的角色，他早晚得从公司滚蛋。

　　2001年的春节来得有些匆忙，虽然不是衣锦还乡，但是工作上顺风顺水还是让荣健回家过年时充满自信。当母亲问起与董婉的感情时，荣健心里却有说不完的失落和酸楚。他对母亲大概说了分手的原因，母亲坚定地说："早都跟你说过，那娃咱服侍不起，趁早分手对你是好事。找对象不能光图花里胡哨，找个实实在在过日子的才靠得住。你也老大不小了，找什么样的对象自己心里要有数。我身体不太好，你能早早成个家，也许我还能帮你带几天孩子，再拖的时间长了，到时恐怕想帮也帮不上了！"荣健埋怨母亲没事净说些丧气话，并强调自己现在发展得不错，找对象根本不是什么难事。而杜英娥也许是年龄大了的缘故，总一再地围绕这个事情唠叨，说荣健当初不该放弃梁艳，否则她现在肯定都抱上孙子了。这个话题让荣健心里很难受，因为他早已知道梁艳已经有了孩子，但是似乎过得并不怎么幸福。他心里暗自责怪梁艳当初不听

第三十六章 那扇朝西的窗

大家的规劝，非得去跳火坑，这样的选择除了她自己糊涂又能怪谁呢！他自是无法向母亲透露这一切，否则母亲一定会说是自己害人害己。只好打哈哈说母亲想抱孙子的愿望这一两年肯定就会实现，到时候估计忙都忙不过来。

春节时没有见到赵海，倒是王长征来找了荣健。而他来找荣健的目的居然是打听赵海的下落，因为之前赵海许诺高息向他借了五千元。结果借钱之后人就消失了，眼看着大半年过去了一直都联系不上人。荣健说王长征纯属财迷心窍，赵海这几年人不人鬼不鬼的情况他又不是不知道，居然为了一点利息借钱给他。王长征说他并不是图什么高息，当时赵海说他的朋友住院急用钱，主要是出于帮忙才借给他的。现在这货找不见人，他在家里整天挨骂。想来王长征说的应该也不是假话，虽然高中时他和赵海没打过什么交道，但是自到汉都上学在一起也混了几年，大家感情其实都是一样的。两个人围绕赵海说了半天，都为他现在的情况叹息。王长征说他去年考取了公务员资格，刚刚在雪岭乡政府上了班。荣健带着几分调侃说以后得称他王乡长，王长征说："乡长算个啥，你以后叫王县长差不多。"荣健说："你娃才花了几个钱，要混个乡长你还得几管子血抽。"王长征说："你现在阴暗得很，啥都是钱！"荣健则直接质问道："你敢说你没花钱？"王长征回说："考上的花不多，也就万把块钱。"两人你一言我一语，最后一起叹了句："这世道贪官污吏只认钱，婊子忙着嫁野汉！"

这几年走亲戚的任务对荣健来说实在不轻松，甚至觉得已经成为一种负担。无论走到哪儿亲戚都会问现在干啥？一个月挣多少钱？找到对象没有？关于收入说的少了没面子，说的多了可能很快就有借钱的事情找上门。关于对象问题自己也不知道该咋回答，说没有吧，辈分高的亲戚就会跟父母讲要抓紧的话，说有吧，他们就会问啥时结婚？所以只要一问这些问题，荣健能躲就躲，躲不了也只能含糊其词。为此荣健在父亲面前多次抱怨说："咱家咋一群穷亲戚，个个都跟馋狼饿虎似的。老看咱过得舒服，岂不知咱比谁都困难！况且我结不结婚，与他们有啥关系！"荣勤民这个时候就会教育荣健道："做人可不能忘本，亲戚问你

冬日的火花

都是关心你。"荣健则不屑地说:"千万别关心我,上一次说给我介绍对象,你们是没见,介绍的那个女子比猪还丑,也不知道他们是咋想的!"他这样的话自然又招来父亲的训斥,说他总是自命不凡桀骜不驯,这样的性格无论在哪儿都容易得罪人,以后可一定得改!而母亲则说:"咱这些亲戚也确实过得不怎么样,谁也给咱出不上力,你给咱争点气就好!咱不怕人麻烦咱,麻烦咱总比咱麻烦别人要好!"就这样走一次亲戚发一通牢骚,最后一家亲戚是荣健自己去的,那就是干爸家。

干爸家刚盖的新房宽敞明亮,但因为没有什么像样的家具因此屋内反倒让人感觉比过往清冷。来得早的亲戚都挤在后檐的火炕上拉着家常,大家都称赞干爸教子有方,儿子学校一出来就给家里盖了新房。干爸则腼腆地一笑,总是说自己拖累了孩子。荣健没有挤上热炕是因为炕上卫生情况实在有些糟糕,黑乎乎的被子根本分不清里外,到处都是瓜子、花生的皮屑,即使站在炕边那混合的臭脚味就足以让人退避三舍,因此他一直站在炕边与一群人扯着闲话。

这群亲戚当中永盛哥的大姑也是个主角。因为大姑的长子比永盛哥早两年考入了第二军医大学,据说现在已是心脏内科的骨干,并且娶了内科主任的女儿。当时大姑去上海带过一阵孙子,因为和娇贵的上海儿媳根本闹不到一起,之后也就再没去过。现在一提到大儿子就说:"庄稼汉娃考不上学愁,可真正考上学也只是面子好看,看我现在享的还是二儿子的福。最起码他离得近,我和他爸有个头疼脑热他都能照顾上,老大离得远就是有心也顶多打个电话。"有人说:"那人家可给你寄钱呢嘛!有啥不好的?一个出力一个出钱,这就好得很。"

聊天过程中最大的猛料莫过于谢村村委会爆出的惊天丑闻!民选的村主任一年败光了村上三十多万元积累,从公布的账目来看,仅村委会干部洗澡一项就花了五六万元,而用于招待的牛肉按市价计算足足有好几吨。有村民们议论时说这些村干部一边大碗喝酒大块吃肉,一边抱着小姐玩乐,像这样的土匪王八都应该凌迟处死。可等上面查下来时,村上干部都说花钱的事情与自己无关,而村主任早已人间蒸发,纪检委的人到家里去追问下落时还被他老婆一顿数落,说家里没沾村上一毛钱

第三十六章 那扇朝西的窗

光，现在人不见了，她还要找镇政府、县政府要人。这件事一时间成了谢村最大的新闻，而整个案情的侦办似乎也不怎么顺利。反正镇上下来人想重组村委会时没有人愿意接手这个烂摊子，谢村的基层班子彻底瘫痪了。

　　来的时候荣健本想着肯定会见到永盛哥和许芹，可去了才知道许芹家也是当天待客，等到半下午也没见他们回来。想打个电话吧，又觉得他们也难得团聚一回，于是发了个祝福的信息自己回了家。晚上跟父亲聊天时荣健说："爸，你过去说的是对的，没有监督的民主更可怕！"荣勤民早已知道这事，他痛心地说："现在的基层组织问题太大了，民选后村支书往往被架空，咱那个贾支书只是摇旗呐喊不管事，你看着，今天倒了一个吴主任，恐怕将来还有更多的吴主任。所谓民选让这些人几乎成了土皇帝，横行乡里无法无天！哎，基层这么搞可怎么得了！"荣健也心里索然愤愤不平，可转念一想这又关自己啥事呢！

　　第二天永盛哥打来电话，说小侄子已经快半岁了，厂子里分了个两居室刚装修好，邀请荣健有时间一定过去坐坐。荣健很想见见小侄子，于是计划着收假后一定第一时间过去，况且永盛哥搬了新房，自己也理应送个礼物表达一下心意。

第三十七章　在都市的丛林里

每逢春节李铭都会郑重地去拜望师父，师父这样一个处变不惊的人对他来说堪称传奇。每当心有疑惑迷茫彷徨的时候，只要见到他就觉得格外踏实。想来这也是师父在销售科大半辈子走南闯北的缘故，他似乎看透世事超然解脱，如今虽热衷于养花种草，但对外部世界却洞若观火。

今年去见面的时候师父问起他今后的打算，他说这几年变压器的销售、维修业务倒还可以，但市场竞争越来越激烈。南方很多厂家设备好工艺先进价格还便宜，如果不是靠一些老关系，估计保持现有的份额都困难。师父听了他这话连连说他没出息，建议他应该将重心向施工转移，否则要不了多久就不用吃这碗饭了。这话让李铭心里着实一惊，不过他仔细一思量，也觉得师父说的话很有道理。从自己的盈利来看，大部分的利润都出自翻新和假冒均利品牌。而这完全是非法的行为，上一次让高扬印假商标时吓得高扬连连摇头。县变压器厂已经倒闭好几年了，继续冒用厂里的牌子恐怕迟早要出问题。想到这些他感觉额头都有些冒汗，而师父下来的话才真正让他心头一紧。师父说厂里一直传言他打着均利的旗号翻新废旧变压器，靠坑蒙拐骗把旧设备当新设备销售，

第三十七章 在都市的丛林里

据说已经有人在收集证据准备举报他。这话可把李铭吓得够呛,一瞬间感觉啥都不对了。他没法在师父面前承认传言的这些事情都是事实,只是心里暗自决定,回去就把那些假商标全部销毁,以后也不再干这违法勾当,否则哪一天真进去了岂不是前功尽弃。

过了春节李铭第一件事就是组织同学聚会,他希望通过这次聚会告诉大家自己的业务将全面转向电力施工。在邀请的人当中有一个同学供职于省能源局,今后发展电力施工业务如有他帮助肯定事半功倍。但上学时与他交往不多,现在借聚会补补功课自是必须的。荣健作为被邀请人之一,在那场聚会上见到了好些久违的面孔。虽算不上故友,但数年的同窗之情让大家再见面时依然亲切。

孙群力出现的时候穿着一件颇为夸张的皮毛大衣,随手掏出精白沙香烟逢人就发,俨然一副春风得意的姿态。他见到荣健时依旧客气而热情,但荣健感觉到了这其中的客气,自然也装不出曾经的亲密无间。和范志学、魏明亮的相见是高中毕业后的第一次,彼此似乎都还有些小激动。遗憾的是范志学和魏明亮原本关系相当亲密,然而这次聚会时他们却已形同陌路,甚至当魏明亮端起酒杯敬范志学时还闹了个尴尬收场。当时范志学一脸不屑与轻慢,肥重的身体连屁股都懒得抬一下,直接拿起酒杯转向荣健一边示意喝一杯。李铭看此情景,即刻端着酒冲范志学而来,他嬉笑着说:"范总不是小气人么,今天咋像个麻靡子!来,咱兄弟俩走一个。"范志学看他过来连忙站起来,乐呵地说:"哎,咱个体户身份有啥资格和人家干部喝酒。呵呵!"两个人走到一起喝了酒,李铭凑到范志学耳边轻声说:"同学之间有点误会很正常,可不要记仇!"范志学像个弥勒佛一样憨笑着说:"不是记仇,道不同不相为谋!咱俩喝。"李铭看他这态度也不再多说什么,转而又走向魏明亮。毕竟魏明亮才是他今天聚会的主题,一杯酒下肚算是重温了感情,私下里又再次强调了以后要他多多关照的意愿。魏明亮也没有拒绝,客气地说了句:"尽力而为!"

做药品生意的刘长河一直比较低调,不怎么说话也拒绝喝酒。相比之下杨夏全和邢超显得相当兴奋,他们兴高采烈地聊着过往的部队生

冬日的火花

活,过程中又频繁和大家互动。

杨夏全提说起那年大家在太宗饭店赌钱胡闹的情景,荣健说没想到流氓痞子也能立地成佛,看来部队还真是个陶冶废铜烂铁的好熔炉。杨夏全满脸不快带着鄙夷说荣健臭嘴说不出人话,荣健则嘿嘿一笑端起酒杯又说:"好好好,那祝你佛面贴金步步高升。"杨夏全这才勉强和他碰了杯。

原来那年离开后杨夏全就和烟鬼回了金城县,结果没几天烟鬼被抓进号子。那时杨夏全才意识到自己已经游走在悬崖边上,难不成一辈子就这样胡游浪荡,如果这样恐怕最终只会落个和烟鬼一样的下场。痛定思痛就在当年秋天入伍当了通信兵,并在后来一次雪灾中立功受奖提了干,转业后被对口分配到了市电信局。他业务精通处事灵活,短短几年已经挂了科长级别,因此走到哪也显得自信满满,哪又能受得了荣健的奚落。

邢超早杨夏全一年入伍,靠着扎实的文化功底考取了陆军指挥学院,转业后到了交警队,如今也是大队长级别。邢超介绍自己情况的时候,大家起着哄着开他和沈悦的玩笑,荣健更是一再强调沈悦对他一往情深。邢超红着脸连连说道:"离开学校就失去联系了,现在人家恐怕早嫁人了。"沈悦嫁不嫁人荣健可是清楚,他拿着酒一边和邢超碰杯一边说:"她还在等你,你要抓紧。"

宴会即将结束的时候陈志军也赶来了,他干脆地连喝三杯表示歉意,之后又一一向同学敬酒。他和荣健说起赵海时连连叹息,说在深圳赵海就是三天打鱼,两天晒网,回来仍然恶习不改,这样浪荡下去可怎么得了。而说起他个人情况时,陈志军也一脸无奈。他从深圳回来就跟着堂姐夫混了,目前在胡庙街派出所当协警,天天忙得跟孙子一样工资却低得可怜。说到这个话题时李铭逮住信息扯着嗓门说:"陈老板太低调了,你可是胡庙街一带的娱乐巨头,以后咱同学去消费你可要给免单。"荣健一时还不理解李铭的话是啥意思,范志学白着眼睛说荣健装清纯。之后解释说陈志学借当协警的便利弄了好几个洗头房,光小姐就有十几个,这无本买卖一年可不少赚钱。荣健这才恍然大悟,连连说:

第三十七章 在都市的丛林里

"这可真是靠山吃山靠水吃水。"

一场二十多人的聚会足可以说热闹非凡，李铭的阔绰豪爽让荣健记忆深刻。另外就是李铭说起杨夏全每次回家都会给老母亲洗脚的孝举时，荣健心里有些触动。但从上学时他就一直看不惯杨夏全那一副愣装流氓无赖的嘴脸，因此即便聚会上一团和气也不足以让他们成为朋友。然而听到杨夏全为母亲洗脚的仁孝，忽然觉得即就与这样的流氓相比自己在母亲跟前做得也不够好。而从与孙群力的重逢和眼见范志学、魏明亮的反目让他体会到即使故友也会分道扬镳，这世间人与人的感情很多时候取决于相互的选择，如若取舍不同反目只是早晚！至于饭局上其他同学，以前是泛泛之交，多年以后也不过脸熟而已，而三言两语的交流又能产生多少交情？所有人于这场饭局来说都是配角，唯有李铭作为组织者，无疑又一次在同学当中树立了某种威望，当然他直接的目的能不能达到也远不是一顿饭可以解决的。但毕竟大家在毕业分手之后又再次重聚了，这对于一群刚刚在汉都市立足的人来说，取得联系无疑互相都感受到了温暖。

时间转瞬到了阳春三月，每天在城市温暖的阳光里奔走荣健觉得快乐而充实。想起去年初和潘星星一起制订的万元存款计划还没有完成，他心里自是对赚钱充满了期待。现在NB白丽美业务正式进入执行阶段，所有一切也都推进得相当顺利，因此月底应该会有一笔不菲的提成收入。他计划着拿到钱后先买个大电视，这样下了班也不至于无事可干。他决意尽量让自己忙活起来，从此忘记董婉开始新的生活。

自去年搬到八里铺村之后他又添了一个新爱好，那就是上网。八里铺村周围聚集着财经学院、医学院、政法大学、外国语大学、师范大学等多所著名高校，高校多的地方自然更加时尚进步。村口新开的超大型网吧就足以说明这一切，每次进去里面数百台电脑几乎座无虚席，QQ聊天特有的滴滴声绝对堪称连绵不绝，而第一次进去时的震撼情景多年后依然记忆犹新，那感觉完全如同漂流者发现了新大陆。彻夜热聊、激情交友、网友见面一时间成为城市里新的生活方式，新生的名词也层出不穷，大家开始习惯把漂亮的女生叫美眉，丑的女生叫恐龙。失恋的寂寞

冬日的火花

和青春的躁动让荣健也乐此不疲，他也由此认识了很多朋友，当然这其中有美眉也有恐龙。

　　第一个见面的网友是一位温婉纤弱的山东姑娘，那姑娘7月份将从财院毕业。她待人接物礼貌而真诚，那种温良贤淑的感觉让荣健第一眼就有深入发展的冲动，但这姑娘带来的闺蜜却像个保护神一样形影不离。那闺蜜低矮胖圆，说起话来犹如打机关枪般犀利密集。见了几次面无外乎吃饭转街，过程中了解到那美眉既定毕业后回山东，荣健本想单独找她正式沟通一下，结果那段时间NB白丽美业务实在繁忙。好不容易抽时间找了一次却没见到人，等到再上网取得联系时那美眉已经出外实习了，他只好在网上表达了自己的意思，但美眉说互相了解不够，她还需要考虑。之后连续几天他按约定时间去上网，那美眉却一直不在线，这事让荣健非常郁闷。正是百无聊赖，忽然有新网友发起问话，没想到随意聊了一会儿，之后几天竟成了无话不说的朋友，于是在那个周末两人见面了。这个女孩子虽算不上美眉但也不丑，个不高但白白净净。来到荣健的住处时也丝毫不认生，一边说荣健生活不讲究，一边就从门背后拿起笤帚扫了地。荣健笑她酒店服务员的工作培养了爱打扫卫生的职业病，她也腼腆地笑着说荣健是驴粪蛋外面光。没来往几次两个人就熟悉得跟一家人一样，一起买菜做饭，休息时睡进了一个被窝。自离开董婉后一直饥渴的荣健哪会放过这样的机会，一会儿搂搂抱抱一会儿软缠硬磨。但那姑娘始终不配合，只是紧紧抱着他，但那汪汪的眼睛里一片深情。等到荣健有些无奈地归于平静，那姑娘微微一笑，沉默了一会喃喃地说："你可别想光占我便宜，如果你现在把我弄了就得娶我。"这话顿时让荣健浑身冒汗，他完全没有要和这个姑娘处对象的准备，一时间不知该说什么好，有些惭愧地捏着人家鼻子耍赖说："就没弄成么，你鬼得很！"如此两个人抱着睡了一觉，姑娘说要去上晚班就离开了。几天之后那姑娘QQ上留言说家里有急事让荣健给她汇一千块钱，一提到钱荣健瞬间觉得这事变得不单纯。思来想去汇去了五百块，并解释说自己最近也不宽裕。可这钱汇出去之后他发现自己被拉黑了，为此他感觉严重地上当受骗，可这又能向谁说去。

第三十七章 在都市的丛林里

两次不成功的交友让荣健对网络失去了信心，想着还是要回归现实当中，如果老这样饥不择食岂不是和公司的黄毛一个德行！这黄毛每月把所有工资都花在约炮上，最近混得连三十块的房费都要四处借账，这尴尬事在公司一时间几乎成了笑谈。如果自己再沉湎于四处隔空打猎那和他又有什么区别？恐怕也不过是收入比他高一点，难道这最后的体面也要这样折腾殆尽吗？哪一次交友不是心怀鬼胎，哪一次不要请吃请喝，最终还不都是花一堆冤枉钱买个无聊收场。一方面荣健有了这样的想法，另一方面NB白丽美爱心妈妈和亲善大使报名工作如火如荼，尤其亲善大使组一时间汇聚了众多的靓女。初赛时一个叫姚晨雨的姑娘进入他的视线，那姑娘身材高挑冷艳冰清，上台时撑着一把油纸伞深情朗诵了戴望舒的名篇，那一瞬间她俨然就是雨巷里走来的那个丁香花般的姑娘，她脸上结着淡淡的愁怨。几次彩排下来大家都成了熟人，荣健又开始坚定地希望和姚晨雨开始一段浪漫热烈的感情。

从初赛到复赛再到决赛，整个活动组织过程事务相当繁杂，每场比赛公司都要抽调大量人到现场。再加上这是个美女汇聚的舞台，公司所有的男生都趋之若鹜。荣健有自己的打算，去的人自然也都各有各的盘算。万磊、黄毛自不用说，就连已婚的老男人马智也到现场凑热闹。荣健作为项目总负责，每天带着萧珊珊忙得团团转，就连早已写好的情书都顾不上送给姚晨雨。眼看着定在电视台演播大厅的决赛就要录制了，联系评委、主持人、协调各种灯光道具、编写主持人串词、整理知识问答题目等等一大堆事情让荣健忙得焦头烂额，然而就在这个当口出事了！

那天一大早一个参加选秀的女孩和父亲带着几个彪形大汉闯进了公司，他们提名叫响来找万磊算账。原来万磊对那个女孩动了心思，请人家吃饭被拒绝之后，连续几天跟踪追击，昨晚把人家女孩堵在巷子口跟人家说他有能力操作比赛，但是前提是那女孩必须和他处朋友，女孩说大家先做普通朋友，而万磊却生拉硬扯地抱住人家女孩亲了一口。女孩一回去就跟家人说了这件事情，于是她父亲一大早就来兴师问罪。好在万磊自己做贼心虚早上没敢来公司，那女孩的父亲直接找到老板理论。

冬日的火花

　　顾总搞清楚情况后连连道歉，一再保证比赛绝对公平公正，强调说公司素来对每一个选手的付出都会给予足够的尊重和负责，绝不存在任何人为操纵比赛结果的情况。至于万磊的不礼貌行为顾总解释说："毛头小伙一时冲动，这也说明咱姑娘非常优秀，希望您能大人大量给年轻人一个改过自新的机会。"顾总一边安慰一边又是拿烟拿酒地表示歉意，那时候顾总诚恳的态度却也像一个替儿受过的父亲。最后那女孩的父亲带着一伙人满载而归，之后顾总在办公室气得暴跳如雷。他把荣健叫进办公室，要求荣健必须严格保密所有参赛选手的信息，并且要随时注意公司支援人员行为，有什么风吹草动必须及时报告。

　　万磊磕头下跪的本事可真是非同一般！在顾总办公室他一把鼻涕一把泪地大叫冤枉，说当天只是说话时与那女孩距离近了点，根本没什么强吻的事情。接着一边苦苦哀求一边信誓旦旦地保证今后必定行为检点，绝不再给公司惹事。这一番哭诉保证下来顾总居然答应他继续留任，只是一段时间万磊在公司自是抬不起头。荣健看万磊被收拾得夹起了尾巴心里非常舒服，认为只有这样他才不会在业务执行过程中再节外生枝。等到选秀活动在电视台成功录制后，一群人兴奋地煽呼着荣健请客，于是那天大家去KTV喝了庆功酒。

　　这聚会肯定没人会邀请万磊，于是乎喝酒过程成了一个表功和嘲笑万磊的专场活动。马智和黄毛一再强调几个月来自己对荣健工作的支持，萧珊珊则挖苦他们是别有所图。黄毛举着酒瓶感谢荣健给了他机会，说他这次谈对象绝对真心。当萧珊珊说马智老谋深算诱骗小姑娘时，马智故作一本正经说他也是真爱。荣健借着酒劲调侃马智说："马哥你人瘦宝大钱还多，好白菜都让你占了，那我们这些单身的兄弟们怎么办？"而马智一脸淫邪地回答说："这事是能者多劳，没本事早死活该！呵呵！"一群人喝得热烈唱得疯狂，马智居然得意地喝到不能自理。最后荣健结了账还得负责送他回家，马智迷迷糊糊说了地址，那地方离公司倒也不远。然而当荣健把马智送回住处敲开房门时，姚晨雨的意外出现让荣健一瞬间热血涌上胸膛，那一刻他有掐死马智的冲动。他把马智扶进去随意放在那个肮脏的小沙发上，给姚晨雨一个眼色让她出

第三十七章　在都市的丛林里

来。他一时间难以拟制冲动的情绪，然而当姚晨雨站在面前时他又不知该说什么，注视了半天说了句："真没想到！"姚晨雨瞪着眼睛看着他，那无辜的神情显然对荣健的话有些莫名其妙。荣健表情抽搐着又说："你们早就认识吗？"这时姚晨雨似乎明白了什么，但似乎又什么都不明白，她面无表情地说了句："行了，天晚了你早点回吧！"荣健不知道自己如何走出了那个巷子，一路上他想放声大哭，可是哭不出来，鼻子一酸眼泪便簌簌地滑落。

被赵海的电话叫醒时已是午后，电话里赵海说他在县城混不下去了，准备来省城找个工作。荣健直接在电话里没好气地骂道："羞你先人，我就知道你迟早要肇祸！"赵海没有反驳，只是淡淡地说了句："废话少说，你在哪？我一会儿就过来。"荣健懒散地起床洗漱一番出了房门，在村口那家熟悉的小酒楼上找了个僻静的包间。心想无论赵海现在如何不争气，但作为多年好友，他来投奔热情款待一下自是理所应当的事情。一个人安静地坐在窗口，回想往事脑海中那些美好的画面似乎就在眼前，尤其是补习时那个寒冷的冬夜，赵海偷偷压在书本下的那十元钱，当时足足让他吃了好几天的肉馅馒头，现在回想起来还觉得口有余香。

赵海出现时耷拉着脑袋，手上那个有些肮脏的无纺布袋子是他仅有的行李。弟兄俩也没有什么过多的寒暄，直奔主题边吃边聊。

荣健：过年也见不到你人，你一天忙啥呢？

赵海：啥也没忙！又输了一屁股的账，县城混不下去了。

荣健：你呀你，唉！年年输一河滩，老不长记性。

赵海：哎！不说了，这一次不洗手都不行了！

荣健：就怕你狗改不了吃屎。

赵海：所以我要到汉都来，彻底脱离那种环境。

荣健：无论在哪儿关键还要你自己争气！

赵海：我准备找个工作，好好上班，再不胡弄了。你混得咋样？挣下钱了没有？

荣健：吃不饱饿不死。

冬日的火花

赵海：我给你说个事，你可能都不信！

荣健：啥事嘛？

赵海：你还记得咱们当年在太清观认识的那个李道长不？

荣健：记得呀！

赵海：那个人可不简单，他还救过我的命。

荣健：这话你说过呀！

赵海：你不知道，前一阵子我被债主追得没地方去，只好又去那个山洞躲了一个晚上。

荣健：你碰见道长了？

赵海：何止碰上了，简直就是奇遇记。

荣健：啥奇遇？你又在编故事吧！

赵海：你个精人，啥时候了，我还能跟你扯淡！

荣健：那你说说看。

赵海：那个山洞里藏着一个密道，你知道那密道通往哪里？

荣健：我咋知道！

赵海：能通往普缘寺佛塔下的地宫。

荣健：啊！道长偷了地宫的文物吗？

赵海：咋可能！道长是受人之托守护地宫的。

荣健：他一个道士与人家寺院有啥关系？

赵海：啥关系咱不清楚。那天我去的时候看到床铺被挪开，底下的洞口露着。我一时好奇趴那儿一看，发现下面有微弱亮光。起初还真有些害怕，听了半天发现没有任何声响，我当时盘算着兴许能发现什么宝贝，反正已经穷疯了。于是大着胆子顺着洞口的绳梯溜了下去。

荣健：你真是不要命！

赵海：那洞子下去十几米居然有间亮着电瓶灯的石室，约莫有七八个平方，角上有一个水潭，当时水潭边凌乱地丢着不少老旧的物件，而那道长浑身湿透气息奄奄地躺在地上。后来我才搞清楚，从那个水潭潜下去，能从潭底直通地宫。前面啥情况我不清楚，道长说为了保护这些文物，他把潜进去的人用石头封死在水潭里了。

第三十七章　在都市的丛林里

荣健：我的天！他这是谋杀呀。

赵海：先别说这，道长跟我说多年前一个云游僧临终时交给他半张地图，让他必须保护地宫不被俗人盗取。那图上写着"黑水澄时潭底出，白云破处洞门开"。他在紫霞峰参悟十年始终没有解开谜团，后来找到这个山洞才发现了密道。据说一九九八年普缘寺拆塔时发现了十颗舍利，但当年女尼智仙交给隋文帝杨坚的一袋舍利子共三十一颗，那么剩余的21颗应该就在密道之中。云游僧临终说这地宫之物皆不得妄动，否则佛祖降罪必有大祸。因此要道长承诺守护，绝对不能被和尚的师弟盗走。因此道长在盗宝者潜入水潭后，他直接将一块大石头沉入潭底，进去的人肯定是出不来了。而道长沉完石头离开时恍惚间失手摔了下来，要不是我及时赶到，他肯定就死在里面了。

荣健：那道长不是有功夫吗？咋能摔下去，那你咋把他弄上来的？

赵海：可能是杀了人一时心虚，加上那洞子空间太小，估计有功夫也使不上！是我费了九牛二虎之力才把他背上来的，后来道长把那些东西用纸箱子装着都交给政府了。

荣健：你到底还干了一件人事！

赵海：我可不是白干，顺手牵羊藏了一个小铜马，应该能值不少钱！

荣健：你疯了，这事传出去你就完蛋了。

赵海：这事连道长都不知道，只要你不出卖我，谁会知道！反正我现在烂人一个，有这东西关键时候也许能保命。

荣健：哎，拿你也没办法，既然来了赶紧找个工作，难不成一辈子就这么晃荡。

赵海：肯定要找工作了，要不吃啥喝啥？我现在可是身无分文。

原来多年以前，一个法号一念的云游僧人辗转四方最后走到了那个叫金盆子的地方。当日在河道边崎岖的山路上，贫病交加的老僧被顽石绊倒后命悬一线。而那时候的李道长初到云岭，正四处寻找落脚之地。当日从普缘寺出来碰巧救起老僧，又在他弥留之际受托大事。而另一个知道秘密的就是老僧的师弟，他也有半张地图。之后李道长落脚紫霞

冬日的火花

峰，参悟十年才明白了"潭底出，洞门开"的意思。当老僧的师弟领着帮手携带潜水氧气瓶找来之时，他先是装傻充愣，随后按照老僧遗命以"请君入瓮"之计永远盖住了那个秘密。然而谁也不知道那密道所通密室实际上是另一处塔座之下。当初普缘寺主持计划建造双塔，分别为"王塔"和"圣塔"，"王塔"落成之后"圣塔"也修好了塔基，谁料此时却天下大乱四方扰攘，之后住持圆寂僧人散去，况且地宫的大部分佛骨舍利也早在唐开元年间迁往别处供奉。这些悬疑在多年之后出土的碑文中才揭示一二，可怜那两个贪婪之人当日费劲力气不过取出了一些佛门法器和一堆锈迹斑斑的开元通宝，结果最后还稀里糊涂葬身密道。

荣健和赵海稍加推敲大致弄清了密道的构成，想来那"圣塔"在对面的山岗，地宫应与山洞隔谷相望。如此由山洞向下挖至谷底，再横穿河谷向上通往地宫。那么河谷里应藏有巨石涵洞，无论枯水期还是丰水期也不会外露。现代人看来不过是个简单的连通器原理，只要竖向高度适当，那么地宫任何时候也不会被水淹没，而且因为水的原因，反而具有很好的密封效果，但当初为何要多此一举地置密道实在让人费解。荣健说赵海顺走铜马实属大不敬，赵海说他救了道长功德无量，现在出来逃难还是先想办法安身，如果以后发了财再捐回庙里就是了。

两个人一直聊到酒馆打烊才一起回到住处，由此暂时开始了同居生活。起初赵海还整天拿着报纸找工作，他还没找到工作的时候安宁又打电话说希望搬来同住，一时间荣健原本孤家寡人的日子变成了三个人的群居生活。

安宁刚从省经贸学院毕业，应聘到《生活报》报社做了记者。他每天和荣健同时出门，也都很晚才回来。结果没几天他们发现赵海成了楼下小商店麻将摊上的常客，男男女女的麻友换得挺勤，而赵海似乎成了雷打不动的腿子。二楼一对青年夫妇也是爱好者，那男人约莫三十四五岁的年纪，满脸油腻的赘肉，天天一副睡眼惺忪的样子。而那女的明显要年轻得多，看起来白嫩水灵，烫着一头毛卷，只是看人的眼光总有些闪烁。据说男方因为城中村拆迁拿到了一大笔赔偿金，因此根本不用出去工作也可丰衣足食。男的每天不是拉朋友喝酒就是在楼下搓麻将，女

第三十七章 在都市的丛林里

的要么观战要么就是给男人做饭。每到后半夜那男人打完麻将，全楼的人就能听到他连叫带骂的敲门声，再过一会儿就是他们做爱的阵阵声浪。那个女人叫床的声音尖细放荡，荣健哥几个正当血气方刚，经常被这种浪叫搞得在房间里抓狂。赵海却说这是他每天最期盼的时间，并由此发誓迟早要睡了那个女人。这对夫妇除了做爱声音大，吵架打架的时候更是凶猛，经常锅碗瓢盆摔得震天响，可是不管闹得多凶，最后都会以女人的带着哭腔的叫床声结束，那时候大家都不明白为什么这样一个温柔貌美的女子非要跟着酒鬼、赌鬼过日子。

赵海对于搞女人确实很有一套，没多久就睡了那个女人。甚至有时那个男人在楼下打牌，而赵海与他的女人在家里疯狂发泄。每次搞完回来都会向弟兄们炫耀说那个女人多么痴迷他的尺寸和技术，再后来据赵海说那女人实在忍受不了他的一双汗脚，有一次搞完了之后说："你脚太臭了，容易暴露，以后不要来了。"到底后来还有没有联系，谁也说不清楚，因为赵海的活动空间越来越大了。

没多久安宁一个叫黄宏振的同学也来投靠，小屋里原本三个人的群居变成了四个人的组合。荣健虽说不太喜欢这家伙，但现在安宁也承担了一半房租，自己的朋友能来又有何理由拒绝他的朋友。据安宁说黄宏振这小子家道殷实，两个姐姐也都学业有成，偏偏这个货念不进书，早几年就折腾着出去混社会。

黄宏振去过很多地方，这一点上与赵海很有共同语言。一来二去他俩几乎黏在了一起，开始在村里的各个麻将摊混悠。城中村的麻将馆里什么样的人都有，你根本搞不清这些人都来自哪里，他们在这个城市干什么？但是有两种人特征比较明显：但凡好几个女孩住一起，中午睡觉下午打麻将的肯定是夜总会小姐；另外一种是整天泡在麻将馆的闲散油浑，其中的那些老男人大多具有专业水准，因为只赢不输，所以只能在一个地方混几天。当然还有很多像荣健、安宁一样身份模糊的打工仔，但他们一般很少出勤。

那天赵海和黄宏振在麻将馆很有收获，他们认识了一个秀气的山南姑娘。那女孩打扮时尚，身材有型，从形象上来看还有些名伶风采。黄

冬日的火花

宏振说他第一次见时就被惊艳到了，那女孩当时穿一件黑色丝质喇叭袖T恤，细长的脖颈上挂着一个翠绿的玉坠，那玉坠正好压在乳沟上，外露的半圆乳房白润细腻，显得那玉坠晶莹剔透，当时看得他都要流鼻血。打了几次牌后他还请那姑娘吃过饭，实在没想到后来竟让赵海捷足先登。

那天赵海手气意外的好，赢得那女孩掏光包里的钱还差二百多，于是赵海跟着她去房间取钱。赵海说那女孩的房间光线暗淡，进了门一张大床板直接放在地上跟榻榻米似的，铺得倒挺厚，床单也很漂亮。进了房间也没有地方坐，那女孩随手关了门，仰起脸对他鬼魅地一笑。那表情让他当时还有些小紧张了，但后来该发生的都发生了，钱当然也没再要。再后来赵海成了那姑娘房里的常客，赵海还把她拉来介绍给荣健和安宁认识。为此黄宏振心里非常不爽，因为他感觉到那姑娘虽然先认识的他，但似乎和赵海更亲密一些。但赵海跟他说："女人如衣服，兄弟如手足。"他觉得这话也挺有道理，因此之后也不再计较。荣健承认那女孩躺在怀里的时候非常迷人，认为但凡是个男人都会生出爱惜怜悯之情。为此他抱着那个女孩的时候总觉得心里伤痛，一种难以名状的凄楚让他提不起精神。直到她突然搬走才忽然觉得甚为遗憾，而且他能感觉到有段时间四个人的精神似乎都沉迷在那间小屋那些过往，不禁感叹她那么美，而我们真的很无奈！

卢伟偶尔也来八里铺参与赌博，一次扎金花时仗着自己口袋钱多黑着下注，逼得对方无奈之下起了牌。结果卢伟以九打头的杂花赢了对方七打头的杂花，这一把洗干了场上的两千多块钱。收钱要走时对方却不答应，还黑着脸说赢了就想走的事可弄不成。看着对方无理叫板，黄宏振顿时来了气，他冲在前面恶狠狠地说了句："没钱还有啥耍的！走。"他把卢伟一拉就往出走，看着他蛮横的样子对方虽怒目圆睁，但顾虑到卢伟身后还有四个兄弟也不好发作。但卢伟由此一战成名，在这个小圈子人们都知道荣健有个赌神级的伙计。卢伟能轻松退场自然十分高兴，当晚豪情万丈地请大家喝酒唱歌。喝酒时他跟荣健说做保健品的事已经让刀哥考察过武汉市场了，武汉城市规模超大，三镇隔江相望，

第三十七章 在都市的丛林里

咱们实力太小估计操作起来很困难，因此他认为这个投资计划不大可行。至于原来说好平摊的考察费用荣健不用管了，荣健说："这可不行，该怎样就怎样！"为此弟兄俩又拉扯了半天才罢休。临走卢伟把荣健拉到一旁说："你那姓黄的那伙计看着凶得很，你要多留心。再说你和安宁和两个闲人混在一起，这恐怕不是长久之计。"荣健回答说："这事我也挺烦的，只是一时半会儿还真不知该咋办！走着看吧。"

凌晨时分走在刚刚散去喧嚣的小巷还有些意外的散漫，在巷口抬眼看着巷内逐渐稀疏的万家灯火荣健感慨万千。这几年在房租收益的刺激下，这八里铺村几乎家家户户都在疯狂加盖。原本大多两层的民房现在都加盖到四层五层，而这一排排的房子间距也就五六米，由于人口密度太大，白天的时候巷子时常水泄不通，到了晚上这巷道昏黑悠长，两边建筑带来的威压让人感到一种无法挣脱的抑郁。这感觉总会让人不由自主地彷徨失落，以致他忽然对城中村这烦乱的日子有了一种抗拒和厌倦的情绪。

当初搬进那个五层围合的大杂院时原本想开启新的生活，而现在四个人的群居似乎越来越让人感觉到失望堕落，甚至苟延残喘。怀着这样的心情回到房间时其他三人正躺在床上嘻嘻哈哈，赵海见他回来故作神秘地说："白天都忘了说，我给你瞅了个对象，身材美得很！到时你见了可别流涎水，哈哈哈。"他一笑大家都笑了，黄宏振笑着响应道："你不会都替荣健试活过了吧？"说完自己先忍不住咯咯地笑出了声。赵海严肃地骂道："你就是个精猪，人家可是正经女娃！"两个人你一言我一语斗起嘴来，安宁不耐烦地喊了几遍："睡觉睡觉。"如此一场关于女人的夜话才归于平静，而荣健尽管闭上了眼睛，但心烦意乱。

赵海说的女孩看起来端庄文静，第一次见面时那姑娘说她之前来过这个院子还碰见过荣健。当时他腋下夹着文明包匆匆出门，一副成功人士的派头，说完咯咯大笑。两个人就在这样的嬉笑中开始了交流，那姑娘落落大方地说了自己的情况。她之前本已准备结婚，结果因为一点意外，无奈选择在婚礼前一天逃走，现在就想找个可靠人安安稳稳过日子。荣健说自己与前任分手不久，大家都一样的想法，毕竟老大不小

冬日的火花

了,不能再为这事让家里老人牵肠挂肚的。这姑娘第二次来的时候端着一盆小金鱼,说在村口看到就顺手买来了。看着小金鱼和那姑娘甜蜜的笑脸,荣健感觉到了春风般的柔情,看来她也是个有心人。说老实话上次见面并未怎么上心,这姑娘虽然身材高挑肤色白皙,但是那一双小眼睛和略凸的驼峰鼻看起来总觉得有些别扭。现在这姑娘委婉地表达了心意,他也开始正式地审视这个叫范娅的姑娘。她眼睛虽然不大但热情洋溢,一张粉白的圆脸看着和善而贤淑,她有两个浅浅的酒窝,笑起来尤为甜美。也就是从那天起他们算是成了朋友,之后那姑娘做了好吃的总会叫荣健过去,一来二去很快熟得像一家人。

五一假期的时候范娅说他想跟荣健去家里玩,荣健想都没想就同意了。范娅到了家里手脚勤快又有眼色,最关键还能和母亲开心地聊天,这一点比起董婉那副自傲的德行可不知强了多少倍。杜英娥私下里跟儿子说:"这媳妇好得很,人勤快又知道体贴,能抓住就是你的福!"这话让荣健第一次在母亲面前觉得很有面子,他心里的天平彻底倾斜了。于是私下和范娅在房间的时候,他跟范娅说:"你可真会表现,我妈很喜欢你。"范娅说:"你的意思是说你妈喜欢我?那你呢?"荣健嬉皮笑脸把她按在床上说:"嘿嘿,别说废话,先从了哥吧!"范娅挣扎着连连说:"不,不,不,你个坏蛋!"就这样打闹着,两个人在床上来回翻滚纠缠。最后范娅挣脱跑出了房门,出门时淘气地瞪着眼说了句"急死你"。荣健躺在床上伸了个懒腰,他并不气恼反而满心的欢喜。

初夏的原野处处布满明艳的色彩,那条柳树成荫的河堤荣健曾经和罗云走过,也和梁艳走过,今天他牵着范娅的手心里充满怀念和希望。一边是杂草茂盛的河滩,一边是即将成熟的无尽麦田。在太阳的光辉里麦芒犹如一片云霞浮在青翠的麦秆上,还有三两只的鸟儿不时低飞跳跃。范娅的手没有董婉柔软,但是她的腰身比起董婉细柔了不少。在那棵老柳树下,他亲吻了她,范娅接吻沉醉而热烈。早已是轻快温暖的季节,这深情的拥抱让荣健浑身充满了力量,他迫不及待地从后面伸手解开了范娅的文胸,尽情地抚摸她那光滑的后背。她几乎没有多余的赘肉,也丝毫没有生硬的骨感,她整个身体柔软得似乎要化了。范娅娇喘

第三十七章 在都市的丛林里

着说她要，荣健说这荒郊野外你还真敢想。范娅说："谁要你撩拨我，我就要！河滩的野草丛才有感觉。"这话从范娅嘴里说出还真让荣健吃了一惊，可他也乐于这样新鲜的尝试。就在河滩一处最茂密的草丛里，范娅闭着眼睛躺了下来。周遭野草盎然绿意如墨，偶有蝴蝶飞过轻盈而静谧，范娅嘴里衔着一枝咪咪毛调皮而甜蜜，那娇羞的红润容颜也似乎充满了期待，那一刻荣健感觉到了热血沸腾。进入时才知道范娅那里紧密润滑，包裹得严实让人每一寸神经都直上云霄。他说了句"你底下紧很"，范娅眯着眼说："你东西硬很。"然后都不再说话。而这种紧张刺激的感觉让荣健每一根头发似乎都因此竖立起来，直到彻底释放筋疲力尽。范娅兴奋愉悦地问道："爽不？"荣健说："快爽死了。"范娅又问："还来不？"荣健说："我受不了你。"之后两个人甜蜜地抱在一起，从此开始他们进入了爱情。

范娅临走跟荣健的母亲说："9月份妹妹如果到汉都上学，到时你也来，城里随便干个啥都够妹子的生活费。"说这话时她俨然已经把自己当成荣家的媳妇，这事情安排得很称杜英娥心意，原本她就有这个打算。不过这都是后话，毕竟现在对荣健来说似乎意味着新生活开启了。

单位的工作也还顺利，周遭同事除了马智让他看着眼烦之外一切尚好。那时福建一家生产T形牙刷的企业来汉都做产品推广，荣健以一句"牙齿要竖着刷"的广告语帮公司接下了全部业务。但这个企业开出的条件是以货支付，实际上这样一来公司成了他们的代理商。为此公司开始部署在市区各大卖场铺货，家世界是汉都城最有影响力的超市连锁品牌，自然成为铺货的重点。公司安排萧珊珊专门负责对接这项业务，为了牙刷能顺利进场，公司找到一家叫派克商贸的公司合作。按商场规定每件单品都需要支付数额不等的进场费，几个回合下来公司在此项目上投入了十几万，现在就看销售情况了。

对于牙刷这样的日常生活用品来说，单价上几毛钱的浮动都会影响销量，而T形牙刷的零售价格比普通牙刷高了三分之一，另外这种牙刷的特殊造型让很多人一时难以适应，因此迟迟打不开局面。公司开会研究下一步的推广办法时，荣健认为这种牙刷对于掌握正确刷牙方式的成人

冬日的火花

来说意义不大，而对于刚学刷牙的少年儿童却有着矫正不良习惯的功能，因此应该将推广重点放在他们身上。最好能联系学校做持续性的产品体验活动，如此必能起到拉动销售的作用。多数人赞同荣健的观点，而万磊认为公司的主业是经营媒体广告，分散精力做这些产品有些得不偿失，尤其是这种低单价的生活用品压根赚不了几个钱。而顾总对多元化发展兴趣正浓，他认为公司已经拓开了超市渠道，就应该继续丰富代理产品的数量，还强调说不要小看生活用品，镇江香醋一个单品每年在全省就有上亿的销售额，而且还会持续增长。因此未来如有机会，公司仍将在这方面加大投入。

几场围绕少年儿童的推广活动搞得有声有色，随即牙刷销售也有了不错的业绩。再就是山东著名商标四海调味品也进入本地市场，公司与派克商贸达成了合作代理四海调味的协议。四海调味作为百年老字号产品线相当丰富，产品质量也有口皆碑。公司对此自是充满信心，所以从一开始投入力度就很大。不但在各个商超设立了独立堆头，还配备了专门的促销人员，再依托电视广告的高密度宣传，一个月下来销售额开始迅速攀升。而这些业务对于荣健来说只是本职的业务，奖励了两箱陈醋算是老板对工作的认可。他负责的北郊正阳湖蓝色假期温泉别墅推广才是正题，最近一次去项目工地时却有个意想不到的收获。

他偶遇柳红时互相都有些惊讶，大概谁也没想到数年之后会在此相见。简单聊了几句也就各自忙活，而同去的马智对他居然认识柳红很是惊讶。这个业务本就源于马智与开发商老板的相识，因此他经常在项目上往来。回城的路上马智说："你们金城县的人猛得很，这女的可不简单。"荣健追问详情，马智说："这女人本是他伙计的马子，刚来时还比较老实，后来抓钱太过分我伙计实在有些受不了。结果没几天这货居然与开发商又混到了一起，现在真还拿她没办法。"荣健打着哈哈说："女人混世界不容易，总得生存么！"马智说："要生存对着呢！但也不能太那个，典型的公共汽车么！"荣健接着说道："呵呵，肯定是你那淫棍伙计对不住人家，人家报复他吧！你再多去几次，估计也有机会！"马智不以为然地连"呸"三声说道："算了吧！她就是再有姿色

第三十七章 在都市的丛林里

那也是我伙计的女人，咱不干那事！"荣健嘲讽他说："公司搞个活动你都能挂搭个女人，你啥事不干？"马智呵呵一笑，解释说："那是个意外！"

经过这一轮对话荣健基本搞清楚了马智和姚晨雨之间的情况。原来当日因为突降暴雨姚晨雨上了热心人马智的面包车，由此熟悉后吃了几次饭，马智装出一副优质未婚男的模样，十岁的年龄差距也让姚晨雨觉得他比起周围的小年轻成熟幽默得多。比赛时穿的几套衣服也是马智买的，每次上台还特意拉她去影楼化妆，在这样无微不至的关怀下她动了心。而在得知马智已婚后才追悔莫及，据说当时激动得都要跳楼，马智解释说他早跟老婆没了感情，离婚只是早晚的事。有了这样的承诺才暂时安定下来，但马智根本没准备离婚。反而一直想办法能够摆脱姚晨雨，这些天之所以在工作上很投入，也是刻意地要疏远她。荣健得知这些情况后骂马智无节操祸害人，马智说荣健装清高一副伪善嘴脸。但说实在话，荣健替姚晨雨不值，也忧心她的未来。虽然只是几面的交往，根本谈不上什么交情，可这样一个看起来高洁的女子竟误信于登徒子也真是悲哀。

赵海得知柳红在正阳湖就迫不及待地去找她，也不知他用了什么样的神通，柳红居然又答应支持赵海搞个小生意。赵海回来就扬言他准备在村里盘个小饭店，而且已经有了具体目标。但这个小饭店算下来要八千元才能开张，从柳红那里只要来了五千元，思来想去剩下的三千元还得向家里开口。他给家里打电话时却开口要五千，解释说多出来的两千元用作流动资金。结果电话里他妈劈头盖脸就是一顿臭骂，诅咒说他这样的祸害最好死在外面。然而三天之后赵海妈拉着荣健妈来到了八里铺村，在房间里老人挂着两行清泪劝赵海要老实做人踏踏实实地务正业，如果再不成器以后死活家里都不会管。赵海也对天发誓从此本本分分做生意，并强调以自己的聪明才智一定能由小到大干出成绩。赵海妈再三叮嘱荣健要替她管好赵海，如果说不听就给她打电话。杜英娥自是帮赵海说话，说赵海是个聪明娃不可能再自毁前程。加上一圈人都保证会盯住赵海不让他胡来，还一再说那个店生意相当不错，只要好好干绝不会

冬日的火花

亏本，这样两个老人才放心地离开了。

饭店的筹备也很简单，最急需的就是找两个面点师傅。那天赵海夹着一卷红地毯出现在劳务市场时一副干部视察的架势，那些蹲着或坐着揽活的民工在他眼里怎么看都觉得可笑。想着自己即使混不下去也不来这里卖肉，蹲在那里任人挑拣跟牲口有啥区别！而在揽活的民工看来，他二绺子的松散模样根本不像个老板，因此他转了几圈也没几个人搭理他。后来他主动出击还是找来了两个面点师，一个白皙瘦高，一个油黑胖矮，那两个小伙夹着铺盖来的时候看起来信心十足。赵海请他们喝了小酒，筹备第二天就开业。就卖面来说也并不复杂，起初两个小师傅还是相当敬业，每天都营业到晚上十点多，一天能卖二百多碗面。荣健为开业捐了那两箱四海陈醋，赵海说他可以免费在店里吃一个月。荣健自是不会白吃，不但照单付钱，有时下班早在店里吃完面还帮着洗一阵子碗。黄宏振依旧无所事事，不在麻将馆就陪赵海守在店里。没几天说是准备弄个理发店，村里住的年轻人居多，仅有的几个理发店生意好得根本忙不过来。而面馆对面就有姐妹俩开的一间美发屋，老板漂亮手艺好生意自然兴隆。赵海说黄宏振提起人家生意好时，那涎水流得有一尺长。他整天有事没事往人家店里钻，还夸口说可以给店里投资，到时再加上美容项目把生意往大做。

范娅蒸的包子很好吃，还隔几天就炖乌鸡汤给荣健喝。可即使生活待遇这么好，晚上还是有些招架不住范娅炙热的需求。这一个多月下来，整天感觉大腿面子隐隐发疼。可身体的疲惫与内心的焦灼相比却也不值一提，一想起范娅的贤惠自是让人欢心，可是一想起她骑在自己胯上仰头揉着奶子那种痴迷的姿态荣健心里有一种说不出的滋味。她是一个勤快热情的女人，每次做爱都很主动，而且总是鼓励荣健动作力度要足够的猛烈，那种需求就像饥饿的怨妇般有些不依不饶。荣健曾开玩笑询问她的过往，说她的技巧简直比毛片上还要专业，一般男人恐怕都受不了她。

范娅说她有过三任男友，第一个是大学时的同学，稀里糊涂就把第一次给了那个家伙，可那个家伙没一点良心，毕业后就不知去向。第二

第三十七章 在都市的丛林里

任男友是一家外贸公司的老板，那时候她替这家公司做产品手册的设计，那个男人帅气成熟对自己很好，没几天她就在他的办公室里沦陷了。当时真没想到那家伙武器威猛得吓人，居然两只手攥住还余三指，第一次进入的时候她兴奋得几乎要晕厥过去了，那时候她才知道究竟什么才是所谓的高潮，同时也很迷恋对方娴熟技巧给她带来的那种超然释放。但这个男人给不了她要的归宿，好了两年之后在家人催婚中分了手。第三任是家里介绍的邻村小伙，认识三个月后准备结婚，可在一起后才发现他那里有问题，每次在一起无论怎么撩拨都耷拉得像条死鱼，然而这话她羞于对人说，可她无法设想没有男欢女爱的生活，也不相信自己能够忠于这样的婚姻，最后在婚礼前一天下决心逃走。她说她只是想拥有轰轰烈烈的爱情和一个正常女人的生活这难道有什么错？荣健问她之后可还与那个老板有来往，她说认识荣健之前有，认识之后就断了。即便前次荣健去福建出差那人过来纠缠，她也坚决地说自己已选择和荣健在一起。范娅一再强调自从和荣健好了之后就没有让那人碰过她的身子，甚至为了让对方死心，还残忍地嘲讽说他老了，自己已不再爱他。

可范娅的坦诚在荣健心里种下了一个结，他甚至能想象出范娅跟那个中年男人做爱时风骚癫狂的状态，而那画面让他感到痛楚。以至于他每次与范娅做爱似乎都变成一种无端的宣泄，总觉得不疯狂就是一种吃亏。而范娅却也热衷于此，无论何时何地地见缝插针她总是热情地配合。那一阵子范娅用她的热情满足了荣健所有的性幻想，生活上又处处迁就于他，荣健看到了她的诚心，慢慢地也下定决心要说服自己与她永远在一起。

第三十八章 没人能拯救你

七夕那天，安宁捧着玫瑰花在巷口守候着他心爱的姑娘。想起当初在学校时的懦弱他懊悔不已，下定决心今天无论如何也要说出心底里埋藏多年的话语。从年初开始他越来越担心这段美好的感情有一天不复存在，因为那姑娘跟他说家里不断地给她介绍对象。而自己刚从学校出来一穷二白，除了真挚的情怀真的一无所有。有时甚至觉得任何人现在站出来都足以碾压这段感情，老人们说"吃饭穿衣量家当，娶妻生子亦算账"。一想起这话他心里就无比沉重，但他知道自己无论如何不能没有她。

当他心爱的姑娘挽着妈妈的胳膊出现在巷口时，他热情地迎了上去。那阿姨温暖的笑容给了他莫大的鼓励，心爱的姑娘也高兴地接受了他的鲜花，并且邀请他去家里坐坐。可后来他才觉得，那天的邀请似乎是设计好的套路，因为进了家门她爸爸明显早有准备。坐下来后简单询问了一下安宁的家庭况，而后就迂回着谈了他的看法。他说他非常能理解年轻人的感情，可是他不能同意女儿的选择。说安宁农村家庭出身，又没有正式工作，如果任由女儿所想那就是害她。安宁说他相信自己发展几年就能买得起房子，他会全力给她幸福。说话间那阿姨也已收起了初见时的微笑，冷冰冰地说："哎，不是阿姨不通情理，你打工养活自己都不容易，幸福生活可真不是几句空话。"安宁说："你们也都年轻

第三十八章 没人能拯救你

过,谁年轻时就具备一切?"可那叔叔说:"现在的社会不比过去,再说女孩子第二次命运可以选择,我希望你祝她幸福!"那天晚上心爱的姑娘红着眼睛送他离开,就在那个窄巷里,他第一次吻了她,这一吻他觉得自己无畏的青春终结了,为此他紧握的拳头用力砸向了行道树,原想着一拳击倒树干残枝落叶一片,事实却是皮肉蹭烂血流不止。

看着安宁手背的伤口,黄宏振说他早就知道会是这个结果,并且说当初就建议安宁将那姑娘先睡了再说,安宁不听就注定会如此收场。安宁说:"你那种流氓办法不适合我的爱情!"黄宏振说:"你所谓的爱情在现实面前纯粹就是个幻觉!不过你不用太伤心,这两天哥给你找个漂亮妹子让你解个闷。"赵海听到这话马上来了劲,嘴上却不以为然地说道:"你一天就会张个大嘴胡诌,你倒找一个看看。"黄宏振红着脖子说:"你嘴硬到时可别掺和!"大家都以为他不过是随口一说,结果两天之后黄宏振在KTV开了一个大包间,脸上自信满满地说晚上大家好好放松一下。但是必须先让安宁玩好,说他只有开了荤谈恋爱才有前途,为此大家必须照顾一下。

那个叫乐乐的姑娘号称太阳神KTV头牌佳丽,当天涂着玫瑰红唇穿着黑色渔网丝袜,露肩的墨绿色斜襟上衣薄亮丝滑,黑色包臀皮裙配黑色细高跟凉鞋显得双腿格外修长,走起路来那姿态如花间的鹤步云影。乐乐的眼神清澈单纯,无论谁与她相视一笑也不会认为她是一个风尘女子。

荣健下班赶往KTV的时候谭浩宇忽然打来电话,说他已回到汉都市,想来这家伙去深圳也不过多半年的时间,这怎么又回来了?反正都是自家弟兄,两人说好在KTV门口见面。

那天晚上按照黄宏振的安排,乐乐先坐在安宁旁边陪他。安宁始终很安分,只是喝酒摇骰子聊天。没人关心他们具体都聊些什么,只是后面排队的人都有些按捺不住。黄宏振几次示意安宁带乐乐到小隔断后面去活动,而他总是说:"我知道,我知道。"

荣健邀请乐乐合唱的时候,乐乐似乎有些喝大了,起身时风骚地抱着安宁亲了一口,而后拿着麦克风晃动着走向荣健。看到乐乐那丰盈曼

/561/

冬日的火花

妙的身材，荣健心里有一种无法拟制的冲动，顺势搂住她的小腰，耳鬓厮磨着合唱起《怨苍天变了心》，那感觉确如有情人无奈的相逢。唱到那句"本是云该化作雨投入海的胸襟，却含着泪水任孤独的飘零。本是属于我的你同把人生看尽……"大家都说乐乐唱歌有专业级水准，乐乐也毫不谦虚地说自己绝对准专业。之后的聊天中得知乐乐学过几年声乐，本来准备报考音乐学院的，可是后来父母离婚了。父亲有了新欢就顾不上她，而母亲微薄的工资根本无力支撑她的艺术梦，因此应届落榜后就出来闯荡社会了。她说她把社会看透了，这年月没钱比没面子更惨。夜总会上班又不偷不抢，比起那些坑蒙拐骗的人不知要高尚多少。乐乐说这话的时候跷着二郎腿，左手优雅地夹着香烟，深吸一口之后仰头向右一侧，潇洒地吐出阵阵烟雾。

尽管如此，荣健与乐乐亲近时仍感觉她吐气如兰，声音也有万千温柔，以致拉她到小隔断后面品读香艳时心里居然有些难过。觉得这女子比起范娅无论性感程度还是面貌轮廓不知要好多少，可她不知被多少男人享用过！否则真值得娶回家用心呵护，难道这就是人世间所谓的红颜薄命！

谭浩宇和乐乐一曲舞没跳完就迫不及待地拉她去小隔断后厮磨，出来时高兴得几乎合不拢嘴，连连赞叹这姑娘好得不得了。说那两个奶子能把人闷死在深沟里，捏她屁股时那叫唤声骚得他心头直颤。赵海私下跟荣健说谭浩宇就像没见过女人，不知用了多大力气，把人家娃奶子都捏青了。而自己才是真正的绅士，懂得什么叫怜香惜玉，只温柔地活动了一次但时间足够的长，估计会让乐乐念念不忘。

散场的时候大家都心情愉悦，黄宏振又在KTV上面的酒店开了两间房，大家都说他这次是大手笔，可是给兄弟们发了一个大福利。聚在房间的时候众人都有些意犹未尽，不断有人说乐乐这好那好，安宁只听他们讨论不太说话，最后喃喃地说了句："这娃坐台有些可惜了。"赵海说："你甭操人家的心，先可怜可怜我们自己吧！没有她们，我们打个野食都没地方。"

弟兄几个挤一个房间确实有些紧张，到了半夜黄宏振找了个借口居

第三十八章 没人能拯救你

然窜到了乐乐房间。一直睡到了第二天中午才和乐乐一起出来，但大家似乎并没有散摊的意思，谭浩宇更是强烈地表示让乐乐先不要走，需要多钱尽管说。乐乐倒也慷慨，说大家都已是朋友，什么钱不钱的，谭哥说这话很没意思。说话时却挽起了黄宏振的胳膊，随后一群人径直奔向赵海倡议的东东包子店。

从晚上走进乐乐的房间，黄宏振心里开始有一种说不出的懊悔！那晚他和乐乐说了很多话，一起入睡的时候他内心对这姑娘产生了一种怜惜。想着自己漂泊数年一无所成，这样下去终究也不是办法。况且现在荣健的态度明显大不如前，难道非得等人家下逐客令？安宁的收入也不行，爱情又受挫，自己死皮赖脸地拖累他也实在不该。乐乐说她朋友南下闯荡混得都不错，似乎她也萌生了南下的念头。如果和她做个伴一起去南方闯荡，最起码也不是很孤单。有了这样的想法，那天黄宏振忽然变得沉默。

漂亮聪慧的姑娘总是人见人爱，一路上荣健和谭浩宇时不时拉乐乐和自己走在一起。赵海说他俩才是真正的馋狼饿虎，见了美女就像狗见了稀屎。乐乐说赵海说话口上无德，直接在他腰上狠狠掐了一把，那狠劲把赵海疼得跳了起来。几个人走回八里铺村时又想着直接回房间也没意思，一商量干脆去师大打场篮球。五个小伙子领着一个摩登女郎走到球场的时候，一瞬间成了球场关注的焦点。诚然如把乐乐与那些朴素的学生妹相比，却也有一种鹤立鸡群的感觉。不一会儿大家都轮换上了场，乐乐在一边蹦跳着呐喊助威。黄宏振玩了一会儿就以体力不支为由下了场，坐在球场边和乐乐喝水聊天，一边说话一边按之前约定每人二百元的费用把一千元塞进了乐乐的包包，乐乐可爱地朝他挤了挤眼睛。黄宏振随口说："我很快要去深圳发展了，以后可能就没机会见面了！"乐乐瞪着眼睛诧异地说："你还真要去南方？"黄宏振平静地回答道："真的，你去不？咱俩做个伴。"乐乐迟疑了一下说："你能靠住不？跟你出去你还不把我卖了？"黄宏振说："怎么会呢！真没想到会遇见你这样的姑娘，这场事闹得我肠子都悔青了。"听了这话乐乐脸上的表情极为复杂，有些哭笑不得地说："你个流氓现在说这话有啥

/563/

冬日的火花

用！还小心眼得不行！"黄宏振说："我不是小心眼，也许是天意让咱们一起走，那边没人认识咱们。"乐乐没有回答他，只说了句："这天气把人能热死。"

谭浩宇还想晚上见见卢伟、魏俊他们，结果他们时间都不允许，于是和荣健草草吃了个晚饭就准备返回秦都市。并不是他厌烦了保险业务，而是家里人通过关系把他安排进秦都市公用事业局。虽说是事业编制，但也算是铁饭碗，于是家里三天两头地催他回来。想着自己也老大不小，只身漂泊在外又能成多大气候，思考再三还是屈从了家里的意见回来上班。荣健虽然觉得他放弃大城市立足的机会有些可惜，但也并不觉得他的选择有什么不妥，毕竟一个正式的工作似乎更加安稳。又随口问他是否想过去南宁找乐然，他说找过了，而且一起在南宁街头吃了顿饭。他还当面提起当年看见她被大叔搂着从夜总会出来的事情，乐然听了哈哈大笑，说谭浩宇真会联想，其实那个人不过是她小叔而已。当年小叔和秦都市一家企业有业务往来，没想到进了一次娱乐场所还被谭浩宇误会。乐然轻松说明的样子让谭浩宇非常尴尬，有些悔恨自己思想的龌龊，也对当初没有找乐然问清楚而后悔不已。荣健说有些事现在真不敢仔细思量，曾经年少清纯的我们如今堕落的满脑子男盗女娼。谭浩宇说："哎！什么是堕落？不要认为自己过去写过几首诗就认为自己多高尚，咱们俗人一个。不过说老实话，安宁那小伙挺规矩的，他比咱俩活得有原则！"

哥俩聊了一会儿荣健送谭浩宇上了公交车，回来路过赵海的饭店却意外发现饭店关了门。他赶紧给赵海打电话，那时候赵海已经在两个小伙计的宿舍里处理问题。荣健赶到时现场气氛甚是沉闷，看荣健来了赵海赶紧把他拉到一边说了情况。原来两个伙计打了架，而打架的原因简直让人哭笑不得。原来那个黑胖的伙计一直有裸睡的习惯，没几天居然还要要求瘦高的伙计也脱光了睡，一来二去还生出了更过分的举动。听了这话荣健不由想起当年白宇夜里的猥琐，瞬间觉得浑身的不自在。赵海问这麻烦咋处理，荣健咬着牙冷笑着给他出了个馊主意，说让他拿二百块钱带两个伙计去发廊解决一下问题。否则两个人都不干了赵海的生

第三十八章 没人能拯救你

意就得塌伙。赵海恼火地说："真是活见鬼，干个烂怂饭店还碰上这恶心事。"可骂归骂最终他还是按照荣健的馊主意暂时平息了事端，第二天饭店正常营了业。可从那以后两个伙计再也不像之前那般敬业，有时面拉得粗细不均，有时一碗面能泼二两油，他们到底害了什么心病没人能搞清楚。

几天之后黄宏振决定离开，他对安宁说这次去深圳一定要混个人样出来，否则他就跳海自杀。并说安宁以后碰见合适的姑娘可不能太老实，这世间吃亏的都是老实人，难不成每次要等人把饭塞进你嘴里？黄宏振说这话是因为乐乐说那晚安宁最老实，说他是个内心纯洁用情深重的人，还强调说这样的男人如今已不多见，怨叹他那女朋友简直瞎了眼。

赵海跟荣健说起黄宏振要走的事情时，荣健心里忽然有些不安。他原本以为黄宏振提说离开只是随口一说，没想到真的这么快做了决定，并且没有正式向自己道别，看来尽管在一起混了这么久，他却没有把自己当朋友，想来还是平时自己对他蔑视的态度让他心有嫌隙，他用姐姐接济的钱请大家狂欢，恐怕某种程度上只是为了不让大家小看他。这家伙平常看似嘻嘻哈哈，可实际上心里挺有数的。另外想起安宁的坚守也让他愈发觉得自己嘴脸丑恶，那一刻他深深怀念曾经的淳朴和简单。想起当初林芳欣一个眼神或是一个笑脸都能让他感到幸福，而如今不过短短数年，这手上留下了多少女人肉体的气息，又多少次沉醉在鱼水交融的快感里，以致内心似乎已变得麻木不仁。我爱谁？谁爱我？我还会不会爱？有没有爱？这个问题在他心里有些模糊到无法捕捉，也纠结得让他灵魂飘摇。

其实黄宏振的离开对赵海影响最大，荣健和安宁上班一走，他在这村里形同孤魂野鬼。面馆的生意勉强维持，两个小伙计自从上次曝出丑闻后相处多少有些别扭，尽管他时常关注着他们的情绪，可这样放任迁就终究不是办法。思来想去他决定让那个油黑邋遢的家伙滚蛋，打下手的事情暂时自己来干。这原本是个不错的选择，省下一个人的工资经营压力会小不少，但关键在于赵海能否坚持。跑堂、洗碗、招呼顾客一餐饭下来就忙得人脚腿酸软，坚持了一个周之后，赵海晚上躺在被窝里说

/565/

冬日的火花

这样下去他非得疯了。于是第二天一大早又到劳务市场去找人，结果转悠了大半天也没找到合适的。当天中午到了饭点店里就乱了套，高个伙计一个人忙里忙外焦头烂额。赵海回来时伙计大倒苦水，店里满地的垃圾，一堆碗筷泡在水池里等人洗，而他却心生厌倦懒得搭理，徘徊片刻后竟然一头钻进对面的发廊里和美女老板扯起了闲话。

　　那高个伙计看老板不管也干得无精打采，荣健下班回来时，他对荣健说求赵哥饶了他，赶紧给他结了工资让他走。荣健从对面发廊叫赵海出来，帮忙一起洗了碗，并一再告诫他如果饭店因此关了门，他必将血本无归。而赵海却说他实在受够了，这活干得他发恶心，一进饭店门就反胃想吐。如果不是看在上万元投入的份上，他早就撒手走人了。为此荣健和赵海大吵一架，荣健说赵海烂泥扶不上墙，干事没恒心不负责任，质问他到时怎么向家里交代。赵海自是无言以对，可是看他那颓废无奈的样子，显然他已经对饭店失去了信心。最后荣健有些无话可说，转身有些愤怒地离开了，之后即使从门前经过也不再进去。

　　一转眼到了9月份，妹妹对上高中丝毫没有信心，家里经过商量决定按照之前计划送她去学幼教，想着好赖得有个文凭毕业也好找工作。于是荣健按照妹妹的意愿，到位于汉都市南郊安平县的三资学院给她报了名。这学校虽说离市区较远，但全日制军事化管理看起来还比较放心，四千多元的学费是母亲提前半年省吃俭用攒下来的，一次拿了个底朝天，生活费却还没有着落。荣健这大半年还算有些成绩，赞助千把块钱生活费倒不是难事，就这样凑够钱把妹妹送进学校，一件大事落定全家人满心欢喜。

　　那天下班回来，荣健看到赵海饭店斜对面一小间门面上贴着转让告示。那原本是个杂货小卖部，外加经营公用电话。想来转让价格也不会太贵，于是与老板取得了联系。之前母亲就有来市里谋个营生的想法，现在妹妹上了学更是迫切要有个事干。这个店虽然只有半间门面的宽度，但租金还算合理。村子里人口稠密，卖个烟酒副食再加上公用电话的收益，每个月给妹妹赚个生活费应该不成问题。于是他拿出三千五百元的积蓄盘了店，又买了一张折叠床，把一切都置办停当就立即回家接

第三十八章 没人能拯救你

母亲过来。

杜英娥来到城里时感觉像是逃离了牢笼，这几年家里经济不宽裕，荣勤民从西藏回来又一头扎进老年活动中心的麻将摊，因为输输赢赢两人常常拌嘴。时间久了吵架都觉得没意思，大部分时间只有她一个人在家生闷气。养了几年病又花了不少钱，原先背负的那些债务越累越多，现在做什么像样的生意也根本拿不出本钱，难不成自己要把这些债务背进棺材！这一阵她常常为此彻夜难眠心情焦躁，荣健跟她一说商店的事情，她即刻同意前来，现在对她而言只要有个事干她都会觉得踏实很多。而这小商店的经营在她来看也是小菜一碟，大部分的商品都有专门配送，装的公用电话也有自动计费器，只需照显示收钱即可。如此小商店顺利开张了，空闲的时候再研究研究福利彩票也是一件乐事，女儿几乎每周都从学校过来看她，帮她洗洗衣服看看店，店里的收益供女儿生活费还算宽展，如此相比起之前老是捉襟见肘的日子感觉确也轻松了许多。

范娅确实是一个有心的姑娘，没事的时候经常会到小商店陪杜英娥说说话，并且大方地提说如果经营上需要钱周转阿姨就尽管开口。这些贴心的表现相对于之前董婉的傲慢让杜英娥心里特别舒坦，自然对这个未来的儿媳妇赞口不绝。两个人聊起荣健他们哥三个时，都觉得赵海的存在是个威胁。一致认为这家伙不务正业，和荣健老搅在一起总是个隐患。杜英娥有些惋惜地说："赵海这娃人机灵又会说话，如这么晃荡下去可真是要毁了！但是他和荣健关系这么好，咱不至于把他撵走吧！"说这话时杜英娥是真心爱惜赵海，尽管这货整天二不挂五，经常在商店赊欠烟钱。因为人懒最近面馆的生意越来越差，前几天还念叨让她放话把店转出去。说来也真凑巧，很快就有人来买烟时提说想盘个饭店，这事她已经跟赵海说了，并且强调说转店的事他一定要跟家里商量，否则到时她作为担保人没法给赵海妈交代。赵海说他不敢跟他妈说这话，还求着她要保密。可她觉得这事不能由着赵海的性子，回过头就给赵海家打了电话。很明显为这事赵海有些不满，最近买烟也不来店里了。

赵海母亲打通电话后自然又是一顿臭骂，厉声数落赵海这些年的种种劣迹。赵海辩解说不是他不争气，实在是村里消费水平太低，这种小

冬日的火花

店除非自己上手干，否则就没钱可赚。而他又没干过这种粗活，如果不盘出去只会越亏越多。电话里母子俩说了个不欢而散，结果赵海还是自己做主转了店。钱拿到手他第一时间找到柳红还了账，说柳红孤身一人带孩子实为不易，因此他无论如何也不能亏她，何况他一直深深地爱着她。柳红说过去的事情就让它过去，人不能总活在怀念和幻想中。她也曾幻想过与赵海相守终老，也曾想体体面面在人前生活，可现实就是这样残忍。人一旦走错路做错事就会有代价，现在这样的归宿于她而言已算圆满。柳红劝赵海赶紧要找个正当营生，老大不小的人了，绝不能再这样下去。并说她那个开发商男人除了脾气暴躁其实对她还行，前一阵在二环边给她弄了套便宜的两居室，到时她卖了县城的独院一装修，等明年姑娘上了初中就搬过去住。

  回来的路上赵海内心一阵酸楚，想着自己爱过的女人有了归宿也算是好事，可如今自己这悽惶流离的处境又该如何面对？出路到底在哪儿？他越想越觉得前途渺茫。口袋已经没有多少钱了，很快糊口恐怕都是问题，越想越觉得郁闷，以至于几乎眼前发黑。一路上他反复回想这两次与柳红的见面，柳红那种平静的状态让他尤为难过。仅仅数年柳红似乎变成了另外一个人，过往的炙热情感如今只剩残存的一点可怜故人情谊。她似乎早已不再眷恋过去，她似乎没有怨恨也没有忧伤，她似乎已经完全接受服从了现在的生活。她宁肯成为那个开发商老板的姘头，也不会设想未来与自己有什么关联。这现实的生活显然已经残忍地割断了曾经，可这又能怨谁呢？自己当初无力坚持，现在也没有任何争取的实力，一个几乎要饿肚子的人有什么权利与女人谈未来？在那条冷清陌生的街道上，赵海缓慢地走着走着，又一次陷入迷茫悲苦中去。

  尽管生活有些烦乱，但荣健一直坚信天道酬勤。接手的每一单业务他都力求方案尽善尽美，自己不满意的东西绝不会拿给客户。这一点上的坚持让他积累着信誉，也因此业务上的朋友越来越多。他又熟悉报纸、电视两大主流媒体的情况，凭借专业和精明收入倒也不断攀升。如果仅以收入来衡量，似乎他已经走在了一圈朋友的前面，甚至有时候感觉离所谓的成功只剩一步之遥。可即就如此，当他看到万磊以简单粗暴

第三十八章 没人能拯救你

的方式取得业绩大幅增长时,他又感觉到了新的危机。越来越多的广告投放业务并不需要什么策划,尤其那些品牌客户在地方媒体的投放都是按照总部的计划执行,广告片也都是总部统一制作。万磊现在已经完全不靠策划方案去争取客户,在他看来只要给甲方负责人拿足回扣一切好说。如此他接到了很多品牌客户,而且这些客户大多都是长年合作。对公司来说有了这些客户就能确保完成媒体下达的年度任务,也就能拿到可观的返点利润,一时间万磊又成了公司红人。这样意外的结果让荣健心里极为不舒服,他担心如果业务员都这样做业务,策划岗位将失去价值,那么自己在公司的发展又如何能长久!

安宁在报社的发展也不怎么顺利,他所在的《生活报》发行量一直难有突破,报社广告收入有限员工待遇自然就上不去。他和荣健聊天时说起报社的情况,荣健故作神秘地说这报纸的名字只需加一个字发行量就能翻几番,安宁还以为他真有什么真知灼见,闹了半天这家伙在开玩笑。他说现在到处壮阳药卖得火热,电台的夜话节目也火爆非常,如果把报纸改名《性生活报》自然发行量翻番。安宁说荣健现在思想腐败,荣健说不是自己思想腐败,而是他搞不明白为啥一夜之间那么多的男人都肾虚,那么多的女人都渴求坚挺。否则为啥到处都是壮阳药广告,又有那么多的人在午夜热线咨询性生活。那天两个人由此又聊到国足出线,感慨国家队如果多吃点壮阳药,也许早就扬眉吐气了。而安宁说出线又怎么样,硬实力在那放着,出线也不过是出去丢人。而荣健说四十四年首次圆梦,无论怎么说都值得庆祝。况且现在国家队也算得上是超白金一代,郝海东、范志毅、孙继海的表现很值得期待。两个人打了半天口水仗后,安宁忽然眼睛发红地说:"这些都不重要,其实咱们自己现在的生活才值得反省!你说咱们千辛万苦来到城市,难道这是我们要的生活吗?"

荣健:我现在都不知道我要什么?我越来越觉得自己活成了自己厌恶的样子。

安宁:我们一起寒窗苦读,可如今现实与梦想似乎越来越远!

荣健:你千万不要认为一次失恋就失去一切,我仍然相信我们会拥

/569/

冬日的火花

有一切！

安宁：她还未嫁，我不认为会彻底失去她。只是我觉得咱们这样的状态十分危险，我们靠什么赢得未来？

荣健：最近已经好多了，说老实话，黄宏振走了是个好事。赵海他又能坚持多久？

安宁：我没有厌烦他们的意思，关键是我们自己应该怎样活着？

荣健：我一直也想跟你说这些问题，只是这段时间太过于烦乱。我也没想明白，也不知该如何说起。

安宁：你现在事业爱情双丰收，在咱们同学当中也算发展比较好的！

荣健：范娅是对我不错，可是我总觉得有些不踏实。

安宁：你要珍惜呢！

荣健：怎样才算珍惜？我觉得我对她也不错呀！

安宁：不说感情了，你以后有什么打算？

荣健：我也不知道，走一步看一步呗！

安宁：董婉的服装店咋样？

荣健：谁知道呢！那与我毫无关系。

安宁：赵海一天嫖赌浪荡，你要说说他，这样下去可怎么办？

荣健：哎！咋说呢！谁知道他一天咋想的，干啥都三分钟热度。心比天高却懒惰脆弱……

两个人聊了大半晚上，荣健意识到安宁厌倦了群居的生活，似乎也打算离开。对于他来说倒也想得清楚，离开就离开，天下原本就没有不散的宴席。况且前一阵范娅就鼓动自己搬出去，这样两人相处也会更方便一些。当时考虑到即使搬出去赵海也得跟自己住，与其这样还不如三个人先凑合着，毕竟房租负担还小一点，况且又快过年了。前一阵联系上宋胜利后又鼓动他和女朋友也搬了过来，如今这院子可是一群自己人，真要离开还有些舍不得了。

谁承想没过几天董婉忽然出现在这个巷子里，这事情让荣健很是紧张。董婉走进这个院子时说自己没事随便转转，可当她发现范娅出现在

第三十八章 没人能拯救你

荣健身边时显然有些慌乱了。他向赵海打听详情，赵海只有遮遮掩掩，为此她当着荣健的面说赵海是汤锅里的死老鼠，到这来只会把大伙搅得不得安生。赵海嬉笑着讥讽董婉尖酸刻薄根本没有男人敢要，董婉说赵海死猪不怕开水烫。每当这个时候安宁只是腼腆一笑，一副坐山观虎斗的架势，因此董婉倒也没法迁怒于他。董婉质问荣健为何总要逃避她时情绪激动，荣健跟她说分手了就不要再来纠缠，而董婉说荣健太高估自己，她不过是念及旧情过来看看。现在贱货多得很，奉劝他可要小心点！荣健说自己的事与她毫不相干，用不着她操心。董婉似乎很委屈，流着眼泪转身骂骂咧咧地走了。那时荣健感觉像送走了瘟神，并郑重跟赵海和安宁说以后谁见了也不要理她。

提起董婉杜英娥忧心忡忡，她担心董婉不会就此善罢甘休，更担心荣健旧情难忘把持不住，如果真是这样到时候惹出什么事来可就麻烦了。她把自己的想法跟赵海说时，赵海信心十足地说就董婉和范娅相比，范娅知书达理性格温柔，相信荣健不会自寻烦恼。杜英娥听他这样一说倒也心安不少，但她心里有些埋怨荣健。这狗东西虽说整天上班忙活，但也不至于好几天都不来跟自己说说话，反倒是赵海想通之后经常陪她聊东聊西，到底谁是亲儿子！可他转念又一想，觉得还是自己儿子比较争气，赵海这娃虽说灵光，但是一天到晚游手好闲不务正业，老大不小了总这样还不愁死人！为此她经常劝说赵海踏踏实实找个事做，可赵海总说机会一定会有，盲目折腾没什么用。而他到底在等什么机会恐怕也只有天知道，反正杜英娥所看到的是赵海经常性闹饥荒。到店里来多半时间会借钱，数目倒也不多，往往十块二十她也就随手给了。那天黄昏赵海又来了，说是自己没吃饭要借二十块钱，恰好刚刚付了一批货款，她口袋就剩二十块钱。原计划要去买彩票，如果借给他这期彩票可就耽误了。于是跟赵海说让他等一会，卖回来钱再给他拿去吃饭。可赵海说他实在饿得不行，还有个朋友在等他，硬是死皮赖脸拿走了那二十块钱。

杜英娥一直期盼着能中次大奖，这样就能彻底地摆脱家里那些陈年债务，为此她每期都要挤出十块二十的买双色球福利彩票。时间久了还

冬日的火花

颇有心得，居然每期都能中些小奖，算账下来为社会做了福利自己还不赔钱，因此她觉得自己中大奖只是迟早的事。昨天夜里做了个怪梦，在梦里一张彩票飘在空里而她在后面拼命地追，不知追了多久，最后那张彩票竟然落在她手里，上面的五组号码非常清晰。醒来后她赶紧把那些号码写在平日研究彩票的小纸片上，看着那些号码她似乎有一种预感，觉得应该是天意，这次肯定能中，因此收拾好一切就等着下午到投注站把奖票打出来。现在赵海拿走了仅有的二十块钱，眼看着离封机就剩一个小时。往常店里一会儿卖个几十块钱也很平常，可今天就怪了，迟迟没顾客上门。她有些急了，张口问人借吧，又有些不好意思，越等心里越是焦急。终于有人买了三盒烟收了三十块钱，她赶紧收拾关门去买彩票，可是刚准备拉卷闸门那个买烟的人又折了回来，说刚才买的烟是假的，为此又叨叨了半天还是给人退了钱。这一耽搁离彩票站封机已没多少时间，她只好抹着面子向对面饭店的老板借了二十块钱，之后便火急火燎地奔向投注站。一路上想起赵海和退烟那个胡搅蛮缠的人心中甚是恼火，感觉这俩简直跟扫帚星一样差点就误了她的大事，好在最后时刻她还是打出了彩票。

到了开奖的时候，杜英娥站在饭店门口满怀希望地看着电视里的开奖直播，那天真是如有神助，出奖的号码个个如同心中所想，等到奖号全部摇出她的心都要跳出来了。她赶紧转回店里拿出彩票核对，结果心头猛烈一颤，新打出的彩票号码怎么会是上次的号码，那时候她慌了神。口袋里货架上来回地翻看，却原来忙中出错在打彩票时误把上次写的号码纸片递给了投注站。这下真完了，本该会打中四注二等奖一注三等奖，奖金高达一百二十九万。有了这笔钱往后日子可就大为不同，但现在却在一瞬间成了黄粱美梦。杜英娥心里失落极了，真想放声大哭。想着下午那个过程，她心里的怨气和愤怒无以复加。第二天赵海来还钱时，她忍不住拿着选号的那张纸片对着赵海一顿埋怨。最气人的是赵海居然嬉皮笑脸地说："姨你不用难过，说不定你买了奖号就不是这了。该是你的就是你的，不是你的咋都得不到。"这话可把杜英娥气得够呛，说赵海一副二赖子德行成事不足败事有余！赵海悻悻地离开了商

第三十八章　没人能拯救你

店，心里一百个不服气，感觉荣健他妈不是老糊涂了就是想钱想疯了，自己错失大奖却埋汰自己实在有些莫名其妙！

而范娅支持杜英娥的看法，说赵海赖在荣健身边有百害而无一利，最好尽快把他撵走。可她们把这话说给荣健时，荣健说范娅一天就会瞎起哄，中不中奖这事从根本上还是母亲自己犯了糊涂，把这事赖在赵海头上是没道理的。杜英娥说荣健简直就是个二傻子，一天胳膊肘往外拐。荣健说母亲是老糊涂了，自己堂堂一个男子汉大丈夫岂能不仁不义！范娅守在杜英娥身边，跟她站一条战线。三个人论战了半天谁也说服不了谁，但最后荣健还是妥协了，安慰母亲不用太心急，这次错过了说不定下次就中五百万。看着母亲露出笑容，荣健这才拉着范娅离开。

和范娅到她的住处时，是范娅妹妹开的门。荣健一直对这个身材粗矮说话刻薄的妹妹没什么好感，而这个妹妹也似乎对他也有一种天然的敌意。按照范娅的说法，她妹妹认为荣健太过自傲，她担心姐姐的痴心根本圈不住这个有野心的人，现在的柔情蜜意说不定一转眼就会背叛。荣健听到这话时坚决认为她是不负责任的妄言，强调这种没来由的推断完全就是吃了错药。说自己虽然对范娅过往情史心有余梗，但自己早已说服自己要和她长相厮守。虽说范娅做事有时虚伪黏糊，但对于一个女人来说这些小心思都可以谅解。比如她主动借钱给母亲，回头又在自己面前邀功，虽说这话说出来自己觉得没面子，但毕竟她有给母亲帮忙的孝心，这一点就远比刻薄小气的董婉强。另外就她借钱给同村发小那事来说，当时她心里尽管一百个不愿意，可最终还是碍不过面子给借了。那可是两万块钱的巨款，她居然糊涂得连个借条都没要。对方之前说一个月就还，现在几个月过去那伙计硬说没这回事。说起这事范娅气得要撞墙，当时荣健就埋怨她不听话自招祸，并挖苦她说是不是跟那小子有一腿，否则两万块钱怎么这么轻易就借出去了。当时这话把范娅气得浑身发抖，可她还是默默承受了。最后只好搬家里的亲戚朋友轮番去讨要，对方才迫于压力承认了借钱的事情，但啥时候能还就不好说了。然而这件事之后范娅暴露出一个隐私，她居然在股市有二十几万的投资，但她以前从没提起过。荣健知道后也没好意思细问，但他总觉得这笔钱

冬日的火花

与那个老男人有关。如果自己追问，也不过是自寻烦恼。何况这钱与自己又有何关系，反正自己也不靠女人吃饭。

荣健自从进门没说一句话，坐在床边看着她姐妹俩一边聊天一边收拾屋子，自己点着一根烟想着心事，坐了一会儿觉得尴尬无聊就起身离开。走到楼梯边时范娅赶上来轻声说："我妹一会儿就走了，晚上我等你。"

那天荣健回到住处准备开门，却发现窗户开着，显然有人从窗户进了房间。他趴在窗户上一看，居然有人蒙着头睡在自己床上，从床边的高跟靴子来看，他知道躺着的人一定是董婉。他想转身离开，可转念一想董婉这货倔强得要命，如今这架势该不会是自杀给自己看的吧！想到这他倒吸一口凉气，赶紧掏钥匙打开了门。桌上有张纸，那上面写着：

荣健：

你好！我走了，我去了很远的地方。走得很伤心，走得很无奈，走得很悲惨。"走"是我最大的幸福和快乐。我从此可以不再承受太多的伤害和压力，当然对你也是一种解脱。

世上有很多很多的事难以分出谁对谁错，几年来的错错对对，对对错错就让它过去吧！事到如今我觉得只有我的消失事情才可以平静。我知道我不这样做我会很苦，很难受。我曾尝试着走出这个圈子，我尝试着不去想你，可我还是做不到。我才知道自己是一个平凡的人，一个很平凡的人。虽然我在你面前常说我退出，那只是气话而已。每当说这些话的时候我的心都在滴血，这些谁能知道。记得你曾说过，一个人走错一步，就可能付出双倍甚至更多的代价来救赎。有可能我所遇到的这些不快乐和伤心就是上天对我的惩罚。

我也曾经有过美好的向往，我想自己有一个幸福的家，有一个爱自己的老公和一个可爱的孩子。让这些永远成梦吧！

这些年来你对我的关心和照顾我在此只能用最普通的语言"谢谢"来表达。因为最普通的才是最真实的。最近这些日子，对你的不礼貌和无理还请你多多谅解。

第三十八章　没人能拯救你

　　所有的所有，不想说得太多，以后的日子多多保重吧！我不在的日子你注意身体，少抽烟。

　　好了不多说了，我相信你以后会阳光灿烂，可惜生活对我来说，已没有光彩，我走在黑暗里永无尽头。不过也无所谓，我看不见了。因为我在天堂或地狱。我想我没干多少坏事不会在地狱吧！

　　看完这封信荣健气得抓狂，看来这家伙真的自寻短见了。怎么办？怎么办？如果她死在这里算怎么回事？不行，她可不能死在这里，想到这他赶紧掀开被子拉起董婉，将她拖在自己背上往村外飞奔。打上了车又赶紧给乔姐打电话，到了医院一顿折腾可董婉始终不愿意睁开眼睛也不说一句话。这个样子撒手不管也不可能，思来想去也顾不上什么面子只好给董婉的妹妹打电话。董晴来了以后对着董婉连说带骂，说董婉毫无志气窝囊丢人，又对荣健说自从他走后她姐都无心经营生意。而荣健说都过去了，让董晴好好开导一下她姐。之后他就走出了观察室。董晴守在床前不停和董婉说着话，不一会董婉终于哭出了声，荣健看她没什么危险就要离开。乔姐说让他不要走，等董婉冷静了好好谈谈。荣健回答说他和董婉之间一切都已结束，烦劳乔姐照顾她，之后就毅然决然地离开了。回去之后赵海和安宁一再说让荣健以后离董婉远点，招惹这样一个麻糜子女人会有无穷无尽的麻烦。荣健大呼自己冤枉，说自己绝没招惹她。早都跟她说清楚了，谁承想她会找上门演了这一出。哥几个聊了一会，赵海提醒说让荣健这几天住在范娅那边，免得董婉再找上门。

　　范娅早已从妹妹那里知晓下午发生的事情。当时荣健背着董婉出村的时候正巧她妹妹也往出走，看到这一幕马上折回去告诉了范娅，这几个小时范娅可真是度日如年。现在终于没事了，她温柔地躺在荣健怀里，搂着他的脖子说："我真担心你不回来了！"荣健心情沉重地说："怎么会呢！我跟她早没什么关系了。"范娅还是不放心，又问道："那她怎么又过来寻死觅活的？"荣健回答说："我不知道！谁知道她哪根筋又不对了。"范娅接着说："这种女人太可怕了！幸好你跟她断了。我一定比她对你好。"说着开始充满柔情地亲吻荣健的脖子，又挺

/575/

冬日的火花

身把赤裸的上身贴向荣健的胸膛。荣健也顺势搂住了她光滑的腰身，任由她从脖子亲吻到胸膛，那种酥麻的感觉真是让人沉迷。范娅说今天要让她的男人好好享受一下，因此完全不要荣健出力。她细致的温柔让荣健除了那个地方坚挺膨胀外整个身体酥麻放松，他眯着眼睛看着范娅轻柔地翻身骑在自己身上，而后她就像骑着大马一样一会上下，一会前后。她仰着头眨着眼喘着粗气，细长的脖颈不时闪动，而两只手臂抱在胸前揉搓两只奶子的动作夸张而痴迷。荣健眯着眼，在睫毛的缝隙中望去，面前那白皙耀眼的肉体让人迷醉。一时间让他视觉迷离，忽而清晰地知道那是范娅，又忽而感觉是董婉流着眼泪发出凄切的呻吟……

没过几天，那个周末的下午董婉又来了，显然来之前她精心打扮了一番。她大波浪的招牌发型刚刚修剪过，头顶上蝴蝶发卡上闪动着宝石的光芒，这发型和脸蛋配上黑色金丝绒公主裙很有些欧洲皇室公主的气质。尤其那一双柔情似水又清澈明亮的大眼睛有一种让人无法抵挡的烂漫，她笑着走进房门，而荣健看见他时脸色阴沉。她说她不想再闹腾，只是想来问问荣健是否真的想清楚了。然而当荣健再一次告诉她覆水难收时，她又痛哭流涕，抓住荣健的衣服问为什么，荣健说他不想再多说。她似乎抽搐着靠着床边坐在了地上，一会儿哭一会儿笑。荣健说如果她不走自己就走，她说让荣健滚，然后从包里掏出一个打火机点燃了手边的床单，呼啦一下床单着了起来。荣健忍无可忍抓住她肩膀把她提在一边，赶紧扑灭了床单上的火焰，然后气得大骂她无理取闹，质问她这样做跟没教养的泼妇有何区别。而董婉始终不说话，屋里的气氛一会如同凝固坚冰一会又激烈似战场。荣健试图把她拉出房门，结果她要么抓住桌子，要么拉住被子，拉扯中荣健一把把她的裙子沿着背后的拉链撕烂。那时候他心里感到了万分的疼痛，这件裙子是他当初在广州白马市场千挑万选买来的，现在撕扯得稀烂真是可惜了。而董婉这时却赖说荣健要流氓，气得他一巴掌把她扇倒在地。撵也撵不走，走又走不了。冷静了一会儿他无可奈何地仰面躺在了床上，一时间他想不出结束这闹剧的办法。他干脆裹起被子装睡，想等着董婉知趣地离开。哪承想不一会儿董婉居然也钻进被窝，可怜兮兮地说她冷得很。两个人谁也不说

第三十八章 没人能拯救你

话，董婉一边哭一边哆嗦。荣健看她平静下来就淡淡地说："你这又何苦呢？"董婉哭得更凶了，一边哭一边说："我后悔了，我不能没有你！"荣健说："咱俩性格不合，在一起只会互相伤害，分开对彼此都是好事。"董婉连连说："不，我以后不任性了，咱们好好过日子。"荣健看完全说不通就不再说话，而董婉又把手搭在他的胸口，低声抽泣着说："你不爱我了吗？我不相信！我不相信！反正我就不离开你。"说着又不断亲吻荣健的脖子耳根，荣健想要起身又被她死死抱住。"你不是挺喜欢我的吗？我不要你负责，到时你真要离开我让你走。我想你了！你个胆小鬼。"她一副死皮赖脸的样子搞得荣健实在头疼，范娅虽然回了老家，可自己现在跟董婉这样算什么呀！董婉看他不再发脾气，又嘟囔着说荣健撕烂了她的裙子她根本没法走，说着三两下就脱了裙子，又脱了自己的紧身衣。又一边拉着荣健的手放在她那丰满的乳房上，一边说："得是冰得很，你狗日的真没良心！"人们都说女追男隔层纸，那时候荣健才认识到自己的脆弱。这到底算是小别重聚，还是没有底线的荒唐，反正那个时候他们似乎再也顾不上这许多。荣健说她能把自己害死。可她温顺地缩在他的臂弯，如同受伤初愈的小鸟一样说："流氓，爽完了说是我害死你。"说着一边在被窝里伸手揪住荣健的家伙，一边说："再这样说我就把它揪下来，让你死不死活不活！"这一揪不打紧，那家伙居然瞬间又坚挺如柱。董婉取笑说："这货又硬得很，我看你咋办！"

　　安宁和赵海当日同时回的房间，在门外听到里面争吵就叹着气转身离开。两个人转来转去没地方去，最后只好在村口的录像厅过夜。结果一大早回来房门还没有开，他俩只能坐在楼下傻等。赵海说："荣健这个贱货肯定把持不住，又搞在一起看他怎么收场。"安宁说："真是佩服董婉死缠烂打的精神。"赵海说："赖皮精神，简直就是死不要脸。"他俩在楼下等了许久，看着董婉裹着荣健的一件风衣走下楼梯准备离开，照面的时候互相尴尬地打了个招呼。

　　他们上楼看荣健靠床头躺着面无表情，赵海一进门就对他竖起了中指，荣健表情沉重没有说话。他默默地点燃一支烟，又给他们一人发了

冬日的火花

一支。弟兄三人想说话又不知从何说起，最后赵海连连叹了几口气说："你小伙这下吃不了兜着走！"荣健说："走一步看一步吧！谁知道会发展成这样，真是见鬼了。"安宁淡淡一笑说："呵呵，你现在抢手得很，费力劳神可要注意身体呀。呵呵！"

　　日子在纠结中前行，转瞬间半个月又过去了。董婉得知荣健依然与范娅保持着关系时愤怒了，闯进门一把打翻了荣健桌子上所有东西，摔碎了电视遥控器，顺手居然提起地上的高压锅扔向楼下。那东西从三层高摔下去发出巨大的声响，宋胜利和女朋友苏青看到赶忙来劝架。结果董婉一个失手居然甩了苏青一记耳光，苏青哭着跑下了楼。宋胜利恼火地斥责董婉太过分，而董婉就跟疯了一样又提说起早前宋胜利借钱的事情，说当时荣健根本没有钱，还是她帮的忙，现在一群人都欺负她简直没天理。这话说得宋胜利很没有面子，撂下一句"爱咋咋去"转身下了楼。董婉彻底疯狂了，把荣健的房间闹得一片狼藉，最后又拿起菜刀割烂了自己的手腕。等杜英娥闻讯赶来时，董婉睡在地上流了一摊血，荣健气势汹汹地站在一边，那个时候他心里怒火冲天，想着大不了一命抵一命。杜英娥上了楼直接扇了荣健一记耳光，大喊着让赵海快叫救护车。三天后董婉出院了，荣健叫来卢伟和乔姐找了一个茶秀和董婉正式谈了分手，尽管董婉一百个不愿意，但是看得出她也闹累了，终于在乔姐和卢伟的劝说下同意了和平分手。荣健虽然得到了想要的结果，可当他走出茶秀大门时心里忽然空荡荡的。

　　董婉没有再来闹腾，赵海依旧无所事事，他口袋里的那点余钱也已花得精光。大家都逼他赶紧出去找工作，为此荣健承诺生活费自己可以借给他。起先荣健隔三岔五地借给他一百二百的，可他有了钱整天就会坐在麻将桌上。最后只好每天给十块生活费，并要求他自己做饭吃。起初还可以，可时间一长赵海也满肚子牢骚，说荣健抠唆小气把伙计当叫花子打发。而荣健斥责他找工作不上心，好吃懒做活该饿死。赵海说自己没有文凭，去工地搬砖吧干不动也不想干，他在路灯杆上看到卖假文凭的野广告，就一直想着能不能买个文凭去应聘。这事反倒提醒了荣健，心想这年头文凭毕竟是个敲门砖，赵海是上过大学，可的确一个文

第三十八章　没人能拯救你

凭没拿到。买文凭这事虽说有些龌龊，可眼下又有什么办法呢？安宁说赵海总算在大学待过，即就办假文凭恐怕也不算太假。于是几个人一合计，荣健又凑了五百元给赵海，没过几天他就拿到了一张北方大学工商管理专业的假毕业证。

这东西还真管用，很快赵海被一家化妆品公司聘为山南地区市场经理，底薪三千元外加提成。这个薪资水平比安宁还要高，为此当晚大家找了个饭店喝酒庆祝。想着赵经理要走马上任，怎么着也得有套像样的西装。加上又临近年关，现在买身新衣服就算提前准备了。安宁说他没有钱，荣健说钱的事他不用操心。第二天哥仨转了一趟大寨东路虹桥商业街，荣健出钱置办了三套西装三件羽绒服，虽然说这钱都算借款，但是赵海和安宁都说荣健做事够爷们。

赵海身着笔挺西装套上羽绒服精神抖擞去上班时，荣健感觉到一种说不出的荣耀，当然也有如释重负的轻快。可第一天上班回来，赵海说公司考虑到驻外经理要带产品出去，因此必须交五千元保证金或者找有本市户口的人担保。大家觉得选择交钱一方面没那么多钱，另外又担心这公司不靠谱，为了稳妥建议赵海还是想办法找人担保。无奈之下赵海又给家里打电话，虽然大姨就在市里，但他知道以自己的作为只有母亲出面大姨才会答应做担保。这事倒没费多少工夫，毕竟儿子有个正经工作对赵海母亲来说求之不得，她亲自来了一趟，叫上赵海的大姨去那家公司办了担保手续。临走既不放心又不忍心，纠结着拿出一千元一半给赵海一半让荣健替他保管，并叮嘱荣健说一定要替他管住赵海，之后又把赵海拉到一边说了半天才离开。看着母亲上了公交车赵海轻蔑地说："多此一举。"荣健说："这钱还不够还我的账。"赵海不以为然地说："就那一点账整天念叨！你一辈子也改不掉这小气的毛病，有这病就干不了啥大事！"荣健说："说的轻巧，你这次出去把事情干大再回来，如果再胡折腾咱们就断交！"

送走赵海生活瞬间平静了许多，月底的时候荣健跟安宁说为了方便，自己准备搬到妈妈商店那家院子去住。安宁说这房子自己暂时先住着，年后也会搬走。

冬日的火花

　　有了独立的私人空间，一段时间荣健和范娅的小日子倒也安稳。唯一烦人的就是范娅的妹妹每次来都不依不饶地让范娅和荣健分手，更不准范娅在荣健房间过夜。可她自从在虹桥商业街开了服装店就很少过来，打电话即就喋喋不休倒也没造成太多干扰。她显然对荣健之前和董婉的纠缠仍耿耿于怀，还埋怨姐姐不该掺和其中。范娅根本没在乎她的看法，仍然坚持和荣健在一起。结果那天早上她妹妹忽然砸响了房门，她和荣健都还赤身裸体地躺在被窝。范娅赶紧穿衣服准备去开门，没想到她妹妹却等不及在门外大骂起来："范娅，你个贱货，离了男人你就活不成得是！荣健到底有啥好的，把你迷成这样子！"这一席刻薄讥讽当时气得范娅脸红脖子粗，赶紧开了门拉她进来。荣健尽管缩在被窝但也气得面色铁青，看着那粗矮的泼妇实在想把她揍倒在地，可他知道这毫无意义。看着范娅被委屈地拉走，他又觉得范娅真够窝囊，她即就脾气好也不该这样迁就那泼皮般的妹妹。可他这时有些无可奈何，只能郁闷无力地躺倒在床上，他烦恼极了！

　　入冬第一场雪之后，整个城市似乎变得安静。街上活动的人少了，小商店的生意自是变得清淡。这一阵一个想开理发店的小伙子总来找杜英娥，屡次动员她投点资干美发生意。杜英娥也想着谋个新的营生，况且美发生意干好了可比这小商店赚的多得多。再三盘算之后她果断转了商店与那小伙子合作开起了理发店。起初生意还真是不错，一个月净赚一两千毫无问题。那个时候杜英娥信心十足，想着这样下去要不了几年就能还清债务，于是又用赚来的钱投资买了最先进的烫头、焗油设备。荣健本想着母亲根本不懂这一行，那小伙子靠不靠得住很难说。现在看来一切尚好，母亲生意干得起劲，他悬着的心也就放了下来。

　　大表哥的出现他完全没有想到，这家伙来的时候头发杂乱一脸颓废。说他鬼迷心窍又犯了错误，再次欠下巨额赌债，他说他对不起家人，可现在除了跑路别无他法！荣健听了这话也不想安慰他，只是淡淡地说希望他出去之后不要再重蹈覆辙，而表哥已经买了第二天去往新疆的车票，当天找荣健也不过想借宿一宿。弟兄俩在房间正说话的时候，房东婆娘拿着一张话费单颐指气使地找上门来，说荣健妈转店时拖欠了

第三十八章 没人能拯救你

几百元的电话费。荣健一听这话就火冒三丈,之前这不要脸的娘们偷偷把自家电话挂在妈妈经营的公用电话线上。查了几次话费才知道她在盗用,检查出来时她居然说一时大意接错了。考虑到当时要经营商店也没法跟她翻脸,现在又拿着话费单来找事简直无耻可恨。可他即就再愤怒,人家拿着话费单来这还真说不清楚。倒是表哥心思细密,他接过话费单仔细一看说:"这是去年1月的话费单,那时我妗子还没来咋能欠你话费?"那婆娘自己又一看确也无话可说,转而尴尬地离开了。表哥处事的冷静还真给荣健上了一课,他感激表哥给他解了围,晚上热情地请他在楼下吃大餐,当然也算是给他饯行。临走又买了一堆旅行食品给他,并再三叮嘱他混好了早点回来,说姑妈年龄大了,等不起了!

/581/

第三十九章　也许一切是天意

2001年就这样过去了，当年7月首都北京获得了2008年奥运会的主办权，10月国足在神奇教练米卢的带领下终于实现了冲出亚洲的梦想，而美国人却为自己横行中东的政策付出了惨重代价。9月11日巴巴·万加预言中两只铁鸟击倒了纽约世贸中心，随之气急败坏的美国人发动了对阿富汗的军事进攻。然而就是这些看似毫无关联的事情，其实从发生的那一刻就注定了某种必然的结果，只是好多年以后大家才看得清楚。

2002年1月1日中国正式加入WTO，中国大陆在计划经济转向市场经济体制十年后终被世贸组织接受，然而很多人仍对此表示忧虑，他们担心国门打开会让发展中的民族企业遭到团灭性碾压。但大多数人认为只有在开放竞争中，无论是国企还是民企才会激发出创造力和竞争力。一时间媒体上充斥着这样那样的观点争论不休，而对于地处西北内陆的汉都市来说，似乎唯有四面八方火热开建的房地产项目预示着这个城市即将揭开新的篇章。

荣健原本还觉得这是收获满满的一年，口袋里有了上万的存款，感情的事虽有波折，但他相信范娅对自己的感情是真诚而坚定的！想来国

第三十九章 也许一切是天意

运昌盛爱情甜蜜,虽不显赫的事业算得上顺风顺水。面对新的一年,荣健自然信心满满。

临近过年的时候终于能抽身去到永盛哥家里,当天没见到许芹,便也省去了要称她嫂子的尴尬。他们新装修的两室一厅简单质朴,相比较荣健在市区参观过的那些样板房材质工艺自是有很大差距。但厂子自己管理费用很低,暖气还烧得给力,进了房间那感觉如同一步跨入了夏天。永盛哥说小高翔自从断了奶就放在老家,现在已经能自己跑到奶羊跟前搂着奶嘴喝奶了。荣健插嘴说这多不卫生呀!永盛哥说原来许芹也这么说,不过现在早习惯了,咱农村长大的娃哪有那么多讲究。不干不净吃了没病,翔翔与同龄的孩子相比长得又高又壮。永盛哥说这话的时候脸上洋溢着幸福和荣耀,那个时候荣健忽然意识到其实许芹嫁给永盛哥没什么不好,这平凡的幸福也许才最为真实。只是可怜了陆锋,他如今仍孑然一身继续着他的大国梦,为此他心里发出深深的叹息!永盛哥提起当年他向荣健打听许芹的事情,说荣健那时候对他有保留,并说他觉得兄弟感情在荣健心中还不如同学!荣健解释说他那时候根本没多想,只当哥是随口一问,绝没有远近亲疏的考量。况且你们现在都过在一起了,说这还有啥意思!话说到这两人哈哈一笑似乎彻底除却了心病,之后又聊起车辆厂改制的情况时,永盛哥说车辆厂已被纳入新组建的中国动车集团,未来中车必将走向世界。而他所参与的罐车项目技术在世界范围内也具有领先地位。如不出意外,两年内他就能获得高工职称,到那时待遇也会翻番。

回来的路上荣健心里暗自思量,自己当年和永盛哥一样胸怀理想,都想着通过高考成为国家栋梁之材,永盛哥现在服务国企工作稳定还分了房子。而自己如今却成了飘萍,也不知什么时候才能走出这纷乱的城中村!哎,如果当年不是为争一口气而脱离体制,也许现在还能混个乡镇长当当。现在虽然身心获得了充分的自由,但实际上除了比农民工多个学历之外又有何差别?这城市天大地大什么时候才能拥有属于自己的小天地?

前一阵范娅说他父母提出要订婚必须先买房,当时自己还满不在

冬日的火花

乎，觉得只要动之以情晓之以理说服他们应该不是什么问题。可从永盛哥的新房出来，他忽然能够理解这现实的要求。虽说放假当天就让范娅回家去做她父母工作，但说实话现在他心里没了底。可除了等待，自己又能怎样呢？

与荣健充满忧虑的生活相比，孙群力这阵子生意做得如鱼得水，日子也过得顺心舒畅。酿造厂的产品销售稳定增长不说，现在每天贩运一车蔬菜就能松松赚几百。尤其冷冬时节，只要气温骤降市场的菜价就涨。而在地里收菜还是早前谈好的价格，往往降一次温利润就翻番。虽说贩菜这事无论严寒酷暑每天凌晨时分就得起床张罗，苦是苦了点但想起如今一家人再不为钱发愁他心里就有说不尽的快乐。这几年盖新房、娶媳妇、换新车，一件件大事让村里人都看红了眼，曾经卑微的父亲现在走路也挺直了腰板。他计划着下一步在省城成立一家商贸公司，自家的酿造厂也得打出个品牌来，总不能永远弄些上不了台面的东西。况且这类产品好赖只要有个品牌，就能有几倍的利润空间。这些法门还是菜市场那个娇俏的小媳妇在被窝里告诉他的，原来那家店老板经常把自己供来的酱油和醋罐装成一家知名品牌的产品，加个瓶子一下子利润就翻好几倍。知道了这个信息他就想，能冒充说明咱的东西不是很差，与其让他们这样挂着羊头卖狗肉，何不自己创立一个品牌！

说起这个小媳妇孙群力心里那叫一个舒坦，论长相她在市场里可算是一等一的美人。她打扮洋气能说会道就像一只高贵的白天鹅，而家里的媳妇顶多算是一只瞎扑棱的野鸭子，骚情都骚不到相上。自从去年夏天请她吃了顿饭之后就混在一起，反正他男人跑长途货运经常不在家。现在每天送完菜就会去她那快活一下，那散发着紫罗兰脂粉味的被窝温暖舒服，每一次不折腾个筋疲力尽根本舍不得离开。可最近她那个男人不知啥原因老是不走，难道察觉了什么吗？孙群力想来想去觉得不至于，与她的关系应该没几个人知道，难道是她住的那家房东多嘴泄了密？如果真是这样可就麻烦了！不过他转念又一想，城里人都无利不起早，谁他妈操这闲心，房东是个聪明人应该不至于没事找事去蹚这个浑水。想到这儿他倒也踏实了！当初为了保密又约定不能没事去店里找

第三十九章 也许一切是天意

她，这几天见不到她人总感觉浑身没劲，他不由在心里咒骂那个车夫趁早出个事故死在外面。

终于接到小媳妇的电话了，那天送完菜他立即赶去赴约。路上还想着为啥电话接通了却不说话，难道还不好意思？女人总是这样做作，她一定是想我了！孙群力自信地这样认为。可是紧赶慢赶到了她住的地方，往楼上一看房间并没有亮灯。这骚货还搞得这么神秘，他心里一边嘀咕着一边轻轻敲门。结果等了半天根本没有人响应，他又把耳朵贴到门缝上听了良久，确认房里没人才若有所失地离开。这时候外面仍然黑咕隆咚，似乎还起了点雾。街道上本就昏黄的路灯在雾气笼罩下显得无精打采，他一个人孤零零地走在人行道上，不远处的过街天桥横在清冷的大街上把远处分成了上下两截。他下意识地把棉衣又往紧裹了裹，两只手交互揣进袖筒里。快走到天桥的时候，忽然一个脸上蒙着口罩的黑影从桥墩后闪了出来。难道是无处过夜的叫花子起早觅食？然而他很快知道不是的，因为那人快步向他走来，原本背在后面的手忽然转过来并握着一把尖刀，而那刀锋径直向他刺来。他赶紧躲闪，也试图腾出双手，但是袖筒太紧一下子居然没抽出来，而那把刀"噗"地一下扎进了他的肚子。他啊了一声，那人瞬即抽刀一溜烟消失在雾色中。他连忙掏电话报警，可是手开始哆嗦，腹部血流如注。他想用力地捂住伤口，可似乎都是妄想。这一刀几乎捅穿了他的腹腔，前后都感觉到刺骨的寒意。刚才还没觉得疼，现在疼痛让他浑身抽搐。他开始眼前发晕，想大声呼叫可这街上一个人没有。那一刻他意识到自己掉进了一个精心布置的局，他挣扎着向前奔跑，希望自己能坚持到两公里外的医院。可是血流得太快了，腿脚开始不听使唤，嘴角都在打战，尽管他不停说着我不能死，孩子还小，老人要养，可是二百米后他终于倒下了。缓缓倒下的那一刻，回头看到那座天桥，那似乎是通往另外一个世界的大门，难道这是冥冥中的注定？不，他忽然清醒地意识到自己在这城里犯了一个错误，他后悔了！可这有什么用呢！一个错误就覆盖了我这些年所有的努力，曾经不甘这一世默默平凡，可现在却落了个暴尸街头！我对不起爹娘、妻子，辜负了孩子，这一死真轻如鸿毛，卑贱可怜，想到这他流下

/585/

冬日的火花

了最后一滴眼泪。可是这泪痕也很快被风干了，没有人会知道他最后真诚的愧疚和遗憾！

当同学们把孙群力被杀的消息传来，荣健第一时间叫上高扬去了他家。家里人说警方很快破了案，不过对方家里除几间烂房别无余物，到时大不了以命相偿。孙群力的弟弟很是机灵，红着眼睛求荣健和高扬帮忙，希望他们能在法院找人给对方最严厉的判决。只有枪毙了对方屈死的哥哥才能瞑目，如果需要花钱一切费用他来承担。可是荣健来时其实已经通过派出所的朋友了解了案情，而这种情杀基于死亡的一方存在过错，因此判处极刑的可能微乎其微。并且他觉得说这些话已经毫无意义，只是劝慰他和家里人要相信法院，并鼓励孙群力的弟弟接过哥哥的担子把这个家撑起来。他和高扬再三承诺如果有什么困难他们会竭尽全力，末了又一起到孙群力的坟上烧了些纸钱算是祭奠。

那天回来时高扬说当初咱们最要好的伙计已经走了两个，好在赵海那货现在走了正道。而荣健心里悲伤有些说不出话来，想起当初自己扔掉了孙群力送的醋壶，想起他丢下的孤儿寡母，想起当日董婉喝药自尽，这一桩桩一件件都让他脊梁骨发麻。不禁感叹这世间事一转眼就是生死，生命太过脆弱，这现实生活居然随处充满悲欢离合的残酷。转而又想起有关高扬的传闻，说道："你也不老实，整天在县上胡骚情，听说足浴店那个女娃为你跳了楼！"高扬叹着气说："哎，咱倒霉么，没想到她那么想不开！"荣健接着说："我咋觉得咱们现在都糊里糊涂犹如禽兽！念了一肚子的书却仍然过不好自己的生活。"高扬说："呵呵，别一天搞得这么深沉，都挺好的！谁还不遇点事呢！"听了这话荣健眨了眨眼睛，无奈地发出了几声苦笑。

最无奈的是范娅回家的说服工作并不顺利，父母只是答应让她领荣健到家里来谈谈。那天荣健穿上新买的皮鞋和西装，打扮得跟新郎官一样拎着自认为丰厚的礼品去拜见。范娅家新盖的二层小洋楼设计得别致新颖，地基又比门外的道路高了许多，那院子进深窄长，使得小楼显得尤其突兀。踏进院子的那一刻，还真有些朝觐的感觉。

进门时已到饭点，范娅妈妈端来的酸汤挂面里埋着两个荷包蛋，荣

第三十九章　也许一切是天意

健理解这当中应该有认可的含义。而范娅爸爸面容一直比较严肃，只是进出时打量了荣健几眼。吃完饭范娅说她爸爸要和荣健谈谈，于是范娅和她妈旁听，一场正式的会谈开始了。

　　范娅爸慢条斯理地点燃一根烟，也给荣健发了一支，然后表情淡漠地问道："你家是金城县的？"荣健把烟拿在手里，并没有点，听到问话轻松地回答说："哦，是的，我家在县城东边。"范娅爸深吸了一口烟，又弹了弹烟灰，略微露出一丝笑容说道："金城县我年轻的时候去过，那地方人不好打交道！"荣健有些尴尬地笑着回答说："呵呵，啥地方都有不好打交道的人。"范娅爸听这回答眼睛里闪出一丝亮光，神情愉快地说："你还挺会说话的！在外闯荡光靠嘴哄人可不行。"荣健憨笑着回应说："呵呵，叔你放心，我老实得很！"范娅爸看了荣健一眼，沉默少顷说道："你们的事范娅都跟我说了，说老实话我不太同意。你那地方太远了！"荣健连忙强调说："现在交通很方便，百十公里路其实也不算远，而且我们最终肯定在市里生活。回来看您和阿姨也很方便。"到此范娅爸不再遮掩他的顾虑，直接说道："在城里买房子可不容易，你现在有钱吗？"荣健闻言自信地说："没钱只是暂时的，我相信只要努力，买上房子是迟早的事！"范娅爸有些不以为然地哼了一下，淡淡地说："年轻人有志气我很欣赏，但你想得有些简单了。"荣健听他这么一说，心里很不服气，说："买个房子能有多难？我相信五年之内肯定能办到！"眼看着杠上了，范娅爸端起水杯抿了一口，有些勉强地笑着说："你这娃口气倒不小！"这话让荣健心里很不舒服，他觉得既然来了还是要把话说明白，于是一边思索着一边掏出打火机点燃了手里的香烟，而后微笑着说："叔你想得有些复杂了。我想当年你也没想到今天能住上别墅吧！呵呵。"范娅爸有些不好意思地回答说："啥别墅！盖这房也把家里掏空了。"看范娅爸脸上露出笑容，荣健觉得要趁热打铁，接着又吹捧说："您这房设计得很有品位，布局尺度都合理，外观也漂亮！"范娅爸夹着烟的手一挥，示意这话题到此为止。而后表情严肃地说："不说这了，前次范娅回来也缠了几天，今天你来我给你们把话说清楚。"他一边说着一边把脸转向范娅，示意她认

冬日的火花

真听着。范娅明白父亲的意思，回应说："爸，我听着呢！"范娅爸一脸无奈地说："人是你选的，我丑话说在前头，以后有苦你自己受。我只有一个条件，这也是为你们好。"荣健连忙应声道："叔，你有啥要求尽管说。"范娅爸也没客气，直接说道："是这，你拿两万元先放我这，到时你们买房我另外给你们添三万，这几年你们多少攒点，估计首付也就够了。"听了这话荣健沉默了，范娅爸看他不说话，有些诧异地问道："你到底啥意见，给个爽快话。"荣健有些失望地说："叔，我知道你是一片好心，但是我咋觉得这跟交保证金似的！况且我们买房也没有要你出钱的道理。"这样的回答范娅爸显然不满意，他略感诧异地说："你考虑，我觉得这样对你们只有好处没有坏处。"荣健顿了顿，惆怅地说道："我现在攒了一万多块钱，开了春还有一笔提成就能拿到手，收拾一下家里的房子外加结婚的酒席应该够了。"他没有再说下去，而是深深抽了一口烟。范娅爸又问道："你结婚家里不拿钱吗？"荣健有些沮丧地说："家里这几年情况不好，我不想给父母再添负担。"范娅爸看着荣健一时不知说什么好，他把烟把扔在地上踩灭，摇摇头语气坚定地说："你还挺有心的！但我这也是替娅娅考虑。"荣健诚恳回答说："叔，我能理解！但是我觉得这事不能这么办。我是家里的独子，这么做会让我的父母脸上无光。"范娅爸有些不解地说："这有啥面子不面子的，我都不怕赔钱，你还考虑面子！"荣健恳切地又说："叔，我们真的不需要你贴钱，希望你能相信我！"范娅爸不以为然地说："你现在两手空空跟我说要我相信你，凭啥？"一听这话荣健顿时有些上火，固执地说："叔，古人说：'宁欺白须翁，莫欺少年穷。'至于干多大的事情我不敢保证，但我肯定不会让范娅受委屈！"看荣健有些来劲，这话没法再说下去，范娅爸失望地站了起来，说了句："这些都是空话，你还是考虑一下吧！"之后就大步出了房门。

一场不怎么愉快的谈话结束了，范娅抱怨荣健太执拗。何苦跟他爸较真，即就手里没有钱，她可以出这两万元。而荣健说这不是钱不钱的事，订婚结婚自己出钱天经地义，哪有让范娅拿钱的道理。况且他爸说的这两万块钱出了就成了笑话，交保证金娶媳妇这事自己绝不会干。

第三十九章　也许一切是天意

范娅看荣健心里不愉快，硬拉着他到附近的河堤散步。走到河堤上时荣健压抑的情绪爆发了，埋怨说道："你跟你爸没说好拉我来干啥？谈婚论嫁谁家有这样的规矩？"他连珠炮般的质问气得范娅潮红了眼睛，大声怼他说："你就是个神经病，啥事叫你一说都不正常！"荣健瞪着眼睛吼道："什么我不正常，你爸的想法才狭隘可笑。"其实那时候荣健自己也说不清如果有钱会不会拿这个钱，反正现在既拿不出也不愿意拿！两个人都不再说话，沉默地漫步在那条荒凉的河堤上。河边一排排的老柳树摇曳着枯瘦的枝条，河床深处泛黄的河水迂回曲折。这原本是一条绕城的大河，如今也不知道水都去哪儿了，那水面窄得看着可怜。空旷的河滩上杂草丛生，一些地方因为取沙被挖得千沟万壑，千沟万壑间那些烧荒留下的黑色印记像是劫难的祭奠，这场景很难让人想象古人河边折柳送别的情景，难道古人在冬天就没有别离？

两个人一直转到月亮升起，夜色葱茏中唯有飕飕的风声。范娅说她冷，荣健抱住她时范娅说："希望这时间能够停止，咱们永远就这样抱着。从小父亲对我们来说就像一座冷峻的高山，家里的事情都由他决定。"而荣健说："即使父亲也不能啥事都听，我们都长大了，自己的事要自己做主。"最后两个人商定，荣健明早先回城，而范娅继续留下做家里的工作。

第二天黎明时分荣健坐着便民蹦蹦车离开了范娅家，到车站倒了公交车直接回公司。一路上失落颓废，坐在办公桌前心情更加沉重，总感觉这一趟朝见抑郁憋闷，以至于说不清的伤感和恼怒在他心里激荡。他怎么也没想到会是这个结果，一瞬间觉得过去所有的自信在现实面前简直有些幼稚可笑。回想起昨晚滋水河堤上的绵绵私语，一种深沉的悲伤就在他心底悄悄蔓延。他不自觉在稿纸上写下了这样的句子：

《滋水残堤的月光》

几棵老树沉默着，
那枯朽的残枝挡不住冰冷的寒风悄然折落。

冬日的火花

而今的滋水已非昔日皇城的银索,
她的心被挖得伤痕累累,
千沟万壑的河床能装进世间有情人所有的眼泪,
而这残裂的长堤携着古老村庄的星火,
蜿蜒着似乎要爬向月光里的天堂。

瑟瑟的野草是冬天的琴弦,
冷风拨动着凄婉的旋律。
冬夜的歌声中有对情侣心酸地说着彼此的爱情,
那女孩说幼时的滋水是她嬉戏的乐园。
而男孩说我能梦见昨日快乐的你,
可我想与你拥有未来的幸福。
今夜的月光能证明我把心交给了河边的姑娘,
想问月神我能把握这飘摇的爱情吗?

2002冬日的滋水风月,
是永生的爱情?
是泯灭的伤逝?
我害怕了这人世动荡的期许!
谁能把梦给我?
谁会把梦交还给我?

点一堆篝火吧!
然而这一地荒草燃起恐怕不过是风烟悲歌,
让我无法看清楚月亮的清影。
谁为你我作证?
谁为青春作证?
难道让我死了这爱的念想?
难道尘世除了残忍就是传说?

第三十九章 也许一切是天意

月光下的你我，

既不是宠儿，

我又何必为你哭？为你笑？

2002年1月28日

　　等待从来都是漫长的！起初几天还电话联系一下，没几天范娅的电话居然关了机。直到春节放假也没能联系上她，荣健和妈妈收拾了行李回老家过年。再次见到范娅的时候已经是大年初四，她提着一个大旅行箱忽然出现在荣健家门口。说是跟家里吵了一架逃了出来，她已打点好行李准备就此和荣健私奔。荣健高兴地接过她手里的行李赶紧把她拉进里屋，看得出范娅来时特意做了头发，还系着一条大红的围巾，那分明是新媳妇省亲的装束。坐下来时荣健跟她说不用私奔，大不了年后攒够钱先交了保证金。这话一下子让范娅破涕为笑，并说荣健这头犟驴居然也有转向的时候，那一刻她脸上写着满满的幸福。

　　当天下午高扬带着几个同学来家里玩，荣健向大家介绍了范娅。当时高扬就避过人跟荣健说范娅看着比董婉温柔贤惠得多，动员荣健年内抓紧把婚结了。几个人聊了一会儿，高扬又煽呼着凑起了麻将，一场牌下来，荣健输了好几百。范娅当时不动声色，等一伙人都走了她说："你咋有这样的朋友！他们明显就是赢你钱来的。你平常又不打牌，跟他们玩纯粹就是送钱。"荣健听这她这么一说心里也有些懊悔，跟这些牌场老油条打牌确也有些蠢，不过输了就输了，大家开心就好。他也没太往心里去！结果第二天高扬又打来电话，说那一伙又吵吵着打牌。荣健自是心里不太舒服，他跟高扬说："你们一群老油条老找我打牌，是不是我的钱比较好赢？"高扬说："大家喜欢跟你玩，难道你不想报个仇？"荣健听他这么一说，嘴上也不服软，说："好，你们想玩就来，不过就是几个钱的事！"下午高扬他们没有过来，第二天荣健就和范娅返了城。

　　过完正月十五母亲也来了，理发店原定的十六开业，但是合伙的两

冬日的火花

个发型师电话一直关机。两天之后起先动员母亲投资开店的小伙来了，一来就说自己已身无分文，希望预支一点工资。杜英娥也没多想就先支给他二百块钱，并让他尽快联系他朋友。眼看着又要交下个季度的房租了，3月份得把这笔钱赚回来。可那小伙子似乎并不着急，一天懒洋洋的状态让杜英娥很恼火。然而现在店里全靠这小伙撑着，她也只好一边维持着一边另想办法，从那时起她有一种不好的预感。果然过了几天另外一个伙计也来了，一来就提出来辞职。理由是去年辛辛苦苦干了两个月没赚什么钱，今年想找个大点的店再学学手艺。杜英娥苦口婆心地跟他讲，这店开了没几天生意还算不错，只要大家团结一心好好干，生意一定会越来越好。姨不会让你们吃亏的，工资提成也没拖欠你们不是？只要今年赚了钱，之前答应你们的分红也一分不会少！话说到这份上另一个小伙也开了口，说他原本也想离开，只是起先是他动员开店的，因此一直不好意思开口。如果他伙计离开，他也会离开。这下子真给杜英娥出了个难题，他俩一走店立马就得关门。这一时半会又到哪去找合适的人，累计七八千元的投资岂不是就此要打了水漂！她有些后悔当初轻信人言搞了这个投资，思来想去只好找儿子商量。

荣健把这前后的事情细想一遍，他跟母亲说："他俩家离得那么远，真要辞职年后不来就是了，来了这样说那一定是商量好了要坑咱！现在恐怕什么办法也不好使，能少亏就不错了。"杜英娥觉得荣健说的有道理，她抱怨那俩年轻人言而无信过河拆桥。说自己一进城才发现，这城里到处都是坑蒙拐骗利欲熏心的货色。荣健劝母亲不要生气，他跟母亲讲现在是市场经济，自由竞争原本就是血淋淋的你死我活。这个时代信仰崩塌，人们为了钱早已不顾礼义廉耻，咱们上了当也怨不得别人。但他俩想要这个店也没那么容易，我去跟他谈。

见到那两个小伙子时，荣健开门见山地说："感谢你们当初对我妈的支持，但我妈毕竟对这行一点都不懂。这店里前后投了八千多元，按原来说的分红比例其中有一千元应该算是你们的投资。你们也不要走了，我再让五百元出来，三天之内你俩拿六千五百元出来这店归你们。当然你们也可以不要，那么到时店转多少钱就是多少钱了，我们认亏你

第三十九章 也许一切是天意

们也肯定损失！"俩小伙面面相觑有些难为情，沉默半天后说他们考虑一下。但都表示无论如何先好好干着，再怎么也不能让阿姨受损失。第三天晚上俩小伙拿来了钱，双方写了字据算是两清。那三天店里生意出奇的好，三天下来杜英娥还收了一千多块，这样一来无外乎自己拿钱替他们搭了台子，但从资金上来看也不算亏。拿了钱杜英娥心情不错，里里外外帮儿子把房间打扫了一遍就准备回家。当晚荣健和范娅一起请母亲在村口餐厅吃了顿饭，荣健说母亲年龄大了应该回家安享晚年，只要自己努力就一定能光耀门庭。杜英娥说这半年荣健成熟了许多，现在回去她也能放心了。只是希望荣健和范娅尽快确定婚事，到时如果要上门提亲，家里会百分百支持。

  生活一下变得平静单纯还真有些不太适应！上班下班吃饭睡觉倒也轻松自在。公司的业务都是轻车熟路，倒鸡毛赚差价的单子还应接不暇。因此即便偶尔范娅的妹妹来骚扰一下，这对荣健来说也无关痛痒。心想着只要攒够了钱，到时把钱往范娅爸爸面前一放一切都没问题。这本该顺风顺水的日子没过几天，范娅应邀去帮一位女同学筹办婚礼。结果去了几天都没见回来，一打电话范娅总说办完婚礼就回来。结果第十天范娅回来后眼泡浮肿，很明显长时间地哭过。荣健还以为她和同学姐妹情深也就没在意，然而晚上躺在被窝时范娅说她对不起荣健。原来那个结婚的同学就在她之前情人的公司，那个男人当天也出现在婚礼现场，而最后范娅被他拉上了车。那个老男人又把范娅拉到他们原来偷情的住处，一边怀念过去一边炫耀阔气，最终再次把范娅按倒在床上。范娅说无论她如何抵抗，最终还是被他得逞。荣健暴跳着指责她贱得忘乎所以，难不成那东西能把你爽上天！并阴阳怪气地说那两把余三指的家伙可不是一般人能享用的！他指着范娅鼻子让她滚蛋，说以后爱跟谁睡跟谁睡与老子再不相干。而范娅哭着说自己真心地爱荣健，被那个流氓欺负实在无可奈何，难不成现在去报警抓他？她发誓要对荣健好，什么要求她都会答应。可荣健无心听这些话，自己裹紧被子心里如同刀绞一般，即便范娅百般柔情，可他丝毫不觉得兴奋。他心里的抑郁和怒火让原本甜蜜的做爱变成了暴力的发泄，直到筋疲力尽无奈地蜷缩在范娅的

冬日的火花

怀里。

　　那些天荣健心里愤懑如同丢了魂。他鄙视范娅莫名其妙的软弱，也搞不清范娅到底是旧情难忘还是迫于无奈，他纠结于立即结束还是委曲求全。但他清楚地知道自己内心深处强烈的耻辱感，自己准备迎娶的女人居然又一次让人搞了，这到底算什么事呀！我该出面去找那人算账吗？可他们是老相好，自己为此出面不尴尬吗？不丢人吗？可范娅就是这么一个软弱的女子，她确也愧疚难过，可我能平复自己的内心吗？他既回答不了自己，也说不出决裂分手的狠话。

　　范娅变得沉默寡言，经常念叨着要揣一把钢刀去捅了那个人。可荣健知道这样的事董婉也许能做出来，以范娅的柔弱骂句人都能涨红脸还别说这样动粗。也许因为如此，年前董婉打电话说她怀孕时自己直接说了"关我屁事"的话，他能想象电话那边董婉必然气得发疯，可这不正是自己赌气报复所要的效果吗？即使大年初一在街上看见形影消瘦的她心生一丝怜悯，但总觉得这是她过往嚣张应得的报应。现在想来却也有些过分了，自己犯的错误毫无担当似乎也禽兽不如！哎，我把自己活成了啥样子？我到底哪里错了？还是从一开始都错了？

　　下了班他不想回去，一个人夹着包转悠着走到城墙边。灰蒙蒙的天空飘着一丝半点的雪花，环城公园里安静得出奇。随便找个地方也不会有人来打搅，他点燃一根烟坐在护城河边发呆。远处传来秦腔自乐班凄婉的弦乐，那"霜染丹枫寒林静，不堪回首忆旧游"的唱词如同空中飘荡的风筝，时断时续高高低低汇入耳中。想来也真是让人难过，当初与董婉相好时逛的第一个公园就是这里，不是这里有多好，而是这里不用买门票。那天一样坐在护城河边，一起回忆当年子弟兵舍身清淤的壮举。而现在这日子过得揪心，事业并无多大成就，感情的事已经糟糕得无以复加。想来自那日在金城中学的白杨林与林芳欣重逢这一晃已有十年，我曾经那么痴心地爱上了她，可一转眼把她丢了；梁艳对我那么好，我把她舍了；我也爱过叶子，可她走了；甚至我还让舒畅捎信给云诗曼，可她居然和高扬一起偷看了内容却没有把信送到，回过头来还当成笑料；之后惶惶然又去追求黄莺，结果碰了一鼻子灰；直到董婉出

第三十九章 也许一切是天意

现，我以为这辈子有了归宿，然而她蛮横刻薄最后我们都遍体鳞伤；准备迎娶范娅，却没想到如此尴尬！到如今心灵飘摇，我都不知道他妈的我有没有真感情，我到底是个什么东西？梦想中那些历史清白爱情专一的姑娘又在哪里？如果接受范娅岂不是捡破鞋回家，而现在离她而去又于心何忍？荣健心里矛盾极了，无奈中他拨通了卢伟电话。

卢伟开着他家那辆破面包车飞奔而来，一见荣健就质问说："你不是说要跳护城河吗？你咋没跳呢！我日急火燎地来给你收尸，你人模狗样不是好好的？"荣健叹了口气："哎！真活不成了，没意思极了。"卢伟回应道："再别拌屁了，你小伙一天高工资拿上，女人睡上，你还有啥不满足的！"荣健："哎，我跟你说正经的！"

卢伟：又咋了嘛？董婉又麻缠你了？

荣健：那倒没有。

卢伟：那是咋了？你又犯啥神经？

荣健：你觉得范娅和董婉谁适合我？

卢伟：我觉得范娅挺好的呀！

荣健：如果她历史不清白呢？

卢伟：现在哪还有多少清白的女人！你清白不？

荣健：我咋就不清白了？

卢伟：谁还不知道谁了？你摸过的奶估计比你爬过的山还多吧！

荣健：这根本不是一回事！

卢伟：咋不是一回事？就我知道你都谈了几个了！

荣健：对着呢！这一点上你算是比较纯洁的！不过你也没少嫖。

卢伟：所以说别纠结什么清白不清白，主要看谁适合跟你过日子！

荣健：你倒心大得很！

卢伟：心不大有啥办法！老婆差点被人撬走，咱又能怎样？

荣健：我不是这么想的，我觉得娶老婆还得娶个靠得住的！

卢伟：那你觉得范娅靠不住吗？

荣健：没法说！

卢伟：不要在意过去，只要跟你在一起以后不胡来就可以了！

冬日的火花

　　荣健：到底什么叫胡来，我现在也他妈说不清楚了。
　　卢伟：如果你万一觉得不合适，重新找不就是了。
　　荣健：我咋觉得我都累了烦了！
　　卢伟：说这有啥用，走兄弟带你去歌迷乐放松一下。
　　荣健：你还贼心不死！
　　卢伟：你还别说，白雪那女子看着美得很，不要一下还真有些心痒痒，呵呵！

　　那天在歌迷乐弟兄俩喝了很多酒，等到白雪来的时候两人都有些不太清醒。卢伟兴高采烈地拉着白雪挤进了那间狭小的包厢，借着酒劲居然大倒思念之苦。而后疯狂地撕扯，没几下就把人家姑娘的衣服搞得一团凌乱。当胸前那两只雪白的小兔子蹦出来时，白雪傲骄的身材几乎一览无余地展示在了眼前，犹如无瑕白璧般的莹润简直能亮瞎双眼，他心里有种久别重逢的冲动就这样被瞬间点燃，白雪一边喊着"流氓、流氓"一边嬉笑着迎接他的肆虐。那天卢伟发挥了惊人的战斗力，几十分钟的冲刺把白雪搞得嘴唇紧咬浑身发烫，甚至求饶说她不要小费了，只求卢伟赶紧完事。卢伟累得上气不接下气出来，拉起荣健把他推进了小包间，还在外边不断动员让他抓紧时间。白雪衣衫不整地半躺在沙发上，见荣健进来丝毫也不意外。伸手要了根烟点着，一副悠闲无所谓的神情。她虽然有些累了，但仍挂着轻佻的笑容说："帅哥，等一下哦！"荣健看着她又浮想联翩，他带着怜惜的语气淡淡说道："没事，聊一会就行。"白雪听他这么一说，疑惑地问道："怎么，你不干吗？"荣健回答说："嗯，看你如此放松我心情复杂得很！"白雪却把头一扬，随口说了句："操！"而后又轻声地说："哥，你是来抒情的吗？呵呵。"一句话说得荣健额头直冒汗，感觉自己实质上就是个卑鄙的伪君子。看着白雪收拾停当带着几分不屑离去，荣健神情失落地也转身离开。

　　从歌迷乐出来时卢伟问荣健为啥不弄，荣健回答说："你能力太强了，我怕丢人！"为此卢伟甚为不满，觉得荣健偷奸耍滑不够意思。路上荣健一再解释，说自己心里烦乱实在没有心情，况且印象中的白雪应

第三十九章 也许一切是天意

该矜持一些，没想到今天这么风骚主动。卢伟说荣健脑子有病，跑到歌厅还想找贞洁烈女。到八里铺村门口的时候两人也都清醒了。他们坐在车上，抽了大半天的闷烟，也说了很多心里话。

荣健：我觉得咱们现在堕落得都没有人样了！

卢伟：现在就是这社会，大家都一丘之貉！咱今天就当醉酒鞭名马。

荣健：唉！我原来还想着要当市长，现在看来这想法很可笑。

卢伟：你还可以想，不过这与爱美女有啥关系？市长就不是人了！

荣健：我是说咱们现在没有道德、没有信仰，贪财好色似乎成了全部的追求！

卢伟：和平年代市场经济，财富是体现个人价值的唯一标尺。你说除了赚钱咱还能追求啥？

荣健：话倒对着呢！可我们能不能活得高尚一点？

卢伟：咱有啥不高尚的，出来嫖也是各取所需，咱又不是白玩人家。

荣健：唉！到处都是风尘妹子，我们却希望自己的女人历史清白，想来这也可笑！

卢伟：你说的太绝对，好姑娘也很多！

荣健：唉！丑的没感觉，美的太风骚，要找个神仙眷侣还真不容易。你小伙运气好，早早霸占个校花，你怎么会理解我们这些泥腿子的纠结。

卢伟：你好好的！范娅也很漂亮，你别一天身在福中不知福。咱很多同学找的那媳妇丑得都看不成！找对象最重要的是志同道合，至于美丑关了灯还不都一样。

荣健：这道理谁都懂，可我咋从来就没觉得那个女人和我志同道合！你跟洋子算是志同道合吗？

卢伟：呵呵！这话说的，我还真没法回答你。但最起码三观匹配，能说得来。

荣健：我咋觉得你在洋子面前整天就跟个孙子似的，乖得很！

卢伟：废话！没娶到手呢，还不得老实点。

冬日的火花

　　荣健：呵呵，说实话了！
　　卢伟：说到这了我可要说你几句。以前你跟董婉在一起时很多事我觉得你做得不合适，人家女娃也要面子也要尊重，你总是自以为是，董婉又是个火暴脾气，你俩不掐架才怪呢！现在你遇见范娅是你小伙的福分，她性格多好，你还有啥不满意的！
　　荣健：一言难尽，算了，你回吧！让我再想想。
　　其实荣健心里知道，这感情上的纠葛除了身处其中没人能感同身受，毕竟这中间有些秘密永远无法说出口。但卢伟提说的"和平年代，市场经济"让他意识到现实的生活早已进入了一个全新的时代，况且自己从小县城走到城市本就在学习适应新的生活。也许感情的事就是第一道考卷，成家立业立业成家，对于任何一个平凡的人来说都是一个大命题。我到底能交上什么样的答卷，一方面是选择一方面是坚持。应该选择什么样的方向，坚持什么样的信念，已经到了必须明确的时候！
　　郦薇发来一条短信："班长近来可好？"荣健回复说："还活着！"之后过了几天心情平静下来才拨通了她的电话。郦薇说她被分配到公园当了讲解员，工作一切尚好，只是三天两头的相亲让她不胜其烦。荣健开玩笑说："天天见帅哥混吃混喝你还有意见，那我们男人还不烦死。"郦薇说介绍人眼睛都长在了屁股上，总是拉来一些猥琐男来恶心她。荣健说："那你如果不嫌弃，来汉都咱俩将就着过。"郦薇哈哈哈三声说："你还美得不行，不过如果你来太原我就凑合一下跟你。"荣健说现在"尽君今日欢，拼将一世休"的女子都死光了！郦薇说荣健在男权崇拜的传说中梦游，凭什么女人就得为男人而牺牲？真正的爱情应该是共同努力，而不是谁为谁牺牲！任何不平等的牺牲都不能算是爱情，而且多半会不得好死，徐志摩和陆小曼的结局就是明证。荣健说郦薇毒舌依旧，郦薇说荣健活在幻想里。
　　现实的生活让荣健觉得没有什么例子可以借鉴，他又试图从读过的小说中寻找抉择的依据。而实际上哪有什么可以参照的东西，思来想去那些记载于文字当中的故事只不过是故事而已！他越来越觉得玛格丽特和杜十娘从一开始就注定了死亡结局。这种感觉让他几乎对爱情丧失了

第三十九章 也许一切是天意

信心。而这种失望让他有些怀疑自己原本就是一个庸俗的人，而真正的爱情只属于那些高贵的灵魂，像自己这样世俗的人哪配谈什么爱情，充其量不过是找个女人做伴，一起生活而已！

可现在即就是安享平凡都已变成奢望，范娅往常很准时的例假这次并没有如期到来。一边是董婉固执地要生下孩子证明自己的清白，一边是范娅因为怀孕忧心忡忡。荣健自然为自己的不谨慎而懊悔，这局面可不是闹着玩的，纸包不住火的时候两家人岂会善罢甘休！荣健又一次感到束手无策，觉得正当谈论论嫁之时自己如若提出让范娅终止妊娠，范娅一定会觉得自己有了别的想法。而董婉那边更是无法沟通，每次电话里一提这话她都异常激动。这无奈的纠结让他每天陷入焦灼与折磨当中，有时真想就此出走一了百了。可生而为人又怎能如此不负责任，惹下麻烦撒手不管良心何安？正当他一筹莫展的时候，那天在快要下班时忽然毫无缘由地心头一颤，不一会儿范娅打来电话有气无力地说："我刚做了手术，你下了班直接到医院来。"她说的那家医院无痛人流的广告无处不在，那一刻荣健没有觉得如释重负，反而心里有一种说不出的愤怒。他无法理解范娅这不合常理的选择，更不理解的是她为何又一次自作主张！她给发小借钱不经自己同意，尚可理解她的钱她有权做主。她被迫上那个男人的车不向自己求助，也可以理解为旧情难忘。可如今这事难道另有隐情，如果这怀孕与自己无关又为何刚才自己心头一颤。这是骨肉的心电感应还是感情终结的信号？一时间满肚子的狐疑让他心情极其复杂。

一个月之后范娅基本恢复了元气，荣健流着眼泪跟她说："娅，请原谅我是个小气的人！我总觉得我只是你现实的选择，而你的心始终属于那个男人。我知道你是一个为了爱情可以不顾一切的女子，我也相信你决定和我私奔都是一片真心。可我不愿活在另外一个男人的阴影里，何况他比我成熟也远比我优秀。他不能给你名分却能给你金钱和快乐，而我只是一个打工仔，前途未知方向迷茫。即便你家里一个小小的要求我都需要努力，所以我选择放弃！你肯定会觉得我懦弱或者无能，但是我希望你能理解！"范娅半天没有说话，这些天她总是这样，经常不经

冬日的火花

意间抹着泪水。也许她早预感了这个结局，因此她说话的时候也异常的平静。她叹着气说道："上次你福建出差回来说好了去接你的，偏偏那天他来了。从那时起我就有不好的预感！可我总希望努力地挽回，谁承想后来又发生了这么多的事情，请原谅我妹妹对你的无理，我爸就是那样一个固执的人，可我想这些都不重要，只可惜我们最初没能遇见彼此，这也许就是命！"荣健强忍着内心一阵阵的酸楚，接着说："你真是个傻丫头，你善良真诚！可有些事过去了不能再提也不能回头，你既然决定离开他开始新的生活，那么你和他的事最好以后就烂在肚子里。有时欺骗比坦诚好，这天底下没有几个男人有包容过往私情的肚量！对新的感情来说这种过往就像一副慢性毒药，时间越长可能毒性越大！"

范娅辞掉了那份没干几天的设计工作离开了，荣健打过两次电话问候，而电话接通后她只是哭，再之后那个号码停机了。从此她就像消失了一般，茫茫人海她飘向何处自是无从知晓！荣健再一次拒绝了郦薇的热情相约，他说母亲身体不好自己不宜走远。郦薇嘲笑他是关中懒汉故土难离，荣健说她在爱情面前不够勇敢。不过打嘴仗归打嘴仗，他能理解郦薇作为独女离开父母不太现实，这事上大家最终只能各安天命了。

暂时没有羁绊的日子倒也自在，专注于工作自然会有收获。那一阵子存折上的数字不断上升，就连老同学凌兵兵也奇迹般地赶来助力。她毕业后就职广西一家乳胶制品企业，现在成了西北市场销售负责人。第一次说起她们的产品时荣健几乎笑出了声："我的天，安全套！"而凌兵兵自信地说："你可别小看这东西，现在市场大得很。除了安全套，我们还有医用手套等产品。"凌兵兵的话很快得到验证，随着电视广告和报纸广告的投放，她们的产品销售量取得了快速增长。凌兵兵说得益于荣健的策划，而荣健觉得其实这产品的推广压根就没费什么劲，从根本上来说恐怕应该归功于人们观念上的转变和遍地开花的KTV、洗浴中心以及名目繁多的养生会所。但不管怎么说凌兵兵带来的广告投放让荣健赚了不少提成，因此他请凌兵兵吃饭算是答谢。吃饭时提起邱雨生，凌兵兵说当初邱雨生对她有意思，但他是个胆小鬼。那个时候邱雨生远在中铁十局一个涵洞项目的工地上，那地方荒凉偏远时常连电话信号都

/600/

第三十九章 也许一切是天意

没有。两个人想要联系时听到的只是电话的嘟嘟声，于是骂几句也就不再说他。凌兵兵仍然单身，可她的状态轻松而有活力。说起爱情她认为可遇不可求，并说自己从来不为这事忧虑。并随之问起荣健和董婉的情况，说当初在学校时传言荣健在追黄莺，结果后来看到荣健忽然领着董婉出现还觉得有些不可思议。看来荣健一早就有多手准备，这男人呀，多半都是花心大萝卜！荣健连忙解释说不是男人花心，有时候天意作弄也没办法！不过凌兵兵坚定地说她看得出董婉对荣健一往情深，并强调她也是个女人，这一点她不会看错。荣健调侃说她一直都不像个女人，可能因为这个原因邱雨生才会远走他乡。

随着时间的推移，董婉显然有些着急了。她轮番地发动乔姐、卢伟、谭浩宇做劝说工作，她的另一个朋友红姐也忽然热情地涌现出来，居然直接给荣健打电话说只要他俩人和好，董婉父母已经同意一分彩礼都不要。事已至此荣健心里妥协了，但他知道就此回头父母肯定有看法，尤其在母亲看来董婉缺乏教养又不够关心体贴，这样的女孩子哪能娶回家当媳妇。然而当荣健把与范娅分手的事跟母亲讲时，原以为她会很意外，但是母亲只是平静地说了句"分了就分了"。原来母亲早就撞破范娅和那个男人私情，只是当时范娅就求着母亲对此保密，并承诺一辈子对荣健好。母亲为此其实也矛盾了很久，但之后被范娅的贤惠感动，现在看他们分了手才说出了实情。作为母亲从内心来说自然不愿意自己的孩子娶一个不清白的女子，原本纠结的内心现在反而变得轻松。但听到荣健又要回头娶董婉，杜英娥当时就有些上火，她强硬地说如果荣健娶了董婉，以后就不要再回这个家，之后又苦口婆心地跟荣健讲："妈都是为你好！我和你爸没指望享媳妇的福，只是希望你能找个知冷知热的人。董婉那性格跟你弄不到一起，你走了回头路以后有你吃的苦。"荣健说："反正我们常在外少在家，你们眼不见心不烦。孝敬不孝敬有我呢！你们也不可能指望上别人。话又说回来，不管娶谁咱屋也得简单收拾一下，这里有一万块钱，你和我爸先叫人装修房子吧！"

第四十章　最后我们无话可说

寂寞的生活总能让人有更多的思考，然而世间很多事并不一定都有答案，就像荣健始终不明白梁艳最后为什么会选择那样一个人。她当年顺从父母意愿选择学医不过就是混个谋生手段，如实在不喜欢还可以再换。而嫁人是一辈子的事情，一旦错了可就覆水难收！人们常说说曹操曹操就到，当他念及梁艳的时候，那个周末梁艳就打来了电话。

她来省城参加4月份的职称考试，希望荣健带她提前看一下考场。梁艳路盲的程度荣健自是清楚，想当年在汉都上学时，她的活动范围也就仅限于学校周边。这几年城市一年一个样，她自己去找考场恐怕还真是有些困难。荣健开玩笑说："陪考这事你还抓壮丁，咋不把你老公拽上？"而梁艳叹着气说："不要提他！"

那天考完试梁艳没有急于离开，俩人胡乱转了一会儿之后一起回到荣健的住处。荣健说欢迎她驾临寒舍，梁艳看着他简陋的出租屋说："你在外边混也不容易呀！这地方哪有你家三间两层住着舒服。你折腾了半天还不是留在了汉都，也并没有走多远！你可把我害苦了！"说着说着她湿润了双眼。荣健连连辩解说："你可不敢给我扣这么大的帽子，我家的情况你知道，当年那种情况分手我是不想连累你。咋了？那货对你不好吗？"梁艳回答说："不是不好，我跟他实在没有话说。当初他家里说能安排到公安局，结果一直就在招待所干保安。这人一天心

第四十章 最后我们无话可说

里不想事,就知道胡浪荡,啥都指望他爸。现在他爸也退休了,难不成干一辈子保安,可他一点都不着急。我纯粹就是被他借来相亲的那身警服骗了,这事想起来就觉得丢人!"荣健给她倒了杯水,让她坐在床边,自己拉了椅子也坐了下来。靠床放着的办公桌上随意放着一些日常工作资料,那其中有些荣健手写的稿子。梁艳一边随手翻着稿件一边问荣健的工作具体都干些啥。荣健介绍说策划工作其实就是帮客户出主意想办法的职业,说来其实和医生差不多,只不过梁艳的工作是救人,而策划是救企业救产品,也需要有诊断开方的能力。

两个人东拉西扯聊得甚为欢喜,梁艳也一扫初来时脸上的阴霾,注视着荣健时眼角眉梢似乎都是喜悦。她问起荣健的感情问题时说:"我前一阵见过你妈,她看起来气色不怎么好,你别折腾了,让她少操点心。"荣健说:"我现在弄得一团糟也算是咎由自取,可无论如何我也做不到你那样的委曲求全。你当初不是顾虑父母的感受,婚姻又怎会是这个样子!你不幸福,我想你父母也不会心安的!"梁艳听了这话有些无奈叹了口气说:"你总是主意正得很,不像我活得糊里糊涂。如果不是孩子,估计我都离了八回了!现在这半死不活的日子我真是过得够够的,唉!"荣健仔细地端详着梁艳,显然她那曾经粉红如霞的笑脸如今蒙上了一层隐约的愁怨,曾经稍显丰腴的身形也消瘦了许多。想来如果大飞不死也许能给她幸福,可如今他的坟上早已长满荒草,世事难料幸福难求,她陷入不幸的婚姻恐怕除了自我救赎别无办法。况且人常说"宁拆十座庙不毁一门亲",现在除了劝慰她之外还能怎样!

他不劝还好,一劝才知道梁艳对他有多大怨气。梁艳说没人顾她死活都劝她将就着过,谁能理解她的痛苦?抱怨说那该死的家伙好吃懒做胸无大志自己都能容忍,可就这么一个蠢货还一天到处拈花惹草,口袋只要有五十块钱就会去找小姐。荣健说肯定是梁艳心里嫌弃人家,那货身体强健憋得慌才会这样。梁艳说根本不是这样,原本自己尽可能地满足他,可他吃饱饭不想事性欲强得出奇,不管你心情好坏他都要折腾,这谁受得了。最可恨的是在外面不干不净地胡弄还把病带回来,害得她去年整天抱药罐子。现在一见他就觉得恶心,因此他爱干啥干啥自己也

冬日的火花

不再干涉。梁艳话说到这儿荣健自是不再劝她，想着婚姻到了这个地步已经毫无挽救的意义，于是又改口劝她应该当机立断。梁艳说自己有了孩子离了婚恐怕不好找，荣健说即使单身也比这样憋屈着要好。梁艳忽然有些尴尬地笑着说："那我离了婚你会不会要我？"一句话问得荣健没法答复，只好打了个哈哈。而梁艳穷追不舍地又说："那你都没想过我吗？"说着趴在床上哭泣起来，荣健更是不知如何是好。少顷他只好起身坐到床边手搭在她的肩头安慰她，说自己也已不是过去的那个单纯少年，根本没有梁艳想的那样好。自己一天看起来人模狗样，肮脏的事情也没少干。而梁艳似乎根本听不进他这些话，转身抱住他的脖子说："你骗我，你嫌弃我，你肯定是嫌弃我！"荣健辩解说没有的，话没说完梁艳温热的嘴唇已经贴了上来，那时候她闭着眼睛眼角有泪，白皙的脖颈还一如当年那般完美无瑕。可事到如今即便从前有千般好，即便柔软暖香的美人近在眼前，荣健感觉到自己似乎已经没有了从前炙热的情怀！她的嘴唇被别人亲过，她的身体替别人生了孩子，她的身上有着别人的气息，想到这些时他发现自己内心潜藏的"小"原来如此清晰！他抱住她侧转了身体躺了下来，谁也不说话。他能感觉到梁艳怦怦的心跳，轻轻抚摸着她丝滑的衬衣下那略显单薄的身体，想起曾经那丰腴的柔软时心生怜惜。他内心有些纠结和伤感，不断扪心自问这算什么呢？是复习功课还是乘人之危？虽然向前一步轻而易举，她孤独无助需要温暖，我寂寞烦乱需要安慰，这岂不是一举两得的好事？况且当年她就应该是我的，当初拘谨懦弱才被中山狼尝了鲜，如今送顶绿帽子给他岂不是大快人心的事情。可我不娶她却占有她，如若图一时快活岂不伤了她的心！他心里矛盾极了，直到送走梁艳后忽然又觉得自己想得太多了，现在都啥年代了，你情我愿睡一觉又能咋！他自己无法解释，为啥别的女人面前都能放得开，而在她面前总是畏手畏脚地装正人君子，越想越觉得自己既可怜又可耻！

送梁艳走的时候他就知道，以她的性格不到山穷水尽她做不出离婚的决定，况且她父母也不会支持她。之后打了几次电话，果然如同他猜想的那样，梁艳一边叹气一边说："唉，先凑合着过吧！说不到一起大

第四十章 最后我们无话可说

不了就少说几句。"他说梁艳糊涂透顶，这样的日子会有望不到头的烦恼，梁艳说这也许就是她的命。到此荣健也没法再说什么。可话又说回来，即使曾经有过炙热的感情，如今真鼓动她离了婚，到时就一定会比现在好吗？谁敢打这个包票！况且自己的生活都一团糟，又有什么资格指导别人该怎么样！尽管这样想着，可那些天他时常会想起梁艳，想起她每天面对的日子。有时甚至会想如果当初选择了梁艳，那么今天又会是一种什么样的生活？他没法回答自己，也不自信能够一直忍受她优柔寡断婆婆妈妈的性格。甚至她那些路盲、晕车的小缺点都让人有些头疼，他越来越觉得自己世俗到了薄情寡义的地步，可在他看来这世间哪有什么包容一切的爱情，那些天荒地老的诺言不过是些骗人的鬼话，谁相信谁不得好死！

就在荣健为感情困惑的时候，萧珊珊和她那混混男友也闹起了别扭。萧珊珊被男友的好吃懒做气得抓狂，说那货自从听说村子要拆迁之后就守在家里等赔偿。而他男友的哥哥更是一个奇葩，为了拿到更多的赔偿，居然放下电视台主持人的身段跟村里一个四十好几的寡妇结了婚。荣健说："谁叫人家有福气，他先人把他生在了城里咋样都好活。我就搞不明白本来土地国有，拆迁赔偿顶多赔偿地上建筑的投资，凭啥一户就能赔百八十万！说一千道一万还不是因为城里的地贵。这样的赔偿政策到头来只会培养出一个腐朽懒惰的食利阶层，这些无知的蠢货一下子有了钱，他们除了吃喝嫖赌还能干啥！"万磊讥讽荣健是兔子望月害红眼，荣健说万磊是猪脑子。董均也加入了闲聊，打趣地跟萧珊珊说："你家那谁现在混大了，墨镜一戴就像个黑社会。以后大家有个啥事，还得你给罩着！"萧珊珊瞪着董均让他好好说话，一边的段建设笑着插话说："萧珊珊你咋还不明白！董均对你可是一往情深，赶紧把你那没文化的伙计打发了，现在还来得及。"荣健也跟着起哄说："就是就是，别一天就知道跟个混混耍威风，董均可是咱公司的宝贝。"萧珊珊被一群人说得面红耳赤，哼哼冷笑两声，说了句"你们男人没一个好东西"提着包匆匆离开。

后来萧珊珊跟荣健说董均的心意她不是不明白，只是她觉得董均眼

/605/

冬日的火花

看着她和男友处了那么久，回过头再和他谈，这事始终都觉得别扭。在荣健看来这话也有些道理，但他还是再三跟萧珊珊讲趁早跟那混混划清界限，又拿她那当主持人的大伯哥举例说："当初他和孙蔚几乎一起进的电视台，如今孙蔚已经成为金牌栏目的主持人，而他却整天热衷于跑夜场赚快钱，这样下去两个人的成就必是天壤之别！"提起这话萧珊珊也惋惜地说："就是，当初他俩给咱们主持的NB白丽美选秀活动，现在人家孙蔚发展得多好，他一天跟个寡妇混在一起，也太没品位没出息了！"可说起和混混分手萧珊珊很是无奈，她说只要自己一提分手，他男友不是用刀划手腕玩自杀，就是威胁打断谁的腿。"我是被疯子赖上了，没办法，走着看吧！"

萧珊珊的事让荣健觉得有些可笑，在他看来一个男人怎么能在女人面前死皮赖脸，这种人活在世上真是多余。就拿赵海这个逛鬼来说，从来也没听说他会赖上谁！他当初那么喜欢周敏，分手后虽然念念不忘，但他也没有死皮赖脸地纠缠不休。自去年冬天出去快半年了，起初还打过几回电话，现在也不知道业务发展得怎样？想到这他拨通了赵海的电话，结果始终是忙音。

周末的时候荣健和董婉一起请乔姐、红姐、卢伟、谭浩宇几个人吃了顿饭，算是对朋友们关心的答谢。这一次聚会算是红姐的正式出场，之前尽管老听董婉提说，其实也不过几个照面一通电话的交情而已。红姐的男友是"生命白金口服液"的大区经理，每天电视里都有他们没完没了的广告，据说现在每年能做到上亿的销售额。像很多的高级职业经理人一样，红姐的男友留着毛寸发型，身着烟灰色的西装，衬衣领带材质名贵，皮鞋铮亮一尘不染。只是这人年岁应该已过四十，红姐走在他身边俨然就是大款与小蜜的组合。这事还真被荣健看准了，那男人的确已有家室，但他经常对身边的朋友们说他绝不辜负红姐，即使万劫不复也不后悔。红姐个子不算高，但她身材匀称又生就一张可爱的娃娃脸，唱歌一副好嗓子，喝酒豪爽不让须眉，说起话来声音甜美中带着三分娇气，叫荣健时总是拖着长音，一声"阿荣呀"就能让人全身一颤。红姐对荣健说："我天天做梦都想结婚，现在有人哭着闹着要和你结婚你可

第四十章　最后我们无话可说

千万别辜负她哦！"乔姐说话总是很直接，她说如果有人敢像荣健那样对她，她早就一刀剁了他。她说这话可不是吹牛，据说前一阵和老公吵架，扬起菜刀差点将老公的手砍断，为此赔上了一辆摩托车的钱。而卢伟和谭浩宇说："你俩又没有啥大问题，整天为些鸡毛蒜皮的事闹来闹去，简直是闲得蛋疼。"大家你一言我一语，多半数落荣健不够大气，并劝说他应该珍惜董婉的一片深情。最后他们在大家的祝福中算是尽释前嫌，并说在荣健公司附近租套单元房开始新的生活。

驿马场据说以前是皇城驿站喂马的地方，而现在这地方星罗棋布地集中着一大片的老旧住宅。没费多大周折就找了套一室一厅，每月三百五十元的房租还算实惠。结果那天刚把四下的东西搬进屋，正忙着收拾时赵海打来电话说："十万火急，你赶紧带上我那个东西来救我！来晚了我就没有手了。"荣健听了这话简单收拾一下就要出发，看着满屋零乱无处下脚的阵势董婉有些气急败坏，埋怨说："赵海这货把人能害死，趁早死了世上还少个祸害！"荣健说："我必须去救他，要杀要剐也得等他回来再说。"

荣健揣着赵海的宝贝铜马赶到云岭之南的山城时天色已晚，顾不上吃饭连忙打车赶往约定的地方。他被人领上一座大楼的顶层，那屋面之上被打造成一个私人花园，花园的入口处安放着巨大的太湖石假山，转过假山是一座形似庙宇的房子，上面挂着"怡情居"的蓝底金字牌匾。屋子里面光线昏暗，清一色的中式家具看起倒也顺眼，只是这清冷安静的氛围让人觉得阴森。带路的人推开房门，一位五十岁上下的中年男人正和赵海围在茶桌前品茶，另有两个粗壮的小伙散漫地坐在椅子上，一个抠着手指，一个把玩着手上的珠子。那中年男子花白头发，穿着印有圆形福字的灰色对襟夹袄，眉毛粗黑奇长。见荣健进来淡淡地说了句："兄弟，坐。"荣健大致环顾一下屋子，这俨然是个办公室的布置。里面摆着红木色班台，一侧靠墙竖着有些夸张的博古架，那上面陈列着各种古色的瓶瓶罐罐。男子用夹子递过来一杯茶，然后轻描淡写地说道："朋友有难能挺身而出，看来你也是义气人。"荣健没有回答，腼腆一笑说："哎，没办法！"赵海蓬头垢面胡子拉碴在一旁缩着脑袋不吭

冬日的火花

声，荣健问他究竟咋回事。他回答说："又输了，拉了些账！"荣健问他拉了多少，他没有回答。那中年男子诡异地一笑说："不多，算到今天也就十几万。"荣健听了这话脑子嗡的一下，他怒视着赵海压着声狠狠地说道："我看你是不想活了！"赵海说："现在说啥都没用，借钱总是要还的。这老哥喜欢收藏，叫你来就是看咱那东西能不能把这账一顶，多少就这回事了！"荣健无奈地拿出东西递了过去，那人拿在手上端详了半天后冷冷地说："这东西能值几个钱？我不要！"赵海有些着急地说："哥，这可是好东西，抵十万块钱肯定没问题。说不定以后上了拍卖会，可就不是一个钱两个钱了！"那男子轻蔑地打量了一下赵海又说："你说得轻巧，谁知道你这东西是真是假？啥来路？上拍卖会，你想得倒好。"这话一出赵海自是无言以对，房间里瞬间变得安静。沉默良久荣健开口说道："哥，赵海能叫我来也确实是没有别的办法了，你也喜欢收藏，有些东西的价值可能也没法完全用金钱衡量，况且我伙计现在穷途末路，除此之外也身无旁物！你可以让人看一下，差不多就把这事了了。"那人抽了口烟眯着眼睛看了荣健一眼，露出一丝勉强的笑容。稍坐了片刻后，那人要拿起东西离开，边起身边说道："你俩先坐着，等我电话。"荣健有些担心地说："这东西不能带走……"那人轻蔑地一笑说："呵呵，一码归一码，你不用操这心！"看着赵海默许的神情，荣健也不再说什么。只是那人走后这房间越发地感觉阴冷，在两个壮汉的监视下荣健和赵海似也无话可说，这等待就成了漫长的折磨。冷冷的，静静的，一时间感觉这屋子就是个密不透风的铁笼子，在惶恐和无奈中感觉头发都要熬白了。老板走了那两个小伙也不再傻坐，一会儿都转出了房间。

整个晚上没有任何消息，也没有人搭理他俩。而坐在别人的房间里，即便荣健对赵海一肚子意见，这个时候也不好说什么。脑海里也闪现过如侠客般奋起杀将出去的念头，如果这样一场血战必将惨烈悲壮，可即便如此也比被囚禁舒坦得多。只是这二对二局面却也没有多大胜算，况且赵海这几年颓废消极的样子，他哪里还有和人决斗的勇气。如果是陆锋绝不会这样缩手缩脚，他必能跟我杀将出去，可话说回来，陆

第四十章 最后我们无话可说

锋根本不会惹这样的麻烦！董婉打电话来问啥时回去，并一再强调让他不要掺和，把东西给赵海就赶紧走。荣健不爱听这样小气的话，只是说自己知道了，很快就会回去。可他也开始扪心自问这义气有何价值？赵海自作孽难道不该死！眼前这个蓬头垢面萎靡不振的家伙与当年那个阳光帅气活力四射的赵海是一个人吗？曾经那个有情有义才华横溢的赵海为什么几年间就成了这副德行！这么多人关心他挽救他，可为何他总是一而再再而三地让人失望？越想他越觉得不可理解，越想他越觉得无话可说。

在那间房子里吃了三顿盒饭，直到那个早前总是把玩珠子的平头青年进来跟赵海说："这事了了，你可以走了！"从那间楼里出来时夜色正浓，两个人下意识地加快了脚步。一路上荣健对赵海的抱怨到了气急败坏的程度，说赵海贱得不如一堆狗屎。赵海说他亏空了货款已经没法回单位，现在除了逃离别无选择。眼前是一片尚未建成的街心公园，新栽植的林木还裹着稻草，那亭子也尚未涂上色彩，在城市灯火的背影里那刚刚铺砌的花岗石路面向着黑暗曲折延伸。荣健沉默着走了进去，赵海跟上来时他终于无法抑制心中的怒火，忽然转身一拳将赵海打翻在地，一边打一边骂："羞你先人，成辈子跟龟孙一样逃逃逃！"赵海看荣健像发疯了一样，哪还顾得上嘴角流血，也一边骂着一边还了手。两个人厮打到筋疲力尽才罢了手，相距四五米坐在凉椅上各自点着一支烟。沉默良久，一场激烈的对话开始了。

荣健：你大姨担保你才有了这份工作，几个月下来你又弄下一屁股账，你让我们这些人咋向你妈交代？你简直是不想活了！

赵海：唉！现在还说啥都晚了！后悔也没用，要说这公司待我确实不错，这几个月业务也发展得挺好！要不是周敏我今天也不会混得这么惨！

荣健：你还有脸拿周敏说事，我看人家是眼睛亮，早看透了你是个祸害！

赵海：你当然可以把我说成一堆狗屎！可谁又能理解我的痛苦？

荣健：你有啥痛苦？我看你嫖女人赌钱时比谁都爽！

冬日的火花

　　赵海：这不是我要的生活！

　　荣健：你想当皇帝你得有那本事，你说你哪一件事情干成了？去深圳你混了几天回来了；弄个饭店几天倒闭了；干销售就干了个这结果，你到底想干啥？

　　赵海：自从和周敏分手后，我觉得我这魂被抽走了，干啥都没劲！

　　荣健：说这话有意思吗？！谁没经历过失恋，就你的感情坚贞！高扬放弃了邱雪，陆锋放手了许芹，人家哪一个不比你付出得多？

　　赵海：对着呢！林芳欣消失了你提得起放得下。可我做不到你们那样潇洒！

　　荣健：不是我们有多潇洒，也不是我们都没有感情，你好好想想！我们当年来汉都上学恐怕也不是只为了哪个女人吧！

　　赵海：是，我们小时候都想着振兴中华呢！可现在谁不是为钱活着？

　　荣健：你放屁！陆锋为理想活着，我和高扬这些人都为尊严活着，你他妈为啥活着？这些年你赌博连累了多少人你不愧疚吗？

　　赵海：我也想过！深圳工厂那苦力活我干不来，房管所里那一帮杂碎蝇营狗苟我不屑参与，销售工作挺适合我，可靠这发财估计头发都白了，哎！反正现在一无所有了，可我仍然不甘心。

　　荣健：生存或者毁灭每个人都有自己的思考，我觉得人不能只为自己活着！我们都有父母亲人，只考虑自己的得失和感受是不负责任的。

　　赵海：我负不了那么多责任，也总是管不住自己，怎么继续活下去，或者忽然哪一天以什么方式死掉，这些我都没法设想。这些年一再失败众叛亲离颜面扫地，我还有什么资格设计未来。

　　荣健：面对现实吧！也许你还不知道，周敏现在已经是浙江云裳服装公司的大牌设计师，她的作品去年在海南时装周上拿了金奖。即使当年周敏不和你分手，现在这天各一方的距离也会让你放弃。你爱过那么优秀的一位姑娘你应该感到荣幸，而不是继续自暴自弃把自己活成一条死狗！就让我们把曾经的爱情都变成怀念吧！我们都应该清楚地看到这个大时代充满机遇和挑战，如果你不想就此毁灭你就必须振作起来！

赵海：还怀念个啥！如今我自己肮脏不堪，睡了多少个女人我都记不清了。你小伙当初装纯洁，到现在还不是一个怂样！

荣健：那不一样！过去计划经济体制下生活安定平静，一切似乎都是注定的轨迹。而市场经济让生活充满变数，大城市更是名利场，处处布满诱惑。我们又不是圣人，有几个人能保证在丰乳肥臀面前还能扎紧裤腰带。爱了睡了你情我愿，我没觉得对不起谁！

赵海：你把人家范娅睡了大半年又甩了人家不愧疚吗？范娅温柔贤惠，你会后悔的！

荣健：范娅这个人心软裤带松不适合做老婆！

赵海：你就是贱毛病，就适合被董婉整得死去活来！

荣健：那都不是原则性问题，你不用替我操心。想想你下来该咋办才是正题！

赵海：还能咋办？走一步看一步吧！马上吃饭都是问题。

荣健：你以后再因为赌博惹出麻烦别指望我救你，我也没有那个能力！当然如果你没饭吃我还会请你吃饭的。

赵海：哎！人比人气死人。你们风流快活就是理所应当，我睡女人就是堕落无耻。

荣健：废话！我们睡哪个女人也是有付出的，谁像你睡了人家还坑了人家。好像女人都欠你的，你说你这些年花了人家女人多少钱？

赵海：我最烦的就是你永远自以为是的德行！好像我就是个吃软饭的。花不花女人钱都是人家自愿的，又不是抢来的。

荣健：我说的都是事实，作为一个男人你不自立就是无耻！还要我咋说。

赵海：好吧！好吧！你高尚我无耻！咱们还有什么好说的。

荣健：哎！你好好想想吧！

两个人都不再说话，树木在黎明前的黑暗中摇曳，阵阵冷风吹得人直打寒战。他们像流浪汉一样靠着凉亭的柱子蜷缩成一团，眯上眼睛等待黎明的到来。也不知睡了多久，荣健隐约觉得温暖的阳光照在脸上，可他实在睁不开惺忪的双眼。听着远处广播里秦腔苍凉的唱腔，不自觉

冬日的火花

地在心底跟着吟唱："弟兄们相会在荒郊外，我含羞带愧跪尘埃。观见兄衣衫褴褛你冠戴，珠泪滚滚洒下来……"

草草吃了饭就赶往汽车站，买票上车继续补觉，再醒来时已到汉都车站。荣健对赵海说自己现在和董婉在一起，让他联系安宁或者陈志军看能不能先在他们那住下。另外他亏空了公司货款，人家一定不会善罢甘休，这事还得想办法妥善处理，否则就有坐牢的危险。而赵海说他前几天就已经给大姨打过电话了，说如果公司找她承担担保责任，就让她叫上他妈一起去公司要人。而他早已换了电话号码，只要人不出现，这事估计公司也没办法。如果公司非得较真，让他去坐牢那也没办法！反正他现在烂人一个，他妈都说他是个讨债的，谁又能把他怎样！

这事结果还真像赵海导演的那样做了了断，他大姨和他妈去那家公司闹着要人，口口声声说活要见人死要见尸，两个老妇女哭天抢地晕厥瞪眼的本事足以引起全公司震动！最后那家公司负责人妥协了，答应先联系上人再说。那天两个老人回来路上痛心不已，赵海妈说自己可能上辈子亏了人才遭到这样的报应，他大姨叹着气说自己一辈子没有说过假话，这一次昧着良心演了这一出实在颜面无光，说话间两个老姐妹牵着手热泪滚滚而下。

陈志军电话里直接拒绝了赵海投宿的想法，说他自己住在单位宿舍，那地方实在没办法容留赵海。赵海心里明白自从深圳一别两人的交情也就基本终结了，但他实在没想到陈志军会这么直接干脆地拒绝，看来这人势利的程度远超他的想象。无奈之下只好硬着头皮给安宁打电话，安宁说因为单位拖欠工资房东又不停地催房租，他这两天都没好意思回去。赵海只好说他还有几百块钱可以先把房租交上，这样安宁才从同事那回到了出租屋。交了房租也就基本弹尽粮绝，赵海知道这地方不是久留之地，思来想去他想起了一个人，可现在一时间真不知道如何才能找到她。

那几天每到黄昏，赵海就夹着一瓶纯净水在大雁村来回转悠，从村里到村外凡是亮着粉红灯光的发廊都是他的目标，而他这样看着无所事事的单身男子自然也会成为发廊生意招揽者的目标。那些在门前翘摸机

第四十章　最后我们无话可说

会的朴实妇女很有搭讪的技巧，只要一个眼神对上，那些大妈级的特殊推销员就会搭腔："嗨，小伙子，来，姨给你说个话。"而这个时候的赵海自是无心其他，听到招呼只是下意识地回道："咋咧？"那妇女则带着诡异的微笑说："要一哈么！房子空调凉快得很。"那神情让他瞬间心领神会，但他清楚自己不是来寻花问柳的，他要找到一个人，这可是他最后的救命稻草。他不再理会那些人的骚扰，硬着头皮连续推开几家店门不问服务只是张望，然而却并没有如同设想的那样看见马小兰。只好低着头来来回回地胡乱打问，直到几近绝望的时候，他的执着终于感动了一位老阿姨，那阿姨告诉他马小兰休假了，估计近几天就会回来。

　　口袋本就没有几个子，这几天来来回回折腾下来早已空空如也，从昨晚到现在都没有吃饭。现在人没见到肚子又饿得发慌，他只好再次给荣健打电话。没有钱坐车，他恓惶地从大雁村走到驿马场，越走越觉得燥热，头上直冒虚汗。那是他第一次体验到挨饿的滋味，搜肠刮肚又气虚无力的感觉让人无奈不说，简直是一种莫大的耻辱，这耻辱远比赌场上输了钱还要扎心。可他万万没想到见到荣健时董婉紧跟在身边，这让他感觉到了一种压力。好在荣健依旧很客气，没等他开口就提出请他去尝附近那家老字号的水盆羊肉，听到这话的那一瞬间他的身体反应强烈，口水几乎泛滥般地涌动起来。

　　荣健给自己要了两个饼，特意给赵海多要了一个，之后各自端了一小盘糖蒜找座位坐了下来，董婉历来闻不惯牛羊肉的膻味，因此就自己到外面随便转转。赵海这才跟荣健说了他这几天的难怅，荣健说他是自找苦吃，屡教不改最终没人能救得了他，并且强调说自己该说的这几年都说完了，以后的路还得他自己走。吃完饭赵海提出要荣健再借给他三百元暂时糊口，荣健说："你算算你欠我多钱了，过去的账、西服的钱你还没给我呢！"赵海不好意思地说道："别小气，你那点账迟早还你。"荣健知道不给他钱他确也无法生活，尽管自己手头也不宽裕，但这几百块钱的忙还得帮。可他正从包里掏钱出来时，董婉从外面进来，看到他掏钱急切地说道："干啥呢！咋又给他钱？"荣健说："你别管！"而董婉显然不准备妥协，转而一脸嫌弃地对赵海说道："你老跟

/613/

冬日的火花

寄生虫一样，要脸不要脸！"还好店里没有几个人，荣健连忙拉董婉出了店门，站在外面忍着怒火跟董婉说道："你咋能这样说话？"董婉理直气壮地说："你别瞪眼，你以为你是谁？老是这样周济他，他一辈子都改不了！"两个人谁也说服不了谁，再一次站在街边相持起来，荣健说董婉头发长见识短，一点德行都没有。董婉说荣健打肿脸充胖子，自己没几个钱还一天到处胡散。赵海悻悻地站在十步远的地方踌躇着想赌气离开，可又迈不动脚步，眼下没有一分钱也只能英雄气短了！虽远远看着他俩争吵，可这场面实在让他尴尬。又吵了几句后荣健不耐烦地跟董婉说："行了行了，就几百块钱的事，你不要管了好不好。"而董婉坚决地说了句："就不行！"荣健实在拿她没办法，想着如为此和她闹翻最终还是没面子。只好选择妥协，不情愿地说："算了，我给他一百元总可以吧！让他先有饭吃。"董婉没有回答，荣健看她默许赶紧拿着钱向赵海走去。而董婉也紧随其后跟了过来，荣健把一百元塞到赵海手上时面色惭愧，而董婉却一脸不屑地说道："成辈子把自己弄得要饭的一样，再要钱就把那手剁了，别整天害人！"赵海自是感觉被羞辱得体无完肤，手里攥着钱落荒而走，荣健则气得直跺脚。

在蒙娜丽莎影楼照了婚纱照，荣健又说服父母安排媒人前去提亲，一切看起来就要水到渠成，结果媒人到董婉家去了两次之后事情又变得复杂。媒人首次去一番寒暄之后就彩礼问题征求董婉父母的意见，而董婉母亲给出的回答只有"点到为止"四个字。第二次媒人去时得到的信息是现在行情基本上都是万儿八千。这意思已经很明确了，但荣健的母亲说娃他爸的战友刚嫁了女儿，彩礼是六千，因此自己给儿子娶媳妇也不能多掏，况且这不是钱不钱的问题，出了大价会被人笑话。而董婉的母亲说她周围的朋友娶亲嫁女没有低于一万的彩礼，并开玩笑说荣家姓荣但钱并不比别家的钱大。事情不能卡在这里，荣健跟母亲讲："本来她家都不打算要彩礼了，是我提出还是按县上的规矩办。不管八千还是一万，大头都拿了又何必计较那几千块钱，把这面子给她吧。"杜英娥很不情愿地接受了这个意见，双方交换了帖子这门亲事算是正式走入了程序。

第四十章　最后我们无话可说

谁承想这订婚之后各种气死人的流言纷至沓来！先是董婉的母亲听人说荣健家里对订婚时她只给女婿买了一件衬衣很不满，接着又听说杜英娥在人面前总说他儿子多么优秀，身边追求的女孩一大把，这言下之意似乎是说董婉嫁她儿子完全就是高攀。这些传言让董婉父母大为光火，而荣健家里也开始不断得到一些闹心的信息。有人说妇幼站的副院长是个大色狼，手下但凡有些姿色的女职工都难逃他的魔掌，你儿子娶这么个媳妇恐怕不太保险。接着又有人说董婉他爸在人面前嘲笑荣勤民当领导几十年两袖清风完全是因为没有能力。这些话一来二去居然演变成两家人的隔空攻击，而荣健和董婉各自为了维护自己父母经常吵得一塌糊涂。荣健说董婉的父母满肚子小商人的贼心眼，董婉说荣健父母整天就会说些没名堂的废话。吵着吵着荣健甚至都想烧了婚纱照退婚散伙，而董婉更是觉得荣健的胡搅蛮缠不可理喻。然而怀在肚子里的孩子可不管他们是否准备好了，董婉一天天鼓胀起来的腰身让荣健看了心烦得要紧。可现在两家人水火不容，两个人本身又说不到一起，这结婚的事看来一时半会儿也没法提说了。冷静下来的时候荣健动员董婉先做了引产再说，这时董婉虽然心里不愿意可也无可选择。引产了孩子之后，两人商定往后谁也不要再提流言蜚语，至于能不能尽快结婚边走边看。

入夏以后汉都市房地产市场忽然变得火热起来，《华融报》《汉都晚报》几乎天天都有大幅的房产广告。公司"今日楼市"栏目也到了炙手可热的地步，什么翰园、半岛、林苑、时代、王朝一个一个的项目纷纷亮相。两成首付三十年按揭的政策足够吸引眼球，荣健开始动了心，想着趁现在价格便宜先凑钱买套房子，这以后也就不用搬来搬去。而他口袋那几个钱差得远，董婉最近又因为服装店要被拆迁也搞得心烦意乱。原来服装店那一片忽然来了外地一家大的投资商，说是要连同超市一块改造升级成大型购物中心。开出的条件是现有经营户可以优先选铺，而新定的租金标准每月每平方米五百元起，一下子涨了五倍多。此消息一出经营户炸了锅，开始联合起来抵制拆迁。大家四下联系媒体记者，然而民营的《华融报》怕开罪客户各种推辞，还是《汉都晚报》作为党报力挺经营户依法维权，并派出记者在谈判时隐藏在业主当中，在

冬日的火花

搞清整个事件的来龙去脉后，记者针对投资企业不合理的答问义正词严地宣讲国家政策，然而投资商负责人一副天不怕地不怕的傲慢姿态。最后在据理力争毫无效果之后记者亮明了身份，强调说如果投资商不顾小业主利益黑干蛮干，那么《汉都晚报》将把整个事件进行曝光。那负责人一听这话明显有些慌乱，短暂沉默之后换了一副凡事好商量的和善面孔开始认真倾听业主心声。董婉没有选择继续经营，干净麻利地低价甩卖了库存货物，之后又顺利地拿到了一年租金的补偿。

荣健说当年选定店面，后面争取赔偿多半是自己的功劳，因此董婉拿出钱交首付理所当然，并说听自己话绝对不会吃亏。董婉也愿意拿钱付首付，但要自己当户主。荣健说百分之八十的按揭房款由自己承担，从股份上来说也应该自己当户主，况且买的房在董婉名下自己也没有面子。董婉说荣健自己没钱还死要面子，出钱的人反而不是户主这又是哪门子道理？那天要签合同时俩人又为此闹了个不欢而散，荣健赌气说"不买了"摔门而去。董婉在售楼部坐了半天，想来想去还是交了钱，说回头叫上荣健再来签合同。

另一边赵海一个电话过去刘三虎就被忽悠到了城里，赵海跟他说自己找到了一个投资小风险低并且能快速致富的路子。为此刘三虎借遍了亲戚朋友凑了几千块钱赶了过来，实际上他知道再晚一天他都有被债主扣留下来的危险。他说都是赵海害了他，原先跟他凑热闹混赌场，没想到最终自己也陷了进去，现在也弄得一屁股烂账。赵海嘲笑他猪一般的智商居然也敢去赌钱，纯粹是不知死活。三虎怼说他输得更惨哪有资格嘲笑自己，而赵海说自己不是输在技术上，而是输在贪得无厌上。每次都是先赢后输，如果知道收手早就爆发得不像样子了。两个人扯了些废话，最终按赵海的安排开始了创业。

不得不服赵海的忽悠能力，他见到马小兰之后且不说有了吃饭的依靠，没几天的时间他就说服马小兰和自己一起开发廊。他来负责投资和处理外围关系，马小兰负责联系打工的妹子。而新发廊的地点选在了比大雁村更热闹的祭村，并戏谑地对刘三虎说这村名特吉利，刘三虎不解说："祭奠的祭，有啥好的！"赵海说："祭村鸡村，野鸡的鸡，明白

第四十章 最后我们无话可说

不？瓷锤！"刘三虎憨憨地连连点头说："有道理，有道理！"

两个难兄难弟为了方便互相招呼，特意找了两间斜对门的店面，简单收拾了一下点亮霓虹灯就开张了。马小兰这些年也没白混，几天时间就动员了七八个漂亮的姐妹前来就职。很快这两家店因为妹子靓服务好在周边有了名气，赵海和刘三虎自然每天都有不菲的收入，如此一下子从落魄野鬼变成了富足的老板，虽然事情不入流，但再不用为温饱发愁。安定下来之后赵海给荣健和高扬都打了电话，并邀请他们有时间过去玩。他只是说他在祭村开店做生意，因此大家也都没有多想。不久之后高扬来省城办事，联系荣健说一起和赵海聚聚，结果到了祭村一看这阵势才知道他所谓的生意。

一进店门那些女孩们个个浓妆艳抹风骚暴露，那白腿酥胸如夏日荷花般绚烂。你可以认为她们是庸脂俗粉，可你很难在她们的风骚放荡中坚守你认为的文明礼仪。她们会热情地上来拉住你的胳膊，有些大胆的甚至会直接挑逗你最敏感的位置。尽管和赵海一起进的门，但还是有人上来招呼："哥，来啦！随便挑，妹子活都好得很！"赵海嬉笑着一招手，叫来两个容貌出众的往高扬和荣健怀里一塞说："去，把我兄弟照顾好！"

那个妹子拉高扬进了里间，荣健也被身旁的妹子拉扯着进了昏黑的隔断，那妹子倒也干脆，一进去直接脱了个精光，又拉着他的手放在那不辨黑白却温凉光滑的乳房上，貌似含情脉脉地说："哥，来吧！"他不再思考什么，原始的欲望就这样瞬间点燃了，肢体被裹挟着去完成那些熟悉的程序，直到振奋着呼喊着发泄了那无以名状的憋闷，可身心畅快地出来时感觉外边灯光亮得刺眼，而那亮光似乎照透了他的内心，让他忽然又不齿于这样的肮脏与苟且，心想自己如此德行又有什么资格批评赵海不务正业？为此心中生出一阵难以言表的懊悔。

赵海说他现在每天两件事，一件是收钱算账，一件是伺候马小兰搞好个人卫生，并一再给高扬推荐说马小兰做爱好得不得了，并且在他的伺候下绝对干净安全。结果高扬没经住诱惑，荣健走后他和马小兰睡在了一起。这事在荣健看来有些不可思议，赵海和马小兰算是相依为命，

冬日的火花

现在却能大方地让高扬搞了她，如此行为岂不是有些禽兽不如？从那一刻起他觉得这多年的友谊恐怕是走到了尽头。而高扬说起这件事时不以为然，他说古往今来名人才子大多乐此不疲，只要不白睡就是真君子。况且马小兰只是赵海的伙伴，又不是他的女人。荣健听此一说又觉得似乎有些道理，不由思想起杜牧也曾十年一觉扬州梦，更何况我等凡夫俗子。但他心里始终对赵海的大度有些不满，也或者是出于对马小兰的同情，反正他一时也说不清。赵海后来说自从胖姐让他知道了女人到底咋回事，柳红又人间蒸发，他现在跟谁在一起都是为了须臾快感。荣健骂他白吃白睡还心安理得实在让人恶心。赵海说荣健这种世俗的伪君子看见漂亮女人一样迫不及待却满嘴仁义道德，这样活着他看着都觉得累！荣健无奈地叹气道："唉，你把我说得无话可说了。"

　　高扬说马小兰最让人受不了的是跟她睡在一起时她总是说她的身子带着幸运，和她好过的男人都会交好运。而这话马小兰也对赵海说过，只是赵海并不理解她为啥总这么说，甚至觉得她有些失心疯。但在马小兰看来她绝对不是胡说，当初冯亮睡了她，最后考上了大学。赵海睡了她本该好好的，结果他又胡乱搞别的女人，因此就不灵了。现在又跟她在一起，这不又过得跟大爷一样。她说这些话时心里到底怎么想没人知道，但她自是觉得男人都有贱毛病，女人对他们来说那是用得上就甜言蜜语，用不上就弃如草芥。如今她也活明白了，谁要白睡想都别想！并且坚信世上那些陈世美都不会有啥好下场，就像冯亮那个贱货一样。

　　当年冯亮毕业之后本想留在城里工作，结果女朋友家里并不支持他们在一起。没有了女友家里支持，他被分配回金城县一所乡村中学当了体育老师。原想着进城飞黄腾达，现在转了一圈又回归乡村。每月微薄的薪资别说飞黄腾达，就是翻盖家里的几间烂房也不知要攒多久。最让人寒心的是这谈婚论嫁的年龄每次相亲都让他觉得是一种羞辱，那些介绍人似乎都瞎了眼睛，介绍的对象大多丑陋不堪，每当这个时候他都会想起马小兰。可那些曾经许下的承诺和当初无情的背叛都让他羞愧不安，他反省自己的卑鄙无耻，也试图挽回那已经失去的温暖。在怀念当中冯亮的日子过得纠结痛苦，有时候他觉得踏实认命地献身基层教育也

第四十章　最后我们无话可说

崇高伟大，有时候又想辞掉工作外出打拼去创造辉煌。可自己能干什么呢？体育专业似乎除了健身教练其他都不太合适！可继续这么在学校混着什么时候才能出人头地？

半年之后冯亮选择了停薪留职，决定无论结果好坏去外面闯一闯再说。现实生活中命运总是青睐那些有勇气的人！冯亮一到城里正赶上高新区管委会土地储备中心招聘，当他拿着《华融报》层层闯关的时候马小兰就陪在他身边。凭着敏捷的思维和硬朗的气质冯亮顺利地赢得了这份工作，坐在窗明几净的办公室里时冯亮有种一步登天的感觉。尽管在城里来说单位给的工资并不算高，但与学校相比已不可同日而语，并且领导说了："征地拆迁是高新区发展的基础性工作，只要大家好好干收入不是问题！"但当他每天意气风发迎来送往的时候心里的隐痛就会时不时地发作，来城里无处安身找到了马小兰，而现在再与她搅在一起恐怕不是长久之计。可当初找到她时自己感觉找到了救命稻草，费了多少口舌才重修旧好，现在如果又背叛良心何在？可是自己好赖也算是白领，怎么能一辈子和这样的女人在一起，那岂不是有辱斯文！他不断地问自己怎么办？冯亮想起了那句"无毒不丈夫"的名训，最后决定在时机成熟的时候跟马小兰摊牌。

马小兰怎么也没想到，冯亮省吃俭用加班加点就是为了准备和她分手。冯亮拿出攒下的六千元递给马小兰，他声音颤抖着说："小兰对不起！这辈子我欠你的，只有下辈子再还了！"马小兰不解地问："咋了？好好的又犯啥神经！"冯亮说："我曾经许诺过给你买辆木兰摩托，让你过公主般的生活。这些钱应该够买了，但请你原谅！以后的路我不能陪你走了。"马小兰听了这话一时间怒火中烧，她冷笑着说道："哼哼，谁稀罕你那几个臭钱！你就是个小人，说话跟放屁一样。"冯亮自是无地自容，他叹气说："我自食其言你骂得对！但请你理解我的选择。你给的温暖我一辈子也不会忘，如果有来生我当牛做马报答你！"听到这话马小兰流下了眼泪，她无奈地摇了摇头说："是我自己太蠢，总是一次次相信你，我不需要你什么报答，你滚吧！赶紧滚！"冯亮没有犹豫，说了声"你多保重"就匆匆离开。马小兰呆呆地坐着，

冬日的火花

看着空荡荡的出租屋她心在滴血。那时候她忽然意识到自己这下三烂的身份却高攀知识分子，当初这想法本就幼稚得可笑，也难怪最终人家弃如敝屣！这些年给家里盖了房子，也供养了弟弟妹妹上学，想来也有些功劳。事到如今自己还是实实在在攒点钱，免得以后无有下场。

汉都市的夏天如同火炉般的酷热，加上筒子楼里的单元房通风极差，到了晚上即使薄衣单衫依然让人大汗淋漓。晚上荣健和董婉一边看电视一边扯闲话，过了午夜才稍微凉快了一点，他又冲了个凉水澡才勉强能睡下。这一觉却也睡得昏沉，迷迷糊糊感觉窗外天亮了，但他躺在床上实在不想起来。忽然听到门口有人敲打着铁栅栏防盗门喊话，他才应声道："在呢！谁？"只听门口巡楼的大叔说："赶紧起来，你看你家得是进贼了！"荣健和董婉几乎同时从床上蹦起来，荣健赶忙走到门口。原来巡楼的大叔上来发现他家门户大开，这才呼喊他起来。仔细一检查发现，昨夜确实有人进了房间，荣健的手机和几百元现金不翼而飞。幸运的是董婉的手机睡前掉进了床头缝隙里，而她的包包昨天居然鬼使神差地放在厨房里，反而因为马虎倒没什么损失。只是忽然意识到昨晚真空穿着吊带薄纱裙睡觉的，有贼进来岂不是曝了光？这事越想越有些恐怖。荣健打趣地说："多亏你长得太丑，贼也没什么兴趣，否则咱们麻烦可就大啦！"想来这阵子媒体经常报道说有专业飞贼频繁作案，先向屋内吹进迷香，然后技术开锁洗劫财物。只怨自己麻痹大意中了招，损失不算太大，即就现在报警估计也没什么用处。干脆自己认了这损失，也算吃一堑长一智！荣健说："这种破烂的出租房物业太差，根本没什么安全保证，看来之前买房子的决定无限正确。"董婉说："售楼部一直等着你这个户主去签合同，你一天跟我赌气有个屁用！走，今天赶紧去把合同签了。"

名正言顺地当了户主又换了新电话，荣健那些天感觉很不错。他多次鼓励董均要抓住机会赶紧出手，而董均总是嘿嘿一笑没有下文。8月份的时候萧珊珊忽然郑重宣告了她的婚期，令人意外的是结婚对象居然变成顾老板的一个朋友，那小伙也是公司股东，据说父亲是市国税局的副局长。那天的婚礼热烈而隆重，五星级酒店宴会厅绝对是高朋满座，萧

第四十章　最后我们无话可说

珊珊与新郎交换戒指时脸上挂着晶莹的泪花，荣健把那眼泪理解为伤感。因为萧珊珊跟他说那个混账的臭小子给了她幸福的初恋，他们曾经也曾海誓山盟，而最后结婚的新郎却不是他。当然这并不是命运作弄，实在是因为他懒惰无知，可谁又能否认他们曾经单纯热烈地爱过。她提出分手时那小伙真的割了腕，还到她家给她妈下跪，后来又狗急跳墙地说谁要敢娶她他就和谁玩命。萧珊珊拿出了自己攒的两万元钱给他，那小子当时无法接受，可后来听说她要嫁的是个有背景的人时他怂了，伤感地说："到头来女人大多都贪图富贵！"而萧珊珊说："我要的并不是什么富贵荣华！只是你我之间一转眼已经无话可说，我们又如何能一如既往地好下去！"

第四十一章　从秋天到冬天

　　家里的房子也装修好了，结婚的事不能再拖。思前想后荣健决定还是让卢伟和谭浩宇出面去说和这事，一方面他俩能说会道又熟悉情况；另一方面他们作为晚辈又不是金城县人，即便风俗礼仪说得有什么不妥董婉家里也没法怪罪。

　　事情还真像他设想的那样，最后两个人很轻松地就把事说定了。卢伟说董婉的父母非常通情达理，事情根本没有荣健说的那样复杂。谭浩宇批评荣健之前的表现太差，说他不能老在丈人面前装得能上天，现实生活中必须学会低调！

　　实力不济的时候不低调也得低调，按照金城县的习俗，三金是订婚必不可少的物件。那个时候韩丽颖在尚元百货商城经营起了黄金首饰柜台，荣健特意前去询问了一下行情。尽管只有几面之缘，但是韩丽颖还是痛快地给出了特惠价格，算下来有五千块就能体面大方地购置齐全。然而当荣健把各项支出盘点一遍时发现，所有的家底根本不支持再花这笔钱。然而人家结婚都有三金，自己又如何对董婉开口让她免了这俗套！况且即使她现在不计较，以后说起来岂不是成了一辈子亏欠。他琢磨着干脆想办法借点钱先把这事办了，可思来想去心里犯了难，哎！该向谁开口呢？自从来到城里卢伟就多次接济过自己，其他的同学又都不

第四十一章 从秋天到冬天

怎么宽裕。最后他想起了高扬，觉得他这些年一直做生意应该比较宽裕。可他心里清楚和高扬虽然是多年的哥们，可是从来在金钱上没有打过交道，况且他为人又比较滑头，向他开口借钱还真没有把握。可现在没有别的办法，最终他还是硬着头皮开了口。

见面说明来意时高扬沉默了片刻回答说手头紧张，现在一点钱都拿不出来。原本还想着他多少会支持一点，结果硬生生碰了个钉子。因为在高扬看来荣健家的经济一直比较紧张，借给他钱真不确定他啥时能还上，到时要钱反而会得罪朋友，与其这样还不如现在就婉言拒绝。而荣健自信地认为能从高扬片刻沉默的表情里猜透他的心思，并为他小看自己而愤怒。多年的朋友在关键时候不肯帮衬，这说明自己在朋友心中的地位不值区区几千块钱！他感觉受到了莫大羞辱，可又能怎么样呢！怪只怪自己没有实力，如今的社会又有几个人把友谊看得比利益重要？像卢伟那样肝胆相照的朋友估计一生当中也不会有几个，别人越是看轻，自己越要自强，为此他发誓总有一天要让所有人刮目相看，并且再也不过拮据尴尬的日子。然而借钱的挫折还是让他心情落寞，当他略带伤感地跟董婉说暂时没钱置办三金时，董婉看着他可怜的样子说："买不买无所谓！等你有了钱可得买白金的。"荣健回答说只要你相信我，我们一切都会有的，他说这话时神情相当坚定。

正当荣健为无钱买三金心存亏欠的时候，身在秦都的大堂哥为买房打来电话，说无论如何得借五千元给他。荣健诉苦说筹备结婚口袋就五千多块钱，堂哥说先把钱借给他应急。荣健问了句："你啥时能给我，到时你给不了，我这婚可就没法结了。"堂哥听了这话挂了电话，之后给叔父荣勤民打电话说荣健没有一点兄弟情分，大学生看不起他这个当工人的哥。荣勤民辩解说荣健肯定不是这意思，娃手头也确实不宽展。尽管多般解释了，可大堂哥仍扔下一句"以后没有这个兄弟"的狠话。杜英娥在家里发了牢骚，说娃也刚毕业没几天，当哥的不给弟弟出力，现在还埋怨弟弟不给他借钱，这是何道理！荣勤民在一旁只有叹息，哎，儿子咋这么幼稚的，书念到狗肚子了，把事情处理成这个样子！

婚礼在国庆节如期举行了，按照金城县县城的风俗新郎应该上门迎

冬日的火花

娶新娘，可按照荣健老家东平镇一带的风俗新郎则无须上门。这件事情上杜英娥认为必须按照东路的风俗来，现在妥协了儿子以后可就压不住媳妇。因此无论卢伟和谭浩宇怎么说她就是不答应让荣健前去迎娶，荣健也认为这事可不能向女方低头。两个年轻媒人哭笑不得地说："我俩给你把桥搭好还得替你把媳妇接回来，还没见过耍得这么大的姑爷！"荣健说："这就叫送佛送到西，好人做到底！"那天当迎亲的锣鼓敲响，吹吹打打的乐队伴随着车队出发了，荣健西装革履站在大门口心情相当复杂。曾经都已成曾经，怀念也罢忘记也罢，从今以后就这样了。

门口早已搭起了长棚，酒宴的几十张桌子也已摆好。当婚车缓缓开来时，让谁来搀扶新娘子下车杜英娥仍在纠结。从风俗上来说理应由荣健的堂嫂接亲，然而大侄媳妇借口出差没有来，二侄子和媳妇倒是来了，可这个侄媳妇过去是自己跑到荣家来的，当年也没举行什么婚礼，俗话说就属于野合婚姻，况且这两口子在村里口碑极差，让她来给儿子搀媳妇心里总觉得别扭。心想自己辛苦大半辈子就守着这一个儿子，因此结婚大的事绝不能马虎，思前想后她顾不得二侄媳妇高不高兴，决定让荣健的小姨去搀媳妇下车。结果当众人将董婉迎回新房，二侄和媳妇在院中变了脸，认为杜英娥这个婶娘既然看不起他们，他们还有什么脸面继续留下，当下他们在一群人的规劝中骂骂咧咧转身离开。仪式未举行、宴席没开始，这时亲友离开对主家来说自是难堪，荣勤民赶紧让一直绷着脸的大侄子去追，而大侄子显然也认为婶娘的做法不合适。碍于三爸的面情他勉强追了上去，荣勤民在门口远远看着他和二侄子嘀咕了几句，之后他摇着头一个人走了回来。而杜英娥对二侄子两口的做法不以为然，坚决认为他们忘恩负义存心给自己难看。在场的卢伟和谭浩宇了解原委后，说荣健妈这事计较得有些荒唐。荣健自是维护母亲权威，强调说二堂哥两口子一天偷鸡摸狗，那副猥琐的小人嘴脸看了就让人心堵，赶紧走，走了还落个清静。

荣勤民请来的婚礼主持人是一个大爷级别的长者，拖着长音诵读了天地祭文，又按照老式的规程让一对新人三拜九叩完成了仪式。整个过程强调了祖宗立业之不易和父母养育的大恩，这些话让荣健想起了这些

第四十一章 从秋天到冬天

年家里的种种坎坷，脑海里涌现出母亲在棉田里的打拼，尽管他并未亲见，可他能想象那其中的艰辛。甚至自己幼小时坐在架子车上滑进水塘的画面也在眼前浮现，那时母亲急切无助的眼神和邻人的冷漠都让他心里隐隐作痛，为此他眼睛一阵阵发酸，甚至有些为娶董婉不称父母意愿有些愧疚。可他心里清楚，这些年来聚散离合地折腾下来，如今这结局也许就是天意。美满吗？悲情吗？相爱相杀！她确也不如范娅温柔贤惠！

细想起来这并不是曾经憧憬的美好姻缘，可我不想再等待下去！或者我本就是一个随遇而安的人，理想中那值得歌颂的爱情我未曾见过也不敢期待，既然如今已经选择了这结果就一定要善始善终。

婚礼算不上排场荣耀但也足够热烈，让荣健感觉最给力的莫过于轻大的一圈好哥们几乎都来了，公司里要好的伙计也悉数赶来捧场，而且当晚大多都留下来闹洞房，大家动手连接好董婉陪嫁的家庭影院，一群人尽情欢唱到后半夜才散了场。第二天一大早起来和董婉回门拜见岳父岳母，朋友们在卢伟和谭浩宇的安排下相继离开。岳父母似乎早已忘了之前的种种不满，按照风俗让荣健坐在了家宴的上席，据说这是女婿一生唯一一次在丈人家坐上席的机会。荣健端起酒对之前的年少轻狂表示歉意，同时承诺对家庭尽职尽责。岳父大人表扬了他的进步和成熟，提起之前他上门投诉董婉时吹胡子瞪眼的表现，语重心长地说："过日子不是完全讲理的事情，有些事根本就没道理可讲，以后你慢慢体会吧！"而丈母娘说岳父的话纯粹属于胡说八道，世上的事谁是谁非总有定论。岳父到此哈哈一笑说："吃饭，吃饭！"荣健自是知道这丈母可是个厉害角色，她在家大事小事总是无限有理，似乎岳父从来没有说服过她。

领了结婚证办了婚礼，人生自是进入了一个新的阶段。可当一切回归平静，柴米油盐才是最现实的问题。原先攒的一点钱结个婚花得精光，眼看着下一季度的房租没有着落，荣健心里惶恐极了。加上这半年为感情的事情来回折腾，没有很好地开拓业务，现在真感觉有些青黄不接了。而董婉手里那点钱买房交首付之后本就没有多少，结婚时也都花在各种零碎的置办上。现在又没了服装店，断了收入来源的董婉显得有

冬日的火花

些焦急。好在当时关了店，原本准备还给家里的本钱还在卡上，现在看来也只好先挪用着再说。虽然经济紧张，但暂时没有任何纠结的情绪，那种踏实的互相陪伴倒也甜蜜快乐。当然对大多数人来说，蜜月可能都是一生中绝无仅有的快乐时光！可它实在是太短暂了。

这一年从初夏开始，汉都市的商业氛围似乎一夜之间和这个城市的天气一样变得火热。先是几家连锁火锅店在媒体上争奇斗艳，电视台黄金时段密不透风地插播广告让火锅成为时尚消费，而一家名叫老爷红的火锅买断了所有双层公交的车体，那艳红的车贴画面让这个品牌一夜之间万众瞩目。而其他几个品牌也不甘落后，先后抢占广播及户外路牌高密度地发布酬宾信息，这种短兵相接的竞争一下子让人们感受到了什么是市场化。

本就如日中天的家世界超市迅速拓展，据说短短数年时间已经进入了中国北方所有中心城市。这家超市各种新鲜的农副产品价格甚至比农贸市场还要低，因此每天早上大爷大妈都会在门口排起看不到头的长队。家世界不但环境舒适物美价廉，而且每个家世界门口都配套有大型地面停车场，停车便利不说而且还免费，一时间家世界大有横扫业界的趋势，个别门店每日营业额高达数十万。

火锅火了超市爆满，然而南大街上那个名为女人世界的商场却成为一个笑话般的商业案例。这家定位专门服务女性的商场位于皇城核心区，距钟楼不过二百米。理论上来说最黄金的地段定位一个专业女性消费主场似乎无可厚非，可是市场却并不认可。有人认为这个定位策划忽略了女性消费的心理，认为女性在消费过程中大多都存在选择障碍，没有男伴的赞赏支持让女性消费失去了乐趣，况且多数高端女性消费品实际买单人都是男性，而男性消费则有很大的随机性。因此定位纯女性的商场不但完全丢失男性消费的收益，也使女性丧失了购物的激情，所以结果必然不会太好。另外一种立足市场细分理论的观点认为，单纯女性市场的容量足够大，这个经营定位突出了服务对象、强调产品方向，要取得客户认可只是需要时间。即使失败也不是策划定位的失败，而是汉都市女性消费观念和能力都需要培养。但市场很残酷，这个商场仅开业

第四十一章 从秋天到冬天

促销阶段红火了几天，之后无论如何吆喝都改变不了门可罗雀的尴尬，毋庸置疑关门只是时间问题。

二环上所有的立交桥都被开发成过街天桥广告，几乎所有的楼顶都竖起了巨幅广告牌。这些广告牌内容多以金融、通信和房地产为主，富有设计感的画面时尚且富有商务感。每当夜幕降临广告牌亮起辉煌的灯光，那画面上产品代言的美女、帅男甚是耀眼，而这些灯火也将整个二环变成一条金灿灿的光圈镶嵌在城市版图上，人们都说灯火最亮的地方经济活动也最为繁荣，从那时起二环成为汉都市名副其实的金腰带。

随着户外广告的日益繁荣，大形象在户外深耕品牌靠平面成为广告业的主流认识。由此电视媒体业务开始遭遇瓶颈，不但价格没有水涨船高，市场份额却呈现出迅速萎缩的态势。与此同时《华融报》和《汉都晚报》受益于化妆品和房地产市场的繁荣业务量大幅度攀升，两份报纸的版面越来越多，有时候厚得简直就是一本大幅面杂志。很快两家报社的广告收入先后突破亿元大关，《华融报》因为机制灵活更是一跃成为业界翘楚，一时间对媒体人而言能进入《华融报》传媒集团工作就意味着事业成功。而荣健所在的海润广告以代理电视广告发布为主，市场的变化对业务承接产生了明显影响。大品牌凭借投放量干脆直接和电视台建立合作，普通企业又不断削减电视广告的投入比例，往往辛辛苦苦给客户提供一份媒体组合建议，公司在主业上却只能获得一小部分的投入，显然这样下去如同替别的媒体养活了一群业务员。尽管之前公司已经确立了媒体加产品的发展模式，只可惜先前选择的T形牙刷和四海调味品不断遭到同类产品的挑战，尤其T形牙刷因为客户的体验不好，重复购买的比例很低。而四海调味品在本地优质产品的价格挤压中也举步维艰。在如此局面下，尽管产品卖得不错，可因为广告投入的增加导致利润直线下滑。公司在纠结中前行，对于身处一线的荣健来说自然压力不小。最关键的是收入受到了明显影响，这让他内心极为焦灼！

就在这个当口，一个意外的电话从北京打来，打电话的人是刚入行时认识的一个药商熊老板。当年他带着一款新批的准字号药品拓展汉都市场，起初上了几版报纸效果并不理想。荣健受银龙片操作模式的启

冬日的火花

发，建议熊老板雇佣一些用户现身说法，一方面以客户体验撰写新闻报道模式的推广软文密集发送，同时拍摄客户现身说法的专题广告片大造声势。如此通过报纸和电视媒体双管齐下，并在销售当中配合大力度的买赠活动。经过一个多月破釜沉舟的宣传销路居然一下子打开了，而且当年就实现了五千多万的销售额。然而正当顺风顺水之际，一年后这个熊老板却突然转让代理权套现离开了汉都市。当时荣健还不理解，后来才明白这熊老板预知产品疗效并不像宣传的那样理想，市场萎缩自是必然结果。更让他没想到的是，短短几年这个精明的商人已经在北京运营起一家保健品集团，他打电话邀请荣健助他一臂之力。熊老板话说得很客气，说荣健才华横溢，到北京发展一定大有可为，现在公司又是用人之际，如果能来越快越好。其实北京和保健品这个行业并没有什么吸引力，只是熊老板开出的报酬着实让人激动，六千元底薪相比现在可是足足翻了一倍，如果再加上提成那就相当可观了！

新婚燕尔要外出闯荡的确是一件残酷的事情，荣健跟董婉说出去赚点钱就回来，或者发展好的话就回来接她。董婉心里自是极不情愿，可是看到荣健信心满满的样子也不好阻拦。毕竟现在经济太过紧张，这么下去房子月供都会成问题，只好违心地答应他离开。临行时千言万语，到最后还是那句老话："出了门可不要拈花惹草，别忘了你现在是结了婚的人！"荣健没想到这次董婉居然会这么痛快地答应他离开，临行时还亲手做了碗扯面算是饯行，这一碗面的温情让他出门时充满歉意，总感觉这离别有些背井离乡的凄凉。

范仲淹曾说："居庙堂之高则忧其民，处江湖之远则忧其君。"当日荣健想起这句话颇为感慨，想着自己不过三尺微命，一介书生。虽读科班出身，然而不过三流院校毕业。如今为生计奔波，心态大致类似于阎先生秦腔戏文中"我不免背上褡裢，不走平原不入大川，到那山里洼里，沟里晃里混个教学"所陈述的狼狈光景。可如今要去的地方并不是荒凉之地，而是神圣的首都北京。那里有雄伟的天安门，有人民英雄纪念碑，有历史博物馆，有毛主席纪念堂……所有这些很小的时候就在课本里了解过，这些年在电视里也经常看到，可如今我要奔它而去了，我

第四十一章 从秋天到冬天

要亲眼看到伟大祖国的首都了,并且还要在那个城市去打拼。想到这些荣健的心情激动万分,甚至急切地希望下一刻就能目睹首都的芳容。

进京的新空调特快列车环境舒适平稳,第二天黎明时分当《北京颂歌》在列车响起,李双江先生深情高亢地歌唱着"北京啊北京,我们的红心和你一起跳动,我们的热血和你一起沸腾,你迈开巨人的步伐,带领我们奔向美好的前程"时,荣健心潮澎湃,在内心无数次地高呼:"北京,北京,我来了!"多年以后他依然能记起首次进京时这合拍的音乐,感慨北京站这贴心的安排。

其实这次进京和很多北漂者相比荣健要幸福许多,熊老板早已安排好一个两居室的宿舍,同住的还有一个从河北来的同事。这哥们姓金,长荣健几岁,这里就姑且就称他金哥吧!金哥在武警部队服役了几年,转业后南下广州闯荡,干过搬运工、保安员、销售,而现在他已经成为保健品渠道策划的行家里手。这次进京也是响应老领导召唤,主抓产品渠道设计的。这家伙身体健壮精力充沛,部队养成的作息习惯也如电脑程序般精准。他每天早晨准时六点起床,冲个凉水澡后即行出发去上班。而荣健一般等他出了门才挣扎着爬起来,收拾停当后时间就显得紧迫。出了门先是一阵狂奔赶往公交站,再仗着强壮的身体挤上公交车。从六里桥到阜外大街车上摇摇晃晃约莫需要四十多分钟,这个时间他几乎处在半梦半醒之间,而到站下车后他会立即清醒过来,抖擞精神以最快的速度冲刺到设在地下室的餐厅吃早餐,再排着队搭乘电梯上楼,这一个多小时每一步都必须没有差错才能确保不因迟到被罚款,因此每天准时打卡对他来说都是一件颇有成就的事情。

这新工作根本没有什么过渡和缓冲的时间,要完成产品的概念包装首先需要攻克案头上那一堆专业性资料。在搞清楚产品基本原理的同时对市场上同类产品进行分析研究,从而尽可能找出自身产品与众不同的地方进行提炼升华。公司新开发的是一款健字号的减肥产品,而这类功能产品既不能像药品那样陈述疗效,却必须讲清楚功效原理。将功效原理梳理清楚之后还要进行概念整合,方案写着写着真感觉有些卖大力丸的感觉。可作为一名策划人员,面对着各种盖有红色印章的批文证书时

冬日的火花

谁又能怀疑产品的实际功效！几场概念方案论证会下来，产品被冠以源自法国王室配方，甚至英法百年战争也成了产品配方诞生的背景，那时候尽管荣健清楚地意识到这牛皮吹得实在没边，可产品总监振振有词地说一个好产品必须有一个好的故事，我们只有讲好这个故事产品才有好的出路。领导讲话的时候严肃认真，荣健写的方案也堪称专业精彩，很多虚构的情节被包装得有血有肉，就连写故事的人也越来越觉得这产品本来如此。何况市场上同类产品多如牛毛，有些知名品牌还请了大牌演员代言，至于功效到底如何，在浩如烟海的市场里也根本无法获得精准的反馈数据。

公司请来的专业模特身材样貌气质都非常出色，定制款的礼服勾勒出蜂腰爆乳的效果极具视觉震撼。按照事先策划好的脚本拍完样片，再按实际使用的需要加工一定的特效。这样的图片配上系列文案再经过平面设计师的处理就会生成一本能够自圆其说且精美无比的产品手册，几乎所有看产品手册的女性都会联想到使用了产品自己就会变成图上的美女。这样的心理暗示对于客户接受产品确实具有很强的诱导性，而专业策划某种程度上来说就是寻找诱发购买动机的触点。理论解读、画面诠释是常用的办法，可如何在常规办法之外有所超越才是真正的挑战。在荣健的建议下，公司随机邀请了一群准目标客户进行沟通。这场带有明确目的的交流活动最后被策划成一场联谊舞会。尽管参加活动的女性有家庭主妇也有职业白领，可当她们穿上晚礼服时一个个都显得光彩照人。如果把这场面与去年在汉都市搞的选秀活动相比，来宾的气质礼仪明显高出很多。就连当日惊艳片场的模特出现时也不再那么耀眼，也许如此荣健才能与她轻松地对话。深入沟通了关心的几个问题后就一起步入舞场，临散场还合影留念。

那场舞会的收获却也不小，荣健从反馈的信息当中发现了一个很有价值的切入点。那就是减肥塑身几乎每个女性都有需求，但是就内服类的减肥产品来说，很多女性因为这样那样的原因很难做到定时定量。于是结合这个信息，建议产品在大包装之外把每天的用量做成便于携带的小包装，并且按疗程策划编写一本减肥体验日志。有了这本日志客户就

第四十一章　从秋天到冬天

能参照日志感受自己的使用效果，从而把整个减肥过程变成一种新生活方式。

这些前期工作用了近两个月的时间，而密不透风的工作强度让荣健真切地体会到什么才是一线城市。这巨大的城市以无法想象的能量每天保持着一种亢奋状态，就连深秋的冷风也格外具有穿透力。每当清晨走出单元楼，在黎明的昏黑中一个个朦胧的黑影快速移动着汇向大路，再急匆匆奔向车站。无论天气有多冷或者风大灰大都会有一群人和你一起等车，也自然会和你竞争上车的次序。每当这个时候戴着红袖章的大爷大妈就会上来维持秩序，富有韵味的北京话与天南地北的方言常有碰撞，仅仅这种语言上的差异似乎都在强调北京之大或者中国之大。

北京的公交车售票很有意思，售票员卖票时会在票上用铅笔画上记号，到底什么作用倒没几个人能说清。但就售票效率和维持秩序的能力来说绝对专业，语言文明又不卑不亢，仅仅这一点很多城市都需要学习。北巴传媒股票自一年上市以来备受追捧，那种热度即便拿来与挤公交的热度相比也毫不逊色。北京利用城市公交孕育出一个伟大的上市公司，而这个时候汉都市却把很多线路卖给私人经营，由此诞生了号称疯狂老鼠的中巴车。不同的改革思维自然是不同的结果，但就城市的基础服务来说，似乎集中比分散更有利于长远的发展。这样的思考几乎每一次出行都会产生，而北京的城市规划也让荣健觉得这其中有一种大国气度。不但路宽桥多，而且但凡新的建筑都很有想法。越是到处走走，心里就越是对汉都市那些平庸的官老爷产生强烈的不满，从而忧心汉都的未来。想着必将拥堵不堪的二环路，想着那些本该拓宽的窄巷，或者是二环边上那些形体臃肿的墩子楼。"可想归想，这些倒与我有何关系，我不过是城市角落里一条流浪狗，只不过因为见了一些世面，忍不住自慰般地汪汪两声而已！"

"我曾经走过天安门广场，却不敢去纪念堂瞻仰主席的遗容。我生怕看到的苍老和无动于衷遮蔽了我心目中盖世英雄的光辉，于是我宁愿强忍好奇从纪念堂慢慢走过。那天是个阳光灿烂的日子，高耸的人民英雄纪念碑在阳光下显得宏伟庄重，心里默诵毛主席撰写的纪念碑文时，

冬日的火花

真的感恩生在这样一个伟大的时代。"荣健在工作笔记本上写下这段话时，他到北京已经快三个月了。也算去了好些地方，在北大的校园里缅怀理想，在清华的运动场挥洒汗水，走过林大、农大、人大的校门口，到中关村感受了新科技的发展，到颐和园、圆明园思考历史的变迁。但所有这些都远不如站在立交桥上看城市汹涌的车流人流，大北京自是有一种恢宏气象，数不清的立交桥和宽阔的道路足以展示这个国家的雄心壮志。

坐上公交车浏览二环、三环的风景是一件极为享受的事情，那些个性化的宏伟建筑无一不在宣示着大时代的进取精神。"北京我来了，可我总觉得内心有些迷茫。难不成我来北京就是为了当一个江湖骗子，把一个作坊级的产品包装上市！"这种迎合市场的产品售价自然不会低，而实际作用与包装出来的功效相去甚远。虽然左旋肉碱理论上是一种安全的脂肪转移物质，但要真正达到减肥的效果必须结合高强度的有氧运动。可是如果把这个前提告诉消费者，恐怕就没有几个人会购买。况且从生产的角度讲，要达到高提纯度工艺也相当复杂，依靠郊区那作坊工厂生产的东西还真是不能让人放心。可我受雇于公司，不尽心去做似乎也不合情理，尽心去做也不过是一种看似文明的诈骗。这样的工作有价值吗？那个时候荣健内心常常陷入无奈的纠结。

心情烦乱的时候逛逛商场算是一件比较励志的事情，写字楼下的新世界商场每天人流如潮。这里有各种物美价廉的世界名牌产品，一块劳力士满天星手表才卖一二百块钱，耐克的双肩包也不过百十块，大家当然知道这都是假冒的东西，但说实在话这些东西对得起它的价格，荣健置办这两样东西的时候就是这样的而想法。当然你如果要买名副其实的东西，在这个商场也同样买得到，只不过价格超乎你的想象。没有人心甘情愿买卖假货，可从现实的角度讲这些仿货有着贴心的温度。两块假的劳力士手表寄给父亲和岳丈他们都很开心，岳丈还托董婉捎话让他多带几只回去送朋友。这离家上千里，只有电话、包裹联系着两端的亲人，除了心里一点无法排解的困扰之外，平常的日子倒也过得清静。

金哥说洗冷水澡有祛燥降火的作用，这样就能免受想老婆的折磨，

第四十一章　从秋天到冬天

并开玩笑说荣健刚结婚就跑出来小心老婆被人拐跑。荣健说这事情上自己想得明白，跑了最好，首都漂亮的姑娘多得是。两个孤身男人说起女人那可是激情四射，聊着聊着就策划如何约公司平面设计师和那个广告模特去泡酒吧。一个说一个早有贼心，一个说一个深藏不露。就这么着几天后四个人一起转了烟袋斜街，最后坐进了蓝莲花酒吧。据说许巍曾在这里驻场，做平面的姑娘说起这些如数家珍。而卸下浓妆的模特姑娘则显得优雅安静，一双眼睛不时流露出惊讶的神情。她说她现在越来越有些恐惧来酒吧，总觉得来这的人都是些内心抑郁空虚的所谓文化人，否则无法解释那些撕心裂肺和歇斯底里。平面姑娘说她是原来浪得太凶才有了恐惧症，而我们大家偶尔来一下感觉挺好！她们俩算是闺蜜，在一起却总是不停地斗嘴，互相都说对方是前世的克星。平面姑娘叫汤慧子，模特叫李霞。她俩都学的平面设计，并且两年前一起漂到了北京。汤慧子说李霞天天做梦想当明星，而李霞说汤慧子整天冒充大师。两人还互相起了绰号，汤慧子叫李霞是李瑕疵，李霞叫汤慧子是浑汤子。金哥说李霞应该直接去横店，如能碰巧被哪个导演赏识就能一步登天。混在北京当平面模特要想成名发达就得有人捧，并说这模特圈子水可不是一般的深。现在各种协会组织的裸模摄影纯粹就是色情活动，劝诫李霞可千万不敢沾。几个人一边聊天一边推杯把盏，金哥喝到一定状态的时候非得拉上汤慧子上台秀一把歌喉，几首军歌被他唱出了摇滚的感觉，汤慧子助兴扭动的舞姿引得全场尖叫。而在暧昧的灯光里，荣健和李霞也聊得甚是开心。

　　有时候你不得不相信女人的第六感觉！就在荣健与李霞热聊的时候董婉打来了电话，荣健起身到酒吧外面去接听。董婉说她玩了一会麻将刚收场，问荣健为啥这几天都没打电话。荣健说："你整天忙着打牌，我怕打搅你。"董婉说："少找借口，谁知道你一天在北京都干啥呢！"荣健回答说："我能干啥？"董婉顺势问道："那你现在干啥呢？"荣健说："跟几个同事逛酒吧。"董婉有些惊讶地说："吆，没几天还学会泡酒吧了！离泡妞不远了！"荣健没好气地回答道："胡扯啥！我们出来放松一下不行呀！"董婉一本正经地说："啥放松不行，

冬日的火花

酒吧里有几个好人！你一天老实点，操心把你娃涨日塌了！"荣健听这话心里有些来气，不客气地说道："你懂个啥，一天就会胡说。叫你不要去打牌，操心你输得当裤子。"那天董婉本就输了钱，听荣健这么一说更是生气，直接挂了电话。荣健拨过去几次她才接听，接通了也不说话。荣健劝了半天她才哭着说："你啥时回来？我一个人无聊得很。"荣健说很快就要放假了，一放假马上回来，并且给她带礼物回去。这才算交代过去，点了根烟抽完才转身回去。几个人出来的时候都喝得昏昏沉沉，耳边响起许巍沙哑的歌声"曾梦想仗剑走天涯，看一看世界的繁华，年少的心总有些轻狂，如今已四海为家……"至于谁扶的谁，怎样离开，后来大家都不太清楚。

　　元旦前后各种报纸都推了特刊，加上这几年平面媒体本就异常火热，北京随便一个报摊上足有几十种报纸，而每一种报纸都有着足够的厚度。中午下楼买了几份报纸，其中两则新闻很值得关注。一则新闻说广州发现非典型肺炎病例，该种疾病有很强的传染性。另一则说2002年建外SOHO以总销售额二十四点一三亿的佳绩名列北京房地产十大热销楼盘榜首。坊间传言潘老板雇用了很多美女经纪人专攻西北五省区的矿业老板，这条渠道的打通创造了很多销售神话。而这家公司在长城脚下开发的公社酒店也获得了空前成功，自10月份开业之后就一直备受热捧。那一阵各个媒体都不吝言辞地褒扬SOHO中国的创新精神，就连建外SOHO的日本设计师山本理显也成了业界近乎神话般的大师。潘老板作为SOHO中国的缔造者，自然成了业界名副其实的大腕。也许是因为媒体褒扬的言辞，也许是年销售几十个亿的数字震撼，反正从那时候起SOHO和潘石屹忽然就成了荣健心中神往的方向，他想着如果去干地产，最起码吆喝的都是实在商品。由此他开始关注房地产的招聘广告，毕竟自己作为一个新人，这从哪里介入还真是个值得思考的问题。

　　卢伟打电话来通知婚礼的时间，荣健说自己在北京暂时回不去，到时董婉会代表自己去出席。虽然事情很容易就安排了，可不能亲自参加他的婚礼对荣健来说甚为遗憾。给董婉打电话的时候她又坐上了麻将桌，这让荣健非常恼火，直接在电话里骂她自甘堕落不知羞耻。董婉辩

第四十一章 从秋天到冬天

解说她一个人寂寞无聊除了打麻将还能干啥！就是要干生意也得过了年再做打算。卢伟的婚礼她保证按时去参加，并且包个大红包。挂了电话荣健心里也在想，董婉说的话不无道理。服装店不干了，她也自由散漫惯了，一时半会又哪有个合适的事情可干。原来说好结婚后一起谋划个生意，可自己刚结完婚就跑来北京，如今她一个人的生活想来也有些惝惶。这事越想越觉得闹心，甚至开始后悔不该早早结这个婚！现在反而成了一种牵绊，如果自己随心所欲不管她死活又于心何忍？可是刚在北京站稳脚跟，还想着换个行业去发展，可如果老让她一个人这么晃着岂是长久之计。不行就过了年把她带到北京来，毕竟北京机会多，她只要静下心找个工作应该也不难。

减肥片城市代理商的招募进展得相当顺利，短短几十天时间公司获得了数千万的加盟及代理费收入。这种风暴式的掘金速度任何局外人恐怕都无法想象，第一阶段庆功大会上策划部的工作得到了老板充分肯定。按照公司部署，代理商销售人员的培训将成为下一阶段的工作重心，营销总监推荐荣健牵头来做，并且强调只要能承担起这项工作，工资将得到大幅调整。熊老板也认为这样安排很合理，当下动员荣健春节不要回家，利用过节这段时间好好整理一下培训资料，最好能演练演练。而荣健这时候的心里却早已厌倦这骗人的把戏，坚定地想着转行去干地产。公休日的时候还专门到长城脚下参观了SOHO公社，顺带还登了一趟居庸关长城。赶巧那天下着大雪，迎着风雪上长城可是别有一番滋味。走在半山腰直觉得空气冰爽甜净，耳边山风呼啸，眼前银装素裹，这壮丽山川让他生出万丈豪情。长城上立有刻着"不到长城非好汉"诗句的石碑，扶着石碑留个影算是一种成为英雄的见证。本想多爬一会儿，结果越向上坡越陡，硬底的皮鞋实在不争气，接连摔了两跤后只好放弃。下了山有些游兴未尽，刚好又赶上去十三陵的班车，于是乎又紧紧张张赶到十三陵去瞻仰明王朝的背影。那天回到北京的时候已夜幕降临，在城市的繁华灯火里他忽然有一种认识，那就是当下进取中国的脚步日益加速，SOHO公社的成功绝不仅仅只是十几个艺术化院落的魅力因素，其根本源于大都市一个圈层的田园愿景。未来所有的城市都

冬日的火花

将走向加速翻新的轨道，在花园式的社区安居，在智能聚合的写字楼乐业应该会成为新生活的常态。因此如果这个时候加入其中一定会大有作为！他越想越有一种紧迫感。

联系了几家地产企业，又围绕这些企业开发的项目以及竞争对手的情况做了充足的面试准备。因此在应付面试官时荣健已经可以做到对答如流，甚至每次面试归来都感觉良好。时间已经近年关，等待的心情自然越来越有些迫切。终于等来一家公司的入职通知，他确定无误后随即找了个理由辞了职。熊老板虽然一再挽留，但他去意已决。回家过个团圆年，来年3月1日报到上班是他计划好的日程，因此在千军万马当中挤上回家列车时心情极为舒畅。当列车游龙般地穿行在白雪皑皑的北方大地，站在车窗前回想这几个月飘萍般的打工生活，他心里充满了收获和成就的喜悦。

第四十二章　小巷里的麻将馆

　　城市大街小巷都已是张灯结彩的景象，急匆匆回到出租屋本想制造一个惊喜，可是打开门时屋内清冷寂静。拨通电话听到董婉又坐在麻将桌旁，此情此景一瞬间让他有些后悔不该不管不顾地回来。否则这个时候还能约上李霞去徜徉北京的大街，美人相伴岂不比这冰锅冷灶要幸福快活。可已经回来了，想这些还有个鸟用，踟蹰半天还是决定去麻将馆抓那不争气的东西回来。

　　乔姐面对着门口坐着，荣健掀开门帘时她热情地招呼道："吆，北京人回来了！赶紧进来坐。"董婉扭过头露出春风般的笑容，看到这荣健心头刚才还弥漫着的沉闷阴云竟瞬间散去，笑着说："呵呵，你个不要脸的。"一群人不断赞扬荣健高大威武，说董婉挺会找老公。荣健给一圈嘴上叼烟的人逐个发了北京流行的中南海香烟，然后拉了凳子坐了下来。原本还疑惑为啥中午董婉就跑到麻将馆，闹了半天她们已经从昨天下午玩到现在，麻友们一个个脸上油脂泛滥头发蓬乱。董婉输着钱看起来情绪低迷，荣健动员她下场休息，自己坐上了麻将桌。也许是首都带回的运气，一上场形势很快发生了逆转，手里的牌就像加了灵性要啥

冬日的火花

来啥，几圈下来高频率的自摸和牌简直让人难以置信。不但翻回了本钱，还赢了好几百块。其他几个人看这情况也无心恋战，他们大胜而归时感觉超级舒服。可尽管赢了钱，荣健对董婉整天混在麻将馆极其不满，想着回家再跟她算账，可到了家里董婉早已疲惫不堪，没说几句话就倒在床上呼呼睡去。看着她疲惫的样子，荣健有些无可奈何。

打开电视放低音量，荣健躺在床上裹紧被子看新闻。新闻里说张艺谋导演的新片《英雄》自上映以来反响热烈，各大影院上座率持续攀升。新闻里剪辑的画面色彩明艳，武打场面壮观瑰丽。他心里想着等董婉睡醒一起去看场电影，也算是赶赶时尚。况且明天收拾收拾也该回家过年了，前几天妈妈还打电话问啥时回去。

电视一直开着，荣健看着看着也睡着了。不知不觉一觉睡到了第二天中午，醒来时饥肠辘辘。两个人躺在被窝里谁都不想出来，小别重逢的激情在温暖的被窝里显得格外热烈。熟悉的身体熟悉的味道还有那熟悉的快乐所在，积攒了几个月的能量自然地爆发了。两个人本就肚子空空，剧烈的情爱运动又是高耗能作业，一阵工夫搞得大汗淋漓浑身发虚，穿好衣服时简直有些眼前发黑了。董婉出门前总要仔细地化妆一番，又折腾着换了几套衣服。荣健肚子饿了，自是不耐烦她的喋喋不休的效果咨询，穿上哪一件他都说："好着，好着。赶紧！赶紧！"直到董婉收拾满意，两个人才挽着手一起下了楼。

东大街上新开的永和餐厅环境不错人气也旺，美美地点了几个菜算是团圆的庆祝。风卷残云般地解决了肚子问题，却感觉有些走不动了。荣健坐在窗口随意朝下张望，东大街上行道树都已挂起了大红灯笼，各个店面庆祝圣诞节的装扮也还光鲜。这中国年和洋节混搭的风味倒也热闹和谐，只是这城市中央和北京比起来却也有些古旧了。原来并没有感觉到，这趟远门回来荣健心里颇有些曾经沧海的味道。他这样说时董婉问："北京真那么好吗？过了年我跟你去北京。"荣健半开玩笑地说："北京可没有麻将馆，你去北京干嘛？"董婉狡黠地说："我去干嘛？去了开个麻将馆。哈哈！"荣健跟着也笑了，说道："你个没出息的蠢货，北京不需要你。"董婉不妥协地说："哼哼，就你是人才，北京应

第四十二章　小巷里的麻将馆

该请你去当市长。"荣健瞪着眼睛调侃道："哎，你还真说对了，我也觉得应该请我当。"董婉噘着嘴不屑地讥刺道："行了行了，你把牛能吹上天。"荣健听了这话一脸坏笑地又说："呵呵，吹牛你可真不行！你要学学，呵呵！"董婉意会到他不怀好意地欢笑，扯着脸说："哼哼，你想得美。什么娅吹牛吹得好，你找她去！我走呀。"说着起了身，荣健也跟着离开了餐厅。

　　列宁说："一切艺术中电影是最重要的和最大众化的艺术！"然而近十年来虽然国内经济高速发展，但电影业却意外地进入一个萎缩周期。据有关部门统计，从1993年到2000年由顶峰时的全国十八万块银幕锐减到城市只有两千块银幕，农村只有一万块银幕。有人说是VCD和随之而来的DVD杀死了中国电影，更可恨的是，在超级解码技术的支持下盗版碟片四处泛滥。但这一切不过是表象，归根结底还是民众的腰包支撑不了电影的高昂票价。荣健和董婉在电影院门口因为五十元一张的票价犹豫了半天，如不是昨天打麻将赢了钱才决定奢侈一回。否则一听这票价多半会选择等些日子花十块钱买张碟片，感觉那差别不过就是屏幕小点而已。但看完电影后他们才体会到影院的效果和电视相比那真是天壤之别，尤其是大制作的电影，画面音效的震撼力能让人身临其境。那一年电影《英雄》获得了不错的票房成绩，似乎也从此拉开了中国电影的新时代。

　　2003年的春节过得匆匆忙忙，这时新闻里却不断传来SARS疫情蔓延的信息。县城原本热闹的新春气氛似乎也因此迅即变得冷清，紧接着北京、广州防疫气氛骤然紧张起来，各种耸人听闻的传言在民间迅速传播。荣健原本计划2月底返京3月1日报到上班，没承想这个时候却接到暂缓来京的通知，当然这是个让人沮丧的坏消息！过年回来给家里贡献了五千元再加上春节的花费，本指望一上班就有收入，现在忽然发生断档该如何是好？年过完了，有班上没班上也不能待在家里。只好又打点了行装和董婉一起返城，想着不行先在汉都市找个工作干着，毕竟活下去最重要。

　　那一阵子荣健天天拿着报纸的招聘版四处求职，倒不是找不到工

冬日的火花

作，而是已经拿过每月六七千的工资，现在忽然面对两三千月薪时还真有些难以接受。一个月下来没找到理想的工作，口袋的钱却花光了。实在张不开口再问同学借钱，只好回家看看能不能先拿点钱度饥荒。然而回到家里大概问了问情况反而更加让人忧心，母亲年前东凑西凑才还了贷款利息，现在父母两个人靠着仅剩的二百元过日子，县财政本就困难，父亲2月份的工资也一直没发下来。加上从去年9月开始，三舅家的二表弟上了大学，每月四百元的生活费也全靠父亲的工资来保证。母亲与三舅这样约定一方面是为了确保表弟安心上学，另一方面也算是分期偿还当年三舅担保的一笔贷款。然而这些还不是最让他烦恼的，母亲说妹妹毕业这半年不但没往回拿一分钱，反倒从家里拿了几千元。让荣健关注指导一下她的工作，老这样自己养活不了自己也不是个办法。这个情况过年的时候在家里聊过，最近几年品牌幼儿园岗位要求高，以妹妹的教育背景也只能在一些私人开办的小幼儿园谋生。但这些幼儿园工资待遇极低，还常常拖欠，她从毕业已经换了好几家。其中当然有她自身的原因，也或许她根本就不适合干这个行业。可是到底要干啥？恐怕还得她自身有个主意。但现在母亲说了这话，显然她对妹妹的前途非常忧心。荣健宽慰母亲说自己回城就找她谈谈，如果实在不想干幼教就介绍她去广告公司做业务。销售工作虽然苦点累点，但是收入要高得多。其实荣健知道妹妹个性柔弱，对自己的职业定位也糊里糊涂，而做销售多少需要一点泼辣的劲头，到底行不行也只有先试试再说了。反正现在只能这样安慰一下母亲，最起码让她觉得有盼头，否则她老是琢磨这事估计一天觉都会睡不好。

那天中午阳光明媚温暖，坐在院子吃着母亲做的臊子扯面确也舒坦。吃完饭一家三口坐在院子晒太阳拉家常，一会说起东家一会又说西家。而提起家里的债务时父亲几乎有些垂头丧气，荣健说父亲不该整天唉声叹气，只要全家努力要不了几年就能还清。父亲说荣健说话总是口大气粗，好几万的债务要还清可不是想象的那么简单。母亲带点责备的口气说父亲心眼小得像针眼，整天光发熬煎有个屁用！一家三口就这样各抒己见，聊了些还账计划也说了很多赚钱的想法。荣健顺手脱下皮鞋

第四十二章 小巷里的麻将馆

整理鞋垫，随口说这样一双手工鞋垫在楼下便利店要卖六块钱。母亲说这鞋垫又薄又软，一走路就往脚心跑，还要6块实在有些不值。说到这起身进屋很快拿出来几双鞋垫，说是最近没事刚做好的。母亲做的鞋垫针脚细密，布料和颜色都明显比便利店那种好很多。其中一双还绣了花在上面，看起来精致得像工艺品。荣健说这样的鞋垫如果拿到市场去卖，即使不绣花最起码也得卖十块钱。母亲说咱也不卖人家十块钱，只要能卖六到八块利润就好得很。这东西没啥成本，就是个工夫钱。若要论材料，一双要不了一块钱。荣健换上了母亲扎的鞋垫，立即感觉脚板舒服心里温暖，一边穿鞋一边说："亲娘做的东西穿上就是不一样！不过这活累得很，你身体又不好，还是多休息。赚钱的事情有我呢！你们放宽心，只要你们身体好就比啥都强。"父亲听荣健这么一说，也附和说："就是，就是。能赚几个钱！那活既辛苦又费眼睛，你身体要紧。"母亲也就不再说这个话题，而是对荣健说如果有了孙子自己也就有个事干，劝荣健要和董婉商量一下早做打算。荣健嘴上应承心里却有些苦涩，想着现在自己还时常闹饥荒，再有个孩子岂不是更加的难熬。

走的时候父母还像往常一样要一直送他走上河堤，走到大路口。这段三四百米的路程不知走了多少回，而今天离开的时候荣健心情有一种说不出的悲伤。想着当年父母送自己出门求学，他们殷切的目光自是期盼送走的孩子将来学业有成事业发达，如今毕业好几年居然还经常闹得口袋空空，这真是一件让人汗颜的事情。明知道家里经济不宽裕，却还想着回来拿钱真是太没出息了！想到这些他暗自发誓以后绝不能再给家里添一分钱负担，即便饿死在城里也得让父母有安心满足的感觉。

走着走着父亲跟在了后面，母亲走在身边。母亲一边走一边掏出父亲的工资存折让荣健拿上，母亲拉着荣健的手笑着说："妈知道你肯定遇到了难处，你爸的工资应该很快就能到。人家董婉家条件好，新过门你别让人家受委屈！"荣健推托说自己还有钱，而母亲说："我和你爸知道你是个死要面子的娃，你没看你爸都离得远远的。你把存折拿上，等你挣了钱再还给我们不就行了。"荣健强忍着即将夺眶而出的眼泪，装上了存折，他不敢再做逗留，他不想让父母看到自己的脆弱，看着桥

冬日的火花

那头缓缓开来的班车，说了声："爸妈你们回，我走了。"说完向桥头奔跑着离去，身后传来父母"慢点，慢点"的叮嘱。

给妹妹打了电话才知道她也失业了，已从幼儿园搬出来临时和同学挤在一起。当下他让妹妹立即打包行李先搬过来，然后再说找工作的事情。对于荣欣搬来住的事情董婉虽不情愿但也无可奈何，房里只有一张床，荣欣也只能在床边打个地铺。可毕竟这样的生活状态不是长久之计，荣健自是比谁都着急。他不断给之前广告公司的朋友打电话，希望能够帮妹妹找个合适的事情，同时帮她改好简历，鼓励她每天拿着报纸出去应聘。而董婉说她不想出去打工，还是想再找地方把服装店开起来。于是有时候荣健出去应聘她就跟着，希望顺带能找到合适的门面。一段时间三个人早出晚归，颇有些勤奋打拼的意思。而时间稍微一长，董婉首先有些懈怠。没事的时候总往麻将馆跑，荣健几次想发火考虑到妹妹在身边只好暂且忍耐。就这样凑合着包容着，三个人的日子过得倒也平静。

从3月6日发现第一例输入性非典病例开始，北京的疫情呈现了急速扩散的态势。仅有的两家传染病医院患者爆满，随之很多地方开始对流动人员进行严格管控，多种谣言也在各地肆意传播，一时间在很多人心中北京几乎成了禁地。荣健不得不放弃再次进京的想法，而这个放弃让他郁闷非常。有时候静下心来真有些后悔，早知这样当初就不应该草率辞职，先抱着稳定的饭碗等疫情过去再谋求发展岂不是最合理的选择？而现在一切都晚了！

人生总有一些意想不到的安排，也或者说是天意难测。荣健北漂寻梦的计划因一场突如其来的SARS而中断，但命运却也打开了另一扇窗。一家北京来的房地产顾问公司在收到他的简历后打来了电话，之所以会这么快，是因为老板之前在《华融报》上看过他撰写的地产专题广告并且印象深刻。与老板见面十分钟后他得到了策划经理的岗位，底薪五千外加项目奖励。忽然这么简单地得到一份比较理想的工作，这让荣健喜出望外。一出写字楼就马上给董婉打电话，结果这狗东西又坐上了麻将桌。不过尽管如此也没有影响到荣健的心情，他立即赶奔麻将馆，想着

第四十二章 小巷里的麻将馆

把董婉叫回来晚上一起庆祝一下。

麻将这东西真是一项国粹，神奇的魅力让多少人难以自制。这家毫不起眼麻将馆所处的街道居然神奇地叫作长胜巷，一间深邃的门面房里天天挤满了祈求长胜的人。而荣健多少次恨不得砸了麻将桌，拆了这破店。来此聚集的这群麻将爱好者形形色色，有大姑娘小媳妇，老干部小老板。这些人手气好的时候得意忘形，手气差的时候吼爹骂娘。还有些职业骗子也深藏其中，他们靠着各种作弊手段打着切磋技艺的名义围着桌子骗钱。大凡初到麻将馆的人几乎无一例外地要交很多学费，董婉自然也难幸免。输了好几千块钱才知道即使玩也得选择对手，不是所有的人都值得信赖。于是乎董婉、乔姐、长腿、倪姐、老王头、大黑、彭工几个算是知根知底的人形成了一个小圈子。与乔姐交情比较久，算是好姐妹。"长腿"是一个东北姑娘的绰号，不用想就知道这姑娘肯定身材高挑双腿修长。倪姐有自己的酒水生意，在这里她把没有正经营生的"长腿"收纳到自己的麾下做了业务经理。那个老王头最有意思，他是隔壁省煤炭集团的高级工程师，半退休状态的他每月把工资基本都捐献给了麻将事业。之所以天天待在麻将馆，最主要的原因是中年离婚后一直处于单身状态。而大黑原本是一个小老板，生意失败后有些萎靡不振，打麻将似乎成了他忘记烦恼的麻醉剂。另外一个所谓的彭工，其实是省地矿局的小车司机。每天穿戴得斯文洋气，俨然一副知识分子的派头，因此大家干脆就叫他彭工。

这半年来发生了很多事情，先是乔姐认识大黑后关系发展得有些暧昧，最后乔姐离了婚和黑哥混在了一起。接着就是彭工勾引"长腿"导致"长腿"怀上了他的孩子，他整天偷偷摸摸地与"长腿"撕扯不清，为此彭工的老婆经常到麻将馆做狮子吼。而倪姐做生意比较早实力最强，这个其貌不扬的老女人可谓神通广大，据说北郊一个房地产老板都要依靠她疏通政府关系。而董婉在这一群人中算是个异类，基本上不参与他们之间的事情，也很少与他们搞各种聚会，只算是一个比较靠谱的麻将腿子而已。但荣健对此仍然不满，认为董婉结交的这群人都是不入流的货色，跟这些男盗女娼的城市垃圾混在一起就是堕落无耻。而董婉

冬日的火花

完全不认同他的观点，骂他不知轻重、自命不凡、虚伪恶心。

那天荣健气不可遏地站在麻将馆门口给岳父大人拨通了电话，电话那头岳父听他说完只是淡淡地说了句："你让她给我回电话。"董婉自然不会打这个找骂的电话，而两个人又说不到一起。只不过荣健打了这个电话后董婉还是有所收敛，加上慢慢地荣健也懒得再说。再后来那些人荣健也混的脸熟，从原来觉得这伙人都不务正业，到后来又觉得这些人也并不那么讨厌。反正一时半会也没找到合适的店面，董婉也确实闲得发慌。倒不是说门面有多么难找，而是短短几年租金行情涨得厉害，当年五六万就能开个店，现在起码要准备十万以上才能下手。况且再开店还得董婉回家借钱，而借钱的问题都是其次，最主要的是他们自己都觉得压力有些大，因此经常犹豫不决。往往看好的店面一犹豫人家就租给了别人，如此这般错过了好几个机会。当然他们也会反省这些问题，问自己是不是太过保守，是不是总拿当年第一次开店的情况去套新的行情，如果这样估计永远都开不了新店。

这几年汉都市经济突飞猛进，所有的商业行情几乎都有了明显变化。这段时间虽说SARS闹得沸沸扬扬，一时间所有的商业场所都变得冷清，可门面房的租金却并没有出现向下的迹象。是否选在这个时候投资开店，荣健和董婉都有些拿捏不准。怕受SARS影响开店后生意不好，又担心SARS过后房租继续上涨。就在这样的纠结中，那天他们又到当年开店的好又多周围逛游。一方面想感受一下商业气息，同时也想再碰碰机会。而到这边一打听才知道，自从改造以后这边房租涨得可怕，有些小店铺单平方米月租居然达到千元左右，以此看来当初广场改造时放弃优先选铺还真是失策，否则现在就是当二房东每月也会有不少进账。

一圈转下来已是午后，温暖的阳光横照在行道树浓密的树冠上，翠绿的树叶随风闪动着熠熠光彩。荣健拉着董婉的小手再一次走过好又多门口的开阔广场，四周来往的行人并不算多，让这悠闲的徜徉平添了几分幸福的感受。路边人行道与广场连接的台阶上坐着一个略显颓废的中年男人，他怀里抱着一个鞋盒子，盒子里有两只满月大小的黑色狗狗探着脑袋正四处张望。那男人面无表情懒洋洋的，灿烂的斜阳余晖透过树

第四十二章 小巷里的麻将馆

叶空隙洒在他身上，明暗光影里两只狗狗显得兴奋机灵。狗背的上皮毛乌黑油亮，腿部颈部渐变的金黄色自然顺溜，四只乌溜溜的眼睛咕噜噜的似乎若有所思。两只狗狗一胖一瘦，可能是夫妻俩也可能是兄弟，和谐的画面让荣健瞬间心情变得柔软。而那狗狗也好像看到了主人，目光中流出几分似曾相识的亲切，荣健鬼使神差地向它们挥了挥手，并大声说"哈喽"。那只胖的居然淘气地朝他汪汪两声，荣健能听出那绝不是抗议或者是恼火；而那只瘦的显然更有思想，只是狐疑地注视着他并未出声。荣健抱着好奇走近了它们，问卖狗人这是什么品种，那人说这叫防暴犬，而荣健对狗的品类本来就没多少认识，而这人说的防暴犬就更没有听说过！反正这两只狗让他有了兴趣，忽然决定买一只送回家给老娘做伴，算是弥补一下老大不小还未为荣家开枝散叶的过失！

因为心里过分喜欢，谈判是简单的，只是到最后荣健有些舍不得带走一个让另一个孤单，这几分钟的爱抚它们分明已经把他当成了主人，看着两只狗狗让人怜爱的神情，他咬牙掏出了两百元买下了它们，对此董婉甚是恼火，丢下要买你自己照看，我可不管的狠话！就这样两个小家伙被他抱回了那个小屋，并开始了当狗爸爸的生活。

房子本就不大，再加上地铺上的妹妹过道里的狗狗，整个房间一天到晚弥漫着各种碰撞的气息。小家伙刚来没什么规矩，到处惹麻烦。对董婉来说这简直就是灾难的开始，每天回家她都会抱怨一屋子的臭味和乱飞的狗毛，每当这个时候荣健只有忙里忙外地收拾一番才能让她安静下来。而那个胖一点的狗狗最让人操心，起初几天就像个爱哭闹的孩子整夜不好好睡觉，过一会就可怜巴巴地叫唤，搞得荣健每天晚上起来无数次安慰它，喂它豆豆吃。安慰一阵刚睡着它又叫，这种折磨人的训话安抚几乎成了晚上的必修课，甚至于瘦点那只分明也对胖子有些不满，不但眼神不满喂食时也抢得厉害。小胖子好像因为不适应新环境情绪很是低落，吃食不太积极打闹也没精神。就这样折腾了一个多月，董婉实在忍无可忍了，荣健只好把狗狗送回了金城老家。

看到儿子带回来的两只狗狗，杜英娥欢喜极了！其实荣健知道他这个老娘只要是儿子带回来的，除了媳妇不管是啥她似乎都会无限欢喜。

/645/

冬日的火花

　　老杜还发挥了她的才能，一会儿就给两只狗起了名字。被荣健称为肥仔的起名欢欢，给瘦猴起名豆豆。老家院子的地方够大，这俩小家伙撒着欢子地闹腾，一个憨态可掬一个古灵精怪，老爸荣勤民也特别满意，认为荣健给他们办了件好事。

　　欢欢适应环境后个性变得张扬，进攻性强而且很有勇气，所以必须拴起来圈养，用来看家预警那绝对放心。豆豆非常聪明，很乖巧，所以老爸老妈出门都喜欢带着，不管它跑多远，只要叫一声它就会箭一般地飞奔而回。可惜的是豆豆一岁多时身上长癣，荣勤民同志不知听谁说抹农药效果好，结果豆豆就这样中毒夭折了，为此父亲的罪恶遭到全家人的责备，他自己也为此内疚了很多年。

　　被圈养起来的欢欢开始并不老实，经常挣脱铁链干坏事，偷吃墙上过年用的鱼干，出门吓唬周围小朋友，甚至找邻居的狗狗打架。夭折的豆豆是只母狗，每次欢欢干坏事人们都说欢欢想媳妇了。想来也确有道理，如果豆豆活着，它们都应该可以生宝宝了，然而这只能是如果了，以后很多年又因为品种因素，欢欢都没能当成爸爸。

　　荣健回家并不单纯是送狗回去。这几个月到新公司后的工作非常顺利，先是把在北京看到的广告词句移植到公司的代理项目上获得甲方认可，再与潘星星合作向甲方成功推荐《华融报》报眼广告，并顺利签下八次的发布合同。策划创意的策略、方案被认可使他在公司站稳脚跟并拿到数千元奖金，而连续两个月八次报眼广告让他赚到了一万多的折扣差价。有了这两笔钱足以让他度过饥荒，他立即送回父亲的工资存折，还了之前花的钱，又把能挤出来的钱都给母亲让她凑着赶紧还账。妹妹也到一家广告公司去做业务员，虽然还没有出什么业绩，但毕竟每月有了固定收入。这个情况他也向母亲做了汇报，总之这次从家里出来的时候他内心充满了自豪。

　　这个时代如果你足够努力，总有意想不到的机会出现。荣健与甲方融洽关系的建立源于他对项目提出的准确定位，首先一句"都市新贵新聚落"概括了项目特点也描述了项目客群，又在这个主题之下旗帜鲜明地打出小户型全功能的产品定位。几版广告出街后效果良好，因此获得

第四十二章 小巷里的麻将馆

了甲方金总、王总两个老板的一致赏识。

金总靠倒卖香烟起家，社会交往极广，为人很豪爽。据说他一旦高兴就会从包里掏出一把现金数也不数塞给他认为有功的员工；也或者一发火揪着触犯他神经的人大骂他祖宗八代。在荣健看来这样的草莽英雄实在有些粗糙，而科班出身的王总才是他的人生偶像。人家名牌大学毕业，考取注册估价师证之后创立了多家评估机构，如今又入股房地产开发事业可谓如日中天，不到四十岁就取得如此成就可真是了不起！况且王总还多次开玩笑说如果跟他干最起码底薪翻倍，只不过他一时还吃不准这是戏言还是真心，况且当下刚在顾问公司站稳脚跟，除了底薪之外广告业务的收入也还不错。但从长远看，如果这个关系处得好，未来投奔他也应该是个不错的选择。

晚上忽然接到王总的电话荣健相当意外，电话那头王总盛情邀请他过去喝茶，老板有这样的抬举岂能怠慢，他立即打了出租车前去赴约，而这次约见让他第一次走进了高新区光明路名典咖啡。一进门浓郁的咖啡香味和精致优雅的欧式装修让他有种走进文明圣殿的感觉，毕竟能到这种地方喝茶的人多半都是有身份讲情调的人，而对于他这样层次的打工仔来说到此消费显然还有些奢侈。虽说参加工作以来也经常有交际的机会，但大多会请客户吃饭喝酒，喝茶或咖啡在他看来仍然是不实惠的花钱方式。

走进包间时王总正和两个朋友打着扑克，旁边沙发上坐着一个黑脸大个的小伙子和一位婉约靓丽的姑娘。王总招呼荣健坐下，又对着那个小伙子说："这就是我跟你说的小荣，你俩先聊着。"荣健进门时这小伙就满脸笑容，王总这么一提他脸上瞬间露出了老朋友般的微笑，谦虚客套地说："久闻大名，来来来，坐坐坐。"他老练的客套让荣健有些难为情，稍显羞涩地笑着说："呵呵，不敢当，不敢当。"那小子自我介绍说他叫王永吉，是王总的小兄弟。荣健想起王总曾提说过这个和自己年龄相仿的人，而他已是王总麾下一家知名评估公司的负责人。与他的独当一面相比，显然自己的发展已经落后了。王永吉很是客气，又是发烟又是端茶，等荣健坐定又正式地介绍了他身边那位姑娘。荣健这才

冬日的火花

定睛细看眼前的女子，她美得清丽脱俗，乌黑的长发瀑布般地垂在一侧，另一层露出的耳垂上金灿灿的梅花耳坠显得极为耀眼。她的眼睛明亮柔情，勾画的细长眼线微微上扬，眼睛一眨就有某种摄人魂魄的东西扑面而来。她鼻梁长而挺直，鼻尖圆圆微微突出，鼻翼轮廓精致分明，微笑时露出两排整齐的皓齿显得优雅高洁。王永吉介绍她时她微微起身伸手表示欢迎，荣健握住那纤细手指时心跳不已。尽管接触只是一瞬间，但那柔软嫩滑的感觉让人印象深刻。虽然这些年见过林林总总的美女，可像这样气质高贵容颜美貌的女子却也稀有。听小王总介绍才知道她是汉都交通音乐台的主持人颜玥。也或者听过她的声音，可在这见到还真是有些荣幸。

显然王总之前已有交代，小王总扯了几句闲话就说到正题。原来王总有意成立一家房地产销售代理公司，最终接替荣健所在的公司代理销售他和金总合作开发的项目。而这个公司王总有意让荣健牵头，王永吉和颜玥都参与。他们聊了一会儿，王总送走了他那两位朋友也参与进来。这时服务员送来几份套餐，外加两瓶啤酒。四个人一边吃饭一边说事。这中间荣健才搞清，原来王总与大老板金总在公司发展上有了分歧。王总说老金纯属没文化瞎胆大，本就靠着几百万的资本开发了一期项目，现在项目销售刚刚过半，这不要命的就要抽出钱谋划占下二期的土地。这么做一旦下半年销售情况不好，到年底工程款的支付就会有问题。这几年国家三令五申禁止拖欠农民工工资，资金上一旦出了问题就是大麻烦！而他跟金总说这话时他不以为然，坚定地认为销售形势良好绝对不会有问题。显然王总一看二慢三通过的思维和金总跨越式发展的格局出现了较大冲突，由此王总已萌生退意。但王永吉希望在王总退出前抓住机会承包项目销售，在他看来当前天时地利的机会绝不能失。只是苦于自己对这个行业不太了解，他提出这个想法时王总想起了荣健。并说启动资金的事情不用担心，只要能组织起一个精干的队伍，他来投资。

王总交代完事情就先行离开，颜玥也赶回电台上节目。包间里就剩下王永吉和荣健筹划具体的问题，气氛自然也变得轻松。虽然第一次和

第四十二章 小巷里的麻将馆

王永吉沟通，但荣健发现这个人的确不简单。他在很短的时间里能让人觉得与他如同故友，所聊的话题也极为宽泛。王永吉说只要荣健能组织起一个班子，有王总在很快就可以拿下项目。一期已经过半，大不了代理费再低一点，或者二期再开时跟王总提底价包销，不出意外咱弟兄们一年还不弄个百八十万。在他的嘴里感觉赚钱是很简单的事情，不过大致算来如按他所说也的确会是这个结果。说到各人占多少股份时他提到颜玥，王永吉说大老板金总特喜欢美女陪唱歌，有些事让颜玥出面肯定好办。但她啥都不懂，最多给她百分之五红股就了不起了，其他都由咱弟兄们说了算。荣健听了这话笑着说："呵呵，啥没见啥你先给老板用上美人计了！她不是你女朋友呀？"王永吉端起茶杯一边喝水一边斜视着荣健说道："不是不是，咋？你看上了，呵呵！"荣健不好意思地连连否认说："没有没有，主持人，文艺女青年咱可受用不起。不过确实挺漂亮，跟你这样的老板倒挺合适。"王永吉笑了，半开玩笑地说："美着呢！这娃性格好，蜜桃臀大长腿，耍着确实美很。不过这货爱消费，咱背不住！"说完哈哈大笑，两个人插科打诨地扯了一阵，又议定了一些迫切的事务。

荣健开始组织人马注册公司，租房子办执照买家具、设备一切顺利，约莫个把月的时间一切准备就绪。荣健在公司辞了职，又把公司搞设计的伙计景同宇一同拉了出来。大家眼巴巴等着王总那边通知，谁承想又是一个多月过去依然没有消息。尽管荣健处处精打细算，可是王总投资的十万元眼看着就要消耗殆尽。公司开了张却没有业务可做，想着与其每天坐在办公室郁闷发呆，还不如自己主动出去跑跑看。于是主动联系了一些过去的客户，景同宇也发动了他的资源，一阵子的瞎忙倒也充实愉快。最振奋的事情莫过于得知云泰建材市场的裴老板在四川投资开发的地产项目正在找代理公司，而且负责业务的李副总还是金城县老乡。也许因为老乡的缘故业务沟通非常顺利，荣健又主动提出业务收入的百分之十作为老乡的协助费用，如此一来很快签订了合同。签约那天晚上荣健和景同宇坐在烧烤摊上豪情畅饮，筹划着从此大干一场，数年之内开创出一个在业界具有影响力的公司。

/649/

冬日的火花

揽到了业务他们立即着手招聘，在《华融报》刊登了一个邮票大小的招聘广告。谁承想就这么一个小广告的刊发，第二天公司门庭若市。销售经理和置业顾问人选很快就得到了确定，最后就缺一个负责和甲方联系并且能兼后勤服务的人，而姚晨雨的出现是荣健完全没有想到的。

当姚晨雨穿着一身职业套裙走进办公室时，那一瞬间荣健心里有一种说不出的愉悦，而姚晨雨显然有些尴尬。要不是荣健主动打破尴尬，姚晨雨似乎就要转身离开。荣健从班台里走了出来，像老朋友一样招呼她坐下，并且给她倒了水。虽然以前只算是认识，可是在荣健心里对姚晨雨怀有的美好情愫远非寻常，仅从这一点来说他和她感觉亲近得多。况且姚晨雨身材样貌怎么看都觉得舒服，荣健当下觉得行政助理这个岗位她再合适不过。看到姚晨雨有所顾虑时他说："公司刚起步，我真诚希望你来帮我！过去我对你的心意，我想你是知道的。可这一切都已经过去了，我们谁都不要再提。彼此就当是个老朋友，我们一起干点事情！"姚晨雨带着怨恨说起马智的欺骗，荣健劝她把这些都忘记，并说都怪自己当初迂腐动作慢，否则也许会是另外的结果。姚晨雨红着眼眶说她谁都不怪，就怪自己瞎了眼。荣健听到这话心里难过极了，也不想再听下去，就把话题引到工作上来，他给姚晨雨开出了一个不错待遇，还一再鼓励她说只要项目干好，一切都不是问题。

坐上火车去项目实地考察时荣健和景同宇才意识到这业务接得有些饥不择食！项目都不知道在哪儿居然就签了合同，难不成房屋销售真的像捡钱一样简单？绿皮火车翻山越岭摇摇晃晃，不开窗户车厢内气味难闻，开了窗户山风阴冷。景同宇抱怨荣健太抠门，这么远的路居然买的坐票。说这样摇到四川骨头都要散架了，而且好坏咱算是白领，与一群臭烘烘的民工挤在一起传出去都让人笑话。荣健讥讽景同宇进城没几天居然害起富贵病，领子白不白不重要，只有赚到钱才是硬道理。一天装得跟艺术家一样顶个屁用，老是两手空空小心女朋友跟人跑了。这话深深地刺痛了景同宇，前一阵他的学妹女友考公务员被省政府录取，原本还挺热情的准丈母娘现在见面时态度都有些不对。最可恨的是不断有人到女友家提亲，虽说女友看起来还比较坚定，可他实实在在感觉到了某

第四十二章 小巷里的麻将馆

种危机。荣健的话让他感觉像硬生生揭开了某处伤疤，一瞬间只剩无奈的叹息和心痛。景同宇受不了这车厢里闷臭的味道，坐在窗边吹着凉风想心事。荣健感觉有点疲倦昏昏睡去，直到天黑被冷风吹醒，然后就不住地打喷嚏，他感冒了。

虽然时令已近立秋，可重庆的闷热丝毫没有妥协的意思，加上荣健感冒鼻塞难受得几乎发晕。他抱怨景同宇不顾别人死活非得开窗吹风，景同宇说荣健平常壮得像牛，现在看来外强中干。两个人换乘汽车虽然一路斗嘴，但到了泸州就都马不停蹄投入了市场调研。项目情况与投资商老板说的基本相符，市场情况也比想象的要好一些，心里有了底，感觉如同捡到了宝贝一样欣喜。这时候景同宇提出他在公司的股份问题，这问题让荣健一时间有些语塞，沉默片刻后他说等他请示完王总再确定。可这样的回答景同宇显然很不满意，说当初荣健叫他一起干，按他的理解就是一人一半。荣健说："咱们一分钱没投，人家王总投的钱肯定要占大头，我占多少都还没明确，你说你应该分多少？"景同宇冷笑着说："那闹个啥事呀！我随便上个班一个月也七八千，现在发三千元生活费，如再占不了多少股份，这事有什么干头？"荣健开导他说："现在先别算细账，只要把公司做起来，我相信老板不会亏待咱们的！有些大公司一年几千万的代理费收入，你要看得长远一些。"景同宇对此并不以为然，坚定地认为一开始就要把分配方式确定好，这样干着才有劲，也避免将来弟兄们扯皮。荣健心里认同他的说法，可是当初成立公司时王总只说由他全部出资，他和小王总占百分之五十一，荣健负责管理占百分之四十九。现在这项目是自己联系的，如把百分之四十九的股份再分给景同宇一半，他又觉得有些不合算。况且成立公司是为了接王总公司的项目，现在自己联系的项目这么分配也确实有些问题。话又说回来，尽管景同宇设计水平可以，但是做这个小项目其实找个一般的设计就能担当，按市场行情工资也就三千元左右。从整体成本考虑的话，也许没有景同宇更好。加之这个人比自己还自以为是，用起来也不是那么好用。他这么一想又有了让景同宇退出的想法，可这个话从道义上来说又怎么能说出口呢！

冬日的火花

　　项目的策划设计工作正式启动了，销售人员也进入了培训。考虑到异地团队的管控问题，荣健让妹妹到公司做置业顾问。甲方要求两周时间内要完成方案提报、人员培训和所有物料的策划设计制作，那些天可真是忙得昏天黑地。从泸州回来后景同宇倒也没有再提股份的事情，几天之后居然兴高采烈地搬到荣健楼下居住。两家人一下子成了楼上楼下的邻居，日常交往自然变得频繁。

　　景同宇留着长发，时常白衬衣配深色的朋克牛仔裤俨然一副摇滚歌手的派头。他的女友最近总穿着黄色的短袖配大红的九分裤，董婉把这装束称为西红柿炒鸡蛋。他俩走在一起总是手拉手，荣健说他们甜蜜幸福的样子绝对是这城市中的一道风景！而董婉说景同宇长得贼眉鼠眼，这画面应该叫美女配野兽，并说景同宇的女友整天装清纯估计也不是什么好鸟！说这话的原因不过是他们搬来那天那女孩上来借了一瓶胶水没有还，为此荣健说董婉是小肚鸡肠。董婉挖苦荣健对人家的赞赏是因为暗恋小妖精的风骚，否则也不会人家半夜活动的时候无耻地听墙根。荣健说她不可理喻，她说荣健香臭不分。荣健早已习惯如此打铁般的对话，也不和她计较。加上最近工作上的事情占满了所有思维，甚至都没有时间关注董婉在麻将馆的输赢。他不关注董婉的日常也只是会被抱怨几句而已，但景同宇现在算是合伙人，他心情的好坏可就显得格外重要。这家伙一旦心情不好上班就会迟到早退甚至玩消失，设计的任务一大堆，离了他可真的不行。

　　荣健一个人承担了项目策划方案的撰写以及所有文案创作，在姚晨雨看来他就是个超人。随着了解的加深，两个人还真有些互相喜欢。而荣健自己觉得现在说这些实在有些晚了，再怎么喜欢，自己也不可能刚结婚就离婚，他觉得这种事情自己完全干不出！何况现在刚刚创业，如果沉醉于儿女情长能有什么出息。

　　那间不到四十平方米的办公室里每天挤满了人，一群踌躇满志的热血青年激情澎湃，那种感觉让荣健觉得自己像上紧发条的机器根本停不下来。然而设计的楼书、户单、吊旗等物料还没定稿的时候，景同宇的爱情出了大麻烦。他那美貌如花的女友自从走进省政府大院就成了一群

第四十二章 小巷里的麻将馆

人注目的焦点，形形色色的媒婆开始不断出现，而且介绍的对象大多都是领导干部家的公子。虽然她捍卫爱情的态度坚定如铁，但是有些人情总是要顾。无意参加了几次饭局，也就认识了几个新朋友。其中一位帅哥刚从德国留学归来，开着一辆崭新的白色宝马轿车，人也长得高大英俊。自从认识之后上下班总会在单位门口遇见他，盛情之下一起吃了几次饭。到底是见过世面的洋学生，感情的表达毫不遮掩，当他捧着鲜花拦住她时，那一瞬间她忽然觉得这世上所有坚贞的爱情也许不过是因为没遇见更合适的人，如果把景同宇和眼前的小伙相比，一个玉树临风，一个不过是乡村路边平凡的歪脖子槐树。可想起与景同宇执手走过的那些日子，他手指的温度依然清晰。她接过了那小伙的鲜花却没有上他的车，随后一个人径直走向回家的路，快到家时随手把那花束扔进了垃圾箱。

科长说你要为自己的前途考虑！父母说一个打工仔能带给你什么？同事说这个时代爱情一文不值，爱情能换来房子、车子吗？你知道一辆宝马车多少钱吗？随便一套房子就得几十万，贫贱夫妻除了执手相看泪眼还能怎么样！办公室里空调凉爽舒适的清风一天到晚地吹着，回到出租屋却马上如同走进桑拿房，心境上的纠结让她忽然觉得这屋子闷热得让人发疯。荣健家的小窗机冷凝水吧嗒吧嗒滴向窗台边，阳台的墙都渗湿了，几次让景同宇上去说说，而他满不在乎，总说又不是自己的房子，滴点水没什么大不了。可她就是看不惯董婉牛逼哄哄的样子，那骄傲的德行十足一副暴发户嘴脸。荣健开公司不过是别人支持的，又没赚几个钱有啥好嘚瑟！她越想越觉得景同宇和荣健办公司这事傻得要紧，啥条件都没说清整天就知道黑着头干活。于是那天景同宇回来后又提起这事，本就加班搞到半夜，回来非得再说这事，景同宇烦躁得不行。几句话不投机两个人大吵起来，气得景同宇大吼一声："你是要我去死才高兴是吧！"

荣健只是听见了景同宇的怒吼，其实这当中他们说了很多话，那声怒吼是因为景同宇的女友提出了分手。具体怎么谈的分手无从知晓，反正第二天景同宇没有来上班，打电话也不接听。荣健知道他们吵了架只

冬日的火花

好另做打算，工作到了最后冲刺阶段，他急得团团转，到处打电话寻求支援。费了九牛二虎之力才在别的公司找来一个做设计的朋友帮忙，为了完成所有准备，最后三天两夜他吃住在公司。也顾不上去想景同宇的情况，每当进度挫折的时候心里还会骂他："这货有个屁用！"

第四十三章　难过说不出口

销售队伍已提前两天到了项目，荣健安排好所有物料的制作后才上了火车。火车还没进山他就睡着了，直到被一泡尿憋醒时车厢早已亮起了灯光。

这趟北京直达成都的火车那个叫李霞的姑娘坐了很多次，平常还都能买到卧票，而这次赶上暑期高峰，只好买了坐票回家。好在这个时间车厢并不算拥挤，吹着习习微风欣赏着沿途风景也倒轻松愉快。路过汉都的时候她不由想起那个曾经短暂交往的朋友，也不知他现在混得怎么样。上下乘客的时候她注视着门口，甚至异想天开地期待那位老朋友忽然出现，可当列车启动也没有看到任何熟悉的面影，想来这也只是幻想。

荣健急急忙忙去厕所，结果这节车厢的厕所已被占用，他只好继续向另一节车厢的厕所走去。匆匆解了手返回时，迎面忽然看到一双熟悉的眼睛正惊讶地盯着自己。那女子瓜子脸大圆眼高翘鼻梁，马尾辫随意扎在一边，尽管不着脂粉清丽如邻家女孩，但这轮廓足以让他一眼认出她就是那个自己内心念念不忘的姑娘。虽然之前见到的她总是妆容艳丽，当初第一面时她烈焰红唇飘飘长裙美得惊心动魄，而今天朴素的相遇却如故友重逢，相视一笑似乎瞬间抹平所有鸿沟。两个人就这样重逢了，互相看着对方笑得阳光一样灿烂。荣健拿了行李与旁边的旅客交换

冬日的火花

了座位，两个人坐在一起说不完的离愁别绪。其实这离愁别绪没有什么儿女情长，只不过是分别之后各自的发展。李霞说她厌倦了北京那边无耻功利的圈子，下一步想去横店碰碰运气。实际上是因为当模特过程中，被各种色狼骚扰揩油又赚不了多少钱。一个富商想包养她，可她实在接受不了他那满脸褶子和镶着金牙的臭嘴，也因此开罪了对方，以致被骚扰得根本没法待下去。只不过她有着四川人天生的达观心态，什么样的遭遇在她嘴里都是嬉笑着表达。听到荣健现在开办了公司，李霞似乎也不觉得惊讶，还开玩笑说荣健从文艺青年摇身一变成了奸商，这以后肯定也是一个夹着皮包领着小蜜满嘴谎话的江湖骗子。荣健说："皮包确实有，小蜜位子还空缺，以后说不说谎话不知道，反正现在不敢说。不行你先凑合给我当个小蜜，咱俩先快活着再说。"李霞歪过头看了他一眼，贴近他耳朵调皮地用四川话说："你还想得美，啥子叫凑合，本姑娘不敢说倾国倾城，在京城也算有些名气的！"说完自己先乐得咯咯笑。荣健坏笑着翻着眼皮学着用四川话说："呵呵，那是那是，耍朋友绝对要得。"此话一出，李霞淘气地挥动粉拳不停打在他肩上。

　　这是一段充满温情的旅程，到了成都两个人似乎都成了情侣。荣健也没想到当初在北京相处时互相都还比较矜持，奇怪的是在列车上的重逢居然一下子变得如此亲密。李霞也不急着回内江老家了，拉着箱子自然而然地跟着荣健直奔泸州。登记酒店的时候荣健想也没想只登记了一个房间，他让李霞先在酒店休息，自己连忙赶去项目安排工作。尽管已临近黄昏，尽管还什么资料都没有，可售楼部依然不断有客户光顾。荣健不满意置业顾问的介绍，自己拿着几张打印的平面图向客户开始推荐。运气还真的不错，第一个客户听完介绍爽快地交了定金，几十分钟下来居然鬼使神差地卖了六套小公寓。开晚会的时候团队连连惊叹老板的神勇，并对项目的前景开始信心十足。安排完工作请大家吃了饭才算结束，一群人回之前租好的宿舍，荣健则径直奔向酒店。

　　李霞洗了澡裹着浴巾躺在床上，听到敲门声立即开了门又快步跑上床把自己裹了个严实。看荣健进门嘴里嘟囔着他不顾自己死活，质问是不是准备把她饿死在酒店里？荣健连忙道歉，说让她赶紧穿衣服一起出

第四十三章 难过说不出口

去吃饭，肯定把她招待好。李霞让他转过身去并强调不许偷看，说话间利索地穿好衣服。荣健回头时看到她换上了一条黑色的连衣裙，这件裙子设计着简单的小圆领，五六公分的袖子，下摆刚刚包裹住臀部，显得双腿如仙鹤般修长，加上李霞洗完澡不久脸色还泛着桃红，刚吹干的乌发蓬松飘逸，这样一打扮真有些让人惊为天人的感觉。走在路上时荣健不由搂着她的腰，俨然情人般徜徉在城市的灯火里。

长期生活在四川的人也许没什么感觉，而外地人只要进了四川就会深刻体会到什么叫"少不入川"。川味的美食琳琅满目，四川人又热情友善，更不用说身边的川妹子已经让荣健感受到什么叫火辣开朗。泸州城坐落在两江交汇之处，江边遍布着各种茶楼酒肆。据说当地人一有闲暇就会坐进茶楼搓几圈麻将，也或者在江边撑把凉伞躺上逍遥椅安享温暖的时光。与别处不同的是半梦半醒间耳旁可能会传来清亮悠扬的铃声，那是游街串巷专业采耳洗眼服务的招牌声音，看的人觉得钻耳刮眼不可思议，体验的人却舒服得难以忘怀。江上游轮、渔船灯火明亮，江边人流如织繁华鼎盛，得益于这些年长江经济带持续发力，泸州整个城市面貌也发生了极大的改变。金字招牌泸州老窖的广告随处可见，除此之外就是各大楼盘的醒目信息。找了一家老字号小火锅美美地吃了一顿，之后舒心畅意地沿着江边漫步。看见烧烤摊的时候又烤了几串菜拿在手里乐呵地品味，那时候美人相伴相谈甚欢，荣健心底的满足和幸福无以言表。

睡觉的时候李霞说荣健故意开一个房间不怀好意，她后悔纵容荣健的随意，因此必须讲清楚，虽然睡在一张床上，可不允许荣健有啥想法，否则就是色狼伪君子！荣健自是答应一定规规矩矩不越雷池，可他知道自从上了床诚实的身体就出卖了自己，要不是及时盖上被子那尴尬恐怕早就让人无地自容。可他转念一想又觉得李霞真是够搞怪的，你这样一个绝色女子睡在小伙身旁，如果不是精神或者身体有问题，谁他娘的能不动凡心！我又不是修行的高僧，我信仰物质决定意识，你的美丽就是物质，我的意识已经被你左右。可是人家既然说了那样的话，我如果再强行去做岂不是如同禽兽。然而当他躺进被窝，闻着李霞的发香体

/657/

冬日的火花

香他一瞬间意乱情迷，终于忍不住伸手摸了摸她的背。李霞拨掉他的手，轻声说了句"流氓"。不一会却又慢慢转过身来双眼注视着他，荣健面露羞怯心里却忍不住冲动，闭上眼说了句"流氓忍不住了"就伸手搂紧了她，紧得几乎让她无法呼吸。李霞一边轻轻地亲着他的脸颊、脖子，一边用手指轻轻划过他坚实的脊背……

一番激情之后两人都燥热得盖不住任何东西，李霞只是随便地扯过浴巾捂住私处，在宾馆雪白的被褥映衬下，她那几乎完美的胴体宛如雪地里的银狐，浑身上下洁白得几乎没有任何的斑点，荣健说她美得销魂。李霞高兴地坐起来照着镜子自我欣赏，说她发现自己这两年胸部居然越发地大了，说着转过身用手端着两只光滑挺拔的乳房让荣健猜她罩杯的大小，荣健说她就是个小妖精，而自己又不是Bra设计师，哪能猜出罩杯尺寸。李霞听他这话发出咯咯的笑声，斜视着他用手向后捋了一下瀑布般的乌发，骄傲地说："客官，那你觉得小女子可算得上绝世佳人？"她说话间弥漫的那万种风情简直让人无法招架，可荣健忽然感觉到内心一股心酸涌动。心想她如此风骚妩媚，闹不好又是背景复杂！然而他很快为自己有这样的想法而自责，她是如此纯真烂漫毫无心计，又毫无保留地委身于自己，而自己却把人家想得肮脏实在不该，何况又不是谈婚论嫁！想着想着就有些走神，李霞再一次抱住他时他才回过神。两个人相拥着说说笑笑，那时候他才知道李霞刚满二十岁，高中没毕业就追随上大学的男友去北京学了平面设计。可那家伙出国留学时居然一声招呼都没打，李霞说起此事时只是淡淡地骂了一句"他妈的"。她骂人的样子荣健只觉得好玩，转而又想这离开的家伙是个什么样的神圣，如果是自己也许根本舍弃不了她。

快乐的时光总是让人觉得短暂，工作对接已全部落实到位，项目物料也都如期到场。先依依不舍地送李霞回了内江，约定好下次来时再去接她，然后自己收拾了东西匆忙返回汉都。这一周多的时间董婉只打过一次电话，而当时他正趴在李霞身上，挂了电话李霞开玩笑说："你老婆知道了还不弄死你！"从那时起荣健心里有一种隐隐的悲伤和罪恶感，真有些抱怨命运，如果早认识李霞，这人生岂不完美。现如今背着

第四十三章 难过说不出口

老婆在外鬼混何谈道德，简直活得虚伪无耻。可他知道这短暂的相处中自己对李霞的喜欢已超越了所有过往的情感体验，他已丝毫不去想她有什么样的过去，因为她的一颦一笑都洋溢着渗入骨髓的东西，让他想起"一笑相逢蓬海路，人间风月如尘土"的句子。这感觉完全区别于和董婉在一起那样打铁般地磨嘴斗气，他心动了，他强烈地感觉到一种灵魂震荡。况且即便只是以美貌来说，李霞的高挑身材和娇艳容颜也一如心中故人般快慰。唉！真是天意作弄，当初咋就和董婉产生了感情？咋就能容忍她的尖酸刻薄？咋就迁就她一天无所事事在麻将馆里浪费青春！所有这一切他一时想不明白，也想不出开解的办法。而现在为李霞与董婉决裂对他来说想也不敢想，一是董婉不会同意，再者离了婚董婉将来怎么办？

前几天景同宇连续打电话问他啥时回去，而回去之后如何处理他的去留，荣健还是硬下心做了一个决定。见面时景同宇说自己已经放下了感情准备扎扎实实做事，而荣健对此说了抱歉。理由是这个平台太小，兄弟们凑在一起毫无意义，因此请景同宇另谋高就。景同宇听了这话说荣健做事不够朋友，自己与女友分手缘起于此，现在自己放弃感情荣健却背信弃义。景同宇愤怒得当场摔了水杯，骂了一句"操"扬长而去。荣健内心有些悲凉，自觉这事确也冰冷残酷不近人情。可在他看来目前这样一个小项目即使顺利做完也没有多少利润，王总那边拿走一大半，让景同宇留下最少得给他分一半，那么自己又能有多少盈余，如细算这样的收益还不如上班。可当初热心拉兄弟入伙共创大业，如今无论怎么说也是自食前言，这兄弟之谊也必然就此终结。钱没赚到却背上不仁不义的骂名，越想他越觉得痛心。可除此之外他想不出更好的办法，也只能指望下一步王总那边能推进得快一点，到时如有合适机会再负荆请罪叫景同宇回来。

一连几天荣健心情坏极了，无论在家里还是在单位总有些忧虑公司的发展。也许因为心情郁闷，也许因为与李霞的感情，他变得沉默，不太想和董婉说话，也懒得干涉她整天不是美容院就是麻将馆的生活轨迹，一进公司埋头项目的工作，平常吃饭也懒得出去。姚晨雨理解他的

冬日的火花

苦恼，总是安慰他照顾他，并鼓励他找机会和王总把公司的股权关系说清楚，现在不管怎么说马上就有了收入，如果现在不搞清楚，到时闹了别扭对公司发展也不好。而荣健心里清楚，从泸州回来见了王总两次，他看起来心情一直不太好，这个时候提说肯定不合适。最让他烦恼的是王永吉说王总和金总的分歧越来越大，最近已经吵好几次。金总把账上钱全部拿去圈了地，王总对此非常恼火。吵架时金总说要买断王总的股份，下一步会怎样还真不好说。听到这些消息荣健心里连连叫苦，如果接不到王总的项目，那么今后完全要靠自己去支撑这个公司了，而他这个时候并没有多少信心。

聊天时姚晨雨说她兼职了安利的直销业务，并向他推介产品。荣健说自己历来对直销比较抵触，安利的产品确实还可以但价格一点都不实惠。而姚晨雨说起安利就像中了邪一样滔滔不绝，荣健说她被人洗了脑，偏听偏信这样的致富理论很危险。可这个傻丫头根本听不进去，天天像打了鸡血一样热衷安利组织的各种活动。但她手脚勤快脑子好使，每天把公司的事情打理得井井有条，因此荣健也不好太多干涉她的业余生活。不过说实在话，安利也给她带来了明显的变化，姚晨雨越来越会打扮。本就出色的容颜和身材加上精致的妆容以及颇为讲究的服装，她摇身一变俨然成为一个白领丽人。可是与这写字楼里其他白领女性不同的是，姚晨雨的穿着走向了性感路线。无论衬衣还是裙子，大多领口很低。尤其那件白色的丝质大圆领T恤，总是晃动着不时露出乳沟，在汇报工作时一弯腰胸部就会暴露无遗。她说话时还会凑得很近，荣健一边偷窥一边想入非非。那天聊得开心时，荣健忍不住抱住了她，而姚晨雨并未躲闪，只是有些害羞地低下头任凭荣健一阵狂吻和乱摸。直到荣健把她按在班椅上想干成好事时，她才害羞地说自己在生理期。荣健从背后抱着她，闭着眼睛抚摸一对绵软娇挺的乳房，闻着她充满诱惑的发香，却忽然心里泛起一阵酸楚，似乎想起当初第一面的情景，又似乎是李霞在他眼前幽怨地看着他，那一瞬间他感觉自己如同在大天地里赤裸裸地暴露着，所有那些见不得人的东西被当众拆穿并耻笑。拥抱姚晨雨难不成只是曾经遗憾的追偿，如若不是又如何解释这心里的别扭？那时他才

第四十三章 难过说不出口

意识到李霞在他心里种下了一个结，也顿时体会到当年沈悦问他的那句诗文所传递的内涵，他心里默念起"去次花丛懒回顾，半缘修道半缘君"以致浑身松软下来。平静之后姚晨雨问荣健说："咱们不是说好做朋友的吗？你坏得很！"荣健说："这世上男女哪有什么纯粹的友谊！"姚晨雨说："那你跟你老婆离了咱俩过。"荣健呵呵一笑说："真的吗？多亏我没弄成，要不你还赖上我了。"姚晨雨沉默片刻，有些生气地说："谁赖你！不想跟你说了。"说着转身拉门出了里间。

那一阵子外间坐着两个人，一个是王总派来的会计，一个是新招的平面设计师。姚晨雨除了日常行政工作还兼着出纳的功能，荣健外出联系业务时她就是助理角色。有时候荣建也想，如果当初娶的是姚晨雨，夫妻一起打拼倒也挺好。可偏偏就是董婉，如果让她来干姚晨雨的工作，且不说好不好用，反正三天两头吵架是必然的。可要说离婚另娶，他心里马上就会想起姚晨雨是马智玩弄过的女人，况且在他眼里姚晨雨怎么看顶多算个小家碧玉，论整体气质还没有董婉看起来大方，而且她居然只是脸和手比较白，身上皮肤干涩粗糙那感觉也说不出的别扭。假如有一天真要背叛婚姻，那他也会毫不犹豫地选择李霞。无论怎么说，三个女人比起来李霞是非同寻常的靓丽，和她在一起才是真正的完美爱情。有了这样的想法，即便和姚晨雨有了突破普通朋友的接触，也有很多可以亲密接触的机会，但他顶多开开玩笑，似乎忽然之间就丧失了先前那种撩拨暧昧的兴趣。这一点姚晨雨很快感觉到了，她问荣健到底什么意思，荣健说当日自己是一时冲动，既然彼此已经错过，他不想再祸害她。姚晨雨哭着说荣健是个精神病患者，一会这样一会那样，这种心理简直比流氓还不靠谱。

再次南下泸州的时候先到内江接了李霞，两个人又一次在泸州共度了一段快乐时光。那段时间项目销售进展得非常顺利，荣健本来心情大好。可谁承想裴老板和项目的开发商出现了矛盾，开发商收着销售的回款却找各种理由让裴老板全额支付工程进度款。裴老板认为自己已经按照合同足额出资，再拿钱出来完全不可能。可细看合同时才发现那句"乙方出资捌百万元并按期支付工程进度款"的表述很有问题，但现在

冬日的火花

也只好硬着头皮继续维持，如果工程一停那之前的投资可真的就血本无归了。裴老板被逼得四处筹钱，回汉都抵押了市场经营权弄了一部分，又在当地到处托人融资。最困难的时候甚至月息一毛钱筹款，李副总跟荣健说起这事的时候他有了一种不祥的预感。之前有人开玩笑说裴老板给女儿起名裴显丽，找了女婿钱增仁，这两个人加起来就叫"赔钱利索和赠人钱"，这意思不就是折本送人！这些挖苦讽刺被李副总演绎得有声有色，他虽然跟裴老板干着事，但李副总自恃才高内心根本看不起老板的能力。不过私下说归说，老板尽力推进工程建设，作为销售代理抓紧回款才是王道。况且人家裴总从来也没有拖欠销售佣金，这几个月算下来盈利也还可以。因此荣健告诫大家只管做好自己的事情，少说与工作无关的话。

口袋有钱美人相伴，闲暇之余和李副总下下棋或者领着李霞到处逛逛，这日子倒也过得舒心。而随着时间的推移，李霞要荣健明确两人的关系。李霞说荣健做事优柔寡断，她问荣健到底爱不爱她，荣健说："从北京相识开始她就是自己梦想中的伴侣，曾经多少次希望能和她牵手漫步，没想到命运眷顾如今美梦成真。你这个人乐观积极，美丽善良，我多么想与你携手一生。可偏偏命运捉弄，你我相识之时我已不是自由之身。"李霞说："你想那么多干啥？带我回你们汉都，然后你和你老婆离婚。"荣健无奈地笑了笑，心情沉重地说："你给我一点时间，让我好好想想。"李霞听了这话咬了咬嘴唇，眼泪瞬间滑落。荣健轻轻拉住她的手，将她深深拥入怀里。

这真是个棘手的问题，每每李霞提起这事他心里就一片纠结。他知道自己透入骨髓地爱上了这个姑娘，在此之前还从来没有这种感觉。因为她的一个眼神一个笑脸在自己心中都灿烂如星辰，那种温暖和光亮能扫尽自己内心深处所有的阴霾。他曾试探性地说："像你这样美丽的女子我怎么养活得起？"而李霞说："谁要让你养活，本姑娘就是去当门迎也能赚到钱。"荣健说："我舍不得你去当门迎，我觉得你应该当明星。"李霞听了这话发出爽朗的笑声，并说："如果我当了明星，我养活你。"那个时候荣健开始相信原来这世上真有一种爱情会在不经意间

第四十三章 难过说不出口

发生，甚至你会觉得这爱有些莫名其妙，可当你遇见时一切顺乎自然。也或者一个眼神，一句话，一个举手投足都有可能让你深陷其中。他说："我从不相信什么前世，可我自从第一次见到你，从你的眼神中就看到了一种说不清的亲切，好像真的在哪里见过。难道这种似曾相识就是某种注定？"李霞说："谁知道呢？反正我觉得和你在一起踏实。"

　　李霞会坐在床边拉出荣健的手脚充满爱心地给他修指甲，会发现他身上哪个毛孔堵塞，然后轻轻地挤出里面的黑头而不嫌弃那酸臭的味道。甚至俩人一起漫步在长江边上的时候，她会用四川话和他高声吟唱"孤帆远影碧空尽，唯见长江天际流"。她有时也会埋怨自己怎么就糊里糊涂被荣健忽悠到泸州，又怎么会糊里糊涂跟上这样一个啥都没有的有妇之夫。想当年自己在京城让多少成功人士垂涎三尺，现在却死皮赖脸地要跟荣健去大西北。每当这个时候荣健心里就有一种说不出的痛，无言以对时也只有傻笑。即便他眷恋李霞的千般好，但他迟迟下不了与董婉离婚的决心。他总是找借口想拖延，李霞虽然性情温柔但最后还是有些生气。无奈之下她选择暂时离开，按照之前的计划和朋友去横店看看，临走提出最迟到明年春天荣健要给她一个答复。她说过她要的是个归宿而不是一个嫖客，荣健当时听到这句话时心里在滴血，他否认自己是嫖客，但他该如何给她归宿？手里攥着李霞走时留下的纸条荣健回到了汉都，他常常看着那字条上的诗句陷入了长时间的纠结，何去何从？这样迷茫彷徨的时候，他想起了卢伟。

　　大家各自忙碌着自己的生活，已经很久没有联系了。上次和魏俊通过电话，他说卢伟自从结婚后变得很恋家，现在和洋子过着神雕侠侣的生活。两个人见面时卢伟开玩笑说："你小伙天府之国归来，估计要美了，赶紧给兄弟说你弄了多少风流艳遇。"荣健说："你还别说，四川那地方对男人来说绝对是天堂！我倒没什么艳遇，只不过甲方有个李副总那才是一个专业级的玩家。"之后他跟卢伟讲了这李副总当老师时如何把自己的学生变成情人，"现在金城家里一个老婆，情人跟在身边，两个老婆五个娃居然还能和睦相处。可即便如此他仍不满足，到泸州后还要拉上自己去逛各种发廊。他拉上我自然是他消费我买单，光买单不

冬日的火花

陪玩还不行。泸州底下的小县城三十块钱就能打一炮，一圈下来耍得我腰疼，人家精神焕发红光满面"。两个人说起这些烂事一个唾沫星乱飞，一个啧啧赞叹，聊得煞是热闹。而后说起自己与李霞的纠葛，卢伟却说："这外面的女人复杂很，你倒对人家了解多少？这事情你自己衡量，反正以前你和董婉分手就差点弄出人命，你现在再演这一出，我估计你非得扒层皮不可。再说四川女人敢爱敢恨，恋爱得快跑得也快，你小伙现在又没赚多少钱。你把人家弄过来养活不过也是白搭，李霞又没啥学历，除了吃青春饭还能干啥？这些你都得想好了。不过话又说回来爱情需要勇气，也许李霞像你说的那样单纯善良，对你也一往情深。这东西归根结底还要你自己拿主意，不要让任何人意见左右你的选择！"卢伟说这些话的时候声音越来越低沉，最后才说起自己的苦恼。

他最近才发现洋子在和他的婚姻上始终留了一手，居然在自己毫不知情的情况下一直采取着避孕措施。而自己的工作今年也是背霉到家了，果汁外贸情况不好，公司发的那点可怜的工资说出来都感到丢人。下一步怎么生活都不知道，感情的事又让人闹心。荣健说洋子这样的做法实在可恨，并提醒卢伟说："女人这东西你可千万不能对她太好，一味妥协只会纵容她的任性。你必须跟她说清楚，任何时候欺骗是不可以的！"卢伟说："欺骗倒算个啥，现在咱有啥实力说这话，说了这话人家拍屁股走人咱又能怎么样呀！"荣健不服气地说："走就走，早走比晚走的好。"卢伟说："哎，你说得轻巧，我舍不得！"

两个人激烈地聊了半晌，最后谁也解决不了谁的烦恼。卢伟叹着气说："生活就是这么残酷，咱们最好都少折腾。钱坤一天不老实，今年老虎机上输了不少钱，这阵子跟龟孙一样到处躲账。"荣健问他说："你不是整天跟他在一起，你估计也没少输钱吧！你可要老实点。我那伙计赵海你是知道的，赌博输得整个人都毁了！"卢伟嘿嘿一笑，有些尴尬地说："你真是哪壶不开提哪壶！还不都是贪财好色惹的祸，我也不敢耍了，再耍真的要家破人亡了。你也少去麻将馆，年纪轻轻的跟一群老皮混在一起乏味不！"荣健连连称是，发誓说以后绝不再干那没名堂的事情。两人又各自发了一通感慨，最后各自回家面对自己的困难。

第四十三章 难过说不出口

项目上不断有消息传来，裴老板与甲方的合作快要走到尽头。这事让荣健暂时顾不上自己感情的事，立即找机会和裴老板沟通下一步的工作成了当务之急。上月的佣金还没结算，如果真出了问题也必须把这笔钱先要到手。和王总见了一面，万万没想到结果更让人沮丧。王总已彻底和金总闹翻，对方要强行买断他的股份逼他退出，这样一来承接代理的事必将彻底成为泡影。业务发展上的双重打击一时间让荣健有些不知所措，临近过年的时候他感到了前所未有的危机。即使在王永吉的助威下从裴总公司结回了佣金，可依然没能把他从抑郁的情绪中拯救出来。那些日子他颓废得和董婉又每天躲入麻将馆消磨时光，和一堆他眼中的烂人扯着各种咸淡，琢磨着等过完年再做打算。

事业上的不顺让整个春节都变得乏味，回到县上后荣健几乎不想出门。高扬激情高涨地组织老同学打篮球，经不住再三邀请他强打精神参加了活动。那天荣健在球场上见到了久未谋面的郑明明、李新宇。他两人都刚结了婚，郑明明弄了间门面做手机销售，李新宇进了保险公司做业务。两个人来的时候骑着崭新的摩托看起来得意扬扬，聊起各自的生意也毫不谦虚地表达利好。荣健平素就不怎么喜欢他俩的浅薄，心底里嘲笑他们千千元的收入居然也能满足到嚣张的程度。他没有提说自己的情况，也觉得与这一群人没有什么可说的话题。草草地打了几个来回就抽身回了家，一到家董婉就抱怨说这家里又冷又脏，锅灶上她实在无法下手。荣健没好气地说她娇生惯养，要嫌弃这家看哪里好就往哪里滚。然后自己挽起袖子，拿出早已备好的油漆开始刷新大门。董婉气得钻进被窝睡觉，根本不理会一切过年的准备工作。杜英娥对此很有意见，但迫于过年也不想家里闹得不愉快。反正除了刷洗锅灶倒也没多少事情要做，一家人也倒相安无事。年三十的晚上一起看春晚，又围着桌子搓了几圈麻将，这年就算过了。

也许这一年对荣健来说最庆幸的事莫过于口袋还有几个余钱，这样就不至于太过闹心。可临走的时候看到父母手头太紧荣健过意不去，于是到银行取了三千块钱塞给母亲。可这事还是没能瞒过董婉，她知道时有意无意地说："也不知你爸你妈咋过的日子，整天就知道要钱。"杜

冬日的火花

英娥听见这话实在憋不住了，带着火气质问董婉说："我要不要钱是问我儿要，你有啥资格说这话！"董婉毫不妥协地顶撞说："你说我有啥资格？你把日子过成这样子丢人不，还问我有没有资格！"荣健本就怒目喝止董婉，见她说出这话瞬间怒火上头，扑上去就给了董婉一巴掌。这下子可是捅了马蜂窝，董婉连喊带骂，荣健越发觉得面目无光，又重重地打了她两拳。荣勤民看小两口闹成这样子赶忙来劝阻，可他哪里劝得了，只好把泪流满面的杜英娥拉进东屋，留下厮打谩骂的荣健和董婉自行解决。最后董婉收拾了自己的东西摔门而去，荣健到房间安慰母亲不要和董婉一般见识，并发誓说自己会光耀门庭，再不让父母受这样的鸟气。

　　第二天董婉居然叫了小面包车来拉东西，摆出一副与家里划清界限的架势。尽管荣健心里难过又生气，可他知道以董婉的脾气这个时候说啥她都听不进去。只好拦住父母不要干预，荣勤民老泪横流地对荣健说："我们当初叫你不要娶她，现在你看到了吧！你们拉走东西你知道你妈心里有多难过吗？"荣健流着眼泪说："爸，我知道，我啥都知道！可我有啥办法呢！都让她拉走最好，能过了过，不能过了去球！"

　　项目经理打电话说开发商已经宣布与裴总终止合作，并说如果要继续做代理就与他们另签合同。这件事情上荣健犯了难，想着之前裴总结账时说过后续要听他安排。如果自己直接与甲方另签合同而甩掉了裴总，这样做事于情于理都不合适。可如果不与甲方签合同，就势必面临着撤场，撤了之后这些人怎么办？可转念又一想，这家开发商与裴总的合作用尽阴谋诡计，现在转而与他们合作会不会也是狼入虎口。一个决策的重大关口，荣健纠结得简直要发疯。那天看到姚晨雨花枝招展地走进办公室，办公室的门刚关上，他邪恶的念头骤然升起，一把将她裹进怀里上下其手。可因为她穿得太厚，撕扯了半天也没摸到想摸的东西。而姚晨雨似乎也不太配合，只是娇羞地抱住胸口做出防卫的姿势。折腾了一身汗没能得逞，狂热劲头过去又觉得龌龊没品。安静下来仔细打量了半天，荣健才发现姚晨雨的神情已不像从前那样含情脉脉，眼神中有一种读不懂的东西。于是问她是不是有了新欢，而她咬着嘴唇说："没

第四十三章 难过说不出口

有的！"

久未谋面的邱雪忽然打来电话，说是没事要过来坐坐。当年自学校一别一晃已快十年，听高扬说她毕业后在汉水市电视台做了一段时间财经主持人，结婚后又来了汉都，据说现在运营着一个专业汽车网站。她能想起自己这个朋友也是一件荣幸的事情，自是应该热情地表示欢迎。而邱雪来的时候面容铁青，让原本肤色偏黑的她气色显得更为憔悴。她进办公室时与姚晨雨撞了个正面，而姚晨雨看见邱雪显然甚为惊慌。当荣健把邱雪迎进办公室时，姚晨雨背了小包偷偷溜出了办公室。

邱雪是来兴师问罪的，本来看见姚晨雨就想发作，但考虑到第一次到朋友公司来就大吵大闹显然不合适，因此还是理智地坐在了荣健办公桌前。一番寒暄后邱雪说明了来意，原来邱雪的老公也在做直销。邱雪说她实在没想到，她老公研究生毕业，之前在一家网络公司当高管，前一阵放着十几万年薪不拿，居然辞职干了直销。最可恨的是现在每月偷偷拿家里的钱买产品冲业绩，还背着她经常把一群大姑娘小媳妇弄在家里去开会。按照他们的话说这合作关系"如兄弟姐妹般友爱，像血缘至亲样互助"。她第一次发现老公与一个老女人睡在自己床上的时候，几乎有杀人的冲动。后来考虑到影响，加上她老公痛哭流涕的忏悔，最终还是选择了原谅。可之后她老公并未实心悔改，过年的时候居然又和姚晨雨那个贱货鬼混在一起。邱雪越说越激动，说她老公现在花光了几十万积蓄，买的产品堆满了一间屋子，现在整个人已经走火入魔日子没法过了。她准备最近流掉肚子里的孩子，收拾了姚晨雨就去办离婚。说结婚几年自己受了太多的罪，因此临了他们也别想安生。

第二天姚晨雨没有来上班，荣健给她打电话时她抽泣着提出了辞职。荣健让她来公司见面说清楚，她哭着说："说不清楚，你不要管了。"荣健骂她是自甘堕落，姚晨雨听了这话像发怒的狮子一样，几乎吼叫说："你有啥资格说我，我和你啥关系？"荣健一时语塞，最后说了句："是，我没资格说你，多保重！"他心情落寞地挂了电话，思量半天给邱雪回了电话。说这事的源头在于她老公中了邪，如果实在过不下去就早做打算。邱雪说那天她确实有些冲动，现在不想和谁闹了，只

冬日的火花

要能干干脆脆离了婚就算阿弥陀佛!

荣健对姚晨雨的选择充满忧虑,想不明白她为何总会和一些在他看来不够正常的人搅和在一起!自己一片好心却闹得如此尴尬,也许由此老死不相往来,这结局真是让人心酸又无话可说。继而又想起那个与他有着春天约定的姑娘,她在哪里?她过得怎么样?然而打她的电话却总是处于关机的状态,他心情慌乱又悲伤。从钱夹里层掏出李霞留下的那张纸,虽然那上面的内容早已熟知,可今天读起来字字重如千斤。

你我千万不可亵渎那一个字,
别忘了在上帝跟前起的誓。
我不仅要你最柔软的柔情,
蕉衣似的永远裹着我的心;
我要你的爱有纯钢似的强,
在这流动的生里起造一座墙;
任凭秋风吹尽满园的黄叶,
任凭白蚁蛀烂千年的画壁;
即使有一天霹雳震翻了宇宙——
也震不翻你我"爱墙"内的自由!

第四十四章　塞外的风雪里

选择坚守道义还是面对现实，真是一件让人困惑又为难的事情！项目销售渐入佳境，就此放弃所有努力就付之东流！而面对如狼似虎的新东家，荣健心里又没底，犹豫再三他最终选择了放弃。3月底撤回团队就地解散，公司再一次陷入无事可做的地步。新联系的几个项目暂时没有什么进展，公司又入不敷出。王总从开发公司退出后就几乎不再过问这边的情况，因此也不可能再拿钱投入。派来的财务看这情况也辞了职，公司就剩下荣健和平面设计的小伙子苦苦支撑。

为了压缩开支，荣健只好将公司从写字楼搬进光明路边上一栋住宅楼里，可即就如此眼看着口袋里的钱都支撑不了多久。荣健也想过干脆关了公司自己去上班，可如果这样王总的投资如何交代？那段时间如何活下去成了他日夜焦虑的问题！

之前在广告公司积累资源和同学朋友这个时候忽然发挥了价值。那个玉树临风的刀哥开年入职了美国永生医疗器械汉都市分公司，专职负责血糖仪医院渠道的拓展。他在与医院对接的过程中创造性地把企业品牌植入各种糖尿病知识展板，而这些经常更换的展板需要策划、设计和制作。专业的广告公司价格不菲，尤其安装人工费更是高得惊人。几轮沟通下来荣健接了这个业务，心想着不就安装几个展板的事，自己提上电钻就能干。到建材市场批发来有机玻璃板，再找人按规格裁好，四个

冬日的火花

角打上眼。让设计小伙子到喷绘公司制作好画面，两个人提上工具箱就开干了。大大小小几十个展板却分了好几家医院十几个位置，光是这一堆东西的搬运就把人累得够呛。提着电钻打孔的时候他才知道这体力活的饭真不好吃，按照高度要求人总要举起手来打孔，加上墙体大多都是混凝土结构，连续几天几百个眼打下来直干得腰酸腿麻虎口生疼。而到了安装的时候更叫人烦躁，只要一个孔位有偏差展板就装不上，来回调整对齐把人折腾得要吐血。刀哥来验收的时候看到荣健亲自动手很是感动，钱款的结算倒也迅速。初次愉快的合作带来了后续一堆制作性的业务，因为价格比较便宜，刀哥还把一些外地的业务也帮着揽来。结果因为没经验，发往外地的展板包装不够结实，运到后大多破损严重，这损失自然要荣健来承担。不过总的来说几个月下来还有些盈余，荣健心想只要公司还活着就有机会。

邱雪离了婚一心一意地经营公司，为了扩展业务也找荣健聊了几回。最终决定围绕网站的业务在电台投放广告，这业务自然由荣健来操作。虽说每月只有几千元的投入，但在电台老朋友的支持下返点政策给力，算下来利润倒也不错。有了合作自然交流就多，看着邱雪日益显露的霸道总裁气质，荣健心里愈发焦灼。想起那天王总的老爷子来公司闲转时所发的牢骚，自己心里充满自责。那老爷子当时说："把公司经营成怂了！"这话就像在他心上狠狠地扎了一刀，每每想起那张严肃鄙夷的脸庞，荣健心里的委屈就像连绵的秋风秋雨，阴冷潮湿得无边无际。

春天的约定到了兑现的时候，可相约的人却失去了联系。从春到夏直到秋天，荣健背负着思念、纠结、惭愧在城市里焦灼地寻找着生活方向。那天上午之前鼎顺广告的夏姐忽然打电话邀请去她的公司坐坐，见面后才知道那她这两年业务发展得相当好，自己成立公司独家代理了《都市报》的药品栏目，而栏目需要一句广告语，为此她想起了荣健。一句"有了病很烦，如果找到一种好药……"脱口而出及时解决了问题，而她在兴奋中提起一个商机。那时候"好记星"学习机卖得正火，据夏姐说仅在汉都市每年就有过亿的销售额。紧随其后的"E灵通"品牌也有好几千万的份额，这生意把握住绝对财源滚滚。"E灵通"的老板是

第四十四章 塞外的风雪里

她很好的朋友，从年初就一直鼓动她去做宁夏市场。

荣健动员王永吉说现在国人对孩子教育到了痴狂的状态，学习机作为智能教辅工具市场火热，现在杀向宁夏绝对是个大好机会。而在王永吉看来宁夏虽然发展得挺快，但毕竟还是一个欠发达省份，民众的消费能力行不行真不好说。不过两个人很快达成共识，决定亲自上去考察一趟。

飞机落地银川时两人感觉神清气爽，这地方平坦开阔天高云淡。乘车走在幽黑光洁的柏油路上，两边一望无际的碧绿原野让人有一种挣脱樊笼的感觉，如果把这里的绿色和秦川的葱郁相比，自是别有一种恬静和明快。宁夏之所以叫宁夏，大概因为这边夏季气温相对清凉舒适的缘故。虽然紫外线照射稍显强烈，但同时也让这塞外阳光显得格外明亮通透。而银川地处宁夏平原中部，黄河之水顺城缓缓而过，如不知地理也许你根本不会把这河水与黄河扯上关系，因为它水流清缓亮如玉带，那画面并不是惯见中奔腾咆哮的黄色汤水。对此俩人只是略发惊叹，还没来得及仔细体会塞上黄河那少有的温柔，车已驶过黄河大桥，过了桥城市的建筑开始变得密集，但没有多少现代靓丽的高楼大厦，那种排列整齐但灰色陈旧的多层居民楼仍是主要的建筑形态。而一边正在修建的大型人工湖看起来很有些规模，部分已经蓄水的地方闪动着银色的亮光。

从了解到的信息看，银川有着非常宏伟的发展规划。而主城所在的兴庆区也超乎想象的繁华，要论所达到的文明高度甚至比大禹河平原地区的地级市还略胜一筹。大型百货商场、超市、KFC、影院、品牌专卖等等一应俱全；而且市民的整体面貌也让人赞叹，那种时尚潮流的感觉完全不亚于电视里看到的一线城市。所有这些眼见让荣健和王永吉兴奋非常，聊天时追根溯源，都认为当年知识青年上山下乡政策对这个城市的发展起到了极为重要的作用。尽管那其中有一代人的伤痕，但从客观成效来看显然政治家的抉择更具远见。从国家全局的角度上来说不但促进了民族融合、思想交流，与此同时也播下了希望的种子。在百废待兴的新中国，这样的运动对于新生政权的巩固和国家长治久安发挥了尤为特殊的作用。当初那些前辈中必然有很多人默念着毛主席"为有牺牲多

冬日的火花

壮志，敢教日月换新天"的诗句从城市一路艰辛奔赴偏远，没有那些人的努力和牺牲今天的银川自然不会有"小上海"称号。况且现在的银川似乎并不满足"小上海"的美誉，而是要建设一个具有国际化风范卓越而辉煌的塞上明珠。

可尽管银川的繁荣发展未来可期，但从宁夏全域来看这个市场，地域辽阔人口却相对稀少。全自治区只有数百万的人口规模，除了几个重点城市，大多数地方还属欠发达区域，尤其是西海固地区很多人仍然挣扎在贫困线上。地广人稀对于市场拓展来说自然耗时费力成本巨大，这是经营不得不考虑的瓶颈问题。若市场没打开资金断了链，也或者市场打开了却没有足够的消费量，这两个因素都可能导致最终的失败。不过从市场调查的情况来看，"好记星"等其他几种竞品的销售也还不错，"E灵通"进来肯定扮演市场挑战者的角色，那么最关键的问题就归根到一个点，"E灵通"产品的核心竞争力到底是什么？而这种竞争力能不能在对抗中取得优势？两个人商量后决定先把这个事情搞清楚再做决定，荣健也计划着回去先到汉都市"E灵通"销售点上了解一下产品的实际性能。

汉都市的夏天来得很快，刚换上薄衣单衫的时候范志学同学又热心组织了一次聚会。据说范老板去年化工原料的销售突破了一千万元，就是百分之十的毛利，那家伙一年下来应该也有上百万的收入。今年一开春势头只增不减，李铭在和他通电话时煽呼他主办了这次聚会。魏明亮自然不在邀请范围，但这次来的人更多了。

白宇、马春雨、胡长乐三人的出现对荣健来说是个意外，早前听说白宇退伍后自费上了河北一所商学院，再之后就一无所知。而这个马春雨似乎与大家没有什么交集。后来范志学介绍时才搞明白，原来这家伙与范志学居然是同村，税校毕业后分配进了金城县地税局。席间大家把酒言欢，但因为当年青春懵懂时的芥蒂无法释怀，荣健与白宇也只是象征性地碰了一杯算是打了招呼。荣健不太喜欢马春雨那种装模作样的神气，听说马春雨和陆锋的妹妹领了证时心里连呼不可思议，即便马春雨说陆婷常提起他，他与马春雨的交流也显得有些别扭。

多年不见的胡长乐如今变得大腹便便，记忆中他那刻意梳理的油滑

第四十四章　塞外的风雪里

分头现在留成了短发，略显油腻的黑红脸庞如同被人抽肿一般，挤压的眼睛成了一条缝。他和同学喝酒时态度显得谦和又卑微，而此时他已是一家物业公司名副其实的老板，手下管理着上百号人马。荣健和他喝酒时说他发挥了善于联系妇女的特长，他说他能有今天全靠一帮老哥老姐们的支持，从家政服务扩展到小区物业经营压力越来越大。荣健问他可曾与赵海有联系，他说赵海那货一打电话除了借钱再不会有别的事情。

这次聚会最热闹的事情莫过于陈洁和沈悦的参与，她俩享受了大家众星捧月般的待遇，陈洁和一杆男生聊得火热，沈悦喝起酒来豪爽得像个汉子，她和荣健碰杯时眼神中的温暖也不需要任何语言来诠释。

沈悦说自妹妹前年回到汉都她就辞了职，现在和妹妹一起做药品生意。生意虽小但前景应该不错，现在最闹心的莫过于当时在家人一再催促下草率嫁了人，那家伙为人小气计较庸碌无为一看就来气，要不是为了孩子她会毫不犹豫地选择离婚，说到此时她发出了长长的叹息。而荣健听了这话也不知该如何安慰她，联想起自己的另一半心里也泛起阵阵凄凉和酸楚。两个人都赞叹陈洁当初有眼光，现在日子过得安稳幸福。沈悦问起荣健是否还想着林芳欣，荣健说很多事错过了就最好忘记，而沈悦说有些事可以忘记，有些事可能一辈子也难以释怀。荣健知道她一直对邢超念念不忘，可又能怎么样呢！如果她心里总是放不下那份念想又怎么能获得新的幸福呢？也许并不是生活辜负了她，而是她根本不愿意正视拥有的幸福！这也许就是女人与男人最大的区别，可是像自己这样即就淡忘了过去，也不愿拿任何人和董婉做比较，却为何仍无法获得心里的满足？这世界到底有没有什么爱的真理？

自从春节董婉跟家里闹了别扭，这一阵公司的事又搞得他焦头烂额，他既没有心情跟董婉计较个高低，也没顾上跟父母有什么沟通。但母亲还是打来电话叮嘱让他劝说董婉调养身体，最好能尽快怀上孩子。那样趁他们身体还能支撑，也能给他们帮上几年忙。而这一阵子董婉心里赌着气，既不积极筹备开店的事情，也对怀孩子的事情毫不在意，反而一提到家里就大有誓不往来的怨气。那时候荣健越来越清楚地看到，自己这个女人与母亲相比不过就是一个见识平凡的小气鬼。并由此萌生

冬日的火花

了放弃这段婚姻的念头，想着现在还没孩子，分手不过就一件平常事。不行找个理由大吵一架出口恶气，然后头也不回地离去，若如此就能和李霞一起奔赴那海阔天空的自由。

可在那天聚会的饭局上，看着李铭、范志学、胡长乐等好些同学蓬勃发展的事业，想着自己近而立之年却一事无成，马克思说经济基础决定上层建筑，我这样一个两袖清风的人有什么资格去追求风花雪月！思前想后还是觉得要收起那些可怜的想法，先活下去才是现实。代理"E灵通"学习机的事情也基本说好，大老板答应前期支持二十万元的产品，夏姐只能拿出五万元，之前王永吉说他能出五万元，可按照测算流动资金怎么也得二十万元，自己该到哪里去筹这十万元的本钱？意想不到的是，他把这个事情说给董婉时她居然大力支持，说她马上回家说服爸妈拿钱投资。在她看来大老板前期垫资二十万元货物且不占股份相当够意思，因此这个机会一定要把握。于是她第二天就回了金城，结果两天后垂头丧气地回来了，一把鼻涕一把泪地说父母完全搞不懂这生意是怎么回事，并且即就要投资也得荣健亲自上门去说。荣健听了这话心里很有些意见，觉得老丈人这生意人真是精于算计，难不成还怕赖了他的钱不成。可仔细一思量又觉得人家这么做也有道理，自己不出面本就不太合适。于是趁热打铁和董婉一起回去做工作。结果两个人回去并没有费太多口舌，掌管财政大权的丈母娘就松了口。没过几天投资的钱就如数打到了荣健卡上，如此万事俱备启程在即了。

荣健找到王总把公司的账务做了汇报，从账面上来看也就亏损了不到两万元。他跟王总说以后赚到钱一定会补上这个亏损，公司的设备和家具现在需要找个存放的地方。刚好那时王总正在筹建一个新的会计师事务所，这些设备和家具完全能摆上用场。提起亏损王总只是淡淡地说了句"以后再说"，荣健于此也有些如释重负的感觉。从王总办公室出来就计划着去银川如何大展手脚，心想到时只要赚了钱好好报答一下王总不过毛毛雨而已。

退房子搬家具，几天时间公司的事基本上处理完了。即将动身的时候，忽然接到纪嘉义电话。这家伙自从毕业进了秦都市交通局就难得一

第四十四章 塞外的风雪里

见，谭浩宇说这货尽管上学时成绩不行，但是进了机关单位可是把他那八面玲珑的能力发挥到了极致，短短几年时间就混到了办公室主任的位子，在从政的同学中间目前还没有人能达到这个高度，大家对他自然多少有些另眼相看。至于纪嘉义玲珑不玲珑荣健倒没什么认识，反正毕业后那次他来汉都玩，当时自己还和董婉租住在吉庆村，那天和董婉为了一件小事吵得不可开交，从道理上来说明明怪董婉的，而纪嘉义当时偏偏先说荣健不讲道理，又劝董婉说："你是个明白人，荣健是倔怂，不要和他计较。"就这样几句话下来，这场架熄了火。那是荣健第一次领教什么叫稀泥抹光墙，这种糊弄的本事自己的确望尘莫及。

纪嘉义打电话说他单位为迎接上级检查，需要紧急设计制作一批宣传画册，要荣健下午就带上设备和设计一起过去，到时他在宾馆开个房间立即开干。荣健自然清楚这样的业务根本不用考虑价钱，就当即应允下来，随后给刚刚辞退的设计打电话许以重酬，再叫来出租车拉上电脑、打印机直奔秦都市。一路上荣健就画册的基本内容做了整体构思，又结合秦都市的历史和现实地位明确了整体设计的立意和风格。因此见到主管的副局长时他已能侃侃而谈，一席答辩下来副局长很是赏识，业务也很快拍了板。虽说数量不是很大，但是给的单价足够高，大致算来这一单干下来足足有六七千元利润，他心里当下感觉像叫花子捧了碗热饭，并暗自里感叹这国家单位的钱还是好赚。出来后纪嘉义笑着说："这活弄完了你可得给人家领导表示一下，以后啥事都好商量！"荣健马上领会了他的意思，爽快地说："那是必须的，咋表示你说了算！"

这单业务说来就来，说要就要。折腾下来足足用了四天五夜，要不是荣健自己策划自己编创文案肯定干不完，更别说发到印刷厂印制成册。完稿那天晚上纪嘉义叫来了谭浩宇、李银国、吴斌，意思大家一起出去放松一下。李银国出主意说红灯街要啥有啥美得很，在他的淫笑声中大家都明白是什么意思。荣健原想着请这么多人娱乐一次可要花不少钱，没承想到了地方才知道毫无压力。那条所谓的红灯街就是发廊一条街，价格便宜得不可想象。设计小兄弟第一个进了挂着帘子的小隔断，纪嘉义掀起帘子观摩时，一群人清楚地看见那姑娘赤裸上身袒露着春笋

冬日的火花

般的乳房，那小兄弟撅着明晃晃屁股把姑娘头裹在胯下忽悠，纪嘉义惊呼了一声"禽兽"就放下了帘子。小兄弟出来时心得意满，那姑娘出来时作呕般地清了清嗓子往垃圾筐里连续吐了几口污物。折腾半天才收费三十，荣健轻松地掏了钱，并怂恿在场的人都去爽一把。一群人似乎还想发现更好的资源，径直在那条小巷里溜达了几个来回，最后除了纪嘉义所有人都满意而归。大家说纪嘉义装模作样，荣健心里明白他作为国家公职人员这种龌龊作为必有顾忌。放松、聚会的目的都已达到，又找地方吃了夜宵叙谈半宿，知道他马上要去外地，大家说了很多鼓励祝福的话语，那晚是他毕业后回秦都市的首次聚会，多年以后大家每逢提及都对那条巷子里的肮脏营生印象深刻。

　　于荣健而言，那天纪嘉义的道德坚守让他为之触动。他陪着一群人去寻欢作乐，在风月场里居然能坚守底线！这样一个不被大多数裹挟的人，内心之强大思维之冷静实属难得！由此来看，他在仕途发展肯定会有作为。转念又一想自己和其他同学的这些年，又有谁不是从当年清纯烂漫的阳光少年一步踏入欲望横流的滚滚红尘。按摩洗浴、发廊会所，我们一方面内心追求着纯真的爱情，一方面又心甘情愿地沉湎在丰乳肥臀里。谁不想做一个正直纯洁的人，可我们在迎来送往中掺和各种蝇营狗苟！我们究竟应该怎样活着？什么样的活法才能高洁而坦然！坚守什么？摒弃什么？一时间荣健自己回答不了自己。但在他心里一直有个标准，那就是陆锋。他走的道路无疑光明正确，为祖国而活崇高精彩。而我现在为了有碗饭吃东奔西走地折腾，如此下去恐怕只会越来越卑微越来越渺小，可我有选择吗？

　　匆匆忙忙落地银川时已是9月，为了找店面租宿舍每天穿行于各条大街。大老板派来的销售经理很是得力，根据他在汉都的经验迅速选定了店面，在店面附近小区又找到一套家具齐全的三居室作为宿舍。荣健负责和电视台沟通广告价格和时段，并在电视台的协助下开始了本地人物素材的采集工作。交房租交广告费，为拿到最优惠价格全部采用现金结算。几乎每天成捆成捆的钞票付出去，荣健心理的压力也与日俱增。产品能一炮打响吗？还需要做什么工作？会有什么问题？一个个问号每天

第四十四章 塞外的风雪里

在心头萦绕，他自是清楚这次投资根本经不起失败！也不敢想如果失败会是一个什么样的结局！

眼看着广告档期临近，市区的分销点也已谈妥。谁承想销售员的招聘却成了最大的困难，门口早已贴出招聘广告，结果十几天下来几乎无人问津。找同行一了解才知道银川本地从事销售的人力资源本就短缺，加上新落地的品牌没什么知名度，招不到人就成了必然结果。荣健赶紧和夏姐取得联系，让她在汉都市紧急招人。急切之下又想起三舅家的大表弟今年刚刚毕业，二堂姐家的姑娘高中毕业后也一直在家。实在不行干脆把妹妹也叫来，至于董婉不到万不得已最好不叫她来。一圈电话下来还算顺利，夏姐动员了她公司两个业务员前来支援，而表弟、妹妹、外甥女也欣然同意前来。当广告开播的时候，银川市区新华书店、外文书店、专卖店三个销售点人员齐备，只等客户上门了。

和所有广告产品一样，每天广告时段的电话接听绝对是重中之重。而对于接听话术和讲解词的策划可是荣健的强项，他要求所有人员按照标准说辞完成好每一通电话的接听，客户到来时还必须能逻辑清楚地讲好产品卖点。如此半个月过去销售情况迅速升温，每天围在各个柜台咨询的人络绎不绝。前期发来的二十万元产品一个多月就销售一空，荣健马上下了第二批订单。为了保证产品能如期到货，他专程回了趟汉都。

没想到刚到汉都，久未联系的汤慧子忽然打来电话一顿斥责，说荣健是天底下最无情无义的负心人。荣健被她训斥得有些莫名其妙，细问之下才知道原来他飞往银川那天李霞曾打过电话，可能因为电话没通影响了心情，之后居然在为某明星做替身时出了事故，从威亚上摔落后一直昏迷不醒。因为李霞把汤慧子电话存成姐姐，剧组与汤慧子联系后把她接到北京的医院治疗。汤慧子电话里要求荣健立即到京，否则这一辈子再不相见。荣健接完电话心里悲苦到了极点，他心疼李霞的伤病，更担心她的安危，心里不断祈祷着她能尽快苏醒。他知道这个时候自己应该义无反顾地去看她，马上立即出现在她身旁。可是回来之前付了下月广告费，上午又付了货款，口袋里的钱除过返城的火车票已所剩无几。难不成两手空空去见她？即就借点钱去，难不成我甩下业务不管不顾去

冬日的火花

陪她？可我在她如此危难之际不见人影又于心何忍？我该怎么办？我能怎么办？荣健像个失魂落魄的傻子踽踽独行在城市的角落里，走着走着苦笑两声，他无奈地承认自己是个薄情寡义的小人，那些天荒地老的誓言不过是一时恬不知耻的谎话！他问自己心里还有爱吗？并为此诅咒像他这样的人活该孤独终老！

一个心情悲凉的人肯定害怕寒冷，而汉都市每到11月凛冽的西北风都会如期而至。大家嘴上都抱怨魏俊不该选择这样的季节结婚，但一群人还是在嬉笑声中欣然前往。傍晚时分荣健和卢伟、谭浩宇先在西郊会合了，三个人随手挡了辆出租车前往银邑县那个叫六岔口的地方。本身说好的价钱，走到半路司机却说他搞错了距离，到六岔口要再加二十块钱。上车时几个人本就觉得六十块挺贵，现在又听说加钱自然不乐意。几句话没说到一起那司机靠边停了车，意思让他们三个人下车滚蛋。这态度一下子让荣健和谭浩宇恼怒不已，谭浩宇大吼一声："狗日的，得是想死！"三个小伙个个怒目圆睁，那司机一回头显然吓得打了个冷战，也没再说话就启动了车子继续前行。气氛稍有缓和后那司机又开始絮絮叨叨说这一趟他赔了本，不加钱肯定不行。卢伟坐在副驾驶还和他理论了几句，见说不通也就不再说话。终于忍耐到了终点，三个人下了车却不约而同地没人掏钱，司机下来讨要车钱时三个人瞪着眼睛发了狠，几乎同时骂道："去你妈的，滚！"三个人本来都长得人高马大，加上来参加婚礼又穿得比较正式，这一吼还真有几分黑社会的架势。而这六岔口四野寂静，冷风飕飕，那司机一看这阵势歪了歪脑袋驾车离去。弟兄三个站在道口得意地高声吼起了秦腔："他大舅你二舅都是他舅，高桌子低板凳都是木头……"

六岔口离魏俊家所在的村子还有二三里乡间小路要走，三个人一边骂着娘一边向村庄走去。这时候村落里的炊烟开始顺着田地弥漫，落日、远村、土丘、高坎、孤树构成一幅清冷的乡村画卷，田野里刚过脚面的麦苗随风摇曳，远远能看见三角形堆放的一簇簇玉米秆，那整齐的序列还有些仪仗队的感觉。行走间后面有机动车的声音传来，那声音忽而高亢忽而平稳，他们回头看时那手扶机车的车厢居然滑进了路边的洼

第四十四章　塞外的风雪里

地里，任凭驾车的人把油门轰出黑烟也无法把车厢拖出来。见此情景三个人二话没说迎了上去，三个小伙子在后面连抬带掀把车厢弄了出来，开车的大叔连连道谢。说话间才知道这一车的锅碗正是魏俊家过事用的家伙什，于是三个人跟在手扶机车后面进了村。

用卢伟的话来说，那顿晚饭真他妈的够味！一盘馒头外加一碟油泼辣子算是晚餐，吃着辣子夹馍喝开水一会儿就浑身冒汗，不但浑身冒汗而且嘴里还得吸溜吸溜地喘气。谭浩宇说这顿饭吃得特色，荣健说魏俊这守财奴抠得太细。等他们吃完饭钱坤、葛新、章彬、姜朝阳、费诚、杨东亮他们也先后赶到，钱坤、葛新两个自幼在城市长大，看了一眼辣子夹馍硬撑着没有吃。魏俊出来招呼了一声就忙着和家里人安排明天迎亲的事情，反正也没地方睡，一群人一合计就溜达到村边点起了篝火。大家抄着手围在火堆旁聊着当年学校的趣事发出阵阵笑声，玉米秆噼噼啪啪的火光温暖而光亮，那火堆时而蹿起一人高的火焰，时而又浓烟滚滚，在巨大的黑暗中宛如火山爆发般壮观。后半夜才回到安排的小房间，这时候钱坤、葛新已经饿得前胸贴后背，一边找吃的一边说想起辣子夹馍就流涎水，这话一出口惹得众人哄堂大笑，有人说他俩那现在那怂式子估计见了屎都想吞两口。

好不容易熬到早上吃了碗热腾腾的臊子面算是安定了肚子，只等着筵席上大吃一顿。可开席以后谁也没想到这地方的奇特风俗：每次桌上只上一道菜，还没等吃第二口第二道菜就会换掉第一道菜，结果到终了十几道菜每人也就吃了十几口菜。谭浩宇惊呼这执事人的智慧，如此待客一桌酒席待两轮客应该不成问题。为此几个人走时拉着魏俊声讨，说他回头必须再把大家请一次。魏俊红着脸说："十里风俗不同，谁叫你们的筷子太慢功夫太差！"回来的路上大家你一言我一语发牢骚，而卢伟从头到尾没弹嫌饭菜，只是说这农村冷得简直让人发慌，说着松了腰带憋着劲把一股清亮的尿液射向路边的麦苗。其他人一看也条件反射地松裤子尿尿，九个人一字排开，九股热流洒向田地，那阵势颇是威武雄壮。

几个人走到六岔口时一辆三轮车迅即上来揽客，本来最多拉六个人，现在九个人硬是挤了上去。荣健和卢伟只好睡在几个同学的腿上，

冬日的火花

就这样一路乐呵呵地回了城。临分手时谭浩宇把荣健叫在一边说："你答应人家纪嘉义的事赶紧办，不要让同学难看。"荣健这才想起之前那笔业务说过要给人家局长意思一下，而最近这阵子太忙乱一直都没有落实，于是连忙说："没问题，没问题，我的错，我把这事给忘了！"

原本计划着回银川之前把房子一收，可到了合同约定的时间并没有接到收房的通知。荣健和董婉有些担心，于是又到售楼部去打问。结果到地方才知道那售楼部早已拆除，而整个楼体和裙房的施工也似乎停了有些日子。想起省吃俭用供了近两年的按揭，现在房子却成了传说中的烂尾工程，荣健心里那个恼火自是难以抑制，加上董婉在一旁不断埋怨他当初简直瞎了眼，并嘲讽他所谓专业人士还不是被骗没商量，一时间简直气得他七窍冒烟。但是打嘴仗已毫无意义，只有忍着先想办法解决问题，再三打听后终于找到那家靠生产饲料起家的开发公司去讨要说法。

身着制服的女客服经理倒也客气，先是解释了项目停工的原因，然后给出了两条解决方案。一是继续等，二是无息退款。可是继续等没有具体时间，实际上就只有选择退款了。荣健提出应该按合同约定赔偿损失，而对方说造成停工是因为受到拆迁户的干扰，这属于不可抗力。几轮斗争下来几乎毫无进展，而那客服经理显然经验丰富，无论你怎么愤怒吼叫她都是一种云淡风轻的态度，还推心置腹地说："公司能答应给你们退钱已经很不错了，难不成你为这事还去打一场官司，我承认！官司你们肯定赢，可是你能不能拿上赔偿或者多久拿上赔偿可就说不准了？我估计一场官司下来没有两三年结束不了，到时房价涨了对你们来说损失更大。"听得出她这话说得有几分真诚，况且也入情入理，加上连续跑了几天也实在没精力再折腾，于是无奈地在退房协议上签了字。

客服经理有关房价上涨的言论让他俩顿时紧张起来，况且实际情况也确如她所说，这几年汉都市的房价一直在涨。荣健觉得事不宜迟，于是在折腾退款的那几天带着董婉又看了几个楼盘，抱着吃一堑长一智的心理，他和董婉商量着再买房一定只买现房，哪怕贵一点，也免得又空欢喜一场。

第四十四章 塞外的风雪里

西门外光荣路上一个叫幸福芳洲的项目进入了他们视线，经过了解确认那项目即将交房，最后的几套九十平方米两居室无论格局还是楼层都挺不错。再加上主干道临街，周边二三百米就有实验小学和五一公园。在售楼小姐的引导下参观了样板间和小区实景，当下两个人就动了心。在拿到退款的当天就到售楼部定了房，虽说这房子比之前大了三十平方米，但退的首付款加上两年的按揭款竟然刚刚够付这边的首付，两人都认为这就是天意，因此付款的时候毫不犹豫也没有争执。可办完手续后荣健忽然心里泛起一股深深的揪痛，他忽然有些后悔这个决定。想起那边不知死活的李霞，而自己这样的决定岂不是明摆着选择了继续和董婉搅在一起过日子！为何不就此分了钱去找李霞？可他知道即使不买房子自己也走不了，银川那一摊等着自己。唉！到底是这人生有说不尽的无奈，还是自己懦弱使然，他有些糊涂了，不断扪心自问，我究竟是错了还是对了？他回答不了自己！

荣健实在不愿叫董婉一起去银川，一方面怕董婉的脾气影响自己在团队面前的形象；另一方面实在不愿事成之后董婉又强调源于她的支持。可现在银川之外的地级市、县城急需拓展，没有得力的人是万万不行的。况且现在自己对李霞无情无义已成事实，以后还有什么脸再见人家。既然爱情已经丢了，干脆守着这不算太差的婚姻和刚有起色的事业吧！

董婉其实早早就有打算，临行的时候又叫上堂弟的女朋友和一个远房表妹，一行几人出发的时候信心满满，计划着赶在寒假之前必须在几个地级市设上专卖点，按照目前的销售情况，春节期间一个点赚两三万块钱应该没有问题。

以前还真没发现董婉是个干销售的天才！虽说没有统筹大局的才能，但是按照荣健的部署在执行时相当给力。她每到一个市场先是到书店、电器商场转悠一圈，很快她就能发现谁家的生意好，哪个位置更有利，然后就会满面春风地和人家拉家常，要么争取到人家代理，要么让人家租赁给她一点地方。一个月下来石嘴山、吴忠、青铜峡都设了专卖点，到最后她主动提出承包吴忠市场。而自从她承包了吴忠市场，那里

冬日的火花

的销售量就节节攀升，荣健去市场巡查时才发现了其中的秘密。原来董婉为了做市场那真是尽了一切努力，她每天一大早就带着两个妹妹出门做宣传。她们背上保温壶，备上几个烤红薯，就能在学校、小区门口发一上午的传单。时值寒冬腊月，塞外的寒冷和风雪可不比内地。即使全身武装，在零下十几度的低温中不一会儿浑身就挂满冰霜，穿再保暖的鞋也会冻得双脚发麻。尤其对于在内地相对养尊处优的人来说，这风雪里的拼搏还真不是一般的挑战。吃红薯喝茶水倒也能顶饱，可不用多久胃里就不停地反酸水，荣健和她们一起干了一个上午就感觉有些吃不消。坐在路边休息的时候，荣健打趣地问董婉："皮靴马裤羽绒服，你打扮得跟贵族一样发单子还欢实得不行！"董婉说："呵呵，你可别小看，我们今年肯定能卖好！"说着傻乎乎地举起了象征胜利的剪刀手，那一瞬间她头裹红围巾配上皮靴马裤羽绒服，这看起来有些头重脚轻的造型在冰天雪地里却俨然一副巾帼英雄的状态。看着她鼎力支持自己的事业，荣健心里一种感动油然而生，想着她确也是个有情义的女子，我若离开她岂不是也属不仁不义。

2005年的春节应该说是个喜悦的春节，大家都没有回家。年终盘点的时候吴忠市场自然成了地级市场的冠军，董婉如愿以偿地赚了两万多块钱。大家一起逛了趟海宝公园算是庆祝，尽管那些充满灿烂笑容的照片背后都是冰天雪地的场景，但在胜利者看来这样的场景更显得容颜娇艳。除夕的晚上荣健给家里打了电话，除了跟父母说声新年快乐，最重要的是他要告诉母亲自己已经蹚开一条财富之路，从此之后再不受穷困之苦。

网络上芙蓉姐姐的横空出世成为一个社会话题，而一首《我不是黄蓉》以独特的曲风也瞬即红遍大江南北。那一阵子大街小巷里都能听到王蓉的歌声，尤其当《芙蓉姐夫》这首歌唱响的时候口水几乎淹没舆论。有人说芙蓉姐姐是励志的典范，有人说她搔首弄姿卖弄风情可耻可笑。但创作骂人歌曲也似乎不被公众认可，可最后芙蓉姐夫还是选择了逃离。至此之后网络似乎成了生活的一部分，不断有新的歌手从网上蹿红，《猪之歌》《老鼠爱大米》等新歌层出不穷。再之后原本关注度并

第四十四章　塞外的风雪里

不怎么高的超级女声选秀开始火爆全国，每天晚上的比赛成了荧屏焦点，争论谁能胜出则成了各类人群聊天时的重要内容，而全国范围内甚至开始了粉丝选边站队的激烈争斗。

当然于荣健来说对网络的关注更多集中在E灵通产品应用资源的下载。随着产品销量的不断攀升，不同版本教材的资源下载成了售后一项不胜其烦的事情。很多买了产品的人要么家里没有电脑或者没联网，要么就是不会下载，自从过了年每天都有一群人在店里排队下载资料。一开始还能勉强应付，可是很快就成了问题。不是频繁的数据中断，就是系统无法登录，长时间的等待让客户的不满情绪与日俱增。最要命的是有些地方更换了教材版本，而厂家后台的资源却迟迟没有更新。与此同时市场上的同类产品却如雨后春笋般地蹦了出来，小霸王、名人、步步高、英联邦等厂家也相继推出了自己的学习机，从外观款式到实用性都极具竞争力。眼看着刚刚打开的市场面临着冲击，荣健忧心忡忡，那些天他不断与汉都市场老板沟通，希望他动员厂家能尽快地换代产品并提升后台支持。

竞争的加剧还带来一个直接影响，那就是广告费用的增加。原本大多数时间只需要在电视台投放专题广告，而在报纸上的广告只是重大节日前偶尔投放。但现在竞争对手不但有专题广告，并且在报纸上也密集地投放。如此一来要不丢失市场就必须顶上去，这样一个月下来看起来货卖得不少，但是扣除广告费后盈利微乎其微。荣健和电视台广告部沟通时说："我每月给电视台开一辆奥迪车进来，最后骑辆自行车出去。这样可不行，你们的折扣得更大一些才行！"努力的结果是折扣没有变化，但赠送了一些广告时间，毕竟也算给了一定支持，有没有效果就在于终端的努力了。

得益于前期扎实的渠道建设，在广告力度加大后销售量还是有了一定提升。到4月底的时候千呼万唤的换代产品也到场了，全新的设计和包装让大家信心为之一振。而代理其他产品的经销商看到这个情况，纷纷申请加盟代理。为了避免一些代理商恶意代理，因此规定二级代理商单次提货必须达到十台以上，这样一来迅速将数十件货压向了终端。但是

/683/

冬日的火花

也带了另一个问题，那就是各个代理点急于出货，在统一价格上出现了问题。一段时间里处理这些问题就成了工作重点，可是与这些代理商沟通时没有人承认他们压低了售价。为此明察暗访可是费了一番工夫，最后争吵中撤掉了几家代理市场才得以安宁。

刚刚处理完价格竞争的问题，税务、工商、城管等部门又陆续找上门。这些工作人员搬出《广告法》《反不正当竞争法》等相关法规扬言处罚，无奈之下只好求助电视台和报社的合作伙伴协助解决，好赖E灵通在全国也有些知名度，况且有关手续也比较齐全，几轮吃请下来大多也都相安无事了。唯有税务所这边虽说松了口，但是罚单还是开了出来。面对着大额罚单荣健可真是犯了愁，整不明白卖产品送个赠品怎么就被定义为不正当竞争。为此他赶紧给汉都总部老板打电话取经，一轮沟通下来学到了八个字"摸清底细，投其所好"。

在荣健的安排下销售经理提着一袋水果站在了税务所所长家门口，敲开门之后声情并茂地说："弟兄几个初到贵地混口饭吃，有做的不对的地方，还请领导高抬贵手。听朋友说您喜欢旅游和摄影，这台佳能相机是我们一点心意，还望您以后多多关照！"本就没什么太大问题，礼品送出去之后一切恢复了平静。销售经理说他敲开所长家门的时候，那所长明显被吓了一跳，走的时候反复强调说："以后有事单位说！"看来他绝没想到咱们会找到他的老窝，他如果把咱整趴下了咱就去他家吃饭，说完哈哈大笑。

第四十五章　静看云起云落

　　汉都市十年前缩水建设的二环工程弊端凸显，为了缓解拥堵无奈之下又开始在南二环多个十字加设立交桥。然而因为时过境迁空间受限，加改后的立交桥路径非常尴尬，那灯饰勾勒后本该灿若莲花的造型如今犹如麻花一样憋屈，以致驾乘者每逢在此遭遇堵车无不叹息，甚至咒骂决策者当初的保守短视。

　　不会有人知道那些决策者后来如何看待此情此景，也或者会自我解嘲地说谁能想到中国社会发展如此之快！然而历史不会原谅那些曾经身居高位的庸碌者，他们在位时指点江山四处考察，能力上也绝非无能之辈。可他们为什么就没想明白汉都市作为西北首屈一指的历史名城，绝不会永远只是文艺作品中调侃的所谓废都！这城市拥有着雄厚的工业基础，优质的科教资源，坐拥八百里云川沃土，自秦皇汉武至今从来都不是平庸之地！二环作为城市的金腰带，建设之初最起码应该有领先二十年的前瞻性规划，即便当年财政不宽裕也不能只为一时的体面而降低建设标准。我们可以缓建或者分段实施，毕竟这东西建起来就没法改。可他们大手一挥凑合着建了，如今随着小汽车越来越多地进入家庭，城市交通面临空前压力，然而木已成舟市民除了几声咒骂之外又能怎么样

冬日的火花

呢！

幸运的是进入新世纪以来，新任市委书记提出"西部最佳、突破围城、秦汉一体"的发展战略，数年来城市格局南北拓展东西延伸，外围新区得到迅速发展，城市经济也持续保持了两位数的增长。可惜的是这位高屋建瓴的新书记任职两年多就升迁调走，市委新班子是萧规曹随还是改弦易张尚不明确，而这个选择显然关系到整个城市的兴衰命运！

曾宪瑞无疑是幸运的，进入新世纪后的第一个春天被调任汉都市环保局。他清楚地记得当初接到调令后那种诚惶诚恐的心情，想着大城市官场复杂，主政环保局虽大权在握，但毕竟是个到处得罪人的差事。早些年就有所耳闻，在汉都想要干些事那是相当不容易的。之前有因栽法桐被戴上崇洋媚外帽子的市委书记，有整顿卫生、修葺城墙被非议的市委书记，有修了二环被骂保守无能的市委书记，尽管自己只是一个环保局局长，会不会也落个骂名不得好死！

他带着司机在汉都转了三天，想理出一些工作思路来。转着转着他想到了范江，他虽然犯了错误，但不可否认他是个有才干的人，找他聊聊也许会有些启发。想当初范江从金城县委副书记调任安平县县长时也是意气风发，可谁知在任上没几天先是遭到各种举报揭发，当值书记与范县长连同检察部门用雷霆手段将举报者以诽谤罪送进监狱算是暂时平息了事态，而后范县长又顺利地荣升书记。可让人没想到的是在他书记任上没几天却因腐败问题被纪委查处，最终落得声名扫地卸甲归田。想到这些曾宪瑞不禁有些脊背发凉，当初在金城县自己一纸命令将各部局及乡镇的领导班子挂职重组，后来又不计成本地推进国企关停并转，这些举措在今天看来都有些草率了。基层领导班子的重组确实加强了县委县政府的领导但并没有从根本上解决执行力的问题，而国企的改革显然有些急功冒进，一些原本还有生命力的企业在这种休克疗法中彻底关门倒闭。如今思之真是有些让人懊悔，想来当初如果能够多一些调查研究，多一些专题论证，也许结果就大为不同！

曾宪瑞走进那个农家小院时，范书记正提着喷壶摆弄着他院中的花草。看到他进门露出豁达的笑容，调侃说："呀！啥风把老领导给吹来

第四十五章　静看云起云落

啦？快请进！快请进！"曾宪瑞把手上提的茶叶往前一送，笑着说："呵呵，上等的明前西湖龙井，配上高山雪水绝对有感觉！"范江连忙放下手中的喷壶迎了上来，乐呵地说道："哈哈，平民老百姓收领导的礼物不算受贿吧？"曾宪瑞回答说："呵呵，你呀！一把年纪了还是没个正经样！夫人不在家吗？""在呢！在呢！出去买菜去啦，我让她上午给咱撕扯面再弄几个菜，咱俩喝两盅。"范江一边说着话，一边拉了把小椅子放在阳光下，而后两个人坐下来。正午的阳光明亮温暖，两个人围着小桌子喝茶聊天，抬眼就能看见不远处的巍巍青山和山顶的悠悠白云。

曾宪瑞：你现在过的可是采菊东篱下，悠然见南山的生活。真是让人羡慕呀！

范江：呵呵，谁让咱一时大意失了荆州呢！

曾宪瑞：人这一辈子福祸难料，你是塞翁失马，焉知非福！

范江：当年我给你提了那么多意见，真没想到你会来看我！

曾宪瑞：呵呵！有些事你是对的，咱俩其实算是知音，那时我有些心急。

范江：我和你一样，要不是急着建功立业也不会是今天这样的下场。不过我也要检讨，还是怨自己忽视了作风建设忘了初心，最终栽进了陷阱！

曾宪瑞：我调任市环保局了，也不知是不是因为年龄大了，这次我忽然有一种如履薄冰的感觉！

范江：市里不比县里，情况复杂得很，工作开展起来真是压力不小。安平县那个地方比金城离汉都近，就近了那么一点，整个工作环境就大不一样，更别说如今你到了市上，你要高度警惕。

曾宪瑞：现在环保工作压力巨大呀！工业三废治理、生活垃圾处理都是重中之重，可经济要发展工人要就业，一时半会要扭转粗放式发展的局面谈何容易！

范江：小平同志说过："发展是硬道理，稳定是压倒一切的大局。"我觉得现在一切工作还得按这个思路办！

/687/

冬日的火花

　　曾宪瑞：之前你那边上级领导打招呼干扰具体工作的情况多吗？

　　范江：这些还不是司空见惯！其实现在最危险的不是这些，而是新生代的这批干部可不像咱们这些老伙计，后面这一代大多可都是被十年浩劫耽误的一代，他们到底揣着什么样的理想信念可真值得推敲推敲。

　　曾宪瑞：你说这话很有些道理，近几年我也发现了这个问题。一些后辈们胆子确实大，心也确实黑，有些投机分子为求进步那真是不择手段！

　　范江：说老实话！当初组织分房我没有及时交钱确实是没钱，你想早些年我们一月工资也就几十块钱，后来好一点也不过一千多元，忽然要交几万元，我哪里有那么多的钱。可这个后来都被人拿来说事，你说冤不冤！

　　曾宪瑞：人家说你常常与民企老板们要钱，把瓷得很！呵呵！

　　范江：所以说这些人坏呢！拉上你打牌谋事，私下还给你造舆论。

　　曾宪瑞：也怪你放松警惕了！

　　范江：确实确实！那时我自己有些得意忘形，说到这也是我活该！

　　曾宪瑞：反正我觉得这几年政治风气问题严重，很多党员干部简直钻进了钱眼，有些事想起来都害怕。

　　范江：国家经济发展了，各行各业慢慢有了钱，这积累的问题也越来越多，以后廉政是个大问题。如果没有自上而下的雷霆手段，这中间不知还会积累多少祸害！

　　曾宪瑞：我听说市环保局一年的罚款进账就好几千万，这几乎相当于金城县一年的财政收入。

　　范江：你可是抱上了金饭碗！环保局这点钱都不算啥，这几年土地、城建部门就是市上的摇钱树，随便一宗地、一个项目都是几千万甚至上亿。问题是钱越多后面就会牵扯更多的利益链条和人事安排，当年毛主席教导我们要为人民服务，可后面上来的这批人想的什么？如果把经念歪了，成了为人民币服务那问题可就大了！

　　曾宪瑞：最可怕的是不务正业和脱离群众，我现在都不太打乒乓球了，听说现在有人靠打网球攀附权贵，光那个圈子就好几百人。

第四十五章　静看云起云落

范江：你只要敢说你喜欢乒乓球，我担保你上任没有几天就会有人给你搞出高级别的会所，还会给你弄一群有头有脸的球友，到时有你忙的！

曾宪瑞：还是算了吧！我给你说当年我到金城县上任时可是唱着《国际歌》去的！呵呵。

范江：这些我早就知道，当年开车接你的可是我家的亲戚娃。

曾宪瑞：你危险得很！居然还派了卧底，哈哈哈！

范江：正是因为有了这卧底，我从头到尾都没拆过你的台。呵呵！

曾宪瑞：哎！看来还是那句老话说得好，身正不怕影子斜！

范江：那是自然！想当年我刚进单位的时候每天早上都是第一个到单位，先打扫完办公室卫生，再看报学习。当上领导后反而不学习了，最后就掉队了。

曾宪瑞：你那个观点很好！一切围绕发展稳定做工作，我觉得我可以试一下！

范江：我是胡说八道的，你老兄有大才，可别被我耽误了。

曾宪瑞：别再谦虚了！你看问题一直很深刻。你说的新生代干部理想信念问题是个大问题，这个我要好好推敲推敲。

范江：这个问题我倒是很有信心。赋闲这几年我深入研究了一下党史，我发现咱们这个党可是古往今来最善于自我革命的组织，从建党以来的历次清洗来看，每一次都可谓刮骨疗毒浴火重生。我相信用不了多久，中央对党员干部的理想信念问题必然会有大的动作。

曾宪瑞：你说得对，早都应该让那些见庙烧香拉帮结派的祸害滚出党的队伍！

这次对话之后，一转眼就是五年。曾宪瑞怀着无限遗憾从环保局局长的位子上退了下来，办完离职手续那天他心情惆怅。感慨岁月飞逝，廉颇老矣！他对组织谈话的人说："这数十年无大的建树，但一直忠诚于党和人民的事业无愧于心，随着他们这一波干部的退休，属于老三届的时代结束了。自己别无所求，但愿组织加强干部队伍建设，尤其理想信念的教育，若能如此则善莫大焉！"

冬日的火花

　　当两个老人再次相聚在那个农家小院时，老范已经把原来的三间小楼已经改建成中式青砖别墅，两个月前他从一家路桥工程公司辞了职，如今算是彻底进入了退休状态。两个老人坐在二楼阳台上，面前是一张大型根雕茶海，上面置有写意的洞石假山云蒸雾绕，水车转动流水潺潺。两个彻底跳出俗务的老人侃侃而谈，颇有些青梅煮酒论英雄的意味。

　　范江：呵呵！你老人家忙活几年烟囱没拆几个，把烤肉摊可是整惨了！

　　曾宪瑞：你可别小看这事，全市换了电烤炉油烟污染还是得到了明显改善的。

　　范江：那是那是！不过这电烤炉确实没有木炭炉子烤的肉香！哈哈哈！

　　曾宪瑞：没办法！现在环境问题非常突出，不治理以后真不得了！

　　范江：我觉得你在拆除烟囱和燃煤锅炉上力度太小了，还有那些违规排放工业废水的企业都应该好好整顿一下。

　　曾宪瑞：难呐！稍微一收紧咱的钢厂、纸厂、水泥厂全都得关门倒闭，且不说没有利税，稳定都是问题。

　　范江：西郊那个钢厂关门是早晚的事，迟早进城走到那儿地面都一层黑灰。

　　曾宪瑞：那钢厂已经被一家大企业兼并了，下一步要么迁址要么上环保设备，很快情况会有改善的。

　　范江：算了算了，咱们不在其位不谋其政，管球他，喝茶。

　　曾宪瑞：你这几年可没闲着呀！听说你靠过去的关系揽了金城县的国道改造工程，你是发了大财呀！

　　范江：这活还真不是我揽的，人家勾兑好了才请我去的，主要是协调催款。话又说回来咱一个犯过错误的人，也没能力插手人家的业务。

　　曾宪瑞：你退得好，那是个大染缸。听说修的那路问题大得很，路面宽度缩水，路基不实，沥青厚度不够。而且前期在土方量上也大肆虚报，这伙人迟早招祸！

　　范江：你信息灵通得很嘛！确实，这伙人精沟子攥狼，胆大不要

第四十五章　静看云起云落

脸，现在主管的县领导也几乎无法无天，我就是怕再招祸才辞了职。

曾宪瑞：你说我们当年干事最起码还有底线原则，现在新上来这伙置国家人民利益于不顾，只想着往自己的口袋搂，也不怕憋死他们。

范江：现在这伙很多人官帽都是花钱买的，上梁不正下梁歪，好戏还在后头。

曾宪瑞：你说我当初提拔我的学生安伟仁，那也完全是党和人民事业的需要。可现在有些人提拔干部根本不管不顾，唯利是图，这样下去可怎么得了！

范江：对着呢！你慧眼识英雄，小安在银邑县干得不错，声名政绩那是有口皆碑。

曾宪瑞：问题就在于这样的干部处境反而尴尬，要坚守底线相当不易，真是上面一群王八蛋，下面干部很受伤。

范江：哈哈哈！当年你在金城县搞大换血，可是让一批同志受了伤呀。

曾宪瑞：唉！那时候有些急功近利，草率了。后来我不是一直尽力弥补吗？

范江：我知道，比如你点名让荣勤民到统计局任局长，呵呵！

曾宪瑞：说到这我就要批评你，你太能算计了！见缝插针推荐陆平国这个倔怂到机关党委，如果我不同意我举荐的人你也不举手是不？

范江：哈哈哈，这话你憋了十几年了吧？不过话说回来，陆平国虽然倔了点，但党委的工作就得坚持原则。陆平国后来给我说，他最大的乐趣就是把投机入党的人挡在了门外。因此有人托我说情，我都不好意思张嘴。

曾宪瑞：对着呢！都是好同志，就是有时候把人能气死。那个荣勤民到了统计局，最大的政绩就是实事求是地给我脸上抹黑，我快走的时候成功为金城县戴上了贫困县的帽子。

范江：哈哈哈！你说像这样死脑筋的干部能官运亨通吗？

曾宪瑞：这可是个深奥的问题！但这样的死板总比投机钻营好。如果干部队伍一个个为了升官发财弄虚作假拍马逢迎，甚至不择手段那可

冬日的火花

是要亡党亡国的！

范江：你变了！原来说话都是滴水不漏的人，现在也大放厥词！哈哈哈！

曾宪瑞：咱现在无官一身轻！还不让我说句痛快话。你不知道，现在这伙坏得很！土地局内外勾结伙同开发商牟利，规划局做容积率生意，最后祸害的还是老百姓，一个好好的城市都要毁在这些人手里。

范江：你再气不过，那咱整个材料举报这伙狗日的！呵呵。

曾宪瑞：咱没直接证据，说出来发泄一下可以，举报就算了吧！

范江：你看见前面那片山坡了没有，省上早就出台了云岭保护的法规，可你现在看看，估计未来几年开发的项目更多。咱市上一个领导在观音屿里面还修了一个庄园，那气派的程度如同皇帝行宫，靠工资他能修得起吗！

曾宪瑞：这事情我太清楚了！可以说云岭北坡上有别墅的不是贪官就是奸商，我专门给市政府打过保护云岭生态的报告，但市委不以为然，我也没办法。

范江：咱那市委领导是个文人，你说他自从上任以来有啥思路？治吏手软抹稀泥，战略模糊瞎忽悠，用咱土话说他能欸！呵呵。

曾宪瑞：西部大开发是千载良机，汉都不大力发展制造业、提升现代服务业、做强旅游业是不行的，仅仅依靠高新区一个龙头岂能拉动整个城市发展的，而要发展就必须大力引进资金、人才，改善投资环境，把政府的服务能力提上去，现在不大力抓更待何时。

范江：别操那心了，咱们都一把年纪了，还是静看云起云落吧！

两个老干部一席话其实甚为伤感，都有些英雄迟暮的无可奈何。也许若干年后人们想起这一代的干部会由衷感叹，毛主席教育的干部无论从政治素质还是理想信念上来讲都可谓是一代楷模。而改革开放之后，当经济大潮席卷而来，人们虽日渐丰衣足食，但很多人在改革的春风中迷失了方向，这也许将是一个时代的悲哀！

时令进入春夏之交，这个时候对学习机销售来说算是淡季。一切相对稳定，这让荣健和董婉能够抽身几天回汉都接收新房。他心想着收了

第四十五章 静看云起云落

房马上找人装修，这样到年底回来时就不用再为那一堆破烂家当而白交房租。

几天下来荣健发现这几年东奔西跑根本没有心思关心汉都市的变化，然而就在不经意间这城市似已变了模样。二环沿线新建在建的大楼鳞次栉比，传统商业中心进入了转型升级的快车道，很多知名的大型家居城、连锁超市、SHOPPING MALL品牌纷纷落地汉都。早些年街道上潮水般的自行车队伍变得稀稀拉拉，随之而来的是汹涌如潮的小汽车。各型家庭轿车如百花竞放，本地出品的福莱小汽车丑是丑了点，但因为便宜实惠还挺受欢迎。似乎从那时起汽车成了一个时尚的话题，丰田、现代、标致、雪铁龙等合资品牌相继推出的经济型轿车风靡全国，国产的吉利、奇瑞等品牌也开始崭露头角。荣健和董婉转了几个建材市场，装修的事情心里大概也有了底。而买车的念头却忽然在心头萌生，那时候标致307刚刚上市，广告上新车威风凛凛的画面看得荣健心情有些急切了。

顺利地启动了房子的装修，又抽空回金城看了看父母。家里还是老样子，只是母亲看到荣健回来时那目光显然不似从前那般清澈！她已经做好了一大箱的鞋垫，荣健一进门她就拿出那堆作品兴高采烈地说："我做了有五百多双了，你赶紧把这些拿到城里找个地方代销，好赖咱得把本钱收回来。"父亲在一旁补充说："你妈眼睛本就不好，又是加班扎鞋垫又是折腾养肉鸡，过度的劳累闹得现在视力更差了。"荣健心里后悔不已，想着当时真是想钱想疯了，出了这个馊主意让母亲劳神费力。好在母亲现在收了养鸡的摊子也能好好休息一阵子。可现在又该把这些鞋垫放在哪里去卖呢？况且自己也确实没有时间处理这事，他只好安慰母亲说："妈，这东西先放着，反正也放不坏，等我有时间了再说。你不要再做了，身体要紧！趁早抽时间去把眼睛检查一下吧，老花眼也不至于视力下降这么厉害！"母亲回答说："检查过了，白内障，不要紧的！"荣健听了这话急切地对父亲说："爸，那赶紧联系医院给我妈做手术呀！"荣勤民回答说："哎，联系了，也检查了，你妈现在血小板太低做不了手术，还得先调理一阵子再说。"

冬日的火花

　　母亲的身体真是个让人忧虑的事情，可又能怎么样呢！荣健也没多想，寻思着调理一阵子把手术一做应该没什么问题。聊天过程中父亲说陆平国叔叔前一阵得了脑梗，现在说话反应都有些迟钝了，前一阵陆锋回来了一次，还请他们在外面吃了饭。那小子穿上军装威武得很，现在已经是少校军衔了。听了这话荣健赶紧拨通了陆锋的电话，这才知道陆锋就在汉都。他自是在电话里抱怨了一通，两人约定必须要在汉都见上一面。

　　在茶馆见面那天荣健第一句话就说："咱们说过苟富贵，莫相忘，这才几天你回来都不给我打电话？"陆锋那天没有穿军装，略显伤感地说："我一到汉都就想给你打电话，后来还是自私了点先见了许芹。又回家看了看父母，看到我爸那个样子，我实在有些接受不了。"荣健连忙说："能理解！陆叔叔生了场大病，你又常年不在，两个老人不容易呀！"陆锋叹着气说："过去人说忠孝难两全我不以为然，现在说来惭愧得很！"荣健连忙说："我妈白内障也严重得很，离得这么近我都没操上心。你也别太自责了！许芹过得怎么样？"陆锋回答说："她过得挺好，胖了，生的儿子很可爱，我给他发了个大红包。"陆锋说这话时起初还挺轻松，说完后显然心情有点落寞。荣健故意岔开话题问道："那你进修应该毕业了吧！现在在哪里驻防？"陆锋眼睛亮晶晶地笑着说："这可是秘密，我能告诉你是空军某基地。"听了这话荣健很不满地说："你他妈少跟我打埋伏。"陆锋听了呵呵一笑，一边笑着一边说："你还是没变，其实我调到试飞院啦！就在飞机城，离市区也就几十公里。"荣健听了这话喜出望外，高兴地说："那以后咱们就能经常见面了！"陆锋说："我们这职业在哪里都一样，多数时间还是不自由的。我几乎都有些厌倦了！"荣健有些不解地说："你原来不这样呀！一身戎装多神气，又能实现你的抱负。"陆锋叹了口气说道："你过去跟我说部队也很腐败我不相信，其实是我不愿意正视而已！真没想到这几年问题愈发严重，一些所谓首长简直把部队当他们家的，出租转卖军产无法无天、吃喝宴请拉山头沆瀣一气，不谋训练强军却处心积虑地谋私利。这一定是上面出了问题，想起来真是有些让人寒心。我就想不明

第四十五章 静看云起云落

白，这些人自毁长城于心何忍！我们这支队伍可是雪山草地走出来的钢铁之师，历来纪律严明崇尚奉献，他们这些败类们真是可耻又可恨！"荣健听他这么一说，调侃道："我咋感觉你就是现实版有心杀贼无力回天的状态呀！"陆锋冷笑着说："你说得很对，我还真是这种心理，算了不说这了。"两个人又扯了些闲话，说起同学们大多都已娶妻生子时，陆锋感慨说一晃十几年，唯有自己还孑然一身。虽说当年仰慕霍去病将军"匈奴未灭何以家为"的豪气，可真正进入现实生活才体会到什么叫只羡鸳鸯不羡仙！荣健问他是否有些后悔了，他却说有遗憾但不后悔，并强调说身处这个时代有机会为国家做些事情是莫大的幸运，况且为国家做出牺牲受了委屈的也不是他一个人。

　　荣健对他的说法自是认可，说自己如今俗人一个为生计奔忙，每每想起当年求学时的远大抱负就感觉到汗颜。也许任何一个国家大多都是像自己一样的平凡人，像陆锋他们这样闷声干大事的人才是绝对的精英。他们可以不被名利左右扎扎实实地做事，而在物欲横流的俗世多数人无奈地被各种诱惑所裹挟。以毕业这几年的经历来看，这社会究竟有几个人能做到质本洁来还洁去？一些掌权者堕落得比妓女还要肮脏，个别经商的变成比罪犯还邪恶的投机者，甚至连曾经淳朴的农民也因为被坑而变成坑人者，现如今恐怕也只有被马克思所赞扬的工人阶级还比较干净！即便生产了假冒伪劣，这原罪在于那些幕后授意的老板。就连曾经被誉为人类灵魂工程师的教师，其中有些人也开始不务正业，满脑子的功名利禄。

　　陆锋却说："无论社会怎么变化，一个人最关键的是不要忘记自己的理想。从大历史的角度看大发展的时代一定会出现泥沙俱下的情况，这也许就叫黎明前的黑暗。社会如此军队也未能幸免，这些年军队里的情况确也有些让人寒心。可这些于个体而言某种程度其实都无足轻重，我们只要知道自己从哪里来要到哪里去！若单纯为了功名利禄又有几个人愿意选择从军，那些军工战线上数十年隐姓埋名的人又能得到多少回报？人的一生总得有些追求。我从来没想着什么衣锦还乡，我所有努力都是为了心底里的那个大国梦，你明白吗？共产党是什么？共产党的使

冬日的火花

命其实就是孟子说的兼济天下，只要党的本质不变，我相信总有一天仍将是政治清明、社会和谐。真正需要的时候我会挺身而出地去斗争，即使有所牺牲我也会在所不惜！当然我最希望我们都好好活着，而且活得精彩。"

"什么是精彩的人生？我现在有些迷茫了！拿我来说，现在没有爱情，没有财富，没有事业，在赚钱谋生的路上慢慢变成一个彻彻底底的行尸走肉！这大时代看起来精彩纷呈，可我越走越觉得似乎要把自己走迷失了！我觉得自己也足够勤奋，可当年考上公务员却没有班上，在外面折腾几年又没什么成就。如今做点小生意混口饭吃，以后怎么样恐怕也只有天知道呢！社会越来越复杂，而我被赶上追名逐利的轨道完全身不由己，你是为祖国活，而我们这些人只能为自己为父母活。可无论怎样我希望你平平安安，有你在我就觉得我的梦想也在。"这席话荣健说得很慢，很沉重，说话间他已湿润了眼眶，内心不时涌起阵阵酸楚的情绪，若不是刻意控制，声调几乎都要出现颤抖。

荣健提起陆锋妹妹嫁给马春雨的事情时，陆锋说这事他也很意外。妹妹毕业后分回金城县当了老师，马春雨税校毕业后就进了地税局。经人介绍认识后就处了对象，虽然自己一直不大喜欢这个人，可就当时情况看似乎也是合理的选择，最关键自己根本没顾上发表什么意见。现在每每想起这事就会想起王妮，明知她就在市区一所中学任教，可我真的没有勇气去见她一面。荣健调侃说当初你涮了人家一把，之后妹妹又抢了马春雨，这辈子王妮可要恨死你了！陆锋说剧情已经如此狗血，荣健居然还火上浇油，纯属看热闹不嫌事大！再这么损就得找块空地单练一下，谁输了谁去看看王妮。茶馆自然不是比拼的地方，而他们也并不真的想兵戎相见。荣健知道陆锋想让他去看望一下王妮，这种牵挂有如自己对梁艳的牵挂，似乎说得清楚但也甚为复杂。

荣健忽然有一个自己都觉得龌龊的想法，他觉得实际上陆锋和李霞倒是挺般配的一对。可这个话他没法说出口，况且即使能成也觉得愧对陆锋。但转念一想即使有愧也比他常年孤魂野鬼的情况要好，李霞又天生丽质，美女配英雄也算是佳话。于是他跟陆锋说要给他介绍对象，并

第四十五章 静看云起云落

且打包票说陆锋见了一定会动心。陆锋讽刺他说："你还真是多才多艺，连媒婆的饭碗你都要抢！"荣健反唇相讥说："哎，有啥办法呢！你这么大年龄孤家寡人，要是个公鸡都该杀了吃肉了！呵呵。"荣健说的话自然还只是镜中月水中花，那时候他一直在琢磨自己这样一个薄情寡义的人该怎么给李霞打电话，可不打电话他又一直不安，牵挂思念一直折磨着他的内心。

出了茶馆一个向南一个向北，这一次的别离似乎轻松了不少。也许时间会让人的情感变得麻木，反正那天两个人拥抱片刻就各自离开。荣健回到家里，董婉说她妹妹在家居城的铺面没钱交房租，可能要向荣健借钱。当天下午董晴的电话就来了，说临时周转需要十万元，最多用一个月就能还回来。荣健想着当下账上的钱还算充足，借给她用一个月也没什么问题，于是让她发来账号，下午就给她转了钱。转完钱后他开玩笑跟董婉说："闹了半天咱们从你妈那儿替你妹把钱借下了，这算什么事嘛！"董婉说："你这人小气得很，啥叫替人家借钱？用几天就还你了，看你计较的！""我当然计较啦！这是挪用公款，但愿她尽快换回来，如果人家股东忽然查账我没法交代的。"董婉说她妹妹不会言而无信，一定会按时还钱，两个人也就不再为此争辩。

还是找了个机会拨通了李霞的电话，李霞在电话里问："你是谁呀？"荣健回答说："对不起，真的对不起！没能去看你我也很难过。希望你能谅解我，好在你平安无事，让我还有机会弥补我的亏欠！"李霞在电话那头哭得一塌糊涂，无论荣健如何安慰都阻止不了，也只好安静地听她哭完。那是一种漫长折磨的体验，她哭得越伤心荣健越觉得自己太过辜负。他邀请李霞到汉都来调养，并承诺给她最好的照顾。李霞说她已回了内江老家，现在爸妈不允许她出门。听到这话荣健反而松了口气，毕竟她现在来自己还真的分身乏术。好在李霞听了他一番诚恳的道歉也不再计较，并且答应说等恢复一阵子就来找他。荣健心里的一块石头落了地，心情也就格外轻松。加上房子装修进展顺利，那时候他觉得一切都会越来越好。

匆匆赶回银川，原本筹划着在暑期大干一场，然而意想不到的事情

冬日的火花

接踵而来。先是发现之前招的一些代理商故意压着E灵通产品不卖，其代理的根本目的居然是为了封堵E灵通。他们借助E灵通产品广告的影响力私下向客户推介别的产品，并且恶意地诋毁E灵通。这可是个严重的问题，荣健开始认识到当时设定的代理政策有问题。一是代理门槛太低，二是没有约定退货周期。这样一来就给这些不怀好意的人创造了机会，如何收拾这局面就成了头等大事。无奈之下只好让人扮作顾客去目标摊点收购代理商剩余的样机，虽说损失一点钱，但是把这些产生副作用的终端全部打掉于大局有利。收购完这些摊点的存货后，再以更换新版代理标识牌为由彻底收掉他们的代理资格。一轮折腾下来算是肃清了代理商队伍，随之销售量也明显提升了。

面对电视台广告费的涨价通知荣健有些束手无策，只好求助汉都大老板前来协调解决。在大老板给电视台许诺三年连续投放不低于三百万广告费后电视台松了口，之后双方又签订了一份战略合作协议算是彻底解决了问题。从老板口若悬河的谈判中荣健第一次认识到学会画饼的价值，而画饼所描述的预期就是希望就是信心，当你要做一件事情时自身的信心和气魄往往是获得支持的前提。

最棘手的问题莫过于新产品的返修率居高不下，每天维修故障机器成了一项最为烦恼的事情。有时候因为配件不齐客户需要等一周时间，这个周期里客户的各种埋怨自然会不停地累积，最终导致好几个客户在店面里和销售员吵了起来。而这种矛盾最终都要靠赠送礼品或者延长保修期来解决，实际上也就进一步加大了经营成本。

好在广告片更新之后效果不错，各个地市的销售量也随即得到提升。董婉所在的市场增量尤为明显，并且还发展了好几个忠诚的代理商。吸取之前招代理商的经验教训，规定全价提货当月清货后结算返点，这样虽然代理商每次进货数量少，但是却能够实实在在地产生销量。其他市场跟着如法炮制，一时间E灵通产品声名鹊起。眼看着账上的利润不断增长，荣健心里的成就感也与日俱增。

上次大老板和夏姐来的时候顺便对了账，一致赞扬荣健领导大家工作扎实花费节省。因为工作得到充分肯定，因此老板们也没有刻意去查

第四十五章 静看云起云落

银行账户的余额，这样荣健悬着的心也就放下了。可想起董晴之前说的一个月还钱，现在好几个月过去闭口不提他心里很有意见。但碍于面子也只好继续等着，毕竟现在周转正常，也没必要为催账而伤害感情。

一段时间日子相对平静，每天哼着《老鼠爱大米》在各个市场奔走倒也充实。那时候感觉成功就在眼前，一年下来随随便便也能赚个几十万，到时不但能让家里摆脱债务也能让自己彻底脱离窘迫，董婉再不老实到时就和李霞筹划新的生活，如此岂不是皆大欢喜。然而也许上天故意要给他多一些考验，也许这世间很多事情都不可能圆满。当时间进入11月的时候，市场忽然就像塞外的气温一样急转直下。所有人都判断这只是短时间的调整，随着新年的到来一切还会像过去一样恢复如常。因此在广告的投放上不但没有缩减，反而迎难而上增加了投放频率，同时为了进一步提升品牌影响力，每周还在报纸上追加了版面广告。然而市场是残酷的，这类起步于电子词典的学习机产品因为技术没有质的提升，经过几年市场检验之后进入了衰退周期。很多家长发现孩子对这个助手丧失新鲜感之后就置之高阁，对学习成绩自然就起不到任何作用。还有一些孩子因为依赖学习机反而上课不用心听讲，这样的副作用对这类产品来说可是致命的。所有的竞争产品都开始促销打折，有些产品清货的价格低到不可想象。这时候荣健才意识到，之前对市场的判断有问题，然而大量的广告费都已花了出去，照这样下去今年可就没多少利润可言。

好赖坚持到了开春，夏姐有些不甘心，于是又从汉都带了两个帮手亲自来抓销售，荣健觉得很没面子。几轮争执下来觉得再合作下去已经没有意义，于是提出交了账自己回汉都。但夏姐不同意荣健撤出投资，并为此争执不下。荣健认为自己退出自然是全部退出，哪里有人退投资不退的道理。更何况按照投资比例来说决定权也在自己一方。而夏姐认为这个生意还没有结束，退出投资毫无道理。况且这个生意从一开始投资就不是二十万元的事情，大老板投了二十万元的产品应该算是大股东，而她现在代表大股东和自己的股份，因此这里的事情自然理当由她来决定。对她这样的说法荣健当然不能接受，而且话说到这里也就没法

冬日的火花

再沟通，于是他给大老板打电话，然而得到的回答却是劝说他听从夏姐安排。对此荣健非常恼火，他与老大老板争辩说之前他支持的二十万元产品只能算是代表厂方的铺货支持，银川市场只是他的代理商。自己在这边的投资占百分之七十五，又怎么可能全部由夏姐做主。大老板见荣健这么一说又和起了稀泥，说大家合作还是要商量着来，夏姐有信心大家要支持。到此荣健认为大老板和夏姐实际上早就谋划好一起来对付自己，孤立的局面让他对这事彻底寒了心。在多次沟通无果的情况下只好选择挂印封金并强行撤回自己的投资，先让董婉交回了所有未售产品，自己又把账册、存货和余款算清交给了夏姐。一番斗争之后领着董婉和表弟、表妹、外甥女近乎逃跑般地撤离了银川，回到汉都就地解散了队伍，这结局虽然有无尽的遗憾和叹息，好在这一年下来也还落了十几万元，也算没有白忙。

最让人生气的是回来没几天夏姐打来电话说有两个箱子里出现了三个空盒，并追问里面机器的下落。这让荣健非常尴尬，那些箱子自己从未打开过，又怎么会出现空盒子？想来只有两种可能，一种是内部人趁自己不在拿走了里面的机器，一种是大老板从汉都发货时里面就已经缺失。夏姐坚持认为这是荣健搞的鬼，而荣健信誓旦旦地说自己绝对不会做这样下作的事情，并说夏姐应该向大老板讨要说法，自己毫无理由承担这个损失，况且这也不单纯是钱的问题，我荣健的人格还不值区区几千块钱。不知道这件事情后来夏姐是如何处理的，但是这个插曲搅得他和夏姐之间彻底恩断义绝了，后来每每想起这次失败的合作总觉得心里不是个滋味。

第四十六章　又逢人间四月天

　　回到汉都搬进新房，一切看起来尚好，然而虽说在银川赚了几个钱但那只是过眼数字而已，支付完装修的花费就已所剩无几。新的出路在哪里？荣健感觉眼前一片迷茫！

　　再次见到卢伟时彼此一副难兄难弟的模样！他和洋子短暂的婚姻结束了，即使他给她千般宠爱，最终她还是带着那住别墅开豪车的梦想离开了。她的离开似乎把卢伟的魂抽走了，原本总是精神抖擞洋洋自得的他变得有些邋遢，虽然嘴上仍然说着无所谓的硬话，但由此变得有些玩世不恭，那天和刀哥在餐厅吃饭居然一时兴起比赛摔盘子，摔完盘子把一口袋的现金都塞给老板，然后两个人把衣服搭在肩上摇摇晃晃地离开。刀哥给老板解释说这哥们脑子有些问题，老板却说摔得豪爽，有钱一切都不是问题！

　　卢伟说他现在才明白世上这女人大多都有贱毛病，你越宠她她越矫情，你不理她她死皮赖脸，你温柔她觉得你不够爷们，你野蛮她说你不够绅士。一切所谓爱情到头来不过是彼此需要的谎言，如不是又如何解释我和洋子这结局！数年同窗如影随形，应该算是情趣相投志同道合，可这一切在现实的荣华富贵面前还不是不堪一击？那天他和荣健坐在街边摊上吃馄饨，说起当初进修时他和洋子兜里装着几块钱一起坐公交上

冬日的火花

　　学，下课后同啃一个菜夹饼同喝一杯豆浆的情形时潸然泪下。荣健递给他餐巾纸时他却说这春天的风太大，街面刮起的灰尘迷了眼睛。他说洋子对她父母的孝心很重，而自己无力承担却也惭愧。这几年发展得不好，根本看不到什么前途，甚至内心觉得洋子的选择是明智之举。

　　荣健说真正的爱情应该相濡以沫，这样的背叛就是无情无义。难道她忘了第一份工作谁给她找的？进修的费用谁家出的？这几年在你家白吃白住怎么算？卢伟说这怎么能叫白吃白住，好赖人家也陪我睡了这些年！荣健并不同意他这样算账，说这不是一回事，那如果按嫖妓的价格算你他妈还赚了！卢伟一边捧着碗喝汤，一边说去他妈的蛋，就这么回事了！不说了。

　　荣健约王永吉在名典咖啡见了个面，按照当初说好的分红比例拿出两万元给他，并且满怀歉意地说了没有实现百万收益的遗憾。而王永吉始终乐呵着听他说话，似乎并不在意这红利的多少。荣健拿出钱的时候他也推辞了，说荣健背井离乡努力了一年多很不容易，现在回来还面临生活的压力，因此分红的钱他不能要。多次推让后荣健接受了他的好意，那一刻他看到了朋友间的赤诚，同时也叹服王永吉的心胸。两个人聊得火热的时候，颜玥推门进来。那天颜玥穿着一身蓝底细条纹面料的职业装，深红色的高跟鞋，手上拿着一个红色的时尚手包，进门后双手抱胸双腿交叉歪着头看了王永吉一眼，那眼神说不清道不明。她自是应王永吉之约而来，坐下后才知道居然王永吉说要给她介绍对象。这让荣健很是糊涂，王永吉自己本就单身，这样的绝色女子为啥自己不占反而要拱手让人？糊里糊涂打了招呼，三个人叫了简餐一起说着闲话。说话间颜玥拿出一把车钥匙给王永吉看，颇为得意地说刚刚她表哥送了辆奇瑞QQ给她，车还没买保险，希望王永吉赞助一下。王永吉打着哈哈说你这哥太小气，送佛送到西嘛！车都买了上个保险还不是碎碎个事，以后你跟我混，把哥陪好哥给你上保险，哈哈。颜玥看他那不怀好意的表情，有些抓狂地抓着他肩膀使劲摇晃，王永吉伸手捏了她的腰，颜玥发出一声娇柔的尖叫。

　　王永吉后来说面对颜玥他并非不动心，但是总觉得这文艺女青年不

第四十六章　又逢人间四月天

太可靠，往往想法多要求还高。也并不是说自己花不起钱，只不过他不喜欢女人主动要这要那。而颜玥跟荣健发牢骚说王永吉就是个奸商，从来都是不见兔子不撒鹰，最关键的是她觉得王永吉长得有些土气，反正感觉没到，只适合做朋友。一来二去的交往中，荣健想起了单身的卢伟，颜玥这个款式应该很对他的胃口。介绍颜玥给卢伟的时候，他刚刚跟之前公司的经理创立了一家贸易公司。这位大神级的经理有一个美国客户常年在中国大陆采购浓缩果汁，后来随着业务的扩大美国老板希望成立一个专门的公司来负责这项业务。卢伟尽管不占多少股份，但是美国老板开出的薪酬相当丰厚，并且配备了一辆专门联系业务的红旗轿车。小伙子由此摇身变成了一个拿高薪开豪车的"洋买办"。这个变化荣健认为洋子做梦也想不到，并因此认为她就属于那种不旺夫的薄命红颜。也许正因为她的离开才有了卢伟收入增长十倍的幸运，往后恐怕只有她后悔的份了。

荣健一直认为和卢伟的友谊是一种与生俱来的秉性和认同，因为他即就当了"洋买办"也没有改变他内心的某种坚守。他那个叫乔治的美国老板身材高大，脑袋窄长，留着精致修剪的络腮胡子，第一次到汉都来时要求车队必须从大南门进城，看见城门时兴奋地把头伸出天窗不断挥手朝城墙飞吻。卢伟安排接待时特意订了八大碗套餐和羊肉泡馍，领导说乔治他们来中国多次，他们更喜欢吃粤菜。而卢伟说不管他喜欢不喜欢，到了汉都就得让他尝尝本地特色。结果吃完泡馍上了茯茶，乔治高兴地连声说good、very good！但没承想能吃三分熟牛排的乔治却消化不了十分熟的泡馍，习惯睡前一杯咖啡的他居然被几杯茯茶汤灌得整夜睡不着觉。第二天一见面乔治就用不流利的中国话说："卢先生，你的那个馍和茶让我们在房间整夜转圈圈。"这话逗得在场人都哈哈大笑，卢伟却一本正经地说："一回生二回熟，今天安排您品品红茶和葫芦头。"

后来卢伟多次说别看美国人来了中国这也OK，那也good，但实际上那只是他们所谓的绅士姿态，他们骨子里还是觉得中国所有的东西不过如此。比如公司明明在城里办公，而他必须住在十几公里外的香格里

/703/

冬日的火花

拉；酒店的咖啡也不够好，因此他每次必会随身携带；唯一让他有兴趣带回去的是砖头一样的茯茶，而且后来喝上了瘾。另外值得一提的是，乔治认为中国的果汁产业要从源头抓好质量，如果土壤出了问题农药再大量使用，以后恐怕很难在欧美市场站稳脚跟。还有就是乔治虽然是老板，但对员工很亲切，讨论问题时非常平等，卢伟说这一点很值得我们学习。

乔治以总公司的名义邀请卢伟访问了设在美国纽约的总部，他回来的第二天就叫上刀哥美美吃了顿水盆羊肉，之后约了刀哥的女助理和颜玥去KTV唱歌。喝到兴起时颜玥说卢伟如果穿上皮马甲抱着麦克风，那架势肯定很有摇滚范。卢伟当即喊来服务员要人家给他找把剪刀，拿到剪刀时脱下身上的皮夹克直接剪掉了袖子，穿上自己裁剪的马甲站在茶几上为颜玥唱了零点乐队的《你爱不爱我》，颜玥也举着啤酒瓶子站上茶几一起呼喊扭动，最后被卢伟抱着按倒在沙发上。刀哥和她的女助理也缠绵得难解难分，轮到他们唱歌时他们互相深情注视着用粤语唱起了《相思风雨中》，卢伟说他俩骚情的样子是十足的奸夫淫妇，刀哥说卢伟打上领带就冒充绅士却忘了犁地的家伙都快长出绿毛。往后的发展自是不用多说，那天刀哥和助理在宾馆开了房子，而卢伟领着颜玥回了家，一起倒在了那张和洋子睡过很久的婚床上。

一场连绵的阴雨过后，古城春意更浓。阳光透亮，空气清爽，气温尤为宜人。彻底脱掉笨重的冬装之后，似乎心情也变得超脱。荣健经过仔细思量，决定静下心来拿起课本。想着如果经过一段时间努力能够考取注册会计师，那么以后也就有个能够安身立命的资本。于此他过起了一段早晨从中午开始的生活，对此董婉倒是全力支持。况且她这一阵子忙着和父母筹划收购鲜果的生意，有时一回去就十天八天。这对荣健来说求之不得，没人打扰倒也能安心学习。睡到中午起来开电脑上网听课，然后坚持做各种模拟试卷。每天有些小收获就心情大好，一旦做不出题来或者频繁出错又会郁闷非常。尽管这样与世隔绝的生活显得乏味，但是在荣健看来这就叫"嚼得菜根百事可做"，因此即使再枯燥乏味他也有理由坚持下去。

第四十六章　又逢人间四月天

　　李霞拉着一个大行李箱出现时，荣健脸上带着惆怅的微笑。这微笑既有她生病未能尽力的抱歉也有对未来选择的彷徨，但无论怎样还是安排她先住下再说。李霞抱怨说她千辛万苦而来荣健居然不很热情，荣健解释说是自己一时难以置信，仍感觉这是在梦里。久别重逢温存时李霞泪流满面，说劫后余生让她觉得唯有相守才是幸福。因此她来了，不走了，只要荣健有勇气，无论以后怎样她都不离不弃。荣健清楚地记得那天在酒店里李霞哭湿了衬衣，而后他帮她脱下衣服，给她调好洗澡的热水，然后抱着把她放进浴缸。之后不再打搅她，让她好好地泡了个澡，再出来时自然还是当初迷人的样子，那身材依旧完美无瑕，裹进被窝还是那样的让人欲罢不能。荣健自然知道这是偷情，可这偷情的感觉甚至比洞房花烛还要甜蜜幸福。然而每次幸福之后荣健又觉得自己像是掉进了一个巨大的黑洞，想要拼命爬上来却难以抑制地越陷越深。

　　那段时间荣健每天都去酒店看她，并开始商量今后的生活。荣健说给她先租个房子安定下来，然后再找个工作，以李霞的条件找个行政类的工作应该不难。而李霞说这些都不重要，她只是不想整天偷偷摸摸跟做贼似的，荣健必须尽快与董婉离婚，否则自己在这里就毫无意义。荣健让李霞给他一点时间，说离婚不是说离就离的事情！起初说到这李霞还嘻嘻哈哈，没过几天再说起时李霞让荣健和她一起南下深圳，就此一走了之。看到荣健犹豫不决时李霞问他是不舍得新装修的房子，还是舍不得董婉？荣健说他不是舍不得房子，只是觉得如此一走了类似于逃跑，这肯定不是最佳选择！

　　修好了那辆开服装店时买的踏板摩托，趁着这山花烂漫的时节，荣健驮着李霞畅快地爬了趟山。白居易说："人间四月芳菲尽，山寺桃花始盛开。"李霞说来到汉都似乎进了牢笼，每天像妃子等着皇帝宠幸一样卑微无奈。荣健说这四月的云岭山中红的正艳绿的玉润，清灵飞扬的季节踏上这隐居者的圣地，多么希望我们能永远相守在这阳光明媚的山坡，看你安然休憩神态。你看这山上老树巍峨庙宇庄严，山涧里溪流淙淙，我们虽不是什么名士，但这山水清幽、风和日丽不可辜负。而李霞说荣健骨子里适合出家修行，而她并不留恋这飘然世外的安逸，城市的

/705/

冬日的火花

繁华喧嚣才是该有的生活。荣健说自己又何尝不迷醉城市的繁华，只是这几年的挫折下来真有些心灰意冷。可是生活总得继续，父母需要赡养，否则真是生无可恋。李霞说荣健说这样的话只能说明心里没有她，荣健说自己做梦都想和她奔向海阔天空！李霞说荣健是思想的巨人行动的矮子，做事情总是瞻前顾后拖拖拉拉，她不可能永远等下去！

　　回城的时候天色已晚，半路上偏偏车胎又被钉子扎破。这时候前不着村后不着店，这踏板摩托推起来还真是费劲，两个人连拉带扯地走了几公里才看到补胎的小店。工人师傅开始修车，李霞倒也不计较，拉了个小板凳靠墙坐了下来，影子投在背后的土墙上像一幅版画。她白色的运动鞋虽然沾了些草汁的绿色但依旧显得干净清爽，和宽松的水洗直筒牛仔裤相配自然流畅，那件红色的带帽卫衣胸前印着可爱的史努比图案看着让人颇为轻松。她一条腿伸展，另一条腿支撑着手臂，而那只手托着下巴。她眼睛亮晶晶的像一只鸽子，在一片凌乱的背景里这画面颇有模特拍摄怀旧照片的韵味。想起当时发现车胎破了时她用四川话说"干啥子嘛"的口气，荣健忽而笑了出来，李霞看他这神情朝他眨了眨眼睛，那眼角眉梢都是迷人的温柔。而那一刻荣健心里又开始隐隐作痛，眼前是心爱的女人，可这摩托却是董婉当时开店时投资买的，如今用这车驮着别的女人，这岂是大丈夫所为？此情此景自然让他内心有幸福也有愧疚，尤为忧虑的是，下一步到底该怎么办呢？

　　李霞一直没有去找工作，小酒店的费用虽说不高但老住在这里也非长久之计。还没商量好去哪里租房子时董婉回来了，这一下子让荣健彻底无法安排。好几天不能去找李霞，就连打个电话也唯恐被董婉发现。等到再次见面时，李霞终于控制不住不满的情绪，黑着脸不愿理他，说他见了老婆就不顾自己死活。在家里爽够了又找她换口味，这样的美事以后想也别想。荣健自知理亏，可在李霞面前他忍不住内心火热的依恋，他想抱着她，就像身处寒冬的人想靠近火炉般强烈。揽住她的腰就像找到了撬动地球的支点，抓住她的乳房似乎就如同占有了整个世界。

　　可这些天荣健思前想后还是没有勇气跟董婉提出分手，尽管这几年争争吵吵，可董婉在关键时候一直鼎力支持自己。想起当初为了在一起

第四十六章　又逢人间四月天

寻死觅活，想起去银川前为了筹钱她跟家里闹腾，想起她追随自己在塞外风雪中奔波，所有这些仍历历在目，如今又何忍弃她？可李霞千里而来一片痴情，她阳光单纯花容月貌，仅就那高挑身材董婉就望尘莫及，于任何男人来说娶这样的女子都可谓梦寐以求！而现在自己在家脱产学习，有李霞在应考必将成空。自己到时拿什么给她幸福，不用多久恐怕连酒店的费用都无力承担，整天谈情说爱又能顶个屁用！

卢伟打电话说谭浩宇来了大家一起吃个饭，那是他们第一次见到李霞。她倒也落落大方，当着他俩的面，开玩笑说自己被骗到了汉都，荣健做事拖泥带水折磨得她都想去死。并且自从来到汉都没做过头发，没逛过商场，整天没事如同孤魂野鬼般地守在酒店看电视，感觉全身几乎都要发霉了。卢伟说这饭店旁边就有理发店，他请李霞做头发。荣健说那怎么能成，做头发没问题，现在就带你去。安排好李霞后，兄弟三人才坐下来边吃边聊。荣健调侃卢伟现在一副假洋鬼子嘴脸，自从当上买办连服装都与以前大不相同。那天这小子身着橘色POLO衫白色西裤，脚上配着白色的休闲皮鞋，这俨然是出入高尔夫球场的装束。卢伟则让他少拌闲屁，先想想李霞咋办才是正事。谭浩宇也连连点头，并说这川妹子水灵得跟个演员似的，我看你小伙好吃难消化吧！到时候你老婆又是狮子吼，那可是要命的！荣健说了自己的苦衷后，卢伟说这种选择我们谁也帮不了你。不过我觉得人家千里而来，你好坏不能一毛不拔光占人家便宜。你如果缺钱我先给你拿几千，你也带着人家买几身衣服。荣健说："唉，借钱吊膀这事传出去就丢人死了，多谢兄弟好意。我还有些钱，明天我就带人家去消费。可这下来的戏怎么演呀！我实在没招了。"谭浩宇说如果是他，他会选择和董婉继续过日子，一切风花雪月看似轰轰烈烈其实最后都不得善终。而卢伟也坚持他之前的看法，说李霞这样的女子荣健根本养活不起，女人都是现实的，李霞如果知道荣健真实的处境迟早会和洋子一样转身而去。

头发也做了，衣服也买了，短暂的欢愉过后依然是理不清的纠葛。然而就在这个时候，董婉发现自己怀孕了。这结婚好几年没有动静，正当荣健想以此为借口结束这段婚姻的时候她居然怀孕了。荣健心里叫苦

冬日的火花

不迭，这下子才真正是进退两难了！没几天见到李霞时她说圈内朋友打来电话，说是有部新戏能给角色，她要赶回横店去赚这笔钱。荣健问她："那你万一成了明星还要不要我？"而李霞说："什么明星不明星的，万一成了明星就请你来做经纪人，你不是学的财会专业吗？"这样的回答让荣健心满意得，拥抱着她狂吻不已。李霞温柔地配合着他的热情，伸手抚摸着他的脊背，任由他扯掉自己身上的衣服。他们亲吻着拥抱着倒在床上，一遍一遍熟悉着对方每一寸躯体。李霞呢喃着说我要给你生孩子，生一堆。听了这话荣健更加卖力，直到努力到无能为力才罢休。荣健并不知道这会是告别的演出，李霞走时他没能抽身出来，只好委托卢伟送李霞到机场。

几天之后卢伟约荣健见面，一见面就有些近乎冲动地骂荣健："你就是个十足的蠢货，董婉怀孕的事你也能跟李霞说？你知道她怎么走的？她一路上都在哭，她一哭就头疼你不知道吗？她说她给了你三次机会，没想到你是这样窝囊！你说你在汉都倒有啥可留恋的？你跑去北京又回来干吗！在泸州你也可以不回来，就算回来，人家千里迢迢而来你就该态度鲜明。你辜负了人家姑娘一片痴心，你明白不！"荣健听了这话连忙问到底李霞去了哪里。卢伟说："她让我告诉你好好和董婉过日子。至于她去哪我也不知道，不过那班飞机确实是飞往杭州的。我还真没想到，就你这怂人还会遇见这样一个单纯善良的姑娘，早知如此真该劝你留下她，即便付出任何代价！好几次我都想掉头回来，可一想回来又能怎样！回来你还不是这个德行！可惜呀，现在说啥都晚了！"荣健解释说自己一直希望能够做到有情有义，因此才无法一走了之，况且现在确实缺少和李霞生活的底气，自己一无所有只能英雄气短。卢伟无奈地摇摇头说："唉，叫我看并不是你有多高尚。你只不过是一个灵魂飘逸，思想世俗的可怜虫！"荣健说："我已经后悔了，可我又能怎么样呢！抛妻弃子吗？人做事得讲良心，这也许就是我的命！"再打电话时李霞的手机总是无法接通，想来她伤心失望换了号码，或从此天涯孤旅各安天命了。

母亲打电话说有笔贷款的利息要清，看荣健能不能先拿三千块钱回

第四十六章 又逢人间四月天

去。荣健知道母亲不到万不得已不会给自己开口，于是瞒着董婉赶紧送了三千元回去。那张存折本就没有多少钱了，很快董婉查账时发现了问题。说荣健就是吃钱也吃不了这么快，荣健说自己报网上课程买学习资料都很费钱。可董婉非得一项一项让他说清楚，并强调说就这点钱到时候还要生孩子，一点都不能乱花。对来对去虽掩饰了给李霞花的钱，却无奈地暴露出给家里拿了钱。这下子董婉账也不对了，哭着闹着说荣健家里不顾自己死活，这日子没法过了。荣健听她这么一说立刻火气冲天，说既是一家人就该同甘共苦，况且作为儿女给家里拿钱也是天经地义。而董婉仗着怀孕不依不饶，讽刺说荣健球本事没有还硬充孝子贤孙。又抱怨荣健父母买房不拿钱，装修不拿钱，自己留着生娃的钱都要拿走简直不是人。这话自然让荣健恼怒不可遏，一个耳光扇得董婉号啕大哭，他则摔门而去。可董婉那些咒骂的话句句如同剜心，让他痛苦得几乎浑身颤抖。

这场冲突还没平息的时候，杜英娥得知儿媳怀了孕，赶紧准备了一堆东西前来看望。而那时候她的眼病已经相当严重，虽说还能勉强辨清方向道路，可在眼前总是一片白雾让她走路都显得吃力。一针一线给孙子缝制尿褥子、小被子时因眼神不好扎了多少次手已记不清，可她心里是幸福的，然而让她万万没想到的是带着这些东西来时媳妇却并不怎么欢喜。从走进门她心里忽然就有些难过，她心里明白自己没攒下什么家业，或因此在家道殷实的儿媳面前恐怕也只能委曲求全。儿子还是那个儿子，自己可不能让儿子两头受气。她压抑着被轻慢的怒火装作无所谓的样子，那时候她的心里着实在流血，可她无可奈何！

董婉心里并不情愿地做了饭，却让荣健把碗端到婆婆面前，之后像完成任务一样不再搭理。杜英娥吃完一碗她也没问吃没吃饱，对此荣健心里很是恼火，质问说："你也不问咱妈吃饱了没有！你是打发要饭的呢？"董婉觉得自己心里还委屈着呢，能做饭已经够给面子了，结果荣健还这样说，于是没好气地说："我问你妈吃饱没吃饱，那谁倒管我有饭吃没饭吃？"杜英娥听出她话里有话，忍无可忍地说："你说这话啥意思？我是让荣健拿了几千块钱回去，我们攒够了自然会还给你们。况

冬日的火花

且他是我儿子，拿钱孝敬我们两个老人也是理所当然！"董婉听了这话感觉像吃错药一样毫不示弱，声泪俱下地说道："应当应当，对你们来说啥都应当！对我来说啥都不应当！"荣健看她这样无礼地顶撞母亲，站起来怒吼着说："能不能闭上你的臭嘴，少放点屁行不？"到此杜英娥颜面全无，内心酸楚得只想流眼泪。她不想儿子为自己和董婉吵闹不休，赶紧收拾东西离开。荣健要送她时，她怒火难抑，恨铁不成钢地说道："行了！你过你的日子，我不要你送。"荣健知道母亲寒了心，而此情此景自己又何尝不是欲哭无泪呢？他无力地站在门口，任凭母亲开门离去，嘴里说不出一句话来。杜英娥一出门马上泪如雨下，想着几十年含辛茹苦养儿成人如今却没有下场。他当初不听话娶了这个麻迷子媳妇，唉！真不知上一辈子造了什么孽！

一番家庭风雨，让荣健更加清醒地认识到没有安身立命的本钱什么幸福都是奢望。于是他反而能平静下来继续读书，即便有时候学到头昏脑胀眼前发黑，可功课在一天天的努力中明显进步了。入伏以后董婉回娘家避暑养胎，并且顺便在县城报了驾校。如此一来荣健的生活更为单调，每天看书学习、吃饭睡觉，简单重复着。经常累了就站在窗前看着楼下马路上车来车往，或者眺望一下巷子里的夜市灯火。很明显路上的车越来越多，那夜市也从原来的两三家蔓延成整条街上的一溜灯火。无聊时他打电话骂卢伟不管自己死活，而卢伟却有气无力地说自己也半死不活。至于到底出了什么状况他不肯说，只是说改天来找他聊聊。

没等到卢伟来找他，王永吉却打来电话说要荣健约上卢伟一起坐坐。王永吉说他经过了解发现颜玥这个女人作风随便，希望卢伟玩玩就算了，千万别沉湎美色陷得太深。那天三个人原本计划说说事并顺带一起K歌，而卢伟听王永吉说了颜玥的事情后显然心情极为复杂。原来颜玥所谓的表哥不过是她的凯子，而这个凯子也绝非人傻钱多。买车的代价就是颜玥必须随叫随到，这凯子在广电中心对面的酒店留有长包房，颜玥每天中午都过去午休。卢伟当天听到这话满眼的狐疑，既不甘心又不愿再多问一句，他坐了约莫一根烟的工夫就借故坚决离开了。荣健自然留下和王永吉拉了些闲话，几分钟后王永吉的电话响了。颜玥打电话来

第四十六章　又逢人间四月天

兴师问罪，可无论电话里她说什么，王永吉只是淡淡地回答："你说啥呢！我不知道！我不认识！"这种装傻回避的答复让颜玥无可奈何，随即沉默了片刻就挂断了电话。两个人自然都没了K歌的心情，于是当下散了场。

颜玥坐在客厅沙发上跟卢伟说王永吉这个人色得很，请她去真爱会所洗澡居然还在楼上开了房，进了房间就纠缠她，折腾得把浴服都撕烂了，他是想占便宜没得逞才造谣中伤。卢伟骂她轻贱得像八辈子没洗过澡，并说一个女人随便跟男人去洗澡就是骚浪。颜玥说她没想那么多，她把别人当朋友而别人心存不轨她也没办法，然后哭得花枝乱颤楚楚可怜。而卢伟看她那样总怀疑她是惺惺作态，想起当初洋子犯了错误也是这副德行，越想越是恼火，走到她身边佯装安慰，大力抱起她，把她放在沙发扶手上，急火火地把手伸进她的裙子扯下内裤扔在一边，又让她转过身撅起屁股。颜玥半推半就地配合，嘴里一边唠叨着："你要干啥？"卢伟哪管这些，瞬即颜玥发出"嗯"的一声。卢伟一手扳着她的肩膀，一手拍打着她浑圆白嫩的屁股，状态近似癫狂。而颜玥似乎在这癫狂中找到了快感，一边兴奋浪叫一边甩着头发，不一会就水浪翻滚。良久卢伟用尽最后力气顶进深处，瞬间两股热流碰撞着让人颤抖。他一边颤抖着一边搂住她柔软的腰身，揉搓着那柔润的一对乳房，闻着她迷人的发香，那时候他的心里有股说不出的剧痛。

三伏天的夜市热闹非凡，光膀子、大裤头、人字拖的爷们，睡衣睡裤披头散发的女人，烤鸡翅、炸鸡腿、烤鱼、烤肉、烤饼、臭豆腐，灯火通明，烟雾滚滚，冰峰啤酒沙瓤西瓜，炉火正红炒瓢翻飞，三个一伙五个一堆，垃圾堆上纵论天下大势，自由市场帅哥潮女激情狂喷抓钱绝招。不知谁喊了一声城管来了，一片狂风暴雨式的逃窜，有大汉毫无惧色，提起啤酒瓶怒吼："日你伯，动一哈老子弄死你个哈锤子！"紧接着执法车开路，后面一群城管穿着制服提着棍子招摇过市，带头的指着占道的桌椅大声喊道："收了，都收了！"于是一阵混乱，食客们站起身躲在一边，摊贩们开始忙活着收拾桌凳。有城管拿棍子敲击着烤肉炉子吼叫着说："说了多少遍让你们换炉子换炉子，说不听得是！"摊主

冬日的火花

连忙卑微地赔着笑脸递烟解释说:"就换,就换。"而城管仍然不依不饶,叫嚣着指挥人抬炉子。这时刚才提着啤酒瓶子的汉子换了一副奴才的嘴脸,不知从哪儿夹了条香烟迎了上去,把领头的拉到一边说和几句,然后跟摊主喊道:"明天就把炉子换了,听见了么?"摊主连忙点头称是,老板娘也出来调和,嬉笑着拉走站在炉子边的城管。几下的调和中执法车已经启动,随之所有人员跟着摇摇晃晃离开,夜市又恢复了热闹祥和。

卢伟不满地骂道:"这群祸害,一天装得人模狗样的尽干龌龊事!"荣健附和着说:"政府也不知咋想的,弄下这群乌合之众管理文明之事!"卢伟捋了一串肉进嘴,一边咀嚼着一边说:"这事坏就坏在根子上没有执法标准,那还不是谁执法谁说了算!到头来城市文明没见怎么提升,反而让这一伙都想着咋给自己搂好处了!"荣健回应说:"嗯,你说得很对!哪条法律也没规定说街边不能摆摊,烤肉必须使用电炉子,他们又哪来的执法标准?"卢伟提起了酒瓶子,一副无所谓的神气又有些义愤地回应说:"无处不见的腐败,你们那党看来没救了!还不赶紧退了回归群众。"荣健听了这话有些不服地说道:"你这话说的可就毫无道理,哪里没有几个害群之马?况且这些给政府丢脸的人恐怕与党也没什么关系。何况我退不退还不都一样,县上把我的组织关系弄丢了,我现在到底是不是党员我自己都说不清。"卢伟翻动着他沾满油渍的嘴唇,不屑地说道:"丢了好,老老实实当公民还自在!你看这些货把党和政府的形象都败坏成啥了,走到哪儿不是一片骂声?"荣健听他这么说心里顿生不满,争辩说:"你不懂!共产党的旗帜上写着全心全意为人民服务,城市管理的初衷也是营造文明和谐。至于执法的手段和这些人的素质需要提高、队伍需要净化那是另外的范畴。你不能因为个别人的胡作非为就否定党的领导,而且话说回来,就现代城市管理来说咱们的政府也在探索。一时半会儿咋可能做到百分之百的公正合理。整治占道经营牵扯环保、税收和社会和谐,这中间问题多冲突大,非常复杂的!"听到这话卢伟笑了,平静地说:"你小伙这一点倒让我挺佩服的!当年你不是考了公务员结果因为腐败不作为连班都没上成,

第四十六章　又逢人间四月天

你也没什么牢骚。"荣健也一本正经地回答道："在我看来一个人的遭遇只是偶然个例！我始终认为以马克思列宁主义为指导的中国共产党是无比英明正确的，党的本质是为大多数人谋福利。你想想看，当年《劳动法》的颁布如不是国有经济占有主体地位，也许再过二十年都不会出台。现实中哪一个民企老板会主动承担劳动者的保障义务？《劳动法》颁布之后哪一家民企老板对此不是牢骚满腹？人们光看到国企效益不好，有几个人想过民企的高利润实际上很大程度源于社会义务的逃避，甚至偷税漏税。至于你说的腐败问题，这些年致力于经济建设而忽视队伍建设，让形形色色的投机分子甚至妖魔鬼怪混进党的队伍，但这只是暂时的。如果你稍微研究一下党史就会发现，中国共产党的自我革命能力是非常惊人的。我想当下这种情况恐怕离下一次自我革命已经为时不远了！究其根本原因，就是因为共产党永远不会被任何利益集团所左右，永远立足于大多数人的利益。"

"好了好了，不扯咸淡了！咱们喝酒。"卢伟举着酒瓶子吆喝着，荣健也拿起酒瓶，两个瓶子碰在一起发出"当"的一声。几瓶啤酒下肚，卢伟才说他已与颜玥分手了。而在这场恋爱中，为了颜玥高兴他给她买了汽车保险、人寿保险，花在衣服、化妆品上的消费更是没法计算。说老实话他喜欢这个姑娘，尽管怀疑她乳房松软是因为被太多人揉搓，做爱被动是因为在外面干得太多。可不管怎么说她是个漂亮的姑娘，无论走在哪里都会吸引无数回头的目光。尽管自己说服自己不在乎她的过往，可是自从王永吉爆料出她与"表哥"的肮脏关系后，他心里就无法释怀。他并不是心疼自己付出的金钱，而是叹息这无法继续的感情。他搞不清是自己太保守还是女人太复杂，为什么每次动了心却总是如此尴尬的结局。甚至开玩笑说以后干脆找个猪一般长相的女人，也许和这样的女人才能干干净净地过日子。而荣健说长相与淫荡没有多大关系，你难道没看见那些霓虹闪烁的发廊里多少水桶身材长相恶心的女人照样搔首弄姿。商品经济的时代，肉体和灵魂均可能被出卖，只不过是价钱的问题。卢伟说无论王永吉出于好意歹意，但他对颜玥有想法那是肯定的！荣健抱怨王永吉嘴太贱，他如不泄露天机，也许卢伟就不

冬日的火花

会分手。

　　这时候陆锋的安危却让许芹格外揪心，无奈的是最近总也联系不上。从内部通报的情况来看，开年以来空军的飞行试验发生了多起意外事故。尤其6月初一架空警200原型机因突发结冰现象在安徽山区坠毁，机上5名机组人员和35名电子专家全部遇难，可谓牺牲惨烈损失惨重，全军为此震动。组织上连续开会强调技术提升抓实产品质量，一时间军品线上气氛骤然紧张。可这些与她内心的牵挂和焦虑相比都微不足道。上次匆匆一面转眼间又是半年，他在哪里？是否安好？从那时候起她越来越清晰地意识到这天空的舞者时刻面临着生死挑战，也许上一秒是王者荣耀，而下一秒就是万劫不复。如果真的有什么万一，她实在不敢想，她开始觉得那个秘密有必要提早告诉他。

　　后来陆锋收到的短信只有五个字"儿子很像你"，而就是这五个字让他心神不宁，只好借父亲病重执拗着请了假回来。而许芹见到他时又迟迟不肯做出解释，再三追问下才承认孩子是他的。他暴跳如雷地骂许芹愚蠢，说她的选择害人害己。并提出让她立即离婚，而许芹说尽管她曾经不顾一切地爱过，可这一切都过去了。如今她爱她的小家，丈夫是个贴心的人。她本该信守诺言不把孩子的身世说明，又觉得对不起陆锋。可如今说明了，她又觉得有愧于丈夫。陆锋一再说他会竭尽全力弥补当年的过失，可许芹说："我们都应该祝对方幸福，而不是强求改变！"陆锋激动地说早知如此自己就应该像那些烈士一样消失得无影无踪，如果那样还能被众人缅怀。而如今让他如何面对这骨肉分离的牵挂和心酸？许芹听了这话伤心地说："你记着，我们都应该好好活着，只有好好活着才对得起父母和国家。人生总有遗憾，任何时候你都不要忘了当年我们求学报国的誓言和决心！据说你们的项目进展顺利，那可是功在千秋的大事业。功成之后我一定带着孩子为你举杯庆贺，为此你不能松懈，更不能轻言牺牲。"听许芹这么一说，陆锋稍微平复了一下情绪，强忍着奔涌欲出的眼泪，郑重地说："那无论如何抚养费让我来出。"可许芹拒绝了，她说如果那样会让孩子的爸爸没有尊严，况且她已习惯了现在的生活，而陆锋应该尽早为成家做打算了。

第四十六章 又逢人间四月天

荣健再见到陆锋是2006年9月末的事情，那时候他刚刚参加完注册会计师的考试。尽管答案写满了考卷，可实际上自己心中并无多大把握。无论怎样算是完成了一个阶段的任务，存折里的钱也快花光了，如果再找不到工作，很快吃饭都要成问题。这种情况下要提起精神还真是不容易，就在这个当口陆锋来了。那是他第一次见到陆锋阴沉着脸，沮丧的神情看起来有些凄凉。陆锋说他见到了许芹，知道了一切，然而所有这一切对他来说如同被捆上火刑架一样每天倍感煎熬。得知这个意想不到的秘密后荣健心里暗暗为永盛哥叫苦，心想着这算什么事嘛！可一边是挚友一边是老哥，如此阴差阳错又能怪谁！他内心自是支持许芹的做法，只能劝慰陆锋尽快成个家。甚至仍臆想着如果李霞不走，她嫁给陆锋还真是个不错的选择。可又一想自己本已对不起她，况且她又不是个物品，自己凭什么私授他人。陆锋听了荣健让他成家的话，双手抱头略显惆怅地说道："现在不成，快则三年长则五年，你知道预警机吗？"荣健回答说自己知道，而且知道这个领域我们与世界先进水平相比还有着很大差距。正是因为这个差距，严格地说中国空军当前还只是地面火力的延伸。提到这个话题陆锋明显来了精神，他表情坚定地说："早已不是你说的那样，甚至用不了多久我们就会追上世界一流水平。"荣健听了这话条件反射般地问道："你在试飞新型预警机吗？什么型号？我的天！你现在可是大人物了。"陆锋脸上露出些许笑容，轻声说："我飞的不是预警机，不过你的话让我觉得与那些牺牲的烈士相比，我个人的得失又算得了什么！况且现在即便哪一天真死了，也算后继有人了。"

那天的聊天其实让荣健心情相当失落，虽说好朋友的成就让他高兴。可反观自己陷入生存危机的处境心里自是不甘，可出路在哪？他一时间有些慌乱了。况且陆锋临走还交代说他妹妹不想在县城教书了，希望荣健帮忙给介绍个工作。虽说当时碍于面子嘴上应允下来，可一个自己都没工作的人还答应替别人找工作岂不是天大的笑话！且不说陆锋事业有成，卢伟如今也是月薪上万，最近又被公司安排去欧洲观光度假。李铭新买了桑塔纳3000型轿车，看来是发了大财。高扬也把长安小面换了北斗星轿车，在县城那日子过得让人艳羡。就连王鹏也把人力三轮换

冬日的火花

成了电动蹦蹦,听说还盖了新房。而自己正经科班出身,如今日子过得如此恓惶传出去简直丢人现眼。又有什么资格一天谈情说爱,若这样下去还不是逮谁害谁!李霞走得好,走得明智。董婉骂得好,骂得有理!我如今这浑浑噩噩的模样用赵海的话来说,真他妈不如拔根屌毛吊死得了!

第四十七章　这是一条大路

永徽路是汉都市高新区在唐城墙遗址公园两侧开拓的双向景观大道，遗址公园作为景观绿化带夹在两条道路中间。从规划建设的标准来看一扫过去简单小气的格调，从造园置景的水平来看大有翻天覆地的志向。而从建成的效果来看，这条路几乎一举超越深南大道成为国内首屈一指的城市景观长廊。

经过漫长的等待，2006年10月中旬荣健终于接到西玛集团的入职通知，职位是董事长助理。这家公司原来以消防工程和新型消防材料生产销售为主业，六七年前凭借独有专利技术被高新区认定为高新科技企业，管委会以优惠政策在永徽路中段划出八十多亩土地支持企业厂房和办公楼的建设，之前建设的生产大楼占了一半，剩下的四十亩地作为储备用地一直闲置。随着永徽路段日益繁华，管委会严令年内如不开发建设土地将被无偿收回。尽管此时房地产市场依旧不太景气，但在政府一再发文催促下公司别无选择。老板对于开发其实也早有打算，拿地时就把这四十亩地的使用权归在一个开发公司名下，很快围绕启动项目招聘的一千人马陆续到位，项目的方案论证也随即展开。之前老板选定的设计院是一家具有甲级资质和英国专业顾问支持的大型建筑研究机构，荣健入职后主要负责与设计院的对接工作。

冬日的火花

入职当天荣健给家里打了电话，一再跟母亲强调自己有了固定收入，让她切不可再动养鸡致富的念头。并埋怨母亲当初自己在银川时她执意去养鸡，没赚多少钱还累得眼睛近乎失明。如今视力每况愈下，千万不能再干那累死人的活。而他哪里知道，电话里母亲说不养不养，其实早已开干。为此还和三舅、小姨大吵一架，说："都劝我这别干那别干，可日子过不到人前去走哪儿腰杆都不硬！"

自那日在儿媳妇面前受了气，杜英娥回来之后就又张罗起养鸡的生意。场地是妹子新盖的五间楼房，那房子盖好后屋内毛墙毛地一直没收拾，楼下拌料场地宽敞，楼上养鸡豁亮通风，确实是再合适不过的所在。之前就在那里养过两茬，行情好的时候四十五天出一茬，一茬少说也能赚四五千块钱。她心想着现在有了经验，如果能顺风顺水地干几年把账还清手里再有几个余钱，不说给儿女们帮忙，最起码不受谁的气！荣勤民能理解爱人的雄心，可是他心里深深忧虑她的身体。

灵运村在老家谢村的东边，早年用高粱秆子皮织席、用高粱穗子绑笤帚是这个村的特色副业。这几年高粱秆席子、笤帚日渐没有了市场，养鸡又成了这里的重要产业。可灵运村离县城几十公里，县城的门户要人看，荣勤民也不可能每天跑来回。大多数时候杜英娥只能一个人伺候上千只肉鸡，一个人自做自吃。每天在楼下把料拌好，到点用塑料盆一盆一盆地端到楼上，然后再把鸡粪一盆一盆地端下来。年纪轻的人天天干尚且受不了，更何况杜英娥已经年过半百。她这样的执拗荣勤民有时候都难以理解，说儿孙自有儿孙福，她一个半瞎的老婆何必在这拼命。杜英娥说荣勤民一天吃饱不想事，既不会过日子也不知道啥叫丢人。这样一句话就把荣勤民说得哑口无声，一段时间只好三天两头骑自行车往返几十里来帮忙。

本来计划着到元旦前后卖个好价钱，谁料想刚入冬禽流感来了。尽管杜英娥的鸡养得壮实精神，可一时间市场需求量急剧下滑。连续几天都没有鸡贩子光顾，杜英娥心急如焚嘴唇又裂了口子。她知道一旦延期喂养用不了几天这些嘴就会把利润吃光，况且一旦鸡群被感染必将彻底血本无归。那些天夜里她根本睡不着觉，一闭眼就梦见鸡群成片地死

第四十七章 这是一条大路

亡，往往一身冷汗地醒来拥着被子独坐到天明。她视力越来越差，体力也逐渐不支，那天终于在收鸡粪的时候盆子没端起，反而一屁股坐在地上。荣勤民听声上来一看，瞬间老泪纵横，他拉住爱人的手说："娃他妈，咱不干了，多少卖点钱咱回，你要把命丢在这我给娃们可咋交代！"

幸好政府在全国范围内采取了多项措施遏制禽流感的蔓延，并且在媒体上一遍一遍地辟谣。很快市场信心得到一定程度的恢复，鸡贩子又开始走街串巷吆喝生意。但价格却差强人意，实在没法坚持了杜英娥果断出手，虽然没赚什么钱但也没赔本。收拾完摊子时三弟的新房刚上了屋梁，而屋上的椽、瓦都还没有着落，杜英娥清完饲料款，就剩下五千多块钱，她塞给弟弟五千元，攥着手里剩下的几百块钱回家准备过年了。

阴历年到来的时候，经过两个多月虑心又紧张的沟通交流，西玛国际的规划方案终于确定了。之所以虑心是因为董事长开会时挥舞着双手慷慨激昂地说："西玛国际雄踞景观大道临街位置，必须立足建设成一个高品质舒适好用的城市综合体，只有这样才无愧于时代、无愧于这个伟大的城市。"然而一转身安排给总经理的任务就是与规划局沟通，尽可能地提高项目容积率。在此基础上安排给荣健的任务就是和设计院沟通，本着符合规范多出面积的原则完成规划设计。总经理不辱使命，经过多方争取将原本五点二的容积率提升到七点二，仅此一项净增计容面积两万多平方米。设计师看到这个指标戏称公司的要求就如同强迫一个高血压病人高速奔跑，好在商业项目对于日照没有强制要求，设计解决的办法无外乎楼密一些，遮挡严重一些，在此前提下尽可能地让室内空间相对合理。这个道理荣健自然清楚，但他更清楚公司请自己来是为了督导设计的合理性经济性，并且能够在一定程度上确保产品与市场的契合度，至于老板所谓高端舒适的口号只能听听而已。如果说企业生存的第一要义是盈利，那么民营企业的第一要义就是在每一个点上攫取最大利润。与此同时他意识到原来容积率在某种程度上也可以操作，而规划管理者手中的权力若在此环节与企业进行利益交换岂不如同盗掘金矿！西玛国际一个小项目为此就送出了几根金条，那其他大项目岂不是要送

冬日的火花

金山。看来这年月当官掌权还真是财源滚滚，而且这财发得隐蔽又安全，一般老百姓倒知道个屁！

　　招聘的时候说只要公司效益好，年底有奖金销售有提成。而真正到了年底，老板说今年项目才启动根本没有收入，说好的奖金变成一壶菜油一袋大米。作为全新的队伍，大家也都明白自己还没什么显著贡献，即便有些牢骚也都愉快地领了年货回家过年！荣健提着年货慢步走在遗址公园那条清幽孤寂的小路上，想着这一年收获寥寥心情自是郁闷难当。注会考试门门四五十分，上班几个月，月月口袋空空。最大的收获恐怕就是女儿的降生，小家伙机灵可爱，每次回家都伸长了脖子要抱抱。想起当初董婉生产时异常辛苦，足足折腾了五六个小时才迎来孩子响亮的哭声。真是感谢医院大夫的尽职尽责，自己当时已数次在剖宫产手术单上签了字，大夫最后居然尽力让董婉完成了顺产。这样一来不单手术费、住院费能节省不少，最关键董婉身体也不受丝毫伤害，为此荣健不但感觉自己捡了便宜，也感恩上天的眷顾。就当时的情况来说，如不是遇上好医生，自己口袋那可怜的两千元岂能出了医院。可现在自己做了父亲，多了张吃饭的小嘴，往后女儿断了奶，这每月的奶粉钱可是不能少的。即便为此明年也一定要努力工作，争取尽快涨薪，早点摆脱这恓惶的境遇。

　　这是头一次没有回家与父母过年，孩子没过百天住在城里有暖气的房子烤个尿布也方便。母亲自然理解荣健的选择，并且一再抱怨说自己的身体不争气，否则还能帮着看孩子。听了这话荣健心里很不是滋味，父亲打电话说过母亲的身体大不如前，可到现在她还惦记着给自己减轻负担，而这些年自己又为母亲做了什么？那一刻荣健心里非常愧疚，计划着开过年一定带母亲到大医院好好检查一下，无论花多少钱也要让她两眼复明恢复健康！

　　2月份工资拿到手的时候，荣健赶紧给父亲打了电话，让他和母亲一起到城里来，要带母亲去检查身体。那天他特意挂了专家门诊，大夫大致问了情况后开出一大堆的检查、化验单，上上下下跑了半晌总算做完了检查。可第二天拿到检查结果听了大夫的诊断意见后，荣健和父亲有

第四十七章 这是一条大路

些蒙了。两人瘫坐在医院门口的道沿上，荣健再也忍不住满腔的伤感失声痛哭。母亲被诊断为肝硬化晚期，并发因素导致的红细胞、白细胞、血小板指标严重偏低，因此白内障手术也暂时无法进行。医生说病情发展到这个地步有两种方案可以选择，一是保守治疗尽量延缓病情进一步发展；另外就是做肝移植手术，但是肝移植手术需要找到合适的肝源并且手术的花费很高。荣健问大夫肝移植有没有风险时，大夫说："肯定有，而且你母亲的病情耽误得太久，已经错失了最佳的治疗时机。况且现在肝源也不好找，要做手术最好直系亲属提供肝脏。"荣健当时就下定决心切肝脏救母亲，而荣勤民听到这话坚决不同意。他流着眼泪说："你的孝心爸能理解，但是我们就你一个儿子，你还要干事业，没有个好身体怎么能行！你妈已经这样了，咱家不能再把你搭进去。"而荣健说："我妈一辈子含辛茹苦，就没享几天福，如果现在不做手术恐怕就没多少时间了。爸，我舍不得她！"说完忍不住伤心地呜呜直哭。看到儿子伤心的样子荣勤民老泪纵横，他声音颤抖着说："这么大的事我不敢做主，你要有个啥问题，你妈不会原谅我的！就是要做这个手术，也得把情况跟你妈说清楚。"

妹妹来了医院只是啼哭，说要移植也不能切哥哥的，哥要上班赚钱，切了他的肝谁来出住院费？她哭着把荣健和父亲商量做手术的事说给了母亲，母亲不假思索地说："这怎么能行！你哥现在拖家带口的，刚有了个差不多的工作，为我把肝切了以后这日子咋过？"一家人在病房里陷入了沉默，良久杜英娥提起精神说："健，妈也想多活几年，再抱抱孙子。但是你看这手术要花那么多钱，你又得拉账。再说把你的肝切一块比割妈的肉还疼，你还要工作，董婉现在又干不成啥，媳妇娃都要靠你养活，不能因为妈把你的日子弄烂散，这样妈活着还有啥意思！我和你爸还指望你光宗耀祖呢！妈的身体妈知道，咱买些药维持住就行了。"荣健故作轻松地说："妈，没你想的那样严重，健康的肝切一块还能长出来。咱这家离不了你，这手术咱一定得做。"

一边是儿女争相献肝坚持要做手术，一边是爱人坚决不做。荣勤民糊涂了，只好两边安抚说是考虑几天再说。打发儿女先去上班，他又到

冬日的火花

处打电话咨询。可亲戚朋友没一个人敢帮他拿这个主意，再与爱人商量时，杜英娥直接说她的决定是马上出院回家。她跟丈夫说："你儿刚找了个工作安定下来，你也能看到，娃一天忙得跟啥一样，你在他肝上割一刀无论怎样他还不得休息一阵子，这样工作又丢了。再说做手术哪有不伤元气的，娃在学校时阑尾炎手术就差点没命，现在咱还敢冒这个险？"荣勤民说那不行就让女儿提供，可杜英娥说："女子还没出嫁，又没个固定工作，让娃动个大手术万一有问题以后咋办？算了，我这把老骨头就这样了，能活多久是多久，咱回家。"杜英娥逼着丈夫办了出院手续，夹着行李坐上了回家的班车。荣健接到电话时母亲说已经到了家，还说朋友介绍了一个老中医专门看这个病，先吃几服药试试。荣健明知这是假话，可即就要接母亲来也得另找时间，只好先安慰她安心养病，自己周末就回去看她。

对于荣健捐肝的想法董婉能理解但是无法接受，她说："如今女儿嗷嗷待哺，你若有个三长两短咱这个家可怎么办。我问过学医的朋友，人家说即使做了肝移植大多生存的时间也很有限。那个著名演员做了两次肝移植，前年还不是走了。况且人家是明星，还花得起那钱，你有多少钱？到时候欠一堆账身体还垮了，你说这日子还过不过！来，你抱上你女子好好想一想。"

那个周末回家看母亲时，荣健心里陷入了深深的矛盾之中。他想母亲好好活着，可是对手术的事情忽然有些恐惧，他内心有些看不起自己的懦弱，但还是跟母亲谈了手术的事，说即使卖了房子也要把她的病治好。可母亲说她已经想好了，自己这身体恐怕经不住这么大的手术，再说进大医院花的可不是一个钱两个钱。荣健说现在有了医保，国家能报销一半咱负担已经轻多了。母亲说就是报销一半也得几十万花，要真把房卖了她会死不瞑目的！荣健自然能理解母亲对这房子的感情，为了这房子她呕心沥血受尽艰难，这座房子可以说是她在这个县城几十年拼搏的尊严。如今自己无能地说要卖掉，想来真是惭愧难当！好在母亲说她已经抓回了几服中药，先吃吃看。这药无论有效没效，暂时成了荣健心里的一点寄托，他留下两千块钱含泪返回了城里。

第四十七章　这是一条大路

　　西玛国际项目开始挖坑时，对面星座SOHO项目正销售得如火如荼。从宣传资料来看，这个项目完全移植了北京建外SOHO的开发理念，立足打造汉都第一个时尚、简约、经济的商务地标。开盘销售价格已经拉升到四千五左右，西玛国际项目土地拿得早，再加上容积率高，这样一来楼面地价几乎可以忽略不计，销售价格只要能达到四千就有不菲的利润。老板看到行情向好，原来还准备边干边看，现在终于下定决心全力推进了。一方面安排财务立即与银行联系抵押土地做开发贷款，一方面安排荣健在抓紧图纸深化的同时尽快拿出销售部的临建方案。公司上下像开足马力的机器高速运转起来，每天围绕着设计方案、施工方案、营销方案密不透风地开会。新招来的总经理助理方凌和工程经理李仕达为了证明自己的价值，开会时近乎挑剔地对设计方案提出各种优化意见，有时为解释说明一个问题就能耗去半晌时间。另外，这样的会议有时候还争论得非常激烈，各方甚至互相质疑对方的专业性，而董事长和总经理自然乐见大家的争论，因为这样的争论实际上不断消除着他们心中的种种忧虑。

　　董事长说建筑应该有鲜明的文化特色，麦穗代表农业文明，齿轮代表工业文明，那么商务写字楼应该体现一个什么样的具象元素？设计院说建筑的形态效果都与成本有直接关系，而董事长的意思是先做加法再做减法，甚至拿出他在美国拍摄的很多建筑照片让设计院参考。几轮折腾下来荣健没崩溃，反而是总助方凌发牢骚说真不知道老板心里想什么，居然要在建筑外立面上弄一个像西服领夹一样的东西来强调个性。为此设计院做出了一行挑空凸窗，可要整体看着和谐，就得四栋楼都做，仅此一项成本造价就增加了几十万。老板算了算觉得划不来，又让荣健出面让设计院取掉。因此荣健听到总助的牢骚倒也平和，他说老板没做过地产，又在项目上寄托了太多的追求，因此才不断地变更方案。总助说荣健像被水磨圆了的石头很能耐得住折腾，荣健说拿人钱财替人消灾，别无选择。

　　他自然是别无选择，一个月五千多块钱养活一家三口本就紧紧张张。除了先顺从老板意愿再找机会表达自己观点之外毫无办法，而从工

冬日的火花

作推进的情况来看，只要方法得当，老板其实是能听进合理意见的。荣健表达意见的方式有两种，先是口头试探性阐述，再不行就写成文字材料举例说明，通常这两板斧下去大多问题都能得到解决，他也因此在公司站稳了脚跟。董事长说董事长助理在董事长和总经理领导下工作，总经理助理在董事长和总经理及董事长助理领导下工作，如此一来荣健有了第一个下属，紧接着销售部也归董助管理，这样原本一个建言献策的虚职算是有了些许实权。

老板的弟弟从集团旗下消防公司保管员直接升任开发公司副总，分管对外招标和采购工作。这伙计第一次主持工作例会时拿着销售部设计效果图说："无论谁来施工都必须达到设计的效果，甚至效果图上面的飞鸟到时他也得给我弄来！"这样的诳语大家自然当作笑话，谁都清楚如果他不是老板弟弟，以他的才德混个部门经理估计都困难。民企这种上阵父子兵打虎亲兄弟的用人思维根深蒂固，因此自然公司就有了嫡系和旁系之分。

方凌经常抱怨公司嫡系强势工作难以推进，而荣健说你要学会忽悠。实际上荣健所谓的忽悠大多属于狐假虎威，有阻力时就说董事长很重视或者董事长要求怎么样。而编这种艺术性的瞎话他现在张口就来，往往还把接受工作的人说得心潮澎湃，如此这般他的工作还算顺风顺水，有时他甚至觉得自己早该到地产公司上班，这事情有文化有面子。如果到时再拿上奖励和佣金，那一年可真不少赚钱。

进入9月份又传来利好，永徽路北段与西二环连接贯通，整条路上车流人流立刻成倍增长，由此带动项目地段价值瞬间飙升。随着销售部即将竣工，项目的关注度也在不断提高，销售范畴涉及的合作单位开始频频上门，沙盘制作、工装定制、围挡广告、销售代理等一系列的业务全面铺开，不知从哪天起很多人开始称呼荣健为荣总。

在所有的代理公司中，晟煜顾问有着十几年深圳创业的背景，专业度上明显技高一筹。加上他们计划立足汉都长期发展，骨干团队又是合伙人模式。经过再三考察，荣健向公司推荐了他们，而此时方凌那边也找来几家公司参与竞标。本来是挺正常的事情，可让荣健不快的是这个

第四十七章 这是一条大路

家伙居然越过自己直接将这些公司引荐给老板。是想拿什么好处还是故意跟自己捣乱，荣健当面质问了她的做法。方凌解释说这是领导交代的，但态度明显不以为然。荣总忽然意识到一个问题，如果领导交代这么做那岂不意味着对自己工作并不放心。而自己在推荐晟煜顾问的事情上可完全是出于公心，老板自己又不专业，现在弄一堆公司来搅和完全就是耽误时间。可方凌事前与自己不通气，就说明她也在打着自己的小算盘。荣健心想反正这事自己行得端走得正，你方凌要这么干那么下来也别怪我不客气。

趁着当前市场氛围不错，尽快能把围挡广告挂上墙就能早点蓄积客户。为此先让几家参与竞标的代理公司帮忙设计画面，晟煜顾问倒挺争气，在所有策划设计的方案中老板一眼选定了他家的方案，这让荣健觉得很有面子，他还顺带着在方凌面前说道："咱们选代理还得选有实力的！"方凌白了他一眼不服气地说："就设计个画面说明不了啥，关键销售要有执行力。"不想荣健却用近乎教育的口气说："就事论事。"方凌只好选择沉默，但心里很是不满荣健得意的样子。

在荣健看来李仕达就应该叫李势大，此人一副翻身农奴的粗糙模样，每天从工地回来就到销售部办公室看报纸，看完后随手往沙发上一扔，销售部的人对此多有不满。于是荣健特意交代大家不要理他，谁跟他打招呼自己就收拾谁。那天这家伙又大摇大摆地进来，自然没一个人招呼他，他看完报纸准备走时，销售主管提着嗓子很不满地说道："哎，李经理你把你那摊子也收拾一下，回回我们帮你收恐怕不合适吧！"没承想这伙计一回头满脸不屑地说："收拾个鸟毛！"接着扭头就要出门，荣健觉得脸上有些挂不住了，站起来说道："你比老板还牛！以后不要再进我们办公室！"这下子李仕达不乐意了，转过身伸长脖子吼道："你扎啥势呢！毛病！"荣健怒目圆睁从座位上走出来，李仕达也雄赳赳迎了上来，眼看着战争即将打响，销售部其他人赶紧过来拉架，方凌想努力拉走李仕达，销售主管是个小伙子，凛然地堵在荣健前面准备与李仕达开干。但毕竟是办公室，双方都有所顾虑，架最终并没打起来。但这事过后荣健对方凌说："我劝你少跟这种杂碎打交道，

冬日的火花

你看他那素质，我感觉这货的毕业证、资格证恐怕都是买的，他一天在工地净瞎指挥，估计要不了几天就得滚蛋。"

不知是谁在董事长面前打了小报告，老板开大会时着重强调要加强团队建设，并警告说公司不会容忍任何带有不良习气的员工存在。可笑的是那天傍晚老板兴冲冲开着刚提的新车遛弯，溜达到永徽路时一时性起就转到了项目上，结果转到售楼部一侧时猛然看到有人拆了售楼部的空调外机正往面包车上抬，他赶紧给保安经理打电话，自己又把车堵在出入口。很快几个保安员提着警棍从办公楼里跑了出来，偷空调的人见此情景扔下空调撒腿就跑，被堵在车里的人却迟迟不见下来。在一群人的呵斥下，李仕达居然一脸惶恐地从车里出来，老板愤怒非常，自是迎面一顿臭骂！但谁也没想到最后的处理只是让他从公司离职。

相反第二天荣健却被叫到老板办公室，老板和总经理劈头盖脸一阵数落。批评他干事不动脑子，售楼部安装空调也不知道在外面加个防护网，几万块钱的空调差点被蟊贼偷走。这事着实让荣健吃了一惊，安装时工人师傅提过，说高新区一下班比较冷清，装防护罩很有必要。但他认为那是杞人忧天，谁会对一个空调外机感兴趣。没承想李仕达老家刚盖了新房，居然就瞅上了这个漏洞。而这家伙可恨的还不仅仅因为偷窃，他还多次向桩基公司索要好处，因此对边坡支护和基础施工中的偷工减料行为视而不见，幸亏他贪得无厌早早暴露，否则真不知到时会闹出多大的娄子。

小小的插曲倒也不算什么，随着对公司对老板了解的加深，有些问题开始让荣健不得不深入思考。自己来了快一年了，和所有旁系的人一样，公司既没有和大家签合同，有关社保问题也只字不提，或许正是因为这些原因，很多人都有捞一把走人的想法。公司传言总经理跟老板干了十几年，公司大半的家业是依靠此人贡献，虽说现在持有股份，可那股份据说少得可怜。对功勋卓著的人尚且如此，老板又怎么会对其他人慷慨！另外荣健对老板和总经理的一些言论也颇有看法，公司本已钻了政策的空子，利用所谓高科技产业低价拿地用以开发，通过疏通关系又获得这么高的容积率，可他们似乎并不满足，说政府卖地收了钱就应该

第四十七章 这是一条大路

提供市政配套，而热力管网属于市政配套的一部分自然也不应该另外收钱。再加上开发过程中各种税费让企业不堪重负，这样做完全是涸泽而渔。每当听到这些话的时候荣健真想跳起来说："干脆政府把地送给你们算了，按市场价近乎百分之五十的毛利你们还觉得不够，那么我们这些一线干活的人拿那几个毛票是不是早应该打土豪分田地了？"

在《开发区导报》上连续发了几篇推广的文章，负责对接业务的编辑居然送来三千元稿费。这还真让荣健有些意外的喜悦，想来那几篇软文自己却也呕心沥血，因此他拿这稿费时很是心安理得。围挡广告制作完成后，负责制作的业务员打电话请吃饭，说是必须感谢一下荣总的支持。结果吃完饭后那小伙拿过荣总新买的包说这款式真好，一边说着一边往包里塞进一个信封。荣健嘴上不断推托，但是心里想着这又是一笔收入。回家打开看时，那可是五千元现金，这笔钱让他高兴的同时又生出一丝惶恐，这分明就是受贿就是犯错误。可他转念又一想，现在整个行业还不都是这德行，自己又何必装清高。老板给政府领导送礼，自己收合作单位点好处，这难道不天经地义！这世上哪有只许州官放火不许百姓点灯的道理，去他妈的仁义道德礼义廉耻！

这些钱大大缓解了手头的拮据，荣健买了礼物回家看了看母亲。母亲说几服中药下去还挺管用，加上每天早上自己适当做做运动，现在各项指标都明显有了改善。她专门拿出最近的化验单让荣健看，说再吃几服也许就能彻底康复。荣健觉得有些不可思议，问在哪里开的药。父亲说他经人介绍到岐黄庙找一个姓李的道长开的方，并连连称赞说这道长的方子真管用。又说这个道长原来一直隐居山中，修行的地方还有个雅号叫"一念茅屋"，因为这几年求医的人多了才被请到岐黄庙坐的堂。荣健自是没想到当初一面之缘的道长，这几十年如同传奇般的存在，他曾多次挽救赵海，现在连自己也承其恩惠。不禁感慨这世上还真有如此淡泊名利的高士，想着如有机会一定得好好感谢感谢他，也期望母亲的病能有奇迹发生。如此尽管心里并不完全放心，但从母亲的气色状态来看确实比前一阵好了很多。于是千叮咛万嘱咐又留下两千块钱，说让母亲不要断药勤检查。临走时母亲说要送他，于是荣健和父亲两人搀着母

冬日的火花

亲一边说着话一边慢慢地走出了门。杜英娥叮咛儿子说："你现在长大了，在外做事一定要谨慎小心。年轻人穷不怕就怕走邪路，只要你行得端走得正路就会越来越宽，妈相信你能干出一番事业的！"那一刻荣健心头一颤，想起自己这些年很多不端行为内心觉得羞愧难当，想起拿了人家的好处心里五味杂陈。虽说当时对母亲的话连连称是，但随后又一想母亲哪知道现在外边的环境，全社会都赚着糊里糊涂的钱，我一个人坚守道德良知又有何用？如今这处境逼迫着我得先活下来，弄不到钱揭不开锅任何清高到头来还不是遭人耻笑！

晟煜顾问依靠专业和诚信最终赢得了老板认可，签订合同后请荣健吃了顿饭。而吃完饭荣健忽然开始对他们有些反感，说不清是因为对方一副虚伪的嘴脸还是拿到合同没有表示，反正从那天起荣健觉得这兄弟俩有些太过奸猾。不过这已无关紧要，重要的是他们得尽快进场，只要销售业绩好自己就有成绩。老板说过只要大家努力工作，项目大卖之后公司将会重金表彰。为了拿到奖金荣健带领团队对每一个细节力求完美，宣传资料逐字逐句地修改，价格政策也反复推敲。同时，他又积极组织销售部人员搞市场调研，并在房展会上认真刺探每一个竞品项目的销售政策，回来又再次召集代理公司进行论证。

正当荣健带领大家为冲刺奖金干得热火朝天激情澎湃时，永盛哥忽然打来电话说霞霞姐和姐夫跑运输时连人带车翻下山崖，现在生命垂危急需筹钱救命。这个电话让荣健真是一言难尽，几个月前他们买车借钱时兄弟俩就说过，那个混混姐夫开车坐车都打瞌睡，根本就不适合干运输。好不容易凑钱买了车，没几天又出这么大的事可怎么得了！但救命要紧，只好答应先挤出三千元给他们看病。不知道是保险公司赔付及时还是永盛哥觉得太少，还没来得及转钱的时候永盛哥又打电话说不用了。荣健心里甚是失落，想起当年干爸干妈一家人的好，心里瞬间不是滋味，想着自己无论如何都得抽空去秦都市医院看望一下霞霞姐。

正好那天碰见晟煜顾问副总开着新买的伊兰特轿车到项目上巡场，荣健就趁机让他送自己过去。在医院见到霞霞姐时，她几乎浑身打着绷带，鼻梁上还挂着血痕，见到荣健时却微笑着说："姐没事，你忙得跟

第四十七章 这是一条大路

啥一样，就不操心了！"那个倒霉的姐夫就躺在旁边的床上，他只是摔断了胳膊，从气色上看问题不大，见荣健进来欠了欠身子招呼他坐下。荣健看了他一眼心里几乎有揍他的冲动，想着如不是这货当年拐带，霞霞姐也不至于现在用命去拼生活。可无论怎么说这是霞霞姐的选择，况且这个姐夫看起来其实一表人才，但做事为啥总这么不靠谱！开车走山路上他居然能睡着，这货一天操的啥心？为啥不把他摔死！把他摔死了也免得整天害人。霞霞姐说就是担心姐夫开车打盹才跟的车，没想到他睁着眼睛也能打瞌睡，看来这车彻底经营不成了。而姐夫说自己想好了，以后专心做倒卖沙石的经纪，只管联系业务和催款，这生意的路子他已摸熟完全没有问题。这次出事主要因为心太沉，既想赚倒卖的钱又想赚运输的钱，一天把人给得太扎实，忙乱就容易出事。这一番话说得入情入理，反倒让荣健有些转变了看法。想来都不容易，这么拼还不是为过上好日子。给霞霞姐塞钱时姐夫挡着死活不让收，说如有机会让荣健给他联系需要沙石的工地，这样就是帮他们大忙了。荣健只好把钱装回口袋，承诺说会尽力帮他们揽些业务。

从秦都市回来，荣健给永盛哥打了电话说了这两天霞霞姐恢复的情况。而永盛哥只是淡淡地说他知道了，那近乎冷淡的语调让荣健有些失落。搞不清他是故作镇定还是对自己有意见，总觉得现在的交流和当年同床共枕时已大不相同。是时间还是现实改变了这一切，还是因为彼此成年本应淡定，或者是他如今在大国企干得顺风顺水，多多少少有了一些架子，可转念又一想也或许自己现在的心理就叫作神经敏感马瘦毛长吧！

有时候人会因为别人的一句话或一个眼神而心有所虑，那天荣健一路上想了很多事。想起当初和永盛哥、袁瑛姐说笑时轻松的场景，想着如果他们不分手今天会是什么样的情形，谁又能想到最后阴差阳错永盛哥娶了许芹。如今袁瑛姐在原地过着让人艳羡的富足生活，而这些即使今天永盛哥也给不了她。如果这么看，她当初的选择就应当称为英明，可如果这选择是英明那么忠于爱情就应被否定！难道他们当初就不是真正的爱情？真正的爱情本就应该属于那些志同道合的人，比如永盛哥和许芹就属于志同道合，只要在恰当的时候相遇，他们走在一起或就成为

冬日的火花

必然。当然许芹嫁给永盛哥有现实的无奈，可从根本上来说真正算得上门当户对，这样的问题在后来给瑞姑娘介绍对象时荣健再一次看得清楚。

新来的瑞姑娘据说是老板的远房亲戚，这姑娘见人总是眨着大眼睛喜笑颜开，虽说从未接触过销售，但学习很是认真。她说来公司没啥太高追求，一是赚点嫁妆钱，二是找个对象。她每天会认真地化好妆弄好发型来上班，无论谁介绍对象她都会兴高采烈地去相亲。结果大多时候都是乘兴而去败兴而归，每每一回到办公室就开始爆料各种奇葩遭遇，说到开心处整个销售部都会爆出热烈的笑声，荣健说瑞姑娘是现实版的结婚狂。那天瑞姑娘心血来潮居然盘了头化了新娘妆来单位，她说心情不好想提前体验一下。不过她这样的打扮还真是让人眼前一亮，荣健忽然想起在能源局上班的魏明亮，这家伙现在还是单身，漂亮的瑞姑娘如能嫁他岂不是两全其美。当下他给魏明亮打了电话，很快就促成了他和瑞姑娘见面。

后来与魏明亮见面时才知道，他其实挺喜欢瑞姑娘，起初谈得很不错。但面对现实时他犹豫了，瑞姑娘不在体制内没有正式工作，担心以后生活会有压力。荣健听他这样说自然不高兴，自嘲说像自己这样自谋职业的人难道都要饿死。魏明亮说："男人不一样，不受体制限制反而更容易发挥，而女孩子没有正式工作，结婚生子之后真是个问题。自己就那点收入，这过日子不考虑实际情况是不行的。"荣健虽然嘴上称是，但心里觉得魏明亮这家伙在感情上如此功利小气不像个男子汉。他略带嘲讽地说："真佩服你们这些会打算盘的！"魏明亮不好意思地笑着说："唉，矛盾得很，走着再看吧！"荣健想说："你一天机关算尽，就活该你单着！"可最后还是忍了，想来人生在世各有各的难处又何必强求呢！

经过一个多月的培训，瑞姑娘正式进入售楼部。她还真是一个做销售的人才，在前期接待中因为态度积极积累了大量有效客户。沈悦带着朋友到售楼部找荣健时也被她动员成意向客户，并热情地把她带到了荣健的办公室。沈悦看见荣健就开玩笑说："荣总现在混得不错呀，女秘书都配上了！"然后自己乐得哈哈大笑。她俩是专门来找荣健的，想就

第四十七章 这是一条大路

股票投资和房产投资听听荣健的意见。荣健自然认为房产投资大有可为，说汉都市作为西部首屈一指的大都市这几年房价相对平稳，而周边几个省会城市房价都已出现了大幅上扬，因此当前是最好的投资机会，况且现在股票行情高得有些离谱，恐怕已经到顶了，因此尽快套现离场转投房产最为安全妥当。

那时候沈悦刚刚离了婚，提起前任时她简直有骂大街的冲动。说当初一时不慎找了个懒散小气的蠢货，一天就知道守着自己那点工资，她和女儿花点钱就像割他的肉，逢年过节给她妈都舍不得买件衣服。出嫁这些年有丈夫跟没丈夫一样，这狗日的只顾他自己。前次女儿生病让他出住院费他都说没钱，最后还是自己想的办法。这件事之后她觉得过下去实在没意思，也就干脆提出了离婚。荣健半开玩笑地说："你能不能温柔点，是个男人被你都吓跑了。说不定人家外边有了相好，你这样不就成全他了么！"沈悦嗤之以鼻地说："爱咋咋地，就他那怂样谁爱要赶紧领走，反正我看着都恶心。"沈悦问荣健可有林芳欣的消息，荣健说再别提了，一转眼十几年过去了，估计她早把我们都忘了。再说就是有消息又能咋地？她应该也结婚了。沈悦转头对着她朋友说："我这同学当年对我闺蜜那可是爱得死去活来，我夹在中间老替他们调解矛盾。"荣健听她提这话，笑着说："还不是你水平太差最后才劳燕分飞。呵呵！"沈悦不买账地说："啥叫我水平差，后来李铭追得紧，芳芳那时估计自己都糊涂了！你可别赖我。对咧，咱不说这了，我和我朋友都想买，你能给弄多少优惠？"

西玛国际A栋10月底开盘销售，当天就基本售罄。沈悦和妹妹一人买了一套，她那个计划买两套的朋友说留着钱等中石油股票上市。原本想着大赚一笔，没承想这只神话般的股票一上市就如同灾难大片般惨烈，股价从开盘四十八块六一路狂泻，悲催的程度比温州皮革厂倒闭的哀号还要可怜，一折、两折，几乎所有参与者折戟沉沙！沈悦打电话说多亏听了荣健的话，否则可真是要赔光老本了。而此时的荣健心里并不高兴，因为项目大卖似乎与自己毫无关系。总结大会时老板自是激情洋溢一副革命者的豪情壮志，而之前所说论功行赏之事却闭口不提。用销售

冬日的火花

主管的话来说："咱老板你又不是不知道！用人之时慷慨激昂，事成之后连个缎面的荣誉证书都舍不得买。"听了这话荣健心里苍凉又愤懑，想起陈胜吴广"王侯将相宁有种乎"的豪言不由内心血气翻涌。老板们开发一个项目利润动辄数千万甚至数亿，对员工却开着低工资、不交统筹、奖励凭嘴，即使天天撅起屁股干到头来还是个月光光！

冷血的资本家雄心勃勃昂首前行，劳动者战战兢兢畏缩难堪。就像动物在市场上出卖自己的毛皮一样，除了被蹂躏几乎别无选择！马克思说高尚的人会对着他的骨灰流下滚烫的热泪，而荣健现在感觉欲哭无泪，心想着绝不能如此坐以待毙。去他妈的！既然你不仁也休怪我不义，从今以后能拿的回扣我一分也不会放过。

可市场实在太好了，到了下半年汉都楼市忽然开启了暴涨模式，房价如同脱缰野马般一路狂飙，到年底时平均涨幅居然超过百分之三十。荣健原本指望在合作的媒体那儿拿点回扣过个丰收年，结果市场太好根本不用做多少宣传。如此赚钱的念头基本打了水漂，加上2007年冬天雪很大，那一阵子他奔走在冰天雪地之间第一次感觉到了透骨的寒冷。

第四十八章　她并不是公主

　　也许人只有在心情落寞的时候才会冷静思考。那一阵子荣健忽然有了一种认识：如果没有市场经济体制的建立，自然就不会有万恶资本家的诞生。可如果没有这些万恶的资本家，也许我这样被体制拒绝的人只能在原地转着圈圈，也或者像孙少平那样叫花子般夹着铺盖四处卖力气揽零工。可有时又一想，我和孙少平不一样，最起码我是有文凭的，即便做不了天之骄子，但再怎么也不至于去干苦力。如果我做了苦力岂不是给父母、学校丢脸，况且我曾经许下若干狂言，还跟一群伙计们说我们是北方轻工大学的一面旗帜！

　　按照马克思的说法：资本来到世间，从头到脚，每个毛孔都滴着血和肮脏的东西。然而当历史进入公元2008年，中国非公经济在国民经济中的占比超过百分之六十一，吸纳了百分之八十以上的城镇就业。也正是因为民营经济的快速崛起也使得各类公有制企业在竞争中焕发了生机，2007年国民经济增长创出百分之十一点九的新纪录。总理在做政府工作报告时说："我们伟大祖国已经站在更新更高的发展起点上，任何艰难险阻也无法阻挡我们复兴之路上的步伐！"显然资本这东西也并不是绝对的肮脏消极，也许会有人被剥削，但国家实力得到增长，人民生活有了明显改善，无论从哪个方面来说经济体制的变革激发了全社会的创造力。可也有人说虽然经济发展了，但你再看看现在这社会。如果按照马列主义有关经济基础决定上层建筑的基本理论，如今非公经济已占主体地位，很多人担心人民民主专政的国家政体会不会在未来某一天因

冬日的火花

此而改变？

如果工会组织能够充分发挥作用，也许老板们就不能肆意画饼而不负责任，或者就能促生合理的薪酬体系。但是工会如若太强势，是不是又会影响企业家的信心？过去一人吃饱全家不饿的时候荣健没有想到这些，而如今因为薪酬的落差却让他有了严重忧患感。虽然他并不认为民营经济的发展会危及像他这样城市无产者的某种权利，并且站在一个共产党员的立场来看，他始终相信公天下的人民民主专政自诞生之日就不可撼动。如果把整个国民经济看成一个股份联合体，在土地、矿山、铁路、桥梁、能源、电网、学校、医院等基础设施基本全民所有的前提下，国家财富加上公有制企业对比各类非公经济体显然仍占据绝对控股地位，如此非公经济再怎么发展恐怕也无法撼动人民民主专政的经济基础，在这个问题上马克思主义理论显然也有认识的局限性。

荣健觉得自己似乎窥到了一个真理，甚至有些佩服自己竟然能洞悉如此深刻的问题！他觉得从人民民主专政的角度来看，党和政府肯定希望所有的民营企业遵纪守法并且在发展的同时更多地体恤员工。可企业从来都不是慈善机构，现实中恐怕大多数的民营资本家宁愿违法违约甚至昧着良心去攫取利润也不会主动给员工增加工资福利。除非因为市场竞争水涨船高，资本家们才可能会支出更多的成本去购买劳动。而自己如今在这样一个家族化的企业谋生，老板的理想似乎也只是想做一个富足翁而已，他怎么可能为员工提供具有竞争力的薪酬和广阔的发展机会？如今拿到的薪酬顶多混个温饱，涨薪晋升恐怕也没什么指望。更何况上次聊天时老板大发感慨说做企业太累，他计划着干完这个项目就去周游世界。荣健当时心里就酸酸的，想着你老人家打算周游世界，那我们岂不是要趁早打算？

尽管开年以来南方遭遇了史所罕见的暴雪灾害，一时间整个南中国覆盖在霜雪严寒之中。然而这一切在中国人民建设富强国家的热情当中似乎变得微不足道，即便经济危机的阴云已在世界范围内弥漫。一时间各类财经杂志、报纸期刊、网络平台上有关经济的回顾、展望以及检讨性文章如汗牛充栋。广东卫视刚刚开播的一档财经节目更是创出收视纪

第四十八章 她并不是公主

录，节目当中L教授猛烈批判有人利用改革侵吞国有资产的行为，他的观点也被推崇为学界良心，个人品牌也由此家喻户晓。而另一个半路出家的公知型经济学家也炙手可热，可在多数人看来他发表的"保护耕地才逼升房价，粮食安全依赖国际市场，钓鱼岛不产生GDP，汉奸也许是为了保护人民"等言论足以祸国殃民，而荣健在与同事的聊天中说该公知害了国际主义幼稚病，作为一个读书人发表如此观点实在可悲可叹又可耻！

每当争论这些问题的时候，办公室就会成为一个激烈的论坛。而自中国加入WTO以来国内大市场的风云跌宕可谓精彩纷呈，多少红极一时号称标王的产品折戟沉沙，多少家喻户晓的品牌一夜间灰飞烟灭。而史玉柱先生在脑黄金之后借脑白金东山再起，宗庆后先生与达能的战斗堪称英雄史诗。看得出自加入WTO之后狼确实来了，可中国的企业家和企业显然并不那么脆弱。吉利、奇瑞、比亚迪生产的汽车虽差强人意，但因为价格便宜也占拥了一席之地。大宝、美加净依然为国人所喜爱，中华、冷酸灵、两面针等几个牙膏品牌在佳洁士、高露洁面前却有些不知何去何从。所有这些都成为大家的谈资，在此其中其实每个人都或多或少地有自己的思考。

荣健找总经理汇报自己的思想，说："但凡成就伟业的企业家都有着博大的胸怀和理想。而公司要做大做强就必须重视团队建设，没有合理的薪酬机制就留不住优秀的人才。尽管我不怎么优秀，但公司最起码应该明确奖金和提成的标准，这可是当初招聘时明确说过的东西。"总经理笑着说："你是个聪明的小伙，别跟着底下瞎起哄。这个问题我也多次跟董事长提过。现在公司项目启动不久，董事长压力很大，咱们再等等吧！"荣健听她这么一说稍微犹豫了一下，心有不甘地接道："呵呵，到时房子都卖得差不多了，老板恐怕就更不会提了！我听说当初你在消防公司做销售时最后有些奖金都不了了之，到现在也没有个明确的说法，估计往后也没什么戏！"总经理看荣健有些灰心，表情严肃语气自信地说道："一天少听有些人胡说八道，把你自己的工作干好，公司不会亏待你的。"荣健一听这话知道说下去已经没有多大意义，他顿了

/735/

冬日的火花

顿准备就此作罢。总经理显然看穿了他的心思，有些无奈地说："荣健呀！在民营企业干有时候不能太计较，你跟老板才几天，他心里清楚得很，只要你好好干，老板肯定不会亏待你！"荣健带着情绪说道："可我希望薪酬拿得明明白白理直气壮，而不是老板根据自己好恶给予赏赐！"

圈内盛传一家神秘的深圳公司拿下了永徽路北口五十亩那块三角地，之所以关注度高是因为高达四百零五万的地价刷新了市场纪录。仅仅两个月前这块地正对面二百多亩住宅用地摘牌价格也不过三百三十万，那二百多亩地四四方方规划条件优越，而这块三角地采光面被相邻高层严重遮挡又近临二环高架，一时间业内都认为这家深圳公司有些头脑发热。

让荣健没想到的是，网上随便投了份简历就接到了面试邀请，面试地址就在永徽路南端蓝水晶酒店，距公司步行不过十来分钟距离。昨夜又下了雪，空气显得洁净清爽，深深呼吸一口很提精神。而后踩着人行道上的积雪伴着咯咯的声音缓步行走，放眼望去那灌木丛上像铺了一层厚厚的棉絮，让人忍不住随手一撩，扬起的雪花就挟着清凉扑面而来。马路上各色车辆顶着雪帽碾着雪水飞驰而过，像是无数辆载满礼物的节日彩车让人欢欣鼓舞。街心的遗址公园则显得安静肃穆，偶尔有觅食的麻雀跳跃着惊得树上积雪簌簌落下。

在那座富丽辉煌的大堂一隅，荣健见到了廖总。他三十七八岁模样，带点自来卷的浓密头发，两鬓略微有些灰白，国字脸，宽口厚唇，目如寒星，两道卧蚕眉犹如浓墨挥就。握手时他笑眯眯的样子显得谦逊而睿智，这感觉让荣健有一种似曾相识的亲切。坐下来后老板开门见山，说他们拿了永徽路口那块地，虽说价格有些高，但他坚信汉都作为西部最有影响力的大都市，随着西部大开发的推进经济水平将大踏步提升，楼市也肯定会进一步繁荣。他们总部历来强调现金为王，而这个项目作为集团向西发展的开山之作，公司不求利润最大，但求开发出一个具有代表性的作品，因此公司迫切希望引入熟悉本地市场又有理想追求的高端人才加盟。

荣健说自己入行多年，对高新区房地产市场非常了解，也认同老板

第四十八章 她并不是公主

对汉都市发展的看法，强调说自己一直渴望找到一家有追求的企业贡献绵薄！然而苦于这些年本土企业只知一味做大容积率摊薄地价，这样的粗放模式于城市而言实在就是一种灾难。

廖总说："一定程度上做大容积率并不是什么罪过，关键在于能不能更好地发挥规划和设计的创造力，单纯就建筑而言绝不可粗放！我们要建就必须建地标，做精品，也只有这样才能为城市创造价值为业主创造价值，当然做到这一切企业也绝不会空手而归，这就叫作共赢，或者说是社会效益和经济效益的双赢。"

这样的沟通进行了两个多小时，荣健了解到这位廖总出身于福建客家望族，家里为了历练他，大学毕业后逼他在本家的酒店里洗过盘子杀过鸡，后来又把他转到建筑工地从小工干起，直到他通过自己努力当上项目经理才扶持他经商。因为有丰富的基层经验又天赋极高，从商数年就颇有成就。现如今携数亿资本转战西北成立瑞景置业，言谈之中他那种创惊世伟业的英雄志气已扑面而来。最让荣健感动的是，临走时，老板拉着他的手说："诚邀兄弟加盟，我们共襄大业。"这句话让他有种刘备礼遇诸葛亮出山的感觉，也顿觉自己遇见了明主，一瞬间士为知己者死的豪气跃然胸中。

"抽烟吗？"这是荣健第一次见到常务副总钱建中时他问的第一句话，并随即扔过来一根中华香烟。钱副总嗓音沙哑中气十足，充满自豪地介绍了一下这些年跟着总公司深福建设转战北京、广州、深圳、昆山等地取得的辉煌业绩。强调说汉都市作为大老板确定的重点发展城市，只要有好项目总部将会全力支持。而总公司作为某知名上市公司的大股东，仅持股市值就超过五十亿，有这样的金主做后盾，瑞景置业在汉都市大展宏图只是时间问题。

钱总考问荣健："你如何看待汉都市房地产市场？"荣健回道："随着绿地、万科等一批品牌房企的入驻，汉都市已实质化进入大盘时代。所谓大盘我并不认为只是规模大，而核心在于影响力。要有影响力就要立足为客户、为社会创造价值的开发理念，在设计、施工、营销等环节全面发力，实实在在地做到精心、精致、精确。"钱总又问如何做

冬日的火花

到他说的"三精"，荣健充满信心地说："所谓精心就是在建筑的尺度、造型、色彩上有情怀，关注客户内心和实在的需求，关注建筑与城市的和谐；所谓精致就是在设计、施工上精益求精，最好能建设一个具有争夺鲁班奖水准的模范工程；而精准则主要强调定位、宣传的准确性，任何一个项目都不会让所有人满意，我们只卖给合适的人。"钱总又问："那如果如你所说我们都做到了，你估计项目能卖多少钱？"荣健稍一思索回答道："目前永徽路同类项目大致四千五百元均价，我们溢价百分之二十应该不成问题。"钱总听到这个答复欣喜得像个孩子一样，满面笑容地说："你尽快报到上班吧！出任营销策划部经理，保底年薪九万。"

新工作有了着落，加上薪酬几乎翻倍，2008年的春节荣健过得轻松快乐，当他把薪酬标准告知身边的亲人时，几乎所有人都为之咂舌。而荣健也在亲人的肯定中获得了从未有过的满足感，于此他对未来建功立业充满信心。唯一让他心中不安的是母亲，前一阵看起来有所好转的病情自入冬以后似乎又不怎么乐观，感冒了一次后脸色越发乌黑。母亲时常感觉疲乏无力，为了避免再次感冒只能每天坐在炕上。视力也越来越差，抱上孙女时只有贴上脸才勉强能看清楚。因为害怕伤风头都不敢洗，有些凝结的头发一绺一绺地趴拉在头上，说话时表情也开始变得木然。此情此景荣健自是揪心难过，他动员母亲去城里住院治疗，母亲却总说开了春再吃几服药就好了。荣健说自己马上就换工作了，以后母亲再也不必为花钱的事忧心。那时候母亲脸上露出满足的笑容，说："你好好上班，开春再不行你就回来接我去大医院看。"

在荣健看来董婉是良心发现，她买了几个小棉垫子说让母亲垫在身下会舒服一些。杜英娥接到手里时心情有些激动，因为这是她第一次感受到媳妇的孝心，而这对她来说已经很满足了，因此临走特意交代荣健："董婉现在懂事了，你们也有了孩子，你对人家好点，争口气把日子过好比啥都重要！"荣健心里自然清楚，这世上贫贱夫妻百事哀！现如今也只有先把日子过好，否则在家庭尽职尽孝根本无从谈起。那天走的时候怀里抱着孩子，董婉跟在身后拎着大包小包，记忆中这是第一次

第四十八章 她并不是公主

节后离家，母亲没有出门相送，他回头看时忽然一阵心酸以致潸然泪下。

3月初搬进新装修的办公室时，各个部门的招聘才全面展开。上官雪来应聘的时候脚蹬黑色尖头高跟鞋，穿着深灰色一步裙，白色丝质长袖衬衣，领口打着细带领结，头上扎着朴素的马尾辫。她身材本就高挑，再加上高跟鞋的衬托愈发显得抢眼。她白皙的肤色和这身装扮搭配起来俨然一副高级白领的风采，可荣健撞见她的第一眼却觉得她尖嘴猴腮，那一双羊眼似乎天然写着"刻薄"二字。钱总问他此人可否时他失口说了两颊无骨非富贵相的话，而廖总复试后还是决定留用。这个结果让他心里非常后悔刚才的随意表态，想着人家与自己素不相识，来找工作也不容易，自己的确没有必要说这样不理性的话。可现在覆水难收，好在只是说在了钱总面前，想来他也不会再提起。

项目方案论证会开始了，从一开始荣健就发现有实力的公司还是大不一样，除了聘请全国知名的CDDI设计机构，每次论证方案都有好几家上市公司的高管前来参会并积极建言献策。新团队所有人都万分珍惜这种开阔眼界思维碰撞的机会，CDDI派来的建筑师团队大多系出名门，自我介绍时清华、同济的教育背景真是让人艳羡，而项目主创不但有日本留学背景还担纲设计了国内好几个著名的地产项目。当这样一群人近距离坐在面前，会议的内容自然变得异常精彩。这些行业精英也许其貌不扬，但是讲述方案时广征博引的能力非同凡响，短时间内让听方案的人有环游世界的感觉。他们能把一个想法或理念从具象到抽象，又从抽象到具象说得精彩动听。在此过程中，荣健和新团队如同海绵般充分吸收各种思想观点，然后再根据项目的实际进行分析整理形成具体的深化意见。方案由钱总主抓，规划设计部对接，营销策划部协助。说起来规划设计部经理还是荣健一个朋友推荐来的，因为互相认可所以配合起来还算顺畅开心。

可很快荣健发现这个叫邢之彬的家伙并不怎么仗义，优化方案时明明有些地方是自己的贡献，可在汇报方案时他只字不提。即便得到钱总肯定并声言奖励时他也只顾自我得意，这让荣健心里有些不满。况且这

冬日的火花

家伙自从进了公司就与上官雪眉来眼去，好几次公司内部讨论问题他居然和上官雪一个鼻孔出气。他明知道自己和上官雪不怎么对付，看来他已毫不顾及引荐之情，那么以后真还得防着点他。如果让他赶在自己前面获得晋升，那自己该多没面子！

行政人事部新招来的主管叫殷志鹏，这家伙长得白白胖胖，整天乐呵呵的单纯模样在公司还挺有人缘。跟着上官雪没干几天就总找机会往荣健身边凑，他透露说公司按照上官经理的架构建议，下一步要提拔一副总主管设计和营销，这个人选肯定要在荣健和邢之彬当中产生，而廖总和钱总更偏向于荣健。荣健当时就猜测这家伙说这话的目的肯定不单纯，果然没过多久他就表达了想转到营销策划部来工作的想法。

荣健心想接收这货过来上官雪肯定会觉得颜面无光，况且自己也没有给他调岗的权力，于是委婉地说："我怎么能挖人家上官经理的墙脚，除非你们领导推荐你来。"殷志鹏显然听懂了他的意思，那一阵子他挖空心思地讨好上官雪，又是送口红又是请吃饭，只要有机会就竭力吹捧上官雪。上官雪经不住他软磨硬泡，终于在公司例会上提说了殷志鹏的想法，钱总问荣健是否愿意接收时，荣健说："殷志鹏很聪明，但他一天销售都没干过。不过领导要安排他过来，我也不敢有意见！呵呵。"散会之后上官雪跟殷志鹏说荣健不想要他，让他最好踏踏实实干行政。殷志鹏转过头就来找荣健诉苦，骂上官雪是个愚昧无知的死婆娘。荣健劝他不要泄气，说只要有耐心机会肯定会有。

项目方案确定后钱总心情大好，晚上私人请大家K歌庆祝。一群人折腾到半夜，好几个喝得晕头转向才仓皇散去。荣健本以为也能回家休息，结果扶着钱总出来后他又提出去找个地方坐坐。荣健一听这话心里暗暗叫苦，领导是个嗜酒如命的人，跟他去酒吧估计今晚难逃一醉了。

挡了车直奔领导说的那家酒吧，刚进门身着英伦短裙翻领短袖的美女就迎了上来，热情喊道："钱哥，可想死你啦！"那风骚的声音让荣健瞬间想起电视里青楼女子"客官楼上请"的招牌语言。酒吧里没几个人，美女拉着钱总径直走向角落里的一张卡座，熟练地点燃了桌上的蜡烛，之后就贴在钱总身边坐下，她脸上挂满甜蜜的笑容，像亲妹妹又像

第四十八章 她并不是公主

久别重逢的恋人。钱总自然地搂着她的腰身问道:"想哥了没?"那女子狡黠地转了一下眼珠说道:"吆,您是大老板,身边美女多得是!哪能轮到我想你。快说,今天喝点啥?"钱总醉眼蒙眬地摇着脑袋,耍赖地说:"我没钱,啥也不喝!我,我就想摸摸你的手。"那女子拧了拧身子嘟着嘴语气娇羞地说:"那你也得把你的手先拿出来呀!"听了这话钱总色眯眯地瞪着她:"小骚货,裙子这么短还穿丁字裤,屁股光润得很!呵呵!"荣健坐在对面听到这样的对话瞬间心里无法淡定,这才意识到在桌面之下居然有如此香艳的举动。看着钱总从那女子身后抽手到桌前,又拉着那女子的手把手背贴在鼻子上。那女子的手确如白玉般滑润,锥形手指纤细饱满,长指甲染成浅咖色,他不由心中赞叹这是双天生把盏抚琴的手。正思量着只听那女子着急吆喝道:"别闻了,我上厕所没洗手,说喝啥!呵呵。"钱总这才放开她,晃着头说:"老规矩你不知道吗?"那女子起身去拿酒,钱总示意让荣健坐在他身边,抱着他的肩动情地说:"兄弟好好干,咱这项目没问题!代理招标的事抓紧,联邦顾问还不错,据说他们很快要上市了。"荣健自是不住点头,顺势拍马屁说:"有您领导肯定没问题,您放心,招标的事我抓紧落实,我做事比较急躁,有啥问题您多多指正!"说这话的那一瞬间他觉得自己现在也俨然成了资本家的乏走狗,可又觉得这是没办法的事情。

那女子拎来一打黑啤放桌上,又打开几包零食。她拿起酒要跟钱总喝时钱总却指着荣健说:"这是我兄弟,以后他来消费都记我账上,你跟我兄弟先喝一个培养培养感情,我去唱首歌。"钱总一手拿着啤酒瓶,一手夹着烟走向中庭的小舞台。荣健举起酒杯和美女碰了一下,那女子走到他身边坐了下来。两个人一边喝着酒,一边看着钱总仰着头弯着腰陶醉地歌唱。那女子频频举杯喝得很是潇洒,一边喝着一边要了荣健电话,并热情邀请他以后常来。荣健眯着眼看着美女开始有些迷离,目光长时间盯着那女子的领口,只感觉那饱满乳房夹着的深沟似乎有无限秘密。那女子感觉到他的目光,凑到他身边说:"哥看啥呢?眼珠子快掉出来啦!"荣健也不躲闪,嘴里嘟囔说:"我领导就是有眼光,白得很,忒色得很!"那女子转过脸瞅着荣健说:"得是的,那你以后可

/741/

冬日的火花

要对妹子好点！不然……"她说话间伸手在荣健裆部捏了一下，而后呵呵大笑，一边笑一边把嘴凑到荣健耳边说："你也忒色得很！"

销售代理招标时尽管来了四五家公司，可评标的时候钱总显然更倾向于联邦顾问。于是荣健最后汇报时建议首选联邦顾问，本土的弘宇顾问作为备选。公司虽说有若干副总和六个部门经理，但就销售业务的决定权来说就取决于廖总和钱总的决定，荣健作为营销策划部负责人，他的建议自然也有一定的分量，如此公司很快就与联邦顾问签订了代理协议。协议签订那天代理公司的老板摆了酒席，公司有关领导和几个部门经理都出席了宴会。结果吃完饭钱总又拉着荣健去活动，两个人摇摇晃晃地向真爱KTV走去。

虽说时令刚入四月，然而古城的夜晚已毫无寒意，一阵阵凉爽的夜风带来树木花草清新的芬芳。荣健搀着似醉非醉的钱总，两个人肩并肩亲热地扯着闲话。说起代理签约前与联邦顾问的人讨论方案，几轮下来对方的策划师居然心脏病发作住进医院。荣健借着醉意说钱总是霸道总裁，钱总说干工作就得竭尽全力，经不住折腾就不要来做地产，并说联邦顾问有个口号，那就是"把女人当男人用，把男人当牲口用"。这话让荣健心里有些担忧，想着跟钱总这样的工作狂干事，以后肯定有苦头吃了。不过好在现在招的几个主管还不错，他就是再疯狂也应当能应付，况且现在私人关系又处得不错，如果有他助力，提拔的事就十有九。

那个身着英伦短裙的制服美女如约而至，进了KTV包房钱总兴致很高，那美女唱歌也颇具专业风采，钱总斜躺在沙发上听得如痴如醉。而荣健一坐上沙发就开始有些晕晕乎乎，到卫生间扣着嗓子吐了一阵又洗了把脸才好受一些，可坐下来一首歌没唱就酣睡过去，迷迷糊糊听钱总笑着说："嘿，这家伙醉了！"荣健没有理会，只想好好睡一觉。不知过了多久，耳边传来激烈动感的迪斯科音乐，可在这音乐之中似乎还夹杂着某种特别的声音。荣健眯着眼睛斜视异样声源的方向，只见在昏暗魅惑的光影里，制服美女双腿夹着钱总的腰，上身短袖扯到了肩膀以下，她正一手抓着他的肩膀一手随着音乐节拍激情挥舞，那散乱的黑发如风中的柳枝摇摆翻腾，仅遮着白嫩屁股的性感小短裙上下闪动。这画

第四十八章 她并不是公主

面狂野刺激又风骚魅惑,看来钱总宝刀未老,这枪挑车轮的功夫还真不是一般的深厚。他想起那女子前一阵聊天时曾说:"世上骂潘金莲的男人大多嘴上骂着,其实心里想着。"而现在自己看到这一幕确也如她所说,一方面明知她轻贱淫荡,可心里却想着能替换领导的角色,冲过去扯掉她的裙子展示更强悍的表演。但现在装睡恐怕是唯一的选择,如此直到他们办完事大声吆喝着:"伙计起来,走了,走了!"

荣健早就想自己能有一辆车,可现在实力不允许。前两天卢伟刚买了辆别克凯越,他开来嘚瑟时真是让人羡慕得眼睛要流血。小姨子董晴和男友也新换了一辆三十多万元的别克君越,那车外形豪华霸气,引擎轰鸣的声音听起来就非同一般。而她们淘汰的华普小轿车其实也没开多少里程,荣健心想着不行先要来开着。虽说被公司那帮什么都讲品牌的人看见难免会被嘲笑,可这好歹也是汽车呀!他让董婉去要时董婉却说想开自己去要,她丢不起那人。荣健说:"那车他们肯定要卖的,卖给谁不一样!我先开几天,如果差不多咱们就接下来,有了车带你和孩子出去玩也方便。"好说歹说董婉才松了口,没几天荣健开上了车。虽开上了车,可董婉的几句玩笑话让荣健心里很是不爽。董婉说原本董晴找的男友家里一直不满意,她妈还因那小子低矮圆胖讥讽人家是鳖头鳖脑,没承想人家现在生意做得红红火火,买了大房子又开了建材门店,据说刚接了一单数百万的业务,光利润至少会有上百万。人家现在已经在装修房子,准备10月份举行盛大婚礼。而自己找个大学生,还以为是个夜明珠,谁承想其实是个萤火虫。荣健不服气地说:"买车买房有什么了不起,你放心要不了几年咱们也要啥有啥!"可嘴上虽然不服气,但心里其实很无奈。那小子初中都没上完就出来混社会,起初蹬三轮车卖菜盒盒,后来又在建材店里跑业务。认识董晴后两个人开始倒腾生意,靠着董晴从家里拿来的五万元本钱经营起了强化木地板,短短三年时间就赚了百十万身家却也不简单。而自己靠打工要赚到这个数还真不知要到何年何月!

第一次开上汽车的感觉确实让人兴奋异常,可美中不足的是这国产车各种奇葩的小毛病层出不穷。当你潇洒地走到车前一拉手把,结果门

冬日的火花

没打开却把手把拿在了手里；或者你后座拉了朋友，结果要下车时却从里面打不开车门；更尴尬的是一堆同事等着一起出发，结果一上车却怎么都打不着火。每当这个时候，荣健心里对国货的不满就增添几分，想着国产汽车如此也就罢了，唯愿陆锋驾驶的国产战机不会如此不堪，否则他就真是在火红的刀尖上跳舞了。不过牢骚归牢骚，尽管这破车不怎么给力，但还是带来了很多便利。周末的时候怀里抱着女儿开车回家看了母亲两次，又拉着母亲去抓了药。

那天在岐黄庙见到李道长时荣健心里甚为激动，说道长如今坐堂济世功德无量。道长却说人活一世如过眼烟云，举手之劳更谈不上什么济世功德，唯求不愧对三餐就已心满意足。荣健没有提道长舍身保护地宫的事情，但提到了赵海。道长得知他情况后连连叹息，说赵海心地良善但慵懒脆弱，又总是幻想投机致富不愿吃苦，他这样的状态谁也救不了他。临行时道长除了告诫荣健好好照顾母亲，还送了句话，说是"事逢机关需进步，人逢得意便回头"。道长送别时的箴言对于那个时候的荣健来说根本没放在心上，他内心自认是坚定的马克思主义者，从来只相信人定胜天，虽崇敬道长可心里还是认为那箴言不过是和尚道士故弄玄虚的把戏。

工作上虽然辛苦但可谓一帆风顺，在他努力下营销策划部的工作得到了公司上下的赞许，为此廖总特批加薪百分之十，如此一来每月拿到手的工资就接近七千，这可是全市平均工资的近三倍。再加上一堆合作单位频繁吃喝宴请，一时间荣健成了各大高档消费场所的常客，感觉一夜之间似乎进入了上流社会。鲍鱼是按盅卖的，龙虾比手掌还大，佛跳墙吃着也就那个味，天上人间KTV里的姑娘都穿着高贵的晚礼服，茅台、五粮液、泸州老窖1573这样的好酒喝再多也不上头。而这样的应酬还有机会认识很多有头有脸的人，民企老板、高管自不用说，各类政府单位的头目也经常露脸。民企的人大多还都随和，而那些政府单位但凡有些职位的人则是另一张嘴脸。也许是早年被体制遗弃的缘故，荣健特别反感这些人装模作样的姿态。他们嘴里把单位的书记叫老大，把局长或者主任叫老板，往往手里屁大点权力却总是摆出一副可只手遮天的架

第四十八章 她并不是公主

势,常常与关系户们称兄道弟暗通款曲。可就是这么一群人时常在各类酒席上推杯换盏,在名为KTV的天上人间偷香窃玉。因此每当城市夜幕降临,所有号称高端的餐饮和娱乐场所无不显露出一派歌舞升平的繁荣景象。

为了彰显项目的品位和档次,钱总决定引入国际著名物管机构DDLH做项目的物业顾问。DDLH团队首次汇报就让人耳目一新,无论是物业管理的理念还是整个团队的职业风采都堪称一流。而最具震撼力的可能莫过于拟任项目经理的美女李菱,她自我介绍时说自己是大唐王室宗亲,如在古代身份可就是公主。当然大家都当是个玩笑话,可从美貌和气质角度讲她确实不逊于公主:梳着丸子头,穿着职业装,标准的瓜子脸杏花眼,说话时脸上始终挂着浅淡的笑容。听完DDLH团队的介绍,当时钱总就表了态,说DDLH团队的管理方案科学合理又充满人性化的关怀,至于具体的商务条件由营销策划部负责尽快沟通。

项目的销售工作已提上日程,尽管最近连续增加了好几个人,但营销部的工作节奏依然紧张得让人抓狂。营销策略、推广策略、平面设计、网站规划、物料制作、动画创意等等,所有这些公司都要求高屋建瓴、精益求精。策略推论举例上的一点疏忽,或是推广文案上一句话、一个字的问题都可能招致钱总恶霸般的跳跟大吼。月度会议的时候,钱总要求荣健尽快推进物业服务签约工作。这事让殷志鹏嗅到了机会,会后他找到钱总说自己想到营销部去帮忙,尽管自己没有干过,但自己法律专业的背景应该可以助荣健一臂之力。钱总把荣健叫到他办公室,说考虑到营销策划部的工作压力,暂调殷志鹏过来支援。领导的关心荣健自然不会拒绝,心里还窃喜谋划中的结果如今送上门来。

荣健顺水推舟让殷志鹏负责物业合同的谈判,几轮下来发现这小子还真是个人才,不但负责的工作能顺利推进,而且还善于打探各类小道消息。如果不是他提醒,他只知道新调到营销部的两个小伙子都来自深圳总公司,却没承想到貌不惊人的小胖子原来是深福建设大BOSS的独子,我们暂且就叫他廖小胖;那个高个子文弱一点的是小胖子的堂兄,我们就叫他廖小树,而他的父亲据说在广州也坐拥数十亿的资产。这个

冬日的火花

　　消息确实让荣健震惊，闹了半天自己这是名副其实的陪太子读书，好在自己还有些专业自信，指挥他们还算是驾轻就熟。殷志鹏透露的另一条消息则更为震撼，他说廖小胖似乎对上官雪经理情有独钟。理由是他以讨论工作为名频繁请上官雪吃饭喝茶，还送了苹果MP3给她。而荣健认为殷志鹏纯属无中生有，一来上官雪年龄大好几岁，再者她早已结婚，他俩如闹出什么绯闻岂不是成了笑话！倒是邢之彬那家伙整天和上官雪眉来眼去，说他俩搞在一起或很有可能。

　　DDLH物业管理合作协议经过几轮修订后顺利签订，只是在确定服务团队工资时李菱的薪资与营销部上报的标准有些出入。荣健还以为领导在批示时出了疏漏，于是提示钱总说市场行情目前月薪在八千元标准，公司开出的一万三千元显然有些高了。意外的是平常对成本非常敏感的钱总却不以为然，只是淡淡地说："定了的事你们照办就是。"这样的态度让荣健心里很不平衡，想着公司各部门经理一天累得像狗，基本上月薪不过六千至八千，凭啥外来的人却可以如此优待？难不成就因为她长得漂亮！可现在钱总发话了，自己即使不服也得照办，反正也不花自己的钱。

　　随着前期物业团队的进场，销售筹备进入最后的会战阶段。一群人经常性地加班加点，钱总也频繁到售楼部检查工作。检查工作之后如果满意就会带着大家聚餐，按他的习惯聚餐之后再喝几轮酒才算尽兴。李菱新招来的几个客服也都是样貌姣好的美女，喝酒聚餐时钱总经常叫上她们助兴。一段时间皇城内几家刚开的迪吧几乎成了团建的定点单位，蹦迪喝酒，之后再上楼吃韩式烧烤，当然这过程还离不了酒。好几次喝到半夜荣健半醉半醒地开车回家，这样的状态自是一路狂飙，甚至过弯避车感觉比平时还要娴熟潇洒。而往往第二天下楼半天回忆不起车停在哪里，而最严重的一次是车开到楼下后一拉车门狂吐不已，吐完后感觉天旋地转干脆就直接躺在驾驶座上昏睡到天亮。醒来后才有些后怕，赶紧检查手包、电话是否还在。一翻电话看到董婉打来的几十个未接，于是赶快回家说明情况，可无论怎么说都难免被她一顿埋怨。荣健辩解说并非自己不知死活，而是工作需要没有办法。

第四十八章 她并不是公主

混熟后荣健才知道这李菱公主年近三十仍待嫁闺中，而像她这样风华绝代又富有才华的白领丽人确也难得。他忽然想起之前参与竞标的弘宇顾问老板也是单身，如撮合一下也许就能成就一桩好姻缘。为此工作之余他第一次走进了李菱的办公室，一推门一种让人沉醉的迷迭香扑面而来。李菱热情地起身相迎，说了很多感谢关照的客气话。荣健开门见山说今天不谈工作，而是为了她的终身大事而来。李菱笑着说："呵呵，多谢领导关心，你可要替我好好把把关。"荣健说："给你介绍肯定差不了，那老板坐拥数千万资产，公司在汉都地产界也很有影响。而且一表人才，才华横溢。"李菱听了这话高兴得脸上笑开了花，问道："你说的到底是何方神圣？我都迫不及待想见面了，呵呵！"

殷志鹏作为业务对接人自是有机会经常出入李菱的办公室，在他看来李经理正襟危坐如在云端，他一直琢磨着如何打开这个姑娘的心扉倾诉衷肠。他对她说从第一面起自己每天惴惴不安，总担心有人捷足先登。因此自己鼓足勇气说出心声，希望李菱给他一个机会。而李菱说："不会吧！你们经理刚给我介绍了对象，呵呵，想不到我一下子变抢手了！""啊！我们经理啥时成了媒婆了，肥水不流外人田，他倒好，净想着外人。"殷志鹏不禁埋怨了几句，显得很失落。李菱始终微笑着，劝慰他说："咱俩不太合适吧！我比你还大呢。""年龄不是问题，除非你嫌我职位低收入少。不过你不用担心，我老爷子有个塑料制品工厂，年产值也好几千万呢！反正我要参与竞争，我的诚心经得起任何考验。"殷志鹏丢下这句话后转身离开，李菱静静看着他出门并没有从座位上起来。

那段时间每到下班一辆崭新的雷克萨斯轿车就会准时停在售楼部门口，而这车的主人就是荣健给李菱介绍的对象。荣健认为自己促成他们接上火也就完成了义务，至于今后如何发展那不是他关心的事情。加之项目临近开盘，营销方案和一系列的物料需要落实，每天各类方案的讨论会安排得满满当当。钱总也一改往日轻松的神情，经常阴沉着脸走进会议室对方案和众人的工作各种敲打。天气刚热起来，为了通风空调时常开足了风力。尽管如此会议室仍是烟雾缭绕，时间一久就让人觉得压

冬日的火花

抑窒息。而各种不同见解的争论更是激烈而持久，有时候过了饭点内勤会从厨房弄来油条、面包让大家充饥。钱总一边吃着油条，一边从鼓鼓囊囊的嘴里发出各种指示，那种随意但毋庸置疑的神态让人有些忍俊不禁，可自然谁也不敢笑出声，因为所有人都怵火他的雷霆之吼。私下里大家都说钱总一个老男人独居于此，从各种行为表现来看肯定是患了更年期综合征。甚至有人跟荣健开玩笑说营销口不是整天与各类礼仪模特打交道，赶紧给钱总物色一个，免得他一天憋得难受折磨大家。这个时候荣健总是对说这话的人充满蔑视，心想你们倒知道个啥，钱总这样的金主身边还能少了女人！

经过十几轮的修改，联邦顾问提交的整合营销报告终于通过了内部评审。方案确定后荣健也如释重负，忍不住鼓掌庆祝，在座的所有人也积极响应这样的掌声。钱总脸上露出了久违的笑容，愉快地询问大家想如何庆祝。一群人正讨论到底就近吃饭喝酒还是进山赏景吃土鸡时，忽然投影屏幕猛烈一晃，紧接着又是连续地上下晃动。也不知是谁大喊一声："地震了，快跑！"会议室瞬间乱成一团，刚才还仰躺在椅子上的钱总弹射般第一个冲出门并吼叫着让大家赶快疏散。此时办公室其他区域传来女同志一阵阵尖叫，各种离拉崩倒之声不绝于耳。一群人蜂拥着冲向楼梯间，荣健往出跑的时候只听得头顶屋梁发出恐怖的嘎吱声，那时候真是有些脊背发凉。上官雪和邢之彬一起跑进楼道，结果因为太紧张没下几个台阶脚下一歪坐在了楼梯上，而邢之彬并没有停下脚步，只是一边跑一边喊了声："赶紧起来，不要命了！"荣健冲过来时看到上官雪坐在地上，赶紧伸手拉起她说："不要怕，咱俩一起走。"他拉着上官雪的手，她手心发凉脚底发软几乎要走不动道了，无奈之下荣健一手搂抱着她的腰用力提起，上官雪嘴里连连说着："谢谢，谢谢。"就这样俩人几乎连滚带爬下了楼，然而一出楼道上官雪马上挣脱他的手臂，荣健明白她不想跟自己扯上什么关系，心里略有所失地跑向人群中去。

此时道路上、广场上、绿化带里已经挤满了慌乱的人群，稍有风吹草动人们就像蝗虫般四散奔逃，电话信号已经中断，汽车烦乱的鸣笛声不绝于耳。忽然之间原本秩序井然的城市似乎进入了失控状态，好在刚

第四十八章 她并不是公主

才还剧烈抖动的大地暂已平静。

没有人再敢进入建筑，廖总和钱总碰面一商量，当下安排司机出动所有车辆拉上大家先出城再说。荣健心忧董婉和孩子，可是电话总也打不出去。想先行离开可这个时候怎么能置团队于不顾，况且其他几个部门经理都在现场。吵吵嚷嚷中几辆车出了城一直向南，也不知谁出的主意说是到云岭山上农家小院去避难，还要在那里吃纯正的土鸡和水库的鲤鱼。晚餐上桌的时候电话也恢复了通畅，荣健赶紧给家里打电话问候平安，得知董婉和孩子都安然无事时终于松了口气。又分别给两家老人打了电话，得知他们现在都和邻里在空旷地带避难。如此这般晚餐也有了胃口。一群人庆祝平安脱险，此时电视里有关地震的信息不断传来。

2008年5月12日，是中国人永远无法忘记的日子。当日新闻很快播发了四川汶川发生8.3级强震的消息，从电视的画面里可以看出震区一片残垣断壁，损失惨烈之程度世所罕见。新闻里说灾难造成的财产和人员损失一时难以估计，中央领导在第一时间发出了全力救灾指示。温家宝总理作为抗震总指挥也在第一时间赶赴灾区，现场有记者对当时的情况做了文字报道：

现场简直不能看了，

年过花甲的总理落泪了。

刚刚挖开的地方又塌方了！

这倒霉天气还在下雨，现在一线的军人已经被下达死命令，必须冒雨解救。

我就在现场，

我现在是在都江堰市。

交通已经瘫痪了，人员和物资很难运进去。

汶川现在还不让我们去。

汶川的交通完全封闭了，现场到底怎么样我不知道，不过早上总理指示军队不管有多大代价，必须进城。

倒霉天气还在下雨，飞机几次都不能降落，伞兵马上就要起飞了。

飞机在汶川空投物资了。

冬日的火花

　　被压在废墟下的300多学生现在很危险啊，刚才一次营救又失败了，现在总理在现场组织再次营救。
　　啊！总理摔倒了，
　　如果你现在看见老爷子的样子，你马上就会哭的。
　　老爷子的手臂受伤出血了，他把要给他包扎的医务人员推开了。
　　好消息，发现一名学生了。
　　总理跑到塌方点了，在指挥救援呢！
　　拖出来了，医生在抢救。
　　部队上来的人还不是很多。
　　交通太困难！
　　现在还不一定，这个看样子还活着，吊瓶氧气都挂上了。
　　啊，又塌了！
　　突击队一个人被埋进去了。
　　等等，我到前面看看。
　　我回来了，抢救出来了。
　　最新消息，彭州被困的10万群众危险！
　　由于大雨的影响，工程兵几次架桥失败，附近已经出现泥石流迹象，电话直接是叫通总理的，情况很危险！
　　由于桥梁倒塌，彭州市10万群众被堵在山中，救灾人员和物资无法运入。已经出现泥石流迹象。
　　总理电话里大喊，我不管你们怎么样，我只要这10万群众脱险，这是命令。他把电话摔了。
　　头一次看见老爷子这么厉害！
　　汶川现在还没通知去，估计情况不是很好。
　　汶川最新消息，雨开始小了，空投物资已经扔下去了，空降兵已经在外围机场登机了。
　　现在所有的国外记者都在关注号称中国最精锐的特种部队首次公开亮相。
　　总理现在和登机部队领导说话。

第四十八章　她并不是公主

　　总理说，我就一句话，是人民养育了你们，危难关头你们必须勇往直前。

　　大家好，我现在是在军用直升机上，头一次坐这种飞机，很紧张。

　　我现在在直升机上，估计一个小时后就到什邡了。

　　最新消息，汶川的映秀、漩口、卧龙三镇通信信号很弱，至今也无法联系。估计三镇有将近两万多人被困，余震不断，大雨连绵，情况非常严峻，由于能见度太差，无法判断准确情况。总参命令，当空降部队到达汶川上空时，如果条件不允许，就不惜代价强行伞降！

　　惨烈的汶川地震让全世界为之震动，各个友好国家纷纷伸出援手。而举国上下更是众志成城，人民子弟兵在一线冲锋陷阵，各种救援力量纷纷投入战场。国企、民企都慷慨解囊踊跃捐助，一个名不见经传的凉茶企业更是捐出了亿元巨款。那个时候所有人都深深地感受到了国家的力量，大家在关注救灾的同时忽然意识到经过三十年改革开放，我们的国家已经积累了强大的力量。无论是装备还是物资比起唐山大地震时已是天壤之别。总理说多难兴邦时很多人眼里含着热泪，荣健在电视里看到可乐男孩敬礼的画面时眼泪更是唰唰而下。他在工作笔记本上提笔写下这样一首诗：

　　春树芳林依稀还有
　　晶莹的朝露，
　　谁也没有看见午后
　　颓废的昏鸦，
　　在城市明媚的阳光下
　　是进取中国图强的脚步！
14时28分
　　地动山摇，
　　从此这个夏天多了一段灰色记忆！
　　很多地方，
　　很多人，

冬日的火花

感觉到大地的飘摇,
很多日夜,
很多瞬间,
慌乱、悲伤的情绪无边蔓延!

为那一瞬间慌张的脚步,
为街头夹着铺盖惶惶的身影,
为瓦砾废墟中挣扎的生命,
为那些凄惨的死亡。

小姑娘喃喃地说:
妈妈我不小心弄脏了新裙子。
小男孩怯怯地说:
爸爸刚买的新文具盒压瘪了。
孝顺的儿子红着眼睛说:
妈妈真对不起,
我不能给您盖新房子了。
细心女儿哭着说:
爸爸冬天的棉裤已经给你准备好了。
小伙子悲痛地说:
幺妹对不住……
美丽的姑娘凄凄地说:
亲爱的永别了……

只要你对这块土地充满深情,
你的眼睛就无法拒绝泪水泛滥。
依稀中那些孩子、那些青年、那些老人,
烛光照亮他们天堂的道路,
但无法挥去他们悲伤的神情中

第四十八章 她并不是公主

那深深的眷恋。

这些瞬间,
悲痛让我们无法呼吸!
灾难面前,
生命脆弱如烛火,
亦如流星在深夜无声毁灭,
没有人知道它的璀璨。
而我们应该铭记这灾难,
也应该记得曾经这美丽的土地上
那些为家园流下辛勤汗水的人们。
天道无常,
我们唯有选择坚强,
更要坚信多难兴邦!

长歌当哭,
死者已矣!
未来波澜壮阔的强国理想不会改变,
让我们掩埋了亲人尸体,
淡定从容地走向明天!

第四十九章　相见不如怀念

让王妮始终无法释怀的是，这些年面对爱情勇敢无畏，却为何最后落个伤痕累累无可奈何？曾经多么希望和陆锋相守一生，而中途却莫名其妙杀出个许芹让自己尴尬收场。最可恨的是马春雨，曾经满嘴甜言蜜语，到最后却一转身头也不回。

当初踌躇满志选择停薪留职下海闯荡，认识他时他说他做生意不为赚钱，毕生愿望只为振兴民族医药。那时候他的生意每况愈下，创办的中药集团和中医研究所正遭受各方质疑。而自己也不知怎么就鬼迷心窍，始终相信他。到底是倾慕他所谓诗人、作家的才华，还是草根出身能混迹商界又兼有政协委员的身份，或者是他天命之年仍怀雄心壮志的魄力？加入他的公司成为他的助理，最终又成为他无数情人当中的一个。他说自己与那些只有漂亮皮囊的女人不一样，是他真正的左膀右臂。那些女人给他生个孩子他奖励一百万，而如果自己生下孩子则能继承他的衣钵。明知飞蛾扑火却无力抗拒，明知父母会为此蒙羞却义无反顾。数年过去他原形毕露，其实他不过是个卖假药的骗子。早年倒腾老鼠药，后来炮制大力丸，再后来把活血化瘀的普通中成药包装成肝病灵药银龙片，又弄一堆人策划包装概念和疗效，短短几年声名鹊起大发其财。自己劝他早日转型做良心药，可他说资本的积累从来都是血淋淋的！企业只有一边发展一边研发，最终肯定要走上正轨的。然而他整天

第四十九章 相见不如怀念

与一群女人声色犬马，哪里有心思在新药或企业转型上花费力气。何况市场也没有再给他机会，受骗的群众不断通过各种途径维权，加上政府监管机构屡次查抄，看起来庞大的企业很快走入绝境。而这个时候他的那些女人开始为了财产不顾脸面地争夺，他的长子受人挑唆扭箱撬锁夺走了他保命的一大笔现金，他实在气昏了头加上一群女人的撺掇，之后报警抓捕了自己的儿子。自此他与前妻和子女闹得水火不容，再后来公司关停，他的那些女人们自是如鸟兽散，留下六七个没娘管的孩子让老东西欲哭无泪。

痛定思痛后他说他要回早年捐建的岐黄庙面壁思过，并且会想尽一切办法抚养这些孩子成人。现在年近七十的他兜里没有几个钱，又要拉扯着六七个小学生，要不是那个李道长出山坐诊接济他，恐怕吃饭都成问题。现在他一个人天天伺候娃们吃喝拉撒，再骑着三轮车接送上学。村里经常有人开玩笑说：“老伙计，操心把屎挣出来了！”他却说："唉！我这一车虎将美得很！"

荣健说："他心理素质真好！不过那大半生传奇经历也足够回味终老，想来那拉扯孩子的场景还真是村里的一道特别的风景线！"王妮苦笑着说："唉！他自作自受怨不得旁人！"

而话虽如此，王妮最后却只有抱着和他生养的女儿另做打算。回家父母一顿臭骂后也无可奈何，还是父亲出面找人帮忙才重新上了班，至于今后怎样她说现在真不敢想。

王妮和荣健说这番话的时候表情平静，荣健说这老东西真是害人不浅，埋怨说："你也真是鬼迷心窍，那货的女人多得数不清。九几年他一个小蜜开着无牌跑车在咱们县城被警察挡住，人家直接降下车窗跟警察说：'不用查了，你直接罚款，五百够不？'说完人家一把甩出五百元，当时警察就有些蒙了。你知道的，当时大多数人一个月工资也就几百块钱。你咋能跟这样的人混到一起，我真是闹不明白。"王妮无奈地笑了笑说："就是你说的鬼迷心巧，或者我就是这种薄命人。"荣健说他所知道的王妮是个敢爱敢恨的女子，希望她不要丧失对爱的勇气。并且告诉她此次来是受陆锋所托，许芹早已嫁人生子，而陆锋现在仍孑然

冬日的火花

一身。没想到王妮却冷冷地说:"别跟我提这个人,他是死是活与我没有关系,我一辈子都不想见他!"荣健劝慰她说:"我们如今都已不是小孩子了,不要再赌气,很多事可能选择谅解比埋怨更有价值。陆锋现在就在飞机城,除了不太自由,其实离得很近,你们是有感情基础的。"王妮陷入了长久的沉默,最后无奈地笑了笑说:"一切都成过往,人家是国家栋梁,我是残花败柳,况且如今还拖着个油瓶子。我自然希望能重新来过,可我没有勇气也不想面对他!也许只有这样我们彼此还能保留一些美好记忆,这就叫相见不如怀念吧!"

荣健本来还想跟她说安宁的例子,可从王妮的语气来看她俨然已是一个成熟的女子,况且得知她和老骗子生了孩子后也觉得这事已没有多大必要,即就她愿意,陆锋要接受这一切岂不太过委屈!世上又有几个人像安宁那样虚怀大度一往情深,女友嫁人生子之后离婚他仍穷追不舍!结局却也是有情人终成眷属,唯一的陪嫁是一个两岁的女儿。而他对那孩子视如己出,对老婆宠爱有加,去年又添了一个儿子,如今一家四口确也过得美满幸福。

记得安宁给儿子摆满月酒时赵海说他是群居四人的人生导师,还自我检讨说论做人我们都不如他。提起黄宏振,安宁大骂他是个垃圾,当初说带着乐乐去深圳闯荡,结果下了车四顾茫然,幸得一个老同学帮忙给租了房子才算是安定下来。一开始两个人倒腾山寨手机,后来黄宏振又去跑保险,乐乐干起了医药代表。有一年多时间两个人干得还不错,可没多久那货当上业务经理后就违背诺言与乐乐闹分手。理由是乐乐跟多个医院的科室主任关系暧昧,他现在也是有身份的人,岂能戴着绿帽子招摇过市。而乐乐说她如果要靠卖身赚钱又何必到处看人脸色,去东莞娱乐场混个头牌也是毫无问题。可黄宏振铁了心要甩掉人家,最后乐乐一怒之下赌气离开。赵海说黄宏振应该撒泡尿照照自己的嘴脸,就他那德行居然还嫌弃人家乐乐,乐乐有点心眼早就远走高飞了。荣健说赵海骂黄宏振是老鸦笑猪黑,完全忘了自己祭村龟公的角色。而赵海反讥他说没有他们这些龟公,汉都市像荣健这样的衣冠禽兽岂不寂寞!

从王妮那儿回来,荣健顾不上想自己是不是赵海说的衣冠禽兽。想

第四十九章 相见不如怀念

着王妮和陆锋重修旧好的事情没什么指望，而给陆锋妹妹找工作的事情应该没多大困难，于是四处联系同行朋友让给帮忙举荐。陆婷师大本科毕业，个人条件本也不差，很快就得到回复，陆婷同学被推荐到一家上市房企汉都分公司做行政助理，几天之后她就报了到。办成这件事荣健心里很是高兴，毕竟陆锋委托的两件事办成了一件，以后见面也好交代。

夏天到来的时候，地震带来的恐慌逐渐平复。但人们并没有淡忘这小半年的磕磕绊绊，年初的雪灾，3月西藏拉萨突发多起暴力事件，4月奥运火炬在法国巴黎遭遇抢夺，继而又是汶川地震。温总理提说的"多难兴邦"似乎不断在人们心头发酵，尤其奥运火炬在传送过程中屡屡遭遇抢夺，而西方媒体却以"人权"与"民主"为由栽赃抹黑中国政府。这番"骚浪贱"的操作就好比百姓人家已经准备办喜事，却有人跳出来指责说这家人大吃大喝不够绅士。这当然让已准备热情迎客的中国人民无比义愤，迅即在民间诱发了对法资企业家乐福的集体抵制。而中央政府在外交战线上也展开了有力的反击，并很快在世界范围内赢得了大多数正义国家和人民的声援，至此已没有人怀疑伟大祖国必能成功举办一届精彩的奥运。

而这些看似不相干的事情对公司项目在超市的招商方向上产生了积极影响。起初钱总固执地认为沃尔玛、家乐福是世界级品牌，有品位持续经营能力强，因此除此之外不做二选。而在公司民意调查时大多数人却支持选择人人乐，大家认为人人乐更亲民，价格更有竞争力，而且超市卖的都是大众消费品，品牌价值与便宜实惠相比后者才是硬道理。结果一轮谈判下来发现，华润万家才是真正的王者。他们对接业务的经理自豪地说："我们是国企，我们在创造经济效益的同时还要兼顾国家利益、社会效益。就拿开年以来的经济危机来说，很多企业都在裁员而我们仍在扩招。另外在汶川地震发生后，我们集团第一时间打开仓库支援灾区。而洋品牌在这么大的灾难面前仍需要层层请示，所以我们是当之无愧的为人民服务。还有对国家来说，销售终端也绝对不能完全掌握在外企手中，如果那样对民族制造业来说是很危险的事情。也正因为如此

冬日的火花

在任何情况下国家不会让我们倒下，只要我们不犯大的错误人民群众自然也会长久地支持我们。"

几家超市经过数轮角力，最终华润万家胜利签约。因为几家企业都看好这个地段，所以经过几轮加价之后租金水平非常理想。这样就能确保超市建成之后无论自持还是出售都能获得丰厚的回报，廖总钱总对这件事情的结果都很满意。廖总亲自把荣健叫到办公室，说在这件事情上给他记大功，并且拿出一盒上等虫草递给他说："我听说你妈妈身体不好，你把这个拿回去给她煲汤喝，如果还有什么困难你尽管来找我。"这意外奖励让荣健心里倍感温暖，他知道虫草价格昂贵，老板的这份恩惠可非比寻常。想着当初进公司本着士为知己者死，如今更要万分努力不可辜负这份厚爱！

不知道殷志鹏是有意还是无意，他把荣健给李菱介绍对象的事说给了钱总。结果开会时钱总提及此事借题发挥，先是批评荣健御下不严，纵容殷志鹏不务正业有事没事地往李菱办公室钻，最后还把荣健给李菱介绍对象的事说成拉皮条。这突如其来的指责让荣健相当尴尬，实在有些后悔自己多管闲事。会后他和殷志鹏谈了话，警告他老实做人规矩做事并且以后少说废话，否则就让他从公司滚蛋。殷志鹏的事刚刚平息，策划主管萧浪又出了事。那天晚上钱总又拉上一群人去迪厅，荣健因为感觉这几天不受钱总待见，就找借口回了家。结果第二天一大早见面时钱总就有些气势汹汹，叫他到了办公室后说策划主管萧浪酒后失德，居然伸手摸了客服女孩的胸。荣健听了这话看着钱总狂躁的样子内心觉得实在滑稽，不是硬忍差点笑出声来，他装作一副难以置信的态度回应说："不可能吧！这货能空虚到这个地步？"结果钱总严肃地斥责道："你咋管的人？把人都管成什么样了！"荣健有些不服地争辩说："我又没去谁知道到底什么情况！DDLH那几个客服也不是什么省油的灯。况且我能管住员工的上班时间，人家的私生活我也干涉不了。"这话显然激怒了钱总，历来在公司他吼别人还没人敢辩解，他又岂能容忍荣健的挑战。当下瞪着眼睛板起职业的面孔厉声说道："加强团队建设，懂吗？身为经理你有团队建设的责任！"荣健看他几乎红了眼，只好唯唯

第四十九章 相见不如怀念

诺诺地说："好的，好的，我下来严肃整顿！"说话间他忽然感觉到一种清晰的寒意，而且在钱总的神情间他似乎还看到了"不屑"二字。

那几天荣健本就心情不好，忽然又接到陈志军的电话。他说赵海和刘三虎一伙在扫黄行动中被巡警抓进了他所在的派出所，在他的周旋下现在只需交三千元罚款就能放人。陈志军都出力帮忙了自己又岂能袖手旁观，当下取了钱赶去赎人。赵海、刘三虎、马小兰被关了一个晚上，出来时已经饥肠辘辘，荣健给了赵海两百块钱让他们先去吃饭，说过两天高扬过来，到时叫上陈志军一起坐坐。

那天赵海还带着刘三虎，而刘三虎似乎终于找到倾诉的地方，说赵海做事太过分，先是问人家马小兰要了十万元结婚费又迟迟不见行动。失望之后马小兰提出分手，他又无耻地提出要十万元分手费。陈志军也对着赵海连连摇头，说刘三虎和他一起干的营生，人家已经在老家盖了二层小楼还在县城买了单元房，而赵海混迹数年身无分文反倒又欠下一堆赌债。高扬劝赵海跟马小兰结婚，干个正经营生好好过日子。赵海说这事他矛盾得很，也知道马小兰对他好，可是要娶这样一个被人称为公共汽车的烂货他实在不甘心。荣健半天没说话，听他这么一说不知怎么瞬间就来了火，不屑地扭头瞪着赵海说："你还不甘心，你有啥资格不甘心？不是马小兰恐怕你早都饿死了！人家比你高贵，你他妈一个吃软饭的，有啥资格挑剔别人！你背叛人家就是忘恩负义，问人家要分手费就是不知羞耻！"高扬看荣健情绪激动，在桌下连连伸腿示意他别太过分。而荣健根本不顾这些，又逼迫似的说："这里没有外人，你给我们表个态，你到底娶不娶人家？干不干正事？"赵海面无表情半天无言以对，大家也只有叹息。荣健低头沉默片刻说了句："高扬、志军咱们走，他以后爱干啥干啥，与咱们都没有关系了。"说完夹着包转身离开，而高扬和陈志军并没有跟来。那一刻他知道自己和赵海从此情同陌路，曾经多年挚友，如今这样决裂真是万万没想到的结局。后来高扬说荣健走后赵海也很伤感，他说荣健如今春风得意变得傲慢，刚刚换了新车更是不可一世。荣健听这话心里郁闷又无奈，想着这么多年真诚待他，在他危难时从未逃避，谁承想最后却落了个傲慢的评价，唉，真是

/759/

冬日的火花

让人无话可说!

当初给李菱介绍艾总并不是盲目的拉郎配,荣健想着艾总一表人才事业有成,而李菱相貌出众又受过良好教育,如能结合应该也能助他一臂之力。没承想他们交往两个多月后艾总郑重地约他喝茶,说是有些事需要解释。之前先是李菱提说艾总根本不上心,荣健还有些埋怨他自恃太高。也许艾总因此才专门要来解释,那就姑且听他怎么说吧!

艾总说:"交往之初互相感觉良好,没几天俩人就住在了一起。咱们都是男人,在这样的美人面前谁也没法淡定,说老实话和她在一起性生活也很和谐。那几天累得我这老腰都要断了,每次做完爱抱着她我都觉得从此心有所属不再飘摇。然而没几天我就发现她总是神神秘秘,经常半夜还接听电话。咱好坏也算有些资产的人,我越想越不放心,于是专门雇人调查了一下。这一查还真吓我一跳,她之前在DDLH就与公司一个副总纠缠不清,业务对接过程中又与好几个合作单位的老板黏黏糊糊,一会儿跟这个去旅游,一会儿跟那个去度假,只要对方有钱有势她基本上来者不拒,算不算交际花咱不好说,反正种种迹象显示这个女人可不简单。后来那个相好调到外地,当时她也跟去了一阵子,谁承想后来又出现在你们项目上。那天我得知这一切去她住处找她,我在门口给她打的电话,她却说她在外面。后来我就直接敲门,敲开后她把我堵在门口死活不让进去。当时她刚洗过澡裹着睡衣,头发散乱。她站在门口想打发我走,我说有些事需要说清楚,而她说没什么可说的,最后我也只能离开。但我派了人一直在她楼下蹲守,你猜第二天早上出来的是谁?"荣健说自己猜不出来,艾总拿过手机翻出一张来自彩信的照片,那照片上钱总拿着手包容光焕发地正走出单元门口。

所有的疑惑都有了答案,当初执意给李菱开高工资,提高物业费水平,敲打殷志鹏,莫名其妙给自己找事,闹了半天是咱自己不长眼。想到这一切荣健有些悔青肠子,领导喜欢的女人咱非得给人介绍对象。这是拿民企老板挤兑职业经理人,还是拿青年才俊羞辱中年大叔,其实都不是!简直是没事找事,到头来只是给自己脖子底下垫了块砖。以后还要跟着他干事,这误会不解决恐怕真是没什么好果子吃了。好在项目马

第四十九章 相见不如怀念

上要筹备开盘，这个时候他应该不至于撵自己走，况且廖总对自己工作还比较认可。他想着找个机会解释一下，毕竟一开始钱总对自己也偏爱有加。

为了筹备开盘，公司各个部门协同开展工作的机会很多，然而就在这个紧张繁忙当口，谁承想很多莫名其妙的事情却接连发生。先是廖小胖同学那天到行政部的位置去找上官雪对接工作，据说因为当时上官雪和邢之彬聊得正欢一时没顾上搭理他，小胖迅即妒火中烧直接吼了一句"我操"转身就走，走到办公室门口一脚踢开门径直离去，前台小姑娘不知何故也没敢多问。不一会儿只听楼道里一声巨响，愤怒的廖小胖同学任性地一脚踢瘪了电梯轿厢。小姑娘赶紧把小胖子拉了回来，送他到廖总办公室。很快物业人员找上门来责问，廖小胖余怒未消不以为然地吼道："老子干的，多少钱，老子赔你！"这话惹得廖总十分恼火，训斥小胖说："就赔钱那么简单吗？你破坏公物扰乱公共秩序你还有理了？"看到廖总发火，小胖子才收敛了不可一世的狂躁。物业人员见公司领导通情达理也就心平气和地协商解决问题，最后廖总私人垫付了赔款，但声明说廖小胖必须做出检讨并用工资分期偿还。不过自此廖小胖与邢之彬算是结下了梁子，后来或者因此与荣健的关系变得亲密。但不管怎么说，廖小胖隶属营销部归荣健管理，出了这样的事又让钱总有了话说。他再一次在部门经理例会上提醒荣健加强团队建设，要学会约束和引导员工的言行。

在商业中心设外展点为开盘预热的事公司非常重视，与樱花百货沟通租赁展位和布展主要由策划主管萧浪和殷志鹏负责。随着布展的完成，销售主管刘丽也完成了置业顾问的前期培训。尽管这事没让萧浪和殷志鹏插手，可没几天这两个家伙与几个美女置业顾问就打得火热。荣健吸取教训给他们敲了警钟，当着置业顾问的面严厉地说："团队里绝对禁止任何形式的不正当关系，谁触碰了这个底线谁立即走人。"私下里又警告萧浪说他是已婚人事，与女员工交往要注意分寸。而对殷志鹏就说得更加直白，提醒说公司已给他挂了红牌，如再有什么不当行为就立即滚蛋。可即就发出这样的警告，事实上对殷志鹏并没起到什么作

/761/

冬日的火花

用。这家伙就像发情的公狗一样四处寻找机会，可奇怪的是这家伙在开盘前夕忽然不见了踪影。从荣健了解到的情况看似乎问题不大，他仅仅只是晚上给人家姑娘打过几回骚扰电话。而从上官雪掌握的情况看，这家伙可是坏到了骨子里。

上官雪在公司电脑后台截取了殷志鹏的QQ聊天记录，内容充分显示，这家伙居然很早就勾引了前台的小姑娘，两人经常下班之后在公司行苟且之事，会议室、钱总办公室都是他们发泄的场地。而监控最后一次拍摄的画面明显具有挑衅的意味，那姑娘竟半身赤裸地趴在钱总的办公桌上，而殷志鹏顶在姑娘身后一边行苟且之事，一边面目狰狞地叫嚣着什么。钱总质问荣健对此如何解释，而荣健虽羞愧难当却也十分无辜，他辩解说自己确实没想到殷志鹏如此道德败坏，而他与前台小姑娘的作为更是匪夷所思。廖总打圆场说看来荣经理还比较单纯，而殷志鹏这样的奇葩却也少见。他说家丑不可外扬，要求上官雪暂时保留这些证据，但要绝对保密。另外看能不能先找到殷志鹏让他回来交代问题，同时以后行政部招聘必须严格把关，无论怎么说这两个人都是她招进来的。况且前台小姑娘忽然辞职上官雪没有警觉，之后殷志鹏玩消失才查找原因，所有这些作为行政人事经理都明显有疏忽。上官雪没想到最后自己也成了被批判的对象，当时就流下了眼泪。

连续发生的这些事情搅得荣健心烦意乱，那一阵子根本顾不上太多地关注母亲的病情。直到三舅打来电话说："你知道你妈的病情不？你妈为了不让你分心，每次接你电话都要憋上一口气。你赶紧回家把你妈接到城里大医院去看看！"听了这话荣健心里咯噔一下，忽然意识到问题的严重性。他借口出去调研市场，匆忙下了楼开车回家。见到母亲面容憔悴头发枯黄荣健内心一阵刺痛，怨恨自己是个十足的笨蛋，竟然糊里糊涂相信母亲病情日渐好转的谎话。无论母亲怎么说病情不太要紧，他叫父亲赶紧收拾了行李，当下拉了母亲去往省城人民医院。

交了住院费安顿好一切已经过了下班时间，荣健赶紧赶回公司打了卡，尽管这投机打卡免不了来回折腾，但最起码能避免月底行政部计考勤时又填罚单。第二天下了班他再次赶去医院，母亲的检查结果都已出

第四十九章 相见不如怀念

来也用上了药。这次医生并没有提肝移植，而是直接建议保守治疗，荣健问这样是否能稳定病情，大夫直言说："你母亲各方面指标都比较差，是否能承受肝移植手术都是问题。采取保守治疗，尽量延长生存时间是唯一选择也是无奈选择。"专家教授都这么说，荣健想着自己也别无选择，只有尽力配合医院治疗。从拿来的费用单上看，昨天刚交的五千元已经所剩无几。于是赶紧去收费处续交了费用，这次刷完卡账户余额就剩下几百元。回住院部的路上荣健思量着得赶紧筹钱，无论怎样这次也得让母亲的病得到彻底治疗。当着父母的面荣健说让他们尽管放心，自己这阵子赚的钱足够治病，要不然也不会换了新车。

荣健想起陈洁现在已贵为官太太，况且这些年她一直在倒腾生意，无论怎么说现在也应该颇有资财。可她毕竟是女同学，平素在经济上又没什么往来，向她开口如果被拒绝岂不是很丢脸！可是向谁开口借钱又不丢脸呢？谁又会借一大笔钱给自己呢？荣健陷入长久的纠结当中，他不断地掂量着与设想借钱对象的关系。但有一点很清楚，那就是绝不能向单位的同事开口，这些人都是萍水相逢，他们若知道我的困境说不定还想看我的笑话，况且交情尚浅，即便厚着脸开口恐怕也借不了几个钱。情急之下他先拨通了陈洁的电话，遭到婉拒之后又无奈地给高扬打了电话，想着这次他无论如何也会伸出援手。然而高扬说他的钱都囤了纸，即使印成作业本发到学校，最快要到10月底才能见到钱。这两通电话的结果让荣健心里忽然很崩溃，觉得这世上有些所谓的友谊简直薄如烂纸，真正遇到难处看似最好的朋友居然一分钱力都不愿借，唉！也或者他们真的无能为力，也或者我在他们心中就是这样的无足轻重。权衡再三又想着给卢伟打电话，却忽然想起前一阵他买了房子又贷款买了车子估计也不宽裕，给他开口他肯定会尽力而为，可自己明知他不宽裕还开这口岂不是不够朋友，于是当即又打消了这个念头。

尽管心里熬煎，可在职场自己还得扮演一个强者。在单位他没有跟任何人提起母亲住院的事情，而那天中午一个广告公司的业务经理却意外地出现在了住院部，说他来看个朋友没想到会在这碰见。而他说这话的时候手上提着豪华果篮和一箱牛奶，显然是有备而来。荣健推辞说：

冬日的火花

"感谢您的关心，但礼物我不能收。"而那人坚持说自己既然来了就一定要上去看看，微不足道的一点心意还请荣总不要拒绝。看人家一片真诚，荣健只好带他走进了病房。那人在荣健父母面前一个劲地褒扬荣健，说两位老人养了个好儿子，能力强又孝顺，因此阿姨一定要有战胜疾病的信心。几句话说得杜英娥喜笑颜开，高兴地说自己病情已见好转，再住几天就能出院。那人稍坐了片刻就起身离开，刚要出门时护士拿来了催费单提醒交钱。荣健原本计划着明天领了工资再交费，现在看来还是得想办法。他只好借机让那位朋友先走，自己随后再想办法把费续上。

想来想去荣健也只有到公司申请预支工资，可当他拿着预支的钱去交费时，窗口却告诉他说上午有人刚交了五千元。荣健顿时有些紧张，不用说这钱肯定是广告公司那人交的，他一直想承接公司的户外广告业务，垫付这笔钱的目的岂不是很明确。可现在只知道他是哪家公司，又没存他的电话，就是想还钱也没法联系。琢磨半天也只好先这样，等有机会见了面再说。

殷志鹏消失二十几天之后忽然打电话约荣健见面，随后见面地点约在永徽路南段遗址公园边上。殷志鹏一上车，荣健也不绕弯子，直接说道："你个怂货竟然还敢回来，老钱弄死你的心都有了。"殷志鹏不以为然地说："谁弄谁还不一定呢！那老东西坏透了。再说他要整的是你，我只是配角！"荣健装作不解地说："我又没想睡他的女人，你们那一摊事与我有啥关系？"殷志鹏给荣健发了支烟给他点着，又摁下车窗自己点着，深深吸了一口吐出窗外，这才缓缓地说："与你没关系！人家正谋划的时候，你偏偏要介绍一个艾总来搅局。艾先把李菱睡了又疑神疑鬼地弄私家侦探搞调查，李菱这才倒向老钱的怀抱。你想老钱能不恨你？"荣健辩解说自己完全出自好意，而殷志鹏说他是多此一举，并反问荣健难道不知道什么叫红颜祸水。这话说得荣健一时语塞，他有些无奈地说："好人难做！李菱就是个蠢货。艾总年轻有为资产雄厚，弄不清她为啥非要跟老钱这个色鬼混在一块。"殷志鹏听了这话似很得意，脸上露出一丝神秘且轻蔑的微笑，潇洒地把手伸出车窗弹掉烟灰后

第四十九章 相见不如怀念

认真地说道："经理你说这话是重点，李菱这女人可不简单，她既想当婊子还想立牌坊。一方面装得像个职业白领，一方面谁有势力就给谁献媚。你说献媚就献媚吧，这也是人家的生存方式。可她啥话都跟人说，我找她确实是一片真诚天地良心，那天没忍住就抱了她一下，可她回过头就跟老钱说我骚扰她。闹不好她说你当初以给艾总介绍为名，实际是拿人好处拉皮条，前前后后都是设计好了算计她。你想到时老钱能跟你善罢甘休？"荣健说自己的事不用他担心，所有结果自己都想得很清楚。而殷志鹏求爱不得就在办公室以肮脏的方式发泄私愤很不对，殷志鹏却说这一切都拜钱建中所赐，骂他利用职务之便欺男霸女。本身自己在公司工作干得尽职尽责，没承想因为追求李菱被钱建中视为眼中钉。要不是他整天找事，自己又岂能干出那些龌龊的事情。现在想来也觉得过分，确实是恶心了别人害了自己，反正汉都自己是待不下去了。之所以见荣健只是认为他是个好人，提醒他要提防老钱。荣健说自己坚信仁者无敌，如果钱建中要斗那么自己也只有应战，大不了辞职走人，并规劝殷志鹏以后做事脚踏实地，别一天到处乱吹，要知道这世间从来英雄不问出处。

也不知道殷志鹏是否听懂那些话的意思，当时荣健顾及他的面子只字没提公司调查他的事。而之前上官雪已经按照履历上的信息找到他家，实际上他家的情况并不是他对外所说的那样显赫。他父母都是凤鸣市一家国有企业的普通职工，厂子效益一直不太好，他的父亲年轻时又因工伤落下严重的残疾，因此家里全靠他母亲支撑。殷志鹏从小聪慧成绩优异，但是虚荣心极强，考上大学后就极少回家，毕业之后因为没能分配进法院很受打击，因此总抱怨父母不给力啥事都办不成，曾经还和父亲大吵一架。说父亲活得像个废物还不如当时就死了，那样最起码还能落个因公殉职的美名。在家吵完架就负气出走，这几年一个电话都没给家打过。上官雪虽然找到家里却根本找不到他人，最后也就不了了之。

外展场的蓄客效果非常好，销售团队也相当给力。项目确定开盘时间的时候登记的客户已超过六百组，而一期计划推出的房子只有三百二十九套。有了这样的客群基础，荣健对开盘信心十足。而这时候又一个

冬日的火花

让人烦心的人物出现了，新上任的DDLH物业大区经理带着海归的光环出现在项目上。他在多个场合无限度地吹捧钱总才能，又毫无根据地预言项目均价将会达到万元。那时万科的项目也不过卖六千多的价格，然而他这些不靠谱的预测却大得钱总欢心，因此无形中给荣健和团队带来了说不出的压力。于是一遍一遍地调研市场，一遍一遍地要求联邦顾问细化价格报告。精装修工程的成本论证也必须在开盘前完成，按照项目的高端定位，装修选材大多倾向于一线品牌，可所有的材料、设施如果均采用驰名品牌，整个的装修造价就会高得吓人，如此加在房价上必会严重影响销售。可如果选择普通品牌，就无法彰显装修档次，也不利于征服追求品质的消费者。研究的过程就是一个平衡的过程，就是想着如何能把钱花在刀刃上。而最折磨人的是项目的推广包装，这是个虚实结合的工作，一方面要整合项目诸多卖点，同时再把这些卖点提升到一种概念，并用优美且有张力的文字进行充分表达，有时候确实是"吟安一个字，捻断数茎须"。

项目名称在报规划之前总部大BOSS亲自拟定为"瑞景·君逸天下"，据说还特意请精通五行之法的大师测算了吉凶，说是用这个案名必能闻名海内，成就大业。最终项目推广定位为"都市锋线圈层定制住区"，概念归纳为"都市核心、公园核心、豪宅核心、商业核心、事业核心"，主题广告语确定为"见证一座大城的荣耀"，而卖点上又根据规划设计特点提炼出"围合空间、琴键立面、台地园林、天幕会所、全景商业、人车分流、明厨明卫、超大附送、顶级装修、国际物管"十大核心卖点。至此一个有血有肉灵魂高贵的项目诞生了，最终根据办证进度确定于10月28日盛大开盘。

工作忙得天天加班加点，时间安排几乎密不透风。一边得顾着工作，一边还牵挂着医院里的母亲。那段时间荣健感到前所未有的疲惫和焦躁，而稍微一抽身钱总就会打来电话过问现场情况。起初还以为只是巧合，可连续几次的巧合让他意识到售楼部有领导的眼线。而这个卧底不是别人，肯定就是物业经理李菱。钱总现在经常一开口就说："荣健，我他妈一天给你打工呀！"这话听得荣健云里雾里，一追问他就会

第四十九章 相见不如怀念

提出一堆细枝末节的问题，样板间那个画没钉端正，工法展示区说明不够清晰，室外的水池需要清洗，等等。往往到医院还没跟母亲说几句话就又得赶回去处理问题，每每这个时候说真的，他恨透了李菱，心里咒骂她是个贱人。

不过老实说这个贱人领导的几个客服确实给现场增色不少，常有一些客户被美女客服吸引而频繁到访。另外李菱在商务礼仪、布置花草、摆设茶点方面确有专长，在她的努力下客户盛赞"瑞景·君逸天下"的接待服务达到了五星级标准。对此钱总自然大加褒奖，而与此同时则经常没来由地敲打荣健，说他的品位、审美都需要提高。这样的事情多了，荣健慢慢地心生退意，想着再多的努力都不被肯定，这样下去恐怕也不会有什么前途。而这个时候因为开盘前进行了密集的广告投放，又频繁做各种热场活动，相关合作单位为了争取业务展开了密集的公关攻势，各种吃喝宴请、休闲按摩应接不暇。而荣健心里焦躁并无太多心思，因此大多时候选择了拒绝。还有一个原因就是他一直觉得在公司深受廖总赏识，又岂能有负于他。因此烦钱总的时候就想堕落腐败，可想起廖总的时候又立志大道直行。

没想到开盘的先一天晚上客户就开始在营销中心门外排起了长队，十月的汉都市入夜已有寒意，但这丝毫没有挡住客户的购房热情。男男女女都裹着衣服驻足等候，有的人干脆垫张报纸席地而坐，而那些被雇佣的人则提着凳子夹着大衣装备齐全地前来。七八点的时候门前小广场已经挤满了人，有些不守规矩的开始试图插队抢占有利地形，现场由此出现了不和谐的声音。

荣健深知赢得客户支持实为不易，如果这个当口出点事那就有大麻烦。他赶紧安排策划主管萧浪购买方便面、牛奶面包以及饮用水，又让保安堵住营销中心大门，自己则拿起话筒维持秩序。面对有些挑事的人严肃勒令他们遵守秩序，然而他刚一说话马上有人跳出来抱怨开发商不顾客户感受，现场连凳子都不提供，大家是拿着钱找罪受。荣健连忙解释说本次开盘按排号顺序选房，因此大家没有必要在此排队，明天按时前来即可。如果大家愿意在此坚守，那么公司免费为大家提供夜宵。并

冬日的火花

且考虑到现场人数众多，为确保大家安全，公司已经联系了驻地公安部门，马上就会有特警前来现场。请大家一定遵守秩序，公司不希望有任何不愉快的事发生。也提前预祝大家明天能选到心仪的房子，他代表公司再次对大家的厚爱和支持表示感谢。

夜宵确实已经安排，至于所谓特警出动完全是他一时情急信口胡诌的。而他说这些话的时候，不知什么时候廖总和几个朋友坐在了院中的水景平台上。荣健说出这一番话的时候，廖总远远地给他竖起了大拇指。那一刻他觉得心里很有底，也觉得非常有成就。现场秩序总算稳定下来，到了十二点前后大多数客户开始低下头打盹。荣健这才拖着疲惫的双腿驱车离开，到了医院母亲已经睡下，和父亲说了几句话就回了家。拿钥匙轻声开了门，只见董婉和孩子在沙发上睡得正香，他先关了电视，又叫董婉把孩子抱进卧室去睡，躺倒在沙发上的时候感觉身体像散了架。

第二天一大早荣健挣扎着爬起来，先到营销中心与代理公司、物业公司领头人开了个短会，按照开盘活动安排所有物件都已准备到位，人员也已到岗，于是马上给钱总和廖总汇报了情况。做完这一切，荣健巡了一遍场，看着签到处工作有序进行，满意地走到销售部门口松了口气。

刚点燃烟抽了一口只见一个中年男子前呼后拥着朝门口走来，那人身着深蓝色短款翻领风衣，白胖的国字脸油光发亮，下坠的两个大脸蛋让人感觉如天蓬下凡。他们似乎要闯营销中心，荣健下意识地挡住了去路。那人迎面而来一开口，一股新鲜的口臭和烟草味扑面而来，荣健连忙后退两步说道："选房还没开始，请在外边等候。"结果那人把荣健伸出的手用力一拨，厉声说道："把手拿开，你挡谁呢？把你廖哲生叫来！"荣健心头一紧，想着廖总也是大老板，很少有人直呼他的名姓，可不管他是谁，现在没开始选房自然不能叫他进去，于是继续和颜悦色地说："抱歉！现在真不能进，麻烦您在外边等一会。"那男子旁边的小伙不乐意了，大声说："你知道他是谁？你连田局长都敢挡，我看你是不想混了。"荣健回答："公司有规定，请您理解。"那中年男子显得很不耐烦，瞪着眼睛呼着长气说："我是国土局田卫民，你们廖哲生也不敢跟我这么说话，闪开！"荣健看着他那副蛮横神态，真恨不得给

第四十九章 相见不如怀念

他一个嘴锤。可开盘在即门前起了争端总归不好，但放他进去外边的客户一定会有意见，众目睽睽之下岂能坏了规矩，于是装作谦和地说道："领导好领导好，您看这么多客户看着，门一开都蜂拥着进去那可就乱套了，您如有事就麻烦您给廖总打电话，我这真不能让您进去。"那男子身边的人开始骂骂咧咧，若不是门口站着四个高大保安，估计他们真要冲上来对荣健施以拳脚。那中年男子觉得折了面子，一手指着荣健一边掏出电话示意让荣健等着，然后转身带着喽啰离开。他们一走荣健可是松了口气，也想起公司领导曾提说过国土局的田局长，当时是骂此人贪得无厌人品极差，看今天这架势也确实符合这些特点。心想着一个领导干部把自己装得跟流氓一样，在他治下的国土局那岂不是成了黑社会，唉！这伙狗日的真是膨胀到无法无天。

如果你没经历过房地产的牛市你就不知道什么叫疯狂，瑞景·君逸天下项目原本计划开盘实现六千元均价，可看到现场客户激情涌动，随即取消了一切折扣优惠，即便如此当天成交三百余套，去化率近百分之九十。对此公司非常满意。庆功宴上钱总发言说营销策划部工作扎实成绩优异应该赢得掌声，接着又说这成绩是公司全体同仁共同努力的结果，希望大家再接再厉，我们一定能创造新的辉煌！荣健带着团队给各个部门一一敬酒表示感谢，同时信心十足地说营销部一定能把诸位的努力转化为现实价值，二期销售价格还会再攀新高。

开盘之后项目进入正常销售，而销售部营销中心入口处两棵行道树依然没能如期移走。客户开车入场都得小心翼翼地从两棵树中间穿过，一些新手和女性司机到此就有些望而却步。事实上前期销售部早就向园林局打了报告，可现在看来不花点钱根本解决不了问题。荣健记得父亲曾经提过，不久前金城县的一个副县长好像调到园林局任了局长，此人与父亲多少还有些交情。心想着能不能利用这层关系帮公司解决问题，于是就把这个想法向两个领导做了汇报。钱总说可以去试试，廖总却认为荣健去找肯定解决不了问题。当下决定他和荣健一起去找，去的时候廖总手里拿着一个鼓鼓囊囊的信封，一边走一边在手上拍打。

到了园林局荣健跟门卫说自己从金城县来拜访局长叔叔，这话还真

冬日的火花

是灵验，他和廖总一起轻松地走进了局长办公室。那局长的办公室倒也朴素，见到荣健时这位局长脸上挂满和蔼的笑容。荣健自报家门说："我是荣勤民的儿子，如今在房地产公司上班，这是我老板廖总。"局长客气地向廖总伸出了手，一边握手一边说："哦，君逸天下是你们开发的呀！市场还好吧？"廖总客气地回答说："汉都是块福地，销售还不错，以后还得局座您多关照呀！"局长客气地请廖总落座，又转过头笑眯眯地说："哦，你是荣勤民的儿子，你爸身体还好吧？"荣健回答说："还好，现在退休没啥事，就爱打个小麻将，呵呵。""小老乡呀！坐坐坐。"荣健按局长示意的位置坐了下来。局长开门见山地问道："那你们今天来有什么事情吗？"荣健没等廖总开口，就说出了申请移树的事情，并说请局长叔叔帮忙协调一下，看能不能尽快移走。局长叔叔听了这话倒也痛快地说："哦，我问一下，该挪的话马上安排人给你们挪。"听了这话廖总立即表示感谢，赞扬说局长平易近人肯为企业分忧。而局长说这是分内之事，创造良好的营商环境也是市政府一贯的要求。这时廖总忽然拿出自己的车钥匙说他烟忘在了车里，让荣健下楼去拿。可廖总明明来时并未开车，且平素很少抽烟，说这话那自然是别有用意。于是接过车钥匙转身下了楼，慢慢走到自己车上点燃了香烟。三天之后那两棵行道树被移除了，开会的时候廖总有意无意地说汉都市移树还真贵，一棵一万元呀！联想起当日廖总手里的信封，荣健确信当日那里面装着两万元现金。

至此影响销售的一切障碍都扫除了，"瑞景·君逸天下"可谓火力全开。人气旺盛销售火热，自然价格不断上调，只要连续三天每天卖两套单价就涨五十元，如果日均销售超过三套，单价就涨一百元。那一阵子项目销售绝对称得上量价齐飞，业绩也迅速刷新了高新区单盘销售的价量纪录。这时马路对面那块两百多亩地的项目也开始了销售，虽然他们还是上市公司，但从价格水平上来看却低了百分之十左右。不远处牡丹公园旁边的那家国企开发的纯板式小高层项目均价还不足六千，而"瑞景·君逸天下"均价一举冲破七千却也惊人。

这样的成绩让钱总心得意满，大老板来的时候说钱总是难得的帅

第四十九章 相见不如怀念

才,也顺带肯定了营销团队的努力。并说下一步公司将朝着集团化发展,随着公司加速拿地必将在部门经理当中诞生一批年薪过百万的项目负责人。从过往的经验看,工程、设计、营销三个职能部门产生全才的概率较大,当然其他职能部门的负责人也不必悲观失望,只要有能力即使不当项目负责人,公司也会量才使用,百万年薪同样不是梦。这样的一席话让大家热血沸腾,所有人都有即将功成名就的感觉。

第五十章　黯然离去时

有个问题一直让人感到迷惑！如果说对面二百多亩地的大项目价格低是因为容积率太高没有明显优势，那么国企开发的纯板式小高层项目从产品格局上来说则明显优于"瑞景·君逸天下"，可是为何卖个低价去化速度也远不及"瑞景·君逸天下"？

有人带着疑问不了了之，而荣健对此进行了仔细的研究和思考，慢慢地心里似乎也有了答案。这国有企业不输在产品也不输于宣传，但是从头至尾输于细节和责任心。小区的建筑和园林尽管也聘请的大牌设计单位，也许支付的费用更高，但是很多细节显然推敲得不够。亭台楼阁的规格尺寸不够合理，曲径通幽的道路繁复得如同迷宫，再加上后期施工监理上的疏漏，交付不到半年一期道路很多铺砖已经松动，局部沉降也很厉害。这样的品质自然对客户的跟进有直接影响，相比之下自己公司从上到下对细节的重视和对品质的严苛要求真是不可同日而语。这样的差距导致国企白白流失溢价以致损失巨额利润真是让人痛惜！

可有人说国企领导者之所以对利润追求不高，是因为这些人更希望平稳，如果企业利润太过丰盛也许就会导致位子不稳。他们宁肯在项目的跑冒滴漏中赚取灰色收入，也不愿意把心思花在创造价值上，否则反而容易招致更多人的觊觎。想来这话也确有道理，可是对国家来说这损失实在是太大了！当权者只顾谋取私利大行中庸之道明哲保身，如此丧

第五十章 黯然离去时

失理想信念的干部多了于国家来说是该多么大的悲哀！然而大家似乎都清楚，可似乎谁也没有办法，为此荣健心里有种沉甸甸的忧虑！想起当年求学时治国安邦的理想，可此时除了不满、叹息又能怎样！

2008年1月1日《劳动合同法》就已经正式实施了，9月份在上官雪的策划下公司与大家的合同起始日期确定为9月1日，而合同里写的基础薪资只是汉都市最低工资标准，期限为两年。这样的设计所有人都有意见，可是除了私底下嘀咕几句，没人敢提出异议，毕竟公司实际开出的各项待遇与同类企业相比已算中上水平。当然，大家也都明白就工作强度和水准来说，公司的要求也高，但所有人都愿意为此付出。可如果就平等来说，显然所有被雇佣者处于弱势地位，于企业而言员工付出多少似乎都理所当然，这就是民企的特点，也自然符合马克思的剩余价值理论。

如此这般的思考也许是荣健对于是否收受合作单位的回扣寻找理由。眼看着很多合作单位提供的支持到了付款账期，按照行业内的规矩，他们收了款自然会回馈一定的好处。为此荣健非常揪心，作为儿子给母亲交不起住院费则对不起母亲，作为员工收受贿赂则对不起老板，尤其是廖总对自己信任有加，如果手脚不干净被他知晓必会寒心。好几次想偿还那家广告公司垫付的五千元，可人家死活不收，说合不合作都无所谓，一点心意权当交个朋友。荣健心想这世上哪有无缘无故的恩惠，无奈之下最后还是选用了他们的媒体，虽说价格合理也很有必要，但这样的合作从一开始就变了味。

母亲的住院费已经够让他忧心，好在项目胜利开盘之后公司发了两万多元奖金，有了这笔钱垫底暂时也能支撑一阵。然而与此相比更让荣健烦恼的事情是钱总的态度，他分明已经得到了李大美女，可他似乎仍耿耿于怀。无论何时何地想起来就打电话过来问成交情况，理由是作为营销策划部经理必须随时掌握销售进度。而往往他打电话之前先给代理公司的现场经理打电话问个清楚，然后再来考问荣健。如果荣健回答得不够准确，他马上就是雷霆怒吼，一会儿说"他妈的，我整天给你打工"，一会儿又说"你小子不敬业，不称职"。起初荣健还以为是自己疏忽，在带着怀疑和现场经理交流之后确认那老东西是有意为之，从那

冬日的火花

时开始荣健心里有了一种真真切切的不安。

杜英娥在医院已经住了一百多天，临床的病友走了几个也换了几个。活着的病友和大夫都说她生了个好儿子，这几个月下来可是足足花掉了一辆高档车。每当这个时候杜英娥心里很是欣慰，嘴上却说："养儿防老，他不给我看病谁给我看！"但是每次荣健来她都说自己已经好了，赶紧办理出院手续。看着母亲经过几个月的治疗气色状态明显好转，荣健心里自是高兴。而父亲几个月来日夜照顾母亲不但瘦了一圈，就连须发也几乎全白。既心疼母亲又怜悯父亲，那时荣健真恨不得有分身之术。眼看着又要过年了，母亲说她不想在医院里过年，大夫也说病情基本稳定，出院应该没有什么问题，只是回去以后要好好保暖，注意千万不要伤风感冒。既然大夫也这么说，于是办理了出院手续送母亲回了家，计划着一家人热热闹闹过个年。

2009年的春节自是不同，母亲的病虽然前后花了十几万元，通过医保报销了近乎一半，荣健办完结算时多少有点喜出望外的感觉。另外放假前公司发放了四五万元的绩效工资，大概一算这一年收入比之前增长了一倍还要多，这样的丰收年对全家来说都是幸福的事情。而回家过年最逗人开心的是两岁多的女儿，她已经能滔滔不绝地与爷爷奶奶说话，或者拉着姑姑的手问东问西，累了就像个小狗一样躺在奶奶身边睡觉，而奶奶则抚摸着她的头哼唱着各种风格的摇篮曲。每当这个时候荣健心里就非常满足，觉得再大的委屈与这天伦之乐相比都不值一提。唯一感慨的是父母亲忽然间都已满头白发，这让他频繁想起"高堂明镜悲白发，朝如青丝暮成雪"的诗句！尽管董婉依旧只对他的父母亲近，不过到此荣健也不再强求，想着只要她不添堵自己就偷着乐吧！如此这个年倒也祥和喜庆，一桌年夜饭全家吃得津津有味。

自从有了车活动的范围也大了，可现在这偌大的县城其实已经没有多少可去的地方。大多数高中时代同学朋友已经疏远，即便过去要好过的莫文娟、舒畅、蒋馨等女生也早已嫁为人妇，几天前商业街偶遇舒畅也不过平淡地打个招呼。而其他四散各地奋斗创业的男生要么早已淡忘曾经的交情，要么忙于生计顾不上彼此联络。与此相比补习班的同窗之

第五十章 黯然离去时

情就更为淡薄可怜，当年大家虽坐在一个教室却似乎都把彼此看作对手，而且多数时间大家都专注于学习，谁又能顾得上培养友谊，如此一旦分别大多也就相忘于江湖了。

那天荣健开着车在县城转悠，先去李铭家遛了一趟，又去高扬纸店聊了一会儿，回来时碰见甘蔗摊于是下车想买根甘蔗。这时一个推着自行车的人朝他打招呼，仔细一看原来是当年一起参加公务员招录的伙计。没想到仅仅十年过去，他看起来居然有几分老气横秋的味道。如此荣健忽然心里有种优越感，想来他当上了公务员如今也不过骑着自行车，而自己自谋生路却也开上了汽车。那人还真第一句话就说："吆！混得不错呀，车都开上了！"荣健装作谦卑地说："胡混呢！哪能跟你们这国家干部比。"那人嘴里立即起了牢骚，说道："再别提了，当年说基层锻炼两年就提拔副乡长，结果分下去就没人管了。十年了还是个科员，你说坑人不坑人。"荣健心里想着就你那熊样当了乡长也不顶事，干公务员的人如果只想升官发财那还不坑死老百姓，嘴里却说："唉！咱县上这是水浅王八大，你又不是不知道。当年我得罪了人连班也没得上，可这又能咋！天无绝人之路，实在没前途你也给他撂挑子走人。"荣健一边说着一边接过小贩刮好的甘蔗，与那人又扯了几句就上了车。怀着一点小喜悦开车走在回家的路上，想着一晃多年这县城早已物是人非，有多少怀念已成过往，又有多少旧识成为陌路，平素虽没有衣锦还乡的俗念，可似乎这人生越奔跑越孤独。如今父母尚在根还在这里，可如果有一天父母离去，我们又该归身何处。细想起来进城已有十年，可从户籍上来说仍不属于那个城市，我在那里流泪流汗，可它仍不接收我。甚至下一步孩子去哪里上学都还挂在空里，又有谁关心我们这些漂泊者！

如若不是等回来探亲的陆锋，荣健或早已返城，而与荣健一样期待他回来的还有他的父亲陆平国。那几天他每天早早地叫爱人把他搡下楼，自己摇着轮椅走到大门口等候。虽然儿子已经打电话说了准确的时间，可他仍希望或可早点见到他。

还真是让他等到了，陆锋蹲在父亲的轮椅前说原想着坐班车的话要

冬日的火花

到半下午才能到，运气好坐了一个老乡的顺车。陆平国抚摸着儿子的肩膀，内心有无限欢喜，嘴唇哆嗦着却半天说不出话来。陆锋看着父亲焦急的样子连忙说："爸，别着急，咱们回家慢慢说。"说着推着父亲的轮椅往回走去，这时陆平国才缓缓说出："回来就好，回来就好。"

陆锋拉着爸爸的手坐下来的时候，眼泪竟不由自主地滑落。而父亲尽管颤巍着，却说："你是个军人，怎么能穿着军装流眼泪呢！赶紧把眼泪擦了。"陆锋声音低沉，近乎颤抖地说："一转眼，爸老了，我还想听你讲剿匪的故事呢！"陆平国摸着儿子的头说："怎么？在部队受委屈了。"陆锋连连笑着说："没有没有，我啥都好着呢！"陆平国缓缓地说："我是你爸，你有啥能瞒过我呢！爸只能跟你说，人这一辈子干点事不容易。你当了兵入了党，任何时候都不要忘了自己为什么去当兵，为什么要入党，这样任何委屈挫折都会看淡。"陆锋："我没忘，我还记得你给我讲过你们那些牺牲的战友，与他们相比我们这些人太渺小了。"陆平国听了这话原本干涩的眼睛也瞬间有些湿润，他满怀深情地说："我真是老了，现在经常想起他们，想起我的副连长被土匪做了人皮灯笼我就难过地想哭，想起那个掉进悬崖的小老乡就后悔地心疼。我们那时候唱着忠于革命忠于党，从将军到士兵都是两袖清风斗志昂扬。有一次抄了土匪老窝，缴获那么多价值连城的珠宝、金佛像和成堆的银圆但没有一个人动心，全部都登记造册颗粒归公。现在想来都挺骄傲的！爸一辈子没做过违心的事情，虽说没干出多大名堂，但我不后悔。"陆锋说："爸，我明白你想说什么，你放心，我一直没忘你的教诲，我喜欢这身军装。""呵呵，傻小子军衔比爸高了。你也是党员，要记住任何时候都要忠于党和人民的事业，无论荣辱得失爸都为你骄傲！"陆锋笑着给父亲递上茶水，嬉笑着说："爸，这个问题我早想清楚了，若为了升官发财我早不在部队干了!动摇的时候我总想咱们那些开国元勋，其实他们大多出身不差，如果只是为了个人利益根本没必要出生入死干革命。而现在有些人利欲熏心，恐怕迟早要被清算的！""李老师，李老师，你儿子很有见解呀！你是咱家的功臣。"陆平国高兴地连呼爱人过来。李玉秀老师严肃地走过来说："你现在还是个老骚轻，

第五十章 黯然离去时

见了儿子咋激动成这了！"旁边戴着哥哥大盖帽的陆婷听得正入神，见妈妈过来才插嘴说："我还真的没想到，都这年月了，咱家居然还有两个百分之百的布尔什维克，也或者说是高贵的理想主义者！但是我就想不明白，我哥这么牛的人咋现在都没领个空姐回来？"陆平国似乎不爱听这个话，有点发急地说："早，早晚的事，哪家姑娘嫁给我儿子还不是她的造化！"陆婷连连称是说："那是那是，你儿子，你儿子！"

那天陆锋和荣健坐在白沙河堤枯草上，远处铅色天空忧郁而低沉，萧瑟的河道曲折迂回通向远方，划破寂静的原野和灰色天幕消失在视野尽头。而眼前的潺潺溪流虽不明亮却已不似先前那般污浊，想来这也是纸厂倒闭带来的好处。偶有一两只燕雀衔着细草从眼前轻盈掠过，那形单影只的感觉似乎又徒增了几丝寂寥。

陆锋说多亏荣健帮忙，陆婷在单位干得很好，并且年前升任了主管。荣健说那只是举手之劳不必言谢，关键陆锋现在必须正视个人问题，不能老这样拖着，开玩笑说再拖下去连功能恐怕都要丧失了。陆锋这才吐露心扉，说这些年其实在部队谈过一个，那还是一个首长的女儿。确定关系之后女方提出让他转业到民航去，并且为之铺平了道路。可是自己纠结很久，还是舍不得这身军装。只好跟人家说自己想活成自己想要的样子，而那姑娘说本想和他周游世界，没想到他装腔作势冥顽不灵，以至于最后只能惨然分手。

陆锋有些悲伤的说："这年月已经没几个人真正理解什么是理想，而自己想过一种不被生活左右的人生。况且这个时代有时真的让人迷茫，他曾见过有人热情洋溢满脸温柔地要嫁给飞行员，可背地里却恨不得男人上了天就别回来，如此那女人就能拿着丰厚的抚恤金和保险赔偿去过优越自由的生活。你说这样的人和感情有多么可怕？又让我如何敢轻易相信所谓的爱情！"尽管说到此他言语低沉，但他忽而又坚定恳切的说："虽然这时代让人有些琢磨不透，但我作为军人又怎能不忠诚使命枕戈待旦？"

荣健说像陆锋这样为了追求与信仰而不为利益和情感所动的人几乎绝种，可生活总得有生活的样子。虽说如今物欲横流真爱难求，但我们

冬日的火花

还是应该相信爱情，否则这人生岂不是太过悲凉？还说自己很能理解他的孤独，因为现实中的大多数只为吃喝拉撒而忙碌，虽不能说这宛如猪栏式的状态庸俗卑贱，可如果有选择他也想不为名利所困，比如去教书育人，去扶贫守边。又说陆锋已站上理想飞扬的平台，即便剑不出鞘地守着英雄梦也足以不负平生。

陆锋说："十年磨剑，霜刃未试。我最期待的就是能驾机解放台湾，亲眼看着岛内那些跳梁小丑就地俯首，让红旗像当年插上南京总统府一样插遍台湾的每个角落。甚至我还梦见过战机倒映在贝加尔湖清澈的水面，梦见过登临库页岛走入白衣飘飘的幻境，也曾梦见过蒙古高原那无边草场和遍地牛羊。如若能拿回那些曾经属于华夏的土地，我们这国家和民族才算创造出超越祖宗的复兴和荣耀，为此即便有一天葬身海天我也心甘情愿。并且自从歼十战机起飞，我人民空军早已今非昔比，海军舰队也开始了远洋护航，今年的国庆阅兵肯定会有很多镇国利器亮相，相信到时全世界都会为之惊叹！"

他说这些话的时候壮怀激烈，说完却又略有羞涩的喃喃道："唉，我恐怕有些神经病了。这些话也只能在你面前说，你全当是疯言疯语吧！"

荣健接过他的话说："哈哈，确实是锋言锋语呀！可我觉得这锋是刀锋的锋陆锋的锋。况且这些梦我也曾做过，我也想横刀立马，我也想揪住那些指责中国的西方政客扇他们的耳光，可我能力有限，只能在平凡生活的漩涡里逐渐沉溺成一个内心有病的痴人。但我永远支持你的大国梦英雄梦，这一点你要相信我。"

"怎么能不相信呢！除了你我这些话只能在肚子发霉，或者对着西风怒吼了。"陆锋苦笑着说。"别说这了，还是说说你个人的事情吧！难不成因为惧怕失望就这样孤独终老？"荣健有些急切地问。陆锋听此话微微一笑："哎，有时我觉得自己活在梦里，可我真的希望这梦永远不要醒。"荣健应声道："唉！你知道吗？这几十年我最荣幸的事是那年学校给我全额报销了医药费，因为只有那一刻我觉得我是国家需要的人。所以一个人能活在梦里或是最大的幸福，你服务于国家什么时候生活都有保障。而我挣扎在世俗的泥沼，感觉每一步都有坠入深渊的危

第五十章 黯然离去时

险。所谓爱情、理想在柴米油盐面前有时觉得如同自我麻醉的幻觉，十数年现实与理想之间的撕扯把我已变得面目全非。"由此说起当年送李霞离开，他埋怨陆锋出现得总不凑巧，否则那个如紫霞仙子的女孩还真适合和他在一起。当然荣健并没有说他与李霞的相识让他相信还有爱情，只是说送她离开时自己心痛非常。陆锋却说他没想到就在一转眼间，荣健竟活得如此畏手畏脚，既然遇见紫霞仙子般的女子又为何能轻易错过？现在居然还想把人家当礼物馈赠，这想法简直不可思议。况且在他心目中荣健当是为美人弃江山的主。

荣健说并不是舍不得江山，正是因为一无所有才对未来没有把握，怕放弃是伤害，拥有也是伤害，因此干脆就放她去海阔天空。又说对于李霞自己心里真的矛盾又内疚，但最内疚的是这些年在外闯荡，不经意间让母亲的病发展到不可逆转。如今也只有尽力延长她的生命，可如果有一天母亲真不在了，他都不知道自己该如何面对这个世界。陆锋说："我们做儿女的似乎生来就注定了亏欠父母，我现在还能想起高中时我爸爸给我送面粉的情形，就在一转眼间他老了，说话行动都变得吃力，可我除了看病出点钱还能怎么样呢！我这些年也基本不花什么钱，说起来还有不少积蓄，不管啥时候如果你有困难尽管开口。"荣健说："真是不一样呀！有些所谓的同学朋友平常耍得谦和热闹，你真有事人家避之不及！你倒好找上门来了。到时我真转不动了，一定会第一个给你打电话。"

自从2008年9月15日雷曼兄弟宣告破产，美国次贷危机引发的金融海啸迅即席卷了全球。然而这一切似乎对汉都市没什么影响，市面上依旧歌舞升平，房地产市场在地震之后也迅速得以恢复。有人说这源于中央政府于2008年11月启动的四万亿投资拉动计划；也有人说这是典型的饮鸩止渴。一时间在经济学者当中引起激烈争论，各种经济论坛在全球经济衰退的阴霾下密集上演，企业家试图在论坛当中找到机遇，普通人则希望得到高人指点发家致富。也许是因为恐慌，最为滑稽的一幕出现了。

美国一个叫作格莱德的基金会因为经济衰退赤字达到一千七百万美元，为了筹款开始拍卖与股神巴菲特进餐的名额。去年两名中国人就以

冬日的火花

创纪录的价格拍得过这顿午餐，而今年国人又成了中标大热门。稍微有些常识的人都应该知道，格莱德基金会募集的资金主要用于帮助旧金山地区的穷人和无家可归者。无法理解那些竞拍晚餐的国人到底出于何种心理，难道一顿晚餐巴菲特就能点石成金？而他们也许忘了国内还有四千万的贫困人口，但他们"无私地、义无反顾地"发扬了国际主义精神。

2009年1月20日，美国第一个黑人总统巴拉克·奥巴马宣誓就职第四十四任美国总统，他就职演讲时说："我们眼前的问题并不是说市场力量存在善恶！市场创造财富和增加机会的力量无与伦比，但是这场危机提醒我们没有监督时，市场发展将失控，当市场只偏爱有钱人时，国家无法永续繁荣。我们经济成功的依据，不只是国内生产总值的规模，还有繁荣可及的范围，以及我们将机会拓展给每个愿意奋斗的人，不是因为施舍，而是因为这就是达到我们共同利益最稳健的途径。"随后奥巴马政府又出台了高达七千八百七十亿美元的巨额经济刺激计划，而这些拨款一部分用于稳定近乎崩溃的金融系统，另一部分则投入制造业、交通运输业、社会福利体系和基础设施建设中。

熟悉政治经济学的人如果把这两件事情一结合，显然再次证明伟大导师列宁帝国主义理论的预见性和凯恩斯理论的灵魂附体。而中美两国几乎同时选择以积极的财政政策刺激经济，一时间让很多所谓经济学家如同打了鸡血上蹿下跳，不断抛出各种惊世言论博取关注。可当你听多了这些聒噪一时的言论，同时又紧密贴近现实的生产生活时，你就会发现那些坐在办公室里脱离政治、国情谈论经济模式或者方法的人实际上都有欺世盗名之嫌，真正有造诣的经济学家首先应该是出色的政治家。荣健几乎有些固执地认为，当下一些所谓的经济学家正用各种丑恶的嘴脸诠释着《共产党宣言》中那句经典的论断："资产阶级抹去了一切向来受人尊崇和令人敬畏的职业的神圣光环。它把医生、律师、教士、诗人和学者变成了它出钱招雇的雇佣劳动者。"

而他这样的看法并不是出于对资本家所谓剥削的憎恨！就拿廖总来说，如果没有他的赏识又何来自己的用武之地，一个员工如果不能为公司创造利润又有什么存在的价值！节后上班不久廖总还特意叫自己到办

第五十章　黯然离去时

公室，说有关物业的事情他一定要坚持原则，在审核物业顾问公司各项费用时必须严格把关，务必杜绝合作单位虚报人员及有关费用。廖总的话多少让荣健觉得如同拿到了尚方宝剑，他又岂能容忍李菱恣意妄为！他们之前提出公寓部分的物业费按照一块八收取，如今又说算不过账，希望按照两块五收取。而钱总居然说人家当时提的就是两块五，这让荣健非常为难。提高物业费标准自然会造成一定程度的销售阻力，况且这事也不能因为殷志鹏离开就指鹿为马！荣健翻出当时的会议纪要面呈钱总，结果一下子捅了马蜂窝。钱总看也没看一眼，愤怒地看着荣健说："没有费用支持哪来的优质服务？你们好好研究一下！听见没有？"说着拿起鼠标狠狠地砸在桌面上，发出"当"的一声，荣健面红耳赤地退了出来。

显然这个事情已经没什么商量的余地，如果坚持只能进一步开罪钱总，荣健想着既然费用提高已成定局，那么干脆就这个费用标准与物业公司沟通服务的要求，只要他们能够提供更为优质的服务，那么无论对公司还是客户都算是个交代。这一点上李菱经理还算配合，开具了详细的服务菜单，几轮下来大家都还满意。于是公寓部分正式公布收费价格，并且公示了有关的服务菜单，一些客户虽然有意见，但是在销售火爆的氛围下大多也不再提说。然而一个投资了三套小户型公寓的女性客户还是较了真，在三番五次提出退房后和置业顾问起了冲突。也许是为了显示实力和决心，这女人叫来两个愣头青年到营销中心闹事，声言再不退钱就砸场子。接到代理公司经理电话，荣健立即赶到了现场。刚表明身份，一身运动装的小伙就咄咄逼人地说道："你他妈也不打听打听，这一带是谁的地盘！别跟我装，痛快点退钱！"荣健看着他微微一笑，其实心底里压根瞧不起对方的浅薄，但还是装出和善的姿态笑着说："兄弟，你别冲动！退钱很简单，我只是不希望这位大姐错过机会。""谁是你的兄弟，你他妈找死。"那伙计说着起身准备拿桌上的烟灰缸，另一个也站了起来，他们已准备开战。荣健并没有后退，只是冷眼看着，只等他抡起烟灰缸再做反应。这时那妇女制止了两个小子，示意他们坐下，似乎还有些不好意思地说："荣总你不记得我啦！当时

冬日的火花

买房时我朋友给你打了电话，你还给我优惠了。实在不好意思，我现在担心物业费太高，到时租不出去，你看这事咋弄？"荣健这才想起开盘那天确实见过她，于是有些抱怨地说："就是嘛！都是朋友你弄这事干啥？如果你真想退我就给你退，不过话说清楚，你那房子现在升值了不少。"那女人听了这话一时间又没了主意，荣健看此情况知道机会来了，于是劝慰她说："服务优质费用自然会高一些，你再考虑一下，如果真决定退随时给我打电话。"那妇女虽吃了定心丸但还是沉默了半天，最后勉强接受了荣健的建议，不过表情显然已不是刚来时愤怒的铁青面容，有些委屈地诉苦说："你们置业顾问要能跟我好好说就不会有这事，他们一口一个不能退，我赌了气才会这样。"荣健说："置业顾问确实没有这个权利，但说实话公司现在巴不得你退呢！呵呵。"那妇女于此也无话可说，几乎有些千恩万谢地领着两个小兄弟离开。那两个小子出门时扬扬自得大摇大摆，荣健心里骂了句"蠢货"也转身准备离开。

不远处一张接待桌前坐着位五十多岁的清瘦男子，他手里捧着楼书，脸上挂着祥和的微笑。刚才眼前的一幕似乎让他觉得很有趣，于是当荣健准备离开的时候喊了句"荣总"。荣健有些诧异地扭头一看，眼前这人确实素不相识，可他还是职业化地笑了笑迎上前去。那人示意他坐下聊聊，这一聊才知道他也是一位开发商老板，说他在凌云示范区有一个上百亩的项目准备启动，荣健如有时间，真诚邀请他去指导指导。荣健这才递上名片，谦虚地连连说了几个不敢当不敢当。这下算是认识了，老板说他姓祁，遇见即是缘分，欢迎荣健随时到凌云来玩。祁老板说话时总是笑眯眯的，谦虚和蔼的口气俨然一个长兄，嘴里又多是褒扬肯定之词，一席话说得荣健几乎有些心花怒放，当下就回应说自己一定尽快抽空去看一下项目，况且凌云区和老家金城县也就隔了一条河。

住宅和公寓的销售如火如荼，一家国际连锁的快餐品牌居然看中了营销中心，说是希望能够买下来做汽车穿梭餐厅。这简直是求之不得的好事，有了这个著名品牌入驻商业端点位置，那么对整条商街价值都将起到极大的推升作用。于是荣健安排团队制作了详细的推介材料，并将谈判计划报请钱总和廖总审定。为了增加报价方案的说服力，荣健调集

第五十章 黯然离去时

人力对营销中心门前的人流车流做了连续的监测，并且对未来几年的增长情况做了比较客观的预测分析。因为前期准备得足够充分专业，由此整个谈判过程反而变得简单直接。上下三层不到一千二百平方米的营销中心最后以两千四百万元成交，这个结果超乎所有人预料，意味着三层拉平均价超过两万元，这个价格在市场上又创造了一个新的纪录。

回顾这段时间的工作，虽然磕磕绊绊，但是成就感却无处不在。也许因为这些成绩，公司上下都对营销部的工作交口称赞，代理公司老总也常常赞扬荣健管理有方，唯一的意见是他确认佣金时不够痛快。就连心有嫌隙的物业经理李菱工作上也足够配合，甚至有时还表达出一些善意。节假日荣健偶尔领女儿来现场，李菱总会热情地给予优待，以致姑娘回家就跟董婉说爸爸单位的阿姨漂亮得像主持人，泡的方便面特别好吃。所有这一切让荣健暂时感觉到了一种安定，销售业绩好，收入也稳定提升。有时他会禁不住假设，如果不因掺和李菱的事而开罪钱总，也许完全可以在公司长久地干下去。可现在与他的关系真有些微妙，谁知道他哪天又会神经错乱，反正现在一看到他吼人就有一种深深的厌恶感。

每次荣健打电话问候，杜英娥都会提着一口气说自己很好。实际上她越来越觉得自己恐怕时日不多了，晚上躺在炕上和荣勤民聊天时她总说，如果现在眼睛能恢复视力，哪怕只活三天也好。荣勤民也总是宽慰她说："咱儿子的事业越来越好，只要你能坚持就能跟着享福，现在医学这么发达，你可不能丧失信心！"杜英娥说她生的儿子她知道，儿子也一定能干一番事业，可她不一定能看见了。说这话的时候，她的眼泪就忍不住顺着眼角直流，以致经常打湿了枕头。

天气乍暖还寒时节最容易感冒，而一个小小的感冒现在对杜英娥来说如临大敌。感冒持续不见好，整天浑身乏力。往常还能坚持着在院子伸伸腿弯弯腰的锻炼现在也不得不终止了，可即使每天躺着依然感觉身体越来越沉重。荣勤民看着她日益鼓胀的肚子忧心忡忡，可几次要给儿子打电话都被她拦住。两个人总是为此争执不下：

"你不能这样，如果你有个三长两短我咋给孩子们交代？"

"你给娃打电话只能让娃花些冤枉钱，我这病估计治不好了。"

冬日的火花

"该花的钱也得花么，他是你的儿子，你不花他钱花谁钱？"

"咱给娃也没过下啥日子，把娃花烂了他那日子咋过？"

"唉！你总是犟得很，这可咋弄嘛？"

"没有啥咋弄的，要死也死在咱屋炕上！"

对于老伴的固执荣勤民有些无可奈何，可是不忍看她被病痛折磨得痛苦不堪，最终他还是背地里拨通了儿子的电话。

那个周末荣健回到家里接母亲去住院，可杜英娥却说省医院看来看去也没觉得有啥高招，而且住院部天天死人她实在受不了，说要荣健拉着她再去找找李道长。荣健知道母亲嫌大医院看病贵，可他拗不过倔强的母亲，想着去找一下李道长让母亲明个心也好。

李道长给杜英娥诊了脉，又按压了一下肚皮，当下开了方子，却拒不收诊费。荣勤民搀老伴上车时，李道长私下跟荣健说他这次开的不是治病的方子而是善后的方子。荣健有些不解，他语气沉重地说："你妈的病我已没有办法，你赶紧拉她去住院。我刚才给你的方子你拿着，这肝硬化引起的腹水中医叫鼓胀之症，听说西医治疗会人工抽水，可到最后人依然会腹胀如鼓。真到了那个时候，你用这个方子给你妈把水泄了，这水泄了人也就没了，轻轻松松地走总好一点！"荣健听了这话心里一阵悲凉，当下与道长告别直接拉母亲去省城。

医生说杜英娥的病情发展超乎预料，可用于排水的人血白蛋白不在医保范围，医院里面也卖得贵，荣健如有渠道可在外边去买。荣健想起了沈悦提过她妹妹好像一直在做药品，赶紧打电话联系。一问才知道这药可真是贵得可怕，友情价一支也要将近四百元钱，八支下来一下子就花去几千元。再加上交住院押金，很快一万元又没了。但这只是个开始，他远没想到这次的花费比上次更吓人。一周下来他那可怜的两三万元积蓄就见了底，这时候他想起了陆锋，于是发出了求助短信，顺便连银行卡的号码也发了过去。陆锋没有食言，两天后汇来十万元，并专门打电话说如不够尽管开口。

经过半个月的治疗，杜英娥原本枯黑的脸色明显好转，用上人血白蛋白之后腹水也很快消退，这让荣健和父亲可是长出了一口气。荣健只

第五十章 黯然离去时

要有时间就会尽量到医院陪一下母亲，并且不断跟大夫沟通，想着能不能用上提高血小板的药把白内障手术一做，为此还特意给大夫包了大红包，可是没人敢接他的红包。大夫说杜英娥的身体条件根本不支持，即使你再舍得花钱，估计在全市也找不到敢做这个手术的大夫。

那些天搀扶母亲漫步在医院花园的时候蔷薇花开得正艳，廊架上葡萄树蜿蜒的枝干上已经挂满了翠绿的叶子，午后明艳的阳光从树叶的缝隙中洒下亮眼的光影，母亲说她闻到了花香感觉到了光影。那些瞬间荣健感觉到了一种从未有过的踏实，可这踏实当中总有一丝挥之不去的遗憾。想起母亲年轻时英姿飒爽的身影，想起当年承诺带她游览山川名胜的诺言，想起说过建功立业给她荣耀的大话，荣健心里不由感觉一阵酸楚。

转眼间又到了炎热如火的6月，十年以前这个时候一群人喝酒打闹、悲伤话别。那仿佛就在昨天的历历画面依然清晰，可如今他们飘散四方一聚难求。荣健作为班长早已在QQ群里发出了聚会通知，可眼看着约定的日期将近，却仍有二十多人杳无音信。据说一位女同学在出嫁的第二年就因病去世，也有同学追随老公去了美国。其他好些同学的情况也不太清楚，唯有等相聚的时候一诉衷肠了。

那天的聚会老书记和几位当年任课老师也来了，书记说看到大家发展得很好他非常欣慰，老师们说在面临经济转型的挑战当中，大多数同学的成就超乎了他们想象。一班班长顾学楷说他始终坚信天道酬勤，这些年从事保险业务，靠着诚信、勤奋成长为高级业务经理，在深圳娶了老婆买了房，如今一子一女生活幸福。凌兵兵说她觉得在学校和闯荡社会没多大区别，这个时代只要敢想敢干就没有做不成的事。只不过她没什么宏大理想，往后继续勤奋努力赚更多的钱。黄莺发言的时候备受关注，她一袭长裙姿态优雅，淡妆红唇目光明亮。相隔十年不但美丽不减，反而平添了一种成熟女人的韵味。她说自己的经历很简单，毕业就进了凤鸣精密机床厂，从办公室文员一直干到今天，反正国有单位吃不饱也饿不死，说完自己呵呵一笑。其实那个时候黄莺已经出任集团办公室主任，这个级别在上市公司已经是绝对的高管。工资待遇怎么样且不说，反正她已经是整天与董事长、市长、局长打交道的业界名媛。

冬日的火花

荣健认为李明华、施立群之所以没有出现，大概还是没有从当年的挫败当中走出来。据说他们毕业后都进入了政府单位，李明华在当地已经出任某个乡的乡长，而那个总是自作聪明的施立群则混得并不怎么样。原本想着大家能相逢一笑泯恩仇，现在看来也许还需要时间。之前郦薇信誓旦旦地说她一定会来，没想到她又一次当了逃兵。谭浩宇捎来了邱雨生的信息，并赞扬他为祖国的桥梁铁路建设事业做出了贡献！说他在长达十年的时间里转战南北，而那些工地大多地处偏远条件艰苦，实在无法抽身，所以只能委托他代问大家安好。卓耀凡仍是孑然一身，说自己运气似乎差了点，一直没能遇见理想中那种淡泊名利的女子。而学习委员秦向茹的变化让大家眼前一亮，曾经那个身材消瘦看似柔弱的女子如今俨然一副女强人的样子，这些年闯荡广州做起了服装生意，说话间自信乐观的态度自然流露。其他人也都一一做了发言，大多都感慨岁月如梭成就有限，对过往的青春无限怀念，说大学时代的友谊尤为珍贵，相识时我们都已成年，相交时多因相知和认同，因此绝不会因时间、距离而淡化，而往往随着阅历增加，反而会更加深厚！

荣健总结时说："我们都应该感恩这个时代，是改革给我们提供了更广阔的舞台，尽管这变革曾经让我们迷茫痛苦，可我们的人生也因此变得丰富。感谢母校、老师对我们的谆谆教诲，让我们一路走来虽有错误但一直立身正道。虽然十年下来大家都经历了不少改变了不少，也许个人的成就会有差距，但只要我们不入歧途，不妥协于命运，我相信我们就能主宰自己的未来。所以我们应该为自己自豪，让我们一起举杯庆祝再次相聚，友谊万岁，青春万岁！"

送走外地同学的那天晚上，荣健、谭浩宇、黄莺、章彬四个人在夜市摊上坐了很久。三个男生都赞扬黄莺风采依旧，谭浩宇开玩笑对黄莺说："当年荣健对你可是一往情深！"黄莺笑着说："呵呵，没感觉到，他那时有女朋友呀！"章彬接话道："这小子脚踩八只船，多亏你没跟他。哈哈！"荣健瞪着章彬辩说道："你胡说啥呢！谁脚踩八只船，要不是黄莺看不上我，别人我都不拿正眼看。"谭浩宇拿起啤酒瓶说："娃都多大了，说这还有啥用，来，赶紧，咱跟美女先喝一个。"

第五十章 黯然离去时

黄莺始终微笑着，神情中带着一种高贵的优雅，可实际上那时候她刚刚离了婚，自己一个人带着孩子。这其中的苦痛自不轻松，而她只说了句"一言难尽"。章彬说她是因为自身优秀所以要求太高，并说郦薇的婚姻也不乐观，结婚到现在一直在闹腾。谭浩宇觉得很惊诧，说两个人过日子就得互相将就，否则谁跟谁都闹不到一起。黄莺笑着说不是将就不将就的问题，两个人无话可说的时候分开最好，否则到最后就会积攒为仇恨。她埋怨章彬一直在太原活动，也不早点把郦薇的情况告知她，这样她们两个苦难姐妹还能互相鼓励鼓励。章彬笑着说："你两个都是班委成员，又没带啥好头，有啥说的！呵呵。"黄莺不满地说道："好你个章彬，过去还像个好人，现在连你也变坏了。"

一场聚会下来，荣健心情很是复杂。一个曾经倾慕的姑娘离了婚，一个可以称作知己的妹子受煎熬，他叹息这命运安排真是捉弄人。想着自己如今的生活，甚至有些没弄明白，稀里糊涂怎么与董婉就过了这些年，幸福吗？也许！苦难吗？没觉得！

无论怎样，工作还得继续。尽管荣健知道钱建中没准备放过他，可他哪里知道钱建中早已安排上官雪暗中对他进行调查。上官雪接到这个任务时感觉有些小兴奋，甚至觉得自己才是公司的核心成员。在她眼里荣健平素骄傲自大，廖总又偏爱他，如能把他干掉副总的位置可能才有希望。尽管地震时他曾拉过自己一把，可是即使他不伸手现在看来也不会有什么事，因此根本没有必要承他这个情。虽说心里这么想，可是她心里多少还是有些纠结。但一想到机会、前途，加上与小老板的关系，还有之前邢之彬多次提醒她与荣健划清界限，说钱总是顶头上司，得罪他那是自寻死路，于是上官雪把心一横，准备在这件事上搞出点名堂。

杜英娥出院没多久就听说陆平国再次因脑出血住进了核工业秦都医院，荣勤民给儿子打电话说陆平国和他是多年好友，加上陆锋又不在身边，要荣健尽快去医院看看他。荣健得知此消息未敢怠慢，当即驱车赶往医院。李玉秀老师见荣健到来眼泪哗哗直落，说陆锋难得有他这样仁义的朋友。荣健说是父亲告诉他这个消息，父亲和陆叔叔多年至交自己必须来。问及治疗的情况时，李老师说："情况很不乐观，现在只能尽

冬日的火花

力而为。陆锋那个冤家又联系不上，他爸有个万一他可就见不上了。"说完一边抹眼泪一边对着躺在病床上的老伴说："老陆呀！你得赶紧醒过来，你走了我可怎么办呀！"此情此景让荣健心里揪痛，他安慰李阿姨说："陆锋不在我就是您的儿子，您别担心，咱抓紧给叔叔治。上次他走的时候在我那放了十万块钱，因此费用的事您不用担心。"李老师说她已经给陆锋发了短信，另外陆婷回家取些东西下午就会赶过来。荣健说他马上回去取钱，最迟明天早上把钱送过来。

钱在哪儿呢？回来的路上荣健犯了愁，想来想去也只有铤而走险！之前合作单位说给他拿回扣他都拒绝了，现在这个当口可是花钱救命的事。况且当初陆锋在自己困难的时候出手相助，现如今他爸爸生命垂危，自己不把钱拿过去就是不仁不义。可如果收了合作单位的钱，这不只是违反纪律，也辜负了廖总的信任。越想心里越矛盾，他把车停在路旁抽起了闷烟。

人生有些时候真是别无选择！荣健想来想去决定先弄点钱，之后如有机会再跟廖总解释。更何况现在钱总咄咄逼人，这么下去即使不拿黑钱恐怕早晚也得被他逼得滚蛋，如果那样岂不是竹篮打水？况且如果自己不拿出这笔钱，万一陆叔叔有个三长两短，到时自己又有何颜面再见故友？

当权力在手的时候弄点钱就是一句话的事。荣健给几家合作单位打电话说有点急事需要帮忙，很快这家两万那家三万就悉数送了过来。当天晚上筹够了钱就连忙送往医院。院方的治疗方案也下来了，说是经过会诊需要手术治疗，但是这手术有一定风险，因此要家人商量一下尽快决定。那时候陆平国仍然昏迷不醒，但总是喘着粗气，站在床边似乎都能感觉到他急促的心跳。荣健陪着李阿姨和大夫做了深度沟通，最终李老师在手术通知单上签了字。

让荣健万万没想到的是，母亲才回去两个多月病情又出现了反复。这次荣勤民没有隐瞒，赶紧联系了医院。当第三次把母亲送进医院时，荣健心情沉重不说，那个瞬间他感觉到了什么叫焦头烂额！花钱如流水，董婉也开始有些惶恐，担心如此下去这日子可没法过了。随口几句

第五十章 黯然离去时

抱怨让荣健愤怒异常，直接破口大骂她是狼心狗肺，这个时候帮不上忙不说，废话还没完没了。董婉也不甘示弱，说她还不是为这个家为孩子着想。荣健说没有自己的母亲哪儿来你们，质问她说这话可曾问过自己的良心！一场盛怒之下的战争从口舌之争到互相撕扯，女儿吓得哇哇大哭，最无奈的是丈母娘居然也来声讨荣健。那阵势真是能把人逼疯，烦躁恼怒中荣健的手随便一挥，哪想到丈母娘居然一下子倒在了地板上。事情到此闹得不可开交，老岳父叫来董婉的舅舅强行搀走了不依不饶的丈母娘，可荣健和董婉之间已势如水火。那天夜里荣健心里委屈难过，想起这些年争争吵吵的往事和董婉的各种任性，黯然写下一张纸条摔门而去。

董婉：

走过这七年，回头看看真的满腔的悲伤和心酸！无休止的争吵、战争，我真的累了，吵不动了！如果不是我可怜的母亲和嗷嗷待哺的孩子，我真的想不到还有什么理由坚持下去。在这个冰冷的城市，我顽强地坚持，坚持着，试图能飞快地奔跑，而生活给我的除了考验还是考验，我的心要被烤焦了，而幸福呢？越来越远了，家庭分崩离析，婚姻支离破碎，事业前面是漫漫黑夜。

很多年没有哭过，很多年一直认为自己有一天能够体面地站在别人面前，而现在这个境况，我开始悲观了，我几乎看到了未来，那个与理想天地之别的未来。

你也一直坚持你自己的活法，七年以前我想你会改变，因为我相信我清楚地知道该如何面对这个世界！我们之所以能走到今天，我想多半因为我的天真和随遇而安的性格。可我当初怎么就天真地认为人是可以改变的？我早应明白我们本就不是一路人！朋友也许可以求同存异，而婚姻要继续不是你走在我的路上就是我走在你的路上，可我们之间的分歧如高山大海，谁也不可能达到对方的世界！所以我认输了。

然而生活的磨难可不是你说认输就会有所改观，何况当下的医院也

冬日的火花

不是义务救死扶伤的慈善机构。荣健在巨大的经济压力下理智终于失控，凡是能拿的回扣一毛钱也不会错过。而他此时的所作所为让廖总失望而难过，看着上官雪私下请公安、银行的朋友弄来的确凿证据他无奈地发出一声冷笑说："这家伙简直不知死活！"在表扬了上官雪工作得力后让她暂时不要声张，怎么处理他自有安排。

公司、营销中心、医院、回家，那一阵子荣健的生活轨迹如同转圈。这让他想起幼时看驴子拉磨子，记忆中那蒙着头的毛驴被人一声吆喝，就会没完没了地拉着磨盘转圈，一圈又一圈，没有主人的命令驴是不会停下来的。现在自己不就是一头驴子，被生活驱使得停不下脚步吗？

然而不管他多么努力，母亲的病情却一天比一天沉重。母亲情绪好的时候总会说自己一定要好起来，再干几年把人家的账还完，否则这样死了实在不体面也不甘心。荣健说她只管养好病，欠的钱自己来还。他还没做好还账准备的时候父亲却接到了银行打来的电话，说银行债务已被一家金融资产公司收购，年底前偿还利息能大幅打折，如果再延期到时罚息可高得可怕。荣勤民无奈地给儿子说出了债务的数字："爸知道你不容易，这八万元不是个小数目，唉！"荣健责问父亲为啥会这么多，父亲说："咱这债务从1992年你妈到甘肃去弄油时就欠下了，后面你上学，你舅家娃上学、盖房你妈都搭了钱。加上你妈看病，咱是旧账没还又借新账，你想想十几年下来你敢算吗？"

话说到这荣健自是心里连连叫苦，可他知道自己已经别无选择。无论怎样也不能再让母亲背着债务忧心忡忡，于是第二天在银行取了钱交给父亲。又请来护工照顾母亲，一来让父亲休息几天，二来让他回去把所有债务处理掉。荣勤民把钱揣在怀里回了金城县，很快处理完债务又换了衣服理完发，返回医院的时候荣勤民心里一阵轻松。当他把赎回来的房产证拿给老伴时，杜英娥拿在手里不断地抚摸，一边摸一边说："娃不容易呀！娃不容易呀！"说着说着泪如雨下。荣勤民说她这下一定要放宽心养好病，她只有好得快娃的负担才会轻一点。

眼看着2010年就要到来了，可杜英娥的病情却愈发地严重。以前打两支人血白蛋白就能顺利排水，可现在一边打上针一边还要人工抽出腹

第五十章　黯然离去时

水。抽完腹水后又往往造成电解质失调，由此时而清醒时而迷糊，大夫说他们已经无能为力了。亲戚都陆续来医院看望，荣健的三舅和小姨对荣勤民说："姐夫呀！这样住在医院不是办法，到时只会人财两空！"荣勤民心情纠结一时间不知如何是好。

杜英娥清醒的时候说如果自己有个万一，即使要回谢村祖坟安葬也一定不要和二侄子打交道。可到了这个关口，荣家除了二侄子在农村，其他都是外姓人，不和他打交道这事还真不好办。荣勤民跟荣健说这话时，荣健说："我给老二打电话。当年要不是我妈他说不定早都死得没影了，我就不信他半点人心没有。"荣健在电话里叫了二哥，说母亲已经病危，希望他能来趟医院。结果电话那头传来："你妈病重关我啥事？"荣健一听这话怒火冲天，直接大骂一通挂了电话。

没想到的是第二天二堂哥荣旺财提着一箱牛奶走进了医院，看到三娘不省人事时还挤出了几滴眼泪。既然来了陈年旧事自然不用再提，荣勤民提起将来回乡安葬的事时，荣旺财说祖坟虽然现在占的是别人地，但这完全不是问题，到时他设法和别人把地一换，或者给人家一点补偿都行。荣健听了这话心里的石头也落了地，说关键时候一家人还是一家人，以后弟兄们相互帮衬光耀门楣。

大夫说继续用药可能只会延长病人的痛苦，但荣勤民父子都不忍心就这样放弃治疗。然而病情发展到这个时候，杜英娥腹胀如鼓不分昼夜地浑身疼痛。起初她强忍疼痛一声不吭，到最后却已无法忍耐，疼痛让她坐卧不安，鼓胀的肚皮几乎快要炸裂。只要一抽水马上就会神志不清，嬉笑怒骂已完全不由自主。每当深夜里听到杜英娥忍痛发出沉闷的"嗯嗯"声时，荣勤民心疼得泪如雨下，他知道再这样下去已经毫无意义。折腾了一夜后，他终于下决心跟儿子说："拉你妈出院吧！再晚医院就不让走了。"

那天回家的时候大雪纷飞，荣勤民说这是上天对荣健母亲的褒奖。她这一辈子睿智坚韧、自强不息，几十年来为这个家称得上呕心沥血。荣健心情沉重加上雪大路滑，因此车开得很慢。杜英娥不时会喃喃自语，一会儿说回家回家，一会儿说不回去不回去。荣健知道母亲有一肚

冬日的火花

子的不甘心，可这个时候还有什么选择。把母亲送回谢村祖屋的土炕上时，荣健心里悲痛难当。他按照李道长的方子抓了药，跟父亲说："爸，我回单位处理完事情就请假回来。"而后开着车出村后号啕大哭，想起母亲数十年含辛茹苦，到头来却没享什么福就要如此惨然离世，不由怒问这人世间公理何在！

认真仔细地交接完工作请了假，再次回到母亲身边时她已是弥留之际。小姨说母亲喘着粗气迟迟不肯闭眼，就是等着荣健回来。妹妹已在旁边哭成泪人。荣健把母亲抱在怀里，这几个月的病痛消磨掉了她所有的元气，一服泄水猛药下肚腹胀基本消退，而她也几乎枯萎松散得如一床老旧棉絮。此时的荣健如同寻找乳汁的幼儿一般一遍一遍叫着妈妈，可妈妈已经无法应答，只是动了动昏黄的眼珠，之后眼泪顺着眼角缓缓流下。那一刻荣健再也抑制不住心中的悲伤呜呜直哭，半晌母亲似乎有了些知觉，脸上露出一丝笑意并缓缓地伸手摸了一下荣健的头，荣健连忙大声呼唤，然而瞬即她的手却如自由落体般滑落，再也没有知觉。

村里的老者拦住荣健说："你现在不能哭，让你妈安心地走！"那一刻荣健觉得自己的心似乎也丢了，忽然间变得麻木和茫然。

二堂哥操持着忙里忙外，说是为了以后没有麻烦最终还是跟那家人换了地。入殓、祭奠、守夜、出殡一系列的程序下来，荣健和董婉两个孝子已经折腾得如同野人，加上天气寒冷冰天雪地，几天下来已经是精疲力尽，原本雪白的孝服早已污秽不堪。直到把母亲送到地里，而后跪在村口叩谢所有乡邻后才算是完成了全部规程。

收拾摊子时荣健才发现口袋里的钱包不知啥时不翼而飞，想着里面还有几千块钱和好些银行卡让他闹心不已。好在一堆同学朋友前来祭拜时都给了礼金，有了这几千块钱处理遗留问题倒也足够。荣健跟二哥提出给他一些补偿，可二哥说现在一亩地租金一年也就一百五十块钱，一座坟就占那点地方再说补偿就太见外了。再三推却之下荣健也就不再提说，于是千恩万谢之后就返回城里。而荣勤民一时心细，叫了车把办酒席剩下的生菜、啤酒、面粉等物料一并拉回了县城家里，剩下的煤炭让二侄子拉走时，二侄子嘴上说他不要，可最后还是让他儿子连炉子都拉

第五十章 黯然离去时

了回去。

再次回到单位时，似乎所有人都变了脸色。荣健忽然感觉到一种说不出的陌生，可无论怎样后天就是公司年会。整体上来说今年项目销售业绩惊艳，年会上获得表彰已是必然。然而在年会上除了钱总一个莫名其妙的拥抱之外荣健颗粒无收。他马上意识到出了问题，可还没等他找到合适机会去做解释时，他被廖总叫进了办公室。

廖总拿出一张清单给他，上面是所有合作公司的名称。荣健看着这张单子内心万分纠结，老实说吧必将返还所有钱款，不说吧于心有愧！犹豫再三他还是撒了谎，而廖总岂会相信。一番推心置腹的交流之后荣健又决定说清问题寻求谅解，而廖总听完他的回答怒气冲天。平常温文尔雅的他厉声说道："你有困难你跟我说嘛！搞这些自毁前程的事情干什么？如果纵容你这样的腐败分子，往后我如何服众！"荣健说："钱建中作为常务副总欺男霸女你都能容忍，我被现实所迫实属无奈！你让我留下，那些钱我还给你就是。再说我也没伤害公司利益，这是行业潜规则！"廖总听他这话更加恼火，大声骂道："你他妈的还振振有词，贪污就是贪污！"荣健见他火大只好不再说话，冷静一会后他说："廖总，我知道对不起你，我也很内疚。可现在这时代你也清楚，就连街道收停车费的也收好处，去年咱们为了移树，你不是也给人送了钱？你是有钱人，你不会理解我们这些泥腿子缺钱时的难处！如果不是钱建中处处整我，我想我一定不会这样干。你当老板为了生意送礼行贿，我打工为了活着收受好处，天底下哪有只准州官放火不许百姓点灯的道理！"廖总冷笑一声，沉默地点燃手里的香烟，表情不屑地说道："这就是你认错的态度！你太让我伤心了。原本想着今年就提拔你，现在看来你糊涂得不可理喻！把你送进监狱吧，你是个孝子！算了，你在上官雪那儿把手续一办，马上滚蛋！别让我再看见你。"

办离职手续时上官雪义正词严地扣完了他所有应得的工资和奖金。出公司下了楼，荣健看到一辆警车正停在门口。看来廖总说的是真的，为何他又改变了主意？实际上那时候荣健真想坐上警车去监狱，最起码那里不愁吃穿，能进去赎罪内心也会得到安宁。如今这样黯然地离开，

冬日的火花

心里的亏欠恐怕一生都无法偿还。而他也不会知道,上官雪早已协调好一切,只要他不老实交代,就会以涉嫌职务侵占的罪名送他去派出所。原本这个结果在上官雪看来已是必然,她完全没想到最后廖总如此轻易地放走了荣健,那一刻她忽然有种莫名的失落!

第五十一章　这世间从此之后

母亲离世的悲伤和辞退的耻辱让荣健内心孤寂苍凉，他忽然觉得自己似茫茫天地间一只流离伤残之犬，没了母亲内心失去了港湾，没了工作这世界变得冰冷。荣健忽然觉得生无可恋却又不甘心，就在这样的迷茫当中2010年春节来了。

悲伤和烦躁让他回到金城家里也没法安宁，假期还没完就匆匆返城。临行时再次到母亲的坟上祭拜。当日四野寂静朔风凛冽，点燃一堆纸钱看火光浮动，思绪断裂般的恍惚当中似乎听到有个声音在说："如果我走了，你不要难过！我只是去白云之巅遨游。如果我走了，你不必悲伤！我只是在青山翠柏间安享宁静。如果我走了，你无须怀念！我只是于平波大海追寻自由。如果你想我，就看看后院的桑树和柿树，那是我留给你全部的甜蜜。"这些字句如同针式打印机吐出内容般清晰地在眼前浮现在耳边飘荡，似乎是母亲的声音却又不像她话语的质朴。

荣健后来才明白，这人世间最伤感的并不是死别，而是之后漫长的追忆与怀念。虽然记忆中母亲似乎从没说过多爱他，但母亲离世所带来的遗憾、悔恨、愧疚却时常让他从梦中惊醒，脑海中很多本已模糊的画面常常犹如电影胶片般不断浮现：

一位农妇拉着架子车吃力地走在乡村泥泞的路上，路旁是村口积满黄泥汤的污水池塘。车上是刚从地里收回来的玉米棒子，玉米棒子上面

冬日的火花

坐着一个约莫三四岁大的孩子，孩子倒是挺高兴的，手上拿着一根细长的玉米秆做着赶车的姿势。粗笨的架子车在烂泥里走得格外沉重，车轮碾入漫过轮胎的泥浆发出吱吱呀呀的声音。走到一段上坡的时候，农妇明显有些力不从心，脚下不时地打滑，她只好左右扭动着试图凭技巧将车拉上去，结果还是脚底一滑跪在了地上。车子很快地下滑，一下子把她拽倒在地。农妇显然更担心孩子，一边用肩膀顶住绊绳，一边惊慌地就地转过身双手死命地拉住下滑的车辕，身子瞬间滚成一个泥人。可是车子还是不停地下滑，农妇腿脚慌乱地在泥地里寻找支撑。眼看着架子车半个车身已滑进了一侧的水塘，车上的孩子显然被这突然的变故吓呆了，他没顾得上啼哭而是紧紧地抓住车厢大声喊着："妈妈……妈妈……"终于农妇的脚卡住了一块伸出泥地的瓦片，车子这才暂时得以停住。农妇一边大声叫她的孩子快从车前面爬下来，一边大声喊着"来人、来人"。那孩子也算机灵，小心翼翼地从车里爬了下来，又跑到妈妈一边帮妈妈拉车。农妇让孩子走开一边，自己憋足劲想把车子拉上来，可还是没有成功。几番折腾实在筋疲力尽，只好坐在泥地上用身体扛住绊绳缓口气，也期待着能有人来帮忙。终于看到远处有人走来。农妇大声喊道："三叔、三叔，赶紧帮个忙！"可是三叔走到近前，却只是轻蔑地带着怪异的笑容抬头看了看又扭头径直走了。农妇不再喊了，她卸下肩上的绊绳，缓缓地将车放向水中。池塘的水倒也不是很深，真放下去也不过漫过车身少许。农妇上到车上把飘起来的玉米棒扔上路，基本上腾空之后才把车拉了上来。再次把车装好的时候终于有几个乡亲走了过来，一边说笑一边帮忙把车推上了坡。

后来每当想起这一幕，荣健心里就会不由自主地念叨："那个农妇就是我的母亲，车上的孩子就是我，那天是1978年秋天。"他还记得自从那天之后，母亲经常会说："我家健娃子胆大心细、反应快，将来肯定能干大事。"荣健后来也常常以此为荣，并从那时起决心绝不辜负母亲的期望。然而他万万没想到，无论他如何珍惜看重这期许，也无论他如何自我激励一路奔跑，却最终无法改变命运所安排的结果。尤其在母亲病重的那些日子，每当想起她当年满怀希望，再回头看看今天的自

第五十一章 这世间从此之后

己，荣健心底就有一种辜负的内疚让他伤感难当，并由此常常满含热泪地在心底追忆有关母亲的那些过往。

那一年爸爸还远在西藏，母亲和奶奶这一个半劳力一边承担生产队的劳动，一边拉扯荣健和他不满周岁的弟弟，还要经常帮衬大嫂照顾大伯早逝留下的5个子女。唯一比别人家好一点的就是荣健的爸爸会定期寄钱回来，可这钱母亲是看不到的，奶奶是当家人，自然统一由她支配。那时荣健还有一个小姑就在邻村，姑家有三个孩子，家里更是一种赤贫状态，在荣健的记忆里小姑常常哭哭啼啼回来装些粮食。

那年秋天雨水特别多，家里又快没吃的了。连续的阴雨刚过，母亲想收点早熟的玉米回来度度饥荒，因此就有了前面那惊心动魄的一幕。很多年后母亲提起当年没有伸手帮扶她的三叔仍然有着刻骨铭心的愤怒，直到那人死了也坚持不让奶奶前去奠纸。母亲说她并不是气愤他当年的袖手旁观，而是那种轻蔑的眼神不能原谅！

荣健依稀记得小时候在父亲身边玩耍有人说："你那口子是地道的乡下女人。"这话当初荣健就不爱听，随即就拉着父亲要离开，可后来想想确也如此。再后来知道舅爷年轻时是个篾匠，还能务一手好烟叶，他靠着勤劳能干养活了五个子女。因为是外来户，早先一家人只能在村子边上划地居住。那时候的农村地广人稀，舅家的村子边有很大规模的竹园，到了夜晚风吹竹林唰唰作响的声音相当恐怖。每到冬天，山里的狼找不到食物就会经常流窜到村子周围。每当这个时候一家人守在茅屋里吓得不敢出声，而姥姥说那时十几岁的母亲却胆大地喊着要拿扁担去打狼。

母亲在家排行老三，自小聪敏好胜，深得荣健姥爷喜欢。可是尽管喜欢，因家境艰难姥爷还是没能答应母亲上学的请求。为此母亲常常跑去学堂躲在窗下偷听，如此居然还学会了很多字。尽管每次偷跑出去耽误了干活都会遭到姥姥的一顿咒骂，但她却乐在其中。后来因为偷听被教室里的同学发现，怕遭人嘲笑才不再去了。

可母亲对学习文化似乎天生有着强烈的渴望，后来村里老人闲侃评书和戏曲成了她学习的主要途径。从乡间老人的口述里母亲几乎贯通了

冬日的火花

所有重要的古典演义情节，诸如《三国演义》《隋唐演义》《说岳全传》《杨家将演义》等等，这些内容都成为后来她教育子女的好素材。小时候荣健和弟弟、妹妹常常挤在一张床上听母亲讲故事，尤其冬天开着电褥子，棉被裹到胸口，围着母亲的场景至今仍温暖着他的内心。

当初生产队组织民兵，母亲是女性当中最积极的，而且很快就当上了民兵队长，组织训练那是三乡五里知名的女中豪杰。当然这只是那时农村生活中很小的一部分，在农村人们最关注的还是工分的高低。母亲在地里干活同样是不惜力气，因为个性要强，经常为女劳力只计八个分工愤愤不平。就是因为那个时候在家里竭尽全力的付出，到后来姥爷对没让母亲上学的事一直很内疚。

1968年母亲经媒人介绍许给一个现役军官，据说订婚以后只见了一面那个人就因公牺牲了。后来再有求亲的，条件不如前者的母亲一概不同意。也就是因为这个原因，最后认识了父亲。两人相亲的时候可以说是一见钟情。母亲属兔，一直不希望找个属鸡的。父亲自己都不知道当时什么原因居然谎报了年龄，以致到后来家里出现很多坎坷，母亲都会认为这是她和父亲大相不合造成的。

其实父亲当年的那个家对于将要进门的母亲来说真是个深渊！

父亲不到两岁时就过继给他的光棍舅舅，初中都快毕业了那舅爷忽然觉得一个人过还是太寂寞，就收留了逃难来的舅奶一家。当时从安徽逃难来的舅奶带着一儿一女住在灵运村的戏楼里。舅爷是戏楼的管理员，那年月村里的戏班子还正红火，置办的那些戏服、道具作为村里的财产也由舅爷保管，戏楼也自然成为他的领地。一个大雪天，舅爷可怜这一家三口就接回家里来住，到后来在街坊的撮合下就组成了一个新家。而父亲在这个新家显然成为一个多余的角色，于是背着破布书包回到了谢村。

那时候的谢村家里，大伯和婶娘已经有了四个孩子，二伯高中快毕业了，父亲回来时婶娘说的很直接："三间棍棍房又冒出个分柴的。"一家十口人没几个好劳力，在那时候的农村生活可想而知。因为从小没在家里长，所以父亲跟爷爷奶奶的感情是有限的。勉强上到初中毕业，

第五十一章 这世间从此之后

爷爷表示家里只供一个学生，父亲只好辍学回家务农。

紧接着的几年，爷爷患急性阑尾炎误于庸医不幸亡故。父亲身体单薄在家里干不动农活也吃不饱饭，为混点吃的，在邻居劈柴时给人家刀口递柴，没承想被人误伤剁掉了左手食指。实在没有立锥之地后，父亲决定弃农从军，走时在村口的树上刻字明志："我再也不回来了。"

父亲的军旅生涯应该算是他一生的巅峰时期。因为身手敏捷、文笔流畅，短短几年就被提拔为连长，1971年以当时人们认为的显赫军官身份迎娶了母亲。母亲嫁过来时可怜得只有一床被子、两捆棉花作为嫁妆。这个陪嫁使荣健奶奶对舅家的吝啬颇有微词，而这也影响了母亲在家里的地位和话语权。结婚后十几天父亲就紧急归队了，留下母亲开始在家充当一个重要劳力。

大婶娘早已厌倦大锅饭的日子，平常下地干活自是懒得出力。碍于大伯是家里的顶梁柱，因此无论怎样婶娘总能被包容。而母亲因为父亲长期在外，为了能挺直腰杆就必须靠自己的努力。她本就是个不甘人后的性格，那年月沉重的农活完全凭着牛马般的力气，而母亲对此无怨无悔！因为她始终相信靠自己的努力可以过上好日子。

起初因为大伯农闲时间还能干些倒卖小猪崽的营生，一大家人的日子倒也过得去。母亲嫁来一年后，大婶娘趁着父亲回来探亲坚决要分开单过。为了安宁，奶奶请来灵运村的舅爷出面操刀分家。家里就三间土房还有一堆爷爷下世时拉的饥荒，大伯因为劳苦功高分了一间房还有一些粮食；二伯分房一间别无余物；父亲因为在家长的时间短没什么功劳，因此不分家产还要负责还账；剩下的一间房分给奶奶，到时谁给奶奶养老这间房就是谁的。弟兄三个的权利责任算是界定清楚了，因为父亲没分到房，母亲在家里忽然就如同寄人篱下。好在大伯早有迁出的想法，父亲临走问战友借钱买了大伯所分的那间房，如此母亲才不至于没有立锥之地。

分家后平静的日子没过多久，大学毕业分到西北棉纺厂的二伯因为"文革"造反激进被捕入狱。这个消息传到家里的时候，大伯正在地里砍玉米秆，确认这个消息后一头栽倒在地里，送到医院后就再也没能回

/799/

冬日的火花

来。一下子家里死的死，关的关。奶奶被这突如其来的变故几乎要击垮了，更要命的是大伯尸骨未寒大婶娘疯疯癫癫地出走了。接下来这个家就几乎成了母亲一个人的苦难，大伯家五个孩子，最小的才三岁。真的是老的老小的小，如果不是父亲每月准时寄钱回来，估计真的要饿死人了。

那一年秋天，大堂哥也入伍当了兵，第二年流浪多时的大婶娘又回来了，同时还领回来一个凶神恶煞的外地男人。这个外地人有一手杀猪宰羊的本领，在那个年月有这门手艺就能经常尝到荤腥，起初村里的人还都比较羡慕。就这样大婶娘草草苟合了一个新家庭，后来的几年又连续为那个男人生养了一双儿女。

这边家里就只剩下奶奶和母亲苦熬岁月。那时母亲还未生养，也就不得不帮衬婶娘照顾大伯留下的几个孩子。那几个哥姐自己家没饭的时候就会到这边来找吃的，冬天没鞋的时候就找母亲要鞋穿。因此在荣健没有出生的那几年，靠着父亲的津贴和母亲的劳动这个大家庭才不至于分崩离析。

家庭几次大的变故后奶奶变得很脆弱，但是她对母亲的付出并不领情，甚至还埋怨是因为母亲的进门这一切才变得不顺，而母亲几年不生养更让她不可接受。荣健小时候见识过奶奶的厉害，骂人时满嘴脏话连绵不绝，因此可以想象那几年母亲的处境何其艰难，后来每每想起这些都让荣健的心剧烈颤抖。

荣健在母亲迫不及待的心情下来到了这个世界，八斤半的他和接生婆手上的铁戒指导致母亲生产中大出血。一大把香灰加上神灵的庇佑才得以母子平安。母亲后来说，她是在昏昏沉沉中听到荣健有力的哭声才坚持下来的。她说这个子时出生的小子哭声洪亮像是个当将军的材料，这是母亲在荣健刚出生时内心所抱的期许。

在荣健小的时候，二伯一直像是个传说。只是听说刚出狱那会儿在家还抱过他，后来恢复工作后先是说要赎还气死大伯的罪孽，愿意和大婶娘一起生活并抚养大伯留下的五个孩子。后来在外边有了恋情又变了卦，再后来恋情生变又避之不及，为了逃避女方纠缠最后远走青海，可即就如此二伯也没能逃脱未来婶娘的执着。听说二婶娘闻讯追到西宁，

第五十一章 这世间从此之后

摆出一副非二伯不嫁势必殉情得姿态，而后她们就在西宁安了家。奶奶得到信息后唯有一声叹息，说人本事再大看来也逃不过天意安排。

一直以来，荣健对河南人没什么好印象。这也许都是因为婶娘带回来的那个粗野的河南男人造成的。以致多年以后走南闯北，才意识到自己这种偏见多么的幼稚。这大江南北人来人往，无论好人坏人，也无论可爱还是可憎，实际上与地域种族毫无关系。

那个家伙姓许，有一次逗能帮队上杀猪，结果前两刀捅的猪满场乱窜，为此村里人大多不叫他老许而叫他许三刀。据说早前是山里面扯大锯的伐木工，人长得黑壮而邋遢，时常头上的皮屑跟撒了锯末一样夸张，并且身上还自带一股羊骚味。刚来的时候看起来还比较老实，没多久就变得嚣张而狂妄。估计是看当时家里老的老小的小，而荣家又是村里的独户。在这种情况下那个家伙可是成了霸王，隔三岔五就把大婶娘打得满街跑，一时间这都成村里人消遣的话题。据说最恐怖的一次居然是在后半夜，大婶娘衣衫不整从屋里跑出来四处叫救命。这些事情传到奶奶和母亲这边时也无可奈何，奶奶时常摇着头怒其不争，埋怨说大婶娘太过懦弱，而母亲说大婶娘无依无靠，抓养那一堆儿女难得很。

那个粗野的家伙越来越过分，到后来竟然打起荣健几个堂姐的主意。当时只有十五六岁的二堂哥为了保护姐姐妹妹与继父撕破了脸皮，互相拿着棍棒殴斗。老家伙被二堂哥打烂了头而恼羞成怒地拿起长刀追砍，二堂哥只好跑到奶奶和母亲这边避难。母亲为了保护荣家血脉挺身而出，几次在黑夜里拿着铁叉赶跑前来寻衅的老许。可是老许怎么会善罢甘休呢！有一阵子全家都生活在老许的白色恐怖之下。而母亲就成了大伯几个孩子最为有力的靠山，等到很多年后，几个堂哥堂姐因为母亲当年的庇佑，他们会顶撞三爸荣勤民，却没有人敢在三娘面前争辩任何事。

那个时候荣健还躺在母亲的怀里。而母亲因为时常吃不饱，加之生产时大出血伤了元气，起初身上几乎没什么奶水。关键的时候三舅送来了一只小公鸡给母亲下奶。结果炖鸡的时候堂哥堂姐都来了，一大家人很快就吃了个精光。三舅知道了只好在家里又杀了只小鸡炖好装了罐子送来让母亲藏起来。那一罐鸡汤的作用太大了，母亲身体也恢复了，奶

冬日的火花

水多了荣健也就变得安静好养。

　　母亲开始有些自私的举动，比如会藏些白面饼和几个鸡蛋在柜子里，即使荣健的堂哥堂姐们再怎么央求也不会吃到。家里十分缺粮的时候，母亲即就饿的发昏也舍不得吃，鸡蛋糊糊泡饼就成为荣健的营养大餐。也许是为了给母亲争气，荣健小时候长得很快很结实，一岁大的时候看起来有两岁多。身体好精力自然好，经常夜里闹着玩不睡觉，折腾地母亲大半夜陪着他看月亮。那时候农村睡的都是土炕，家里穷连柴火都缺。为了省柴一般只烧一个炕洞，荣健睡热的母亲睡凉的。他能吃能喝能尿，长到一岁多的时候，炕被他尿塌了很多地方，和泥糊炕就成为母亲又一项新的工作。白天去地里用架子车拉着他，回来一边看他一边干活。

　　可能是因为家里的不平顺，奶奶衰老得很快。荣健一岁多的时候她就几乎抱不动了，据说他在奶奶怀里一使劲奶奶就要尿裤子。就这样母亲里里外外操劳，夜里忍着腰疼和饥饿看护他，给他讲故事数星星，盼着他快快长大。

　　荣健两岁以前父亲一直都没回来，在外面玩时村里人老是逗他说他没有爸爸。他回来就会委屈地问母亲，母亲跟他说你去告诉他们："你们胡说，我爸爸是解放军，再胡说我爸爸回来枪毙你。"据说当时他跑出去结结巴巴跟别人说的时候声音很大，还用手做出打枪的姿势，逗得众人哄堂大笑。

　　父亲终于回来了，走进家门的时候荣健抱着母亲的腿不愿过去。父亲又是给新衣服又是给糖也收买不了，直到父亲答应被他当马骑他才开口叫了爸爸。父亲在家待了有半个月，还买了礼物去慰问老许。父亲说他能理解老许负担一大家子人的艰辛，因此如有困难他自会帮衬，但前提必须规矩本分。据说老许见到父亲的时候还算老实，发誓在家里安分守己，尽力拉扯几个孩子成人。

　　父亲又走了。1977年冬天母亲生下了弟弟。两个孩子一个老人，母亲在农村的生活就变得更为艰难。家里没什么劳力，因此即使母亲再能干，每年不但分不到多少粮食，而且年年欠队里的。有一年春天，荣健

第五十一章 这世间从此之后

感冒发烧四十多摄氏度，母亲心急如焚却没有钱带他去镇上看病，只好求助同村的大姑父。为了借到钱母亲承诺用院子里的两棵大树作担保，如果到时还不了大姑父可以把树伐走。其实大姑父早已看中那两棵大树，因此母亲很快就拿到了钱带他去医院。那阵子不知道怎么搞的荣健老是生病，感冒刚好又咳嗽气喘，于是几乎每隔两三天母亲就用架子车拉着他和弟弟往返一次镇上的医院，借的钱很快就花光了。父亲寄来的钱装在奶奶的口袋里很难要出来，奶奶总觉得母亲对荣健的病是小病大治，说咳嗽气喘用煮鸡蛋蘸草木灰就能治好。因此奶奶不给母亲一分钱，而实际上奶奶暗地里把节余的一点点生活费都支援给小姑家度了饥荒。

那阵子母亲不但艰难而且生气，每次去镇上都发电报叫父亲回来。而父亲迟迟没有回来的消息，等到盼来父亲回家探亲的消息时大姑父的账也到期了。母亲为了信守承诺又不愿意让大姑父伐走院子的大树，就用架子车拉着荣健和弟弟去舅家借钱。三舅费了很大的力气凑够钱送母亲回来，结果看到的是大姑父连夜伐倒了树，树叶树枝散落一地，树干已经被拉走了，母亲见此潸然泪下。当听到树叶树枝是大姑父留下给家里当柴烧的，母亲怒气冲冲地去找大姑父，非常坚决地说："你已经把树伐了，剩下的树枝树叶你今天必须都弄走，我们烧不起你的柴！"大姑父当然不会再来拉柴，最后母亲赌气将柴火拉过去倒在了大姑家的院子。

爷爷三十年前亲手种下了五棵白杨树，被伐走的两棵长得最俊朗顺溜，枝大叶密，树干笔直。母亲一直计划着重新盖房时用作大梁，每年秋收挂玉米串的时候都舍不得挂在这两棵树上，爱惜得如同她的另两个孩子。现在树没了，即将成为大姑父家新房的大梁，母亲对此非常气愤，质问奶奶为什么不阻止。奶奶说："借人家的钱没按时还，咱说出的话不能反悔。"说这话时奶奶也流泪了，手心手背的区别，奶奶在那一刻认识到了不同，可是除了把大姑叫来骂一顿之外也毫无办法。

弟弟的出生给了母亲更大的力量和勇气，然而母亲要面对的艰辛也就又加深了一层。奶奶更老了，抱着不算重的弟弟就挣得尿裤子，更别说能在地里出什么力了。这样艰难的日子母亲是以什么样的毅力支撑

冬日的火花

着？每当荣健试图推想当年的情景，一方面他无法解释，另一方面他心里总会说不出的酸楚。就这样母亲以非凡的韧性挺到1979年，父亲终于能够接他们进藏了。

西藏的生活应该是母亲这一生难得的幸福时光，她被安排到机关印刷厂工作，工作之余父亲教她读书写字。母亲学得很快，到后来基本达到可以独立写信的程度，而且说话时经常还能准确地引用成语。单位供给的食品和父母的工资足够一家人过上富足的生活，甚至还可以经常坐上机关的车去湖边抓野鸭捞野鸭蛋补充营养，也可以向牧民买整只的羊回来打牙祭，周末的时候甚至还有去机关礼堂看电影这样的高级享受。

母亲注定是个闲不住的人，当她看到牧区生活的人基本都不会什么手工时，她毅然投资购买了缝纫机，利用闲暇的时间加工衣服到集市上去卖。父亲当时已经是地区组织部的领导，因此那时候母亲的小生意自然得注意保密。节假日母亲早出晚归，高原上的风霜严寒没能挡住母亲过日子积攒家业的雄心，就这样小打小闹到1981年的时候母亲居然已经是万元户了。

正当母亲雄心勃勃准备再干几年衣锦还乡的时候，危机来了！父亲单位的一位年轻的山东女人为了得到照顾不惜一切地讨好父亲，那个山东女人有文化，身材样貌也比母亲出色。就是这个女人当着荣健的面说他母亲是个地道的乡下女人，然而当时父亲只是微微一笑，为此荣健才拉着父亲闹着离开。实际上起初母亲对于父亲与那个女人之间的交往并没在意，直至这个女人在父亲面前讥笑农村人的粗鄙时，母亲感觉到了他们之间的暧昧。对此母亲自然不能容忍，因此与父亲的冲突也变得频繁。

这个当口父亲的前途也面临着两个选择，一是留守高原到自治区下面的县出任书记，一是内调回乡服从组织安排。父亲牵挂年迈的奶奶，而母亲为了保卫自己的婚姻也力促父亲内调。就这样先是1980年夏天父亲北京出差顺道把荣健送回了谢村老家，接着1982年春天母亲带着弟弟和肚子里的妹妹也回来了。母亲后来说，三舅领着他去机场接机时她差点认不出来，说一年多时间荣健被奶奶带得像个弃儿，头发长得像杂

第五十一章 这世间从此之后

草,脖子黑得像车轴,黄鼻涕吸溜吸溜像挂着两个毛毛虫,只有两个脸蛋还算光亮,仔细端详居然连走路说话都有了问题。当时母亲就拉他到理发店理了发,然后从里到外买了新衣服,当他穿上小西服蹬上新皮鞋时母亲的脸上才露出了微笑。母亲说多亏她早回来,如果荣健再被奶奶带几年真不知要变成什么瓜样子!

母亲回到谢村家里一时也闲不住,挺着大肚子开始张罗盖房子。当时虽说三间祖屋已经风雨飘摇,但父亲和二伯谁来继承奶奶的那一间房产尚未说清楚。三舅劝母亲暂时不要动,免得将来出力不讨好。可奶奶说一切有她做主,到时二伯回来补上他那间房的投资也就是了。母亲急于改换门庭扬眉吐气,说只要有奶奶这句话在,就是吃亏她也不在乎!于是开始动工拆房。

依照乡里约定俗成的规矩,这工程自然只能由谢村的乡党来干,可乡党们看着孤儿寡母反而价高话硬,母亲一赌气直接包给邻村揽活的工队。约莫两个月的时间,青砖黛瓦气势宏伟的大瓦房竣工了,最关键的是这样一砖到顶、梁大檩粗的档次在十里八乡可是轰动一时。一个多月后妹妹在新房里降生了,盖了新房又儿女双全,母亲感觉自己在谢村终于翻了身,奶奶也觉得脸上有光每天喜笑颜开。两个多月后,二伯带着婶娘从西宁回来了。说起盖房子的事情时,婶娘说大梁用的都是爷爷栽的树,因此他们不用认二分之一的钱。母亲说:"三间房总计花了三千六百元,咱们一家人不说两家话,二哥二嫂你们看着拿就行了。"之后二伯和婶娘再没提给钱的事,等他们走了奶奶拿出六百元说是二伯留下的,对此母亲很生气,说奶奶不该糊里糊涂接这个钱,接了钱就意味着认可他们一间半房只出六百元,这亏吃得有些憋屈。奶奶说二伯有他的难处,母亲却认为二伯即使惧内也不该这样做事。

大约过了多半年的时间,父亲也调了回来。父亲选择内调多半缘于在奶奶膝前尽孝的愿望,同时也自是希望自己的衣锦还乡能为这个积贫积弱的家庭增添一点荣光。一起内调的人中,很多比他级别低的人都被分配到秦都市,而他却被分回金城县,得知结果时才恍然大悟,后悔自己没有提早走走关系。但想着在哪里也一样干事,况且分回金城县离家

冬日的火花

更近，因此父亲也就安心赴任了。可他哪里知道，那时候的金城县山头林立，像他这样的内调干部要么选边站队，要么就靠边坐冷板凳。

财政局的十年可以说是父亲不得志心情落寞的十年，尽管有一腔报国赤诚，但是从根本上来说他也是个保守型的干部，更学不会在污浊的政治氛围里投机钻营。在改革开放初期泥沙俱下的洪流中，他齿于中饱私囊却也欠缺大无畏的开拓精神，还因为在管理财政扶持资金的过程中谨慎小心、严卡贷款得罪了一批人，以至于妹妹刚出生就遭到上纲上线的举报，并由此背上了党内警告的处分。而实际上母亲回调内地前就怀上了妹妹，这样的处理结果自是让父亲愤愤不平。

其实二伯一直也有赡养奶奶的孝心，他从西宁调到兰州的第二年就发电报叫奶奶去。结果奶奶去了不到四十天，父亲又去火车站将她接了回来。奶奶一下车就抱着父亲哭成泪人，说从此以后她就父亲一个儿子。原来接奶奶去的事婶娘以为二伯只是说说，因此从奶奶去她就一直吊着脸。奶奶说她整天待在单元房里如同坐监狱，人家上班一走，煤气灶油烟机她根本不会弄，出去转转又怕把自己丢了，以至于经常连饭都吃不到嘴里。婶娘还抱怨说从她去以后家里就臭得像个茅厕，吃饭单独给她弄了一副碗筷，为此奶奶感觉自己在那就像个要饭的。

奶奶自从兰州回来后忽然间就苍老了许多，当年秋天就病了，为了看病方便，父亲把奶奶接到了县城。那时候母亲还在印刷厂车间上班，一家五口挤在厂里那一间宿舍里。奶奶占了一张小床，父亲只好把原来的大床再加上两块木板，全家五口人挤在一张大床上却也热闹。父亲每天早上一走到很晚才回来，母亲一边上班一边还要照顾荣健和弟弟妹妹们吃喝，伺候奶奶梳洗。每当奶奶要到隔壁的医院检查、打针，都是母亲背着奶奶上楼下楼。母亲说尽管奶奶过去对她苛刻又不够公平，但如今她老了病了，孝敬她却是天经地义的事。

那一阵子奶奶的病情时好时坏，住院出院来来回回地折腾，而最终医院居然也没搞明白得的什么病，治疗效果自然不怎么理想。就这样磕磕绊绊到了1985年的夏天，奶奶那几天看起来状态不错，忽然提出说要回谢村将养，结果送回去不到一个月病情再次反复，没几天就溘然长逝。

第五十一章　这世间从此之后

　　临终前父亲日夜守在身旁，然而奶奶临终却呼喊着二伯的名字。父亲说虽然都是儿子，即使老二曾经让这个家庭蒙羞，即使她去兰州伤心而回，即使她生病二伯没能尽一天孝道，即使他仍在回来的路上，即使自己的孝顺和付出远超二哥，然而奶奶始终牵挂的是老二，甚至弥留之际已经把他这个给出去的孩子忘了。父亲心理本就脆弱，结果1987年夏天被父亲视为掌上明珠的弟弟又溺水夭折，这个打击几乎让他万念俱灰。

　　母亲有一阵子总说老天瞎了眼，好人没好报！说她自从嫁到荣家简直就像拉长工，拖着一家老幼恓惶度日受尽了旁人的眉高眼低，父亲寄点钱奶奶都暗地里贴补了小姑一家，可没想到小姑家的儿子却把弟弟带进了河里。母亲不满这样的因果报应到处求仙问卜，然而最终没有人能够给她一个答案。那一阵母亲常常唉声叹气，以至于荣健很有意见。有一次看着她和父亲垂头丧气的样子，荣健不满地说："如果你们这样，那会儿还不如把我们两个一起淹死！"当时父亲听了这话长叹一声，母亲却说："不能怪娃，咱以后还得仰起头走路。"荣健知道他的话深深地刺痛了父母，最后哭着说："妈，弟弟不在了还有我，我一定会努力读书出人头地，让您过上好日子。等您老了有我孝敬您，您不用担心！"

　　说来也怪，那天之后母亲深深隐藏起了伤痛，又像从前一样忙活着过日子。她顶着压力接手了厂里的百货商店，第一年干得相当不错。年底时荣健和妹妹吵着闹着要买电视机，尽管正赶上彩色电视价格飞涨，母亲仍毫不犹豫地花三千元买了最新款的平面直角大电视，并且给荣健奖励了一辆26凤凰车。一下子置办两个价值不菲的大件，当时在厂里可算是摇了铃，很多人都说母亲肯定发了大财。而母亲说过日子吃不穷花不穷，不会计划一世穷，人只要走的路子对，加上勤奋肯干就一定能过上好日子。

　　经营商店的第二年本来生意一直不错，结果在李志勇那个灾星的鼓动下，母亲丢下商店去干石油生意。现在想来如果母亲叫上大姑家的几个表哥去，也许结局就完全不同。加上1992年赶上政府机关人事调整的机会，父亲还被提拔到统计局任局长，应该说那一年是家里迎来重大机遇的一年，最后却因为轻信于人，导致债务缠身。自此之后家里似乎就

冬日的火花

没有停下举债的脚步，借新账还旧账越还越多，十七年间母亲为生活所受的磨难更是一言难尽。

如今想起她经营商店起早贪黑，想起她戈壁旷野折腾贩油，想起她新疆采棉奋不顾身，想起她拖着病体奋斗鸡舍，想起她因囊中羞涩被董婉轻视，想起她奋斗终生却没能身心无忧安享天年，年仅六十岁即抱恨离世。作为儿子，荣健心里有一种无法诉说的遗憾，仍未功成名就母亲却已不在，如此之后奋斗还有何意义？他不禁一声长叹，这感慨自是有千言万语：想来母亲也只是一个平凡的女人，但她这一生深明大义不屈命运，坚韧不拔奋斗不息，在家庭对上委曲求全孝敬老人，对下为儿女遮风挡雨无私奉献，如此焉能不谓之伟大？然而如今这世间，可还有像她那样相濡以沫同甘共苦的女人，可还有不离不弃生死相依的爱情？也或者是我们自己在丰衣足食中走失了灵魂，都如一片片离开枝干的叶子在世间孤独飘荡。

坟前的香火早已熄灭，自是到了离开的时候。荣健不禁仰天哀诉：天地苍苍，朔风野大，几只乌雀，一抔黄土。不孝男葬吾母于村北垄塬之上，从此之后世间再无人怜念我之不易，也无人舍生忘死推我前进了！

第五十二章　抹不去的伤痕

这个时代自由把所谓的贞操碾轧得粉碎，我们还以为如此就能拥有更多的幸福，然而最终我们却发现因为彼此的不清白会导致更多的猜疑和不信任。也许我们都应该更为进步，不去在乎彼此的过往，可我们即使有了这样的认识，却抹不去另一面的记忆和怀念，而谁又能对此完全无动于衷？

乐乐走后黄宏振觉得自己像劳改犯重获自由般愉悦！没有了乐乐老妈子一样的监管，喝酒、跳舞、炒股、置业随心所欲，那一阵子他俨然是个有钱人了！然而命运似乎并不眷顾他，一场意外的大火将他打回原形。后来他每每想起舞王俱乐部火光浓烟中的野蛮踩踏，想起那些呼救的男男女女，想起那嗞啦的火焰和刺鼻的毒烟，浑身都会忍不住剧烈地战栗。那天他逃出来时头发几乎烧没，脸也被烈焰灼伤，尽管医院做了精心的治疗，可还是留下了永远也抹不掉的疤痕。这疤痕让黄宏振非常崩溃，虽说并不影响他开展工作，但他忽然对与人打交道的事失去了信心。拿着政府发的一点补偿款，黄宏振陷入巨大的迷茫当中。其间除了公司象征性地慰问过一次之外几乎没人理他，偶尔借个电话也不过是礼节性的匆忙问候。他开始郁闷了，那一刻他才真正体会到什么是城市的冰冷。觉得所有人都奔着赚钱的梦想疲于奔命，根本没人顾得上去关照什么狗屁友情。人与人之间不过是一台高速运转的机器上彼此需要的配件，坏掉一个就会马上换上

冬日的火花

新的，谁又会留意那些报废的配件去了哪里？

失望伤感中他想起了乐乐，那个曾经和他一起吃泡面就榨菜给他温暖的女人。也许她才是自己这些年唯一的收获，而自己刚刚有些名堂却毫不吝惜地把她踢走，黄宏振开始为自己的愚蠢而感到后悔，最后实在按捺不住想念发了信息给她，期盼着还能见她一面。

乐乐来的时候面色凝重，看到黄宏振一副萎靡不振的样子仿佛有些幸灾乐祸，说他这样忘恩负义的人就该被火烧死。黄宏振说自己确实该死，是自己违背了当初南下时的誓言，现在他后悔了！乐乐说她算是看透了，这世上最不能相信的就是男人的誓言。都他妈天生的贱毛病，往往女人越是一片真心最终越不得好死。黄宏振说自己这些天想了很多，他有些厌倦这种漂泊的生活。他算了算账，这两年赶上房价大涨，如果现在卖掉深圳的房子还了贷款，随随便便能赚几十万元，有了这个钱回家盖栋新房，再承包百十亩地发展花卉苗木生意应该大有可为。如果乐乐愿意，他希望自此之后和乐乐过安逸富足的田园生活。他说："在哪里不是一辈子，只要能和相爱的人长相厮守就是最大的幸福。"

乐乐说她需要考虑，况且自己刚刚站稳了脚跟。黄宏振说他可以等，等多久都行，如果这一次他再三心二意估计上天也不会放过他！黄宏振的话让乐乐的心起了波澜：想着自己十八岁从家里出来闯荡，过去风月场中的遭遇自不必提，即使到了这边接触到的男人哪一个又不是好色之徒。之前也有人热烈地追求，然而她觉得那人也不过是手捧玫瑰心怀鬼胎，只说爱要轰轰烈烈，却从不提长相厮守。而自己如今老大不小，明媚鲜艳又能维持多久？黄宏振虽说浪子一个，可当年唯独他不嫌弃自己的过往。说起现在的工作看似也站稳了脚跟，可毕竟自己学历有限，公司用的不过是自己这一副好皮囊而已。

黄宏振和乐乐举办婚礼时安宁和媳妇应邀前往，那座新盖的两层欧式别墅洋气耀眼，盘起长发披上婚纱的乐乐高贵大方美丽迷人。村子街道上数十桌的流水席人声鼎沸热闹非常，乐队起劲地奏唱着最喜庆的旋律。乡亲们都称赞黄宏振有出息，出外闯荡不但赚了大钱还领回来一个如花似玉的媳妇。回来后夫妻俩又踏实肯干，一下子承包了一百多亩地种树苗，按

第五十二章 抹不去的伤痕

今年的行情那些树苗至少价值上百万，这样的小伙足以成为全村青年的楷模。而黄宏振听到大家称赞时，总是憨憨地说："运气好，运气好！"

安宁说自己奋斗多年还不如黄宏振一步盘活，黄宏振说一场大火烧醒了他，教会他什么叫踏踏实实。所有那些过往都刻进了脸上的疤痕里，那疤痕让他每次照镜子时都会隐隐作痛，因此他现在尽量不想过去。乐乐已经怀孕了，结婚前发通知时黄宏振说不想再见荣健、赵海他们，尽管曾经一起走过，可最好以后就相忘于江湖吧！安宁自是明白他说这话的意思，说自己现在也很少与他俩联系，大家如今都各奔前程各过各的日子了。荣健与董婉结了婚，现在的情况不太清楚。听说赵海仍混得一塌糊涂，前一阵也回了金城县。过去的单位已没有他的位置，据说现在躲在乡下替他哥看管承包的猕猴桃园。

正如安宁说的那样，赵海没能向马小兰索要到十万元分手费。在马小兰愤怒失望地离开后，他又一次陷入困境，只好厚着脸皮给家里打了电话，说是在外面混得没劲，现在就想规规矩矩干点事情。家里人没有抛弃他，正好他哥在老家承包了几十亩地经营猕猴桃，于是他回去后就住进了祖屋，每天负责果园的除草、打药。一个人的生活自是孤独苦闷，每每想起当初发廊里那一堆女人的丰乳肥臀，想起与马小兰颠鸾倒凤的快活，想起胖姐暗夜里的温柔诱惑，想起这些年的惝恍和失败。那一幕幕香艳的场景让他心情躁乱，而屡屡的不争气让他怨恨自己的无能，这愤懑交织的情绪常常让他只有手淫到虚脱才能平静。一次次在瞬间的快感中把污物射向光亮的水泥地板，看着跟班的小黄狗伸长舌头舔食，他都会忍不住内心的悲凉发出傻子般的呵呵笑声。

带马小兰离开祭村的是一位中老年画家，画家说小兰给了他前所未有的灵感，让他在拯救悲悯中获得了艺术的新生。他说马小兰就像夏日的荷花，她善良的心灵和柔润的胴体任凭烈日的烧灼依然娇艳欲滴。他画花是她写字也是她，她以后只需研墨铺纸就能让一干道貌岸然的文明人礼敬有加。那间名为空谷幽兰的画室和微信号有一阵风生水起，人们都记得那店主是位妩媚的女子，眼神里总有一丝透明的感伤。

每个人的路都是自己走出来的！而这时候的荣健似乎失去了生活的

冬日的火花

方向,他不想去找工作,每天过得无精打采。心里时常怀念在瑞景置业时与大家并肩奋斗的过往,想起廖总和蔼可亲的面容,愤恨自己一时糊涂掺和李菱私事,否则又怎会开罪钱总?埋怨自己毫无底线、目光短浅地吃拿卡要,如其不然凭借廖总赏识自是前途光明。所有这一切让他心里烦乱得要紧,觉得既对不起母亲教诲,也辜负了廖总厚爱。他自是愤恨李菱的投机攀附!扪心自问给她介绍艾总完全是出于朋友的善意,也搞不懂她为啥非得和已婚的老钱搞在一起。唉!当初怎么就没看出老钱对她有意思?常言说红颜祸水,自己没事又扯这麻烦干啥?他越想越觉得憋闷,不由心里咒骂李菱不得好死。

但对李菱来说,那时候她感觉自己找到了归宿,每天和老钱谋划着幸福的未来。钱建中说他早和家里的老娘们没了感情,那货几十岁的人了简直是个脑残,整天痴迷于追星看演唱会买名牌包包,这些年可是糟蹋了不少钱。李菱说她不追星不攀比,只希望找一个懂她的人共度一生。而老钱就是她的真命天子,只可惜让她辜负大把青春才等到。钱建中说他一定会珍惜她爱护她,会尽快和家里的老娘们说清楚。大不了把深圳的房子给她自己净身出户,这些年自己私下存的钱已相当可观。李菱自是不会怀疑钱建中的经济能力,她知道以老钱目前的地位年薪至少也上百万,况且他还有项目绩效分红,那数字往往比工资还多。

在李菱看来老钱不过就是年龄大点,可他为人实在。不像那个姓艾的整天西装革履装得一副文化人模样,实际上虚伪阴暗,八字没见一撇居然雇人搞侦察。幸亏没和这样的人在一起,否则那会是多么恐怖的一件事。虽说荣健看起来是一片好心,可如不是他引来姓艾的,自己那些伤心的过往就不会有第二个人知道。现在好了,荣健终于滚蛋了!往后踏踏实实清清静静地工作生活,把"瑞景·君逸天下"管理好也算是助老钱一臂之力。

俘获美人芳心自是钱建中感觉幸福且自豪的事情,可烦恼的是儿子不理解他的选择,那臭小子居然指着自己鼻子发誓不认他这个父亲。当时就气得他气血翻滚,恨不得上去揍他一顿。可是那小子现在一米八五的大个子,壮得跟铁塔似的,那眼神中的愤怒如同喷火,现在翻脸去揍他,闹不好这家伙失去理智把自己这个老子按倒在地岂不是更加丢人,

第五十二章 抹不去的伤痕

况且自己抛弃糟糠怎么说也心有愧疚。老钱毕竟是老钱，最后还是心平气和地说即使儿子不认他这个爸爸，他也会永远支持他。只要他有需要，自己一定尽最大努力满足他。希望他安心学习，不要因为父母的事情影响来年的高考。

刚抹完抛妻弃子的眼泪准备精神抖擞地奔向新生活，没想到却因为上官雪这个小骚货自己被大老板臭骂一顿。那时候钱建中心里可是恨得咬牙切齿，但他心里清楚，这件事处理起来相当棘手。

上官雪怀孕了，廖小胖有些始料未及。想着当初说过爱她迷人的微笑，爱她知书达理富有追求，想着她纤细的身材做爱时的柔美，想着她躺在怀里泪光闪闪楚楚动人，可这事被父亲得知后发了雷霆之怒，况且自己也从未想过与她会有未来。她成熟美丽，自己确也曾经心动过，可那也只是一晌之欢的希冀，没想到最后这希冀居然成了现实。她有家庭有老公，难为她经常以加班为名陪自己。可自己再怎么不顾礼法，也不可能娶一个再婚之人，况且她的身孕到底属于谁的成果？难不成真为这个女人被父亲赶出家门，那到时候岂不是便宜了姐夫。他原本就跃跃欲试想着能早日掌控集团，而姐姐一直品学优，父亲本就更看好她。

廖总说钱总这个老伙计带了一个很不好的头，现在事情来了，该怎么处理可得有个稳妥的方案，一旦这样的丑闻被曝出去会让人笑掉大牙。钱总说上官雪与小胖搅和在一起目的肯定不单纯，这事找上官雪来说明利害，让她放弃幻想。廖总说："无论怎么讲小胖招惹有夫之妇就是失德，况且两个人能搅和肯定还是出于彼此一定的好感。小胖这个混世魔王虽说有些不着调，但是他人聪明花钱又大方，上学的时候就很有女人缘。上官雪和他相比虽说大几岁，要论心智来说也许还不如他鬼大。算了，你脾气太火爆，还是我来处理吧！"

上官雪走进廖总办公室的时候心情相当忐忑，她无法预想这事公司会怎么处理。想着无论怎样自己只要抱定和小胖在一起的决心，任何人也不能把我们拆开，即使不能在一起自己也有能力抚养这个孩子。况且再怎么说这也是廖家的骨血，他们不可能不管不顾的。

走进总经理办公室时，廖总微笑着示意她坐下。廖总说："今天不

冬日的火花

是很忙，找你聊聊。"上官雪应和道："呵呵，那太好了，难得能跟老板聊天。"廖总问："家里还好吧？你老公工作怎么样？"上官雪一听这话，顿时有些脑门冒汗。老公这个字眼忽然让她觉得没了底气，甚至愤恨当初为啥就早两年结了婚，想来老公的工作也没什么好说的，于是敷衍着回答说："都挺好。"廖总听了这回答沉默了一下，忽然换了沉重的脸色说道："哎！我的上官经理呀，你真傻。"上官雪有些迟疑，不知道该怎么接这话，只好勉强笑了笑，继续听廖总下来的话。廖总忽然提了提调门，显得轻松地说："对了，我听说你怀孕了，下一步有什么打算？"上官雪联想起进门之后廖总提到的几个关键字——家、老公、怀孕，她顿时有些明白了，廖总找她肯定不是简单的聊天。她明白自己已别无选择，只好硬着头皮说："领导，我准备离婚了！""离婚？！你可想好了？"廖总惊讶地问道。上官雪此时已经没有退路了，她坚定地说道："我想您已经知道我和小胖的事情，我很惭愧，可是感情的事情骗不了人的。况且我们现在有了孩子，我没有别的选择。"廖总带着疑惑的神情说："你们这事有些荒唐了，你要清楚你是有丈夫的人，这种情况下怀孕能说清楚吗？鬼才相信！"上官雪感觉受了委屈，顿时掉下了眼泪，她显得执着地说："能说清楚的，我们结婚两年一直都没怀孕，况且早在年前就分床睡了。""这是你说的，局外的人可不这么看。现在小胖回了深圳，你说下来怎么办？"廖总语气沉重地反问道。上官雪有些慌神，心有不甘地说："他说他回去几天，很快就会回来的。"廖总阴沉着脸说："见鬼！他都被家里关起来了，怎么回来？""不行，我要去深圳找他。"上官雪有些不管不顾了，一边说着一边开始抹起了眼泪。廖总站起来从侧桌上抽了几张餐巾纸递给上官雪，安慰她说："有什么用呢！到了那边你就能找见他吗？""我不管！反正他不能这样拍拍屁股就走。找不见他，我就等他回来给我一个交代。"上官雪说这话的时候几近崩溃，她感觉到了一种漫天的冰冷和无助。

两个人都沉默了良久，廖总说："你必须得冷静，这事也必须得到妥善的解决。你可以提个条件，只要我能做到，我会帮你的。"上官雪没有说话，她完全没有想好该怎么办。况且一旦这事被老公知道，那到

第五十二章 抹不去的伤痕

时候真不知要出什么乱子。可真正的爱情应该经受得起磨难，她又怎么可以轻言放弃，于是说道："我没什么要求，也不会提什么要求，我只希望这遭遇不要让我寒心，无论怎样您要相信，我是认真的！"廖总这时候显得有些无可奈何，摇着头说："你好好考虑一下我的话，你这样的选择是不切实际的。如果按照公司规定，出了作风问题是要被开除的！"这话瞬时让上官雪有些激动，直接顶撞道："钱总和物业公司的李菱也不清不楚，是不是也应该开除？""那只是传言，况且钱总已经离了婚，李菱本就是单身，这事公司也干涉不上。"廖总的话说得上官雪一头冷汗，闹了半天自己承认和小胖的关系实际上等于不打自招，而婚内出轨岂不是成了道德败坏的典型？

上官雪越想越心虚，那几天上班都没了精神，只好暂时请假调整一下情绪，临走廖总说给她一周的时间考虑。她在家里无数次拨打心上人的电话，然而始终是电话已关机的回答。此情此景上官雪想起那句"渺万里层云，千山暮雪，只影为谁去"，可再一想如不是当初一念之差怎会落得这般光景？婚姻已支离破碎，看着老公消沉的样子，她有些怜念起他当初的痴情，而她知道自己无颜以对了。恨又怎样？不恨又怎样？她开始承认自己当初的迷恋有金钱地位的成分，而自己念了那么多的书却躲不过名利诱惑。功利、世俗、机关算尽、不知羞耻，上官雪把自己彻底否定了。

没人知道上官雪最终和廖总达成了什么协议，反正她离开了公司也终止了妊娠，再之后又和老公协议离了婚。多年以后，荣健带着董婉和孩子在电影院和她不期而遇时。简单的几句问候中，荣健脸上挂着幸灾乐祸的微笑，而她挽着新任老公的胳膊几乎落荒而逃。

董婉开始不满荣健的颓废，抱怨他不像个男人。而荣健对她更是深怀怨恨，说如不是她任性缺德自己的母亲也许能多活几年。这么大的罪名让董婉大呼冤枉，赌气说自己就是歹毒缺德，那只能怪荣健自己瞎了眼。上次吵架荣健就有离婚分手的念头，现在母亲已经不在了，在他心里已经没有了任何顾忌。加上本就烦躁的心情，终于如火山爆发般怒吼一通又要摔门而去。董婉看到他几乎疯狂的状态，有些恐惧了，流着眼泪说："你别走，我不准你走。我错了，咱妈一辈子确实不容易，我过

/815/

冬日的火花

去是发过牢骚，可我不是故意气她的！"荣健不依不饶，不屑地说道："现在说这话有个屁用！人已经不在了，再不拖累你了，你满意了！高兴了！"董婉听他这么说也来了火气，瞪着眼睛说："你他妈说的是人话不？数九寒天的我陪着你守灵，跟你一起把老人送到地里，我哪一点做得不好了？你被公司怀疑，我整天为你提心吊胆。你整天窝在家里，我还不能抱怨几句？你看天底下有几个男人一天缩在家里！你还是不是个男人？你不出去上班，让我和娃喝西北风吗？"说完呜呜直哭。荣健心里矛盾纠结却又不肯认错，赌着气说了句"孩子我会养"之后摔门而去。

汤慧子在电话里说与李霞失去联系已有半年多，她有可能还在横店，也可能回了内江。荣健决意去碰碰运气，于是毅然决然地踏上了南下的列车。当年没有好好告别，如今又前去寻找，想起自己这一地鸡毛的选择，荣健后悔自己曾经的拖泥带水。可他此时也搞不清楚自己到底要去找什么，难道仅仅为了一个明明白白的交代？可如今时过境迁，也不知道能不能找见，反正他出发了，临行前发了条短信给董婉，只有五个字："我出去转转。"

虽然汤慧子在电话里骂了他，可是不管怎样她挺够朋友，提供了不少找寻的线索，荣健靠着这些线索走到了横店。可下了车才知道这传说中的影视城简直大得没边，又分几个基地。在这里要打听一个不知名的小演员简直就是大海捞针，辗转数天几乎要跑断腿的节奏，终于在一个李霞租住过的地方见到了她的一个老乡。询问之后得知李霞旧病复发，一年前就已经离开了这里。

有时候地图还是蛮管用的，从东阳到南昌，从南昌到长沙，再从长沙直达重庆，最后转坐长途汽车。这个路线几乎横跨大半个中国，穿越四五个省，辗转五天终于到达内江市。下了车荣健就开始抱怨自己，想不明白为什么总犯这样低级的错误。当年和叶子处那么久不知道她家以致后来无法寻找。如今来找李霞，居然也只有记下的那部座机号码。而现在电话一直无人接听，也或者早已弃用了。一时间只觉得腿脚酸软前路迷茫，他只好先找宾馆住下，洗了澡收拾一番，又下楼在街边吃了碗麻辣米线外加小笼包算是安慰了一下最近颇受委屈的肚子。他仔细盘算

第五十二章 抹不去的伤痕

了一番决定振作精神继续寻找，想来那部座机电话即使无人接听，但要找到座机电话的大致方位应该不难。

荣健自己也搞不清楚到底哪来这么大的动力，称得上不远万里前来寻找，又连续几天在城市的街道展开了地毯式的搜寻，尽管知道孤身一个人如此寻找如同大海捞针，可他没想过停下这盲目的脚步。也不知走了多少路，反正脚下的路让皮鞋开了帮。买双新鞋犒劳一下酸疼的脚板，而在试穿新鞋的时候事情出现了转机。汤慧子忽然打来电话说李霞跟她联系了，而联系的目的是告知她国庆节结婚的消息。拿到了她的电话号码却又得知她准备结婚，荣健顿时陷入了孤苦的矛盾当中。

显然现在还要不要去见她成了一个问题，见她干什么？自己已婚她将婚，人生的轨迹似乎已经完全划定，为何还要多此一举谋求一见？见能怎样？不见又能怎样？是否就此相忘于江湖？很多问题在荣健心里来回激荡。

思来想去他觉得既然已经来了还是要见一面，即使见面给她一个祝福也好。可是准备结婚的她会不会见我？分别已有数年，也许她早把我忘了。如果她不见我，那岂不是太过尴尬！不行，再怎么也要见到她，至少得让她知道我曾来过。

电话通了很久才有人接听，那头传来她熟悉的声音："你好，谁呀？"荣健连忙回答道："是我，终于找到你了！"

"你是谁？"

"我是……""哦！我知道了，你在哪里？"

"如果找不到你，我就准备跳江了。"

"谁相信你的鬼话，你有这魄力就不是你了，呵呵！"

荣健和李霞相隔四年之后在沱江边上重逢了，简单的几句对话瞬间就抹掉了分离的隔阂。李霞说她知道荣健迟早会来的，可没想到要等这么久，再等她都要老了。荣健说自己从未放下对她的牵挂，后悔当初让她离开。李霞说荣健是个感情上懦弱的男人，远不如自己一个女子有勇气。在外边闯荡多年，自从那次受伤之后经常头疼，她有些累了。年初家里给介绍了对象，感觉还可以，于是准备今年把自己嫁了。荣健说自

冬日的火花

己千里迢迢而来，有些无法接受李霞出嫁的消息。而自己因为母亲去世内心烦乱，几乎不知道要往哪里走。在这个时候来找她，就是把她当作亲人。李霞说现在说这些都没有用，她还没有领证，她愿意跟荣健走，只要荣健给她婚姻的承诺。

沱江在内江境内曲折盘旋宛如游龙，流经之地皆青山绿野。李霞的老家就在沱江边上一个靠山的小村庄，那天她带着荣健回了祖屋。那三间青石垒砌的房子可是有些年月，墙壁上长满了厚厚的苔藓。而里面已收拾妥当，下一步准备作为特色民宿对外开放。屋后是突起的山包，屋前是栽满橘子树的坡地。灿烂的阳光洒落在橘林里，林间游走的土鸡正在悠闲觅食。正是橘子树开花的季节，微风吹来阵阵花香让人迷醉。李霞站在林间要荣健给她拍照，浅蓝色的水洗牛仔裤搭配深红格子衬衣，波浪长发随风飞扬，那画面美得纯净又妩媚。荣健说以李霞的容貌早应成为大明星，李霞说自己终归不是演戏的材料，也受不了那个圈子的势利和争斗。没有人提携，又不是科班出身，像她这样的演员除了傍大款别无出路。荣健开玩笑说李霞早该去傍大款，李霞嬉笑着骂道："你他娘的让我去卖身呀！去死吧你！"说着拿起一块泥巴砸了过来，荣健躲闪不及那泥巴在额头开了花。李霞一声惊呼，赶忙跑过来看他有没有受伤，而他一把拉住她说："这下好了，我干脆到你们家上门得了！"李霞说那样最好，她家这几亩橘园正缺个劳力，关键怕你这个老东西只能吃不能干，哈哈哈！"哼！居然敢笑我老，就让你知道知道什么叫能干！"荣健一边说着一边紧紧地搂住李霞，急速寻找着她正乐呵的嘴唇。在那弥漫着花香的橘园里，他感觉到一种前所未有的踏实。这心爱的姑娘让他多少个日夜魂牵梦绕，他一直想抓住这浪漫的爱情，甚至觉得拥有她才是生活的全部意义。一番热吻之后，他们躺在山坡上，看着山脚下缓缓流过的一江春水，远处青翠连绵，碧空如洗，如同这心情一样畅快而清丽。

荣健没有想好怎样带李霞回汉都，况且现在还面临让她悔婚的问题。再者家里给她介绍的对象无论怎么说也是个老板，据说砂糖生意做得相当不错。而李霞说她从未觉得这些物质条件是什么障碍，女人一辈子最重要的是能找个有情人相守一生。她的父亲一直在市里上班，而母

第五十二章 抹不去的伤痕

亲在乡下务农。直到上初中时才被父亲接到城里，那时候她才知道父亲在城里还有一个家。自从父亲和那个女人生下了弟弟，父母的婚姻就名存实亡了。两年前那个女人得癌症死了，父亲才接母亲进了城。她提起母亲受的那些委屈时眼中泪光闪闪，说着双手又抱住了头。她气力全无地说自从那次颅脑损伤之后，这样的头疼就时常发作。如今她是个病人也变得脆弱，要带她回家可要想好。这话让荣健心里咯噔一下，想着自己如今一事无成，往后再要负担起一个病恹恹的女人顿时感觉压力巨大。但他又为自己有这样的想法而感到羞耻，也把这自私与李霞的无畏相比，不禁觉得自己这灵魂鬼祟到不可思议！

在老屋生活的两天里，荣健的心事愈发沉重。李霞说回趟城里很快就来，一个人的时候荣健忍不住打开关闭多时的手机，电话里董婉发来多条信息，其中一条说女儿病了，让他速回。尽管他猜想这是董婉骗他回家的伎俩，但还是有些担心。他想在这田园牧歌式的隐居生活里终老，却又明知这只是妄想。他不想回去面对纷繁复杂的城市，却又不想背上良心的负累；想领着李霞回汉都或者去别的城市奋斗，又担心前路灰暗挫折多多。他开始承认自己骨子里的软弱，甚至连把握爱情的勇气都不堪一击。哎！我该怎样去选择，我该为谁负责？孩子，情人，还是不知在哪儿的事业？荣健陷入了一种无法排解的惆怅当中。

一直没见李霞回来，荣健打了几遍电话也没有人接。他开始有些慌乱，忽而又开始担心自此失去她，她会不会出什么事？荣健独自爬上屋后山岗，在林间来回徘徊。

再次打通电话的时候，没想到居然是李霞的父亲接的。她父亲说李霞生病住院了，他收了她的手机。荣健连忙说自己是李霞的朋友，想去医院看看她。

在医院的长廊里，李霞的父亲拦住了荣健。那时候他才知道，李霞其实一直在住院，接到荣健电话后居然私自跑了出去。他父亲说李霞现在经常时而清醒时而妄想，荣健提起她要结婚的事情时，她父亲红着眼睛说那是她的同学，人家一直追她，而她的心总是飘摇不定。这些都不重要，关键她现在必须接受一次微创手术，因为如果不清除大脑的淤血

冬日的火花

以后就会有偏瘫的危险。

　　李霞的父亲看着荣健手里的旅行包问:"你从哪里来的呀?是霞儿耍的朋友吧!"荣健说自己从汉都来,以前在北京时就认识了李霞。"哦,她一直说她有男朋友,应该说的就是你吧!"李霞父亲喃喃地说。荣健回答说:是的,就是我。""你比她大好多岁吆!她现在又是个病人,嫁那么远,我和她妈不会同意的,你走吧!别再打扰她了。"说话间她父亲的表情变得严肃,脸上几乎露出了不耐烦的神情。荣健几乎哀求地说:"你让我去看看她,说几句话。"

　　病房里见到李霞的时候,她瞪着眼睛露出惊讶的神情。荣健歪着脑袋苦笑着说:"你真是一个不知死活的傻瓜。"李霞说:"你换了电话,我给慧子打电话其实就想碰碰运气,看能不能联系上你,可要了电话又不敢给你打,我真不知电话通了说什么!那时候我觉得我可能要死了,如果死了就见不到你了!"说话间她眼睛里滴落出豆粒般的泪珠,这一幕让荣健的心痛得需要咬紧牙关才能抑制。他蹲在床头劝李霞不要激动,先好好养病。宽慰她说微创手术很简单,只有彻底治好以后才能跟自己去江湖飘荡。而李霞说病痛不算什么,最关键是心里难过。一晃几年再见面时荣健依然拖泥带水,她几乎要绝望了。她守着那份缥缈不定的感情等了一年又一年,到头来看到的却只是一个寻找精神寄托的男人。她不是避风港,也拯救不了谁,这些年天南海北不过守着一个所谓缘分的梦想。如果当年不在列车上相遇,也许一切比现在要好。荣健说:"你确实早应把我忘了,为我这样一个男人不值得!"李霞说她也搞不清为啥会喜欢上荣健这头笨猪,为啥会瞎等这么多年。荣健说:"你简直是个不食人间烟火的女子,而我却在世俗中挣扎,活得不像我,也不知该怎么活!不过你放心,不管我怎么样,一定要先把你的病治好!"

　　两个人说话说了半夜,李霞爸爸敲了好几次门催促。李霞要过荣健的手机,说一起听首歌再走。结果下载了半天也没播得成,只好无奈地看着荣健转身出门而去。

　　走过病房长长的走廊,走过空荡荡的大厅,门口两个小伙子拦住了他。年龄小一点的说他是李霞的弟弟,而年长一点的应该就是李霞那个

第五十二章 抹不去的伤痕

痴情的同学。那弟弟说他听姐姐说起过荣健，也感谢他来看看姐姐。荣健说这是自己应该做的事情，谈不上什么感谢。而这弟弟说他姐姐就要结婚了，希望荣健尽快离开。荣健迟疑了一下，那个年长的似乎瞬间来了火气，阴沉沉地说："再不走，弄死你个龟儿子！"说着就要挥拳相向，那弟弟拦住了他的冲动，说荣健是他姐的朋友，就是他的哥哥，这事必须和平解决。而那人怒气难消，指着荣健说道："他有什么资格出现在这里，他有老婆，他在欺骗你姐！我操！"荣健听他这话瞬间没有了打架的心情，也不想说话，沉默了半天之后冷冷地说："你们不要逼我，我知道该怎么做。"

一切都已明了，有人等着娶李霞，而自己现在带她回去能给她幸福吗？当初没有勇气与董婉决裂，难道现在却要抛妻弃子？即便毅然决然从此与她在一起，而自己又拿什么给她幸福？况且她现在需要治疗，她家里又怎么会放女儿跟自己走！荣健心里痛苦纠结着，有些怨恨命运如此残忍的安排，假设早一点遇见李霞，再怎么也不会是今天这样的结果。她就像一朵圣洁的百合，风雨中始终坚守着灿烂的爱情，她单纯、乐观，生活于她似乎没有什么牵绊，她爱得那么勇敢无私！而相比之下自己就像一个陷在烂泥当中可怜的车夫，不甘于沉沦却总是患得患失。况且于董婉来说，自己又何尝不是一个不负责任没有廉耻的男人！当初自己选择的婚姻，现在无情无义地背叛，岂不是只顾自己而误了董婉又害了孩子？她们有什么错？凭什么这样被抛弃？可如果现在选择放弃又何必折腾这一遭？如若放弃肯定将永远失去她！荣健像一个怯懦的赌徒，怀里揣着微薄的本钱迟迟做不出决定。就在住院部外那条幽长幽长的林荫道上他不知走了多少个来回，任凭露水打湿了衣衫和头发，任凭这暗夜的孤寂侵蚀着他的内心，他欲哭无泪，默默沮丧地抽着闷烟。

一大早买了早点送到病房，看着李霞幸福的笑脸荣健隐藏起心里的难过。他说自己要回汉都办点事，让李霞先好好看病。说着拿出报纸包的一沓钞票塞给李霞，那是他昨天凌晨分两次取出的三万块现金。这是他全部的积蓄，他觉得这是他现在唯一能做的事情，他尽力了！放下钱的那一刻他知道自己这次离开就是永远放弃眼前心爱的姑娘，那一瞬间

/821/

冬日的火花

他言语颤抖。

李霞问他怎么忽然就要走，他撒谎说单位有些突发事情需要马上解决。李霞喃喃地说："从泸州开始，你总是来了又走，我真怕再等不到你！"荣健违心地笑着说："你好好养病，现在交通越来越方便！"李霞问："坐汽车还是火车？"荣健说："来的时候都不知道遂渝铁路2006年就通了车，直接坐火车到成都再转车回去要方便得多。"那一刻荣健看见李霞脸上泪水悄然滑落，他不敢再做片刻逗留，拿起包说了句"保重"就再次转身离开。

昏昏沉沉地赶到车站，走到站台后却彷徨着迟迟不想上车。直到列车员厉声催促才失魂落魄地跑了几步，谁曾想脸还碰到了门框。他紧咬牙关捂着面颊木然地走进了那节意外空荡的卧铺车厢，找对床铺后顺手把包扔下，而后机械地坐到靠窗位置向站台张望，只是那一刻他的心像站台一样空荡。

汽笛声中列车启动了，他不自觉拿出手机双臂撑在台板上翻看，这才发现昨晚李霞想要下载的歌曲已下载成功，他随手点了播放。当那熟悉的旋律响起，他脆弱的情怀再也不可拟制，瞬忽间似有一股灼热的岩浆从胸腔喷涌而出，以至即便整个人不得不萎缩着紧贴车身，一只手紧扒窗框，却依然止不住浑身颤栗。窗外站台在不断后移，他朦胧着双眼再次向窗外张望，那时候也不知是幻觉还是真实，只见远远的李霞奋力地奔跑着，一头波浪般的乌黑长发随风飘动，她显然还化了妆，红红的嘴唇和白色T恤上巨大的鲜红唇印一样耀眼。他赶紧伸出手向她挥动，她也拼命向他挥手，二十米、十米、五米，李霞没能追上加速的列车，弯着腰声嘶力竭地喊着："你这个混蛋！你一定要幸福……"

在车轮紧凑的哐当声中，她的身影逐渐变得模糊，而手机里的歌声却愈发清晰：

原谅话也不讲半句，此刻生命在凝聚。
过去你曾寻过某段失去了的声音，
落日远去人期望，留住青春的一刹。

第五十二章 抹不去的伤痕

风雨思念置身梦里，总会有唏嘘！
若果他朝此生得可与你，哪管生命是无奈。
过去也曾尽诉，往日心里爱的声音。
就像隔世人期望，重拾当天的一切，
此世短暂转身步过，萧刹了的空间。
只求望一望，让爱火永远的高烧。
青春请你归来，再伴我一会。
过去你曾寻过，某段失去了的声音。
落日远去人期望，留住青春的一刹。
风雨思念置身梦里，总会有唏嘘！
只求望一望，让爱火永远的高烧。
青春请你归来，再伴我一会。
若果他朝此生得可与你，哪管生命是无奈。
过去也曾尽诉，往日心里爱的声音。
就像隔世人期望，重拾当天的一切，
此世短暂转身步过，萧刹了的空间。

他反复播放着这首歌，直到夜幕降临昏昏睡去。在梦里火车翻山越岭，而他自己忽然跳窗而出，向着心爱的姑娘招手的地方奔跑，然而不知何故却越跑越变得遥远，直到无能为力地哭喊。

回到家里准备拿钥匙开门时，女儿高喊着"爸爸、爸爸"打开了房门。家里一切安然无恙，女儿问："爸爸你去哪了？这么久才回来！"荣健撒谎说："爸爸出了趟差，你看给你带了很多好吃的。"女儿嘟着小嘴说："这还差不多，奖励你一个糖吃。这可是幼儿园老师奖励我的，可好吃啦！"

董婉没有不依不饶地闹腾，这让荣健还有些意外。不过这都不重要了，身上已经没有什么积蓄，再怎么也得上班赚钱了。买来一份《华融报》寻找合适的招聘信息，看到大南门外启动了一个大型综合体项目，于是他准备一番前去面试。

第五十三章　英雄的风骨

陆锋最遗憾的是没能送父亲最后一程，他捧着父亲骨灰盒的时候心如针扎热泪翻滚，他拿出军功章放进骨灰盒，和母亲、妹妹一起送父亲回老家安葬。

尽管因为得知父亲病危情绪波动，以致最后错失了驾机飞越天安门广场的机会，但因为全程参与了筹备的过程，因此也获得了二等功勋奖章。"三代戎装育功臣赤胆忠心享誉故里，两袖清风伴老兵九泉含笑魂归桑梓。"这副葬礼席棚上的挽联足以说明乡亲们对陆锋父子奉献军旅的感情，也足以宽慰陆锋未能守孝送终的愧疚。

李老师说了荣健送来十万块钱的事情，并对陆锋说他是一个忠厚而值得信赖的朋友。可怜的是杜阿姨去年年底也去世了，李老师建议陆锋如果有时间应该去看看荣叔叔。

陆锋提着一堆礼品走进荣家大门的时候，荣勤民正惆怅地在厨房自己和面。看到陆锋进门赶紧洗了手给他拿了板凳，两个人坐在院子说话。荣勤民说："难得你和荣健这么多年情谊这么好，他和你可有很大差距呀！"陆锋谦虚地说："叔，看你说的。我们可说过苟富莫相忘的话，况且我就是一个当兵的，没什么混得好不好的。""看你的肩章现在是少校军衔了吧！都快成将军了，你爸没福气呀！有这么优秀的儿子没享几天福就走了。"荣勤民一边颇为感慨地说，一边不住地摇头。陆

第五十三章 英雄的风骨

锋说："我听说阿姨去年走了，您要保重身体呀！"荣勤民伤感地叹了口气说："唉，现在就这样子了，混活一天是一天。"陆锋说："你一个人自做自吃也不是办法，我听说现在社区老年活动中心有食堂呀！"荣勤民回答说："有，开始我在那里吃了几天。你是不知道，那里面大多是些病恹恹不能自理的棺材瓤子，跟他们在一起吃饭心里还真不是滋味。所以我就不去了，自己做的饭还香，想吃啥就做啥！"那时候陆锋心里忽然闪过一个莫名的念头，但思量半天也没能清晰地抓住。

荣健已经在南门外的宁城国际广场上了班，虽说这次就职的是做销售代理的乙方公司，但应聘时与负责人苏总一见如故，两人又都是策划岗位出身，在彼此欣赏的气氛下达成了合作。虽说他是老板自己只是打工，但苏总求贤若渴的态度让荣健觉得与其在甲方争权夺利，还不如在乙方清静地靠实力吃饭，因此他全力以赴地投入了工作。

陆锋穿着便装进门时他正领着一群置业顾问培训销售讲解。陆锋一边示意他继续进行，一边自己找了位置坐了下来。荣健喊客服给他倒了咖啡，说了句"你先坐一下"就又继续工作。

培训置业顾问已经成为荣健引以为傲的职业能力，他可以根据项目特点撰写一篇文采飞扬且朗朗上口的简介文案，还能将具体的问题讲解得很有画面感。他要求置业顾问先按照地段、规划、建筑、园林、配套、配置、服务顺序层次进行讲解，这样一来讲解的逻辑性就非常清楚。在所有人对讲解词熟悉后又要求大家能够简明开场，直接进行项目特点的陈述。前一种讲解针对新客户，后一种讲解针对老客户，如此两轮下来客户对项目就会有一个比较全面的了解。他把第一种模式叫作价值认知模式，而第二种模式叫作销售推介模式。

陆锋在一旁听着他的培训，不时露出赞许的笑容。等荣健忙完过来招呼他时，他称赞荣健现在有专家风范，他作为一个行外人都觉得很有吸引力。荣健说："那这个方面应该没有问题！我就靠这个混饭吃的，当然这和未来要当将军的人可比不了。不过首长既然这么肯定，其实可以考虑在这投资买套公寓。"陆锋说他一句话就暴露了奸商的本质，刚见面就推销上房子，够狠，够精明！

冬日的火花

　　玩笑归玩笑，陆锋说他回家刚刚安葬了父亲的骨灰就来找荣健，有两件事想沟通一下。荣健抱怨他把自己不当兄弟，这么大的事也不通知自己。陆锋说自己一个同学都没有通知，他怕欠同学人情，自己身不由己，杜阿姨的葬礼没能参加，又怎么好意思给荣健打电话。荣健说陆锋做事计较得太清楚，陆锋说有些事得自己明白，否则就是没皮没脸。

　　陆锋说他来之前去看了荣叔叔，他一个人生活的状态真是让人担忧，建议荣健如果可能的话最好把父亲接过来一起生活。荣健说自己原先也考虑过，可现在一家三口住着九十平方米的小房子，把老人接来住还真是有些问题。况且之前父亲来过几天，住不惯高层也看不惯他和董婉的生活习惯，因此没待几天就气呼呼地回去了。陆锋说无论怎样让老人一个人生活都是个问题，毕竟年纪大了！

　　荣健问他李阿姨现在的情况，陆锋说最近在汉都给妹妹作伴呢。说到这他叹了口气，才说妹妹的婚姻出了问题。陆婷自从进入房地产公司后如鱼得水，目前已经成为一家大型房企的人力资源总监，年收入接近二十万元。而马春雨虽说在地税局也当了科长，每月就几千块钱工资，两个人巨大的收入差距带来很多冲突。马春雨本就是个细心人，家里买个新沙发都要铺上旧床单来保护。陆婷看了觉得影响美观直接就把床单扔了，还挖苦马春雨是农民意识。马春雨说不管什么意识不意识，保护一下总归用得时间长。而陆婷说新沙发铺上床单影响美观，如果来了客人也是对客人的不尊重。这件事情谁也不愿妥协，最终马春雨把旧床单收在柜子里，来了人就马上拿出来铺上。此事后来成了同事和朋友口口相传的笑话，很多人背地里骂马春雨是个神经病。

　　马春雨和陆婷计划买车的时候爆发了更大的矛盾！马春雨说国产车性价比高、维修便宜，十几万就能买辆不错的轿车。而陆婷说这不是钱不钱的问题，汽车品牌是文化和价值的标签，要买就一步到位买路虎极光。马春雨说陆婷头发长见识短，路虎汽车当年差点破产倒闭，无奈之下卖给印度塔塔集团，这三哥生产的汽车能有多好，打死他都不会相信。在中国卖得好完全是被黄原地区那些土豪炒起来的，那么贵的价格也只有傻子才会买。可不管马春雨怎么说，陆婷仍固执地认为路虎就是

第五十三章　英雄的风骨

豪华品牌质量不会差，而且路虎极光设计漂亮大气，她非买不可。结果两个人为此在4S店外大吵一架。马春雨说陆婷口袋还没几个钱就自我膨胀，陆婷说马春雨做事婆婆妈妈，就是个没有眼界的土鳖。越说越激烈，最后陆婷声言过不成了离婚。

荣健说他在同学间听说过马春雨那些小气的事情，并说自己非常厌恶他那装模作样的神气，甚至觉得这人思维古怪有毛病。又说起当初自己回县上给女儿待满月，那天马春雨意外地过来聊了一会，可最后没去吃饭也没出一毛钱礼钱。就这个事情来说，他作为同学要么不来，来了空手两吊岂不是有糟蹋人的嫌疑！因此他对马春雨很有看法，见了面都不想招嘴。而马春雨与王妮有过交集，所以当时听说他和陆婷领了证非常诧异，并且说按照陆婷现在的职业发展，自己很不看好他们的婚姻前景，他要陆锋有心理准备。陆锋说这个他清楚，尽管他自己对金钱没什么概念，但是夫妻双方收入差距太大肯定是个问题，自己也是个男人，如果娶个老婆收入比自己高太多恐怕自己也受不了，况且马春雨那些莫名其妙的小家子气听了就让人生气。荣健笑着说："你一贯自诩思想开明进步，看来这一点上你也未能免俗。"陆锋说："这不是俗不俗的问题，是能力价值问题，一个男人不如自己的老婆价值高，怎么说也觉得难堪，呵呵！"荣健说："收入差距是一个问题，但处世思维的分歧恐怕才是致命问题。"

两个人在售楼部坐了很久，最后荣健还真说服陆锋订了一套小户型公寓。晚上荣健说为了祝贺陆锋置业成功请他喝酒，为此给王妮打了电话，酒菜上桌的时候她匆匆赶来了。

那天陆锋喝得有些多了，说这些年愧疚的事情太多，如果人生能够重来也许会处理得更好一些。怀念曾经和大飞一起上学的日子，抱歉曾经给王妮写了那封言辞激烈的信，后悔过去那么多的时间，竟没有和父亲说说心里话。

荣健和王妮都安慰他，说他功勋卓著是所有同学的骄傲。荣健强调说他这般不计个人得失为理想信念奉献的精神一直是自己的人生支柱，否则在这充满名利、欲望的时代，自己可能早已找不见方向。这和平年

冬日的火花

代多数人为财富而努力，但如果所有人都只向钱看，那么这个世界该有多么的乏味！正是像陆锋这样有大格局的才真正担得起国家、民族的使命，而自己和王妮这样的小人物最多也就谋个丰衣足食。

王妮说她早已不恨陆锋，也恨不起来。在感情上自己一直是个不够清醒的人。如果不是陆锋这样一个鲜明的参照，也许她会犯更多的错误。甚至有一阵子她觉得自己无颜活在这个世上，可一想起高中时代那些甜蜜的过往，想着那些剧中人都还继续着人生的演出，她不想过早终结这观赏的过程。她经常会在课堂上向学生们提起陆锋的事迹，因为在她心里陆锋就是现实中的楷模。

陆锋说自己算不上什么楷模，只是运气比较好。毕业后正赶上军队装备加速现代化的洪流，能参与其中自己已经非常自豪了。尽管这中间有很多委屈，可看着部队装备一茬一茬地更新换代，自己的那些所谓委屈、付出完全不值得一提。

王妮提起酒杯时说陆锋是她见到的唯一的现实傻子，半辈子为了狗屁梦想冲锋陷阵，甚至连自己喜欢的女人也拱手让给别人。他这种为江山事业宁舍美人的男人，其实对女人来说除了崇拜、欣赏、佩服之外，没有半毛钱价值！说完这话时她又哭又笑，酒精已让她不顾任何体面。

荣健说并不是什么人都有资格当这样的傻子，如果说陆锋这样的人是傻子，那么古往今来这样的傻子可真不在少数！像岳飞、文天祥、林则徐、左宗棠、钱学森、邓稼先选择的道路哪一个不是自找苦吃？林则徐说："苟利国家生死以，岂因祸福避趋之。"而能做到这一点的人可都是有非凡才能和超凡境界的人，况且任何一个国家平台可不要傻子废物！

陆锋说他经常会想起王海烈士最后的话语："81192收到，我已无法返航，你们继续前进，重复，你们继续前进！"现在我们不但有了歼十战机，多型号的预警机，不远的未来还会有更多的新型战机。改装的航母也即将入列，国产的航母也指日可待。说起这些时陆锋的豪情壮志如惊涛拍岸扑面而来，荣健热情地拿起酒杯说："总理当年有'面壁十年图破壁，难酬蹈海亦英雄'的豪迈诗句，来，我们敬未来的将军一杯！"

第五十三章 英雄的风骨

　　酒过数巡陆锋的眼睛有些发红，那时他显然喝得有些多了。他一手举着酒杯一手用力地拉着荣健几乎哽咽着说："再别提什么将军了，我也从来没想过当什么将军，唯愿此生能为国尽忠死得其所。来，干！"

　　没等荣健接话，王妮反对陆锋把话说得这么悲壮。她说："什么为国尽忠死得其所，你能不能说成建功立业扬眉吐气。"荣健连忙附和说："对对对，说得好，为建功立业干杯。"放下酒杯王妮说陆锋心硬得有些自私，一路奔走不管不顾。陆锋说人生总有很多无奈，其他且不说，父亲走后母亲形单影只，每每想起就让他愧疚难安。荣健想宽慰他却一时不知说些什么，倒是王妮眼睛一转，有些神秘地说道："我有个想法，不知合适不合适，说出来你俩可别骂我！"

　　陆锋和荣健用期盼的眼神看了她半天，而她却欲言又止，一会儿又说："唉，还是不说算了，这话说出来你们肯定又说我缺心眼。"陆锋和荣健再三保证说无论她说什么都不会有人怪她，她这才吞吞吐吐地说："你们一个没了妈，一个没了爸，你们两家老人原本就有交情，你俩又好得跟一个人一样，干脆撮合两个老人在一起生活，你俩就成亲兄弟了，这岂不是皆大欢喜。"她说完这句话后，包间里瞬间变得鸦雀无声。沉默半晌，王妮看他们这样也顾不了许多，做出豁出去的架势说："你俩到底啥意思？不同意的话就当我说的醉话。"

　　荣健的心情瞬间变得沉重，想起母亲去世后父亲号啕大哭时的誓言。父亲说母亲一生为这个家庭付出太多，她走后自己绝不再娶。而自己也觉得母亲虽然走了，但她在家庭的地位无人可以替代。如今作为儿女岂能撮合这事？可父亲一个人生活孤苦，平常连个说话的知心人都没有，一口煎火的饭恐怕都吃不到嘴，日子久了确实是个问题，一时间他心里陷入极度的矛盾当中。

　　王妮的话让陆锋也感觉有些震惊，不过她的想法似乎某一个瞬间也曾在自己心头闪过。如今王妮将这个问题赤裸裸地摆了出来，他倒有些不知所措了。他倒了一杯白酒一饮而尽，沉默了半天后说："我觉得在不在一起过暂且不说，都是老朋友鼓励他们经常走动一下也好。"

　　陆锋这样的态度，荣健自然没有任何推辞的理由，于是也跟着说：

冬日的火花

"就是，就是！"然后还没忘褒扬王妮一番，说她的主意如滚滚春雷，惊醒了两个沉睡的人。王妮说："人这一辈子少年夫妻老来伴，我这孤家寡人最知道寂寞的苦处。"荣健说她没多大岁数，装出来的沧桑感一点都不真实。陆锋不知是听到王妮这句话不敢作声，还是真的喝多了，开始一个人趴在桌子上，直到散场后荣健把他搀到酒店。

陆锋直到返回部队也没能见上许芹，那时许芹正日夜守护在医院。高永盛痛苦地躺在病床上，他已经形同枯槁，嘴角还残余着些许血迹。连日来吐血、便血已经折磨得他气力全无，许芹和弟弟日夜守护在床边，都期盼着他能创造奇迹。而他冥冥中觉得自己已经来日不多了，即使心中有太多的不甘，可是到了这个时候已经无力回天了。这些天他老是想起当初补习时与袁瑛那些美好的过往，每一个瞬间都让他内心悸动。也时常回想起与许芹在火车上相遇的情形，越想越觉得委屈和伤感。许芹是个好妻子，这些年相濡以沫温柔贴心，只可惜上天的安排有些太过残酷了。

半年前高永盛被提拔为厂办主任，这可是个副厂级的职务。与所有同期分配来的同事相比，他靠着勤奋执着获得了组织认可。人们都说他是寒门贵子，而许芹说这是理想信念的胜利。和他竞争的人有谁比他更厚道？有谁比他更专业？又有谁比他更勤奋？所以他的提拔是众望所归，天道酬勤。然而仅仅过了半年，胃不舒服前去检查时被确诊为胃癌，拿到诊断书的时候高永盛根本不相信这个结果，然而身体的反应很快让他认清了现实。

在病床上躺了多日，高永盛最难过的是不知道自己如果真有个不测，这身后的事情该如何安排！他一直不想以这个样子见到荣健，即使是亲戚、是兄弟。可他出身干部家庭，家境一直比自己要好，本想着自己通过努力也能在人前挺直腰杆，而如今又输给他。即使输给他也不能让他看到自己狼狈不堪的样子，那件事虽然当初说开了看似有所释怀，但这些年，尤其病中想起，他总觉得在荣健心里自己这个哥还是不如那个飞行员朋友重要！高永盛内心的这个坎许芹明白，也愿意理解他的苦痛。因此得知荣健母亲去世的消息时与小叔子商定不告诉他，况且即使

第五十三章 英雄的风骨

告诉他，他也已不能前去又有什么意义呢！

荣健安葬母亲时的确对永盛哥有意见，心想着住院你不闻不问，葬埋你还是不见人影。亏得当初你在我家住了那么久，我妈可一直对你不错，一直鼓励你。可当他最后见到病床上的永盛哥时，当他知道可怜的永盛哥来日不多时，他不再怪他，反而埋怨自己来得太晚。他解释说这些年疲于奔命，兄弟间疏远的责任完全在自己。永盛哥嘴唇微微翕动着，脸上露出一丝苦笑说："唉，咱兄弟俩还说什么错对。你就是怪我我恐怕也坚持不了多久了。"荣健连忙安慰他说："不会的，现在医学这么发达，总会有办法的！""你别安慰我了，趁我还清醒，有几件事我想交代给你。"高永盛有气无力地一边说着，一边看了看许芹。

"咱弟有些软弱，我走之后还要你多照顾干爸、干妈。高翔，高翔快十岁了，也慢慢懂事了，以后上学的事你得多操心。哥知道你也不容易，可这些事只能托付你了。唉！这辈子欠你的，如果真有来生，哥再还你吧！"

高永盛一口气说完了心里话，累得靠在床头几乎不能呼吸。许芹赶紧用勺子给他喂了点水，他缓了缓，头扭在一边闭上眼睛不再说话，却一直拉着荣健的手不愿松开。

荣健从医院出来的时候心情糟透了，而此时原本晴朗的天空不知何时已经变得乌云密布。一丝金黄色阳光从撕裂的黑云缝隙里射出，照亮了前面大楼的一角。凉嗖嗖的阵风掠过医院的高树，发出唰唰啦啦的声音，紧接着豆粒般的雨滴开始洒落，再几步就变成瓢泼大雨，一转眼把他淋成落汤鸡模样。长空电闪雷鸣，而他内心悲痛难当，干脆借着雷声雨声嘶吼，然而没人能看见此时他脸上奔流的泪水。

厂里为了挽救高永盛的生命不惜代价，然而最终他还是在同事朋友无限的惋惜声中永远闭上了眼睛。许芹和小叔子叫来荣健商量善后的事情，荣健说这事绝不能叫干爸知道，他现在身体也不太好，对永盛哥心又重，他一定接受不了这个结果。最后权衡再三，只有叫弟弟接来干妈，毕竟她当时在医院守过一阵子，应该有些心理准备的。满头白发的干妈趴在儿子的遗体上难过得哭不出声来，半天说了句："儿呀！走了

/831/

冬日的火花

也就不受罪了。"

　　荣健和干弟弟拉开老母亲后，将隐瞒永盛哥去世的想法说了出来，强调说要干妈必须坚强，回去之后就说厂里委派永盛哥到非洲支援铁路建设，最快三五年之后才能回来。而永盛哥火化之后骨灰暂时存放在殡仪馆，等干爸百年以后一起安葬。这样的办法虽然暂时解决了问题，可三年之后坐在轮椅上的高树亭每天都会在村口守候，荣健逢年过节回村时，远远望见风烛残年的干爸，心酸程度可想而知！

　　荣健来宁城国际广场项目已半年有余，尽管项目依然没能取得预售许可证，但通过内部认购的方式早已销售得如火如荼。无证销售自然只有通过价格优势来吸引客户，而多数人的购买也正是因为看好这里地段的价值和升值潜力。几天前组织的特卖会业绩惊人，当天成交一百多套，回款超过五千万。第二天甲方就下达了涨价的通知，这虽符合市场规律，可还是让荣健有些感慨万千。

　　这几年先后参与的三个项目均为民企开发，但三个老板的风格和牟利方式却截然不同。永徽路项目老板依托高科技项目圈地，便宜的地价加上急速上涨的行情获取了超额利润；瑞景置业的廖总则力求产品创新、营销发力来赚取溢价；而宁城国际的老板则是通过做大容积率来摊薄地价，也不知这接近九的容积率在汉都门户位置如何获得规划局批准，难不成真如坊间传言，那位科班出身的规划局长早成了倒卖容积率的商人！最不可思议的是宁城国际广场斜对面又启动了一个大型综合体项目，据说容积率比这边还要高，一圈围合的大板楼如同魔方叠垒而成，光看那光电闪耀的模型就能感受到一种让人窒息的挤压感。业内朋友交流的时候就有人说，一旦这两个项目建成，必将成为大南门外昌安路上两个臃肿的毒瘤，不但遮挡得街道不见天日，到时还容易造成交通拥堵，也不知哪个脑子有问题的王八蛋竟然批准了这样的项目。有人就此提出项目审批任由规划局只手遮天只会贻害无穷，建议政府应该成立一个由业内专家组成的建筑规划评审委员会，所有建筑规划应该通过规划局和委员会的一致同意，从而杜绝那些不良地产商制造城市垃圾，让所有项目真正成为城市风景、百年工程。

第五十三章 英雄的风骨

那一阵子房地产市场持续升温，与之相关的各种观点和言论充斥着媒体。有人说房价飞涨的根本原因是政府地价高、税费多；还有人质疑说中国老百姓全款买房却只买来七十年使用权这极为不合理；甚至有些专家大声疾呼政府不应干预房价，市场自有市场的规律。荣健听到看到这些言论，有时禁不住在心里咒骂，甚至怀疑这些人完全受雇于某些利益集团，而不是真实替大多数老百姓着想。

以自己从业多年的经验来看，大多数房企一边获取着百分之三十以上的毛利，一边不断叫嚷地价高税费多。而这样的利润如与工业企业相比，简直可以说天壤之别。早前与同学葛新、黄莺他们聊天时曾说起过这个话题，他们所在的企业都算相当规模的工业企业，而工厂的利润往往不足百分之十。一条价值数亿的生产线投资下来，回收周期通常都需要五到八年。而如果用同样的资金做地产，操作专业的情况下大多两年内就能收回成本，如果再碰上好行情房价更是成百上千地涨，放眼望去这些年收益超过百分之五十的项目遍地皆是。然而居然还有人为这些企业叫苦，真搞不懂他们是什么用心。

而土地国有本就是社会主义体制下一个基础性的设计，一旦土地通过拍卖成为私有，其结果必然导致土地兼并。富豪们可能拥有整条街且世袭罔替，估计到那时多数老百姓要买到房子恐怕比现在还要困难，也或者那时候房产的年限又该由土地拥有者决定。但如果土地一直掌握在国家手里，国家就能最大限度地通过政策手段打破垄断，割断腐朽的世袭，从而实现土地资源的合理化流转。这本身是个很简单的道理，可为什么就是有那么一些人整天拼命鼓吹，说什么在美国、加拿大、澳大利亚买房都是全产权，并且价格比中国一些大城市还便宜。然而他们也许忘了统计，在这些国家究竟有多少人拥有属于自己的房产！也许他们从根本上就选择了遗忘。

那些呼吁完全放开市场的专家更属于完全胡说八道！市场自由选择本身就容易产生盲从、跟风等不理智的行为，而房产又不是流水线上的工业品几乎可以无限量地生产，行情疯涨的情况下不抑制炒房，打击捂盘就会导致房价失控，从而引发一系列的社会问题甚至吹爆可怕的金融

冬日的火花

泡沫，最终损害大多数老百姓的利益。

当然政府也有政府的问题，尤其在房地产具体产品生产上不应硬性干预。出台的产品配比政策就有些管得太细，从长远来看确有值得商榷的地方，但这不是本质问题。

荣健因为这样的观点在业内几乎成了一个异类，有人骂他拿着民企老板的钱却实际上是一个思维极"左"的愤青。而荣健对此不以为然，甚至常常跟人讲："我是中国共产党党员，维护社会主义的根本制度是我的职责义务。如果你们没看过《共产党宣言》，不懂什么是社会主义，就不要在这里跟我扯你们那些狗屁理论！"

最激烈的一场争论发生在一个五星级酒店的会议厅。主办方请来的教授说政府通过限制富人买房来帮助穷人的办法行不通。到了讨论环节时，荣健发言说："我觉得您的观点前提有问题！首先，限购政策并不是不让富人买房，而是限制有些人依靠资本优势投机炒房。其次，按照市场规律，需求下降到一定程度价格自然会下降。因此这样的限购对于真正需要住房的老百姓肯定是有利的。另外关于您认为政府不应干预市场的观点我也不敢苟同，房价如大幅下跌必然导致房地产相关行业受到影响，其结果不但会影响就业，还会因为大量业主断供而造成金融问题，因此保持房价一定程度上的平稳是必须的选择。"教授听了这话端起水杯连连喝水，少顷说道："这个问题我解释一下，我一贯坚持市场观点，任何违背市场规律的政策都将是短期行为。由此可能还会累积更大的泡沫，如果这样还不如在泡沫小的时候就挤破它。""你这个观点我也不能接受，就比如手上磨出了水泡，如果不挤就不会疼，如果非得挤烂那是自讨苦吃……"荣健充满自信地滔滔不绝，亏得身边的同事硬拉他坐下。毕竟不是来砸场子的，但他已懒得听这些道貌岸然的家伙废话，于是夹着包带着一丝凛然转身离去。

项目销售如火如荼，招商工作也顺风顺水，这对荣健来说意味着暂时不会有职业危机。他业绩出色自然心情不错，还被电台房产栏目请去做了几次嘉宾。但最高兴的事情莫过于参加了好兄弟卢伟的第二次婚礼，新娘子比他小九岁，身材婀娜容颜傲娇，婚礼的场面也比第一次盛

第五十三章 英雄的风骨

大，作为兄弟荣健自然由衷地祝愿他们幸福美满。他和魏俊与卢伟开玩笑说："别的暂且不说，你小伙娶两房女人的人生成就已经超过很多同学了！哈哈！"卢伟没好气地做出骂人的口型，而后说："你俩要羡慕回去赶紧离，别一天就会瞎起哄！"他俩几乎异口同声地说："人比人气死人，咱一房都凑合，还想什么二房呢！你娃吃你的嫩草，我俩犁自己熟地！"

每天都会接到很多电话，然而那天下午的一个电话让荣健相当意外。正在项目上巡场，老领导钱建中忽然打来电话，说他路过宁城国际广场要来看看荣健。荣健虽嘴上表示欢迎，但心里犯了嘀咕。当初要不是钱建中苦苦相逼自己也许就不会离开瑞景置业，现在又说过来看自己难道是想来看笑话。不过在这里一切尚好，即使他来自己也不算狼狈。

李菱挽着钱建中出现在荣健面前时更让他意外，过去虽然知道他俩的关系，但这样的画面还真是第一次看见。钱建中一身休闲装束，李菱穿着蓝绿色的轻纱长裙，白皙的脸色有些倦容，头发也随意散乱地扎在脑后，这状态很容易让人联想到他们刚从被窝里爬出。

荣健礼节性地表示欢迎，并安排置业顾问给钱总和李总介绍项目的概况。坐下来时钱建中和蔼地问了荣健的近况，之后语气比较正式地说："荣健呐，我和李经理刚回老家摆了喜酒，以后她就是你嫂子啦！"荣健装作惊讶地说："呀！恭喜恭喜，啥时候在汉都摆酒，一定要通知我呀！"钱建中喜形于色地说："没问题，没问题。"李菱在一边有点羞涩地说："还得感谢你当初的关心指点，我终于把我嫁出去了。"荣健有些难为情地说道："谈不上，谈不上，你这样的公主多少人抢呀！我那是献丑了。"

钱建中和李菱坐了一会儿，其间钱建中提了上官雪离职的事情，荣健倒也直接，神情放松地说："这个女人薄情寡义、机关算尽，最终肯定自食其果。"李菱听到这里站起来去参观售楼部的各项陈设，钱建中说："你说得太严重，上官雪其实也是一时糊涂。而萧浪才是最坏的，之前在酒吧猥亵人家客服女生，后来又睡了销售主管刘丽，还遥控着刘丽在现场倒房子赚差价，不到半年时间就弄了几十万。结果公司查出来

/835/

冬日的火花

后，萧浪把一切责任都推给了刘丽那个傻丫头，现在她被关进了监狱，萧浪也被公司开除了。"荣健哈哈一笑说："萧浪够狠！这货给我打过电话，还挖苦说我不走总监的位子就是我的，我当时就说给你留着。没想到他也没坐稳！咱公司的钱可真不好赚呀。呵呵呵！"钱建中接道："这项目挺不错，好好干！人家邢之彬跳槽去了一家国企已出任项目总，如今也混得有模有样。"荣健有些惭愧地笑着说："这狗日的眼明手快会做人，咱可比不了。说实话我得多谢领导以前的栽培，跟您学了不少东西，要不还真混不下去了！"听了这话钱建中打了个哈哈，挥手示意让李菱过来，他也站起来准备离开。

荣健送他们到停车场上了车，又目送着钱建中驾车离开，看到他拐弯时向车窗外吐了口唾沫，而后飞驰而去才转身回来。

这分明是刻意前来显摆，不过就是想证明他比艾总更有魅力。回想之前的种种迹象，荣健有些明白了。阴险的钱建中借上官雪整走殷志鹏，再把自己揭个底朝天，然后光明正大地把李菱弄到手。而他逼走自己多半是因为自己介绍艾总让他不爽，李菱煽风点火肯定是因为自己知道的太多。而上官雪、萧浪最后的结局恐怕也出乎他的意料，但无论怎样现在让他闹心的人都已处理干净。他操作项目春风得意，如今又抱得美人得偿所愿！荣健在心里咒骂他们是肮脏的狗男女，现在不过是小人得志，明天也许不知在哪就会翻车完蛋！

刚过完国庆节，甲方忽然处处发难。为此苏老板显得一筹莫展，天天装得跟孙子一样与甲方负责对接的小姑娘套近乎。请吃请喝请唱歌，甚至陪着这位女经理逛商场。荣健开玩笑说他这是出卖色相，苏老板其实也比荣健大不了几岁，有些无奈地说："少胡说，人家可是甲方老大的腿子，我这是没办法。"荣健听这话不满地骂道："他妈的，有钱还是任性，走哪儿都是女人。"苏老板叹了口气说："地产圈这种事再正常不过了，地产老板有钱有地位哪个女人不喜欢。这女娃也不容易，项目刚启动就在这当置业顾问，中间项目停了四五年，其他人都走了，就她坚持了下来。估计也是日久生情，老板很信任她。"荣健接过话头调侃说："你说得对，确实是日久生情。不日不知深浅，不知深浅咋会信

第五十三章 英雄的风骨

任！"苏老板意会到他的意思，说："你不要总把事情说得那么流氓。"荣健说："咱也就剩说些流氓话的权利而已，那些真流氓反而都成了正人君子！"

甲方的发难让荣健感到了危机，公司就这一个项目，如果丢了自己岂不是又要失业。他开始有些心发慌，忽然想起凌云区的祁总，估计他的项目应该也筹备得差不多了，当下拨通了祁总的电话。

"喂，祁总您好呀！"

"你好，荣经理，好久不见了！"

"您的项目筹备得怎么样了？需要我做啥工作您尽管安排。"

"哦，刚做完规划设计，还准备这两天请你过来把把关。"

"不敢当，不敢当，那明天下午在公司吗？我过去看看。"

"在呢！你三点来吧。"

"好的，好的，明天见！"

第二天虽然下了雨，荣健还是如约到达祁总的公司。一进办公室看到正对的墙上有一幅装裱的八尺横幅上书"艰难困苦玉汝于成"，落款是省内某著名作家。祁总的柚木色的班台宽大雄浑，背后是一幅江山锦绣的木框金箔国画。班台的正对面五米开外是一组黑色的三加二皮质沙发，木茶几上摆着的鸿运当头开得正艳。

祁总走出班台握住荣健的手，微笑着说："欢迎，欢迎。"简单的几句寒暄之后很快切入正题，祁总将一堆KT板打印的平面和效果图靠着班台摆开，大致介绍了一下项目的情况。

"祁总，恕我直言，您目前的设计方案太过保守啦！这已经是差不多十年前的做法，如果这样做我觉得风险可不是一般的大呀！"

"哦！那你觉得应该怎么做，要不要我带你去看一下地块？"

"我来的时候已经看过了，那里看起来还是一片庄稼地，里面蛙声一片。"

"就是，就是，周围还不太成熟。"

"越是这样的地段，项目自身的规划设计就越重要，只有自造影响力才能杀出一条血路。如果方案保守，没有亮点，那么又有谁愿意在这

冬日的火花

样的地段出手买房！"

"嗯，你这小伙说得有道理。那你觉得应该怎样设计？"

"凌云区的市场我不太了解，但咱这个项目控规要求容积率小于二点五，那么纯板式结构、一梯两户、南北通透、人车分流应该是基本标准，同时在此基础上再通过建筑、景观、配置进一步拉升层次，打造一个全面超越的标杆型社区。"

"你说的这些有没有可以借鉴的成熟项目，你列个单子到时我带人去考察一下。"

"有，您随时来，我带你们去看。"

"好！咱们下周汉都见。"

第五十四章　伪装在丛林里

　　几个同学聚在一起吃饭时，李铭说他无法理解吴文运的作为，自己重金托他弄几幅名人书法，而他居然用自己临摹的作品充数，害得自己在领导面前丢人现眼，一单几十万的生意差点泡汤。荣健说："你啥时装得还跟文化人一样折腾起艺术品了！人家吴文运几十年潜心研习，能临摹出来已经很不容易了！"李铭嬉笑着拿着酒杯走过来说："你这货站着说话不腰疼，人家领导又不是傻子，不是你想糊弄就能糊弄的！"荣健端起酒杯跟他碰了一下，笑着说："这些领导坏得很，非得把人裤子扒下来示众。哈哈哈！"

　　李铭看起来依然意气风发，其实最近过得很不爽。只不过十几年商海沉浮已经让他能够笑对一切不如意，甚至练就了把不如意变成收获的本事。但是有些事情尽管经济上并没什么损失，但从内心深处来说，他总觉得哪里有些问题，一种隐约的不安如影随形。

　　先是三妻四妾的生活出了问题，之前相好的那位同学老婆终于又闹腾着离了婚，现在一个人带孩子来了汉都。她正式与李铭摊了牌，说李铭如果要认这个儿子就必须先给她存一百万，并且以后承担孩子抚养费用，否则就此一刀两断，李铭到死都别想让这个儿子给他去送终。钱倒不是什么问题，可李铭不愿意接受这种城下之盟。况且说老实话，十几年过去这相好容貌早已不似当年，人老珠黄还敢提这样的条件让他觉得

/839/

冬日的火花

非常可笑。他当场表示拒绝,并且说今后各走各路互不相欠。

刚解决了老相好的纠缠,工地又出了事。新承接的工程被监理单位查出电缆导体电阻存在明显问题,接到这个通知李铭顿时一头冷汗。李铭深知这可不是一般的质量事故,一旦被查实电缆质量出了问题,不光工程需要返工,已经铺设的那几十万元电缆也就完全报废了。而最可怕的还不仅仅如此,三年来一直使用这个品牌的电缆,那么其他工地存不存在问题,如果都出了问题,这可就是几千万元的事情,稍一折腾真可能就此倾家荡产。他立即请专业机构做了鉴定,拿到鉴定报告后随即约见厂方代表。

谈判起初并不顺利,厂方代表坚持说电缆的质量绝无问题,线径完全达标电阻不会有问题,然而当李铭把鉴定报告摔在桌子上时事情发生了戏剧性逆转。厂方代表连报告看也没看语气马上软了下来,李铭从这一举动中意识到对方对产品质量问题应该心知肚明。当下他拉下脸说:"这几年我用了你们厂几千万元的货,如果一旦查实都有问题,我想你们厂也就完蛋了!"厂方代表两手插在一起,额头连冒冷汗,几乎浑身颤抖着说:"以前的货真没问题,今年的货确实有些对不住了!"李铭这时已经完全掌握了主动,瞪着眼说:"现在不是你说没问题就没问题,全部拉出来检测一遍再说。是这,你最近几天哪儿也别去了,你就把我跟上,咱一个项目一个项目地过!"厂方代表听了这话,估计当时想死的心都有了。那么多的项目,一旦查明电缆有问题,那么曾经发生的和将要发生的与电缆有关或无关的维修、更换、索赔等经济责任恐怕都得算到自己头上,那一刻估计他感到世界末日即将来临。

这厂方代表毕竟也是有些阅历的老江湖,寻思片刻即做出了选择,提出在建的项目电缆免费更换,并且三年内给李铭成本价供货。尽管这个条件已经相当有诚意,但李铭大概一算仅成本价供货一项每年收益最少增加上百万元。然而此时的他并不为此所动,心想着即使放对方一马也得把事情的原委搞清楚,最后逼迫得厂房代表下跪求饶,交代自己财迷心窍,在推销厂里名牌产品的同时还私下代销了一家小企业的铜包铝线缆,为了卖个好价钱,经常把代销的线缆私下贴上厂里的商标以次充

第五十四章 伪装在丛林里

好。李铭得知这个结果时忽然意识到这是一个发大财的机会，现在很多民用工程造价压缩得太紧，用铜包铝产品替代岂不是一个不错的选择？只不过到时在合同里写清楚，只要对方接受就完全没有问题。想到这他对厂方代表说："你狗日的心太黑，拿着国企的工资还败坏人家工厂名声，你这财发得真没底线！我要把你这事捅到厂里去，你他娘的非坐牢不可。你说咋办？"

事情最后自然是以厂方代表的彻底投降而告终，按照和解协议李铭获得了六十万元赔偿金，并且三年内可以无限量成本价提货，而这个价格自然也包括铜包铝线缆。李铭拿出三十万元请客吃饭加送礼，很快事情就得到了解决。甲方拿到的汇报材料中说："铜包铝线缆属于新技术产品，各项技术指标完全能够满足本项目的实际需求。但乙方单位未经许可擅自更换主材应给予严厉警告，并处相应罚金。"李铭接到甲方通知后痛快地缴纳了二十万元罚金，事情自然就此终结。到了晚上他请了一帮兄弟们喝酒泡妞以示庆贺，在KTV绚丽的光影中李铭豪爽地说："今晚大家使劲地造，钱是嘎嘎叶，呼啦才带响！"到场的兄弟们顿时掌声雷动，KTV经理不失时机地让服务生领进来一众美女。李铭顺势拉起身边那位厂方代表，指着一群美女说："兄弟，你今天随便挑随便选，耍好，咱以后继续合作，只要哥有钱赚肯定不亏你！"

那晚荣健参加聚会时并不知道这盛大场面背后的真相，只是跟着举杯迎合热闹的气氛。偏不偏这时苏老板打来电话，从说话的口气来看又有不测之事发生了。荣健连忙夹了包匆匆离开。见到苏老板时他几乎有些灰头土脸。他黑着脸问销售经理组织置业顾问炒房的事情荣健是否知情并参与。荣健回答说自己不知情也肯定就谈不上参与。他虽然嘴上把这事推得一干二净，但他其实早就知道。之所以没有汇报和制止，因为在荣健看来甲方对接人才是始作俑者。她一方面在售楼部狐假虎威，另一方面却利用控制房源的权力捞取好处。她总是以销售控制的名义压住最好的楼层和房源，当一些客户通过关系人找到她时，她就授意置业顾问加价销售，而加出来的万儿八千又让置业顾问编造各种理由前置收取，这笔钱最终自然都进了她的私人腰包。置业顾问团队不拿好处却要

冬日的火花

替人背锅自然心生不满，由此导致整个团队动了邪念。

但平心而论事情到了这个地步荣健心中还是有些不安，自己拿着老板的工资却私下里纵容了这种违规行为，一旦甲方揪住不放那么委托代理的合作恐怕也就结束了。当即他出主意说这事情不难处理，即刻开除销售经理给甲方表明态度，与此同时勒令收了钱的置业顾问立即退钱并安抚客户。然而事情远没有他想的那样简单，苏老板说甲方以此为由要求公司退场，但是销售团队全部交给甲方管理。至此荣健意识到事情已经没有回旋的余地，甲方摆明了要卸磨杀驴。甲方要的只是赶走老板，而并不是对团队有多大意见。苏老板那天相当痛苦，说这个项目他前期无偿服务了两年，现在销售刚见起色老板却如此无情无义！荣健也只有劝他看开一些，只要能把前期的佣金全部结清也算没白干，毕竟从进场到现在也销售了四个多亿，算起来也有三百多万元的佣金。而苏老板说老板早已算过账了，前期的佣金大半抵成了房子，能结算回来的现金已所剩无几。至此荣健开始有些后悔了！真不该当初纵容团队瞎折腾，否则甲方一时半会还找不到解约的理由，现在看来真是人家打瞌睡咱给人递了枕头。

苏老板不甘心就这样退场，连续多日找甲方老板沟通。说是沟通实际上有些负荆请罪的感觉，然而他多日等候似乎连老板面都没见到。荣健认真地开始了队伍的整顿，先后开除了一个经理和三个职业顾问，同时又连续展开制度和专业知识的培训。扎实的工作也很快见到成效，加上一段时间客户购房热情高涨，当月销售业绩又创造了新的纪录。然而甲方不为所动，最后的清算工作还是开始了。

尽了最大努力依然于事无补，苏老板最终也只有面对这个结果。而这个结果对荣健来说显然来得有些太快，公司丢了这唯一的项目，他自然也就没法再待下去。而如果离开，下一步又到哪里去呢？

就在这个当口祁总带着他的团队来到了汉都，要考察的项目荣健早已罗列清楚。那天他在前面带路，在市区考察了多个品牌房企的高端项目。考察的时候荣健走在祁总身边，一边走一边从建筑风格、园林设计、物业管理、营销策划等多个方面进行讲解，祁总感慨地说："唉，

第五十四章 伪装在丛林里

咱干了半辈子工程，现在看来观念还真有些落伍了。"

晚上吃饭的时候，祁总问荣健现在的工作情况，荣健说现在服务的项目销售情况良好，估计全年回款将达到十个亿以上。祁总似乎对这个数字不太相信，他笑着说："年轻人别吹牛，十个亿要卖多少房子呀！难不成城里人都在抢房？"荣健听了这话呵呵一笑，回答说："祁总呀！你还别不信，咱汉都可是近千万人口的大城市，2009年一年全市成交量高达上千万平方米，估计今年要突破一千五百万平方米。我们宁城国际项目卖十个亿真不是吹牛！前一阵我们搞了个特卖会，当天就成交一百三十七套，成交额过亿。"听了这话，祁总有些忧虑地说："哦！看来这大城市吞吐量还是厉害，咱凌云地方小人口少，一年估计也就卖个十几万平方米，地产开发不好干呀！"荣健不以为然地说："市场不怕小，关键在于思路，只要咱开发的产品具有竞争力，别人卖不动咱也能卖，别人卖得好，那么咱就能卖得高！呵呵。"

那天的饭吃了很久，作为感谢祁总最后执意买了单。荣健说没尽地主之谊不好意思，祁总说打工不是长久之计，问荣健为何不注册公司自己当老板。荣健回答说自己一直等待机会，如果祁总能把项目交给他代理，他马上辞职注册公司。祁总爽朗地笑着说："呵呵！只要你能看上咱那小地方，你就来！"

没等荣健去凌云区进一步沟通合作，高扬意外地带着李宏来了汉都。三人吃饭时李宏表现得格外亲切，荣健几乎不敢相信这个狂妄嚣张不可一世的家伙也能如此谦恭。荣健开玩笑说李宏当城管时比恶霸还恶霸，李宏说那时年少轻狂不知深浅。高扬跟着揭短说李宏后来调到交通局干路政稽查比干城管更威风，曾经一群人聚赌被警察堵在山上一个院子里。李宏仗着人多把几个协警绑起来审问，协警说他们袭警犯法，他们说协警假扮警察私闯民宅。李宏在旁一边试图打断高扬说话，一边连连表示惭愧，说那件事上自己招了祸，最后被单位扫地出门，如今出来跟着一个老大哥在干空调生意，往后还需要同学们多照顾。荣健暗自幸灾乐祸，庆幸如李宏般的败类被单位清退，否则像这样的人一旦大权在握岂不是要成了群众的大祸害。但是想归想，本就是同班同学，即就是

冬日的火花

当年有些过节自己也不能总耿耿于怀，这样岂不显得自己毫无肚量，于是笑着说像李总这样的英雄好汉走到哪都能成就一番功业，并拿起啤酒杯与他碰了一下。两人笑着一饮而尽。这是否意味着一笑泯恩仇先不说，但从此互相见面再不像之前那样别扭。

高扬说他的纸张生意现在大不如前，传言教育局马上要取消全县统一印制作业本的业务，如果真的一落实，供作业本的生意也就干不成了。荣健说这事早该取消了，教育局统一印制作业本原本是个好事，结果那些管事的层层吃回扣，最后印出的作业本质量糟糕得根本没法用。高扬说那是没办法的事情，如果换了好纸成本都保不住。这些年他干得也够够的，如果荣健有什么好的项目可要叫上他。

荣健说自己准备注册一家房地产顾问公司，专门做一手房的营销策划和销售代理，有个意向项目在凌云区那边，最近正准备去和老板沟通合作的事情。高扬当即说自己愿意投资入股，并强调说人多力量大事情才好干。那一刻荣健心头闪过一个念头，当初自己需要帮助的时候这狗日的一毛不拔，现在一听商机马上来套近乎，哎！真他妈的够奸猾。可转念又一想，做人怎么能斤斤计较呢？有没有他帮自己也挺过了难关，凌云区离金城县那么近，如果项目能谈成有高扬就近操心倒也是个好事。至于股份比例到时根据投资额和个人工作价值再进一步沟通，想到这他痛快地说："可以。"

公司即将撤场的时候，荣健跟苏老板提出了辞职。他说公司没有了项目，自己也不能厚着脸皮混工资，苏总也不容易。苏总正是脆弱的时候，听了这话几乎感动得要落泪，临走说荣健是个好兄弟，能体谅他的难处他很感动，以后如果有机会弟兄们一块再合作。

只有从公司出来时荣健才感觉到了片刻轻松，毕竟临近过年工作挂了空档可不是什么好事。好在年中时董晴因为扩了新店，邀请姐姐董婉出任了新店经理。尽管按照约定只有分红没有工资，但看情况今年拿几万元的分红应该不是问题。如此一来经济上的压力倒也轻了不少，并且客观上让荣健获得了一段喘息的时间。

历来到了年底工作就不太好找，而祁总的项目又推进得非常缓慢，

第五十四章　伪装在丛林里

没过几天荣健就再一次陷入空虚郁闷当中。在漫长而充满忧虑的等待中熬到了阳春三月，再次见到祁总时荣健急切期待能够顺利达成合作。

荣健汇报说自己已经注册了公司，真诚感谢祁总的信任，希望能够尽快签订代理协议。然而这时候祁总却说："小荣呀！公司刚开了会，有些领导说你虽然专业水平没问题，但是以前一直在打工，他们对你独立带团队不是很放心，所以这事还得再商量商量。"无论荣健怎么举例说自己带团队很有心得，并强调作为创业的第一个项目自己一定会全力以赴，但最终祁总还是没有痛快地答应，只是说让荣健先草拟一份合同，他们公司商量一下再说。

嘴上说已经注册了公司，而实际上那个时候刚完成了公司名称的核准。虽说去年在宁城国际项目上也攒了十几万元，可当初看到股市火爆全投了进去，现在如果斩仓就会有不少损失。尽管高扬拿来了二十万元，但租办公室是个大头，再加上购买家具、设备恐怕就没有多少余钱了。如果这样的话到时又拿什么招聘团队？关键时候董婉提醒说董晴去年投资买的写字楼刚刚装修好，不行先用着，等资金周转开了再付她租金也不迟。

这还真是个好主意！对董晴来说那间办公室空着也是空着，现在有人出房租那是再好不过的事情。荣健一个电话就达成了协议，公司也以此为注册地开始进入申请程序。

2011年4月5日荣健拿到营业执照还没来得及高兴，座机电话就响了。

"喂！你好，你们负责人在不？"

"你好，我就是！"

"兄弟，你懂不懂规矩？"

"啥规矩？"

"你就给我装！我告诉你，在北郊这一片你也不打听打听？"

"你要我打听啥？"

"开业礼，听明白了没？"

"不明白！"

冬日的火花

"我给你说，这一带董哥说了算，你要想安安然然做生意，马上给你董哥卡上转两千块钱。"

"哦！你意思要收保护费呢？"

"差不多吧！"

"董哥不是都被枪毙了吗？你也想死了得是？"

"你小伙嘴别硬，你等着！"

"我等着，有种你就来！"

挂了电话荣健心里一阵郁闷，想不明白这些诈骗犯怎么就无处不在呢？这些人又是从哪弄到的电话号码？真是无法无天！正一个人发感慨呢，手机又响了。

"喂，你好！"

"你好！"

"我是咱北郊税务局的，给你通知一下，省税务局刚下发了学习材料，你们联系资料科领取，资料费一千五百元。"

"哦，不要行不？"

"领不领你们看着办，联系电话和账号已经发给你了。"

"别急别急！能优惠一下不？"

"你开玩笑呢！我们税务局还跟你搞价不成？"

"你们是哪个税务局？"

"开发区税务局，好了，赶紧去办吧！"

"办什么办！去你妈的。"

荣健最后忍不住爆了粗口，心想着这伙缺德的骗子还真是会演戏，一个一个都装得有模有样的，要不是前两天正好在电视上看过新闻曝光这种骗局，今天真说不定就中了圈套。不过尽管知道这些人都是骗子，可心里忽然有些担心，会不会真的有人找上门来，如果来了到时该怎么处理？这社会到底哪来这么多的骗子？一时间他没想明白，为此回家的路上内心平添了一种说不出的惆怅。

公司注册好了，可谓万事俱备只欠东风。只要能拿到祁总的合同，马上就能招兵买马启动工作，然而打了几次电话祁总都说再等等。无奈

第五十四章 伪装在丛林里

之下荣健编了一个很长的短信，大意是说自己满怀信心希望得到祁总的信任和支持，自己一定全心全意把项目服务好，同时表示愿意以低于市场水平的佣金标准代理项目，还表示对祁总的知遇之恩没齿难忘，因此绝不会辜负他的期望和重托。一周之后终于等来了祁总通知签约的电话，那天一大早，他信心满满地带上早已打印好的合同和印章出发了。

当荣健满怀喜悦和信心前去签约的时候，卢伟拉小舅子开起的小面馆突然陷入了瘫痪状态。卢伟实在没想到这样一个小小的投资居然也能让他一筹莫展。前天拉面师傅忽然说家里有事借了两千元离开，结果第二天一大早却发信息提出辞职。这一时半会儿又到哪去找人，只好让小舅子先顶着。就这两天工夫，小舅子打电话说自己实在支撑不下去了，说了他几句，那家伙居然关了店门人也没了踪影。媳妇为此和他大吵一架，说他没一点当哥的样子，连个小弟都照顾不好。卢伟心里本就郁闷，也就顺口没好气地说："你整天包庇你弟，他一天怂心不操，干啥啥不行！你能管他一辈子不？别一天把你装得观世音似的，省省吧！"说完摔门扬长而去，到底要去哪里他其实也不知道。

出了门卢伟就在想，真他妈的命苦！自从结了婚这洋老板的公司就莫名其妙地每况愈下，最后干脆就关了门。这洋买办的好日子还没过几天，咋就忽然之间不行了呢！现如今没了工作，又得重新为生活谋划。原本想着先开个小面馆，一方面积累些经验，另一方面还能把小舅子带一带。结果没承想一个小面馆把自己干得焦头烂额，媳妇不理解不说，居然还一味地包庇她弟弟。唉！他长长叹了口气，坐在马路边的道沿上抽起了闷烟。

提起这个小舅子卢伟就气不打一处来，这货中专毕业后整天游手好闲，先后换了三四份工作，居然没有一份能干满三个月。没干面馆之前又失了业，整天没事就泡在网吧里打游戏，没钱了就伸手问她姐要。好说歹说拉他一起干面馆，结果现在又弄成这样。如今他不愿撑这个摊子，难不成自己披挂上阵去拌扯面，况且自己也没干过这活！眼看又到农忙时节，这阵子到哪去找面剂师呢！可如果找不来人，投资的几万元恐怕就要打水漂了。原本是想叫老婆好好劝劝她弟弟，可她一张嘴就会

/847/

冬日的火花

埋怨自己,说自己把她弟弟当苦力用,做臊子、揉面、拉面全指望他一个人,谁受得了。自己争辩说和面有和面机,打扫卫生、洗菜、洗碗还雇了两个杂工,咬咬牙挺几天应该完全不是问题。但老婆完全不接受,反而指责自己当老板不动脑子,连个工人都管不住,还装得跟慈善家一样借钱给他,这完全是自作自受。一番唇枪舌剑下来,卢伟内心郁闷不已,盛怒之下在店门上贴出了转让信息,第一次创业就这样失败了。

赔钱转了店后卢伟打了两个电话,一个打给魏俊,希望他能在厂里给小舅子找个工作,另一个打给荣健,说想见一面聊聊。魏俊接到电话后调侃他说:"小媳妇不好伺候吧!你小伙享了艳福还能不受点洋罪,否则天理何在?哈哈!"卢伟在电话骂道:"你驴日的幸灾乐祸小心挨砖。"骂完又叮咛让他一定帮了这个忙,这样最起码自己给老婆好交代。荣健在电话里说自己做了销售代理,现在每天守在项目上,随时欢迎他到风景秀丽的凌云区来散心。

那是初夏时节的一天黄昏,卢伟和荣健坐在了大禹河边上。点起的篝火底下埋着下午买来的叫花鸡,两个啤酒箱子拼在一起就是餐桌,摆上油纸包里的花生米和几个塑料盒子装的小菜,野炊的盛宴就此准备停当。那时候夕阳染红了西边的天际,大禹河已到丰水的季节,百十米宽的水面像黄色的布带缓缓向东延伸,河滩上的野草野花在微风中轻轻摇曳,燃起的篝火烧得噼噼啪啪,淡蓝色的青烟时而朝东时而朝西轻轻飘散,其中夹杂着蒿草淡淡的香味在空气中自由弥漫。随着砰、砰两声,荣健和卢伟打开了手里的啤酒罐,什么话也没说先咕咚了几口。

"坐在这儿我就想起十几年前和陆锋坐在河边的情景。"

"就是你经常说的那个当飞行员的伙计吧!"

"就是,人生又有多少个十年,想起那时候吹过的牛皮,真是感觉汗颜!"

"你小伙现在可以呀!自己成立公司当了老板还有啥不知足!"

"呵呵,当了老板才知道这创业有多难!"

"就是,干啥都不容易!我开个面馆都弄日塌了,说起来都丢人!"

第五十四章　伪装在丛林里

"那有啥丢人的，大不了从头再来么！"

"唉，下一步干啥现在也没想好，不像你最起码现在有个奔头。"

"谁知道是福是祸，反正现在也没有退路了。"

"我觉得你这事好着呢！投资不是很大，一旦做成可就彻底翻身了。"

"你前一阵不是说和刀哥弄什么癌症靶向分析，咋又没动静了？"

"需要上百万元的投资，我有些吃不准！"

"我觉得这个方向挺好的，刀哥又常年跟市里的几个大医院打交道，联系几个科室进行利益捆绑肯定行得通。"

"对着呢！但那些资源都是刀哥的，咱对这一行可是两眼一抹黑。"

"他主外你主内，再说你还可以开拓新资源，路都是人跑出来的。"

"我估计靠刀哥跑外面也靠不住，他给人家上着班，咋可能整天忙活自己的事情。"

"我觉得只要他把你引进门，就靠你自己也没问题。"

"还是感觉压力有些大，万一赔了可就把老爷子攒下的一点棺材本都葬送了。"

"不会的！事都是人干出来的，只要方向对应该没太大问题。就跟我弄这个事情一样的，万一赔了我也差不多就破产了。但现在咱还年轻，再不折腾就没有机会了。你鼓励我的时候不是也说得慷慨激昂，咋到了自己头上却这样优柔寡断？"

"唉，人都是劝别人容易劝自己难，代价不一样么！"

"去死！闹了半天你就是日弄我？"

"不一样呀！你这事投资几十万元，干成了能赚几百万元。我那事投资上百万元，就是赚也得慢慢往回捞。"

"有啥不一样的！你那事干成了可就能一直干下去，我这一个项目也就几年的干头，下一个项目还不知道在哪儿！"

"这话对着呢！"

冬日的火花

"那就干,别犹豫!对了,你跟你那小媳妇过得咋样?"
"还行吧!要求别太高,就没啥问题。"
"听你这话还不满意么?"
"唉,说不成。人家为了保持身材一天吃两顿,我不吃晚饭就不行。偶尔给我做了碗面吧居然啥菜都没有,我实在吃不下去,人家为这还不高兴。"
"这都不是啥大问题!别指望人,想可口自己动手。"
"那你说娶这老婆干啥?"
"呵呵!你说能干啥?陪你睡觉么!"
"睡觉现在都不积极,要得勤了感觉人家还厌烦得不行。"
"那弄啥呢!跟她好好谈谈。"
"没啥谈的!一提人家说工作忙,累得很!"
"不说她了,你跟董婉现在不闹仗了吧?"
"没劲了,现在全心全意赚钱过日子,也顾不上闹仗。"
"你那老婆其实好着呢!"
"好不好就这样了,咱还能咋?"
"你跟四川那个美女还联系不?"
"去年我找过她,但最后我放弃了。"
"为啥?"
"一方面折腾不起,也担心咱现在这情况跟她没法长久。如果那样岂不是害人害己?"
"你有时候真够冷静的!可惜了,你难过吗?"
"废话!搁谁都会难过。"
"我意思是说你怎么就能舍弃呢?如果那样又不远千里跑去干啥?"
"去了难过,不去一辈子遗憾!"
"你现在就不遗憾了?还不都一样!"
"那又有什么办法呢!人这一生很多事生来恐怕就已注定了。"
"你咋还成了宿命论者?"

第五十四章 伪装在丛林里

"这可不是宿命论！从根本上来说，人的命运其实与出身有很大关系。我们如果出身豪门，在感情的选择上就会拥有更大的自由度，相反则必须面对现实选择取舍。"

"听起来有些道理，唉，这生活真把人能逼疯！"

"最近我一个人想了很多。想着一晃咱们从学校出来十几年了，先别说曾经那些不切实际的梦想，我们甚至在城市里都快把自己迷失了！我们陷于情感纠缠，迷醉于声色犬马，虽不是市井堕落的闲人，却也过得庸俗可耻。到底是生活逼迫我们，还是我们不够努力？难道我们不应该反省吗？"

"我不觉得我们过得堕落！也许这就是现实与理想之间的挣扎。谁不想走捷径？谁不爱红颜？谁不犯错误？拿钱坤来说，他开始混得还可以，稍微一嚣张现在也背得跟狗一样。倒是魏俊、谭浩宇、葛新他们过得踏实坦然。"

"这正是咱们要反省的地方！没有扎扎实实的态度，没有卧薪尝胆的坚持，满脑子男盗女娼，最终肯定一事无成。你看人家吴斌，脑子活还踏实，从几台电脑起家，现在贸易公司年营业额上千万元。李银国毕业后从办电脑培训班开始，现在培训干得有声有色，电脑组装生意也红红火火。"

"要说现在就数姜朝阳混得好，人家小伙如今是上市公司北方区CEO，年薪几十万元，在杭州娶了老婆买了房。"

"纪嘉义也混得不错，在秦都市交通局干上了处长。费诚、杨东亮他们咋样？好些年都没见了？"

"谁知道呢！那俩货嘴子撂得大得很，感觉都能日天。"

"上次葛新说阮诗咏也回了汉都，他俩现在没啥往来吧？"

"他敢！那货现在在老婆跟前乖得很，放个屁都不敢大声，呵呵！"

"挺怀念上学那阵的！说起来我能活到现在都算赚了。"

"对着呢！当时差一点你小伙就狗屁朝凉了。"

"得感谢你，来，干一个。"

冬日的火花

　　河对面的村庄亮起了点点灯火，昏黑的水面倒映着一弯新月。用棍子将篝火推移开，刨掉上面的沙土取出叫花鸡的泥球。趁着热乎一棍子敲碎，再剥开荷叶，霎时间香气四溢，馋得两个人都要流出口水了。一人扯下一个鸡腿，吃得嘴角冒油眼睛发亮。远方村落里的狗似乎也闻到了香味，一时间发出连串的吠鸣。

　　"这鸡腿味道忒色得很！再配上小酒，滋润！旁边再配上美女就完美了！呵呵。"

　　"知足吧！有肉吃有酒喝，你还想美女呢？狗改不了吃屎！"

　　"对了，你一天在儿这孤家寡人的，想女人了咋办？"

　　"想啥女人呢！我觉得我现在都不需要女人了！"

　　"扯鸡巴蛋！才多大，又装！"

　　"不是装，是没心情。你说咱们这十几年，嫖也嫖了，赌也赌了，到头来其实自己把自己荒废了。你说费诚、杨东亮爱撅嘴子，其实他们是出身不好不自信。"

　　"也许吧！反正也不关咱啥事，爱咋咋地吧！"

　　"你说你郁闷迷茫，其实你条件最好，有资本有项目，不要整天无病呻吟，只要踏实干绝对有前途。"

　　"就是感觉有些不爽！"

　　"有啥不爽的！啥事别指望老婆，她不做饭你就外边一吃，她不做爱你就忍着，忍不住了还可以花钱去解决。反正把自己的正事干好最重要。咱们和姜朝阳、邱雨生相比不够勤奋，和葛新、章彬、谭浩宇相比又不够踏实，因此从现在开始要老实一点。"

　　"邱雨生和章彬现在弄啥呢？"

　　"邱雨生十几年跟着中铁建设转战南北，章彬在汉邦型材做销售经理，常年驻守太原推销铝合金门窗。"

　　"都不容易！"

　　"哪有什么容易的事情！就拿我们这个开发商祁总来说，他家以前是大地主，'文革'开始那一年他父亲为了保全子女，把他兄弟姐妹五个都分别送了人，那一年祁总才七岁。养父母以耍把式卖艺为生家境贫

第五十四章 伪装在丛林里

苦，他小时候经常衣不蔽体，十五岁时养父母又双双辞世，从那他就辍学去深山当了伐木工人。年龄小身体又单薄，好几次差点被滚木碾死。最后没办法又跑到银邑县给工地运楼板，一天往城里跑两个来回。你想想看，木板车拉三个楼板会有多重，那活咱俩这身板恐怕都背不住，就这他一干就是两年。再后来看这活光出力没啥前途，他又到工地上当小工。先跟着瓦工师傅学手艺，没几年人家就当上了工头。再后来就组建了包工队，慢慢干大了又收购了凌云区工程公司。这十几年人家在凌云区修路盖房，连续又开发了七个住宅小区，算上现在在建的三个项目，累计开发量已经超过七十万平方米。现在他在凌云区可算得上数一数二的大老板，你说算不算是个传奇？"

"厉害，厉害！说起来人家还是泥腿子出身！能干到今天这样的成就的确不简单！"

"我再给你说一件事，你一定会觉得不可思议！"

"你说。"

"祁总前几年发福得厉害，又患上了糖尿病。人家听医生建议戒了烟，开始学打乒乓球，一年出师，两年打遍周边无对手，三年就成为全国业余队的顶尖高手。刚来时我还不服气，想着咱好坏以前在学校还经常打，他才学了几年能有多厉害，结果一交手连毛都不沾。你说这人可怕不可怕？"

"呵呵，这么厉害，不是吹的吧！不过想想也合理，人家以前提过瓦刀的手，手腕功夫深力量大，这用到乒乓球上，光手腕抖那一下的力度估计一般人都招架不住！"

"你还真会分析，不过我觉得挺有道理的！但是你还得承认，人家干什么事情都很专注，所以才会有今天的成就。就这一点我们都值得学习！"

"你说得对！从现在开始咱们也开始不嫖不赌干正事，先不说赚多少钱，最起码得开拓出一条看得见希望的道路。"

"对！咱们再不要无病呻吟，再不要让生活中的鸡毛蒜皮影响咱前进的方向，只要咱扎扎实实地干事，我相信咱们一定能干出名堂。"

冬日的火花

"我还记得你说过，咱们都是北方轻大的一面旗帜！呵呵。"

荣健觉得那天大禹河边的对话颇有些忏悔反省的意味，然而真正面对现实远比聊天沉重得多。

完成了前期策划后，荣健和高扬回到汉都的办公室开始招聘。也不知打了多少电话，终于招够了九个人。正为销售经理的人选发愁时，苏老板之前的助理孟远打来电话，说他在苏总那儿辞了职正在找工作。来宁城国际项目之前这小子服务于一家大型房产代理机构，而跟了苏总之后却并没有被重用。以前经常在荣健面前吐槽对老苏的不满，似乎总有一种怀才不遇的委屈。现在项目上正缺人，不妨叫他来试试。

荣健跟孟远谈合作的时候，说只要他好好干，两年之后开上大众途观的理想一定会实现。孟远当时也是信心满满，于是第二天就办理了入职，开始领着大家进行集中培训。项目的销讲词荣健已经推敲过多次，包括销售的每一个环节做到什么样的标准也给出了明确的要求。在公司集中培训的时候一切倒也正常，2011年6月20日团队顺利入驻销售案场。

第一眼看到这山寨版的销售中心时荣健笑了。之前介绍了多家钢结构公司与祁总洽谈合作，其中一家看在与自己私交甚厚的份上做了比较细致的方案，效果图也画得非常到位。然而祁总与这些单位都没有达成合作，却私下照猫画虎地套用了方案。想着祁总这样的大老板看来也逃不过奸商的范畴，让人家画了方案，然后自己找工队照着一干，多少有些不地道。不过话又说回来，尽管有原方案的影子，但很多地方的确进行了较大改动，要说侵权恐怕一时半会儿也说不清。

项目所在位置说是凌云水岸经济区核心，但实际上周边还比较荒凉。除了斜对面凌云广场边上的温泉度假酒店之外，销售团队想找个吃饭的地方都没有。总不能每顿都到城区去吃，这样耽误时间不说交通成本也有些高。高扬建议干脆每人每天补助十块钱，让大家到工地的灶上入伙。如此一来算是暂时解决了吃饭问题，可没几天大家反映工地灶上的饭粗制滥造无法下咽。最后只好安排大家中午轮流坐公交去城区吃饭，并将生活补贴提高到每人每天十五元。而这个钱由孟远负责每天发放，想着这样就能避免万一有人中途辞职也不至于发了冤枉钱。到此团

第五十四章 伪装在丛林里

队基本的生活算是安排周全。租来的女生宿舍就在城区，早上她们吃完饭给住在售楼部的男生带上早餐，中午再轮流出去吃饭，晚上下班之后时间比较充足，因此个人自行解决。

起初的日子倒也平顺，很快项目开始了排号认筹。为了扩大项目影响力，荣健和高扬天天开着两辆赛拉图小轿车拉上队伍四处发传单，足迹遍布周边的乡镇、村庄。既要发传单又要留守人员值班，最后只好连公司的平面设计师和行政专员都动员过来支援现场。庆幸的是到了7月初，母校的辅导员老师联系上荣健，希望他能安排营销专业两个班的学弟学妹们到公司来实习。这对荣健来说可是雪中送炭的大好事，正愁宣传人力不够，有了这五十多号人那岂不是如虎添翼。当下荣健痛快地答应说没问题，并且保证让学弟学妹们有所收获。

人是多了，可用于人员运输的只有两辆小汽车。最夸张的时候两辆车硬是挤进去十六个人，后来回忆时甚至都想不清楚到底是怎么坐进去的。幸好荣健和高扬开车一贯比较谨慎小心，整个发传单的过程不但平安无事，甚至连交警都没有碰见过。

招来的行政主管冯琳是个漂亮的姑娘，一双大眼睛清澈明亮，很长时间大家居然都没有发现其实她一直戴着隐形眼镜。这姑娘毕业于汉都财经大学行政管理专业，良好的教育背景让她自带一种温婉的书卷气，而她性格活泼，穿衣打扮又很时尚。她多次私下对荣健说销售经理孟远看人的眼神不对，并且经常在培训的时候当着女员工胡说八道。可荣健并没有在意，总认为孟远单身太久，看见美女目光发直恐怕也是正常反应。

夏向阳来的时候头发散乱，两个裤腿一高一低，皮鞋上也沾满了灰尘，唯有红光满面的肤色和透着灵光的眼睛给人精神。起初他连普通话都说不标准，但是入职后靠着执着和踏实进步神速。他虽说不修边幅，但之前当过兵又在一家上市的电器公司干过两年。显然这些经历让他养成了服从指挥规范作业的态度，加上任劳任怨宽以待人的品质很快就得到团队的认可，大家都亲切地称他阳哥。

看着团队日益成熟，荣健想着终于可以松口气。没想到刚回公司待

冬日的火花

了三天，冯琳忽然打电话来说大家集体要辞职。这个消息让荣健着实吃了一惊，眼看着再有一个月就要开盘，如果现在队伍出了问题那可是没法交代的事情。他立即放下手头工作赶往项目，又给高扬打电话让他无论有啥事也得按时赶到。

荣健让孟远暂时回避，然后组织大家集体开会。结果还没说几句一群女生先哭得稀里哗啦，接着就有人反映说孟远克扣大家生活补贴，自己每天晚上喝酒吃烤肉。冯琳则反映说他动用公款给某位生理期的女生买红糖，并且报销的很多账都说不清。这话一说当即就有女生站起来说孟远给她送了红糖，可如果这点钱还要动用公款她都觉得丢人。况且当时孟远送她时她就不愿意接受，实在抹不过面子才收的。接着就有人说孟远培训的时候经常说流氓话，啥话题他都能转到大白腿小蛮腰上来，并且说的时候猥琐的感觉要流口水。听了这些意见，荣健当场答应说他会好好收拾教育孟远，并说了一堆话安抚大家，希望她们先安心工作。

荣健和高扬在售楼部给大家开会的时候，孟远似乎感觉憋屈，在外边提着一瓶啤酒边喝边转，荣健和高扬出售楼部时还提醒他不要喝多了，一会有事商量。原计划吃完饭再找孟远好好谈谈，毕竟马上开盘了，临阵换将可不是什么好事。然而就在他们吃饭的时候，冯琳打来电话说孟远提着酒瓶强闯女生宿舍，大家都吓坏了。

匆匆赶到宿舍，一群女生眼泪汪汪。冯琳委屈地说孟远太过分了，他来的时候大家正在客厅聊天，而自己进卧室换睡衣，没等她穿好孟远就闯了进去。荣健问孟远为啥这样，孟远支吾不言。为了搞清楚问题，荣健勒令孟远先回售楼部，如果再敢胡来马上滚蛋。孟远走了冯琳才战战兢兢地说："他闯进门就质问我为啥打他的小报告？为啥报账总难为他？我说没有人打他的小报告，更不存在难为他。结果他站在客厅宣称谁要敢在您面前说他坏话就让谁吃不了兜着走。"冯琳的如实汇报让女生们一下子没有了顾忌，一群人的情绪像开闸的洪水般释放。历数孟远贪婪好色、不学无术、欺上瞒下、作威作福的种种罪状，并一再强调如果公司留用这样的人她们就集体辞职。荣健和高扬听到这也气得肚子鼓胀，一边心里骂孟远成事不足败事有余，一边安抚大家说明天就让他滚

第五十四章 伪装在丛林里

蛋！

开除孟远时这伙计还心有不甘，荣健冷冷地说道："我把团队托付给你，你却闹得怨声载道，现在说啥都没有意义了，你离开吧！"孟远脑袋歪来歪去却说不出一句话，眼睛扫过售楼部的几个男生的面影，显然希望能有人替他说话，可没有一个人理睬他。看着大势已去，而荣健和高扬面色阴沉，他只好收拾了行李黯然离开。

现场没有经理可不行，无奈之下荣健给正在汉都高新区做楼盘销售的妹妹打了电话，希望她尽快辞职来主持现场的销售工作。虽说她在那个项目上只是一个销售主管的职位，但这几年销售一线的历练也应该可以撑起这个摊子。

完成了团队的调整，荣健鼓励大家集中力量扩大项目影响力，争取最大限度地提高认筹数量。基于项目各项优越的条件，在新版宣传单页上打出了"亲水滨湖加持一城荣耀"的广告语。同时在销售讲解上总结出十项推销要点，要求所有人介绍项目时诸如"新区中央、亲水滨湖、南北通透、一梯两户、格局方正、尺度恢弘、江南园林、专业物管"等优势都能脱口而出。随着户外广告的出街，加上地面部队不间断地渗透，一时间这个命名为"悦湖壹号公馆"的项目人气高涨。到了9月底认筹客户已达到两百三十多组，这个数字虽不惊人，但对于这个相对偏远的项目来说已是难得的成绩。祁总对此也非常满意，说荣健看起来还有两把刷子，如果开盘业绩出色他给大家发奖金。

开盘的前一天，一个堪称奇葩的中年男人缓缓地走进了售楼部。那人粗短的身材加上谢顶发亮的脑袋看起来油腻猥琐，本就腰吊腿短，偏偏肚子还大得有些夸张，因此走路的姿势如同肥胖的母猪漫步。他无声无息地找了个空位坐了下来，也许是他其貌不扬也或者大家都没顾上，反正没有人注意到他的出现。荣健看见他时出于不能冷落客户的职业习惯上前打了招呼，并在他身边坐了下来。

那人一边翻看着售楼的资料，一边有一句没一句地打问项目情况。提到项目价格时他说："你们祁总简直脑子发热，公司贷款五六千万弄个这烂项目。我给你说这项目要卖好，价格必须便宜，否则一下就能弄

冬日的火花

得公司破产倒闭。现在资金链都快断了,还一天胡折腾弄啥高品质!"尽管这话说得没头没脑,但显然他对开发公司相当熟悉。荣健大概介绍了一下项目的定位思路,强调说现在客户认筹的热情很高,这一点他完全不用担心,并动员他也排个号,即使作为投资也大有可为。那人不以为然地说自己已经排了号,到时候再看情况。

两人话不投机地扯了半天,也许因为荣健说话太过锋芒,最后那人面生不快快快离去。荣健看着他缓缓出了大门,心里却开始犯了疑惑。按常理来说能排号的客户都是因为看好项目,难道这人想靠自己的嘴来拉低销售价格?那岂不是有些不自量力,有哪家开发商会因为客户的期望而下调售价?正暗自寻思着,甲方财务忽然走了过来,问荣健跟那人聊得咋样。荣健说自己不认识也没什么好聊的,财务小伙闪着眼珠说:"那是祁总娃他舅,最爱人叫他梁总,老板见不得他。"荣健不解地问:"祁总娃他舅咋不说公司好话呢!一会儿说公司快破产了,一会儿说祁总胡弄呢,看来这梁总真凉着呢!"财务小伙笑着说:"哎,这半吊子他舅就是那样!媳妇都是老板看着给娶的,后来还跟老板闹不到一块,现在谁不理谁!"

尽管这只是一个插曲,但某种程度上反映了一般客户的心理。而荣健那时候并没有意识到,因此在定价的时候完全按照大城市的做法,提出了高面价高折扣的价格策略。祁总这时给了荣健百分之百的信任,大家都期待着项目开盘跑出一个出色的业绩。

2011年10月23日是个好日子,开盘当天阳光明媚温暖舒适。猎猎彩旗招展,喜庆锣鼓喧天,售楼部里人头攒动。经过一个上午的忙碌,最终解筹一百二十八套,解筹率不到百分之六十,这个成绩显然不能让人满意。但从成交的单价上看,项目在偏远地段还真是创造了一个奇迹。整体价格比市区的项目均价居然高出百分之十,从这一点上来说也算能交代得过去。本来荣健还诚惶诚恐,然而祁总听完汇报却说结果比他心理预期得要好,并让办公室即刻安排全体员工晚上在温泉度假酒店聚餐庆祝。这场庆祝让荣健和团队非常感动,大家发誓振奋精神提升销量,并在酒桌上齐声承诺绝不辜负祁总厚望!

第五十四章　伪装在丛林里

市场是残酷的，当项目能量没有蓄积到一定程度时期望井喷态势也只能是一厢情愿。天气也慢慢地冷了，售楼部孤零零伫立在那里半天也等不到一个客户。提交的暖场活动方案没有得到祁总的批准，在他看来需要等待的时候这样的费用完全没有必要。其他能做的工作都做了，可销售一直再难打开局面。到年底的时候荣健的经营开始出现持续的亏损，如果再这样持续下去，三个月之内公司恐怕就得宣布散伙。

一筹莫展的时候忽然有猎头打来电话，说本地一家大型房企招聘营销副总，老板开出五十万元年薪诚聘英才。这个数字着实让荣健心动，想着团队已经基本成熟，案场又有高扬和妹妹操心，即便自己出去打工也不会有太大影响，于是答应前去面试。

说起来和这家企业还真有些缘分，居然老板也姓荣。第一次见面的时候老板亲切和蔼，年龄五十岁上下，身材不高且有些浑圆臃肿，笑起来浑身颤抖红光满面。虽说年岁已不算小，但他肤色白里透红显得贵气十足。老板的办公室也超级豪华，俨然中南海会客厅的格局。荣健本着行就行不行拉倒的心态侃侃而谈，由此居然收获了意想不到的效果。

第二天向荣集团行政部发来了入职通知，荣健正式出任集团副总经理兼营销总监。没人知道他背后还拖着一个销售团队，也没人知道他一边顶着集团公司高强度的工作压力，一边还不间断地遥控着悦湖壹号公馆的销售并承担所有策划和文案工作。当然这个秘密也不能让外人得知，为此他每天如履薄冰。

第五十五章　三个大老板

黄土高原春天来临的时候，一场春雨让千沟万壑之间焕发了明媚的新绿。那漫山遍野红的黄的高的低的自由而烂漫，早些年荒芜裸露的沟坎如今都披上了绿装。然而再也看不见那裹着褴褛衣衫的牧羊人，也很少能听见悠扬的信天游。

一个中年男子肩披衣手叉腰站在山梁上，他一边抽烟一边若有所思地注视着山下五行岭煤矿繁忙的运煤车。这个身材高大行动干练的男人正是朔川市商会会长、五行岭煤矿董事长胡润德，正是他当年东借西凑二十万元缔造了五行岭煤矿，而如今估值早已超过十亿，近二十年的经营让他成为远近闻名的富豪级企业家。每当想起当年和一群工人睡地窝子、吃大锅饭的情形，胡润德觉得这世间没有任何困难能挡住他前进的脚步。

司机小王满脸堆笑地朝他跑来，亮出手机刚才偷拍的照片说："胡总您现在可是越来越像领袖了，这气质这风采我敢说在咱朔川市没几个人比得上。呵呵！""呵呵，别吹牛了，酒都送完了吧！"胡总问道。"都送完了，领导们高兴得很。多余的那些也按照您的交代给亲戚朋友都送到家里了，您放心！"听了司机的回答，胡总显得很高兴，说了句："走，出发上省城，晚上的客人很重要，咱们要早点到。"

参观法国葡萄酒庄园时胡总才知道，这一亩地的葡萄事实上生产不

第五十五章 三个大老板

了多少瓶葡萄酒，如果再加上苛刻的品质工艺要求，往往四至五株葡萄树才能产出一瓶口味纯正的葡萄酒，如果这样算来那一瓶酒的价格可想而知。品酒会上胡总喝得高兴，拉着酒庄经理的手说他想买下这个庄园。酒庄经理说庄园不卖，但好酒有的是。如果胡总买的多价格绝对实惠，最后胡总决定全部买走。这一单高达两千多万元人民币的交易仅仅几分钟就搞定了。临走庄园老板也出现了，那绅士谦逊的态度让胡总心情大好，说让他好好抓生产，过两年他再来买。

据说在阿姆斯特丹红灯区观光时，胡总一高兴从包里拽出几沓钞票，直接包下整排的橱窗女郎让大家享受，而自己却只是乐呵地发钱买单。第二天路过名表柜台时，只因销售员神情有些傲慢，胡总一来气让随行的翻译直接问她们加上库存共有多少，简单沟通后胡总决定全部拿下。当天卖场的人还以为遇到了疯子，那眼珠子差点没掉出来，而胡总则轻描淡写地说："这洋鬼子大多狗眼看人低！"

胡总端了腕表柜台盘了法国酒庄的事不胫而走，一时间各种版本在坊间流传。有人说这是土豪的任性，也有人说这是大智慧。反正他这样的富豪平素请客送礼免不了，单买还不如批发来得实惠。而这几件慷慨壮举仅仅只是胡总众多大手笔中不足道的小冲动，真正的豪爽还在于他对知识分子的偏爱和扶持。

袁教授原本在北方电子科技大学任教，后辞职到日本某产业所从事新型制冷剂的研究。2010年他携带专利技术回国创业，苦于没有资金之际，经朋友介绍认识了胡总。袁教授声称自己研究的新物质效能全面领先于传统制冷剂，一旦投产必将产生巨大的经济效益，并且还能为国家环保事业做出贡献。初次见面胡总表态说可以考虑，第二次见面胡总当场拍板投资量产。经过一番运作，三个月后在百公里外某县城新区圈地上千亩，项目随即进入立项审批程序。

胡总另一个扶持对象是年轻英俊的王博士，他从美国留学归来立志创立一家伟大的高科技网络公司。按照高新区千人计划政策，王博士拿到了近八百万元的启动资金，后经人引荐认识了胡总。胡总看王博士一表人才甚是喜欢，了解到他创业至今居然还没有车开，当即掏出银行卡

冬日的火花

给王博士说："去，赶紧买个车，这样工作起来也方便。"而王博士显然不是为一辆车来的，他把自己的项目向胡总做了详细介绍，强调说这个项目一旦成功，三年之内将创造二十亿元以上的经济效益，因此他无论如何也不能因为区区两千万的投资让项目胎死腹中。胡总听了这话当即表示："两千万元不是问题，我借给你。"王博士感激涕零地说："不！胡总您这样的扶持我，你得做股东，分红您拿大头。"胡总笑着说："只要你把事干成，咋都行！"

连续锁定两个好项目让胡总信心十足，而今天晚上要沟通的项目更是至关重要。自从2009年携二十亿资本落子汉都市航创基地，胡总就一直谋划着企业的转型升级，随着化工项目和网络科技项目的启动，二次创业的局面一片大好。如果再能拿下政府大力扶持的半导体材料项目，那么不出三年就能在创业板上市，然后再用三到五年完成A股上市，到那时自己才堪称功成名就。

一群台湾籍留洋博士在陈副市长的带领下匆匆走进五星级酒店的VIP宴会厅，在座的管委会书记、主任、招商局局长赶紧上前迎接，并与博士们一一握手。胡总排在领导们的后面，表情谦卑得像个跟班随从。陈副市长解释说省上领导刚会见完诸位科学家，因此才稍有延误。陈副市长首先转达了省上领导对半导体项目的关心和支持，也代表市政府对航创基地引入半导体项目表示肯定。管委会的几个领导连连表态说一定全力支持项目落地，并对台湾科学家心系祖国回乡创业表示崇敬。领导们招呼博士们入席叙话，服务生给每位客人倒上茶水。

这时博士团队的领头人刘博士站了起来，显然因为年岁太大的缘故，他言辞缓慢地说："第一，对各位领导对半导体事业支持表示感谢；第二，我们团队有能力做出世界上一流的半导体材料；第三，半导体产业的投入很大，无论政府还是投资方都要谨慎考量。"听完这话管委会的书记首先发了话，说："航创基地发展高端制造业的战略非常清楚，因此对于半导体项目入园已经制定了系统性的优惠扶持政策，这一点请刘博士尽管放心。至于资金的投入我们也请胡总表个态。"胡总站起来说："刘博士您请坐，有关项目可行性的问题我们集团已经做了充

第五十五章 三个大老板

分分析，按照您设想的项目规模，我们已经筹备了足额资金，未来按照项目需要再追加投资，三年内完成十五亿投资完全没有问题。"

餐前的茶话会上领导们高屋建瓴，博士们沉稳低调，而胡总卑恭谦虚，管委会主任代表航创基地的发言很有艺术性，他说："省上领导对这个项目非常重视，要求航创基地一定要做好相关配套服务。同时领导还特意交代说半导体项目资金投入大，管理要求高。这就提醒我们要重视技术团队和胡总公司业务衔接的问题，这可不是一纸协议就能高枕无忧的事情，因此胡总要未雨绸缪。"胡总听到"绸缪"两个字时接了话，提着酒杯说："有筹谋有筹谋，都想清楚了。"现场众人哈哈大笑，觥筹交错中宴会开始奔向高潮。

陈副市长最后做了总结发言。他说："刘博士是世界知名的半导体材料科学家，而刘博士的团队更是一流水准。他们这些年在台湾以及东南亚等地缔造了多个实力企业，相信到汉都也必然能创造奇迹。航创基地领导班子有雄心有能力，各项产业政策目标清晰、扶持力度大、系统性强，因此肯定能成就辉煌业绩造福一方。而胡总作为民营企业家不但资本雄厚，实业报国的情怀更难能可贵！三方的结合堪称天时地利人和，今天胡总准备了十五年茅台款待各位，让我们一起举杯预祝项目成功！"

胡总激情高涨推进工业项目的时候，荣健正带领着销售团队冲刺向荣集团十个亿的年度任务。而集团在售项目总货量也不过五个多亿，荣健提出这个问题时荣老板笑着说："咱们在皇城里还有个项目，而且已经是现房了，今天下午你带几个人跟我去看项目。"

实地看到项目时荣健还真有些吃惊，这项目位于皇城内钟楼西不过三百米，中式建筑风格，规划了五层集中商业和四栋公寓。项目已完全竣工，居然一寸未售。荣老板站在楼下自豪地说："看，多好的产业，这项目要放在香港，估计我就是香港首富了。呵呵！"荣健问为啥盖成现房才准备销售时，荣老板长叹一声说："都是那两个狗屁不懂的股东干的好事！"

荣老板所说的两个股东其中一个就是胡润德，并骂他是个不折不扣的半吊子。当初因为资金紧张拉他入股，结果他安排的人在项目上胡折

冬日的火花

腾，为这事几个股东最后起了内讧。荣老板准备开盘销售时，胡总居然登报说项目证件不全提醒公众暂时不要购买。这可把急等资金的荣老板气了个半死，背地里骂胡总得了失心疯，说这世上哪有自己臭自己的二百五，并讥讽胡总斗大的字不识一箩筐冒充实业家折腾高科技，断言他最终不得善终。

牢骚归牢骚，项目不能总放着。荣老板布置给荣健的任务就是与胡总和另外一个股东沟通协调推进项目销售的工作，布置完任务就急匆匆离开了。这事想起来就让人头疼，老板们的关系明摆着是水深火热，自己又不了解情况，又该如何去协调？可有什么办法呢？这是任务是命令，更关系着自己年度业绩的完成。没有这个项目支撑何来十个亿的业绩？完不成业绩绩效工资岂不是又成了泡影？

荣健思来想去没有贸然给胡总打电话，而是找到项目经理想把来龙去脉先搞清楚。敲开项目经理办公室的房门时，一个六十多岁的老头迎了出来。那人看起来胡子拉茬衣衫污浊，俨然工地干活的工人，三言两语交流之后确认他正是这个价值十几亿项目的负责人。荣健说明来意后被让进屋内，老头不慌不忙地点燃香烟抽了几口，带着不屑的神情说："又换人了，换个人我讲一次，讲一次不顶啥用，真不知道老板们怎么想的！"荣健说："咱不管老板们怎么想的，现在关键的问题是把项目推上市，这样放着总不是办法。"结果他说完这话，那老头不以为然地说："呵呵，每个刚来的人都这么说，最后还不瞎忙活！"老头东拉西扯满嘴牢骚就是不切正题，荣健听得实在有些不耐烦了，口气有些急切地说道："过去的是非不用再提，咱就说现在咋样才能推动工作。"那老头听了这话立刻变了脸色，一边歪着沧桑的脑袋，一边慢腾腾点燃嘴上的烟卷，面露不屑地说："你连事情前因后果都不想搞清楚，咱就不说了，你看咋样能推动就咋样推动吧！"说完老头站起来整理桌上的东西，荣健无奈地摇摇头自行离开。

刚下楼祁总打来电话，一开口就抱怨说荣健整天跑得不见人，当初说好的亲自操盘现在却不当回事。荣健连忙解释说自己临时回汉都办个事，项目上的工作都做了安排。祁总显然并不相信这样的回答，顺口通知

第五十五章 三个大老板

说:"那你下午两点到我办公室来,项目上有些事咱们得商量一下。"荣健自然明白祁老板刻意查岗的用意,只好答应说自己会按时赶到。

那一阵子这种情况几乎成了常态,经常刚解决完这边集团项目的问题,马上又得赶赴凌云接受祁老板的问询。每当飞驰在汉都市与凌云区之间的高速路上时,荣健感觉自己像拧得太紧的发条,也许一时不慎就有断裂稀烂的危险。好在高速公路开阔笔直,两边绿树红花绚烂无比。他经常在心里默念:"走在这开满鲜花的路上,我唯有一路歌唱勇往直前!"

荣健明白是集团副总的职务掩护了自己,否则频繁脱岗岂能没人过问!可无论怎么说脱岗干私活都是不道德的行为,为今之计也只有干出业绩才能少一些亏欠。一边是祁总的满腹牢骚和抱怨,一边是让人头疼的皇城项目。两边都让荣健内心充满忧虑,加上悦湖壹号公馆销售不给力佣金少得可怜,每月这边发了工资还得补贴到项目上。短短的半年时间累计亏损四十多万元,这么下去倾家荡产不说还愧对祁总的信任。况且哪一个老板能容忍长时间业绩惨淡?一旦祁总忍无可忍终止合作,那可就真的血本无归了!

压力大心情郁闷的时候荣健甚至有些后悔,想着如不认识祁总自己现在一心一意地上班,轻轻松松拿高薪哪里会有这么多的烦恼!现在算是创了业却月月赔钱,岂不是自寻烦恼!但一想起祁总当初殷切的托付,又觉得自己这样的想法太过猥琐。人家把这么大的项目交给自己足可说押上了身家性命,而自己又岂能摇摆畏惧辜负信任?若如此以后有何颜面立足于世?

董婉自从忙活了建材生意每天热情高涨,回到家说起她的那些订单时神采飞扬。宝贝女儿在幼儿园表现优异,经常拿着奖状回来调皮地要奖励。这和美的氛围不断修复着荣健心里隐约的伤痕,让他感受到了一种实实在在的温暖。因此无论在外面多么沮丧,一旦回到家他就会选择暂时忘记。他认为自己应该承受的事情不必声张,再者即便说给董婉又能解决什么问题呢?

最让他郁闷的其实是高扬,他没有专业基础也不爱学习,每天只是机械地守在项目上自然难有作为,很多安排的事情都执行不到位,更谈

冬日的火花

不上发现问题解决问题。也正是因为这个原因，大事小事祁总自然会先找自己。当初想着他离得近能操上心，现在看来把他教会也还需要时间。妹妹的工作也不够给力，无论现场管理还是团队的技能提升都存在问题。这样的情况下即使策划方案再怎么精彩，执行效果必然大打折扣。加上妹妹的婚期临近，下一步如何调整已经到了必须考虑的时候。

皇城项目第三个股东出现了，见到这个打电话不接、发信息不回的老板时荣健几乎有些喜出望外。这位姓尤的老板留着小平头看起来干净利索，说话风风火火，从感觉上来说一定是个豪爽之人。还真如荣健预判的那样，尤老板虽说与胡总是亲戚，但说起事情时慷慨直率，一口气把项目前世今生的纠葛说了个清楚。闹了半天先是荣老板在拉投资时不够实在，胡总入股后又仗着自己投资多四处插手，而胡总委派的人却不太靠谱，不但利用胡总的信任大肆渔利，还故意在两个老板之间制造矛盾，最后让两个老板反目成仇，项目也因此搁置至今。

在荣健看来那个在老板之间制造矛盾的人自是包藏祸心，其根本目的就是为了自己能浑水摸鱼。尤老板说荣健的话一针见血，而胡总这个人经常感情用事。当初起用第一个项目经理时就给配了辆奔驰越野车，每次到项目上还捎来整箱的烟酒。就这那货仍不知足，没几天就在KTV给他弄回来一个婊子当助理。那婊子坑他的钱不说，联系来的防盗门质量更是吓人，不但钢板厚度不达标，而且一把钥匙能打开整栋房门。这事情败露以后婊子直接开走了奔驰车，那货也不知有啥把柄在人家手里，居然给老板说车丢了。老板知道这些事情后气得七窍生烟，可最后也不过赏了几个耳光就不了了之。荣健说："那胡总也应该吃一堑长一智，请专业的人来管理项目呀！怎么又弄个偏老头来？"尤总无奈地摇摇头说："本来荣总对之前用人就有意见，曾一度坚持从向荣集团调人来管项目，但胡总却始终不同意。后来也不知他怎么想的，居然把煤场开货车的司机老王派了来，那老东西狗屁不懂还爱揽权。项目上采购个螺丝钉都要亲自出马，还说是为了给老板省钱，这么一来本该一年建起的项目让他折腾了足足三年。"

尤老板说的这些事让人匪夷所思！然而他描述得那样生动具体，时

第五十五章 三个大老板

间、地点、人物一样都不缺,谁又能编出这样的假话呢?况且他也没有瞎说的理由!描述中胡总山大王式的慷慨让人叹息,而那一对流氓婊子的际遇甚至连尤老板都表示羡慕。

事情已经很清楚了,先是荣老板通过虚报项目地价在合作的时候赚了两个投资人一道,而胡总委派项目经理时又用人不当造成损失且延误了工期,从而导致了无休止的责权利争斗,最终搞得水火不容。尤老板夹在两个大股东中间左右为难,除了发发牢骚也无可奈何。现在他寄希望荣健能协调好两方关系推动项目销售,而他连两个老板的面都不想见。

从荣老板那得知,这个尤老板年轻时围着朔川周边的油田偷油贩油,三十来岁的时候就身家数千万,最后却迷恋赌博,常年四季不务正业地混迹在黄原地区的大小赌场,最近几年还走上了霉运,干啥都赔搞得一屁股烂账。把这所有背景信息和有关故事串在一起时,荣健内心有发笑的冲动。没承想三个听起来颇有头脸的人物却原来这么好玩,荣老板老谋深算奸商一个,尤老板游手好闲不务正业,胡总恰似财大气粗的山大王,而这样的三个人搅在一起恐怕任何事情都难有好结果!可尤老板的发家史让他意识到母亲当年闯荡油田还真是一个重大机遇,当时如带上大姑家几个表哥去,也许真可创出一番伟业。而选错了合作伙伴,最终的结果却只能让人唏嘘!

到了6月份的时候悦湖壹号公馆的销售仍无多大起色,集团项目的剩余房源在促销政策的刺激下业绩尚可。操办完妹妹的婚礼,荣健专门回谢村给母亲上了坟。他跪在墓前告慰母亲说:"妈,妹妹嫁了个实在人,虽然那边家境寒微,但只要他们踏实肯干,再加上有我扶持,将来日子一定没问题,您可以放心了!"那一刻他眼中满含泪水,想着肩上的重担,自己鼓励自己要勇往直前。

墓地的四周都是乡亲们种植的苗木,短短几年方圆数里的土地都已成了郁郁葱葱的苗圃。缓步走在茂密的林间,热浪随着熏风猛烈地涌动,一瞬间就让人浑身冒汗额头渗油。走出密林到了乡间路上,土黄色的道路在烈日下宛如金色的带子镶嵌在无边的绿色当中,阵风吹走了路

冬日的火花

面的浮尘显得光亮耀眼。那路上没有一个人，周遭显得沉寂而燥热。在这沉寂当中他暗自感慨：当年我曾在这里生长嬉笑，可转眼间这一切都已变得陌生。如果不是母亲长眠于此，也许我永远也不会再走到这里。况且父母他们百年之后还能埋进故乡的土地，而我们这代人之后又该埋在哪里？唉，真是人生如梦！想来我们努力着奋斗着，可我们到底在追求什么？衣食无忧吗？甜美爱情吗？名利富贵吗？功成名就吗？可所有这些最后都会失去，就连焚尸炉最后飘出的一缕青烟也会瞬间被风吹散消失得无影无踪……

他黯然地沉思着，之后启动汽车缓缓地走在那清静的土路上，心中不禁低吟道：

> 如果这六月骄阳烧熔了大地，
> 如果绿树都停止了呼吸，
> 而我还没有找到你的踪影，
> 但我并不觉得害怕，
> 只因当年许下的承诺仍未兑现！
> 我曾追问过故乡的小溪，
> 我曾凝望窗前的寒梅，
> 我也曾在高山怀抱引吭高歌。
> 而今山川河流忍受着暴力，
> 你我忍受着分离，
> 所以即便酷暑烘烤着道路，
> 即使云都走了，风也停了，
> 我依然会在路上！
> 给我一把伞吧，
> 即便挡不住烈日骄阳寒风冷雨，
> 可我知道这是你的爱和怜惜，
> 也是我青春的梦想与坚持。

第五十五章 三个大老板

煤价上涨的时候人们都说黄原地区的老板们是坐在风口上的猪，因为撞上好运才飞黄腾达。然而当时间进入2012年，似乎一夜之间煤炭行业连续十年的黄金时代戛然而止，最惨的时候据说挖一吨煤的利润都不够买一包芙蓉王烟。有人说这是国家能源结构调整的结果，也有人说是能源领域国进民退的阳谋。反正煤价的疲软让胡润德感到无所适从得恐慌，原打算回来从煤矿调点资金，没承想矿长告诉他当下微薄的利润支撑贷款利息都很困难，到年底矿上贷款估计还得想办法办展期。这话让胡润德心情郁闷到了极点，几个工业项目现在都急等资金，如果空手而归下来的事情可怎么安排。胡润德想起早前借给朋友的一笔钱一直没有消息，现在也等不了了，干脆就直接去永安县找他。即使找不到人，永安、建宁两县民间资金也比较充足，不行了就临时倒些钱先应应急再说。

朔州市下辖的永安、建宁两县是国内著名的百强县，这些年依托煤炭产业经济突飞猛进。由于煤炭行情一路高歌猛进，当地更是兴起了全民投资入股的热潮。无论干部职工还是农民小贩，但凡有些门路能弄到资金的人都参与其中。炒煤矿、炒地皮或入股当股东成了潮流，各类融资典当行遍地开花。一段时间里几乎每天都有财富传奇，每天都有新富豪浮出水面。最能显示经济状态的当数各类高档的KTV、夜总会，成捆成捆的票子让人们在觥筹交错中喜形于色。而永安县财政收入更是让人艳羡，凭借雄厚家底一鸣惊人地实现了十五年免费教育和全民免费医疗，一时间各类媒体争相报道，永安县可以说红极一时。

永安县新任县委书记贺世宏心里清楚，前任书记推行的延长义务教育年限和免费医疗两项民生政策尽管造福一方，但从全局来看并不明智。一方面对于临近县市甚至更广阔的区域政府造成压力；另一方面对于严重依赖煤矿产业的永安县来说也不利于县域经济的持续发展。他认为只有加速城市化，大力推进产业升级转型才是康庄大道。然而让他郁闷的是，打造最美县城的宏伟蓝图刚刚展开却无来由地招致一片骂声。民间还把他的政绩戏称为"点灯灯、换牌牌、修路路"，甚至有人造谣说他一手花光了县财政数百亿的积累，搞得县上干部职工发工资都要向市上借钱。他要求宣传部加大宣传力度，引导民众正确看待新班子的施

冬日的火花

政方略。然而他哪里知道，此时的任何说辞都已经无法让迷乱的舆情重归平静。煤炭价格的大幅下挫，直接导致了民间借贷大面积崩盘。有人大概估计整个民间借贷的规模可能在八百亿元左右，而其中一个跑路的知名大户融资就超过百亿元。随着最后一根稻草落地，永安县债务纠纷案件呈现井喷式增长。追账似乎已经成了很多人生活的常态，自然也就有一些人开始通过抵房、抵车来偿债，一时间真可谓哀鸿遍野。可在这哀鸿遍野之际，政府却不合时宜地进行大手笔投资。民众认为经济已如此凋敝，官员们却大手大脚。由此累积的怨气不断在城市升腾，未来某一个时刻的爆发恐怕就成为必然。

胡润德虽然找到了朋友的家却吃了闭门羹，赶紧给另一个朋友打电话，才得知要找的人不久前已死在了临县的宾馆里。没有人知道详情，但多数人推断他死于债务的压力。胡润德电话里埋怨朋友知情不报，而朋友说他根本不知道死者还和他有债务关系。到此胡润德心里彻底拔凉拔凉的，一转眼几千万元就这样打了水漂，真是后悔当初太不谨慎！可现在又有什么办法呢？还是想办法筹钱要紧，他在永安县活动了一整天毫无收获，又匆匆赶赴建宁县。

建宁县比永安也好不到哪里去，原先那些典当行大多都已关门停业。私下联系了一群朋友，好不容易凑了一桌饭。谋划着吃顿饭喝场酒靠着老面子搞点钱，结果到了约定的时间居然一半的人都没有来，他心里失落极了。来的几个老朋友倒也直接，众口一词地让他理解这非常时期没来的肯定也有苦衷，他们来的几个虽不宽裕，但给胡哥凑个千八百万应该没问题。胡润德感激大家的深情厚谊，那晚他喝醉了。

一觉醒来打开手机，几个朋友答应的一千五百万元已经到账，于是他叫醒司机驱车返程。原本在车里不抽烟的他，自上了车一根接一根地冒着。司机自是不敢作声，如此穿行了数百公里，到了一处沙漠地带，他让司机靠边停了车，下了车就地解开腰带将一泡黄亮的尿液浇到路边的骆驼草上。伸了个懒腰，抻了抻脖子，看见前面单立柱广告牌上写着"煤价不行，房价还行"的字样，他无奈地摇了摇头。

汽车启动了，近距离看到刚才那广告画面的时候，他才发现那广告

第五十五章 三个大老板

的发布单位是向荣集团。他忍不住冷笑着骂道："荣向友这个哈货还真会糟蹋人！"司机看他情绪有所好转，接着说道："唉！前几年买房子的都赚了，把钱放出去的现在都慌了！听说向荣集团的房子这阵子卖得挺好。""卖得再好也是小瘪三！"胡润德有些不服气地说。可他嘴里虽不承认，但心里对这广告很是认可。认为这句话相当应景，经过的老板一眼就能记住。他心里开始有些懊悔，早知如此当初还不如坚持做房地产。现在几个项目的投资真是让人忧虑，他陷入深深的思考当中。

胡润德的内心自然是焦虑的！

口若悬河的袁教授带来的先进技术居然只是实验室成果，这直接导致建厂过程中频繁地拆装整改。实验室的一盏酒精灯到了生产环节变成一个锅炉，而锅炉需要多大的规格、多大的压力都有待进一步调试。这种情况下各类传输管道难免出现跑冒滴漏，甚至还多次出现爆管险情。把这些都折腾到位了，一开机却发现成品产出率低得吓人。原本每吨成本测算不到五万元，而实际上不算设备折旧居然已高达六十万元。可早前跟日本人签的包销价格还不到二十万元，这样下去岂不是要倾家荡产！袁教授说生产线再次改造后一定可以达标，而改造又需要上千万元的资金。

那几个娃娃博士也不让人省心，说是为了尽快盈利又搞起了体感游戏设备。而派去的财务多次汇报说他们管理混乱，两年过去了连个像样的团队都没建成，那个王博士和他叫来的李博士整天带着美艳的秘书开着豪车在外面鬼混。胡润德打电话质问时王博士却说他们的货运资讯共享平台已经具备上线条件，现在急需资金推广。他们频繁出席活动就是为了争取风投资金，一旦风投进来马上就能还回胡总的钱，并且胡总的股份不会有任何改变。胡润德听了这样的回答一时也没什么话说，只是交代他们要踏踏实实做事，别总是异想天开。

半导体项目的事更让胡润德堵心，公司里很多人对刘博士团队包办设备采买很有意见，甚至拿着他们的履历质疑他们也许只会建厂不会经营，提出公司应当就生产经营责任签订补充协议，否则他们在购买设备过程中赚得盆满钵满，到时谁还会关心生产能不能盈利。胡润德听了这

/871/

冬日的火花

样的话当时气就不打一处来，拍着桌子说一众人都是以小人之心度君子之腹！并且强调说刘博士是虔诚的基督徒，生活简朴常穿布鞋，出差坐经济舱住快捷酒店，这样有理想有追求的人岂会是蝇营狗苟之辈？况且因为这个项目，政府以象征性的价格划拨了五百亩产业用地，到时即便项目亏了，大不了咱们再干房地产。五百亩地的项目，随随便便还不赚个几十亿！

让荣健没想到的是，多次打电话不接发信息不回的胡老板会忽然打来电话。为此他多少还有些受宠若惊，因为胡老板让他直接去家里。而胡老板所说的那个家早前尤老板提说过，那其实就是一个隐蔽在高档社区的私人会所。

无论怎样第一次去总不能空手，荣健咬咬牙买了一份上好的茶叶提在手里，到了地方又对着电梯门整理了一下衣服，感觉各方面都满意了这才敲开了门。

尤老板居然也在，看荣健进来直接领着他到了胡润德面前。胡老板正和几个朋友打着扑克，每个人面前都摞着几沓崭新的百元大钞，看得出这可是输赢以万为单位的游戏。胡老板抬头看了一眼荣健，和颜悦色地说："荣经理你和尤总先聊着，我马上过来。"尤总又领着荣健到客厅的沙发上坐下，拿出一包九五至尊香烟给荣健发了一支并随手打着手上的火机。这样的礼遇荣健还有些不好意思，连连说自己来自己来。他大致扫了一眼整个屋子，这客厅开间约莫七米左右，餐厅和客厅连为一体，整体上是南北通透的格局，按空间尺度估算房子面积应该有二百多平方米，这在汉都那绝对是一顶一的豪宅。房间的装修是典型的欧式风格，浅色石材配以胡桃色的墙板看起来简洁大气。陈设的家具和物品虽谈不上别致，但从材料工艺来看都应该价值不菲。

尤老板低声说："稍等一下，老板正陪领导打牌。高个子的是政协林主席，左首是陈副市长，右首的是市政府王秘书长。"正说话间，有人敲门。尤老板赶紧起身去开门，荣健扭头一看，一位三十出头的美貌女子提着一个纸质手提袋走了进来。那人身材丰盈有型，面色玉润，脸上略施脂粉却显得光彩照人，尤其是高高发髻上那璀璨的蓝宝石发卡不

第五十五章 三个大老板

时闪耀着尊贵的光芒。那人扭动着杨柳腰走到陈副市长旁边。政协主席看了一眼笑着说："哎呀！嫂夫人回来了，这下咱市长不寂寞了。哈哈！"其他几个人也连连打招呼说："嫂子好，嫂子好！"说话间陈副市长手上的牌也出完了，几个人带着惊讶付了钱。看来陈副市长大获全胜了，那女人喜笑颜开地把一沓沓的新钞装进手上的袋子。尤老板面无表情地把嘴凑到荣健耳边低声说："这女人每次来都会提个袋子，我都见了好几回了。"荣健感觉他是在发牢骚，可不知道该说什么，只好呵呵一笑。

又有人敲门，这次是系着围裙的厨师。胡总看他进来显然知道一切准备停当，当即招呼着几位领导吃饭。荣健这时才大致明白，这一梯两户的豪宅，这东户是会客厅，而西户是餐厅。几个领导先后出了门，胡总招呼荣健说："荣经理，走，一起吃饭。"

诚惶诚恐地和一群领导坐在一起吃饭让荣健总感觉有些不自在，但一大盆羊肉端上来时那浓郁的香味瞬间冲淡了他的紧张。众人都戴上手套上阵了，配着几个凉拌的小菜大家吃得津津有味。陈副市长一边吃着一边赞叹说："润德的这个手艺真是一绝，现在都吃得有些上瘾了，呵呵！"市长夫人接着说："就是就是，胡总啥时抽空教教我，到时我在澳洲开个店生意肯定好！"说话间胡总开始逐一敬酒，每次他都弯着腰，把自己的酒杯拿得很低，那表情极尽卑微，领导们一再让他随意，可他始终保持着他的待客之道。政协林主席显然是品酒的行家，一再说胡总的十五年茅台绝对是真货。胡总听了这话憨厚地一笑说："前几年把这酒拉了一车，现在看来还赚了。呵呵！"

胡总示意荣健给各位领导敬酒，荣健这才站起来勉为其难地一一表示了敬意。给市长夫人敬酒时，看着对方丝质衬衣领口里呼之欲出的乳房和那深邃的乳沟以及向上舒展开的白皙胸颈时，荣健忽然觉得下身不争气地有些反应，赶紧下意识地弯了弯腰。想来这高贵的市长夫人和自己差不多年纪，如此美艳却被那谢顶的老东西享受，哎，真他妈的不公平。当然，这些念头只是一刹那间闪过，荣健装作卑微地和这女人碰了杯，注视了一眼她那如水的目光，而心里却总想着她裙子里面那柔

冬日的火花

软的身体。迅即他又觉得自己有些恶心，于是收敛了笑容只顾着吃肉夹菜了。

　　终于吃完了饭，胡总送走各位领导这才坐下来和荣健说话，大概问了几句向荣集团的情况，而后有些装糊涂地问荣健找他有什么事情。荣健把酝酿许久的说辞一口气说了出来，又一再强调说只要胡总点头，他保证能在一年内将皇城项目租完卖完。

　　胡润德听完面无表情地说："你们荣老板等钱用吧？"荣健笑着说："胡总，这不是等不等钱用的问题。您是大股东，项目放着您损失最大，赌气不划算呀！早点卖完你们一分账不就两清了。"尤老板在一旁帮腔说："就是就是，项目一卖咱与那自私的家伙不打交道，也免得你生气。"胡润德沉思半天后说："好吧！你俩负责去弄，找个好的代理公司做销售。"

　　从胡总会所出来，尤总像拿了尚方宝剑一样兴奋，让荣健拉着他马上去找荣老板，还让荣健弄个管理流程，必须确保资金回来不被向荣集团占用。荣健一再保证说自己做事一定会立足公平，绝不会损害任何一个老板的利益。大事就这么三言两语确定了，两人在车里东一句西一句扯上了闲话。从尤老板那里得知，政协主席写得一手好字。陈副市长快五十岁时与原配离婚把小蜜转了正，这新夫人带着小儿子长期生活在澳洲，据说和胡总澳洲的家是邻居。而那位秘书长更是个大人物，在汉都就没有他摆不平的事。这些信息让荣健心里有些说不出的滋味，忽然有一种念头让他感觉沉重。胡总是商人，是资本家，与这些个官员称兄道弟。一方资本雄厚，一方大权在握，当他们走在一起的时候会发生什么？而这些把老婆孩子送到国外的官员会给谁谋福利？而这里是我的祖国我的故土，我难道不应为之忧虑吗？可他并没有什么清晰的判断，只是多年前那些历史书上、政治课上学来的词语反复在脑海出现，甚至一段伤感的诗句也涌上心头："当年忠贞为国筹，何曾怕断头？如今天下红遍，江山靠谁守？"

　　其实多年来荣健心里始终有一种固执，无论犯过什么错，无论多么位卑言轻，可怎么说我都是一个中国人，一名中国共产党党员，富贵也

第五十五章 三个大老板

罢，贫贱也罢，我肯定永远要与祖国和人民在一起。这些富豪们在国内发家致富，官员吃着国家俸禄，却为何一转身移民海外？他们在追求什么？逃避什么？难不成到了国外他们就能高人一等？不过这些都已不重要，毕竟现在皇城项目销售获得大股东的支持，还是先把楼卖好才是正题。

想着自己一番周旋最终得到了三个老板的支持，况且之前大商业的招租也有了明确的意向，真可谓天时地利人和，荣健动起了小心思，谋划着把自己的代理公司不动声色地引进来，如能这样那么于公于私岂不是皆大欢喜？要实现这个目的，胡总派驻项目的那个老头就成了关键，而他是个油盐不进的角色，况且还说不定他是否也有想法。

尤老板开完项目协调会后就再次不知踪影，事情的发展还真如他所料想的那样。老王头说这几年在他那登记的销售公司多得很，他觉得有几家还不错，到时把几家都叫来比较一下再说。按理来说老板授权荣健负责销售，而老王头这么一说就等于把下一步工作安排了，对此荣健非常恼火。但是想到好坏这家伙是项目经理，人家就是插手也说得过去，他也只好隐忍着另想办法。

然而还没等他做出任何安排，胡老板又打来电话推荐说一家北京来的代理公司很出色，尤其擅长大商业的分割销售。老板这样的口气明摆着已经认可这家公司，而且倾向于将大商业分割销售。如此一来引入自己公司代理难以实现不说，之前谈好的租赁意向恐怕也得泡汤。按照集团的奖励机制计算，如达成租赁合同仅佣金就有七十多万元，如真被这伙人搅黄那损失可就太大了！

荣总在招商的问题上倒是很坚定，他多次强调说大商业如分割销售就会影响招商，而且还得给业主承诺一定的回报率。如果招不来好的品牌商家经营，那么公司就会在给业主的返利上年年赔钱。况且胡总说的代理公司能否把商业卖好、卖完也是问题，如果再弄个烂摊子到时就没法收拾。

在这个问题上荣健自然和荣总保持一致，因此当胡总推荐的代理公司负责人露面时，他毫不客气地说他们根本不了解汉都市场，说话丝毫不负责任。结果为此胡总打来电话责怪他不配合工作，为此他多次找胡

冬日的火花

总沟通，但最后胡老板还是决定聘用这家叫德邦顾问的公司做销售代理。老板一句话，之前所有招标准备工作都成了瞎忙活。他哪里知道，这个时候的胡总急需资金盘活那些工业项目，因此即便有些风险他也在所不惜。

眼看着到手的招商佣金蛋打鸡飞，想引进自己代理公司已无可能，自己斡旋半天却无形中成全了别人，荣健想起这前前后后的周折心里气愤极了。他心里一边咒骂着胡老板的昏庸一边思忖着下一步的安排，琢磨半天有些无可奈何。又想起明天就是周六，不如一大早去凌云项目上看看，从报表来看似乎销售有了起色。

一转眼秋风又起，德邦顾问入驻皇城项目后并无什么惊艳表现。加上荣总一直不赞成大商业分割销售，因此商业部分的工作也就无法推动。而德邦顾问似乎并不擅长销售实操，不但操盘毫无章法案场管理也极为混乱。虽说那笔招商佣金因为德邦的搅局彻底黄了，但碍于胡老板的面子荣健也不好说啥，况且他还担心这个时候太过多嘴反而有可能被胡老板判定为嫉贤妒能，因此干脆静观其变，或者说坐等看笑话。

这一阵子给凌云项目跑得比较频繁，加上妹妹怀孕回了汉都，换上夏向阳当经理后销售量增长还比较明显，因此祁总那也还满意。周末搞了一场特卖会，居然破天荒地成交了好几套房子，祁总到项目上视察时脸上露出了久违的笑容。

黄昏的时候高扬从金城家里赶了过来，荣健开玩笑说："搞特卖会你忙得不见人影，活动结束了你是跑来吃饭的吗？"高扬说："今天实在不好意思，印刷厂那边出了点小状况刚处理完。我来是给你说赵海结婚的事情，咱们晚上恐怕得去一趟。"

荣健听高扬说过赵海回了金城老家的事情，可因为心里一直对他的不争气愤怒且鄙夷，加上自己的事情也不顺心，也就没心情理会他。现在听到他要结婚的消息，无论从哪个角度讲，似乎都没有不去的理由。

从凌云区跨过大禹河再向东折返十几公里就是赵海老家所在的村子，两天之后这个浪荡多年一无所获的家伙将在这里迎娶他的新娘。一路上两个人聊起这些年赵海那些算不上光辉的光辉事迹。高扬说当年要

第五十五章 三个大老板

不是周敏绝情赵海也不可能走到今天，而荣健认为一直以来周敏只是赵海给自己找的一个借口，即使没有周敏也或者会有另一个他觉得可以解释懦弱放纵的理由。这世上从初恋到婚姻的微乎其微，像他这样半辈子围着女人转圈圈的男人恐怕也不多见。他把自己浪荡到三十七八岁，也不知哪个瞎眼的女人敢嫁给他！

高扬说荣健说的话太狠，无论怎么说赵海也算不上罪大恶极的坏人，只要现在能迷途知返好好过日子也还来得及！当然现在按他的情况也娶不到什么正经的女人，据说那女人和前夫的孩子都已上了高中，这女人因为丈夫不够浪漫感觉生活没劲才离的婚。荣健调侃着说："呵呵，嫁给赵海一定够浪漫够刺激！就怕她受不了。"高扬也笑了，说浪不浪漫他不知道，但够刺激他绝对相信，单就赵海那捅破天的功力肯定让这女人爽歪歪。

见到赵海时他还是那样耷拉着脑袋，脸上露出一丝羞涩的笑容，一边发着烟一边说："咋把你俩都惊动来了，我实在不好意思给同学打电话。"荣健也换了笑脸，嘻嘻哈哈地说："你倒啥时不好意思过？拾掇女人却偷偷摸摸！"高扬也跟着帮腔说："就是就是，娶媳妇是好事么，让我们先要耍，咱这可有这风俗呢！"赵海不好意思地说："你们再别糟蹋人了，咱收拾个老婆娘有啥耍的，你要喜欢你住在这里耍都行！"

屋子里面聚集着邻居乡党和前来帮忙筹备婚礼的各色朋友，隔出的新房里一张桌子旁围满了人，人人手里攥着一沓钞票，他们正热火朝天地用麻将牌玩着"推对子"的赌博游戏。赵海问他俩是否有兴趣参与，高扬说："不玩了，说说话我们还要回项目上去。"荣健说："你咋走到哪儿都离不开赌博，你还没玩够吗？"赵海说村里人凑热闹就爱弄这些事情，他现在基本不参与。赵海随手提了几个小凳子放在院子的石桌旁，又吆喝人倒了三杯水，弟兄三人围在石桌边坐下。此时堂屋门前的大红灯笼已经点亮，红色的光影映在三个人的脸上，四周已经隐藏在夜幕当中，这场景依稀如当年坐在金城中学操场上一般，而岁月让三人的言语变得深沉。

高扬说他在县城见过一次周敏，那姑娘好像后来还长高了一点。当

冬日的火花

时和她妈走在一起，领着的孩子也好几岁了。王莹和贾斌现在经营着四五辆客车，在整个金城都算是有实力的老板了。荣健拦住了高扬的话，说过去的事情不要再提了，最重要的是赵海如今要好好过日子。往事都已是过眼云烟，周敏也罢，王莹也罢，甚至柳红、马小兰也都不要再想了，娶了媳妇赶紧想办法回房管所上班去，以后老老实实别再折腾了！赵海也说自己浪荡了好些年，一切也都看透了，除了好好过日子也已经没有别的选择。

实际上那一刻赵海心情相当复杂，高扬和荣健一遍一遍说着结婚和过日子的字眼忽然让他想起了胖姐，想起胖姐说过怀了他的孩子。他不禁一声长叹，时间真是一种可怕的东西，算来那孩子已是反叛老子的年龄，这岂不是自己犯下的一个罪孽，可如今又能怎样呢？

荣健和高扬分别拿出三百块钱算是一点心意，赵海有些难为情地说他俩结婚自己都没能到场，现在还要收礼真是不好意思。高扬说都是自家兄弟不必太客气。荣健说不管怎样自己都希望他好，过去的都让它过去，路还很长，我们得认真地走。赵海说他得知杜阿姨去世后心里很难过，说阿姨是个好人，当年帮了他。荣健说母亲一直认为赵海很聪明，并说他如果务正业肯定大有前途。赵海听了这话当时湿润了眼睛，说希望自己争口气以后不再辜负大家。

说话间刘三虎大摇大摆进了院子，一进门就冲着赵海吆喝："好我的神呀！如今的赵主任牛得很，结婚这么大的事都不给兄弟打招呼。"刘三虎热情地给大家发了烟，一聊才知道赵海其实除了在单位上班，还兼着西凌乡果业自助协会主任的身份。在他一番协调下，原来散兵作战的猕猴桃种植户形成了联盟，一方面推广新品种提质增效；另一方面通过网络平台加大推广；经过几年努力，现在已经初步形成了品牌优势，销量也得到了稳步提升。刘三虎说赵主任一发力天下震动；高扬说赵海的低调他没想到；荣健说赵海当年信里说要修成正果，没想到这个果居然是水果的果，哈哈哈！

安排好悦湖壹号公馆的事情，又把下一步的工作给高扬交代好，周日晚上荣健才驱车回了汉都。回去的路上他计划着，如果这个月祁总付

第五十五章 三个大老板

了佣金就赶紧换辆新车，好赖现在人面前也是集团高管，开着辆赛拉图还真是有些不体面。现如今市场上中级车一辆比一辆帅气，本田雅阁、一汽迈腾、上汽帕萨特都挺不错！这几款车空间大，乘坐、操控也更舒适，想起来就让人兴奋。况且买了新车也许还能带来更多的际遇，最起码给自己公司招聘时也不会再有小朋友说老板开破车没实力、没前途！

一切如计划得那样顺利，最终荣健选了辆2.4排量的本田雅阁。按照销售顾问的说法，这车保值率高、油耗低、操控好。开上新车的时候荣健忽然有一种体会，有时候人的信心还真是与包装有关系。一套体面的西装，一辆好车，手里再拿上一个品牌手包，那种良好的感觉还真能产生力量。最起码他现在感觉浑身充满力量了，开会时嗓门大了，说起策略计划信心也更足了。

主持集团营销会议的时候，荣健提出面向黄原地区开展专项推广活动。以地面部队DM宣传单页派发配合会议营销、饭局营销来突击市场，两个月内务必实现销售一个亿的目标。集团销售团队和代理公司一众人等听到他这个意见一时间哑口无声，良久代理公司的经理开口说已有的客户资源太有限，如果贸然把销售队伍拉过去，到时没有业绩可怎么交代？荣健为此发了火，说他们根本没有仔细研究集团在售项目的客户来源，按自己的梳理统计来看，目前三分之一的客户来自这个地区，加上之前来访登记的客户，现在最起码掌握五千组以上有价值的电话资源。依靠这些深入下去足够了，现在存量的房子总价都过百万，如果连一个亿都完成不了那就说明整个队伍太无能。有人把荣健在会上的表态报告给了荣老板，而荣老板却说荣健说得很对。去一趟来回花费不过十来万，只要能卖十套房就值得。荣老板还直接给销售经理打电话让他到财务借十五万元用于黄原推广。得知这个消息荣健心里甚是温暖，同时自然也感觉到了压力。老板大力支持，这操作岂不是不成功便成仁的节奏！

荣健驾车一马当先，销售部经理的车紧随其后，在后面跟着两辆满载的瑞风面包车。车上满座不说，能装的空间都塞满了礼品和宣传资料、横幅、道具。早上安排大家饱饱吃了一顿羊肉泡，还带着若干腊牛

冬日的火花

肉夹饼，这出征称得上兵精粮足，大家似乎也在热闹的阵势中开始变得信心满满。按照之前确定的线路，车队直接朝着永安县前进。地图显示全程约七百公里，大约需要九个小时。尽管时令已过盛夏，但仍烈日当头。出了市区一路向北，两个小时以后黄土高原固有的地形地貌就明显地呈现在眼前，路在壑边沟旁，岭梁纵横连绵，在阳光的明暗交错间氤氲浮动，沟坎上下的植被重重叠叠。这景象看起来既神秘又新奇，这是荣健第一次走进黄原地区的感受。

第五十六章　很多事说不清

2012年11月8日中国共产党第十八次全国代表大会在北京隆重召开。胡锦涛同志在十八大报告中强调，坚定不移走中国特色社会主义道路，领导人民夺取中国特色社会主义建设新胜利是中国共产党毫不动摇的行动纲领。

2012年11月15日十八届中央委员会第一次会议选举习近平同志为中共中央总书记，同时选举产生了新一届中央政治局常委。

习近平总书记说，中华民族伟大复兴展现出前所未有的光明前景，我们伟大的人民在漫长的历史进程中培育了历久弥新的优秀文化。人世间的一切幸福都是要靠辛勤的劳动来创造的，我们的党是全心全意为人民服务的政党。党领导人民已经取得了举世瞩目的成就，我们完全有理由因此而自豪，但我们自豪而不自满，决不会躺在过去的功劳簿上。新形势下，我们党面临着许多严峻挑战，尤其是一些党员干部中发生的贪污腐败、脱离群众、形式主义、官僚主义等问题，必须下大气力解决，全党必须警醒起来！打铁还需自身硬。我们的责任，就是同全党同志一道，坚持党要管党、从严治党，切实解决自身存在的突出问题，切实改进工作作风，密切联系群众，使我们的党始终成为中国特色社会主义事业的坚强领导核心。责任重于泰山，事业任重道远。我们一定要始终与人民心心相印、与人民同甘共苦、与人民团结奋斗，夙夜在公，勤勉工

/881/

冬日的火花

作，努力向历史、向人民交一份合格的答卷。

总书记的讲话方向明确掷地有声，在热烈的掌声中一个新的时代开始了。多年以后有些人想起这个时刻，一定会认为这是他们噩梦的开始。而对于最广泛的人民群众来说这一定是一个伟大新时代，是一个涤荡灵魂树立自信的时代。因为从那时起，我们忽然意识到理想信念于个人或集体从来不可或缺。

从秋天到冬天，陆锋和他的战友们持续不断地执行着新型舰载机的试飞任务。虽然经历过无数次大小的险情，但总体上还算顺利。眼看着新一代舰载机即将量产，陆锋心中充满了骄傲。

当机场的草坪染成黄色时，他发信息跟许芹说："最近食堂总吃芹菜，一吃芹菜就想起了你。我们能否不提过往，不想那悲伤，向着新生活再出发？"

许芹收到信息后不知该如何回复，她沉浸在一种无法描述的悲痛里无法逃离。自从丈夫走后，小翔翔一直郁郁寡欢，好几次说他不想上学了。起初结婚时也许只是因为觉得可靠，然而随着时间推移，高永盛诚挚的感情温暖了她，忽然之间他走了，许芹感觉这原本敞亮的世界变得阴郁黑暗。她自然知道陆锋的意思，然而她觉得自己的心似乎不在了，这样一个空壳子又岂能许人？她每天接娃送娃之后就是全身心地投入工作，抓技术抓生产，多一句话都不愿与人讲，人们都说她像换了个人似的淡漠冷酷。

陆锋迟迟等不到许芹的回复，心里自是有些焦虑。可这一阶段任务繁重，再怎么样也无法离开。有时心里苦闷的时候他就默诵当年在玉米地里朗诵的那首诗："我的心随季节一起流浪，沿途刮过风下过雨，就这样有风有雨地闯荡着岁月。清晨捧一缕朝晖献给那高楼上的殿堂，那殿堂高挂一脸秋霜……"

媒体上连续报道一位文职将军的儿子涉嫌轮奸犯罪的新闻，一时间引起轩然大波。有人说将军老来得子溺宠致祸，有人说是戏子当道金钱为祸，甚至又有人把当年"我爸是李刚事件"拉出来继续鞭尸。然而所有这一切最终再次让人们聚焦"权贵"一词，对陆锋来说这种分化让他

第五十六章 很多事说不清

感到一种莫名的悲凉。想来也就仅仅十来年，那份曾经光芒万丈的军人荣耀似乎变得暗淡。前女友的对象就职民航年薪几百万，而像自己一样挺在军队一线的却被很多人认为是一群死脑筋不开化的怪物。如今男女老少似乎更关心镁光灯下那些所谓的明星名流，也或者是那些腰缠万贯的商界巨子。围绕他们的绯闻满天飞，而他们财富美女游艇包裹的生活被全民敬仰。倒有几个人关心我们的苦痛？像我这样年近四十依然单身的家伙恐怕会被人认为是有某种缺陷！谁会理解我的青春和奋斗？谁能体会我们每天面临的危险和牺牲？

又到初春时节，依照测试计划再飞一个架次若无问题战机即可定型。那天晴空万里，陆锋刚理了发，精神抖擞地走向试验场，熟练地坐进驾舱关闭舱门。时间指向十四时三十分，随着塔台传来起飞指令，陆锋驾驶国产某新型战机呼啸而起。他正目视前方豪情万丈之际，忽然右后方传来"嘭"的一声巨响，他下意识地扫描了一眼仪表板，仪表显示右发动机转速下降。他马上意识到大事不好，低空发动机停车极可能酿成机毁人亡。当前唯一的选择就是利用单发推力确保飞机继续爬升。然而爬升不过两百米时明显感到推力不足，仰角增大机身侧滑。前方是连串村落，左侧是连绵群山，唯有右侧是空旷田野。他果断调整姿态右转下滑，驾驶着战机向前飞去，并尽可能保持水平姿态消除侧滑，柔和地拉驾驶杆，战机晃晃悠悠地又开始缓慢爬升。他想着到了安全高度再试着重启右发动机，然而却发现主液压系统压力继续下降。联想起刚才的巨响，一种直觉告诉他空中开车恐怕已不可能，他瞬间做出了准备降落的选择。

战机持续拉升到两千多米，随即进入着陆航线。主液压表指针指向"0"，襟翼放不出来，这样降落极有可能导致飞机冲出跑道，而油箱里满载燃油，一旦发生意外可就没有上次那么幸运了。他屏住呼吸，心脏几乎提到了嗓子眼，心里默念着保持平稳，对准跑道三十米、二十米、十米……战机一接地像发狂的猛兽般咆哮着向前冲去，他沉着有节奏地拉了几次刹车，速度下来了，三百米、两百米、一百米，我的天！距离跑道尽头不过数十米，战机稳稳地停下了。他脱下头盔时，一头冷汗。

冬日的火花

　　战友们激动地说他天赋异禀造化大。首长赞扬他胆大心细。站在授奖台上时他却忍不住热泪盈眶，想着原本马上就要定型的战机现在看来还需时日。尽管飞行两千多小时，早已成长为一名钢铁意志的特级飞行员，肩扛两杠三星，但在陆锋心中这一切远不如看到国产战机登上战舰，哪怕早一天也好。

　　然而图强的道路从来不会平坦！2013年3月末，空军一架苏－27战斗机又在山东荣成海域坠毁，两名飞行员当场牺牲。听到这个噩耗陆锋心里悲伤极了，想起与他们短暂交集时的喜悦如同昨天，如今却天人永隔。这一刹那的触动让他不自觉地拿起手机给许芹发信息，许芹看到时真切感受到了他在那头的伤感。

　　"也许有一天我也会发了上文却永远再没有下文！等待是极痛苦的事情，你知道吗？"

　　当他们彼此纠结的时候，荣健率领着销售队伍几乎席卷了整个黄原地区。2012年夏天开始的定向推广活动一开始就取得了出色的业绩，每次出动都能取得三千万以上的销售，为此集团在经费的支持上也相对宽松。数十人吃得好住得好干得起劲，即使夏天晒得脸上起了红二团，冬天冻得嘴唇打战，也挡不住大家走街串巷的热情。记忆最深刻的莫过于永安县隆冬零下十三摄氏度的酷寒，荣健亲率队伍走街串巷发放单页。按照既定的分片包干制度，荣健给自己也分了一条街道，拿着传单走在街上，见车插车见人派发。天气冷得手指都变得僵硬麻木，即使被纸张锋利的边缘划破也感觉不到，血似乎刚流出来就被冻住。直到回到宾馆洗手时才发现，很多人手上都不止一道伤口。不过因为组织得力，在大风雪的天气里从头到尾也就一位大姐摔跤碰烂了头。

　　最让人暖心的当数永安、建宁两县客户待人的热情，很多人接触一两次就亲近得如同家人。也许他们是被团队的执着所感动，一方面主动热情地介绍客户，一方面还经常豪爽地请吃请喝。真是不到黄原不知黄原人的牛气和质朴，他们往往抱着整箱的白酒前来。谁只要喝了一口那你就别想停下，他们甚至会开玩笑说喝一杯就帮你卖一套房。喝到高兴处他们会提说起各种生意，炒煤矿、投地产、干娱乐、办医院，他们说的任何一

第五十六章 很多事说不清

个产业都利润丰厚前景无量，他们的信心和魄力确实可圈可点。

　　为了业绩大家可是没少喝酒，荣健自然也未能例外。但就是通过这样的平台认识了很多朋友，也卖了不少房子，所有人都说黄原地区是个神奇的地方，即便经济不怎么景气，可这里的人民永远豪情万丈。

　　那是一个霰雪漫天飘洒的午后，细如沙砾的雪花一时半会还没有遮住地面本来的颜色，但空气明显变得清新。推开宾馆的玻璃窗，一阵清爽的凉风吹来让人神清气爽。新闻里正报道着一条新高速公路通车的信息，有了这条高速驱车四个小时就能到太原。这消息让荣健忽然有一种冲动，这毕业一晃很多年，郦薇她过得还好吗？想到这他不再犹豫，拿上包就出了房门。

　　油黑湿润的柏油路面上新划的标识线清晰耀眼，路两边的原野已披上白色的轻纱，而路面的余温足以让雪花瞬间成水。前后左右看不见任何车辆，这行程颇有些千里走单骑的豪迈。一路上穿山越岭风光雄奇，原野空旷峰岭起伏。进入忻州地区之后，就到了太行山脉延续段。植被多以灌木草甸为主，在这个季节早已是土黄颜色。而此时远处山顶已能看见积雪，但山坡谷底依然只是添了一点湿润的气色。尽管看起来有些贫瘠，但这无疑是一块光辉的土地。沿途导视牌上显示着各种革命遗址、纪念馆的信息，看到"雁门关"几个字时荣健想起了小说里武林高手的厮杀，看到"火箭发射中心"字样时差点走错了方向。

　　傍晚时分进了太原市区，长风西街上几家品牌地产企业新竣工的项目分外耀眼。仅从立面设计来看明显比汉都市中轴沿线的项目高好几个档次，荣健不由地又爆了粗口。而这都已不重要，郦薇已经到了约定的地点，荣健满心喜悦地飞驰前进。

　　郦薇开口第一句话说得喜悦又伤感，她双眼湿润却面带喜悦："见到你我怎么有种十年生死两茫茫的感觉！"荣健微笑着说："不思量，自难忘，好在你活着，不用话凄凉！"郦薇不乐意地回道："你个乌鸦嘴！你都没死我当然要活着！"两个人斗了一阵子嘴，这才找地方吃饭。随便找了个餐厅，两个人坐了下来。

　　荣健责怪她一直缺席同学聚会，说她不是称职的副班长。郦薇说自

冬日的火花

己回想这十几年宛如噩梦,先是嫁给一个丝毫不知体贴的男人,接着父母的健康又先后出了问题,自己一边拉扯孩子一边还要照顾老人,其中的艰难外人很难体会的。这情况自然让荣健始料未及,一时间确也不知该说什么。倒是郦薇显得豁达,她说她现在已经完全看开,为了孩子凑合着过,其他都无所谓了!荣健说她当初可是班里爱情至上的代表人物,如今居然也向现实低下了高贵的头颅!"不是低头,是放弃!"郦薇强调说。

"你有没有想过?也许是因为我们自己活得不够真实?"

"想过!可不知道怎样才算真实。"

"真实的生活其实互相容忍比互相欣赏更多,因此往往总让人心有不甘。而欣赏需要距离,如果走近了大多数人暴露的是自私和丑陋!"

"你别装得跟哲学家一样!看起来你过得还行呀?"

"马马虎虎吧!开始觉得可以,后来觉得没劲,再后来又觉得能将就。还想咋样?一转眼都一把年纪了!"

"你倒想得开!"

"不是想开想不开的问题,我觉得要想做些事情就得放弃浪漫,一个男人如果什么资本都没有,那么追求所谓浪漫也是空想!"

一直聊到饭店打烊,郦薇问荣健有没有去看赵薇的处女作《致青春》。荣健随口就撒了谎,并说正好可以一起去看看。

黑暗中电影里传来"我们爱自己胜过爱爱情"的道白,荣健感觉那是说自己,他不自觉拉起了郦薇的手,而她的手已远不如当年那般柔软。

他舍不得这样见一面就转身离开,拉着郦薇到了酒店。进门的那个拥抱包含了很多内容,他们久久不愿松开。直到郦薇说她感觉到了荣健的威武,而他却没有一丝羞涩,还厚着脸皮说这叫情不自禁,而郦薇说他这个坏蛋终于露出了獠牙。荣健开玩笑说:"反正你闲着也是闲着,那还不如咱俩互相成全一下,说不定感觉好得很!"郦薇在荣健肩膀上咬了一口,提高嗓门说:"你倒想得美!臭流氓!"荣健疼得咬牙切齿,可他还是没有放开郦薇,嘴上求饶说:"不弄就不弄,你激动个啥!""你把我放开,热得人喘不过气。"郦薇一边抱怨着一边用力挣

第五十六章 很多事说不清

脱了荣健的拥抱,到窗边的沙发坐下时感觉气喘吁吁。她一边用手扇着风,一边振振有词地说:"我们得坚守道德,你懂不懂!"荣健半天没吭气,良久才回答说:"道德!满世界的男盗女娼咱们坚守道德,你快算了吧!"

"你这人现在思想咋这么肮脏呢?"

"我肮脏?见鬼!那些明星今天一个艳照门明天一个陪睡门,还有那些个偷情还做笔记的官员,他们哪一个干净!"

"拍艳照的被抓了,做笔记的判了刑,咋?你觉得过的日子太舒坦了,是不?"

"哎!你确实是个毒舌,说得我都软了。算了,没球意思。呵呵!"

"你正经点,别一天瞎想,咱们都是有孩子的人了,得有点样子好不好?!"

"好吧!我们做本分人,干本分事。唉!"

"你还叹啥气呢?又搂又抱的,一切都在其中了,你还矫情!"

"呵呵!话都让你说完了。算了,我也不住了,晚上我就赶回去。"

"你一阵一阵的,想走我也不拦你。"

时间已过凌晨两点,天上也看不到月光,就在那昏黑的巷口俩人分手告别,不是情人自然也没有什么隆重的仪式,只是淡淡地互相叮嘱了一声珍重,之后荣健开车走向返程的路上。他想也许怀念比相见更为美好,但相见总比怀念真实,我们都还好好地活着,尽管都有这样或者那样的不如意,但我们都没有丧失生活的勇气,也从没淡忘年轻时美好的友谊。也或者说介于友谊和爱恋之间的那种温情,这让我们互相觉得灵魂并不孤独。那一刻我相信我们心里都充满了斗争和较量,她所坚守的也许并不潇洒,但她的理由足够充分。我所希望的或可得到暂时的欢愉,可最终我们也许难以面对。生活总是有一些难以取舍的选择,我们想做一个什么样的自己也许都需要认真思考。

弄钱成了胡润德这一阵子所有的思考!机会来临的时候他却忽然有

冬日的火花

些胆怯，这于他来说自己都难以置信。活这么大，这辈子还是第一次感觉到这个词语的真实存在。

最近秘书长给他引荐了一位神秘的富商，见到其人时他甚至有些惊讶。那青年人三十来岁的年纪，但语气沉稳举止自信之程度有三军统帅的威仪，以他多年的阅历来看，此人背景肯定非同寻常。果然介绍的人极尽吹捧之力，说这位年轻的周董事长在全国都有产业，投资遍及地产、电站、煤矿、金融等多个行业，资产规模上百亿。而正在操作的项目虽然庞大但投资额度并不算大，但利润回报非常优厚。按照周董事长的说法，由胡润德出面以五亿元人民币买断朔川市与邻省交界处的数十口私人油井，半年之内自有国企出资二十亿元整合成一个独立油田，到时获得的利润部分双方各取一半。最重要的是那些私人老板的工作已经全部做好，只要胡润德出手这事就水到渠成。

胡润德意识到这是一笔神秘力量操控的天局，介入其中要么大富大贵，要么死无葬身之地。如果没有某种神秘力量那些辛辛苦苦打下油井的老板怎会轻易出手，即使他们出手又到哪里去找几倍价格接盘的金主。况且他现在囊中羞涩，要筹这五个亿也不是容易的事情。但直接拒绝恐怕有损各方面子，于是谦卑地说了自己当前投资实业的情况，请求给几天时间谋划一下。

一转身胡润德向秘书长汇报了情况，并说买下这些油井不是问题，但按照周董那边的意思，后期要再造数十口假井，支上设备灌入原油，这样做的风险相当大。而秘书长说具体的事情不要给他汇报，具体怎么操作这是商业合作上的事情，合规合法是首要前提。

胡润德打完电话就破口大骂，说秘书长就是个流氓。他心知肚明却在自己面前唱高调，现如今把自己推进火坑却袖手旁观。自己知道了这档事情的玄机而不出手，那帮人回过头来整自己一下那可就麻烦了。思来想去只好动用银行的关系，授意银行立即对自己的煤矿和集团公司发出催款公告，如此他也好就此找到台阶脱身。

一番操作之后胡润德虽说脱了身，却引来一圈朋友的恐慌。好些借给他钱的朋友开始以各种借口催账，光是应付这些电话就把胡润德搞得

第五十六章 很多事说不清

狼狈不堪。于是乎他给荣健下达了加速销售的命令，要求年底前必须回款两个亿。

荣健接到这个命令后条件反射般地提出了他的想法，那就是让不堪重用的德邦顾问立即撤场，由自己负责组建销售队伍，并保证如果完成不了任务自己就引咎辞职。胡润德已经顾不了太多，当即表示同意。就此荣健兵不血刃地干掉了坏他大事的德邦，也算报了一箭之仇。那一刻荣健心里的喜悦和兴奋简直难以言表，就连目光中都露出了一丝狠毒。

2013年一开春，荣健迅即组织了销售团队。在他的严格管理下，销售队伍一开始就表现不凡，业绩也随着时间的推移节节攀升。胡润德路过项目时看到围挡广告上一句"不愿穿过大半个汉都去睡你"时心里有些恼怒，当下打电话质问荣健说："你那广告说的是啥狗屁话？"荣健回答说："胡总您不知道，这广告的灵感可是来自一位诗人的名句，那诗人当前正红得发紫。关键打出去以后效果挺好的，您要的是业绩，这些您别管好吗？"胡润德也不好再说什么，唠叨了一句："你们一天净瞎整！"荣健呵呵一笑，胡老板已挂断了电话。

很多插曲不用多讲，反正在团队的努力下，皇城项目的销售变得火热，而此时另一个严重问题又摆在了面前。三个老板投资时只是拿资金介入项目，项目名义开发单位还是个集体性质的企业。而客户签合同必须与这个企业签合同，银行按揭贷款自然也会放到这个企业的账上。客户的首付款由向荣集团财务收取，可如果按揭款放到这个企业账上，以后又该以何种名义转出来？对方配不配和？况且这还涉及以后给客户开发票、成本核算、税费核算、售后服务等一系列问题又该如何解决？另外项目虽然已经竣工，但因为工期拖延，国家有关建筑工程的消防规范又做了修订。如果按照新的消防规范，那么项目根本无法取得竣工验收手续。没有竣工验收手续，到时可怎么给客户交房？

所有这些问题汇报给荣总时他说胡老板是大股东，让荣健直接找胡老板去解决。胡润德面对这些问题气得暴跳如雷，再次怒骂荣老板是个骗子。可他急等用钱，也只好再次出面找秘书长协调解决。秘书长还是相当给力的，很快协调工商、税务、房管、消防等单位开了会，指示说

冬日的火花

胡润德等三个老板在当年市政府主导的皇城复兴计划中出了力，多方面的原因造成项目拖延八年之久。无论从哪个方面讲，各个部门都应该紧密配合给企业解决问题。

　　拿到市政府会议纪要那天，胡润德在会所盛情招待了有关领导。胡老板拉着荣健给在场的领导一一敬酒，几圈下来荣健喝得两眼放光摇摇晃晃。而领导们喝着喝着也就放下了架子，热烈讨论起各类话题。陈副市长说澳洲社会风清气正福利好，以后各位如果想移民那绝对是最佳选择。政协林主席提醒陈副市长说他这种老婆孩子移民国外的情况可得当心，当前中央已经有了明确意见。陈副市长说自己即将到站，反正现在也是副职，这些规定对他来说都已无所谓了。王秘书长开玩笑说陈副市长会享受生活，这以后带着夫人周游世界的日子可是羡煞旁人。林主席在一旁提着酒杯阴险地一笑，忽而问陈副市长说："兄弟，你喜欢穿啥颜色裤头呀？回头哥给你送一打去。哈哈哈！"陈副市长一边和他碰着杯一边不屑一顾地说："呵呵！那个爱穿红裤头用粉红毛巾的蠢货估计蹦跶不了多久了，说不定您还有机会。"林主席连连说："不奢望不奢望！喝酒。"说着俩人一饮而尽。

　　胡润德和秘书长聊得火热，借机大倒民营企业经营的苦水。秘书长语重心长地说："你要重视人才的培养，不能再用老脑筋经营了。那些台湾人你也得防着一手，把成本控制好将来才会有利润。"胡润德指着荣健说："你看这小子咋样？我准备让他到公司出任常务副总。"秘书长客气地拿起酒杯对着荣健说："来，小兄弟，跟着荣老板好好干！"荣健连忙站起来，谦卑地说："感谢领导抬举，我一定竭尽全力！"

　　聚会即将结束的时候，胡太太从里间出来，满脸堆笑地说自己这次到欧洲来去匆匆也没带什么好东西，只带回了几个包包和香水，也不知称不称各位的心。胡总的司机从房间提出来的时候荣健瞟了一眼，包包是LV品牌，香水是Dior的，外边看不见款式，可想来随便这两样东西价值也在四五万。荣健心里骂了句他妈的，却又装着礼貌客气地礼让一群领导出了门，而后自己才夹着包离开。

　　走出小区大门的时候，荣健腹内七八两白酒的力道一浪高过一浪。

第五十六章　很多事说不清

好在这是茅台酒，否则他应该早就倒在当场了。稀里糊涂又亢奋地上了车，一脚油门从辅道驶上大路。每逢喝了酒他都会开得异常潇洒，而这次运气可没有以前好。刚一个右拐，就看见前面交警设卡拦住去路。那艳红的警灯闪得人眼晕，就是想跑也来不及了。

车窗一开酒气熏天，被带走自是必然。荣健和一群倒霉蛋被带到医院抽血，而后被扔进留置室醒酒。刚进来时还没感觉到恐惧，警察问喝了多少，喝的什么酒。当时他还颇为得意地回答说："喝的十五年茅台，喝了七八两。"现在有点清醒了才意识到问题的严重性。这可不是闹着玩的，如果被认定为醉驾那就麻烦了！可现在他束手无策，电话早被收了，没法联络说啥也都是幻想了。只好焦灼地等待着，心里琢磨着怎样逃过这一劫。

隔壁就是问讯室，不一会儿和他同时进来的两个人青年男子被叫了进去。那两个家伙看起来气质不俗，一说话才知道居然是俩韩国人。只听那边有警官先是宣讲了一下中国法律，然后语重心长地说："作为国际友人，中国政府欢迎你们到中国投资创业，但我们是法治国家，任何人违法都会被制裁。明白吗？"那两人连连称是，又怯怯懦懦恳求地说："警官能、能不能高抬贵手？我们以后绝、绝不再犯。"也许是那俩人神情滑稽，只听那边好几个警官哈哈大笑，笑完之后说道："好了！不废话了。法律归法律，我们还是很讲人情的。你在中国有朋友吧！给，打电话叫他们来交罚款赎你。"

那边安静了，不一会儿显然有人前来交钱。只听有人说了一句："啊，要罚三万呀，太贵了点吧！"接待的人说："这已经够便宜了，大韩民国的人不是有钱吗？还在乎这！"那边自是无奈地交了罚款，叽叽咕咕的声音越来越远。

荣健进去时警察看着笔录，嘲讽般地说："喝的茅台呀！档次够高的呀。验血结果出来了，接近醉驾。说吧，咋办？"一听这话荣健心里长出一口气，接近醉驾那就不是醉驾，当下说认罚。旁边一个站着的小警察开口说："好，交两万块走人。"荣健说："太贵了，能不能少罚点？"坐着的警察发话说："看清楚，这里不是你搞价的地方！"这时

/891/

冬日的火花

桌上的电话响了,那正是荣健的电话。取得警察应允,他拿过了电话。一看居然是胡总打来的,一接电话那边问:"你在哪?"荣健这时也没什么隐瞒的,直接说:"我在交警队。"没想到胡总说道:"我已经派司机过去了,事情已经处理了,你等一会儿。放心,没事的!"荣健连连道谢,挂了电话坐等那小弟前来搭救。

还真没等几分钟,那小伙子手里拿着报纸包裹的现金走进了问讯室。没想到在场的好几个警官居然都认识他,直接有人问他:"你又来捞谁了?"他满脸堆笑着说:"呵呵!捞我们荣总。"一边说着一边指了指荣健,顺带给他递了个眼色。那小子在领头的警官耳边窃窃私语几句,然后把报纸包往桌上一放。那警官示意旁边的人打开查看,那人大致一数点了点头。随后荣健就跟着胡老板司机出了问讯室,到了门口一看表,我的天!凌晨五点。

第二天荣健拿着一万五千块钱找到胡总,说什么也要还老板昨天垫付的赎金。胡润德说:"兄弟别扯了,再这样我生气了。你给咱好好干,我不会亏待你的。"这件事让荣健再一次认识了胡润德,他意识到眼前这个老板虽然看起来大大咧咧,其实是个粗中有细的人。昨天他宴会散场后得知警察在附近查酒驾,马上就给荣健打了电话。而那时候自己没接电话,老板就立即安排人到处去打听了。包括验血的报告都是老板活动的结果,否则此时自己早被关起来了。想想都觉得害怕,如果真被关半年,向荣集团那边非开除自己不可。现在欠下老板这么大的人情,以后真是要踏踏实实回报人家了。

荣健内心后悔不该对法律抱有侥幸心理,这阵子新闻里几乎每天都在宣讲喝酒驾车的危害,而自己居然还要犯这样的糊涂。他一方面恨自己没名堂地犯错,一方面又对过程中那帮警察的做派充满愤怒。恼怒他们无法无天的猖狂,国家三令五申的整顿作风,而他们依然借机牟利。罚了款不出任何凭据,那么这一天到晚罚的钱都去了哪里?这查酒驾岂不是又成了部分人以权谋私的平台,如此政府的形象法律的威严何在?如果他们严格秉公执法,那么即使自己被判刑也应当心服口服!哎!这究竟是一个什么样的时代?钱和权真是可以通天,若如此下去可怎么得了?

第五十六章　很多事说不清

然而不久大快人心的事发生了。荣健抽空回了赵谢村老家，目的就是去看看干爸干妈。自从永盛哥走后，这个家感觉变得萧条。干爸不知何时开始坐上了轮椅，那眼睛似乎总挂着抹不干的泪水。虽说所有人都瞒着他永盛哥的事情，可荣健隐隐觉得也许老人只是配合亲人们的好意，那神情分明显示着他内心的明白。荣健带着足够丰厚的礼品，又给两位老人手里各塞了几百块钱。与他们高兴地聊着天，这一切都恰似当年那般融洽和温暖。干爸嘴里哆嗦着说："前几年那个败光村上家底的村长刚刚被送进了监狱，习主席说的老虎苍蝇一起拍还真是一诺千金！你在外面干事，一定要行得端走得正！"干妈说村长被抓那天村里人敲锣打鼓，往后农村谁再敢胡来可没有好果子吃。这消息虽与自己毫无关系，但那一刻荣健心里似乎充满了喜悦。

2013年的五一假期对陆锋来说格外重要，他提前约了许芹，也给荣健打了电话，筹划说如果时间允许，大家能否一起重游太清观。荣健说自己这一把年纪还当电灯泡不太合适，如果需要他可以托朋友带他们进去，这样就不用买门票。而陆锋说该买门票就得买，为逃票给人说话太丢人，况且欠人人情也不合算。陆锋的反应荣健并不意外，他就是这样一个铁骨铮铮的汉子，大事小事自有自己的道理。于是说自己等他们回来，请他们吃饭。

没想到晚上吃饭的时候，陆锋有些愤愤不平地说："如今有些事情真不敢想！好好一个太清观现在弄得四不像，一个景区设五道门票。且不说花钱多少，光跑来跑去买票就让人大为光火。"荣健说："呵呵，看你这样子你得是都想提着枪把这帮货都突突了！"陆锋叹了口气说："那倒不至于！就是觉得这事挺别扭。我去过武当山，人家景区早就是一票通。咱县政府咋就不管呢？这样能把旅游发展好吗？山底下到处都是拉客的黑导游，那架势跟拦路抢劫似的！"荣健一边开着啤酒，一边说："这你冤枉咱县政府了，据说这事去年被列入政府工作计划的。可道观、森林公园和山下的几个庙属于不同的利益团体，政府协调了半天也没办法，最后就不了了之。"陆锋喝了一大口冰啤，有些激动地说："你说，这道观里一群出家人收什么门票呢？要那么多钱干啥？要道观

冬日的火花

修缮政府可以给他们拨款，吃饭穿衣光功德箱的布施钱恐怕都花不完吧！况且道观在山下有不少田产，他们还收着租金。"荣健听他说完淡淡一笑说："你在部队上网少可能都不知道！现在很多和尚、道士人家可不是清心寡欲的出家人，有些人开着豪车办着公司，甚至背地里妻妾成群生儿育女。有些地方道观、庙宇都是私人承包经营，普渡众生的背后每一根香火都计算着利润。"许芹在旁边看他们说得越来越带劲，敲着桌子说："嘿嘿嘿，看把你俩装得跟侠客一样，这年头不合情理的怪事多了，操这闲心干啥！"陆锋瞪着眼说："这可不是什么闲心！啥事情都应该有一定的规矩。如果本应四大皆空的和尚、道士都成了老板、富豪，那么最终一定变成淫僧奸道。庙宇、道观岂不是就成了个别人欺世盗名牟利发家的平台，我想哪一家的佛祖都不会答应！况且这其中很多人还挤进政协人模狗样地参政议政，你说这岂不成了笑话？不行，我回去就给国家宗教事务局写信反映这些问题。"荣健惊讶地瞪大了眼睛，拿起酒杯与陆锋响亮地碰了一下。一口冰爽的啤酒入肚，他开口说："好家伙！你这身份点上一炮说不定真够有些人喝一壶的。不过我觉得算了吧！这世间总有欺世盗名之辈，也不缺淡泊名利建功立业之人。有人戴着面具，有人活得真实。咱又何必操这个心呢？你还是好好计划一下婚事吧！"

许芹说荣健说得对，也劝陆锋少操点闲心。陆锋显然有些心有不甘，但听荣健提起婚事，于是平复了一下情绪，说："许芹顾虑太多，还真不知这婚怎么个结法！"

荣健说："其实也简单，咱不惊动谢村和车辆厂的人，就通知一些同学朋友。选个好酒店，热热闹闹地一办！"

许芹说："你也不是外人，我有个想法。"

荣健看着她说："你说。"

许芹神情有些黯然地说："我总觉得对不起你哥，因此即使结了婚，就让翔翔永远姓高吧！"

一听许芹说这话荣健心里甚为感动，他真诚地说："我早应该叫你嫂子，可我一直叫不出口，你深明大义情真意切，只是太难为你们

第五十六章 很多事说不清

了！"

见此情形陆锋说："你说得对！我心里虽不情愿，但理应如此。等翔翔的爷爷奶奶百年以后再看孩子的意愿吧！永盛哥养他十几年视如己出，这份恩情我们一辈子也还不完。"

三人说着说着都流了眼泪，荣健说陆锋和许芹不是一般人，永盛哥在天之灵应可瞑目了。

陆锋让许芹卖了车辆厂的房子但不要动那个钱，自己拿出全部积蓄买了一套三室两厅的新房，又请家装公司精心设计了方案，新家竣工之后他们举行了盛大的婚礼。

曲曲折折他们终于走到了一起。结婚那天荣健抱着哭成泪人的翔翔说他的两个爸爸都是英雄，都是亲爸爸，翔翔要好好读书，以后像两个爸爸一样成为对国家有用的人。翔翔说他最近老梦见爸爸，他恨病魔夺走了爸爸的生命，因此长大后一定要成为一个好医生。

好些同学战友并不理解陆锋的选择，唯有王妮那天在酒席上说："如今很多人结婚并不因为是爱情，但陆锋和许芹绝对是有情人终成眷属！"她那天喝多了，回去的时候在出租车上又哭又笑，折腾得司机一脸蒙圈。她发微信朋友圈说："二十年恍然若梦，自始至终真诚付出，万没想到最后这结果啼笑皆非。"荣健想再次翻看时发现，信息已经删除了，估计那时她酒已经醒了。

第五十七章　看不见的较量

微信似乎一夜之间进入了我们的生活,有事没事刷存在感晒幸福成了时尚。而最时尚的莫过于手上拿着新款的苹果手机,为了这时尚有二逼青年居然甘愿卖掉自己的一个肾脏。当年为见偶像逼得父亲跳海的粉丝叫"脑残粉",而卖肾的"果粉"到底应该理解为"不计后果的粉丝",还是"果敢的粉丝"?没人去深究这个,反正以苹果、三星为代表的智能手机时代来临了。

当苹果、三星把摩托罗拉、诺基亚、爱立信等一批耳熟能详的品牌挤向没落,手机中的战斗机虽已折戟沉沙,没想到国人却用两罐凉茶把两罐可乐打得几无招架之力。民族品牌的几家车企也开始发力,一方面本土占有率持续攀升,与此同时在俄罗斯、东南亚乃至拉美、非洲开始攻城略地。然而美国人并没有从过度的自信和迷恋武力中醒来,亚太再平衡战略的提出既给他们撤出中东找到了一块遮羞布,也暴露出他们对中国崛起的不安和焦虑。

恰恰2013年国内经济呈现下滑态势,相关学者专家甚至开始争论增长指标的下限在哪里。与此同时中等收入陷阱和修昔底德陷阱的概念开始普及。面对严峻的经济形势,新当选的李克强总理在经济工作会议上指出,"稳增长不能靠政府短期刺激,还是要多发挥调结构、促改革对稳增长的促进作用,否则不仅不能持续,还会留下后遗症。这预示着中

第五十七章 看不见的较量

央政府在经济发展模式上的转变,中国经济由此进入以调结构、促改革为引擎的转型升级时代。

朝鲜人进行第三次核试验后又声称将发动"复仇圣战",紧接着关闭了开城工业园区。韩国人也不甘示弱,重装甲集群在韩朝边境展开实弹演习。双方高层展开激烈的言辞较量,一时间让东北亚笼罩在战争的阴云之下。4月20日,四川雅安市芦山县又发生七级强震,之后的多次余震造成一百五十二万人受灾,波及面积达一万两千五百平方公里。4月23日日本维新会党首桥下彻发表"慰安妇必要论"在中韩等战争受害国激起轩然大波。

所有这一切尽管让国人略显忧虑,但大多数人也只是把它当作茶余饭后的谈资。甚至远没有国家男子足球队以一比五惨败于泰国的消息让人郁闷和愤慨,很多人在微信圈发出了近乎骂大街的抨击。可又能怎么样呢?国足的球星们尽管技术稀松年年添堵,可他们的收入却越来越高,香车美女成了他们生活的标签。很多人抱怨说中国队没钱的时候尚能争锋亚洲,现如今他们却成了被名利惯坏的白斩鸡。国家队的战袍某种程度上只不过是索取高薪的招牌,他们每跑一步都计算着利益,谁还会为国家荣誉血染绿茵!曾经的范大将军难掩愤怒地说:"国家队脸都不要了!"

胡润德发誓再不看中国队的比赛,他说自己年纪大了心脏完全受不了。也不知是因为内心的焦躁还是别的原因,反正咱们的胡老板这阵子迷上了自由搏击比赛。当号称少林武僧的选手痛击对方的时候,他在电视机前激动得要跳起来。看完比赛他就给汉都市体委的朋友打电话说如果汉都筹办这样的比赛,他愿意提供赞助,并一再强调只有这样的运动才能培养国人的尚武精神,而现在都市里的孩子太需要这样的铁血勇气。

这一阵子皇城项目销售顺风顺水,化工项目的设备改造也进展得比较顺利,半导体项目也已开始试产晶坨。至于王博士那边他已不抱多大希望,唯愿他们能把本钱想办法捞回来就行。为了感谢政府和有关领导的大力支持,胡润德又在会所里筹备了一场宴会。一方面是表达感谢,另一方还是希望几位领导能做点工作,把半导体项目那边的电费降下

冬日的火花

来。尽管之前政府承诺有一定补贴,但就是拿到补贴,电费仍占成本的接近百分之七十,如此下去即使正式投产恐怕也包不住本钱。

席间聊到赞助自由搏击比赛的想法时,政协林主席却直接给他泼了冷水。有些神秘地说那些节目很多只不过是表演赛,后面都有策划团队,包装出来的所谓少林武僧可能与少林寺没有半毛钱关系,请来的选手也大多都是水货。运作这样的赛事没有强大的专业团队可不行,况且汉都市目前也没有这样的土壤。他还提醒说胡总一口气揽下精细化工、半导体材料、网络科技三个板块的项目,就他这个外行来看挑战巨大,因此胡总必须集中精力去搞,只要搞成一项就足以立足汉都。胡老板听了这一些话连连称是,满怀感激之情地连敬三杯。林主席只喝了一杯就被胡总挡住,而他自己则一口气喝完了三杯。

林主席和陈副市长喝酒时开玩笑说:"小别胜新婚,可岁月不饶人!"陈副市长笑着说:"呵呵!多谢领导关心,咱这身板还可以。"秘书长也拿起酒杯满脸堆笑地说:"我借花献佛,祝两位领导身体康健,幸福美满。"说着一饮而尽,还把杯口朝下示意自己丝毫没有作假。

胡润德提电价问题是制约半导体产业发展的一个瓶颈,并把美国、俄罗斯等国的电价水平一一做了汇报。陈副市长说这确实是个问题。秘书长说电价补贴确非长久之计。林主席则提问说:"既然电能消耗大,电价成本高,这两年黄原地区煤价跌得厉害,为啥当时不在黄原地区选个地方建厂,如果那样近距离利用火电岂不是能极大地节约成本?"陈副市长听了这话一语道破天机,说:"润德是想挂个双保险,用项目把地占着,即使项目不成还能开发地产。"林主席恍然大悟地说:"噢,是这样呀!不过工业地以后变性也不容易的!"秘书长慢悠悠地接话道:"慢慢来,半导体是个大产业,刘博士团队技术力量世界一流,应该问题不大。电价的事还真是个问题,开发区给补贴已经开了个先例,如果项目投产后效益不错,到时从税费减免方面入手可能还比较现实。"秘书长的话实际替陈副市长挡了胡润德的请求,这一点胡自然听得明白,于是也就不再纠缠这个问题,转而说起在澳洲帮主席和秘书长已看好房子的事情。结果两位领导连连说现在不是时候,别说看房子买

第五十七章 看不见的较量

房子，现在就是出境也得得到组织许可。陈副市长给胡润德递了个眼色，胡润德也就不再提说，又拿起酒杯开始敬酒。领导们走的时候自然还像往常一样，胡太太分别送了"不值钱"的礼物，而陈副市长的礼物中多了一份豪王补肾酒，据说这酒喝了能像壮小伙一样夜夜神勇威猛。

会所里另一场聚会也很有规格，来的大多是黄原地区的煤矿老板。这其中大部分人在汉都市也都发展了产业，而多半的产业集中于房地产领域。一群出身草莽的老板坐在一起的时候，个个自信得像独立王国里的伟大领袖。其中一个老板还在自己的企业里印发了所谓的红宝书，其主要内容是他个人有关人生、创业、管理的语录和心得。几乎每个人都强调自己企业对人才的重视，掰着指头数自己企业硕士、博士的数量。吹到兴头上的时候，胡润德忽而想起叫荣健过来，当即拨通电话说："你马上给我滚过来！立即！呵呵呵……"他说完并没有挂断电话，荣健在那头正郁闷着，只听电话里传来："咱要啥文化，咱一吆喝硕士博士就得像狗一样给咱滚来！哈哈哈……"荣健在电话里听了这话郁闷极了，可是不去惹得胡老板不高兴下来可怎么混？纠结了片刻他开车出发了。

这是一场极其憋屈的酒会，面对一群亿万富豪荣健感觉到一种前所未有的压抑！当老板们大骂政府用环保政策逼退小煤矿时，荣健心里却认为政府的做法恰如其分，如不然让你们肆意滥挖污染环境之后，你们自然可以移民海外逍遥自在，而这片土地上的人民却要承受地面塌陷水源污染的恶果。当富豪们抨击民营企业融资困难时，荣健却在想如若民企老板心术不正，而信贷监管又存在某种漏洞，也不知会有多少资金被他们糟蹋或者挪向国外！有些老板骂政府官员贪婪腐败时，荣健却认为还不都是你们这帮人各种利诱拉拢，想当初共产党政府的风清气正世所罕见。我小时候在机关大院长大，那时候政府的一本便签纸父亲都不让拿的。听着一帮人泡沫星乱飞的言论荣健又不敢随意插嘴，因此干脆木然坐着权当看戏，直到有人说英美民主才是中国希望，什么社会主义共产主义全是谎言时，荣健实在憋不住了，借着三分酒劲说："英美民主根本上就是贵族民主金钱政治，而社会主义却可以普渡众生。""你懂个屁！扯什么蛋呢？赶紧给老板们敬酒。"胡润德打断了荣健的发言，

冬日的火花

示意他多喝酒少说话。

没什么共同语言的饭局是煎熬的,既煎熬又要不停喝酒很容易就会醉倒。可这样的场合自己醉倒岂不是丢了胡总的面子,因此荣健唯有不醉的信念坚持着,直到老板们一个一个被人搀扶着送走。这时的胡老板反而精神焕发,看起来心情相当不错,叫荣健坐到身旁,拍着他的肩说:"不要认为自己多读了几天书就自命不凡,当年我当电工的时候,每天在门口的书摊看书,什么《史记》《战国策》我都读过,不信我给你念念。"说着胡老板眯着眼睛背起了《出师表》,结果背了三四句就卡住了,荣健见此情景顺势接了几句,胡润德一边听着一边晃着脑袋显得很可爱,嘴里重复着:"亲贤臣,远小人,此先汉所以兴隆也;亲小人,远贤臣,此后汉所以倾颓也。"说完稍停了片刻,一只手拍着荣健的肩膀说:"上次说过让你来我这边公司任常务副总的事,你准备啥时过来?"荣健听了一怔神说:"呵呵!这不一直等您召唤呢!"胡润德脸上露出得意的笑容,语气坚定地说:"来吧!工资待遇你不用担心,我都听说了,你在向荣那边一年也就四五十万,来我这至少翻倍!好了,你准备一下吧,到时我给你电话。"这话对荣健来说真是个意外惊喜,之前胡老板在一群领导面前提这事时他还以为只是随口一说,现在看来老板是认真的。他金口一开自己马上就能拿上上百万的年薪,这一步登天的事哪里去找。荣健当下就满口答应,并信誓旦旦地说自己一定能干出业绩。

荣健还没赶去上任的时候,刘博士带着助理忧心忡忡地来了。他对工厂建设的进度很不满意,这次来主要目的就是要和胡老板谈谈设备订购的事情。按照双方合同约定的设备数量,第一批长晶炉十台,第二批二十台,后续再追加三十台,总计要达到六十台的规模。然而第一批的炉子早已试产,而后续的资金却迟迟没有到位。看来胡老板原来夸下海口,现在还真是有些问题了。如果产能规模上不去,别说衬底材料行情不好,即使行情好了恐怕也不敢接单。

其实,此时的胡润德已经意识到当初上马这个项目有些草率。最近考察了几家同类企业,他发现这些企业几乎无一例外都有国企背景。在

第五十七章 看不见的较量

国家雄厚资本的支持下往往一上都是三百到五百台晶炉的规模，投资大多都是几十亿量级，相比之下自己这点规模纯粹是凑热闹。加之经过这段时间观察，他发现刘博士派来的团队似乎在组织生产上并不擅长，前期试产的晶坨良品率太低，按照公司对接人的话说，他们把工厂当作实验室，完全就是在这练手艺的。可这样的话又如何能在刘博士面前说出口呢？他一定会把过错归咎于自己投资不够，生产根本启动不起来。这时候他想到了荣健，这小子有眼色脑子清楚，也能说出话。

荣健根本没想到会有机会和刘博士这样的大人物对上话，现在机会来了，可不能给老板丢脸。胡润德给荣健介绍刘博士的时候，再次强调说刘博士爱国敬业笃信基督，年近七旬仍为国家的半导体产业四处奔走，出行总是轻装简从，穿布鞋坐经济舱住快捷酒店。荣健听了这些心里却生出一种莫名的反感，总觉得这样的标签有些装模作样，但在酒桌上还是满脸谦恭地向博士敬了酒，内心却发出一种疑问，想着这样一个大知识分子为何又迷信上帝，这岂不是极大的讽刺？他应该信仰马克思唯物主义才对呀！否则他改造世界创造物质的追求岂不是与信仰相悖，难不成是牛顿附体？

胡老板说荣健现在任职集团常务副总，以后项目对接的事由他负责。刘博士对胡总起用青年才俊的举措表示赞赏，当即提起酒杯谦虚地说："以后还要荣总鼎力支持！"荣健连连说："不敢当、不敢当！"又表态说："承蒙胡总信任，我肯定会全力以赴。"刘博士强调说半导体产业前景广阔，不只是基础晶坨晶棒，到时要发展成集切片、打磨、图形化、封装为一体的全产业链，甚至拓展到集成电路芯片领域。刘博士说得正高兴，荣健忽然问道："请问博士，咱们前期对于项目的盈亏平衡和回收周期有没有大概的测算？"这个问题一下子让刘博士有些语塞，他思考了一下说："这个现在不好说，要看市场行情。"荣健听了这话，有些不识趣地说道："呵呵！博士，您知道对于企业来说唯一追求是利润，如果没有一个详尽的计划，那整个的投资岂不是很危险？"荣健没想到自己的话会让对面这个儒雅的老人忽然变了脸，他近乎愤怒地说："你是股东吗？你有啥资格跟我讨论这个问题？滚出去！"荣健

冬日的火花

　　认定这老头是恼羞成怒，虽然他的发难让自己羞辱又尴尬，听到"滚出去"三个字时恨不得上去一巴掌扇掉他的假牙，且不说老板在场，即使老板不在场这么一个七十多岁的老头哪经得起武力，恐怕话重了对方都有可能暴死当场。如果这样的大人物就此死了，那明天一定会成了新闻头条。当下他冷静地说："刘博士，我尊重你的年龄，可我不认为我说的话有什么错！也不接受你的质问和训斥！"他言犹未尽的时候，胡润德挡住了他，示意他先离开。他只好站起来转身告辞，一路上心里充满愤恨。

　　向荣总递上辞职信的时候，荣健心里多少有些不安。在荣老板看来自己投靠了他的对头，这无论怎么说他心里一定不怎么舒服。没想到荣总装作没事一样，一再说公司好几个项目即将启动，荣健可不能放弃良机。但自己已经答应胡总，又岂能言而无信。况且自己确切知道荣总已经知道自己投靠了胡总，即使留下来恐怕也不会有什么发展。于是恳切地说自己一定站好最后一班岗，把手头的事情处理完再离开。

　　工作的事情大局已定，代理项目那边有关佣金标准的事看来必须和祁总沟通一下了。签合同的时候底薪一千一百元就能招到人，而现在普遍的底薪已涨到一千八百元，如果仍按以前的标准结算根本就没有什么利润。这事之前就和高扬商量过好几回，可总觉得合同约定的事情再给人家开口不大合适。而现在看来已经不得不说了，否则这么干下去又有什么意义！

　　那天去见祁总之前，他和高扬再三组织着说辞，直到互相认为所有的台词合情合理才敲开了祁总办公室的门。祁总拿着水杯正在饮水机上接水，看到他俩进来还是像往常一样笑眯眯地，不紧不慢地说："吆！荣总还亲自来了哦！我还以为你把咱项目忘了呢！"荣健满脸不好意思，连声说："咋能忘了呢！我每天都会过问销售的情况。"祁总回到大班台后面，坐在椅子上说："最近销售还可以，你要多来，可不敢把咱这事不当事！你们小高又不懂专业，你不能指望他。"荣健自是连连称是，并表态说自己以后一定多来项目，这一点请祁总尽管放心。话说到这祁总也不再提项目的事，转而关切地问荣健孩子们是否安好，荣健

第五十七章 看不见的较量

说一切都好，感谢老板关心。没等荣健再开口说话，祁总忽然说："你们来凌云两年多了吧！去年一年咱卖得不太好，今年看来还差不多。我这人的观念就是有钱弟兄们一起赚，从下月起给你们按百分之一点五结算佣金，我给财务说一声，到时你们按这报就行了！"荣健和高扬听了这话自是欣慰，当下连连表示感谢。

回销售部的路上荣健跟高扬说："祁总这人料事如神，件件事都想在咱们前面，这一点咱俩远不如他。"高扬说："就是，咱们还没开口他就知道咱要干啥。本来想让人家给咱涨到百分之一点八，可人家主动提出来咱就不好再说。""这一招太厉害了！既体现了老板的大度，实际上又不多给，咱们还得感恩戴德地卖命，如此智慧真是让人叹服呀！"荣健感慨地说。高扬也大发感慨，说："要不凌云区的人都说祁总的脑子是双核驱动！不过跟这样的老板干人心里舒服，还能学到本事，咱可一定要给人家把项目卖好！"

终于交代完手头的工作，胡润德领着荣健在集团报了到。这时候荣健才知道，胡总这五年多用二十亿的资金在航创基地摊了一张大饼。集团业务涉及BT工程建设、房地产开发、半导体材料、精细化工、股权投资等多个领域，然而这几年受累于煤价下跌资金链吃紧，投资的项目大多都是半拉子。之前的管理又任人唯亲，导致各个环节都存在严重弊病。如今自己接手这样一个摊子，要盘活谈何容易。

集团位于高新区的开发用地已完成了初步规划，但因为资金问题一再拖延。管委会已经下达了收地通知，再拖下去肯定会出问题。可这个项目规划为超高层写字楼，以目前集团的实力无论从专业上还是资金上都不具备开发的能力。加上超高层写字楼市场接受度底，销售压力大。一旦启动，这近三十亿的投资对集团来说那真是关乎生死！

那边化工项目生产线三天两头出故障，成本一直居高不下，卖得越多亏得越多，按合同约定还不能不卖。一想到那个包销合同荣健就来气，国际市场一吨五百多万元，而厂里卖给日本人才二十万元，这他妈谁签的卖国条约！最棘手的还不止这些，集团给航创基地代建的公租房项目如今停工近一年，承建商提出三千多万的索赔。加上半导体项目刘博士

冬日的火花

不断催促落实资金，表面看起来风光无限的集团公司实际上已经危机四伏。

从内心来说荣健自是希望集团能启动超高层项目，无论怎么说这也是自己的本业和强项。可是面对集团的现实他选择了放弃，整理好思路后给胡总做了汇报，建议说超高层项目投资强度大，回收周期长，且公司没有专业的团队，而写字楼项目一般主体封顶才能导入销售，这个过程的投资会让集团不堪重负，因此最好能就此以楼花形式转让，大致能回收近五个亿的资金，有了这五个亿集团的其他项目也好盘活。

关键时候胡总原来器重的德邦顾问公司还真出上了力，很快联系上北京一家想在汉都市拓展业务的上市公司。得益于这些年从事商业地产策划工作的扎实功底，荣健亲自撰写了项目的推介报告。撰写报告时他想起当年在瑞景置业时钱建中的种种苛刻，现在看来那种苛刻其实更多的是专业深度。也许是这个推介报告起了作用，反正一周后北京公司派出了考察团队。

世上有些事想来非常奇怪，撰写推介报告时想起了钱建中，也自然会勾起荣健对于瑞景置业的怀念。从新闻上得知瑞景置业现在已经发展成为瑞景集团，开始在全国范围内拓展业务。看老东家的蓬勃发展，荣健心里或多或少有些遗憾。没想到廖小树忽然打来电话，说好久不见，是否可以一起吃顿饭。荣健一直对小树这个兄弟抱有好感，当年在公司时他做事认真，很多时候跟自己站在一条战线，最关键的是他也厌恶钱建中，因此这样的邀请他自然不会拒绝。

数年不见，那个原本看起来瘦弱稚气的小伙子已经俨然有了几分总裁威仪。果然他现在自己成立了开发公司，并在郊区拿了一块商业用地。按他的设想，要将项目打造成汉都市第一个原汁原味的奥特莱斯商场。而这次约见荣健的目的居然是邀请他担任自己助理的职位，并为此开出不菲的待遇。他自然不会知道胡老板给荣健开出的待遇远高于市场水平，况且刚刚上任又岂能甩手而去。于是荣健委婉地说自己考虑一下会尽快答复他，之后聊了一些与工作无关的话题，这其中说起了钱建中和李菱。

第五十七章 看不见的较量

原来他俩并没有领证，并且同居后冲突很大。钱建中希望李菱本本分分过小女人的日子，而李菱并不满足于此，而是雄心勃勃地要创立自己的物业公司。由此热衷于出席各种社交活动，经常三更半夜回家仍有没完没了的电话。最让钱建中无法接受的是，李菱频繁联络的还都是些行业内的头面人物，并且都是男性。李菱说钱建中不够自信没事找事，钱建中说李菱想法太多不知深浅。李菱说自己又没卖给钱建中，应该有自己的自由，为此钱建中愤怒地骂了娘。听到这些荣健颇为忧虑地说他们恐怕难以长久，当初李菱真应该选择艾总，人家现在公司上市了，事业如日中天，李菱跟他可就发达了。小树说越聪明的女人似乎选择都不怎么聪明，李菱和老钱年龄差距大需求不一样，况且她也不是一般女人，这中间矛盾肯定不少。

荣健婉言谢绝了小树的邀请，全力投入集团业务的整顿当中，而这一切又谈何容易。手底下很多人都是老板的亲戚，而那些人还善于告状。稍有不慎他就会被老板叫去训问，几个回合下来逼迫他学着阴险和狡诈。如果他要收拾谁，他就会在胡老板面前不断地说谁好，然后伺机抓住对方一个工作失误马上毫不留情地干掉他。回头这些人再给胡老板告状的时候，胡老板就会说荣健一直说他好，不会故意针对他，一定是他犯了错误才处理的。荣健严格执行公司制度，这没什么好说的。这种方法自然不能常用，接着荣健学会了探寻老板喜好。无论提拔还是罢黜都先委婉地征询老板意见，而后再相机行事。如此每天谨慎小心地推进着工作，慢慢地还是有些成效。

胡老板一高兴，忽然往荣健卡上转了一笔巨款。一瞬间成了所谓的百万富翁，这着实让荣健兴奋非常。想起初来汉都时的不名一文，想起当年母亲病重无钱交费的艰难，想起这些年因为经济紧张和董婉的那些争执，看着信息里显示的数字荣健百感交集。心想着这胡总虽然文化程度低，虽说有时说话轻慢，其实从他可爱地背诵《出师表》就能看出他心里其实很看重文化，否则又怎么会迷信那些教授、博士。另外他管理公司虽然方法粗糙简单，但对人其实赤诚仗义。尽管有时耳根软不辨是非，但总的来说他有他的睿智，否则又怎么会成就几十亿的身家？他现

冬日的火花

在预支这么多工资，肯定希望自己能给他出上力，而自己又有什么理由不竭尽全力呢！

北京公司考察项目后一直没有回音，荣健决定亲自去北京一趟。但当找到北京那家公司时，他却借口说自己出差北京顺路前来看看。运气还比较好，当天不但见到了总经理，还见到了集团的董事长。那可是最后拍板的人物，亏得当时推介材料是自己写的，因此给董事长讲起项目时有声有色，各种数据更是如数家珍。那董事长听完汇报赞扬他很专业，很有激情，并安排总经理盛宴招待。

荣健喝得迷迷糊糊回到德邦顾问老板早已订好的酒店，洗完澡心情舒畅地上了床。没想到这个时候有人敲门，朦胧中从猫眼里一看，外面居然站着一位头发遮面、衣着华贵性感的女子。想来也不会有什么危险，于是开了门。那女子没有言语，带着轻盈的微笑走进屋内。荣健有些摸不着头脑，这时德邦顾问老板打来电话说："荣总您一路辛苦，特意给您安排的放松项目，您体验一下，如有什么需要随时联系。"电话里也不好再说什么，况且他也明白德邦老板这样的安排自是希望项目谈成后能拿到中介佣金，看来也唯有选择面对这场意外了。

再仔细一看面前的女子，荣健吃了一惊，一种似曾相识的感觉瞬间将他拉回十几年前。那时候常常在县城的舞厅外徘徊，曾经设想过无数种与她邂逅的场景，然而一直未能谋面。也曾深情款款异想天开地给她写过情书，可谁料多年以后会如此尴尬地重逢。高扬曾说她堕入风月场，那时自己坚决不信，可如今这所谓的上门服务又是什么？一瞬间很多旧时画面闪过脑海，也有很多疑问堆积心头。我该怎么办呢？也许是我认错了吧！

"先生您好，非常荣幸能为您服务，我们的至尊精油SPA服务全程九十分钟，麻烦您先趴着。"

荣健正纠结着是否确认一下自己的判断，听了这话便直接趴在床上把头埋进松软的羽绒枕头。只听那女子窸窸窣窣脱了衣服，之后似乎在包里翻出一堆东西放在床上。

清凉的精油滴在了背上，温热润滑的双手开始来回地揉捏。从脖子

第五十七章 看不见的较量

到肩膀，按摩的过程她贴得很近，他能闻见她芬芳的呼吸，偶尔她柔软突出的某个部位还会触碰到他的后背。房间里灯光朦胧而温暖，那女子身着一袭轻纱，让这按摩的过程变得暧昧而诱惑。

"你肩膀好僵硬呀！严重缺乏运动。"

"就是，老在办公室里坐着，也算是职业病。"

"坐的时间长颈椎容易出问题。"

"就是，你好好给我按按，呵呵！"

"猛一看，感觉好像在哪儿见过你，可总想不起来。"

"是吗？那你好好想想！"

"唉！年龄大了，记性不好。想不起来了！"

"你才多大呀？"

"老了，一把年纪了，小姑娘谁干按摩呀！"

荣健不再说话，心里盘算着她应该和自己差不多大，即使小一两岁那今年也该三十六七岁了。正如她所说，确也一把年纪了。可她看起来状态挺好，比起当年还平添了一种恬静的气质。

"好了，你转过来吧！"

"我不敢转，我怕我忍不住！"

"呵呵！你还挺害羞的。"

"不是害羞，是憋得太久！"

"那你还不赶紧！延时可是要加钱的。"

"哦！那你意思我可以为所欲为？"

"我们这是全套服务，有人给你出过钱了。你有想法就赶紧！"

"这可是你说的！"

荣健说着转过身来，一把将那女子压在身下，急切地揭掉她那白色的纱裙，洁白丰盈的躯体毫无遮挡地裸露在他面前。当他掌握住那浑圆丰满的地方，抚摸着那圆滑多肉的肥臀，那一刻他心中一种无比强烈的成就感和罪恶感交织着。

"你好健忘呀！"

"你是？"

冬日的火花

"对,我们一起读过书,跳过舞!"

"哎呀!我的妈呀!丢死人了。"

"这下跑不了了!呵呵。"

云诗曼那一瞬间认出了荣健,双手捂着脸扭向一旁。她刚才挣扎着想起来,可荣健骑在她身上按着她肩膀,这让她根本没法抽身。

"有一阵子我一直在找你。"

"你找我干嘛?"

"喜欢你呗!可是你就像人间蒸发一样,忽然就消失了。"

"不会吧!咱俩跳了几次舞你也没说啥呀!"

"那时候害羞呀!"

"你还害羞呀!现在多熟练。"

"后来我还给你写过信。"

"我可没见过你什么信。"

"我托的人没送到,你自然见不到。"

"哦!"

"我听人说你一直在长沙呀,啥时来的北京?"

"好多年了,这边好混呗!"

"你都有孩子了吧!怎么还出来干这个?"

"别说了,倒霉死了。临时顶个班,还碰见你了!"

"啥意思嘛!碰见我就倒霉?"

"多尴尬呀!"

"缘分呀!简直跟做梦一样。"

"啊!你疯了,别这么用力呀!"

"不,我要好好爽一下。"

然而箭在弦上的时,荣健端详着云诗曼那已写满岁月的妩媚容颜,忽然心里涌出一种难以抑制的伤感,瞬间身体无法控制的抽搐,他被这突如其来的情绪缴了械。他黯然地翻身下来靠在床头恍然若失,云诗曼问他怎么了,他说这惊喜突然让他难过。

一聊才知道她在长沙混了几年,后来谈了个对象就一起来了北京。

第五十七章 看不见的较量

女儿快十岁了，买了车买了房。前年投资在社区里开了一家保健养生会所，针对一些老主顾才提供全套上门服务。这样做一方面安全，另外收费也高。她自己已经很久不做了，今天是受人之托才充当了一次救火队员。荣健说这一切有些天意弄人，自己惦记了这些年的美好际遇，居然以如此啼笑皆非的方式重逢。云诗曼让他不要再说，越说她越觉得尴尬。荣健笑着说她越来越有风韵，身材丰腴乳房翘挺不说，连乳头都是粉红色，看着就让人销魂。云诗曼笑着说："傻瓜！漂色，你不知道呀！""哈哈！你们可是把男人研究透了，风骚得让人想死在你身上！"荣健调侃着说。

临走互相留了电话微信，说以后常联系。荣健叮嘱说如果她回老家一定要联系，到时一帮朋友们好好聚一聚。云诗曼说德邦老板那边已经付了钱，延时加钟的钱她也不会提，不过荣健回去要保密，否则就当谁不认识谁。

望着云诗曼匆匆离去，听着房门砰的一声。荣健刚才的兴奋瞬间消失得无影无踪，继而又有些懊悔，甚至埋怨自己这随意的放弃！可现在人已离去，难不成叫回来，哎，算了吧！

他叹息这世间情爱年少时一个笑容犹如狂风巨澜，曾经求之不得辗转反侧，而若干年世事变迁让这所谓情爱却如集市买菜。我们都回不去纯洁善良的曾经，转眼却看到一个被欲望裹挟的肮脏皮囊，难不成我们只能活得这样没皮没脸！有些事不做遗憾，做了违心，这撕裂的人生实在让人迷乱，我把自己活成了一个什么东西？

项目推介的事办得很出色，几天后的一个周末北京公司的董事长亲自带队莅临汉都，双方两个老板面对面沟通了合作的意向。那天的晚宴陈副市长也拔冗作陪，并滔滔不绝地向对方的董事长介绍汉都市的辉煌前景，他斩钉截铁地说收购这个项目肯定能给北京公司带来可观的收益。两个老板听着陈副市长的演讲显得轻松快乐，互相聊得也相当投缘，最后愉快地签署了项目收购意向书，约定双方团队完成尽职调查后择日签订收购协议。

晚宴散场的时候，胡总安排给陈副市长车上搬酒。陈副市长说他的

冬日的火花

司机就在楼下，下了楼让司机搬就可以了，只不过有件小事得麻烦胡总。原来陈副市长明天准备带家属和两个亲戚去黄原地区转一圈，顺便到朔川市的高尔夫球场打场球，因此要借用一下胡总的奔驰商务车。这点小事胡总自然不会推辞，当下说车就在楼下，下去就可以开走。

陈副市长喝得红光满面，一边安排司机去开胡总的商务车去接太太，一边自如地坐上驾驶室。胡总关切地说安排司机送他回去，他从车窗里伸出头说："没问题！我这车牌在汉都没人敢拦！"说着开车缓缓离开，胡总和荣健一班人站着目送他走远才转身离开。胡总嘴里嘟囔了一句："陈市长那司机咋看着怪怪的！"荣健听这话有些莫名其妙，也丝毫没在意。

那辆奔驰商务车是胡总打高尔夫球时的专车，为保证老板随时调用，因此任何时候都收拾得一尘不染。那司机一路狂飙，在一家高档美容会所外接上市长夫人后并没有直接回家，而是就近开进了一家五星级酒店。

司机和那妇人先后走进了酒店一间客房，一进门俩人迅即搂在了一起，耳鬓厮磨间交织的言语充满了迫切与思念。

"宝贝，想死我了！"

"我也一样。"

"我天天都想飞到你身边去！"

"委屈你了。"

"那老东西咋还不死？"

"别胡说，他对我挺好的。"

"我不管，反正我就要和你好。"

"行了，我们这样我已经对不起他了。"

说话间司机将那女人压在了床上，那女人自己宽衣解带，那男子嘴里不停地唠叨。

"我就想不通，你为啥就要跟他？"

"没办法，那时候只有他能帮我，这你是知道的。"

"可你也不能以身相许，那我咋办呢？"

第五十七章 看不见的较量

"给你运作的工程你也赚钱了,赶紧找个人结婚好好过日子吧!"

"不,除了你我谁也不要!"

"你再这样咱以后就别往来了,我真后悔当初介绍你给他开车。"

"只要能在你身边,我死也不后悔!"

"你咋犟得跟驴一样!"

"我就是驴,我就喜欢弄你。"

那女人发出一声深长的呻吟。直到几番疯狂的折腾之后,那女人流着眼泪劝那男子,说他不该放弃好好的工作非得来当司机,现在自己有了家庭他也该重新开始新的生活。而那男子说自从她嫁了人自己的心就死了,感觉活在这世上都是多余。女人说过去的事情都已过去,当年上大学时的幸福自己历历在目,可人不能永远生活在回忆里,现在最好的方式就是守着回忆的甜蜜勇敢奔向新生活。而男人说自己想起过去就心如刀割,即使拿到工程赚了钱内心却依然如飘荡的野鬼,真恨不得马上去纪委举报,大不了与那个老流氓同归于尽。女人说他狭隘可怕,如果那样就是毁了自己和孩子,并说自己只要人在汉都,啥时候都能见,明天还要出发去黄原,而现在得赶紧回去。那男子这才极不情愿地开始穿衣服,随后依依不舍地送女人回了家。

陈副市长一觉醒来已八九点钟,夫人说昨晚回来看他睡得香就没叫他。陈副市长说昨天喝得有些多,她啥时回来自己都不知道。女人已经准备好早餐,陈副市长悠闲地洗漱完坐在了餐桌边,一边吃早餐一边说:"赶紧收拾一下,咱们马上就出发。"夫人已经换上一件紧身的针织连衣裙,涂抹了防晒霜,再配上桃红色的真丝披肩,顶着大圆边的遮阳帽,戴上银面反光墨镜,站在镜子前不停变换着姿势问老公是否好看。

这时司机的电话来了,说他已经接上陈副市长的妹妹一家三口。陈副市长和太太也不再耽误,赶紧拉上行李带上儿子出了门,一车人迎着明艳的骄阳出发了。

黄原地区可是一块流淌着红色血液的传奇土地,一路上先拜谒了华夏始祖,参观了工程院院士设计的宏伟宫殿;再到黄岩市探寻革命领袖

冬日的火花

的足迹；接着又参观了气势磅礴的黄河瀑布；自然也品味了不少黄原美味，走到哪儿都有朋友款待，走到哪儿都有特产相送。走到朔川市的时候，车子后备厢已经装得满满当当。

朔川市新建的高尔夫球场规格和档次可是全国知名，草皮维护那也是世界级水准。否则在这毗邻沙漠的黄土高原别说打高尔夫，就是弄个草坪也不容易。现在这个球场吸引着周边几个省的高尔夫爱好者，有人周末打飞的前来就是钟爱这里的草场和设施。当然能打高尔夫球的也大多不是凡人，陈副市长在这里会了老朋友结识了新朋友，并豪爽大方地给朋友们从车上拿下一箱又一箱的礼物，而朋友们也礼尚往来地不停往车上搬各种玩物。他们大致知道陈副市长文化涵养深厚，对字画、古玩、陈酒很有研究。一来二去车上又装得满满当当。那司机一边指挥装车一边骂市长老谋深算。一堆不值钱的特产换了这一车的名贵物件，赞叹老东西还真会腾笼换鸟！

晚上吃完饭大家都劝市长明天再走，市长说三天假期已满，周二必须到岗，现在不比从前，政府机关正在转变作风，自己必须以身作则，于是果断地和朋友们道了别，招呼着一家人上车离开。

朔川这地方昼夜温差极大，尤其到了八九月入夜后气温降得很快。一群人出酒店门时凉风吹得心头一颤，看样子周边应该下雨了。为了让市长好好休息一下，夫人坐在了副驾驶位置。车里面温暖舒适，陈副市长逗着两个孩子玩了一会儿就睡着了，孩子们笑他是瞌睡虫，可不久孩子们也睡着了。妹妹、妹夫跟着跑了几天也疲乏了，没说几句话也很快进入了梦乡。

司机朝后看了一眼，手就有些不老实。径直去摸市长夫人的大腿，结果被狠狠地掐了一下，疼得他龇牙咧嘴。不过看起来心情倒好得不行，市长夫人在手机屏幕上写了一个"贱"字给司机看，嘴里却说着："注意安全！"

朔川市境内一马平川，路上车辆也不多。只可惜没有月光，否则这样的天气晚上开车也是挺舒服的一件事。可出了朔川市，开始进入山区道路，即使高速公路也难免出现很多弯道。司机不得不把车速降了下

第五十七章 看不见的较量

来，走着走着车窗上开始零零散散地有了雨滴，再一会就进入了雨区，越走雨越大。起初夜黑风高雨滴洒落倒还不觉得害怕，可不一会就猛如瓢泼，市长夫人朦胧中醒来赶紧给司机剥了一个口香糖，叮嘱他小心驾驶。路面上开始有了积水，偶尔高速压过明显感觉车辆方向会跑偏。又是一个弯道，车子抖了一下又回到正轨。司机谨慎地驾驶着，可雨实在太大了，雨刮器高频地运转也拨不开明朗的视线。而此时大家都有些心慌，市长夫人说不行就停在路边等一会再走，而陈副市长沉着地说："抓紧赶路，这样的雨容易引起山体滑坡。"

市长夫人明显有些紧张，不时地问到哪里了，前面有没有服务区。司机一边回答着她的问题，一边安慰说："不用害怕，这条路我经常走，咱赶到黄岩市服务区再休息。"可听到夫人转过头跟市长说"老公我害怕"时他心里腾地燃起妒火，那一瞬间他甚至想一打方向把车开进深渊，心里骂着："去他妈的，干脆大家都完蛋！"他这时也感觉有些累了，临行前在身边人身上消耗得太大，这几天又马不停蹄。感觉雨小的间隙，他下意识地把车窗玻璃降了点缝隙，并点燃了嘴上的香烟。一开窗凉风夹着雨滴瞬间就灌了进来，陈副市长有点恼火地厉声说："啥毛病！把烟掐了！"他无奈地把烟塞出车窗，不自觉地一加油门向前驶去。又行走了一阵，前方能看见隧道的灯火了，一车人绷着的心也变得轻松。

进了隧道感觉更是好了很多，夫人说："这一路都是隧道该多好！"陈副市长说："呵呵！都是隧道有啥意思，不下雨时外边的风景多好。""可这一下雨，四周黑灯瞎火把人能吓死！"夫人有些埋怨地说。

再次冲进雨幕的时候，西方闪烁着隐约的白光，明暗掩映间四野寂静，让偶尔沉闷的雷声显得突兀。刚拐过一个大弯，忽然发现路面似有零星滚石，而碎石的前方显然还有一块较大的黑影，司机不容多想赶紧向左打了方向，也许打得太狠，车子瞬间甩尾失去了重心，倾覆着冲向路边黑漆漆的深沟，那一瞬间所有人发出尖厉的叫声。

胡润德接到电话寻觅着赶到现场的时候，警方已在现场拉起了警

冬日的火花

戒。一番协调后他跟着警察攀着绳梯下到了沟底，这上下高差三十多米，车子翻转着掉落下来早已摔得七零八落。后座的大人和孩子因为都没有系安全带，死亡的状态极为凄惨。司机紧紧抱着被安全带绑在座椅上的市长太太，而他背后被利石几乎穿透。陈副市长手里拿着电话满脸血痕躺在水坑里，想来他是在生命最后一刻拨通了胡润德的电话。

这场惨烈的事故没有出现在媒体上，胡润德经过运作销毁了司机抱着市长夫人那张现场照片，又把保险公司给的车辆及人员赔偿全数给了陈副市长的爹娘。而欧洲那套别墅原本就在自己亲戚名下，这价值上千万的礼物如今又归自己掌控。然而胡润德并不觉得高兴，毕竟这个朋友的离去如同斩断自己一臂，那种苦痛世间无人能懂的！

第五十八章　那一年的人和事

2013年9月，女儿到了入学的年龄，可现实并没有像荣健早几年预想的那样简单。

当时他跟董婉讲，随着经济发展城市对于劳动力的需求将不断增加，解决进城务工人员子女的教育问题自然是政府要考虑的问题，说不定到那时学校会敞开大门欢迎咱的女儿。可现在实际情况并非如此，学是有的上，但学校分为三六九等，外来户口要上好学校那门槛高得让人愤怒。最好的学校全是民办，这些学校进门就得十几万。下来是一类公办学校，如果不在学区要进去也得付出代价。但凡大门敞开的，一打听学校的口碑就让人有些望而却步。

事不关己的时候风轻云淡袖手旁观，如今自己到了这个关口，一想到自己在这个城市生活十几年却仍然不能落户，一想到启蒙教育都分了等级，荣健心里就忍不住咒骂那些当政的官僚。是谁造成这样的不平等？是谁容忍了如此这般祸国殃民的联合办学？是谁用国有校舍和品牌给私人老板创造利润？难道非得把人民群众逼得到教育局去堵门？可牢骚归牢骚，荣健开始到处托关系想办法解决女儿的上学问题，还写了一份教育改革的建议寄给了教育局。

冬日的火花

汉都市教育局：

　　汉都市基础教育多年来积弊甚多，人民群众意见很大。建议教育局聆听群众呼声，花大力气革除痼疾推进教育公平。汉都市作为历史文化名城，科教大省，岂能让几所所谓的民办名校呼风唤雨，又岂能让成百上千的公办学校沦为陪衬？结合多年对基础教育现状之观察，本人建议如下：

　　1.给予民办院校与公立院校同等待遇，按照学区划分统一分配招生指标，杜绝各类掐尖性招生行为，一经发现严惩不贷。

　　2.民办学校使用公办大学、附中、附小的一律请第三方评估公立品牌价值并进行公示，民办院校按公平的市场价值有偿使用。

　　3.民办院校租用公立院校校舍、场地的一律按市场公允价格支付有关费用，有出租条件的学校应报请教育主管部门批准，有关出租费用一律上缴市级财政，用于教师福利待遇的经费补充。

　　4.在汉都市市区甚至县城区域取消蛋奶工程，该项工程已推行多年，随着人民生活水平的提高，这项工程对市区乃至县城的孩子毫无意义，每年造成大量浪费，其中腐败现象尤为突出。取消蛋奶工程后，该项经费也可用于教师福利待遇的提升。

　　5.对每位教师，每个学校建立积分考核制度，与此同时建立全市统考制度。每年一次跨校监考，确保公平。此项考核的标准不是哪个学校或哪个班级考了多少名校，而是当年统考成绩与去年相比提升了多少。这样一来让那些努力工作的教职员工即使没有培养出名校生也有晋升的机会。

　　6.对于异地择校设立高门槛，学生的监护人在名校学区内没有固定工作、固定居所并缴纳社保的，该类学生一律不许择校或必须缴纳汉都市平均年收入五倍的择校费。

　　7.全市所有公办学校纳入提升计划，分阶段实施标准化校园建设，争取五年内所有学校基本达到一个标准。具体标准应请业内资深专家进行论证。

　　8.提升教师薪资及福利待遇，做好梯队人才的培养。通过调节让每个学校按照生源比例拥有基本一致的特、高级教师数量，从本源上推进教

第五十八章 那一年的人和事

育公平。

9.基于目前义务教育阶段公办学校投入不足的实际情况，是否可以考虑酌情收取学费，用于公办院校软硬件设施的持续提升，弥补公办教育资源和人民群众客观需求的差距，这样实际上也会减轻家庭对教育投入的压力。

以上建议敬请参考！

学生家长
2013年8月

自然没有人会回复他的信件，关键时候神通广大的李铭同学帮了大忙。听荣健说到此事时主动说他认识附近一所实验小学的校长，那个学校虽说是公办，但校长管理有方，教学质量和办学条件都相当不错。这话让荣健感觉如同遇见了救星，当即允诺说如把孩子办进去好好答谢他。李铭没有要他任何答谢，给校长打了招呼之后，荣健按学校的规定交了三万元择校费后顺利地拿到了入学通知。

尽管一切如同命中注定，但这个事情还是让荣健想了很多。显然如果没有李铭的关系和三万块钱这个学是上不成的，而这城里自然还有成千上万的家庭没有这样的条件，那些高高在上的官老爷们不应该有所体察吗？

而汉都的问题也许远远不止如此！短短十几年时间，日化、家电、食品、轻纺、家居这些工业品牌几乎全军覆没。再也没有什么小百合洗衣粉，没有了大河、云燕、心意彩电，甚至就连一瓶洗发水这个城市也不再生产。人们不禁反思，我们的城市原本是北方门类齐全的工业重镇，却一转眼间似乎只能生产飞机、卫星和载重汽车，而民用工业领域陷入全面衰退，这又是谁之过呢？

有人说十八大后中央铁腕反腐让地方官员人人自危捆了手脚，也有人说领导们都忙着净化思想洗心革面，还有人说领导们舞照跳、酒照喝另外还忙着在云岭北麓建别墅。而新闻媒体上某省厅领导在车祸现场一

冬日的火花

张神秘微笑的照片却意外地引爆了舆情，马上有网友爆料该厅长抽的烟叫九五至尊，金丝眼镜是顶级名品，戴的手表价值数十万，腰上的鳄鱼皮带也属于限量版。人们开始质疑是谁纵容包装了如此奢靡的贵族官员，又是什么原因让公仆面对灾难事故云淡风轻，一轮发酵过后省纪委介入调查，这位肥胖却虚弱的"眼镜哥"随即栽倒。而他的栽倒似乎也标志着省市两级刮骨疗毒的开始，从那时起人民群众几乎每天都能看到纪委拍苍蝇打老虎的信息。其中最让人惊愕的莫过于个别的小三"深明大义"，她们甚至不惜颜面扫地誓把负心贪官送进监狱。紧接着又网传某高校副校长与老婆殴打女学生，而后女学生在网上曝出与校长的私密照片，手持教鞭居然堕落如此？是可忍孰不可忍？很快这位政教出身的副校长也被撤职查办。那一阵子只要一上网，你就能在各种论坛上感受到民众的欢呼。有人跟帖时引用毛主席的诗句说："金猴奋起千钧棒，玉宇澄清万里埃。"

然而传闻的东西总是让人觉得遥远，直到那个经常给母亲洗脚的杨夏全同学被撤职查办大家才感觉到了某种真实。据说一次他给母亲洗脚时母亲踢翻了水盆，母亲说她不稀罕穿金戴银，也不想住豪宅别院，你整天迎来送往弄下的这些家业我看着都心惊胆战。那天之后母亲独自回了老家，再之后母亲到牢里看他时他久跪不起。

先前一家企业硬用房子抵还李铭工程款的时候，他恼火得近乎失态，但最后还是在合同上签了字。原想着有合适的机会再卖出去，没想到一年之后房价居然翻了一番，他觉得这房子跟他有缘分，于是立即启动了装修。他选择了典雅的新中式装修风格，玄关处还供奉起一尊檀木雕刻的净瓶观音。加上整个房间里还有很多与佛有关的物件，在众人看起来李铭似乎找到了他的精神归宿。很多人只是赞叹装修的档次和工艺，而荣健似乎对他这样风格的选择更有兴趣。他实在想不通，像李铭这样贪财好色狂放不羁的人如今居然也有了禅念。而李铭说自己不信什么因果报应，但现在觉得人始终还是应该有所敬畏，况且如今也厌倦了男男女女是是非非，即使有个女朋友也会真心相待天长地久。俗话说人活一世草木一春，最重要的恐怕莫过于心安理得。他能有如此境界还真

第五十八章 那一年的人和事

是让荣健叹服，想来这世间明白人也不少，自己以后切不可自作聪明。

李宏同学的勤奋创业也叫人赞叹！他被单位扫地出门后老婆也办了停薪留职。刚来汉都的时候因为摸不清生意的门道，拜一个同乡的老大哥为师，投资入股跟着干空调生意。他风里雨里地拉货送货，老婆在公司管理安装和售后，一年到头两人忙死忙活地干，可三年下来师傅赚得盆满钵满，他俩却除了微薄的工资根本没拿到毫厘分红。为此他找师傅理论，师傅却说带着他干就是红利，他学到的管理经验和生意门路比啥都值钱。听了这话他当时就差一口老血喷洒在地，万分无奈之下说了声感谢后要求退股。

离开后李宏赌气自己注册了公司，卖与师傅同一个品牌的空调。为了获得与厂家谈判的资本，他几乎不赚钱地四处推销。一个夏天过去，因为安装服务给力，他的公司在业内树立了良好的口碑。依靠数千万的销售额迅即取得了和师傅同样的提货政策，他已不再是空调的搬运工，据说现在每年净利润就上百万。但如今的他却变得谦虚有礼，脸上早已没有了当初那不可一世的嚣张。

一群人在李铭的乔迁宴会上相见了，故友聚会自是随意而热闹。让荣健意外的是韩丽颖同学居然也出现了，想起与她相亲的过往，以及结婚筹办三金时她给予的支持，难得见面自是倍感亲切。一聊才知道她早几年已移民加拿大，现在官方身份是一家珠宝贸易公司的董事长，另一个身份是金城县老乡会海外部的秘书长。荣健抱歉说当初尽管她给的折扣给力，最后自己还是买不起。又开玩笑说没想到多年以后她居然成了假洋鬼子。李铭在一边起哄说："人家现在是货真价实的洋太太，你说话注意点。骚轻小心人家老公拿洋炮轰你，那尺寸你可受不了！"韩丽颖瞪着眼睛装作气愤的要拿酒泼他，而他反而一副视死如归地凑上前，几乎贴着人家脸说："咋咋咋!能不能文明一点、温柔一点，亲！"

荣健后来才知道韩丽颖与早年自由恋爱的对象离婚后就嫁给了生意上的非洲裔伙伴，之后又双双移民加拿大，十几年下来她的企业已成为本市中加合作的典范。金城老乡移居海外的并不太多，她算是其中的翘楚，被推举为海外部秘书长，主要承担聚会的联络义务。而李铭也因此

冬日的火花

与她有了交往。看着她事业有成容光焕发荣健心里甚为高兴，可一想到她嫁给黑人老公就不由联想起当年蜗居草场村时连墙那黑哥们的粗野，也不禁为她那曾经不顾一切的自由爱情最后却未得善终而感慨。

大家天南海北地吹着各种牛皮，也讨论着各种热点。这群人肚子多少都有些墨水，很多人也算取得一定成就和地位的所谓成功者。因此他们说起话来引经据典自信满满，有人说当下的反腐只是一种姿态，还拿出清朝嘉庆皇帝反腐失败作为例证。

而荣健说嘉庆反腐是统治阶级内部的权力平衡，杀不完的贪官既是制度问题，也是地主阶级软弱性的根本体现。可共产党反腐是党领导下的人民政权对违法乱纪者的专政，是无产阶级与权贵阶层水火不容的斗争。大家翻开党史就可以看见，共产党的自我革命有多坚决，共产党的自我纠错能力有多强大。从根本上来说就是因为共产党从来不是哪一个利益阶层的代表，共产党所代表的是最广泛人民群众的利益和国家的利益。什么是人民群众？人民群众就是最广泛的普通劳动者，那些不劳而获者、损公肥私者都不是人民的范畴，最终自然会被掀翻在地。

这一番借着酒劲飙出的言论被很多人笑为幼稚，可他们又拿不出有力的辩驳。关键时候李铭兴致勃勃站在椅子上的言论成了压轴大戏，他说："你们叽叽歪歪说的都是胡话！我给你说，往上数三代，你先人倒有几个是达官贵人？不是共产党你们大多数人还都是奴才的身份，不是共产党你们一个一个能人模狗样地登堂入室成了这总那总，不是共产党短短的二三十年你家的财富能增长一二百倍，有的人甚至成千上万倍。尤其你这伙人，一天抽的中华，喝的茅台，住的高档房，就这你们还骂共产党？这社会咋了？一个个红口白牙说得义正言词，你们哪一个屁股干净？一个个吃喝嫖赌还装得跟正人君子一样！我给你说，人都是俗人!文明都是表象，中国人咋了？还不是谁都想给自己口袋多装几个，谁都想比别人体面。要当绅士也得先吃饱饭，所以少发牢骚多干实事，支持政府，支持共产党，共产党万岁！"

李铭这席话说得慷慨激昂，一激动还差点从椅子上掉下来，为此引得大家哈哈大笑，最后频繁碰杯喝酒终结了辩论。转而开始互相吹捧各

第五十八章 那一年的人和事

自的成就也或者调侃挖苦，荣健和高扬属于被祝福的行列，因为他们合作的创业还没有干出什么名堂。

陈志军在酒桌上很低调，其实他这几年干得相当不错，不但在城里买了房，还把老家的土房翻盖成别墅结构的小洋楼，一时间他成了十里八乡励志的代表。可在他心里什么时候能转为正式编制那才是最大的成功。前一阵回老家时他去看了赵海，赵海的一番话总在他心头回荡。

赵海说他们这些人太流氓，要手段把周围的店都弄倒闭，而那群失足妇女却仍在原地干着营生，如不是他们保护才真是见鬼。他说赵海是毫无根据地胡说八道，自己与那些乌七八糟的事情没有半点关系。赵海一天就会瞎琢磨，至于当初所里查抄了他的黑店，事前自己也毫不知情，早知如此当初就该把赵海在留置室多关几天。赵海说自己烂人一个关多久都无所谓，只是陈志军他们这么干迟早肇祸，居然还想转正简直就是痴人说梦！两人互相攻击了一会儿，而后又哈哈大笑。这似乎是他俩这些年见面后的一种常态，正如当年他们在深圳海边争吵一样，他们永远说不到一起。

他们争论的事情自是无人考证，只是陈志军确也没能等到转正的那一天。2014年春天连续几天的夜间任务让他有些不堪重负。关键前几天他喉咙发炎一直没好，而晚上加班又离不了香烟，以至于吃了好几盒消炎药都没啥效果。那天中午胸闷气短得实在难以坚持，他赶紧叫上所里的一个小兄弟陪他到医院检查，结果走到医院门口时咳嗽了一下，他却忽然张大了嘴巴瞪圆了双眼，一瞬间似已无法呼吸，仓促地说了声"背我去医院"就倒在了地上。扶着他的小兄弟当场慌了神，连连大喊："救命！救命！"然而来不及了，陈志军张着嘴瞪着眼很快没了知觉。到医院一检查才发现，陈志军的喉管居然因为严重溃烂而断裂了，以至于他最终窒息死亡。

这真是个爆炸性的消息，因为陈志军在同学的印象里有着健壮的身板，当年在篮球场上没几个人能扛动他，而如今他就这样死了。留下的孤儿寡母当日在灵前表情木然，他们肯定一时间无法相信这样的结果。一群同学赶去吊唁，大家都说他勤奋踏实不该死。可赵海说这世上有些

冬日的火花

事还真是不能做，荣健和高扬骂他说最该死的其实就是他，想不通为何他坏事干尽却还如此精神？赵海说让他俩操自己的心，他自会长命百岁。

吊唁完陈志军，荣健和高扬赶奔凌云区去见祁总。没想到刚见面祁总就劈头盖脸地一顿斥责，大意是说最近市场这么好荣健却不重视他的项目，把不学无术的高扬扔这糊弄他，自己整天跑得不见人。人家农民都知道风顺了多扬几锨，而荣健却不知道紧抓天时。他最近看了一块地，因此现在必须花大力气促进销售，年底前如能销售过亿，他就马上运作土地挂牌。荣健被说得无言以对，当下表示马上策划针对性的方案，在年底前一定达成目标。看到荣健和高扬态度老实得像犯错的孩子，祁总忽而诡异地一笑，那表情瞬间又变得和蔼起来。他语重心长地说："好好干，只要把项目卖好，我给你们发奖金。高扬你也要进步呢！别一天头发梳得油亮肚子却不装东西，夹个文明包瞎晃荡是弄不成事的！"几句话说得荣健和高扬惭愧不已，哪还敢指望得到什么奖金。他们都知道这老板嘴甜心硬，他不会欠钱，但绝不会多给。可老板有这样的态度就已经很暖心了，当下连连说："一定一定，保证完成任务。"祁总轻轻一挥手，荣健和高扬心情复杂地离开了他的办公室。

高扬说："真没想到今天祁总会发火，项目卖得不好的时候他整天笑眯眯的，现在卖得不错他反而给咱抖老板的威风。"荣健解释说："这就是祁总的高明之处，卖得不好他会鼓励，卖得差不多他反而会给压力。因为卖得不好咱们不赚钱他还怕咱不干了，而卖得好他骂咱咱不会走。这老板精明得非同寻常，如果下个月销售量继续增长，我估计他马上会涨任务或者涨价。"听荣健这么一说，高扬连连称是，说祁总老谋深算套路太深，跟这样的老板干想不聪明都难。荣健想接话说高扬聪明得太慢，不钻研不进步得过且过你我合作如何长久？转而又觉得说这话太伤同学面子，犹豫片刻终于又咽了回去。

前几天卢伟和刀哥的合作伤感结束了，不是生意不好，而是分歧太大。他俩合办的公司在卢伟倾力经营下业绩迅速提升，而刀哥职务提升后根本无暇顾及。卢伟要发展新项目，刀哥求稳保收益。卢伟说干企业固步自封必然死路一条，刀哥说他没有精力管也不想再投资。卢伟说那

第五十八章 那一年的人和事

干脆你把股份都卖给我，刀哥强调说他是大股东。卢伟说大股东也不能只拿钱不干活，业务全在我手里你没有多少谈判资本，况且咱们也得为公司这一干人考虑吧？我意思你开个价，只要我能拿得起我给你。刀哥说我领你入行如今你却要逼退我，卢伟说我真没想逼退你，不行你辞职回来咱继续干。刀哥舍不得他的高薪，说要让股份须翻倍支付对价。卢伟叹息一声说："虽然高了点，但为了咱兄弟们的感情，我给你。"卢伟把这事说给荣健的时候，荣健说你是个重情重义的人，但你给的再多兄弟情分到此也结束了，有意义吗？卢伟说人在做天在看，但求问心无愧吧！

悦湖壹号公馆的销售全面发力了，连续几个月销售额都超过两千万，这个数字比起去年足足增长了五倍还要多。对荣健和高扬来说自是喜出望外，短短数月佣金收入就突破百万，原本的惨淡经营现在开始变得繁荣兴旺。从那时起每次到项目上来荣健都有满满的成就感，而这个时候新的机遇又出现了。

一家凤鸣市的开发商到凌云考察，对悦湖壹号公馆的销售模式及团队非常认可，当即就发出了合作的邀约。荣健立即组织人前去考察市场，之后以最快速度做出了营销方案。凭借这两年对县级市场的深度体验，荣健的方案得到了甲方董事长的赞赏，之后签约就成了顺理成章的事情。那天上午在凤鸣市签完约，荣健激情澎湃地开车赶回汉都。忽然接到一条短信，读完信息的那一瞬间他感觉到气血翻涌。

"回来把你妈坟地的事情处理好，否则我就叫挖掘机了！"

二堂哥荣旺财发的这条短信让他既羞辱又恼怒！想起母亲病床上的话更让他追悔莫及。母亲多次提说不要跟老二打交道，自己却自以为是叫他张罗安葬了母亲。现在看来简直就是自投罗网，荣旺财和别人换地可能都是预先设好的圈套。

早前母亲刚走没几天，二堂哥就打电话让给他儿子找份工作。当时想着都是一家人，给侄子帮忙找个可靠工作也理所当然。在得知凤鸣精密机床厂招工的消息后，荣健赶紧给黄莺打了电话，像下任务一样要求她必须帮这个忙。黄莺也很给力，一番协调后安排小侄子8月初进厂培

冬日的火花

训。而这个货实在不争气，听到这个消息后就啥也不干在家坐等。结果当年6月份的时候，这货竟然把村上一个八九岁的小姑娘骗到家里猥亵。人家父母得知情况后前来理论，他居然手提菜刀无理耍横。最后闹到派出所，又被省电视台追踪报道，一时间臭名昭著，结果被派出所弄了个拘留候审。后来找人说情又赔偿道歉，结果还是被关了半年，也因此错过了去机床厂上班的机会，可这又能怪谁呢？

这货一出来，二堂哥又说荣健现在自己开了公司，看能不能把娃弄来给他开车。可荣健对这个侄子的品行实在不放心，想着把他带在身边恐怕不是什么好事，只好推说公司不是自己一个人的，况且现在时机也不成熟。转念本想把这小子弄去做销售，可仔细一琢磨，售楼部里大多都是女生，这货万一弄出个啥烂子，祁总那儿将很难交代。正纠结的时候新任务又来了，二堂哥说实在不行就给他借点钱，让小侄子买个车去拉砂石。可那时候公司刚弄起来，房子又卖不动，本来就赔得一塌糊涂，哪里有钱支持他买车。这几件事情下来二堂哥的脸色就开始有些难看，可不管怎样也还没翻脸。

虽说暂时推掉了二堂哥布置的一系列任务，但荣健的心里始终怀着不安和愧疚，有时甚至觉得自己就是一个不仁不义的人。无论怎么说侄子都是血缘至亲，即使他犯了错误也应当不抛弃不放弃，而现在自己作为长辈却怕他惹麻烦岂不是自私？想着曾经希望做一个顶天立地的英雄，想着曾经那些兼济天下的理想，没想到而今却活成这样一个战战兢兢、谨小慎微、无情无义的小人，他内心有些鄙视自己的无能。可眼前却也有说不尽的无奈，但他心里一直惦记着有朝一日风光体面的去补偿这份人情。

然而还没等到风光的那一天，去年刚立秋二堂哥忽然生病住进了县医院，得知这个消息后荣健没敢怠慢，连忙带上董婉赶回去探望。谁知一进病房，二嫂子就大发牢骚，居然破口大骂说："荣家先人亏了人，明知道儿有肝病还给儿找媳妇，这不是睁着眼坑人么！"荣健听了这话当时就恼火得想扇那婆娘几巴掌，她明知自己的母亲因肝病亡故，现在说这话岂止缺德阴损，简直就是辱没亡灵！可这种情况下他也只好忍

第五十八章 那一年的人和事

了，心想着母亲姓杜，与堂哥又没有任何血缘，她爱骂谁就让她骂去！最后还陪着她一起和医生做了沟通。医生说现在初步诊断是肝脏囊肿，来了之后原本准备手术切除，但是拉开腹腔之后发现问题比较严重，因此建议转到省城大医院去看。荣健当时就说联系省医院，但大夫说最好等伤口恢复个把月再去。

临走荣健说联系医院的事情他来办，让堂哥好好休养。四十天后他再打电话时却再无人接听，后来才知道二伯给他联系了医院并且已经完成了手术。得知这个消息时荣健顿感事情有些不妙，董婉说："当时探望时咱没拿钱出来，估计二哥会很生气！"荣健说："你是知道的，当时买完礼品咱俩口袋就剩五百元，我也想给钱，可拿什么给呢！不管怎么说咱妈在人家地里埋着，这以后找机会给人家把心补上就是了。"

荣旺财确实生气了，想着荣健当老板开高档车，安埋三娘时自己一家忙前忙后地张罗，地也没要一毛钱补偿，那是给他帮了多大的忙！没想到自己生病这狗日的居然一毛不拔。谁稀罕你的虚假问候，咱走着瞧！以后让你娃知道狼是麻子。

这些日子荣旺财躺在床上想了很多。上次大哥回来说想弄块宅基地盖房子，他快退休了，孩子也大了。这些年两口子没赚到什么钱，考虑着把城里的房子留给孩子结婚用，自己和嫂子回来住。这事不管怎么说是自己亏欠老大的，当初盖房时想着他不回来，就一次把六间宅基都盖了。现在他提说这话，可如今村上把宅基地卡得死，就是花钱也不给批。自己住着六间大房，弄得老哥没个落脚的地方，传出去岂不是被邻里乡党戳脊梁骨。

那天他背着手在村里闲转，看着三爸和二爸的祖屋忽然计上心头。他给老大打电话说："村上的祖屋几乎倾塌，那房子三爸占两间，二爸有一间，你又算是二爸的养子，由你翻盖那个房也顺理成章。咱三妹子在三爸跟前吃得开，你不行叫三妹子去把这话说一下，三爸在县城有房，那老房对他来说一点用也没有，你说一下我觉得应该问题不大。"

这一番说辞老大还真信了！很快托三妹到县城找三爸荣勤民说了这个话。荣勤民当时心里就犯了嘀咕，心想着这大侄子简直糊涂透顶，当

冬日的火花

初自己费了老劲给他们兄弟俩一人要了三间宅基，他自己耍大方把地基让老二盖了，现如今居然打起祖屋的主意，即使自己同意，恐怕儿子也不会轻易答应的。当下他给三侄女说让自己考虑一下，这事回头再说。

荣勤民打电话征询儿子的意见，荣健一听来龙去脉就气不打一处来。他说："三间祖屋确实没什么用处，但是当年母亲在这房子上投入了大量心血。况且往后的这三十多年村上各种摊派、房屋修葺还不都是咱家承担，二伯说有他一间，可当年盖房他拿了多钱？咱花的那些费用可曾出过一分钱？你跟他说这话的时候他问你收了多少房租，当时不是把你也气得够呛吗？如今老二占了老大的地方，老大就来打祖屋的主意。二伯要他的大方，咱不同意。说句难听话，如果这房子让他盖了，你百年以后连个停棺材的地方都没有。到时我还得跟他说话，看他脸色。"荣勤民说大侄子提这话了，保证他百年以后就从祖屋里走。荣健说："话是这么说。可老大这事做得欠考虑，即使有这个想法也应该亲自来说，托我三姐捎句话就让咱把祖屋让了，想得恐怕也太简单了！"

荣旺财得知这个结果后心里发了狠，想着既然你小子不义，那也就别怪我无情。他当即给荣健发了条短信，意思不处理好这个事情，他就叫挖掘机去挖坟。发了短信后他还觉得不解气，又提着砍刀把杜英娥墓前两棵柏树拦腰砍断，临走还一脚踢翻了砖头垒砌的香堂。

冬至上坟的时候，荣健怀着歉意找二堂哥说坟地的事情。当天手提厚礼上门看望，解释说那一阵子囊中羞涩，现在缓过来了，愿意多拿钱给二哥补补心。荣旺财说他不稀罕，自己这个农民也攀不起大学生的兄弟，你荣健本事那么大，你现在把你妈的坟挪走。荣健说无论怎样都是一家人，说这样的话又有什么意思！坟是挪不走了，有啥要求咱可以商量着办，也强调说自己如有哪里做得不对，自己愿意道歉，还请二哥多担待。可无论荣健怎么说，荣旺财左一句挪坟右一句不打交道。说着说着荣健就上了火，最后有些恼火地说："坟挪不了，你想要多少钱你开口？"荣旺财表情冷漠地说："我不要钱，你看着办！"眼看实在没法沟通，荣健也发了狠，怒号着说："你不要忘了埋在地里的人对你也是有恩的！没有她你能不能活到现在都不一定。你把当年老许杀你的事都

第五十八章 那一年的人和事

忘了？你第一次盖房拉我家的粮食你还了多少？你买小四轮的钱谁给你弄的？你这宅基地谁给你要的？你现在这样说话，你的良心叫狗吃了？"荣旺财看荣健暴跳如雷也瞬间激动起来，大喊着："咋！你还跑到我门上耍威风来了。你用人的时候就哥长哥短，我病得快死了你问过几回？安埋你妈我给你跑前跑后，最后你爸连几瓶啤酒都拉走了，害怕我喝是不？我没喝过酒！咱叫邻里乡党都听一听，世上有你们这样做事的没有？"到此荣健自是不再妥协，当即站起来一把提起带来的礼物往门外走，一边走一边说："你不想喝你惦记啥？剩下的东西我爸不应该收拾是不？摸着你良心想一想，你到底想干啥？"荣旺财看着荣健居然把拿来的礼物都准备提走，他心里更是恼火，大声喊着："我想干啥？你今天说不清楚你就别想走！"荣健说："我没见过啥！我看谁敢拦我。"说着把一堆礼品摔在了大街上，那新铺的水泥路面上瞬间一片狼藉，一群邻居乡党应声围了过来。看着弟兄俩吵得面红脖子粗，有熟悉的叔叔婶婶一边拦住荣旺财一边示意荣健赶紧离开。

这事情还没有解决，临近春节时二伯又去世了。据说是大堂哥出面让老二全程操办了葬礼，而二伯家的堂弟支付了墓地费八千元以及近三万元的宴席和杂费。提起这些事荣勤民唉声叹气地说："荣家在谢村把人丢完了，荣旺财简直猪狗不如，报账时说叫来的人都有工钱，最后这些钱都装进了自己腰包，叫来的酒席还要拿回扣，一街两巷的邻里乡党谁不骂他不要脸。"荣健说："那还是堂弟有钱，人家爱咋办咋办，咱管不着。"荣勤民忧心忡忡地说："上次你跟老二吵了架，我估计下来这事更麻烦！"荣健一脸无畏地说："随他便！他要把我当成软柿子到时也别怪我不客气。咱不说这了，你和李阿姨的事到底准备咋办？"荣勤民沉默了片刻，神色有些愧疚地说："哦，这事你不管了，到时我们请几个朋友吃顿饭也就是了。你心里也别有啥，你妈在咱家吃了苦，我一辈子都会记着。"

过年的时候李阿姨搬来和父亲一起生活了。荣健还是像往年一样带着董婉和儿女们回家，可这次回到家里忽然感觉这家有了不一样的气息。尽管老师出身的李阿姨通情达理，可这不是母亲的气息，想起母亲当年的唠

冬日的火花

叨和现在越来越远的音容笑貌，那一刻荣健心里有说不尽的酸楚。

荣健给陆锋发信息说："两个老人幸福地走在了一起，我们应该为此而高兴。从此我们兄弟相称，如可能尽快带上嫂子和翔翔回家看看。"陆锋回信说："一定一定！"可他迟迟没能回家看看，再次联系时得知许芹怀了二胎，要不了多久，李阿姨就得到汉都帮她接送翔翔。有时候想想，这个时代无论老人还是年轻人其实都不容易。时代给了我们广阔的舞台和空间，同时我们也被这忙碌和紧张的生活折腾得难有片刻安宁。

收了假刚坐进办公室，集团半导体项目的资金申请就呈报了上来，看来那边已经得知高新超高层项目转让的事。虽说这笔资金让胡总暂时缓了口气，但荣健拿到资金申请的时候心里却一阵冷笑，在他看来这群人不过是借高科技之名蝇营狗苟而已，因此看了一眼就随手扔在桌边。好在胡老板也没有过问，如此也就糊弄着又过了一阵。没承想3月8日马航MH370航班失联的消息传来，胡总忽然打电话叫他去吃饭。荣健这才知道刘博士团队中负责采买设备的人就在那架飞机上，如果当初批了资金，恐怕现在设备看不见，资金也会和人一样无影无踪。胡总没有说荣健立了大功，只是连连举杯，看得出那天他心情非常不错。胡总说集团这边没有产出的投资能缓则缓，很多事情他需要好好考虑一下。如此荣健也有了更多的时间推进凌云那边的工作，很快悦湖壹号公馆一期顺利结盘，二期随即拉开了序幕。

转眼到了2014年夏天，祁总的儿子留洋归来。在众人看来，祁老板因为自己年轻时经历了太多的磨难和苦痛，因此舍不得儿子再去重复普通人的道路。儿子回来三个月之后正式出任开发公司总经理，祁老板则开始有意地退居幕后。与祁老板的真抓实干相比，这公子哥显然更钟情于所谓资本运作和模式创新，上任伊始就确定了多元化发展的战略，一段时间热衷于寻找各类商业机会进行投资合作。

悦湖壹号公馆二期启动之后，为了进一步提高项目影响力，在已经竣工的商业裙楼里装修了新的营销中心，之前钢结构搭建的老售楼部就闲置了。小祁总决定小试牛刀，拉来几个同学朋友合作，在老售楼部基

第五十八章 那一年的人和事

础上略加改造，投资六十万的悦湖烧烤城诞生了。按照小祁总的设想，烧烤城租金便宜环境幽雅，加上公司一些日常招待的支撑，烧烤城的生意肯定只赚不赔。结果让他没想到的是，经营这五六百平方米的餐饮居然要雇佣数十人。而要让这数十人做到规范操作尽职尽责还真不是简单的事情，几个股东又没有一个人懂行，以至于烧烤城从一开张就问题不断。先是招不到人，勉强把人招够了管理却漏洞百出。上菜慢、口味不稳定等因素常被顾客抱怨，直到菜品里连连出现苍蝇、蟑螂而被投诉。几个事情闹下来，原本还人气旺盛的烧烤城生意变得惨淡。半年之后就关门大吉，股东们自然个个亏钱，最后也自然是不欢而散。

第一次投资亏损几十万在老祁总看来这是必要的学费，因此当儿子再次投资快捷酒店时仍然给予了支持。在小祁总看来，酒店的生意相对单纯，只要地段好装修有格调就不愁没生意，而且酒店的开支和收款都非常透明，这生意肯定没问题，于是拿出二百多万元入股，成为不管事的大股东。

小祁总的酒店还没开业，又有一个机会找上了门。南方一家做型材加工的企业网上招商，该企业开发的复合板材具有施工简单、应用范围广、造价低廉等多种优势。经过考察发现，这种全新的装饰材料效果完全可以媲美石材和实木墙板，未来市场空间确实很大。小祁总心动了，下决心在凌云区创立一家室内型材加工厂。小祁总的创业豪情打动了老祁总，最后投资两千三百万元引进全套生产线和技术，注册成立了凌云装饰新材料有限公司。

对小祁总来说最兴奋的事情莫过于有机会介入互联网产业，技术团队打造的网络健康诊疗平台一上线就被估值上千万元，运作半年之后估值更是高达六千万元。

一系列投资的顺利推进让小祁总信心百倍，在当年年终总结大会上，小祁总振臂高呼："我们公司已经进入了发展的快车道，未来几年将形成以房地产、建筑施工为依托，集建筑材料生产销售、酒店投资、互联网健康产业为一体的多元化企业集团，五年之内实现年产值超过十亿元，十年之内成长为百亿级企业。"说完底下掌声雷动，而悦湖壹号

冬日的火花

公馆的销售经理夏向阳坐在一旁默不作声，一直用不屑的眼神扫视着主席台。

夏向阳说自从小祁总主政之后，没有一天不让人郁闷。因此无论他在台上怎么意气风发，在夏向阳心中他始终是个二球货。小祁总做事和老祁总完全不同：老祁总给朋友优惠是真心实意，而小祁总给人优惠前总让夏向阳提高报价，之后自己再给折扣。这样的小聪明穿帮后客户往往找夏向阳撒气，而夏向阳自然有苦说不出。更有甚的是，有时候老祁总给朋友批了优惠，到了小祁总这他不但不签字，还责问夏向阳到底听谁的，要夏向阳搞清楚谁才是当家人。每每这个时候夏向阳根本没法回答，心想着本应你们父子协调的事，你却偏偏难为我。一个董事长一个总经理，我他妈到底应该听谁的？

其实很多事荣健和高扬也很不爽。这家伙留洋归来自我感觉极为良好，认为自己有国际视野而其他人都是土鳖。这家伙上了几节有关销售管理的课程，回来就感觉自己已是营销专家。如此一来提交的营销方案经常不被通过，一般的活动策划他会说太传统没创意，搞些新奇的内容他又说花钱多费效比差。而实际上这家伙属于小气抠门的主，好不容易批准给客户买些小礼品，结果他安排买回来的往往是些假冒伪劣产品，如此送出去后招致客户一片骂声。

但所有这些事情还没法跟老祁总提，谁都知道在老子面前告人家儿子肯定没有好果子吃。况且即便坏事也坏的是他家的事情，大家干脆都得过且过。对荣健和销售团队来说，尽管小祁总不怎么支持，但此时的市场欣欣向荣，销售业绩一直比较稳定。因此也就更没必要和人较真，但大家都等着看小祁总的笑话。

时间很快到了2015年清明节，那天荣健带着老婆、女儿和妹妹去给母亲上坟。结果在村口遇见了二堂哥荣旺财，荣健下了车嬉皮笑脸地上前想缓和一下关系，荣旺财蔑视地看了他一眼，表情冷漠地说："你不能去上坟！"荣健一听这话瞬间满腹怒火，瞪着他说："我偏要去上！"荣旺财伸长脖子吼道："我的地你走不成！"荣健看他情绪激动也不想理他，于是直接开着车奔向地头。而荣旺财紧跟其后，又回家操

第五十八章 那一年的人和事

起一把铁锨尾随而来。

荣健刚停好车，荣旺财已经堵在地头。

荣健："你到底想干啥？"

荣旺财："我不想干啥！"

荣健："想要钱你明说么！不要既当婊子还想立牌坊！"

荣旺财："你娃少嘴硬，今你这坟上不成！"

荣健："好，你歪，我不上了。董婉你们去上吧！"

荣旺财："谁都上不成！"

董婉："我就要上！"

说话间董婉拉着小姑子就往地里走，没想荣旺财一把扯住衣服把她拉了个趔趄。荣健看此情景实在忍不住愤怒，冲上前去与二堂哥理论。然而二堂哥显然以为荣健要对他发起攻击，当下挥拳相向。荣健下意识挥手一挡，没承想却直接打在二堂哥脸上，二堂哥中掌后居然像软面条一般倒在地上，并顺势抱住荣健的腿，转而扭头吆喝道："来，你娃有种就把我弄死。"那神态完全一副无赖地嘴脸，这可怜可恨的架势反而让荣健紧握的拳头松了劲，有些无奈地说："你都不嫌羞先人。"荣旺财一听更是来了劲，冷笑着骂称："我羞先人，我羞先人。"说罢却忽然冲向荣健的车旁，先是发疯般地在车上拍打，而后拉开车门坐上副驾驶位置。荣旺财坐在车里叫嚣着说打了他荣健今年都别想安然，荣健骂他不要脸耍赖皮，他说："我今天就让你看看啥叫赖皮。"说着拿起电话叫他老婆和儿子前来助阵，不一会儿他儿子和老婆开着新买的小轿车飞驰而来。一下车那二嫂子直接冲上来撕扯荣健，一挥手就把荣健的眼镜打飞。董婉看此情况赶紧上来帮忙，谁料扭打中那破落户居然在董婉胸前咬了一口，不是妹妹拉开董婉可是要吃大亏。荣健刚要上前理论，荣旺财却从车里出来抱住荣健的腿就地一躺，那时候他儿子脱了上衣准备光着膀子大干一场。荣健使尽全力蹬开荣旺财，却被他扯掉了一只鞋。这下他变成了长短腿，眼睛还不给力，很快在侄子的拳脚威逼下摔进了路边的坑里。

女儿看着爸爸被打，不停地呼喊着。董婉和小姑子赶紧打110报了

冬日的火花

警,又给姑妈家的表哥们打电话。很快大表哥和三表哥赶来,三表哥吆喝着拉开小侄子,而那货还不依不饶,三表哥气不过直接一拳打在那货脸上,顿时世界变得安静了。围过来的乡亲们纷纷指责说荣旺财不应阻挡荣健上坟。派出所民警说荣旺财父子涉嫌侮辱坟茔和寻衅滋事。听了这话刚才还蹦跳的侄子撒腿就跑。民警让荣健和董婉先去医院,他们做完这边的笔录就去找他们。

这一场架打得方圆十里沸沸扬扬。有人说荣旺财良心丧尽爱钱不要脸,也有人说荣健斤斤计较没名堂,不给人家补偿说不过去。荣旺财心里也有些后悔,心想当初荣健回来道歉,还不如当时收了钱了事。现在这一闹钱拿不到,派出所还整天传唤儿子去做笔录。儿子本就有案底,如被派出所叫去恐怕就不好办了。荣健躺在病床上也懊恼得不行,虽说没吃多大亏,但这架打得丢人现眼。早知这样还不如当初啥话不说扔一万元给他,也许事情就不会发展到这个地步。可董婉说像荣旺财这样的人,当初你就是扔了钱,他还会想着法子跟你过不去,这种人永远不知足的。除非你给了钱,再把祖屋让给老大,都顺了他的心,事情可能会少一点。但你想想,为啥他和姑表兄弟都不来往,他的几个妹子也不理他,可想而知这个人是什么德性!幸许这一架打得还能多安然几年。

和卢伟说起这件事时,卢伟说荣健当初把母亲葬回老家就不明智。他说:"我爸妈早几年还想回家养老,在家里盖了新房你是知道的。可回去住了三年就受不了了。农村那帮亲戚娃上学要借钱,盖房要借钱,买车要借钱,一次不借就把人得罪了。而且有些人借了就没打算还,总觉得你钱多就应该帮衬他。我爸说现在的农村人可不像过去了,大多数那个心态严重有问题。能沾上光就高兴,沾不上光你就是死在家里也没人问。所以我给他们在郊区买了墓地,到时上坟也方便。"一听这话荣健肠子都悔青了,总不能现在又去迁坟吧!可不迁坟往后就免不了跟老二撕扯,这还成了一个没完没了的烦恼。卢伟说:"你要么迁了坟往死地整他,要么你就忍着,别把事情做得太绝,否则那货整天在你先人坟上折腾还不把你气死!"

听了这一席话,荣健也不再强求派出所依法办理,妥协说只要荣旺

第五十八章 那一年的人和事

财能够真诚道歉，保证不在坟地捣乱，医药费也就算了。派出所的民警很有经验，搬出有关法律条款让荣旺财学习，并声言他儿子再不到案就列入追逃名单。荣旺财这才慌了神，央求三表哥和他一起去找三爸道歉。那天荣勤民释放了多年的怒火，提说起自己和杜英娥当年对侄子的种种恩惠，骂他做事猪狗不如。荣旺财为了保自己的儿子，任凭三爸怎么训斥都默不作声，并说坟地的事以后再不会提，三爸百年以后回祖坟安葬他绝无二话。荣勤民说他是党员干部，按国家规定必须火葬，埋不埋进祖坟他已无所谓！

第五十九章　没来得及说再见

好几位学者讨论汉都市经济发展滞后的原因时提起了城墙，说是因为围合的城墙形态影响了汉都人的思维。也有学者说思想保守与城墙没有半毛钱关系，那只是当时军事防卫的需要。因此说明朝人建了个城就禁锢了汉都人的思想，这纯粹属于拉不出屎怪茅坑的谬论。

其实换个角度来看，这十几年虽说民用工业没能做大做强，但汉都市的发展也不算太逊色。城市规模翻了好几倍，高新技术产业区、经济开发区、滋水生态区等几个新建板块发展迅猛。尽管比起成都有一定差距，但这与地处西北内陆很难借力东南有很大关系。另外从西北人的性格来看，大多粗犷豪爽，又有极强的英雄主义情结。这种性格也许更适合身先士卒冲锋陷阵，而不善于群策群力谋划组织。因此本土的民营企业基本以家族独资为主，而不像东南沿海的民企老板常会抱团取暖，从而能聚合众力迅速做大。再从企业的治理思维上来说，南方老板强调团队强大，而本地的老板总认为只要核心团队能力足够，基层人员不过就是陪衬。这两种思想最终导致了薪酬体系的不同，南方企业尽可能发挥每个人的能量，而北方企业崇尚指到哪儿打到哪儿。

荣健一直在思考集团所面对的困局，不自觉就会对比职业过程中历任老板的治理模式。显然廖总治下的瑞景置业才称得上是现代企业，而后面的几任老板充其量就是带头大哥而已。他感觉胡总更像梁山的托塔

第五十九章　没来得及说再见

天王，义气仁慈但决策随意任性，大多数时候他似乎都跟着某种感觉在走。客观说他选择精细化工、半导体制造及互联网项目都很有眼光，但越是高科技产业越需要从管理上更好地筹划整合资金、技术、人才，而任何一项的缺失都必然导致严重后果。但这些胡总始终不以为然，他仍停留在过往挖煤开矿的成功经验中难以自拔。以至于面对承建商向集团索赔，他交代任务时只有两个字"不赔"。你若问他咋样才能不赔，他一定会说："要你们干啥用？自己想办法！"这是集团总经理对胡老板的描述，说当时听了这话差点把他噎死。现在荣健来了，又有多年房地产行业经验，既然老板交代你负责日常工作，那你就给咱全权处理吧。

总经理几句话把球踢了过来，荣健还不能不接招，琢磨再三决定重启公租房建设，原本只开了十栋中的三栋，而这次启动则一次性全部开工。听此消息集团上下都吓了一跳，总经理告诫说集团账上根本没钱，你这样弄会出大麻烦。而荣健完全不以为然，向外释放说高新项目的转让和皇城项目销售累计将回款十个亿，今年资金完全不成问题。承建单位闻声马上前来索要之前的误工赔偿，荣健语重心长地说："如果你们一味索要赔偿，那么下来就没法合作。况且你们提出的赔偿金额和有关计算方式也很有问题，如果双方就此扯皮，估计一年也扯不清。即使最后闹得对簿公堂没有几年时间恐怕也难有结果！与其这样还不如协商一下咱们继续合作，毕竟后面还有七栋楼，考虑到你们前期有损失，那么后期结算时原合同中你们给的折扣点位我方可以考虑放弃。"承建单位对这样解决问题的态度表示肯定，答应回去商量之后给个答复。

未等他们给出答复，荣健已经拟好了补充协议。在协议里约定："基于双方友好合作，补充协议签订之日起双方之前所有争议就此终结，之后工程结算乙方不再给予甲方折扣，甲方对此不持异议。"与此同时集团筹备工程开工的声势也颇为浩大，这对承建单位最后的决策产生了很大影响。之后双方本着友好合作的态度欣然签订了补充协议。然而两个月后，之前的三栋楼刚刚复工，后续楼位还没完成场地清理，集团忽然下达了全面停工的通知。施工单位自是不可理解，沟通无果后领着工人堵门闹事，但任何索赔要求已经没有了法理依据。按照协议之前

冬日的火花

的争议已经终结,而甲方有权调整施工计划,并且无须承担任何赔偿。一群人堵着公司大门大骂公司卑鄙无耻,荣健站在玻璃窗前看着楼下,玻璃窗映出他的影子,那一刻他忽然觉得自己这张脸是如此丑恶。

胡润德认为这件事情干得漂亮,专门叫荣健到家里喝了场酒。荣健说自己这么多年从未干过如此阴损的事情,这事让自己良心不安。胡老板安慰他说自己一贯重承诺守信用,要不是建设单位胡搅蛮缠绝不会让荣健这样做事。荣健说自己厌烦了来来回回换东家,希望就此能跟老板干下去,并且干些实事。

然而胡老板已经顾不上干什么实事了。之前答应刘博士的资金仍然没有着落,却希望前期投资的十台单晶炉能尽快产生效益。按照老板的授意,荣健催促工厂负责人拿出经营计划,但一群博士给出的计划仍围绕着订购设备、安装设备、调试设备展开,只字未提投入产出的事情。这样的经营计划自然难以通过,荣健以集团名义发函强调说不能为投资而投资,小规模生产也应该有清晰的计划和成本核算,即使亏也要搞清楚到底亏在哪里。然而最终得到的答复又回到了电费问题,可如果电费影响如此之大,岂不是说明在航创基地设厂本就是一个错误?十台设备会亏损,那么继续增加设备不是亏损得更多!这话把工厂负责人问得哑口无言,最后居然无奈地说:"那这没办法!他们只负责技术,其他的事情得刘博士定。"

这个情况让荣健有些束手无策,毕竟管理工业项目对他来说毫无经验。加上刘博士这样的权威那可是老虎屁股摸不得,跟他杠劲岂不是自取其辱?无计可施的时候想到了公司安排的美女助理,这姑娘刚从英国留学回来,前几天安排她熟悉有关半导体项目的资料,把她叫来聊聊也许会有启发。这一聊还真有重大发现。助理说近两年晶体材料市场低迷,加上技术日益成熟,因此MOCVD单晶炉市场价格持续在走低,目前同型号的设备国际市场报价在五百万元左右。听到这个数字时,荣健心里吃了一惊,刘博士团队拿出的采购计划就在桌上,赫然写着两千多万元的数字,那可是两年前的价格,由此是否就可以解释他们为何对采买格外上心!可刘博士品格那么高洁,他岂能赚这个钱?如果不是他的

第五十九章 没来得及说再见

意思，那么唯一的解释就只能是工厂负责人的失职。

胡润德得知这个信息后半天没有说话，他开始怀疑一期设备采购中间也存在这样的问题。可钱已经花出去了，再去落实这个事情恐怕面子上会很难看。他交代荣健不要声张，先拖一拖再说。

卖了高新区项目，停了公租房建设，拖着半导体项目，看化工厂折腾，等着网络公司倒闭，这是那阵子荣健对自己工作状态的总结。可得益于集团层面无事可干，他才有更多的精力操心自己代理的项目。很多时候早上公司签个到，办公室坐一会，而后开车上绕城高速直奔凌云区。一个小时后就在悦湖壹号公馆项目上发号施令，日子也倒过得紧张而充实。

往返汉都市和凌云区的路上时，荣健偶尔会给梁艳打个问候电话，而电话那头的她永远都是唉声叹气的语调。她总说命运太过捉弄，自己又一次踩入了泥潭。荣健批评她说："你不应抱怨命运，为何每次选择总意气用事？本就是二婚你完全可以多检验一段时间，这结婚刚一年又生个双胞胎，你不是自己给自己找罪受！"梁艳说这一切都是命，谁知道会生个双胞胎，男方家里没人管，自己累得要死，还连累父母不得安宁。荣健说已经如此，孩子是上天的礼物，那你唯有选择坚强，挺几年也就好了。梁艳说她最近到凌云医院交流学习，还去过悦湖壹号公馆销售部，如荣健来了凌云一定联系。

梁艳变得更瘦了！麻秆一样的胳膊看着就让人心疼。荣健说梁艳糟蹋了自己，以后的路还长，这样的状态可怎么办？梁艳说她也想开了，混一天是一天吧！荣健开玩笑说："你这样很危险，你们医院又是个危险单位，据说你们院长整天给女职工想办法。"梁艳说荣健口无遮拦，荣健不以为然地说："前一阵有家医院妇产科大夫居然贩卖婴儿，你说现在这医生啥不敢干！"梁艳说那只是个例，现如今哪个行业还不出几个败类。荣健却直接说她们院长就是个坏蛋，据说记者去采访，他指使保安脱了记者的衣服，还把人家关进太平间。梁艳说那是记者欺人太甚，把人惹毛了才出的下策。其实院长人挺好，也很有能力。

荣健隐约觉得梁艳和院长之间应该不怎么单纯，可他不愿意问也没

冬日的火花

法问。想来有时糊涂点比较好，有些事真搞清楚了也许就是自寻烦恼。

梁艳现在的心态却已完全不似当初，两次选择的失败让她对感情彻底绝望。在她眼里二婚的老公也是一个不折不扣的二货，不知道收拾房子打扫卫生，不知道计划孩子的保育喂养，不会做饭洗衣服。每天上班回来就看电视，经常一看看到二半夜，只要躺下就麻缠她。而自己上一天班还要操心两个孩子，经常睡得正香被他折腾醒来，好几次为这事半夜撕扯得伤痕累累。最可恨的是这货邋遢得让人不能容忍，即使有时心情不错愿意在一起，可这货不刷牙不清洗，裤子一脱就要来，现在一想这些就觉得是噩梦。

跟闺蜜说起这些事情的时候，闺蜜说梁艳太委屈自己。凭她的身段脸蛋随便挂搭个男人也能身心愉悦吃香喝辣，何必装得跟贞洁烈妇一样活受罪！梁艳也知道只要自己愿意有的是机会，可她时常会想起与荣健那些幸福的过往，即就他无情地辜负她也宁愿理解为阴差阳错。虽说如今这生活让她煎熬，也早就听说得到肥差的人都与院长关系不一般，但她不想那样，也学不会送货上门的谄媚。

那次院长到科室来开玩笑说："小梁大夫生完娃这身材还是这么好！"说着就在自己腰上轻轻捏了一把，没承想当时自己心里居然一阵悸动。过后她甚至嘲笑自己是否封闭得太久，怎么连这种玩笑性的揶揄都觉得温暖。可即就如此，院长几次说拉她去吃烧烤、泡温泉，她都拒绝了。她对男人没什么信心，总觉得儒雅优秀的自己把握不住，而庸俗平凡的自己又看不上眼。

尽管她还梦见过迷迷糊糊上了院长的越野车，被他拉着转悠到大禹河湿地公园。那天大禹河水面浩渺清冷，远处芦苇摇曳，院长站在水边新修的木栈道上激情澎湃地吟唱道："蒹葭苍苍，白露为霜。所谓伊人，在水一方。"那一刻这倚栏而立的男人深沉伟岸，虽然头发花白，但有一种气质无法阻挡。她忽然有一种强烈的愿望，于是哭着抱住了他。院长说到车上说，而后又一起坐进了后座。院长一边听她倾诉，一边开始帮她宽衣解带。当时她紧张极了，可院长说天都黑了，这地方鬼大个人都不会有。那天她穿着后背系扣的连衣裙，院长一边解着扣子一

第五十九章 没来得及说再见

边说："宝贝，你让我想死了，以后哥疼你。"可当院长那有力的大手毫不客气地抓住她胸前那柔软的主题，她忽然觉得恶心，忍不住大喊一声从梦中惊醒。

那个梦让梁艳可是忐忑了一阵子，后来又听说院长兜里时常装着蓝色的助勃小药丸，平日也很注意保健。五十岁以后基本上不抽烟不喝酒，每天保温杯里泡着枸杞养生茶，据说他床上的状态还像小伙子一样神勇。所有这些信息让她忽然又觉得那张和善的面孔变得猥琐，心里判定他就是个时刻准备撩拨妇女的老色鬼。由此她不再奢望能到油水厚的岗位丰衣足食，而是谋划着干脆辞职自己去开诊所。

然而当她再一次因为家庭矛盾万念俱灰时，院长居然主动说卫生局一个负责防疫的岗位缺人，愿意的话到时想办法把她调进去。这当然是个好消息，如果办成不但工资能涨不少，最关键再不会像现在这样繁忙。可这个调动还没办好，院里却出了事。一位孕妇因为难产死了，家属认为这是医疗事故，在打官司的过程中尸体就一直停放在院里的太平间。官司打了多半年，医院败诉赔偿时因为停尸费又起了争议。家属认为定价太高，医院认为费用一视同仁。为此惹来了记者跟踪报道，保安队长气不过记者的刨根问底，一时恼火说："你既然对太平间这么感兴趣，那你就待里面好好研究采访一下。"此事因为性质恶劣迅即在舆论上掀起轩然大波，很快纪委介入调查，院长被撤职查办。

在梁艳看来院长虽然花边新闻不少，可如此倒台真有些冤。这些年要不是院长才能出众，医院哪会有现在这样的发展！而自己刚有个转运的机会，现在忽然又出了岔子，梁艳再一次感觉掉进了深渊。想起之前院长带她和局里的领导吃过饭，于是琢磨着自己去找找也许还有希望。可没想到那天局长在办公室就拉住了她的手，亲切和蔼地说这是小事一桩，稍微缓缓肯定给她办，并强调只要以后多联系啥事都好说。梁艳自然明白这话啥意思，犹豫再三还是找理由给他打了电话。自从打了电话认了哥，梁艳的心里充满了矛盾和纠结。她没想好如何面对初见时他那如同喷火的眼神，然而再见时那家伙却是一副斯文儒雅的姿态。他说："你不要太为难自己，哥也不是那穷凶极恶的人。如果说有什么想法，

冬日的火花

那也因为哥真的喜欢你。见你的第一面就为你魂牵梦萦，这恐怕就叫一见钟情吧！"

起初只是一起吃了几次饭，后来梁艳自己都不知道怎么就从了。那家伙看起来并不强壮，却不知哪来那么旺盛的精力，自从有了第一次，之后隔三岔五得空就要亲热，而且每次各种姿势花样把她折腾得疲惫不堪，但那种酥痒到浑身颤抖的感觉确也从未有过。一个夏天过去，她感觉自己身体几乎被掏空了，但调动的事依然没有着落，无奈之下她提出自己要办诊所。这次局长哥没有食言，很快帮她办好了《医疗机构执业许可证》并出主意让她在单位先请长假。虽然到头来还得靠自己，但梁艳始终相信与局长哥的感情是天涯沦落人的互相温暖。直到那次在街头远远看见局长与爱人时，才发现那局长爱人竟似曾相识，为此她忽然有种深深的内疚。之后老公半夜撩拨时，她虽无心情但也不再拒绝，只是鼓励他要讲究卫生。

和荣健在凌云的几次见面，梁艳觉得荣健现在看问题有些极端，而且说话越来越刁钻刻薄，因此见了几次也就不想再联系。而荣健觉得梁艳一如既往地不分好坏，有时即就见面也近乎无话可说。想来如今各自都已拥有自己的世界，大家就像被风吹散的蒲公英，飞着飞着也许就只剩下心底里那一丝可怜的怀念了。

高扬在县城的圈子时不时会带来赵海的消息，再次提到他时他又消失了。据说走的时候只跟老婆说自己出去办点事，结果一走就断了联系。他老婆一打听才知道那货不但输掉了果业协会一大笔货款还欠下数万赌债，果农和债主们正到处找他。只可怜她原想跟个干部能享几天清福，谁承想现在只能孤身一人带着女儿恓惶度日。家里三天两头有人上门讨债，没办法只好回娘家住，刚结婚那阵子老太太到处给人说女儿这次找了个能行人，工作好有文化，现在这灰溜溜地回来可真把老太太的脸面丢了个干净。高扬说赵海再一次跟大家开了个玩笑，如此不负责任最终可能死无葬身之地。荣健说赵海半辈子任性妄为，总想着功名速成君临天下，一旦烂包从来说走就走，这还真不是一般人能比的潇洒。他总是在荣华富贵的执念里缅怀如花美眷，也总是一得意就不知深浅，他

第五十九章　没来得及说再见

似乎一直活在自己一次又一次设计的梦里！

那个夏天凌云区的房地产市场忽然如梦幻般地有了热度，房子哗哗哗地卖着。每次看到祁总出现在项目上都是喜笑颜开，原来笑眯眯的神情现在变得舒展自信。见了荣健他总说："小伙今年干得不错，该换车了吧？"开始荣健总说："呵呵！早都想换了，只是还没赚到钱呀！"听了这话祁总就会说："你这小伙还挺会过日子。不过我给你说，要会花钱呢！花了才能赚。我老汉又不拖你的钱，别装穷！哈哈！"荣健一想祁总说得也对，好赖咱手里也有一二百万元的资金，干脆换车。做了这个决定没几天，他就从4S店开回了霸气的路虎发现四，摸上方向盘的那一刻，还真有些成功的喜悦。

荣健春风得意的时候，大老板胡润德却有一种山雨欲来的感觉。年初中纪委拿下了省政协副主席，紧接着又有两大老虎落马，看到这些消息胡润德内心一下子变得脆弱。联想起那位年轻的周董事长，胡润德好一阵子都心神不宁。不过转念又一想，看来当初婉拒合作还是一件好事，否则如果那人背后真有问题，到时候追查起来自己可就在劫难逃了。从那一刻起，他开始琢磨着如何处理掉国内资产，最好尽快离开这是非之地。谁料没等他想好资产如何处理，又一只大老虎被依法逮捕。胡润德最终也没搞清楚那位周董事长到底与这只老虎有没有关系，可听到有人议论时他总是心惊胆战。眼不见心不乱，他决定到澳洲去逛一段时间，没承想走到机场的时候却忽然栽倒在候机楼里。多亏司机反应及时，只用了四十多分钟就把他送进了汉都医院。一群专家教授把他从死亡边缘拉了回来，醒过来后他反倒平静了。

胡润德事业一溃千里的时候，他深为厌恶的荣老板却带着向荣集团向百亿企业发起冲刺。早几年在北城中轴线上签约的十几块飞地完成了艰难的拆迁，十几块地可就是十几个项目。尽管这种项目容积率高品质一般，但这次荣老板汲取了过往的经验教训，在产品设计时不惜代价。之后又找来名声最大的两家代理行驱动销售，当年营业额突破三十亿元。这个成绩与全国性品牌房企相比似乎并不显山露水，但在本土房企整体表现低迷的时候向荣集团几乎成了汉都市的一面旗帜。

冬日的火花

另一家声名鹊起的是瑞景置业，对此荣健丝毫不觉得意外。他一直关心着老东家的发展，甚至每当遇到挫折都会遗憾当年没能跟廖总走下去，否则瑞景发展的功劳簿上少不了自己的名字。当瑞景置业又一个城市综合体项目亮相市场的时候，他写了一篇名为《瑞景地产与这个城市》的长文发在了媒体上：

2007年冬天雪很大，当年的永徽路依然比较冷清，除了一百零八米宽数公里长的遗址公园能够证明高新二期的雄心壮志之外没什么好说的！当然也没有人知道高新蓝水晶酒店大堂两个喝茶的人所筹谋的宏伟蓝图！

瑞景·君逸天下项目的首次论证会是在蓝水晶酒店举行的，与会的多位业界大佬对项目确定的发展方向给出了肯定性意见，至此之后项目在2008年新年过后正式启动。

《华融报》刊出的招聘广告只是轻描淡写地说本企业具有深圳背景，除此之外并没有什么特别的地方！然而两位领军人物所传递的巨大能量很快吸引了一大批有为青年加入麾下，一个完整团队的建设在不到三个月的时间内就完成了，在此之后就是早上开会晚上也开会的论证修改，再论证再修改。高强度的工作甚至让代理公司的一个青年策划师被折磨得心脏病发作，后来彻底退出了这个行业。然而其他人仍然不知疲倦地工作，因为所有人都明白席卷全球的金融危机会带来什么！

2008年5月12日汶川大地震的时候，瑞景团队正在会议室里争论得热火朝天，甚至投影幕布的非正常颤动都没有人发现，直到楼体大梁因为剧烈震动嘎嘎作响，大家才意识到地震了。后来的一段时间团队一边推进方案，一边四处避难。短暂的流离生活倒也给人清醒，更加让团队认识到人本思想的重要性，这对于之后在人性化设计、结构论证、施工质量等方面的把控上产生了非常大的作用。

当然这些都仅仅只是插曲，最为困难的是地震之后传说有些项目几个月一套房子也没有卖掉，这让团队对项目入市时机产生了严重的忧虑！我们究竟用什么来撬动市场？因为这样的思考最终将项目推向创造

第五十九章 没来得及说再见

第一的方向，最终形成了琴键立面、台地景观、天幕会所、全景商业、五星物管、十A精装等营销诸元。再之后营销整合将项目定格"都市锋线圈层定制住区"，推广定位在"见证一座大城的荣耀"。

2009年10月瑞景·君逸天下一经上市风靡全城，项目创造了多项销售纪录，瑞景地产由此一举闻名西北。2011年瑞景地产启动"瑞景·熠晖"项目，引领性地开辟了ART－DECO风格在汉都市场的实践。而这个时候的瑞景地产已经对这个城市有了更深刻的了解，那就是尖端品质保证的低调与奢华更容易被接受，而这种理念正是德国工业征服世界的核心力量。瑞景人把这种精神用来专注于地产，提出了"雕刻城市时光"的企业定位。"瑞景·熠晖"项目由ART－DECO风格德式高层和townhouse产品组成，社区分南北两苑，由一条绿化带地下连廊将两侧社区贯通连接，独有的台地的景观和下沉式庭院与周围自然融为一体。这中间我们似乎还能看到立体城市概念、山水园林概念。同时项目相对较低的容积率保证了开阔的楼间距，更加丰富的产品形态，尤其是城市皇冠概念之下的舒适大平层更是超越惯见！总之"瑞景·熠晖"的设计再次征服了汉都市的芸芸众生。

"瑞景·熠晖"项目在强化产品的同时，在营销体验上可以说是更上层楼，营销中心富丽堂皇，连门童也换成了舶来物种，深入其中更是震撼你的内心，大尺度的水晶吊灯璀璨夺目，沙发几案所有物件精于外奢于内，总感觉有一种气势让你无法抵挡，一旦拥有别无所求的体验油然而生。很多人知道大师L－志天，但是近距离品味大师的作品机会并不多，"瑞景·熠晖"让大家普及了一把L－志天的感性，尤其是在迎宾骑士引导下，坐上观光车来到样板间，这是一种陶醉之后再陶醉的神奇之旅。也许你没记住L－志天，但是你知道了什么是豪宅，什么是你想要的生活。这就是"瑞景·熠晖"想要告诉你的"层峰生活终极奢想"，而对这个城市来说"瑞景·熠晖"称得上"世界级城市地理资产"，"瑞景·熠晖"又一个永不落幕的经典由此而诞生！

回头看看2011年的"瑞景·熠晖"，我们不难发现在大多数房企过度关注刚需刚改的时候，"瑞景·熠晖"却看到了城市人的终极追求，

冬日的火花

仅仅在前期推出了一部分紧凑型房源，而这些户型也都给予了大尺度的面积赠送，从而让紧凑型房源也成为某种程度上的终极住所，个人觉得这种不过渡的理念值得所有房企重视。三年以来即使面临严峻的政策环境，即使黄原富豪圈层置业能量大幅衰退，即使楼市未来一再被唱衰，这些均没有太多影响项目的销售，反而让"瑞景·熠晖"在熊市中成为一盏明灯，昭示着所有业界同仁应该奔赴的方向。

今天的瑞景置业已经升格为瑞景集团，2013年斥资五十亿挺进城南，继"熠晖城"之后于龙脉之上扶摇直上，先后启动了世界级城市综合体瑞景国际中心、世界级商务综合体瑞景中央广场，每一个项目都在区域内成为翘楚。今天是公元2014年4月18日，农历3月19日，瑞景品牌展示中心盛大开放，又一个国际级视界体验场诞生，这也是一个新的开始！

回顾瑞景地产七年足迹，瑞景成功的秘诀是什么呢？个人认为可以归纳为根植汉都放眼全球的开发思维，一丝不苟的严谨态度，忠诚立业锐意进取的精神，而这些累加起来可以浓缩为"理想飞扬"！也许有人会说在这个理想被称为扯淡的时代，对利益的追求才是最原始的动力。而我认为房地产开发和一些产业还不一样，因为建筑与这个城市来说承载着某种灵魂，伟大的企业先创造灵魂而后产生利润，因为企业本身为利润而生。但是利润绝不是庸俗的金钱，那些单纯以追逐金钱为目的开发伤害的不仅仅是城市，最终也必将在激烈的角逐中倒在耻辱的血泊里！

汉都因为有瑞景而荣耀，瑞景因汉都而精彩。让我们在全球化背景下再一次深入思考中国地产的未来，让我们在中国改革攻坚克难的历史进程中探索企业可持续发展的核心之源，让我们为高举理想旗帜的企业家和他们的团队喝彩，最后我想说只有相信理想我们才能开辟一个伟大的时代！

这篇一气呵成的文章发布之后反响热烈，很多业内朋友发信息说这稿件堪称软文推广的范例。而荣健知道这些文字的感染力源于自己对公司深厚的情感，这种怀着感恩写下的语句会自然而然地流露某种情绪，这当中既有对廖总的敬仰也有对胡老板的失望。廖总在微信圈看到后发

第五十九章 没来得及说再见

来几个大拇指和"有才"二字，荣健相信以廖总的睿智他完全能读懂文字背后的深情！

胡润德在医院休养了个把月，荣健前去探望的时候他又犯了烟瘾，非得叫荣健发支烟给他。结果刚点着主治大夫推门进来了，看此情景惊讶地喊道："你不想活早说呀！别折腾我们。"胡总憨憨地一笑说："就抽了一口。"说完掐灭了烟头，那大夫再三叮嘱之后摇着头出了门。从那神情和语气中能看出，他应该与胡总的交情不浅。荣健环视了一下病房发现，这还真不是普通人能住起的地方。整体装修看起来温馨舒适，还是里外套间，最亮眼的莫过于还有厨房。胡总的厨子每天在这伺候三餐，怪不得他看起来都吃胖了。

想来要不是胡总在医院关系打硬，来了就能得到最好的救治，换一般人这突发的心肌梗死多半会要了命。胡总说这场病让他想开了，成败得失没什么了不起，他准备起身到澳洲休养半年，公司的事情让荣健多操心。荣健原本还想找机会提请辞职，可现在这情况又怎么能说出口。心想着老板走了也好，集团现在又没多少业务，自己腾出时间好好把代理项目抓一抓。况且最近又在金城县签了一个大项目，如果能干好算来也有上千万的佣金。

转眼又是一年，荣健心想虽说自己公司的营业额仍然没有破千万，但整体上仍保持着不错的发展态势。有时他和卢伟会沟通一些经营管理的问题，卢伟总说无法理解荣健如何能一边上班一边弄着自己的公司。荣健说有时自己也觉得不可思议，可就这样转眼也混活了近四个年头。他问卢伟接了刀哥股份后是否还有来往，卢伟苦笑说："唉！大家都忙。"卢伟问荣健和高扬合作得可好，荣健说一言难尽。卢伟说合作就要互相有价值，荣健说自己何尝不明白这个道理，但要做这个决定真的不容易。高扬没有在正规企业上过班，既谈不上专业性也不够职业化，这些年不学习不长进还满肚子的小聪明，在很多事情上都摆不正位置。卢伟哈哈一笑说："看来你俩的合作也快到尽头了。"荣健无奈地摇摇头，说："唉，有什么办法呢！说不定我哪天一冲动就会突然干掉他。"卢伟说："你比我狠！"荣健说："一创业才知道老板其实也不

冬日的火花

好当,上班只对老板负责,创业却要对一群人负责。有时在经济规则面前只能选择残忍,也正是考虑到干掉高扬会给他带来危机才犹豫不决,但这纠结在心里实在不好受。我想你和我一样,虽说赚了点钱,但咱们的幸福感远比不上葛新。人家两口子在国企上班旱涝保收,每天形影相随简直羡煞旁人。"卢伟连连点头,并强调说:"葛新的生活状态在一堆同学中间无人可比。最关键是他两口子心态好,也有条件能安享平静的人生。而咱们被逼向市场,不奋力扑腾就会沉底,这又有什么办法呢!"荣健问他有没有再见过洋子,他说没有见过也不想再见。这么多年过去恐怕再见面时也形同陌路,如果这样还不如保留一点曾经美好的记忆。卢伟问荣健为何从未见他提起过那个叫叶子的姑娘,荣健说:"无论怎样当初是她选择了放弃,我去找过但没找到。我唯一怀念的是李霞,如今也不知她是否安好。"卢伟开玩笑说:"像李霞那样的女子从来不需要操心,就像他前妻洋子一样肯定早已过上了阔绰的生活。爱情于我们来说已变得遥远,我们还是安心经营自己的家庭,操心自己的日子怎么过,再晃荡晃荡恐怕连勇气和力气都会没有的!"

也许人到了快四十岁都会去想年龄这个问题,不惑其实也意味着某种紧迫。你得清楚地认识这上有老下有小的生活,什么理想信念在现实面前都会变得脆弱,因为你得活下去才能顾及其他。而城里的生活每一天都离不了钱,除了穿衣吃饭上学就医,水电费、物业费、暖气费、油费、美容、旅游任何一项都不轻松,你要活得体面有尊严谈何容易!

祁总经过几十年的奋斗迎来了人生又一个巅峰,除了悦湖壹号公馆之外的两个小项目即将清盘。而悦湖壹号公馆一期荣耀竣工让他受到全城景仰,社区建筑美观大方,园林幽雅恬静,一段时间前来参观的人络绎不绝。由此助推二期销售不断加速,年内必将成为凌云销售冠军。竣工典礼的时候朋友们送来一把红木太师椅放在大门口,都说他创立的凌云地产稳坐凌云区头把交椅,未来发展将不可限量。

然而没有人知道,此时祁总的内心有深深的忧虑。经过半年多的观察,他开始清醒地认识到,以儿子的能力未来要挑起旗下的开发公司和建筑公司恐怕很难。他常批评儿子目光短浅、心胸狭窄,可这两点几乎

第五十九章 没来得及说再见

与生俱来的秉性可怎么改？回来弄的那几个摊摊现在一塌糊涂，跟人合作的酒店倒闭转让亏损上百万，型材加工厂算起来不亏钱，可外面那一堆烂账根本没什么指望，加上污染问题整天被环保局叫停。网络科技公司又搭进去数百万，原来说的估值简直就是张口胡吹的泡沫，转眼间碎裂得无影无踪。就连管理个物业公司也弄得小区里整天鸡飞狗跳，看起来满嘴的理论办法，实际上人管不住钱收不上，还就爱听阿谀奉承，用的那几个狗腿子没一个有真才实学。

有时候祁老板在想，为什么那么多白手创业的青年才俊都能独当一面？而自己的儿子再三扶持却难以自立？可这些心思祁老板说不出口，也越来越听不得谁说他儿子的不是。一次开企业家联谊会的时候，祁老板被邀请发言，讲到忘情处，他自负地说："我最不爱听谁说我儿子不行，凌云集团这些家当他就是败也得败几年！"可说完之后他内心一阵凄凉，会后他支走司机自己把车开到大禹河岸边，一个人下了河堤，在水边徘徊了许久。水面倒映着他萧瑟的身影，清风吹拂着他散乱的思绪，良久良久，他忽然如释重负地摇摇头，自言自语地说："重男轻女！我何必跟自己过意不去呢？"

在小祁总的管理下，销售团队的憋屈成为常态。这小老板召集会议从来不准时，而且屡屡放大家鸽子。加之总爱在关系户优惠上耍小聪明，一旦穿了帮就把责任推给置业顾问，况且过后一句解释也不会有。为此荣健在给团队开会时说："大家不必郁闷，尽管作为自然人我们生而平等，但作为社会人我们必须承认出身的差异。但并不是谁有梯子谁就能爬得更高，也许还会因为肌无力摔得更惨。因此即便有人不尊重我们，那又能怎么样呢！你们看过《三国演义》吗？刘备临死前对刘禅说：'你如生在百姓人家也许会快乐一点，而你生在帝王之家。'这话什么意思？其实我们根本不必羡慕愤恨那些混吃等死的富二代，当他们德不配位、才不堪用时，这个社会有一千种办法去收割他们的拥有。因此对于他们那不可一世的狐假虎威作为奋斗者应当有一定的肚量，我们应当用观察者的心态去等待，而这最后的结果只有一个，那就是他们的灭亡和我们的崛起。另外我今天要告诉你们，我是中国共产党员。长征

冬日的火花

路上前有堵截后有追兵，雪山草地缺衣少粮，可中国共产党人靠着理想信念建立了新中国。新中国是什么？是公有制为基础的人民民主专政，理解了这一点你的人生就会变得无比自信。因为所有民营资本的发展最终都会因为传承的脆弱性而消亡或重组，但国企却可以最大限度地选贤任能。封建帝王娶那么多老婆都不一定能生一个治世明君，何况现在一夫一妻，你们想想看民企能传接几代？因此我从创立公司开始，就一直推行合伙人模式，只要你们具备了独当一面的能力，你就可以成为股东成为老板。只要你有理想有信念，一切的艰难委屈都不算什么！只要天下为公，最后的胜利一定属于德才兼备的奋斗者，没有人能永远躺在先人的成就上自鸣得意。你们可以给我鼓掌，但你们更应该为自己的奋斗鼓掌！哈哈哈……"

　　那是一个初冬的早晨，祁总忽然打电话叫荣健带上高扬到他办公室开会。荣健赶紧处理了手头的事情，又一次驾车飞驰赶往凌云。一见面才知道，祁总和管委会沟通好了一块近三百亩的住宅用地，而且已经拿到立项文件。把荣健和高扬叫来就是让他们启动新项目策划定位工作。这个消息自然让荣健喜出望外。以悦湖壹号公馆目前的销售来看，年底之前三期就能完销。祁总现在拿下这个项目，到时销售工作就能实现无缝对接。而且这个项目比悦湖壹号公馆大了一倍还要多，到时佣金产值可不会低。怀着满腔喜悦，荣健当场表态说自己会全力以赴，半个月之内拿出一份内容详尽的策划报告。

　　祁总显然心情非常好，说完项目的事又关切地问荣健公司经营的情况。荣健据实回答，说承蒙祁总当年的大力支持，现如今公司已发展了四五个项目，团队也壮大到五六十人。祁总语重心长地说："人这一辈子机遇很重要，努力更重要。要常怀感恩之心，有敬畏之念。所以我开发项目从不偷工减料，你们没来之前我总认为只要性价比好就行，现在看来设计、营销也很重要，下一个项目咱继续走高端路线，盖最好的房子，卖最实惠的价格，让人家买了就觉得赚了，这样咱肯定能立于不败！"荣健和高扬连连称是，并赞称老板近来容光焕发，在他的领导下公司肯定会有大发展。

第五十九章 没来得及说再见

三人正说得高兴，有人敲门。高扬连忙起身去开，拉开门的同时一位绾着发髻，身着巴宝莉毛呢大衣，脚蹬咖色长筒皮靴的女子走了进来。那一刻她脸上挂着灿烂的笑容，张口一句："爸爸，我回来了。"瞬间让祁总眼角眉梢流露出慈祥和喜悦，他答应了一声，然后向荣健介绍说："这是我的大女儿祁美，刚从英国回来。"荣健赶紧站起来想要说几句赞美的话，没想到祁美大方地说道："您肯定就是荣总啦，我爸老提起您，您好！"荣健呵呵一笑是为肯定，握住她伸过的手说："到底不一样呀！一进门就是扑面而来的国际范。"听这话祁总脸上也乐开了花，补充说："美美在英国读完硕士，自己开办了一家建筑设计公司，是我动员她回来发展的。"荣健说："人常说姑娘像爹，我看美美以后的成就肯定要超过您。"美美站在父亲旁边只是微笑着，祁总轻轻拍了拍她的肩，乐呵呵地说："我这女子野得很，叫她回来可不容易！"美美拧了拧身，撒娇地说："爸，这话你也拿出来说。"

到此荣健和高扬连忙告辞离开，出了门荣健说："祁总今天这些话意思让咱们别忘他的扶持，要全力做好新项目。"高扬说："这是祁总对咱们的器重，有了他的信任下来的项目肯定还用咱。可如果小祁总完全当了家，到时真就不一定了。"荣健微微一笑，说："你不知道吧，祁总的工程公司法人已经换成了祁美，未来这企业恐怕得祁美说了算。"为此两个人心情变得愉快而舒畅，谋划着再有两年，代理业务年产值将突破千万，到那时再开辟新的业务也就有了资本。

从凌云回来忙了几天，策划方案也理出了头绪。周一晚上和卢伟、魏俊、钱坤、葛新几个人小聚了一下，当晚喝了点酒，第二天十点多了荣健还睡得深沉。睡梦里依稀出现浩渺的汪洋大海，祁总站在一艘巨大的游轮上张望远方，而远方似乎是美国西海岸，又似乎看到了自由女神像。岸边有很多人在热烈地招手，什么人却一直看不清。再走近一看却原来是舞台下那些雀跃欣喜的业主，而大海又忽然缩变成悦湖壹号公馆门口的水池，自由女神像也不是自由女神像，而是悦湖壹号公馆门口水池边弯腰汲水的少女雕塑。

忽然电话响了，荣健迷迷糊糊地拿起电话。电话那头夏向阳哽咽得

冬日的火花

几乎说不出话来。

"荣总，老祁总走了！"

"啊！你说什么？没搞错吧！我上周还见了。"

"真的，他们公司人现在都忙着筹办后事呢！"

"你再确认一下，让我想想咋办！"

再次见到祁总时，他躺在灵堂后面一口窄小的冰棺里，脸色蜡黄双目紧闭。荣健和高扬在棺前深深鞠躬权作告别，走出灵堂时驻足，看到的是堆积如山的花圈和祭品，而闻讯赶来的亲朋黑压压一片看不到头。很多人说祁总的灵堂应该设在管委会的礼堂，他身上应该盖着党旗和松柏。他虽是民企老板，但他是一名老党员，并在自己的公司建立了支部，办公楼的走廊里常年悬挂着中共领袖创业时的照片。他总说没有共产党就不会有中国今天的繁荣，任何人任何时候都应该跟着党走，做人可不能忘本。1998年洪水的时候他捐款捐物，汶川大地震的时候他带头交特别党费，很多贫困的家庭他给过资助，很多人买房的时候他给了折扣。人们记着那个总是笑眯眯的精瘦老者，人们赞叹他一生不屈的奋斗。十里八乡一时间都在传说他的故事，千里万里很多故旧前来祭奠，乡亲们都说很多年没见过这么大的场面。上了年龄的老者说身后这么大的场面那可不是有钱有地位就能办到，一个能赢得社会认可妇孺尊重的人才堪称伟大！

从凌云返回汉都的路上荣健思绪万千，想着当年与祁总的相识，想着那些温暖的过往，想着他笑眯眯的样子，一时间感慨万千。悲伤涌动让他无法开车继续前行，流着眼泪把车停进服务区的广场，他再也抑制不住汹涌的情绪呜呜大哭。

良久荣健才平静下来，他在微信朋友圈写下了这样的文字：

"他是谁？中国共产党优秀党员，杰出的民营企业家，乒乓球直拍正胶的顶尖高手，德高望重的长者。没有很高的学历却是儒家文化集大成者，出身寒微却一身英雄的风骨，成就赫然却始终保持谦逊的态度，一生用良心筑建工程，总希望多一点给予！于国家社会他堪称一代楷模，于家族亲人他称得上贤明仁孝，于朋友他担得起良师益友。他是老

第五十九章 没来得及说再见

板,老哥,朋友、知己,他忽然如风般逝去,多少人眼泪难以抑制,多少人暗自神伤!想我不过三尺微命一介草民,斯人已去也唯有躲在车里泪水横流,难以忘记那些感动的过往,缅怀那太过匆忙的照面!我不想写下他的名字,唯愿天堂里没有烦忧温暖如春!"

第六十章　三十年来家国

　　没人知道因为什么原因，2015年春天被视为传奇的李道长竹杖芒鞋飘然而去。有人说他云游四方扶危济困去了，有人说庙里看不惯他自命清高的做派逼他离开，也有人说他被控非法行医丢了饭碗，反正于此他成了一个传说不知所踪。荣健这才想起，上次见面时李道长曾随口说过"一念茅屋"失火被毁的事。当时自己安慰他说："这岐黄庙里冬暖夏凉远比你的茅屋好。"可道长笑着叹了口气，喃喃地说："我还是喜欢我的茅屋！"

　　走了就走了吧！也许他云游四方济世救人去了，也许他会羽化在一个不为人知的地方，自由自在行走随心，或者那才是他的终极追求。于承蒙他恩德的人来说，从此世间不过多了一些怀念；于毫无干系的人来说，谁又在乎庙里换了面孔！

　　而春天即将结束的时候，那个用灵魂书写青春和爱的诗人汪国真也走了，他说："只要春天还在，我就不会悲哀!纵使黑夜吞噬了一切，太阳还可以重新回来……"他的一句"认识你真好！"曾经让我们的内心无比温暖，也让我们在青春漫长的孤寂里满怀希望。

　　那年夏天，荣健曾经挚爱过的叶子姑娘也有了音信。她嫁了两任丈

第六十章　三十年来家国

夫却都惨淡分手，如今一个人带着二婚的孩子靠打零工生活。再见面时她脸色蜡黄身材枯瘦，曾经那亮闪闪的眼睛笼罩着深深的幽怨。她总喋喋不休地诉说经历的委屈，没流眼泪言语却全是愤恨。荣健无法开解她，面对她那芳华不再的容颜唯有唏嘘，甚至有一瞬间觉得两人之间那些美好的过往犹如梦幻，最后他无奈地说："我们都不够自信也不够勇敢，所以我们都不配拥有真正的爱情！"听此话叶子沉默不语，她自是认为荣健是在埋怨她当年的妥协，而实际上荣健心里的难过却是因为李霞。那一刻他心里开始清晰地意识到，这世界从来都很公平，唯有像高盛哥、陆锋、许芹、安宁那样善良豁达勇敢无畏的人才配谈爱情，而任何在感情面前裹挟世俗利益又瞻前顾后者，最终都会被现实羞辱。

所有这些信息不经意间让荣健开始审视这一转眼的很多年，也让他对这如水般的匆匆岁月充满感怀。随着经济领域的迅速崛起，家国历史业已进入一个全新的时代。文化自信日益回归，国家治理能力全面提升。有位精研史学的先生说："翻遍二十四史也找不到今天这样的反腐力度！"自中共十八大以来，从中央八项规定开始，媒体上几乎每天都有官员被查的消息。人们都说中国共产党在新时代再次显示出超强的自我革新能力，中央文件说这是无产阶级政党本质所决定的结果，而这个结果再次彰显了马克思主义和毛泽东思想的永恒光辉。

汉都市这两年的反腐足可用天翻地覆来形容，从市委秘书长被立案调查开始，财政局、环保局、土地局、规划局等多个局长相继落马，紧接着市长被免，政协主席被处分，市委书记被依法逮捕，据说被逮捕前书记正忙着和老婆在卫生间焚烧成捆的美金，倾倒整箱的名酒。随着一大批贪官污吏的倒下，云岭北麓权贵们违规建起的那些豪宅别墅也被夷为平地。当人们热烈地议论着落马官员腐败堕落没有底线时，当群众为那些豪宅别墅被推倒而欢呼时，是否有人想过，如果有朝一日自己大权在握，是否就能够守住底线？而那所谓的底线又在哪里？

房地产行业内的人都说土地局、规划局的局长早该倒台，要不是他们与不法商人狼狈为奸，汉都市黄金地段岂能大量出现那些丑陋不堪的建筑？他们对本土关系企业网开一面，对外来品牌严格要求。没承想却

冬日的火花

让外来企业依靠专业在市场上杀出一条血路，而本土企业却几无还手之力。某本土大型房企把项目拿在手里五六千元的价格卖不动，以致资金吃紧最后不得不打包转让，而品牌企业接盘后却一个一个都焕发了青春，价格翻倍不说，还屡屡创出当日清盘的奇迹。

荣健打电话动员胡总尽快启动地产项目，然而随着有交情的一圈领导朋友先后走进监狱，澳洲海边度假的胡润德心里烦躁又彷徨，他意识到国内属于自己的时代恐怕就此结束了，考量再三他决定干脆彻底做个清算吧！他打电话给荣健，说原来给王博士的钱应当认定为借款，而他手里没有借据。因此荣健必须想办法让王博士写下借据，只有这样最后才好提偿还的事情。

这显然又是一个逼人骂娘的任务，你原来豪爽出手不计后果，现在又让对方承担全部损失。这样的坏事你叫我如何去做？荣健再一次陷入郁闷，可如果不做，按照老板的脾气，恐怕今年的工资都会有问题。

最可笑的是这个王博士简直不知死活，最近还一再催着集团追加投资，言下之意如果再没钱续命，几十亿收益的项目将功亏一篑。

荣健特别不喜欢和王博士说话，那家伙虽是黄皮肤黑眼睛却笃爱星条旗，他全部的梦想不过是在国内赚些钱然后带着老婆孩子办移民。荣健说自己旅游去过英法，还去过东南亚等好些国家，也没觉得这些所谓的民主国家哪里比中国好。这些国家大多不过就是人口少、环境好，可我们是中国人，你得清楚那些白人眼里的傲慢和偏见。也许在很多白人眼里，中国人仍是百年以前留着小辫、裹着臭脚、一脸无知卑贱的形象。你跑去这些国家恐怕也只能当听话懂事的乖孩子，万一你和白人或者黑人冲突，可能因为个头不济你连高声的勇气都没有。可在中国，我们是主人，你什么时候也能挺直腰杆发出自己的诉求。然而王博士说国内的人文环境太过浮躁，汉都每到冬天雾霾能把人呛死，因此如果有条件他一天也不会留在国内。

王博士永远想不到，这样的一席闲聊会给他带来很大的麻烦。荣健原本只想跟他聊聊前因后果，然后回复胡总说没有依据自己实在无能为力。可一席话下来他觉得王博士应该受到惩罚，无论你有什么样的才华，可你

第六十章 三十年来家国

这样的人有什么资格拿政府的创业补贴？你整天想着移民国外，你从没想着与祖国和人民同呼吸共命运，就因为如此我就得办了你！

他跟王博士说："你们要得到集团支持，那项目的运营方案就必须提请集团管理层审议通过，你们好好准备一下吧。"经过三轮严格的审议，王博士带着团队回答了集团管理层提出的所有质疑后，荣健拍板说原则上同意再拨付六千万扶持资金。当时总经理就瞪大了眼睛，散会后拉着荣健说："你太冒失了，集团账上现在哪有钱？"荣健说："这个您不用担心，我来和老板协调。"

荣健带着拟好的协议找了王博士，说他的项目前景光明大有可为，而胡总现在精力有限，集团管理也日趋正规化，因此下一步所有投资均作为借款支付。但在扶持资金支付前，过去胡总投入的钱也应当清算确认一下。王博士还没完全明白他的意思，他就直接拿出了只需签名按手印的借据，说只有签了这个借据，后续的六千万资金马上就会支付。也许王博士确实到了饥不择食的地步，反正他犹豫片刻后就在一堆文件上签了字。

王博士没等到六千万的扶持资金，却等来了集团催还借款的律师函。他问荣健为何会如此，荣健说自己只是个副手，这个结果他也没想到。王博士哪里会有钱还借款，因此他很快就接到了法院的传唤，最终被法院冻结了账户，查封了房产，连代步的宝马车也被集团以抵债之名收回。短短几个月，王博士不但失去了一切，还因为官司缠身被限制出境，连高铁、飞机也无法乘坐。

老王头坐在病床上听了侄子的遭遇后破口大骂，说荣健就是个阴险卑鄙的小人，骂完之后剧烈咳嗽着大口大口地吐血。他认定荣健因为当年没代理成皇城项目才疯狂报复，看着痛哭流涕的侄子老王头爱怜地说："你别着急，我找胡总说。这个姓荣的太坏了，老板把他弄在身边非常危险。"

这个老王头还真有办法，也不知跟胡老板说了些什么，反正老板打来电话让律师撤诉，王博士签了一份分期还款的协议就了结了此事。而事情了结没多久，忽然传来消息说王老头在黄岩市一家医院里去世了，

冬日的火花

据说是因为年轻时在煤场患上的尘肺病。荣健安排行政部送去花圈和幛子，但心里总有些隐隐不安。

这一场事情让荣健彻底心灰意冷，于是给胡总打电话想提辞职，然而胡总电话却一直关机。那个午后坐在露台的阳光房里，荣健思绪万千。想来这几年胡总给的待遇不薄，自己的公司也发展得不错，现在开着豪车住着阔宅可为何心里并不觉得幸福？这个问题他也曾问过很多朋友，大家说痛并快乐才是生活的本真状态，我们都应该知足。

百无聊赖地下楼转转，看见前面一个母亲领着大孩子推着婴儿车缓缓走来。走到近前才发现这人如此眼熟，而那女子叫出了他的名字。我的天，是姚晨雨。姚晨雨说她在这个小区住了快十年了，荣健说他也搬来三年了。姚晨雨说她经常带着孩子在小区里转悠，荣健说我咋就从来没碰见过你。姚晨雨呵呵笑着说："看来咱俩还是缺点缘分！"荣健说："呵呵，还真是！"姚晨雨问起当年做选秀活动时整天跟在荣健身边的女子，荣健说她叫萧珊珊，我们只是同事，失去联系好多年了。

有些事真不敢琢磨，想起当初与姚晨雨相见相识的过往，荣健心里翻起一丝难以名状的波澜。感觉那时候似乎整个人总被一种冲动所左右，见了漂亮姑娘就想入非非，现在看来那也许就是青春的孤寂和不安分。那时的她善良坦诚，朗诵《雨巷》的时候是那么的婉约迷人宛若惊梦，而后来我们却渐行渐远。想来欣赏让我们接近，偏爱让我们分开，多年以后却还能如此地重逢真是让人欣喜。现在她拥有了幸福的家庭，成为一双儿女的母亲，我们各自生活在两条相近的平行线上，也或许这就是我们注定的距离！

反正也联系不上胡总，荣健只好继续扮演着双重角色。凌云那边小祁总已经开始全面主持地产公司的工作，一切还真如所料。小祁总开始对营销工作提出各种意见，诸如策划方案不新颖，物料设计很平庸，销售人员不专业，等等，这些意见空泛苍白，让执行的人实在有些摸不着头脑。为此荣健被折腾得三天两头往凌云跑，而每次开完会都生一肚子的闷气。

那时候祁美已出任董事长，荣健想过去找她沟通，可一思量又觉得

第六十章 三十年来家国

这种分歧即便祁美能够明辨,而她作为小祁总的姐姐,她又该如何处理?况且她有没有别的想法自己也吃不准。再说她刚刚接手这么大的企业,即便能力出众,恐怕也需要一段时间来适应和调整。如此自己又何必在一个女孩子面前扮演祥林嫂的角色,这世上原也没有不散的宴席,一切随缘吧!

终于有一天当小祁总指责说销售团队水平差时,荣健忍不住和他杠在了一起。小祁总说:"我所需要的销售队伍必须足够专业,必须具备把握客户征服客户的能力,要让客户听了咱项目的介绍其他项目看也不想看一眼。"荣健回应说:"兄弟,你不能总靠想象指导工作,你所说的那是神仙!如果我们有那能力还用得上给你卖房子?"一句话把小祁总怼得半天没回过神,最后说了句:"你这人咋这么爱抬杠呢?总之你们要努力提高专业度。"

那天开完会出来时高扬埋怨荣健说:"你不要火气那么大嘛!人家是甲方又不是傻子,你这样说话咱这项目还做不做?""你觉得这项目咱还能做下去吗?"荣健黯然地反问道。沉默良久,高扬伤感地说:"那咱们在凌云苦心经营这么多年,为做他家项目,别的都没接,就这么放弃吗?荣健回答说:"你现在知道可惜了,早干啥去了?你号称负责凌云项目,这几年可曾得到人家认可?哪次我过来甲方不是一堆牢骚?你也扪心自问一下你有没有能力做人家的项目,要发展光靠我是不行的。如今事已至此舍不得有什么用?况且话又说回来,生意这事有时候失之桑榆收之东隅,你觉得小祁总那德行能把企业经营好吗?如果他能成事,那我就把公司关了吧!"高扬心有不甘地说:"他成不成与咱啥关系?咱还得干么!况且你不是说祁美很有能力,这企业现在不是她说了算吗?"荣健无奈地笑了笑,说:"继续干,你凭啥干呢?"一句话说得高扬目瞪口呆,瞬间眼眶酸热,而心里却泛起阵阵寒意。

正说话时,王长征忽然打来电话。说他现在调到了关西镇,如果荣健有时间见面聚一下。没承想他已升任关西镇镇长,他有些激动地说金城县最近一次性处理了八九名局级干部,常务副县长也被判了重刑,真是苍天有眼。他从雪岭乡走到这里用了十五年,十五年在基层可以说问

冬日的火花

心无愧,只可惜那些年王八当道,干事的人难有进步。荣健说他的坚韧无人能及,与他相比自己算是一个体制内的逃兵,他如今干到正科级那可是前途无量。王长征说太晚了,早几年提拔也许还能上去,现在这年龄估计干一届就会调回县里,到时能在哪个部局混退休就算不错了。

荣健问他金城县几乎没有重工业为啥PM2.5还整天爆表,王长征哈哈大笑着说:"你没看咱县一天到晚跑的沙石车,你再看看大禹河、芒水河千沟万壑的河床恐怕就清楚了吧!有些地方连河滩地都翻了个底朝天,沙子、石子现在可是稀缺资源。多少人靠挖沙卖沙发了大财,那可是比卖毒品还赚钱的生意。"

"为何政府不统一经营?这样一方面既能杜绝无序采沙,另外还能带来可观的财政收入。"

"统一经营的话有些领导咋搂钱的呢!"

"那这样无法无天干下去,以后治理起来不是还得政府买单!"

"已经在整治了,现在实行河长制,以后取沙要论证,河床开采砂石按标段拍卖。"

"就是,这些资源都是国家的,咋能让个别人大发其财,最后全体老百姓买单呢?"

"你想得简单,这中间捆绑着多少人的利益,他们肯定想方设法捣乱。那些人现在已经疯了,不管白天黑夜,疯狂地偷运,这才造成污染爆表,市上已批评多次。"

"不用雷霆手段是不行的!听说这些人背景很复杂。"

"何止复杂,有些就是黑社会!"

"你还真敢说!"

"呵呵,我这些年就着了敢说的祸,要不早升官了。不过现在咱不怕,中央说老虎苍蝇要一起拍!"

荣健说王长征和燕子算得上模范夫妻,相识相爱于校园,早些年尽管聚少离多但他们一直堪称琴瑟和鸣。王长征说宋胜利和老婆也过得很好,现在开了一间茶庄。荣健说赵海又不见了踪影,王长征说他的那笔钱现在也没要上,赵海看样子彻底完蛋了,他也不打算要了。荣健说转

第六十章 三十年来家国

来转去，我们这一圈人基本还在一起，只不过是从县城换到城市居住。可惜大多数人变得面目全非，而王长征依然像从前一样厚道正直。王长征说他没有荣健和李铭他们那些奸商的脑筋，在城市他只是个旅居者。

聊得高兴时，王长征带着几分调侃的意味问："你最近没有联系你的老相好？"荣健问："我有啥老相好？你一天胡说啥呢！"王长征笑眯眯地说："你挨球的就装吧！你把和梁艳在宋胜利房子睡觉的事忘了？"荣健这才知道他说的是梁艳，细究之下王长征说了最近县上沸沸扬扬的一档事。

梁艳私人创办的妇幼诊所开业了，虽说只有百八十平方的营业面积，但因为医术出众诊疗程序简单，几乎每天门庭若市。如此虽然比过去还累，但梁艳却乐在其中。然而很快问题来了，单位人说她请长假搞副业，还利用十几年在医院的积累拉走了原科室的病人，像她这样挖单位墙脚的人应该被开除。于是她被通知必须回去上班，否则一切后果由个人承担。

那天她去找了局长哥哥商量对策，结果敲了半天门，局长办公室门居然出来一个面红耳赤的年轻女子，急急匆匆两个人差点撞上。梁艳瞬间心情极为不好，进了门就一屁股坐在沙发上。不一会儿局长从卫生间出来，裤裆上还沾着水渍。她淡淡说了单位让回去上班的事，没承想局长漫不经心地说现在政策严了，他也没办法。当时梁艳就想哭，一挪屁股却感觉坐上了啥东西，伸手一扯发现居然是条碎花的女式裤衩，她瞬时气血翻腾直冲头顶，当下提着脏裤衩质问道："这是你新认的妹子吧？又是一见钟情吧？我打扰了你的好事吧？你个流氓！"局长也没客气，挺着腰板严厉地说："你喊啥！以为这是你家呢！""我就要喊，你个骗子，王八蛋！"梁艳一边骂着一边挥起裤衩向局长脸上抽去，局长看梁艳疯狂了，赶紧想着抽身，结果被梁艳不依不饶地追打。机关里有办事群众拍下这一幕发到网上，很快局长被立案审查。

组织调查的时候梁艳说自己找局长是希望调动工作，但没想到局长却嘲笑她年龄大还想法多。她一时情绪失控才去追打，反正花裤衩不是她的，至于是谁的她不清楚。而局长被审查时哆嗦如筛糠，很快就交代

冬日的火花

了一切，这当中自然包括违规把多个情妇调入卫生系统的丑事。梁艳也不再纠结是否会被单位除名，想着大不了到时把社保统筹转出来自己承担，现在诊所运营良好，所有这些她已无所谓了。

之后局长老婆到诊所找梁艳算账，两人一见面都瞪大了眼睛。她确也是老同学王琪，她们俩人曾经在金城中学有过无数次照面，只不过不在一个班因此并不算熟悉。如今这样的相见，王琪原本还有抓破对方脸面、损毁对方名誉的冲动，可是如此的相见让她顿时觉得尴尬无奈。王琪埋怨梁艳想调动早不沟通联系，即使有气也不该借题发挥，而那个丢下花裤衩的贱人才罪该万死！说完这些王琪忽然哭得稀里哗啦，两个女人都感慨人生无常，愤恨如今这世上的男人都如禽兽般无耻下贱。一个个吃着碗里的看着锅里的，谈情说爱时都信誓旦旦地要天长地久，可一旦拥有却视若敝屣，说到伤心处两个人不禁发出深深哀叹！

正当汉都市因为党政主官倒台，上下陷入迷茫之际，新任市委书记康永带着中央嘱托来了。实际上在媒体正式报道的前一周他已经来了，他每天独自一人在陌生的街道漫无目的地转悠。爬上著名的明城墙观赏古城风光，在知名的商业区参观，与小商小贩聊各种热点话题，顺路还捡了一把烟头在手。之后又到几个声名显赫的开发区巡视，还曾与出租车司机探讨城市发展。尤其看到一处著名的史前人类文明遗址居然被包裹在小巷里时，他当时就有些啼笑皆非。这个遗址可是初中教材里就介绍过的，若以此为基础发展一个遗址景区几乎无须推介就能名满天下，而如今居然被雪藏于此，真不知这愚蠢的规划者当初怎么想的！可无论怎样，一周下来他觉得自己似乎已经爱上了这座古城，这城市历史厚重故事深沉应大有可为，于此也深感自己肩上责任尤为重大。

上任伊始他在党政干部会议上面对汉都现状激情发问：为什么我们工业门类齐全、基础雄厚，但多年来国企不强民企偏弱？为什么多年来追求西部最佳，而我们的经济却始终迟缓？为什么军工实力全国领先，却为何没能更好地转化为发展优势？为什么我们历史文化、红色文化优势突出，但文旅产业却乏善可陈？为什么我们坐享西部大开发、"一带一路"等多项政策红利，拥有欧亚经济论坛、丝绸之路新起点等良好平

第六十章 三十年来家国

台,但丝路金融中心建设、金融产业却欠缺活力?为什么我们科研院所林立,大专院校众多,重大科研成果层出不穷,但却墙内开花墙外香?为什么我们的户籍政策、人才政策只注重领头掐尖,一再漠视群体强大的重要性?为什么我们的工业不大不强,可空气质量生态环境却不尽如人意?为什么我们学校、医院等民生服务配套规划齐全,但老百姓却一直抱怨上学难、看病难?

新书记的发问一经媒体播发迅即让民意沸腾,几乎所有人一时间都觉得汉都市来了贴心人。紧接着市委、市政府发出了"行政效能革命"的号召,以干部队伍的作风转变作为核心抓手,以前所未有的勇气和担当向着追赶超越的梦想发起全面冲锋!

让一批人体验最深的莫过于户籍政策的放开,当然这其中包括荣健。拿到汉都市户口本的那一刻,他内心充满喜悦和感慨,一段时间睡觉都能笑醒,经常情不自禁吟唱起:"我在这里欢笑,我在这里哭泣。我在这里活着,也在这死去……"

以户籍放开为标志的人才吸纳政策迅即让汉都成为全国热点城市,与此同时各个旅游景点围绕传统节日深耕文化内涵,利用各种网络媒体传播汉都特色,汉都的文化魅力展示出前所未有的号召力,一时间"汉都最中国"成为中外游客的广泛共识,由此也给城市交通和相关服务带来了巨大压力。为了做好服务留下口碑,政府机关几乎全员上阵,"五加二白加黑"成了党政事业单位工作状态的代名词。

市级电视台推出的"问政"栏目提问犀利辛辣,直播过程中让很多不作为的官员丑态百出,甚至有人因为一场问政就被罢免,而群众对这样刮骨疗毒的做法无不拍手称快。

很多人都说共产党的官员只要发了力绝对天下无敌,因为领导者手中所掌握的公权不被任何利益集团所左右,这种至高无上和不可阻挡的行政力量能毫无羁绊地推动工作,因此任何时候只要心中装着"人民"二字就必将无往而不胜!

就拿畸形发展的一些私立名校来说,凭什么这些学校收取高费掐尖招生?又为何名为私立却能打着公办的金字招牌甚至用着公办的场地教

冬日的火花

室？换个角度来说，如果任何一个公办学校可以收取高费又可以选择性招生，那么创立这样一个所谓名牌岂不是很简单！换句话来说就是建最好的硬件，聘最好的老师，教最好的学生，这样简单的好事谁都会干。

康永书记在教改专题会议上说："老百姓为啥争着抢着交高费让娃上名校，很显然是人民群众对高水平教育有广泛需求，而我们的学校出现了严重的两极分化。那么我们能不能结合群众需求，规划改造一批硬件设施一流、师资力量一流的学校。比如一个标准化学校必须配备：四百米标准运动场、足球场、篮球场、大礼堂、餐厅，之后再是教学楼、宿舍楼以及必须的多功能教室。规划局局长说："建设一个这样的学校至少需要一百亩地，市区的学校要改扩建仅动迁成本可能就是天文数字。"而康永书记说："为了教育再大的成本也吓不死人，一次改不完可以分批改，总之把学校建好让孩子们读好书这是百年大计。"

不知别的领导怎么想，反正新市长听了这些意见额头直冒汗。但改革教育、振兴工业、提升旅游成了班子的共识，无论有多大难度市政府也得迎难而上。

让所有人没想到的是，汉都市十年积弊牵一发而动全身。户籍制度放开不到一年新增近百万户，新增人口达两百多万。然而这个城市显然没有准备好，随着落户人口的增加房价呈井喷式上涨，房地产市场频现抢房局面。与此同时医院、学校、公交等公共资源承受着前所未有的压力，让市民忽然之间感觉到一种无所适从的焦躁。

房价上涨，旅游火爆，交通拥堵成了汉都的热点词，尽管这一切让原本沉闷的城市充满了活力，但民众也生出了不少抱怨的情绪。

在市政府的推动下，各级商会也积极开展形式多样的交流活动。一方面是招商引资的需要，一方面市政府希望通过交流活动改观本地企业领导者的思维。新任市长原来任职于闽浙一带，他发现汉都市民企老板大多发轫于能源行业，虽然敢闯敢干，但是合作共赢的思维极其欠缺。他们很享受在自己的独立王国呼风唤雨，却对于现代企业经营治理缺乏深刻认识。

第六十章 三十年来家国

汉都市工商联合会举办的一次大型交流促进会上，荣健、卢伟、钱坤、李铭、范志学、李宏有幸应邀参加，而郝冰雁作为著名企业家，黄莺作为本土上市公司代表赫然在主席台就座。主持人介绍郝冰雁时极尽赞美之词，说她创立的企业在远程教育、医疗方面惠及亿万受众，还说她热心慈善，多年来慷慨捐助数十名贫困学生完成学业。说到黄莺时称赞她为精密机床领域的百灵鸟，十数年来始终百折而不悔，为国家精密制造的整合提升做出了突出贡献。

私底下聊天时卢伟说郝冰雁和黄莺才是北方轻大的旗帜，荣健说那是自然，但她们的旗帜上也有咱们血染的风采。钱坤说荣健啥时候都会给自己脸上贴金，荣健说不是自己给自己贴金，卢伟不到十年能把企业做到新三板上市已经是了不起的成就。卢伟说不是自己有多大本事，而是幸运地介入大健康领域，时代浪潮把他推到了今天。

另一处，李铭、范志学、李宏也有些受宠若惊，李宏指着台上一排青年才俊，意味深长地说："跟这些天生的企业家相比，咱们这些小蚂蚁哪能上得了台面。"范志学似笑非笑地说："上不了台面你就老实点学习，学得好了让你娃以后也是企业家。"李铭不以为然地说："他们倒算哪门子企业家！不过顶着老子的光环而已。大时代让他先人靠着重组并购、挖煤开矿、圈地盖房成为富豪成为企业家，那些活早生二十年我也能干！今天演讲的几位嘉宾才是名副其实的大佬，人家要么是实业领袖，要么是互联网精英，哪有他们放屁的地方。"范志学听他这话轻蔑地一笑说："你别一天满肚子酸水，给你封个企业家，或者弄个协会主席、委员什么的，那组织活动的时候你积极出钱不？有啥事需要捐款你捐不？"李宏一听这话来了劲，凑上来调侃说："范同学现在觉悟高得很！你意思存在就是合理的，不过我也认为政府比咱高明得多！"

接着李宏又开玩笑说："范总现在算是洗心革面还是痛改前非，咋忽然就老实了？这么低调！"范志学乐呵地说："不老实不行呀！不老实就跟咱那个叫冯亮的校友一样，稍微一嚣张被人打断了腿，估计这辈子都站不起来了。你也老实点，小心叫人拿菜刀把你收拾了！呵呵。"李宏听了这话面露尴尬地说："就是，就是。胡长乐骚轻在云岭山上日

冬日的火花

鬼户口买宅基，花几百万盖的别墅也被刨得没影影了，小伙一下子蔫了！"荣健接过话头说："那个流氓就会日鬼倒棒槌，真住到那里去，村上的妇女恐怕都要遭殃，哈哈！"

那天荣健才知道，冯亮到土地储备中心后介入城中村拆迁，过程中用尽阴谋手段敛财，勾结村上黑势力强揽土方工程，最后引发村民与甲方施工单位的混战，而他遭人报复腿被打折，单位彻查后本要追究法律责任，最后念及他伤后致残才网开一面。他现在拄着拐杖开了一间小超市谋生，想来也凄惨恓惶，不知这个时候他会不会想起马小兰，别人自是不得而知。

而关于菜刀砍李宏的话确也不是空穴来风，原来李宏生意大了之后就安排姑家的表妹到公司管了财务。谁承想这表妹居然偷偷挪用数十万公款做投资，直到亏得血本无归才被发现。李宏催要欠款不成一怒之下将表妹送进监狱，由此引来姑姑、姑父隔三岔五来公司寻死觅活，接着就是妹夫抱着娃提着菜刀找他理论，甚至将他奔驰车的引擎盖砍得稀烂，这样的闹腾让李宏有一阵患上了严重的精神虚弱，晚上睡不着，出门坐个飞机心脏都受不了。

那天会后荣健做东请大家一起吃了顿饭，又扯着大家相互敬酒，算是来了一场高中和大学同学的小范围互动。李铭说无论怎样大家都应当感谢这个时代，如果我们回过头去看，其实每个人都有机会，最终成就的大小完全在于自己到底抓住了多少。范志学说与二十世纪八九十年代创业的人相比，虽然创业的门槛高了，但总体应该说机会更多。荣健说无论什么样的时代，成功都属于那些不懈努力的人。人家那些考上重点大学的现在更是春风得意，推荐到南京大学的叶松林成了著名文学编辑，上了复旦、交大、西南政法的几个都已是副厅级干部。当年求学的时候咱们输给了优等生，好在后来都还认真，有同学靠经营生菜年营业额也干到十几个亿。卢伟笑着调侃荣健说："认真只是一方面，你当初如果留在北京还做房地产营销，在北京弄几套房，现在随便一转手那也是几千万的富翁，何必现在一天吭哧吭哧地看开发商脸色！"荣健说："你说得对，虽说有些阴差阳错，但那时还真是缺点眼界和魄力！"

第六十章 三十年来家国

李宏说他现在并不强求赚多少钱,只要有个稳定的事情能持续做下去就很知足。而钱坤认为大家都正值壮年,应该调整思路,尽可能抓住互联网时代所衍生的新机遇。

那场饭局后没多久,正如坊间传言说的那样,高新区管委会的书记、主任相继落马,另外一个新区的书记也被曝出与原市委书记属于团团伙伙的关系。人们都说汉都市一边刮骨疗毒,一边砥砺前行。

这时候的陆锋正投身世界反法西斯战争胜利七十周年阅兵的准备当中,他给许芹写信说在习进平主席强军思想的指引下,今日的部队非同往昔,无论官兵面貌还是装备设施都可谓日新月异。去年人民海军歼-11H战机在南海给美国人的P-8巡逻机玩"桶滚"就是明证,今年4月我海军军舰又对美国P-8A巡逻机发出了严厉警告。如果有朝一日空军出动,他一定让美国人见识一下什么叫中国空军。许芹回信说他是个好战分子,像他这样的军人对任何敌人来说恐怕都是噩梦,但她什么时候都不希望陆锋走向战场。陆锋说他也不希望有战争,但祖国尚未统一,美国人重返亚太,日本政客又谋求修宪,这一切都提醒中国军人必须枕戈待旦。

胜利日那天,长安街上威武之师昂扬向前,钢铁洪流紧随其后。陆锋驾驶着中华侧卫战鹰歼-11B飞过天安门广场,那一刻他眼中满含热泪举手敬礼。后来他跟荣健说起当时的心情时仍然难掩激动,他说中国军工十年磨剑所付出的艰辛和代价外人很难体会,很多战友都牺牲在没有硝烟的战场。民族复兴中华崛起不是一句空洞的口号,实际上我们中国人一代又一代地做着前仆后继的牺牲和努力。

那一年国庆前后,已成为某英语培训机构负责人的林芳欣忽然出现在金城街头。高扬碰见她后第一时间给荣健发了信息,荣健还没来得及去找,李铭也从沈悦那里得知了这个消息。

但李铭说这个聚会的局必须荣健来组织,他在荣健和林芳欣之间不过是个打酱油的角色。

荣健也不再承让,很快联系周围的一圈同学组织了聚会。但那感觉正如纳兰性德所说:"人生若只如初见,何事秋风悲画扇。"匆匆二十

冬日的火花

年，尽管曾经那美好的情愫仍有留存，可他们再牵手时那热烈的悸动却已不再。二十年不但改变了彼此容颜，也让他们的心在岁月磨砺中变得麻木而坚硬。虽然他们把酒言欢，可是昔日那种美妙的心灵照射早已无影无踪？荣健说林芳欣温柔的目光中有一种可怕的东西，也能理解那称之为平静的东西源于时间的沉淀。但心里还是不禁叹息：哎！想来我们确也爱过，只是如今灵魂的火焰已化为灰烬。忘记让我们度过欲望如火的盛年，闯过身心俱裂的风雨晨昏。而今我们的心和身体一样疲惫，蓦然回首回想这一路奔走，我真的不是为了如此地见到你！

　　林芳欣叹气说："当年咱们都决心离开这里，没想到兜兜转转又回到原地。"荣健说："过了这二十年我才明白，其实人生有时候不在于实现了什么，重要的是我们努力过感动过。沈悦对邢超一往情深，最后也没能嫁给他。前一阵还听说于浩在打听你，那家伙后来去了新疆，据说在那边开了工厂，发展得很不错。"

　　林芳欣说毕业之后她再没见过于浩，恐怕现在见了面也认不出来。时间太久了，很多人她现在都想不起来了。荣健说幸好她没忘了自己，当年写过一封长信还一直没有给她。林芳欣说信她还想看，荣健说看完之后你千万别哭。林芳欣说不至于，她现在早就变得刀枪不入。荣健说回家找信，可是几次搬家之后那一直珍藏的信件已不知去向。想来即便找见又能怎样，不过徒增几声叹息而已！再见面时林芳欣说："看来你还是不够执着，呵呵！"荣健说："你已刀枪不入，但我怕我会难过。"

　　有时荣健也会想，即使当年林芳欣的妈妈不做梗，自己与她也不见得就能好下去。且不说这些年经历那么多的挫折，更别说遇见过若干位心动的女子，无论从哪个角度来说自己都不是一个痴情专注的人，甚至一直都没搞明白什么是爱情！曾经钟情过那么多的女生，心底里埋藏了那么多的情愫，到底有多少出自于真心，又有多少被欲望左右？而与董婉走过的这些年，冲突不断波折不少，然而却始终没舍得放弃，也许这就是天意，或者这就是我的爱情。

　　算来董婉已经当了好几年的店面经理，起初还踌躇满志，可现在越干越觉得憋屈。这两年每年算完账都没什么成绩，去年算完账居然还要

第六十章 三十年来家国

给店里倒找钱。董婉拉着荣健想跟妹妹谈谈，她觉得董晴和妹夫的思路想法出了问题。而在董晴看来，姐姐确实能做出了一些业绩，但她个性偏激，经常在人前不给她和老公面子，这样下去让她如何领导别人。至于分红的事情那更是没法说，姐夫这几年用着自己的办公室却一直拖着房租，自己若是付了分红，这房租又怎么去要。况且近两年生意越来越难做，本钱大利润低，手头确实也不宽裕。

董晴没有想好如何跟姐姐沟通，两人见了面没说几句又吵得一塌糊涂。

"我觉得咱们这么弄下去可不行！"

"又咋了？"

"你得把账弄清楚，这样稀里糊涂的总不是办法！"

"账清楚得很！"

"我一天开着车自己加着油，到年底还得往出找钱，你觉得合适不？"

"我把车让你开着，我自己坐公交，你难不成还让我给你加油？"

"你说这话啥意思？啥叫把车让给我开？这是店里的公车好不好！我一天加着油买着保险，还落个开你的车，我丢人死了！"

"本身就你开着呀！你到底啥意思？"

"好了，不说了！我开不起你的车，我也不干了！"

"你爱干不干！"

董婉摔下车钥匙转身就走，荣健站在一边本就听了一肚子气，看董婉扭身也就跟着匆匆离开。董婉一把鼻涕一把泪地诉说委屈，荣健说："不干就不干，有啥哭的。她不算账我也不给她房租，爱咋咋地！"董婉说："你们没一个好东西，一个算计一个，我夹在中间净受气了。"荣健说："我可没算计他们，她给你不算账我难道不应该防一手？他们任何时候来算账，咱都能算清。反正现在两个娃得有人管，你不干了刚好。"

话虽这样说，可谁心里又能好受呢！本该是一场互助互利的亲情合作，最后却闹个不欢而散，这难道不值得反思吗？如果当初分清权责写

/967/

冬日的火花

了字据也许就不会这样，当初都看似大度地不谈钱，最后却为了利益掰扯不清，尽管血浓于水却又彼此说了伤心的狠话，彼此都强调我本善良，事实却都变得面目狰狞。可话又说回来，即使签下一纸协议，合作的过程中是妹妹听姐姐的，还是姐姐听妹妹的？经营思路的分歧、执行时的面子甚至分红的具体办法都有可能闹出矛盾，显然关于商业合作我们都需要学习。

荣勤民和李老师终于解放了。荣健送他们回去时说自己和陆锋都不用老人操心，你们现在退休工资也不低，趁着腿脚还利索，没事了多出去走走。荣勤民背地里劝说荣健应该改口叫李老师一声"妈"，荣健说自己会待李阿姨如亲妈，但是母亲一生艰辛走得太早，自己心存愧疚因此改不了这口，如果有机会他自会给李阿姨解释。他还开导父亲也不要强求陆锋叫他爸爸，若如此皆大欢喜。

父亲说前几天机关党委给他打了电话，说县组织部清理人员档案时，意外在另外一个同志的档案中找到了荣健的组织关系，党委负责人对此一再表示歉意。荣勤民抱怨说当初有关人员对同志的政治生命不负责任，招考公务员让娃没班上，组织关系居然也能弄丢。而党委负责人说他不愧是老党员，这些年一直坚持给荣健代交党费，所以从现在开始荣健可以正常过组织生活。中央正在抓"两学一做"，让娃好好学习不要掉队。

那天荣健怀着复杂的心情专程拜会了机关党委负责人，说当年组织关系丢失，自己也曾联系学校查证下落，但因种种原因后来不了了之，因此自己也有责任。又说在外闯荡这些年自己从未背叛当初的信仰，也从未丧失理想信念。但是在成长的路上却也犯了很多错误，修身不够严格，做事原则不强。但真心希望从现在开始按照一个党员的标准严格要求自己，也不知道还来不来得及？书记说："这里不是教堂，你也无须忏悔！现在中央强调'党要管党，从严治党'，所以作为党员必须坚定信仰，严于律己。"荣健说自己不惑之年又找到了组织，过去不堪提起，往后绝不彷徨。尽管自己只是一个普通党员，但如果有一天条件成熟，将在自己的公司成立支部，宣传党的路线方针，让信仰的力量鼓舞

第六十章 三十年来家国

更多的人。

到了冬天胡润德回到了汉都，但除了集团总经理外几乎没人知道。他这次回来主要处理来自家族内部的财产纠纷，这种家丑自是不能外传。当初他事业如日中天的时候许给兄弟姐妹们的车辆、商铺、股权，没想到如今却都成了矛盾的焦点。过去给的时候大多都是随口一说，现在过户费用、产权面积、股权登记都出现了争议。兄弟姐妹侄子外甥之间你死我活的争夺让胡润德伤透了心，而他这个时候没有能力再拿出来钱平衡矛盾。一圈折腾下来外甥居然说自己的煤矿欠着他几年的分红，并为此把他告上了法庭。最悲催的莫过于他的大哥，早些年在矿上管点事，反正好坏每年给他几十万，退休回家时送给他一台价值百万的奔驰SUV。这几年没钱补贴他，这车反倒害了他。人们都叫他胡总，他又开着豪车，周边婚丧嫁娶都给他发请柬，随份子少了自然拿不出手，多了又力不从心。如今过得车子连油都加不起，吆喝着要给他折成现金。这些事情搞得胡润德既伤心又生气，胡太太抱怨说胡家门里全是白眼狼不要脸，为此胡润德愤怒地摔了手机，胡太太则一脚把加湿器踢得稀巴烂。

胡润德回到汉都伤心难过的时候，另一个人伤心难过地离开了汉都，他说他不再回来了。

钱建中和李菱分手的时候，钱建中说李菱老大不小也没搞清楚自己到底要什么。李菱说钱建中不够自信更不懂她，自己并不像他说的那样只沉醉于男人的万千宠爱，她从来就不想依附谁，而是希望能靠自己的努力干点事情。钱建中说："世间弱水三千，我只取一瓢饮。况且你身体不好，这样下去怎么得了！"李菱说："这话你恐怕跟你前妻也说过！或者到底跟多少人说过，也只有你自己知道！你想走就走，又何必非得找个理由。好像还是我辜负你似的！"说罢，李菱含着眼泪离开了。而钱建中看着她的背影也唯有一声叹息："唉，一切结束了。"

荣健从尤老板那里得知胡总回到了汉都，他赶紧追到胡老板家里，还好终于见上了面。胡总说他马上起身飞赴澳洲，荣健说感谢这两年老板的信任，他不能只拿工资不干活，因此选择辞职。胡润德说这两年荣

冬日的火花

健帮了他不少忙，受了不少委屈，回头他会把应付的工资打到荣健卡上。荣健说："胡总要保重身体，一定戒急戒躁戒烟，下次回来我请您吃饭。"

　　荣健开车回家时感觉像卸了枷锁般轻松，可走到小区门口时却看到一个小伙子指着业委会主任喊道："我没你这样的爸爸，我再也不是你儿子！"只见业委会主任一脸铁青站在铁栅门里，望着那孩子扬长而去。荣健面无表情地从主任眼前走过，鼻子里发出不屑的"哼"声。瞟了一眼那主任身后五步远站着的女人，他心里已清楚原委。早就听说律师出身的业委会主任和小区里一个有夫之妇长期鬼混，这个流氓以业委会主任的身份大肆贪污公款，伙同物业违规套取项目大修基金，据说上百万的赃款都花在儿子留学上。业委会换届时他拒不交账，还纠集几个狗腿子把质问他的人打得住进了医院，为此新业委会贴出了大字报声讨，还向律师协会和社区投诉了他，尽管这货靠着蛮横和法律上的漏洞暂时毫发无损，但他在小区里彻底成了臭名昭著的败类。最好笑的是，有人把他的丑事详尽地说给了他老婆，以至于他被捉奸在床。想来老婆为此和他离了婚，儿子方才的不原谅也就在情理之中。唉，正所谓衣冠禽兽自作聪明，众叛亲离可耻可笑！

　　立冬之后迟迟不见下雪，除了偶然依稀可见云岭山顶的皑皑积雪之外，这城里毫无冬的意趣。空气静稳以致雾霾更加严重，有人说应当在云岭山上修建几个超大型风机以增强空气流动，从而让汉都市彻底摆脱雾霾的困扰。此论调一出马上有人嘲讽说这又是一个类似给长城装电梯、给太阳装开关的笑话，官方自然也不会理睬这样无聊的争论，而是将工地遮盖、水雾拟尘、机动车限行等措施提上了日程。当高新区号称西北第一高楼竣工的时候，那将近400米的楼身隐藏在雾霾中宛若擎天一柱。

　　甲方开放了顶层的空中会所让客户体验绝世而独立的凌云感受，难得有这样登临的机会，也难得这几天几乎没什么客户。开完晚会团队陆续离去，荣健一个人守在温暖的茶室独自徘徊，瞬乎间沉醉在弥漫茶香和火红陶炉的光晕中。思想起当初帮胡总出让这个项目时的兴奋

第六十章 三十年来家国

和那场香艳的邂逅，自然也想起之前无奈的卸任，他心里茫茫然若有所失。再想起曾经说过要在这城里的十字口盖栋高楼，有些无奈地摇摇头自言自语："唉，但愿这所有的过往皆是序章！"于是克制着尽量不再去想，干脆慵懒地躺在沙发上刷手机，也不知过了多久，看着看着却坐了起来。

天涯论坛里有70后写手推文说：

市场化的这三十多年，岁月匆匆流年似水，形形色色的我们一不小心都把自己活得有些面目狰狞。可仔细想来我们却都如此努力，多数人也心存善念。我们是坏人吗？是好人吗？我想可能都不算是！

我们这一代人，幼时都曾淌蹚过乡村泥泞道路，也曾穿过乡村弥漫炊烟在田间嬉戏，谁没有在孤寂荒野听过蟋蟀鸣叫，谁没有在草叶上的露珠里寻找过彩虹？闭上眼睛，幼时学校破碎的窗户纸仍在记忆里哗啦作响，而坍塌的石板课桌上那刻画的图案却早已模糊。

我们很多人一路从乡村走到县城，走到城市。曾经追着卖雪糕的车子呼喊，吹着避孕套气球玩得忘乎所以。一群人围坐在有钱人家看电视，一群人抱着一只破篮球满世界找场地。当年总觉得考试遥遥无期，最后一转眼却惊慌失措。面对都市原本谁也没想终老于此，大多年轻时嘴上挂着衣锦还乡的狂言。多少人在暧昧的粉红发屋进出，在流光溢彩的KTV与陌生女子把酒言欢，在喧嚣的酒吧里为钢管上缠绕的丰乳肥臀欢呼雀跃。也或者登堂入室道貌岸然地在各种话语平台说着林林总总的违心谎言，以至于最后尴尬地把谎言当成所谓真理！

无论西装革履人模狗样地出入机关大院或者高级写字楼，还是在生产线上满腹牢骚地加班苦战，也或者在各种饭局上豪气干云地把酒言欢。我们把生活当成演出，只在乎角色风光，从不计较幕后的心酸。我们如同海绵般吸收着信息时代各种资讯，我们在财富、地位、女色面前日益贪婪、虚伪甚至肮脏无耻，以至于我们几乎忘了自己来自何方要去向哪里！

多少曾经立志从政造福一方的人最后变得腐败堕落？多少立志科技

冬日的火花

　　报国者一路艰辛地走进学术圈子最后却只想着如何花掉经费，也或者依靠聪明才智经商致富，没承想最后连道德良心都拿来出卖！还有一些看似高贵的医生、律师、作家、学者变得只不过看起来衣着光鲜，背地里却可怜得只剩一块叫作财富的遮羞布赖以维持所谓的尊严。

　　可能很多人都会感慨，我们把汗水洒在了城市，把眼泪流在了心里，而多年以后我们却变得自己都感觉陌生，读没读懂岁月，抹没抹平伤痕，反正你我两鬓都已长出白发。

　　很多人都会怀念幼年那无忧无虑的广阔天地，怀念青涩年华那阳光灿烂的生活，而如今市场化、工业化、信息化的快节奏让我们繁忙而冷漠。细思想人活着不过需要一碗基本的吃食，可市场逼着我们奔跑，网络让我们无处遁形，科技带来了高效快捷却让闲适、宁静越来越远。这疾速行驶的时代列车似乎满载着欲望和贪婪正奔向灵魂的黑洞，否则为何衣食无忧中焦灼与浮躁却无边蔓延？

　　但是无论怎样，我想没人会怀疑这是一个伟大的时代，也永远没有人能够准确描述中国社会这数十年风云激荡的变迁！可我们都应当明白，一代人有一代人的使命，虽然这风雨兼程披荆斩棘的路上注定要留下一抹血痕，但我们是否仍可说声青春无悔！

　　一口气读完后，荣健原本渐入平静的内心忽而有些百感交集，不禁在心里追问："我们到底为啥活着？"他一边思量着一边想起楼顶那可以俯瞰四方的消防停机平台，平日难得一去，今日唯我登临岂不快哉！

　　外边不知何时飘起了雪花，夜幕也早已拉下。暮色里这摩天楼顶犹如孤岛漂浮在暗夜的潮水里，四围地无边空荡让人觉得孤单又渺小，却又似乎在瞬间超脱了纷繁的城市喧嚣，让人于虚极静笃中聆听雪花飘落的声音。他点燃一根香烟慢慢平复了沸腾的思绪，任由微寒的夜风轻拂着脸颊头发，嘴边吐出的烟雾轻轻扭动着融进纷飞雪花中转眼飘散得了无影踪。雾霾似早已消散，夜色虽然凝重却清澈地透着亮色，放眼南望巍巍云岭依稀可见，尤其那山头连绵的絮状雪线夹在黝黑山体和深邃夜空之间犹如一道电光分外耀眼。偶有午夜归来的航班拖着肥重的躯体越

第六十章 三十年来家国

过山顶闪烁着斑斓光影飞向空港,那庞大机身拖出的气流波动让远空的星星在明灭间扑朔难辨。片刻宁静之后,忽而东北方几发信号弹升空,随之有战机编队轰鸣而来,高速掠过城市上空,呼啸着向西南方奔赴而去。

后　记

真的没想到！

这本书从1997年秋天起笔，时至今日竟然用了近23年的时间，不过总算没有中途夭折，我把它写完了！出版了！回想当初在大学教室里提笔时颤抖的双手，想起工作之后反复梳理学生时代写下的那些篇章，以及再三推敲大跨度时间空间上人物变化和故事处理的线索逻辑，真是费尽心力折腾无数。以致最后宣告完稿时，甚至感觉有些不够真实。

然而就是这样一个过程，让我真正体会到爬格子的艰辛，不夸张地说，这种心路的跋涉远比繁重的体力劳动折磨人。如今看着打印出的一大摞书稿，除了一点微不足道的成就感外，心里甚至常常会有些后悔。想着有这许多折磨煎熬的时间，干点别的也许还能让腰包更鼓一些，况且咱又不是职业作家，何苦弄这累死累活却可能没有任何产出的事情！

这世间事或多或少都有因果，能坚持这么久恐怕与父亲那一大箱后来被邻里乡党拿去卷了纸烟的藏书有关。我八九岁时囫囵吞枣地读完四大名著后就迷上了各类大部头的小说，往后的几十年无论通俗、演义、武侠、爱情，还是魔幻、现实、都市、乡村等各类作品倒也读了不少。遗憾的是在浩如烟海的图书中，真正全景式反映当代的作品还真是罕见，也许因为如此，才促使我想做一次尝试。

可真正敲响键盘时才发现，自己平素好读书却不求甚解，面对宏大

后 记

命题拿捏起来还真有些发虚。而对现实主义创作来说写当代故事是极具挑战的事情。如何解读一个时代？如何寻找共鸣？要有认同如不触及敏感就如同隔靴搔痒，可一旦触及敏感，这中间自然会产生各种风险。政治立场、价值观、性取向等任何一个问题都有可能摧毁整部作品，况且有些问题在三十年风起云涌的经济大潮中被撕裂得面目全非，以至于我自身也时常陷入迷茫，所以很多东西恐怕一时半会儿也无法真正说得明白！

我一直认为70后于这个时代来说是一群非常特殊的人类，既不像先辈们那样的苦大仇深，也不如后辈们生于安乐惯于富贵。我们这群人无论出生于城市还是乡村，都无一例外地受到了比较淳朴的传统熏陶，吃着没有污染绝无造假的食物长大，看的影视剧听的流行歌也多为良心之作，就连那些风华绝代的男女明星也是完全本真的面孔。那个时代搬上荧幕的四大名著成为经典；港台传来的武侠片中高手对战还是武术的套路动作，而不是虚幻地飞来飞去；市井传唱的流行歌从歌词到谱曲都饱含着创作者的人生体验和艺术追求；更值得一提的是那个年代充满真善美和幽默智慧的动画片也颇为精彩，很多年后仍让人念念不忘。然而就是在这样朴素环境成长起来的一代人，原本以为自己能够淡定从容地面对新生活。但实际上这新生活让我们内心焦灼，让我们有些猝不及防，甚至时常感觉精神处于分裂状态。

应该说大多数的70后性格坚韧雄心勃勃，为了生活他们要么怀揣不怎么显赫的文凭四处碰壁却百折不悔，要么不惜气力在流水线上拼命苦干。在中国经济粗放起步的那些年，他们即便背负无尽压力或者超标强度，也很少有人畏惧退缩而自寻短见，因此他们不太理解后来者对血汗工厂的声讨，甚至耻笑那些不堪重负的轻生者。在生活上他们面对情色诱惑不够坚定却又希望爱情圆满，因此常常陷入感情漩涡纠结挣扎。他们大多重视崇尚多子多福，却不得不妥协于现实自觉计划生育。他们对友谊热诚甚至崇尚义气，却往往在利益选择中左右为难甚至寂寞无奈。他们希望活得高尚淡泊，面对财富却又如饥似渴甚至欲壑难平。可无论怎样，一转眼这代人都已进入不惑之年，当他们闭目回想，估计每个人都心存不甘，不甘于青春逝去，也不甘于太多的梦想仍在路上，所幸大

冬日的火花

家都还有时间！

　　这本书有关农村的篇幅不多，并且文字大多充满鞭挞与批判的情绪，但从我内心来说并没有轻视的意思，只不过于我的感觉来说曾经那宁净、淳朴的乡村似已遥远，淳朴善良的父老乡亲在某种程度上也变得复杂和不可琢磨。在乡下人丁旺的气硬人丁单的气短，日子好的张扬光景差的卑微，甚至为了钱父子反目弟兄成仇也屡见不鲜，而娶了媳妇忘了娘的更大有人在，曾经的礼义廉耻在财富追求面前变得一文不值。一个小舞厅能让小媳妇趋之若鹜，一副麻将能让男人们废寝忘食，而所有这些往往造成桃闻满天鸡飞狗跳甚至家破人亡。农村、农民却也成了这个时代严重的问题，好在城市化在发展中日益加速，从农村的空巢现象来看，不远的将来村庄很可能被抹去。若真如此曾经面朝黄土背朝天的农民也就能跟上文明的步伐，不至于世世代代总是被划入粗糙、短视、被同情、帮扶甚至鄙夷的群体。

　　有关政治和官场本不想涉及，但这似乎是不可能的。在我们这个泱泱大国，政治体制上哪怕一点点的改革变化都会产生巨大的影响。况且在经济大潮中有作为的官员无疑扮演着极其重要的角色，同时那些腐败丑恶的官员也上演着比任何传奇都要狗血的剧情。然而在私人财富急剧增长和社会诱惑极为丰富的时代，客观来说让那些才能卓越的干部安守清贫又是何其困难的事情！就是高级领导干部他们的收入要和当代形形色色的老板们相比自是差距悬殊，而他们又大权在握，如此一旦信仰缺失，权力寻租几乎就成了必然的状态。如何调节收入分配制度、建立健全监督体系自是重要的事情，可如何治吏？如何教育干部群众？恐怕唯有信仰树立才是根本办法。

　　全书因为篇幅的原因出现了很多人物，有些人物甚至有我身边朋友或者亲人的特征。但我希望大家都不要对号入座，文学作品毕竟是文学作品，任何作家都不可能跳出自身生活的圈子去创造人物，我自然也没有这个能力。如若像你那也只是剧情需要，如有贬损或者褒扬那也只是情节编排。这不是纪实文学，因此任何人没有为此恼怒或沾沾自喜的必要。

　　另外就书中涉及的有关社会、政治、经济等方方面面的重大事件，

后 记

　　我尽可能地考虑了表达的准确性，力求能够基本还原事件的本真面貌，但受制于个人的认知水平和掌握的材料有限，如有偏颇敬请各位姑妄听之，完全没必要上纲上线去印证真伪。

　　如果细究全书的年代背景，局部陈述的背景始于20世纪70年代，而这部分大体上是作为主人公回忆而存在的。既然是回忆，因此也只能通过一些细节去轻描那个年代的大致轮廓，这中间如能看出清苦和艰辛也就达到了表达的目的。而故事主体的起点始于1992年，这之后的30年应该是中国经济发展最快的30年，也是70后人生最为灿烂的30年青春时光。在漫漫的历史长河里，又有多少人能有如此顺风扬帆的幸运？无奈的是，人总有天然的劣根性！在艰苦清贫的年代尚能感到轻松愉快，等到肚满肠肥时却反而变得时常焦躁难安；在父母之命媒妁之言的时代，有关婚姻爱情还大多坚贞，而进入自我选择的自由时代，太多的诱惑却让人迷失不定。

　　尤其关于理想这本该崇高的命题，在数十年狂热的经济浪潮中却变得虚伪。很多人年轻时高呼着为人民服务而从政，结果到头来只是为人民币服务。很多企业家当初创业只是为了改变贫穷且被无视的命运，然而搭乘政策的快车拥有财富之后内心却充满了埋怨与背叛，奶粉、疫苗、农药、种子都可造假，超过100%的利润依然不能满足，最终很多人成为看似道貌岸然实则已堕落成祸国殃民的奸商，也或者正不择手段地圈钱套现背离祖国移民海外。所有这些是时代之殇还是人性使然，恐怕也需要时间来回答。

　　与此同时，近二十年来与互联网相关的各种传播手段日益丰富，海量信息每天充斥着人们的生活。这自然极大地拓展了人们的视野，但也为一些别有用心的投机者提供了机会。其中很多拥有话语权的既得利益者昧着良心大放厥词，恶毒攻击社会主义制度的有之，诋毁英雄形象者有之，抹黑中国民众者有之；还有一些自作聪明者为了博取眼球，要么以无稽之言颠覆历史定论，要么企图推倒例如诸葛亮、岳飞等千百年形成的精神坐标；更甚者更是妄图通过为汉奸、淫妇等乌合之众证明清白来标榜自身的独到见解。所有这些也刺激着我著书立言，以一个体验者

冬日的火花

的角度给予回击，至于是否能有些许作用，我也只能竭尽绵薄之力。

另外，就文学创作而言，回避不过的是各类获奖作品所确立的层次和标准。但我一直认为文学从来都不单纯，现实主义题材的民族性和政治倾向是不可回避的。很多人总是拿诺贝尔文学奖的获奖数量来衡量中国近现代文学创作成就，而我个人认为在我们这个具有五千多年文明史的国家，很多时候中国文学深厚的文化底蕴和复杂的时代背景很难被欧美人理解。假设中文作品能百分之百地得到翻译，且不说当代多如汗牛充栋的优秀作品，我甚至认为很多武侠代表作都可划归魔幻主义斩获诺奖。可如果你仔细想想，当翻译者面对"气沉丹田、虚极静笃、奇经八脉"这些词汇的时候如何翻译？即使翻译之后欧美读者又如何意会这中间蕴含的能量？再者拿路遥先生《平凡的世界》来说，不置身中国，谁又能理解世世代代依附在贫瘠土地上的陕北农民那种生存的艰辛与卑微？另外就新中国建立以来，很长时间外界一直视红色中国为洪水猛兽，而新中国的第一代作家高扬文艺为人民服务的旗帜讴歌奋斗，显然柳青先生的《创业史》就是这样一座高峰，而这样的作品在傲慢的西方世界恐怕难有认同！

记忆中有一个时期所谓的伤痕文学颇为繁荣，而这些作品所反映的时代正处于社会主义建设的探索阶段，宏观上调剂区域和城乡发展与劳动力矛盾的上山下乡运动影响了一代人的生命轨迹，而这中间既有英雄史诗也有悲欢离合，但从大历史的角度看，这场运动对国家的长治久安和经济均衡发展具有深远意义。因此所谓的伤痕在大历史面前就显得矫情，再怎么书写恐怕也只是一代人的记忆和怀念。

再后来就进入了改革开放初期，整个社会累积的各种能量瞬间爆发，随着国门打开自由主义思潮也迅即泛滥。因此这个时期很多作品有意无意都流露出对体制或者政策的不满，把计划生育说成灭绝人性，把局部矛盾说成暗无天日，甚至大有推翻社会主义拥抱民主自由的冲动。然而改革开放四十年之后，大多数人忽然发现原来我们如此幸运地生活在党的旗帜下，所谓普世价值不过是一些西方人的虚伪与自恋，所谓的民主政治也远没有曾经想象的那么美好而浪漫。

后 记

另就创作的方式方法来说，大多写手都是从模仿借鉴开始。而我希望有所继承却又不想写出来的东西像谁，因此多数时间刻意忘记过往读过的经典作品，但是否能另辟蹊径有所认同我则毫无把握，但无论怎样已然成形，恐怕也只能这样了。

习近平总书记说我们应该拥有道路自信！而我拥有的自信并不因为我本就是一名中共党员，数十年来作为共和国发展的参与者见证者，所有的经历都让我坚信青年时期选择的信仰无比正确而伟大，道路自信更是成为一种自觉。有时甚至担心自己成为一个狭隘的激进的民族主义者，可每当这个时候又会想起鲁迅先生说过"民族的就是世界的"这样的名言。于是又会天经地义地认为我们首先应该自信，况且从华夏上下五千年的文明史来看，大多数时候中国都代表着人类文明先进的发展方向，因此我们完全不必为区区百年衰败而妄自菲薄！同时无论从根植于中国人内心的儒释道文化，还是以马克思列宁主义毛泽东思想为指导的红色文化，实际上都具有很强的兼容性。我们可以拥抱世界，却永远应该清楚中国人从来都不缺开拓精神，宁心静气走自己的路才最为实在可靠！

最后我想说，无论我们多么留恋，属于70后的青春都已在忙碌和焦灼中成为记忆。作为创作者，如果这部作品能够让你找到一些有关青春的快乐记忆就善莫大焉！再如果能通过笔下的故事多一些对过往的怀念和思考那就是我最大的荣幸！圣人说四十不惑，但我觉得越过不惑之年的70后仍应该勇往直前，你我唯有坚信天命在手中，我们才不至于过早地以可怜的老迈姿态行走在未来的路上。

当然读到此书的也并不一定是我们的同龄人，但我依然相信我们的故事能为你提供一个洞悉时代的窗口。于老一辈来说你看到的是70后如何开辟了在体制藩篱之外的生活，于新青年来说你会看到70后有关传承与叛逆的挣扎，而有关亲情、爱情、友情自是亘古不变的故事元素，我如此叙述，你们也姑且一读，是也非也，我无法保证能阐述得如你所愿。

此刻窗外阳光灿烂，立春之后连续晴天让人觉得心头温暖。眼看着2021年春节就要来了，烦乱的庚子年也终于走到了尽头。前几日国家统计局公布了2020年国民经济发展数据，中国成为全球唯一实现正增长的

冬日的火花

国家，全年国内生产总值达到1015986亿元，同比增长2.3%。看着这来之不易的成绩，不由想起三十多年前邓小平同志关于中国社会经济"三步走"的战略构想，之后党的十六大又提出了到2020年国内生产总值在2000年的基础上翻两番的战略目标。显然我们已经超额完成了这个目标，2020年国内生产总值比照2000年的10.03万亿元增长了十倍以上，随着脱贫攻坚任务的初步完成，祖国大江南北城市乡村面貌也已焕然一新。因此无论从哪个角度讲，中国共产党领导人民在历史面前交上了一份成绩靓丽的答卷。我们自然应该为党的历史功绩感到自豪，同时也自然有理由相信在党的英明领导下，中华民族的伟大复兴必将在不远的将来得以实现。

然而2020年突如其来的新冠疫情给整个世界带来了极大的不确定性，也让本就波谲云诡的世界格局走向了更加迷离的境地。为了控制疫情，我们善良而伟大的人民守望相助共度时艰，英雄的武汉付出了极大牺牲，然而这一切的努力和成就被无耻的美国政客当成甩锅嫁祸的靶子，由此掀起的舆论战、外交战让中美关系进一步走向撕裂当中。也由此让我们更加清晰地看到：美国并不是好莱坞电影中标榜的正义楷模，美帝国主义的霸道反动面目也从未改变。

2020年5月，美国明尼苏达州白人警察跪杀黑人男子乔治·弗洛伊德再次把马丁·路德·金的梦想击碎在地，人们在愤怒当中顾不得疫情阴云也无惧暴力执法，一场围绕人权的示威斗争迅即蔓延全美。然而特朗普政府并未做出任何妥协与反省，仍然四处吹牛皮拉选票，仍然隐瞒疫情真相蛊惑民众，仍然包藏祸心满世界放火捣乱，仍然拉着走狗高举贸易大棒恐吓中国，仍然拿着所谓的香港牌、台湾牌、南海牌兴风作浪，甚至暗地里煽动自我迷恋的阿三哥火中取栗。

然而今日之中国早已不是秋风中的茅屋，任凭你挥舞狂躁的双手，任凭你醉酒疯癫般地躁动，我自不惧风雨安稳如山岳。党和政府仅用三个月就成功控制了疫情，并迅速恢复了经济生活秩序。港版国安法的出台让数典忘祖的一干废柴惶惶终日，加勒万河谷一通伏魔棍法让窃贼落荒而逃，人民空军巡航台海亦让台独不寒而栗。但我们也应清醒地看

后 记

到，尽管随着特朗普败选离任，他那句让美国再次伟大的口号如同一个笑话，但民主党人约瑟夫·拜登也绝非国际主义战士，遏制中国似乎成了美国政坛的核心命题。只可惜美国疫情失控，社会分化日甚，拜登又垂垂老矣，又能掀起多大风浪尚未可知。况且目前欧洲动荡迹象加剧、中东格局日益复杂，东北亚起伏不定，台海变数正在加大。用习近平主席的话来说："世界正处于百年未有之大变局之中！"这样的背景之下，中华民族的复兴之路显然不会是平坦大道，甚至还要面对惊涛骇浪。但我们都应该相信只要我们坚定信念团结一心，在党的领导下伟大的中国人民一定能战胜复兴路上的各种艰难险阻!而我们都将作为见证者、参与者与14亿人民一起经历创造这伟大的历史，我想人生如此夫复何求！

非常荣幸我的书能在这个伟大时刻面世！2021年适逢中国共产党诞辰100周年，衷心祝愿我们的党基业常青，也祝愿党和人民的事业在新时代开新局谱新篇。

最后再次对所有支持关怀创作、出版、发行的朋友表示最衷心的感谢！

张健宇
2021年2月5日于古城西安

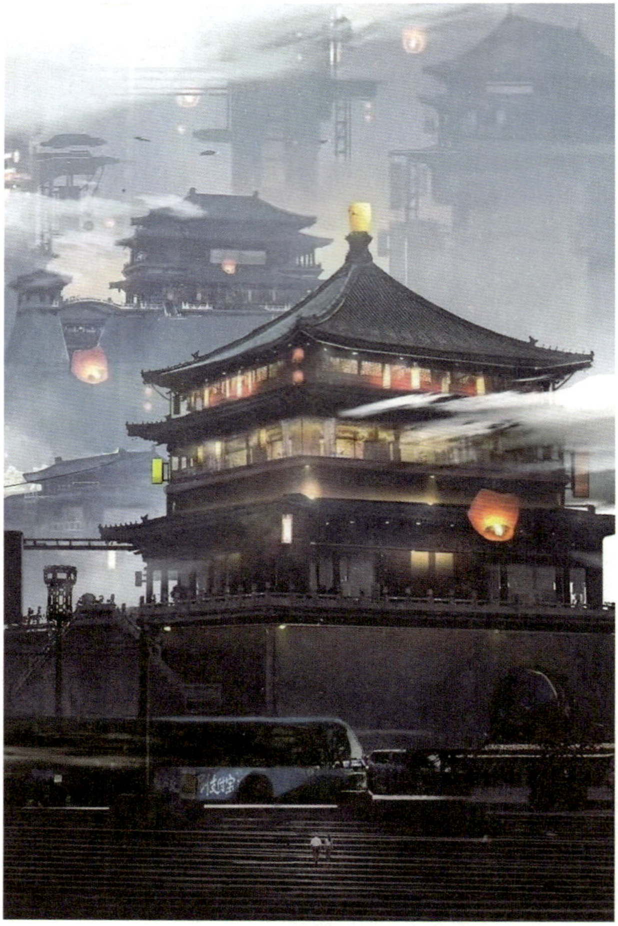